路遥的哈姆雷特与莎士比亚

LUYAO DE HAMULEITE YU SHASHIBIYA

〔上卷〕

李建军 著

广东高等教育出版社
Guangdong Higher Education Press
·广州·

图书在版编目（CIP）数据

路遥的哈姆雷特与莎士比亚/李建军著. —广州：广东高等教育出版社，2022.11

ISBN 978－7－5361－7306－4

Ⅰ. ①路… Ⅱ. ①李… Ⅲ. ①路遥（1949—1992）－小说研究 Ⅳ. ①I207.42

中国版本图书馆 CIP 数据核字（2022）第 160640 号

路遥的哈姆雷特与莎士比亚（上卷、下卷）

李建军 著

出版发行	广东高等教育出版社
	地址：广州市天河区林和西横路
	邮政编码：510500 电话：（020）87554153 87551163
	http://www.gdgjs.com.cn
印 刷	广东信源文化科技有限公司
开 本	787 毫米×1 092 毫米 1/16
印 张	61.25
字 数	860 千
版 次	2022 年 11 月第 1 版
印 次	2022 年 11 月第 1 次印刷
定 价	139.00 元
	（印张、字数、定价均为上下卷合计）

目录

上卷

下 卷

小引

一个人的文学意识和文学精神，就像他的生命一样有自己的成长史，就像他的生活一样有自己的发展史。

青春少年，涉世未深，最易成为眼高于顶、自命不凡的自我中心主义者，或成为怀疑一切、破毁一切的激进主义者；年齿渐长，经见既多，便不再那么傲慢和自大，看得见古人的伟大，看得见前人的高明，遂乃成长为尊重传统的守成主义者。

文学上的情形，亦颇相仿佛。初涉文学的青年，要么盲目自信，唯我独尊，常常把自己想象成倚天屠龙的英雄，把自己比喻为吞日噬月的天狗，进而成为狂放的浪漫主义者；要么铺采摛文，专事饤饾，倾向于把文学等同于“语言”，喜欢把技巧看得高于一切，进而成为迷信“纯文学”的唯美主义者。他们只看得见技巧和形式等明面上的东西，却看不见它们背后深邃而辽阔的世界，所以，倾向于把文学理解为某种纯粹的东西，喜欢将文学称之为“纯文学”。

然而，一旦摆脱了文学认知上的幼稚状态，进入文学意识的自觉期和文学精神的成熟期，那些文学上的不可一世的浪漫主义者，那些蔑弃伦理精神和道德价值的唯美主义者，就会成长为态度端肃、视野开阔的现实主义者。他们逐渐领悟了这样一个文学真理：技巧和形式可使文学完美，但不能使它伟大；文学的表现力和修辞效果，决定于它的技巧和形式，但是，它的伟大和不朽，却决定于它所表现的情感和思想、人格境界和道德精神。

夏洛蒂·勃朗特就反对过分强调“艺术处理”。她赞成这样的观点：“才智，哪怕最辉煌的才智，不是人的最高品质；……人类的道德本质比人类的智慧本质更为神圣”①。在她看来，“真理总归胜过艺术。彭斯的歌谣比布尔沃的史诗更好。萨克雷的粗糙、草率的素描比成千上万精致完美的油画更可取。”② 彭斯的歌谣之所以更好，是因为它朴素，热情，散发着泥土的气息，包含着爱的哲学和生活的真理；萨克雷小说的并不精致的“素描”之所以更可取，是因为它坦率，严肃，犀利，体现着更深刻的思想和更伟大的道德精神。

成熟的文学意识最终会接受这样的文学常识：文学本质上是一种复杂的社会现象和文化现象，天然地具有伦理色彩和道德意味。所以，它也会接受这样的包容性的文学观念和开放性的批评方法：在谈论文学的时候，固然要讨论技巧和形式，讨论修辞和象征，讨论抒情和叙事，讨论视点和调性，讨论原型和母题；但更重要的，是探讨内容和意义，探讨人和生活，探讨那些对人来讲至关重要的价值和问题，或者说，是探讨人如何以诗性的方式生活，探讨爱和信仰、善与幸福、罪与救赎对于人类的价值和意义。

是的，人类需要价值的粮食和意义的衣裳。他通过文学来满足自己的价值渴望和意义需求，来彰显和确证自己作为文明人的精神本质。屈子《离骚》辞云：“朝饮木兰之坠露兮，夕餐秋菊之落英”；“制芰荷以为衣兮，集芙蓉以为裳”。这些瑰玮而芬芳的诗句，不仅显示着诗人“泥而不滓”的高洁人格和“蝉蜕浊秽”的干净灵魂，也启发人们更深刻地认识自己的本质——人不是低级的动物，不是物性化的工具，而是高级的生命现象；他

---

① 夏洛蒂·勃朗特：《夏洛蒂·勃朗特书信》，杨静远译，商务印书馆，2015年，第138页。

② 夏洛蒂·勃朗特：《夏洛蒂·勃朗特书信》，杨静远译，商务印书馆，2015年，第187页。

热爱真理，渴望自由，有实现自我价值、赢得社会尊重的精神需求。

人类的精神生活要靠伟大的价值来支撑和引导，人类的心灵世界须依赖伟大的文学和艺术来打开和照亮。如果缺乏真正伟大的价值，缺乏伟大的思想和道德精神，缺乏伟大的文学和伟大的艺术，那么，人类的生活就不单显示着文化上的贫乏，还潜含着可怕的混乱和危险。伟大意味着方向、希望和力量。所以，“伟大的文学”（即“大文学”）才应该是文学追求的最高境界，也应该是文学评价的最高标准。按照利哈乔夫的理解，“大文学”（即“严肃文学”）应该表现人类性和世界性的主题，否则，就不可能出现“世界文学”①。

“伟大”是一个美好而庄严的词语。它既是名词，也是形容词。作为名词（greatness），它是一个价值性的概念，体现着高级形态的善；作为形容词（great），它是一个褒义词，用来表达对人和事物的高度肯定和赞美。在一个“逃避崇高”的平庸主义时代，在一个“娱乐至死”的消费主义时代，强调伟大价值、伟大人物和伟大文学的意义，无疑是一件特别重要的事情。

伟大是颁给优秀人物的精神徽章。一个人是否伟大，决定于他的情感态度、人格境界和道德精神。判断一个人是否伟大，不是看他有多少财富，不是看他有多大权力，不是看他获得了多少荣誉，而是看他在多大程度上将自己提高到真正人性的高度。也就是说，人的伟大，是内在的精神上的伟大，而不是外在的形式上的庞大。

精神上的伟大与形式上的庞大，是两种完全不同性质的事情。一个精神伟大的人，仁慈，高尚，谦卑，克制，懂得敬畏，行己有耻，有所不为，所以，他受人尊敬和爱戴，是所有判断力成熟的人都认同和赞赏的人；一个单单在形式上显得庞大的人，则冷酷，卑庸，自私，恣纵，目无余子，毫无耻感，无所不为，所以，他让人畏恶和鄙视，也必将受到历史的唾弃

① 德米特里·利哈乔夫：《俄罗斯千年文化：从古罗斯至今》，焦东建、董茉莉译，东方出版社，2020 年，第 207 页。

和审判。精神上伟大的人譬若桥山之松柏，虽历经千百载，犹尚绿意葱茏，生机盎然；形式上庞大的人则像一团茂盛的蓬草，一旦寒风来袭，秋霜降临，它便枯黄，凋萎，死灭，最终被吹到湫隘的地方。

例如，路西斯·辛辛纳图斯、马克·奥勒留和乔治·华盛顿就属于精神上伟大的人，人格高尚的人，也是几乎所有人都尊敬和爱戴的人，而尼禄·日耳曼尼库斯、拿破仑·波拿巴和沙皇尼古拉一世等暴君和独裁者，则只不过是形式上庞大的人，是让人畏怖而又厌恶的人——这样的人，内心没有虔诚的信仰，没有对神圣事物的敬畏，不知道自己的渺小、无能和有限性，所以，他不可能理解那些伟大的价值，不可能正确地认识自我，不可能恰当地处理自己与他人和生活的关系；这样的人，粗野鲁莽，好斗成性，迷信暴力，缺乏宽容的胸怀和妥协的智慧，不仅注定要给自己带来可怕的毁灭，也一定会给世界和人类带来巨大的灾难，就像丘特切夫在《拿破仑》一诗中所说的那样：

……对于神圣的力量
他根本无法去接近和理解，
它没有把他的心灵照亮，
它没有降临到他的身上……
他属于尘世，而不是神火，
他，蔑视波浪，在大海遨游——
但是波浪下面的信念之石，
把他摇晃的独木舟劈成粉末。①

1855年，在《给尼古拉一世的墓志铭》中，丘特切夫也将同样的蔑视

① 丘特切夫：《丘特切夫诗全集》，朱宪生译，上海人民出版社，2020年，第219页。

和嘲讽，送给了刚刚因克里米亚战争失败而自杀的沙皇，送给这个迫害普希金的心胸狭窄的懦夫，送给这个镇压“十二月党人”的手段残忍的暴君：

> 你不曾为上帝和俄罗斯服务过，
> 你只是为了你自己的虚荣，
> 你的全部作为，无论恶行还是善事，
> 全都是谎言，全都是装腔作势，
> 你不是一个君王，而是一个戏子。①

事实上，无论在法国和俄罗斯，还是在世界别的地方，这种傲慢而狂妄、虚伪而残暴的独裁者，这种将严肃的生活当作儿戏的低能儿，实在是太多了。然而，人们却常常错将这些形式上庞大的人，当作精神上伟大的人。人们不知道，这些江奈生·魏尔德式的“大伟人”和“假伟人”，应该跟拿破仑一起，承受托尔斯泰和丘特切夫的嘲笑和讽刺，而不是享受海涅和卡莱尔的崇拜和赞美。

说远了，接着说文学。

文学本质上是一种涉及人类心灵生活的高级的精神现象和价值现象。作为创造意义和价值的精神活动，它有高下和大小之分。高级形态的大文学，就是追求伟大目标和伟大境界的文学；它的最高目标，就是怀着对人类和生活的爱，追求伟大的精神价值，创造充满诗意的美好境界。这样的伟大文学，即便以作家自己的人生经验为叙事内容，也能彻底摆脱自我中心主义的狭隘，使人看见作者对苦难的敏感，对不幸者的同情，对黑暗和罪恶的义愤，对正义、真理和光明的热爱。一个作家如果人格扭曲，思想浅薄，趣味低下，缺乏追求高级形态文学的自觉意识，那么，他注定无法

---

① 丘特切夫：《丘特切夫诗全集》，朱宪生译，上海人民出版社，2020 年，第 294 页。

写出有价值的作品，也不可能成为伟大的作家，就像《楞严经》里所说的那样：“犹如煮沙，欲成嘉馔，纵经尘劫，终不能得。”①

所以，在评价作家和诗人的时候，人们有理由提出更高的价值要求，确立更严的评价标准，万不可拿“伟大”二字，轻易许人，随便谀人。文学上的“伟大”桂冠，只有那些真正伟大的作家和诗人才配得上。你可以说司马迁、莎士比亚、曹雪芹、巴尔扎克、雨果、狄更斯、果戈理、托尔斯泰、契诃夫和马克·吐温是伟大作家，但是，你不能这样评价李渔、张南庄、张春帆、王尔德、克努特·汉姆生、D. H. 劳伦斯、路易-费尔迪南·塞利纳、萧伯纳、让-保罗·萨特、纳博科夫和三岛由纪夫，因为，他们或人格有点扭曲，或意识有点狭隘，或心理有点变态，或情感有点冷硬，或干脆就是种族主义分子和法西斯主义分子（诺贝尔文学奖获得者克努特·汉姆生是法西斯主义分子，法国文学界的闻人路易-费尔迪南·塞利纳则是种族主义分子。“二战”结束后，前者被挪威政府逮捕并判刑，后者被丹麦政府逮捕并判刑），大都缺乏伟大作家的思想和情怀。你可以说荷马、屈原、杜甫、但丁、拜伦、歌德、席勒、普希金和曼德尔施塔姆是伟大诗人，但是，你不能这样评价爱新觉罗·玄烨、泰奥菲尔·戈蒂耶、苏利·普吕多姆、夏尔·波德莱尔、纪尧姆·阿波利奈尔、埃兹拉·庞德和弗拉基米尔·马雅可夫斯基，因为，在他们的诗行里，你可以看见权力的傲慢，看见对生活扭曲的感受，看见对敌意和仇恨的赞美，看见对技巧和形式的沉迷，看见短暂的激情和一时的狂热，却很少看见光明俊伟、刚健清新的东西，很少看见美好的情感内容和伟大的道德精神。

伟大的文学庄严，深沉，热情，朴素，表现着普遍的人类情感，体现着永恒的价值原则。文学研究和文学批评的核心任务和重要功能，就是发现和阐释——发现那些值得热爱的伟大作家，阐释那些值得阅读的伟大作

---

① 鸠摩罗什等：《佛教十三经》，中华书局，2010 年，第 130 页；句读标点，略有改动。

品。发现一位伟大的作家，就仿佛遇到了精神上的兄弟，就像卡莱尔在《英雄和英雄崇拜》中所说的那样："世界上世世代代的真正的灵魂，观看这个但丁，都将在他身上看到一种兄弟关系；他思想的深刻的真诚，他的悲伤和希望，将同样激发他们的真诚；他们将感到，这个但丁也是一个兄弟。"① 这种相遇和发现，会带给人巨大的惊喜和持久的快乐。一个具有良好的文化修养和文学鉴赏力的人，会终生热爱那些伟大的诗人和作家，并视他们的作品如无价的珍宝。

伊迪丝·汉密尔顿热爱古希腊文学和古罗马文学，歌德和雨果热爱莎士比亚。

别林斯基热爱普希金，古谢夫热爱托尔斯泰，巴赫金热爱陀思妥耶夫斯基，乔治·斯坦纳则既热爱托尔斯泰，又热爱陀思妥耶夫斯基。

司马迁热爱孔子和屈原，李长之热爱司马迁，洪业热爱杜甫。

正因为热爱，正因为深刻地理解了这些伟大创造者的人格和作品，那些学者和批评家才会花那么大的精力去研究伟大的诗人和作家，甚至会像太史公司马迁那样，对自己所热爱的伟大人物，产生深刻的精神共鸣和强烈的歆慕之情——到鲁国，观仲尼庙堂车服礼器，低回留之不能去；到长沙，观屈原所自沉渊，未尝不垂涕，想见其为人。

在我看来，路遥也是一个真正意义上的伟大作家。他个性坚卓，气质沉郁，情感真挚。他有成熟的文学意识、稳定的价值立场和明确的精神目标。他懂得爱的价值和苦难的意义，也懂得理想和浪漫对于人类的重要性。在他的认知里，写作是提高人的心灵生活水平的伟大工作，文学则是推动社会变革和生活发展的巨大力量。所以，一个伟大的作家，要普遍地同情所有人的痛苦和不幸，并在人们内心培养温柔的情感和爱的能力；要对读者的价值观和生活态度产生积极的影响，致力于培养人们高尚的道德情感

① 卡莱尔：《英雄和英雄崇拜——卡莱尔讲演集》，张峰、吕霞译，上海三联书店，1988 年，第 164 页。

和良好的意志品质。路遥像圣徒一样热爱自己的事业。他几乎把自己的一切都献给了文学。他的文学生涯，简直就是信仰者和牺牲者的苦难历程。

文学本质上是一种人格现象。没有伟大的人格，就不会有伟大的诗人和作家。颜延之在《五君咏》中盛赞嵇康的人格："中散不偶世，本自餐霞人。形解验默仙，吐论知凝神。立俗迕流议，寻山洽隐沦。鸾翮有时铩，龙性谁能驯。"① 这最后一句，杜甫很是欣赏，曾屡次化用在自己的诗里。所有伟大的作家和诗人，都会喜欢这句诗，因为，他们都属于热爱自由的人，都属于很难被驯服的人。路遥就是一个不驯顺的人，或者，用他自己的话说，是一个"不听话"的人。

所谓"不听话"的人，就是按照自己的意志思考和行动的人；而"不听话"的作家，就是按照自己的风格和方式写作的人。他们懂得虚心地向前辈学习，但绝不盲从；知道崇敬自己的精神导师，但绝不膜拜。这样的自觉意识，就是路遥所说的"无榜样意识"。他不断挣脱精神上的种种桎梏和羁縻。他摆脱了特殊时代的"双浪主义"（道德浪漫主义和美学浪漫主义）教条对自己的束缚，克服了新的和旧的"高大全"文学对自己的影响，最终成长为文学意识自觉、人格精神独立的作家。

路遥并没有因为"不听话"，而沦为幼稚的怀疑主义者，也没有因此而沦为傲慢的现代主义者。他克服了文学上流行一时的"怀疑论"——这种怀疑论，就像卡莱尔所说的那样，"不单意味着思想的怀疑，并且还有道德的怀疑、各种不虔诚、不真诚、精神瘫痪。"② 他相信那些朴素而普遍的道德真理和文学真理，相信那些伟大经验和重要价值的永恒性。所以，他热爱莎士比亚、雨果、巴尔扎克、司汤达、狄更斯、夏洛蒂·勃朗特、列夫·托尔斯泰、杰克·伦敦和艾丽·伏尼契，认真地阅读他们的作品。他

① 萧统编：《昭明文选》（二），华夏出版社，2000 年，第 743 页。

② 卡莱尔：《英雄和英雄崇拜——卡莱尔讲演集》，张峰、吕霞译，上海三联书店，1988 年，第 278 页。

从这些作家的经验里寻求启示和支持，从而将自己的写作纳入到了19世纪现实主义文学的谱系。

文学是对人和生活的态度性反应。伟大的文学意味着伟大的情感态度。文学的力量来自于爱和同情。路遥懂得这个真理。善和仁慈是他面对人和生活的基本态度，也是他展开叙事的绝对原则。他抛弃了那种充满恶意和仇恨的人性理念和叙事伦理。他克服了那些根据外在的身份符号歧视人的庸俗观念。他尊重自己笔下的人物，同情那些陷入不幸境地的人们，追求那种充满善意与包容性的和谐境界。他从不冒渎那些真正伟大的人，也从不鄙视那些卑微的人。他像对待兄弟和朋友一样善待人物和读者。在他看来，作家要用复杂的眼光看人，要包容人身上的残缺和不完美。

路遥所表现的情感朴素而又深沉，强烈而又细腻，充满打动人心的力量。他的作品是温暖的，但也是沉重和苦涩的。他常常描写悲伤的心情和哭泣的情景。他的文字里充满了泪水；这泪水里，包含着深深的无奈和浓浓的感伤，包含着普遍的爱和深挚的同情。歌德对席勒说，只有那些使他“感动得往往要流下眼泪来的，才真正是美的、真的”①。路遥的《在困难的日子里》、《人生》、《平凡的世界》和《早晨从中午开始》，就属于这样的作品。读路遥的小说而不动情，大概只有没心没肺的“石人”能做到。任何心性正常的人，都会被他小说中的人生故事所吸引，会因为人物的善良，会因为他们的不幸，而感动，而流泪。

在中国当代文学中，情感上的过度亢奋和过度冷漠，是常见的情形。前者不够自然，后者显得病态，都算不得人性的正常表现，也很难引发读者的共鸣反应。路遥之所以伟大，他的作品之所以吸引人，一个重要的原因，就是他对人和生活的情感态度，是正常和健康的。在他的小说里，有忧伤的眼泪，也有欢乐的笑声；有暗夜般的绝望，也有黎明般的希望；有

---

① 歌德、席勒：《歌德席勒文学书简》，张荣昌、张玉书译，南京大学出版社，2021年，第125页。

无尽的苦难，也有无边的爱。从他的作品里，你可以感受到伟大而美好的东西，感受到痛苦而真实的东西——感受到普遍的人道主义情感，感受到沉重而又温情的悲剧意味，感受到个体的人对自由和尊严的渴望，感受到平凡的人们为了改变自己的命运所承受的压力和焦虑，所表现出来的勇气和坚韧。

路遥发现了个人——尤其是那些平凡的个人——的价值。他用肯定性的美学原则和写作方法来表现人物性格上的复杂和道德上的善。在他的朴实而伟大的史诗性叙事中，个人不再是无足轻重的工具，不再是抽象的符号，而是有个性、懂得爱、会流泪的鲜活的生命体。个性的复活，是路遥小说叙事中特别吸引人的精神图景。在个性普遍委顿不振的社会，路遥所塑造的一个个鲜活而丰满的人物形象，就包含着极为重要的价值。

渴望另一种生活的高加林，像叶甫盖尼·奥涅金和马丁·伊登一样真实。他有很强的自我意识，但并不像于连·索黑尔那样野心勃勃，戾气十足，不像巴扎罗夫那样鲁莽灭裂，鄙视父辈，也不像格里高利·毕巧林那样半死不活，谁也不爱。他始终是一个心地善良的让人同情的人。

探索生活的孙少平，像列文一样认真而严肃，甚至像冉阿让一样善良和高尚。他不仅勇敢地选择了别样的生活，还靠着自己的力量，经过炼狱般的磨难，改变了自己的命运。他的艰难困苦的奋斗史，说明了这样一个朴素的道理：“要创造人类的幸福，全靠我们自己。”他是中国20世纪文学中少见的平凡而又非凡的人物。在他的身上，你可以同时看见屈辱与尊严，看见压力与韧性，看见苦难与希望。

卑微而充满焦虑和幻想的郝红梅，像哈代笔下的苔丝一样无辜，也像她一样单纯。她略略有点虚荣，但本质上是善良而自尊的，不像蓓基·夏泼那样自私和无耻，也不像贝姨（李斯贝德·斐希）那样冷酷和无情。她可以被视为一个象征。她象征着无助的女性在特殊情境下的痛苦与焦虑、苦难与拯救。

霞光一样美丽的田晓霞，则像《前夜》中的叶琳娜一样热情而富有献身精神，像《艾凡赫》中的犹太姑娘蕊贝卡一样勇敢和爽脱，一样有良好的道义感和是非感——这一点，彰明较著地体现在她对以色列民族的同情态度上。她生来就是一个浪漫的理想主义者，就是按照美好的诗性原则生活的人。她昂扬，乐观，但并不高蹈和虚浮，也不鄙视那些平凡的人和事物。她的短暂的生命，高尚，纯洁，充满活力，仿佛一支昂扬的进行曲和快乐的圆舞曲。她通身弥散着的，除了青春的灿烂与芬芳，便是向上的激情与梦想。

美丽的陕北姑娘刘巧珍，简直就是绝对善的化身。她是中国现当代叙事文学中从未出现过的独特人物，是让人喜爱、同情和尊敬的中国女性形象。路遥在题为《文学·人生·精神》的演讲中谈到刘巧珍的时候说："我的目的就是写得叫人们爱她，同情她，永远留在人们的心里。这就是陕北的劳动妇女，就是这么一种形象，漂亮、美好、不幸"①。他完美地实现了自己的写作目的——刘巧珍业已成为像俄罗斯文学中的塔吉亚娜、丽莎、娜塔莎·罗斯托娃、安娜·卡列尼娜和玛特廖娜一样美好的人物形象。她将"永远留在人们的心里"。

路遥有自觉的语言意识和修辞意识，也显示出独特的文体风格和叙事调性。他的语言贴切而生动，带着情感的温度和泥土的气息。他尊重人物的话语权利，让每一个人物都讲自己的语言。他的风景修辞，别具一格，显示着北方高原的辽阔和陕北风物的美丽。他的风格本质上是"谦逊式"的，给人一种朴实而亲切的感觉。他的叙事调性，像陕北民歌一样激昂而深沉，使人感受到了陕北人身上的拉丁人性格。

无论从道德情感上看，还是从文学观念上看，路遥都是一个保守的传统主义者。他以包容的态度对待一切伟大的事物。他尊重朴素而普遍的经

① 路遥：《路遥全集·早晨从中午开始》，北京十月文艺出版社，2013年，第237页。

验，尊重那些看似寻常的东西。他很少傲慢地蔑视古人和他人的经验。歌德说："音乐，从根本上说，并不需要新奇，恰恰相反：它越古老，越平常，感人力量就越大。"① 路遥一定会同意这样的观点。因为，他喜欢那些古老的艺术（例如陕北民歌），尊重备受侵诬和摧抑的传统文化和传统价值观，尊崇"仁爱"等伟大的情感态度和道德精神。他更信赖那些显得寻常的技巧和朴素的风格，并不认为"新奇"本身有多大的价值和力量。所以，他远离风靡一时的"现代主义"，热爱并接受19世纪现实主义文学的伟大经验。

从地域文化的角度看，路遥算得上是第一个真正意义上的陕北作家。他的写作固然是一个时代性现象，但首先是一个地域文化现象。你从他的作品中，可以清晰地看见陕北人的面影，可以听见陕北民歌忧伤而昂亢的调子，可以感受到陕北文化的韵致和魅力。

比较起来，柳青则几乎纯然是一个时代性的文学现象。他根据时代的需要，把自己的根扎在了关中。但是，在他的作品中，你首先看见的，不是关中文化和关中人，而是特殊的时代文化和时代面影。柳青的几乎所有小说作品，包括前期的短篇小说，都是属于时代性而非地域性的叙事。

但是，在对小说的大众性本质的理解上，路遥与柳青却是一致的。小说是写给普通读者的。好的小说应该有趣，亲切，引人入胜，是普通读者够得着的东西。它应该像低矮的苹果树那样触手可及，应该像草莓藤一样贴近大地。柳青的小说充满生活气息，也有阅读上的吸引力。路遥的小说，人人都能读懂，属于典范的大众小说。

当然，世界上不存在无可挑剔的绝对完美的作家。无论多么伟大的作家，都有自己的短板和缺陷。路遥也不例外。

路遥有良好的文化修养和伟大的文学理想，也有巨大的热情和过人的

① 歌德：《维廉·麦斯特的漫游时代》，关惠文译，人民文学出版社，1988年，第290页。

才华，但是，并没有达到思想成熟和艺术完美的最高境界。他有沉重的人生经验和深刻的人生感悟，但还没有来得及成长为思想家，还没有在作品中建构起足称完整的意义世界。他笔下的人物个性鲜明，充满情感和精神上的力量感，但是，心理描写还可以更细致，更深入。由于时代性因素的影响，他与中国传统文化和古典文学是脱节的；他的语言朴素自然，也不乏诗意，但是，汉语文学固有的那种典雅蕴藉之美，还是惜乎太少。

路遥有自知之明，有很强的“自反批评”能力。他对自己文学写作上的总体成就，并不满意。在生命的最后阶段，在总结自己的人生和文学的时候，他这样写道：

> 那么，对于一个原本一无所有的农民的儿子，还有什么不满足呢？
>
> 是的，不满足。我应该把一切进行得比现在更好。历史，社会环境，尤其是个人的素养，都在局限人——不仅局限艺术作品中的人，首先局限它的创造者。所有人的生命历程在人类历史的长河中都是一个小小的段落，因此，每一代人都有自己命中注定的遗憾。遗憾，深深的遗憾。①

这是多么谦卑而诚实的自省态度。

这是多么自觉而深刻的自我认知。

从完美主义的角度看，用更高的标准来衡量，遗憾，深深的遗憾，无疑是一种正常的心理反应和理性的自我评价。

当然，在讨论路遥的短板和局限的时候，不能忽视生命长度这一重要因素。如果说，诗歌是青春的艺术，它的激情燃烧的季节在春天，那么，小说就是中年甚至老年的艺术，它的果实成熟的季节在秋天。一般来讲，

① 路遥：《路遥全集·早晨从中午开始》，北京十月文艺出版社，2013 年，第 295 页。

只有到了五十岁左右，小说家才会达到自己创作的巅峰状态，才会写出他最伟大的作品。

阶此而论，路遥文学创作更加辉煌的收获季节，应该出现在《平凡的世界》问世之后。倘若假以时日，凭着自觉的自反批评意识和极强的自我超越能力，路遥一定会将自己的写作，提高到一个更加完美的高度。他一定会避免他在《平凡的世界》等作品中所表现出来的极端主义倾向，一定会在叙述和描写的时候，显得更加从容和富有诗意，一定会更加高超地强化小说的反讽意识和内在深度，一定会避免偶尔表现出来的语言上的粗率，一定会更加自觉而充分地表现汉语典雅而古劲的美。

然而，令人痛惜的是，就在接近精神升华和写作跃升的关键时刻，路遥生命的脚步，停止了。

谢肇淛说："彭祖之知不出尧舜之上，而寿八百；颜渊之才不出众人之下，而寿十八。士固有不朽者，修短何足论也。然进德修业，未见其止，中途摧谢，万世之下有遗恨焉。故曰：'人不可无年。'"① 在谢肇淛看来，一个人的生命价值，固自有在，不得以修短衡量之，但是，他对优秀人物的早逝，仍深感惋惜，忍不住引王珣之言而发浩叹。

程颐在《祭杨应之文》中说："谁谓君而止于此乎？高才伟度，绝出群类；善志奇蕴，曾未得施；天胡为厚其禀而啬其年？人谁不死？君之死为可恨也，奚止交旧之情，悲哀而已？"② 绝出群类而英年早逝，乃千古常有之伤心事也。彼苍者天，歼我良人！呜呼哀哉，莫可奈何！

然而，我们不必有太多的"遗恨"，路遥亦可以无憾。

一个初中毕业就被时代的巨浪冲击得靡所适从的人，一个刚踏上文学路途就受到种种外在规约束缚的人，却能奇迹般地创造出《在困难的日子

---

① 谢肇淛撰：《五杂组》，上海书店出版社，2001 年，第 89 页；句读标点，略有改动。

② 程颢、程颐著：《二程集》（上），王孝鱼点校，卷十二，中华书局，1981 年，第 644 页。

里》、《人生》和《平凡的世界》这样的杰作，甚至能在生命的最后阶段，天鹅绝唱般写出《早晨从中午开始》，写出这像《命运交响曲》一样庄严、磅礴、热情的文字，这实在是非凡的文学成就。

亲爱的路遥，你将从无数的读者那里，赢得一个真正伟大的作家才配得到的尊敬和热爱。

你也将像所有那些伟大的作家一样，在未来漫长的时间里，获得不朽的生命和恒久的光荣。

最后，我想对《路遥的哈姆雷特与莎士比亚》这个书名，略加诠解。

关于作家与作品、作家与人物以及作家与读者等复杂关系，存在两种基本的观念和模式：一种是分离主义的观念和模式，一种是关联主义的观念和模式。前者认为作品一旦完成，就脱离了作者，自成一个独立的客体结构，而小说中的人物，则兀然独立于天地之间，读者亦可以自行其是，自由解读，因为，作者所创造的一切，皆与作者了无关涉；后者则认为风格是人格的表征，作品是作者的趣味、思想和经验的微妙表现，人物形象是作者自己人格的曲折映现，读者的阅读亦有赖于对作者的尊重和了解。

虽然分离主义模式也是一种有价值的观念和方法，有助于人们更专注地分析文本，但是，比较起来，关联主义模式无疑是一种更有价值的观念和更科学的方法，因为，它提醒我们尊重那些最基本的事实，启发我们认识和揭示作品与作者之间天然而密切的关系。只有借助那种将作品看作一个完整系统的科学方法，人们才能有效地阐释叙事文学的创作过程和作者形象。利哈乔夫说："为了准确无误地理解艺术作品，必须懂得每一部艺术作品分别是由谁创造的、怎样创造的、在什么条件下创造的。"① 马尔科姆·考利就从詹姆斯·乔伊斯的所有作品里，"分离出三种价值，也就是乔伊斯其人的三个特点：他的骄傲，他对别人的蔑视，他的抱负。……斯蒂

① 德米特里·利哈乔夫：《俄罗斯千年文化：从古罗斯至今》，焦东建、董茉莉译，东方出版社，2020 年，第 161 页。

芬·德迪勒斯或多或少是乔伊斯本人的准确写照；但作者在生活中选择了更为孤独的抱负。”① 事实上，很多时候，在面对叙事作品的时候，如果忽视作品、人物、读者与作者之间的关系，人们不仅无法认识它的作者，也无法完整而深入地认识作品所表现的主要内容。

路遥的文学观念无疑属于关联主义模式。他在《东拉西扯谈创作(二)》中说：“作品中人物的心理揭示是很重要的也是很复杂的，这和作家本人的生活经历、感受、认识和体验有密切的关系。作家自己在生活中的感受、体验很肤浅的话，那他作品中的人物就可能很简单。”② 这种基于创作实践的关联主义观念，无疑更符合小说写作的基本事实和普遍经验。在《早晨从中午开始》中，在谈到自己在写作过程中的矛盾心情和复杂体验的时候，路遥更加深刻地阐释了自己的关联主义文学理念：

> 这样的时候，你是作家，也是艺术形象；你塑造人物，你也陶铸自己；你有莎士比亚的特性，你也有他笔下的哈姆雷特的特性。③

这段非常精彩的理论话语里，包含着深刻的文学思想。它揭示了这样一个文学真理：作家与自己的作品之间，与作品中的人物和意义世界之间，存在着密切的精神关联。所以，不存在什么“作者死了”的事情，也不存在什么“零度写作”的事情；作家就在自己的作品中，作品就是作者自己的精神图谱；从小说的叙事调性中，可以感受到作者情绪的波动；从小说中的人物身上，可以看见作者自己的影子；从读者的阅读反应中，我们可以察知作者创作上的成败利钝。一个文化意识自觉的作家，一个文学意识成

---

① 马尔科姆·考利：《流放者的归来——二十年代的文学流浪生涯》，张承谟译，上海外语教育出版社，1986 年，第 103 页。

② 路遥：《路遥全集·早晨从中午开始》，北京十月文艺出版社，2013 年，第 161 页。

③ 路遥：《路遥文集》，第五卷，人民文学出版社，2005 年，第 281 页。

熟的作家，从不幻想着超然于作品之外，而是让自己以符合艺术原则的方式存在于作品之中。

所以，《路遥的哈姆雷特与莎士比亚》这个书名，无非象征性地表达着这样的研究旨趣和方法：我的路遥研究，基于关联主义的文学观念和认知模式，所以，它既是人物研究，也是作者研究；既是作品细读，也是比较研究；既是对内容的阐释，也是对形式的分析；既是聚焦于修辞和风格的内部研究，也是涉及地域文化等复杂因素的外部研究。如果非得用一个更直白的书名来替换，《路遥与他的文学世界》差可仿佛，大体不差。

2022 年 3 月 26 日，北京北新桥

第一章

路遥研究之准的与方法

文学是人类经验的诗性化表达。它是人与人之间的情感交流和思想交流。作者通过写作呼唤读者，读者则通过阅读回应作者。一切积极意义上的文学写作，都包含着影响读者的目的。作家希望读者理解他所叙述的人生经验，接受他所肯定的价值观和道德标准。

伟大的文学是爱，是信心，是希望。孤独的时刻，它陪伴你；悲伤的时刻，它安慰你；绝望的时刻，它鼓舞你。它教人感受诗性的美，并成为一个具有良好趣味的鉴赏者；它教人认识自己和真理，理解善和爱的意义。文学的最终目的，是帮助人们提高自己的文化教养，帮助人们成长为人格健全的文明人。

诗性、人性和彼岸性是伟大文学的基本特征。缺乏诗性的文学，必然缺乏令人愉悦的美感力量；缺乏人性和人情味的文学，必然缺乏令人感动的情感力量；缺乏彼岸意识和彼岸精神的文学，则必然缺乏对苦难的敏感、对拯救的热望和对神圣事物的敬畏，因而，就应该像英国作家阿兰·德波顿所说的那样："我们不该再以为宗教的悲天悯人单单只应属于宗教，或者必须建立在天主救赎的希望之上。即使我们在自己的生活中奉行无神论的基本准则，即相信此岸世界是我们所知的唯一世界，我们也仍然应当努力采纳彼岸天堂的信奉者所具有的敏锐视角。"① 所以，讨论文学固然要讨论语言、修辞和技巧，但最重要的，是要讨论人的自由和尊严，讨论人的苦难和救赎，讨论那些与人密切相关的神圣而重要的东西。

在人格境界和心性善良方面，作家和诗人都应该高于平均数，至少，不能低于平均数。谁若想成为优秀的作家，谁就得付出巨大的努力，摆脱自己身上庸俗而粗野的东西，提高自己的文化修养和文明素质，使自己成为一个有人情味的人。洪业先生高度评价杜甫的秉性和德行："他是孝子，是慈父，是慷慨的兄长，是忠诚的丈夫，是可信的朋友，是守职的官员，

① 阿兰·德波顿：《写给无神论者》，梅俊杰译，上海译文出版社，2021 年，第 176—177 页。

是心系家邦的国民。他不但秉性善良，而且心存智慧。”① 一个以文学为志业的人，即便不能像杜甫那样温柔敦厚，那样端严峻整，那样才力过人，也应该具备最起码的文化教养和共情能力。他要理解爱、同情和怜悯的意义，应该是诗性文化和善意文化的创造者。

路遥也是一个在很多方面都达到较高水平的作家。他极大地摆脱了时代和环境的消极影响，使自己成长为具有较高文化修养的人。他将文学当作自己的精神信仰，内心充满了之死靡他的虔诚和执着。他理解善和爱的真谛，并将自己的文学创作，提高到了美好的善意文化的境界。他爱生活，爱自己笔下的几乎所有人物。他真实地表现人物身上的复杂性，也热情地表现他们内心的善和爱，最终将他们塑造成真实而美好的人物。他希望自己的充满爱的情感和善的力量的小说，能对读者的内心生活产生积极的影响。

当然，路遥并不是那种性格单一、情感苍白的人。在他身上，你可以看见复杂的性格图谱和情感图谱。他有车尔尼雪夫斯基的坚韧和极端，有杰克·伦敦的雄强和冷傲，也有柯尔卓夫的朴素和纯粹。他有雨果式的温情和多爱，有叶赛宁式的脆弱和感伤，也有那么一点儿缪塞式的敏感和自我中心主义倾向。

他说自己是“苦命人”。他的一生，短暂而多艰——多有坎坷和磨难，多有压力和焦虑。但是，他并没有被挫折和不幸压垮；他通过艰苦卓绝的努力，超越了苦难，成长为非凡的人物。童年时代的不幸，青年时代的挫折，中年时代的早逝，赋予他的人生以悲苦的性质和悲剧的色彩。他对文学的宗教般的虔诚，初恋般的热情，圣徒般的牺牲精神，则强化了他身上的英雄气质和传奇色彩。

路遥的崇高声望和巨大影响力，不仅来自他的人格精神，也来自他的

① 洪业：《杜甫：中国最伟大的诗人》，曾祥波译，上海古籍出版社，2014 年，第 252 页。

文学成就。他的中篇小说《在困难的日子里》既真实地记录了大饥荒带来的痛苦和煎熬，也叙述了考验情境下的善和友谊，显示出一种严峻而又温暖的生活态度和叙事调性，标志着路遥的小说写作模式的转换和个性风格的形成。他的中篇小说《人生》感动了无数读者的心，使人或感叹唏嘘，凄然泪下，或各执己见，抗言争鸣，一时洛阳纸贵，盛况空前。他的长篇小说《平凡的世界》，像他的性格一样，朴素而又庄严，热情而又深沉，别有一种打动人心的力量，至今仍然深受普通读者喜欢。他的《早晨从中午开始》，是充满激情的长篇叙事诗，是以自己为主人公的小说，是充满灵气和卓见的文学批评，是用文字写出来的《英雄交响曲》，显示着路遥极高的悟性和过人的才华。

从文学观念来看，路遥具有很强的大众意识。他不是为文学精英们的小圈子写作，而是为无数普普通通的读者写作。他在乎这些普通读者的反应。他希望自己的作品能对读者的内心生活产生积极的影响。他的作品吸引和感动了无数的读者。那些热爱他的读者，视他的作品为可信赖的朋友，为绝望时的精神支柱，为孤独时的心灵安慰。有的读者甚至靠着他的作品，度过了人生最艰难的时刻。路遥是最受读者热爱的当代作家之一。

然而，关于路遥的评价，却颇多歧见，有时，甚至会呈现出微妙的对峙和尖锐的冲突。排斥和否定他的人，将他视为观念过时的现实主义作家，看作意识顽固的保守主义作家。那些傲慢的“现代主义”文学编辑和批评家，喜欢通过嘲笑和贬低路遥来显示自己的“先锋”姿态；那些迷信“纯文学”的专家和学者，则试图通过漠视路遥来显示自己趣味上的高雅和认知上的高明。他们没有耐心细读路遥的作品，也看不到他的价值。对他们来讲，普通读者对路遥的喜欢和好评，无非是无足轻重的民间流行文化现象，大可以置之不理的。更有一些浅薄之徒，说起路遥来，伸脚舒腰，指天画地，大有不屑齿及之气概。

路遥强烈地感受到了时髦的“文学风潮”带给自己的压力。他没有被流行的文学风气和文学观念所眩惑。在文学认知上，他始终是自觉而清醒的。他找到了自己文学上的精神谱系。他用 19 世纪的“真现实主义”来对抗 20 世纪的“伪现代主义”。狭隘和教条是这“伪现代主义”的基本性格特点，也是时髦的先锋批评家的问题之所在——他们“已经不顾及生活实际上是怎么个样子，而是看作品是否符合自己宣扬的理论观念。”[①] 路遥知道自己的作品既不符合新潮批评家的“观念”，也难入他们的法眼。但是，他烈然自树一帜，抗然不屈于时风，依旧坚持现实主义的文学观念和写作方法。

钟嵘在《诗品》的序中说：“淄渑并泛，朱紫相夺，喧哗竞起，准的无依。”[②] 虽然文学认知的多元和文学观念的冲突，是一种自然而常见的现象，但是，人们仍然有必要分茧理丝，细加辨析，寻绎最切实可靠的观点。在文学价值观严重淆乱的时候，尤须强调常识和“准的”的重要，保持对文学真理和普遍标准的敬畏。

也就是说，只有把文学的文化价值和文化作用、作家所应承担的文化责任以及善意文化、绝对态度和现实主义等问题搞清楚，我们在评价作家的时候，在研究路遥的创作经验的时候，在讨论他的精神超越和创作进步的时候，才能确立明确的观念和参照，才能找到可靠的尺度和方法。

---

① 路遥：《路遥文集》，第五卷，人民文学出版社，2005 年，第 305 页。

② 何文焕辑：《历代诗话》（上），中华书局，1981 年，第 3—4 页。

第一节　文学的文化价值与作家的文化责任

不知从什么时候开始，人们在谈论中国当代文学的时候，不再那么信任和尊重它了。这也怪不得读者，皆任其事者有以致之。我们的文学颓堕萎靡，缺乏热情和力量。文学不再是爱的教师，不再是崇高的盟友；不再是喜剧的鞭挞和笑声，不再是悲剧的毁灭和泪水。文学成了一个人或一个小圈子的事情，而不是关乎社会文化利益的事业。

在某些作家看来，文学就是俗人干的俗事，是一件“码字”的工作。有的作家只为自己而写作，雅致一点说，只为“安妥自己的心灵”而写作。所以，为了满足自己消极的心理需要，他们常常在作品中描写那些秽亵的事象和臆想出来的情节。他们不仅不怕人们批评他庸俗，责备他粗野，而且还以极为恣肆的修辞和叙述表现自己的庸俗和粗鄙。有的作家为了“报仇”而写作。他们常常根据某种充满偏见的极端主义信念，简单化地阐释民族矛盾和社会冲突，津津有味地渲染暴力，甚至喜欢通过狂欢化的叙事，赋予仇恨和毁灭以浪漫的色彩和夸张的快感。

有的作家则将“获奖”当作写作的最高目的。他们创作的最大动力，就是追求那些充满利益诱惑的“文学奖”。虽然任何奖赏和荣誉，都是一种肯定和评价，但这是一种外在的肯定，有时，甚至是歪曲的评价。事实上，无论多么公正的文学评奖，都必然是偏见的产物，都必然具有无法避免的狭隘性和排斥性，就连影响极大的“诺贝尔文学奖”也不例外，就像马尔克斯所批评的那样：“最终的结果并不取决于候选者自身的素质，甚至也不取决于诸神的公正，而是取决于瑞典学院的院士们深不可测的意愿。”① 他甚至批评瑞典学院把诺贝尔文学奖授予丘吉尔，是“一次可悲的肮脏的交易”②。事实上，诺贝尔文学奖之颁奖给克努特·汉姆森这样的种族主义和法西斯主义作家，之排斥列夫·托尔斯泰和格奥尔格·勃兰兑斯，之忽视安东·契诃夫、马克·吐温和托马斯·哈代，无不显示着瑞典院士们的狭隘和盲视。所以，优秀作家所应在意的根本问题，就像马尔克斯在《如何写小说?》中所说的那样，就在于“要严肃认真地写，哪怕之后一本书也卖不出去，哪怕得不到任何奖”③。

比较起来，对中国当代文学冲击最大的，莫过于庸俗的功利主义市场观念。在这种极端的市场伦理的影响下，有的作家放弃了真理的价值原则，选择了市场的交换原则；对他们来讲，文学不再是伟大的精神创造，而是具有交换价值的寻常的市场现象。于是，追求市场利益最大化，就成了某些作家和出版者的重要原则甚至首要原则。尽管将文学推向市场，的确能为出版社带来码洋，为作者带来经济收入，但是，就其本质而言，文学和艺术不是市场现象和经济现象，而是精神现象和文化现象。很多时候，金钱固然可以为人们生活和创作提供基本的保障，但是，一旦它成为唯一的追求目标，那么，作家和艺术家将不可避免地被异化为唯利是图的庸人，甚至会彻底地丧失自己的激情和才能，就像果戈理的中篇小说《肖像》所揭示的那样。

果戈理的《肖像》宣达了这样一个艺术真谛和文学真理，即真正的艺

---

① 加西亚·马尔克斯：《回到种子里去》，陶玉平译，南海出版公司，2022 年，第 226 页。
② 加西亚·马尔克斯：《回到种子里去》，陶玉平译，南海出版公司，2022 年，第 231 页。
③ 加西亚·马尔克斯：《回到种子里去》，陶玉平译，南海出版公司，2022 年，第 362 页。

术和文学体现着人类的自由精神和人格尊严，是一种超越了庸俗的功利主义动机的精神创造活动，因而，艺术家如果想在自己的事业上有所作为，就必须以绝对的态度守护自己的文化理想和人格精神。小说里的主人公恰尔特科夫，原本是一个“有天分的、前途无量的画家，他的绘画作品时而像闪电一般清晰地表现出敏锐的观察力、想象力和贴近大自然的激情”①。他的教授很严肃地提醒他，不要辜负自己的才华，不要追求时髦，要拒绝物质贪欲对自己的诱惑，“那是很有诱惑力的，你会为金钱而画起时髦的画和肖像画，而那样的话，天才可能就发挥不出来，就毁了。”② 然而，恰尔特科夫还是成了这“诱惑”的奴隶。他放弃了艺术家的原则和尊严，“忽视了艰难的、漫长的、循序渐进的知识阶梯和走向未来伟大成就的基本法则”③。他不再是那个在陋室里工作的“谦逊的画家”，而是沦落为一个庸俗的“时髦画家”。他拥有万贯家财，但却丧失了天才般的创造力。为了消除自己内心巨大的失落和痛苦，他花钱购买那些优秀画家的精品，然后狂暴地将它们撕成碎片。他成了一个毁坏优秀作品的恶魔。最后，他在痛苦的挣扎中结束了自己的生命。

英国作家和批评家罗斯金也反对艺术上的物质主义倾向，反复强调艺术的精神价值和文化意义：“人们不能为了骄傲或是金钱去创作，而必须为了爱去绘画和建筑，为了对艺术的爱、对邻居的爱，或者在此之上更多的爱。”④ 也就是说，艺术创造的目的，不是为了虚幻的荣誉，也不是为了金钱，而是为了爱。在《艺术与道德》中，他进一步强调了艺术的价值与作者的精神纯洁之间的关系：“艺术的高级程度与事业的高尚程度、情感的纯粹程度精确地成正比。少女可能会吟唱失去的爱情，但吝啬鬼肯定无法吟

① 果戈理：《彼得堡故事及其他》，刘开华译，安徽文艺出版社，1999 年，第 107 页。
② 果戈理：《彼得堡故事及其他》，刘开华译，安徽文艺出版社，1999 年，第 108 页。
③ 果戈理：《彼得堡故事及其他》，刘开华译，安徽文艺出版社，1999 年，第 141 页。
④ 罗斯金：《艺术与道德》，张凤译，金城出版社，2012 年，第 60 页。

唱丢失的钱财。这一点是很精确的，从高到低，艺术的精致程度，是它所展现的道德之纯净和情感之庄严的指标。”① 一个作家的影响力，一部作品的价值，从根本上讲，不是决定于外在的东西，而是决定于内在的力量，决定于伟大的情感和作家自己的文化修养。

然而，实际的情形，却总是令人不满和失望。即便在英国，文学上庸俗的商人习气，也是极其严重的。英国学者亚历克斯·约翰逊尖锐地批评道：“没有人可以数清楚有多少低劣的书籍，那些文学界的杂草，汲取玉米的养分，并害死了它们。……我们现在十分之九的书籍别无他用，只为从公众的口袋中巧取几块钱罢了。为了达到这一目的，作家、出版商和评论家沆瀣一气。”他提醒人们，要把时间、金钱和注意力“花在优质书籍和崇高思想上”②。可见，在世界上，普遍存在良莠不齐的现象，甚至存在“消极写作”和“低劣书籍”泛滥成灾的问题。

那么，文学的本质是什么？它应该具备什么样的力量和价值？它应该怎样对待善恶？它应该在人类内心唤醒什么样的东西？它应该对读者的内心产生什么样的影响？作家应该是什么样的人？应该具备什么样的素质和修养？

在我看来，法国作家贝纳丹·德·圣皮埃尔对这些问题的回答，就特别深刻和精彩。在小说《保罗与薇吉妮》中，他借叙述人“我”对保罗说的话，用充满激情和理性深度的语言，阐释了自己对文学的理解：

> 文学是上天给人的一种拯救。文学是宇宙之灵射来的智慧光芒。作家有感于天，学会了把智慧光芒固定在地球的本领。文学像阳光，它照亮人心，给人欢乐，暖人心房；它是一盏神灯。文学像火焰，它

---

① 罗斯金：《艺术与道德》，张凤译，金城出版社，2012 年，第 33 页。

② 亚历克斯·约翰逊：《一个人的世界在书架上》，胡韵娇译，北京联合出版公司，2022 年，第 128 页。

使整个自然界为我们所用；它把事物、地点、人物和时间集中在一起，展现在我们面前。是文学唤醒我们注意人类生活的准则。它平息欲火，抑制邪恶。它用有教养者的庄重榜样来激发我们的品德，它颂扬有教养者，把他们描写为值得我们效仿的形象。它像是天女下凡来减轻人类的苦难。凡是伟大的作家都出在整个社会受苦受难的时代，野蛮的时代，堕落的时代。①

圣皮埃尔的这段诗意盎然的文字，表达了对文学热情的赞美，也包含着对文学的文化本质和文化作用的深刻理解和阐释。在他看来，文学是体现人类的道德情感和美学趣味的伟大的精神创造，是一种能够对人们的心灵生活产生巨大作用和影响的神圣事物。假如文学没有光芒和温暖，没有教养和品德，没有对人类苦难和不幸的敏感和同情，它就不是真正意义上的文学；假如文学不是一种唤醒和拯救，它就不可能是伟大的文学。也就是说，文学所追求的首要目标，不是经济价值，而是文化价值；它所服从的基本原则，不是市场交换原则，而是精神升华原则。与那种仅仅将文学当作“磨炼思想的重要砥石”——“借助于这些强大的杠杆，可以使人的思想从善，亦能使之向恶。我们的任务就是要使之从善，与使之向恶的企图进行斗争”②——的狭隘的功利主义观念比起来，圣皮埃尔的精神视野无疑更开阔，而他的文学思想则更深刻，更具真理性。

一般来讲，一个作家的文化修养越高，文化价值意识越自觉，他对自己的文化要求和文化预期也就越高。因为，这样的作家知道，一个没有文化修养的作家，不可能写出能够普遍引起读者共鸣的作品；一部无助于提高读者文化修养的作品，很难成为真正伟大的文学作品。不仅如此，那些

① 郭麟阁、文石编选：《法国中篇小说选》，上册，中国青年出版社，1985年，第75—76页。

② 柯切托夫：《叶尔绍夫兄弟》，龚桐、荣如德译，外国文学出版社，1982年，第539页。

丧失道德准则和真实原则的小说作品，就很难受到人们的欢迎。在巴西尔·沃斯福尔德看来，后果要严重得多——这样的作品不仅不会受欢迎，还应该受谴责："一本小说或一首诗歌如果表现出不道德的人（在这个意义上）比道德的人更快乐，那它就不具备创意文学的观念真实，因为作者在其创作中体现的经验并不符合道德准则所表达的种族的普遍经验。因此，这些作品会受到真实原则的谴责。"① 所有伟大的作家，都知道违背"道德准则"和"真实原则"的后果，所以，他们都努力实现这样的理想和目标，那就是，不仅要创造能给人们带来美感享受的作品，还要创造具有巨大的道德感染力和人格影响力的作品。

作者创造作品，作品影响读者。有什么样的作者，就会有什么样的作品；有什么样的作品，就会有什么样的读者。第一流的作品是第一流的作者创造出来的，第一流的读者是第一流的作品培养出来的。也就是说，在文学交流活动中，作者是起主导性作用的第一责任人。文学交流的文化效果是否理想，文学交流的文化目的能否实现，首先决定于作者自己的文化修养和创造能力。任何一个有抱负的作家，都应该意识到自己对读者和社会所承担的文化责任。法国19世纪著名的思想家路易斯·博洛尔说：

> 我总是极力让一些作家明白他们所应负的重大责任。一般来讲，许多作家并不在意我经常论及的这些重大责任，他们倾向于认为自己所写的这些原理、学说、主义对人们的行动并没有什么影响。这种观点是相当错误的。作家们写出来的东西对别人的言行、对整个社会都有直接的影响。我一向认为，混乱无序的思想意识必然会导致道德观念的混乱，虚伪荒谬的理论必然产生无数错误的行为。谬论对社会的

① 巴西尔·沃斯福尔德：《文学通诠》，罗选民全译、导读，商务印书馆，2021年，第85页。

危害性比犯罪更甚。①

虽然博洛尔所说的作品，主要是思想理论著作；他所批评的作者，主要是思想理论著作的作者，但是，他的关于作者“重大责任”的观点，也适用于文学批评，完全可以援引来评价文学作品和作家。事实上，文学作品可读性更强，传播面更广，对读者的影响更广泛，更深入，更微妙——它会用诗性的、充满感染力的方式，刺激读者的歆羡心理和模仿心理，进而影响他们的情感、思想、人格和文化行为。所以，文学家应该有更自觉的责任意识。

对任何一个作家来讲，仅仅凭借写作才能和艺术形式，都不足以使自己成为第一流的优秀作家，也还不足以使自己写出伟大的作品。罗斯金说：“艺术品绝不可能单独存在，绝不会只为其本身而存在。只有当（它）成为表现知识的手段，或为生活带来高雅时，它才能正确地存在。”② 如果说，文学作品直接的吸引力，来自它的形式，来自优美的形式带来的愉悦，那么，它的更内在、更深刻、更持久的吸引力和影响力，则来自它的内容，或者说，来自它的精神世界和意义世界，来自它给人们的生活带来的净化力量和升华力量。才华只不过使一个作家令人歆慕，人格才能使他令人尊敬；形式上的美只不过使作品显得妩媚和可爱，而内容上的美才使它显得庄严和伟大。也许，正因为这样，英国19世纪著名的文学批评家巴西尔·沃斯福尔德才强调内容优先，才将题材、真实性和信仰置于风格、艺术品质之上：“如果我们必须在题材和风格之间做出选择，我们宁愿失去后者。因为一部与生活事实不相符合的作品，或一部违背人类普遍和基本信仰的

---

① 路易斯·博洛尔：《政治的罪恶》，蒋庆等译，改革出版社，1999年，第87页；引文的标点符号略有修改。

② 罗斯金：《艺术与道德》，张凤译，金城出版社，2012年，第47页。

作品，无论其纯粹的艺术品质有多么伟大，都是毫无价值的。”① 显然，在评价一部作品的时候，题材、真实和信仰等内在的价值，远比风格和艺术品质更重要；换句话说，一部缺乏文化价值的作品，无论它的美学价值有多大，它的整体价值都是要大打折扣的，甚至是无意义的。

文学作品的内容，属于意义和精神的范畴。它反映着作家在情感、人格、伦理和信仰等方面所达到的境界。它是对神圣事物的虔敬和热爱，是温情的人道主义精神，是良知感和正义感，是成熟的反思能力和勇敢的批判精神，是探索人类的苦难和救赎的热情和信念。在俄罗斯文化大师利哈乔夫看来，内容和意义远比技巧和形式重要，所以，“作家首先关心的是真理和真情，而不是故事外在的美”；“如何写作并不重要，重要的是要说真话，以便对人们的行为产生作用力，并唤醒他们的社会意识。”② 当然，形式和“如何写作”也很重要，只是，比较起来，内容和“写什么”却更加重要。所以，作家要关心“外在的美”，但更要关心“内在的美”。正像荷兰学者罗布·里曼所说的那样：“精神是人类最可贵的财富。通过自己的思考，一个人会渐渐明白什么东西是真正美好的、永恒不变的，并愿意为这些东西好好生活。”③ 文学就是帮助人们“思考”和“生活”的伟大力量。能从精神上帮助读者理解生活，帮助他们诗性地、文明地生活的作家，才是有教养的优秀作家。

对作家来讲，通过自我启蒙，提高自己的文化修养，形成积极的文化意识，是成为优秀作家的前提条件。同样，培养成熟的文学意识，确立可靠的文学观念，选择正确的文学路向，也是至关重要的事情。一个值得注

---

① 巴西尔·沃斯福尔德：《文学通诠》，罗选民全译、导读，商务印书馆，2021年，第83页。

② 德米特里·利哈乔夫：《俄罗斯千年文化：从古罗斯至今》，焦东建、董茉莉译，东方出版社，2020年，第171页。

③ 罗布·里曼：《精神之贵：一个被忘却的理想》，霍星辰、张学敏译，中央编译出版社，2013年，第40页。

意的规律是，文化意识与文学意识是同构的，也就是说，一个作家有什么样的文化价值观，就会有什么样的文学价值观，就会写出与他的文化价值观处于同一水平的文学作品。

苏联作家柯切托夫写了很多长篇小说作品，但是，几乎都没有什么重要的价值和长久的生命力。为什么呢？因为他既没有自觉的文化意识，也没有成熟的文学观念。他的文化意识是幼稚而浅薄的，他的文学观念则是僵硬而错误的。所以，现在回头再看，他的《你到底要什么?》等小说作品，就给人一种滑稽可笑的感觉。他心目中没有他者，只有自己和与自己站在同一文化立场的人。他傲慢而自负地赞美原本应该质疑和否定的文化，同时，又狭隘地否定和拒绝原本应该肯定和接受的文化。所以，在他的小说里，人和生活都缺乏稳定的文化基础，也缺乏最起码的普遍性和真实性。

比较起来，路遥就是一个文化意识自觉的作家。他虽然在意社会评价和文学评奖，但是，他不会把赢得奖赏当作自己的最高目标，也不会为了物质利益而放弃自己的精神追求，所以，就避免了果戈理笔下的恰尔特科夫那样的悲剧；他的文学理想和文学写作，境界恢廓，接近圣皮埃尔所界定的文学；他明白作家“所应负的重大责任”，属于路易斯·博洛尔所赞赏的那种作家；他像英国文学批评家巴西尔·沃斯福尔德和俄罗斯文化大师利哈乔夫所说的那样，始终将内容置于形式之上，最为关心的是“真理”和“真情”，是如何对读者产生积极的影响，如何最终唤醒读者的社会意识；他像罗斯金所期待的那样，靠着强有力的心灵，靠着强有力的思想，将自己的创作提高到了伟大而高尚的文化境界。

第二节　路遥的善意文化与绝对态度

无论从文化意识的角度看，还是从对待人和生活的态度看，路遥都是值得赞许的优秀作家，甚至可以说，是一个伟大的作家。他知道一个作家应该如何写作，应该承担什么样的文化责任，应该给读者提供什么样的精神力量。歌德笔下的一个人物说："一个人能使别人改变信仰，力求使别人相信他心中所重视的一切，使他们对他感兴趣的东西发生兴趣，从而在他们身上看到与自己相似的表现，——这在他是多么大的乐事啊。诚然，如果说这是一种利己主义，那么这也是一种最值得爱、最值得称赞的利己主义，正是这种利己主义把我们造成了人，并使我们始终能成为人。"① 包括诗人和作家在内的所有艺术家，都具有这种值得称赞的"利己主义"倾向，或者，更准确地说，都有一种值得称赞的利他主义倾向——他们也都怀着同样强烈的兴趣和愿望，那就是在积极的意义上影响人和改变人，最终使他们成为有教养的人。

文化和文学意味着选择——要在复杂的情势下，选择可靠的发展方向和价值基础。任何时代的文化人和作家，都无法逃避这样的选择。这是一种并不容易的选择。正因为这样，某些时代的文化和文学往往选择错误的方向，常常陷入严重的混乱

① 歌德：《维廉·麦斯特的漫游时代》，关惠文译，人民文学出版社，1988 年，第 176 页。

状态。席勒就对自己时代的文化状况极为不满，认为德意志文化已经失去方向："我们的时代实际上是在两条路上彷徨，一方面沦为粗野，另一方面沦为疲软和乖戾。"① 如果说，"彷徨"是几乎每一个时代都存在的精神现象，那么，每一个作家都要使自己成熟起来，使自己摆脱精神困境。在文学转型的复杂情势下，路遥找到了可靠的方向。他既没有"沦为粗野"，也没有"疲软和乖戾"。他通过自我启蒙，使自己成长为有教养、有力量的作家。

一个作家的文化教养，决定着他的文学影响力和文学地位。路遥之所以是一个优秀的作家，之所以受到读者的尊敬和喜爱，最根本的原因，就在于他有良好的文化教养。他在完成模式转换以后创作的每一部作品，都体现出一种成熟的文化意识，都体现出一种自觉的文化责任感，都体现出一种伟大的情感态度和生活态度。所以，在他的作品里，你看不到一丝一毫的轻薄和放浪，看不到一丝一毫的颓废和堕落。无数的读者之所以被他的作品感动，是因为他具有成熟的文化意识和良好的文化教养，是因为他将自己的文化意识和文化教养诗性地体现在《人生》、《平凡的世界》和《早晨从中午开始》等作品中。

显然，路遥的文化修养，不是体现在文化知识上，而是体现在文化精神上。就文学知识看，他不仅说不上博学，还有很多的知识盲点——他的中国古典文学修养，似乎并不很高；他对古代希伯来文学和阿拉伯文学，对古希腊和古罗马文学，对日本文学和印度文学，似乎也都缺乏充分的阅读和了解。但是，从文化精神来看，他准确而深刻地理解了文学的真谛，理解了文学的文化意义，理解了作家所应承担的文化责任。他知道一个优秀的作家应该"为谁写作"，应该"写什么"，应该"为何写作"，应该"如何写作"。他的内心深处，充满了向上升华的精神力量。他在《〈路遥文

① 席勒：《审美教育书简》，冯至、范大灿译，北京大学出版社，1985 年，第 50 页。

集〉后记》中说："人生旅程时刻处于'零公里'处。那么，要旨依然应该是首先战胜自己，并将精神提升到不断发展着的生活所要求的那种高度……"① 他将自己的这种"精神提升"的道德热情，灌注到自己的文学创造之中："我们劳动的全部目的，都是为了人类生活更加美好。"② 他的那些堪称伟大的小说作品，总是包含着明确而美好的文化目的——点燃读者爱的情感和善的意识，激活人们追求理想生活和美好生活的激情和勇气。

路遥所选择的现实主义文学，是以莎士比亚、巴尔扎克、雨果、司汤达和托尔斯泰为典范的文学。爱和同情是它的基本态度；人道主义是它的基本原则。利哈乔夫说："人道主义与现实主义乃是永恒的艺术本质。"③ 路遥凭着作家的良心和直觉，领悟到了这一真理。所以，在小说创作中，他不仅表现出严肃的现实主义精神，也表现出热情的人道主义精神。是的，路遥的心始终是热的。他的几乎每一行文字，都能让人感受到他的热心和好意。

文学上的优秀文化，是一种善和美的文化。歌德说："善于随时发现和珍视善，便是对真理的爱。"④ 对善的感受和反应，决定了一个人的生命状态和生命质量："只在对别人的善意感到高兴时，我们才是真正地活着。"⑤ 文学所要培养的文化修养，就是体现着善和美的意识和行为。路遥的文学观念之所以显得成熟，他的文学经验之所以重要，就因为，从文化气质和文化修养来看，他具有创造"善意文化"和"美好人物"的自觉意识。他极大地克服了文学上长期流行的"仇恨心理"和"恶意文化"对自己的影响。他通过对所有人的同情，通过对生活的热爱，表现了包含着爱和同情

---

① 路遥：《路遥全集·早晨从中午开始》，北京十月文艺出版社，2013 年，第 295 页。

② 路遥：《路遥全集·早晨从中午开始》，北京十月文艺出版社，2013 年，第 281 页。

③ 德米特里·利哈乔夫：《俄罗斯千年艺术：从古罗斯至先锋派》，焦东建、董茉莉译，东方出版社，2020 年，第 350 页。

④ 歌德：《维廉·麦斯特的漫游时代》，关惠文译，人民文学出版社，1988 年，第 292 页。

⑤ 歌德：《维廉·麦斯特的漫游时代》，关惠文译，人民文学出版社，1988 年，第 295 页。

的“爱愿心理”[①]，创造了一种美好的“善意文化”。所以，他才在《平凡的世界》里说：“如果我们是善良的，我们就会普遍同情所有人的不幸和苦难。”[②] 对路遥的文学创作来讲，这句话具有精神纲领的意义。从这句话里，我们可以看到路遥在追求“善意文化”上所达到的高度和境界。路遥所说的“善良”，是每一个人都需要的善，是熟悉的人和陌生的人都需要的善。这种普遍性的善，就是加拿大学者叶礼庭（Michael Ignatieff）所说的“需要的语言”和“先决条件的善”：“唯一一种可以用需要的语言来表述的人类善，是那种作为人类所有追求的先决条件的善。我们需要爱、尊重、友爱，并非因为我们需要它们来认清自身本质，而是因为不管我们选择何种生活，一旦失去它们，我们几乎无法与自我、与他人和谐共处。”[③] 事实上，一个人内心的快乐和幸福，也来源于爱和友爱，来源于人与人之间的相互尊重和相互同情。没有“善意文化”的社会，不可能是一个幸福型的社会；没有“善意文化”的文学，不可能是伟大的文学。

在路遥的小说里，爱的光芒照亮了平凡人们的生活，而善的精神则构成了整体性的伦理氛围。巧珍和德顺爷爷是绝对善的化身，田福军是哀矜而慈悲的，孙少平和田晓霞的内心则充满了理想主义的热情和利他主义的精神。孙少平自己是从苦难和屈辱中熬过来的，算得上是一个“苦命人”，但是，他对人和生活没有怨尤，更没有酷毒的敌意。他总是善待别人。他帮助那些陷入困境的人，甚至会帮助伤害过自己的人。他几乎没有做过一件与善的伦理和道义原则相违背的事情。在中国当代文学作品中，如此真

---

① “爱愿”是史铁生文学话语中的一个很重要的概念：“在他的理解中，‘爱’不是一种简单的情感，而是一种充满信仰色彩的愿望和行动。为了表达自己对‘爱’的独特理解，他把‘爱’由单音字扩展为双音词‘爱愿’。”（李建军：《大文学与中国格调》，作家出版社，2015 年，第 140 页）在本书里，它就是单音词“爱”的同义词，是为了获得双音词的修辞效果而选择的替代词。

② 路遥：《平凡的世界》，第二部，人民文学出版社，2004 年，第 280 页。

③ 叶礼庭：《陌生人的需要》，陈晓静译，中国华侨出版社，2021 年，第 6 页。

诚而和善的美好人物，似乎并不多见。

所有懂得善和爱的作家，所有追求真理的作家，都是伟大价值的绝对肯定者。米塞斯说："价值判断是人对其环境的各种状况作出的情感反应"；"如果绝口不提价值判断，那就无法谈论人的行动"①。文学就是作家对人和生活的情感反应，因而，本质上是一种诗性化的价值判断。可以说，没有情感反应和价值判断，就没有真正意义上的文学写作。在道德、信仰和真理等重要的问题上，优秀的作家拒绝那种"此亦一是非，彼亦一是非"的相对主义，往往抱着"非如此不可"的绝对主义态度。巴尔扎克长篇小说《乡村医生》中的主人公贝纳西医生说："在道德上也许没有绝对的东西，但这种想法（即'道德上也许没有绝对的东西'的想法——引者注）是危险的，它让利己主义按照个人利益来解释良心问题。"② 安·兰德的长篇小说《阿特拉斯耸耸肩》的主人公约翰·高尔特，在他的精彩绝伦的广播演讲中，尖锐地批评了那些神秘主义论者："拒绝做出判断，凡事模棱两可，宣称没有绝对真理并相信可以推卸责任的人要对目前这样血肉横飞的世界负责。现实是绝对，存在是绝对，一粒灰尘是绝对，同样，人的生命也是一种绝对。你们的生与死是一种绝对，面包的有无是一种绝对，无论你们是把面包吃掉还是眼看着它进了掠夺者的肚囊，那都是一种绝对。"③ 绝对是现实生活的客观性状，也是一种精神世界的主观性状。它意味着明晰而坚确的认知和判断，意味着对那些伟大的价值的热爱和忠诚。就此而言，几乎所有伟大的作家，都是绝对主义的作家。

在面对信仰、真理、道德和人道主义等伟大价值的时候，司马迁的态

① 路德维希·冯·米塞斯：《经济科学的最终基础》，朱泱译，商务印书馆，2021年，第45页。

② 巴尔扎克：《人间喜剧》，第18卷，张裕和、刘益庚译，人民文学出版社，1994年，第475页。

③ 安·兰德：《阿特拉斯耸耸肩》（下），杨格译，重庆出版社，2007年，第965—966页。

度是绝对的，杜甫的态度也是绝对的；夏多布里昂的态度是绝对的，巴尔扎克的态度也是绝对的——1843年7月，在《〈人间喜剧〉前言》中，巴尔扎克援引波纳尔的话来表达自己的观点，并奉之为圭臬：“作家在道德上、政治上应有定见，他应该充当诲人不倦的教师；而人们是不需要向老师学习怀疑的”①；雨果的态度是绝对的——“在绝对正确的革命之上，还有一个绝对正确的人道主义”②，乔治·桑的态度也是绝对的——“一部小说首先应当合乎人性”③；笛福的态度是绝对的，狄更斯的态度也是绝对的；普希金的态度是绝对的，果戈理的态度是绝对的，托尔斯泰的态度也是绝对的——托尔斯泰说：“在人们的灵魂中，我们无法找到适度的正义规则和博爱，只有彻底的、无限的绝对完满的理念，只有使人的生活偏离它的动物性，在可能的生活范围内朝着绝对的完满不断努力。”④ 荷马用平静而超然的史诗叙述来显示自己的绝对态度，莎士比亚用戏剧化的客观呈现来显示自己的绝对态度——别林斯基说，莎士比亚的所有剧本中，都有一个无形的主人公，即表现在生活中的“永久精神”：“莎士比亚能够名垂千古，正应该归功于他全部剧本中这个无形存在的主人公和主要人物，因为在这个人物里面包含着他的绝对性。”⑤ 那么，莎士比亚的伟大剧作的“绝对性”是什么呢？就是他在自己的第一百零五首十四行诗中所说的“真善美”

① 巴尔扎克：《人间喜剧》，第1卷，丁世中等译，人民文学出版社，1994年，第9页。

② 雨果：《九三年》，郑永慧译，人民文学出版社，1957年，第397页。

③ 伍蠡甫主编：《西方文论选》，下卷，上海译文出版社，1979年，第214页。

④ 列夫·托尔斯泰：《天国在你心中》，孙晓春译，吉林人民出版社，2002年，第81页；为了表现《马太福音》那样的仁慈而绝对的态度，托尔斯泰甚至希望用一种更纯粹的方式来写作：1908年8月，他对切尔特科夫说：“要是在文学作品中能遵循音乐表现的手法就好了。没有讽刺，没有恶感，只有好心肠与忧伤。”［《同时代人回忆托尔斯泰》（下），周敏显等译，上海译文出版社，1984年，第191页］“好心肠与忧伤”就是一种仁慈而绝对的态度。假如耶稣基督写小说，他也会有像托尔斯泰一样的心情和想法吧？

⑤ 别林斯基：《别林斯基选集》，第一卷，满涛译，上海译文出版社，1979年，第508—509页。

的原则："我的爱今天仁慈，明天也仁慈，/有着惊人的美德，永远不变心，/所以我的诗也一样坚贞不渝，/全省掉差异，只叙述一件事情。/'美、善和真'，就是我全部的题材，/'美、善和真'，用不同的词句表现……"① 正因为有这样的绝对性的价值原则，所以，他的写作就不是盲目而混乱的，而是有着自觉的伦理目的和伟大的文化抱负："他将写作看作影响和建构生活的伟大手段。他试图在智力、道德观念、情感方式和生活态度等方面影响自己的观众和读者。他想帮助人们了解人类生活的历史和现状，帮助人们更好地认识自己和把握生活。"② 绝对性的价值观和情感态度，赋予莎士比亚的作品以绝对的普遍性和绝对的永恒性。

表面看起来，陀思妥耶夫斯基似乎是一个例外。巴赫金就将他当作相对主义的典范。他在《陀思妥耶夫斯基诗学问题》中分析了陀思妥耶夫斯基的修辞方式和描写模式。他发现，在《卡拉马佐夫兄弟》等小说里，陀思妥耶夫斯基喜欢用多声部激辩的方式描写人物对话，从不向读者提供明确的判断——一切都是疑问，一切都是争论；没有最终的结论，也没有结束的时刻。巴赫金的"陀思妥耶夫斯基诗学"虽然不乏启蒙的意义和解放的力量，但是，它本质上是严重的主观主义解读，是典型的相对主义阐释。他以肯定作者的方式，贬低甚至否定了作者。因为，在看似完全由人物话语构成的"复调叙事"中，作者自己的话语不仅参与其中，而且还起着主导性作用，也就是说，在几乎每一个人物的声音背后，我们都能清晰地听见陀思妥耶夫斯基自己的声音，可以看见这声音对人物声音的组织和引导。陀思妥耶夫斯基的长篇小说《罪与罚》、《白痴》、《群魔》和《卡拉马佐夫兄弟》——按照托马斯·曼的说法，"其实这些都不是叙事文学，而是长篇

---

① 莎士比亚：《莎士比亚全集》，第 11 卷，朱生豪等译，人民文学出版社，1978 年，第 263 页。

② 李建军：《并世双星：汤显祖与莎士比亚》，二十一世纪出版社集团，2016 年，第 174 页。

剧作，几乎通篇构思都是舞台式的”① ——不过是一种特殊形式的“独白叙事”罢了。在这特殊形式的话语体系背后，作者的绝对化的宗教意识和道德情感，像枯水期河道里的白色巨石，清晰可见，历历可数。

路遥的文化态度也是绝对的。他绝对地相信善和爱的价值。当他谈到人性和人道主义的时候，当他谈到对人的善意和普遍同情的时候，当他谈到作家的个性和创作自由的时候，当他谈到劳动的意义和价值的时候，当他谈到“苦难哲学”的时候，当他谈到普通人创造生活的力量和作用的时候，他的态度都是绝对的，没有一丝犹疑和含混。他稳定不移地站在善的文化立场，用信之不疑的道德态度，来肯定人的选择自由和人格尊严，肯定他们追求幸福和美好生活的权利，来赞美爱情，赞美友谊，赞美亲情，赞美理想，赞美劳动，赞美浪漫主义的生活态度，赞美慷慨的利他主义精神。他希望自己的作品能温暖和鼓舞那些陷入困境的人们，能帮助所有人勇敢地追求美好的生活。

一个信仰绝对主义文化价值观的人，大都超越了有气无力的平庸状态，内心里充满理想主义的热情。安·兰德推阐“自私的美德”，强调个人权利和个人利益，是一个极其务实的现实主义者。然而，有趣的是，由于信奉绝对性质的文化价值观，她也同时是具有浪漫主义气质的理想主义者。她反复强调理想主义和浪漫主义的价值。在她看来，理想就是灵魂的燃料，“一个人的灵魂需要燃料，不然它的能量可能就会耗尽。”② 她写过一本书，书名就叫《浪漫主义宣言》。为了帮助人们认识充满浪漫主义色彩的理想的价值，她不仅用理论的方式阐释理想，也用创作的方式展示理想；不仅用小说《理想》讲述理想，还用戏剧《理想》重新讲述理想。

路遥既是现实主义者，也是理想主义者，甚至是一个带有浪漫气质的

---

① 中国社会科学院外国文学研究所《世界文论》编辑委员会编：《陀思妥耶夫斯基的上帝——陀思妥耶夫斯基研究论述》，社会科学文献出版社，1994 年，第 97 页。

② 安·兰德：《理想》，郑齐、张林译，重庆出版社，2017 年，第 322 页。

理想主义者。他总是强调理想的价值，鼓励人们要活得浪漫一点。因为，他知道，谁若完全丧失了理想，那么，他的生活也就丧失了方向；如果谁的生活里没有了浪漫，那么，他的生活就失去了诗意。当许多作家丧失浪漫主义热情和理想主义力量的时候，当小说成了堆积僵死“知识”的仓库的时候，当叙事沦为对人的轻蔑和对文化的破坏的时候，当文学普遍呈现出阴暗而冷酷的恨世主义状态的时候，路遥小说所表现的绝对性质的善意文化，就显得弥足珍贵。

第三节　19世纪气质：路遥的现实主义谱系

用严格的尺度来衡量，路遥有思想家的气质，但并不是一个思想家，也没有形成完整的思想体系。在短暂的生命历程中，他将几乎所有的时间和精力，都用在了自己的文学创作上，来不及从容地思考那些复杂而重要的大问题。

路遥的价值观并不纯粹，思想也并不稳定。从文化立场看，他有时是激进的，有时又是保守的。他是热情的民族主义者，甚至是一个不拒绝承担功能性角色的人，所以，在某些特殊的情境里，他会偶尔地说一些应景的话，甚至会偶尔地写一些应景的文章。但是，无论从文化的角度看，还是从文学的角度看，他都是一个具有很强的世界意识的作家。所以，他能摆脱狭隘的民族意识和时代局限，从世界性的角度来观察生活，站在世界文学的高度，来选择自己的文学谱系。

由于在世界的视野里看文学，所以，他的文学观念和文学写作，就超越了地域性和时代性的局限，与伟大的世界文学经验发生了深刻的精神关联。由于在世界的视野里观察生活和人，所以，他的人性观念和生活理念，就超越了那种狭隘而僵硬的教条，具有情感和价值观上的普遍性质；而他笔下的生机勃勃的人物，则不仅具有复杂的性格内容和人性内容，还体现着个体生命的人格尊严和精神力量。

从文学谱系来看，路遥所认同和接续的，是另一个现实主义传统，即19世纪的欧洲现实主义文学传统。路遥有很浓的19世纪现实主义文学情结。他把自己的文学之根扎在了19世纪欧洲现实主义文学的沃土里。他热爱这种伟大的文学，并以那些现实主义文学大师为楷模。就像谢曼诺夫在《〈人生〉俄译本后记》中所说的那样："路遥既和欧洲文化，也和俄罗斯文学遗产联系着。"① 路遥接受了托尔斯泰的文学观念和文学经验，也接受了雨果的人道主义精神和危困叙事经验。从路遥小说中的人物身上，从他自己的文学言论和自述性文字中，你会发现，欧洲的现实主义文学极大地影响了路遥的文化意识和文学观念，给他的人格精神带来脱胎换骨的变化。他的生活理念和人道主义精神，他的文学观念和写作方法，大都来自俄国和法国19世纪现实主义文学的启发和影响。这个影响至少体现在这样三个方面：个性意识与个人的发现；普遍的爱与人道主义情感；奋斗精神与理想主义。他的叙事风格，朴素，坦率，介入性强，充满道德热情，属于典型的19世纪现实主义文学特征。在中国当代作家中，路遥属于最具19世纪现实主义文学气质的人。这种文学气质，是他自我启蒙和自我培养的结果。

就具体作品来看，在路遥的《惊心动魄的一幕》、《人生》和《平凡的世界》等小说作品里，清晰地回响着19世纪现实主义文学的声音，明显地折射着19世纪现实主义文学的光影。《惊心动魄的一幕》是照着《九三年》的样子写出来的；它的危困叙事模式和情节突转模式，都是从雨果那里拿过来的。从《人生》里，你可以影影绰绰地看见《红与黑》的影子，只是，路遥在创造的意义上吸收了司汤达的经验，塑造出了一个与于连·索黑尔完全不同的人物形象，开掘出了一个完全不同的意义空间。在《平凡的世界》里，那种普遍地同情所有人的人道主义精神，那种深刻的苦难意识和坚韧的生存意志，也属于典型的19世纪文学精神；那种对底层人，尤其是

① 路遥：《路遥全集·早晨从中午开始》，北京十月文艺出版社，2013年，第188页。

对受侮辱的女性的同情和怜悯，是19世纪现实主义文学共同的态度；而关注个人的命运，表现个人与环境的冲突，则是19世纪现实主义文学中最为重要的主题。

19世纪现实主义文学的英雄和主角是个体的人。他们大都是普通的人，是陷入困境的人，是痛苦地探索生活的人。从奥列佛·退斯特和大卫·科波菲尔，到吕西安·夏同和大卫·赛夏；从贝纳西、于连·索黑尔、简·爱和马丁·伊登，再到普希金、屠格涅夫、托尔斯泰和陀思妥耶夫斯基笔下的人物，全都是一些不满现状、身陷困境、奋力挣扎的人。他们试图让自己活得更自由，更高贵，更有价值，更有尊严。虽然他们大都是失败者，但是，他们通过自己的努力，显示了自己的意志和存在，证明了自己是有个性和活力的生命体。

从人物形象和个性意识的角度看，《人生》和《平凡的世界》等小说继承了欧洲19世纪现实主义文学发现和塑造个人的伟大经验。在路遥笔下，一个个梦想远方而又困于现实的个人，站到了生活舞台的中心，成了小说的主人公。对他们来讲，生活就是巨大的压力和连续不断的考验；一个人要想活下去，要想获得做人的尊严，就必须独自承受生活的磨难和内心的焦虑，就必须像鲁滨孙·克鲁索一样踽踽独行，奋力挣扎。路遥以凝重的笔致和亢昂的调性，自然而真实地叙述了孙少平们艰难的成长史和艰辛的奋斗史。孙少平走出双水村、走向“大世界”的故事，使人联想到大卫·科波菲尔、叶甫盖尼·奥涅金和马丁·伊登的人生故事。

现实主义小说是细致而耐心地刻画人物的艺术。作家写情节，讲故事，都是围绕人物展开的，甚至是为塑造人物这一目的服务的。人们读小说，是读故事，但更应该是读人物。或者说，初级形态的小说阅读，关心的是故事；高级形态的小说阅读，则关注的是人物。塑造人物是一种高难度的艺术。小说家在艺术上的最高成就和最大贡献，就是塑造出令人印象深刻的、有生命的人物形象，就是要让读者想起这些人物的时候，有一种真实而难忘的感觉，仿佛他们就是自己的过从甚深的朋友，甚至会觉得他们比现实生活中的人物还要真实。欧洲19世纪的现实主义小说史，就是一部伟大的人物形象史，是无数人物的心灵史、性格史和命运史。

真正的现实主义作家，尊重人物的生命权和思想权。他们深入地观察人物的内心世界，细致地分析他们的意识和思想，从而把他们塑造成有独立个性和内在深度的人。1938年，卢卡契在谈到艺术形象的“智慧风貌”的时候说：“文学上人物的自知的能力，在文学上起着一种巨大的作用。”①所以，“世界文学上的伟大杰作，常常是很仔细地把人物的智慧风貌作为特征描写的。而文学的衰落，则往往表现在——也许在现代最为明显——智慧风貌的模糊上，表现在作者在创作上有意忽略或无力提出并解决这个问题上。”② 事实上，对任何一个现实主义作家来说，只有当他进入人物的内心世界，深刻地描写人物的思想的时候，他才有可能创造出伟大的叙事作品，才有可能塑造出真正有生命的人物。

19世纪的小说家几乎都是伟大的思想家，几乎都是人类心灵的分析师。他们总是有办法深入人物的内心世界，进入人物的深层意识，从而，或者像托尔斯泰那样，写出了人物内心活动的“精神辩证法”，或者像陀思妥耶夫斯基那样，写出了人物自己的思想和“声音”。19世纪现实主义小说最伟大的成就，就是通过完美地描写人物的思想和性格，塑造了许多不朽的人物形象。

相比而言，20世纪小说的一大危机，就是人物丧失了思想的“智慧”和“自知”的能力。他们在情感上是无力的，在思想上是低能的。他们是小说家的沉默的奴隶。小说家剥夺了人物的怀疑和思考的权利，也剥夺了

① 中国社会科学院外国文学研究所外国文学研究资料丛刊编辑委员会编：《卢卡契文学论文集》(1)，中国社会科学出版社，1980年，第180—181页。

② 中国社会科学院外国文学研究所外国文学研究资料丛刊编辑委员会编：《卢卡契文学论文集》(1)，中国社会科学出版社，1980年，第173页。

他们的话语权。在大量著名的小说作品里，人物从生到死，几乎没有自由而深刻地思考过一个问题，更不曾清醒地分析过自己，分析过自己的愿望、动机和焦虑。

路遥意识到了这样的问题。他让自己的人物阅读和思考。他想让他们成为有思想能力的人，成为有自己的价值观和生活理念的人。从塑造人物的角度看，他无疑是当代中国第一流的现实主义小说家。他所塑造的人物形象，个性鲜明而又真实，具有很难进行标签化分类的复杂性和典型性。在路遥的小说里，从《人生》中的高加林、刘巧珍和黄亚萍，到《平凡的世界》中的孙少平、田晓霞、田福军和孙少安，都属于摆脱了外在规约的个人，都属于真正有自己的生活愿望和独特个性的人。那些次要人物，如德顺爷爷、田福堂、孙玉亭、郝红梅、田润叶等，也同样鲜活，同样令人过目难忘。

高加林、孙少平、孙少安和田晓霞等人物，则属于20世纪中国小说史上全新的发现和创造。他们试图摆脱沉重的现实，按照自己的意愿和理想来生活。路遥不仅写出了这些人物性格意义上的个性，还写出了他们意志和思想意义上的个性。其中，高加林和孙少平等农村青年形象，最具典型性，也最接近19世纪现实主义小说的人物谱系。

高加林虽然在行动上是果决而有力量的，但是，他并不曾深刻地思考生活，思考过自己的未来。他不愿意再像父辈那样生活，但却只是凭着冲动来选择和行动。他敢于公开宣示自己的生活选择和人生目标，敢于按照自己的意愿拒绝和追求。他像于连一样，拒绝被安排好的生活，拒绝那种卑微而屈辱的生活。为了摆脱旧的生活，他甚至近乎无情地抛弃了巧珍的爱情。尽管如此，他依然是一个有人情味的人，甚至是一个值得同情的人。通过对高加林形象的塑造，路遥第一次将个人与现实生活的冲突，尖锐而真实地表现了出来。高加林的诞生，标志着个性在转型时代的复活，标志着个人在中国当代小说中的重现；他的复杂性格和悲剧结局，引起了近乎石破天惊般的轰动。他让那些看惯了无个性人物的读者困惑不已。一个长期致力于阐释"从生活到艺术"之金规铁律的老批评家，读了《人生》之后，诧愕不已，舌挢然而不下，目骇然而不瞬，最终，愤愤然以"小资产阶级习气"定性了之。

比较起来，孙少平比高加林更有理想，更有"自知"的意识和能力。他们的选择和目标是一样的——都要摆脱封闭而落后的农村，到远方的城市去，在更好的环境里，过更体面、更有意义的生活。只是，在现实生活面前，高加林是被动的，而孙少平则是主动的；高加林只是在感性的层面上选择自己的人生，只是凭着外在的偶然性的力量来改变自己的生活，孙少平则是在理性的层面上选择自己的生活，靠着清醒的认知和理智的行为来改变自己的生活。孙少平当然不是思想家，所以，他不可能像安·兰德的长篇小说《源泉》中的洛克那样，对"自我"、"创造者"、"个人"与"集体"等问题，都有哲学性的思考，都能发出深刻的议论。洛克站在法庭上说："他的洞察力，他的力量，他的勇气均来自他个人的精神。然而，个人的精神就是他的自我。是他的意识的本质。去思考，去感受，去判断，去行动——这便是自我的功能。……创造者并非无私。他们的力量的全部秘密就在于——它是自给自足的，自我激发的，自我创造的。那就是奋斗目标，干劲和活力的源泉，是生命力——一种最原始的动力。"① 关于个人、自我、力量的源泉，孙少平也许有模糊的感受，但没有深刻的思考和明确的意识，所以，也就不可能像洛克一样议论风发。但是，他也在思考生活，并且形成了一些明确的生活原则和人生理念："普通并不等于庸俗。他也许一辈子就是个普通人，但他要做一个不平庸的人。在许许多多平平常常的事情中，应该表现出不平常的看法和做法来。……这期间，少平获得了一个非常重要的认识：在最平常的事情中都可以显示出一个人人格的伟大

① 安·兰德：《源泉》，高晓晴等译，重庆出版社，2005年，第691页。

来!”[①] 他知道，生活不仅意味着吃饭和穿衣，不仅意味着基本的自然需求的满足，还意味着精神价值的实现和文化需要的满足，所以，要读伟大的书，要听美好的音乐，要了解那些看似玄远、实则重要的事情。无论如何，仅仅为了活着而活着，简直就是对生命和生活的辜负，是令人难以接受的。

孙少平是一个在价值观和生活原则上完成了自我启蒙的人，也是当代小说中难得一见的靠着“自知”能力成长和生活的人。路遥用丰富的细节，通过耐心的叙述，展示了孙少平等人物的精神成长史，塑造了一个在19世纪现实主义小说中常见的圆整而真实的“个人”形象，最终达到了中国当代现实主义叙事的新的高度。

① 路遥：《平凡的世界》，第一部，人民文学出版社，2004年，第137页。

第四节 摆脱“憎恨”情结：路遥对中国现代文学的超越

无论从文学气质和文学精神来看，还是就写作模式和写作方法来看，路遥都属于现实主义文学谱系。只是，路遥的现实主义，既不同于20世纪前40年的中国乡土文学，也不同于20世纪40年代之后的新形态的现实主义文学，更不同于20世纪八九十年代的“先锋文学”和“新写实主义”。他吸纳了20世纪中国文学和“苏俄”现实主义文学的经验，但也超越了它们的局限——路遥的叙事更包容，更宽厚，最重要的，更有普遍性的善意和同情心。他也超越了“先锋文学”和“新写实主义”——超越了它们的琐碎和冷漠，超越了它们的小市民式的庸俗习气和匠气十足的叙事调性。他从19世纪现实主义文学那里，找到了可靠的方向和升华的力量，最终将自己的写作纳入这个伟大的文学谱系。

20世纪前期的中国现代知识分子作家虽然也同情农民的不幸，但是，他们大都出身于士绅家庭，或生活在城镇的“小康家庭”，与真实的乡村社会是隔膜的，甚至是隔绝的。他们对农村生活和农民心理的描写，更多的是基于主观化的想象和启蒙化的观念，而不是根据切实的乡村生活经验。他们对传统文化和乡土文化都缺乏信心，甚至充满强烈的敌意和否定的冲动。所以，他们向来不惮以夸张和尖锐的方式，来写农村社会的落后，来写农民阶层的愚昧和乡绅阶层的邪恶。

这样，他们的知识分子情调很浓的乡土叙事，就难免给人一种不切实际的僵硬而单一的印象。例如，在他们的笔下，乡绅身份的老爷们，如《祝福》中的鲁四老爷、《阿Q正传》中的赵太爷、《子夜》中的吴老太爷和老乡绅曾沧海、《家》中的高老太爷，俱皆冷酷而自私、迂腐而可笑，缺乏最起码的包容心和同情心，甚至对可怜的死者，也以詈语斥之；而农民则几乎无一例外，全都是愚昧而麻木的；至于村镇里的妇女，要么精明而贪婪，芥豆之微的便宜，也不放过，要么在失去了一切的情形下，还要像哲人一样追问地狱的有无。这样的叙述和描写，不能说完全不成立，但是，显然没有充分注意到人性和生活的完整性和复杂性。

事实上，自古以来，中国乡土社会的乡绅——现代小说家所深恶痛绝的“老爷”和“老太爷”们——服从“乡党”伦理的制约，特别注意自己在“乡”的道德形象。孔子以身作则，开了个好头：“孔子于乡党，恂恂如也，似不能言者。”① 原宪给孔子当管家，孔子给了他九百斛粟的俸禄。原宪觉得太丰厚，“思辞其多”②，孔子说：“毋！以与尔邻里乡党乎！”③ 他让原宪用余下来的粮食，周济自己的乡亲。孔子在乡的谦和表现，他所提倡的邻里乡党之间的“相周之义”，实可谓懿行嘉言，对中国古代士绅阶层的道德，对中国古代的“乡选”制度，皆有极大之影响：“古者选士于乡，以乡党耳目至近至众，其为贤不肖如鉴之照物，不可掩也。……吾人立身，欲考在己之得失，借鉴于乡党；其观人取友，采听之乡党，可以鲜失。”④ 那些有教养的乡绅，或者办义学，或者救人于厄，振人不赡，或者维持一乡之公序良俗，多以善行泽被乡里，人亦多以“善人”称誉之。

---

① 《论语·乡党第十》。

② 朱熹撰：《四书章句集注》，中华书局，1983年，第85页。

③ 《论语·雍也第六》。

④ 张履祥著：《训子语译注》，张天杰、余荣军增编、译注，上海古籍出版社，2020年，第50页。

然而，反传统的现代知识分子和现代小说家们，敌视孔孟道德，轻忽乡党伦理，将整个乡绅视为脱离时代潮流和道德规范的恶人，甚至是一群注定要灭绝的人，就像茅盾在《〈子夜〉是怎样写成的》中所说的那样："吴老太爷好像是'古老的僵尸'，一和太阳空气接触便风化了。"① 如果一个作家将某一社会阶层或社会群体污名化，并用充满偏见和敌意的方式来描写他们，那么，他的小说写作就丧失了文学叙事的两个重要原则：客观性原则和普遍同情原则。这两个原则要求作家最大程度地克服任性主观冲动和否定倾向，努力从普遍人性的角度，来客观而真实地表现人性。也就是说，他既要冷静地观察人性的黑暗面，用批判的态度观察人性之恶；同时，更重要的是，还要热情地观察人性的光明面，要用肯定的态度观察人性之善。固然，人性是一个善恶糅的复杂结构，而恶的确是一种顽固的、充满惰性的力量，但是，在温良的善意文化的影响下，人们内心的"恶意"，也有可能被道德理性所遏抑，并渐渐地转化为善念。所以，很多时候，乡绅们内心的"恶意"，并不像作家们揣度的那样多。那些崇奉"仁义礼智信"和"温良恭俭让"的绅士们，就像《平凡的世界》中的乡绅金老先生那样，就像《白鹿原》中的朱先生和白嘉轩那样，急公好义，乐善好施，内心的善念和哀矜，并不比包括作家在内的其他阶层的人们更少。而农民虽然身份卑微，不识之无，但是，他们的内心，亦自有生活的智慧和未泯的良知；至于身处社会底层的女性，对所谓地狱和惩罚，向来就抱着庄敬而又随便的态度，即孔子所说的"务民之义，敬鬼神而远之"②，很少像现代知识分子那样浮想联翩，穷究不舍。

中国现代的乡土文学对农村社会之"恶"的想象和叙写，有时会夸张失度到匪夷所思的程度。在茅盾的长篇小说《子夜》里，吴老太爷简直就是一个天外飞来的怪物，是一个僵硬而可笑的提线木偶；他的内心没有任

① 茅盾：《茅盾论创作》，上海文艺出版社，1980年，第61页。
② 《论语·雍也第六》。

何正常的人性和情感，只有对人和生活的无边的敌意和仇恨："憎恨，愤怒，以及过度刺激，烧得他的脸色变为青中带紫。"① 关于这个人物的几乎所有心理描写和动作描写，都是缺乏分寸感和客观性的。这种极度夸张的丑化描写，不仅缺乏真实感，也缺乏艺术上的美感。

端木蕻良的短篇小说《万岁钱》也存在同样的问题。这篇小说的叙事动力，不是来自生活，而是来自纯粹的臆想；它的叙事原则，不是基于善和爱，而是基于恶和仇恨。作者将迭遭不幸的农民张小五，写成一个可怜而又可憎的无赖，将寺庙里年老力衰的净能和尚，写成一个毫无怜悯心的市侩；至于那个"飞砖似的抛了进来"的人，不仅没有自己的名字，还像魔鬼一样邪恶——他竟然怂恿小五杀了净能和尚，免得"留着他白吃食！细粮细米的活造孽！"② 柯切托夫怀着强烈的仇恨，将自己小说中的"反面人物"，形容为"类似六足动物的东西"③；端木蕻良小说对人物的态度和描写，亦约略近之。张小五等三个人物的面孔，是模糊不清的；他们的心理和行为，也不符合正常的人性原则和道德原则。梅瑞狄斯的长篇小说《利己主义者》中的主人公威洛比爵士说："除了消极的憎恨，不能再大大跨前一步的话，我自己也算不得一个正直的公民。"④ 事实上，作家也应该有同样的理性认知：如果不能跨过"憎恨"，往前跨出一步，那么，他们就算不得一个思想成熟、人格健全的作家，也很难创造出真正有价值的作品。

然而，某些作家似乎缺乏"文明的利己主义者"威洛比爵士的自省意识。1937 年 3 月 18 日，在短篇小说集《憎恨》的"后记"里，端木蕻良用写诗的分行方式，引用了《圣经》中关于爱的著名训诲："爱是恒久忍耐，又有恩慈；爱是不嫉妒，爱是不自夸，不张狂，不做害羞的事，不求自己

---

① 茅盾：《子夜》，人民文学出版社，1960 年，第 15 页。
② 端木蕻良：《憎恨》，人民文学出版社，2001 年，第 46 页。
③ 柯切托夫：《叶尔绍夫兄弟》，龚桐、荣如德译，外国文学出版社，1982 年，第 468 页。
④ 梅瑞狄斯：《利己主义者》，项星耀译，上海译文出版社，1995 年，第 388—389 页。

的益处，不轻易发怒，不计算人的恶，不喜欢不义，只喜欢真理；凡事包容，凡事相信，凡事盼望，凡事忍耐。”（《哥林多前书》13：4，和合本）但是，他并不相信“十字架的道理”，也不认同保罗所宣传的爱和宽容的哲学。所以，他随即便硁硁然地反驳道：“但我宁愿憎恨。……假设我能有摩罕默德（即‘穆罕默德’——引者注）的宝剑，我的《可兰》（即《古兰经》——引者注），将更为简单。”① 从这种尼采式的话语和意识里，人们所看见的，不过是极端的傲慢和盲目的冲动；作者似乎并不知爱为何物，亦不知恨为何物，于是，便顺着内心的本能冲动，将“憎恨”提升为一种绝对的伦理原则。如果说，仇恨是一种消极的情感，是一种破坏的力量，那么，愤怒则是一种积极的情感，是激发人的正义感的创造性的力量。然而，端木蕻良似乎看不到仇恨与愤怒的分际——愤怒里有爱和正义生存的空间，但是，仇恨不仅排斥爱，也扭曲一个人的正义感；也不明白这样一个文学真理——一切充满正义感的文学，都是在爱的神圣原则的引导下，清醒地保持对一切不义的愤怒和批判。

1848 年 1 月 10 日，果戈理从那不勒斯写信给茹科夫斯基，谈到了他对艺术的任务和作用的理解：“艺术创造总是包含着某种使人安宁和心平气和的东西。在阅读的时候心灵中洋溢着和谐的亲睦之情，读毕，心灵便得到满足；无所想，无所求，心中非但没有萌动对兄弟的怨恨之情，反而缓缓流动着对兄弟宽恕之爱的柔情蜜意。”② 果戈理的这段话，完全可以视为俄罗斯古典文学共同的文学观念和创作原则。别林斯基完全认同果戈理的“用全体民众的眼睛来观察这个世界”的观点，并引申道：“不论在描写下等，还是中等、上层阶级的时候，都能够一视同仁。凡是只能够抓取粗犷的平民生活的显著触目色调，而不善于抓取有教养生活的比较细致、比较

① 端木蕻良：《憎恨》，人民文学出版社，2001 年，第 160 页。

② 果戈理：《果戈理全集》（书信卷），第八卷，李毓榛译，安徽文艺出版社，1999 年，第 409—410 页。

复杂色调的人，这个人永远也成不了伟大的诗人，更不大可能有权获得民族诗人的响亮称号。一个伟大的民族诗人不分轩轾地能使地主老爷和农民都说自己的话。如果一部从有教养阶层的生活中取材的作品不配称为民族的作品，——那么这就是说，它在艺术方面也是毫无价值的，因为它不忠于它所描绘的现实的精神。”① 显然，对作家的最大考验，不在写作的技巧和才华上，而在对待人和生活的态度和情感上。一个人之所以伟大，就在于他不是一味地用极端的方式表现丑恶，而是能客观而公正地观察和描写各阶层人物，最终写出人和生活的“复杂色调”。如果没有这种公正的态度和“现实的精神”，那么，一部作品的艺术价值也会大打折扣，甚至会“毫无价值”。

以果戈理和别林斯基的文学思想做参照，我们可以更清晰地看见中国现代作家在情感态度上存在的问题。20 世纪的许多中国作家——包括现代作家和当代作家——普遍缺乏果戈理所讲的“柔情蜜意”，他们的作品里，也缺乏那种“使人安宁和心平气和的东西”；同时，他们不仅缺乏别林斯基所强调的对各阶层人物都“一视同仁”和“不分轩轾”的平等意识，而且，还喜欢怀着深深的敌意，将那些较有教养的阶层，描写为可笑的丑类，而不是克服自己的偏见，抓取那些“有教养生活的比较细致、比较复杂色调的人”，以客观而真实的方式来展开叙述和描写，让人物说自己想说的话，并将他们塑造成真实的人。

端木蕻良的短篇小说集《憎恨》，与果戈理和别林斯基所推扬的文学，截然不同。如果说，伟大的俄罗斯文学充满生活的智慧和爱的热情，显示着对生活和人的公正而仁慈的态度，那么，那些不成熟的文学则缺乏对所有人的公正态度和同情态度，显示出一种消极的简单化叙事倾向。事实上，端木蕻良小说创作上的问题，并不是偶尔一见的个别性问题，而是在在可

① 别林斯基：《别林斯基选集》，第四卷，满涛译，上海译文出版社，1991 年，第 531 页。

见的普遍性问题。常风先生批评茅盾的《子夜》“是一个失败，一个大失败”①；在他看来，现代作家“先天”和“后天”皆有不足，所以，他所批评的，就不是茅盾一个人，而是“我们整个的文学”：“我们觉得可悲的是，不是茅盾先生个人艺术之如何；而是我们所认为大作家者尚不过如此，那末，一般的水准就可想而知了。”② 应该注意的是，中国现代文学的问题，并不只见之于“艺术”，而是更严重地表现在对人的情感上和对生活的态度上。在很长的时间里，对人和生活的极端化的“憎恨”情绪，弥漫在中国现代文学的叙事性文本、抒情性文本和议论性文本里。它化作要“把全宇宙来吞了”的膨胀的抒情，化作要把一切都淹没的咆哮的修辞，化作要把一切都破毁的诅咒的话语，深刻地影响了后代作家的文化意识、道德情感和文学写作。雷蒙·阿隆说：“在20世纪，谴责这一世界肯定比美化这一世界更容易。”③ 对人类来讲，恨比爱更容易，对抗比妥协更容易，排斥比包容更容易。爱的情感需要培养，但仇恨却不需要。一旦形成了某种气候，一根细小的火柴，就可以点燃仇恨的火焰，并使它顷刻间便成燎原之势。这也不难理解。因为，仇恨和攻击原本是人的一种本能倾向。一个人如果还没有在自己的内心培养起健全的人性和善良的情感，那么，他就很容易被恶的力量所诱惑，所控制，就会陶醉于仇恨所带来的低级的快乐。

值得庆幸的是，由于个人特殊的气质和性格，由于陕北地域文化的影响，由于19世纪现实主义文学的人道主义精神的影响，路遥终于摆脱了这种文化上的非理性主义情绪对自己的影响。他超越了极端的文化激进主义，克服了全盘否定传统文化的“文化幼稚病”：“有一种观点，对过去的历史和文化，采取全部否定的态度，我认为这种倾向是一种幼稚的倾向。”④ 一

① 常风：《逝水集》，辽宁教育出版社，1995年，第152页。

② 常风：《逝水集》，辽宁教育出版社，1995年，第154页。

③ 雷蒙·阿隆：《知识分子的鸦片》，吕一民、顾航译，译林出版社，2005年，第48页。

④ 路遥：《路遥全集·早晨从中午开始》，北京十月文艺出版社，2013年，第255页。

方面，他有开放的世界意识和现代的启蒙意识，向往都市生活，甚至接受某些现代的生活方式；但是，另一方面，他又有很强的民族意识，甚至，在一定程度上，形成了一种积极意义上的文化保守主义意识：

> 我的观点是，只有在我们民族伟大历史文化的土壤上产生出真正具有我们自己特性的新文学成果，并让全世界感到耳目一新的时候，我们的现代表现形式的作品也许才会趋向成熟。正如拉丁美洲当代大师们所做的那样。他们当年也受欧美作家的影响（比如福克纳对马尔克斯的影响），但他们并没有一直跟踪而行，反过来重新立足于本土的历史文化，在此基础上产生了真正属于自己民族的创造性文学成果，从而才又赢得了欧美文学的尊敬。如果一味地模仿别人，崇尚别人，轻视甚至藐视自己民族伟大深厚的历史文化，这种生吞活剥的“引进”注定没有前途。我们需要借鉴一切优秀的域外文学以更好地发展我们民族的新文学，但不必把“洋东西”变成吓唬我们自己的武器。①

这种朴素的文化保守主义，深刻地影响了路遥的文学观念和文学写作。他同情地理解传统文化，同情地理解那些生活在“落后”环境里的农民。他更倾向于用复杂的方式来写他们的情感，写他们对土地的情感，写他们之间的家庭关系和伦理亲情：“由此而论，就别想用简单的理论和观念来武断地判定这种感情是‘进步’的还是‘落后’的。”② 他批评那种单用批判和否定的方式观察和表现农村生活的写作模式，选择用庄严的肯定的方式，来塑造那些平凡而又非凡的优秀人物。

路遥出身于农民家庭，对中国农村非常了解，对中国农民很有感情，所以，他很动情地说：“从感情上说，广大的‘农村人’就是我们的兄弟姐

① 路遥：《路遥文集》，第五卷，人民文学出版社，2005 年，第 256 页。
② 路遥：《路遥文集》，第五卷，人民文学出版社，2005 年，第 303—304 页。

妹，我们也就能出自真心理解他们的处境和痛苦，而不是优越而痛快地只顾指责甚至嘲弄丑化他们——就像某些发达国家对待不发达国家一样。”①在《生活的大树万古长青》一文中，他更加明确地表达了自己对乡土社会的肯定性的文化态度：“作为一个农民的儿子，我对中国农村的状况和农民命运的关注尤为深切。不用说，这是一种带着强烈感情色彩的关注。……生活在大地上这亿万平凡而伟大的人们，创造了我们的历史，在很大程度上也决定着我们的现实生活和未来走向。那种在他们身上专意寻找垢痂的眼光是一种浅薄的眼光。”② 显然，这态度真诚而热情，显示着一种更包容的文化意识。与中国现代作家的文化激进主义态度比起来，路遥的文化保守主义态度，无疑更具补偏救弊的意义和作用，也显得更加理性和成熟。

总之，路遥认同中国传统文化的仁爱伦理，接受底层劳动者坚韧的生活态度和隐忍的人生哲学，并用这样的伦理精神鼓舞读者和小说中的人物：“人啊，忍、韧、仁……”③ 从表面上看，这些观点显得肤浅而陈腐，并没有多少新意。但是，正是从这样的似乎平淡无奇的话语里，人们可以看到一种寻常而永恒的生活态度。奥登说：莎士比亚的人物所“表达的哲学和道德观点只是老生常谈，但是任何一代人或社会中，其思想并非老生常谈的人其实只是少数”④。路遥的小说所宣达的伦理精神和生活原则，就属于那种影响着许多人的颠扑不破的“老生常谈”。

路遥认识到了爱和同情对于人和文学的意义。他开始用同情和理解的态度来理解一切。他同情农民和农村社会，也努力地来理解其他阶层的人。他从不粗暴地贬低农民，也很少无端地嘲笑其他阶层的人。路遥所塑造的农民形象，就有正常人的心理和情感——他们懂得爱，内心绝无那种简单

① 路遥：《路遥文集》，第五卷，人民文学出版社，2005 年，第 305 页。
② 路遥：《路遥文集》，第五卷，人民文学出版社，2005 年，第 337 页。
③ 路遥：《平凡的世界》，第三部，人民文学出版社，2004 年，第 336 页。
④ W. H. 奥登：《染匠之手》，胡桑译，上海译文出版社，2018 年，第 240 页。

化的“憎恨”情绪；而他的现实主义乡土叙事，就有一种自然而真实、复杂而丰富的性质，充满了美好的人情味与温暖的生活画面。在他笔下的农村社会，无论是饱读诗书、泽被乡里的乡绅金先生，还是没有文化、心性淳良的刘巧珍和德顺老汉，都是爱和仁慈的化身。

有些人对路遥小说中跨阶层的爱情，很是怀疑，甚至大加嘲讽，却忘了这样一个简单的事实——巨大的社会变革和特殊的生存环境，已经将阶层之间的等级差序，暂时抹平了；他们还忽略了路遥对人的普遍同情和尊重的态度——正是这种态度，使他敏锐地感受到了相爱的人们的纯粹和勇敢，看见了他们为了爱情完全无视出身和社会地位所造成的距离。歌德的《维廉·麦斯特的学习时代》也叙写了跨阶层的爱情。席勒在给歌德的信中说：“有些人会感到诧异，一部小说，没有丝毫‘长裤汉气味’，某些段落倒似乎是在替贵族张目，竟以三门婚事结束，而这三门婚事居然全部门第不相当。”① 显然，只要用理解的态度对待人，用公正的态度审视生活，你就会超越那些固化的观念和可笑的偏见，就会发现和写出人性和生活中那些真实而奇异的美好故事。

从对待农村生活的态度看，从塑造农民形象的方法看，路遥摆脱了中国现代作家的“憎恨”情绪模式，超越了他们专写“黑暗面”和“劣根性”的单一模式，极大地拓宽了中国乡土文学叙事的文化视野，显示出更具包容性的文化态度和更加成熟的文化意识。

---

① 歌德、席勒：《歌德席勒文学书简》，张荣昌、张玉书译，南京大学出版社，2021 年，第 137 页。

第五节　拒绝新旧“高大全”：路遥对中国当代文学的超越

从路遥研究的角度看，20 世纪 90 年代之前的中国当代文学，可以分为三个大的段落：一个是 1949 年至 1966 年的“十七年时期”的文学；一个是 1966 年至 1976 年“十年期间”的文学；一个是“新时期”至 20 世纪 90 年代初期的文学。“十七年时期”的文学（主要是柳青的文学经验）点燃了他创作的热情和信心，也培养了他的抒情化的叙事风格；“十年期间”的文学直接影响了他早期的短篇小说写作，引导他在“双浪主义”的模式里，塑造了一些性格单一而僵硬的人物形象；“新时期”以来的文学构成比较多元，对路遥的影响也比较复杂——一方面，逐渐复苏的文学激活了他的创作激情，新的文学观念和翻译作品则扩大了他的文学视野；另一方面，现代主义谱系的“新潮文学”也给他造成不小的压力和焦虑，考验着他坚持现实主义文学的定力。

路遥善于学习，也敢于超越。他虚心地吸纳当代现实主义小说的经验，甚至会虔诚地称柳青这样的作家为自己的“文学教父”。但是，他也超越了 20 世纪五六十年代的中国农村题材“新史诗”模式小说，超越了 20 世纪 70 年代的“高大全”模式小说。在那些被时风规训的小说叙事里，个人是暗淡无光的，个性是残缺的——个性被整体性所稀释，普遍性被时代性所遮蔽，差异性被共同性所淹没。在那些被动而教条地“反映生活”

的小说里，完全看不到真正的个人，也看不到健全而独特的个性。这些人物没有自己的信念和思想，也没有自己的情感和欲望。他们是流行观念的载体，是缺乏个性内容的符号。

在读大学的时候，路遥所接受的文学教育，充满了严重的偏见和僵硬的教条，所处的文学环境则极不正常，就像德籍俄裔作家娜塔莎·沃丁所写的那样："大家要用长达三四个小时来讨论普希金和果戈理到底是大地主还是小地主。……学生们依照'工人尖兵走进文学'的指示去工厂发掘人才并组建文学社团。如果一个工人符合标准，那么意味着他体内潜藏文学天赋，属于培养对象。"① 对这样的文学教育和文学环境，路遥当然是不满意的。于是，他便开始了文学上的自我教育。他钻进阅览室，将中国1949年以来的几乎全部重要文学杂志，从创刊号一直翻阅到"文革"开始后的终刊号："阅读完这些杂志，实际上也就等于检阅了1949年以后中国文学的基本面貌、主要成就及其代表性作品。"② 在路遥看来，这些小说"最大的缺憾"，就是"将人分成两种：好人或坏人"；事实上，"大多数人是复杂的。好人也会犯错误。某些艺术作品将人物写得高大完美而无缺陷，这种人物其实是不存在的。"③ 然而，"新史诗"和"高大全"的文学模式，则完全无视人的"复杂性"。它按照某种将人简单分类的僵硬观念来展开叙事；它将自己的眼光投向那些貌似非凡的人和生活，从而失去了观察和接触平凡生活和平凡人们的机会；它对普通人视若无睹，看不见他们的忧愁，听不见他们的心声。它也许不乏"生活气息"，但是，它本质上是空洞和虚假的，缺乏真实的生活画面和丰富的人性内容。

路遥与中国20世纪五六十年代的文学最大的不同，就表现在对个人和个性的态度上。他要摆脱那种虚假的简单化模式，要写出人物的复杂性，

---

① 娜塔莎·沃丁：《她来自马里乌波尔》，祁沁雯译，新星出版社，2021年，第173页。

② 路遥：《路遥文集》，第五卷，人民文学出版社，2005年，第259页。

③ 路遥：《路遥全集·早晨从中午开始》，北京十月文艺出版社，2013年，第244页。

就像他在谈到《人生》时所说的那样："我要给文学界、批评界，给习惯于看好人与坏人或大团圆故事的读者提供一个新的形象，一个急忙分不清是'好人坏人'的人。对于高加林这一形象后来在文学界和社会上所引起的广泛争论，我写作时就想到了——这也正是我要达到的目的。"① 但是，他绝不将复杂性当作混乱和芜杂的代名词，也不无节制地描写人物内心的野蛮和黑暗，而是用真实而充满诗性的方式，写出了那复杂性下的纯粹性——纯粹的善和纯粹的美。他说自己塑造刘巧珍的目的，就是要"写得叫人们爱她，同情她，永远留在人们的心里"②。刘巧珍、德顺老汉、田晓霞、田润叶、孙少平、孙少安和田福军等人物的身上，都有精神上的某种近乎纯粹的善和美。情感和精神上的近乎绝对的纯粹性，是路遥《人生》、《平凡的世界》和《早晨从中午开始》等作品在内在品质上的共同特点。

比较起来，后来的穿了一身"牛仔服"的新"高大全"文学带给路遥的压力无疑更大。自20世纪80年代以来，一股新的文学潮流，逐渐主宰了人们的文学意识。这种"新潮"文学提倡"向内转"，将"纯文学"当作绝对原则，将技巧和形式置于内容和价值观之上。这种倾向造成了文学上的"价值混乱"现象和"精神匮乏"现象。人们漠视那些亲切而朴实的作品，欢迎那些怪异而另类的作品。极端形态的现代主义文学实验，无论多么出格，都会赢得人们的包容和赞赏，而现实主义的文学信念和写作方法，则常常受到轻蔑的嘲笑和否定。人们似乎完全没有意识到，一个时代的文学和艺术的没落，就是从对正义、道德和信仰等内容性因素的轻视开始的，就是以单一地追求所谓"纯文学"为嚆矢的。

抵拒现实主义的现代主义文学潮流，给那些现实主义作家带来巨大的压力。他们必须面对这样一个选择：是走新潮的"现代主义"文学道路，还是坚持"落伍"的现实主义文学方向？应该用什么样的文化态度面对生

---

① 路遥：《路遥文集》，第五卷，人民文学出版社，2005年，第259—260页。
② 路遥：《路遥全集·早晨从中午开始》，北京十月文艺出版社，2013年，第237页。

活，面对自己笔下的人物？应该选择什么样的文学价值观和文学方法进行创作？应该给读者什么样的文化价值和文化影响？这些，也是摆在路遥面前的问题。

作为一个对现实主义文学有深刻理解的作家，作为一个充满道德主义激情和理想主义热情的作家，路遥知道自己的写作“和当时大的文学潮流背逆”①。他也知道自己会面临什么样的压力：“我同时意识到，这种冥顽而不识时务的态度，只能在中国当前的文学运动中陷入孤立境地。但我对此有充分的精神准备。孤立有时候不会让人变得软弱，甚至可以使人的精神更强大，更振奋。……毫无疑问，这又是一次挑战，是个人向群体挑战。而这种挑战的意识实际上一直贯穿于我的整个创作活动中。中篇小说《惊心动魄的一幕》是这样，《在困难的日子里》也是这样。尤其是《人生》，完全是在一种十分清醒的状态下的挑战。”② 他不仅不怕陷入“孤立境地”，还敢于独自挑战“群体”。他清醒地看到了现代主义文学的残缺和问题。他称这些“新潮”文学为“新的‘高大全’——穿了一身牛仔服的‘高大全’或披了一身道袍的‘高大全’”③。他拒绝旧的穿着粗布褂子的“高大全”，也拒绝新的穿着牛仔裤的“高大全”。他提醒自己不要被一时的风潮裹胁而去，并对流行的文学观念发出了抗辩的声音，毫不客气地批评了那些“拥挤着争先恐后顺风而跑”的批评家，批评了创作上的“朝秦暮楚”的现象。

路遥坦率地指出，那些“新潮流作品”，大都处于“直接借鉴”甚至“刻意模仿”的水平，因而，“显然谈不到成熟，更谈不到标新立异”④。他为现实主义文学辩护。他清醒地知道，现实主义不仅没有过时，而且依然

---

① 路遥：《路遥文集》，第五卷，人民文学出版社，2005 年，第 299 页。
② 路遥：《路遥文集》，第五卷，人民文学出版社，2005 年，第 259 页。
③ 路遥：《路遥文集》，第五卷，人民文学出版社，2005 年，第 305 页。
④ 路遥：《路遥文集》，第五卷，人民文学出版社，2005 年，第 255 页。

具有强大的生命力；更严重的问题是，在我们这里，现实主义不仅没有得到充分的发展，而且还停留在很低的水平，甚至陷入了前踬后疐的困境：

> 现在的问题是，如果认真考察一下，现实主义在我国当代文学中是不是已经发展到类似19世纪俄国和法国现实主义文学那样伟大的程度，以至我们必须重新寻找新的前进途径？实际上，现实主义文学在反映我国当代生活乃至我们不间断的五千年文明史方面，都还没有令人十分信服的表现。虽然现实主义一直号称是我们当代文学的主流，但和新近兴起的现代主义一样处于发展阶段，根本没有成熟到可以不再需要的地步。
>
> 现实主义在文学中的表现，决不仅仅是一个创作方法问题，而主要应该是一种精神。从这样的高度纵观我们的当代文学，就不难看出，许多用所谓现实主义方法创作的作品，实际上和文学要求的现实主义精神大相径庭。几十年的作品我们不必一一指出，仅就“大跃进”前后乃至“文革”十年中的作品就足以说明问题。许多标榜“现实主义”的文学，实际上对现实生活做了根本性的歪曲。①

路遥站在世界文学的高度，以19世纪现实主义文学作为尺度和坐标，审视我们的时代的现实主义文学，并得出了一个清醒而深刻的结论：我们还没有创造出真正的现实主义文学，因为，从历史的角度看，我们的现实主义文学不能令人满意；从现实的角度看，我们的现实主义文学同样令人失望。我们要有自知之明，要通过切实的努力，摆脱那些虚假的“现实主义”模式，将自己时代的现实主义文学，提升到较高的水平。人们应该清醒地认识到，现实主义写作似易实难，是一种特别考验人的热情、耐心、勇气和

---

① 路遥：《路遥文集》，第五卷，人民文学出版社，2005年，第257页。

才能的文学模式和写作方法。

现实主义是一种追求客观性和真实性的文学模式。路遥忠诚地信守现实主义的真实原则。他紧紧贴着自己的人生经验展开叙事。他用真实而丰富的细节，用充满温情的悲剧调性，叙述了普通的农村青年在改变自己命运的过程中所承受的考验，所付出的代价，从而创造了一种可以命名为“人生现实主义”的叙事模式。路遥小说中的人物，像现实生活中的人们一样，有强烈的身份焦虑和自卑感，也有爱情的欢乐和痛苦；能感受到贫穷带来的辛酸和无奈，也能感受到饥饿带来的屈辱和绝望；懂得如何爱自己的家人和朋友，也懂得如何同情和帮助那些陷入困境的人。也就是说，路遥所写的是“人生”，是真正属于人的具体而丰富的生活。

利哈乔夫把“短距离”视为现实主义艺术的一个特征。所谓“短距离”，就是“作家接近自己描绘的人物”，“不是以旁观者的角度看世界，而是从人的内心看世界；即便是想象中的一个人物，也必须是接近读者和作者的人物；作者的观点由表层的冷漠变得温暖、具体，具有人性化和个性化特点”①。路遥的现实主义写作，就具有明显的“短距离”特征。他自己出身于农民家庭，也当过农民，像农民一样吃过苦，受过穷，挨过饿。他深刻体验过农民的自卑和无奈，了解他们的痛苦和愿望，知道他们精神上的善良和美德，也稔知他们的生存哲学和生存智慧。所以，他的经验与人物的经验，是相通甚至相同的。他关于农村社会和农民阶层的叙事，就充满了自传式的真实感和说服力，也极大地克服了中国现代作家在乡村经验叙事上的局限性。

路遥与笔下的人物打成一片，恫瘝在抱，痛痒相关，感同身受地叙写他们的屈辱、焦虑和悲抑。这是一种更加同情人和尊重人的文学精神和写作方法。这样，在《人生》和《平凡的世界》里，人物就不再是承载某种

---

① 德米特里·利哈乔夫：《俄罗斯千年艺术：从古罗斯至先锋派》，焦东建、董茉莉译，东方出版社，2020年，第349页。

激进的启蒙意识的符号，不再是承载某种关于国民性观念的器物，也不再是时代阴影下微不足道、模糊不清的影子，而是被凸现出来的真实而鲜活的个体生命；人物不再是被冰冷地解剖的物，而是被爱、同情和理解的人。人物终于脱离了那种被慢待和否定的命运，成了一个真正意义上的人，一个有自己的个性和尊严、梦想和追求的人。

放在开阔的比较视野里进行考察，可以清楚地发现，路遥的“人生现实主义”，事实上实现了双重的克服和超越：既克服了现代文学对乡村社会的隔膜，超越了它的憎恨情绪和恶意模式，又克服了当代文学的简单化倾向和去个性化倾向，超越了那种僵硬而虚假的叙事模式。这就意味着，他将要把目光转向欧洲 19 世纪的现实主义文学，充分吸纳雨果和托尔斯泰的伟大经验，从而把自己的小说写作，提升到真正的现实主义文学的高度。这是一种更加真实和亲切的现实主义，也是一种充分人道主义化的现实主义。

第六节　细读、比较与人文并观：研究路遥的方法

文学是由客观物象和主观心象构成的，或者说，是由事实和情感等复杂因素构成的。文学研究和文学批评也同样体现着这种复杂性——它是科学，又不纯然是科学；它是追求学术性和客观性的求真活动，也是不可避免地带有倾向和愿望的修辞行为。不存在毫无态度和毫无情感的文学经验。无论文学创作，还是文学批评，都是人们对世界和人类生活的一种态度性反应和价值性体验。

不过，也要注意到，文学批评虽然不可避免地带有主观性和价值色彩，但是，由于批评家的判断准确地反映着真实的状况，或者说，由于他的主观认知与客观情状高度契合，所有这些主观性的东西，不仅摆脱了随意性和虚假性，还具有一定的客观性和科学性。也就是说，成熟形态的文学批评，驯化了那种低级的主观性，并将它提高到了接近客观性的水平和高度。

文学研究和文学批评的第一对象是文学作品。作家研究也不能脱离作品研究这个基点和轴心。研究作品最重要的方法，就是文本细读。小说是细节的艺术。没有丰富而生动的细节，就没有引人入胜的小说。鄙语云："魔鬼藏在细节里。"在小说中，一切有力量的东西，都藏在细节里。一部规制巨大的长篇小说，就像一座宏伟的文学建筑，不了解它的所有细部，就无法认识和评价它的整体风格。

没有认真的细读，就没有有效的批评。就此而言，任何时候，细读都是文学批评最基本的方法，也是它最重要的原则。放弃细读原则的批评，就效果而言，必然是空疏而缺乏说服力的；就批评伦理而言，则是不认真和不道德的。正因为明白这些道理，所有伟大的批评家，全都是认真的读者，全都将自己的批评建立在对作品的细读上。金圣叹是这样的批评家，毛宗岗也是这样的批评家；约翰逊博士是这样的批评家，德·昆西也是这样的批评家；别林斯基是这样的批评家，纳博科夫也是这样的批评家。

事实上，越是那些看似貌不惊人的现实主义作品，越需要细致地阅读。因为，华丽的作品将自己的一切，都堆积在作品的表面上，不需要费多少力气，你便可以清晰地看见它的本相。而那些朴实而内敛的作品，往往像讷于言的君子，非经认真而耐心的交流，不能知其德能之高。面对一部看似貌不惊人的现实主义作品，只有经过认真而耐心的细读，人们才能看到它平凡之下的奇崛，平淡之下的深意，朴素之下的丰饶。

我想以自己的阅读经验为例，来谈谈细读的重要。我最早读《平凡的世界》，兴趣全在孙少平和田晓霞们身上，对那些描写干部形象的文字，了无兴趣，很不耐烦，看得不甚仔细。于是，便在最早发表的一篇研究路遥的长文中，妄下雌黄："他笔下的人物大都在性格的坚定上和道德的善良上，呈显出一种绝对而单一的特点，这是不是也单调一些了呢？而像乔伯年和田福军这样的'正面人物'，则几乎完全出于作者的想象，显得苍白而无力。"① 田福军的性格确实有点单一，但他的这种单一，很大程度上，是受特殊时代影响和塑造的结果；因而，我说他"几乎完全出于作者的想象"，就不是一个很妥洽的判断；另外，田福军形象虽然略显单薄，但并不像我说的那样——"显得苍白而无力"。后来，通过多次细读，我发现，虽然路遥对田福军性格的复杂性描写得确实不够充分，但是，用"苍白而无

① 李建军：《文学写作的诸问题——为纪念路遥逝世十周年而作》，《南方文坛》2002 年第 6 期。

力”来概括，却与实际的情形，大相捍格。事实上，很多时候，路遥描写田福军的笔力，并不那么弱；田福军这个形象，不仅有很强的真实感，还充满了温暖的人情味和美好的人性光辉。所以，许多年后，我便根据切实的细读体验，写了一篇分析田福军形象的文章①，纠正了自己过去的一些谬见。

事实上，细读并不是一个形式主义的简单技巧，而是一种进入意义世界的可靠方法。也就是说，它的目的并不在“作为终极目标的作品形式之美”，而在培养读者“有用的实际技能”。就像美国学者约瑟夫·诺思在分析“新批评”时所指出的那样，文学批评应该是一种“治疗技术”，“批评家故而应当像应用心理学医生那样，帮助我们使用这项技术，最终达到改善思维的目的。正是基于这种视审美为工具性价值（而非终极价值）的目的，瑞恰慈开启了他的文本细读实践之旅。”② 也就是说，所谓细读并不是琐碎的形式分析，而是通过对包括形式在内的细部分析，实现人文主义的价值目的。瑞恰慈尖锐地批评那些认为文学艺术与道德毫无关系的观点，称之为“轻率、粗鲁、荒唐的言行”；“判断沉稳且头脑健全的人一般完全避免讨论文学艺术上比较广泛的社会及道德方面的问题，这真是一个不幸，因为这样就听任愚蠢横行于这片园地，而且过分束缚了优秀批评家的发挥余地。”③ 他认为，文学批评要关注人类的精神健康，强调批评家要有价值判断的自觉意识：“批评十分注重精神的健康，正如医生注重身体的健康一样。以批评家自居就等于以价值的鉴定者自居。”④ 显然，如果文学批评丧

---

① 李建军：《哀矜的仁者与务实的改革者——论田福军》，《中国当代文学研究》2021 年第 6 期。

② 约瑟夫·诺思：《文学批评：一部简明政治史》，张德旭译，南京大学出版社，2021 年，第 40—41 页。

③ 艾·阿·瑞恰慈：《文学批评原理》，杨自伍译，百花洲文艺出版社，1992 年，第 29 页。

④ 艾·阿·瑞恰慈：《文学批评原理》，杨自伍译，百花洲文艺出版社，1992 年，第 51 页。

失了关于道德等价值问题的兴趣，如果丧失了对人类精神健康的关怀，那么，细读批评就可能沦为缺乏目标和价值的无聊游戏。

比较也是文学研究和文学批评的一种重要方法。没有比较，就没有鉴别和判断。一切成熟的文学批评，本质上都是比较性的批评。只有通过可靠的比较，我们才能准确地揭示一个作家的特点，也才能准确地分析和评价他的文学成就。一个经不起比较批评分析的作家，不可能是一个伟大的作家。

美国历史学家浦洛基在谈到乌克兰文化之特质的时候说："这种地处几大文化空间交界地带的状况让乌克兰成为一个接触区，在这里持不同信念的乌克兰人可以学会共存。……乌克兰向来以其社会的文化混合性（hybridity）著称，近来更是因为这种混合性而备受推崇。"① 事实上，作家也应该具备这种"文化混合性（hybridity）"。没有一个伟大作家的意识和经验是封闭和单一的。几乎一切伟大的文学经验都是广取博收的结果。只有吸收多元文化的滋养，一个作家才能真正成熟起来。

也就是说，那些伟大作家和优秀的诗人，大都是与自己民族或世界上伟大的文学经验有着深刻关联的作家。他们具有文学上的"乌克兰文化性格"，具有广阔的精神"接触区"和丰富的"混合性"经验。在一个伟大的作家身上，我们看到的是一个辽阔的文学世界。一个作家越是伟大，他的丰富性和世界性就越强。只有这种具有广泛的文化关联性和丰富的经验混合性的作家，才具有比较研究和比较批评的可能；只有那些包含着多样的经验构成的文学作品，才具备比较研究和比较批评的价值。

路遥特别注意吸纳那些伟大的文学经验。他向柳青等同时代的优秀作家学习。但是，他也知道，仅凭自己时代的经验，任何人的写作水平都不可能达到理想的高度。于是，他便将自己的目光投向世界文学。他钦仰莎

① 浦洛基：《欧洲之门：乌克兰2000年史》，曾毅译，中信出版集团，2019年，第490页。

士比亚、巴尔扎克、司汤达、雨果、狄更斯、夏洛蒂·勃朗特和托尔斯泰这样的伟大作家，认认真真地阅读了大量第一流的世界文学名著。他的文化修养的提高，他的文学观念的形成，很大程度上，就是通过对伟大的经典文学的阅读——尤其是对19世纪现实主义文学的阅读——来实现和完成的。

这就意味着，只有将路遥放在开阔的比较视野里，通过对他与雨果、米勒、托尔斯泰、苏俄作家、柳青和史铁生等作家和艺术家的文学关系的梳理，通过影响性模式和平行性模式的比较，才能揭示他的文学经验形成的过程，才能更清楚地看见他的个性气质和写作风格的特点。

文学研究和文学批评还有一个重要的方法，那就是“人文并观法”。“人文并观”这个概念是我提出来的，但是，它所包含的基本理念，却是古已有之的。孟子说：“颂其诗，读其书，不知其人，可乎？是以论其世也。”①也就是说，要读懂一部作品，先要认识它的作者以及他所生活的环境。

作品是作者的经验、趣味、情感、思想和人格的诗性化反映和象征化折射。所谓“人文并观法”，就是强调研究文学要有整体意识，要将作家与作品、作家与时代、作家与环境视为不可分离的整体。因为，只有联系时代和环境，我们才能深刻地理解作家；只有联系作家，我们才能深刻地理解他的作品。为此，就要摆脱那些流行的观念，具体地说，摆脱作品客观主义的观念和读者中心主义的观念。那种把作品视为自足和封闭世界的观念，本质上是一种非人性的教条主义，必然导致文学研究的社会意义的削弱和人性内容的丧失；把读者当作文学阐释的绝对主体，本质上是一种任性的自我中心主义，必然导致过度阐释的泛滥，最终导致对文学交流的主体关系的破坏。

---

① 《孟子·万章章句下》。

诚实的写作，显示着人与文的相契。越是优秀的作家，越是有自觉的自我认知能力，越是有能力把自己的思想和情感真实而深刻地表现出来，从而在积极的意义上维持作品与作者在伦理精神和美学气质上的一致性。亨利·詹姆斯说："一部艺术作品的最深刻的品质，将永远是它的作者的头脑的品质。"① 事实上，一部艺术作品的品质，不只是它的作者的"头脑"的品质，而且还是他"这个人"的品质。一切严肃而伟大的写作，都是体现作者的情感、思想、价值观和人格力量的写作，或者说，都是作家因为意识到自己在作品中的地位和作用，因而，认真而诚实地塑造自我形象的写作。在任何一种形式的文学作品中，都有一个作者的形象存乎其间。即便在无名氏的作品里，我们也可以看见一个不知其名姓的作家的心象，看见他的人格修养、情感态度和美学趣味。所以，我们研究一部作品，很大程度上，也是在研究作者的人格。

小说家是一个隐形于小说中的人物形象和所有话语背后的精神性存在。小说的格调和境界，决定于作家的格调和境界；小说的叙事和修辞，显示着作家的教养和思想。所以，伟大的作家绝不随随便便地写作。他们不允许自己在文本内胡作非为，不允许自己沦为情感和价值观意义上的野蛮人。他们写苦难和不幸，甚至写毁灭和绝望，但是，他们从来不放弃希望，不放弃对人和世界的普遍性质的爱，不放弃对受苦受难的不幸者的同情。他们帮助人们认识生活可怕和丑陋的一面，但是，他们也同时点燃人们的生活热情，帮助人们看见生活和人性可爱与美好的一面。就此而言，作家从来就不在作品之外，而在作品之内。读者从打开作品的第一页开始，就希望看见作者的身影，看见他的心灵和情感，看见他的态度和思想。路遥是懂得这个道理的。所以，他像托尔斯泰一样，像他的"文学教父"柳青一样，反复强调作家要意识到自己的存在，要在写作中用心地塑造自己的形

① 亨利·詹姆斯：《小说的艺术：亨利·詹姆斯文论选》，朱雯等译，上海译文出版社，2001 年，第 30 页。

象，要承担起对读者的责任。

路遥将自己的文化意识，转化为积极的文化行为。所以，在完成自己的意识转变和精神成长之后，在面对现实生活中的那些重大事件之际，他的态度、判断和行为，也同样是值得肯定和赞赏的。在那些考验人的道义精神的关键时刻，不止一个人看见他出现在应该出现的地方，看见他站立在应该站立的地方。当然，路遥也会像常人一样恐惧。偶尔，面对突如其来的讯问和侵辱，这个已经誉满天下的优秀作家，竟然无法做到猝然临之而不惊，竟然也会紧张得双手发抖。这样的情景，陕西省作家协会的一位老作家，至今犹然记忆如新。

然而，一旦进入自己的工作间，一旦进入自己的文学世界，他的北方高原人的血液，就开始燃烧了，立刻就像土伦战场的拿破仑一样自信，就像非洲草原的狮子一样勇敢。他对生活，有浓厚的兴趣；对这个世界，有满怀的热情。他天生就是一个属于广场和旷野的作家。他曾对一个青年学者和批评家说，他要写一部小说，要把那些可怕的东西“彻底摧毁”。对路遥来讲，书斋是进行庄严工作的场所，而不是逃避生活的虚静世界。他要在文化的意义上，追求自己的文学理想，完成自己的文学使命。

对于路遥的那些重要的行为和言论，路遥的传记作家们应该特别留意，应该将他的介入生活的行动记录下来，应该将他那些近乎文学宣言的声音记录下来。因为，从知行合一的角度看，一个伟大人物的文化行为的价值和力量，绝不比他的作品更小。

作家应该有自觉的人格意识——要意识到自己的人格尊严；要将精神上的独立和自由，当作一种不可剥夺的绝对权利；要将怀疑精神和批判精神内化为一种人格力量，变成一致稳定的心理习惯。村上春树说：“假如将人分成‘狗型人格’和‘猫型人格’，我觉得自己堪称彻底的猫型人格。听到‘向右转’的口令，会不由自主地转向左边。虽然这么做的时候常常心生歉疚，但好也罢坏也罢，这是我的天性使然。人有形形色色的天性。只不过我体验过的日本教育体系，在我看来，其目的似乎是培养为共同性效命的‘狗型人格’，有时更是超越此境，甚至要制造出将整个集体引向目的地的‘羊型人格’。”① 所有伟大的作家，都应该是“猫型人格”，而不是“狗型人格”或“羊型人格”。路遥就是一个“猫型人格”的作家。无条件地服从别人的意志，完全不符合他的天性。他不是一个“听话”的人，他笔下的那些著名的人物，像高加林和孙少平，也都不是“听话”的人。

一个没有个性的人，一个太“听话”的人，很难成为一个有尊严的人，也不大可能成为真正的作家。马尔克斯在《写书人之不幸》中说：“我个人认为，一个作家的义务只有一条，那就是把作品写好。无论身处何种制度之下，不顺从才是他的根本，别的方法是没有的，否则他极可能是一个盗贼，至少肯定是一个不怎么样的作家。”② 路遥就属于那种“不顺从”的作家。他有独立的个性意识和极强的自我意识。他把自由而独立的思考，当作文学写作最基本的前提。1991 年 6 月 10 日，路遥在西安矿业学院的题为《文学·人生·精神》的演讲中说，自己在写作的时候，就是书房里的拿破仑：“我能主宰了我的命运，我不需要别人来给我说你应该怎样做或你不应该怎样做，我自己就是我自己。你没有这样一种坚定的创作信念，你就不可能走完以后的道路。”③ 1991 年 8 月 21 日，在西安地质学院的一次报告中，他谈到了作家的素质和修养，特别强调了这样一个观点：“作家不要附庸，要有自己完整的思考。”④ 一旦进入写作状态，他的个性和意志，就显得更加勃郁而强大。他只服从精神生活的内在原则。他克服了那种傲慢的自我中心主义，也克服了伦理上和美学上的缺乏教养的下流习气和野蛮倾向。他要按照积极的伦理原则来塑造人物，也要用这个原则来塑造自己。

---

① 村上春树：《我的职业是小说家》，施小炜译，南海出版公司，2017 年，第 156 页。

② 加西亚·马尔克斯：《回到种子里去》，陶玉平译，南海出版公司，2022 年，第 185—186 页。

③ 路遥：《路遥全集·早晨从中午开始》，北京十月文艺出版社，2013 年，第 225 页。

④ 路遥：《路遥全集·早晨从中午开始》，北京十月文艺出版社，2013 年，第 250 页。

路遥是一个文学意识极为自觉的作家。他相信“人如其文”的文学真理。他清楚地知道自己所要追求的文学目标。他常常像分析人物一样分析自己。他知道自己心理上的脆弱和复杂，也并不掩饰自己的“缺点”。他将自己的思想和愿望，以及个性上的优点和缺点，都坦率而真实地表述出来。他对自己的写作心理的描写，既具有丰富的感性内容，又具有深刻的理性内容。在《早晨从中午开始》中，在谈到自己在写作过程中的矛盾心情和复杂体验的时候，路遥说了这样一段话：“‘伟大感’与渺小感，一筹莫展与欣喜若狂，颓丧与振奋，这种种的矛盾心情交织贯穿整个写作过程中。这样的时候，你是作家，也是艺术形象；你塑造人物，你也陶铸自己；你有莎士比亚的特性，你也有他笔下的哈姆雷特的特性。”① 在这段话里，路遥揭示了这样一个深刻的文学真理：在作品里，作家不仅塑造人物，也塑造自己；是主体意义上的创造者，也是客体意义上的被创造者。在路遥的作品里，我们可以看见他英雄般的意志品质，也可以看见他心理上和性格上所存在的问题，例如自我中心倾向，例如极端形态的唯意志论。

在《早晨从中午开始》中，路遥用充满激情的语言，表达了自己对文学写作的理解：“要排斥舒适，要斩断温柔，只有在暴风雨中才可能有豪迈的飞翔；只有用滴血的手指才有可能弹拨出绝响”②。这是路遥的文学誓言。他将自己的生活激情和生存意志，灌注到了自己的作品里，近乎完美地实现了文化人格与美学风格的统一，实现了道德主张与道德实践的统一。由于实现了这几个方面的统一，他便成为中国 20 世纪屈指可数的伟大的作家之一。

在总结《平凡的世界》的创作经验的时候，路遥这样写道：“回想起来，从一开始投入这部书到现在，基本是一往如故地保持着真诚而纯净的心灵，就像在初恋一样。尤其是经历身体危机后重新开始工作，根本不再

---

① 路遥：《路遥文集》，第五卷，人民文学出版社，2005 年，第 281 页。

② 路遥：《路遥文集》，第五卷，人民文学出版社，2005 年，第 274 页。

考虑这部书将会给我带来什么，只是全心全意全力去完成它。完成！这就是一切。在很大的意义上，这已经不纯粹是在完成一部书，而是在完成自己的人生。”① 他完成了自己的作品，也完成了自己的人生。在路遥的作品里，你可能会发现艺术上并不完美的地方，但是，你肯定会认识一群真实而美好的人物，也会认识一个完成了自己的事业和人生的真正伟大的作家。

2022 年 2 月 26 日，北京平西府

① 路遥：《路遥文集》，第五卷，人民文学出版社，2005 年，第 323 页。

第二章

大地上的苦难与阳光下的诗情

——理解路遥的一个认知框架

文学批评和文学研究有两个重要的方法和模式。一个是以作品为中心的封闭的内在模式，一个是以作者及背景性因素为研究对象的开放的外在模式。内在模式认为，作品就是一切，其他皆无关紧要，大可摈弃不顾；外在模式则认为，作品不是冷冰冰的物体，而是充满人性内容和情感内容的生命体，与人和生活有着密切而广泛的联系。

这两种文学研究模式彼此颉颃，常常发生冲突。内在模式抱怨外在模式忽视作品和艺术形式，偏离核心和目标，方法陈旧而教条；外在模式则指责内在模式视野狭窄，迷恋形式主义，眼里没有人和生活，忽视了那些影响作家的情感、意识和写作的至关重要的东西。打开普鲁斯特的《驳圣伯夫》，就可以看见这两种模式之间的差异有多么明显，冲突有多么尖锐。

事实上，文学批评和文学研究的方法应该是开放和多元的，而内在模式与外在模式则是可以并存和互补的。人们当然应该用心解读作品，但是，也应该花足够多的时间和精力，来研究作者以及他身处其中的环境。因为，作家是一群对来自外在环境的刺激和影响极为敏感的人。他们的气质、性格和观念，都是在家庭环境、社会环境和自然环境的影响下逐渐形成的。

外部环境以一种直接而强大的方式，影响着作家的文学意识和文学写作。在这些强大的外部力量面前，作家既是积极的主体，也是被动的客体。就主体一面说，写作是他的个性和才华的外烁，而作品则是他自己的创造物；就客体一面说，写作不过是外部环境的刺激在作家内心引发的反应和回响，而作家自己和他的作品，亦不过是环境这一伟大力量的创造物。如果没有对外部环境的充分了解，没有对某一作家与其他作家和艺术家的文学关系的充分了解，我们就无法深刻地理解他，也无法深刻地评价他的作品。

外在模式的研究，需要一个开阔的认知视野。为此，人们需要尽可能充分地占有材料，并在此基础上建构一个由重要概念和重要信息构成的认知框架。假如没有这样一个可靠的认知框架，我们就无法分析和解释这样一些问题：作家为什么成为这样的人？他为什么会有这样的价值观和生活态度？他为什么要选择这样的方式来写作？他的作品为何表现出这样的调性和风貌？

例如，在分析路遥和他的作品的时候，就需要建构一个能够充分反映他的生活环境、人生经验和创作经验的认知框架。在这个认知框架里，人们可以找到分析路遥及其作品不可缺少的重要概念和背景性信息。就概念来说，时代、地域、城乡、户籍、身份、灾害、苦难、贫穷、饥饿、自卑、焦虑、忧郁、改革、解放、劳动、理想、自由、个性、尊严、同情、爱，以及现实主义、现代主义、作者、人物、读者、语言、叙事、修辞、调性和风格等，具有特别重要的意义，因为，离开这些概念，我们就无法分析路遥的生活和他的作品；就背景性信息来说，陕北的自然条件和生存环境，陕北的文化和陕北人的性格，特定时代生活的基本状况，路遥自己的生活经历和心路历程，都是我们应该了解的，否则，我们就无法理解路遥的个性和气质，就无法理解他的热情、朴实而又充满力量的写作风格，就无法理解他的苦难意识和苦难叙事，甚至无法理解，为什么在他的小说里，有那么多描写眼泪和痛苦的事象。

人们对路遥的家庭环境和时代环境，已经多有了解，但对他寓身其中的特殊的自然环境和文化环境，似乎不甚了然。人们知道，农民身份和家庭的贫穷，给路遥造成了巨大的伤害，使他深感自卑和焦虑；人们也知道，时代洪流的巨大裹挟力，忽而将他送到光荣的峰巅，忽而将他打到耻辱的低谷，使他在短短的数年间，看到了太多“惊心动魄的一幕”。事实上，陕北的自然环境和文化环境对路遥的影响，同样深刻和巨大。

路遥在陕北生活了二十七年，直到1976年才离开。在黄土高原的故土上，他度过了童年、少年和青年时代，完成了自己的大学教育和人格成长。他是一个纯粹意义上的陕北人，也是一个地域文化色彩很浓的陕北作家。他的“受苦人”意识，他对人物的仁爱态度，他对苦难的坦然受之的态度，他的极端化的劳动观念，他在写作时表现出来的超人般的坚韧，都具有明显的陕北文化特性，都与陕北的自然环境和文化环境大有关系。陕北人迥异于关中和陕南的语言和风俗习惯，在《人生》和《平凡的世界》等小说中，都有生动而真实的表现。所以，不了解陕北，不了解陕北的地理、气候、历史和文化，就无法深刻地认识路遥的情感和性格，也无法深刻地理解他所创造的文学世界。

当然，一切外在的影响，须经内在的转化，才能最终成为一种积极的力量。正是靠着早早到来的内在的“人生觉悟”，路遥摆脱了外部环境对自己的限制和束缚，完成了自己的精神成长，确定了自己的人生理想和文学理想；同时，靠着自觉的自反批评意识，靠着强大的自反批评能力，路遥超越了外部的文学环境的干扰，摆脱了“双浪主义”模式（道德浪漫主义和美学浪漫主义）的束缚，也摆脱了“现代主义”风潮的裹挟。他从一个被动的随顺型作家，成长为主动的创造型作家。

路遥清醒地知道自己该为谁写，该写什么，该如何写。他的现实主义写作，显示出成熟的文学意识，具有明显的个性色彩。这是一种朴素而热情的现实主义，一种要用作者自己的形容词来描述和界定的现实主义。它以苦难为底色，以爱和人道主义为原则，普遍地同情所有人的不幸，普遍地尊重所有人的人格。在深沉的现实主义叙事中，路遥表现了陷入困境的个人改变自我命运的热切愿望和艰苦努力，也使读者感受了包含着悲剧意味和乐观精神的巨大力量。

路遥的文学写作表现出明显的19世纪文学气质。他热爱和崇奉19世纪的现实主义文学。雨果、司汤达和托尔斯泰的伟大经验，给了他深刻的启示、可靠的方向和巨大的信心。他在小说写作上表现出来的崇高的道德热情，伟大的人道主义精神，积极的理想主义态度，都与19世纪的现实主义文学有着深刻的内在关联。

小说文体的大众性特点，决定了作家要有很强的读者意识，要努力克服现代主义文学蔑视读者的自我中心主义倾向。对读者的尊重，对生活的热情，使他选择了一种亲切的叙事态度和介入性很强的叙事方式。他的小说之所以受到读者的喜爱，是因为他用读者能够理解和接受的方式来写作。

放了盐的水，一定是咸的；投入感情的写作，一定是“有我”的。作家在作品之外，也在作品之内；他既是创造者，也是被创造者；他塑造人物形象，也塑造自我形象。诚实而严肃地塑造自我形象，是雨果和托尔斯泰等 19 世纪现实主义作家的重要经验。路遥深刻地认识到了这一经验的规律性意义和真理性价值。在小说写作中，他认真地塑造自己作为人物的哈姆雷特，也认真地塑造作为作者的莎士比亚。

第一节　高原上的风物之美

从外来者的角度看陕北，所得的第一印象，多是荒凉和贫穷。

20世纪90年代初期，我的一位学者朋友，来延安参加一个文艺学的学术会议。

他自幼生活在杏花春雨的江南，从未来过白草秋风的塞北。

一个见惯杂花生树、草长莺飞景致的人，忽然看见陕北完全不同的山川地貌，看见陕北人完全不同的生存环境，其内心感受，可想而知。

一路上，我的这位朋友，看到了一座连着一座的山峦，看到了两山之间狭窄的川道，看到了山脚下浑黄的河水，看到了逶迤而崎岖的山路，看到了山腰间绿树掩映的窑洞，看到了在陡峭坡地上劳作的农民。他的眼神和表情里，充满了掩饰不住的讶异和同情。

终于，他忍不住大发感慨："哎呀！陕北原来是这个样子。这里实在太穷了！"

是的，这里是贫穷的，但也是美丽和富饶的。

只是，陕北的美丽，分散在不同的季节里，而它的富饶，则隐藏在大地的深处。

如果说，人们因为缺乏了解，常常错误地赞美意大利的气候，称之为"阳光灿烂的意大利"（Sunny Italy），那么，匆匆而过的游客，也因为缺乏了解，常常错误地感叹陕北的荒凉和贫穷。

意大利著名的作家和记者巴尔齐尼，在他那部堪称经典的著作中，试图纠正人们对意大利气候的错误想象和片面印象：“其实意大利北部的气候与欧陆多数国家差不多。……罗马的气候最不宜人了，一年差不多有两百天刮西洛可风，这是一种闷热的南风，吹得满天都是低沉潮湿的灰色云，使得到处都发霉，墙上尽是猪肝色的潮斑。……威尼斯的秋天、冬天直到初春都是阴雨连绵。要是刮起东南风，那么世界上就没有比这里更糟糕的空气了；全城都可隐约闻到一股烂白菜和死水的气味。”① 陕北的情形可以反过来理解和描述。一个行色匆匆的旅人，看得见它明显可见的缺点，但却没有机会感受它的风物之美和气候上的优点。只要你在陕北生活足够长的时间，你就会发现它的种种优点，就会感受到它的别样的魅力。

如果说，江南的主色调是绿色，那么，陕北的主色调就是黄色。即便在草木蓊郁的夏天，你也可以在山崖间和沟壑里，看到黄土地那独特的颜色。然而，黄土地也是季节的调色板。在这黄色打底的背景上，大地上的景色，随着四季的转换而变化。如果有机会在这里度过一整年的时光，那么，你就可以看见桃花、杏花、苹果花和洋槐花点染出来的春景，土豆、荞麦和野百合的花朵铺排出来的夏景，山野间五彩缤纷的秋色，以及冬天的冰雪覆盖的银色世界。

夏秋季节，如果站在陕北一座山脚下的池塘边，向远处眺望，你就会看到一幅极美的风景画：近处池塘里的碧水，仿佛一块晶莹的玉石，而池边大片的青草和树木，则仿佛绿色的绣毯；再往远处看，一片黄色坡地，颜色像油画一般强烈；在坡地的上方和背后，碧蓝如洗的天空，构成了整幅画的背景。山风萧萧地吹过，带来令人神清气爽的凉意，也带来悦耳的虫鸣声和鸟叫声。

---

① 路易吉·巴尔齐尼：《意大利人：一个民族的优点和缺点》，刘万钧等译，北京大学出版社，2017年，第54页。

说来简直是个奇迹，在陕北的中南部，今天至少有四处保存完好的森林，即富县桥北林业局管理的子午岭国家级自然保护区的原始森林、桥山林业局管理的下寺湾等多处原始森林、黄龙山林业局管理的天然次生林区，以及黄帝陵的保存了两三千年的、四季常青的八万三千余株的古柏树林。想来，七八十年前，在延安周围的延川、延长、安塞、子长等县，也应该有规模甚为可观的森林，否则，“抗战”期间，陕北陡然增长的十多万外来人口的冬天取暖问题，以及生产所需要的大量木炭供应问题，根本无法解决。

陕北的树木品种繁多，除了常见的桃树、梨树、枣树、苹果树、李树、杏树和核桃树等果树之外，还有山桃、酸枣、木瓜、杜梨、山楂等野果树，至于桑树、榆树、柳树、槐树、洋槐树、白杨树等树木，则处处可见。陕北还有毛脑柳和柽柳等罕见而卓特的树木。独木成林的毛脑柳，像鲜花一样绽放的柽柳，都属于生命力顽强的树种，而柽柳显得尤其特别——耐寒，耐旱，耐盐碱，耐贫瘠，耐疫病，因而被视为“陕北人的精神象征”①。

陕北人喜欢在房前屋后，种植家常的树木，如枣树、梨树、桃树、杏树、苹果树、槐树和核桃树。枝头有鸟雀欢唱，院里有鸡鸣狗叫，山坡上隐隐传来牛羊的叫声，崖畔上的鸽子也在自己的巢边咕咕地絮语。就这样，一个高原上陕北的村庄，便成了一幅宁静而又热闹的画卷，就像你在路遥的小说《夏》、《人生》和《平凡的世界》里所看到的那样。这种不乏诗意的田园图景，培养了陕北人对土地的感情，也强化了他们对故乡的热爱。

川道里的陕北人，大都居住在向阳的窑洞里，而生活在塬上的陕北人，则大都选择住在土木结构的房子里。无论居住在哪里，他们出行和劳动，都要爬高下低，要走很长的山路和川路；最北部的居民，甚至还要在沙漠里艰难行走。虽然他们要在出行上付出劳顿，但是，多种样貌的黄土地也

① 王六：《陕北回眸：陕北之最》，商务印书馆，2021年，第68页。

给了他们一种稳定而安适的感觉，培养了他们对人和生活的包容心理和适应能力，甚至裨助他们培养了自己过人的忍耐力和良好的意志品质。

陕北的阳光，分外明亮和纯净；陕北的晴空，也特别高远和蔚蓝。缪塞喜欢意大利的天空："迷人的天空是那样纯净，在这里就是一声叹息也比别处更容易传到上帝耳中。"① 陕北纯净的天空，也配得上这样的赞美。强烈的光照和明净的蓝天，使得高原上的一切景物，都显得历历可见，从而强化了不同色调之间的对比，赋予陕北的风物以特殊的风致。路遥喜欢陕北高原灿烂的阳光和高远的天空。在路遥的小说中，太阳和天空，是两个具有核心意义的文学意象。

在北方灿烂的阳光下，桃花绚烂如美丽的霞光，梨花洁白如晶莹的雪片，野百合明艳如红色的火苗，就连细碎的枣花，也显得黄亮亮的，仿佛点缀在绿叶间的金屑。人们从陕北的自然风景里所看到的，不是烟笼雾锁的朦胧，而是天朗气清的明旷；人们从那里感受到的，不是南方式的温柔与缱绻，而是北方式的刚劲与峻烈。海拔高，光照强，这使人心情愉快，甚至有助于形成陕北人开朗而乐观的性格。

陕北高原的冬天是寒冷的。按照孟德斯鸠的理论，寒冷空气会增加身体外部末端纤维的弹力，有利于血液从末端回归心脏，使心脏更有力量；同时，还会产生别的效果，例如，使人有较强的自信和较大的勇气。最终，这种影响甚至会在人的性格和品质上反映出来，使在寒冷气候条件下生活的人，"较为直爽，较少猜疑、策略与诡计"②。与关中人尤其是陕南人比起来，陕北人的性格里，有典型的北方特征，显得更加坦率和直爽。

同时，陕北也是富饶的。如果说，它的贫穷，是放在明面上的，那么，它的富饶，就是含藏在内里的，或者说，在人们不易看见的僻远处。在陕

① 路易吉·巴尔齐尼：《意大利人：一个民族的优点和缺点》，刘万钧等译，北京大学出版社，2017 年，第 37 页。

② 孟德斯鸠：《论法的精神》，上册，张雁深译，商务印书馆，1961 年，第 227 页。

北的地下，有煤炭，有石油，也有储量丰富的天然气。陕北的黄土地，也许不太适合种庄稼，但是，特别适合种植苹果。日照强，温差大，虫卵不能过冬，坡地通风透光，使得陕北苹果不仅长势好，而且品质独特，口味极佳。陕北今天的发展和富裕，得此“富饶”之助者，可谓多矣。

雨果在《九三年》中写到法国旺岱地区的森林的时候说：“地形可以影响人们的许多行为。它是人类的同谋者，它所起的作用比我们所想像的更大。”① 陕北的“地形”，就极大地影响了路遥的心理，培养了他对故乡的爱和眷恋的情感。路遥爱陕北大地，爱这块土地上的山水和草木。所以，他会为从冻土里刨出来的蓽芽子而激动，会为山畔上一簇绽放的桃花而流泪。陕北高原的自然风物，极大地影响了路遥小说中的风景修辞。在他的小说里，陕北大地上的自然风景，被升华为充满美感的修辞，被赋予了丰富的诗意。他的雄浑而悲怆的叙事调性，也与他的景物修辞有着深刻而直接的关系。假如没有对陕北高原美丽风物的描写，路遥小说的美感力量，就会消减不少：

> 太阳刚刚落山，西边的天上飞起了一大片红色的霞朵。除过山尖上染着一抹淡淡的橘黄色的光芒，川两边大山浓重的阴影已经笼罩了川道，空气也显得凉森森的了。大马河两岸所有的高秆作物现在都在出穗吐缨。玉米、高粱、谷子，长得齐楚楚的，都已冒过了人头。各种豆类作物都在开花，空气里弥漫着一股清淡芬芳的香味。远处的山坡上，羊群正在下沟，绿草丛中滚动着点点白色。富丽的夏日的大地，在傍晚显得格外宁静而庄严。②

《人生》里的这段景物描写，呈现出的是一幅陕北大地上特有的画卷。西天

① 雨果：《九三年》，郑永慧译，人民文学出版社，1957 年，第 227 页。
② 路遥：《人生》，人民文学出版社，2006 年，第 34 页。

上红色的霞朵，山尖上橘黄色的光芒，以及已经被阴影笼罩的川道，是这幅画的自然背景；而田野里的出穗吐缨的高秆作物，正在开花的各种豆类作物，以及正在下山的羊群，则显示着人类通过劳动所创造的美丽景象。而“空气也显得凉森森的了”，大地在傍晚“显得格外宁静而庄严”，都是极为准确的描写，未曾身历目见、深切感受的人，是写不出来的。同样，不曾在黄昏时分的陕北川道里行走过的人，也无法深切地体味那种“凉森森”的感觉和“宁静而庄严”的特殊意境。

黄河是陕北大地上最壮丽的自然景观。这条伟大的母亲河波涛汹涌，翻澜骇沫，万古奔流，象征着生命不竭的激情和伟大的创造力。它考验着人类的生存意志，也培养着陕北人英雄般的拼搏精神。路遥曾这样描写黄河那令孙少安“眩晕和心悸”的浩荡激流：

> 眼前是一片麦芒似的黄色。毛翻翻的浪头像无数拥挤在一起奔跑的野兽吼叫着从远方的峡谷中涌来，一直涌向他的胸前。两岸峭壁如同刀削般直立。岩石黑青似铁。两边铁似的河岸后面，又是漫无边际的黄土山。这阵儿，西坠的落日又红又大又圆，把黄土山黄河水都涂上一片橘红。远处翻滚的浪头间，突然一隐一现出现了一个跳跃的黑点，并朦胧地听见了一片撕心裂肺的喊叫声，渐渐看清了，那是一只吃水很深的船。船飞箭一般从中水线上放下来，眨眼功夫就到了桥洞前。这是一只装石炭的小木船，好像随时都会倒扣进这沸腾的黄汤之中。船工们都光着身子，拼命地扳着，拼命地喊着，穿过了桥洞……①

在路遥的笔下，黄河是伟大的，但人也一样伟大；黄河是有力量的，但人也一样是有力量的。那只装运石炭的小木船，简直就是命运的象征；只有

① 路遥：《平凡的世界》，第二部，人民文学出版社，2004年，第63页。

那些敢光着身子在浪尖波谷扳船的人，才能征服这可怕的命运。路遥的这幅“黄河船夫图”是惊心动魄的壮丽画卷，是激情澎湃的《英雄交响曲》，也是一首献给伟大的黄河母亲和平凡的劳动者的赞美诗。

在路遥的小说里，对陕北高原风物的描写，绝不是偶尔的和点缀性的，而是屡屡出现，所在多有，体现着作者自觉的文学意识和修辞行为。在路遥的小说里，陕北的大地上的风景，从壮丽的黄河到静静的大马河，从夏日的田野到冬天的雪野，都表现着丰富的情感内容和诗性内容。它是纯粹的自然物象，是表现作者和人物情感的心象，也是一种充满诗意和精神力量的象征。路遥的小说是叙写陕北人改变自己命运的伟大史诗，也是献给陕北大地上的美丽风物的赞美诗。

第二节　边鄙之地：土质、气候与大饥荒

从地理位置上看，陕北属于边鄙之地。它西临宁夏和甘肃，北接内蒙古自治区，东与山西隔河相望。与关中平原和陕南山地比起来，陕北高原属于完全不同的地理板块，气候和地质等自然条件也迥殊。

陕南位于秦岭之南，气候温润，有山地，也有平原，盛产大米，生存条件远比陕北优越。关中自古帝王都，八百里秦川，土地肥沃，气候适宜，雨水丰沛，水利发达，是可以用金银来形容的地方。司马迁在《史记·货殖列传》里说："关中自汧、雍以东至河、华，膏壤沃野千里，自虞夏之贡以为上田。"① 可见，此地虽为北方，但地势形便，蓄积饶多，地形与气候之利，可与南方相比埒。

比较起来，陕北的自然环境，就迥乎不同，不及远矣。

陕北地貌复杂而多样：有山，有沟，有塬，有川，还有毛乌素沙漠。塬高，沟深，川窄，山陡，沙漠浩瀚。群山纠纷，道路险峻，交通极为不便。明代山东籍的延安知府李延寿初到陕北，见所未见，被那里的荒凉和贫穷惊呆了。他在《初入郡境延绥道中》这样写道："叠嶂重遮路转斜，人烟寥落重堪嗟。峰头辟土成耕地，崖畔剜窑住作家。濯濯万山无草木，萧萧千

① 司马迁：《史记》，第10册，卷一百二十九，中华书局，2014年，第3958页。

里少禽鸭。吾民何日如中土，桃李春风处处花。”① 诗人之言，张皇颇甚，难免夸大其词。事实上，草木是有的，虽然覆盖确实不算广大；家禽也是有的，虽然品类确实显得单一。

陕北高原属于栗钙土－黑垆土地带和生态环境脆弱区。所谓栗钙土（chestnut soil），是在温带半干旱大陆气候条件下，干草原植被经过腐殖质积累，所形成的具有明显栗色腐殖质层和碳酸钙淀积层的钙积土壤。所谓黑垆土（black loessial soil），是发育于黄土母质上的具有残积黏化层（俗称黑垆土层）的黑钙土型土壤；剖面上部的暗灰色的腐殖质层深厚而疏松，但腐殖质含量不高。栗钙土－黑垆土虽然也是适耕性土地，但地力较差，生产水平较低。

由于土质和气候的缘故，陕北的粮食耕种与食物结构，也迥异于关中和陕南。陕北主体上属于粗粮种植圈，而陕南和关中则基本上属于细粮种植圈。陕南多种稻米，关中则适宜种包括稻米和小麦在内的多种庄稼。陕北只有富县的直罗镇和榆林城附近的个别地方，可以种少量的稻子，南部数县可以种植小麦，其余大量的山地，只适合种玉米、谷子、糜子、高粱、荞麦和豆类。以北纬38度农牧分界线和400毫米等降水量线为界，形成了“麦作圈”和“粟黍旱作圈”两个地区：前者包括富县、洛川、黄龙、黄陵、宜川和宜君南部六县，以小麦和玉米为主要农作物；后者包括甘泉、延川、延长、安塞、子长、清涧、米脂、绥德、靖边、神木和横山等北部数县，以谷子、糜子、荞麦、玉米、小麻和豆类为主要农作物。

路遥生活在陕北北部的“粟黍旱作圈”。这深刻地影响了他的食物结构和饮食习惯，甚至影响了他的体质状况。单一的粮食结构，养成了路遥单一的饮食习惯。他喜欢吃小米饭和用豆类做成的钱钱饭，即便在生病的时候，亦食之无斁。谷子在陕北已有四五千年的种植史，出米率为80%。虽

① 郝延寿、武文义选注：《陕北历代诗选》，陕西人民教育出版社，1993年，第68页。

然此物营养价值很高，含维生素 B_1、维生素 B_2 和 11% 以上的蛋白质①，但是，由小米支撑的单一食物结构并不足以给人提供完整而充分的营养支持。

然而，像许多关中人和陕北人一样，路遥不习惯喝牛奶，也不喜欢吃腥味很重的鱼、虾、蟹等海鲜。在《梦溪笔谈》中，沈括讲了一个调谑关中人的笑话："关中无螃蟹，元丰中余在陕西，闻秦州人家收得一干蟹。土人怖其形状，以为怪物。每人家有病疟者，则借去挂门户上，往往遂差。不但人不识，鬼亦不识也。"② 此小说家之言也。无论关中，还是陕北，都是有螃蟹的。陕北之蟹略少，个头亦小，然关中此物颇饶，个头亦大。也就是说，关中人和陕北人都是认识它的，只是由于长期养成的饮食习惯，不喜欢理识这"横行将军"罢了。然而，长安少年，游戏水滨，见蟹而心喜，略无畏怖，亦不以怪物视之，每有所获，辄裂其躯而生啖之。

陕北的气候也不同于陕南和关中。克柳切夫斯基说，俄罗斯的"自然界明显地是简单和单调的，它的特点是缺乏稳固性：比较容易失去平衡"③。事实上，陕北的自然环境也是这样：缺乏稳固性，容易失去平衡。冰雹、暴雨和暴风雪等极端天气，极为常见，而洪灾和旱灾，每每交相侵袭。

陕北的春夏季节，降雨极不规律，而造成赤地千里的旱灾尤多，故民间有"十年九旱"之说。在干旱的情形下，沙尘暴轰然而来，瞬间便可使天地间一片混沌，黯兮惨悴，万物隐形。即便在平常情况下，也可见到狂风骤起、尘土漫天的景象。日本导演池谷薰在拍摄纪录片《延安的女儿》（2002 年完成）的时候，行至村口，突然一阵狂风刮来，摄影机便静止不动。开始是黄土飞扬，然后是村子里的人在狂奔，最后是大风卷起的黄土；整个画面一下子被黄尘覆盖，简直就像令人毛立神骇的特效镜头。

---

① 王六：《陕北回眸：陕北之最》，商务印书馆，2021 年，第 75 页。

② 沈括撰：《梦溪笔谈》，金良年点校，中华书局，2017 年，第 194 页。

③ 瓦·奥·克柳切夫斯基：《俄国史教程》，第一卷，张草纫、浦允南译，商务印书馆，2013 年，第 72 页。

陕北的暴雨，电闪雷鸣，倾盆而下，威势亦极骇人。由于黄土的直立性强的特点，在短时间里，瓢泼大雨就可以形成咆哮而来的山洪。路遥之所以在短篇小说《夏》、中篇小说《人生》和长篇小说《平凡的世界》等作品里反复叙写洪水的凶暴和可怕，良非无因也。

陕北的秋季，多是秋高气爽的好天气，但也有阴雨连绵的时候，有时甚至会淅淅沥沥地连下十多日。冬季，有少雪的干冬，也有多雪的湿冬；是“干冬湿年”还是“湿冬干年”，都了无定准，全看老天爷自己的脾气和意愿。

陕北是靠天吃饭的地方，而严重的旱灾，尤其多见。所以，在陕北民歌中，就有向老天爷求助乞恩的《祈雨调》。路遥在《平凡的世界》里写道：“‘文化大革命’前，天一旱，农民就成群结队求神祈雨。”事实上，“文革”期间，厉禁极严的时候，也有农民偷偷地祈雨：

> ……田有万置禁令于不顾，现在一个人偷偷来到这里向诸神祈告。少平听见五大叔嘴里虔诚地、似乎用一种呜咽的声调正唱道——
>
> 晒坏的了呀晒坏的了，
> 五谷田苗子晒干了，
> 龙王爷的佬价哟，救万民！
>
> 柳树梢呀水上漂，
> 清风细雨洒青苗，
> 龙王爷的佬价哟，救万民！
> ……①

陕北农民的这种充满有神论意味的拜神仪式，显示了人们在大自然面前的

① 路遥：《平凡的世界》，第一部，人民文学出版社，2004年，第190页。

无力和无奈，也显示了他们的恐惧和虔诚。如此哀苦的祈求，也许并无实际的作用，但有心理安慰的意义。事实上，至少从汉代起，古人就有称为“雩祭”的求雨文化。从对上天的敬畏来看，董仲舒所设计的“大传统”模式的祈雨仪式，与陕北农民的民间“小传统”模式的祈雨仪式，并无本质上的不同；所不同者，是两种仪式的背后，包含着完全不同的意识和理念，涉及不同的社会群体。对陕北农民来讲，天心通人心，只要人们虔诚而哀苦地祈求，就有可能得到上苍的眷顾，老天爷就有可能洒下救万民的清风细雨。显然，他们的祈雨，不过是一种为了解决具体问题的实用主义行为，并无他意。相反，董仲舒的祈雨仪式，主要是一种凭着理性建构起来的充满神秘色彩的观念体系，包含着深刻的政治思想和严肃的道德内容，其最终的目的，在借助上天的神秘力量的威吓，来规约最高统治者的政治意识和道德行为。

在古代中国，对天灾进行象征主义的政治学阐释，是一种普遍的文化习惯。明人谢肇淛说：“灾祥之降也，谓天无意乎？吾未见圣世之多灾，乱世之多瑞也。”这样，就有必要将天灾与帝德联系起来，从而使君主“遇灾而惧”，而不是“每遇灾变，恬然无复畏惧之心矣”①。事实上，从汉代开始，那些“究天人之际”的学者，就试图通过对天意和天象的阐释，来影响最高统治者的政治意识，甚至要在他们的内心造成一种危惧惕厉的心理反应。在董仲舒的按照“《春秋》大义”建构的观念体系里，“灾异以见天意”②；天高于一切，所以，要“以君随天”，要“屈君而伸天”③。董仲舒的目的，就是要让君王惊惧和不安，最终让他们按照上天的意志，谨慎地使用权力，仁慈地对待人民，就像清人苏舆所说的那样：“盛箴谏以纠之，设灾异以惊之，赏曰天命，刑曰天讨，使之罔敢私也。视自民视，听自民

① 谢肇淛撰：《五杂组》，上海书店出版社，2001 年，第 5 页。
② 董仲舒撰：《春秋繁露》，张世亮等译注，中华书局，2012 年，第 177 页。
③ 董仲舒撰：《春秋繁露》，张世亮等译注，中华书局，2012 年，第 30 页。

听，使之知所畏也。”① 上天以何种态度君临人间，是否会让人间天朗气清、风调雨顺，完全取决于君王这个最高统治者的德性和表现：“其德足以安乐民者，天予之；其恶足以贼害民者，天夺之。”② 上天会根据君王的德性，来安排元气和阴晴的变化：“王正，则元气和顺，风雨时，景星见，黄龙下；王不正，则上天变，贼气并见”。董仲舒所说的“正”，就是当世的君王要放低姿态，善待老百姓，要像五帝三王那样治天下，“不敢有君民之心，什一而税，教以爱，使民忠，敬长老，亲亲而尊尊。不夺民时，使民不过岁三日。民家给人足，无怨望忿怒之患、强弱之难，无谗贼妒疾之人。”③ 董仲舒的理论，表面上看是神秘主义的，实际上不过是用超验主义的阐释方式，表达了对仁政的现实主义诉求，重新阐释了儒家的“仁者爱人”和“民重君轻”的思想。

然而，“王正”而“元气和顺”的时候少，“王不正”而“上天变”的时候多。人既然无法侥幸地战胜大自然，那就只得接受它所给予的一切，包括灾难和不幸。千百年来，极度的贫穷是陕北人普遍的状况，而可怕的饥饿则是他们最大的敌人和威胁。陕北人在大饥荒中的惨状，古人多有实录。清人计六奇就在著名的《明季北略》中，收录了一份极为珍贵的史料，即安塞县人马懋才 1629 年 4 月 26 日关于陕北大饥荒的上疏。

马懋才对崇祯皇帝说，自己曾到贵州、湖广等地做官，“奔驰四载，往还数万余里”，其间也看到过“人民奔窜，景象凋残”的可怕情景，然而，比较起来，“未有极苦极惨如所见臣乡之灾异者”。虽然，也有人在给皇帝的上疏中，汇报过陕北灾民父弃其子、夫鬻其妻、掘草根以自食、采白石以充饥的惨状，但是，真实的惨状，实有过于此：

---

① 苏舆撰：《春秋繁露义证》，钟哲点校，中华书局，1992 年，第 30 页。

② 董仲舒撰：《春秋繁露》，张世亮等译注，中华书局，2012 年，第 277 页；句读标点略有改动。

③ 董仲舒撰：《春秋繁露》，张世亮等译注，中华书局，2012 年，第 103 页。

> 臣乡延安府，自去岁一年无雨，草木枯焦。八九月间，民争采山间蓬草而食，其粒类糠皮，其味苦而涩，食之仅可延以不死。至十月以后，而蓬尽矣，则剥树皮而食，诸树惟榆皮差善，杂他树皮以为食，亦可稍缓其死。迨年终而树皮又尽矣，则又掘其山中石块而食，石性冷而味腥，少食辄饱，不数日则腹胀下坠而死。民有不甘于食石而死者，始相聚为盗，而一二稍有积贮之民遂为所劫，而抢掠无遗矣，有司亦不能禁治。间有获者，亦恬不知怪，曰："死于饥与死于盗等耳，与其坐而饥死，何不为盗而死，犹得为饱死鬼也。"最可悯者，如安塞城西有粪城之处，每日必弃一二婴儿于其中，有号泣者，有呼其父母者，有食其粪土者。至次晨，所弃之子已无一生，而又有弃之者矣。更可异者，童稚辈及独行者，一出城外，便无踪迹。后见门外之人，炊人骨以为薪，煮人肉以为食，始知前之人，皆为其所食。而食人之人亦不免，数日后面目赤肿，内发燥热而死矣。于是死者枕藉，臭气薰天。县城外掘数坑，每坑可容数百人，用以掩其遗骸，臣来之时，已满三坑有余，而数里以外不及掩者，又不知其几许矣。小县如此，大县可知；一处如此，他处可知。①

在人类的灾荒史上，这样的悲惨情景，恐怕也是不多见的吧。一切都突破了人性和伦理的底线。没有最起码的人道主义救助，没有最起码的人格尊严。所谓人间地狱，大概也就是这个样子了。与此颇相仿佛的，大概要算德籍俄裔女作家娜塔莎·沃丁笔下的乌克兰20世纪30年代的大饥荒了：

> 很多人吃猫吃狗。所有的猫狗吃完了之后，就开始吃人。听说有女人用食物把孩子引诱到家中杀死，然后用来做肉馅和肉排。玛蒂尔

① 计六奇撰：《明季北略》（上），魏德良等点校，中华书局，1984年，第105—106页。

> 达把她买回来的碎肉冻切块时，发现里面竟然有小孩的耳朵。警察根本找不到凶手。还有人说有个女人把自己的婴儿杀了，肉煮了，还把肉汤给另外三个孩子吃。而她自己走出家门，在一个废旧仓库里上吊自杀。①

在巨大的折磨和痛苦面前，人类的善良和同情心，其实是非常脆弱的。而大饥饿所造成的肉体痛苦和精神破坏力，尤其可怕——一只看不见的魔掌，会将人们推入地狱般的深渊，并迫使他们接受恶魔的生存原则；到此际，发生任何逆天悖理的事情，就都不奇怪了。

事实上，直到近世，陕北的大饥荒，亦时有发生。1928 年的波及陕西全省的大饥荒，灾情非常严重：在三年大荒中，陕西全省人口 1 300 万，沦为饿殍、死于疫病的 300 多万人，流离失所者 600 多万，两者合计占全省人口的 70%。陕北民歌《卖娃娃》就像一首叙事诗，真实地记录了陕北人在这次大饥荒中卖儿鬻女的惨状："民国十七年整，遭了一个大年馑。高粱面涮糊糊，三天上喝两顿。/可怜实可怜，可怜没有钱。量的二升糠炒面，一风就吹上天。/逃荒也不行，守家更不成。思前想后没办法，骨肉分离下决心。/手拖五岁女，背的两岁男。撂下那个怀抱抱，谁要就卖给谁。"②《创业史》也隐隐约约地写到了这次可怕的大饥荒。柳青的一笔带过的叙事处理，也属正常，因为，他的主题是"创业"，而不是饥饿；他的命意在展望未来，而不在回顾历史。直到 21 世纪，陕西籍作家张浩文才在长篇小说《绝秦书》中，以令人震惊的写实性叙事，揭示了这次灾荒所造成的巨大痛苦和可怕情景。

时隔三十多年，20 世纪 60 年代初期，又发生了历时三年的全国性大饥荒。作为亲历者和见证者，路遥根据自己的切实经验，创作了中篇小说

---

① 娜塔莎·沃丁：《她来自马里乌波尔》，祁沁雯译，新星出版社，2021 年，第 156 页。

② 王六编：《陕北民歌 300 首》，北京工艺美术出版社，2017 年，第 433 页。

《在困难的日子里》，真实而细致地描写了这次大饥荒带给人的肉体痛苦和精神伤害。事实上，换一个角度来看，《平凡的世界》也是一部关于贫穷和饥饿的叙事。在这部长篇小说里，陕北农民生活上的困窘，已经到了接近大饥荒的边缘。无论从文学史的角度看，还是从灾荒史的角度看，路遥的《在困难的日子里》和《平凡的世界》都是不容忽视的杰作。

第三节　兵罅之间的人生苦况

研究陕北历史和陕北人的文化心理，边境战争是一个不可忽略的重要问题。在长达两千多年的时间里，陕北是胡人和汉人长期摩擦和交战的最前线，是中原民族和北方民族进行拉锯战的“加沙地带”。清人王际有在《靖边》里写道：“从来战争地，落落几人家。”清人陈天植则在《登延州城》里抒发了同样的感慨：“孤城晚眺四茫茫，白骨青磷旧战场。”[①] 在路遥的《惊心动魄的一幕》里，那个黄土高原县城的监狱，就是靠着古代的军事设施建起来的，“本县县志记载着历史上游牧民族的数次进攻和浩劫”[②]。长期而激烈的战争冲突，极大地影响了陕北人的文化心理和生活态度。

在古代中国的版图上，陕北属于上郡。自秦汉迄于北宋，不知有多少将军和士兵曾远戍陕北。“朔气传金柝，寒光照铁衣”，为了抗击匈奴和西夏，他们转战于群山和穷漠之间，承受着巨大的精神痛苦，甚至付出了巨大的生命代价。扶苏和蒙恬抗匈奴，修长城，俱皆横死于陕北，长眠在那里的泥土之下。李广当过上郡太守，昌侯卢卿等人则被汉廷任命为上郡将军；此二人在陕北的行状和功业，史籍皆无记载，但他们戍边的艰苦卓绝，盖不难想见。范仲淹、韩琦、庞籍、狄青和沈括等人，

① 郝延寿、武文义选注：《陕北历代诗选》，陕西人民教育出版社，1993年，第177页。
② 路遥：《路遥文集》（一），陕西人民出版社，1993年，第461页。

也都曾统军延州，指挥战事；连年征战，跋涉山川，蒙犯霜露，只赢得塞上秋来，衡阳雁去，将军白发，征夫泪下，几多苍凉，几多悲壮。

杜甫《塞芦子》诗云："延州秦北户，关防犹可倚。"① 秦汉时，匈奴入寇关中，陕北是他们攻击和蹂践的第一道门户。北宋时，西夏元昊常遣游兵侵掠，而鄜延境内屡蒙虏尘。沈括在《梦溪笔谈》中，记录了1038年西夏来犯带给人们的恐惧："宝元元年党项围延安七日，邻于危者数矣，范侍郎雍为帅，忧形于色"，后侥幸围解事平。② 打开司马迁的《史记》，打开李焘的《续资治通鉴长编》，阵阵的鼙鼓声，浓浓的血腥味，扑面而来，简直使人不寒而栗。

据《史记·匈奴列传》记载，汉文帝时，匈奴"岁入边，杀略人民畜产甚多"③；后来又"复绝和亲，大入上郡、云中各三万骑，所杀略甚众而去"④。汉景帝时，朝廷采取"和亲"政策，"通关市，给遗匈奴，遣公主，如故约。终孝景时，时小人入盗边，无大寇"。汉武帝即位，轻启边衅，诱击单于未遂，破坏了"匈奴自单于以下皆亲汉，往来长城下"⑤ 的和平局面。匈奴的报复，也非常猛烈，多次侵入代郡和上郡，杀略千人甚至数千人。⑥ 在萧关至右北平千百里的战线上，汉与匈奴常接战。汉兵一战得匈奴首虏或多至七万级，有时甚至"杀虏八九万"，而匈奴也给汉军造成了巨大的伤亡，"汉士卒物故亦数万，汉马死者十余万"⑦。这种你来我往、互相攻杀的战争，简直就是巨大的人道主义灾难，是对人的生命残酷无情的践踏和毁灭。在现代的和平意识、政治理念和人道主义价值观形成之前，这样

① 浦起龙：《读杜心解》，上册，中华书局，1961年，第28页。
② 沈括撰：《梦溪笔谈》，金良年点校，中华书局，2017年，第232页。
③ 司马迁：《史记》，第9册，中华书局，2014年，第3507页。
④ 司马迁：《史记》，第9册，中华书局，2014年，第3509页。
⑤ 司马迁：《史记》，第9册，中华书局，2014年，第3510页。
⑥ 司马迁：《史记》，第9册，中华书局，2014年，第3512页。
⑦ 司马迁：《史记》，第9册，中华书局，2014年，第3517页。

的冲突和灾难，自然是很难避免的。

宋代的陕北，战争频仍，民被兵燹，徭役繁重，苦不堪言。在宋太宗和宋真宗朝，李继迁为收复被北宋占领的夏州（陕北靖边）、银州（陕北米脂）、绥州（陕北绥德）和宥州（今靖边东）而发动的战争，于1022年结束，历时二十年，以党项人收复失地并占领宋朝的战略要地灵州（宁夏灵武市）而告结束。到了仁宗朝，元昊称帝，触怒宋廷，战争爆发，历时十年，宋师败绩，以承认元昊的“夏国主”名号而告终。宋神宗时代的宋夏战争，战线东起陕北，西至河湟，历时五十年之久，宋军败多胜少。在哲宗朝和徽宗朝，宋夏之间也曾发生过规模不小的战争。

在李焘的《续资治通鉴长编》里，处理宋夏在陕北的旷日持久的冲突和战争，简直就是仁宗和神宗两朝最为重要的政治事务。仁宗放弃了真宗的和平主义外交政策，结束了三十多年的和平时期，显示出穷兵黩武的好战倾向。而神宗1067年甫登大位，便迫不及待地想发动战争。他拒绝了王安石针对“讨夷狄，拓边境”而发的“时势之宜未可以为者”① 的劝告，将国家拖入了战争深渊。王夫之在《宋论》中说：“仁宗之世，亦孔棘矣。”② 造成这“孔棘”的一大原因，就是在西部边地发生的冲突和战争。在宋人的夸张而充满恨意的历史叙事中，北方的夷狄是一群毫无人性的野蛮人。西夏元首赵元昊，“性凶鸷猜忍，圆面高准，长五尺余。……晓浮屠学，通番汉文字，案上置法律书”③。他与诸族酋豪聚会，“刺臂血和酒，置髑髅中共饮之”④。然而，就是这样一群似乎只配受到鄙视的人，却沛然莫之能御，给宋军造成很大的麻烦。他们熟悉陕北的地形，远斥候，善侦察，战术灵活，兽聚而鸟散，故屡战屡胜，就像北宋画家文同在《五原行》里

① 李焘撰：《续资治通鉴长编》(9)，卷二百二十一，中华书局，1992年，第5371页。

② 王夫之：《宋论》，中华书局，1964年，第120页。

③ 李焘撰：《续资治通鉴长编》(5)，卷一百十一，中华书局，1992年，第2593页。

④ 李焘撰：《续资治通鉴长编》(5)，卷一百二十二，中华书局，1992年，第2880页。

所写的那样："夜来烽火连篝起，银鹘呼兵捷如鬼。齐集弓刀上陇行，犬嗥孤（疑为'狐'——引者注）嗥绕石垒。"① 而宋人承平日久，失于训练，以至于将不知兵，士不知战，对敌情变化，则拙于刺探，茫无所知，故料敌多谬，屡战屡败。

德国学者傅海波和英国学者崔瑞德认为，"宋朝与党项之间始终都处于某种非正式的战争状态。"② 事实上，很多时候，双方的战争是非常激烈和残酷的。陕西签书经略安抚判官田况，在给仁宗皇帝的上疏中，强调了战略和战术的重要，还提到了李继迁率领的西夏军队，如何在至道二年（996年）的浦洛河战役中，对宋军进行血腥杀戮，"死者数万人"③。同样，在1041年的一封朝奏中，时任陕西经略安抚副使的韩琦，也向仁宗皇帝报告了战事的酷烈，批评了宋军的战术失误："陕西四路之兵，虽为不少，即缘屯列城寨，势分力弱。故贼始犯延安，生擒二将，屠掠无数者，盖刘平、石元孙聚一路之兵拒之，才及九千而已。"④ 如此血腥的屠掠，岂可谓之"非正式的战争状态"。就其性质看，这场旷日持久的战争，不是价值观之战，也不全由政治冲突引发，而主要是由落后的生活条件造成的生存之战，或者说是由"榷市"等经济原因造成的利益之争。

残酷的战争给社会造成巨大的破坏，也给人民带来沉重的负担，就像知谏院张方平在上疏中所说的那样："自元昊叛命以来，王师数出无功，济其凶谋，气焰益盛。今自陕西四路、河东麟府，远近输挽供给，天下为之劳弊，而解严息甲，未可以日月期也。"⑤ 欧阳修也在给仁宗皇帝的上疏中，强调了战争给人民带来的灾难，批评了政府的"施惠"无方："兵兴累年，

① 郝延寿、武文义选注：《陕北历代诗选》，陕西人民教育出版社，1993年，第45页。

② 傅海波、崔瑞德：《剑桥中国辽西夏金元史》，史卫民等译，中国社会科学出版社，1998年，第172页。

③ 李焘撰：《续资治通鉴长编》(6)，卷一百三十一，中华书局，1992年，第3095页。

④ 李焘撰：《续资治通鉴长编》(6)，卷一百三十一，中华书局，1992年，第3099页。

⑤ 李焘撰：《续资治通鉴长编》(6)，卷一百三十四，中华书局，1992年，第3192页。

天下困弊。饥荒疲瘵，既无力亦振救，调敛科率，又无由而减省，徒有爱民之意，绝无施惠之方。”① 富弼上疏里的话，说得更加严重：“西鄙用兵以来，骚动天下，物力穷困，人心嗟怨。朝廷不能抚存，遂使为盗。”② 而陕北则不仅最近“贼界”，而且还是宋夏交战的主战场。边民被迫支援前线，为军队转运粮草，一旦掉队或走失，便会受到极为残暴的惩罚。漕臣李稷对待“散走”的民夫极酷虐，“使士卒斩其足筋，宛转山谷间，数日乃死，至数千人”③。宋人李复的长篇叙事诗《兵馈行》，生动而真实地记录了运输军粮的民兵和民夫的惨状：“征人白骨浸河水，水声呜咽伤人耳。来时一十五万人，凋没经时存者几。……比户追索丁口绝，县官不敢言无人。尽将妇妻作男子，数少更及羸老身。尪残疾病不堪役，室中长女将问亲。暴吏入门便驱去，脱尔恐为官嗔怒。”④ 北部的少数民族，常常侵入陕北，劫掠富户。路遥在《平凡的世界》里写道：“据传在宋、明两个朝代里，这金家曾出过几个名震州府的大地主，想必他们当时所占的土地，已经远远超出了双水村的范围。但据说明末的时候，蒙古鄂尔多斯那一带的胡人，曾经大规模入侵到这里，把这家大地主连杀带抢，家业基本踢踏光了，后来再没有发达起来。”⑤ 彼时的陕北边民，寄身于烽火台下，偷生于兵罅之间，处境极为悲惨，惶惶不可终日，就像庞籍在奏折中所说的那样：“边城人心，日夕惴慄”⑥。那些已经久在宋境内生活的夷狄，即所谓“熟户”，则像韩琦在上疏中所说的那样，“既难以自保，不无去就之意”⑦。直到清代，陕北人仍然会受到“兵火”的困扰。清代顺治时期的丹州（今宜川——引

① 李焘撰：《续资治通鉴长编》(6)，卷一百三十四，中华书局，1992 年，第 3376 页。

② 李焘撰：《续资治通鉴长编》(6)，卷一百三十四，中华书局，1992 年，第 3450 页。

③ 李焘撰：《续资治通鉴长编》(13)，卷三百十九，中华书局，1992 年，第 7702 页。

④ 《宋夏战事诗选注》，见张廷杰《宋夏战事诗研究》附录，甘肃文化出版社，2002 年，第 326 页。

⑤ 路遥：《平凡的世界》，第一部，人民文学出版社，2004 年，第 46 页。

⑥ 李焘撰：《续资治通鉴长编》(6)，卷一百三十一，中华书局，1992 年，第 3094 页。

⑦ 李焘撰：《续资治通鉴长编》(5)，卷一百二十六，中华书局，1992 年，第 2994 页。

者注）知事柴大绅，在长诗《丹州行》中细致而真实地记录了陕北难民的悲惨遭遇："逃民伏地吞声哭，民家旧住丹州谷。为何一旦忍离乡，止为昔年门户蹩。且苦无端兵火频，残黎散后卒难复。朝廷兵飨敢愆期？官长难灶无米粥。典衣卖屋又鬻儿，先补逃粮苦未付。欲剔毛骨挂天平，里长收银不收肉。……"① 际此战火纷飞、朝不保夕的乱世，陕北先民的内心，一定充满了《胡笳十八拍》里的凄凉和无奈：日暮风悲，边声四起，不知愁心，说向谁是。

如果说，严酷的自然条件所造成的贫困和饥饿，使陕北人祖祖辈辈处于极为悲惨的境地，那么，胡汉之间长期而剧烈的冲突，以及后来几百年所发生的战乱和民变，则给陕北人带来严重的攘扰、沉重的负担和巨大的痛苦。面对这样的危境，陕北人的策略，倒也并不复杂，那就是三十六计中的上计："跑"。他们喜欢用"跑"字来命名那些可怕的灾难和事件。例如，说起同治年间（1862—1874）的波及陕北的陕西回民事变，他们便称之为"跑回回"；说起 1947 年 3 月胡宗南率十四万军队进攻延安的战事，他们便称之为"跑胡宗南"。

自然灾害和长期的战争所造成的苦难和不幸，给陕北人带来巨大的痛苦，甚至使他们变得麻木和隐忍，无论多大的委屈和痛苦，他们总是习惯性地选择接受和忍受。他们的生活哲学本质上就是苦难哲学。他们知道自己一生注定要与苦难相周旋，就像陕北民歌《父子揽工》里唱的那样："老受苦来少舍妻，早生落地造就矣。"② "造就矣"者，"注定了"也。于是，他们便索性自称"受苦人"。在他们的理解中，苦难就是人生的本质；人生在世，不是来享福的，而是来吃苦的。在陕北的方言中，形容人生磨难和精神痛苦的词，非常丰富："熬煎"、"苦焦"、"打熬"、"受苦"、"操磨"、"挣命"、"难活"、"难捱"、"难肠"（亦作"难场"）、"栖惶"、"屈苦"

① 郝延寿、武文义选注：《陕北历代诗选》，陕西人民教育出版社，1993 年，第 154 页。
② 何其芳、张松如选辑：《陕北民歌选》，新文艺出版社，1952 年，第 51 页。

（亦逆序作“苦屈”①）、“挣扎”、“累人”、“瞎活”、“苦害”等，可谓比比者皆是也。在路遥的小说作品中，这类浸透了人生苦汁的话语，亦并不鲜见。孙少平在即将迈向成年人行列的时候，就领悟到了人生的苦难本质：“他慢慢懂得，人活着，就得随时准备经受磨难。他已经看过一些书，知道不论是普通人还是了不起的人，都要在自己的一生中经受许多的磨难……”② 事实上，那些不识字的陕北人，也通过自己的身历目见，懂得这个道理。他们也把吃苦和受罪看作理所当然的事情。

雨果笔下的米里哀主教，是一个“可敬可佩的安慰人的人”：“他不以遗忘来消除苦痛，却希望去使苦痛显得伟大和光荣。”③ 陕北人没有这种宗教性质的苦难意识。对他们来讲，苦难就是苦难，是一种平平常常的现实，而吃苦则是一种重要的意志品质和生存能力；只有吃苦的人，才能活下去；只有能吃苦的人，才值得尊敬。路遥尊敬和崇拜的，就是“受苦人”，即“那些踏踏实实、任劳任怨，甚至‘只问耕耘，不问收获’的庄稼汉”；他把那些“认真劳动的人”，赞为“好‘受苦人’”④。路遥自己就是一个好的“受苦人”。《平凡的世界》里的孙少平也像路遥一样，平静地接受苦难，坚强地承受苦难：“他现在倒很‘热爱’自己的苦难。通过这一段血火般的洗礼，他相信，自己历经千辛万苦而酿造出的生活之蜜，肯定比轻而易举拿来的更有滋味——他自嘲地把自己的这种认识叫做‘关于苦难的学说’……”⑤ 在这样的“苦难学说”里，生活是一件庄严而沉重的事情；

---

① 陕北文化研究专家王克明认为，陕北发言里的“屈苦”一词，有“冤屈痛苦”的意思，是一个颇有古意的雅词，并用宋代普济《五灯会元》卷十五《雪窦重显禅师》和元代姚守中散曲《粉蝶儿·牛诉冤》来例证（王克明：《听见古代：陕北话里的文化遗产》，中华书局，2013 年，第 173 页）。事实上，在陕北方言里，这应该是一个偏正词，主要的意思在强调痛苦，略有一点“委屈”的意思。

② 路遥：《平凡的世界》，第一部，人民文学出版社，2004 年，第 41 页。

③ 雨果：《悲惨世界》（一），李丹、方于译，人民文学出版社，1992 年，第 19 页。

④ 海波：《人生路遥》，广东人民出版社，2019 年，第 149 页。

⑤ 路遥：《平凡的世界》，第二部，人民文学出版社，2004 年，第 168 页。

只有通过坚强的忍耐和艰辛的劳动，那些生活在社会底层的普通人，才能战胜一个又一个的苦难，才能最终改变自己的境遇和命运。

贫穷和战争使陕北人备尝人生的艰辛和苦难的滋味，但也培养了他们包容而豁达的生活态度，促进了民族之间的沟通和融合。例如，在汉人占多数的敝乡鄜州城北十余里处，就有一个羌人的村落，即杜甫写《北征》和《羌村三首》的那个村子。生活在陕北大地上的人，即史书上所说的归顺的“熟户”，不是某一民族的后裔，而是多个民族的孑遗，或者说，是多个民族融合之后形成的新的民族。观其性格，颇有一种亦刚亦柔的“兼具”性特点，既劲悍慷慨，又柔婉热情；既有“一种对生命的无常和苍凉感”，又有“一种大悲痛之后的大释然”①。观其状貌，亦自殊异，或鬈发如波浪，或浓须覆鬓腮，或鼻隆而目细，或身高而臂长，多多少少都有些胡人气的。据传，张献忠“两眉竦竖而长，面有微麻，遍体生毛”②。路遥的胡人式的络腮胡子，亦蓬勃而浓密，三日不剪伐，便面目全非。著名作家狄马，鬓毛髭须皆甚茂，头发浓密而蜷曲，亦遍体生毛，纯然一副北狄模样。

如果说，多民族的融合赋予陕北人以恢廓而好客的性格，那么，严酷的生存环境则锤炼了陕北人的生存意志，培养了他们吃苦耐劳的精神。孙少平和孙少安们靠着牛马般的吃苦精神，摆脱了贫穷和饥饿对自己的折磨，改变了自己的处境和命运。路遥则凭着圣徒般的坚韧精神，创作出了叙述陕北人承受苦难并超越苦难的伟大小说。

---

① 狄马：《歌声响处是吾乡》，天津人民出版社，2021年，第94页。

② 计六奇撰：《明季北略》（上），魏德良等点校，中华书局，1984年，第135页。

第四节 陕北人的拉丁性格

不同地域的自然环境和文化风俗，会极大地影响人们的文化心理，会塑造出不同的精神气质和文化性格。南方人与北方人的性格有差异，东部人与西部人的气质有不同。即便同在南方或北方，此省与彼省的人，在习惯和性格上，亦很不一样。郭嵩焘论及各省“人心风俗”，谓“尤以湖南为最坏”，并以“嚣”、“滑”和“无理”概括之：“动辄聚众逞狂，乃至小户穷民虐使一婢一养媳，亦相与毁其室以为快。各省无此嚣也。”①他还通过与安徽人的比较，得出了“楚才一败无馀”的结论，批评了湖南人好斗的性格，“皖人之起，方兴未艾，而楚才一败无馀。……楚人日寻戈矛以相贼伤而已。稍有名望，必益为诟毁所集。”② 郭嵩焘身为湘人，而其所议之事情，所论之风俗，亦多为身历目见，可谓持之有故，言之有理。强悍，霸蛮，好斗，确为湘人显而易见之性格特点，而其“人心风俗”，亦曾泛滥外溢，流布甚广，为害甚烈，“一薰一莸，十年尚犹有臭”③。当然，即便一省之内，地区不同，人们的风俗和性格，亦颇相参差，不可一概而论。

从文化地理的角度看，陕北也有着自己独特的语言习惯和

① 郭嵩焘：《郭嵩焘全集》，第十一卷，岳麓书社，2012 年，第 109 页。
② 郭嵩焘：《郭嵩焘全集》，第十一卷，岳麓书社，2012 年，第 148 页。
③ 《左传·僖公四年》。

文化习俗，显示出与关中人和陕南人截然不同的地域文化风貌。陕西的几个著名作家的性格和作品，就典型地表征着自己所属地域的文化性格和精神气质①。路遥就是最能体现陕北地域文化特点的陕北作家，而他的小说作品，则弥散着独特而浓郁的陕北文化气息，使人清晰地看见了陕北人的心性和性格。

陕北人的性格，内敛而又外向，羞涩而又大胆；既敏感细腻，又豪爽粗犷；既心性淡然，又争强好胜。他们重情重义，家庭观念和老乡观念浓厚，对朋友和“拜识”特别真诚和慷慨。他们有很强的恋土情结，对故土的山水怀着深爱。

陕北人自己是受苦人，所以，对别人的痛苦和不幸，也就特别敏感，在帮助不幸者的时候，显得尤其善良和慷慨。他们特别懂得报恩，有着滴水之恩涌泉相报的感恩心理。贫困容易使人产生报恩的意识，自卑容易使人形成服从的习惯。由于贫穷所造成的自卑和惶惧，陕北人近乎本能地服从权力，甚至倾向于用夸张的方式赞美声名赫赫的强者和能人，即便他们跟自己的生活了不相干。

当然，陕北人的自尊心，也极为敏感，一旦他们觉得自己被轻蔑和伤害，便会有激烈的反应，非要宣泄出来，找到心理平衡不可。《人生》中高加林在车站对张克南的不客气的讽刺，就是一个典型的例子：“一旦他感到自己受了辱，话立刻变得刻薄，简直叫人下不了台。”② 如果生存和安全受到可怕的威胁，他们就会不管不顾地挺身而斗，甚至铤而走险。所以，在

---

① “从文化气质来看，陕西文学可以分成三种形态，即高原型精神气质、平原型精神气质和山地型精神气质。路遥所代表的高原型精神气质的文化，具有雄浑的力量感、沉重的苦难感、淳朴的道德感和浪漫的诗意感，但也有价值视野不够开阔的问题。它与陈忠实受其影响的关中平原型精神气质的文化不同，后者具有宽平中正的气度、沉稳舒缓的从容，但在道德上却显得僵硬板滞，缺乏必要的宽容和亲切感；它也与贾平凹等陕南作家受其影响的山地型精神气质的文化迥然相异，后者属于这样一种气质类型：轻飏、灵脱、善变，但也每显迷乱、淫丽、狂放，有鬼巫气和浪子气，缺乏精神上的力量感及价值上的稳定感和重心感。”（李建军：《文学的态度》，作家出版社，2011 年，第 266 页）

② 路遥：《人生》，人民文学出版社，2006 年，第 21 页。

明末崇祯年间的民变中，陕北人劲头最大，势头最猛，影响最巨，出现了高迎祥、李自成、王自用、罗汝才、刘宗敏、刘国龙、贺一龙、高一功、李过和李定国等众多掀天揭地的人物。在极端异常的情况下，甚至会出现张献忠这样的嗜杀成性的怪物。

我读佘瑞紫《张献忠陷庐州纪》、沈荀蔚《蜀难叙略》、彭遵泗《蜀碧》、欧阳直《蜀警录》和刘景伯《蜀龟鉴》等实录性文字，极感震惊，也大惑不解。《蜀碧》里说："有云百姓剖献尸，见其心黑如墨；或传其心偏而无肝。……献埋尸处，丛草如棘。误触之，辄成大痈。又常有黑虎守坟，嗜人。人皆远之。"① 这类文字，虽然荒唐不经，但川人内心的巨创和余恨，却于焉可见。想到一个陕北人如此祸蜀，给那里的人们造成如此严重的伤害和痛苦，便殊感怏怏，愧憾不已。天高地厚的陕北怎么会出这样一个另类？人性怎么会扭曲、变态、残暴到如此可怕的程度？就像人们无法理解，由康德、歌德、席勒和贝多芬缔造的伟大的德意志文明，为何会孕育出希特勒这样的怪胎，我们也无法解释，在陕北的善良的人群中，为何会出现张献忠这样的施虐狂。看来，只能将这看作一个例外，一个小概率的例外。无论何时，无论何地，都会有例外的人出现，都会有例外的事发生。这极端性质的人和事，虽然令人痛心和沮丧，但这零星的部分，不会影响整体的价值，也不会影响人们对整体情形的认知和评价。

接着说陕北人和路遥吧。

由于多民族的长期融合，由于特殊的地理原因和文化原因，在陕北人的性格中，既有典型的北方特征，例如豪爽、坚毅、朴实和乐观，也有完全非北方的一面。例如，情感热烈而外向，容易兴奋和冲动，一切的爱和恨皆坦率而直接地形诸颜色，这些，就属于陕北人身上的非北方性格。在爱情生活方面，他们显得尤其热情和勇敢，充满摆脱压抑和束缚的内在激

① 何锐等点校：《张献忠剿四川》，巴蜀书社，2002 年，第 168—169 页。

情，有一股不管不顾的劲头，就像丹纳谈到拉丁性格所说的那样："感官的诱惑太强，幻想的波动太迅速；精神上先构成一个甜蜜的，销魂的，热情汹涌的梦境……；一有机会，平时积聚的浪潮便一涌而出，把一切由责任与法律筑城的堤岸全部冲倒。"① 也就是说，如果与欧洲民族相比较，那么，我们就可以在陕北人身上，看见两个截然不同的地域性格：一个是日耳曼人的性格，一个是拉丁人的性格。前边那一个，陕北人拿它来严肃地对付生活；后边那一个，陕北人拿它来热情地创造艺术。

陕北人的生活，是艰难而沉重的，充满了战争、贫穷和饥饿所带来的苦难、屈辱和不安全感；但是，陕北人的艺术，却既是现实主义的，也是浪漫主义的，显示出一种别样的风格和魅力。如果说，拉丁民族所创造的艺术，体现着古典的精神："讲究纯净，高尚，剪裁，修饰，布局，比例。拉丁文学最后的杰作是拉辛的悲剧，写的是君王的举止，宫廷的礼节，交际场中的人物，高度的修养"②，那么，陕北人所创造的艺术，却朴素而活泼，充满内在激情和生命活力，具有丰富的地域特点和民间色彩。奔放活泼的秧歌，刚健有力的腰鼓、鳖鼓和胸鼓，高亢激越的绥米唢呐，栩栩如生、意趣盎然的剪纸，三弦伴奏、声情并茂的说书，热烈、决绝而又悲情的信天游，无不表现着陕北人丰富的情感和复杂的性格。

陕北人是天生的艺术家。在表达自己的情感的时候，他们像浪漫的拉丁人一样，态度坦率而热烈——坦率得像刚刚翻耕过的黄土地，热烈得就像高原上初夏的太阳。他们并不掩藏自己的情感，倾向于把自己的喜怒哀乐，尤其是把自己的爱情，痛快淋漓地表达出来。"六月的日头腊月的风，/老祖先留下个人爱人。//三月的桃花满山山红，/世上的男人咋就爱女人。"（《老祖先留下个人爱人》）"我坏良心毒蛇咂，/你坏良心变驴马。//一碗碗凉水一张纸，/谁坏良心谁先死。"（《谁坏良心谁先死》）"捎

① 丹纳：《艺术哲学》，傅雷译，人民文学出版社，1963 年，第 154—155 页。
② 丹纳：《艺术哲学》，傅雷译，人民文学出版社，1963 年，第 157 页。

话要捎知心话，/就说那妹妹难活下。”（《捎话要捎知心话》）“手提上羊肉怀揣上糕，/我冒上个性命往你家里跑。”（《兰花花》）“鸡蛋壳壳点灯半炕炕明，/烧酒盅盅量米不嫌哥哥穷。”（《鸡蛋壳壳点灯半炕炕明》）“瓢葫芦舀水沉不了底，/忘了娘老子也忘不了你。//一对对绵羊并排排走，/一样样心事张不开口。//东山的糜子西山的谷，/小妹妹想你出不得哭。”（《瓢葫芦舀水沉不了底》）“瞭得见个村村瞭不见个人，我泪格蛋蛋抛在沙蒿蒿林。”（《泪格蛋蛋抛在沙蒿蒿林》）“这么长的个辫子探不上个天，/这么好的个妹妹见不上个面。//这么大的个锅来下不了两颗颗米，/这么旺的些火烧不热个你。//三疙瘩的石头两疙瘩瘩砖，/什么人呀让我心烦乱。”（《这么好的个妹妹见不上个面》）“上河里的鸭子下河里的鹅，/一对对毛眼眼照哥哥。//煮了那个钱钱哟下了那个米，/大路上搂柴瞭一瞭你。//青水水的玻璃隔着窗子照，/满口口白牙对着哥哥笑。//双扇扇的门来哟单扇扇的开，/叫一声哥哥你快回来。”（《上河里的鸭子下河里的鹅》）直抒胸臆，坦率热情，朴素自然，没有一点点的扭捏和做作，没有丝毫的虚饰和夸张，充满打动人心的感染力。这样的情感方式和抒情方式，深刻地影响了路遥。他喜欢这种热烈而深情的艺术，所以，他不仅常常将陕北民歌引入自己的小说叙事，而且，他的小说的叙事调性里，也有像陕北民歌一样的热情，一样的朴素，一样的感染力。在路遥的小说作品中，甚至在他的写实性作品《早晨从中午开始》中，人们也可以听见一种与信天游相类的声音。那声音里，有北方人的意志的坚毅和情感的热烈，有低沉的哀诉和深长的叹息，也有拉丁民族性格中那冲破堤岸的激情和力量。

那么，从这些民歌中，从路遥的作品中，可以看见什么样的性格特点、情感方式甚至“良知系统”呢？

孙隆基在谈及中国人的“良知系统”的时候，说了这样一段话：“西方文化是强调‘个性’的，只不过，在新教文化中，是欣赏个体有否完整性，能否以自我组织的方式去面对生命中的挑战，作自我的完成；在拉丁文化中，则偏向于欣赏个人是否热情，是否懂得制造美感与生活的情调，有时也欣赏一个人故意破坏规矩去表现自己个性这样的无政府主义倾向。至于中国人，则欣赏一个人能否处处以对方为重地‘做好人’，以及是否‘老实’和‘听话’。”① 他试图概括中国人的整体性格，却忽略了问题的复杂性，忽略了地域性格和个体性格的巨大差异。他不知道，陕北人的性格和“良知系统”，与他所论述的中国人的一般特点，多有不同。

陕北人虽然也在意能否“做好人”，但却并不那么“听话”。陕北清季的女诗人李娓娓②，就不是一个“听话”的人。她的议论诗颇有一股冲激摩戛、亢直不挠的气概。《咏杨妃二首》诗云：“云鬓花颜致杀身，霓裳一曲起烟尘。君王重色轻天下，误国何须怨美人。”③ 快人快语，将批评的剑戟，端直指向男权社会的最高统治者。《读荆轲刺秦有感》则包含着更为尖锐的批评：“雪恨为难死不难，空教壮士入函关。如何六国成墟土，岂独无谋太子丹。”此诗眼界极宽，气魄极大，讽意极深，峻责关东六国因“无谋”而纷纷自灭。她在《秋朝捣衣有感》中这样咏道：“我虽一女子，恨无三尺剑。乾坤一扫清，也我心中愿。一朝西风起，黄叶满庭院。安得此为兵，纷纷任我练。”④ 从这样的诗句里，人们分明可以读到一种刚烈而不驯服的性格，分明可以感受到那像花木兰和秋瑾一样雄杰的气魄。

像他的诗人乡贤李娓娓一样，路遥也不是一个“听话”的人。他在《答〈家庭教育〉记者问》中说，“我从小不太听大人话，喜欢玩，……心里很开心，精神上也很自由”⑤，甚至认为要给孩子“发泄愤怒的权利”⑥。

---

① 孙隆基：《中国文化的深层结构》，广西师范大学出版社，2004 年，第 38 页。

② 李娓娓，字心兰，清代咸丰年间陕西延川女诗人。资性颖悟，人称才女。今存诗百余首。

③ 郝延寿、武文义选注：《陕北历代诗选》，陕西人民教育出版社，1993 年，第 248 页。

④ 郝延寿、武文义选注：《陕北历代诗选》，陕西人民教育出版社，1993 年，第 249 页。

⑤ 路遥：《路遥全集·早晨从中午开始》，北京十月文艺出版社，2013 年，第 285 页。

⑥ 路遥：《路遥全集·早晨从中午开始》，北京十月文艺出版社，2013 年，第 289 页。

路遥也不是一个“听话”的作家。1991年6月10日，他在西安矿业学院的题为《文学·人生·精神》的演讲中说，自己在写作的时候，就是书房里的拿破仑：“我能主宰了我的命运，我不需要别人来给我说你应该怎样做或你不应该怎样做，我自己就是我自己。你没有这样一种坚定的创作信念，你就不可能走完以后的道路。”① 这样的主体精神和写作态度，与乌克兰文学的奠基人塔拉斯·舍甫琴科的观点，如出一辙：“让他们爱怎么写就怎么写，我们也爱怎么写就怎么写。”② 在实践写作上，路遥也表现出成熟的文学意识和勇敢的探索精神。1983年1月25日，路遥在写给李炳银的信中说：《在困难的日子里》和《人生》赢得了读者的热情肯定和高度评价，但是，“官方与批评界的态度有一定保留，因为这两篇作品我是想追求一些东西，冲击一些东西的，似乎显示了一些非主流的倾向，因此恐怕有些领导同志不太习惯。关键问题是我没有直接迎合一种需要。我们多年来的文学说明我们对文学的理解并不宽阔，需要一些勇气去冲击，而不管自己和自己作品在眼前的命运如何。几年来，我一直寂寞而痛苦地在追求一些东西。”③ 谢肇淛称赞司马迁，说他在写作的时候，“取舍任情，笔削如意，他人不能赞一词焉。即其议论，有谬于圣人，而词足以自达，意有所独主，知我罪我，皆所不计也。”④ 所谓“任情”，所谓“独主”，就是不卑己从人的意思，就是要自己主宰自己的思想和写作。可见，古往今来，一切有成就的作家，都不是丧失个性的“听话”的作家，而是服从自己的良知、情感和思想的作家。事实上，路遥笔下的人物，如高加林和孙少平等人，也

---

① 路遥：《路遥全集·早晨从中午开始》，北京十月文艺出版社，2013年，第225页。

② 浦洛基：《欧洲之门：乌克兰2000年史》，曾毅译，中信出版集团，2019年，第227页。

③ 路遥：《路遥全集·早晨从中午开始》，北京十月文艺出版社，2013年，第585页；着重号为原文所固有。

④ 谢肇淛撰：《五杂组》，上海书店出版社，2001年，第267—268页；句读标点略有改动。

不是听话的青年，因为，他们拒绝按照已经安排好的模式，来重复父辈们的缺乏尊严而又沉闷乏味的生活，用《人生》中的人物高加林的话说，就是“我不愿意再像你们一样”①。他们这算不算“以自我组织的方式去面对生命中的挑战，做自我的完成”呢？

每一个特殊文化地理板块的人，或多或少，或强或弱，都有自己特殊的文化性格。美国学者浦洛基说：“乌克兰天生是民主主义和平等主义的；与俄罗斯人不同，乌克兰人没有沙皇；与波兰人不同，乌克兰人没有贵族。”② 陕北算不上完全独立的大文化板块，而陕北人的文化性格，也很难用宏大的“主义”来概括，但是，他们性格上的特点，仍然彰彰可见。他们天生喜欢自由自在地活着。他们也许不会故意破坏规矩，但是，他们敢于摆脱外在的压抑和束缚。他们更倾服那些敢于闯荡的人。明面上，他们也许会觉得孙少平这样的人有点不安生，但是，私心里，却欣赏他那股“闯世界”的劲头。在情感生活上，他们简直就是一群接近拉丁气质的中国人。《人生》中的刘巧珍说：“加林哥，我看你比我爸我妈还亲。”③信天游的歌词里说：“隔墙望见河湾里水，/撂下我娘老子也撂不下你。//燕麦开花零零稀，/忘了我娘老子忘不了你。”④ 还有比这更热烈和坚决的情感表达：“山挡不住那云彩树挡不住那风，/神仙也挡不住那人想人。//宁叫那玉皇大帝的江山乱，/万不能叫咱二人关系那个断。”（《一对对鸳鸯水上漂》）敢唱出如此热烈的歌曲的人，性格上是不是很有些拉丁人的特点呢？是不是很有些情感上的“无政府主义倾向”呢？

陕北人的个性，就像陕北的黄土一样，既坚硬又细腻。他们的生活态度通常是乐观的。但是，这并不是说，他们对人生的痛苦，总是采取隐忍

① 路遥：《人生》，人民文学出版社，2006 年，第 148 页。

② 浦洛基：《欧洲之门：乌克兰 2000 年史》，曾毅译，中信出版集团，2019 年，第 228 页。

③ 路遥：《人生》，人民文学出版社，2006 年，第 50 页。

④ 何其芳、张松如选辑：《陕北民歌选》，新文艺出版社，1952 年，第 142 页。

和漠然的态度。就像他们对爱情是敏感的一样，他们对人生的苦难，也同样是敏感的。每当陷入熬煎和愁苦的时候，他们也会情不自禁地用歌声把内心的哀情和不满抒发出来：“树叶子落在树根底，/我挨打受气二十几。//红格当当口唇白格生生牙，/巧口口说下些哄人的话。”（《巧口口说下些哄人的话》）“揽工人儿难，/哎哟，揽工人儿难，/正月里上工十月里满。/受的是牛马苦，/吃的是猪狗饭。”（《揽工调》）了解了陕北民歌的抒情传统，你就不难理解，路遥为何总是近乎喋喋不休地反复提及自己童年所受的屈辱，提及初恋带给自己的伤害，提及饥饿带给自己的痛苦记忆。路遥也喜欢说自己“受的是牛马苦，吃的是猪狗饭”。

人生是泪与笑的咏叹调，是痛苦与欢乐的变奏曲。艺术也是这样。在陕北民歌那高亢而缭绕的旋律里，既有对生活的热情和信心，也有对苦难的无奈和叹息；既有云彩般飞扬的快乐，也有磐石般沉重的悲情；既有对爱情的激情和执着，也有对有情人难成眷属的痛苦和哭诉。欢情和哀情是陕北民歌的两个主旋律；它们互相推激，此起彼伏，袅袅不绝。在路遥的小说里，也有两个旋律和调性：一个是昂扬的热情的声音，一个是低沉的哀诉的声音；它们一显一隐，一强一弱，交叉在一起，形成一种带有抒情色彩的叙事效果，极富感染力。

路遥的文学创作虽然也是时代性现象，但首先是个体性现象和地域性现象。在他的作品里，你可以真切地看见真正的陕北，看见那里山河大地的状貌，听见河流平静的音乐般的水声和洪水可怕的吼声；你也可以看见陕北人朴实而和善的面孔，听见他们独特的语言和深情的信天游，看见他们悲苦的内心世界和坚韧的生存态度。有必要指出的是，路遥小说中的地域性是开放的，而不是封闭的。从他的小说所提供的事象里，人们可以看见时代性的内容，可以看见特殊的地域性的文化和人生图景，但也可以看见超越了这一切的人性内容和生活内容。

第五节　19 世纪现实主义文学的精神之子

路遥的小说写作经历了一个艰难而复杂的成长过程。

他在一种僵硬的文学模式的规范下开始学习写作。

在这样的模式里，没有真实的生活内容，也没有丰富的人性内容，甚至缺乏最起码的美感和诗意。内容上的虚假和空洞，形式上的夸张和粗糙，是这种文学最突出的特点，也是它最致命的缺陷。

在写作的最初阶段，路遥的文学意识完全是不自觉的，甚至是盲从的。像同时代的青年作家一样，他也是按照这种流行的模式进行写作。从《优胜红旗》(1972)、《代理队长》(1973)、《基石》(1973）和《父子俩》（1976）四部短篇小说中，人们可以清楚地看见时代对他的影响，看见他在文学观念和写作实践上存在的问题。

随着文学意识的成熟和写作经验的积累，路遥才逐渐认识到了文学的真谛，也找到了适合自己的写作方法。他完成了向现实主义传统的转化和复归。

路遥认识到了个人经验对于写作的意义。他紧紧地贴着自己的人生经验进行写作，严格地根据自己熟悉的生活来写作。他从个人的命运和境遇入手，写出了陕北人在特殊时代背景下的生存状况和生活历程，写出了他们对人和生活的爱与希望，写出了他们内心深处的痛苦与焦虑、不甘与挣扎。这是一种新的现实主义，一种具有很强的个性色彩的“人生现实主义”。

从个人与社会的角度看，路遥和他的人物最大的痛苦，来自两个方面：一是由可怕的贫穷带来的饥饿和肉体痛苦；一是由农民身份带来的焦虑和精神痛苦。这两种痛苦里都含着巨大的屈辱感，而且都与身份有着深刻的因果关系。事实上，路遥小说中所表现的爱情悲剧，也是身份造成的；人物因为爱情而承受的痛苦和煎熬，不过是身份焦虑的转化和延伸而已。

饥饿是陕北人千百年来的经常状态，也是《平凡的世界》等现实主义小说中极为重要的叙事内容。《在困难的日子里》对饥饿这一不幸和灾难的叙写，既包含着丰富而真实的细节，又显示着深刻的道德意味，因而，具有令人震惊和难忘的叙事效果。路遥自己食不果腹、衣不蔽体的痛苦经验，极大地强化了他的饥饿叙事的说服力和感染力。由于这些原因，在当代的饥饿主题的作品中，路遥的小说就显得尤为真实和重要。

路遥作品的独特价值，他的小说叙事的悲剧力量，他的伟大的人道主义精神和理想主义激情，都表现在对农民阶层生活的真实描写上，尤其表现在对农村青年的命运的叙写上。他怀着同情的态度，用充满诗性和崇高力量的调性，细致而真实地表现了农村青年的身份焦虑和精神痛苦，表现了他们的理想主义激情和坚韧的意志品质。在最近一百多年的时间里，如此热诚而细致地描写农民生活的小说作品，并不多见。

在他的笔下，人回到了中心的位置，而尊重人和同情人的人道主义精神，则是真诚的心情态度和稳定的写作原则。苦难和悲剧感，眼泪和焦虑感，这些沉重的东西，像水一样渗透到了《平凡的世界》等作品的字里行间。虽然路遥的叙事调性里，也含着追求和谐的平衡力量，但是，那种沉重而悲壮的旋律，始终回旋在作品情节事象的深处。

路遥最早的文学意识和文学经验，来自于青年时代所阅读的当代文学作品。其中，柳青对他的影响尤其大。柳青给了他写作的信心，教会他以什么样的严肃态度对待文学，还把介入性和抒情化的叙事方式传授给了他。老实的学习态度，帮助他吸纳了柳青的经验，而自觉的“无榜样意识”，则使他超越了柳青，超越了他的文学观念和写作方式。他要为自己寻找更加可靠的经验资源和写作路向。

虽然路遥与柳青都属于现实主义作家，他们的小说写作，也都体现出叙写当代生活的史诗性追求。但是，他们的个人性格、文学气质和叙事模式，却大为不同。柳青的写作是时代模式规范下的整体化写作，路遥的写作则是个人经验主导下的个性化写作。柳青用个人来映衬和凸显巨大而非凡的时代形象。路遥虽然也试图描写时代的状貌，但是，他的根本的目标，却是在时代的背景上突显具体而平凡的个人形象。

柳青小说的叙事调性，昂扬而充满激情，属于时代性的浪漫主义模式。当浪漫主义成为主宰性的单一模式的时候，现实主义就失去了生存和发展的空间，而作家表现个人的感受、思想和创造力的必要条件也就不存在了。所以，柳青的小说虽然充满时代精神带来的激情，但是，缺乏现实主义的真实感、思想性和个性内容，缺乏那种普遍而持久的有效性和感染力。

比较起来，路遥的叙事调性，就要复杂得多——早期的短篇小说，亦循蹈流行的浪漫主义方法，常常借助高调的想象来叙写生活，字里行间冲荡着一种高亢而虚蹈的激情；进入文学写作的自觉期，他的小说叙事就显示出复杂而成熟的特征：一方面，表现出基于人生觉悟和务实精神的理想主义的热情和信念；另一方面，则表现出对沉重生活的深刻感受，表现出一种充满力量的悲剧情感。

就文学的精神谱系来看，进入创作上的自觉期以后，路遥所接受的文学影响，主要来自19世纪的世界文学（尤其是俄罗斯古典文学），以及20世纪的苏俄文学。由于时代性的原因，苏俄文学不仅极大地影响了路遥作品中人物的情感和价值观，影响了他们的生活方式，也深刻地影响了路遥的文学写作。但是，也要注意到，从对人和生活的态度来看，从人道主义和现实主义的文学精神来看，路遥与19世纪世界文学和艺术的关系，无疑更为深刻和密切。

路遥怀着虔诚的态度，用心阅读了列夫·托尔斯泰所有重要的小说作品。他喜欢雨果、巴尔扎克、司汤达、狄更斯、杰克·伦敦、夏洛蒂·勃朗特和艾丽·伏尼契等19世纪的小说家，也喜欢贝多芬、柴可夫斯基和列宾等19世纪伟大的艺术家。他的普遍地同情所有人的情感态度，他的探索道德问题和意义世界的热情，他的充满希望和信心的理想主义精神，他的体现着力量和勇气的崇高感和英雄主义气质，都与19世纪世界文学和艺术的影响分不开。通过对路遥与列夫·托尔斯泰的文学关系的细致梳理，通过对路遥与雨果和让-弗朗索瓦·米勒的深入比较，便可以清晰地看见路遥与19世纪文学和艺术在精神上的亲缘性。

如果将路遥放在19世纪现实主义文学的精神谱系中来观察，就不难理解他对20世纪现代主义文学的认知和态度。他深刻地认识到了19世纪文学的巨大力量和伟大价值。索尔·贝娄说："在十九世纪，艺术家的形象高大伟岸，醒目非常。公众恭敬地听他们的维克多·雨果和列夫·托尔斯泰说话。……作家作为大众先知和可靠信息源的时代已经一去不复返。"① 路遥肯定会认同前半句话，但未必会认同后半句话：作家不可能永远扮演先知的角色，但是，他们永远有责任和能力为读者提供"可靠信息源"。在路遥看来，过去的现实主义，将是永远辉煌的文学现象；从读者大众的角度看，现实主义仍然受欢迎，就有理由继续存在；从文学写作的角度看，中国当代文学不仅远远没有发展到"类似十九世纪俄国和法国现实主义文学那样伟大的程度"，而且，我们的"许多用所谓的现实主义方法创作的作品，实际上和文学要求的现实主义精神大相径庭"②。有了这样的认知，他就有了文学认知的稳定坐标，也就清醒地意识到了现代主义文学存在的问题："'现代派'作品读者群小，这在当前的中国是事实；这种文学样式应该存

① 索尔·贝娄：《太多值得思考的事物：索尔·贝娄散文选（1940—2000）》，人民文学出版社，2021年，第290页。

② 路遥：《路遥全集·早晨从中午开始》，北京十月文艺出版社，2013年，第14—15页。

在和发展，这也毋庸置疑；只是我们不能因此而不负责任地弃大多数读者于不顾，只满足少数人。更重要的是，出色的现实主义作品甚至可以满足各个层面的读者。”① 除了从读者接受的角度，批评了现代主义文学的狭隘性，路遥并没有对它进行全面的质疑和分析。

事实上，20 世纪现代主义文学本身就是精神危机和价值危机的产物。它在消极的意义上反映了人物内心生活的无力和混乱——价值观上的虚无主义倾向，心理上的病态和情感上的冷漠，萨特式的视他人为地狱的孤独而傲慢的恨世主义倾向②，以及美学上的形式主义和解构主义倾向。如果说，20 世纪的现代主义文学，主要是一种怀疑和否定的文学，是一种充满荒诞感和异化感的文学，是一种内倾而无力的文学，那么，19 世纪的现实主义文学，就是一种与之大为不同的充满力量的文学。在 19 世纪的现实主义文学里，人的精神世界依然是浑圆而健全的；即便叙述毁灭性的人生悲剧，它也显示出巨大的力量感和美学上的崇高感。稳定的信仰基础，热烈的宗教激情，深刻的苦难意识，博大的人道主义精神，充满诗意和温情的叙述方式，

① 路遥：《路遥全集·早晨从中午开始》，北京十月文艺出版社，2013 年，第15—16 页。

② 木心鄙视萨特，批评起他来，不假辞色，表现出少见的尖锐和不屑：“他的刚愎自用，不可原谅。他是书斋里的政客。……他不是深奥，而是浅薄……也许，正因为萨特没有独创性，所以没有主见，没有一贯的思想。”（木心讲述、陈丹青笔录：《文学回忆录》，下册，广西师范大学出版社，2013 年，第 910—911 页）蒂利希认为，萨特的“存在先于本质”意味着“人是一种没有本质可以肯定的存在”；这与人的“转化自己的能力是相矛盾的”。事实上，只有在“本质先于存在”的基础上，“萨特的论述才有意义”。罗洛·梅认同蒂利希的观点，也质疑萨特的存在主义，认为“萨特式的人会变成一种孤独的、单个的个体，他站在单独一个人反抗上帝和社会的基点之上。”（罗洛·梅：《心理学与人类困境》，郭本禹、方红译，中国人民大学出版社，2010 年，第 162—163 页）索尔·贝娄也从萨特的作品中读出了“骗局”：“我更乐于相信，萨特这般奇特行径是故意的，是马基雅维利式的。”［索尔·贝娄：《太多值得思考的事物：索尔·贝娄散文选（1940—2000）》，人民文学出版社，2021 年，第 450 页］“我回顾往事，发现萨特等人的错误，却一点高兴不起来。我感到灰心丧气，更是因为所有这些对正义和进步的热望都失败了。……看到这么多的聪明才智都投入到错误百出的理论中，真是让人心塞。”（同前，第 452 页）

尖锐而又宽容的反讽姿态，强调细节描写的客观性和整体上的真实效果，这些，就是19世纪的文学和艺术在伦理精神和美学精神上的主要特点。

索尔·贝娄对现代主义艺术的问题，有着深刻的洞察和猛锐的批评。他在与19世纪文学对照的语境中，揭示了现实主义与现代主义的明显差异：一个描绘真实世界，另一个却更看重感官。他犀利地批评了现代主义文学的代表人物詹姆斯·乔伊斯："乔伊斯可能无意中成了一个感官的独裁者。这个世界需要一本书？他就提供了一本。这是一本让其他书籍都再无必要的书。《尤利西斯》和《芬尼根守灵夜》写了大约二十年时间，阅读它也需要花这么长时间。这种过度自信，是作家权威衰落的结果，也是想要吸引人注意的文学想象力衰弱的结果。……现代艺术试图用任性随意的方式为自己创造权力，而且以各种公开形式追求和崇拜权力。"① 这切合实际的尖锐批评，一定会引发那些热爱现实主义文学的读者的强烈共鸣，也一定会引起路遥这样的现实主义作家的高度认同。

可以说，如果没有19世纪文学之滋育，路遥的小说写作就不会达到如此自觉和成熟的状态。无论是略显粗糙和简单的《惊心动魄的一幕》，还是堪称佳构的《在困难的日子里》、《人生》和《平凡的世界》，都是在19世纪现实主义文学的精神土壤中生长出来的，具体地说，是在雨果的《九三年》、司汤达的《红与黑》和托尔斯泰等伟大作家的文学经验的支持下创作出来的。在路遥身上，在他的小说作品里，19世纪文学的气质和态度，隐然可见。伟大的人道主义精神，崇高的理想主义热情，始终保持着对现实的关注和对苦难的敏感，坚持用真诚和真实的方式为普通读者写作，在在显示着他与19世纪伟大的现实主义传统的继承关系。就此而言，他简直就是19世纪现实主义文学的精神之子。

如果说，19世纪的文学本质上是善和爱的文学，那么，善良就是路遥

---

① 索尔·贝娄：《太多值得思考的事物：索尔·贝娄散文选（1940—2000）》，人民文学出版社，2021年，第290—291页。

小说写作的精神纲领，爱和同情则是他面对生活和人物的情感态度。蒂利希在《新存在》中说：“爱折断了虔诚的孤独，也斩断了神学的傲慢。他不仅超过正义，而且比信和望更伟大。”① 对雨果笔下的米里哀主教来说，“人间事物的惨状使他具有悲天悯人的心，他一心一意想找出可以安慰人心和解除痛苦的最妥善的办法，那是为他自己也是为了影响旁人。世间存在的一切事物，对这位不可多得的慈悲神甫，都是引起恻隐之心和济世宏愿的永恒的动力。……普天下的愁苦便是他的矿。遍地的苦痛随时为他提供行善的机会。”② 由于复杂的原因，无论是路遥心中的爱，还是他在小说作品中所表达的爱，都不可能达到蒂利希的“新存在”的高度，也不可能像雨果小说中的人物那样胸怀“济世宏愿”，但是，他却通过积极的努力，将它们提高到了“现实存在”和人道主义的境界。

在路遥的意识中，爱和同情是对待人和生活的基本态度，而人道主义精神则是一种稳定的精神原则。路遥在《平凡的世界》里说：“如果我们是善良的，我们就会普遍同情所有人的不幸和苦难。”③ 他用虚拟的语气，表达了肯定的理念：我们应该是善良的，应该同情所有人的苦难和不幸。有爱，就有泪；有无尽的爱，便有无尽的泪。路遥是一个爱流泪的人，他笔下的人物也常常流泪。就此而言，《平凡的世界》简直可以被命名为“爱书”，甚至可以被称作“泪书”。比较起来，你会发现，几乎没有几个当代作家像路遥这样经常而诗性地描写爱，也没有几个作家像他一样经常而诗性地描写泪。

显然，正是因为凭借着19世纪现实主义文学经验的启发和支持，路遥的小说写作才克服了种种障碍，摆脱了种种束缚，逐渐地成熟了起来，在对生活的诗性和复杂性的描写上，在对人的理解和爱的态度上，都达到了很高的水平，最终创造出了中国当代现实主义文学的无可替代的重要成就。

---

① 何光沪选编：《蒂利希选集》（下），上海三联书店，1999年，第726页。

② 雨果：《悲惨世界》（一），李丹、方于译，人民文学出版社，1992年，第61页。

③ 路遥：《平凡的世界》，第二部，人民文学出版社，2004年，第280页。

第六节　文学传统与大众意识：现实主义对抗现代主义

雨果在《悲惨世界》中说："最卓越的东西也常是最难被人了解的东西"①。路遥就属于那种卓越的人，也是很容易被误解和贬低的当代作家。在现代主义成为一时之文学风会的时代，要想深刻地解读和准确地评价路遥，尤显困难。

路遥强调爱与善的价值，这很容易被定性为过时而沉闷的说教。他的风格朴素而亲切，这很容易被视为缺乏美感和文学性的质木无文。他尊重现实主义传统，这很容易被目为因循和僵化。他爱故土，这很容易被诬为恋旧和保守。他质疑甚嚣尘上的现代主义风潮，这很容易被定性为缺乏现代意识和未来意识。对那些满脑子现代主义教条的编辑、学者和批评家来讲，傲慢地拒绝发表路遥的作品，轻肆地贬低路遥的现实主义写作的文学价值，无疑是一种既很安全又很时髦的事情。

有那么一些作家和批评家，一旦谈起路遥来，便伸腿展腰，扬眉眴目，满心的鄙夷和不屑。一位探索意识很强、价值观面目模糊的作家说："路遥的长篇小说《人生》同样是长效催泪弹，虽在业界算不上大红，但几十年内一直热卖，一再印得印刷机发烫，其共鸣者显然多是与作者相似的乡村儿女——他们对通向城市的一条黄沙小路耿耿于怀，甚至泪眼迷蒙。"② 他认

① 雨果：《悲惨世界》(一)，李丹、方于译，人民文学出版社，1992 年，第 17 页。
② 韩少功：《革命后记》，《钟山》2014 年第 2 期。

为，这种“耿耿于怀”，就是“情绪有点拧”，就是一副小家子气。而所谓“长效催泪弹”，是说它煽情而不自然；所谓“在业界算不上大红”，是说在那些眼高于顶的“业内”人士看来，路遥的小说是不足齿数的。

然而，这种冷冰冰、酸溜溜的轻诋，既使人看见了精英主义的傲慢，也显示着对普通读者的蔑视。如果站在文学交流有效性的角度看，一个“催泪弹”能长期有效，一部小说能在“几十年内一直热卖”，且“一再印得印刷机发烫”，难道不也说明了它比那些仅仅在“业界”的小圈子走红的、无人问津的作品更有价值吗？还有，你知道，在那“通向城市的一条黄沙小路”上，洒满了多少农村青年的眼泪，埋葬了多少农村青年的爱情吗？他们的“泪眼迷蒙”，他们内心的痛苦和焦虑，难道就丝毫不能引动你的怜悯和同情吗？还有，只有“与作者相似的乡村儿女”，才能成为路遥作品的“共鸣者”吗？按照这个可笑的逻辑，只有先成为肯塔基州的“黑奴”，你才有资格成为《汤姆叔叔的小屋》的“共鸣者”；只有先成为妓女或交际花，你才有资格成为《茶花女》和《娜娜》的“共鸣者”；只有先因为失恋而自杀上一回，你才有资格成为《少年维特的烦恼》的“共鸣者”；只有先被逼上梁山，你才有资格成为《水浒传》的“共鸣者”。最后，你敢肯定自己确实认真读过路遥的作品吗？你敢肯定你所说的“长篇小说”是《人生》，而不是《平凡的世界》吗？

事实上，那些现代主义气质的作家和批评家对路遥的态度和评价，清晰地显示着现代主义文学在美学理念和价值观念上的一些基本特点。他们简直就是一群中国的“达达主义者”，是一群生活和艺术上的自我中心主义者，甚至就是马尔科姆·考利所说的“极端个人主义者”：“不承认人类共有的心理基础。没有为所有的人共享的情感，没有必须为所有的人遵循的法则；甚至连人与人相互之间都没有可靠的交流手段。”① 他们蔑视大众，

---

① 马尔科姆·考利：《流放者的归来——二十年代的文学流浪生涯》，张承谟译，上海外语教育出版社，1986年，第132页。

蔑视朴素而清晰的风格。1928 年，十六位美国现代主义作家在《转变》杂志上，发表了他们的文学宣言。在这份宣言里，他们宣称自己有权分解词典里的词，有权使用自己制造的词；他们蔑视时间，称“时间是应予废除的暴政”；他们坚信：“作家只表现而不交流”；“让平凡的读者见鬼去吧”①。这样的极端化的文学观念，一定能引起某些中国当代诗人和作家的共鸣。因为，这些迷信现代主义文学的人，就像马尔科姆·考利批评“达达主义者”所说的那样：“他们如此看不起公众，看不起法国公众所崇拜的偶像：明晰和逻辑性，以致他们不屑于作解释。”② 他们的“达达主义”的基本原则，就是“把晦涩推到极端。晦涩朦胧是半个世纪以来一直在发展的倾向，詹姆斯·乔伊斯很快就把这个倾向推向极端，指望读者为了弄明白他的意思而去精通几国语言、通晓所有民族的神话和熟悉都柏林的地理。格特鲁德·斯泰因走得更远。说实话，她似乎是在写些纯粹是胡说八道的东西，可是它并不很纯粹：人们惴惴不安地感觉到如果能找到线索，许多胡说八道的话就可以解释。但是在读达达主义的时候，去寻找线索是徒劳的，甚至可能连诗人自己都没有线索。意义之门紧闭，而且上了两把锁，钥匙被扔掉了。”③ 也许，在中国，现代主义作家和诗人的问题，并没有发展到如此严重的程度，但是，无视普通读者感受的晦涩难懂，以及对现实主义文学经验的鄙视和否定，却并不鲜见，甚至蔚成风气。

总之，用现代主义“拜新教”的尺度来衡量，从“先锋文学”的立场来观察，路遥就是一个落伍的保守主义文学现象，而他的作品则算不得真正有创新精神和现代性价值的文学。在那些崇奉现代主义“新八股”的学

① 马尔科姆·考利：《流放者的归来——二十年代的文学流浪生涯》，张承谟译，上海外语教育出版社，1986 年，第 246 页。

② 马尔科姆·考利：《流放者的归来——二十年代的文学流浪生涯》，张承谟译，上海外语教育出版社，1986 年，第 131 页。

③ 马尔科姆·考利：《流放者的归来——二十年代的文学流浪生涯》，张承谟译，上海外语教育出版社，1986 年，第 131—132 页。

者和批评家看来，路遥对现代主义文学的疏离和对抗，不仅使他丧失了用现代性技巧进行实验性写作的机会，也使他的作品缺乏现代美学所推重的“陌生化”效果和震惊效果。

其然乎？岂其然乎？

毋庸置疑，在路遥身上和他的写作中，确实集聚着20世纪中国当代文学转型过程中可能会发生的几种主要矛盾，诸如现实主义与现代主义之间的矛盾，肯定性倾向与否定性倾向之间的矛盾，乡土文化与城市文化之间的矛盾，功利主义与理想主义之间的矛盾，教条的公式主义与创造的个性主义之间的矛盾，等等。值得注意的是，在自己的创作实践中，路遥较好地解决了这些问题。他的现实主义写作，本质上是一种充满人道主义精神和理想主义热情的肯定性的写作，是一种具有显明的个性色彩和强大的个性力量的写作，也是一种既向往都市文明又理解和包容乡村文明的写作。

文学是一种在过去、现在和未来三个维度生长的精神之树。1982年，徐迟在题为《现代化与现代派》的文章中说：“在我们这里，很不少人仍然欣赏古琴、花鸟、古诗、昆曲之类，迷恋于过去，是过去派。另些人还不能区别那严重污染环境的近代化与高度发展的四维空间的现代化的差别，他们其实还是近代派。都不是现代派，他们所向往的是过去化，或自足自满于近代化，并无或毫无现代化的概念。……不久将来我国必然要出现社会主义的现代化建设，最终仍将给我们带来建立在革命的现实主义和革命的浪漫主义两结合基础上的现代派文艺。”① 这种分离主义的观点，不仅将文学发展的完整过程割裂得支离破碎，而且，还在文学的发展与外在的器物层面的进步之间，建构了一种简单而抽象的因果关系。事实上，文学的道路指向未来，但也连接着现在和过去。没有过去的传统和经验，文学就没有根系，就不可能成长；没有现实的土壤，文学就没有立足点，就不可

① 何望贤编选：《西方现代派文学问题论争集》（下），人民文学出版社，1984年，第398—399页。

能获得新鲜的经验内容；没有对未来的好奇和想象，文学就没有探索的激情和创造的动力。就此而言，一切意识成熟的文学，从来就不是激进的现代主义现象，也不是单纯的未来主义现象，而必然是尊重传统的历史主义现象。所以，当许多“拜新教”作家都跟风趋时，一窝蜂涌向“现代主义文学”的时候，路遥对传统的现实主义文学经验的尊重和吸纳，就显示着一种极为自觉的文学意识。正是这种自觉的文学意识，使他选择了一条可靠的创作路向，最终创作出了厚重的现实主义杰作。

对现实主义文学传统的坚守，无疑是路遥最为难能可贵的地方，也是他的文学意识高度成熟的表现。罗斯金在《艺术与道德》中说：“一个国家艺术上的成就总是要依赖于时代实践的正确的艺术方向。”① 无论“正确的艺术方向”包含着多少复杂的内容，现实主义的文学精神和写作方法，应该是其中不可或缺的、具有主导性意义的部分。现实主义文学的生命，就在于客观和真实，就在于用可信的细节和耐心的叙事来揭示褶皱里的生活，来展示人的真实的生存境况和内心世界。它帮助人们看见混沌的现实，帮助读者理解人生的意义，给人带来生活的力量和勇气。它在人的内心引起震惊和关切，最终激起人们改变生活的热情和冲动。在《平凡的世界》中，看到路遥对“大山皱褶里”的人们的描写，你难道没有震惊的感受吗？难道没有想流泪的冲动吗？听到孙玉厚等老一辈人无奈的叹息，看到孙少安、孙少平和郝红梅等青年人流下的眼泪，看到他们为了改变命运所付出的巨大痛苦，所承受的可怕磨难，你难道没有感受到真正的现实主义作品才有的力量吗？

现实主义不仅意味着真实效果和情感力量，还意味着完美的技巧和有效的表达效果；不仅意味着丰富的美学价值和可靠的文学标准，还意味着对可理解性的追求和对普通读者的尊重。威廉·德雷谢维奇曾经是一个迷

---

① 罗斯金：《艺术与道德》，张凤译，金城出版社，2012 年，第 3 页。

信现代主义文学的批评家。后来，在系统地阅读了简·奥斯丁的小说之后，他才对文学有了更加深刻的理解，才认识到朴素而亲切的文学更有魅力："被供奉在现代主义的神坛上，姿态高傲、从哲学意涵上看理念宏大，我原以为伟大的文学作品必须是令人生畏的、晦涩难懂的：到处是炫耀作者学问的典故，必须像拼大七巧板一样把那些密集的意象和象征拼接起来。……现代主义是高等人的高等艺术，恐怕也是最势利的文学运动。难怪我会蔑视芸芸众生：我的这种态度源自 T. S. 艾略特、弗拉基米尔·纳博科夫，他们作品的字里行间都流露着对普通人的蔑视。《爱玛》驳斥了伟大的艺术都是困难的观念，同时也推翻了思想观念是用来辩护的观念。"① 德雷谢维奇对现代主义的批评，对现实主义的肯定，一定会引发路遥的共鸣和赞同。在中国当代作家中，路遥是少见的敢于尖锐质疑现代主义文学风潮的人。

在小说写作上，柳青和路遥的一个有价值的经验，就是解决了小说文体的一个基本问题——小说艺术的大众性问题，即小说的可读性和可交流性问题。其中路遥的经验，尤其值得重视。因为，在柳青所面对的文学环境里，文学意识结构和文学价值原则极度稳定，作家如法炮制就可以了；然而，路遥所面对的，则是一个变动中的文学秩序，因而，他不得不在一个文学观念剧烈变化和尖锐冲突的考验情景里进行选择和写作。这样，就有必要具体而深入地谈谈小说文体的大众性特点，进而还原到 20 世纪 80 年代的文学氛围里，来认识和评价路遥的写作经验。

是的，小说是一种典型的大众文体。与大众读者的对话和交流是这种文体的本质。小说家通过小说写作探索生活和人的内心世界，大众读者通过小说阅读认识生活和人内心的秘密。小说家希望通过叙事与大众读者交流，大众读者则希望通过阅读与作者和小说中的人物交流。小说家写作的

---

① 威廉·德雷谢维奇：《简·奥斯丁的教导》，刘倩译，生活·读书·新知三联书店，2017 年，第 48 页。

热情和动力，就来自于对大众读者的阅读和交流的想象和期待。一个没有这种期待和想象的小说家，也许会写出只属于作者自己或者一个小圈子的小说，但很难写出真正具有可读性和交流性的小说。英国19世纪的著名文学批评家巴西尔·沃斯福尔德说："众所周知，公众确实有权决定艺术品的价值，事实上他们也确实对作品的成败作出裁决。因此，鉴赏力或判断力不是某个阶级或职业的特权，而是所有人的权力。它是真正的检验，而不是只有少数人才了解的特定艺术的规则。"① 西蒙娜·薇依则索性将作品简单明了地分为两个大类："大体上说，除了某些例外，二流乃至更差的作品更适合于精英（élite），所有一流的作品则更适合于民众。"② 在她看来，艺术作品本质上是一种大众现象，因此，一部作品越是具有大众性，等级便越高。路遥对于作品和读者的分类，也许不会像薇依那样简单和绝对，但是，他会认同沃斯福尔德的观点，因为，他也同样尊重普通的大众读者，同样将读者的接受和喜爱，当作判断一部作品是否成功和优秀的重要标准。

如此说来，在评价一部小说作品的时候，具体地说，评价一个小说家的写作能力和一部小说成败的时候，小说的吸引力和可读性，读者的阅读反应，读者与作品及作者的交流效果，就是一个具有重要意义的标准和尺度。虽然大众读者的喜爱和发行量的巨大，并不是确证一部作品价值的充分条件，但是，任何时候，都不应该忽视一部小说面对大众读者的亲切感和可读性。因为，一部无人问津或难以卒读的作品，无论如何，都很难说是完全成功的作品。许多真正伟大的作品，通常就是受大众读者欢迎的作品。就此而言，为了满足一群"小众"的另类趣味，而炮制一部缺乏交流效果的无趣的小说，就意味着对大众读者的侮慢，甚至意味着对小说艺术

① 巴西尔·沃斯福尔德：《文学通诠》，罗选民全译、导读，商务印书馆，2021年，第75页。

② 西蒙娜·薇依：《扎根：人类责任宣言绪论》，徐卫翔译，生活·读书·新知三联书店，2003年，第55页。

的伤害。没有什么比读一部乏味的小说更让正常的读者痛苦的了。让大众读者强迫自己硬着头皮读自己的作品，简直就是小说家的一桩罪过。

一个高明的小说家，往往就是修辞意识和交流意识极为自觉的人。他心心念念想着大众读者，想着他们渴望在小说里见到什么样的人，感受到什么样的精神力量，甚至想象着他们读到某一细节和情节时的心情和表情。他希望大众读者能在他期待的地方，发出会心的笑声，或发出深沉的叹息。为了实现彼此心意的契会，小说家常常花很多的心思和很大的精力，来解决描写的准确性和生动性的问题，来解决作品的趣味性和可读性的问题。对那些意识成熟的小说家来讲，小说的技巧，不仅表现在如何叙述和描写，还表现在如何强化作品的可读性，强化它对大众读者的说服力和吸引力。一部合格的小说，应该使普通的大众读者从打开第一页开始，就亹亹不倦，欲罢不能，直至读到最后一页，仍有意犹未尽甚至依依不舍的感觉。阅读一部伟大的小说，就是大众读者与作者的美妙的精神遇合，也是他们与作品中人物令人愉悦的精神交流。

路遥就是一个具有很强的修辞意识和交流意识的小说家。他成功地解决了作者与人物和读者的关系问题。他尊重自己笔下的人物，也尊重自己的读者。尊重读者就意味着让读者在阅读的时候，付出最少的劳动，获得最多的愉悦。他心目中的理想读者，不是那些由精英构成的“小众”，而是无数普普通通的“大众”。为了能为大众读者理解和共鸣，他选择了一种家常而亲切的写作方式，即雨果和托尔斯泰所选择的那种写作方式。他成功地吸引并说服读者接受自己的作品，接受自己所塑造的人物，接受自己所表达的情感和思想。正因为这样，路遥才成了最受青年读者喜爱的当代小说家之一，而他的《平凡的世界》，则是中国当代现实主义长篇小说中发行量最大的作品。

2021 年 11 月 6 日，北新桥

第三章

小说修辞与文学风格

小说修辞的根本问题，就是研究作家“为谁写”和“如何写”的问题。这是一个涉及作家的角色意识和责任意识的问题，也是一个涉及作家如何在作品中有效地与读者交流的问题。“为谁写”决定了写作的态度，也决定了“如何写”的方法。小说家如果明确地意识到了自己在为读者写作，而且，也在意读者的感受，那么，他就会用心地选择读者能接受的方法来写作。显然，在写作方法和技巧的背后，起着决定性作用的因素，是作家的态度和动机。

从小说修辞的角度看，路遥明白自己写小说的责任。他要为无数普普通通的读者而写作。他有自己的价值观和人生理念。他要把自己的人生哲学渗透到自己作品的细节里。他试图用自己的小说来影响自己时代的读者。他要帮助读者认识中国社会转型的艰难过程，认识底层青年为了改变自己的命运所付出的巨大努力，认识生活的艰难和人性的复杂，帮助他们理解爱的价值、劳动的意义和理想主义的重要性。

在路遥的意识里，人生并不是轻轻松松的浪漫之旅，而是充满考验和煎熬的苦难历程。在他的充满人性温暖的小说里，总是鸣响着低沉而悲怆的旋律。但是，他并不是一个纯粹意义上的悲剧作家。在他的中和性质的悲剧叙事里，真正起作用的，不是尖锐的对抗意识和无奈的失败情绪，而是包容的和谐意识和积极的超越精神。他想凸显的不是毁灭，而是人的巨大的承受力，是人与生活和命运的和解。

伟大的文学本质上都是反讽的文学。路遥的小说里也有反讽，但是，这反讽不是尖锐的“强性反讽”，而是温和的“弱性反讽”。在他的反讽里，固然有不满，有愤怒，但是，没有极端的情绪和强烈的仇恨，更没有萨尔蒂科夫·谢德林的诅咒一切的破坏性冲动。他的反讽简直比契诃夫还要乐观和温和。路遥相信，人们只要觉悟和努力，就有可能改变自己的命运；只要外部的环境有利于人们获得劳动的自由和生活的尊严，那么，人性和生活中的丑恶，就会大大地减少，人就有可能变得更善良，更文明。

路遥不仅是具有现实主义伦理精神的伟大作家，还是一个具有成熟的语言风格和很高艺术成就的作家。虽然他错过了接受古典文学教育的最佳年龄段，虽然他缺乏良好的古典文学修养，虽然他吸纳词汇和修辞经验的途径略显单一，但是，他仍然是一个有着自己的语言风格的伟大作家。他知道自己该用什么样的语言和风格写作。

路遥喜欢生动的方言。乡土性是他的小说语言的一个明显特点。从“雅语”和“真实”的角度看，路遥小说的语言“失雅”但不“失真”，在描写人物语言上，表现出很强的客观性品质。从修辞性的角度看，他反对“写小说就是写语言”的观念，将作者的态度和生活视为更重要的东西，倾向于用介入的方式和有温度的语言来展开叙述和描写。从风格和文体的角度看，为了克服那种尖利而轻靡的语言倾向，路遥主张“把笔磨秃了写”，自觉追求朴素而厚重的语言效果，显示出“重拙大”的风格特点和“谦逊式”的文体特征。从语言的角度来看，路遥的经验不可轻忽，值得研究。

人生活在环境和风景里。在人的气质和性格形成的过程中，环境和风景起着微妙而巨大的作用。在日常生活中，气候和景物等因素，常常就是情感的形式。所以，借助环境和风景来描写人，来表现作者自己的情感和态度，就是一种常见的修辞手段。路遥重视风景的修辞意义。他是风景描写的高手。风景修辞也是路遥文学风格的一个构成部分。在他的小说里，人们可以看见人物的“恋地情结”，可以看见北方高原上特有的四季风光，可以看见景物与人的情感的深刻关联。从风景修辞的角度，人们甚至看见了路遥的文学意识的变化过程。

第一节 文学写作的诸问题

——为纪念路遥逝世十周年而作

11月17日，是路遥的忌日。时间过得真快，转眼间，这位英雄作家，这个内心世界充满青春激情的诗人，离开这个他深情地爱着的世界，将近十个年头了。

十年里，我常常想起他，想起这个像别林斯基所说的那样“把写作和生活、生活和写作视为同一件事”的、“直到最后一息都忠于神圣天职的人”①。我之所以念想他，不仅因为我们都是黄土高原的儿子，更主要的，是因为他的作品给我留下了温暖而美好的记忆。

还有，每当看到那些令人失望甚至厌恶的文学现象的时候，我也会想起他，就会想到这样的问题：假如路遥还活着，他会这么写吗？他能与那些颓废、消极的写作保持道德和趣味上的距离甚至对抗的姿态吗？然而，死者已矣，路遥再也不能回答我们的问题，我们再也听不到他那朴实而可靠的声音了。

但是，并不是所有的人都看重路遥的价值。他的沉重而充满力量的文字，有时还会受到某些人的嘲笑和攻击。一个“新”字号的“小说家”在文章里攻击完托尔斯泰“矫情”之后，气宇轩昂地宣布：路遥的小说，读一页给五十元钱，他也不干！可怜的家伙，除了钱他几乎什么都不认识。路遥还被我们时代

① 别林斯基：《别林斯基选集》，第一卷，满涛译，上海译文出版社，1979年，第121页。

的“文学批评”及“文学史”忽略和遗忘。我们在中国的评论性的文学杂志里，已很少看到路遥的名字了。我们的批评家宁愿对一个只能写出死的文字的活着的作家枉抛心力，却不愿对一个虽然去世但其文字却仍然活着的作家垂青关注。然而，令人欣慰和振奋的是，路遥的小说，尤其是《平凡的世界》，却是当代大学生最喜欢阅读的文学作品①。2002 年 3 月，我在东北师大做报告时，就听到了许多令人感动的关于路遥的提问，读到了大学生在自己办的刊物《关外》上关于《平凡的世界》的热烈而不乏真知灼见的讨论。

当然，路遥的作品，绝非无可挑剔的完美之作，还没有达到经典作品的高度。从不足的方面看，他的写作，是道德叙事大于历史叙事的写作，是激情多于思想的写作，是宽容的同情多于无情的批判的写作，是有稳定的道德基础但缺乏成熟的信仰支撑的写作，还有，他笔下的人物大都在性格的坚定上和道德的善良上，呈现出一种绝对而单一的特点，这是不是也单调一些了呢？而像乔伯年和田福军这样的“正面人物”，则几乎完全出于作者的想象，显得苍白而无力②。但是，这样的不成熟和不足，并不影响路遥作品以朴实的诗性意味和积极的道德力量打动读者，并不影响我们喜爱他的作品，记住他的名字，感念他的劳作。

如果说阅读一部作品就意味着对它的作者尊敬的话，那么，我们现在重读路遥的全部作品，就不仅是纪念这位英年早逝的优秀作家的最好方式，而且，还有助于我们更好地解答那些对文学写作来讲至关重要的问题。

---

① 几种资料表明路遥的《平凡的世界》是大学生最喜欢的文学作品（宗元：《魂断人生：路遥论》，上海文艺出版社，2000 年，第 9 页；邢小利：《永远的路遥》，《文汇报》1999 年 8 月 5 日）。

② 作者对《平凡的世界》多次细读后，对此处观点进行了反思，有了更为深刻的认识，参见本书第 68—69 页，以及第七章第三节。——编辑注。

一、为谁写?

在今天，再提“为谁写”这样的问题，很容易给人一种迂执而落伍的印象。在那些新潮作家看来，写作从来就是一种不需要对象的自我满足过程，因此，为自己写作，就是写作的充分理由。而在另外一些人看来，提出“为谁写作”这样的问题，就意味着对创作自由的粗暴干涉，就意味着用功利主义的粗重的绳索，捆绑文学的手脚和诗神的高翔远翥的翅膀，就必然要导致文学的异化。

应该说，这样的忧虑并非没有来由。确实，如果继续以“主宰阶级论”要求文学为某种狭隘的集团利益服务，如果“为谁写作”的诉求不受人道主义原则的制约，那么，文学必然要罹受可怕的灾难，写作就会被异化为一种狭隘的功利性行为。但是，尽管潜存着这样的危险，“为谁写作”依然是一个有必要时时提起的问题，因为“为谁写作”并不是一个无足轻重的理论问题，而是一个具有道义色彩的人道主义命题，是和写作的意义生成与价值建构密切相关的基本问题。

是的，“为谁写作”是每一个作家在写作前都必须思考、必须回答的问题，即使仅仅为了在修辞上获得成功，他也无法绕过这个问题。韦恩·布斯在《小说修辞学》中说：“小说修辞的终极问题，就是断定作家应该为谁而写作的问题。”① 在布斯看来，回答是“为自己写作”，还是回答“为需要帮助的读者写作”，绝不是一回事，而毋宁说，两种不同的回答，必然会引导作家选择两种不同的修辞策略，以实现两种完全不同的修辞效果。布斯态度显明地反对那种为了“自我”的写作，反对追求客观性效果的“纯形式”的文学。他认为作家应该为“他人”写作，应该努力使其作品为“他人”所理解，“他必须探究读者真正关心的普遍价值。……他必须非常

① 韦恩·布斯：《小说修辞学》，付礼军译，广西人民出版社，1987年，第408页。

谦逊地寻找方法，以便使读者接受他对那些主题的见解。……他必须懂得怎样将他那往往以舍弃了自我的个人象征组成的远见卓识转化为本质上是公共的东西。”① 他不仅从修辞上，而且还从道德上反对作者建立“个人的神话”，或者，“退回到个人的价值世界”。

“为谁写作”，在萨特看来，甚至就是一个关于文学的哲学命题。他在《什么是文学?》一文中，就专门探讨过“为谁写作”的问题。在他看来，文学的本质就是自由，写作的目的就是为了呼唤人的自由。他把阅读和写作当作所有人的权利和人与人相互沟通的手段；作者通过写作向读者的自由发出自由的召唤，而读者则通过阅读对作者的自由的呼唤做出自由的回答。因此，文学应该有超越的精神和对现实的高度自由的介入态度；它从不把自己当作手段，也不屈服于世俗权力或某一意识形态。总之，萨特对“为谁写作”这一问题的回答，具有极强的“存在主义”色彩和形而上的性质：“作家必须为一个享有改变一切的自由的读者群而写作，这就意味着，除了取消任何独裁，还要永远更新干部，还要在秩序一有凝固时就推翻秩序。”②

作为一个社会责任感极强的作家，路遥对作家的劳动及“为谁写作”这类问题有着积极而正确的理解。在他看来，从根本上讲，作家写作并不是为了自己，并不是为了自己的虚荣心能得到一种廉价的满足：“作家的劳动绝不仅是为了取悦当代，而更重要的是给历史一个深厚的交代。如果为微小的收获而沾沾自喜，本身就是一种无价值的表现。最渺小的作家常关注着成绩和荣耀，最伟大的作家常沉浸于创造和劳动。”③ 路遥鄙弃那种高蹈的个人主义、玩弄技巧的形式主义及虚无、颓废的老庄主义创作倾向，

---

① 韦恩·布斯：《小说修辞学》，付礼军译，广西人民出版社，1987 年，第 407 页。

② 让-保罗·萨特：《萨特文学论文集》，施康强等译，安徽文艺出版社，1998 年，第 182 页。

③ 路遥：《路遥全集》（散文·随笔·书信），广州出版社、太白文艺出版社，2000 年，第 7 页。

也与西方现代主义文学中的可疑的东西保持着距离。

路遥的写作在精神气质上与俄苏文学最为接近。俄苏文学精神里的人道情怀、苦难意识、底层意识、人民立场及诗性气质，极大地影响着他的文学观念和写作实践。赫尔岑说："对小人物的同情心是俄罗斯文学的基调。"① 路遥则同情生活在社会底层的平凡的人们，密切地关注他们的生存境况和内心感受。他为那些艰辛地生活着劳动着的广大的"农村人"而写作，为那些在人生的坎坷路途中艰难挣扎的青年人而写作。他说："作为血统的农民的儿子，正是基于以上的原因，我对中国农民的命运充满了焦灼的关切之情。我更多地关注他们在走向新生活过程中的艰辛与痛苦，而不仅仅是到达彼岸后的大欢乐。"② 他在谈到自己写高加林这一人物的想法的时候说："我有责任把这样一种人物写出来，一方面是要引起社会对这种青年的重视，全社会应该关怀他们，从各个方面去关怀他们，使他们能健康地成长起来……"③ 路遥不愿当那种"平庸的作家"，不愿"反复制造出一堆又一堆被同样平庸的评论家所表扬的文学废品"④。他说："更重要的是，我深切地体会到，如果作品只是顺从了某种艺术风潮而博得少数人的叫好但并不被广大的读者理睬，那才是真正令人痛苦的。大多数作品只有经得住当代人的检验，也才有可能经得住历史的检验。那种藐视当代读者总体智力而宣称作品只等未来才大发光辉的清高，是很难令人信服的。因此，写作过程中与当代广大的读者群众保持心灵的息息相通，是我一贯所珍视

---

① 萧功秦：《知识分子与观念人》，天津人民出版社，2000年，第139页。

② 路遥：《路遥全集》（散文·随笔·书信），广州出版社、太白文艺出版社，2000年，第67页。

③ 路遥：《路遥全集》（散文·随笔·书信），广州出版社、太白文艺出版社，2000年，第130—131页。

④ 路遥：《路遥全集》（散文·随笔·书信），广州出版社、太白文艺出版社，2000年，第103页。

的。"[①] 总之，为别人写作而不是为自己写作、为多数人写作而不是为少数人写作，已经成为路遥的最基本的写作原则。他把写作当作一种既普通又神圣的事业，一种与"人民"的幸福与痛苦、前途和命运密切相关的事业，因此，路遥认为，如果作家"不关心劳动人民的生活，而一味躲在自己的小天地里喃喃自语，结果只能使读者失望，也使自己失望"[②]。别林斯基说，"'人民性'成了我们时代的美学纲领"[③]。在"为谁写作"这个问题上，"人民性"则是路遥的文学纲领。在"人民伦理"受到利用、践踏和嘲笑的中国，路遥的宣言和写作所体现的，就不只是一种很宝贵的道德姿态，还有一种特立独行的英雄气概。路遥的朴实的写作理念包含着一个简单而重要的真理：文学是属于生活在社会底层的"小人物"的，是属于"人民"的，因此，谁关心他们的无奈和叹息、痛苦和忧伤、愿望和要求，谁才能写出具有人道内涵的、受到普遍欢迎的作品。

路遥的经验，值得那些为了市场而制造商业的奇观的作家学习，值得那些为了奖赏而服从政治指令的作家学习，值得那些为了"纯文学"而玩弄形式技巧的作家学习，值得那些为了"写作"而胡编滥造的作家学习，值得那些为了"安妥"自己的"灵魂"而把道德踩在脚下的作家学习，值得那些只写肉体而不写灵魂的作家学习。

那些形形色色的消极写作者应该明白，他们只有像伟大的俄罗斯作家和路遥那样，正确地解决了"为谁写作"的问题，他们的写作才有可能走在正路上，他们才有可能写出有价值的作品，才能写出有持久生命力的被大多数读者欢迎的好作品，而不是被极少数人叹赏不已的速朽之作。

---

① 路遥：《路遥全集》（散文·随笔·书信），广州出版社、太白文艺出版社，2000年，第99页。

② 路遥：《路遥全集》（散文·随笔·书信），广州出版社、太白文艺出版社，2000年，第153页。

③ 别列金娜选辑：《别林斯基论文学》，梁真译，新文艺出版社，1958年，第78页。

二、为何写?

真正的小说关心的是人，叙写的是人在某种特殊的生存环境里的人生遭遇和内心体验。小说家的写作目的，就是要通过有意味的情节事象和具有典型性的人物形象，帮助读者认识社会，认识生活，向读者提供人生的经验和智慧，从而对读者的人格成长和道德生活发生积极的影响。

现在有一种颇为流行的倾向，那就是否定小说中的这种巨大的人生引领作用和道德影响力量。事实上，正像 T. S. 艾略特正确地指出的那样："我们所阅读的小说影响我们对待别人的行为，也影响我们自己的行为型式。当我们读到小说中一些人物采取了某些行为方式，受到作者的赞许；作者通过对他自己所安排的这些人物行为的结果所表现的赞许态度来祝福这种行为。当我们看到这种情况时，我们就有可能受到作者的感化而决心今后采取同样方式的行为。"① 不用说那些极端的例子，诸如《红与黑》如何影响了爱伦堡，《热爱生命》如何给了病中的列宁巨大的精神力量，即使对那些真正喜欢读小说的普通读者来讲，小说的影响力量，也依然是存在的。哪个普通读者的心中不珍藏着难忘的小说中的人物形象，不存留着那些激动过他的情节和场面呢？这些人物、情节和场面，时常会出现在你的想象里。小说中的人物会介入你的精神生活，在你百无聊赖时，给你乐趣；在你孤独寂寞时，给你安慰；在你软弱无助时，给你力量；在你计不知所出的时候，给你提供建议。

小说对读者的这种影响力量，在优秀的小说家那里不仅能被认识到，而且还被当作小说家在创作时必须自觉追求的东西。艾特玛托夫就试图通过自己的小说来影响读者的道德和生活，在他看来小说就是"教育"人的一种手段和工具："在教育中，在教育工作中我们无论进行什么样的改革，

① T. S. 艾略特：《艾略特文学论文集》，李赋宁译注，百花洲文艺出版社，1994 年，第 244 页。

人的、青年人的道德完善始终是主要的目的。这个问题的重要性并不亚于去掌握新的知识。人首先应该成为一个人，应该与他一样的人们生活得和谐一致，应该与大自然和谐一致，应该成为崇高理想的体现者。……这样特别使我感到焦虑。在《早来的仙鹤》中我不是偶然才说出这些想法的。"① 事实上，为了"教育"人而写小说，为了提升人的道德境界和改善人的生活而写作，乃是俄罗斯文学的另一"基调"，也是俄罗斯文学的伟大传统。

俄罗斯作家中很少有那种为了"纯艺术"或"纯文学"而写作的人。他们赋予文学以信仰的性质，把写作当作一种与人的生活密切相关的道德行为，正像别尔嘉耶夫所说的那样："俄罗斯作家没能停留于文学领域，他们超越了文学界限，他们进行着革新生活的探索。他们怀疑艺术的正当性，怀疑艺术所特有的作品的正当性。19 世纪的俄罗斯文学带有教育的性质，作家们希望成为生活的导师，致力于生活的改善。"② 俄罗斯文学的这一精神传统如此强大，即使在苏联时期，也没有被无所不在的异化力量所损毁。让文学以独立的人道原则和巨大的道德力量积极地影响人们的生活，也是许多苏维埃俄罗斯作家的写作目的。爱伦堡说，"天职"、"服务"这样的字词"不是可笑的，也不是空洞的，它们包含着对作家义务的正确解释，作家就应该在短暂的一生中体验很多很多生活，他应该燃烧自己去温暖人们的心，他应该在给人们的内心世界以光明时，帮助读者更清楚地看事物，更充实和更高尚地生活"③。这其实可以看作苏维埃俄罗斯时期的所有优秀作家的创作追求和文学宣言。

把文学与人生关联起来，把小说当作生活的"教科书"，当作从道德情

---

① 崔道怡等编：《"冰山"理论：对话与潜对话》，上册，工人出版社，1987 年，第 325 页。

② 尼·别尔嘉耶夫：《俄罗斯思想》，雷永生、邱守娟译，生活·读书·新知三联书店，1995 年，第 79—80 页。

③ 爱伦堡：《捍卫人的价值》，孟广钧译，辽宁教育出版社，1998 年，第 31 页。

感和伦理行为方面积极地影响读者的人生哲学，是路遥对小说这一文学样式的基本看法。在他看来，作者正是为了建构更美好的生活才写小说的，因此，离开生活谈小说是没有意义的，在这一点上，写小说与其他任何致力于改善人类生活的社会工作是没有区别的："无论一个人，还是一个社会，他们所有的实践和努力都是为了向更美好的方向发展。所以我觉得，有理想，那么在奋斗的过程中才可能有目标。一个人糊里糊涂混一辈子，这样一种生活是没有意义的。"① 总之，"归根结底，我们需要一种积极的人生态度，而不是一种消极的人生态度和一种过分的自我主义。也就是说，我们不仅使自己生活得很好，也应该想办法去帮助别人。"② 路遥写作的根本目标，就是要激发人们尤其是年轻人的生活热情，培养他们的生活理想和具有利他倾向的道德精神。

事实上，路遥的内蕴着积极的生活态度和理想主义激情的人生教育小说，也确实极大地影响了许多大学生的精神生活。东北师范大学的研究生胡铁坤在路遥作品的讨论会上说："现在像《收获》和《花城》上登的小说，除了中文系的学生，很少有人看，但是像《平凡的世界》这样的作品，不管是文科班的，还是理科班的都在看。"③ 另一位叫苏奎的研究生在谈到《平凡的世界》的时候说："我觉得它不仅是我的精神资源，我的同龄人或我们的上一代人中一大部分人都从中获得了慰藉。"④ 他还进一步指出，孙少平在极其艰难的景况下，仍然不放弃读书，"这种追求精神，我觉得对我们这个时代太重要了，太重要了！当我出现这种迷茫心态的时候，我拿过《平凡的世界》来看看的时候，我会热泪盈眶的，所以，我不敢把它摆放在

---

① 路遥：《路遥全集》（散文·随笔·书信），广州出版社、太白文艺出版社，2000 年，第 174 页。

② 路遥：《路遥全集》（散文·随笔·书信），广州出版社、太白文艺出版社，2000 年，第 177 页。

③ 胡铁坤整理：《关于〈平凡的世界〉的讨论》，《关外》2002 年第 1 期，第 44 页。

④ 胡铁坤整理：《关于〈平凡的世界〉的讨论》，《关外》2002 年第 1 期，第 37 页。

书架的明处，我把它藏在一个角落里”①。我想，如果路遥地下有知的话，一定会把这些他为之写作的青年人的评价，当作最高的奖赏的。

三、写什么?

如果说“为什么写”涉及的是写作的终极目标和最高理想的话，那么，“写什么”则是为实现这些目标和理想而做出的更为具体的选择。爱伦堡说:“作家不能什么都写，什么人物都写。在选择题材和人物方面，他都有所限。”② 对路遥来讲，他的“选择”，固然与他的经历、个性、人格有关，但更与他的写作目的和生活哲学有关。在路遥看来，“人类生活的大厦从本质上说，是由无数普通人的血汗乃至生命所建造的”③。于是，他就选择叙述那些平凡而普通的人们的生活故事，尤其偏重于叙述出身于社会底层的年轻人的生活，叙述他们如何经历坎坷、战胜挫折、超越苦难，获得对人生真谛和生活意义的体认和顿悟，从而在健康的道德原则和生活哲学的引导下，开始新的平凡而积极的生活。

事实上，路遥的小说的意义开掘和主题建构，既具有伟大而庄严的性质，又具有丰富性和多样性。他叙写美好的爱情，叙写纯洁的友情，叙写家庭的亲情，叙写情感与理性的矛盾、欲望和道德的冲突、现实与理想的对立以及爱与恨的交织，等等。可以说，路遥小说中的这些主题内容，都给读者留下了较深的印象，但在我看来，路遥小说的两个最重要的主题与两个问题有关：一是苦难体验，一是道德善良。正是关于苦难和道德的叙述，显示着路遥小说独特的精神风貌和内在价值。

通常，读路遥的小说，你会有一种沉重得近乎煎熬一般的感觉。这一

① 胡轶坤整理:《关于〈平凡的世界〉的讨论》，《关外》2002年第1期，第39页。

② 爱伦堡:《捍卫人的价值》，孟广钧译，辽宁教育出版社，1998年，第26页。

③ 路遥：《路遥全集》（长篇小说)，第三部，广州出版社、太白文艺出版社，2000年，第145页。

点也不奇怪。路遥的小说属于典型的人生炼狱体验叙事。他是把人生的苦难体验当作小说的主题内容的作家。但他并不怨天尤人地渲染苦难，并不单纯地写苦难本身，而是通过苦难来写人的人格尊严、道德激情，面对苦难的不屈的精神力量以及追求美好生活的内在热情。在苦难面前始终强调人的强健的生存意志和乐观的生存态度，乃是路遥的人生炼狱体验叙事的一个特点。由炼狱而顿悟、升华、获救，构成了路遥小说的完整的情节构织模式。

在路遥的小说中，你很少看到被苦难和挫折击倒在地的人物。无论承受的打击有多么沉重，路遥笔下的主要人物都具有英雄一般的坚韧不屈的承担能力，没有一个人消沉不振，更没有一个人去“寻短见”自杀的。他们不用那种消极的、毁灭性的方式对抗苦难，而是用一种对生活的质朴而博大的爱，来包容苦难，超越苦难。高加林的爱情背叛，对巧珍来讲，意味着毁灭性的精神打击：“所有的人都一致认为，刘立本的二女子这下子算彻底毁了：她就是不寻短见，恐怕也要成个神经病人。因为谁都知道，这事对一个女孩子意味着什么；更何况，她对高玉德的小子是多么地迷恋啊！”① 但是，巧珍从一种极端形态的苦难的体验——失恋中走出来了。她找到了值得为之继续活下去的理由，找到了爱情之外的值得留恋的美好的东西：“她留恋这个世界；她爱太阳，爱土地，爱劳动，爱清朗朗的大马河，爱大马河畔的青草和野花……她不能死！她应该活下去！她要劳动！她要在土地上寻找别的地方找不到的东西！”②

中篇小说《在困难的日子里》中的马建强，虽然身陷困境，在可怕的饥饿中，忍受着“困难”的煎熬，承受着自卑、屈辱甚至被别人误解的痛苦，但是，他依然守护着自己的“清白”和“尊严”，即使饿得“心火缭乱”，也绝不随便偷别人的瓜果和“庄稼”充饥。在他看来，在苦难的生活

① 路遥：《路遥全集》（中篇小说），广州出版社、太白文艺出版社，2000年，第160页。
② 路遥：《路遥全集》（中篇小说），广州出版社、太白文艺出版社，2000年，第161页。

里，“除过自己的清白”，他已没有别的东西来“支撑自己的精神世界”，“假如我真的因为饥饿做出什么不道德的行为来，那不光是别人，连我自己都要鄙视自己了”①。显而易见，苦难不仅没有让马建强颓唐消沉、自轻自贱或自暴自弃，反而教他认识了那些对人生来讲至关重要的东西。

如果说巧珍、马建强、孙少安们对苦难的体验和超越还仅仅是经验性的话，那么，孙少平和中篇小说《你怎么也想不到》中的郑小芳对苦难就是不仅具有主动选择和迎接的勇气，而且，还将对苦难的体验升华到人生哲学的境界。在孙少平看来，生活在社会底层并不“低贱”，苦难的生活也并不可怕。他甚至认为，人只有经由苦难才能领享“生活之蜜”：“是的，他是在社会的最底层挣扎，为了几个钱而受尽折磨；但他不仅仅将此看做是谋生活命——职业的高低与贵贱，不能说明一个人生活的价值。恰恰相反，他现在倒很‘热爱’自己的苦难。通过这一段血火般的洗礼，他相信，自己历经千辛万苦而酿造出的生活之蜜，肯定比轻而易举拿来的更有滋味——他自嘲地把自己的这种认识叫做‘关于苦难的学说’……”② 孙少平的“认识”确实具有发人深思的哲理意味，与别林斯基对苦难的认识在精神上是相通的、一致的。别林斯基认为：“……生活就意味着：感觉和思索，饱受苦难和享受快乐；一切其余的生活都是死亡。……我们先得有饱受苦难的能力，然后才会有享受快乐的能力，不知道苦难的人，也就不知道快乐，没有哭泣过的人，也就不会感到喜悦。”③ 事实上，孙少平的“认识”，也就是路遥的“认识”。路遥的写作方式，简直就是一种体验苦难的方式。他说：“有时要对自己残酷一点。应该认识到，如果不能重新投入严

① 路遥：《路遥全集》（中篇小说），广州出版社、太白文艺出版社，2000年，第296页。

② 路遥：《路遥全集》（长篇小说），第二部，广州出版社、太白文艺出版社，2000年，第187—188页。

③ 别林斯基：《别林斯基选集》，第二卷，满涛译，上海译文出版社，1979年，第452—453页。

峻的牛马般的劳动，无论作为作家还是作为一个人，你真正的生命也就将终结。”① 也许路遥的话讲得有些极端，但是它包含着一种积极的人生态度和正确的生活理念。

其实，深究起来，路遥对“劳动”、对苦难的态度，也就是陕北的那些被称作“受苦人”的普通劳动者的生活态度。他们把劳动当作自己的使命，把“受苦”当作自然正常的事情。总之，如果说，在费尔巴哈看来，“爱通过受难来证实自己。一切跟基督密切关联的思想和感情，都集中于受难这一概念中”②，那么，对路遥来讲，人生则通过受苦来证实自己，一切跟人生相关联的思想和感情，都集中于受苦这一概念中。在一个追求安逸和享乐的消费主义时代，路遥的这种生活理念显然并不合时宜，但不合乎时代的流行的价值观和生活原则，并不意味着它没有价值，相反，路遥的关于苦难的叙事，恰好有助于我们更好地认识人生更内在、更本质的那一面。

叙写道德上的善良是路遥小说的另一个主题。路遥的小说之所以受到读者的喜爱，从某种程度上讲，就是因为他的小说内蕴着这种令人愉悦的美好的道德情感。而中国当代文学的一个严重的问题，就是对道德上的淳朴和善良这些美好的东西漠然视之。半个多世纪的恶劣的道德环境破坏了人们对于善的感受力，破坏了人们对怜悯、同情的感受力。我们的作家乐于叙写丑的和恶的东西，乐于展示人的阴暗的心理、卑下的欲望、粗俗的举止、低级的趣味和残忍的想象。我们的作家不是培养人们对生活的眷恋的热情，而是鼓励人们以一种游戏的、放纵的态度敌视生活。我们时代的消极写作者通过亵渎文学亵渎生活，通过摧毁道德摧毁生活。在此情形下，路遥的小说的道德化叙事，正像他自己所说的那样，就具有“个人向群体

---

① 路遥：《路遥全集》（散文・随笔・书信），广州出版社、太白文艺出版社，2000 年，第 10 页。

② 费尔巴哈：《基督教的本质》，荣震华译，商务印书馆，1997 年，第 98 页。

挑战"① 的性质。

路遥认同传统的美德，赞美利他的牺牲精神。在他看来，克己利他的仁爱之心和道德善良，与人类生活的意义和进步密切相关。他说他之所以塑造刘巧珍和德顺爷爷这两个人物，就是因为"这两个人物，表现了我们这个国家、这个民族的一种传统的美德，一种在生活中的牺牲精神。我觉得，不管社会前进到怎样的地步，这种东西对我们永远是宝贵的。如果我们把这些东西简单地看做是带有封建色彩的，现在已经不需要了，那么人类还有什么希望呢？不管发展到任何阶段，这样一种美好的品德，都是需要的，它是我们人类社会向前发展最基本的保证"②。事实上，路遥写刘巧珍、德顺爷爷、孙少平、马建强、卢若琴这些人身上的温暖而美好的道德善良，就是为了给自己的时代提供进行自我认知的道德镜像，就是为了帮助自己的时代摆脱道德生活的无序状况。换句话说，他写传统美德，写人在极其困难的景况下战胜苦难的"崇高而光彩的道德力量"，基源于他对现实生活的道德忧虑："在当代的现实生活中，我们常常看到这样一种现象：物质财富增加了，人们的精神境界和道德水平却下降了；拜金主义和人们之间表现出来的冷漠态度，在我们的生活中大量存在着。……如果我们不能在全社会范围内克服这种不幸的现象，那么我们就很难完成一切具有崇高意义的使命。"③ 他的中篇小说《在困难的日子里》，写了一种"比爱情还美好的感情"，即人与人之间的美好的友爱之情、温暖的关爱之情，其目的就是要借"困难的时候"人们心灵的"高尚美好"，来"折射今天的现实

---

① 路遥：《路遥全集》（散文·随笔·书信），广州出版社、太白文艺出版社，2000年，第18页。

② 路遥：《路遥全集》（散文·随笔·书信），广州出版社、太白文艺出版社，2000年，第131—132页。

③ 路遥：《路遥全集》（散文·随笔·书信），广州出版社、太白文艺出版社，2000年，第154页。

生活”①。

确实，物质上的富有并不是人们应该追求的唯一目标，因为，金钱和财富带给人的仅仅是一种外在的满足；金钱像权力一样，本质上是一种缺乏人情味的东西。如果我们的时代想“感受到生活的真正美好”，那就必须使自己的生活人性化、人情化、道德化，就必须满足人的心灵对于尊严、体面和优雅的渴望，尤其必须满足人们对于更为内在的幸福感的渴望。这种幸福感，我们在德顺爷爷把自己舍不得吃的东西满庄转着往娃娃们手里塞的时候，感受到了；从巧珍的纯朴的善良里，感受到了；从孙少平解救被胡永州“损凌”的小翠的义举中，感受到了；从卢若琴帮助被妻子抛弃的老实人高广厚和他的儿子兵兵的仁爱里，感受到了；从金波和少平的友谊里，感受到了……

路遥在《平凡的世界》中借孙少平之口说：“我们活在人世间，最为珍视的应该是什么？金钱？权力？荣誉？是的，有这些东西也并不坏。但是没有什么东西能比得上温暖的人情更为珍贵——你感受到的生活的真正的美好，莫过于这一点。”② 你也许会说，这样的话太家常、太缺乏新意。是的，它确实很朴实，朴实得近乎老生常谈。但是，这些朴实的字眼里，却包含着路遥对生活的透彻理解，对我们时代的内在危机的深刻洞察，是值得我们怀着深深的敬意深长思之的。

四、如何写？

同“为谁写”、“为何写”及“写什么”一样，“如何写”也是一个极为重要的问题。就文学的意义说，只有解决好如何写的问题，前三个问题

---

① 路遥：《路遥全集》（散文·随笔·书信），广州出版社、太白文艺出版社，2000 年，第 166—167 页。

② 路遥：《路遥全集》（长篇小说），第三部，广州出版社、太白文艺出版社，2000 年，第 25 页。

才能落到实处。而正是在如何写这一问题上，路遥的写作显示出一种难得的清醒和成熟，为当代中国小说写作，提供了有价值的经验和启示。

在一个新潮迭涌、乱象纷呈的环境里写作，其实是一件很艰难的事情，因为，病态地求新求变的风气，很难使人沉静下来，很容易使人谋虚逐妄，很容易使人蔑视规范和拒绝传统。然而，路遥是冷静的。他清醒地告诫自己："不能轻易地被一种文学风潮席卷而去。"① 他对这种随着"风潮"摇摆的"朝秦暮楚"极为不满。他说，在这种"顺风而跑"的混乱中，"听不到抗争和辩论的声音。看不见反叛者……同时，中国文学界经久不衰且时有发展的山头主义又加剧了问题的严重性。直言不讳地说，这种或左或右的文学风潮所产生的某些'著名理论'或'著名作品'其实名不符实，很难令人信服"②。他拒绝像某些"先锋"作家那样"直接借鉴甚至刻意模仿西方现代派作品"③。他并不认为"现实主义"已经过时，恰恰相反，它"根本没有成熟到可以不再需要的地步"④。

在一个人人都争着把"先锋"、"新潮"、"现代主义"及"后现代主义"的标签往自己脸上贴的时代，他扭过头往回看，从19世纪的大师那里寻求可靠的精神支持和经验资源。他说，"眼下，也许列夫·托尔斯泰、巴尔扎克、司汤达、曹雪芹等现实主义大师对我的影响要更深一些。"⑤ 他知道自己的"这种冥顽而不识时务的态度，只能在中国当前的文学运动中陷

① 路遥：《路遥全集》（散文·随笔·书信），广州出版社、太白文艺出版社，2000年，第13页。

② 路遥：《路遥全集》（散文·随笔·书信），广州出版社、太白文艺出版社，2000年，第12—13页。

③ 路遥：《路遥全集》（散文·随笔·书信），广州出版社、太白文艺出版社，2000年，第14页。

④ 路遥：《路遥全集》（散文·随笔·书信），广州出版社、太白文艺出版社，2000年，第16页。

⑤ 路遥：《路遥全集》（散文·随笔·书信），广州出版社、太白文艺出版社，2000年，第13页。

入孤立境地”①，但是，他有足够的勇气面对这种“孤立”。

是的，在一个“超现实”的潮流占上风的时代，路遥为自己选择了“现实主义”；在一个主观任意性被当作“先锋”的时代，他为自己选择了客观的写实的路径。他这样等于把自己推上了一条坎坷不平的荆棘路，因为，写实性的现实主义方法其实是一种难度最大的写作方法。这不仅因为现实主义写法，已经被19世纪的大师，被中国的曹雪芹、鲁迅和张爱玲们，天才地、创造性地推进到了一个后来者几乎难以企及的高度，而且，还因为它是一种最老实的写法，是偷不得一点懒，搀不得半点假的。

现实主义要求描写得精细、准确、生动、逼真；它要求叙述得客观、真实、入情、入理；它要求你把人物写得像会呼吸的人一样站在读者面前，要求你有能力让读者通过阅读，进入你的小说世界，与你的人物一同欢乐，一起流泪；它要求作家用心经营小说的结构，“要求作家既敢恣肆汪洋又能细针密线，以使作品最终借助一砖一瓦而造成磅礴之势”②。路遥服从现实主义写作原则的制约，在“如何写”方面，显示出注重从现实生活和作者的人生体验汲取题材内容、注重塑造人物及朴素的文体风格和选择抒情性的介入性修辞姿态等特点。

把客观的现实生活和作者自己的人生体验当作小说创作的基源，是路遥的一个重要的具有原则性意义的方法。路遥反对那种毫无生活内容的幻想和胡编乱造。就像对“先锋”文学持批评态度一样，他也“带着谴责的态度”批评“寻根”文学③。他认为作家应该对社会生活采取积极的态度，去了解整个社会生活的复杂状况，而这种了解不是外在的、远距离的，而

① 路遥：《路遥全集》（散文·随笔·书信），广州出版社、太白文艺出版社，2000年，第18页。

② 路遥：《路遥全集》（散文·随笔·书信），广州出版社、太白文艺出版社，2000年，第27页。

③ 路遥：《路遥全集》（散文·随笔·书信），广州出版社、太白文艺出版社，2000年，第138页。

必须具有“体验”的性质：“这种体验要引起自己心弦的震动……不是仅仅对生活外在形式的体验，而是情绪、情感的体验，一种最细微的心理上的体验，而这些东西是你作品里最重要的、也是最感人的地方。我自己写的几个作品，都是我自己精神上的长期体验的结果，作品中的故事甚至在我动笔前都还不完整，它是可以虚构的。但是你的感情、体验决不可能虚构。它必须是你亲身体验、感觉过的，写起来才能真切，才能使你虚构的故事变成真实的故事。”① 但路遥并不像有的“先锋”小说家那样，把自己变成小说的主人公，把自己的琐碎的、无意义的个人体验当作小说的全部内容，最终把小说变成无聊的个人化写作。不，他不屑于这样做。在他看来，这样的写作是没有价值的，或者说，还只是“一般”的写作。一个真正的小说家，必须向包含了自己的人生体验内容的情节事象，注入丰富的社会、历史和道德内涵。因此，他说，“不是自己的所有生活体验都可以作为写作题材的。应该把自己的生活体验，放在时代的、社会的大背景和大环境中加以思考和检验，看其是否具有时代意义和社会意义。不能将自己的情绪误认为是时代的思想情绪。一定要从自己的生活体验中寻找到广阔而深刻的社会生活的内涵。”② 路遥的这种观点，看似陈旧的套话，其实从中可以见出他试图在小说中通过对包含着丰富的社会内容的个人体验的叙述，揭示出让人心灵震颤的巨大内容。

总之，路遥强调客观的社会生活对于现实主义写作的重要性，但也强调只有借助作家个人的丰富而深刻的体验，外在的现实生活才能被真正了解，才能变成真切的写作内容；而个人的体验也只有在不再局囿于个人的范围的情况下，才能获得巨大的社会意义，才能引起广大普通读者的兴趣

---

① 路遥：《路遥全集》（散文·随笔·书信），广州出版社、太白文艺出版社，2000 年，第 158 页。

② 路遥：《路遥全集》（散文·随笔·书信），广州出版社、太白文艺出版社，2000 年，第 118 页。

和共鸣。

注重塑造具有鲜明性格特征和丰富的人生内涵的人物形象，是路遥的一个自觉的写作追求。现代的新潮小说的一个共同倾向，是不再以人物为中心来结构小说。这样做的结果是当代小说中的人物形象常常面目模糊不清，给读者留不下印象。阿诺德·贝内特说："优秀小说的基础就是人物塑造，此外再没有别的什么东西……风格是有价值的，情节是有价值的，观点的新颖独创是有价值的，但是，它们中间没有一项像塑造令人信服的人物那样有价值。"① 确实是这样。路遥的小说写作就足以证明这一点。路遥的小说之所以能在读者中产生较大影响，原因当然是多方面的，但最重要的原因，就是他重视写人物。在20世纪80年代以来的小说家中，也许没有哪个小说家像路遥那样，塑造出了那么多能被读者谈论的人物形象，其中的一些人物不仅家喻户晓，而且还是中国小说中不曾出现过的崭新形象，如刘巧珍、高加林、孙少平等。

路遥在塑造人物的时候，具有非常自觉的方法意识和创作追求。他说他写高加林，就是"要给文学界、批评界，给习惯于看好人与坏人或大团圆故事的读者提供一个新的形象，一个急忙分不清是'好人坏人'的人。"② 塑造人物是路遥小说写作的主要任务，也是他结构小说的重要因素。他小心谨慎地处理人物的"出场"和"终结"。他通过强烈的对比显示人物之间的截然不同的性格差异和个性特征。但他更注意深刻地揭示人物的内心世界和道德情感，他说："有些作品，尽可以编造许多动人的故事，但他们没有关注人物的精神世界，人在作品中只是一个道具，作品就不会深。"③

① 弗吉尼亚·伍尔夫：《论小说与小说家》，瞿世镜译，上海译文出版社，2000年，第292—293页。

② 路遥：《路遥全集》（散文·随笔·书信），广州出版社、太白文艺出版社，2000年，第19页。

③ 路遥：《路遥全集》（散文·随笔·书信），广州出版社、太白文艺出版社，2000年，第134页。

路遥注重写人物，确实使他的小说给人一种亲切而充满生活气息的印象。虽然除了高加林等极少数的人物具有丰富、复杂的性格内涵和心理内容而外，其他的包括孙少平、刘巧珍在内的绝大多数人物都属于性格层面过于单一、道德态度趋于一致的扁平人物，但是，他们却是会流泪、会叹息、站得起来的扁平人物，依然属于那种令人乐于接受的人物形象。

路遥写作方法上的另一个明显的个性特点，表现在修辞姿态上。所谓修辞姿态，按我的界定，就是包含在文体风格、叙述语调中的作家自己的基本态度，是作者在作品中显示自我形象的策略和方式。它可以被粗略地分为两种：一种主观性较强的宣抒性的修辞姿态，一种客观性较强的展示型的修辞姿态。其实，修辞姿态是多种多样的，远不止这两种。路遥在修辞上显示出积极的介入姿态。邢小利在《三个半作家及三个问题》一文中说，“路遥是一个主观性很强的客观型作家”①，又在颇有爱伦堡的作家印象记之风的《从夏天到秋天——路遥最后的岁月》中说路遥“喜欢质朴而又带些伤感的语言”②。邢小利的判断很准。路遥的确属于那种不怕在作品中显示自己的声音和存在的主观介入型的写实主义作家。具体地说，路遥小说中的叙述和描写，常常体现着路遥对人物的同情态度和对事件的情感反应，我们从这些态度和反应里，能感觉到一种美好的“人情味”和诗性意味。

路遥小说中的这种主观性的修辞姿态和抒情化的文体风格，既与俄苏文学和雨果、司汤达等法国小说家的影响有关，也是受陕北的自然风貌、生活方式和文化情调影响的结果。陕北的文化是一种我称之为“黄土高原型精神气质”的文化：它具有雄浑的力量感、沉重的苦难感、淳朴的道德感和浪漫的诗意感。它与陈忠实受其影响的关中平原型的精神气质不同，后者具有宽平中正的气度、沉稳舒缓的从容，但在道德上却显得僵硬板滞，

① 邢小利：《回家的路有多远》，太白文艺出版社，1998 年，第 195 页。

② 邢小利：《坐看云起》，陕西人民教育出版社，1993 年，第 98 页。

缺乏必要的宽容和亲切感；它也与贾平凹等陕南作家受其影响的山地型精神气质迥然相异，后者属于这样一种气质类型：轻飏、灵脱、善变，但也每显迷乱、淫丽、狂放，有鬼巫气和浪子气，缺乏精神上的力量感及价值上的稳定感和重心感。

当然，路遥的修辞姿态，也决定于他个人的内在心性和气质类型。他的气质与陕北文化的气质是同构的。路遥本质上是一个富有同情心、道德激情和诗性气质的理想主义者，正是这一点决定了他的抒情型的语体风格和介入型的修辞姿态。事实上，积极地介入作品，在作品中显示自己的存在，也是路遥的一种自觉的写作追求。他说："对生活应该永远抱有热情。对生活无动于衷的人是搞不成艺术创作的。艺术作品都是激情的产物。如果你自己对生活没有热情，怎么能指望你的作品去感染别人?"① 他又在一个地方说："对生活冷漠、漠不关心对作家来说是致命伤，一个作家他可以外表是多么的冷静、冷峻，但他内心要有巨大的激情，就像一块火石，遇到什么，就能碰出火花来"②。

路遥的这种抒情型的主观化写作，确实不符合在 20 世纪颇为流行的"零度写作"理念，但却符合小说修辞的一般规律，符合由 19 世纪的小说大师提供的技巧规律和经验模式。路遥在几个地方引用过的托尔斯泰的一段话就告诉人们："任何艺术作品中最主要、最有价值而且最有说服力的乃是作者本人对生活的态度以及他在作品中写到这种态度的一切地方。"③ 爱伦堡也指出："我认为没有激情，也就没有，而且未曾有过真正的文学。摆脱文字不流畅，结构不严谨，以及其他方面的欠缺，比摆脱心灵的冷漠要容易得多"；因此，一个作家如果没有激情，光追求技巧，那他绝不可能获

---

① 路遥：《路遥全集》（散文·随笔·书信），广州出版社、太白文艺出版社，2000 年，第 103 页。

② 路遥：《路遥全集》（散文·随笔·书信），广州出版社、太白文艺出版社，2000 年，第 164 页。

③ 《同时代人回忆托尔斯泰》，下册，周敏显等译，上海译文出版社，1984 年，第 186 页。

得成功，“即使能成为修辞大师，技巧能手，但作品却不能打动读者的思想和心灵”①。确实是这样。尽管路遥在修辞介入上有时显得失度，尽管过多的议论和过于频繁的甚至有些重复的抒情性的文字，确实使他的小说给人一种太露太直的印象，但是，你却常常会被他的文字感动。这是为什么呢？它说明什么呢？它说明即使没有被合适地表达的“热情”，都比用精致的文字包装的“冷漠”更容易打动人的心灵，也更有价值。

总之，路遥的未臻至善之境的介入型修辞姿态向读者证明了这样一个真理，那就是，任何时候，写作都是心灵和精神的事业，因此，积极而有效的写作方式和修辞姿态，就是那种恰当而适度地显示作者的态度和倾向的方法，是那种用热情和理想之火照亮读者的心灵的方法。

2002 年秋末，北京

① 爱伦堡：《捍卫人的价值》，孟广钧译，辽宁教育出版社，1998 年，第 31 页。

第二节　“没有悲怆就没有诗人”

——路遥小说叙事中的悲剧性问题

没有悲剧意味的人生，也许是平顺的，但没有悲剧意味的文学，则肯定是平庸的。所有伟大的文学，都是含有悲剧情致的文学；所有伟大的作家，都是具有深刻的悲剧意识的作家。即便是喜剧作家，也需要有悲剧作家的意识。伟大的喜剧，本质上就是别样形态的悲剧。所以，克尔凯郭尔才说：“没有悲怆就没有诗人。”① 在木心看来，悲剧意识是一种可以与悲观主义互换的概念，而悲观和悲观主义则可以被转化成积极的力量：“一切伟大的思想来自悲观主义。真正伟大的人物都是一开始就悲观、绝望，置之死地而后生。”② 完全没有悲剧意识的人，既不可能领悟生命的真谛，也不可能认识生活的本质，因而，也就不可能成为第一流的作家。

因为敢于正视人所承受的巨大的苦难和不幸，因为能够深刻地揭示人所遭受的可怕的摧折与毁灭，因为包含着普遍的人性内容和令人惊怖的情节事象，因为具有强烈的感染力和神奇的心灵净化作用，悲剧常常被视为艺术和文学皇冠上的明珠。朱光潜在《悲剧心理学》中说：“悲剧向来被认为是最高的文学

---

① 克尔凯郭尔：《人生道路诸阶段》，下册，京不特译，商务印书馆，2018 年，第 713 页。

② 木心讲述、陈丹青笔录：《文学回忆录》，上册，广西师范大学出版社，2013 年，第 58 页。

形式，取得成就的悲剧家也是人间最伟大的天才。”① 尤金·奥尼尔也高度肯定悲剧的价值，尤其强调它对于人生的意义：“只有悲剧才是真实，才有意义，才算美。悲剧是人生的意义，生活的希望。最高尚的永远是最悲的。”② 朱光潜从艺术的角度理解悲剧，视之为最高级的文学形式，因而，只有最伟大的文学天才，才能成为伟大的悲剧家。但是，对奥尼尔来讲，单从艺术和天才的角度，根本无法完整地阐释悲剧的本质，因为，悲剧是一个跟形式密切相关的问题，也是一个与内容密切相关的问题；它体现着最完美的艺术形式，也体现着最深刻的真理内容和最高尚的道德精神。

显然，悲剧是一个复杂的多义性概念。狭义的悲剧，是指一种古老的艺术样式和文学类型；广义的悲剧，是指一种跨文类的生命意识和美学精神。就后者说，它不仅见之于悲剧艺术和悲剧文学，也见之于其他样态的叙事作品。所以，为了避免概念上的混乱，为了获致表达上的方便，有必要引入“悲剧性”这样的适应面更广的概念。

叔本华说：“写出一种巨大不幸是悲剧里唯一基本的东西。”③ 这种不幸的实质，就是高尚或无辜的人物遭受可怕的挫折甚至彻底的毁灭。悲剧就是那些高尚或无辜的人物的受难史。在悲剧的情节里，毫无例外地叙述着这样的悲惨故事——善总是毁灭于恶，美总是毁灭于丑，合理的总是毁灭于不合理的，正义的总是毁灭于不正义的。悲剧不仅要写出毁灭和不幸的事实，而且要赋予它以巨大的升华力量。善的和美的，合理的和正义的，在巨大的破坏性力量面前，失败了，毁灭了；高尚的人们，为了高尚的目的，付出了巨大的牺牲，甚至付出了生命的代价。然而，这失败、毁灭和牺牲里，却也埋藏着希望和力量，使人获得了认知上的深化和情感上的净

---

① 朱光潜：《朱光潜全集》，第二卷，安徽教育出版社，1987 年，第 214 页。

② 郭继德编：《奥尼尔文集》，第 6 卷，刘海平等译，人民文学出版社，2006 年，第 220 页。

③ 叔本华：《作为意志与表象的世界》，石冲白译，商务印书馆，1982 年，第 352 页。

化。所谓悲剧性，就是指这种包含在叙事性甚至抒情性作品中的、因为叙写无辜者的不幸而带来的令人震惊、恐怖和惋惜的情致和力量。悲剧性既表现在作品的情节事象里，也表现在作品的叙事调性和抒情调性里。

那么，路遥是一个具有悲剧意识的作家吗？他的小说是具有悲剧意味的叙事吗？

在一些读者的印象里，路遥的小说作品属于标准甚至典范的正剧。乐观主义态度、理想主义精神和英雄主义激情，是他的小说伦理精神的基本要素，而中和、平正与朴素，则是他的小说美学精神的基本品格。这样的理解与概括，虽不算错，但不全面，忽略了他在美学精神和叙事范式上的一些极为重要的品质和特点。

路遥的后期作品①，无论是《惊心动魄的一幕》还是《在困难的日子里》，无论是《人生》还是《平凡的世界》，都属于具有悲剧性和悲剧意味的作品。只是，在《惊心动魄的一幕》和《在困难的日子里》，尖锐的悲剧性冲突被温和而宽忍的道德修辞淡化了，所以，情节的悲剧冲突并不那么激烈，人物命运的悲剧性也不那么明显。到了《人生》，道德修辞依然起着平衡悲剧冲突的作用，但是，由于叙事的客观性程度的提高，悲剧性便通过巧妙的情节组织和成功的人物塑造，以内敛而又令人震撼的方式表现了出来。

比较起来，《平凡的世界》的悲剧性，就呈现出另外一种样子——它已经不再是隐含化的，而是作为一种基本的调性，渗透到作品的字里行间，弥散在作品的整个情节事象里。在《平凡的世界》里，路遥创造了一种融合了两种对立元素的叙事模式，即“正剧化的悲剧模式”，也可以反过来，

---

① 路遥小说创作，以1979年为界线，以《惊心动魄的一幕》为标志，分为前后期。他的新写作范式的形成，则以《在困难的日子里》为标志；具体分析见李建军论文《路遥写作范式转换的标志性作品——论〈在困难的日子里〉》（《扬子江文学评论》2020年第4期）。

称之为“悲剧化的正剧模式”。也就是说，他的这部杰作既是庄严的正剧，又是沉重的悲剧。关于《平凡的世界》正剧性一面，学者和批评家已多有阐释，但是，关于它的悲剧性问题，仍然没有受到充分的关注和深入的讨论。

一、人生与文学：悲剧性经验与悲剧性写作

作家的文学写作与他的人生经验之间，存在着深刻的因果关系和互文关系。如果不了解一个作家曾经怎样生活，我们就无法理解他为何要这样写作。所以，只有认真考察作家个人生活中发生的影响巨大的事件，才能从根本上解释他“为谁写”“为何写”和“写什么”之类的重要问题。

童年与写作的关系尤其密切。一个作家会写出什么样的作品，会表现出什么样的文学气质，很大程度上，决定于他有着什么样的童年。正是在童年这个生命的初始阶段，一个作家奠定了自己的性格基础，也形成了他面对世界的基本态度。在作家的童年境遇里，埋藏着解读他的性格和写作的精神密码。

有人说过，要成为一个好的作家，就得有一个不幸的童年。事实上，很多作家的童年，确实很不快乐，甚至非常不幸。狄更斯说：“几乎每一个伟大作家的一生，对他本人而言，都是一部悲伤的书……”① 他忘了强调，这部悲伤之书的第一行字，是从童年开始写起的；这部悲伤之书，就是整个童年生活的种子开出的花朵，结出的果实。

狄更斯自己的童年生活，就很苦涩。父亲入狱后，年仅 12 岁的狄更斯被迫辍学，被母亲和姐姐送去当了童工。父亲在监狱服刑的遭遇，狄更斯自己在鞋店做童工的经历，都给他留下了伤害性的记忆，就像他的传记作者阿克罗伊德所说的那样：“在某种意义上，他成年时的想象力和性格是在

---

① 简·斯迈利：《查尔斯·狄更斯》，石少欣译，生活·读书·新知三联书店，2019 年，第 247 页。

马夏尔西监狱和沃伦黑油鞋店的这段经历中铸成的。……在危机或变化无常的时刻，成年狄更斯总是会回想起那段童年时光以及童年时光对现实的恐惧。”① 这样的遭遇，极大地影响了他的情感世界，使他极度渴望完整的爱，并因这渴望而“把任何抗拒或拒绝的迹象都当作巨大的灾难”②。《雾都孤儿》、《大卫·科波菲尔》和《远大前程》等长篇小说里的儿童形象身上，就有着他自己童年时代不幸生活的影子。

托尔斯泰的童年也是不幸的。他在日记中说，自己“七岁上父母双亡，由几位妇女和其他不相干的人监护，既没有得到上流社会的调教，也没有受完学校教育”③。内心的委屈，溢于言表。好在，童年的不幸，并没有使托尔斯泰成为呶呶不休的恨世者，反而使他更能感同身受地理解别人的痛苦，同情别人的遭遇，从而赋予他的写作以博大的仁爱力量。

契诃夫的童年，简直就像俄罗斯的冬天，寒冷而阴暗，充满了伤害和屈辱：“对父亲的鞭打，他想，自己永远也不会忘记的。这不是肉体上的疼痛：这是一种被凌辱的感觉。他为父亲，也为自己感到羞辱”④；“生活荒芜而惆怅，但人们并不时常感觉得到……然而，这种荒芜，这种惆怅，一直徘徊在那里，作为生活的大背景存在着”⑤。契诃夫自己也在写给苏沃陵的信中，说自己“挨过许多次打”，“只觉得自己渺小”⑥。契诃夫作品的感伤而低沉的调性，与他的童年的伤害记忆，无疑有着深刻的因果关系。儿童

---

① 彼得·阿克罗伊德：《狄更斯传》，包雨苗译，北京师范大学出版社，2015年，第40页。

② 彼得·阿克罗伊德：《狄更斯传》，包雨苗译，北京师范大学出版社，2015年，第55页。

③ 托尔斯泰：《列夫·托尔斯泰文集》，第十七卷，陈馥、郑揆译，人民文学出版社，1992年，第57页。

④ 伊莱娜·内米洛夫斯基：《契诃夫的一生》，陈剑译，人民文学出版社，2009年，第11页。

⑤ 伊莱娜·内米洛夫斯基：《契诃夫的一生》，陈剑译，人民文学出版社，2009年，第11—12页。

⑥ 契诃夫：《契诃夫论文学》，汝龙译，人民文学出版社，1958年，第141页。

的无辜而又无助的悲惨境遇，则是契诃夫特别感兴趣的主题，就像他在《万卡》和《渴睡》等小说中所写的那样。他写万卡和瓦丽卡的不幸，也是写自己过去的不幸。

路遥的童年生活，也是暗淡而悲苦的。小小年纪，便屡受伤害：七岁那年，就被迫离开原生家庭，被过继给远方的伯父，这样的不幸，固然培养了他“必须靠自己”的独立意识和奋斗精神，但这也让他体验到了被抛弃的痛苦，生发出了对生活和人的不信任感；到了伯父家，又被陌生的伙伴们嘲笑和欺负，体验着孤独和无助的痛苦；可怕的贫困和饥饿，则不仅折磨着他的肉体，也严重地伤害着他的自尊心。肖斯塔科维奇说：“童年受的创伤会痛一辈子。因此，孩子受到伤害是最痛苦的——要痛苦一生。我至今还记得在希德洛夫中学里谁侮辱过我，甚至比这更早的也记得。”① 路遥童年的悲惨生活和伤害性记忆，极大地影响了他的情感和性格，在他的内心世界留下了深刻的印痕。许多年后，路遥仍然对自己童年时代的委屈和痛苦，念念不忘，常常提起。

1991年6月10日，在西安矿业学院的题为《文学·人生·精神》的演讲中，路遥坦率地向听众讲述了自己童年时代的悲惨生活。他谈到了父亲的侏儒般矮小的身高，谈到了对父亲的失望，谈到了自己在六七岁时所形成的一种意识：“就是不靠别人。在这个世界上，不可能靠别人来保护你，必须靠自己，或死或活，只能靠你自己，尽管你年龄很小，但是你不可能有任何依靠”；贫穷也严重地伤害了他的自尊心，给他留下了深刻的痛苦记忆：

> 在小学读书时，可以说艰难无比，那个时候从来没有穿过一条新裤子，有时候屁股后边烂得简直不能见人（笑）。和别的孩子一起玩，

① 所罗门·伏尔科夫记录并整理：《肖斯塔科维奇回忆录》，叶琼芳译，外文出版局《编译参考》编辑部，1981年，第47页。

> 你就不敢到孩子中间去，你屁股后边烂着哩，怕被别人看见（笑）。有时候一些泼皮小子硬把你拉在人群中，出你的丑。我就是在这样一种无比屈辱的环境中度过了童年。①

在这短短的几句话里，“无比”一词就出现了两次，可见艰苦困厄程度之严重。在《答〈家庭教育〉记者问》中，路遥又这样介绍了自己的童年生活：“我出生在陕北农村，从小很苦，是从那个刮着西北风的黄土高坡上爬出来的。谈不上什么家庭教育，我兄妹八人，我是老大，因为穷，后来就过继给我伯父。生父母、伯父母都没有文化，是地地道道的陕北农民。那时连饭也吃不饱，一切都要靠自己。我似乎有一种感觉：我生下来就是大人。”②失去了童年时代无忧无虑的欢乐，是人生最大的不幸，因而，“我生下来就是大人”一语，便是一句极为沉痛的话。这也就不难理解，为何在写出了《平凡的世界》之后，为何在文学上功成名遂、誉满天下之际，路遥对自己童年时代的不幸和痛苦，对自己所受过的煎熬和委屈，所受过的侮辱和伤害，仍旧不能脱然释怀，总是常常提起。在《早晨从中午开始》中，他这样写道：

> 童年。不堪回首。贫穷饥饿，且又有一颗敏感自尊的心。无法统一的矛盾，一生下来就面对的现实。记得经常在外面被家境好的孩子们打得鼻青眼肿撤退回家；回家后又被父母打骂一通，理由是为什么去招惹别人的打骂？三四岁你就看清了你在这个世界上的处境，并且明白，你要活下去，就别想指靠别人，一切都得靠自己。因此，当七岁上父母养活不了一路讨饭把你送给别人，你平静地接受了这个冷酷的现实。你独立地做人从这时候就开始了。③

---

① 路遥：《路遥全集·早晨从中午开始》，北京十月文艺出版社，2013年，第233页。
② 路遥：《路遥全集·早晨从中午开始》，北京十月文艺出版社，2013年，第285页。
③ 路遥：《路遥文集》，第五卷，人民文学出版社，2005年，第280页。

在这段自述性的文字里，路遥忽然转换了叙述人称，从第二人称的角度，来讲述自己的故事和感受，显示出一种自我审视的理性态度，也强化了他童年生活的悲剧性质。一个那么敏感自尊的人，因为过早地面对“冷酷的现实”，过早地承受了那么多的伤害和羞辱，而过早地成熟了。王梵志诗云：“我昔未生时，冥冥无所知。天公强生我，生我复何为？无衣使我寒，无食使我饥。还你天公我，还我未生时。”① 路遥没有王梵志的达人之度，也不会发出他这样的骇人之论。童年的不幸生活和痛苦记忆，不仅使路遥早熟，使他过早地养成了独立自强的生活态度，也极大地影响了他对文学的态度，甚至决定了他苦行僧般的写作方式。

事实上，路遥几乎在每一个人生阶段，都体验着这个阶段特有的精神痛苦，都承受着似乎命中注定的考验和压力。他的童年，是不幸的；他的青年时代，也说不上幸运。像所有的同时代青年一样，他卷入了狂热的“政治运动”。他忽而被推上云端，以中学生的身份，进入县一级的领导班子；忽而又被摔到谷底，被审查，被排斥，被打回农村劳动；忽而又峰回路转，到县里“报道组”做上了通讯员，吃上了“公家饭”。他参与“运动”的经历，使他背上了沉重的精神负担，甚至成了他巨大的“政治包袱”，差点葬送了他读大学的梦想，断送了他未来的前程。

在恋爱的季节，路遥开始恋爱。他为自己的初恋，付出了巨大的热情和牺牲。1971 年春，他竟然将足以彻底改变自己命运的招工指标，让给了自己的北京知青身份的恋人林虹。起先，他和自己的恋人都获得了参加招工的机会，但是，“林虹因为体检不合格，县上决定把路遥送去铜川二号信箱当工人。最后，路遥把自己当工人的指标让给林虹，又通过几个朋友周旋，事情成功了。”② 就像知情人曹谷溪所说的那样：“有过‘上山下乡’经历的人，都知道‘招工指标’在那个年代是何等重要。可是，路遥却将

---

① 王梵志：《王梵志诗校注》，项楚校注，上海古籍出版社，1991 年，第 729 页。

② 王刚：《路遥年谱》，北京时代华文书局，2016 年，第 76 页。

这个‘指标’非常愉快地给了自己的恋人。”① 然而，他的纯洁而又脆弱的初恋，就像一场甜蜜、短暂而又残忍的梦，还没来得及展开，就破灭了。初恋的失败，给路遥造成了严重的精神伤害，不仅使他差点自杀，还强化了他内心的焦虑感和不安全感，以及对人的不信任感。由于初恋的巨大伤害和痛苦记忆，叙写爱情生活中的无情背叛，就成了路遥小说的一个重要主题。短篇小说《姐姐》、《痛苦》、《风雪腊梅》和中篇小说《人生》、《黄叶在秋风中飘落》、《你怎么也想不到》都涉及了爱情中的背叛事象。

童年的不幸，青年时代的挫折，锤炼了路遥的意志品质，形塑了他敏感而坚韧的性格。他的内心充满改变自己命运的激情。他渴望被社会认可和赞赏。写作成为他确证自我价值和获得荣誉的方式。他要通过写作，抚慰自己受伤的童年；他要通过写作，补偿自己被辜负的爱情。他把文学当作改变自己的未来和命运的手段，看作捍卫自己的尊严与价值的力量。为了摆脱童年时代的屈辱感和自卑感，为了向失败的初恋“证明自己”，路遥赋予了文学写作以特殊的性质和功能。像路遥的人生一样，路遥的文学写作，也是一种悲剧性的写作。之所以说它是悲剧性的写作，是因为它是苦难性质的写作，是具有牺牲精神的写作，是高尚而悲壮的写作。

对路遥来讲，文学既是一种特殊意义上的个人事务，也是一种寻常意义上的公共事务；既负载着微细的个人目的，也担荷着宏大的社会使命。就前者说，他要借助文学来修复童年和青年时代受伤的心灵，使自己摆脱精神的痛苦和重压，最终实现自我价值，获得别人的认可和尊重：“完成！这就是一切。在很大的意义上，这已经不纯粹是在完成一部书，而是在完成自己的人生。”② 就后者说，他将文学当作一种高尚的事业，当作服务社会的一种劳动和奉献，用他的话说，就是“给历史一个深厚的交代”③，要

---

① 马一夫、厚夫、宋学成主编:《路遥纪念集》，人民文学出版社，2007 年，第 107 页。

② 路遥:《路遥文集》，第五卷，人民文学出版社，2005 年，第 323 页。

③ 路遥:《路遥文集》，第五卷，人民文学出版社，2005 年，第 248 页。

给那些陷入困境的人们以安慰和帮助。

为了实现这双重的目的，路遥踏上了文学的坎坷路途。他的生活节奏是单调的，劳动强度是超负荷的。他不允许自己过舒适的生活，更不允许自己过懒散的生活。在他看来，无所事事就是平庸，而平庸则意味着失败，甚至意味着堕落和耻辱："还是那句属于自己的话：有时要对自己残酷一点。应该认识到，如果不能重新投入严峻的牛马般的劳动，无论作为作家还是作为一个人，你真正的生命也就将终结。"① 所以，必须投入到苦役般的文学劳动中去，必须通过写作不断地追求成功。只有成功才能使自己获得存在感，才能使自己体验到人生的意义和价值。就像他自己所说的那样："我几十年在饥寒、失误、挫折和自我折磨的漫长历程中，苦苦追寻一种目标，任何有限度的成功对我都至关重要。我为自己牛马般的劳动得到某种回报而感到人生的温馨。"②

文学成了他的宗教，写作则是像朝圣一样庄严的行为。为了神圣的文学，他的内心充满了宗教般的牺牲精神。一股征服命运的巨大热情和内在力量，使他义无反顾地投入写作，使他像支配机器一样支配着自己的身体。他将写作视为一场"斗争"，一个"和自己的浅薄与无能做斗争的过程"，一个作家成就的大小，就决定于他"对自己能狠心到什么程度"；他说自己写《人生》的时候，"苦闷了三年"，甚至有"痛不欲生的时候"③。

如此一来，文学写作就成了可怕的苦役，简直就是严酷的精神炼狱。稿纸上的几乎每一个字，都像西绪福斯的巨石，压迫着他的肉体和精神，严重地耗损着他的健康和生命。在《平凡的世界》的前期准备阶段，路遥就被"折腾得半死不活"，所以，"想想即将要开始的正式写作，叫人不寒

---

① 路遥：《路遥文集》，第五卷，人民文学出版社，2005 年，第 251 页。

② 路遥：《路遥文集》，第五卷，人民文学出版社，2005 年，第 247 页。

③ 路遥：《路遥文集》，第五卷，人民文学出版社，2005 年，第 364 页。

而栗”①。但是，他没有退缩。他要战胜自己——要战胜自己的失败，更要战胜自己的“成功”，逼迫自己进入新的更具挑战性、也更艰苦的创作阶段：

是的，我已经有一些所谓的“写作经验”，但体会最深的倒不是欢乐，而是巨大的艰难和痛苦，每一次走向写字台，就好像被绑赴刑场；每一部作品的完成都像害了一场大病。人是有惰性的动物，一旦过多地沉湎于温柔之乡，就会削弱重新投入风暴的勇气和力量。②

显然，文学已经不是一件寻常的劳动，而是宿命般的困境和炼狱般的苦难，甚至就是一场无所逭逃的悲剧。而且，这可怕的困境、苦难和悲剧，不是来自外力的强加，而是作家为自己布置的：“你为自己立下了森严的法度，布下了天罗地网，你别指望逃脱。”③ 面对无尽的苦难，路遥做好了牺牲的准备。他知道自己可能会付出什么样的代价，但他毅然首途，略无反顾，勇敢地踏上了“光荣的荆棘路”。在谈及创作《平凡的世界》的抱负时，他这样说道：

写这部书我已抱定吃苦牺牲的精神，一开始就到一个舒适的环境去工作不符合我的心意。煤矿生活条件差一些，艰苦一些，这和我精神上的要求是一致的。我既然要拼命完成此生的一桩宿愿，起先应该投身于艰苦之中。实行如此繁难的使命，不能对自己有丝毫的怜悯之心。要排斥舒适，要斩断温柔，只有在暴风雨中才可能有豪迈的飞翔；只有用滴血的手指才有可能弹拨出绝响。④

---

① 路遥：《路遥文集》，第五卷，人民文学出版社，2005 年，第 272 页。
② 路遥：《路遥文集》，第五卷，人民文学出版社，2005 年，第 250 页。
③ 路遥：《路遥文集》，第五卷，人民文学出版社，2005 年，第 280 页。
④ 路遥：《路遥文集》，第五卷，人民文学出版社，2005 年，第 274 页。

他付出了巨大的牺牲，创造了辉煌的成就。他既是创造了自己的“莎士比亚”，也是自己所创造的“哈姆雷特”。这种燃烧生命的写作方式，赋予他文学生涯以崇高的、但也令人叹惋的悲剧性。死亡的黑暗的阴影，从远处密匝匝地压了过来。路遥感受到了死亡的威胁，听见了死亡的渐渐逼近的脚步声：“我第一次严肃地想到了死亡。我看见，死亡的阴影正从天边铺过来。我怀着无限惊讶凝视着这一片阴云。我从未意识到生命在这种时候就可能结束。”① 作为一个绝对的无神论者，他开始思考“命运”这样的问题：“我对命运的无情只有悲伤和感叹”；甚至“产生了一种宿命的感觉”②。在任何时候，死亡都意味着对生命的否定，都是一个巨大的悲剧性事件。一个人面对和沉思死亡，就意味着面对和沉思自己的命运，就意味着面对和沉思生命的悲剧。路遥的这种充满悲伤和宿命感的悲剧经验，本质上就是一种深刻的悲剧意识。有必要指出的是，这种悲剧意识一直存在于路遥的内心深处，也早就表现于《平凡的世界》的情节事象里。

一个具有悲剧经验和悲剧意识的作家，往往谦卑而低调，能清醒地看见自己的不足，看见生命的限度，而不会自视为不可一世的征服者和成功者。所以，路遥在评价自己的文学成就的时候，丝毫没有意气扬扬的自负和自喜，而是流露出并未实现理想目标的遗憾和惋惜。他总是能看见自己在写作上的缺陷。当《人生》在中国引发强烈的反响和普遍好评的时候，路遥自己并不满意，认为作品的主题“还应该展现得更广阔一点，现在还有一些局限”③。当生命黑暗的永夜即将降临之际，他的内心更是充满了强烈的“未竟”之感。在20世纪90年代初，他就出版了自己的文集。这是巨大的文学收获，也是巨大的文学殊荣。但是，他并不自得自满，而是心怀憾恨，发出了对种种“局限”的深长叹息：

---

① 路遥：《路遥文集》，第五卷，人民文学出版社，2005年，第315页。
② 路遥：《路遥文集》，第五卷，人民文学出版社，2005年，第317页。
③ 路遥：《路遥文集》，第五卷，人民文学出版社，2005年，第405页。

> 那么，对于一个原本一无所有的农民的儿子，还有什么不满足呢？
>
> 是的，不满足。我应该把一切进行得比现在更好。历史，社会环境，尤其是个人的素养，都在局限人——不仅局限艺术作品中的人，首先局限它的创造者。所有人的生命历程在人类历史的长河中都是一个小小的段落，因此，每一代人都有自己命中注定的遗憾。遗憾。深深的遗憾。①

任何个体生命，都只是一个“小小的段落”。人们要认识并接受自己的“局限”和“遗憾”。没有飘飘然的傲慢，只有望望然的叹息，而这叹息声里所包含的，不是低沉而颓丧的情绪，而是对生活和自我的清醒的理性思考和认识，是对人生的具有悲剧深度的体验和感悟。这是真正的智者才有的人生态度，也是真正伟大的作家才有的悲剧意识。

接下来，就让我们在梳理了路遥苦难的人生历程和心路历程之后，循着悲剧性和悲剧意识这条线索，进入《人生》和《平凡的世界》等文本世界，并通过对这些小说的具体事象的阐释，揭橥路遥悲剧叙事的表现形式，分析影响他的悲剧叙事的心理结构、道德倾向和伦理原则。

二、调性与人物：悲剧性在路遥作品中的表现

如果细致解读和用心感受，你会发现，在路遥的后期小说的情节事象的深处，含藏着一个充满悲剧意味的意义空间。也就是说，从他的小说叙事的调性里，从他所塑造的人物形象上，人们可以感受到丰富的悲剧性内容。

叙事调性是一种情绪性和精神性的东西，是弥散在整个作品中的一种近似音乐主旋律的东西；有时，它与作品中的表现方式密切相关，可以用

① 路遥：《路遥全集》（散文·随笔·书信），广州出版社、太白文艺出版社，2000 年，第 189 页。

来描述作者所选择的叙述方式或描写方式。“每个作家都有自己写作的基本调性，每部作品都有自己的特殊调性，甚至每个时代都有自己的总体调性。调性可以用强烈、低沉、舒缓、轻快、明朗、幽暗、庄严、轻浮、赞许、戏谑、反讽、客观、主观、优雅、粗俗、高贵、庸鄙、勇敢、虚怯、清晰、混乱等概念来界定和描述。在评价作品的时候，最重要的，就是准确感受、把握和描述它的调性。它是作品最重要的气质和风貌的集中体现，是一部作品具有灵魂性的东西。调性就是作品的情绪和格调意义上的主题。抓住了作品的调性，就抓住了它的灵魂，就找到了打开它的一把钥匙。”①

路遥小说的叙事调性，是不断变化的。从《惊心动魄的一幕》开始，经《在困难的日子里》，再经《人生》，最后到《平凡的世界》，路遥的叙事调性越来越复杂，越来越深沉，悲剧意味也越来越浓重，彰明昭著地表征着路遥的文学意识的变化过程，即由单纯和肤浅转向成熟和深沉的运动轨迹。《平凡的世界》的叙事调性，融合了两种对立元素：它既是昂扬的，又是低沉的；既是热情的，又是冷峻的；既是欣悦的，又是悲凉的。昂扬、热情和欣悦属于表层的调性，而低沉、冷峻和悲凉则属于深层的调性。具体考察它的深层的调性，有助于我们深刻认识路遥悲剧叙事的风格和特点。

《惊心动魄的一幕》虽然是最早直接叙写“文革”题材的小说，但是，它的叙事伦理和叙事模式，仍然没有改变和转换，缺乏新意和真正个性化的东西，所以，它的调性就显得有些外露和简单——无论是对人和生活的态度，还是叙述和描写的方式，都显得僵硬而直接，爱恨了了分明，一切形诸颜色，缺乏深刻感和丰富性，缺乏对所有人物的公正而宽容的客观态度。《在困难的日子里》—— 一部标志着路遥新的写作范式的形成的作品②

① 李建军：《重估俄苏文学》，下卷，二十一世纪出版社集团，2018 年，第 607 页。

② 这个新范式的特点表现在三个方面，即自我经验是写作的基础；爱和友善是写作的基本态度；与个人命运和遭遇密切相关的重大的社会事件或社会问题，则是写作的重要内容。

——的叙事调性，虽然也有低沉的一面，显示着作者对人物命运感同身受的同情，显示着人物内心的委屈和无助，让读者感受到一种从纸面透出来的压抑和疼痛，但是，它的整体基调是明朗的，乐观的，甚至还有一点道德浪漫主义的色彩，缺乏那种深沉的悲剧性和丰富的悲剧意味。《人生》的叙事调性，既不像《惊心动魄的一幕》那样僵硬和简单，也不像《在困难的日子里》那样乐观和浪漫，而是强化了叙事的客观性，将作者的态度和人物的情感，都包蕴在比较客观的情节形式里；同时，又通过强化道德诗意，来缓解外部尖锐的社会冲突，从而使整个小说的叙事调性，显得宽平、舒缓而温和。《人生》的悲剧性，不是通过叙事的调性体现出来的，而是深深地隐含在小说的故事情节和人物形象里。

比较起来，《平凡的世界》就像一首恢宏而复杂的交响乐，就像一条宽阔而多变的大河，其叙事调性也显得复杂而丰富。它的叙事语调，总体上看，是庄严而沉重的。但是，它的表层调性和深层调性之间，参伍错纵，相互交替，不断变化——表层的叙事态度和语气，是平和而镇定的；深层的情绪和调性，则是波澜起伏，涛声喧豗，极不平静。当情节发展随着人物的命运起伏，进入到紧张的状态和关键阶段，作者的情绪和叙事语调，也会随之变化，表现出一种深沉而强烈的调性，甚至使人强烈地感受到了作家复杂而沉重的心情。

《平凡的世界》的叙事调性，典型地体现在小说一开始的两段文字里：

> 一九七五年二三月间，一个平平常常的日子，细濛濛的雨丝夹着一星半点的雪花，正纷纷淋淋地向大地飘洒着。时令已快到惊蛰，雪当然再不会存留，往往还没等落地，就已经消失得无踪无影了。黄土高原严寒而漫长的冬天看来就要过去，但那真正温暖的春天还远远地没有到来。
>
> 在这样雨雪交加的日子里，如果没有什么紧要事，人们宁愿一整

> 天足不出户。因此，县城的大街小巷倒也比平时少了许多嘈杂。街巷背阴的地方，冬天残留的积雪和冰溜子正在雨点的敲击下蚀化，石板街上到处都漫流着肮脏的污水。风依然是寒冷的。空荡荡的街道上，有时会偶尔走过来一个乡下人，破毡帽护着脑门，胳膊上挽一筐子土豆或萝卜，有气无力地呼唤着买主。唉，城市在这样的日子里完全丧失了生气，变得没有一点可爱之处了。①

这段文字不单是局部性的环境描写，而是像狄更斯的《荒凉山庄》一开始关于伦敦泥泞的街道和大雾的描写一样，显示着一种整体性的修辞意义。它为全书确定了叙事基调。这是一种滞缓而低沉的叙事调性，其中包含着对社会变革的期待，对正常的温饱生活的渴望，也隐含着对艰难生活的焦虑感、疲劳感和厌倦情绪，甚至隐含着些许悲剧意味。它用象征性的方式表达了这样的主题：像季节的更替一样，人们的生活正在经历一个艰难的转换过程；在这冷热交替的过渡时期，为了改变自己的命运，为了摆脱困窘的生存状态，人们将要承受巨大的考验和痛苦。

孙少平之父孙玉厚是一个朴实而勤劳的农民。他没日没夜、拼死拼活地劳动，就是为了让自己的孩子生活得体面一些。然而，他的这个几乎算不上理想的理想，却破灭了。生活越过越艰难，简直到了难乎为继的可怕程度。所以，在描写这位父亲的痛苦心情的文字里，我们也可以感受到同样沉郁悲苦的叙事调性：

> 他在这个世界上已经活够了。从一生下到现在，五十二年来，他没有过几天快活日子。他之所以还活着，不是指望自己今生一世享什么福，而完全是为了自己的几个子女。只要儿女们能活得好一些，他受罪一辈子也心甘情愿。他是个没本事的农民，不可能让孩子们在这

① 路遥：《平凡的世界》，第一部，人民文学出版社，2004年，第3页。

> 世界上生活得更体面。他只是拼老命挣扎，让后人们像一般庄稼人那样不缺吃少穿就心满意足了。但是，这年头，他在这土地上都快把自己的血汗洒干了，家里的光景还是像筛子一样到处是窟窿眼。两个小点的娃娃硬撑着上学，烂衣薄裳，少吃没喝，在学堂里遭白眼，受委屈。大儿子本来是念书的好材料，结果初中也没上，十三岁就回来受了苦，帮扶他支撑这个家。儿子算算已经二十三岁了，还没个媳妇——像他这样的农村青年，大部分都已经娶过家了。但他拿什么给孩子娶呢？①

这是像石头一样沉重的文字，是像泪水一样苦涩的文字。它的哀苦的叙事调性，像陕北民歌的《揽工调》一样，如泣如诉，把一个农民父亲对家人的负疚感，对生活的绝望心情，表现得淋漓尽致，使人有撕心裂肺之感。读到这样的文字，你的内心很难平静如水，也很难不感受到强烈的悲剧意味。

这种充满悲剧性意味的叙事调性，像若断若续、袅袅不绝的旋律，在情节发展和人物情绪变化的关键时刻，就会清晰地浮现出来。在《平凡的世界》里，孙少安所付出的牺牲，所承受的痛苦，也许是最大的。他学习成绩很好，却不得不在小小年纪就离开学校，帮父亲养家活口；他与润叶彼此相爱，却有情人难成眷属。这些都让他陷入深深的痛苦和绝望。这个普普通通的农村青年的心态苍老而悲凉。他的只有短短二十三年的人生，充满了令人感叹唏嘘的悲剧意味：

> 痛苦，烦恼，迷茫，他的内心像洪水一般泛滥。一切都太苦了，太沉重了，他简直不能再承受生活如此的重压。他从孩子的时候就成

① 路遥：《平凡的世界》，第一部，人民文学出版社，2004 年，第 34 页。

了大人。他今年才二十三岁，但他感觉到他已经度过了人生的大部分时间。没吃过几顿好饭，没穿过一件像样的衣服，没度过一天快活的日子，更不能像别人一样甜蜜地接受女人的抚爱……什么时候才能过几天轻松日子？人啊！有时候都比不上飞禽走兽，自由自在地在天空飞，在地上走……

一种委屈的情绪使他忍不住泪水盈眶。他停在路边的一棵白杨树下，把烫热的脸颊贴在冰凉的树干上，两只粗糙的手抚摸着光滑的杨树皮，透过朦胧的泪眼惆怅地望着黑乎乎的远山。公路下面，东拉河的细流发出耳语似的声响。夏夜凉爽的风从川道里吹过来，摇曳着树梢和庄稼。月亮升高了，在清朗的夜空冷淡地微笑着。星星越来越繁密，像在一块巨大的青石板上缀满了银钉……①

这两段文字，虽然是从第三人称展开的叙述和描写，但是，因为是从人物的视角来完成的，所以，基本上可以被视为第一人称性质的近乎意识流的心理描写。由于作者的高超的跨越人物与叙述者界线的叙事技巧，小说的叙事调性显得既客观又主观，充满了强烈的包含着悲剧意味的抒情色彩。

景物描写是最能体现小说的叙事调性的一种艺术技巧和修辞手段。路遥的叙事调性，也表现在景物描写中。路遥笔下的景物描写，固然充满了春天的喜悦和美丽，夏天的蓬勃和热烈，秋天的宁静和辽阔，冬天的庄严和肃穆，但是，他也写秋天的荒凉和冬天的萧索，甚至写夏天的无情和酷烈：

进入伏天以后，双水村和它周围的山野，看起来已不再荒凉。沟道里和山峁上，到处都有了深深浅浅的绿色。这里不久前曾落过半锄

---

① 路遥：《平凡的世界》，第一部，人民文学出版社，2004 年，第 172—173 页。

> 雨，暂时还可以抵挡一下阳光烈火般的烤晒。可怜的东拉河，眼下又瘦得像一根细麻绳，只是还没有断流，悄无声息地淌过八月的村庄。①

在这样的描写里，阳光是一种施虐的力量，而河流在它的无情烤炙下，有气无力，半死不活。这样的描写，显示着一种灰暗的色调，使读者感受到了生活的艰辛和不易。

一部小说的悲剧性，既间接地体现在它的叙事调性里，更直接地体现在它对人物形象的塑造上。一部小说的主体是人物，因而，一部小说的悲剧性，根本上讲，就是人物的悲剧性。

几乎所有小说中的人物，都是心灵上带有伤痕的人物。不曾经历过考验，不曾体验过痛苦，不曾面对过绝望，这样的人物，哪儿都可以去，就是很难跨进小说的大门，除非作者故意放他进去，立志要在小说里教训他一番，教会他如何吃苦，如何认识人生的真面目。所以，什克洛夫斯基才在《散文理论》中说：在小说的世界里，"主人公本身都是不幸的"②；又说："中长篇小说的苦痛——是人类不可或缺的食粮。"③ 人类有价值的经验，都是从痛苦和不幸中得来的。所以，简直可以这样说：没有悲剧性力量，就没有小说写作，更不会产生伟大的小说作品；而没有不幸和痛苦，一部小说就很难吸引读者，也很难成为他们的精神食粮。

在写作意识成熟之前很长的时间里，路遥的悲剧意识并不自觉。《月夜静静悄悄》的故事，是孙少安与田润叶故事的预叙。一个家境贫困的小伙子大牛，竟然偷偷地爱上了书记的女儿兰兰，而兰兰却并不爱一厢情愿地爱着自己的大牛，而是选择了嫁给城里人。在作者的叙述里，悲剧的主要根源，似乎在大牛的"不自量力"："这真是一个悲剧。无论从哪一个角度

---

① 路遥：《平凡的世界》，第二部，人民文学出版社，2004 年，第 43 页。
② 维·什克洛夫斯基：《散文理论》，刘宗次译，百花洲文艺出版社，1994 年，第 145 页。
③ 维·什克洛夫斯基：《散文理论》，刘宗次译，百花洲文艺出版社，1994 年，第 146 页。

看，这都可以说是痴人说梦。但不论是什么人，有时候往往有这样的情况：对自己明明是不可能的事，却要做些非分之想，而且固执得要命。”① 如果一切冲突皆因人物的认知错位而起，那这就压根儿不是悲剧，而是喜剧甚至闹剧。《平凡的世界》里的少安和润叶，却是深深地相爱的，但是，巨大的外在力量，具体地说，是户籍制度和城乡生活的巨大差异，却使他们无法相爱。他们为此承受了巨大的痛苦和煎熬。所以，他们的被毁灭的爱情，才是真正的悲剧。

有的时候，路遥甚至倾向于将喜剧性的生活，当作悲剧性的生活，倾向于将喜剧性的人物，当作悲剧性的人物。例如，《我与五叔的六次相遇》所叙写的生活，本来就是荒谬和喜剧性的，被这种生活深刻影响的五叔的意识和行为，也具有与生活同构的性质。也就是说，五叔实实在在就是一个喜剧性人物。然而，路遥却没有以喜剧的方式展开反讽叙事的冲动。对人物的同情，使他倾向于将一切都看作悲剧：“让五叔一个人在房子里静静地哭一会儿吧！我无法同情他，但我怜悯他。直到现在，他还不明白他的悲剧。是的，这不仅是他的悲剧，也是一个时代的悲剧。正是一个悲剧的时代造成了这样一个悲剧性的人物。实际上，在我们的生活中，有多少个五叔一样的人物啊！历史往往就是这样：一个悲剧性的时代结束了，但那些悲剧性的人物并没有结束自己的悲剧。”② 怜悯就是同情。同情和怜悯无疑是一种美好的情感，但是，它也会使人丧失反讽叙事的冷静和力量。

时代流行的生活观念和英雄史观，过于强烈的理想主义的热情，也会对路遥的悲剧叙事造成阻遏，使他无法达到真正的悲剧叙事的高度和深度。《惊心动魄的一幕》中的马延雄是一个悲剧人物，但是，小说的悲剧性却并不强烈，关于他的悲剧叙事，也没有取得理想的效果。他的遭遇是悲惨的，他的死甚至含着些悲壮的意味，但是，由于深层次的悲剧冲突没有被揭示

---

① 路遥：《路遥全集 · 一生中最高兴的一天》，北京十月文艺出版社，2013 年，第 231 页。

② 路遥：《路遥全集 · 一生中最高兴的一天》，北京十月文艺出版社，2013 年，第 369 页。

出来，所以，真正意义上的悲剧感就无法充分地体现出来。《在困难的日子里》中的马建强，也是一个悲剧人物。作者对饥饿的细致而真切的描写，虽然也能让人感受到现实生活的苦难和人物的痛苦，但是，他关于友谊的理想主义叙事，关于人物在饥饿面前表现出来的美好德性的描写，还是从整体上弱化了小说的悲剧性。

比较起来，《人生》就摆脱了前两部小说的单一性和简单化，而显得更加复杂和丰富，就像路遥自己在《关于〈人生〉的对话》中所说的那样："作品是反映生活的，真实地反映生活的作品，就不会是简单的概念的东西，应该像生活本身的矛盾冲突一样，带有一种复合的色调。我在《人生》就想在这个方面进行一些探索，主要表现在高加林身上。"① 虽然像前两部小说一样，路遥并没有放开手来写一部纯粹的悲剧小说的打算。他的叙事克制而内敛。他策略性地将自己的叙事限制在道德的范畴。然而，从文本所展示的事象体系来看，《人生》客观上是一部纯粹意义上的令人震撼的悲剧小说。无论高加林，还是刘巧珍，都是不折不扣的悲剧人物。他们都失去了自己最宝贵的东西——前者失去了实现自我价值的权利，以及追求体面生活的机会，后者则失去了自己看得像生命一样宝贵的美好爱情。事实上，黄亚萍也是一个悲剧人物，因为她的理想生活和现实生活，也是割裂的——她所得到的，并不是最想要的；她最想要的，却无法得到。

路遥自己也将《人生》中的两个人物看作悲剧人物："像刘巧珍，她的命运是那么悲惨，是悲剧性的命运"②；而作为《人生》"悲剧的主人公"，高加林则是一个复杂的过渡时代的"产儿"③。有的时候，路遥倾向于在人物自己身上寻找悲剧的原因，就像他1984年前后在《关于电影〈人生〉的改编》中说："高加林、刘巧珍、黄亚萍等都是好人，但性格中都不同程度

① 路遥：《路遥文集》，第五卷，人民文学出版社，2005年，第405页。
② 路遥：《路遥文集》，第五卷，人民文学出版社，2005年，第409页。
③ 路遥：《路遥文集》，第五卷，人民文学出版社，2005年，第357页。

含着悲剧性和庸俗性的因素。"① 然而，他们的悲剧，本质上并不是性格悲剧，而是生活悲剧和社会悲剧，用《人生》中的话说，是"严峻的生活把他赶上了这条尘土飞扬的路"②。读者从路遥的叙事文本中，可以读到比他的"夫子自道"更丰富的内容，也可以感受到更宽泛和更深刻意义上的悲剧性。

与包括《人生》在内的几部中篇小说比起来，《平凡的世界》更有理由被视为一部悲剧作品。这部小说中的几乎所有主要人物，都是悲剧人物或带有悲剧意味的人物；几乎每一个人物，包括王满银和孙玉亭这样的人物，都让人心酸和心疼，甚至让人有想为他流泪的感觉。在小说一开始所描写的环境里，由于社会生活完全陷入混乱和停滞状态，甚至濒于崩溃的边缘，几乎所有的人物都过着一种被挂起来的生活，一种极不自在的生活。没有谁的生活，是正常的、符合自己心愿的生活。有的人，在还没有成熟的少年时代，就被拖入生活的苦海，背负着人生的重轭，苦苦挣扎，如孙少安；有的人，他的理想生活在远方，"出身于一个农民家庭，但又想挣脱这样的家庭；挣脱不了，又想挣脱……"③，在奋斗的路上，历尽艰辛，最后在中途废然而止，如孙少平；有的人被强迫着，以自己不喜欢的方式劳动，就像孙玉厚和许多农民所遭遇的那样——所以，孙玉厚对孙少平说："爸爸盼你这辈子不要像爸爸一样，活得蜷胳膊屈腿的"④；有的人所坚持的信念和原则，压根儿不像他们想象的那样正确和神圣，就像田福堂和孙玉亭那样；有的人的爱情是分裂和错位的——所爱者不能爱，能爱者非所爱，因而陷入了巨大的痛苦，就像田润叶那样；有的人，纯洁，热情，充满理想主义精神，但却年纪轻轻，就牺牲了自己的生命，就像田晓霞那样；有的人想

① 路遥：《路遥文集》，第五卷，人民文学出版社，2005 年，第 361 页。
② 路遥：《人生》，人民文学出版社，2006 年，第 17 页。
③ 路遥：《平凡的世界》，第二部，人民文学出版社，2004 年，第 136 页。
④ 路遥：《平凡的世界》，第二部，人民文学出版社，2004 年，第 159 页。

有所作为，但是，却被那些因循守旧的官僚左右掣肘，壮志难伸，就像田福军那样；有的人，一出生就带有原罪，渴望被人尊重，但却始终活在屈辱和恐惧中，就像郝红梅和金光亮兄弟那样；有的人垂垂老矣，却晚景凄凉，与自己朝夕相处的小猫，竟也被死神夺去生命，只留他一人独守黄昏，孤独而哀伤，如徐国强老人那样。

从悲剧性的角度看，孙少平的生活历程，充满激情，堪称悲壮；而孙少安的生活历程，看似平淡无奇，实则包含着更为辛酸的悲剧意味。如果说，孙少平追求的是一种可能的生活，那么，孙少安却只能接受一种给定的生活。追求可能的生活，虽然也让人焦虑和痛苦，但总有希望，而给定的生活，则是一种别无选择的生活，是不得不如此的生活。孙少平虽然也吃尽了苦头，但是，他的心态始终是乐观的，生活总是向上飞扬的；孙少安吃的苦，并不比弟弟少，内心的压力和焦虑，甚至有过之而无不及。孙少安最大的痛苦，是无梦可做的痛苦。毕竟，孙少安已经不是寻常意义上的农民。他读过书，也知道人应该过什么样的生活，但是，作为家里的顶梁柱，他别无选择，只能往牺牲的路上走。这种不愿接受又不得不接受的人生，本质上就是悲剧的人生。

那么，路遥后期小说中的悲剧，到底是一种什么性质的悲剧呢？答曰：是一种宏观性质的悲剧，而不是微观性质的悲剧；是社会性质的悲剧，而不是道德性质的悲剧；是整体性质的悲剧，而不是个别性质的悲剧。路遥的悲剧叙事可以从两个方面来理解和界定：一个是“理想主义悲剧”，一个是“整体性悲剧”。“整体性悲剧”也可以叫作“整体性困境下的悲剧”。

所谓理想主义悲剧，是因追求理想而形成的悲剧冲突，而产生的悲剧后果。在任何时候，一个人如果内心完全没有高于生活现状的想象和追求，那么，他就会平心静气、安常处顺地生活，就不可能与现实生活发生冲突，也就不可能成为悲剧人物。相反，如果谁内心充满超越现实的理想主义梦想，充满实现这梦想的不可遏抑的激情，那么，他就会承受巨大的痛苦，就会经历无尽的磨难，甚至最终被巨大的理想重负压垮，甚至被难以克服的外部力量所毁灭。

路遥后期小说的悲剧叙事，就属于典型的理想主义悲剧。《人生》中的高加林，无法适应贫穷、落后而封闭的农村生活现状，想过一种更文明、更有尊严的城市生活。通过学校教育和他自己的自觉努力，他的生活理念和精神气质，已经发生了极大的转换，用小说中的话说，就是“已经把他身上的泥土味冲洗得差不多了”①。他喜欢阅读，内心充满了解外部世界的热情和兴趣。他坚持写作，甚至在地区报纸上发表了几篇散文作品。这一切足以说明，他已然是一个具有自觉的文化意识和较高的文化要求的人。只有进入城市，成为城里人，他才能实现自己的生活理想，才能满足自己的文化需求。然而，作为农民之子，在特殊时代条件下，他并没有选择生活方式的自由和空间。虽然后来因为偶然的机会，他终于进了城，而且，也凭着自己的才华和努力，证明自己完全可以做一个合格的城里人和称职的公家人。然而，他却必须放弃他业已实现的理想生活，必须接受他曾经努力逃避的农村生活。这无论如何讲，都是一种悲剧，是理想与现实冲突的悲剧。

《平凡的世界》中的孙少平，是高加林精神上的兄弟。他像高加林一样，向往别处的理想生活。他也追求那种能使人活得有尊严的生活，渴望具有良好的文化氛围的生活。但是，单单摆脱农民身份，就是一件戛戛乎其难哉的事情；那坎坷曲折的过程，简直就是一次“苦难的历程”。他通过艰辛的努力，终于成了一名煤矿的井下工人。经过了汗水、泪水和血水的浸泡，他终于摆脱了自己的农民身份，摆脱了长期压在他身上的贫穷和屈辱。他实现了现实意义上的奋斗目的，但远未实现理想意义上的人生目标。他最终止步于煤矿的人生选择，固然体现着冷静的现实主义态度和高尚的

① 路遥：《人生》，人民文学出版社，2006年，第21页。

道德精神，但也使人感受到了人生的有限性和深沉的悲剧性。然而，无论如何，孙少平那种拒绝接受给定生活的勇气，他的坚韧的生活意志，他在奋斗过程中所表现出来的道德精神，依然具有崇高而美好的性质，也使他成为中国20世纪文学史上极为少见的真实而朴素、平凡而可敬的人物形象。

在中国当代文学普遍丧失理想主义精神的语境里，路遥的理想主义悲剧叙事，就具有特别重要的价值，就属于特别值得珍惜的文学成就和文学经验。因为，就像尤金·奥尼尔所说的那样："生活中有悲剧，生活才有价值。我认为任何值得生活的生活都具有为实现某种理想而作的努力。理想越高，就越难以实现。毫无疑问，我们人人都有自己的理想。人要是没有理想，还不如去死，活着也是死人。"① 路遥的理想主义悲剧叙事，不仅包含着启发我们深刻地理解生活的真理性内容，还使我们感受到了崇高精神的巨大力量，感受到了摆脱了庸俗性的理想主义激情。他的理想主义悲剧，就像莎士比亚的悲剧一样，赞美"高尚的道德"和"人类良心上最美好、最崇高的情操"②。善良、高尚、尊严、责任感、爱的能力、向上的努力和利他主义精神，这些，就是路遥的理想主义悲剧叙事所赞美的道德和情操。

所谓整体性悲剧，则是由特殊阶段的整体性生活方式导致的悲剧。在这样的整体性生活方式所造成的困境里，个体的人并没有多少主动性和选择空间：他们被动地接受和顺应生活，而不是主动地选择和建构生活。路遥在短篇小说《我和五叔的六次相遇》中说："是的，人们现在谁也主宰不了自己的命运，对于正直人来说，只是不要让自己的心也黑了。……当时我们曾发誓长大后要为祖国的建设事业创造不平凡的业绩。现在我们已到年富力强之时，生活却变得这样令人失望。我们不得不清醒地走在人生的

① 郭继德编：《奥尼尔文集》，第6卷，刘海平等译，人民文学出版社，2006年，第257页。

② 阿·尼柯尔：《西欧戏剧理论》，徐士瑚译，中国戏剧出版社，1985年，第160页。

歧途上，白白地糟塌掉自己最宝贵的年华。”① 《平凡的世界》里的田福军，也有过同样的感叹：“唉，从那时到现在，不觉得几十年就过去了。人啊，有时候觉得日子过得太慢；有时候又觉得太快了，简直来不及做什么！记得‘文化大革命’开始时，他刚三十出头，正是风华茂盛之时——结果这好年华白白地浪费掉了。”② 在特殊的时代，个人的生活和发展，必然受制于特殊的整体性环境，因而，个人的命运也就必然具有某种程度的悲剧性质。孙少安因为家庭贫困，小小年纪就回家务农，但在很长时间里，却不能自由地劳动，也不能按照自己的愿望，接受田润叶的爱情，跟她一起生活。美丽的郝红梅只能活在极度的自卑和恐惧里，而不可能得到根正苗红的顾养民的爱情。田润叶无法决然地放弃县城里的工作，回到双水村，跟亲爱的少安哥一起生活，因为，那样做的代价实在太大了，几乎意味着失去一切。而最有理想主义光芒的人物田晓霞，则因为从一出生就生活在高加林所说的“商品粮世界”③，具有比农村青年更多的选择自由——虽然师范毕业，但是可以选择不做老师，也可以拒绝做公务员，最终如愿以偿地做了记者；高加林的境遇，与她形成极为有趣的对照——高加林也做过记者，而且很称职，但是，他最终却被遣返回了农村。1991 年 6 月 10 日，在一次文学讲座中，路遥曾经这样来解释高加林的悲剧：“他们有了文化，觉得父辈的那种生活他们再不能接受了，但现实生活又迫使他们必须回农村，因为当时农村既不招干也不招工，甚至不能上大学。这样，这些青年回去以后就特别苦闷。……也有个别出类拔萃的，像高加林这样的青年，不甘心这样一种生活，他们觉得这样一种生活对于人来说是屈辱的，他们想追求一种起码不能像父亲这样生活的生活，所以他们苦

① 路遥：《路遥全集·一生中最高兴的一天》，北京十月文艺出版社，2013 年，第 357 页。
② 路遥：《平凡的世界》，第一部，人民文学出版社，2004 年，第 349 页。
③ 路遥：《人生》，人民文学出版社，2006 年，第 30 页。

苦地在社会上挣扎和奋斗。"① 路遥的话有助于我们理解"整体性困境"和"整体性悲剧"。

那么，与"整体性悲剧"相对应的，又是什么样的悲剧呢？是形形色色、五花八门的个体性悲剧，是神秘的命运悲剧，是尖锐的欲望冲突、性格冲突和性别冲突导致的悲剧，是种族冲突、宗教冲突、家族冲突导致的悲剧，甚至是人与自然冲突所导致的悲剧。在个体性悲剧的冲突中，个体人承担着主要的责任。个人或具体的责任人主导了他们自己的选择，决定了他们自己的命运。例如，莎士比亚的《李尔王》、歌德的《少年维特的烦恼》、托尔斯泰的《克莱采奏鸣曲》和托马斯·曼的《死于威尼斯》，都属于典型的个人错误地主导自己情感所造成的悲剧；海明威的《老人与海》、麦尔维尔的《白鲸》和艾特玛托夫的《花狗崖》则属于个人失败地处理了自己与大自然的关系所造成的悲剧；狄更斯的《董贝父子》和冈察洛夫的《奥勃洛摩夫》属于个人无力主导自己的生活的悲剧；哈代的《德伯家的苔丝》则属于被命运主导的个人悲剧；《罗密欧与朱丽叶》属于家族冲突和命运之手共同主导的悲剧，而《哈姆雷特》和《奥赛罗》则属于恶人所造成的悲剧；司汤达的《红与黑》和托尔斯泰的《安娜·卡列尼娜》属于个体性悲剧与整体性悲剧兼而有之的混合型悲剧。《红楼梦》中的悲剧则属于多重样态的悲剧，其中既有个体无能为力的"整体性悲剧"，有个体自己主导的性格悲剧，也有不由自己而由神秘力量主导的命运悲剧。

总之，无论从叙事调性的角度来观察，还是从人物形象的角度来审视，路遥的小说都有一个充满悲剧意味的叙事空间。研究路遥小说叙事的悲剧性，有助于我们更深刻地理解路遥，从而调整那种过于单一的阐释策略，改变那种过于简单的评价方法，最终拓宽路遥研究的边界，发现并进入路遥作品的另一个深隐的意义空间。

---

① 路遥：《路遥全集·早晨从中午开始》，北京十月文艺出版社，2013 年，第 221 页。

三、路遥悲剧叙事的心理结构和道德倾向

在小说写作中，有两个很重要的因素，极大地影响着作家的生活态度和写作风格：一个是动态和变化的人生经验，一个是较少变化的稳定的心理结构。

从人生经验的角度看，童年的不幸，“文革”期间巨大风浪的摧折，失恋的沉重打击，可怕的贫穷和饥饿，都带给路遥两方面的影响：一方面，培养了他成熟的独立意识，培养了他良好的意志品质，甚至使他更有同情心和怜悯心；另一方面，也使他缺乏安全感，过度自尊，容易感伤，特别渴望别人的尊重和社会的认可，因而，就赋予他的写作以悲剧的意味，也使他做起事来，必全神贯注，全力以赴，务求完美和成功，虽毁废身体，亦在所不惜。

就心理结构的善恶维度来看，路遥本质上是一个性善论者。他似乎不大习惯从恶的角度来观察人。无论康德所讲的“根本恶”，还是其他形态的特殊的恶，似乎都没有进入他的意识世界。所以，他很少把人写成纯粹的恶人，也很少淋漓尽致地渲染生活中恶的现象。这固然保证了他的悲剧叙事在伦理精神上的单纯和伟大，强化了他精神上的崇高感和力量感，但也影响了他悲剧叙事的尖锐和深刻，弱化了他悲剧叙事的冲突感和力量感。因为，没有对恶的冷静观察和尖锐表现，就不可能有彻底意义上的悲剧。路遥的悲剧之所以是一种特殊形态的中和式的悲剧，就是由他的这种心理结构决定的。

在一个人的心理结构中，意志与情感分属两个不同的心理层面。在有的人身上，它们是一致的：意志坚强，情感冷峻，内心世界波澜不惊，几乎到了“太上无情”的程度；在有的人身上，它们是分离的：意志是坚强的，情感却是柔软的，所谓“铁汉柔情”，即是对这种心理结构的概括。路遥的心理结构，就属于后一种情形。他的心理世界由意志的硬结构和情感的软结构两个部分构成。这是两个完全不同甚至几乎互不兼容的心理结构，

然而，在路遥的内心世界，它们却矛盾而又和谐地交融在一起。坚硬的部分使他像英雄一样坚忍不拔，而柔软的部分则使他像孩子一样敏感和脆弱。

路遥具有良好的意志品质，性格坚强，内心充满阳刚之气，有一股好胜和不服输的劲头，天生是一个具有乐观倾向和幽默天赋的人①。1974 年，根据陕西“省革委会”指示，路遥作为工农兵业余作者，被邀请到《陕西文艺》编辑部“掺沙子”；当同事金谷告诉他，北京和上海也有两个作者叫“路遥”这个名字时，“他当时很激动地说我知道，我一定要把他们甩开去。”② 从这个细节可以看出，在路遥的心理结构中，强烈的上进心和自信的征服欲，构成了一个基本面，是推动他思考和行动的巨大力量。

同时，他又是一个情感细腻、多爱不忍的人——敏感而脆弱，具有明显的悲剧气质，喜欢流泪，动辄泣数行下，有时竟至于痛哭失声。多愁而善感的性格，脆弱而悲观的心理倾向，使路遥即便在日常生活中，也每每有强烈的悲情体验和悲情发泄。面对急景凋年的时光流逝，他常常表现出诗人般的感伤，曾多次引用他在《苏联文艺》上读到的叶赛宁“金黄的落叶堆满心间——/我已经不是青春少年”③ 的诗句，来抒发自己对韶华已尽的叹惋。在完成《平凡的世界》的那一刻，他忽然悲从中来，情绪完全失控，像孩子一样委屈地哭了起来：

> 在接近通常吃晚饭的那个时分，终于为全书划上了最后一个句号。
>
> 几乎不是思想的支配，而是不知出于一种什么原因，我从桌前

---

① 北京知青邢仪是路遥夫妇过从甚密的朋友，她在回忆文章中这样写道：“一年春节，路遥邀请我们去他家过年。……我们连说带笑爬上炕，玩了一天扑克，笑闹中第一次领略了路遥的妙语连珠和冷幽默。……路遥给我们哼陕北道情，我们和路遥一起唱俄罗斯歌曲。……路遥一手扶在桌子上，略弓着背，微偏着头，侃侃而谈，他壮硕的身体里充满着宏大的抱负。”（邢仪主编：《延川插队往事》，中译出版社，2015 年，第 293 页）

② 金谷：《观剧忆路遥》，《上海文学》2017 年第 7 期，第 91 页。

③ 《叶赛宁诗选》，丁鲁等译，《苏联文艺》1980 年第 3 期，第 98 页。

站起来所做的第一件事，就是把手中的那支圆珠笔从窗户里扔了出去。

我来到卫生间用热水洗了洗脸。几年来，我第一次认真地在镜子里看了看自己。我看见了一张陌生的脸。两鬓竟然有了那么多的白发，整个脸苍老得像个老人，皱纹横七竖八，而且憔悴不堪。

我看见自己泪流满面。

索性用脚把卫生间的门踢住，出声地哭起来，我向另一个我表达无限的伤心、委屈和儿童一样的软弱。而那个父亲一样的我制止了哭泣的我并引导我走出卫生间。①

在古往今来的作家中，因为作品的完成而欣喜若狂者，有之；因为作品中人物的毁灭和死亡而嚎啕大哭者，亦有之，但是，像路遥这样因为苦役般的写作而泪流满面、痛哭失声者，似乎并不多见。这固然说明，在写作的时候，他像火一样燃烧着，把自己整个儿无保留地投入了进去，但也说明，他的个性和心理结构，确乎与众不同：他是一个性格坚强而情感柔软的人。正是从这心灵的柔软的地方，生发出了路遥对人和生活的爱，也生发出了他的深深的忧伤和孤独，最终形成了路遥小说叙事的感伤情调和悲剧气质。正像路遥自己所说的那样：

我的最大爱好是沉思默想。可以一个人长时间地独处而感到身心愉快。独享欢乐是一种愉快，独自忧伤（模糊的）也是一种愉快。孤独的时候，精神不会是一片纯粹的空白，它仍然是一个丰富多彩的世界。情绪上的大欢乐和大悲痛往往都在孤独中产生。孤独中，思维可以不依照逻辑进行。孤独更多地产生人生的诗情——激昂的和伤感伤

① 路遥：《路遥文集》，第五卷，人民文学出版社，2005 年，第 331 页。

痛的诗情。孤独可以使人的思想向更遥远更深邃的地方伸展，也能使你对自己或环境作更透彻的认识和检讨。

当然，孤独常常叫人感到无以名状的忧伤。而这忧伤有时又是很美丽的。

我喜欢孤独。

但我也惧怕孤独。

现在，屈指算算，已经一个人在这深山老林里度过了很长一段日子。多少天里，没和一个人说过一句话。白天黑夜，一个人孤零零地呆在这间房子里，做伴的只有一只老鼠。①

对人的同情，对生活的热爱，都来自于作家的心理结构的柔软部分。内心有这样一个柔软的部分，一个作家才能深刻地感受自己和别人的欢乐和幸福，才能更深刻地感受自己和别人的痛苦和不幸。谁的内心如果没有这个柔软的部分，那么，他就很难有丰富而深刻的悲剧意识。没有深刻的悲剧意识，就不会有深刻的写作，也不会有伟大的作家和诗人。一个冷漠而麻木的人，根本不可能成为合格的作家；一个没有悲剧意识的人，则很难成为具有内在深度和崇高精神的作家。几十年来，中国作家最大的问题，就是柔情和温情的匮乏，就是心灵的冷化和硬化。从他们的文字里，你很少感受到人性的温暖，很少体尝到泪的苦涩和爱的甜蜜。

人有形而下的物质需求，也有形而上的精神需求。人之所以是人，就因为他是一种依赖意义世界而生存的高级动物。文学是探索意义和建构意义的创造性的精神活动，而意义感则是作家心理结构的重要内容。对意义的感受能力和建构能力，是观察作家的心理结构和创造能力的重要角度。作家不能只在形而下的层面上观察人和表现人。他必须进入人物的内心世

① 路遥：《路遥文集》，第五卷，人民文学出版社，2005 年，第 292 页。

界，从形而上的意义的高度对人物和生活进行思考和表现。

作为一个具有思想家气质的作家，路遥对人生和文学的意义问题非常敏感，也有着很强的意义感受能力和意义建构能力。在路遥的心理结构中，有一种极为明显的心理倾向，那就是，他有着比常人更加强烈的对于无意义生活的敏感和焦虑。他在积极的意义上体现了叔本华关于“人的本质”的学说：“人的本质就在于他的意志有所追求，一个追求满足了又重新追求，如此永远不息。”① 在叔本华看来，欲望摆锤使所有人空虚和痛苦；对路遥来讲，只有意义世界的摆锤，只有文学理想的摆锤，才能使他的内心不得安宁。他从不满足于自己所取得的文学成就。在巨大的成功之后，强烈的无意义感很快就会攫住他，搅扰得他心神不宁。即便《人生》所带来的普遍的共鸣和巨大的荣誉，也不能让他在较长的时间里，沾沾然沉浸在成功的喜悦和满足里，就像他自己在谈及《人生》的社会反响时所说的那样：“如果为微小的收获而沾沾自喜，本身就是一种无价值的表现。”② 一个对意义世界没有深刻感受和更高追求的人，断然不会达到这样的境界，断然不会产生这样的认知和表达。

一切追求意义的写作，注定是沉重而艰难的。在开始写《平凡的世界》之前的沉寂期，是路遥最感焦虑和痛苦的时期。有一天，他突然对作家京夫说“我想自杀”。他的话让这位同行大为吃惊，大惑不解：路遥正处于创作的上升期和丰收期，短短几年间，发表了四五部中篇小说，其中有两部获得了全国优秀中篇小说奖，应该心花怒放、飘飘欲仙才对嘛。京夫从作家的角度劝慰他，说他与别人不同，“把目标定得太高，对生命要求太过苛刻，这是所有伟大人物或想成为伟大人物的共性”；最后，路遥的情绪依然没有平复：“他从床上坐起来，布满血丝的眼角，流出了几滴泪，他站起

① 叔本华：《作为意志与表象的世界》，石冲白译，商务印书馆，1982 年，第 360 页。

② 路遥：《路遥文集》，第五卷，人民文学出版社，2005 年，第 248 页。

来，用手抹掉了眼泪。”① 这是一个悲剧性的场面。从这里，我们看见了一个优秀作家内心的悲剧冲突和悲剧体验。已有的成功和荣誉，已经属于过去。要忘掉过去，一切从头开始。要勇敢地面对未来，重新走进一个一无所有而又模糊不清的世界。唉！亲爱的路遥！你感觉到了巨大的痛苦和煎熬，但是，你没有退路，无法从那令人心神不宁的焦虑和折磨中抽身而出。你只能偶尔在朋友面前表现自己的脆弱，宣泄自己的情绪。你清晰地看见了自己的处境，甚至看见了那使人惊怖的结局。你只能像哈姆雷特一样，“默默忍受命运暴虐的毒箭”，坦然地接受命运的安排。因为，这一切都是由你自己的几乎与生俱来的心理结构决定的，是由你对意义世界的强烈渴望决定的，而这样的心理结构是无法改变的；这样的强烈渴望，也是无法从内心世界彻底泯除的。这就是你作为作家的崇高而光荣的悲剧命运。

影响一个作家的悲剧叙事的，有他的个人经验和心理结构，也有他的道德意识和道德倾向。如果说，心理结构决定了一个作家是否能够成为悲剧作家，那么，道德意识和道德倾向则决定了他会成为什么样的悲剧作家。如果只有前者而没有后者，那么一个人的悲剧叙事可能就失去重心和方向。因为，作家的道德意识和道德倾向，最终决定了他的悲剧叙事的高度和境界。很多时候，人们正是根据一个悲剧作家的道德意识和道德倾向，来分析他在人物塑造上的特点，来认识他的悲剧叙事的价值。

悲剧是一种已有两千五百多年历史的古老剧种。但是，不同的时代有不同的悲剧作品，有不同的悲剧观念，也表现着不同的道德态度和道德倾向。我们可以通过了解有代表性的悲剧观，来考察路遥的悲剧叙事的独特范式以及在道德倾向上所表现出来的个人特点。

古希腊的悲剧是命运悲剧，是人类为了掌握自己的命运，而与巨大的

① 马一夫、厚夫、宋学成主编：《路遥纪念集》，人民文学出版社，2007 年，第 101—102 页。

超自然力量的对抗。在这样的对抗中，人类的失败几乎是注定了的；但人类的伟大而高尚的英雄主义精神——捍卫自由和尊严的激情，反抗一切压迫和横暴的勇气，追求光明和美好生活的坚定意志，也由此得到了确证和肯定。

莎士比亚的悲剧则在更开阔的视野里，用多样化的方法，揭示了人与自我、人与命运、人与外部力量的冲突，并将陷入复杂矛盾和严重冲突的人，提高到了真正诗性的境界，就像黑格尔所说的那样，他甚至“使我们观众对罪犯们乃至极平庸的粗鲁汉和傻瓜也感到津津有味”①。

黑格尔研究悲剧研究的考察对象，是从古希腊到莎士比亚和歌德等古典作家的悲剧叙事经验。他倾向于从人物的性格中探寻悲剧的秘密。在他看来，悲剧是抽象的“形式的人物性格”与现实世界中“活着的具体的人物性格”之间对立和冲突的结果②。所以，从外部来看，人物之间的冲突，就是互不相容的、同样高尚的理想和愿望之间的冲突。抽象的道德观点成为冲突的中心。道德最终取得了胜利：“戏剧的和解就在这种道德的结局，使人皆大欢喜。”③这样的观点，完全忽略了人与环境的关系，所以，在解释社会悲剧的时候，完全派不上用场。

叔本华将悲剧冲突视为纯粹意志世界的冲突，认为悲剧的真正意义，是赎罪，而这罪，“不是他个人特有的罪，而是原罪，亦即生存本身之罪”④。叔本华的放弃生存意志的悲剧理念，反映着他的悲观主义和虚无主义的世界观。尼采用一种浪漫主义的方法，即酒神精神来阐释悲剧，虽然别出心裁，但那效力，也极有限。叔本华和尼采的悲剧理论，存在着与黑格尔的理念化悲剧观同样的问题：阐释的有效范围难以扩展到现实主义悲

---

① 黑格尔：《美学》，第三卷下册，朱光潜译，人民文学出版社，1978 年，第 324 页。
② 黑格尔：《美学》，第三卷下册，朱光潜译，人民文学出版社，1978 年，第 323 页。
③ 黑格尔：《美学》，第三卷下册，朱光潜译，人民文学出版社，1978 年，第 330 页。
④ 叔本华：《作为意志与表象的世界》，石冲白译，商务印书馆，1982 年，第 352 页。

剧，尤其无助于人们理解体现特定时代社会冲突的悲剧。总之，在分析和阐释路遥小说叙事的悲剧性的时候，从古希腊到尼采的美学观点，只有一般的启发意义和参照作用，而没有具体而适切的指导意义。因为，他的悲剧叙事具有非常特殊的个人特点。

叔本华说，悲剧以表现“人生最可怕的一面为目的，是在我们面前演出人类难以形容的痛苦、悲伤，演出邪恶的胜利，嘲笑人的偶然性的统治，演出正直、无辜的人们不可挽救的失陷”①。这样的极端主义的悲剧思想，完全不适合用来阐释路遥的相对主义的悲剧叙事。路遥是一个具有深刻的悲剧意识的作家，但不是彻底的悲观主义者。他的悲剧意识并不是来自于叔本华式的抽象的悲剧思想，而是来自于他自己和周围人的具体的人生经验。在一次演讲中，路遥自己曾这样解释田晓霞之死：“一般来说，具有献身精神的人死的概率比较大一些（掌声）。像田晓霞这样一些人，他们是比较勇敢、具有献身精神的人，所以死的概率就比较大。”② 这样的认知，更多地来自于作者自己的深刻的人生经验，而不来自于抽象的思辨。通过对生活的观察，路遥认识到了，那些具有英雄气概的悲剧人物，是一些在人格上伟大的人，在道德上高尚的人。

就悲剧范式和美学气质来看，路遥的悲剧叙事，是中和性的。在他的悲剧叙事中，固然也有严重的灾难，有可怕的毁灭，有优秀人物和普通人物的死亡，但是，他并不将这悲剧性推到极端，使它在读者的内心造成巨大的恐惧。不仅如此，他最终要将悲剧升华为一种积极的力量，包含着对人的善意，对生活的爱意，对一切的祝福。他让人痛苦和感伤，但不让人颓唐和绝望：“生活总是美好的，生命在其间又是如此短促；既然活着，就应该好好地活。思念早逝的亲人，应该更珍惜自己生命的每个时刻。精神上的消沉无异于自杀。像往日一样，正常地投入生活吧！即便是痛苦，也

① 叔本华：《作为意志与表象的世界》，石冲白译，商务印书馆，1982年，第350页。
② 路遥：《路遥全集·早晨从中午开始》，北京十月文艺出版社，2013年，第216页。

应该看作是人的正常情感；甚至它是组成我们人生幸福的一个不可欠缺的部分呢！”① 这段话可以看作路遥的悲剧叙事的道德倾向和伦理原则。正视生活中发生的悲剧，叙写让人凄然泪下的悲剧，不是为了让自己陷入恐惧和消沉之中，而是为了让人们认识生活的真面目，为了让人们以一种积极的态度面对苦难和不幸，从而更加珍惜生命和热爱生活。

就伦理精神和美学趣味来看，路遥厌恶一切极端畸形和病态的东西。他厌恶极端丑恶的事物，并不愿意逼近了去观察，更不愿意用夸张的方式来描写它，来渲染它的可怕和破坏力。所以，除了《惊心动魄的一幕》，他也很少写到极端恐怖的暴力场面和极端悲惨的死亡情景。他的叙事聚焦于苦难境遇或考验情景中的人性的善和美。他要通过对善而美的人物和事物的描写，来点燃人们内心的善念，使读者对小说中的人物，抱着像作者自己一样的同情甚至欣赏的态度。他说自己塑造刘巧珍的目的，“就是写得叫人们爱她，同情她，永远留在人们心里。这就是陕北的劳动妇女，就是这么一种形象，漂亮、美好、不幸（掌声）。……我内心最大的安慰就是我终于让人们知道了曾经和我一块生活过的这些人们是怎样的人，看到了遥远的偏僻的土壤上也有好多美好的人情，也有那么美好的悲剧”②。“美好的悲剧”，这是路遥对自己的悲剧叙事最妥切的界定，也是他对自己的悲剧叙事范式和伦理原则最好的说明。

英国学者海伦·加德纳从宗教的角度，阐释了莎士比亚悲剧的伦理精神：“在莎士比亚悲剧的道德倾向里，在他强调怜悯是人类的伟大美德并始终如一地把爱表现为给予而不是索取的意象里，我还发现了关于人类之善的典型的基督教观念。”③ 她还说：“莎士比亚把‘仁慈、怜悯、和平和爱’

① 路遥：《平凡的世界》，第三部，人民文学出版社，2004 年，第 277 页。

② 路遥：《路遥全集·早晨从中午开始》，北京十月文艺出版社，2013 年，第 237—238 页。

③ 海伦·加德纳：《宗教与文学》，江先春、沈弘译，四川人民出版社，1998 年，第 84 页。

当做‘人性的真实写照’在戏剧中加以渲染，由此而产生的美感不断地涌现，且一点也不牵强附会和矫揉造作，而在短暂的时刻和精炼的语言里自然而本能地表现出来。”① 路遥不是基督徒，也没有任何宗教信仰，所以，他没有彼岸的原罪意识，没有救赎意识，只有此岸的苦难意识。这样，推动他的悲剧叙事的动力，就不是罪孽和惩罚，而是苦难和超越。但是，在路遥的悲剧叙事中，在他的道德倾向里，我们也可以发现他与莎士比亚的共同点，发现这样一个基本的事实：像莎士比亚一样，路遥也将善和仁慈，将同情和爱，当作自己悲剧叙事的精神基础和伦理原则。在路遥的悲剧叙事中，他最终让读者感受到的，不是对外部的神秘力量的恐惧，不是对毁灭和灾难的恐惧，而是对生活的热情和勇气，对人的爱和尊重，对未来的充满现实感和理想主义热情的态度。凭着朴素的人道主义精神和执着的理想主义精神，他将自己的“正剧化的悲剧”或者“悲剧化的正剧”，升华到了很高的美学境界和伦理境界。

就悲剧精神和道德倾向来看，路遥无疑更接近狄更斯。狄更斯的传记作者皮尔逊曾经这样评论狄更斯对人的态度：“他总是愿意以最大的善意去猜度每个人，可是一旦让他看到了阴暗面，他就立刻由失望转为幽默。幻想破灭得越惨，小说中刻画的人物就越是滑稽可笑。”② 他认为幽默是狄更斯的“最主要特点”：“正是幽默造就了狄更斯的不朽。……他的最可爱的品质就是乐天。”③ 狄更斯总是释放对生活的宽忍和善念，从来不吝啬自己对人物的爱和祝福。在《远大前程》的最后一行文字里，他这样写道：“在雾气散开后的那片广阔无边的宁静月色中，我看不见有一丝再次和她分手的阴影。”④ 他要成全皮普和埃斯特拉，要让他们在历尽苦厄之后，再次相

---

① 海伦·加德纳：《宗教与文学》，江先春、沈弘译，四川人民出版社，1998年，第81页。

② 赫·皮尔逊：《狄更斯传》，谢天振等译，浙江文艺出版社，1985年，第245页。

③ 赫·皮尔逊：《狄更斯传》，谢天振等译，浙江文艺出版社，1985年，第289页。

④ 狄更斯：《远大前程》，主万、叶尊译，人民文学出版社，2004年，第589页。

聚，冰释前嫌，永远相爱，永不分离。在《雾都孤儿》的结束的部分，狄更斯用充满诗意的文字和由“我愿”引导的排比修辞，表达了对自己笔下的温柔而美丽的露丝·梅丽等人物的祝福：“我愿看到她出外时所表现的一切善良和仁慈”①；在狄更斯看来，自己笔下人物的幸福，不是倘来之物，而是爱和善结出的果实：“他们过着真正幸福的生活；如果没有出自内心的爱和仁慈，没有那对一切生灵以宽容为原则、永远体现出好生之德的上帝的感激之情，就决不可能得到真正的幸福”②。路遥虽然不是像狄更斯那样，根据宗教的伦理精神，来确定自己的道德倾向，来处理自己的融合性质的悲剧叙事，但是，他们的伦理原则和道德倾向是一样的，对人和生活的态度是一样的——要爱一切美好的人和事物，要将悲剧转化为正剧，要将苦难升华为祝福。在悲剧叙事上，他有着像狄更斯一样的道德倾向——倾向于以最大的善意，来理解人物的苦难和不幸，来描写他们的善良和幸福。

这样，在路遥的小说叙事里，就不只有漆黑的夜晚，还有明媚的早晨；就不只有苦难和眼泪，还有歌声和笑声。在《平凡的世界》里，你随时会领略到路遥的特殊气质的幽默感。在他的常常引人发噱的幽默里，固然也包含着轻微的讽刺，但是，却谑而不虐，最终让读者看见的是作者对生活和人物的体恤和宽容。他总是执着地叙写人物身上的善，总是仁慈地表达对几乎所有人物的同情和怜悯。即便像王满银这个不务正业的“逛鬼”，路遥也没有满怀恨意地讽刺和挖苦他，而是怀着同情，写出了他身上富有人性内容的一面。他最后在远方的车站想家和自责的情景，就使人怦然心动，几欲下泪。

当无意义的写作几乎成为一种主宰性模式的时候，当文学叙事普遍丧失同情心和爱的能力的时候，当某些著名作家热衷于渲染低级趣味、暴力

① 狄更斯：《雾都孤儿》，黄雨石译，人民文学出版社，2001年，第436页。
② 狄更斯：《雾都孤儿》，黄雨石译，人民文学出版社，2001年，第437页。

和仇恨的时候，当某些作家匪夷所思地怀念狼、赞美狼性和崇拜狼图腾的时候，路遥在《平凡的世界》中所表现出来的融合性的悲剧叙事经验，所表现出来的健康的伦理精神和成熟的美学风貌，就显得更加难能可贵，也特别值得珍惜。

2020 年 6 月 10 日，平西府

第三节　一把有温度的剪刀
——《平凡的世界》的反讽叙事

作家因其特殊的精神气质和文学态度而分属不同的季节。俊爽的抒情性作家属于春季，热烈的浪漫型作家属于夏季，多愁的感伤型作家属于秋季，峭厉的讽刺型作家属于冬季。然而，路遥却很难被简单归类。他有春天的温暖，有夏天的热烈，有秋天的感伤，也不乏冬天的冷峻。也就是说，他以春夏的季节性特点为主，间杂着秋的沉郁，另外，还有一个更深隐的层面，即冬的冷厉。这属于冬天的叙事和修辞，就是反讽（irony）。

加拿大美学理论家弗莱认为，irony“适用于全然现实主义的内容，又与作者含而不露的态度显得很协调”①。事实上，所有真正的现实主义文学，在叙事方式与修辞策略上，无妨风貌各异——既可“含而不露”，也可形诸颜色，但是，就其基本的精神姿态而言，都应该是反讽性的。毫无反讽精神的文学，既不是现实主义的，也不可能是伟大的。“反讽”就是“批判精神”的另一种表达。

作为一个以春夏为其主体类型的作家，路遥的叙事态度温暖而热情。他向不幸的人祝福，向高尚的人致敬。他赞美生活中的美好事物，鼓励那些陷入困顿的不幸者。这很容易给人造成这样一个错觉：路遥是一个轻飘飘的“励志型作家”，而他的

① 诺思罗普·弗莱：《批评的解剖》，陈慧、袁宪军、吴伟仁译，百花文艺出版社，2006年，第325页。

作品则是甜腻腻的“心灵鸡汤”。换句话说，人们会觉得他缺乏批判的自觉和勇气，缺乏反讽的锋芒和力量。

然而，真实的情况，却并非如此。路遥的叙事，固然温和而中正，但绝非四平八稳、温温吞吞的那种。也就是说，在路遥的小说叙事中，始终都有一个启蒙和批判的维度，始终都有一个反思和反讽的空间。他将批判的锋芒，指向造成动荡和混乱、贫穷和愚昧的极左政治，指向农村的根深蒂固的保守意识，指向自私自利的生活态度和社会现象。他带着关切的焦虑，反思造成生活停滞和倒退的原因，寻求摆脱生存困境和道德困境的路径。

十几年前，我曾在一篇纪念路遥的文章中，批评他的写作是“宽容的同情多于无情的批判的写作”①。是的，尽管我们迫切需要鲁迅式的针砭，需要果戈理式的讽刺，需要马克·吐温式的戏谑，但是，路遥却无法为我们提供这样的叙事和修辞。因为，决绝的批判，无情的嘲笑，犀利的讽刺，既不符合他的个性，也不是他擅长的风格。就其天性来看，路遥的性格中有幽默的因子，但是，缺乏那种纯粹的批判倾向和凌厉的讽刺意识。他的反讽更多的是一种直接的经验性反应，而不是纯粹基于理性自觉的思想性反应。王安忆提供的一个细节就很能说明这个问题。

1990 年初春，王安忆结束陕北之行回上海，在为她饯行的晚宴上，路遥“发火了”：“不知怎么说起某些前辈经历一生沉浮，到末了却还放不下名与利这两件东西，为他们深表遗憾。说到此时，桌上有一位朋友，指着路遥、莫伸和我这些所谓青年作家说道，你们先别说这些话，到时候你们也会变成这样，这是自然规律，谁也过不去。我和莫伸听了这话，虽有异议却还能保持沉着应对的态度，不料路遥却陡地站了起来，说道：不，你

---

① 李建军：《文学写作的诸问题——为纪念路遥逝世十周年而作》，《南方文坛》2002 年第 6 期；另见李建军：《时代及其文学的敌人》，中国工人出版社，2004 年，第 4 页。

说的不对，人和人不一样！那位朋友却坚执不移，连声说：就是这样的！路遥再一次对他说：人和人不一样。可他不听路遥说，路遥便去扯他的袖子，一定要他听，他说：人和人不一样，我小时候没穿过裤子，这怎么一样？那朋友就是不听路遥的，只是说：走着瞧吧！这一回路遥是真的动怒了，他恨不能立刻就证明自己，可是语言显得那么乏力。这是我唯一一次听路遥大声说话，我不能理解的是，这一句类似戏言的假设为什么会伤了路遥的心，他竟会如此激动，而他那句'我小时候没穿过裤子'的似乎有些辞不达意的辩白却叫我一直痛心着。"①

路遥的这一通"发火"的话，无疑传达着丰富的信息，有助于我们理解路遥小说叙事的内在成因和基本性质：对他来讲，苦难从来就不是"戏言"，所以，什么都可以拿来嘻嘻哈哈地调侃，但是，苦难，不能；同样，对他来讲，经历过"小时候没穿过裤子"的苦难，人和人就"不一样"，而由这"不一样"的人写出来的作品，也必然是"不一样"的。所以，即使进入到写作领域，路遥也不会辜负自己所经历的那些苦难，不会为了"名利"二字而出卖自己的苦难；因而，苦难既是他自己精神升华的力量之源，也是他展开反讽的激情之源和经验之源，——苦难而屈辱的生活经历，赋予他的写作以深沉的苦难意识和切实的批判意识，也赋予他以超越自卑和怨尤的理想主义精神和利他主义情怀。

当然，路遥的反讽不是"强性反讽"，而属于"弱性反讽"。在后一种反讽里，"作者的修辞目的更为隐蔽，不像强性反讽那样鲜明、强烈。这种反讽属于客观性的反讽，即作者通过对事象或人物行为和话语的相对客观的描写，来显示一种反讽性的意味。……它的反讽性意味是暧昧不彰的，需要经过反讽性阅读，才能被有效地识读出来。"② 有必要指出的是，路遥的反讽却不总是客观性的，而多属主观性的，常常通过间接性的描写和议

① 李建军编：《路遥十五年祭》，新世界出版社，2007 年，第 164—165 页。

② 李建军：《小说修辞研究》，中国人民大学出版社，2003 年，第 230 页。

论性的话语表现出来；另外，他的反讽叙事也并不那么含混不清，闪烁其词，所以，解读起来也无须大费周章；他固然属于情感外向的抒情型作家，但是，却也有着很强的理性自制力，态度和缓，语调委婉，决不让自己的温情，流于自怨自艾的多愁善感，也不让自己的不平，凝结为坚硬而冰冷的恨世主义。

因为吃了那么多苦，受了那么多委屈，路遥的内心深处，难免也有股子郁郁然不平之气，但他却善于将它凝聚为理性的意识，将它升华为一种感召的力量。他的反讽是一把温柔的剪刀，恰似二月的春风，并不那么尖利和猛烈，使人在吹面不寒的温暖中，感受到一种深沉的力量，看见了一种内敛的锋芒。

一、“一种可怕的损耗”

从“新时期”所写的第一部中篇小说《惊心动魄的一幕》开始，到后来的《在困难的日子里》和《人生》，再到长篇小说《平凡的世界》，路遥的反思意识和反讽意向，是一以贯之的。著名诗人和作家晓雷在《男儿有泪——路遥与谷溪》一文中评价说：《惊心动魄的一幕》“是正面讨伐‘文化大革命’的长篇檄文，在当时的极左浪潮的思维定势中，振聋发聩。”① 从《惊心动魄的一幕》开始，路遥的写作就热切地应和着时代的启蒙精神，大都具有自觉的反思和反讽精神。

---

① 李建军编：《路遥十五年祭》，新世界出版社，2007年，第24页；关于《惊心动魄的一幕》，晓雷在《故人长绝——路遥离去的时刻》中回忆说：“我们在共同商量这作品的题目，似乎叫作《牺牲》，意思是表面写一位县委书记在‘文化大革命’的批斗中牺牲了，实际深意表明不仅这位县委书记是‘文化大革命’的牺牲品，而且所谓的造反派和保守派都同样是‘文化大革命’的牺牲品。我认为这是诗意，而关于诗意，是我们最为感兴趣的问题了。不知什么原因，《牺牲》发表时被改作《惊心动魄的一幕》，并且获了全国奖，但我至今仍然以为《牺牲》是更为理想的题目。也许，这是因为这个题目连系着我与路遥那一段永远难忘的交往……”（李建军编：《路遥十五年祭》，第175页）

路遥的自觉意义上的小说写作，开始于20世纪70年代末期。这是一个拨乱反正的重要关头。只有锐意改革，生活才有未来和希望；只有站在“改革”的立场上，文学才是有使命感的文学。所以，路遥特别关心一个作家对待“改革”的态度。有时，他甚至担心那些生前背着沉重因袭的作家，如果活在改革开放时代，会不会继续执迷不悟地做“凡是派”。据柳青的女儿刘可风在实录柳青晚年生活的《九年日夜》中记载：“作家路遥就问过作协的老人：‘如果柳青活着，不知他是“改革派”还是“凡是派”?’”① 作为坚定的“改革派”，路遥对“个人崇拜”的本质和后果，对“两个凡是”的荒谬，都有极为深刻的认识。他的那些影响很大的小说，既是对改革的热情呼唤，也是对极左政治的深刻反思。他的反讽叙事，有着丰富的时代内容和历史内涵，本质上是社会性和政治性的。

权力是路遥特别感兴趣的一个主题。由于权力极大地影响着人们的社会关系和社会心理，所以，路遥总是注意从权力的角度观察人性和生活。这就需要作家确立一种具有启蒙性质的权力价值观。一个作家是不是站在“改革派”一边的优秀作家，首先要看他是不是能站在现代性的高度来认识和理解权力，是不是将“人民伦理”作为他展开叙事的稳定基础。像所有那些具有现代意识的启蒙主义作家一样，路遥反对将任何权力人物“神化”，反对将他塑造成高高在上、无所不能的救世主。他把平凡的人民当作历史进程的主宰者，把平平常常的普通劳动者，摆放在社会结构和社会生活最高的位置上。在他看来，在人类历史的进程中，那些“伟人”固然也有贡献，但是，比较起来，人民的贡献才是主要的：“……人类生活的大厦从本质上说，是由无数普通人的血汗乃至生命所建造的。伟人们常常企图用纪念碑或纪念堂来使自己永世流芳。真正万古长青的却是普通人的无名纪念碑——生生不息的人类生活自身。是的，生活之树常青。”②

① 刘可风：《九年日夜》，未刊稿。

② 路遥：《平凡的世界》，第三部，人民文学出版社，2004年，第130页。

在路遥看来，权力崇拜是一种落后而有害的价值观。对于人类生活来讲，最为重要的，不是追求权力和虚假的荣誉，而是像普通人那样，在平凡的劳动中高尚地生活。所以，他尖锐地批评那些把权力看得高于一切的人，——他们把追求权力当作生活的全部内容和最高目标；他们鄙夷寻常的生活，不愿做平凡的普通人，心心念念只想一件事，那就是，追求权力。对他们来讲，权力简直就是生命。为了当官，他们尔虞我诈，机关算尽。于是，路遥借田福军之口，严厉批评这种“争权夺利”的社会现象：“中国人把多少心思和精力都投入到了这种可怕的损耗之中。”① 即便是双水村“支书”这样的近乎芥豆之微的权力，也会让那些“官迷”们恋栈不已：“对田福堂这样的人来说，权力即便是象征性地存在，也是极其重要的。活着时，权力是最好的精神食粮；死去时，权力也是最好的‘安魂曲’。他害怕的是，他要眼睁睁看着把权力交到别人手里。不，他哪怕躺在这破碾盘上不再起来，双水村党支部书记的职位他决不放弃！哼，不管你们活得如何美气，如何红火热闹，但我仍然是管你们的！”② 田福堂显然是“权力拜物教”的信徒和牺牲品。他之所以要拼命抓住权力不放，只是为了满足自己的“精神需要”，就是为了体验“管你们”的快乐。这种错误的权力观和消极的政治心理，反映着“过渡时代”固有的狭隘性、落后性和复杂性。

腐败是权力的伴生物。权力越是缺乏制约，腐败越是严重。在路遥的反讽叙事里，权力腐败是一个普遍存在的严重问题。《人生》里的马占胜既可以为了巴结村干部高明楼，而把高加林从“民办教师”的岗位上赶下来，也可以为了巴结新上任的地区劳动局局长高玉智，再把他的侄子高加林重新安排到县委“以工代干”，当起了宣传干事；《黄叶在秋风中飘落》中的卢若华自从当了教育局副局长，脾气就越来越大，做事也越来越出格，——他竟然利用自己的权力，夺走了民办教师高广厚美丽的妻子刘丽

① 路遥：《平凡的世界》，第二部，人民文学出版社，2004 年，第 33 页。
② 路遥：《平凡的世界》，第三部，人民文学出版社，2004 年，第 112 页。

英，又凶暴恣睢地毒打她，虐待她；而《平凡的世界》则告诉读者，即便在“文革”期间，权力腐败也并没为群众性的“批判运动”所禁绝。田福军等人在下基层的时候发现，就在很多农民都饥肠辘辘的时候，公社书记周文龙的农民父亲，却可以到公社的灶上大吃大喝：

> 他们进入灶房后，见两个炊事员正忙着揭蒸笼。房子里还有一个胖老头，不像是炊事员，穿一身干净的中式黑卡叽布棉衣，头上拢一条新白毛巾，正拿着个大瓷碗，把菜锅里的肉片子挑拣着往自己的碗里捞。
>
> 刘志祥悄悄对县上的两位领导说：“这是文龙的父亲……一个钱也不掏，常到公社灶上来吃饭，比在他家里都随便……”
>
> 两位县上的领导惊讶地看着这位穿黑棉衣的农民，心里都涌上一种说不出的愤慨。周文龙限制别人的“资产阶级法权”，可他自己却搞真正的“资产阶级法权”！他把别的农民打得死去活来，却让自己的农民父亲一分钱也不出，在公社的锅里挑肥拣瘦地大吃二喝！
>
> 那位穿黑棉袄的“太上皇”如入无人之境般挖了一大碗肉片子，又抓了三个白蒸馍，自大地连灶房里所有的人都不看一眼，就昂着头出去了。在周文龙的父亲看来，柳岔公社就是他儿子的天下，他要怎样就可以怎样！①

路遥的讽刺是很辛辣的。他通过生动的反讽性描写，揭示了“文革”时期权力腐败的一个突出特点：道德主张与道德行为相互脱节。像周文龙这样的人，一方面，反对和限制别人的“资产阶级法权”；另一方面，却是自己肆无忌惮地搞特权腐败。路遥对周文龙父亲的心理和行为的反讽性描写，

---

① 路遥：《平凡的世界》，第一部，人民文学出版社，2004年，第249页。

包含着极为深刻的心理内容和社会内容，显示出一种成熟的现实主义批判精神。

在丧失健全制度的前提下，行使权力常常沦为任性的施暴。因此，批判“文革”时代权力的暴力主义倾向，也是《平凡的世界》反讽叙事的一个特点。在“农业学大寨”的“大会战”工地上，公社书记周文龙用酷刑惩罚“违反纪律”的农民。在“劳动军事化，作风战斗化”的“农业大会战”的工地上，农民一旦沦为被“劳教”对象，就会受到“劳改队”的捆绑和殴打。田福军目睹了农民“犯人”被暴力伤害的惨象：

> 老百姓七嘴八舌向这两个“青天”告状，说他们如何吃不饱饭；如何劳累——白天干一天，晚上还要夜战，睡觉时间只有四五个钟头，还又饿得睡不着！那些被释放的“犯人”更是像谢救命恩人一样扑到田福军和张有智跟前来，五十多个人没有一个不哭的。有一位上了年纪的老汉，一边哭着，一边还挽起袖子让他俩看胳膊上绳子勒下的黑血印。这老汉说着哭着，一扑踏跪在了他俩的面前，慌得田福军和张有智赶紧扶起他，给老汉说了半天安慰话……田福军立即对公社几个领导指示：把农民带来的粗粮，在公社粮站换成好一点的粮食；再从集体储备粮里拿出一部分来补贴民工的伙食。另外，晚上夜战的时间要缩短；有病的民工也要及时给予治疗……
>
> 在返回公社的路上，几个领导人谁也没说话。大家的心情都很沉重。他们从群众的情绪里，再一次强烈地意识到，农民目前对我们的许多政策是多么地不满意啊——岂止是不满意……①

为了阻止周文龙滥用权力，阻止他对“劳教农民”的虐害，在县委常

① 路遥：《平凡的世界》，第一部，人民文学出版社，2004年，第250—251页。

委会上，田福军与庇护周文龙的冯世宽发生了尖锐的冲突。冯世宽指责他犯了“路线问题”和“方向问题”的错误，认为这将影响原西县“保持农业学大寨先进县的称号”，田福军则平静地回应道：

> “世宽，我们不能用棍棒和枪杆子来维持先进呀！”
>
> 冯世宽把送到唇边的茶杯又放在桌子上，说：“农业学大寨运动是一场革命。革命就不是请客吃饭！”
>
> 另一位副主任马国雄立刻附和说：“文龙同志的动机完全是为了革命嘛！”
>
> “革命就是把老百姓往死打吗？”张有智讥讽地对马国雄说。[1]

路遥的反讽已经超越了具体的事件，指向了那种虐民害物的政治观念体系，——它迷信“棍棒和枪杆子”，将一切都上升为“革命”，又简单地将“革命”等同于暴力，进而将暴力当作解决一切问题的法宝，到最后，便可以毫无心理障碍地“把老百姓往死打”。

但是，即便在对权力进行反讽叙事的时候，路遥也没有失去分寸，也没有忽略乡村社会权力运作的复杂性。他精细而深刻地揭示了处于社会最底层的“权力人物”身上的尚未泯灭的亲情和人情味。例如，孙玉厚因为女婿王满银被批斗，不愿参加村里的斗争会。他的弟弟玉亭又同情他，又怕他不去惹祸：

> “哥，你不敢这样。咱们是贫下中农，毛主席号召的事，咱怎能不积极哩？”玉亭劝他哥说。
>
> “反正我不参加！我的气已经受够了！哪怕明天让我也劳教哩！”

---

① 路遥：《平凡的世界》，第一部，人民文学出版社，2004年，第257页。

> 玉厚说完，气恼地转过身就往回去。他心里烦乱，有什么心思站在公路上讨论这号事情哩!①

拒绝参加“毛主席号召的”斗争会，这可是很严重的政治问题。更何况，他还说了“我的气已经受够了”这么出格的狠话。县里领导说“毛主席说阶级敌人无处不有处处有”，要他们村也抓“阶级敌人”出来。这让孙玉亭很为难：苦恼了老半天，还是怎么也想不出来谁是阶级敌人。他忽然想起他哥刚才说的那些反动话，倒是足够资格站在台上接受批判。接着，路遥这样写道：“他忍不住又为自己这个荒唐的想法逗得笑出声来了。不，他哥终究是他哥！别说他说了这么些话，就是再反动一点，他也不会出卖他的。哼，革命是革命，亲人是亲人!”② 这个颇具经典性的反讽事象，包含着极为丰富的心理内容和反讽意味：一方面，路遥揭示出了孙玉亭的人性未泯而又略显狡狯的多重性格；一方面，也深刻地揭示了乡村社会的“亲情伦理”对主流意识形态的“斗争伦理”的不动声色的抵抗与消解，使人看到乡村社会权力运作的复杂样态。

总之，《平凡的世界》关于权力的反讽叙事，体现着路遥成熟的现实主义精神，显示着“新时期”文学的很可宝贵的启蒙自觉，当之无愧地代表着中国当代现实主义写作的重要成就和宝贵经验。

二、“像蚂蚁啃骨头似的”

《平凡的世界》所叙写的，是中国社会转型最关键的十年（1975—1985）。在当代生活的这个严重脱序的时期，唯意志论的极左政治为害甚

---

① 路遥：《平凡的世界》，第一部，人民文学出版社，2004 年，第 51 页。

② 路遥：《平凡的世界》，第一部，人民文学出版社，2004 年，第 56 页；在公社组织的批判侄子孙少安等五个“走资本主义道路”的生产队长的大会上，他也决意不在批判稿中写上侄子的名字（路遥：《平凡的世界》，第一部，第 168—169 页）。

烈，给中国社会的政治、经济、文化和教育造成了极为严重的破坏。这是一个由接近崩溃边缘的“动乱”状态，向正常状态艰难回归的时代。

极端的唯意志论，是极左政治的一个本质性特点。它缺乏科学精神和理性意识，无视现实条件的制约，抱着“人定胜天”的盲信，将人的能力无限夸大，甚至喊出了“人有多大胆，地有多大产”之类的愚昧口号。对历次严重的唯意志论运动及其后果的反思，是路遥小说叙事的重要主题。在《平凡的世界》里，他将现实看作历史的延伸和结果，试图在对历史的反思中，揭示现实困境形成的唯意志论原因：

> 有时候，现实生活中某些引起社会强烈震动的突发性事件，往往是历史所发出的回声。为了探寻此类事件的起因，我们常常不得不回过头从遥远的过去说起……
>
> 二十五年前，也就是那个有名的一九五八年，“大跃进”的浪潮席卷了中国大陆。从群众运动的规模来看，简直可以说是“文化大革命”的一次预演。那时间，浪漫主义进入了从中央到地方的政治生活。为了“超英赶美”，把国家富强的标志钢铁产量搞上去，人们连吃的锅也砸了，用砍倒的树木代替焦碳，大炼钢铁。中国大地火光熊熊，其非凡气势令全世界瞠目。其结果把一点好钢好铁也炼成了废钢烂铁。
>
> 与此同时，全国各行各业都在争抢着大放“卫星”——自人类历史上第一颗人造卫星上天之后，“卫星”一词就成了“超级成就”的代名词。在农村，某地亩产刚宣布超过五千斤，另一地的“卫星”立刻放到亩产一万斤。报纸每天都用套红大标题庄严地报道这些弥天大谎。记得笔者那时刚上小学，为了使本村亩产成为全公社之最，曾在秋夜时跟随大人们把其他地里割倒的庄稼，偷偷集中背运到一小块地里。新成立的人民公社领导人来这里装聋作哑目测了“亩产”，就厚颜无耻地向县上“如实”作了汇报，从而使我们村和我们乡分别获得了县上

奖励的两块丈二长的大红绸锦旗……放“卫星”已使全国处于谵妄状态。连作家协会的某位老诗人也拍着胸膛吼叫说，他要在一九五九年就把荷马踩倒在脚下！

全国都实行了“食堂”制，人们“各取所需”，随吃随拿，喜气洋洋地踏进了光辉的“共产主义社会”。不过，据说上层还在争论：是先让“老大哥”苏联进入共产主义社会呢，还是我国先宣布已经进入了共产主义社会？

当然，“结论”还没有得出，中国不久就进入了骇人听闻的三年困难时期，饿死了许多人。在以后著名的七千人大会上，据说发动这场“运动”的毛泽东主席做了检查。遗憾的是，这位中国历史上划时代的伟大老人，并没有记取这个教训，以后又一错再错，从一九六六年开始导致了中国更大规模的混乱，使得整个国家陷入了痛苦与绝望的深渊……

就在那个“大跃进”年头，离省城六十公里的某地区，决心放一颗大“卫星”：在位于中部平原和南部峻岭间的黑龙河上，修建本省最大的水库。其气势之大，令人咋舌。全区动用了两万民工，费时一年零四个月，动用一千万方土，在这个浅山区修起了占地一万二千亩的“跃进”水库。水库要淹没许多村庄，牵扯两个公社的几千人口。于是，只能把这些人撤出，另寻安插之地。

……当时这些人迁徙他乡的场面十分悲惨。几千人哭声恸地，喊声震天。是啊，这里是他们不知生息了多少辈的故土；现在，他们自己连同祖先的骨头都要搬到一个陌生而荒僻的地方了。不久，这里的一切将要永远地埋葬于深水之下！①

① 路遥：《平凡的世界》，第三部，人民文学出版社，2004年，第226—227页。

之所以不避絮烦之讥，引了如此长一段文字，就是想像别林斯基评论柯尔卓夫那样①，以有血有肉的方式，以实证和直观的方式，说明路遥对唯意志论政治进行反讽的特点——坦率，直接，尖锐。在这段议论性的话语中，路遥站在人民伦理的立场，直言无隐地批评那些“骇人听闻”的巨大灾难。由于“大跃进”和“文革”等规模巨大、气势磅礴的唯意志论的群众运动，都具有不切实际、不计后果的非理性特点，所以，它们必然“使全国处于谵妄状态”，“使得整个国家陷入了痛苦与绝望的深渊”。任何疯狂的不智行为，都具有夸张而可笑的喜剧色彩。路遥以满含讽意的语言，揭示了“大跃进”和“文革”等非理性运动的闹剧性质：诗人发疯了，“作家协会的某位老诗人也拍着胸膛吼叫说，他要在一九五九年就把荷马踩倒在脚下”；共产主义似乎在一夜之间，就轻而易举地实现了，于是，“人们‘各取所需’，随吃随拿，喜气洋洋地踏进了光辉的‘共产主义社会’”，而“高层”的领导，则为“是先让‘老大哥’苏联进入共产主义社会呢，还是我国先宣布已经进入了共产主义社会”而发生了“争论”。作者直接以“笔者”身份介入，直下褒贬，而“弥天大谎”、“装聋作哑”、“厚颜无耻”等不遮不掩的措辞，则表达了作者的坦率而痛切的情感态度；“两块丈二长的大红绸锦旗”以及“中国大地火光熊熊，其非凡气势令全世界瞠目”等话语，显然包含着昭昭明甚的反讽意味，显示出作者对“大跃进”等极左运动的彻底否定的态度。最后一段文字中的“几千人哭声恸地，喊声震天”等话语，则以含着同情的写实性画面，强化了作品的反讽效果，使人感受到杜甫《石壕吏》、《兵车行》、《无家别》等伟大诗篇中的人道主义情怀。

由于其不切实际的主观性，唯意志论必然造成形式主义的泛滥。自“合作化运动”，到“大跃进”，再到“农业学大寨”，一种大轰大嗡的形式主义集体化劳动方式，就成了农村普遍实行的社会动员模式。因其强制性

① 别林斯基：《别林斯基选集》，第六卷，辛未艾译，上海译文出版社，2006 年，第 257—327 页。

和盲目性，它必然造成劳动力的巨大浪费。所以，路遥在《平凡的世界》中，对它多有尖锐的批评：

> 我们姑且不谈论这些行为的实际价值，或者是否通过这种手段就可以改变中国农村一穷二白的面貌。仅就这种倒山改河的气势，你也不能不为中国劳动人民的伟大劳动精神而赞叹。当你看见他们像蚂蚁啃骨头似的，把一座座大山啃掉；或者像做花卷馍一样把梯田从山脚一直盘到山顶的时候；当你看见他们把一道道河流整个地改变方向，如同把一条条巨龙从几千年几万年甚至亘古未变的老地方牵到另一个地方的时候，你怎能不为这千千万万的“愚公”而深受感动呢？而且应当知道，他们是在什么样的条件下完成这样的壮举啊！他们有时一个人一天吃不到一斤粮食，更不要说肉了；拿着和古代老祖先们差不多的原始工具，单衣薄裳，靠自己的体温和汗水来抵御寒冷……就这样，一锨锨一镢镢地倒腾着山河！这就是我们中国的劳动人民！他们曾经修建起雄伟的万里长城，凿通横贯南北的大运河……今天，他们饿着肚子，又气壮如虹地宣称，他们要“把地球戳个大窟窿”……①

在这段议论性的话语里，路遥对唯意志论影响下的形式主义和群众运动式的劳动组织形式，进行了淋漓尽致的反讽：你看，它除了有“气势”，除了显得像“壮举”，除了能让人对劳动者的精神产生“赞叹”和“感动”，就没有别的什么可称道的地方了，而“他们饿着肚子，又气壮如虹地宣称，他们要‘把地球戳个大窟窿’”一语，则彻底地解构了所谓“气势”和“壮举”的合理性和正当性，从而使自己的议论成为清人邵晋涵在《史记提

① 路遥：《平凡的世界》，第一部，人民文学出版社，2004 年，第 244 页。

要》中所说的“文予实不予”① 的反讽性话语。

双水村“战天斗地”修起的大坝落成后，孙玉亭用镢头在坝面上刻了“高峡出平湖，神女应无恙”两句话，结果，大坝很快就被哭咽河里的洪水冲垮了，大坝豁口的两边，只剩下“高峡”和“无恙”四个字，“似乎是专门留下来嘲笑福堂和玉亭的”②。

是的，嘲笑，在对“唯意志论”心理和行为进行反讽的时候，路遥的态度就是嘲笑的。他不遮不掩地嘲笑它的愚昧无知、志大才疏和一事无成。

三、“光景还是像筛子一样”

尊严是人特有的精神体验和心理需求。没有尊严的生活是悲惨的，甚至是无价值的。人的所有参与性的社会行为，都有一个内在的目的，那就是获得做人的尊严，就是为了让自己无论在别人眼里，还是在自己心目中，都是一个值得尊敬的人。一个健全的理性社会，必然是尊重人的个性特点和选择自由的社会，也是努力让所有人都活得有尊严的社会。

然而，在《平凡的世界》里，耻辱是一种经常性的精神体验。许多人尤其是处于社会最底层的农民阶层，所过的却是一种缺乏尊严的生活，——贫困和饥饿使人丧失尊严；肉体惩罚使人丧失尊严；恐吓与威胁使人丧失尊严。

路遥不仅有正视贫困、饥饿等耻辱体验的勇气，也有将这耻辱生活叙写出来的现实主义精神。在《平凡的世界》所写的黄土高原，贫穷是普遍而严重的：“缺吃少穿是普遍现象。有些十七八岁的大姑娘，衣服都不能遮住羞丑。一些很容易治愈的常见病长期折磨着人；严重一些的病人就睡在不铺席片的光土炕上等死。晚上很少有点起灯的家户；天一黑，人们就封

① 杨燕起、陈可青、赖长扬编：《历代名家评〈史记〉》，北京师范大学出版社，1986 年，第 33 页。

② 路遥：《平凡的世界》，第二部，人民文学出版社，2004 年，第 43 页。

门闭户睡了觉。野狼如入无人之境，跳进羊圈任意啃咬，也没人敢出来打撵——据说这里的狼早不把人放在眼里了。没有什么人洗脸，更不要说其他方面的卫生条件了。大部分人家除过一点维持活命的东西外，几乎都一贫如洗。有的家户穷得连盐都吃不起，就在厕所的墙根下扫些观音土调进饭里……”① 贫穷使人的尊严扫地以尽，荡然无存。路遥以沉郁而充满概括力的文字，叙写了农民极端贫困的生活境遇。他的叙事和描写，恫瘝在抱，令人震惊。在20世纪50年代以来的中国小说中，如此真实而沉痛的现实主义叙事和描写，似乎并不多见。

饥饿是路遥小说叙事的一个重要内容和主题。在普遍贫穷的境况下，饥饿这个“强大的敌人”如影随形。饥饿既是一种可怕的肉体痛苦，也是一种使人丧失尊严的精神痛苦；它是20世纪60年代中国农民最可怕的灾难和噩梦，也是路遥自己的痛苦经验的一部分：“对于黄土高原千千万万的农民来说，他们每天面对的却是另一个真正强大的敌人：饥饿。生产队一年打下的那点粮食，‘兼顾’了国家和集体以外，到社员头上就实在没有多少了。试想一想，一个满年出山的庄稼人，一天还不能平均到一斤口粮，叫他们怎样活下去呢？有更为可怜的地方，一个人一年的口粮才有几十斤，人们就只能出去讨吃要饭了……”② 在《在困难的日子里》，路遥就曾写过饥饿对中学生马建强的折磨。到了《平凡的世界》，他的饥饿叙事，不仅更加细致和深入，而且还充满了尖锐的反讽锋芒。在原西县中学的食堂里，食分三等，人亦如之，孙少平只吃得起最低一等的饭菜，也属于最低一等的人。这让他深受伤害，倍感屈辱：

孙少平上这学实在是太艰难了。像他这样十七八岁的后生，正是能吃能喝的年龄。可是他每顿饭只能啃两个高粱面馍。以前他听父亲

① 路遥：《平凡的世界》，第一部，人民文学出版社，2004年，第348—349页。
② 路遥：《平凡的世界》，第一部，人民文学出版社，2004年，第121页。

> 说过，旧社会地主喂牲口都不用高粱——这是一种最没营养的粮食。可是就这高粱面他现在也并不充足。按他的饭量，他一顿至少需要四五个这样的黑家伙。现在这一点吃食只是不至于把人饿死罢了。如果整天坐在教室里还勉强能撑得住，可这年头"开门办学"，学生们除过一群一伙东跑西颠学工学农外，在学校里也是半天学习，半天劳动。至于说到学习，其实根本就没有课本，都是地区发的油印教材，课堂上主要是念报纸上的社论。开学这些天来，还没正经地上过什么课，全班天天在教室里学习讨论无产阶级专政理论。当然发言的大部分是城里的学生，乡里来的除过个别胆大的外，还没人敢说话。
>
> ……但是对孙少平来说，这些也许都还能忍受。他现在感到最痛苦的是由于贫困而给自尊心所带来的伤害。他已经十七岁了，胸腔里跳动着一颗敏感而羞怯的心。他渴望穿一身体面的衣裳站在女同学的面前；他愿自己每天排在买饭的队伍里，也能和别人一样领一份乙菜，并且每顿饭能搭配一个白馍或者黄馍。这不仅是为了嘴馋，而是为了活得尊严。他并不奢望有城里学生那样优越的条件，只是希望能像大部分乡里来的学生一样就心满意足了。①

这段叙述蕴蓄着明显的反讽性意味。作者通过"对照"这一修辞方式，来获致反讽的效果。首先是内与外的对照：作者的笔触既向内指向孙少平的内心经验，也向外指向外部的残缺的社会生活；其次是"新"与"旧"的对照、切实的"饥饿"与虚妄的"宣传"的对照，——通过"新社会"与"旧社会"的对照，作者尖锐地批评了农民生活条件的恶化和生活水平的下降；通过肉体的饥饿与学校教育的混乱和政治学习的荒谬的对照，他尖锐地批评了极左政治脱离实际的严重问题。最后一段对孙少平的自尊心受伤

---

① 路遥：《平凡的世界》，第一部，人民文学出版社，2004 年，第 7—8 页。

害的间接化的“心理描写”，则更进一步强化了对极左政治的反讽。这种屈辱感和自卑记忆，使得孙少平内心有一个强烈的近乎“雪耻”性质的梦想和愿望：在双水村为父亲箍几孔新窑。他说，“我是在那里长大的，贫困和屈辱给我内心留下的创伤太深重了”，而箍新窑则意味着“实现一个梦想，创造一个历史，建立一座纪念碑。……瞧吧，我父亲在双水村这个乱纷纷的‘共和国’里，将会是怎样一副自豪体面的神态！是的，我二十年来目睹了父亲在村中活得如何屈辱。……我要让他挺着胸脯站到双水村众人的面前！我甚至要让他晚年活得像旧社会的地主一样，穿一件黑缎棉袄，拿一根玛瑙嘴的长烟袋，在双水村的‘闲话中心’大声地说着闲话，唾沫星子溅别人一脸！”① 孙少平的这段话充满反讽的张力：他将双水村夸张地比作“乱纷纷的‘共和国’”，将“旧社会”地主的生活，当作自己在“新时代”追求的理想。无论如何，这都在客观上给人一种异样而别扭的感觉，都让人的审美味蕾体尝到了反讽的辛辣。

除了贫穷和饥饿，强制性的劳动和严酷的惩罚，也极大地降低了人们的尊严感。在“文革”期间的“农业学大寨”运动中，农民受到的惩罚尤其严厉。这给那些无辜者带来严重的人格羞辱和精神伤害：“被‘劳教’的人不给记工分，自带口粮、被褥，而且每天要干最重的活：用架子车送土。一般四个‘好人’装，一个‘坏人’推；推土的时候还要跑，使得这些‘阶级敌人’没有任何歇息的空子。最使这些人难堪的是，在给他们装土的四个人中间，就安排一个自己的亲属。折磨本人不算，还要折磨他的亲人；不光折磨肉体，还要折磨精神。”② 王满银仅仅因为卖老鼠药，就被全副武装的“民兵小分队”押解到工地上强行劳教，而他的岳父孙玉厚，也被拉来接受“羞辱”和惩罚。这给善良厚道的孙玉厚带来极大的痛苦：“这时候，孙玉厚已经痛苦得有些麻木了。……当知道不成器的女婿被拉到工地

---

① 路遥：《平凡的世界》，第三部，人民文学出版社，2004 年，第 73 页。
② 路遥：《平凡的世界》，第一部，人民文学出版社，2004 年，第 30 页。

上‘劳教’，并且污辱性地让他来给王满银装土的时候，孙玉厚老汉恨这地上为什么不马上裂开一条缝，让他钻进去呢？他在这个世界上已经活够了。从一生下到现在，五十二年来，他没有过几天快活日子。他之所以还活着，不是指望自己今生一世享什么福，而完全是为了自己的几个子女。只要儿女们能活得好一些，他受罪一辈子也心甘情愿。他是个没本事的农民，不可能让孩子们在这世界上生活得更体面。他只是拼老命挣扎，让后人们像一般庄稼人那样不缺吃少穿就心满意足了。但是，这年头，他在这土地上都快把自己的血汗洒干了，家里的光景还是像筛子一样到处是窟窿眼。两个小点的娃娃硬撑着上学，烂衣薄裳，少吃没喝，在学堂里遭白眼，受委屈。”① 通过这段伤心动情的文字里，路遥将一个普通农民的辛酸与泪水，将他们内心的无望和尊严感的匮乏，都淋漓尽致地表现了出来。

如果说，在可怕的贫困状态下，饥饿使农民的尊严荡然无存，那么，在阶级歧视的严酷环境里，“阶级敌人”的境遇就更加悲惨。在很长的时段里，“阶级斗争”被推向极端，被赋予了绝对的正当性，而阶级歧视则成为一种普遍的社会现象。无论何人，一旦被主观地定性为“剥削阶级”，被妖魔化为十恶不赦的“阶级敌人”，就会被打入“另册”，就会失去最基本的公民权，失去上大学、招工、参军和提干等重要权利。路遥站在历史和人类的高度，强调作品的“永恒性”和“生命力”，这样就克服了仅仅局限于某一立场、某一时期或某一地域的文学的狭隘性：“把历史的角度加进去，从人类的整个发展去考虑，就有了永恒，作品的生命力就更强了。”② 在《平凡的世界》里，路遥站在人道主义的角度，强调对所有人的平等的爱和同情。他说：“如果我们是善良的，我们就会普遍同情所有人的不幸和苦难。”③ 他怀着同情写到了阶级歧视带给郝红梅的自卑感，她“从小在担惊

---

① 路遥：《平凡的世界》，第一部，人民文学出版社，2004 年，第 34 页。

② 路遥：《路遥全集·早晨从中午开始》，北京十月文艺出版社，2010 年，第 110 页。

③ 路遥：《平凡的世界》，第二部，人民文学出版社，2004 年，第 280 页。

受怕中长大。……他父亲是地主的儿子，她是地主的孙子。在现在的概念中，这和地主本人并没有多大的差别。”① 她的因政治歧视而来的自卑，与孙少平的因贫穷而产生的自卑，本质上属于同一种不幸和痛苦，所以，孙少平同情她，甚至爱上了她。路遥还以同情的态度，写到了地主金光亮一家长期被歧视的屈辱感和恐惧感。到了“改革开放”时代，他们的孩子终于可以堂堂正正地参军了，终于当上了光荣的“人民子弟兵”：“前地主的大儿子挺胸凸肚，迈着雄壮的步伐，专门往村中各处闲话中心的热闹处走；那神气就像他本人已经成了解放军。他见人就发烟，心满意足地接受村民们的恭维和道喜。受了多少年的冷落，金光亮现在要借此机会去寻找人们的尊重。唉，几十年经受的过分对待，看来把这人也弄得有点不正常了。瞧他！尊严和荣耀得几乎到了滑稽的地步……”② 但是，参了军的地主的孙辈金二锤，却仍然心有余悸，不敢上祖坟“报喜”：“临近中午的时候，在小学后面金家祖坟那里，金光亮一个人跪在老地主的坟前，哭丧着脸开始了他的祭祖仪式。与此同时，他的儿子不听家人的劝说，强行骑着他二爸的自行车，提前回了原西县武装部。几天来弥漫在这一大家人中的欢乐情绪顿时烟消云散，而重新被一种不愉快的气氛笼罩了…… ”③ 在这细致而温情的叙事里，既包含着丰富的历史内容和社会内容，也显示着作家自己对生活严肃的观察和思考，对不幸者的人道主义的同情态度。

总之，路遥通过写作捍卫每一个人的平等和尊严。他固然将更多的同情投向底层的人们，投向那些为了生存和尊严而艰难挣扎和艰苦奋斗的劳动者，但是，他在人格和情感的意义上尊重一切人，体恤一切人，从来不用“阶级”的眼光来看人，内心没有哪怕一丝一毫的仇富的原始冲动。就此而言，他比奥斯特洛夫斯基的精神更健全，比柳青的情感世界更博大。

---

① 路遥：《平凡的世界》，第一部，人民文学出版社，2004 年，第 128 页。
② 路遥：《平凡的世界》，第二部，人民文学出版社，2004 年，第 73 页。
③ 路遥：《平凡的世界》，第二部，人民文学出版社，2004 年，第 75—76 页。

四、“一切都太苦了，太沉重了”

尊严与自由同体共生。尊严是自由的体现，自由是尊严的前提。按照哈耶克的界定，“自由意味着始终存在着一个人按其自己的决定和计划行事的可能性；此一状态与一人必须屈从于另一人的意志（他凭藉专断决定可以强制他人以某种具体方式作为或不作为）的状态形成对照。经常用以描述这种自由状态的古老说法，因而亦就是‘独立于他人的专断意志（independence of the arbitrary will of another）’。”① 无自由者无尊严。没有自由，人类的生活，就不可能是积极和健全的，就像托克维尔所说的那样：有些民族热爱自由，“并不是自由给他们带来什么物质利益；他们把自由本身看作一种宝贵而必需的幸福，若失去自由，任何其他东西都不能使他们得到宽慰；若尝到自由，他们就会宠辱皆忘。”② 自由也是路遥特别关注的一个问题，是他的《平凡的世界》的深隐而重要的主题，只是，他将自己的关注，集中在某些具体的方面，并通过细致的叙事和描写表现了出来。

路遥赞美劳动。他回答一位提问者说：“我最爱劳动者，最恨不劳而获的人。”③ 对于农民阶层来讲，劳动是立身之本，而最为重要的自由，首先就是劳动的自由。人在劳动中肯定自己的能力，体验自己的价值和尊严。积极性质的劳动以自由为前提，也就是说，只有当人们能够自由地选择劳动对象和劳动方式的时候，他的劳动才是真正属于自己的劳动，才能给自己带来成就感和尊严感。相反，一切被强制的劳动，都是消极性质的劳动，本质上是一种惩罚，——它意味着对外在力量的被动服从，意味着对人格的严重羞辱。然而，很长时间里，中国农民的劳动和生活，却受到了不合

① 弗里德里希·冯·哈耶克：《自由秩序原理》（上），邓正来译，生活·读书·新知三联书店，1997年，第4—5页。

② 托克维尔：《旧制度与大革命》，冯棠译，商务印书馆，1992年，第203页。

③ 陈思广：《理解路遥——重读〈路遥文集〉》，《文艺理论与批评》1999年第5期。

理的限制。他们没有自己的土地，不能自己种自己想种的庄稼，不能养自己想养的家畜。孙少安仅仅因为将一些边边角角的闲地分给“社员”做活命的自留地，就被在大会上批斗和羞辱。高尔基为强制性的集体劳动辩护。他在一篇发表于1928年4月21日《真理报》的文章中说：“作家把集体劳动加以诗化，而集体劳动的目的就是创造新的生活方式，这些生活方式完全排除人对人的统治以及人对人的力量的无理剥削。”① 他似乎完全忽略了这样一个事实，那就是，如果完全排除“人对人的统治”，那么，任何形式的“集体劳动”，都不可能组织起来。他还忽略了一个更为严重的问题，那就是，一切强制性的集体劳动，不仅不可能创造“新的生活方式”，而且，还要造成极为严重的后果。在《平凡的世界》里，农民被强制性地组织起来，按照统一的安排和指令，进行集体劳动，就像雷蒙·阿隆所说的那样，“被强制的人失去了运用其智慧来选择自己的手段和目的的能力。他成了他服从其意志的那个人的工具。”② 强制性劳动的强度很高，但效率却极其低下；农民在付出了巨大的劳动之后，所获甚少，甚至陷入了极度贫困的境地。路遥就是怀着深深的同情，通过细致而真实的叙事，为这些失去劳动自由并陷入可怕困境的农民进行辩护。

在包括“人民公社”、“大跃进”和“文革”等一系列运动中，不现实的农业政策与不合理的行政干涉，不仅使农民失去了迁徙和就业的自由，也失去了劳动和生活的自主权，其结果，就是使整个农村社会陷入极端封闭、贫穷和愚昧的落后状况。农民迫切需要自由，迫切需要劳动的自由和生活的自由。孙少安从小就过着穷苦日子，到了恋爱的年龄，既不能与从小就彼此倾心的润叶相爱，又感受不到做人的“自由”：“痛苦，烦恼，迷茫，他的内心像洪水一般泛滥。一切都太苦了，太沉重了，他简直不能再承受如此的重压。他从孩子的时候就成了大人。他今年才二十三岁，但他

① 高尔基：《论文学》（续集），冰夷、满涛等译，人民文学出版社，1979年，第226页。
② 雷蒙·阿隆：《论自由》，姜志辉译，上海译文出版社，2004年，第64页。

感觉自己已经度过了人生的大部分时间。没吃过几顿好饭，没穿过一件像样的衣服，没度过一天快乐的日子，更不能像别人一样甜蜜地接受女人的抚爱……什么时候才能过几天轻松日子？人啊！有时候比不上飞禽走兽，自由自在地在天空飞，在地上走……”① 像“什么时候才能过几天轻松日子”和“有时候比不上飞禽走兽”这样的怨愤之词，确实如曾镇南所说，是“一种呼喊着‘生活不应该这样’的愤激的抗议，像地壳中的熔岩一样沸腾着。”② 所以，当田福军问孙少安：“现在农村人连肚子都填不饱，少安，你看这问题怎解决好？”少安就照他自己内心最真实的想法回答说：“上面其他事都可以管，但最好在种庄稼的事上不要管老百姓。让农民自己种，这问题就好办。农民就是一辈子专种庄稼的嘛！但好像他们现在不会种地了，上上下下都指拨他们，规定这，规定那，这也不对，那也不对，农民的手脚被捆得死死的。其他事我还不敢想，但眼下对农民种地不要指手画脚，就会好些的……”③ 孙少安的答案，其实很简单：农民迫切需要劳动的自由；只要把劳动的自由还给农民，问题就全都解决了。

这些问题和道理，田福军当然也了解和懂得。他清楚地知道，农民的生产和生活之所以到了如此困窘、如此悲惨的境地，就是因为他们的劳动自由受到了限制。所以，当务之急，就是要实行“责任制”，把劳动的自由还给农民：

他想了一下，说：“最紧迫最重要的当然是农村的问题。照我看，第一步应该普遍推行联产到组的生产责任制。有些地方甚至不妨包产到户。这些方法已经在四川和安徽有了先例，据说非常成功。既然人

① 路遥：《平凡的世界》，第一部，人民文学出版社，2004 年，第 172—173 页。

② 曾镇南：《现实主义的新创获——论〈平凡的世界〉（第一部）》，《小说评论》1987 年第 3 期；另见李建军、邢小利编：《路遥评论集》，人民文学出版社，2007 年，第 80 页。

③ 路遥：《平凡的世界》，第一部，人民文学出版社，2004 年，第 108 页。

家能搞，我们为什么不能？如果实际证明落后山区包产到户更好一些，那么生产责任制也可以主要以这种形式搞……”

“可是，集体生产方式不存在了，社会主义制度的性质如何体现？”石钟插话问田福军。老石的口气似乎不是反对他的看法，而是想让他把自己的意见论证得更有力一些。

田福军冲口说：“奴隶社会也是集体生产！”

乔伯年和石钟都笑了。①

田福军用“奴隶社会也是集体生产”一语，否定了那种完全不合理的“集体生产”方式，因为它不仅严重剥夺了农民的劳动自由，也严重影响了他们的劳动积极性。事实证明，一旦实行“承包责任制”，一旦让农民获得劳动的自由，他们就可以创造奇迹。你看，仅仅两个月，他们就把自己的庄稼地经营得有模有样了：“秋庄稼一眨眼就增添了多少成色！庄稼人不是在地里种庄稼，而是像抚育自己的娃娃。最使大伙畅快的是，农活忙完，人就自由了，想干啥就能干啥；而不必像生产队那样，一年四季把手脚捆在土地上，一天一天磨洋工，混几个不值钱的工分。庄稼人也愿意活得自由啊！谁愿意一年到头牛马般劳动而一无所获呢？人们在土地上付出血汗和艰辛，那是应该收获欢乐和幸福，而不是收获忧虑和苦痛的……”② 在这段话里，“自由”一词，凡两见，借此，路遥将农民对自由和幸福的渴望，将自己对农民的同情，真诚而充分地表现了出来。

其实，在《平凡的世界》的叙事语境里，自由的匮乏是普遍的，而非局部的。生活自由受到干涉和侵扰的不只是农民，城市的青年人也遭遇到了同样的问题。由于缺乏“群己权界”和“公私权界”的现代意识，长期以来，公权力肆无忌惮地介入私人生活，严重干涉私人生活。就连公民个人的着装、

① 路遥：《平凡的世界》，第二部，人民文学出版社，2004 年，第 26 页。

② 路遥：《平凡的世界》，第二部，人民文学出版社，2004 年，第 51—52 页。

发型等细小的事情，都会受到公权力的干涉。进入社会转型期的20世纪80年代初期，这种干涉曾一度非常严重。地区公安处一位叫阎生华的副处长，找到地委书记田福军，向他谈起了他自己有关精神文明的“想法”：

> 他说：“近来，外面的坏风气传到黄原不少。比如，现在街上留长头发的青年越来越多，流里流气的，许多老同志都看不惯。我在处里是分管治安的，因此，我想派些人到街上去，劝说这些青年把头发剪短一些。咱们也不强迫！只是做说服工作……”
>
> 田福军惊讶地张开嘴巴，将这位副处长看了大半天，才说：“你再没个干的了？管这些事干啥嘛！头发长短和你公安处有何关系？精神文明不文明，其标志就是头发长短吗？老弟呀，现在都是我们这些短头发的人掌权；要是有一天留长头发的人掌了权，说我们这些留短头发的人不文明，不留长发不准许我们上街，我们该怎么办？人家留长头发，我们好办，拿剪子一剪就行了，可到时我们的短头发要往长留，那可是得一些日子啰！”
>
> ……阎生华走后，田福军想笑，又笑不出来，反而陷入了长久的深思之中。是呀，这个地区经济文化的落后，造成了人的意识的落后。瞧，我们的生华同志竟然把“精神文明”搞到了何种程度！①

田福军站在尊重个人权利的现代立场，认为这种干涉是越界的，不文明的。留什么样的发型，完全是个人自由，他人是无权干涉的。这种对私人生活自由的粗暴干涉，压根就不是什么“精神文明”，而是截然相反的东西。路遥将反讽的锋芒指向越界干涉公民日常生活自由的“人的意识的落后”。

---

① 路遥：《平凡的世界》，第三部，人民文学出版社，2004年，第221页。

五、“批《水浒》的什么哩?”

崇智主义是路遥的小说叙事在价值立场和主题建构上的一个鲜明特点。路遥的叙事有一个明确的现代性指向，那就是肯定知识的价值。知识使人们的生活更开放、更健全，也使人们的心智和人格更成熟。路遥小说里的主要人物，大都热爱读书，大都尊重知识。他们通过阅读改变了自己的内心生活。《人生》中的高加林是热爱读书的；《在困难的日子里》中的马建强是喜欢读书的——即便买不起，也要“立在书店里翻一翻”①；《平凡的世界》中的孙少平和田晓霞是热爱读书的；甚至在《黄叶在秋风中飘落》中，高中生卢若琴也因为读了《居里夫人传》，而形成了对生活的“坚定认识”②。在路遥看来，文明而美好的生活，首先是有知识的生活，是具有良好文化教养的生活。

知识意味着理解和认识生活的能力，意味着对生活有更高的愿望和诉求，意味着对世界和未来有更丰富的想象和更美好的憧憬。孙少平就因为有知识，才产生了对理想生活的向往；也因这向往，而焦虑，而痛苦：

> 谁让你读了那么些书，又知道了双水村以外还有个大世界……如果你从小就在这个天地里日出而作，日落而息，那你现在就会和众乡亲抱同一理想：经过几年的辛劳，像大哥一样娶个满意的媳妇，生个胖儿子，加上你的体魄，会成为一名相当出色的庄稼人。不幸的是，你知道的太多了，思考的太多了，因此才有了这种不能为周围人所理解的苦恼……
>
> 既然周围的人不能理解他的苦恼，少平也就不会把自己的苦恼表

---

① 路遥：《路遥全集·一生中最高兴的一天》，北京十月文艺出版社，2010 年，第 280 页。

② 路遥：《路遥全集·人生》，北京十月文艺出版社，2010 年，第 185 页。

> 现出来。在日常生活中，他尽量要求自己用现实主义态度来对待一切。
>
> 毫无疑问，对孙少平来说，在学校教书和在山里劳动，这差别还是很大的。当老师不必忍受体力劳动的熬苦，而且还有时间读书看报——虽说身在双水村，但他的精神可以自由地生活在一个广大的天地里。如今，从早到晚天天得出山，再也没有什么消闲的时光看任何书报了。一整天在山里挣命，肉体的熬苦使精神时常处于麻痹状态——有时干脆把思维完全“关闭”了。晚上回到家里，唯一的向往就是倒在土炕上睡觉，连胡思乱想的功夫都没有。一个有文化有知识而爱思考的人，一旦失去了自己的精神生活，那痛苦是无法言语的。①

知识带给他阅读和思考的快乐。知识极大地拓宽了他的生活边界，给他的精神带来自由感和充实感，但是，也带给孙少平不被人理解的苦恼。路遥尖锐而深刻地揭示了理想生活与现实生活在他内心的冲突，揭示了有知识的人与无知识的环境的冲突。路遥没有站在封闭而狭隘的民粹主义立场，诅咒知识，嘲笑孙少平。在他看来，即使因为知识而痛苦，那也是一种高级形态的痛苦，也是一种充满内在意义的痛苦。

由于路遥站在坚定的“崇智主义”立场，所以，《平凡的世界》的另一个反讽性的主题建构，就是尖锐地批评“文革”的愚昧的“反智主义”。

“文革”用“封资修”这样一个概念，否定了古今中外的几乎全部人类知识。“读书无用论”、“知识越多越反动”，是这个时代贬低知识的最流行的口号。老师被打成了灰头土脸的“臭老九”，学生则“停课闹革命”、“破四旧”、“大串联”、“反潮流”、“交白卷”。从1966年至1976年，在整整十年的时间里，招考取消，高校停办，正常的教学秩序，全都被打乱了。到最后，索性将2000多万没有多少知识的“知识青年”赶到农村，接受同样

---

① 路遥：《平凡的世界》，第二部，人民文学出版社，2004年，第90—91页。

没有多少知识的“贫下中农”的“再教育”①。在这样的时代，孙少平虽然特别爱读书，但是，却没有读书的环境和条件。直到“文革”结束后，他才有了读书的机会。他对来看他的晓霞说，自己准备考技校：“晓霞走后不久，他就满怀着对自己未来生活的激情，四处奔波着，终于找全了过去高中时的数、理、化课本和一些参考书。……尽管这是复习过去的功课，但和从头学没什么区别。我们知道，他们上学的时候，基本没有学什么文化，大部分时间都搞了‘革命’。…… 整整一代人知识素质的低落，也许是文化革命最为严重的后果。教育的断层造成当今国家中生代人才的断层。其消极痕迹，到处斑驳可见。而迅猛发展的生活进程又对人的知识提出了严厉的要求。被贻误了的一代只能痛苦地在以下二者中选择：要么被生活淘汰；要么走‘在职进修’的道路。”② “整整一代人知识素质的低落”、“被贻误了的一代”、“国家中生代人才的断层”等话语，充分说明了路遥的这样一个认知：“文革”不仅是一场政治灾难和经济灾难，还是一场文化灾难和教育灾难。

路遥不仅批评了极左政治对学校教育的破坏，而且，还以生动的反讽性描写，揭示了它在全社会营造出来的一种反智主义的文化氛围：

他二爸走到他面前，扬了扬手中的报纸说：“我正忙着准备政治夜校的学习哩！你大概知道了，《人民日报》八月三十一日发表了评《水浒》的重要文章。我刚从公社开会回来，上面号召要在政治夜校好好组织批判哩……”

---

① 据网上“马鸣风萧萧团队 fxrxwh”提供的信息，自 1967 年至 1977 年，共有 2 000多万“知识青年”离开城市和学校到农村劳动，具体数字是：1967 年 40 万人；1968 年 199.68 万人；1969 年到 1970 年 573 万人；1971 年 140 万人；1972 年 67 万人；1973 年 89 万人；1974 年到 1976 年 809 万人；1977 年在大批知青招生、招工、参军、病退的同时，还有 171 万人下乡。

② 路遥：《平凡的世界》，第三部，人民文学出版社，2004 年，第 125—126 页。

少安说："我不知道这些事。批《水浒》的什么哩?"

他二爸胸脯一挺，说："嘿，毛主席都发指示了！说《水浒》这部书，好就好在投降。做反面教材，使人民都知道投降派。还说《水浒》只反贪官，不反皇帝。屏晁盖于一百零八人之外。宋江投降，搞修正主义，把晁盖的聚义厅改为忠义堂，让人招安了……"

少安心烦意乱，不愿听他二爸背诵毛主席语录，说他要去找一下金俊武，就准备走了。但他二爸突然又有点忧伤地说："……唉！我们也应该请秀莲和你到我们家吃一顿饭，这是老乡俗……可你知道我家里的那个烂坛场！夏天分的一点麦子都叫你二妈在石圪节粮站换成了粮票，说公社通知让她下一批去参观大寨……"

少安听他说这话，心里倒对这个他厌烦的长辈产生了怜悯之情。他以为二爸只热心革命，把人情世故都忘了。想不到他还记着这个乡规。

少安也知道他二爸说的是实情。他对二爸说："我知道你的难处。按乡俗，你不请秀莲吃饭，村里人会笑话的……这样吧，我把我家的白面拿一升，给你送过去。白天怕村里人看见不好，我今晚上给你送过去……"

这位恓惶的"革命家"只好默认了侄儿的馈赠。①

所谓"政治夜校"不仅与正常的学校教育和知识传授毫无关系，而且还成了某些"积极分子"进行"宣传"、展开"斗争"的舞台。那些组织人们学习的人，自己对所学的内容，本来就缺乏认知和批判的能力，所以，只能鹦鹉学舌，照本宣科。孙少安的二爸孙玉亭虽然"学习"积极性很高，但却并没有自己的思想和独立见解，仅仅满足于接受被灌输的信息，陶醉

① 路遥：《平凡的世界》，第一部，人民文学出版社，2004 年，第 224—225 页。

于走马观花式的“参观学习”。然而，讽刺的是，这样的“学习”不仅没有增进他的文化知识，而且，也无助于改变他的物质生活，——他竟然连请侄媳妇吃饭的能力都没有。所以，他的“学习”开始令少安“心烦意乱”，最后，又让他对这个他厌烦的长辈“产生了怜悯之情”。这里的反讽，包含着路遥对人物的含着同情的批评态度。

一个优秀的作家不会陶醉于一时的成功。他的目标总是在远方。他的生活总是在路上。所以，在完成了对极左时代的“反智主义”等现象的反讽叙事之后，路遥就开始酝酿更大的小说写作计划。他绝不会让自己的现实主义的反讽叙事，始终停留在《平凡的世界》的水准上。他把这部作品当作一个阶段的终结。他已经有了很多成形的写作计划。

他准备将自己的小说写作推向更深广的生活领域和历史空间，准备更深刻地叙写底层人的生活苦难。他要为死于贫困和饥饿的妹妹和一棵老树写一部二十万字的长篇小说，题目就叫《生命树》。

他准备通过小说写作来反思和揭示更大的社会政治问题。晓雷回忆说，“东欧和苏联社会主义雪崩式的解体，使他难以成寐，彻夜与我长谈，他由此而联想到他所熟悉的陕北某城几个老干部家庭的崩溃，他在发出探微，由几个家庭探寻大千世界的奥秘，探寻其中的规律，计划写部较大规模的长篇，题目叫作《崩溃》”。他还准备用十年时间写十年“文化大革命”，“书名就叫《十年》，写他 100 万字，把上至中央的斗争与下至基层群众的斗争，把城市的斗争和农村的斗争，穿插交织起来，写出属于自己对‘文化大革命’的独特判断和剖析……我能感觉到，此刻的路遥，也不是写《平凡的世界》的路遥，他对社会和世界的思索，他对艺术本体的探求，已经远为深邃和宏阔了。”①

在《平凡的世界》获“茅盾文学奖”之后，路遥曾当着谷溪的面，自

---

① 李建军编：《路遥十五年祭》，新世界出版社，2007 年，第 176 页。

言自语地说过这样一段话："一切都已经在昨天结束了。我想未来我写作的精神自由度会更大一些。这个奖与其说是一种收获，还不如说是一种解脱。对作家来说，所谓现实，同时也就是未来，也就是历史，因此，必须有更深度的思想，才有可能进入真正有价值的劳动。"① 他准备彻底摆脱种种的外在羁绊，准备在更自由的意义上展开自己的写作。怎奈天不假年，使他赍志而殁。

在短篇小说《沉重的时刻》中，托马斯·曼极为深刻地叙写了席勒陷入创作困境的精神痛苦。席勒对自己的创作并不满意，但他这样安慰自己："终于完成了。它可能不好，但是完成了。只要能完成，它也就是好的。"② 路遥很喜欢这段话，几次在自己的文章中引用。事实上，他也完成了自己的文学使命。作为当代现实主义文学的重要成就，他的《平凡的世界》包含着许多有待我们深入开掘的叙事经验，而反讽就是这经验中不容忽视的重要的一个部分。我们应该认识到这样一点：路遥的这部巨著，不仅充满温暖的道德诗意，而且还具有严肃的反思精神和率直的反讽精神，——在一个"世极迍邅"的转型时代，在作家的写作普遍"词意夷泰"的困境里，路遥的充满责任感、现实感和力量感的反讽叙事，就具有特别重要的意义，也特别值得我们珍惜和吸纳。

2015 年 7 月 3 日，北京平西王府

---

① 李建军编：《路遥十五年祭》，新世界出版社，2007 年，第 31 页。

② 季羡林的译文是："真地（原文如此——引者注）搞完了，这痛苦中产生的作品。它可能不好，但是完成了。看吧，只要能完成，它也就是好的。"（信德、仲南编选：《诺贝尔文学奖金获奖作家作品选》，上册，浙江人民出版社，1984 年，第 86 页）

第四节　仿佛柔软的泥土与和善的目光

——路遥的风格与谦逊式文体

文学是用词语的音符演奏的乐曲，是用词语的颜料绘制的图画，是用词语的木石构造的建筑。文学的所有效果目标的实现，都离不开语言。甚至可以说，一部作品的成败首先决定于语言。词汇贫乏，语法不通，修辞不美，标点不当，足以使一部作品丧失最基本的文学价值。所以，那些文学意识自觉的作家，大都是完美的语言艺术效果的追求者。他们不仅要求自己培养良好的语感，要把字词用对，要把句子写通，还要赋予自己的语言以丰富的诗意和美感。

路遥是一个语言意识成熟的作家。他的小说通俗易懂，又让人觉得异常亲切。阅读他的小说，你可能会在个别方言词上，略作逗留，稍作琢磨，此外少有难以理解的地方。你会被他自然而曲折的故事情节所吸引，会被他朴素而热情的语言所感染，以至于读完整个作品，内心会油然生发出依依不舍的感觉。

然而，任何一个时代的文学，都存在泥沙俱下、莫辨妍媸的情形，甚至存在黄钟毁弃、瓦釜雷鸣的情形。时代风气会极大地影响人们的文学观念，甚至会严重地干扰人们的文学判断。贡布里希说："越走近我们自己的时代，就越难以分辨什么是恒久的成就，什么是短暂的时尚。"① 由于时间距离太近，要准确

① E.H. 贡布里希：《艺术的故事》，范景中译，广西美术出版社，2008年，第600页。

地评价路遥和他的作品，并不是一件很容易的事情。

很多时候，人们有一种错误的认知，似乎只有那些极意雕饰、镂金错采的语言，才是唯一优美的文学语言。人们喜欢那种放纵想象、泥沙俱下的语言，喜欢那种半文不白、半通不通的语言，喜欢那种痞里痞气、油腔滑调的语言。任性而不加节制，夸饰而缺乏诚意，成了一种普遍的语言习惯和文体风格。

那些缺乏良好的文学修养和雅正的文学趣味的人，总是低估和排击路遥，谈起他的文学语言和文学成就来，满脸的鄙夷和不屑。他们就像患了弱视症的人一样，没有强烈的刺激，便感受不到光的存在。他们没有能力欣赏那种色调柔和的美。

在有的人看来，路遥的写作方式显得陈旧而寻常，缺乏“先锋文学”的颠覆性和新鲜感；而他的语言既不像某些先锋作家那样汪洋恣肆，异彩纷呈，也不像汪曾祺和阿城那样文采斐然，韵致超绝。总之，就语言风格来看，路遥的小说作品平淡无奇，无足称道。

其然乎？岂其然乎？

那么，文学语言包含着什么样的要素？如何分析和评价一部文学作品的语言风格？路遥的语言有些什么特点？应该如何概括和评价他的风格？对于那些缺乏语言意识的作家来讲，路遥的“谦逊式文体”又包含着什么样的启示？试一一分析之。

一、文学语言的五要素与路遥语言的乡土性

分析一个作家的语言能力和语言成就，可从词汇、语法、修辞、语感和风格五个要素入手。这五个要素，大体上是按语言能力形成的自然顺序和层级来排列的。

词汇是语言的基础。语法是组织语词的基本法则。修辞是强化语言的表现力的手段。语感是一种高级形态的语言能力，是对语言是否顺通和巧

妙的精微而准确的感觉；它是语言表达上的一种直觉能力，也是语言判断上的一种理性能力；语感固然决定于一个人的禀赋，但也是通过艰苦的训练培养起来的。风格是作者在词语、句子、调性、创作方法和文学规则等方面表现出来的个性、姿态与风度，显示着作家在语言上表现出来的总体风貌和创造能力。

文学作品的语言是由句子构成的，而句子则是由词汇构成的。无论从哪个角度来看，词汇都是文学表达最主要的材料，也是影响风格形成的重要因素。巴西尔·沃斯福尔德说："风格并不体现在句子的构造或者词语的选择，甚至不体现在某些典型文学创作方法的使用与否。它不同于这些元素，但同时又反过来影响着它们。它是一种文学创作元素，作家并不直接展现对文学规则的遵守或违反，而是无意识地表现自己的性情、教养或境遇。这就是作者在读者面前展现出来的姿态与风度。"① 这段文字，除了最后一句，几乎全都是值得商榷的。事实上，作为一种直观而又具体的东西，风格不仅体现在"句子的构造"和"词语的选择"上，体现在"创作方法"的使用上，也体现在对"文学规则"的态度上。风格不是"无意识地表现自己"的结果，而是作家有意识地"表现自己"的结果，甚至是经过惨淡经营才逐渐形成的。

词汇是文学语言的基本细胞。文学本质上就是巧妙地使用词汇的艺术。没有词汇就谈不到文学语言，也谈不到语感和风格。美国学者詹姆斯·彭尼贝克将语言喻为一个人的精神指纹，视之为一个人的地位、情绪、性格和隐秘动机的表征。很多时候，他甚至倾向于将语言等同于词汇："词汇是通往人类内心的窗户"②；"词汇可以反映语言风格，而语言风格可以揭示一

① 巴西尔·沃斯福尔德：《文学通诠》，罗选民全译、导读，商务印书馆，2021年，第113页。

② 詹姆斯·彭尼贝克：《语言风格的秘密：语言如何透露人们的性格、情感和社交关系》，刘珊译，机械工业出版社，2018年，第19页。

个人的性格、社会关系和心理状态。”① 在彭尼贝克看来，最能反映一个人的风格和心理的不是实词，而是虚词，或者说，是那些连接和组织实词的风格词（也称作功能词和隐性词汇），诸如代词、介词、助动词、否定词、连词、数量词和常用副词。例如，地位高的人喜欢用“我们”和“你们”，而地位低的人则过度地使用“我”②。

作家的情感和思想就是通过一个个具体的词汇表现出来的。在彭尼贝克看来，最可靠的语言分析，不是笼统的宏观分析，而是具体的微观分析，也就是词语分析。因为，人的情绪和情感，都是通过对具体语词的选择表现出来的——“词汇使用通常反映人们心理状态的改变”③，所以，分析作家的情感，也只能通过语词分析的途径。词汇即情绪，所以，可以通过对“表示积极情绪的词（如爱、关心、高兴）和表示消极情绪的词（如悲伤、痛苦、愤怒）的计数情况，大致可以推断出一个人的情感状态。”④ 他还将词汇分为“积极情绪词汇”和“负面情绪词汇”；写作的性质和情感状态，就体现在词汇的使用上：“健康的写作涉及使用积极情绪词汇，适度使用负面情绪词汇，认知词汇不断增多，以及代词使用的变化。这些表现在每天的写作中是这样的：会从写作中获益的人的表达更积极向上，会承认事情的消极面，为自己的经历建构一个有意义的故事，并且可以在写作时使用不同的视角。”⑤ 也就是说，如果一个作家想表现积极的情感，那他就要注

① 詹姆斯·彭尼贝克：《语言风格的秘密：语言如何透露人们的性格、情感和社交系》，刘珊译，机械工业出版社，2018年，第22页。

② 詹姆斯·彭尼贝克：《语言风格的秘密：语言如何透露人们的性格、情感和社交关系》，刘珊译，机械工业出版社，2018年，第315页。

③ 詹姆斯·彭尼贝克：《语言风格的秘密：语言如何透露人们的性格、情感和社交关系》，刘珊译，机械工业出版社，2018年，第16页。

④ 詹姆斯·彭尼贝克：《语言风格的秘密：语言如何透露人们的性格、情感和社交关系》，刘珊译，机械工业出版社，2018年，第11页。

⑤ 詹姆斯·彭尼贝克：《语言风格的秘密：语言如何透露人们的性格、情感和社交关系》，刘珊译，机械工业出版社，2018年，第15页。

意选择“积极情绪词汇”，即便使用“负面情绪词汇”，也要适度，并通过“认知词汇”来实现平衡。

词汇首先意味着词汇量。一个词汇贫乏的作家，也许能将语言写通，也有可能在一定程度上形成自己的风格，但是，他很难成为真正的语言大师。因为，词汇意味着对人和世界的丰富的知识，意味着对事物和人的心理的微妙变化的准确认知和把握，意味着清晰的表达和细致的描述。没有足够丰富的词汇量，作家就无法强化语言的丰富性，无法最终将自己的语言表达力提高到理想的水平。第一流的作家，通常都是拥有极大的词汇量的作家。

可以根据作品的词汇量，将作家分为四个等级。第一等级的作家，拥有巨大的词汇量；他们的词汇像词典一样丰富，而他们的语言表达能力和语言表达效果，也因为词汇的丰富，达到了极高的境界。司马迁、杜甫、曹雪芹、鲁迅和莎士比亚就是这样的作家。人们甚至可以根据《红楼梦》和莎士比亚的作品来编一本词典。

第二等级作家的词汇量虽然也比较大，但是，没有第一等级作家那么丰富，茅盾、孙犁、张爱玲和王鼎钧皆可归入这类作家。第四等级的作家，词汇量在水平线上下浮动，有时也会显得词穷语尽，文不逮意。至于那些患有“词汇贫乏症”的作家，则等而下之，要么语言苍白，淡乎寡味；要么用词不当，胡乱搭配。根据我的阅读印象，路遥的词汇量大体上处于第三级等级。这与他吸收词汇的渠道和方式有关。中国现当代作家的词汇，主要来自古典作品的雅语、民间社会的俗语和翻译作品的外来语。路遥的词汇来源和构成略显单一：一部分来自中国当代作家的作品和现代翻译作品，一部分来自陕北尤其是延川一带的方言；虽然他也喜欢引用古诗词，但是，整体上看，他从古典作品吸收的词汇，还是显得太少。路遥的语言有明显的个人风格，但是，他并不是语言大师。他的语言缺乏汉语的古雅韵致。

乡土叙事的模式和需要，决定了路遥将民间语言，当作自己吸收词汇和表达方式的第一源泉。为了更生动地描写人物的说话方式，为了表现特殊地域语言的乡土性，路遥在小说写作中，使用了大量的陕北方言。在《平凡的世界》里，第一部的方言味儿比较浓，方言词汇比较多，据我的不完全统计，比较典型的方言词有："派势"（《平凡的世界》第一部，人民文学出版社，2004 年，第 19 页；以下出处同前）、"脚地"（第 21 页）、"炕崖下"（第 177 页）、"言传"（第 27 页）、"操磨"（第 31、35 页）、"难肠"（第 37 页）、"爬熊"（第 42、51、83 页）、"硬正"（第 153 页）、"抬埋"（第 94 页）、"残火"（第 117 页）、"残"（第 136 页）、"碎脑娃娃"（第 191 页）、"歪好"（第 51 页）、"把他的"（第 241 页）、"塌火"（第 254 页）、"五麻六道"（第 285 页）、"灵醒"（第 291 页）、"挣命"、"羞丑"——"有些十七八岁的大姑娘，衣服都不能遮住羞丑。"（第 310 页）、"拧龇"（似应为"拧跐"，第 365 页）、"麻糜"（似应为"麻迷"，第 393 页）、"晃脑小子"（第 400 页）。到了第二部和第三部，方言词明显减少了。其中，第二部有"瓷脑"（第 122 页）、"逛鬼"（第 217 页）、"解开"（第 348 页）和"瓷锤"（第 353 页）等；第三部则有"苦情"（第 38 页）等方言词。在这些词语中，除了"派势"是一个亦雅亦俗的词，其他几乎全都是方言词。对非陕北方言区的读者来讲，如果不略加注释，怕是很难准确地理解这些方言词的意思。

路遥之所以重视语言的乡土性，之所以喜欢用方言词，原因殆不出二端：一是方言确实很生动，很有表现力；二是为了更真切地表现生活在特殊地域的人物的语言习惯和文化心理。例如，在中篇小说《人生》的叙述语言中，路遥这样从黄亚萍的角度评价张克南：

> 她发现克南做啥事有股实干劲，心地也很善良，尤其在生活方面，他是一个很周到的人。他身上有些东西她不喜欢，他自己也有所察觉，

> 在她面前尽量克制着。他也真有贤心。她一般生病从不告诉父母亲，常一个人在单位躺着。但瞒不住克南。他立刻就像一个细心的护士和保姆一样守护在她身边。他做一手好菜，一天几换样侍候她吃。①

这里的“贤心”一词，《收获》杂志改为“耐心”②；北京十月文艺出版社的《路遥全集》改为“闲心”③；网上的版本甚至将“贤心”改为“孝心”。然而，陕西人民出版社的《路遥文集》和广州出版社、太白文艺出版社的《路遥全集》都是“贤心”，没有改动④。由于《路遥文集》是路遥自己亲自编订的，应该是经过多次摩挲和推敲的，所以，“贤心”一词，才有可能是路遥自己的“初意”和“正语”。

根据我的印象和浅见，陕北的方言至少可以划分为北部、中部、南部和特殊区四个方言区。自甘泉县道镇以南至金锁关以北，包括富县、洛川、宜川和黄陵诸县，属于南部方言区，跟关中渭北地区的语言和文化习俗比较接近。道镇以北属于中部和北部方言区。至于中部与北部方言区的分界线，愧未留心，不敢妄断，以俟知者。所谓特殊方言区，就是指子长、清涧和延川三个县的方言；它们的特殊之处，典型地表现在“zhi”、“chi”、“shi”与“zi”、“ci”、“si”的发音上，即翘舌音与平舌音不分。

路遥生活过的清涧和延川，都在特殊的方言区。所以，“贤心”一词，我这个生活在陕北南部方言区的人，素所未见，不知其意。于是，我便向研究陕北方言的北京学者王克明先生请教。他说没见过这个词。我又问子长籍的学者狄马先生，他也说第一次见。最后，我决定找路遥的同乡厚夫先生请教。他很肯定地告诉我，“贤心”是延川方言，他的父母也经常说，

---

① 路遥：《人生》，中国青年出版社，1982年，第137—138页。

② 路遥：《人生》，《收获》1982年第3期，第59页。

③ 路遥：《路遥全集·人生》，北京十月文艺出版社，2010年，第115页。

④ 路遥：《路遥文集》，第1卷，陕西人民出版社，1993年，第126页；路遥：《路遥全集》（中篇小说），广州出版社、太白文艺出版社，2000年，第124页。

包含着“耐心、包容心、厚道心和吃亏心”等意思。

从词源学的角度看，“贤心”也是一个亦俗亦雅的词。关于“贤”，《说文解字》释曰：“多才也。”① 《辞源》提供了七个义项，其中前三个是：“德才兼备”、“善”和“尊重”②。可见，“贤心”的主要含义，就是善意和好心，也包含着耐心的意思。照此来看，这个方言词不仅不俗，反倒显得很雅，甚至颇有点古意。

尽管如此，像“贤心”这种极生僻的方言，还是要尽量少用。任何一个方言词，一旦需要读者费时劳力，才能弄明白它的意思，那么，作家就应该用更常见的同义词来代替。一切影响读者阅读和理解的用语和表达，都有悖于文学写作的基本修辞原则，也不符合文学交流的积极效果原则。

二、现当代作家语言的“失雅”与“失真”

从语言风格看，路遥的作品虽然充满活泼而朴素的民间气息，也没有令人生厌的欧化倾向和文艺腔，但是，缺乏典雅蕴藉的韵致，缺乏从古典文学中吸纳来的丰富词汇和美妙修辞。

王世贞在《艺苑卮言》中谈到黄庭坚和王安石的时候说：“鲁直用生拗句法，或拙或巧，从老杜歌行中来。介甫用生重字力于七言绝句及颔联内，亦从老杜律中来。”③ 无论在哪个时代，汉语作家丰富的词汇，都是从古人的作品里吸纳来的，而他们的成熟的语言风格，则是由古典文学熏陶出来的。然而，由于特殊时代的文化氛围和教育体制等复杂原因，路遥没有机会接受良好的古典文学教育，错过了诵读中国古代文化典籍和古典文学作品的最佳年龄段。所以，在路遥的笔下，就看不到王黄庭坚的“生拗句

① 许慎撰：《说文解字》，中华书局，2013 年，第 126 页。

② 广东、广西、湖南、河南辞源修订组，商务印书馆编辑部：《辞源》（下册，修订本），商务印书馆，2000 年，第 2966 页。

③ 丁福保辑：《历代诗话续编》（中），中华书局，2006 年，第 1021 页。

法”，也看不到王安石的“生重字力”。

事实上，古语和雅词的贫乏，或者说，典雅的书面语的贫乏，并不是路遥一个人的问题，而是当代作家的普遍问题。徐迟回忆说，自己年轻时“非常喜欢西方文学，已经胜过了中国的古典文学。中国的新文学本是中国古典文学的否定，中国文学我认为只能从外国文学中，取得营养的。”① 自20世纪初期至70年代的极端化的反传统运动，造成了中国当代文学与中国古典文学的断裂，造成了当代作家对古典文学作品的隔膜。索尔仁尼琴短篇小说《娜斯坚卡》中的文学青年舒尔卡说：“没什么可说的，文学中的革命还没真正开始。革命后需要的不仅是新词汇，更是新字母！甚至以前的逗号和句号——都变得让人厌恶！”② 文学革命的这种激进主义倾向，文学语言上的这种绝对化的反传统意识，极大地影响了20世纪的中国文学。五四新文化运动提倡白话文，反对文言文，一味地追求语言的通俗而直白的大众化效果，而忽略了典雅的文言词语的表现力和审美价值，于是，便造成了中国现当代汉语文学语言文雅性的普遍降低，也造成了欧化的翻译腔和文艺腔的泛滥和流行，最终对中国文学的语言造成了严重的伤害和后果③。最终的结果，就像刘勰在谈及“通变”时所说的那样：“竞今疏古，风味气衰也。”④ 在中国现当代作家中，语言有古文之风致，文字含古雅之

---

① 徐迟：《我的文学生涯》，百花文艺出版社，2006年，第54页。

② 亚历山大·索尔仁尼琴：《杏子酱——索尔仁尼琴中短篇小说集》，李新梅译，译林出版社，2015年，第81—82页。

③ 例如，在《子夜》里，茅盾这样写道：“那时候，十六七岁她们这一伙，享受着‘五四’以后新得的‘自由’，对于眼前的一杯满满的青春美酒永不会想到有一天也要喝干了的；那时候，读了莎士比亚的《海风引舟曲》（The Tempest）和司各德的《撒克逊劫后英雄略》（Ivanhoe）的她们这一伙，满脑子是俊伟英武的骑士和王子的影象，以及海岛，古堡，大森林中，斜月一楼，那样的‘诗意’的境地，——并且她们那座僻处沪西的大公园近旁的校舍，似乎也就很像那样的境地，她们怀抱着多么美妙的未来的憧憬。”（茅盾：《子夜》，人民文学出版社，1960年，第76页）这样的句子，臃肿，僵硬，滞涩，沉闷，实在算不得上好的文学语言。

④ 刘勰：《文心雕龙注》（下），范文澜注，人民文学出版社，1958年，第520页。

韵味者，固不少见，但是，索诸 20 世纪 40 年代之后出生的中国当代作家群，则百不得一，邈难觏矣。

窥豹借一斑，见微而知著，从“兀自”这个词的使用上，就可以看出某些中国当代作家的语言能力。“兀自”是宋元明时代的一个口语；在宋代话本、元曲和明代小说里，时时可见。但是，到了清代，就很少有人用了；在《红楼梦》里，该词一次都不曾出现。那些语言修养很高的现当代作家，例如鲁迅、钱锺书、张爱玲、孙犁和汪曾祺似乎都不曾用过这个词。然而，许多当代作家却对它情有独钟，很喜欢用。由于“以今度之，想当然耳”，未能准确地把握它的意思，几乎没有哪个当代作家是用对的。

那么，“兀自”一词的准确词义和正确用法，到底是怎样的呢？“兀”字，《汉语大词典》释云：“仍，还。唐杜甫《壮游》诗：‘黑貂宁免弊，斑鬓兀称觞。’明沈鲸《双珠记·卖儿系珠》：‘说到堪伤泪自流，沉痛黄泉兀未休。’”而“兀自”（亦作“兀子”）则有两个义项：一个是“径自”，略带贬义——例如，《敦煌变文集·燕子赋》：“见他宅舍鲜净，便即兀自占着”；一个是“还，仍然”，属于中性词——例如：“《京本通俗小说·碾玉观音》：‘你记得当时在月台上拜月，把我许你，你兀自拜谢。你记得也不记得？’金董解元《西厢记诸宫调》卷八：‘谁知今日见伊，尚兀子鳏居独自。’”① 在这两个义项里，“径自”属于次要的义项，较为少用，而“还”和“仍”则是主要的义项，最为常用。关汉卿在套曲《不伏老》中这样写道：“你便是落了我牙、歪了我嘴、瘸了我腿、折了我手，天赐与我这几般儿歹症候，尚兀自不肯休。则除是阎王亲自唤，神鬼自来勾，三魂归地府，七魄丧冥幽，天哪，那其间才不向烟花路儿上走！”② 显然，“尚兀自”就是“兀自”的强化性表达。有时候，它还会被简化为“尚自”：“朱武道：

---

① 罗竹风主编：《汉语大词典》(2)，汉语大词典出版社，1988 年，第 1570 页。

② 隋树森编：《金元散曲》(上)，中华书局，2020 年，第 116—117 页。

‘亦是不可。他尚自输了，你如何并得过他。’”① 它常常被用来强调一直保持或延续某个动作或某种状态。例如，《喻世明言》第一卷《蒋兴哥重会珍珠衫》：“三巧儿见不是丈夫，羞得两颊通红，忙忙把窗儿拽转，跑在楼后，靠着窗沿儿坐地，兀自心头突突地跳一个不住。”注者释云：“兀自——还、犹”②。《水浒传》第一回：“我是朝廷贵官公子，在京师时重茵而卧，列鼎而食，尚兀自倦怠，何曾穿草鞋，走这般山路!”注者释云：“兀自——径自、公然的意思。”③ 放在具体的语境里来看，这个注释，显然是错的；因为，此处的“兀自”，就是“还”、“仍然”和“犹且”的意思。《水浒传》第四回写道：“次日早斋罢，长老使侍者到僧堂里坐禅处唤智深时，尚兀自未起。”④ 这里的“尚兀自”，同关汉卿《不伏老》中的语义一样，就是“还”和“犹”的意思。

然而，许多中国当代作家，却完全把它给用错了。例如，在当代作家中，木心以知识渊博见称，然而，在语言的古雅方面，他似乎也未臻差可的水平。在木心的笔下，“兀自”一语，随处可见。在《鱼丽之宴》中，死掉的“兀自”，竟然调理起方块字来了：“……漫无实际的功利目的，兀自调理一群岌岌可危的方块字，不使僭越‘文学’的本体范界。”⑤ 在《爱默生家的恶客》，木心又让“兀自”诡秘登场：“试想一个舞蹈家，要舞‘沮丧’，呆滞、弹萎，不欲一举手一投足，舞蹈家兀自在阳台的暗影里。”⑥ 在《豹变》中，这个已经死了的词，更是复活过来，频频现身：“心里兀自抱怨：超度祖宗真不容易。”⑦ 随后，它又一惊一乍，与“惊异”联袂登场：

① 施耐庵：《水浒传》，人民文学出版社，1997 年，第 34 页。
② 冯梦龙编：《喻世明言》，人民文学出版社，1958 年，第 8 页。
③ 施耐庵：《水浒传》，人民文学出版社，1997 年，第 9 页。
④ 施耐庵：《水浒传》，人民文学出版社，1997 年，第 65 页。
⑤ 木心：《鱼丽之宴》，广西师范大学出版社，2007 年，第 53 页。
⑥ 木心：《爱默生家的恶客》，广西师范大学出版社，2009 年，第 98 页。
⑦ 木心：《豹变》，广西师范大学出版社，2017 年，第 45 页。

“我嘴里是问长问短，眼里和心里却兀自惊异她的兴旺发达，肤色微黑泛红……”① 显然，在这几本书里，木心的“兀自”，没有一处是用对的。他想当然地将“兀自”当作“独自”和“暗自”来用了。

既然说到木心，无妨多说几句。

木心刻意追求语言上的古雅之美，但是，他所造之雅语，却似古而非古，似雅而极俗。在短篇小说集《豹变》中，木心欲求古色惊人，雅色可爱，惜乎用词多有不当，语法常见不通，显示出极不自然的文艺腔。例如，“可知那盛大的比赛何其倥偬喧豗”② 一语，就显得躁迫强捩，随意搭配，胡乱堆砌，很有点虚张声势的劲头。又如：“寒流来时刮大风，窗扉严闭的居室，桌面一层灰，壁炉火焰如书，恬漠剀切的神圣气象隐失。”③ “神圣气象”所指不明，语焉不详；“火焰如书”的比喻，“恬漠剀切”的构词，“恬漠剀切的神圣气象”的搭配，俱皆语义茫昧，不甚条畅清通。他还喜欢生造词语，例如：“两岸山色苍翠，水里的倒影鲜活闪袅，迎面的风又暖又凉，母亲为什么不来。”④ 整个句子，行文跳脱，意象杂沓，但“闪袅”一语，似乎不失别致。别致固然好，可惜不规范，即便在《辞源》和《汉语大词典》里，也找不到“闪袅”的影子。它到底语出何处？又是什么意思呢？它莫非就是木心自己所说的“浩汗的矜式，精致的疑阵”⑤？与其这般做张做致地刻意求雅，殊不若自然朴素之为佳也。事实上，在文学语言上，过度雕饰而不自然，刻意求雅而不清通，是许多当代著名作家的通病。某些作家的语言，看似文采斐然，颇有古意，怎奈它别别扭扭，疙里疙瘩，根本经不住细致而严格的语言分析。

如果说，诗和散文的语言，是一种高度个性化的语言，亦即表现作者

---

① 木心：《豹变》，广西师范大学出版社，2017 年，第 75 页。
② 木心：《豹变》，广西师范大学出版社，2017 年，第 142—143 页。
③ 木心：《豹变》，广西师范大学出版社，2017 年，第 142 页。
④ 木心：《豹变》，广西师范大学出版社，2017 年，第 51 页。
⑤ 木心：《豹变》，广西师范大学出版社，2017 年，第 142 页。

自己的情感和趣味的语言，那么，小说的语言就有所不同。小说的语言是一种多元的话语结构，要根据描写不同人物的需要而不断变化。一旦进入小说的世界，作家就要克制自己的主观性冲动，就要让自己服从真实原则和客观性原则的制约。

小说的语言由人物的话语与作者的话语构成。作者的语言由叙述语言、描写语言和议论语言构成，而人物的语言则主要体现在对话语言上。只有非常了不起的天才作家，才能发现人物语言之间的差异，才能捕捉到每一个人物说话的习惯和说话的风格。作家必须像尊重人物的个性一样，尊重人物的语言习惯和风格。体现人物个性和生活多样性的“真实”，是小说语言的一个重要特点。

然而，很多作家都倾向于把自己的意识强加给人物，让人物讲作家自己的语言。在《子夜》里，茅盾这样描写张素素与林佩珊的对话：“就是过度刺激！我想，死在过度刺激里，也许最有味，但是我绝对不需要像老太爷今天那样的过度刺激，我需要的是另一种，是狂风暴雨，是火山爆裂，是大地震，是宇宙混沌那样的大刺激，大变动！啊，啊，多么奇伟，多么雄壮！”① 这不是客观而真实的对话描写，而是主观而夸张的情感抒发；这不是人物的语言，而是作者自己的语言，或者说，是那个时代流行的“文艺腔”，是哄传一时的要“把全宇宙来吞了”的浪漫主义诗歌中的语言。如此失真的人物对话描写，在中国现当代作家的小说里，可谓所在多有，比比皆是。

从小说语言的角度看，路遥无疑是一个懂得克制自己的作家。在叙述语言和修辞性话语里，他表达自己的人生观，表现自己对生活和人物的态度。但是，一旦转换到对人物语言的描写，他就努力追求真实的客观性效果。他让人物说自己想说的话，说自己能说的话。

---

① 茅盾：《子夜》，人民文学出版社，1960年，第22页。

在他的小说中，人物语言与人物自己的性格、身份和心境，大体是契合的。刘巧珍的说话方式不同于黄亚萍——刘巧珍爱高加林，但她只会用最质朴的日常语言来表达，但是，黄亚萍却会通过写诗的方式，来间接而又热情地表达自己的爱情；田润叶说话方式不同于田晓霞——田润叶对孙少安的爱情表达，是坚定的，但也是简单的，但是，田晓霞对孙少平的爱情表达，却充满了情感上的力量感和思想上的深刻性，显示着一个知识女性的文化修养和理想主义精神；孙少安的说话方式也不同于孙少平——孙少安的语言属于现实性的机智，是体现在日常生活具体事务上的机智，而孙少平的语言则属于精神性的智慧，充满了对人生意义的痛苦而深刻的思考；孙玉亭的说话方式也不同于田福军——孙玉亭喜欢打官腔，他的语言虽然也显示着他的小聪明，但是，空洞而乏味，充满流行的套话，而田福军的语言，虽然也体现着他的官员身份，但是，诚实，坦率，充满人情味，体现出强烈的现实感和力量感。

总之，路遥的语言是一种充满乡土气息和诗性意味的语言。它虽然有点“失雅”，但却并不“失真”。他的语言是抒情性的，表现出对生活的热情态度；同时，也是写实性的，显示出他追求客观效果的自觉意识，也包含着充满说服力的真实性。就小说语言的几种话语模式来看，路遥无疑是一个意识自觉且成绩不俗的小说家。

三、不是“写语言”，而是用有温度的语言来写人和生活

小说是一个由多种元素构成的丰富的文本世界。汪曾祺在《中国作家的语言意识》一文中说，语言是小说的本体，写小说就是写语言①。索尔仁尼琴笔下的一位作家说：“作品的语言——就是一切！如果托尔斯泰能像斯

① 汪曾祺：《汪曾祺全集》，第9卷，人民文学出版社，2019年，第435页。

大林同志那样清晰地思维，——他就不会在长句里绕来绕去。”① 这位苏联作家的话，全然是错的，因为，“作品的语言”并不是“一切”；而文学作品的语言，也并不只是一个“思维”的问题。歌德说：“就本质而言，正确的，实在的，精致的东西，并不是语言，而是语言所体现的精神。”② 英国作家玛琳娜·柳薇卡长篇小说中的一位人物说：“语言至高无上地重要。语言里不仅包括了思想，也包括了文化价值观……”③ 语言固然是一个技巧问题和形式问题，但也是一个复杂的价值问题和意义问题；它广泛地反映着人类生活的所有那些重要东西。这样，汪曾祺的“写小说就是写语言”的话，就只说对了五分之一，因为，在小说中，除了语言，还有人物、情节、生活和价值观等更为重要的东西。小说是写语言的艺术，也是写生活的艺术；是写人物的艺术，也是写情节的艺术；是显示审美态度的艺术，也是显示价值观的艺术。

不管你愿不愿意，你都得接受这样一个基本的事实和常识——语言只是小说的载体，而不是像汪曾祺所说的那样，是它的本体。“本体”意味着唯一性和绝对性，本质上是一个排斥性的概念；它与小说的开放性的多元品质，是格格不入的。也就是说，无论语言多么重要，它都不应该被视为小说的本体。小说家固然应该追求语言的上达和优美，但是，他也要认识到，仅有好的语言，是不够的。他还要追求那些像语言一样重要的东西；离开人和生活，离开思想、道德和信仰等意义世界，语言就无所附丽，它的价值也就无从谈起。伟大的作家绝不会把语言和形式置于内容和意义之上。利哈乔夫说：“道德探索是如此吸引文学，以至于在俄罗斯文学中内容

---

① 亚历山大·索尔仁尼琴：《杏子酱——索尔仁尼琴中短篇小说集》，李新梅译，译林出版社，2015 年，第 61 页。

② 歌德：《维廉·麦斯特的漫游时代》，关惠文译，人民文学出版社，1988 年，第 310 页。

③ 玛琳娜·柳薇卡：《乌克兰拖拉机简史》，邵文实译，中信出版集团，2017 年，第 126 页。

明显地高于形式。……他们经常抛弃形式的衣衫，认为赤裸的真实比它们更好。”① 形式的衣衫当然不能抛弃，但是，内容的肉身和灵魂更应该受到重视。因为，一部文学作品的吸引力，虽然也来自作品的语言和修辞，来自技巧和形式，来自人物形象和故事情节，但是，从根本上讲，却是决定于作家的人格力量和情感态度，决定于作品所表现的思想、价值观和道德情调。

亨利·詹姆斯在批评乔治·桑的时候说：“有人说，使一部著作成为经典的乃是它的风格。我们得把这句话略作改变，我们说，使一部作品成为经典的不是风格而是形式。乔治·桑的小说在风格上是丰富多彩的，但它们却缺乏形式。巴尔扎克的小说谈不上有什么风格，但它们的形式却极其丰富多彩。”② 事实上，无论风格还是形式，都只是一部小说生命和价值的一部分；如果仅有风格和形式，而缺乏人性内容、思想深度、道德热情和信仰力量，那么，任何一部作品都不可能成为真正意义上的经典。所以，罗斯金才说：“你必须具有最高的精神要素——技巧和美感，你的创作还必须具有非精神上的但必不可少的要素——真实性和实用性。这种对事实和效用的渴求……更是深植于伟大艺术大师的心中，毫无例外。他们允许自己的作品拙劣、丑陋，但绝不允许自己的作品毫无价值、虚假不堪。”③ 显然，单靠技巧和美感，不可能使一部作品成为伟大的作品；因为，只有怀着“对事实和效用的渴求”，也就是怀着对社会意义和文化功效的关切，一个作家和艺术家才会创造出有巨大价值的作品。

英国著名批评家沃斯福尔德也同样强调“非技巧因素”的重要性。他甚至揭示了技巧与读者的感受之间的微妙冲突：“技巧水平远不能作为衡量

---

① 德·谢·利哈乔夫：《解读俄罗斯》，吴晓都等译，北京大学出版社，2003 年，第 40 页。

② 亨利·詹姆斯：《小说的艺术：亨利·詹姆斯文论选》，朱雯等译，上海译文出版社，2001 年，第 194 页。

③ 罗斯金：《艺术与道德》，张凤译，金城出版社，2012 年，第 48 页。

诗歌优劣程度的绝对基础，事实上，技巧发展到一定程度反而可能妨碍人们对作品的欣赏或接受。”① 这是一个极为深刻的见解。它有助于我们破除文学上的“技巧拜物教”和“语言拜物教”。如果将写小说等同于写语言，或者将语言视作“本体”，就会堕入趣味主义的眢井，就有可能将小说的辽阔世界缩小为螺蛳壳里的道场。

路遥知道语言对于小说的意义，也很用心地追求语言的美，但是，他反对小说写作上的唯技巧论和唯美主义倾向，也不同意“写小说就是写语言”这样的观点。对他来讲，在小说里，有像语言一样重要的东西，甚至还有比语言还重要的东西，比如人生，比如信仰，比如对生活的态度。

在评价李天芳、晓雷的长篇小说《月亮的环形山》的时候，路遥批评了小说写作上的轻忽内容的“唯语言论”倾向，批评了那种“为写而写”的写作模式：“有的人可能会把这种小说仅仅看作是语言讲究，这种认识是浅薄的。最主要是一种深切的体验和感受。这部书使我感受到了内容上的一种真诚性，这种真诚性又得到了一种强有力的表述。有的小说缺乏生活的真诚感，只是为写而写；有的虽然具备真诚，却不能通过艺术特别是语言的品味达到。而这部作品尽可能把两者结合在一起。最主要的是对生活的深切感受和理解，然后才是语言的表述，这两者的结合，才能造成真正意义上的小说。这部小说的真价值就在于此。尽管描写是平静的，但内心充满了暴风骤雨。把读者引进心灵深处，这才是一个真正博大的世界。人的精神世界是一座无边的宫殿。作家的体验是任何人不能代替的，读者是跟着作家提供的体验去思索的。因此，这部小说在外部的结构上似乎特别平淡，但具有真正内在的张力。”② 路遥的小说语言观，强调“真诚”，强调“对生活的深切感受和理解”；只有真诚的态度和经验，与有品味的语言

---

① 巴西尔·沃斯福尔德：《文学通诠》，罗选民全译、导读，商务印书馆，2021年，第65页。

② 路遥：《路遥全集·早晨从中午开始》，北京十月文艺出版社，2013年，第212页。

“结合在一起”的时候，才可能创造出“真正意义上的小说”；经验先于语言，感受先于表达，没有深刻的感受和理解，就不可能有成功的“语言表述”。这种经验先于形式、形式与内容完美融合的语言观，既是他的切实的经验之谈，也是一种深刻的文学思想。

在路遥的文学观念里，人生的痛苦和考验，生活的困境和出路，生命的意义和价值，是具有首要意义的东西。语言的背后是人，语言的内里是人的情感、态度和思想。人们固然会欣赏语言的美，但是，更重要的是，人们希望看见作者和人物，看见人物的命运和生活的面目，看见如何在小说中表现对人物和生活的态度。语言本质上是伦理性和价值性的；它的生命和力量，就来自于它的道德精神和人性内容。就像罗斯金所说的那样：

> 语言的所有高贵之处归根结底是道德。说话者希望说真话，它就是正确的；说话者满怀同情心，希望说的话简洁明了，它就会很清晰；他很有激情，它就很有力度；他有韵律感和秩序感，它就很愉悦。……透彻地教授一个词，就是教授这个词的精神实质。语言的秘密就是同情心的秘密，它的无穷魅力只对有教养的人展示。①

如果作家放弃对人生的思考，放弃对生活的探索，那么，所谓语言便成了无皮之毛、无本之木，就会成为一种轻飘飘的、无足轻重的东西。路遥的语言观和小说理念，就属于这种人文主义的类型。“语言的秘密就是同情”——这样的语言观念，路遥是一定会认同和接受的。

如此说来，没有一部小说是不表现作者自己的情感和态度的。虽然小说是一个复杂的客观性文学样式，但是，作者的情感和思想等主观性因素，仍然是作品的内容和价值结构中的重要部分。在涉及人物的心理和性格、

① 罗斯金：《艺术与道德》，张凤译，金城出版社，2012 年，第 34 页。

思想和行为等客观性状的时候，作者当然要克制自己直接介入的冲动，要用冷静而准确的描写，真实地呈显人物形象；但是，在修辞性的语言中，他就必须选择那种最有效的语言风格和叙事方式，以便明确而完美地表达自己的情感和态度。

显然，从修辞的角度，路遥积极地显示自己在小说中的存在，坦率地表现自己的态度和情感。因而，“有我”的表达模式和热情的叙事调性，无疑是路遥小说语言的一个特点。美国学者詹姆斯·彭尼贝克曾经分析过不同人称的说话方式及其效果。他发现，在语言表达中，不同的人称代词的变化，会带来完全不同的语气和效果。一个常见的情形是，那些不可一世的权力人物，更经常地使用“我们”和“你们”，而不是“我”和“你”。例如，本·拉登使用“我”的频率非常低，而使用“我们”和“你们”的频率却非常高。这反映着本·拉登的傲慢和自大，也显示着他这样的心理需求：“高度需要权力，中度需要成就，低度需要归属”①。相反，纽约市长鲁道夫·朱利安尼在克服了自己的心理障碍之后，变得比以前“更真诚、更谦逊、更热情”的时候，使用“我”的频率，便急剧上升；而使用“我们”的频率，则大大降低，用得很少，这说明，“他的性格发生了有趣的变化，从冰冷、有距离的人转变成一个更热情和更直接的人”②。彭尼贝克对政治人物说话方式的分析，很有洞察力；而他的判断，也是有效的。

然而，在文学语言和小说叙事中，情况可能就不那么简单了。因为，小说原本就是一个人人平等的话语共和国；叙述的人称转换和语气变化，并不足以影响人们的平等感。事实上，只要作者的态度是真诚的，只要他的叙事有足够大的吸引力和说服力，那么，无论用哪种人称，都不会影响

① 詹姆斯·彭尼贝克：《语言风格的秘密：语言如何透露人们的性格、情感和社交关系》，刘珊译，机械工业出版社，2018 年，第 109 页。

② 詹姆斯·彭尼贝克：《语言风格的秘密：语言如何透露人们的性格、情感和社交关系》，刘珊译，机械工业出版社，2018 年，第 122 页。

他的语言的感染力。例如，在路遥小说的叙述语言和描写语言中，无论他使用“我”还是“我们”，都不妨碍读者感受到那种来自作者内心的温柔而真诚的情感。有的时候，他会明确以“笔者”的身份或“我们”的语气，来发出自己的声音，但更多的时候，则会隐身于寻常的叙述语言中。无论他选择什么样的方式，读者都能感受到他的存在，都能感受到他的情感和态度。在为自己的人物辩护的时候，或者，希望读者理解人物的时候，他就会像中国话本小说中的叙述者那样，就会像亨利·菲尔丁和维克多·雨果那样，坦率而直接对“看官”和读者说话：

> 但是，宽容的读者不要责怪他吧！不论在任何时代，只有年轻的血液才会如此沸腾和激荡。每一个人都不同程度有过自己的少年意气，有过自己青春的梦想和冲动。不妨让他去吧，对于像他这样的青年，这行为未必就是轻举妄动！虽然同是外出“闯荡世界”，但孙少平不是金富，也不是他姐夫王满银！①

> 诸位，在我们的印象中，田福堂的儿子似乎一直很平庸。对于一个进入垂暮之年的老者，我们大约可以对他进行某种评判；但对一个未成长起来的青年，我们为时过早地下某种论断，看来是不可取的。青年人是富有可塑性的，他们随时都发生变化，甚至让我们都认不出他的面目来。现在，我们是应该修正对润生的看法了。当然，这样说，我们并不认为这小伙倒能成个啥了不起的人物。他仍然是一个平平常常的青年，只不过我们再不能小视他罢了。②

路遥不相信那种要求作家在小说中隐藏自己的教条，有时，也不在意某些

① 路遥：《平凡的世界》，第二部，人民文学出版社，2004 年，第 92 页。
② 路遥：《平凡的世界》，第二部，人民文学出版社，2004 年，第 287 页。

小说理论中过于绝对的“客观性”教条。他不怕显示自己在小说中的存在。他喜欢向读者发出自己的声音。所以，尽管他直接用“你们”来替代读者，但是，人们仍然会觉得亲切和热情，丝毫没有什么“疏离”感。而“宽容”和“不妨”等祈使性的话语，则给人一种推心置腹的感觉。

同样，在小说内部，在描写人物的时候，路遥也常常用“有我”的叙述语调，表达对人物的友善的，甚至充满爱和祝福的态度：

> 少平一直目送着红梅的身影消失在远处的黑暗中，然后才长长地叹了一口气，一个人慢慢地向学校走去。严厉的寒风像碎针扎在脸上一般刺疼，但他心里感到很熨帖。好了，一切都平息了。红梅又能正常地生活在人们之间，生活在阳光之下。把黑夜留给鬼魅吧，白天应该是属于人的……①

> 李向前啊，李向前！面对眼前的你，我们悲伤，但也感到欣慰。你的两条腿是失去了，但愿你能在精神上站起来！死是不可取的。死并不表明强大（当然，也未必就是软弱）。②

当路遥把小说中的人物称作“你”的时候，他笔下的“我们”，不仅完全摆脱了第一人称复数充满距离感的修辞色彩，全无那种空洞而冰冷的语气，而且，还显示出一种将所有人——作者、读者和人物——联结为一个情感共同体的巨大力量。路遥还特别喜欢用“亲爱的”、“可爱的”、“可怜的”

---

① 路遥：《平凡的世界》，第一部，人民文学出版社，2004 年，第 329—330 页。
② 路遥：《平凡的世界》，第二部，人民文学出版社，2004 年，第 381 页。

和“我们的”——例如，“亲爱的人”①、“至亲至爱的人们”②、“亲爱的少安哥”③、“亲爱的晓霞”④、“亲爱的儿子”⑤、“亲爱的爸爸”⑥、“两个亲爱的小东西”⑦、“亲爱的原西”⑧、“亲爱的双水村”⑨、“睡吧，亲爱的大地，我们疲劳过度的父亲……”⑩、“那可爱的村庄”⑪、“可怜的润叶”⑫ 和“我们的双水村”⑬ ——来表达自己对人物的态度，来描写人物对人物或家乡的态度。在叙述田晓霞到煤矿来看孙少平的时候，路遥从叙述者的角度，用近乎抒情的调性，这样写道：“亲爱的人！你不会想到，你此刻看见的是这样一个孙少平吧？他又脏又黑，像刚从地狱里爬出来的鬼魂。”⑭ 路遥的这种充满爱意和温暖的修辞，具有特别重要的文化意义。要知道，由于斗争哲学和仇恨文化的影响，由于现代文学的“恶意文化”和“憎恨修辞”的影响，中国人和中国文学普遍缺乏爱的能力——既不善于感受爱，也不善于表达爱。在很长的时间里，我们的文学丧失了对人的普遍尊重、怜悯和同情。这种无情和无爱的文学，语言干瘪而僵硬，缺乏普遍的人性内容和巨大的感染力。

---

① 路遥：《平凡的世界》，第一部，人民文学出版社，2004 年，第 152 页；路遥：《平凡的世界》，第二部，人民文学出版社，2004 年，第 387 页；《平凡的世界》，第三部，人民文学出版社，2004 年，第 73、133、246 页。

② 路遥：《平凡的世界》，第一部，人民文学出版社，2004 年，第 76 页。

③ 路遥：《平凡的世界》，第一部，人民文学出版社，2004 年，第 141、271 页。

④ 路遥：《平凡的世界》，第三部，人民文学出版社，2004 年，第 122、242 页。

⑤ 路遥：《平凡的世界》，第二部，人民文学出版社，2004 年，第 145 页。

⑥ 路遥：《平凡的世界》，第一部，人民文学出版社，2004 年，第 174 页。

⑦ 路遥：《平凡的世界》，第一部，人民文学出版社，2004 年，第 35 页。

⑧ 路遥：《平凡的世界》，第一部，人民文学出版社，2004 年，第 319 页。

⑨ 路遥：《平凡的世界》，第二部，人民文学出版社，2004 年，第 156 页。

⑩ 路遥：《平凡的世界》，第一部，人民文学出版社，2004 年，第 388 页。

⑪ 路遥：《平凡的世界》，第一部，人民文学出版社，2004 年，第 272 页。

⑫ 路遥：《平凡的世界》，第一部，人民文学出版社，2004 年，第 145 页。

⑬ 路遥：《平凡的世界》，第二部，人民文学出版社，2004 年，第 43 页。

⑭ 路遥：《平凡的世界》，第三部，人民文学出版社，2004 年，第 65 页。

然而，路遥的写作和语言，全然两样。他的“有我”的语言和介入性的叙事方式，像白居易的诗一样，有一种特别打动人心的力量，有一股特别吸引人的魅力。与20世纪流行的客观得近乎冷漠的叙事方式相比，路遥的语言，像春天的阳光一样温暖，像夏天的溪水一样温柔，显示出一种完全不同的话语风貌和叙事方式。在法国的“新小说”等客观主义小说里，在中国的某些冷色调的“先锋小说”里，作者竭力避免用这样的语言来展开叙述，而读者也很难读到如此温暖的语言。

路遥小说语言的热情和温度，或者说，他的语言的抒情性，更直接地体现在他的修辞性话语中，或者说，更直接地体现在他的议论性话语中：

> 血液在热情中燃烧。目光迸射出爱恋的火花。
>
> 没有爱情，人的生活就不堪设想。爱情啊！它使荒芜变为繁荣，平庸变为伟大；使死去的复活，活着的闪闪发光。即便爱情是不尽的煎熬，不尽的折磨，像冰霜般严厉，烈火般烤灼，但爱情对心理和身体健康的男女永远是那样的自然；同时又永远让我们感到新奇、神秘和不可思议……
>
> 当然，我们和这里拥抱的他们自己都深知，他们毕竟不是伊甸园里上帝平等的子民。①

> 伟大的生命，不论以何种形式，将会在宇宙间永存。我们这个小小星球上的人类，也将继续繁衍和发展，直至遥远的未来。可是，生命对于我们来讲又多么短暂。不论是谁，总有一天，都将会走向自己的终点。死亡，这是伟人和凡人共有的最后归宿。热情的诗人高唱生命的恋歌，而冷静的哲学家却说：死亡是自然法则的胜利……

① 路遥：《平凡的世界》，第三部，人民文学出版社，2004年，第70页。

是的，如果一个人是按自然法则寿终正寝，就生命而言，死者没有什么遗憾，活着的人也不必过分地伤痛。最令人痛心和难以接受的是，当生命的花朵正蓬勃怒放的时候，却猝然间凋谢了。①

用激进的现代主义小说理论来衡量，路遥小说的叙事方式和语言风格，简直就是反现代性的，甚至就是反小说的。现代小说的戒律告诉人们：小说宜冷不宜热；只有冷淡的语言，才是高级的；只有不动声色的叙事和描写，才是高明的。所以，作者必须将追求语言的“零度”效果，当作最基本的原则和最重要的目的。

然而，路遥更相信19世纪的现实主义小说的伟大经验。小说不是无情物；它是人与人的交流；它属于约翰逊博士所说的“伟大的人性共和国”②。小说家应该用真正人性化的语言，用真诚而充满诗性的方式，显示他对人物和读者的态度，显示他对生活与价值领域的重要问题的理解。著名捷克作家伊凡·克里玛说：“在我们这个世纪降临于人类的灾难是由这样一种艺术提供帮助，它推崇原创性、变化、无责任感、先锋派，它嘲笑所有以往的传统和蔑视在画廊和剧院的观众听众，它以一种自以为是的愉悦冲击读者，而不是对那些拷问人的问题提出解答。”③ 路遥与克里玛所批评的这种艺术，截然不同，甚至格格不入。

路遥关注那些“拷问人的问题”，重视爱情、友谊和一切美好的情感，关心生命的价值和生活的意义；在写到这一切的时候，他既是诗人，也是哲人；既是叙事者，也是布道者。他努力用热情而深刻的语言，表达他对那些伟大的价值和重要的问题的态度和认识。

只有当小说的语言具备吸引读者的人性力量和价值内容，只有当它圆

---

① 路遥：《平凡的世界》，第三部，人民文学出版社，2004年，第270页。

② 塞缪尔·约翰逊：《王子出游记》，水天同译，上海译文出版社，2020年，第164页。

③ 伊凡·克里玛：《布拉格精神》，崔卫平译，广西师范大学出版社，2016年，第47页。

满地实现描写和修辞的效果，它才有可能是最具感染力和生命力的语言。布罗茨基在一篇关于曼德尔施塔姆的文章中说："抒情是语言的伦理学"①。事实上，小说不仅是语言的伦理学，也是人性的伦理学。它尊重人，理解人，同情人。作为人性共和国最有教养的公民，它的每一行字里，都散发着人性的光辉和浓浓的人情味。

路遥的小说也许不是最完美的，但是，它符合人性的伦理学和语言的伦理学，充满了善良的人性和美好的人情味。

路遥的作品的语言，也许不是最完美的语言，但却是热情而有温度的语言，因而，也就是有吸引力、感染力和生命力的语言。

四、风格的理念与路遥的风格

风格是作家语言创造力趋于成熟的重要标志，也是评价文学语言的最高标准。风格体现在作家的语言的细微之处，如词汇、句式、修辞和使用标点符号的习惯上，也体现在语言所表现出来的宏观方面，如语感、语势和调性上。一个作家在语言上的最高成就，就是形成真正属于自己的风格。

语言是心灵的表情。风格显示着一个人的情感、思想、人格和文化修养。叔本华说："风格是心灵的观相术，并且它比相貌更可靠地反映了心灵的特征。"② 一个人的语言风格，就是他的情感风格和思想风格，就是他的趣味风格和道德风格。雅人才有雅言。一个极端缺乏教养的人，无论他想把诗写得多么风雅，无论他想把文章写得多么华丽，他都无法掩饰自己趣味上的粗鄙和格调上的下劣。一个俗人的雅，必然雅得俗不可耐。

那么，评价风格的标准是什么？人们为何要追求自己的风格？斯蒂芬·平克也注意到了这些问题。他将语言看作人类交流情感和信息的手段。所以，他这样界定风格："所谓写作风格，说到底，不就是有效地运用词语

---

① 约瑟夫·布罗茨基：《小于一》，黄灿然译，浙江文艺出版社，2014 年，第 114 页。

② 叔本华：《叔本华论说文集》，范进等译，商务印书馆，2000 年，第 318 页。

来吸引人类灵魂的关注吗？”① 他提出了“风格感觉”（The Sense of Style）这一概念，并强调了风格的重要性：第一，风格“确保作者清楚传达信息，使读者免于浪费宝贵生命来解码含混文字”；第二，“风格赢得信任”；第三，“风格给世界增加美”。② 在他看来，语言风格和写作风格，或者说，有风格的语言和有风格的写作，就是那种清晰的、可信的、具有美感的风格。

虽然语言风格，就像人的性格，千差万别，丰富多样，但是，观其大较，不外两种基本的风格类型，即两种形成鲜明对照甚至尖锐对抗的风格模式：一种是朴素的风格，一种是华丽的风格。从态度和方式来看，前者是自然而低调的，后者是刻意而强化的；从效果来看，前者通常是家常亲切而通俗易懂的，后者则常常显得矫揉造作，甚至晦涩难懂。

表面上看，华丽的风格似乎更高级，掌握起来难度也更大，但实际的情形，却像叔本华所说的那样：“没有比写作无人理解的东西更容易的了；与此相反，也没有比用人人都必然能理解的方式表达深奥的思想困难的事了。”③ 叔本华厌恶拿腔作调、令人厌恶的语言，赞赏朴素而清晰的语言：“一般来说，自然朴素是富有魅力的，而矫揉造作无论在何处都是招人厌恶的。事实上，我们发现每一位真正伟大的作者都尽可能洗练、明晰、精确而简要地表达自己的思想。单纯质朴总是被看作真理的标志，而且也是天才的象征。……风格只是思想的轮廓，朦胧暧昧或者拙劣低下的风格意味着理智的贫乏和思想的混乱。”④ 也就是说，风格并不是一个纯粹的技巧问题和形式问题。它更多的是一个文化人格和文化修养的问题。风格深刻地反映着一个人的精神风貌。没有比养成并表现出良好的文化教养更难的了。

---

① 斯蒂芬·平克：《风格感觉：21 世纪写作指南》，王烁、王佩译，机械工业出版社，2018 年，第 3 页。

② 斯蒂芬·平克：《风格感觉：21 世纪写作指南》，王烁、王佩译，机械工业出版社，2018 年，第 11 页。

③ 叔本华：《叔本华论说文集》，范进等译，商务印书馆，2000 年，第 321 页。

④ 叔本华：《叔本华论说文集》，范进等译，商务印书馆，2000 年，第 321—322 页。

从写作动机和修辞意识上看，风格本质上是伦理学和心理学问题。一个道德和心理健康的人，或者说，一个善良而真诚的人，更在意的是别人的感受，而不是满足自己的虚荣心，因而，他的风格就会显得诚实、克制和低调，就会给人一种亲切而可爱的感觉。相反，一个自私、浅薄而又傲慢的人，通常会表现出强烈的自我中心主义倾向，喜欢将自己当作表现的核心，特别想征服别人的意识，特别在乎外在的成功、荣誉和奖赏，因而，他的风格就会显得虚荣而夸张，或者会显得飞扬跋扈，不可一世，有一种做作而又虚假的性质。

对文学来讲，最坏的风格就是那种喜欢卖弄的浮华风格，就是那种装腔作势的傲慢风格。就像叔本华所批评的那样："文学作品一旦沾染上矫揉造作的风格，就喜欢表现出那种体面的傲慢、堂皇的气派，摆出第一流的架子，简直令人难以忍受。贫乏的思想往往对这种外衣趋之若鹜，正如日常生活中，凡喜欢装模作样、拘泥于形式的人大都是笨蛋一样。"① 然而，在任何一个时代，最易流行成为时尚的，也最受某些专家吹捧的，大都是这种矫揉造作、华而不实的风格。我们的学者和批评家常常称这种风格的散文为"美文"，喜欢不加思量地称这种风格的小说为伟大的小说。

由于修辞意味着明确的目的，意味着对效果的强化，尤其意味着对形式上的美感的追求，所以，人们往往倾向于将华丽而强烈的文体，当作最高的境界和最值得追求的目标。古罗马时代的基督教神学家奥古斯丁最初接触《圣经》时，并不懂得它的佳妙，因为，"当时我以为这部书和西塞罗的典雅文笔相较，真是瞠乎其后。我的傲气藐视《圣经》的质朴，我的目光看不透它的深文奥义，《圣经》的意义是随孩子的年龄而俱增，但我不屑成为孩子，把我的满腔傲气视为伟大。"② 然而，随着年龄的增长和经验的增加，人们最终会认识到，《诗经》和《圣经》的质朴风格，才是一种最有

---

① 叔本华：《叔本华论说文集》，范进等译，商务印书馆，2000 年，第 326 页。

② 奥古斯丁：《忏悔录》，周士良译，商务印书馆，1997 年，第 41 页。

力量的风格，也是一种最美的风格。

绚烂至极，归于平淡。真正优美的文体，正是那种朴实而有力量的文体。美国作家和小说理论家约翰·加德纳理解了平淡风格的本质和秘密，认识到了朴素风格的价值和力量，所以，他喜欢契诃夫式的朴素自然的风格，反对现代主义的矫揉造作的风格。在他看来，现代主义的风格显示着作者的自负，甚至“源于一种有缺陷的性格”①。他尖锐地批评了福克纳，认为他的写作“非常矫揉造作”，因为，他的“奇异修辞”已经沦为“泡沫、吼叫和噪声，就像是一辆没有了货物的货车。海明威的情况同样糟糕，虽然他矫揉造作的散文与福克纳的作品构成了对比。”② 他对海明威的批评，尤其难得，很有勇气，也很有见地。因为，海明威的“电报文体”虽然显得凝练，简洁，但是，在这风格的背后，是一种极端形态的刻意和不自然；海明威式的语言风格，虽然峭拔而简洁，但是，缺乏自然和朴素的品质，很容易流为高级形态的“文艺腔”。在加德纳看来，詹姆斯·乔伊斯也属于风格很坏的作家。《尤利西斯》的不自然的修辞和风格，“永远带着乔伊斯纨绔主义的味道。……乔伊斯是病态的，他是酒鬼并充满自我仇恨”③。加德纳对福克纳、海明威和乔伊斯的批评，也许过于尖锐，但是，他对现代主义作家语言风格的分析和判断，却是深刻而准确的。就风格来看，现代主义作家总是表现出一种高高在上的自我中心主义倾向，总是表现出对固有规律和传统经验的蔑视，也缺乏对普通读者的尊重。

像加德纳一样，梅列日科夫斯基也喜欢契诃夫的文学风格，或者说，喜欢那种朴素的风格。他认为文学应该摆脱复杂而矫饰的风格，回到语言的朴素而本真的状态：“从终极复杂回归到感觉的最初质朴、回归到其出发点、回归到感觉中最质朴最真实最主要的点，这样的能力就是契诃夫、普

① 约翰·加德纳：《小说的艺术》，王威译，中国人民大学出版社，2021年，第130页。
② 约翰·加德纳：《小说的艺术》，王威译，中国人民大学出版社，2021年，第131页。
③ 约翰·加德纳：《小说的艺术》，王威译，中国人民大学出版社，2021年，第132页。

希金及一切俄罗斯化繁复为质朴的美学的特点。”① 在语言观念上，谷崎润一郎算得上是梅列日科夫斯基的同志。他也反对华而不实的文体，高度评价朴素而自然的风格。谷崎润一郎在《文章与写法》中说：“写文章的要领是把自己心中所想所感，尽可能原封不动地且明了地表达出来。无论写信还是写小说，都不会脱离这点。以前有‘去华求实’乃文章宗旨的说法，也就是说除却华而不实的修饰，仅仅把必要的话写出来。如此这般，最实用的文章也就是最优秀的文章。”② 事实上，任何时候，自然和真诚都应该是文学和语言的基本品质。因为，缺乏这一基本品质，一个作家的语言就难免会显得虚假和做作，甚至会满纸都是令人厌烦的“文艺腔”。风格的自然效果，包含着这样的标准和要求——要有老老实实的求真态度，要尊重表现对象的客观属性，要有修辞的分寸感和描写的事实感，要抑制自己内心的夸饰冲动和夸张倾向，要时时想着读者的期待和感受。

路遥接受了19世纪现实主义作家的影响，形成了自觉的文学意识，也理解了文学语言的真谛和价值。他对叙事方式和语言风格，有着深刻的认识和自觉的追求：“我认为小说应该这样，既要淋漓尽致，又要有所节制。不到火候，令人遗憾；火候太过，同样令人遗憾。艺术就是和谐，而恰如其分就是和谐。不到或多余，都破坏和谐。”③ 他的“节制”而“和谐”的语言观，就是属于热情而朴素的风格观。他克服了那种炫示个人才华的虚荣心，放弃了那种轻快流丽的写作模式，选择了一种质朴的调性和庄重的文体。

路遥的返璞归真的写作，往往会给人留下缺乏才华的印象，甚至会像海波所说的那样，给人留下“笨”的印象：“很多人认为这是路遥能力有限，写不活泛。其实完全不是这样，是他故意这样做的，用他的话说，‘把

---

① 梅列日科夫斯基：《先知》，赵桂莲译，东方出版社，2000年，第304页。

② 谷崎润一郎：《文章与写法》，李慧译，江苏人民出版社，2019年，第5页。

③ 路遥：《路遥全集·早晨从中午开始》，北京十月文艺出版社，2013年，第213页。

笔磨秃了写’。为什么要这样呢？他担心诙谐的、轻松的语言对整个小说的浑厚大气造成伤害”①。“把笔磨秃了写”，就是一种慢而细的写作，就是一种朴实而切实的写作，就是一种真正有效的写作。

王世贞批评宋人程克勤为文造情，扭捏作态，其文“如假面吊丧，缓步严服，动止举举，而乏至情”②；又批评颜惟乔“如暴显措大，不堪造作”③。事实上，包括诗歌和小说在内的所有艺术，都需要以自然而真诚的方式来表现自己的情感，或者说，都要以美的方式来显示自己对人物和生活的态度。路遥的语言充满对人和生活的“至情”，成功地克服了普遍流行的“暴显措大”的坏习气，显示出一种热情而又可亲的风格魅力。

况周颐在《蕙风词话》卷一中说：“作词有三要，曰重、拙、大。南渡诸贤不可及处在是。”④ 重，即厚重，与轻巧相对；拙，即质朴，与华丽相对；大，即宏阔，与狭仄相对。路遥的风格追求，实可用“重拙大”三字来概括。他的这种像秋天谷穗一样成熟的风格，使那些笔头尖细、日出万言的作家，使那些胡编乱造、陈陈相因的作家，使那些心性浮薄、故弄狡狯的作家，相形见绌。

路遥的语言，朴素而明快，带给读者的是明确的思想、美好的情感和充分的信任。同情是路遥展开叙事的基本态度，也是他的小说语言的基本情感色彩。在路遥的小说语言的庄严的表层结构下面，你总是能感受到情绪的波动和情感的温度。尼采在《人性，太人性了》中说：“敏锐而明快的作家的不幸是，人们以他们为肤浅，因此不在他们身上下苦功；晦涩的作家的幸运是，读者费力地读他们，并且把自己勤奋的快乐也归于他们。”⑤ 尼采愤愤不平地称之为“双重误会”。路遥的语言也许不是尼采所说的那种

① 海波：《人生路遥》，广东人民出版社，2019年，第169页。
② 丁福保辑：《历代诗话续编》（中），中华书局，2006年，第1037页。
③ 丁福保辑：《历代诗话续编》（中），中华书局，2006年，第1038页。
④ 况周颐、王国维：《蕙风词话 人间词话》，人民文学出版社，1960年，第4页。
⑤ 尼采：《悲剧的诞生》，周国平译，生活·读书·新知三联书店，1986年，第192页。

语言，但是，它并不“肤浅”，也不会让读者觉得“晦涩”。他尊重读者，在乎读者的感受和反应，所以，便选择一种亲切而诚恳的方式来写作，用朴素而充满诗意的方式来表现生活。他积极地建构文学与生活的关系、文学与读者的关系、文学与自我的关系。

路遥的语言是感性而自然的，也是理性而克制的。他绝不用那些已经死掉的词语，更不随意地生造词汇。在他的笔下，你很少看到语法不通、修辞拙劣的瑕疵。他的语言带着心灵的温热，带着生活的气息，始终给人一种活泼而亲切的感觉。从他的富有感染力的文字里，你总是能感受到一种亢昂而又悲抑的调性，能倾听到从心灵深处生发出来的声音。是的，朴素而不乏诗意，清通而富有感染力，这些，就是路遥在语言风格上的特点。

五、路遥的“谦逊式”文体

路遥的风格上最突出的优点，就是朴素和自然。他的写作是低调而朴实的，显示着美学上的克制和谦逊。他无意炫耀自己。他讨厌艺术上的装腔作势，讨厌修辞上的华而不实。他根据表现的内容，选择表现的方法和形式。也就是说，他让自己的想象、语言和修辞服从所表现的内容，而不是相反。

苦难和不幸、痛苦和眼泪虽然意味着强烈的情感，甚至包含着强烈的倾诉冲动，但是，它们本能地拒绝修辞上的夸张和华丽，而期待那种真诚的语言和低调的叙述。面对沉重的人生，面对平凡的人们，唯有朴实而庄严的文学形式才是适宜的。

这样，在叙述农村生活和农村青年的奋斗史的时候，路遥就选择了一种与小说的叙事内容相协调的叙述调性和文体风格。在《人生》和《平凡的世界》等小说作品中，路遥的语言朴素而又深沉，仿佛北方高原肃穆的大地；他的叙述平静而又热情，仿佛黄河在河套地区舒缓的流水。在写小说的时候，他宁愿自己的文字像生活那样粗朴，也不愿意刻意地追求华丽和精致。

认真、克制和低调是俄罗斯文学的一个好传统。对俄罗斯作家来讲，重要的是真实和准确，因而，就要紧紧贴着描写对象来写，要忠实地表现对象本身的性状，同时，也要克制作家自我表现的虚荣心，就要克制那种努力显示自我的冲动。别林斯基在《亚历山大·普希金作品集》中说："普希金的艺术上的认真，也是使他的诗歌同过去的派别截然划分开来的一个特征。普希金一点也不夸张，一点也不粉饰，一点也不考虑效果，从来不把冠冕堂皇的、但却是他所没有经验过的情感加在自己身上，而且无论在什么场合，实际怎么样，他就表现为怎么样。"① 利哈乔夫也像别林斯基一样，高度评价俄罗斯古典作家的"谦逊式"文体。这种文体所在乎的，不是作者的感受，而是读者的感受。所以，在普希金、托尔斯泰和陀思妥耶夫斯基等伟大作家的作品中，"没有丝毫的自我满足感"。

为了获得积极的阅读反应，为了尽到自己的责任，伟大的俄罗斯作家甚至宁愿降低语言表达的难度系数，选择那种更接近读者大众的理解能力和语言习惯的风格。托尔斯泰和陀思妥耶夫斯基的"琐细冗长"，证明了他们"对语言和文学的特殊责任感"；"表面上看似粗枝大叶和不太流畅的叙述形式说明了另一个问题：可用对整个俄罗斯文学非常典型的术语——'谦逊式'来表示。"② 在另外一部研究著作中，利哈乔夫更加深入地揭示了"谦逊式"风格的性质和作用："谦逊式"不仅反映在艺术形式上，还反映在思想和内容上，甚至反映在作家的精神气质和道德态度上；它本身就是一种精神力量和道德激情："'谦逊式'是揭露各种高傲的谎言时所必需的激情，是对不加渲染的和赤裸裸的真理之追求，是对过于华丽辞藻的厌恶，是各种形式的简单化、因自己缺乏知识和教养而感到羞耻、走向人间、

---

① 别林斯基：《别林斯基选集》，第四卷，满涛译，上海译文出版社，1991 年，第 391 页。

② 德米特里·利哈乔夫：《俄罗斯千年文化：从古罗斯至今》，焦东建、董茉莉译，东方出版社，2020 年，第 171 页。

美化农民和公社的具体表现；‘谦逊式’还表现为美化被斯拉夫主义看作某种像农民那样质朴的古罗斯。”① 这样的观点，无疑有助于我们认识那种与“谦逊式”相对应的文体，即“傲慢式”文体。所谓傲慢式文体，就是一种完全不在乎读者感受的文体。这是一种病态的、不自然的文体。它的本质，就是自我中心主义的傲慢。它有两个最大的类型：一种是僵硬而自大的、体现着权力意志的文体，一种是故作高深、华丽做作、不好好说话的文体。它们的共同特点，就是缺乏平等的交流意识，就是缺乏良好的交流效果。

卢那察尔斯基也凭着直觉，发现了朴素的“谦逊式”文体的价值和力量。他揭示了托尔斯泰语言风格上的特点，也试图解释这种特点形成的原因：“当你读托尔斯泰的时候，你会觉得他只是个粗通文墨的人。他常写些笨拙的词句。最近莫斯科一位教授说：《复活》开头一句根本不通，如果一个学生交来这么一页作文，任何俄语教师都会给他打上个‘2^-’。怎么会这样呢？托尔斯泰把他所有的作品重写过五遍到七遍，作了无穷无尽的修改，这一切都经他酝酿过，可是出人意外，竟然写得这样不完善！这不完善绝不是偶然的。托尔斯泰本人情愿让他的句子别扭，而唯恐它华丽和平顺，因为他认为这是不严肃。一个人谈论一件很重要的事情却并不激动，只是关心如何使他的声音悦耳，使一切显得精美流利，他就得不到任何人的信赖。……托尔斯泰的朴素是最高的朴素，是克服了一切矫饰的人的朴素，他丢开了任何的有色眼镜，因为他不再需要它，他是那样一位巨匠，他能够表现如实的事物。”② 托尔斯泰确实是一个伟大的文体家。他厌恶华丽的风格。他要用朴素的表达，实现传达情感和交流情感的效果。

普希金也像托尔斯泰一样追求语言的朴素和诗意。他在写作的时候，

① 德米特里·利哈乔夫：《俄罗斯千年艺术：从古罗斯至先锋派》，焦东建、董茉莉译，东方出版社，2020 年，第 14 页。

② 倪蕊琴编选：《俄国作家批评家论列夫·托尔斯泰》，中国社会科学出版社，1982 年，第 338—339 页。

就像一个普通人一样朴实和亲切："作为普通人，普希金并没有丝毫的矫揉造作，因为那样做会在他与我们之间造成无法拉近的距离。……诗人一定要在生活中充当普通人，目的是使他的诗歌具有真正崇高的魅力。……鲜花永远都不会在清洁的大理石上绽放。"① 普希金的诗歌和小说，都有一种特别迷人的美，一种自然而又朴素的美，一种含蓄而又强烈的美。你会被它紧紧地吸引住，一口气读完。然后，你就像收获了美好的友谊一样，将它珍藏在你的心里，每一想起，便觉得美好和快乐。

从文学精神和写作意识的角度看，路遥与普希金和托尔斯泰同属一个谱系。他像普通人一样生活，也像普通人一样写作。对他来讲，任何时候，假里假气的做作，都是美学上的幼稚行为；而华而不实的"文艺腔"，则是最令人厌恶的风格。在路遥的小说里，毫无那种装腔作势的怪样子，几乎没有一行晦涩难懂的文字，无论是人物的对话语言，还是作者的叙述语言，都显得本色而亲切。在《平凡的世界》里，路遥这样描写盛夏季节双水村的自然环境：

> 进入伏天以后，双水村和它周围的山野，看起来已不再荒凉。沟道里和山峁上，到处都有了深深浅浅的绿色。这里不久前曾落过半锄雨，暂时还可以抵挡一下阳光烈火般的烤晒。可怜的东拉河眼下又瘦得像一根细麻绳，只是还没有断流，悄无声息地淌过八月的村庄。②

在这里，作者就近取譬，比喻修辞的喻体，全都来自在乡村生活常见的物象。他用"半锄"来形容春天降雨量之小，用"细麻绳"来比喻东拉河之瘦，既生动传神，又让人觉得亲切。这样的比喻，看似平平常常，实则是

① 德米特里·利哈乔夫：《俄罗斯千年文化：从古罗斯至今》，焦东建、董茉莉译，东方出版社，2020 年，第 190 页。

② 路遥：《平凡的世界》，第二部，人民文学出版社，2004 年，第 43 页。

神来之笔，非有极家常之心态，非有极朴素之意识，是写不出来的。

路遥这样描写晚秋的最后一场雨："这雨已经下了一天一夜，还没有停歇的迹象。南风赶着灰黑的云彩，潮水般向北方漫过去。雨时疏时密，但一直没有断头。老天爷总是不尽如人意，伏天要雨的时候，偏偏一滴雨也不落；现在不需要雨，雨倒下个没完没了！"① 在这段描述性的文字里，路遥所用的词语，除了"时疏时密"一语，全都是略带点陕北方言的日常用语；句式也显得简短自然，给人一种从容而舒缓的感觉。

同样，路遥对人物语言的描写，也显得极为"谦逊"和克制。他没有把自己的意识和话语方式，强加给作品中的人物——不是让他们全都用作者自己的腔调讲话，而是把话语权交给人物，让他们用真正属于自己的方式说话。刘巧珍坐在月夜下的打麦场上，温情脉脉地对高加林说："加林哥，我看见你比我爸和我妈还亲……"② 这句话，是一个恋爱中的农村姑娘最真实的心声，既热烈又真实，是最美也最让人难忘的人物语言。田润叶写给孙少安的情书，只有两句话："少安哥：我愿意一辈子和你好。咱们慢慢再说这事。"③ 这是真正属于她自己的语言；从这样的简单而真诚的话语里，人们看见了她纯朴的心灵，看见了她对少安的含蓄而执着的爱情。假如路遥也让刘巧珍和田润叶，像莫言《檀香刑》中的孙眉娘那样，施施然踅进莎士比亚的剧本，文绉绉讲着朱丽叶的语言，那《人生》和《平凡的世界》肯定不会像现在这样真实和感人。

总之，路遥小说的语言，像收割后的大地一样坦率，像阳光下的麦秸垛一样朴实；仿佛春天的泥土一样柔软，仿佛仁者的目光一样和善。在他那看似质木无文、殊乏情采的形式下，显示着一种低调的文学意识，一种朴素的文学气质，一种"谦逊"的文学美德。

① 路遥：《平凡的世界》，第二部，人民文学出版社，2004 年，第 164 页。
② 路遥：《人生》，人民文学出版社，2006 年，第 50 页。
③ 路遥：《平凡的世界》，第一部，人民文学出版社，2004 年，第 100 页。

雨果在《威廉·莎士比亚》中说："谁不理解埃斯库罗斯，那真是无可救药的平庸。可以在埃斯库罗斯身上试出智慧深浅。"①路遥不是埃斯库罗斯，所以，在他身上也许试不出中国批评家"智慧的深浅"，但是，他的成熟的现实主义经验，他的热情又不乏诗意的语言，他的低调而谦逊的文体，绝对可以试出文学趣味的良窳和批评能力的高下。

2022 年 3 月 7 日，北京平西府

① 维克多·雨果：《威廉·莎士比亚》，丁世忠译，团结出版社，2001 年，第 94 页。

第五节 “寻找哭泣的石头和唱歌的鲜花”

——路遥小说中的风景修辞

风景是天地间的自然物象，也是文学意义上的修辞现象。在文学表现中，面对大自然的万千景象，作家从视觉对物象的感受开始，经过“随物婉转”和“与心徘徊”的物我交融的心理体验，通过精微而复杂的创造性重构，最终将单纯的自然风景，转换为复杂的精神风景，升华为一种文学修辞。

从文学的角度来看，风景本身就是具有象征意味和隐喻色彩的特殊符号，而风景描写则是体现着自觉目的和效果追求的修辞行为。如果没有成功的风景描写和风景修辞，那么，许多伟大的文学作品，就不会那样诗意盎然，那样意蕴丰富，那样令人着迷和印象深刻。所以，几乎所有伟大的诗人和作家，都会用心观察和了解那些随着季节变化的风景，用心掌握大自然所提供的这种独特的表意符号和修辞话语。

路遥也是很重视风景描写和风景修辞的作家。在中期阶段和后期阶段的小说写作中，为了准确地描写风景，为了更好地借助风景来描写人物的内心世界，他在了解和掌握陕北的地理知识和植物知识等方面，下了很大的功夫。在写《平凡的世界》的时候，路遥的冷色调的风景描写和风景修辞，为自己的叙事确定了一种凝重而深沉的调性，也对表现人物的内心世界起到了积极的作用。

一切写作都是时代影响下的写作。路遥的文学观念，他的写作方式，都受到了时代风气的复杂影响。为了清洗自己的文学血液，为了使自己的写作达到自觉和成熟的境界，路遥付出了巨大的努力。从初期阶段到后期阶段，路遥在小说写作上经历了极为艰难的过程。这是尖锐的自我否定的过程，也是成功的自我超越的过程。这一过程，也体现在他小说中的风景描写和风景修辞上。这样，我们就可以从风景描写入手，通过对小说文本的细致分析，来考察路遥初期、中期和后期三阶段小说写作的基本状况，进而揭示他的风景修辞在早期阶段所存在的问题，在中期阶段所表现出的复杂性，在后期阶段所陷入的低迷状态和所达到的成熟境界。

一、“情感的形式”：自然的诗学意义与风景修辞的理念

假如没有人类，地球上只是少了一种伟大的生命现象，但是，假如没有大自然，人类就会失去一切，甚至压根就不可能存在。人类生存之物质需要，皆仰给于自然之馈赠；人类精神世界之和谐，亦仰赖于自然之护念。人类常常从大自然那里，获得心灵的安慰和思想的启迪。就像英国学者狄金森在论及自然对希腊人的影响时所说的那样：“自然变成了精神的伴侣。”① 和辻哲郎也视自然风景为人类自我认知的镜像：它成了人“将自己客体化的契机，恰恰于此，人也认识了自己。所谓风土中的自我发现正是指的这一点”②。也就是说，从精神生活的角度看，如果离开大自然，人类不仅会陷入可怕的孤独状态，也会失去在客观镜像中发现自我和认知自我的机会。

大自然本身就是复杂而丰富的“情感的形式”，也是人类情感的触媒和培养者。不同样态的自然风貌，会激发和培养人们不同的感情和气质。一年四季，各有其情感形式和情感色彩：春季万物萌发，故易使人欣悦；夏季生机勃勃，故易使人昂扬；秋季草木零落，故易使人感伤；冬季天地寂

① 狄金森：《希腊的生活观》，彭基相译，华东师范大学出版社，2006 年，第 3 页。
② 和辻哲郎：《风土》，陈力卫译，商务印书馆，2020 年，第 15 页。

寥，故易使人沉静。山与水也象征着不同的气质类型和情感倾向，故仁者与智者皆可从中各得其乐，各寄其情。

南方与北方的截然不同的气候和风物，也陶养着极为不同的地域性格和地域气质。对于一个作家和艺术家来讲，生活在多雨而闷热的南方还是少雨而清爽的北方，生活在静谧的山中还是喧豗的水边，生活在光照强烈的高原还是雾岚弥漫的山地，生活在四季分明的温带还是终年高温的热带，绝不是一件无须措意的区区小事。不同的温度、光照、季节变化和山情水态，会内在地影响着艺术家和作家的文化气质、审美倾向和艺术感受力。南方景色秀美旖旎，故南人情感多偏向阴柔；北方风物雄伟辽阔，故北人情感多偏向阳刚。虽然现代性的全球化生活方式，有可能弱化地域性的自然环境对人的影响力，虽然时代性的整体化意识形态，也一直在抹平文化上的地域性差异，但是，不同形式的自然环境，依然微妙地影响甚至陶塑着不同地域人们的气质和性格。

在《平凡的世界》里，路遥这样写道："所有的乔木、灌木和大部分野草，都有了叶片。就连对春天的爱抚不很敏感的枣树，也开始生出了嫩芽；庙坪重新泛起了一片朦胧的绿意。豌豆已经缀满了粉红的小花。小麦在拔节，有些向阳的山湾里，甚至都努力出了小小的穗头。"① 在这样的描写里，人们所看到的，是北方大地上的风物，是北方作家的气质和风格，是质朴而又肫挚的文字。只有经历了漫长冬季的北方作家，才会如此热切地期待春天的到来，才会如此在意春天带来的生机和变化；他注意到了豌豆的颜色，也注意到了小麦在阳面和阴面有着不同的长势，这样，他才能将庄稼和草木在春天生长的不同样貌，细细地描写出来。

北宋闽籍学者陈瓘，矜庄自持，不苟言谈，但在讨论南人和北人问题的时候，态度却很是分明，观点也极为尖锐。他是一个文化上的"北方主

① 路遥：《平凡的世界》，第二部，人民文学出版社，2004 年，第 311 页。

义者”，更加认同北方文化和北方人。他世居福建沙县，是典型的南方人，但对南人却多有贬抑，很不信任：“而专主北人，以北人而后可以有为。南人轻险易变，必不可以有为。”① 这种观点，虽大可商榷，但却提出了一个很值得注意和研究的问题。钱穆先生也是地理环境论者，甚至也像陈瓘一样，是文化上的“北方主义者”，所以，在讨论历史人物，他对北方与北方人在诸多方面的成就，便多有推扬：“唐以前大皇帝、大政治家、大学问家、大军事家、大文学家、大艺术家、一切有名领导人物，十九都是北方人。宋以后始有南方人跑上政治舞台，由南方人来领导中国。学术上的重心，也渐渐转移到南方。然而宋以后的中国，便远不如宋以前，这一层是研究中国历史很值得注意的。”② 如果将时代风气、政治环境和民族关系等复杂原因姑置不论，钱穆先生所提出的问题，无疑有趣且重要，很值得人们深思细究。

那么，在古代，尤其是在两宋之际，北人优于南人，究其原因，果安在哉?

举其荦荦大端，盖在于北方的气候、季节和空间，培养了北人坚韧的意志、开阔的胸襟、深刻的思想与深沉的情感。尤其是寒冷的气候，既有助于人形成亢直不挠的性格和冷静理性的思维，亦可增进对别人冻馁和痛苦的同情。所以，田横、荆轲和汲黯这类激烈人物，只可能产生在北方，而不可能产生在南方；“大庇天下寒士俱欢颜”和“安得大裘长万丈，与君都盖洛阳城”这样的诗句，也只会出现在北人杜甫和白居易的诗篇里，而不大可能出现在南人李白和孟浩然的诗篇里。

在文学写作和艺术创造上，这种地域性的差异和特点，也会不知不觉地表现出来，就像和辻哲郎所说的那样：“艺术创造力本身是植根于人类的本性中的，它的本质应该不会随‘地域’差异而出现两样；但是只要当它

① 吕本中撰：《童蒙训译注》，韩酉山译注，中华书局，2021 年，第 108 页。

② 钱穆：《中国历史精神》（新校本），九州出版社，2012 年，第 106—107 页。

作为具体某个艺术家的创造力出现在某‘地’时，它必然会把该‘地’特殊性变为自身的特性。”① 也就是说，文学创造力从来就不是某种单一的力量，而是一种由普遍人性、特殊个性以及具体的时代性和地域性等复杂因素构成的合力。其中，自然环境的潜移默化之力甚巨，未可视为寻常而轻忽之。

文学表现需要物象形式的载体和中介。这些物象形式大都取之于大自然。就像人不可能在没有自然环境的条件下生活一样，文学也不可能在完全没有风景的条件下来抒情和叙事。对自然风景的描写，从来就是一种特别重要的文学技巧和修辞方式。乔治·吉辛说：“风呼号着，在我听来仿佛是世界发出的痛苦声音，而雨水便是柔弱者和被压迫者的哭泣。”② 风景本身就是一种潜含着修辞性力量的话语。诗人常常借助大自然中的丰富物象来抒发自己的感情，小说家则通过风景描写来实现自己的修辞目的。所谓风景修辞，就是通过对风景的描写，象征性地表现人物的心理和性格，含蓄地显示作者自己的情绪和态度，甚至隐喻性地传递作者自己的思想和观念，最终，从情感和理性两方面，对读者产生积极而有效的影响。

表面上看，小说中的风景描写，似乎可以分为两种类型：一种是客观呈现的风景描写，一种是主观表现的风景描写；客观呈现所提供的是物理意义上的信息，主观表现所提供的是心理意义上的信息。事实上，这样的分类似乎很难成立，因为，那种完全不包含主观性内容的客观描写，几乎不存在。完美的风景描写，固然要让读者感受到自然本身的美，但是，它的根本命意，却是要让读者体会到作者或人物的心绪甚至动机。歌德说：“在人类的作品中，也像在自然的创造中一样，真正值得注意的主要是动机。……无目的的活动不但不会有任何结果，有时反而有害。”③ 没有动机

① 和辻哲郎：《风土》，陈力卫译，商务印书馆，2020 年，第 183 页。

② 乔治·吉辛：《四季随笔》，刘荣跃译，四川人民出版社，2020 年，第 231 页。

③ 歌德：《维廉·麦斯特的漫游时代》，关惠文译，人民文学出版社，1988 年，第 286 页。

和目的的写作，是不可思议的，甚至是不存在的。几乎所有用心描写出来的细节和形象，都表现着诗人和作家自己的情感和思想，也都包含着某种明确的动机和目的。在一篇关于莎士比亚的文章中，法朗士提醒读者，要在莎剧里“寻找哭泣的石头和唱歌的鲜花”①。他的提醒是对的。因为，作者的悲伤和欢乐，他的赞许和不满，他对读者的愿望和期待，总是表现在那些沉默的物象里。也就是说，一切自觉的风景描写，总是体现着作者的态度和认识，包含着他对人和事件的隐喻性评价。

是的，在小说写作中，不存在完全无目的的风景描写，因为，作家常常通过强化风景描写的修辞效果，来影响读者的认知和判断，最终使他认同和接受作者所表达的情感和思想。英国美学家纽拜在《对于风景的一种理解》中说：“风景不单纯是一个自然的事物，它主要是人们用以满足自身基本欲望和社会需要的手段的产物。风景与其说是自然所提供的一种形式外表，不如说它更主要是文明继承和社会价值的体现。”② 如此说来，从文学的角度看，作家的笔下的风景描写，就是人的情感、思想和“社会价值”的体现，而不会是所谓的“空景”(empty landscape）或“零度风景”（landscape degree zero)③。“零度风景”就像“零度叙事”一样，是一个臆想出来的虚假概念。像其他样态的修辞一样，风景描写也是一种体现某种目的和强化某种效果的修辞。在哈代的笔下，风景从来就不是纯粹客观的物象，而是一种融入了作者和人物情感的心灵风景和主观心象：“和谐的琴声，像清风一般，沁入她的心脾，叫她眼里流泪。飘扬的花粉，好像就是曲调变成、目所能睹的东西。花园的湿气，好像就是花园受了感动而涕泣。夜色

---

① 阿纳托尔·法朗士：《我们为什么忧伤：法朗士论文学》，吴岳添译，广西师范大学出版社，2020年，第32页。

② 中国社会科学院哲学研究所美学研究室编：《美学译文》(2)，中国社会科学出版社，1982年，第181页。

③ W. J. T. 米切尔编：《风景与权力》，杨丽、万信琼译，译林出版社，2014年，第297页。

虽然就要来临，那气味难闻的丛芜开的花儿，却都放出光彩，仿佛聚精会神，不肯睡去；颜色的波浪和声音的波浪，也融合在一起。”① 事实上，不是颜色与声音融合在了一起，而是人与物融合在了一起。人的情绪和想象改变了声音和颜色，赋予了它们别样的色彩和律动。

由于自然风景所具有的象征性和修辞功能，由于它所具有的巨大的阐释空间，“风景政治学”和“风景文化学”业已成为一种很受关注的学术话题和研究方法。美国学者 W. 米切尔说：“自然的景物，比如树木、石头、水、动物，以及栖居地，都可以被看成是宗教、心理，或者政治比喻中的符号”②。这就是说，这些自然景物的比喻性和符号化功能，是人所建构出来的，是一种自觉的修辞的结果。所以，“风景是涵义最丰富的媒介。它是类似于语言或者颜料的物质‘工具’（借用亚里士多德的术语），包含在某个文化意指和交流的传统中，是一套可以被调用和再造从而表达意义和价值的象征符号。”③ W. 米切尔将风景研究分为“深层模式”和“表层模式”。这是两种完全对立的模式：前者具有很强的历史感，属于挖掘神话和记忆的研究；后者则具有更强的现实感，属于政治化的研究，用 W. 米切尔自己的话说，就是他“将把风景当作一个记忆缺失和记忆擦除的地方加以研究，一个用‘自然的美丽’来掩盖过去、遮蔽历史的战略场所。”④ 他还说过这样一句话：“风景是一种社会秘文。”⑤ W. 米切尔试图揭示风景的意识形态性质和政治化功能，但是，他也时时提醒自己，不可将这种揭秘性

---

① 哈代：《德伯家的苔丝》，张若谷译，人民文学出版社，1984 年，第 150 页。

② W. J. T. 米切尔编:《风景与权力》，杨丽、万信琼译，译林出版社，2014 年，第 1 页。

③ W. J. T. 米切尔编:《风景与权力》，杨丽、万信琼译，译林出版社，2014 年，第 15 页。

④ W. J. T. 米切尔编:《风景与权力》，杨丽、万信琼译，译林出版社，2014 年，第 286 页。

⑤ W. J. T. 米切尔编:《风景与权力》，杨丽、万信琼译，译林出版社，2014 年，第 5 页。

的研究引入“过度阐释”的困境。在罗斯金看来，“山水风景只能是文明人才会欣赏，人们只有通过音乐、文学和绘画的方式获得文明。”① 他承认场景和风景具有道德价值，因为，“围绕着低矮的道路和像家一样的门廊，永远都是极其纯净安宁的地方之一，给人超自然的爱和保护的温暖感觉”②。这就要求作家和艺术家要有高度的文明教养和自觉的文化意识，要通过自己的艺术创作，“使其国家的土地和风景在后代眼里变得更加可爱”，这样，一个民族“才配得上它所继承的土地和风景”③。

从权力和意识形态的角度进入和展开，是风景研究中常见的一种重要方法。查尔斯·哈里森就从风景描写中看见了权力的影子。他发现，在区分“绘画的权力”（the power of picturing）和“权力的绘画”（the picturing of power）的过程中，风景发挥过重要的作用：“研究风景的这种重要作用就是要研究效果（effect）这个概念”④。美国学者温迪·J. 达比则从女性主义立场强调体现在风景中的性别权力关系。在她看来，无论是再现的风景还是实际的风景，都是男性的主宰权力⑤。所以，应该用复杂的眼光来观察风景，分析并揭示其中所包含的意识形态内容：“如同其他物质结构一样，风景也是在意识形态的语境中被创造，被毁灭。因此，恢复与特定地方相关的意识形态的历史，是理解风景的基础。事件与观念之间的关系的确可以得到透彻的研究，从而使风景像物质结构一样清晰可见。”⑥ 从这些关于自然风景的研究趋势，我们可以得到这样的启示：不要将风景描写看成一

① 罗斯金：《艺术与道德》，张凤译，金城出版社，2012 年，第 11 页。

② 罗斯金：《艺术与道德》，张凤译，金城出版社，2012 年，第 30 页。

③ 罗斯金：《艺术与道德》，张凤译，金城出版社，2012 年，第 12 页。

④ W. J. T. 米切尔编：《风景与权力》，杨丽、万信琼译，译林出版社，2014 年，第 219 页。

⑤ 温迪·J. 达比：《风景与认同：英国民族与阶级地理》，张箭飞、赵红英译，译林出版社，2018 年，第 2 页。

⑥ 温迪·J. 达比：《风景与认同：英国民族与阶级地理》，张箭飞、赵红英译，译林出版社，2018 年，第 107 页。

种过于单纯的现象和单一的结构。

在政治、民族、性别等复杂的语境中来认识和解读风景和风景描写，固然是很有价值的方法，但是，时代性也同样是一个不容忽视的角度和语境。一般情况下，作家的叙述态度和描写方式，都会受到时代流行的观念和趣味的潜在影响。就像格列佛船长在向亚历山大大帝和汉尼拔的鬼魂提问的时候，不能超越被问者“生活在世界上的时代范围”① 一样，作家在写作的时候，在很多方面，也不可能超越自己时代的范围。在某些极端情形下，即便在描写风景的时候，作者也必须接受时代严格的美学指令和文学律令，按照某种符合标准的方式来展开风景描写。例如，在特殊时代的受到严格规约的修辞语境里，黎明和黑夜、太阳和乌云、松树和柳树、梅花和兰花等物象，就有可能被赋予完全不同甚至截然对立的修辞意义和修辞色彩——黎明象征着未来和进步的力量，黑夜则象征着没落和反动的力量；太阳象征着正义，乌云则象征着邪恶；松树和梅花象征着无产阶级的坚正品质和傲然风骨，而柳树和兰花则象征着小资产阶级的软弱性格和酸腐情调。就这样，时代通过严格的修辞规约，将自己的政治激情和美学倾向灌注到每一个作家的风景描写中。

路遥早期小说中的风景描写，就体现着特殊时代的文化气质和美学趣味，就像马尔库塞在批评苏联艺术时所说的那样，外部的力量“控制着个人的意向、目标和个体的价值”，从而导致“内在的和私人的价值被外在化”②，最终使个人“在风格、形式和内容上屈从于非自由的现实标准”③。正像路遥后来的写作逐渐转换到服从“个人意向”的模式一样，他后来的风景描写，也逐渐摆脱了那种僵硬的整体模式，形成了明显的个人风格。

---

① 斯威夫特：《格列佛游记》，张健译，人民文学出版社，1979 年，第 167 页。

② 赫伯特·马尔库塞：《苏联的马克思主义——一种批判的分析》，张翼星等译，中国人民大学出版社，2012 年，第 118 页。

③ 赫伯特·马尔库塞：《苏联的马克思主义——一种批判的分析》，张翼星等译，中国人民大学出版社，2012 年，第 74 页。

这样，在时代的背景上，通过细致的文本分析，来细审路遥的风景修辞意识和风景描写方法的变化，就是一种可取的方法。这样的研究，不仅有助于人们从一个特殊的角度认识路遥和他的小说写作，也有助于人们认识个人与时代的见之于写作和修辞的微妙关系。

为了广泛且有效地定义人类对物质环境的所有情感纽带，美国著名的华人学者段义孚采用了“恋地情结”（topophilia）这个杜撰的概念。他用这个概念来分析和说明自然环境对人的影响，以及人对自然环境的情感反应和情感依赖：“人对环境的反应可以来自触觉，即触摸到风、水、土地时感受到的快乐。更为持久和难以表达的情感则是对某个地方的依恋，因为那个地方是他的家园和记忆储藏之地，也是生计的来源。”① 几乎没有人不受自己长期生活其中的自然环境的影响。有些作家也许会坚称自己身上完全没有“恋地情结”，而自己的写作则毫无地域色彩，但是，我们从他的精神气质、感受方式和风景修辞里，依然可以隐约看见特殊的自然环境对他的深刻影响。

路遥就属于“恋地情结”很浓的作家。他终其一生都在精神上保持着与陕北的密切关系。陕北的自然环境把他塑造成了一个典型的陕北人，而他的小说写作则显示着极为明显的高原文化气质。他曾这样描写令孙少安“眩晕和心悸”的黄河：

眼前是一片麦芒似的黄色。毛翻翻的浪头像无数拥挤在一起奔跑的野兽吼叫着从远方的峡谷中涌来，一直涌向他的胸前。两岸峭壁如同刀削般直立。岩石黑青似铁。两边铁似的河岸后面，又是漫无边际的黄土山。这阵儿，西坠的落日又红又大又圆，把黄土山黄河水都涂上一片橘红。远处翻滚的浪头间，突然一隐一现出现了一个跳跃的黑

① 段义孚：《恋地情结》，志丞、刘苏译，商务印书馆，2019 年，第 136 页。

点，并朦胧地听见了一片撕心裂肺的喊叫声，渐渐看清了，那是一只吃水很深的船。船飞箭一般从中水线上放下来，眨眼功夫就到了桥洞前。这是一只装石炭的小木船，好像随时都会倒扣进这沸腾的黄汤之中。船工们都光着身子，拼命地扳着，拼命地喊着，穿过了桥洞……①

北方高原的风景，那绵延不绝的波涛般的群山，那奔腾不息的令人心惊的黄河，那分外明亮和炽热的阳光，那格外猛烈的狂风、大雪和暴雨，赋予路遥的小说叙事以独特的气质和调性。考察路遥小说中的风景描写，可以使我们看见他的叙事意识的变化；而分析他的后期小说中的风景修辞，则我们不仅有助于认识他的高原文化气质，也有助于我们从积极效果和消极后果两方面，揭示“恋地情结”对他的小说写作的影响，揭示这影响在他的风景描写中的复杂显现。

二、高调与凌忽：路遥早期小说中的风景修辞

大自然是人类的家园。任何时候，人类都应该培养自己对大自然的敬畏和热爱。维持与大自然的和谐关系，是人类将自己的生活提高到理想境界的前提，也是在美学的意义上感受和表现大自然的前提。

因为精神信仰和审美体验的需要，自古以来，人类面对大自然，恒怀崇敬之心情，常抱欣赏之态度。段义孚说，“在古代，人们会更主动、更直接地去亲近大自然、享受大自然。《诗经》表明，古代的中国人已有对自然之美的关注”②。到了 18 世纪，“欧洲的文化人把大自然神话（原文如此——引者注）了。特别是哲学家和诗人们，大自然对于他们来说是智慧、灵性与圣洁的象征。在大自然里，人们可以获得宗教般的情感、美善的道

① 路遥：《平凡的世界》，第二部，人民文学出版社，2004 年，第 63 页。

② 段义孚：《恋地情结》，志丞、刘苏译，商务印书馆，2019 年，第 153 页。

德，以及对上帝与人之间关系的神秘理解。”① 事实上，在19世纪和20世纪的许多第一流的文学作品中，人们仍然可以看见作者对自然的深刻认知和崇敬态度，可以看见自然在文学表现中所发挥的巨大作用。就像沃尔顿利兹在评价奥斯丁的《劝导》和《桑迪顿》时所说的那样：“大自然不再是单纯的背景；风景变成了一种情感结构，借以表达同时也改变着那些观景之人的思想。奥斯丁的后期作品以其低调、内敛的方式，成为英国文学新运动中的一部分。她已经懂得，比起那些抽象的词汇，自然场景更能表达出个体想象的灵动与变化。”② 可见，古往今来的很多作家都懂得“自然场景”的表现力和修辞作用。

然而，在路遥的成长阶段，一种高调的生活哲学主宰着人们的意识和行为。傲慢和自负是这种哲学的根本性特点。它蔑视一切，极度自信。在它看来，斗争是生活的主题，也是生活的基本原则。因此，人与人之间的关系，人与大自然的关系，皆为冲突和对抗的关系，甚至就是一种斗争和征服的关系。在这种哲学的影响下，人们不再将大自然看作一个伟大的生命体，一个伟大的孕育者，而是将它当作需要征服和改造的对象。他们的内心充满了“人定胜天”的浪漫主义自信。他们用“战天斗地”和“改天换地”的口号，来抒发自己亢奋的激情，来显示自己蛮勇的力量。他们向大自然发出了不容违忤的命令：“天上没有玉皇，地上没有龙王。我就是玉皇！我就是龙王！喝令三山五岳开道，我来了！”在此情形下，倡言敬畏和热爱自然，必被目为缺乏战斗精神和革命激情的谬妄之论。

在这种冲突性和对抗性的关系里，人们对一切都抱着排斥性的态度和否定的激情。他们既不可能以包容的态度接受大自然，也不可能以审美的态度来欣赏大自然。在《母牛》中，雨果以纯粹而热情的态度赞美自然，赞美它所孕育的万物：

---

① 段义孚：《恋地情结》，志丞、刘苏译，商务印书馆，2019年，第159页。

② 龚龑、黄梅编选：《奥斯丁研究文集》，译林出版社，2019年，第68页。

在白色的农庄里，经常是中午时分，
暖洋洋的门槛上坐下来一位老人。
母鸡成群在嬉戏，红鸡冠连成一片。
狗是睡眠的守卫，大公鸡颜色鲜艳，
却是清醒的卫士，阳光下金袍闪耀。
狗趴在自己窝里，听着公鸡在啼叫。
有一头母牛刚刚停下步，站在前面，
美丽，高大，棕色的皮毛上白斑点点，
她温柔得和守护幼鹿的牝鹿相同。
……

自然呀！正是这样，万物生长的源泉！
啊！你是众生之母！宽宏大量的自然！
正是这样，苦修的僧徒，世俗的人民，
在你永生的腹部寻求汁液和庇荫。
……①

然而，用那种绝对性质的尺度来衡量，雨果的这种赞美自然的描写和修辞，不仅严重地脱离了“现实生活”，而且，还表现出一种对自然的投降主义态度。在高调的浪漫主义哲学看来，人是大自然的绝对主宰者，因而，如此虔诚地赞美和欣赏自然的描写，就属于消极甚至反动的“自然主义”倾向，就必然要贬低人民在现实生活和历史生活中伟大的创造力，因而，就应该受到决然的排拒和严肃的批判。

同样，契诃夫式的风景描写，也是一种美学上的禁忌。他在《巫婆》

① 雨果：《雨果文集》，第八卷，程曾厚译，人民文学出版社，2002年，第223—224页。

中对暴风雪的充满神秘和恐惧意味的描写①，是不被允许的；他在《苦恼》中对无边而又无情的落雪的描写②，是不被允许的；他在《草原》中对闪电和雷声的极富想象力的描写③，是不被允许的；他在《狼》中对月光的印象主义描写——“河坝上满是月光，一点阴影也没有。河坝中央有个破瓶子，瓶颈闪闪发光，像是一颗星。磨房的两个轮子倒有一半隐藏在一棵大柳树的阴影里，在那儿显得气愤而沮丧”④，也是不被允许的。因为，在这些风景描写和风景修辞中，人是低于大自然的，是受大自然影响甚至是被大自然压倒了的。那种高亢的浪漫主义哲学，会向契诃夫发出严厉的批评：这怎么行呢？为何总是夸大人的精神痛苦和悲剧处境呢？为何总是渲染人的无助和无力呢？要有烈火般燃烧的斗争热情嘛，要有海啸般磅礴的精神力量嘛。

路遥早期阶段（1972—1978 年）小说中的风景描写和风景修辞，与雨果和契诃夫作品中的风景描写，构成了极为鲜明的对照。特殊时代的傲慢态度和自大倾向，严重地扭曲了个体的感受能力和表现能力，严重地影响了文学表现中的风景修辞。所以，在路遥的这些作品里，风景完全处于次要的被支配的地位，是作为人的征服对象而存在的。从这样的描写和修辞中，我们可以看见一种极端形态的时代精神和社会心理，可以看见人对自然的态度和人与自然的关系——一种极端傲慢的态度，一种严重紧张的关系。

在小说写作的早期阶段，路遥像那个时代的几乎所有作家一样，接受极度严格的外在规范和意识形态要求，按照一种极端僵硬的教条和公式进行写作。这是一种用整体性遮蔽个性的写作模式。虚假和冰冷，是这种写

① 契诃夫：《契诃夫小说全集》，第 4 卷，汝龙译，上海译文出版社，2008 年，第 316 页。

② 契诃夫：《契诃夫小说全集》，第 4 卷，汝龙译，上海译文出版社，2008 年，第 252 页。

③ 契诃夫：《契诃夫小说全集》，第 7 卷，汝龙译，上海译文出版社，2008 年，第 208—209 页。

④ 契诃夫：《契诃夫小说全集》，第 4 卷，汝龙译，上海译文出版社，2008 年，第 369 页。

作模式的本质特征；傲慢和仇恨，则是它面对生活的基本态度。用符合人性原则和真实原则的方法来写作，是一件几乎不可能的事情。所以，在那些符合标准的小说里，几乎看不到健全的人性，也很难看到对人的正常的爱和同情。这种公式化写作的问题，既反映在人物塑造上，也反映在风景修辞上。

1972 年 12 月 16 日，路遥的短篇小说处女作《优胜红旗》发表在延川县文化馆办的油印小报《山花》第 7 期上，一年后，《陕西文艺》（1973 年第 7 期）又将它正式发表了出来。在这篇小说中，有这样两段风景描写：

> 秋末的田野，恬静极了。一缕缕青蓝色的云雾，缠绕在远处的山腰上。地里那一片片金黄色的浪涛，早已被勤劳的人们收拾得干干净净，只有那一排排的庄稼茬茬，披挂着晶莹的水珠珠。①

> 浩荡的东风吹退了云层，雨，停了。
>
> 在金灿灿的阳光下，被雨水泡塌的梯田坎，又重新站了起来，一层层盘上了高高的山顶。②

从这两段文字看，路遥已经有了较为自觉的语言意识和良好的语感。一旦开始描写风景，他就会把句子切得很短，有时甚至会一字一顿，以求获得诗的节奏感。但是，他的兴趣，终究不在风景上，或者说，风景并没有成为他观察和表现的一个焦点。在他那个时代的叙事规约里，不允许将包含着个人感受的抒情性当作主体，更不允许把自然风景本身当作纯粹的审美对象，并对它淋漓尽致地进行描写。因为，纯粹的风景描写，容易使作家陷入自得其乐的个人主义泥潭，容易给人一种消极的唯美主义印象，甚至

---

① 路遥：《路遥全集・一生中最高兴的一天》，北京十月文艺出版社，2013 年，第 19 页。
② 路遥：《路遥全集・一生中最高兴的一天》，北京十月文艺出版社，2013 年，第 23 页。

会不可避免地表现出一种资产阶级的美学趣味和艺术风格。

所以，在这篇小说里，按照约翰·布林克霍夫·杰克逊的界定，路遥描写的焦点，就不是集中在自然风景上，而是指向人造的“景观”，即“地表上人造空间的集合和系统”；在这种景观中，人类扮演了一个危险的角色，即认为自己能“加快、减缓或者转变宇宙的宏观过程，推行人类的计划”①。这样，路遥在展开风景描写的时候，就选择了一种“阻断描写”的倾向和策略，即用景观描写来阻断风景描写。“浩荡的东风”与“云层”构成了一种对抗性的关系；作为修辞上的阻断性力量，充满时代色彩的“浩荡”一语，极大地改变了“东风”的自然性质，赋予了它一种微妙的社会内容和政治意味。同时，作者还用人的劳动成果（“重新站了起来”的“梯田坎”），或者能显示其劳动成果的象征物（“庄稼茬茬”），来阻断对纯粹的自然风景的描写，并让这些成果和象征物占据整个风景描写的中心位置。这样，自然风景就成了人造景观的陪衬，而人的被夸大的征服能力，也就得到了凸显，而最终显示出来的，就不是自然风景的美，而是主体的傲慢姿态。

从修辞上来看，路遥的第二篇小说《基石》② 中的风景描写，也存在同样的问题：

> 青刚山的高峡深谷中，锤声、钎声混合着巨大的爆炸声，日日夜夜地喧吼着。公路，像一条游龙，在陡峭峻险的峰仞间伸展盘奔。③
>
> 太阳像一团火球，高挂在偏西的天上，山野里风尘不动。
>
> 路旁，一簇簇拧条子耷拉着枝叶，小雀雀躲在树丛深处，垂下眼

---

① 约翰·布林克霍夫·杰克逊：《发现乡土景观》，俞孔坚等译，商务印书馆，2016 年，第 221 页。

② 发表于《山花》1973 年 5 月 23 日第 15 期，又于 1973 年 7 月 10 日公开发表于《陕西文艺》创刊号。

③ 路遥：《路遥全集·一生中最高兴的一天》，北京十月文艺出版社，2013 年，第 1 页。

> 帘，张大着嘴巴。①

在小说中，山的命名，就是意识形态化的。山名定为“青刚山”，而不是“青冈山”或“青岗山”，就是为了凸显对人物宁国钢——他还有个外号，叫“硬过钢”；“硬”，陕北话读如“宁”（去声）——的精神特点的象征性修辞。这种风景修辞的突出特点，就是简单、直接和外露。它缺乏真正的风景修辞的暗示性与象征性，缺乏那种充满诗性意味的含蓄与蕴藉。

为了显示和赞美小说中的英雄人物，在《基石》的风景描写里，作者所选择和描写的风景，不是那种令人感觉舒适的秀美的风景，而是让人感觉不适的非审美风景，即挑战人的意志和承受力的功能性风景。作者不会写平整如砥的坦途，不会写路边让人感觉怡悦的绿草、鲜花和小溪，不会写细雨微风、燕子斜飞的诗意情景，而是要写险峻的山峰和崎岖的道路，写“火球”一样的太阳，只有这样，才能有力地表现人物意志的坚韧和精神的非凡。

这样，我们似乎可以将这种风景描写，命名为“砧锤式风景修辞”。作者要用风景修辞中的铁砧和锤子，来锤打人们的精神和意志，最终将他们锻造成无所畏惧的唯意志论的英雄。最终，小说中的风景描写和风景修辞，就被彻底地外在化和庸俗地功利化了。在小说的结尾，作者这样写道：

> 一根根矗立的桥墩，在山峡间托架起一道长虹。宽阔的桥面上，锣鼓雷吼，红旗飘飘，一辆披红挂彩的大卡车，穿过欢呼的人群，徐徐驶过了大桥。接着，一辆，两辆，三辆……一条车的长龙飞过了雄伟的十六号桥梁！②

---

① 路遥：《路遥全集·一生中最高兴的一天》，北京十月文艺出版社，2013年，第8页。
② 路遥：《路遥全集·一生中最高兴的一天》，北京十月文艺出版社，2013年，第15页。

人的创造物（“桥墩”），被夸张地描写成了自然景象（“长虹”）。在这种特殊性质的风景描写里，自然与人被彻底隔绝开来了。自然风景的位置，已经被人取代了。在非自然化的风景描写里，人的形象显得夸大而扭曲。

事实上，在早期阶段，路遥还没有充分意识到风景描写的意义和作用。1973 年 7 月 16 日，在《山花》第 18 期上，路遥发表了短篇小说《代理队长》。通观全篇，只在第二段，有一句极为简略的风景描写：“太阳，在头顶喷射着强烈的火焰。黄土高原这个小山村，宁静得无一点声响。”① 这样的描写，也有些许诗意，甚至也有助于说明农村 6 月的繁忙程度。但是，从风景修辞的角度看，它的作用和价值，显然是极为有限的。

同样，在短篇小说《父子俩》（《陕西文艺》1976 年第 2 期）中，只有一处风景描写，即对黄河极为简单的描写：“波涛汹涌的黄河，在夜行者的脚下奔腾东去；听得见岸沿上一处、两处泥沙被波浪扑落入水的响动声。……”② 这种有点马虎的风景描写，有着极为明确的修辞意图，那就是用来隐喻“浪涛一般推进的生活”，并彰显这样一个主题——“谁都会被革命的浪涛带入生活主流而前进的”③。这样的描写不仅缺乏丰富的诗意和美感，也缺乏亲切而朴素的生活气息。

路遥早期的写作，是以写于 1977 年 11 月的《不会作诗的人》（发表于《延河》1978 年第 1 期）来结束的。在这篇小说中，作者将讽刺的锋芒，指向那些喜欢搞“运动”的虚浮风气，塑造了一个踏踏实实做事的“最过硬的公社书记”形象。然而，在这篇乡土题材的小说中，竟然没有一处风景描写。作者以一篇缺乏诗意的小说，为自己“社会订货”性质的写作画上了句号，也预示着，他的写作将进入一个艰难的蜕变阶段，即逐渐从虚假和做作的写作，向真实而自然的写作提升和转换。

---

① 路遥：《代理队长》，《山花》1973 年第 18 期，第 1 页。

② 路遥：《路遥全集 · 一生中最高兴的一天》，北京十月文艺出版社，2013 年，第 28 页。

③ 路遥：《路遥全集 · 一生中最高兴的一天》，北京十月文艺出版社，2013 年，第 29 页。

总之，在路遥的早期小说中，人对自然是傲慢的，人与自然是隔膜的，所以，那些风景描写和风景修辞，就显得简单、直接而又苍白。这不是一个作家在写作风格上存在的个别问题，而是一个时代的作家在美学意识和修辞方式上存在的普遍问题。奥登在《此和彼》中说："我们的痛苦和孱弱，如果不是个人的，是'我们的'痛苦、'我们的'孱弱，那么在文学上就没有任何重要性。只有在我们能将其视为典型的人类境况时，它们才变得重要。"① 然而，在极端性质的浪漫主义时代，抽象的整体性生活，即"我们"的生活，常常被当作文学叙事的全部内容，而具体的个人经验与普遍的人类境况，尤其是个人的痛苦和孱弱，绝对不允许进入作家的意识和想象，因而，也就根本不可能成为小说的叙事内容。这种"我们"化的、无痛感的叙事，也反映在路遥早期小说的风景描写中。那种基于个人的真实经验的小说叙事，那种充满个人的痛苦感受的风景描写，要等到生活渐趋正常的"新时期"，才会在路遥的小说中出现。

三、自觉与渐变：路遥中期小说中的风景修辞

从风景修辞的角度看，1979 年至 1983 年是路遥小说写作的中期阶段。在这个阶段，他逐渐摆脱了早期阶段写作的盲目状态和幼稚状态，在理解生活、塑造人物和风景修辞方面渐趋自觉和成熟。

直到 1978 年，路遥似乎仍然没有意识到风景描写和风景修辞的重要作用。所以，在大约写于 1978 年后半年的《在新生活面前》（刊发于《甘肃文艺》1979 年第 1 期）等小说中，几乎完全没有风景描写。但是，过了一年，在篇幅较长的短篇小说《夏》（写于 1979 年 4 月至 5 月，发表于《延河》1979 年第 10 期）里，他笔下的风景描写，不仅一下子多了起来（共有七处）。从叙事能力和人物塑造上看，这篇以 1976 年的"天安门事件"为

① W. H. 奥登：《染匠之手》，胡桑译，上海译文出版社，2018 年，第 132 页。

背景的小说，依然显得不够成熟，某些地方甚至留有早期小说的痕迹。但是，从风景描写和修辞效果的角度来看，这篇小说却显示出一种新的气象和风貌：

这时候，村子里照例升起了一缕缕蓝色的炊烟；密集的枣林深处也开始飘散出饭菜的香味。川道上的玉米地里，晃动着一排排包白头巾的脑袋。刚锄过的玉米苗儿，更绿，更水灵了。谁在垴畔山上翻麦地，一口好嗓音吆喝着牛，并且又唱起那令人心跳弹的信天游："蓝格瓦瓦天上云追云，什么人留下个人想人……"①

在这段风景描写里，路遥基本摆脱了过去的那种僵硬而直白的修辞习惯，更加贴近普通人的家常生活，展示了一幅幅生动的画面，给人留下更为真实的印象。在接下来的连续多个段落的风景描写中，路遥的风景修辞意识的变化，显得更加清晰：

他出了院门，下了公路，趟过小河，爬上了村对面的山坡。

他没有到山顶的老杜梨树下去。他在半山坡上的一块草地上坐下来。青草的甜味和野花的芳香混合在一起，扑鼻而来，令人陶醉。他折了一枝草茎噙在嘴角，仰靠在草坡上，望着近处的村庄和远处的山峰。

太阳在西边那一列大山中沉落了，红艳艳的晚霞顿时布满了天空。很快，满天飞霞又都消失了。大地渐渐由透明的橘黄变成了一片混浊的暗灰。

暮色苍茫中，归宿的羊群和蹦着欢迎它们的吃奶羔子，热烈而亲

① 路遥：《当代纪事》，重庆出版社，1983年，第71页。

> 切地呼应着。孩子们在村道上迎接收工回来的父母亲。人和牲畜用不同的语言抒发着团聚的喜悦。村子里弥漫着一种亲切愉快而又十分和谐的气氛。
>
> 他出神地看着这一切。身体躺在柔软的草地上，十分舒服，舒服得令人觉得自己的身体已经不存在，和整个大地融化在一起了。
>
> 凉爽的晚风吹散了村子上空浮动的炊烟。枣林墨绿的浓荫中，高低错落地闪烁着星星点点的灯火。母亲们开始拖音拉调地呼叫爱串门子的娃娃回家睡觉。一阵骚动后，村子里静了下来。谁家的狗百无聊赖地叫了几声。接着，又有一只糊涂的公鸡乱啼一阵。枣林深处闪烁的灯火渐渐地熄灭了。村庄沉浸在一种神秘的静谧之中。同时，小河的喧哗声高涨了。
>
> 月亮升起来了，在几片白云中飞快穿过——其实是云彩在飞。奶白色的月光，照出了庄稼和树木的浓绿，照出了新翻过的麦田的米黄颜色。高山峻岭肃立着，像是一些弯腰弓背的老人思索着什么……①

显然，在路遥的小说写作中，风景描写的价值和地位，第一次得到了充分的强调和凸显。这样的风景描写，不再是零星和点缀式的，而是大规模和具有独立性地位的。但是，这里的风景描写，仍然属于外在化的描写。因为，从人物塑造的角度看，这些从人物的视角展开的描写，依然是作者视角的描写，并没有多少丰富的心理内容，也无助于彰显人物的性格和思想；从作品的调性和主题的角度看，这些风景描写也显得比较游离，并没有给读者提供丰富的想象空间和深刻的意义空间。

风景描写是一种与作者和人物的经验和心情密切相关的技巧和修辞。从色调上来看，风景描写可以被分为两种：一种是亮色调和暖色调的描写，

① 路遥：《当代纪事》，重庆出版社，1983 年，第 82—83 页。

一种是暗色调和冷色调的描写；前者可以简称为“暖色系描写”，后者可以简称为“冷色系描写”。积极的体验和快乐的心情，往往使作者倾向于选择明亮、美丽的风景来描写，即便描写寒冷和暗淡的景物，也会赋予它以肯定性的修辞色彩；消极的体验和痛苦的心情，则使作者倾向于选择那些灰暗的、令人压抑的风景来描写，即便写明媚的风景，也要赋予它以否定性的修辞色彩。如果说，路遥早期阶段小说中的风景，基本全是包含着昂扬情绪的暖色系描写，那么，路遥中期阶段小说中的风景，则大都属于包含着低沉情绪的冷色系描写。

从风景描写的具体对象来看，在中期阶段的风景描写里，路遥倾向于选择寒冷、阴郁、侵害性的自然景象进行描写，观察的焦点主要集中在黑夜、月光、风、雨和雪等物象和情景上。显然，他要用这样的风景，来表现人物在特殊的时期才有的痛苦经验，表现他们艰难情形下的不安、恐惧和焦虑。例如，在 1979 年 8 月写于延安的《青松与小红花》中，在唯一一段风景描写中，路遥这样写道：

> 细濛濛的秋雨已经断断续续下了十多天，现在还正下着。天像灰漆刷过一般，阴得密实极了。田野里散发出一股刺鼻的沤霉味。远方苍茫黛绿的山峰间，飘浮着一块块轻柔的雾团，像诗意画一般叫人想入非非。村道被人的脚片子踩得乱糟糟的，难走极了。她没有打伞，也没戴草帽，眼睛盯着脚下，很小心地走着。①

在严重的社会动乱中，女知青吴月琴的父亲被造反派虐杀，母亲也在疾病和痛苦的折磨中去世，而她自己也陷入到了“与整个世界隔绝”的困境里：“她在村后的一条荒沟里唱歌，唱着唱着，歌声猛然间变成嚎啕大哭

---

① 路遥：《路遥全集·一生中最高兴的一天》，北京十月文艺出版社，2013 年，第 106—107 页。

了……”① 作者通过叙事讲述了人物的不幸遭遇，也用冷色系的风景描写，象征性地表现了女主人公陷入绝境的痛苦心情。

在《惊心动魄的一幕》里，漆黑的夜和凄冷的雨，是主要的描写对象：“……夜，黑沉沉的；雨，淅淅沥沥。”② 他要用夜晚的黑暗，来象征可怕的社会动乱，要用没完没了的雨，来形容和隐喻动乱带给人们的焦虑和压抑：

> 深秋的夜晚，除过个把秋虫的聒噪声，天地间一片死气沉沉。远处的山冈黑幢幢地屹立着，月光照出的半面山坡，收获过庄稼的土地显得很荒凉。城市是寂静的，但潜伏着危险。这时间，“孙大圣”和“千钧棒”们说不定在每一个角落里活动着。黑夜是属于他们的。③

> 秋雨唰唰地下着。细密的雨丝在天地间织起一张灰蒙蒙的幔帐，地平线消失了，褐黑色的云朵依傍着山冈，天很低，视野也只有极狭小的一圈……④

从这样的描写里，我们可以看到路遥的这样一种修辞目的，即通过对夜和雨的象征性的描写，来曲折地隐喻特殊时代真实的氛围和状况，来暗示人们注意“文革”期间的巨大混乱所造成的严重后果——生活的基本秩序被破坏了；到处充满了危险和恐惧；人们普遍陷入一种迷茫而无望的痛苦之中。

在短篇小说《姐姐》里，大雪弥漫到了小说主要场景，而对于风和雪的描写，几乎贯穿始终，成为具有整体性修辞意义功能的风景描写：

---

① 路遥：《路遥全集·一生中最高兴的一天》，北京十月文艺出版社，2013 年，第 104 页。
② 路遥：《路遥全集·一生中最高兴的一天》，北京十月文艺出版社，2013 年，第 173 页。
③ 路遥：《路遥全集·一生中最高兴的一天》，北京十月文艺出版社，2013 年，第 153 页。
④ 路遥：《路遥全集·一生中最高兴的一天》，北京十月文艺出版社，2013 年，第 166 页。

> 外面的风雪更大了，地上已经积起了厚厚一层荒雪。山白了，川白了，结了冰的小河也白了。远远近近，白茫茫一片。大地上一切难看的东西，都被这白雪遮盖了。①

> 天渐渐昏暗下来。风小了，雪仍然很大；毛茸茸的雪片儿在黄昏里静悄悄地降落着。归牧的羊群从对面山里漫下来。在风雪里缓缓向村子里移动。②

在路遥所营造的语境里，风雪被赋予了复杂的修辞意义："荒雪"是一个独特而有意味的方言词；它象征着遮蔽和假象，也象征着寒冷和阴暗。作者借此含蓄地表达了对忘恩负义和背叛行为的谴责。

从风景修辞的季节性特征来看，中篇小说《在困难的日子里》，属于典型的冬季小说。在这部紧紧贴着自己痛苦的人生经验写出来的小说里，路遥用冬天的暗色调的物象，来象征饥饿和寒冷所带来的痛苦甚至绝望。

在那些"难熬的年头"，自然风景似乎也失去了明艳的色彩和蓬勃的生机。贫困和大饥饿不仅折磨着人，也折磨着大地上的万物，折磨着天空和阳光。人们渴望看见绿色，看见这生命的颜色："噢，绿色啊！在世界上所有的颜色里面，再没有比大地的绿色更叫人喜欢和留恋的了。"③ 然而，极目所见，却尽是荒寒，满世界不见一星半点儿绿的颜色。漫长的冬天扼杀了绿色，赶走了温暖："在我们这里，冬季是十分漫长的。一年之中几乎没有春天。而夏天刚来不久，秋天也紧跟着到了。……塞外吹来的寒风立即任性地扫荡着整个黄土高原，田野里就再也寻不见一点绿的颜色。……每

---

① 路遥：《路遥全集·一生中最高兴的一天》，北京十月文艺出版社，2013 年，第 226—227 页。

② 路遥：《路遥全集·一生中最高兴的一天》，北京十月文艺出版社，2013 年，第 227 页。

③ 路遥：《路遥文集》，第五卷，人民文学出版社，2005 年，第 111 页。

当寒风把大地上所有的绿色杀尽以后，我自己的心在冬天也就枯萎了。”[①]在冬天无情的袭击下，太阳也失去了光芒和温暖：“太阳变得非常苍白，淡淡地像月亮那样发出清冷的光辉，不能给人一丝儿暖意。”这种对太阳的冷色调描写，在路遥早期小说的风景描写中，是不可能出现的，因为，在那个时期的文学规范里，太阳这个具有特殊象征意义的物象，是只允许用极为热烈的暖色调来描写的。

似乎只对太阳进行冷色调的描写，犹嫌不够，路遥进而对寒冷的季节，发出了尖锐的谴责的声音：“冬天啊，你给这个饥饿的大地又平添了多少灾难和不幸!”[②]小说中的“我”原本是喜欢雪的，但是，在这困难的日子里，“雪也似乎不像过去那般晶莹可爱，看上去惨白惨白的，又经过黄昏色彩的涂抹，心头泛起的却是凄凉之感。”[③]显然，饥饿所带来的巨大的肉体痛苦，使路遥摆脱了精神上的浪漫主义倾向，改变了那种空洞而僵硬的修辞习惯。是啊！剧烈的牙疼比模糊的精神苦闷更使人难受。精神苦闷不会使人呻吟，更不会使人叫出声来，但是，剧烈的牙疼却有可能使一个人呼天抢地。饥饿带来的痛苦，与牙疼相仿佛。所以，在关于饥饿的叙事中，路遥就真实地写出了那种使人不堪忍受的疼痛感；而他笔下的风景描写，也就体现出一种与此疼痛感相协调的冷色调。

然而，到了写作《人生》的时候，路遥笔下的风景描写和风景修辞，就呈现出一种极为复杂的情形：它不是与情节和人物的心情相一致，而是与之相分离。具体地说，这部小说里的风景修辞，客观上造成了这样一种修辞效果，即不是为了强化情节冲突和人物命运的悲剧性，而是为了稀释文本内过于沉重的悲剧性，为了调和人物与现实之间的激烈矛盾和尖锐冲突。由于高加林的故事中包含着毁灭性的悲剧冲突，所以，为了获得作品

① 路遥：《路遥文集》，第五卷，人民文学出版社，2005年，第112页。
② 路遥：《路遥文集》，第五卷，人民文学出版社，2005年，第141页。
③ 路遥：《路遥文集》，第五卷，人民文学出版社，2005年，第149页。

内部的经验与外部的原则的平衡，路遥就选择了一种“让步修辞”——让经验向观念让步，让真实向原则让步①。为了实现这种让步修辞的目的，路遥甚至常常通过观念性的修辞，来表达自己对人物的批评态度，从而达到强化训诲性的修辞目的。

这样，在风景描写和风景修辞上，路遥就选择了一种肯定性的修辞方式，即单一地描写那些明媚的、充满诗意的风景。例如，高加林刚从民办教师资格被剥夺的痛苦中稍稍摆脱出来的时候，路遥就顺着他的视线，描写了他眼中的山村风景：

> 外面的阳光多刺眼啊！他好像一下子来到了另一个世界。天蓝得像水洗过一般。雪白的云朵静静地飘浮在空中。大川道里，连片的玉米绿毡似的一直铺到西面的老牛山下。川道两边的大山挡住了视线，更远的天边弥漫着一层淡蓝色的雾霭。向阳的山坡大部分是麦田，有的已经翻过，土是深棕色的；有的没有翻过，被太阳晒得白花花的，像刚熟过的羊皮。所有麦田里复种的糜子和荞麦都已经出齐，泛出一层淡淡的浅绿。川道上下的几个村庄，全都罩在枣树的绿荫中，很少看得见房屋；只看见每个村前的打麦场上，都立着密集的麦秸垛，远远望去像黄色的蘑菇一般。②

从这样的描写里，我们看见了路遥极高的艺术天赋。他的细致入微的观察能力，精细准确的描写能力，以及创造诗性意境的能力，皆非那些徒有虚名的著名作家所能比及。从这样的描写中，读者不仅看见了外在的风物，还看见了高加林的青春活力，看见了他修复自己的心灵创伤的能力。不仅

---

① 李建军：《“我不愿意再像你们一样”——重读〈人生〉》，《文艺争鸣》2020年第8期。

② 路遥：《人生》，人民文学出版社，2006年，第8—9页。

如此，《人生》中关于“极其迷人”的黄土高原8月的田野的描写①，关于大马河川道黄昏时分绚烂风景的描写②，关于加林和巧珍一起在村外谷地里沉醉于美丽夜景的描写——“他们就这样静静地、甜蜜地躺在星空下，躺在大地的怀抱里……”③ 还表现了路遥自己对土地和大自然的赞美，甚至寄寓了自己的一种生活哲学。在这种关于自然的哲学里，他表达了这样的思想：大自然才是人类共同的母亲；人类必须学会热爱并依赖大地。

但是，从意义和精神的角度来看，路遥的这种色调过于明朗的风景修辞，却极大地弱化了小说的悲剧性和力量感。路遥没有认识到，在《人生》里，更为需要的，也许是托马斯·哈代小说中的那种充满感伤情绪和沉郁色调的风景描写，也许是艾米莉·勃朗特《呼啸山庄》中的那种含着狞厉意味的风景描写，至少，也应该是雨果和狄更斯笔下的那种具有明显的隐喻特征的风景描写。即便从风景描写的丰富性和平衡性的角度看，路遥的这种暖色调的肯定性修辞，也显得有些过于单调和片面。

在中期阶段，路遥的小说写作极大地摆脱了早期阶段的外在规约和僵硬模式，实现了写作模式的根本性转换。从风景描写和风景修辞上看，他的写作意识更加自觉，表现出一种渐趋明显的个人风格。但是，他的写作意识，还没有达到高度自觉和充分成熟的程度，而他的描写风格和修辞风格，还在形成的过程中。这意味着，他还得经过艰难的探索，才能最终抵达《平凡的世界》的高度。

四、恋地情结：后期阶段的短暂低迷与《平凡的世界》的风景修辞

1983—1988年，是路遥小说写作的后期阶段。在这个阶段，他写了短篇小说《我和五叔的六次相遇》、《生活咏叹调》（三题）和《一生中最高

① 路遥：《人生》，人民文学出版社，2006年，第13页。
② 路遥：《人生》，人民文学出版社，2006年，第34页。
③ 路遥：《人生》，人民文学出版社，2006年，第51页。

兴的一天》，写了中篇小说《黄叶在秋风中飘落》和《你怎么也想不到》，完成了中国当代文学史上最重要的长篇小说之一——《平凡的世界》。

小说写作会受多种因素的影响。其中，作家童年时代便生活在其中的自然环境所带来的影响尤其巨大。故乡的土地、山水和风物，不仅会在人们内心培养对它的爱和依恋，而且还会形塑他的性格和气质。

路遥热爱陕北的大地，热爱陕北大地上一切美好的东西。他对它有一种强烈而持久的依恋之情。有批评家曾尖锐地批评《人生》中所表现的“恋土情结”，认为它是一种“落后意识”。路遥拒绝接受这种质疑和批评。他在《早晨从中午开始》中反驳说：“人和土地的关系，如同儿女和父母的关系。儿女终有一天可能要离开父母自己要去做父母，但相互之间在感情联系上却永远不可能完全割舍，由此而论，就别想用简单的理论和观念来武断地判定这种感情是‘进步’的还是‘落后’的。”① 基于这样的认识，他把如何告别“老土地”，当作自己“迄今为止全部小说”的“一大主题”②。

路遥虽然进入城市生活，但他对故土和在故土上生活的人们，依然一往情深。他说，自己身处北京和上海的繁华闹市，“透过那一片片花花绿绿的人头，我猛然就能在人群中停住，停住后，泪水就忍不住在眼眶里旋转，我看见特别遥远的地方，在那黄土山上有一个老头脱成光脊背，在吭哧吭哧地挖地，脊背上的汗在流着，被阳光照得亮亮的……”③ 在异国访问的时候，他也对自己的故乡魂牵梦绕，未尝稍忘：“一切都是这样好，这样舒适惬意。但我想念中国，想念黄土高原，想念我生活的那个贫困世界里的人们。即使世界上有许多天堂，我也愿在中国当一名乞丐直至葬入它的土

① 路遥：《路遥文集》，第五卷，人民文学出版社，2005年，第303—304页。

② 路遥：《路遥文集》，第五卷，人民文学出版社，2005年，第304页。

③ 路遥：《路遥全集·早晨从中午开始》，北京十月文艺出版社，2013年，第236页。

地。"① 路遥在理性上赞美城市文明，接受城市文明，但是，偶尔，他也在情绪上抵触城市生活。

路遥并不彻底否定和尖锐嘲笑都市文明，更不是像极端的"乡村原教旨主义者"那样，对都市充满近乎恶毒的敌意——在他们笔下，一头牛，一匹马，一只狗，都比都市人智慧，也比他们有力量。但是，路遥也并没有变成一个完全意义上的城市人。他并没有亲密无间地与城市融为一体。城市让他充实，但也让他紧张和不适；故土让他自卑，但也让他放松和安适。他从城市获得了智性文化上的满足，从自己的故土获得了内在感情上的满足。所以，就情感而言，路遥对陕北故乡更觉亲近，也更加依赖。

一个人热爱故乡的程度，依赖故乡的程度，与他接受故乡影响的程度，往往是成正比的。陕北独特的地貌和气候，陕北高原文化——既不同于平正的关中平原文化，也不同于崇巫的陕南山地文化——的亢爽情调，深刻地影响了路遥的情感、性格和气质。

陕北是山的世界。一座一座的山，仿佛凝固的波涛，推展向无尽的远方。那山的形势，并不奇崛，但却像巨人的胸膛一样，宽厚而有力。奥登在《美国诗歌》中说，"在美国，无论是这块大陆的大小、地貌还是气候，都难以让人心生亲密之感"②。但是，在陕北，无论在冬天还是夏天，你都能在土崖上挖出来的窑洞里，体验到温暖而亲密的感觉。陕北的山圪崂，仿佛敞开的胸怀，显得特别朴实和热情。

陕北的河流，平时是安静而温顺的，但是，一场突如其来的暴雨，瞬间就可以使它变成咆哮的巨龙，脱缰的野马。所以，洪水对人的威胁，人与洪水的搏斗，就是路遥小说中常见的叙事内容。

陕北的四季，是次第分明的。它的绿色也许不够浓郁，它的色彩也许不够缤纷，但是，在黄土的深沉色调的背景上，那春天的杏花和桃花，夏

---

① 路遥：《路遥文集》，第五卷，人民文学出版社，2005 年，第 311 页。

② W. H. 奥登：《染匠之手》，胡桑译，上海译文出版社，2018 年，第 482 页。

天的梨花、枣花和野百合花，秋天漫山遍野的杂花，却显得分外明艳夺目。

陕北的冬季，天寒地冻，“无草不死，无木不萎”。崖面的冰层，山阴的积雪，点缀着荒寒的冬天，直到春暖，才会化作春水，悄无声息地消失在深厚的泥土里。

陕北晴日的阳光，光照强烈，光芒灿烂，将大地上远远近近的万物，照耀得历历可见，使人站立于天地之间，内心充满悠然意远的旷朗和喜悦；陕北春秋季节的天空，纯净，高远，碧蓝如洗，给人一种宁静而庄严的美感。

在金色阳光的映照下，陕北沟沟峁峁荒凉背景上的颇为稀罕的美丽风物，往往显得更加彰明昭著，更容易引起人们的注意和惊叹。在无边的黄土的映衬下，北方高原上绿色的春草、鲜艳的桃花，会使人的感受更强烈，心情更激动。路遥在 1991 年 6 月 10 日的一次演讲中说：“陕北那么漫长的冬天，连一点绿色都见不到……一到春天，双手在冻土里刨草芽子，刨出来后，激动得不知怎么办。我这种人爱动感情，激动了就想流泪，第一次见到绿色，好像告别了绿色很长时间又见到了。陕北的杏树是陕北第一枝，是最早开的花，杏花开的时候，人的感觉是那么美妙。”① 王安忆也在《黄土的儿子》中回忆了他与路遥的一段对话：

> 当我们闻说陕北的贫困闭塞之时，就对路遥提出这样一个科学大胆的建议：为什么不把人们从黄土高坡迁徙出去？这话其实是刺伤了路遥的心，他呈现短暂的一怔，然后脸上露出温和宽容的微笑，他说：“这怎么可以？我们对这土地是很有感情的啊！初春的时候，走在山里，满目黄土，忽然峰回路转，崖上立了一枝粉红色的桃花，这时候，眼泪就流了下来。”②

---

① 路遥：《路遥全集·早晨从中午开始》，北京十月文艺出版社，2013 年，第 236 页。

② 马一夫、厚夫、宋学成主编：《路遥纪念集》，人民文学出版社，2007 年，第 95 页。

看见绿色与桃花，竟然如此激动？这样的心情，那些终年身处翠环绿绕世界的人们，自然是无法理解的。他们会觉得这太不可思议。他们无法测知，在这激动的热泪里，究竟含着多少深情的眷恋，含着多少耐心的等待，含着多少美好的向往。但乔治·吉辛这样的作家，一定能理解路遥的激动和泪水。因为，他们也爱自己的故土，也会为大自然的那些几乎微不足道的美而感动。花园里的鸟叫，在吉辛听来，简直就是一场音乐的盛会。他被小鸟的欢天喜地的合唱感动得难以自制："那热情洋溢的喜悦多么温柔亲切，我的生命融化在其中。我怀着不知多么深深的谦卑，两眼模糊了。"①假如乔治·吉辛像路遥一样生活在陕北，像他一样历经寒冬而得见春草，也会激动得热泪盈眶的吧？同样，我们在文艺复兴时期的意大利，也可以看到同样的情感反应。像路遥一样，意大利的艺术巨人里昂·巴蒂斯塔·阿尔伯蒂，也会为自己看到的自然景观而激动和落泪——虽然"铁一般的意志渗透和支持着他的整个人格"，但是，他也是一个"天性纯厚"的人，"看到参天大树和波浪起伏的麦田就为之感动得落泪。"② 一个正常意义上的人，首先是具有共同情感和普遍性格的人，然后，才是具有特殊情感和特殊性格的人。在不同时代和不同地域的人们身上，你总会发现那些属于普遍人性的东西。

如果说，陕北土地上的稀见的绿色和花草，培养了路遥敏锐而有情的感受力，那么，冬天的寒冷和苍凉，则锻造了路遥坚韧的毅力，塑造了他深沉而开阔的世界观。就像路遥所说的那样："我对冬天的陕北有一种特别的喜爱。视野中看不见一点绿色。无边的山峦全都赤身裸体，如巨大无比的黄铜雕像。所有的河流都被坚冰封冻，背阴的坡地上积着白皑皑的雪。博大、苍凉，一个说不清道不尽的世界。身处其间，你的世界观就决然不

---

① 乔治·吉辛：《四季随笔》，刘荣跃译，四川人民出版社，2020 年，第 59 页。

② 雅各布·布克哈特：《意大利文艺复兴时期的文化》，何新译，商务印书馆，1979 年，第 149—150 页。

会像大城市沙龙里那样狭小或抽象；你觉得你能和整个宇宙对话。”① 从这样的话语里，可以看见自然环境对路遥的积极影响。如果说，陕北的气候和自然环境，接近和辻哲郎所说的“沙漠型”风土，那么，在这种环境的影响和塑造下，路遥确实具有“沙漠人”的性格特点和人格特点：“思维的干燥性。对实际事物观察敏锐、判断准确”；“意志坚定。不畏任何困难，残酷如兽，朝着目标勇往直前”；“强烈的道德准则。归属于集体，赋予牺牲精神，知羞耻”；“情感生活的空疏。缺少温柔、和悦之情”②。除了“情感生活的空疏”一条，不甚切实，其他几个性格特点，皆可于路遥身上察见。

深入观察，你会发现，“恋地情结”从消极和积极两个方面，深刻地影响了路遥的性格和情感，也影响了他这个阶段的小说写作。自消极一面言之，对故土的过于浓烈的情感，严重干扰了路遥的小说叙事，让他把小说变成了一种浪漫的精神还乡仪式；对生活的简单化的认同，则强化了他的“恋土”倾向，进而使他将自己的小说写作变成了对现实的简单化和肯定性的叙事，最终使他在开始创作《平凡的世界》之前的两三年的时间里，陷入了写作上的低迷状态。

在 1983 年至 1984 年期间所写的几个短篇小说和两部中篇小说里，路遥以歌颂的调性和欢乐的心情，来写改革开放给农村带来的变化，来表现农民摆脱了贫困之后的喜悦（如《一生中最高兴的一天》），来揭示某些失去权力和利益的农村干部的复杂心理（如《我与五叔的六次相遇》），来叙述人物在爱情和婚姻上所表现出来的恶与善（如《黄叶在秋风中飘落》），来写道德理想主义者的“还乡”（如《你怎么也想不到》）。但是，总体上看，在这些小说里，作者的观察并不深入，表现技巧和艺术手法，也显得刻板，缺乏新意。

① 路遥：《路遥文集》，第五卷，人民文学出版社，2005 年，第 326 页。

② 和辻哲郎：《风土》，陈力卫译，商务印书馆，2020 年，第 53 页。

是的，在这个时期，路遥在写作上陷入了困境，陷入了认知上的迷茫状态和情感上的摇摆状态。他在故乡与远方、乡村与城市之间摇摆。《你怎么也想不到》中的郑小芳的意识和行为，就体现着路遥自己对城与乡的摇摆态度。郑小芳决然放弃城市、回归故土的理想主义献身精神①，显然是出于激情，而不是理性。路遥似乎没有意识到，“激荡”与“牺牲”，并不是美好生活的必要前提；过于强调生活方式的极端性，将“更纯洁的生活”与“世俗的享乐”对立起来，也并不是一种理性而成熟的生活态度。

然而，郑小芳的充满激情的理想主义，显然是作者路遥所赞赏和肯定的。对“还乡”的极端的歌颂态度，使路遥在小说叙事上张大其词，甚至不惜违背生活的常情和常理。他将郑小芳放弃城市和爱情的拉赫美托夫式的理想主义，与“所有的人”的现实主义对立了起来：“所有的人都是实际的。他们一边拼命学习知识，一边拼命追求据说是属于他们自己的东西。”②显然，作者如此贬低“所有的人”的合理“追求”，既不公正，也不理性。他对小说主人公的刻意拔高，缺乏充分的真实感和说服力；小说对城市生活与偏远地区生活的反讽性对比，也给人一种消极的简单化印象，与他一贯所持的向往都市文明的文化态度，也大相刺谬，颇为捍格。《人生》中的高加林和《平凡的世界》中的孙少平，都渴望进入城市，并为此付出了巨大的努力和代价，但是，在《你怎么也想不到》中，已经进入城市的郑小芳，却以一种简单而极端的方式，放弃了城市生活，回到了自己的被沙漠包围着的故乡。

这说明了什么呢？这说明，在路遥的内心深处，有一种强烈的“恋地情结”。如果在这种情结里，再添加上充满时代色彩的高调的道德理想主义，

---

① 她说：“我现在正年轻，我愿意自己的青春在一种激荡的生活中度过；我愿意过一种创造乐趣、更纯洁的生活。我知道为此要付出一些代价，要牺牲许多世俗的享乐。这一切对于在这个城市生活惯了的某些青年也许是可怕的。”（路遥：《路遥全集·一生中最高兴的一天》，北京十月文艺出版社，2013 年，第 312—313 页）

② 路遥：《路遥全集·一生中最高兴的一天》，北京十月文艺出版社，2013 年，第 299 页。

那么，人物就会在精神上表现出一种居高临下的姿态，就有敢于蔑视“所有的人”的现实主义的生活态度和生活选择。《你怎么也想不到》就反映了“恋地情结”与“现代意识”在路遥内心的尖锐冲突。当“恋地情结”压倒了“现代意识”的时候，路遥就会选择高调的道德浪漫主义叙事模式，就会放弃过去的“离乡”叙事模式，并将自己的小说写作切换到“回乡”叙事模式。

路遥小说写作的低迷状态，也表现在风景描写上。风景描写是人与大自然凝神而专注的对视。它意味着宁静的心态和缓慢的节奏。所以，那些热情和急切的叙事，往往不在意风景描写。也许是因为内在的激情过于热烈，也许是因为叙事重心都放在了对道德和理想的关注上，路遥在迷茫状态中所写的这几篇短篇小说和两部中篇小说，似乎失去了对风景描写的热情。除了在《黄叶在秋风中飘落》里有三处较有意味的风景描写①，在其他小说里，几乎很难看到对自然风景的比较像样的描写。

值得庆幸的是，到准备写作《平凡的世界》的时候，路遥控制住了精神还乡的浪漫主义冲动，将消极性质的“恋地情结”升华为更为深刻的情感，赋予它以更加深沉的现实生活内容。也就是说，他依然爱着故乡，爱着故乡的一切，但是，他不再让人物成为作者的浪漫感情和浪漫幻想的牺牲品，而是让他们根据自己的内心愿望来生活。

从风景描写和风景修辞的角度看，积极意义上的“恋地情结”，也极大地成全了路遥的小说写作。因为对故土的热烈的爱，他便用心地谛视陕北的每一种庄稼，亲近陕北的每一种草木，认识陕北的每一种动物，进而将陕北高原上的一草一木，都当作有情感的生命来看待，最终，赋予了《平凡的世界》中的风景描写以丰富的诗意和内涵。

在《平凡的世界》里，路遥的风景描写和风景修辞是物象性质的，但

① 路遥：《路遥文集》，第四卷，人民文学出版社，2005年，第191、226、262页。

更是心象性质的。也就是说，这些经由心灵感受而描写出来的风景，本质上是作者和人物的情感和思想的投射，是他们的内心世界的镜像。路遥在描写孙少平眼前的城市风景的时候，也描写了他想象中的故乡双水村的自然风景：他“通过心灵的视觉”，看见了“炊烟袅袅的双水村；看见夕阳染红的东拉河边，饮水的黄牛抬起头来，静静地凝视着远方的山峦……”① 风景修辞根本目的，则在于表现作品的整体氛围和基本调性，在于显示人物的心情和思想，在于对人物和生活进行评价，甚至会通过风景描写来获得反讽的效果。在《平凡的世界》中，路遥的风景描写就体现着这样的修辞目的。

《平凡的世界》一开始对冬春之交的天气和风景的堪称经典的描写，就体现出极为重要的修辞意义：“1975 年二、三月间，一个平平常常的日子，细蒙蒙的雨丝夹着一星半点的雪花，正纷纷淋淋地向大地飘洒着。时令已快到惊蛰，雪当然再不会存留，往往还没等落地，就已经消失得无踪无影了。黄土高原严寒而漫长的冬天看来就要过去，但那真正温暖的春天还远远地没有到来。……冬天残留的积雪和冰溜子正在雨点的敲击下蚀化，石板街上到处都漫流着肮脏的污水。风依然是寒冷的。空荡荡的街道上，有时会偶尔走过来一个乡下人，破毡帽护着脑门，胳膊上挽一筐子土豆或萝卜，有气无力地呼唤着买主。唉，城市在这样的日子里完全丧失了生气，变得没有一点可爱之处了。”② 这样的冷色调的描写，为整个小说的叙事，确定了凝重的调性；它使人感受到了农民阶层生活的艰难，感受到了农民内心所承受的痛苦和压抑；也使人强烈地感受到，一个严重丧失秩序和活力的社会，迫切需要一场巨大的变革，以摆脱自己深陷其中的困境。

路遥常常通过风景描写来显示人物的心理活动。他借助景物描写，真切而深刻地揭示了孙少安的复杂心理和痛苦心情：

---

① 路遥：《平凡的世界》，第二部，人民文学出版社，2004 年，第 99—100 页。

② 路遥：《平凡的世界》，第一部，人民文学出版社，2004 年，第 1 页。

他在人迹稀稀拉拉的石圪节街上毫无目的地溜达着。尽管一天只吃了一顿饭，也觉得不饥饿。好在街上再没碰见熟人，他可以把精神集中在自己的内心。

直等到太阳落山以后，他才一个人慢慢地通过石圪节那座小桥，踏上了通往双水村的公路。

走不多远，天色已经完全暗下来了。不过，快要满圆的月亮从东拉河对面的山背后静悄悄地露出脸来，把清淡的光辉洒在山川大地上。万物顿时又重新显出了面目，但都像盖了一层轻纱似的朦朦胧胧。暑气消散了，大地顿时凉爽下来。公路两边庄稼地里的无名小虫和东拉河里的蛤蟆叫声交织在一起，使这盛夏的夜晚充满了纷扰和骚乱。

孙少安穿一件破烂的粗布小褂，外衣搭在肩头，吸着自卷的旱烟卷，独个儿在公路上往回走。他有时低倾着头；有时又把头扬起来，猛地站住，茫然地望着迷乱的星空和模糊的山峦。一声长叹以后，又迈开两条壮实的长腿走向前去……

痛苦，烦恼，迷茫，他的内心像洪水一般泛滥。一切都太苦了，太沉重了，他简直不能再承受生活如此的重压。他从孩子的时候就成了大人。他今年才二十三岁，但他感觉到他已经度过了人生的大部分时间。没吃过几顿好饭，没穿过一件像样的衣服，没度过一天快活的日子，更不能像别人一样甜蜜地接受女人的抚爱……什么时候才能过几天轻松日子？人啊！有时候都比不上飞禽走兽，自由自在地在天空飞，在地上走……①

这是《平凡的世界》里特别令人印象深刻的情节和场面之一。比较起来，孙少平的生活，虽也艰辛，充满了汗水和泪水，充满了挫折和屈辱，但是，

① 路遥：《平凡的世界》，第一部，人民文学出版社，2004 年，第 172—173 页。

他毕竟走出了双水村，毕竟有机会追求一种可能的生活，也就是说，他的生活是指向未来的，是包含着希望的。然而，孙少安的生活，却是没有多少选择空间的生活，是一眼看得到头的生活，是肩头压着极大重负的生活。因而，孙少安内心的痛苦，就远远大于孙少平的痛苦。

在这几段文字里，作者笔下的风景描写、动作描写与心理描写，皆极其自然地打成一片，融为一体，获得了极佳的修辞效果。“盛夏的夜晚充满了纷扰和骚乱”，孙少安的内心也同样充满了“纷扰和骚乱”。他承受着物质和精神两方面的贫困带来的双重痛苦。由于复杂的社会原因，从出生的那一天开始，他就过着极端贫困的生活。这是一种毫无尊严和幸福感的生活。因为读过书，因为有文化，他对生活的理解，远比村子里的一般人更加深刻，对生活的想象，也比一般人更加丰富，而他所感受到的痛苦，较之自己的父母和乡亲，也就更为强烈。物质上的贫困，本来就让人觉得痛苦和耻辱，而孙少安的痛苦，却有甚于此。因为，懂得爱和自由的价值，所以，精神上的苦闷和生活的不自由感，就严重地折磨着他的心灵。路遥的充满修辞力量的风景描写，就几乎完美地表现出了人物内心的悲剧性感受。孙少安将“人”与“飞禽走兽”相并比，殊堪玩味，令人直欲凄然泪下。

在很长的时间里，尤其在“文革”期间，县里干部们的注意力，只集中在“大事情”上。他们热衷于组织“大会战”形式的集体劳动，却忽略了那些似乎微不足道的个体的存在，缺乏关注那些细小事情的兴趣和热情，因而，对那些居住偏远的农民的真实境况，简直毫无了解。于是，田福军便决定独自深入到“大自然无数黄色的褶皱中”，到几个“被遗忘的村庄”去进行一次深入的考察：

> 田福军在一条崎岖的山路上爬蜒着，到最后一个“死角”去。他手里拄着一根柴棍，外衣搭在肩膀上，在这万籁寂静的山野里一边走，一边警惕地观察周围有没有野狼出现。

快过端阳节了，头上的太阳热烘烘的。山鸡和野鸡清脆的叫唤声，不时打破这梦一般沉寂的世界。大地上的绿色已经很惹眼了。大部分秋庄稼刚锄过一遍草。庄稼地中间的苜蓿盛开着繁密的紫红色的花朵。向阳的山坡上，稀稀拉拉的麦穗开始泛出了黄颜色；路边灰白的苦艾丛中有时猛地会窜出一只野兔子，吓得田福军出一头冷汗。

他一边走，一边揪了一把苦艾，凑到鼻子上去闻。这苦涩而清香的艾叶味，使他不由想起小时候的端阳节，他和福堂哥总要一大早就爬起来，拔好多艾草，别在门上，别在全家人的耳朵上，然后再揭开喷香的粽子锅……唉，从那时到现在，不觉得几十年就过去了。人啊，有时候觉得日子过得太慢；有时候又觉得太快了，简直来不及做什么！记得“文化大革命”开始时，他刚三十出头，正是风华茂盛之时——结果这好年华白白地浪费掉了。①

这里的风景描写，固然具有很强的客观写实的性质，但是，往深里看，你会发现，它还是别样形态的心理描写，是很有表现力的风景修辞。“寂静”是这段风景描写着意强调的氛围。寂静使人沉思，使人的意识活动更加自由和深入。在这“梦一般沉寂的世界”，在这种特殊的氛围里，人物的心理是紧张的，甚至是恐惧的，而他的想象则是活跃的。内心深处的恐惧，平时压抑着的感伤和无奈，都会因这寂静而被加倍地放大。所以，田福军害怕“野狼出现”，也想起了小时候的往事，想起了自己被时代浪费掉了的“好年华”。人物的深层心理和隐秘思想，因这生动的风景描写和自觉的风景修辞，而得到了有效的描写和呈现。

诗意是风景的天然性质，也是风景描写的重要品质。没有诗意的风景描写，是没有价值的，因为，它既缺乏强烈的美感，也缺乏修辞上的力量。

---

① 路遥：《平凡的世界》，第一部，人民文学出版社，2004 年，第 349 页。

路遥在《平凡的世界》中的风景描写，显得既朴素自然，又诗意盎然：

内心的骚动让他坐立不安，他索性仰面躺在一片枯草上，两只手垫在脑后，茫然地望着暮色中的天空。天空已经亮出几颗星星。晓霞也就不再出声，静静地坐在离他不远的地方，两只手抱着膝头，凝望着远方的山峦。这是一个美妙的时光。小树林中，归巢的鸟雀扇动着扑棱棱的羽翅。没有风，空气中流布着微微的温暖。春天的黄昏呀，使人产生无尽的遐思和深远的联想，也常常叫人感到一种无以名状的忧伤！

躺在地上的孙少平，不知为什么突然眼里涌满了泪水。他深深地向夜空中吐出一声叹息，嘴里竟然喃喃地念起了《白轮船》中吉尔吉斯人的那首古歌——

有没有比你更宽阔的河流，爱耐塞，
有没有比你更亲切的土地，爱耐塞。
有没有比你更深重的苦难，爱耐塞，
有没有比你更自由的意志，爱耐塞。①

在这段风景描写里，路遥的修辞目的，在于充分地表现人物内心生活的诗意性。孙少平和田晓霞都属于有理想的青年。他们渴望过一种高尚而美好的生活。这样的生活，是一种诗意的生活，也是一种多多少少有些感伤色彩的生活。对未来的憧憬和梦想，使他们热爱文学阅读。追求诗意生活的人，大都是艺术和文学城邦的公民。因为，文学就是以追求和表现诗意生活为目标的。因而，对文学的热爱和阅读，就是进入诗性世界和诗性生活的可靠通道。所以，在这段充满诗性的文字里，关于风景的诗性描写，与

① 路遥：《平凡的世界》，第二部，人民文学出版社，2004 年，第 254 页。

对文学的美好体验的描写，和谐而自然地融为一体，构成了一个关于诗性生活的深刻的修辞表达。

风景描写可以是轻盈的，也应该是沉重的；可以是诗性的，也应该是严峻的。它必须承担严肃的道义责任。反讽就是风景修辞的一种道义责任。所以，《平凡的世界》里的风景描写，不仅有轻盈的诗性抒情，也有心情凝重的叹息，甚至有沉着而犀利的反讽。在小说的开头部分，路遥就反反复复地描写了令人烦恼的雨雪交加的坏天气："雨中的雪花陡然间增多了，远远近近愈加变得模模糊糊。城市寂静无声。隐约地听见很远的地方传来一声公鸡的啼鸣，给这灰蒙蒙的天地间平添了一丝睡梦般的阴郁。"① 他赋予风景描写以明显的修辞意味。这种修辞化的反讽性风景描写，往往显示出一种整体性的指涉，体现着对时代生活的深刻观察和评价态度：

> 小寒前后，西伯利亚的寒流就不时涌过内蒙古缓坦的草原和沙漠，向中国的北方漫过来。黄土高原千山万岭已经光秃秃地看不见任何一点绿颜色了。一座座山峁像些赤身裸体的巨人，任凭严厉的风鞭抽打自己黄铜似的躯体。大小河流，顿失滔滔，全部被坚冰封盖。河两岸的悬崖上，垂挂着巨大的冰帘；曾经奔涌的飞泉——这大自然诗一般的激情——似乎突然"定格"了，冰体依然还保持着激流腾跃中的姿态。在城市和村落的上空，袅袅地飘荡着黑色的炭烟和白色的柴烟。人们都穿起了臃肿的棉衣棉裤，披上了老羊皮袄；路上的行人筒着手，嘴里喷着白雾……
>
> 可是，在这样严寒的日子里，农村的男女劳动者谁也别想呆在自己的热炕头上。农业学大寨运动往往在这时候正进入高潮。到处都摆开了农田基建的战场。只要有村庄的地方，就有红旗；只要有红旗的

① 路遥：《平凡的世界》，第一部，人民文学出版社，2004 年，第 5 页。

> 地方，就有劳动的人群，就有吼叫的高音喇叭。虽然寒风扑面，但人们的身上和头上都冒着热气。到处都在打坝，修梯田，垫河滩，甚至把整座山都炸掉，修建“人造小平原”……他们有时一个人一天吃不到一斤粮食，更不要说肉了；拿着和古代老祖先们差不多的原始工具，单衣薄裳，靠自己的体温和汗水来抵御寒冷……就这样，一锨锨一镢镢地倒腾着山河！这就是我们中国的劳动人民！他们曾经修建起雄伟的万里长城，凿通横贯南北的大运河……今天，他们饿着肚子，又气壮地宣称，他们“要把地球戳个大窟窿”……①

在此处的风景描写里，路遥用丰富的物象和生动的画面，描写了冬寒的“严厉”和可怕，显示了大自然的冷酷和无情。随后，在议论性的话语里，路遥又对唯意志论影响下的形式主义的劳动组织形式，表达了尖锐的否定态度。于是，风景描写便被转换为对“煞风景”的反讽，而充满戏谑意味的议论，则进一步强化了风景修辞的反讽力量，从而形成了一种巨大的内在力量，一种对异化性的生活的强烈不满和尖锐批评。

总之，从早期阶段的公式化和反修辞的风景描写，到中期阶段的渐趋自觉和成熟的风景描写，再到后期阶段的在小说写作上短暂的低迷状态和《平凡的世界》的高度成熟的风景描写，路遥的小说写作呈现出一种虽然偶见偏失，但总体上自我超越的上升轨迹。从路遥的写作历程中，我们可以看见他在风景描写和风景修辞上体现出来的变化和特点，可以看见一个伟大作家在写作上的严肃态度和艰辛努力，也可以看见时代因素对小说家的风景描写和风景修辞的微妙而巨大的影响。

2020 年 11 月 3 日，西安大唐西市

---

① 路遥：《平凡的世界》，第一部，人民文学出版社，2004 年，第 243—244 页。

第四章

比较视野与文学谱系（上）

比较是文学研究的重要方法。比较研究的前提有二：一是要有可以比较的地方；二是要有值得比较的价值。前者是说进入比较视野的作家和作品要有相似性和差异性，后者是说他们的经验比较重要，值得人们讨论和吸纳。

从影响比较的角度看，任何一个作家的文学意识和写作能力，都是在前辈或同时代作家的影响下形成的。莫洛亚《文学生涯六十年》中说："我们若要描述一位作家的道路和历程，也应考虑到他所受的影响。……拜伦如果没有遇到伏尔泰，就不会成其为拜伦；缪塞如果没有遇到拜伦，也不会成其为缪塞。普鲁斯特如果没有读过罗斯金、艾略特、狄更斯和哈代，就会是另一个普鲁斯特。"① 他人的经验激活自己的经验，他人的灵感点燃自己的灵感。一部文学发展史，很大程度上，就是一部文学影响史。这就为影响比较研究提供了可能。

从平行比较的角度看，人类几乎所有的经验，都具有这样的二重性：既具有普遍的相似性，又有特殊的差异性。因为相似，我们觉得熟悉和亲切；因为差异，我们觉得新奇和有趣。平行比较可以拓展我们的认知视野，丰富我们的经验，还可以带给我们发现的惊喜：在那些几乎没有关联的现象下面，竟然包含着一些完全一致和共同的东西——绝对真理和普遍规律。

路遥的人生经验和文学经验，都具有非凡的性质。他出身寒微，备受贫穷、饥饿和自卑的折磨，但是，经过艰苦的努力，他完成了自我启蒙，形成了自己的人生理想，并凭着巨大的热情和毅力，创造了文学上的伟大成就，又像悲壮的英雄一样，度过了短暂而辉煌的一生。

无论是路遥这个人，还是他的作品，都值得与那些影响过他的伟大作家——如雨果、托尔斯泰——放在一起，进行影响比较，也值得与那些并不曾影响过他的艺术家和作家——如米勒——放在一起，进行平行比较。在这些比较的视野里，我们会更加清晰地看见路遥的心灵世界，以及他所创造的文学世界。

---

① 罗新璋选编：《莫洛亚研究》，漓江出版社，1988 年，第 444 页。

第一节　路遥与雨果

伟大的文学是诗意化的伦理现象和审美化的人格现象，是蕴藏着爱、希望与启示的神圣事物。它是真理的火焰，它是信仰的光芒；它是无情世界的情感，它是无望时刻的希望；它是行到水穷处的诗人可以坐看的白云，它是天寒翠袖薄的佳人可以斜倚的修竹。谁若不爱伟大的文学，谁若没有养成阅读文学经典的良好习惯，谁就很难成为具有很高文化修养的人，谁就很难在认知、情感和人格等方面都达到较高的发展水平。俄罗斯文化大师利哈乔夫说："保持文化修养的方法是不断读书，而且要有选择地读书，因为阅读是文化修养的主要教师，……可以确保'心灵的火焰不被扑灭'！"① 他所说的文化读物，首先是文学书籍；而他所说的"有选择"，就是选择那些真正有价值的文学经典。

路遥清楚地知道，只有接受那些伟大作家的影响，一个成长中的青年作家才可能获得良好的文化修养和文学修养，才有可能最终成熟起来。1982 年 10 月 4 日，他在写给女作家刘凤梅的信中说："我还想提醒你：你应该认真细致地阅读外国最著名的文学作品（主要是苏联和西欧几个国家的古典名著），这将大大开阔你的生活视野，同时也能提高文学文字的科学能力。总

① 德米特里·利哈乔夫：《俄罗斯千年文化：从古罗斯至今》，焦东建、董茉莉译，东方出版社，2020 年，第 93 页。

之，一个文明的现代人不知道这些人类已经具有的高度智慧结晶，是不可理解的。”① 他的这一观点，来自于他自己的文学阅读和文化体验。如果说，《创业史》、《红岩》、《钢铁是怎样炼成的》和《牛虻》等革命叙事的作品，培养了路遥的文学兴趣和理想主义精神，那么，19 世纪伟大的现实主义文学，20 世纪人性化的现实主义文学（如肖洛霍夫、艾特马托夫、托马斯·曼和拉斯普京等人的作品），则在更高的意义上，改变了他的文学意识和价值观念。

路遥的文学观念和文学写作，受俄罗斯文学和法兰西文学影响最大。利哈乔夫说：“俄罗斯古典文学随时与我们进行对话，这种对话特具引力，它能使我们变得崇高，能使我们懂得审美和伦理，可使我们变得更聪明，更多地积累生活经验，能使我们与作品中的主人公同呼吸、共命运，能使我们共同度过‘十次生命’，可验证几代人的经验并将这些经验融入我们的个人生活之中。”② 世界上一切伟大的文学，都具有这样的精神力量。路遥从托尔斯泰的作品中，感受到了这将人向上提升的力量，也从雨果和司汤达的作品中，感受到了同样巨大的力量。路遥在《〈人生〉法文版序》中说：“伟大的法国文学，无论是其古典作品，还是现代作品，都对我的文学活动产生过重大的影响。因此，当这本书译成你们优美的语言并被你们阅读时，我感到荣幸而愉快。”③ 雨果是路遥热爱的伟大作家。雨果在《悲惨世界》中说：“人非有光不可。任何人进入无光处都会感到心焦。眼睛见到黑暗时心灵也就失去安宁。”④ 雨果就属于创造光明和照亮人心的作家。路遥喜欢这种充满光芒和热情的作品。早在读大学的时候，他就读了雨果的长篇小说《九三年》。他还把这部小说推荐给在农村当干部的好友海波，要

---

① 路遥：《路遥全集·早晨从中午开始》，北京十月文艺出版社，2013 年，第 582 页。

② 德米特里·利哈乔夫：《俄罗斯千年文化：从古罗斯至今》，焦东建、董茉莉译，东方出版社，2020 年，第 185 页。

③ 路遥：《路遥全集·早晨从中午开始》，北京十月文艺出版社，2013 年，第 185 页。

④ 雨果：《悲惨世界》（二），李丹、方于译，人民文学出版社，1992 年，第 387 页。

他写信谈谈自己的“看法”①。路遥希望自己的朋友也能感受到雨果作品的精神之光。

1978 年，路遥经常写信给海波，坦率地批评他“目光短浅，心浮气躁”，“不认真研究名著，只靠看杂志上小说‘过光景’”，见面的时候，反复向他推荐了托马斯·曼的《沉重的时刻》和雨果的《九三年》。海波回忆说：“当时我感到奇怪，直到他的中篇小说《惊心动魄的一幕》发表并获奖后，我才理解了他当时的心情——《沉重的时刻》描写德国诗人和剧作家席勒在创作中，面对障碍时的心情；而《九三年》写的是光明与黑暗短兵相接时英雄主义的闪光。前者对应着他当时的心情，后者对应着他正在写的小说《惊心动魄的一幕》。”② 海波说得不错。在路遥探索写作道路的“沉重的时刻”，席勒的精神给了他勇气和力量，雨果的经验则给了他灵感和激情。如果没有《九三年》的启示，就不会有《惊心动魄的一幕》。

事实上，通过细致的文本解读，人们会发现，雨果对路遥的影响，体现在具体作品的写作实践上——从写作技巧和叙事方法来看，雨果的经验让路遥认识到了强烈的对照修辞的价值，认识到了崇高的史诗风格的力量，并启发他以一种热情而亲切的介入性方式展开叙事；也体现在对人与生活、爱与同情、革命与人道主义等问题的态度和观念上——雨果的伟大作品点燃了路遥的理想主义激情，深化了他对革命与人道主义的理解，培养了他对底层人和不幸者的同情心。而雨果与路遥在性格、境遇和生活上的相似或差异，也为在他们之间展开“平行比较”提供了阐释空间。也就是说，关于路遥和雨果，我们的研究将在“影响比较”和“平行比较”两个维度展开。

---

① 海波：《人生路遥》，广东人民出版社，2019 年，第 135 页。

② 海波：《人生路遥》，广东人民出版社，2019 年，第 42 页。

一、童年的不幸与童年叙事

有人说，伟大的作家都有个不幸的童年。这句话也许不是普遍真理，但符合许多作家的实情。杜甫、韩愈、李贺、拜伦、巴尔扎克、雨果、狄更斯、夏洛蒂·勃朗特、托尔斯泰、杰克·伦敦、高尔基和弗吉尼亚·伍尔夫等诗人和作家的童年，都很不幸。利哈乔夫在谈到生命和死亡的时候说："假如生活中绝对没有任何悲伤和痛苦，这也不算是完整的生活。"① 对作家来说，人生的苦难和不幸，包括童年的悲伤和痛苦，皆可视为"完整生活"的一部分。就积极一面看，作家童年的不幸，未尝不是一种特殊性质的幸运。如果作家内心有足够多的爱和热情，那么，他所经历的苦难，就具有特殊的价值，就会被转化成深刻的叙事内容和巨大的创造力量。

在伟大的文学中，有三种东西——爱、苦难和诗——不可或缺。没有爱，文学就缺乏善的力量；没有苦难，文学就缺乏真的深度；没有诗，文学就缺乏美的韵致。假如世界上所有的苦难都消失了，那么，文学很有可能随之消失，至少，那种充满净化力量的悲剧文学，将很难产生出来。所以，那些童年不幸的人，如果正好懂得爱，也有很高的才具，他就有条件成为优秀的诗人和作家。而那些童年幸福的人，若想成为作家，就得培养自己的同情心，培养对苦难的敏感——要使自己有一双看得见人间不幸的眼睛，要有一颗感受到别人痛苦的心灵。一个以作家自命的人，若对人世间的苦难无动于衷，那么，他就很难写出崇高而美好的文字，也很难成为真正意义上的伟大作家。

雨果和路遥都是体验过苦难滋味的作家，也都是懂得爱的真谛的作家。

雨果的童年，是暗淡和不幸的；而路遥的童年，则更加暗淡和不幸。但是，他们靠着爱的热情，靠着诗的力量，极大地超越了自己的苦难和

---

① 德米特里·利哈乔夫：《俄罗斯千年文化：从古罗斯至今》，焦东建、董茉莉译，东方出版社，2020 年，第 324 页。

不幸。

雨果在《九三年》中说："在我们身上造成黑夜的，也可能留下一些星星给我们。"① 童年的不幸，成年以后的磨难，都不曾消损他内心的爱和仁慈。雨果心灵的天幕上，布满了灿烂的繁星。

从外在的角度看，雨果的童年，简直算得上幸福。他家境优渥，衣食无虞，从未体验过饥饿的滋味；他门第尊荣，身份体面，压根不知自卑为何物。

人们知道列夫・托尔斯泰是伯爵，却不知道维克多・雨果也是伯爵。他是将军之子，但他并不以此为荣；他有伯爵的身份，但他放弃了这个名号。巴尔扎克曾经责备雨果说："你怎么能如此从容地放弃法兰西世卿的称号，这是仅次于法国国王的最美的称号！"②

然而，富有和体面，只是幸福生活的外在条件，并不能使一个人免遭苦难的蹂躏和不幸的侵袭。雨果的童年即便说不上特别悲惨，但也说不上特别幸福："因为童年的天真从未停止受到威胁。在维克多・雨果的作品中，死亡的危险总是跟随青春的纯洁。"③ 父母的紧张关系，姑姑的乖张性格，都给他幼小的心灵造成极大的不安和苦恼。雨果关于儿童不幸的叙事之所以真实而感人，因为他自己就体验过童年的不幸。

雨果的父母性格差异大，政治立场也截然对立。父亲的性格，外向、热情而浪漫；母亲的性格，内向、严肃而克制。他们之间几乎总是格格不入，经常发生冲突。父母亲的这种性格差异和性格冲突，集中地反映在雨果自己身上："一方面是雨果将军好色的气质，和他奇特的、常为怪诞所吸引的想象力，另一方面是索菲・特雷布谢严格的禁欲主义和对古典主义传

---

① 雨果：《九三年》，郑永慧译，人民文学出版社，1957 年，第 126 页。

② 雨果：《雨果文集》，第十一卷，程曾厚译，人民文学出版社，2002 年，第 145 页。

③ 劳拉・埃尔・马基、纪尧姆・加利埃纳：《只闻其名：维克多・雨果》，姚丽晴译，上海文化出版社，2021 年，第 97 页。

统的兴趣；一方面是对荣誉的爱，另一方面是对暴政的恨；一方面是总带一点儿疯劲儿的强烈的诗情，另一方面是有产者的品德，这些品德对他的天性来说尤其可贵，是因为他受过家人给他天性所带来的痛苦。”[①] 雨果的性格，就是一个复杂的矛盾体：那像火一样热烈的一面，来自他的父亲；那像水一样沉静的一面，来自他的母亲。

母亲索菲是个有男子气概的女性。她爱上了一个名叫拉奥里的男人。她对丈夫极度冷淡，甚至很少回他的信。雨果父亲也放弃了“重新赢得妻子欢心的念头”[②]，选择跟“达尔梅夫人”一起生活；他在给妹妹的信里抱怨说：雨果母亲对金钱贪得无厌，“她只要有不顺心的事情，总是一意孤行，到处吵吵嚷嚷。”[③] 心情抑郁的母亲，长时间外出不归，也无心照顾怀抱中的婴儿。于是，雨果早早就断了奶，被托付给传令兵的妻子照顾。

这种不正常的家庭环境，极大地伤害了孩提时代的雨果。莫洛亚真实地还原了雨果童年的不幸，准确地揭示了他的忧郁性格的成因：“维克多依然身体羸弱，愁眉苦脸的。他的头很大，和身子不成比例，使他像个畸形的小矮人。‘人们发现他待在角落里，悄悄地在哭，不知道是为什么……’父亲把他托付给一个专带孩子散步的女人，维克多从一开始就无法忍受她。他怪她不讲法语，喊她是‘卡弟娃’——坏蛋。大家猜得到这个没有母亲、有着两个健壮哥哥的羸弱的小弟弟，心头究竟在想什么呢？他的忧郁性格就这样渐渐形成，并且，将在他具有神奇生命力的整个一生中不时地显露出来。”[④] 虽然在社会生活上，雨果显示出健全而强大的人格，但是，在私

① 安德烈·莫洛亚：《雨果传》（上），程曾厚、程干泽译，人民文学出版社，1989年，第59页。

② 安德烈·莫洛亚：《雨果传》（上），程曾厚、程干泽译，人民文学出版社，1989年，第31页。

③ 安德烈·莫洛亚：《雨果传》（上），程曾厚、程干泽译，人民文学出版社，1989年，第56页。

④ 安德烈·莫洛亚：《雨果传》（上），程曾厚、程干泽译，人民文学出版社，1989年，第22—23页。

人生活上，他却显得有些病态和软弱。他的多情和放恣，他对女性的过度依赖，他在情感生活上表现出来的自我中心倾向，多多少少都与他童年的痛苦经历有些关系。

1853 年 3 月，雨果父亲将两个儿子交给寡居的妹妹监护。性格古怪的姑母限制孩子们的自由，不给他们钱，使他们“身无分文”，以至于不得不跟别人借钱；更可气的是，她竟然不允许他们到母亲家里过新年。孩子们对脾气暴躁、令人讨厌的姑母非常抵触，不加遮掩地表达了他们对她的不满和反感。雨果写诗表达了对母亲的思念和赞美，对父亲的失望和怨望：“……侮辱/由父亲加给儿子，就是童年的结束。”① 在整个童年时代，雨果的心灵上都“笼罩着双亲反目的乌云”②。1818 年 8 月，在题为《告别童年》的诗中，十六岁的雨果这样写道：“别了，童年美好的岁月，/转眼间已经高飞远走，/幸福啊，你把我们抛却，/幸福稀少，来不及享受。”③ 在他的诗句里，童年的自己，实可谓楚楚可怜：“光阴啊！你要童年何用？/或者说，为何把我改变！/我寻觅自己，唉，我只见/一个乖乖呜咽的孩童。”④ 这最后一句，情见乎词，最是酸楚，足以使人看见他童年的委屈和痛苦。

好在，雨果最终把童年的不幸，转化成了爱的热情和行动的力量。他有良好的意志品质，从不颓唐和沮丧，更不会向绝望低头。他相信，人类的心灵会向上发展，社会的脚步会向前迈进。在他的作品里，坚定的信念，像磐石一样稳定；爱的情感，则像火焰一样熊熊燃烧，爁炎不息。

也许，正是因为看到了雨果精神上的光芒和力量，吴达元先生才在

---

① 安德烈·莫洛亚：《雨果传》（上），程曾厚、程干泽译，人民文学出版社，1989 年，第 57 页。

② 安德烈·莫洛亚：《雨果传》（上），程曾厚、程干泽译，人民文学出版社，1989 年，第 57—58 页。

③ 雨果：《雨果文集》，第八卷，程曾厚译，人民文学出版社，2002 年，第 27 页。

④ 雨果：《雨果文集》，第八卷，程曾厚译，人民文学出版社，2002 年，第 30 页。

《法国文学史》中介绍他的时候，大加揄扬，不吝赞词：“雨果不是时代病的诗人，他的诗没有拉马丁的忧郁情调，更没有维尼的悲观思想。”这些判断，大体不差。雨果确实像骑士一样浪漫，像传教士一样乐观，像斗牛士一样自信。接下来，也许是为了给“没有时代病”的雨果，提供精神上的“健康证明”，吴达元先生便通过近乎随意的主观推想来自圆其说：“他生活在和睦的布尔乔亚家庭，有慈祥的父母，友爱的哥哥。精神和物质上，他都没有受过挫折。这样一个家庭没有悲伤的气氛，不会产生时代病的诗人。不幸的爱情是时代病一种病菌。雨果一生没有爱情的浪漫史。他早婚，爱他的娇妻，是个好丈夫。他的爱情没有遇着阻难，没有半点波浪。他不认识爱情的苦味，更不认识热烈疯狂的爱情。爱情在他的初期作品里没有什么位置。”① 这样的赞辞，热情，慷慨，也许合乎人们的情感逻辑，但却与事实多相捍格。

当然，这种言过其实的情形，也不难理解。虽然孟子说过“说大人，则藐之”的话，但是，我们还是喜欢把“大人物”往好处想，甚至倾向于把他们想象得白璧无瑕，完美无缺。也许吴达元先生并无这样的脾性，但是，客观条件还是限制了他的视野和意识。例如，20 世纪 40 年代，他在西南联大撰写《法国文学史》的时候，莫洛亚的《雨果传》尚未出版（1954 年出版），因而，也就无法通过这部传记，完整地了解雨果其人。

莫洛亚的《雨果传》公听并观，不为尊者讳，将传主精神上的明面与暗面一并写出，使人们有机会看见一个复杂而真实的雨果，一个幸福而又不幸的雨果，一个伟大而又庸常的雨果。雨果父母的家庭，雨果自己的家庭，皆极不“和睦”，甚至很有些“悲伤的气氛”。他没有患上“时代病”，实属侥幸，端赖他性格外向而浪漫。他总是通过充满热情的写作来实现心理上的平衡和超越，通过对爱情的不断追求来克服精神上的孤独和压力。

---

① 吴达元编著：《法国文学史》，下册，台湾商务印书馆，1946 年，第 440 页。

他终其一生，“从心而动，不违自然所好”，颇有“爱情的浪漫史”，常常身陷爱情的“波浪”，所以，他不仅尝过爱情的“苦味”，也认识“疯狂的爱情”。他也许不是最差的丈夫，但实在很难说“是个好丈夫”。另外，在他的诗歌、戏剧和小说作品里，爱情主题始终占着重要的位置。

总之，理解雨果的一生，用得上美国诗人威斯坦·奥登在阐释荷马的“悲剧世界”时说过的一句话：“人们快乐、难过、战胜、失败，最后死去。这就是全部。”① 雨果有欢乐，也有痛苦；有成功，也有失败。他的家庭固然有其乐融融的时刻，但也有“悲伤的气氛”；而他自己成年以后的人生，更是充满了横祸和苦难。

比较起来，路遥的童年，简直就是浸泡在苦水里的一枚苦果，实实在在是悲惨和不幸的。如果说，雨果童年时代的痛苦，主要是精神上的，是一种惶惶然的不安全感和不自在感，那么，路遥童年时代的痛苦，就是双重的——既要承受极度贫穷的煎熬，又要承受极端自卑的折磨。雨果童年时代的不幸和痛苦，纯粹是发生在一个法国家庭内部的寻常现象；而路遥童年时代的不幸和痛苦，在困难时期的中国农村，可谓比比皆是，在在可见，是一种严重而异常的现象。

1949 年，路遥出生在陕北偏远而贫穷的农村。用他自己的话说，他是“血统农民的儿子”②。在各种灾害和灾难频频侵袭的农业社会，农民常常首当其冲，最容易陷入不饱不暖的困境。从少年时代起，路遥就饱受饥寒之苦。由于孩子多，负担重，日子实在过不下去，父亲便将路遥过继给膝下犹虚的伯父。在他的记忆里，童年阶段的生活，没有无忧无虑的幸福和快乐，只有可怕的贫穷和饥饿；没有穿过一件新衣服，也没有吃过几顿好饭——吃过的好饭，他可以一顿不落地记起来。也许，因为童年的记忆太过痛苦，太过沉重，所以，在文学讲座里，在文学访谈里，在《早晨从中

---

① W. H. 奥登：《序跋集》，黄星烨译，上海译文出版社，2015 年，第 20 页。
② 路遥：《路遥全集·早晨从中午开始》，北京十月文艺出版社，2013 年，第 102 页。

午开始》等文字里，路遥常常不惮絮烦，屡屡述及自己孩童时代的不幸。

童年生活的成人化，是一种巨大的不幸。路遥的人生从冬天开始，接下来是短暂的夏天和秋天，随后又是漫长的冬天。命运像一把无情的剪刀，将那原本应该像春天一样美好而欢乐的童年，从他的人生画幅里硬生生地剪掉了。他从很小的时候开始，便像大人一样为生活而忧愁和焦虑。他在《答〈家庭教育〉记者问》中说："我似乎有一种感觉：我生下来就是大人。严酷的生存环境使我的童年是用成人的眼光去看待这个世界，这个社会，这片黄土地……"① 这是一段极为沉痛的话。有什么比拿走一个孩子的童年更让人惋伤的呢？有什么比把成人的烦恼压到孩子心上更令人悲哀的呢？

饥饿和贫穷意味着对人的双重伤害和侮辱：既是对肉身的伤害和侮辱，也是对人格的伤害和侮辱。1991 年 6 月 10 日，在回答读者提问的时候，路遥谈得最多的，就是饥饿和屈辱："农民一生最大的理想就是吃饱肚子。……就是这样一个渺小的目标，大部分人、老一些的农民都没有实现"②；而他自己则是在"无比屈辱的环境中度过了童年"③。他用"爬下水沟"来形容自己的屈辱感受："想起自己青少年时期那种艰难，叫你觉得自己简直就是从下水沟里一步一步爬出来的。说到这里，我想起小时候有一个情节在脑子里印象很深，就是爬下水沟，这也是我整个童年、青少年时代的一个象征。"④ 路遥的"下水沟"意象，很有概括力和象征意味，使人油然联想到雨果在《悲惨世界》中对巴黎下水道的描写。

随着年龄的增长，一个农村青年的自尊心会更加敏感，而他所感受到的精神痛苦，也就更加强烈。严重的身份焦虑和自卑心理，极大地折磨着路遥的心灵。他为自己的农民身份焦虑，为别人的鄙视和白眼而深感自卑。

---

① 路遥：《路遥全集·早晨从中午开始》，北京十月文艺出版社，2013 年，第 285 页。
② 路遥：《路遥全集·早晨从中午开始》，北京十月文艺出版社，2013 年，第 221 页。
③ 路遥：《路遥全集·早晨从中午开始》，北京十月文艺出版社，2013 年，第 233 页。
④ 路遥：《路遥全集·早晨从中午开始》，北京十月文艺出版社，2013 年，第 234 页。

他在《答中央广播电视大学问》中说："当时我在的那个班是尖子班，班上大都是干部子弟，而我是一个农民的儿子，我受尽了歧视和冷遇……"① 许多年后，即便功成名遂，童年时代和少年时代的伤害记忆，依然像尖利的牙齿，时时啮噬着路遥的心灵。为了改变自己的命运，他历经坎坷，吃尽苦头。路遥对长时间在医院陪护他的航宇说："我是一个实实在在的苦命人。"② 他的弟弟王天乐说，苦难是路遥"永恒的伴侣"③。"苦命人"和苦难"永恒的伴侣"，都是很有概括力的表达。路遥创造了辉煌的文学成就，也吃尽了人间的苦头。

路遥作品的吸引力，来自他的真诚和勇气，具体地说，来自他在面对和叙述苦难的时候所表现出来坦率和勇敢。面对苦难的积极态度和正常方式，并不是忽视和遗忘，而是正视和讲述。要知道，就连华盛顿那样伟大的人物，也"经常诉说自己失恋的痛苦。这种痛苦或许反而使得他的风度显得温文尔雅，以致赢得女士们的青睐。"④ 路遥的个性力量，他的作品的感染力，很大程度上，就来自于他对痛苦和不幸的敏感，就来自于他对苦难命运的坦率态度和真实表达。

路遥有坚强的意志，也有超越苦难和不幸的能力。他会咂摸苦难的滋味，但他心中没有化解不开的怨恨。巴尔扎克的童年遭遇，也像路遥一样不幸——他刚一出生，就被送到乡下托给别人抚养。巴尔扎克在长篇小说《幻灭》中多次强调苦难会成就一个人："痛苦能使一切变得伟大。"⑤ 小说中的杰出作家大丹士对吕西安说："一个人要伟大，不能不付出代价。天才的作品是用眼泪灌溉的。才具是有生命的东西，同一切生物一样有他多灾

① 路遥：《路遥文集》，第五卷，人民文学出版社，2005 年，第 390 页。
② 航宇：《路遥的时间：见证路遥最后的日子》，人民文学出版社，2019 年，第 364 页。
③ 李建军编：《路遥十五年祭》，新世界出版社，2007 年，第 191 页。
④ 华盛顿·欧文：《华盛顿》，张今等译，国际文化出版社公司，2005 年，第 8 页。
⑤ 巴尔扎克：《幻灭》，傅雷译，人民文学出版社，1978 年，第 150 页。

多难的童年。”① 但是，巴尔扎克自己却并不那么超然。他为自己童年所受的痛苦，而深恨其母，甚至说过很重的话：“我母亲的冷漠使我的身心遭受到多么不良的影响！难道我只是义务的产物，偶然的产物？……”② 他甚至说出了这样的狠话：“我从来没有过母亲。”③ 他将自己所有的不幸，都归罪于母亲：“我的母亲是我一生中所有灾难的原因。”④ 路遥精神上所受的伤害，无疑更为严重，但是，他内心的怨郁，却不像巴尔扎克那样强烈。在他回忆童年的倾诉里，固然也有情绪性的话语，但是，他从未像巴尔扎克那样重责父母。

莫洛亚在《论司汤达的〈红与黑〉》中说：“人的气质差不多从童年时代起就已定型。一个人在八岁时，不是成为悲观主义者，就是乐观主义者。长大成人之后，这种气质也很少会变化。一个吃尽苦头的孩子，长大后必然是一个悲观主义者，除非他后来的生活无限幸福，也许性格会开朗些。或者后来的境遇与此相反，不过，那个童年时代遭逢不幸的人，在气质上依然会有点忧郁、胆小。”⑤事实上，在一个人的身上，乐观与悲观兼而有之的情形，似乎更为常见。路遥的性格是忧郁的，但也是乐观的。从性格倾向看，他是敏感的，但是，从意志品质看，他是坚强的；从生命意识看，他是悲观的，但是，从生活态度看，他是乐观的。因而，他本质上是一个意志坚强的悲观主义者，或者说，是一个充满浪漫激情的感伤主义者。正因为乐观，他才在《答陕西人民广播电台记者问》中提倡浪漫精神，认为“罗曼蒂克能带来一种生活的激情”，批评“现在青年人的罗曼蒂克精神太

① 巴尔扎克：《幻灭》，傅雷译，人民文学出版社，1978 年，第 192 页。

② 安德烈·莫洛亚：《巴尔扎克传》，艾珉、俞芷倩译，人民文学出版社，1993 年，第 12 页。

③ 安德烈·莫洛亚：《巴尔扎克传》，艾珉、俞芷倩译，人民文学出版社，1993 年，第 17 页。

④ 斯·茨威格：《巴尔扎克传》，张玉书译，人民文学出版社，2014 年，第 10 页。

⑤ 罗新璋选编：《莫洛亚研究》，漓江出版社，1988 年，第 404—405 页。

少了”[1]；正因为悲观，他才说自己“对命运的无情只有悲伤和感叹”[2]。路遥最终将悲观和忧郁的情绪，转化为一种深刻而充满力量的悲剧意识。他承认人的生命和能力的有限性，不太相信人生绝对的成功和完全的胜利。所以，他的小说中的几乎每一个人物，都有自己止步的边界。他们只在自己人生的可能性范围内梦想和追求，生活和死亡。

童年的经历和记忆，会影响作家的意识和心理，也会极大地影响他的童年叙事。

童年的痛苦使雨果对儿童的不幸特别敏感。在 19 世纪的伟大作家中，雨果与狄更斯对儿童的命运最为关注。狄更斯的儿童叙事，充满了眼泪和叹息，但雨果的童年叙事似乎更为悲惨，更加令人震撼。

儿童是一个社会最脆弱的群体。他们的境遇最能反映一个社会的文明程度。在《悲惨世界》里，珂赛特和德纳第的两个女儿，“年龄合起来都还不到二十四岁，可是她们已经代表整个人类社会了，一方面是羡慕，一方面是鄙视。”[3] 假如没有珂赛特这个人物，《悲惨世界》也会让人感受到它巨大的史诗力量和批判力量，但是，绝不会像现在这样，因为一个陷入困境的小女孩所承受的痛苦，而使全世界读者的同情心都变得更加温柔和敏感。

雨果喜欢让儿童出现在人类生活最具考验性的场景里。如果说，列米佐夫是在现实主义和日常生活的情景里赞美儿童，那么，雨果就是在浪漫主义和象征主义的叙事里赞美儿童。列米佐夫短篇小说《繁星》中的热尼亚和《阿廖努什卡》中的阿廖努什卡，都是欢乐和可爱的，而他们的微笑，也像上帝的光辉的闪耀[4]，但是，这一切不是用夸张的方式表现出来的，而

---

① 路遥：《路遥全集·早晨从中午开始》，北京十月文艺出版社，2013 年，第 209 页。
② 路遥：《路遥文集》，第五卷，人民文学出版社，2005 年，第 317 页。
③ 雨果：《悲惨世界》（二），李丹、方于译，人民文学出版社，1992 年，第 400 页。
④ 列米佐夫：《不知疲倦的铃鼓——列米佐夫中短篇小说选》，杨玉波译，四川人民出版社，2020 年，第 376 页。

是通过对日常生活细节的近乎平淡的描写表现出来的。然而，在雨果的小说里，儿童总是被置于极为特殊的考验性环境里，常常被赋予深刻而丰富的象征意义。在《九三年》的浪漫主义叙事里，一开始，他就描写了出现在索德烈森林的米舍尔·佛莱莎和她的三个孩子。这绝不是一个随便的情节设置，而是一个很有意味的象征。在任何正常的情况下，儿童都应该是离战场最远的人。然而，在1793年，可怕的战争却将儿童卷入其中。雨果用儿童天使般的可爱和纯真，来显示成人世界的可悲和混乱。在雨果的对照修辞里，儿童是仇恨时代的爱，是动荡时代片刻的安宁，是冰冷时代一抹温暖的光芒。在雨果的笔下，孩子所发出的声音，就是最美的诗和音乐：

> 小孩的咿呀，就是鸟儿的歌唱。他们唱的是同一种赞美歌。这种赞美歌是不清晰的，断断续续的，却充满了深沉的意义。孩子和鸟儿不同的地方，是孩子的面前还有人生的悲惨的命运。因此，听见孩子唱歌的人，就会感到忧郁，这种忧郁和唱歌的孩子的欢乐混在一起。在人世间所能听到的最崇高的赞美歌，就是从孩子的嘴里发出来的人类灵魂的喃喃的话语。这种只是出自本能的把思想表达出来的模糊的低吟，包含着一种对永恒正义的不自觉的呼吁；也许这是迈进人生门槛以前的一个抗议；这个抗议是谦卑的，也是刺心的；这个无知的小生命对着宇宙微笑，使得宇宙万物要对这个软弱而赤手空拳的小生命的将来命运负责。①

在雨果的叙事中，儿童意味着纯洁的良心和永恒的正义。他们所发出的声音，既是对美好世界的赞美，也是对苦难人间的抗议；既是对和解与和平的呼唤，也是对战争与暴力的谴责。甚至，就连他们在图书室对图书的

---

① 雨果：《九三年》，郑永慧译，人民文学出版社，1957年，第305页。

"破坏"，都具有一种不可思议的正义性："这件工作花费了几个钟头，可是他们终于达到了目的；圣巴德罗缪的东西一点也没有剩下。"① 所以，这三个"无名的乡下小孩"，"比国王，王座，王权和十五个世纪的君主政治更重"。他们身上的强大而神奇的精神力量，可以为可怕的战争按下休止符，可以使可怕的复仇者瞬间变为仁慈的拯救者。他们象征着受苦受难的人类，也像天使一样，象征着爱和救赎：

> 拿着屠刀的人变成了一个光明的天使。地狱里的魔鬼又变成了天上的晓星。朗德纳克用一件牺牲的行为赎回了他的种种野蛮行为；他失去了自己的肉体，却救了自己的灵魂；他又变成了无罪的人了；他给自己签发了赦罪书。难道宽恕自己的权利就不存在吗？从今以后他是一个可敬的人了。②

雨果的儿童叙事获得了巨大的成功，也赢得了学者和批评家的普遍好评。英国小说家亨利·詹姆斯并不认同雨果的浪漫主义文学，对他的小说写法和小说作品，多有苛论和否定。但是，对《九三年》中的儿童叙事，他却评价很高："书中唯一的真正动人之处是偶尔出现的三名儿童，他们的奇遇才是情节迭起的部分。这一部分很有魅力，闪耀着诗人最辉煌的诗意。"③ 1885 年，雨果去世两个月后，英国女作家奥丽芬特撰写文章，称赞雨果同情弱者和受压迫的人，对他的儿童叙事亦极口称扬："出现在炮火和燃烧，在种种冲动和力量的角斗中的三个孩子，是基调阴沉的《九三年》的魅力所在，亦是年事已高的雨果的魅力所在。据我们所知，文学中没有任何对童年生活的描写堪与'圣巴德罗缪的屠杀'一章相提并论。其他的成年人

---

① 雨果：《九三年》，郑永慧译，人民文学出版社，1957 年，第 318 页。
② 雨果：《九三年》，郑永慧译，人民文学出版社，1957 年，第 408 页。
③ 程曾厚编选：《雨果评论汇编》，安徽文艺出版社，1994 年，第 357 页。

可能是一些类型或象征，可是这些孩子活着，呼吸着。”① 是的，雨果的儿童叙事，是美的诗篇，也是善的布道书。假如没有“圣巴德罗缪的屠杀”等章节对三个孩子的描写，那么，《九三年》便会暗淡很多，就不会像现在这样充满美和爱的力量。

路遥也像雨果一样爱孩子。他爱自己的女儿，也爱所有可爱的孩子。在路遥的照片里，只要有孩子出现，他的表情就是放松而喜悦的。路遥对孩子的喜爱，也表现在自己的小说写作里。在《黄叶在秋风中飘落》和《平凡的世界》等作品里，路遥都写到了儿童。他笔下的儿童形象，也许不像雨果小说中的珂赛特和三个无名的乡下孩子那样，包含着令人震惊的社会内容和象征内涵，但却有助于我们了解特殊时代的世态人情，了解路遥自己的内心世界和儿童时代的痛苦经历。

在路遥小说中，孩子们的童年生活，很少是圆满和幸福的——不是父亲缺席，就是母亲缺席；不是缺乏父爱，就是缺乏母爱。《在困难的日子里》的马建强，三岁就失去了母亲；爸爸既当父亲，又当母亲，“在十几年并不轻松的生活中，硬是他一手把我拉扯了这么大。”②《黄叶在秋风中飘落》中的兵兵，因为母亲移情别恋，爱上了县里教育局的副局长，将他遗弃在当小学教师的爸爸身边，给他幼小的心灵，造成严重的伤害。当然，路遥这些小说的重心，并不在孩子身上，而在表现少年痛苦的饥饿体验和艰难的精神成长，或者表现成人世界身份焦虑、性格冲突和情感矛盾。尽管如此，人们依然可以从这些儿童的身上，依稀看见路遥自己的童年经验和心理情结，依稀看见他那被贫穷、饥饿和屈辱摧折的童年。

在路遥的叙述中，儿童的不幸，多是因为父亲的软弱和无能造成的。路遥笔下的父亲，通常是缺乏力量的。那些善良而勤劳的父亲，如孙少平的父亲孙玉厚，甚至没有能力让自己的孩子吃饱穿暖；而那些没长大的父

① 程曾厚编选：《雨果评论汇编》，安徽文艺出版社，1994 年，第 338 页。

② 路遥：《路遥文集》，第五卷，人民文学出版社，2005 年，第 103 页。

亲，像兰花的丈夫王满银，则游手好闲，不仅不能为妻儿撑起一片天地，还需要妻子的翼护：“他突然感到自己脆弱得像个需要大人保护的儿童。在他眼里，如今身强体壮的兰花不仅是他的妻子，也是他的母亲。他甚至感到连猫蛋和狗蛋都比他强大。”① 这样的男人，不是称职的丈夫，也不是称职的父亲。他的孩子，注定不会有安全感很强的童年。

在《平凡的世界》里，至少有两个家庭的儿童，因为丧失或缺乏父爱，而陷入不幸的境地。郝红梅的儿子还未出生的时候，他的父亲就因为事故离世。孙少平的姐姐孙兰花嫁给了“逛鬼”和“爬熊”王满银。她的两个孩子猫蛋和狗蛋，则因为这个不务正业的父亲常年不在家，而感受不到父爱。他们的父亲因为卖老鼠药而被拉到工地上强制劳动，母亲则除了回到娘家哭诉，别无办法：“这个恐惧不安的女人，只是扯着她妈的袖口哭个不停。瘦小而单薄的她妈也只好陪着她哭。两个大人哭得顾不了娃娃，猫蛋和狗蛋又不知两个大人怎么啦，也揪着母亲和外婆的腿放开嗓子嚎。”② 这两个孩子，除了要忍饥挨饿，还是跟着母亲一起承受父亲所造成的无助和压力。

然而，路遥对儿童终究是爱和温柔的。他从不用极端的方式写儿童的痛苦，也不写儿童的死亡。他让他们体验冬天的寒冷，但最终会给他们春天的温暖。这样，他的儿童叙事，就具有这样两个方面的特征：一方面，在他对儿童的不幸和痛苦的真实描写中，分明可以看见作家自己的童年生活的影子；另一方面，儿童的不幸，最终都被克服了，即陷入不幸的儿童，都实现了命运的逆转，得到了自己的欢乐和幸福。

善和爱是雨果和路遥的儿童叙事的共同特点。他们都写儿童的悲惨境遇，但是，他们都用爱的态度和诗的方式来面对和描写苦难，最终将自己笔下的儿童叙事，提高到了美好的境界。

---

① 路遥：《平凡的世界》，第三部，人民文学出版社，2004 年，第 370 页。

② 路遥：《平凡的世界》，第一部，人民文学出版社，2004 年，第 37 页。

二、爱情、婚姻与人生的磨难

作家研究人的情感和性格，也最懂得人心和人性。深刻的理解是正确地行动的必要前提。但是，知易行难，“能理解”并不意味着“能做到”。知与行的脱节，常常表现在作家的爱情和婚姻生活上。诗人和作家赞美爱情，但是，他们未必能将爱的原则贯彻到底，未必有能力维持爱情与婚姻、家庭与事业之间的平衡。他们的爱情生活，通常是浪漫而热烈的，但他们的婚姻生活，大都是乏味而沉闷的，有的甚至压根儿就是失败的。路遥和雨果的爱情和婚姻，亦未脱这“始于欢者终于悲”的模式。

雨果与妻子阿黛尔·富歇称得上是青梅竹马。他们的爱情虽然受到雨果母亲的阻挠，但是，他们不离不弃，终成眷属。事实上，即便在恋爱的季节，他们之间也时有龃龉，所以，莫洛亚说：“他们的爱情从其曙光初照时便已暮色深沉了。”① 他们婚后的和谐关系，仅仅维持了八年。在此后漫长的岁月里，他们虽然仍然一起生活，但婚姻却名存实亡。

1831 年夏，阿黛尔不再爱她杰出的丈夫了。她爱上了文学批评家圣勃夫。这让雨果极为痛苦。在一篇文字中，他这样表达了自己的心情：“爱着人又不为人所爱，这种人是多么不幸啊！啊！这真是可怕的事情。看看这个女人吧。这个活生生的人多么迷人。她温柔、白皙、单纯。她是家中欢乐与钟情的对象。可是她不爱您。她也并不恨您。她不爱您，就这么回事。”② 从妻子那里得不到爱，雨果便向别处寻找。从 1833 年 2 月 16 日开始，雨果开始与朱丽叶·德鲁埃同居；他们的关系稳定而牢固，维持了整整五十年，直到朱丽叶于 1883 年 5 月 11 日离世。

---

① 安德烈·莫洛亚：《雨果传》（上），程曾厚、程干泽译，人民文学出版社，1989 年，第 289 页。

② 安德烈·莫洛亚：《雨果传》（上），程曾厚、程干泽译，人民文学出版社，1989 年，第 261 页。

在写给朱丽叶的一千多封信中，雨果用火一般热情的语言，表达了自己对她的爱和依恋。在1863年12月31日的信里，雨果这样写道："温柔的天使，我给你寄上我的灵魂。请你接受并把它同你的灵魂一起带向天国吧。请多保重，等我结束我的事业，或差不多结束的时候，让我们一起离开人间。无论今生还是来世，一分钟也不分离，这就是我向上帝要求的。……跟你在一起，我无所不能；没有你，我甚至没有存在的勇气。"① 许多年后，在1881年5月21日的信中，他的爱情之火，依然熊熊燃烧："……假若没有爱情，我们便一无所有。我爱你。我现在像在差不多50年前与你初恋时那样爱你。……我爱你；这意味着它的永恒和我们的永恒。让我们相爱吧！这就是一切。让我们相爱，相爱，一直到永远。"② 虽然雨果与朱丽叶的爱情，是热烈而持久的，但这并没有改变雨果在情感生活上的浪漫主义倾向，也不影响他与多名女性保持亲密的关系。

1844年初，雨果与上流社会的贵族小姐莱奥妮·多内恋爱了。他给莱奥妮写的情书，像他写给朱丽叶的情书一样真诚和热情："你充满了我的整个心头，我崇拜你，你是我眼中的光明，你就是我心脏跳动的源泉……我爱你，你明白吗？……我爱你，言语不足以表达，顾盼、热吻不足以传情……"1872年至1875年，他还与女演员萨拉·贝尔纳、二十二岁的朱娣特·戈蒂耶和二十二岁的洗衣女工白朗什（亦译"布朗什"）情意缠绵，暗通款曲③。不仅如此，雨果还喜欢像拜伦那样炫耀自己的罗曼史，甚至喜欢记录自己的风流生活："流亡根西岛期间，维克多·雨果在一个黑色的记事本上，用拉丁文和西班牙文加密，巨细无遗地记录了他的风流韵事。这些内容由年轻床伴的姓名、日期、某些地点，以及作家每次与她们相处时所

① 维克多·雨果：《雨果情书》，张放译，江苏人民出版社，1998年，第149页。

② 维克多·雨果：《雨果情书》，张放译，江苏人民出版社，1998年，第175页。

③ 安德烈·莫洛亚：《雨果传》（下），程曾厚、程干泽译，人民文学出版社，1989年，第653—656、662页。

做的事组成。”① 在叙述和评价雨果的爱情生活的时候，莫洛亚的态度是理解和宽容的，但他的笔下，也含着明显的讽意：“唉！这些信与他以前写给朱丽叶的信一模一样。这是因为男人本性难移，也因为心中的情人这个角色总是同一个样式，还因为男人只限于把这个角色分配给更年轻、更适合这份工作的女演员去扮演而已。”② 雨果有伟大的思想，也有伟大的人格，但是，他的情感生活，却有些放恣和混乱。在处理两性关系的时候，他缺乏理性和自制力。

在《九三年》里，在谈到西穆尔登的“独身生活”的时候，雨果说了这样一句话：“没有什么东西比这种制欲的生活更危险的了。”③ 他可能没有意识到，在西穆尔登身上，最危险的并不是“制欲”，而是他关于革命的绝对化观念。事实上，纵欲的生活即便不是比制欲的生活更危险，也绝对不会比它更安全，更可取。雨果的放纵欲望的生活方式，也许没有影响他的文学事业，却像莫洛亚所批评的那样，严重地影响了他的社会生活：

> 要是他的私生活不那么乱七八糟，更为检点的话，那么他在社会生活中本来会更坚强有力一些。责任、感激、爱情和欲望，使他成了旧日的私情及贪婪的女人的奴隶。三个女人——几乎就是三个妻子——阿黛尔、朱丽叶和莱奥妮，住在蒙马特尔高地他的附近，整个圈子很小。他对其中的每个人都得分出一部分时间，从这个女人跑到那个女人；当怀里抱的是朱丽叶时，总免不了给阿黛尔或莱奥妮撞上。

---

① 劳拉·埃尔·马基、纪尧姆·加利埃纳：《只闻其名：维克多·雨果》，姚丽晴译，上海文化出版社，2021 年，第 56 页。

② 安德烈·莫洛亚：《雨果传》（下），程曾厚、程干泽译，人民文学出版社，1989 年，第 407 页。

③ 雨果：《九三年》，郑永慧译，人民文学出版社，1957 年，第 127 页。

> 在一定程度上，这两个人已联合起来反对三人中最得宠的这一个了。①

像莫洛亚一样，法国文学史家朗松也对雨果的缺乏克制的情感生活，尤其是对他的男权主义的女性意识，尖锐批评，痛下针砭：“在他为一己私利谈到爱情的时候，在他对女性虚情假意的殷勤之中，在他出色的华丽词藻里面，有少许很具体的肉欲搀和了进来。他不会头脑发昏，无法体验巨大的激情。他高高在上，作为一个会沉思的诗人，非常乐意将女性的爱情视为‘脚边的一只狗’。……还应当公正地作如下补充：雨果对人类、对卑贱者和穷苦人整体的爱，是非常真实的。”②两位法国学者对雨果的批评说明什么呢？说明再伟大的作家都是人，都难免有人身上的局限和弱点。正因为有情感、性格甚至道德上的某些缺陷，他才是真实的人；正因为他能在那些重要的方面，超越人性和社会所加的限制，达到很高的境界，所以，他成了伟大的人。

更何况，文学写作原本就是一种特殊的精神劳动。它给作家带来巨大的快乐，但也有可能使他们变得性情乖张。很多时候，一旦进入紧张的写作状态，作家的心里，便只有眼前的工作。他们遗忘了现实世界。写作之外的人和事，很少能引起他们的兴趣。他们的事业与生活，就像跷跷板的两端一样，这边高的时候，那边就会低。他们的情感和注意力，仿佛沙漏计时器中的沙子一样，要么流向这边，要么流向那边。只有杜甫、托尔斯泰和梅列日科夫斯基这样的诗人和作家，才有能力在生活与写作之间，维持一种平衡而和谐的关系。那些缺乏平衡能力的作家，往往很难成为称职的丈夫。雨果不是称职的丈夫，路遥也不是。

沉重的文学劳动压迫着雨果的心灵。在婚姻生活上，他精神的天空，

---

① 安德烈·莫洛亚：《雨果传》（下），程曾厚、程干泽译，人民文学出版社，1989年，第463页。

② 程曾厚编选：《雨果评论汇编》，安徽文艺出版社，1994年，第282—283页。

多有厚厚的乌云，少见灿烂的阳光。他失去了对家人的温情和耐心："就像母亲的全部身心献给她的孩子一样，诗人的全部身心献给他的作品。他变得苛求、武断、盛气凌人。如同她订婚时所预见的那样，阿黛尔发现维克多成了个专横的领主。"① 雨果是这样的"专横领主"；有的时候，路遥似乎也是。只是，由于特殊时代的禁欲主义文化的影响，由于个人性格和地域性格上的原因，在情感生活上，路遥的态度是内敛而克制的，不像雨果那样恣意和浪漫。雨果写了大量的情书，激情四溢，毫不遮掩；路遥肯定也写过情书，但数量恐怕不会很多，情感也不会像雨果那样浓烈和外向。

路遥的个性和才华使他显得与众不同，也为他赢得了女性的好感。在爱情上，他像雨果一样幸运，总是受到知识女性的青睐。与一位北京知青失败的初恋，带给他极大的伤害，甚至使他产生了轻生的念头；同为北京知青的林达，却用温暖和体贴的爱，平复了他内心的创伤。在那个城乡差别极大的特殊时代，林达对路遥的跨越阶层鸿沟的爱，可谓勇敢而富有牺牲精神。她不仅在精神上给了路遥纯粹而美好的爱情，还在物质上给路遥提供了慷慨的帮助，帮助他摆脱了经济上的困窘。在病榻上谈到林达的时候，路遥曾经心怀感激地说："年轻时在延川插队，也确实帮我解决了不少困难，那时候我是一个穷光蛋，要什么没什么，家里的光景过得一烂包，人家那时候没有嫌弃我，还用她自己省吃俭用的钱供我上的延安大学，从这一点上，我还得感谢她为我做出的牺牲。"② 事实上，林达带给路遥的，远不止这些。这个具有归国华侨背景的北京知青，这个具有良好家教和不俗才情的女性，给路遥的内心生活带来的积极影响，绝不会比田晓霞带给孙少平的更少。可以肯定地说，没有林达的爱和支持，无论路遥的人生境况，还是他的文学事业，很有可能是另外一种样子。

---

① 安德烈·莫洛亚：《雨果传》（上），程曾厚、程干泽译，人民文学出版社，1989 年，第 253 页。

② 航宇：《路遥的时间：见证路遥最后的日子》，人民文学出版社，2019 年，第 329 页。

然而，路遥并没有用心守护自己的婚姻，或者准确地说，并没有处理好事业与家庭的关系。莫洛亚批评雨果："他这个人兴趣极少，魅力极大，政治和美貌女子使他脱不开身"①。路遥的兴趣，并不算少——他喜欢聊天，喜欢音乐，喜欢唱民歌，喜欢"边编边说"的"练嘴子"②，喜欢足球，对UFO也兴趣盎然。他像雨果一样，是有魅力的；也像雨果一样，特别关心政治。但是，他最大的兴趣和热情，在文学一边。真正使路遥之死靡他，抛舍不下的，只有文学。

路遥把文学当作神圣的宗教，甘愿做这宗教虔诚的圣徒。1984 年 12 月，他在《答〈延河〉编辑部记者问》中说："要求自己写作时的心理状态，就像教徒去朝拜宗教圣地一样，为了虔诚的信仰而刻意受苦受罪。工作中由于艰难而难以忍受之时，闭目遥想那些衣衫褴褛、蓬头垢面而艰辛地跋涉在朝圣旅途上的宗教徒，便获得了一种力量。"③ 七年后，在题为《文学·人生·精神》的演讲中，他再次向听众说明他写作时的心无旁骛的工作方式："我进入了工作间以后，就把所有的事、所有的思潮、所有外边的喧嚣全部都赶出房间。我就是一个世界。"④ 他把自己的健康和生命，把自己的婚姻和家庭，都奉献给了文学这个特殊的宗教。为了文学，他远离舒适的都市，过着苦行僧般的生活。在《写作是心灵的需要》中，他要求自己做好准备，"准备去流血，流汗，甚至写得东倒西歪不成人样"⑤；要

① 安德烈·莫洛亚：《雨果传》（下），程曾厚、程干泽译，人民文学出版社，1989 年，第 656 页。

② 这是一种考验人的口才、想象力和反应能力的陕北民间艺术。路遥与海波都喜欢这个游戏，"两人坐在一起编，就像火燃着汽油一般，'呼'一下就开始了。因此，在没有第三者在场的时候，我们常玩这个游戏，一玩就玩到大半夜。直能玩到两人口干得转不动舌，嗓子哑得发不出声，累得浑身发软，笑得肚子生疼时才会罢休。"（海波：《人生路遥》，广东人民出版社，2019 年，第 145 页。）

③ 路遥：《路遥文集》，第五卷，人民文学出版社，2005 年，第 382 页。

④ 路遥：《路遥全集·早晨从中午开始》，北京十月文艺出版社，2013 年，第 225 页。

⑤ 路遥：《路遥全集·早晨从中午开始》，北京十月文艺出版社，2013 年，第 245 页。

“能忍受寂寞，须把自己长期封闭在一个孤独的世界里，排除一切干扰，全身心地投入进去”①。他的“野战”和“夜战”式的写作习惯，不仅给自己的生活造成极大的不便，给自己的身体造成极大的伤害，也给自己的家人带来极大的困扰和痛苦。

路遥对文学的热爱和痴情，与他对妻子的冷漠和怠慢，形成了极为尖锐的对照。他对妻子林达的态度，就像雨果对妻子阿黛尔的态度一样，也是“盛气凌人”的，甚至缺乏起码的关心和体恤。关于路遥的家庭生活和夫妻关系，航宇这样写道：

> 路遥没有尽到自己的责任，也是事实。比如说家里没吃的面了，需要换煤气了，这些本来是男人干的营生，都让林达一个人干了。你想想，一个女人，买十几斤粮可以，要她往三楼上扛煤气罐，就有些力不从心了。别说是高干家庭出身的一个女人，就是一个农村妇女也不会干这样的事情。天长日久，难免会产生一些矛盾。
>
> 对于这些，林达一般采用妥协的办法，跟他吵闹有什么用，他不是照样我行我素，只能忍气吞声地维持这种看似平静如水，实则暗波涌流的夫妻关系。所以单位的人或多或少知道俩人关系并不怎么融洽，但没人相信他俩会走到离婚这一步。
>
> ……有次，林达不知怎么把自己的脚崴了，行动十分不便，需要在东大街的一个诊所去按摩，而作协到东大街还有一段距离，她一瘸一拐无法过去，需要人帮忙才能到那个诊所。
>
> 路遥不知为什么没有送林达，而是走到我房子，有些抱怨地对我说，林达把脚崴了，连路都走不了，你去把她背下来，用自行车把她推到东大街去按摩。

---

① 路遥：《路遥全集·早晨从中午开始》，北京十月文艺出版社，2013年，第248页。

我看着路遥说，我背她下楼，那你呢？

我还有事。路遥这样给我一说，像完成了自己的任务一样，至于我送不送林达去按摩，那是我的事，跟他一点关系也没有，而他已经走了。

怎是这样一个人？我心里不高兴地这样想。①

路遥此处的态度和行为，实在令人大感诧愕，大惑不解。虽然陕北男人身上，多多少少都有些“大男子主义”习气，但是，如此漫不经心者，似乎并不多见。这也许不是严格意义上的“冷暴力”，但也实在算不得合乎夫妻伦理的正常表现。

当然，在两性情感上，路遥是严肃的。他不会像雨果那样浪漫，也不会像他那样纵情。在情感生活上，雨果激情澎湃，精力旺盛，——1885 年 4 月 5 日，他去世前不久，还与二十二岁的布朗什·朗万（Blanche Lanvin）约会②。路遥固然不是禁欲主义者，但是，他有良好的自制力，绝不会任由爱情的藤萝，同时向几个方向攀缘，同时缠绕到多个女性的花架上。这种差异，当然与两个人的气质和性格有关系，但也是由包括气候在内的自然环境造成的。孟德斯鸠说：“在北方的气候里，爱情在生理方面几乎没有力量让人感觉到它。在温暖的气候里，爱情带有成千上万的附属物；有些东西乍一看像是爱情，使人感到愉悦，但是这些东西并不是爱情本身。在更炎热的气候里，人们只为爱情本身而热爱爱情。爱情是幸福的唯一源泉；爱情就是生命。”③ 北方的气候虽然寒冷，但似乎并不影响人们从生理方面感受爱情。当然，与气候较热的南方人相比，北方人的爱情意识和爱情感

① 航宇：《路遥最后的人生》，未刊稿；正式出版的时候（易名为《路遥的时间：见证路遥最后的日子》，人民文学出版社，2019 年出版），这几段文字，惜未保留。

② 劳拉·埃尔·马基、纪尧姆·加利埃纳：《只闻其名：维克多·雨果》，姚丽晴译，上海文化出版社，2021 年，第 59 页。

③ 孟德斯鸠：《论法的精神》，上册，张雁深译，商务印书馆，1961 年，第 230 页。

受，也许确乎不同。至少，在爱情生活和爱情叙事上，生活在欧洲温暖气候环境中的雨果，显然比生活中国北方气候偏冷环境中的路遥，要更浪漫，更有激情。在路遥那里，爱情固然重要，但并不意味着一切，也并不比生命更重要，所以，人们对待爱情的态度，就显得克制而理性；在雨果那里，“爱情就是生命”，无论是雨果自己，还是他小说中的人物，为了追求爱情，常常表现出一股不管不顾的劲头。

雨果与哥哥们的关系，既是友爱的，也是紧张的，有时，甚至是悲剧性的。雨果的哥哥欧仁精神不正常。他爱着雨果的未婚妻阿黛尔。1822 年 10 月 22 日，在雨果举行婚礼的夜晚，“欧仁狂暴的精神病大肆发作。他一向性情抑郁，总觉得有人在迫害他。他爱着阿黛尔，往日难忍的嫉妒使他痛苦。见到弟弟的幸福，他再也受不住了。”① 欧仁的病几乎是致命的，“医生说这病无法可治；可怜的欧仁成了一个活死人，最后连两个兄弟也很少来看他了。”②

路遥与兄弟姐妹的关系，大体上是亲近而和谐的。在帮助弟弟们的时候，他是不遗余力的。路遥在世的时候，家人俱皆安好，只有姐姐因病早逝。姐姐的死，使路遥极为悲痛。王天乐在回忆文章中写道：“我的姐姐为了挖野菜从悬崖上摔下来，成了心脏病。路遥在这个时候才回过几次家，目的是想救活我的姐姐，他多次跑西安，给我的姐姐买药，想办法救活这个善良的生命，但姐姐还是在 27 岁的时候走了。我和我的父亲把她送上山。路遥对我说，一定要写出姐姐壮丽的人生悲剧，但这部作品必须得到了五十岁以后才能写，否则，承受不了这么大的悲伤。”③ 对路遥来讲，姐姐的不幸早逝，是一件极大的灾难性事件。这件事无疑强化了他对人生苦难的

---

① 安德烈·莫洛亚：《雨果传》（上），程曾厚、程干泽译，人民文学出版社，1989 年，第 126 页。

② 安德烈·莫洛亚：《雨果传》（上），程曾厚、程干泽译，人民文学出版社，1989 年，第 134 页。

③ 李建军编：《路遥十五年祭》，新世界出版社，2007 年，第 191—192 页。

感受和认知。所幸几个兄弟的病故，是他离世之后的事情，否则，这一连串的不幸，一定会给他造成更大的痛苦。他在病苦中与弟弟王天乐反目，固然令人惋惜，但也是人世间常见之情形，无足惊怪。

比较起来，雨果所遭遇的生离死别的大悲痛，远比路遥要多。从1823年开始，他的多位至亲相率死亡。长辈和同辈人里，先是母亲和二哥欧仁病故。1828年1月28日，父亲雨果将军突然中风去世。他一生里埋葬了自己的四个孩子。1823年10月9日，他的第一个儿子小莱奥波德·雨果夭折。1843年9月1日，他的女儿莱奥波特蒂娜和丈夫在维勒基埃的海水中溺亡："维克多·雨果因为女儿的死而一蹶不振。到了十二月，他还没有从沉重的打击中恢复过来。"① 还有两个儿子早亡——夏尔死于中风，弗朗索瓦-维克多死于结核病。他的美丽的小女儿阿黛尔则命途多舛，境况凄惨。她爱上了英国男子艾伯特·平逊，一直追到加拿大，才搞清他已婚的真相；因为心理大受刺激，无法正常生活，她只得常年住在精神病院里。小阿黛尔一直活到了八十五岁。她是雨果家族最长寿的人。

雨果生活条件优越，生命力顽强，乐观而健康地活了八十三岁。

由于童年时代备受贫穷和饥饿的摧折，由于极端化的文学劳动所造成的伤害，路遥只活了四十二岁。

然而，无论年岁颇长的雨果，还是英年早逝的路遥，人生的路途都不平顺，都承受了许多的苦难和不幸。也许，正因这苦难和不幸，他们才深刻地了理解人生，才懂得同情弱者和不幸者，才将人道主义当作自己创作的根本原则。他们用爱的精神之光，照亮了"悲惨的世界"和"平凡的世界"；用升华了的苦难，铸造了不朽的文学丰碑。

约翰逊博士小说中的奈卡亚公主说："没有人既能品尝秋天的果实，又能享受春花的芬芳。在同一个时间里，没人能在尼罗河的源头斟满他的杯

---

① 安德烈·莫洛亚：《雨果传》（下），程曾厚、程干泽译，人民文学出版社，1989年，第397页。

子，又能在尼罗河口斟满那个杯子。”① 写作是极为艰辛的劳动，甚至是充满危险和考验的远征和历险。伟大的作家都是伟大的征服者和探险家，也是伟大的牺牲者。很多时候，他们必须在安逸与劳苦之间选择，在欢乐与孤独之间选择，甚至要在自由与束缚之间作选择。为了伟大的事业，他们常常不得不选择苦难和牺牲。他们不仅牺牲了自己的自由、健康甚至生命，也牺牲了家人的欢乐和幸福。

他们必须远离人群，独自承受一切压力和痛苦，就像艾略特所说的那样：“文学艺术迫使人抛下他拥有的一切——甚至包括整个家族——而孤身追求艺术。因为艺术要求人既不属于他的家庭，也不属于他的阶层、党派、圈子。他只能纯粹是他自己。”② 司马迁认为，戴盆无以望天，便选择把盆放在一边——“绝宾客之知，忘家室之业”③，心无旁骛地仰望星空。那些伟大的作家和艺术家，大都如此。只有极少数的诗人和作家，例如杜甫和梅列日科夫斯基，才有能力维护笃挚的伉俪之情，才有能力处理好戴盆与望天的关系。

既然这样，面对那些把自己的生活处理得很笨拙甚至很混乱的作家和艺术家，我们无妨多一些理解，少一些苛责。

不仅如此，我们还要向他们表达敬意和感谢。

因为，没有他们的努力和牺牲，就不会有那些崇高而伟大的精神成果，就不会有包含着真和善、理想和希望的伟大作品。

三、思想、批评与文学自觉

一个人的写作水平与鉴赏水平是一致的。他欣赏什么样的作品，就有

---

① 塞缪尔·约翰逊：《王子出游记》，水天同译，上海译文出版社，2020 年，第 106 页。

② 林德尔·戈登：《T. S. 艾略特传：不完美的一生》，许小凡译，上海文艺出版社，2019 年，第 19 页。

③ 班固撰：《汉书》（二），颜师古注，中华书局，1999 年，第 2064 页。

可能写出什么样的作品。一个迷恋《九尾龟》、《何典》和《肉蒲团》的人，只可能写出格调低下的颓废而狎亵的作品；一个人喜欢《静静的顿河》和《百年孤独》，才有可能写出《白鹿原》；一个人，只有当他同时热爱《红楼梦》、《创业史》、《哈姆雷特》、《九三年》、《安娜·卡列尼娜》、《简·爱》、《白轮船》和《热尼亚·鲁勉采娃》的时候，他才有可能写出《平凡的世界》。

写作水平决定于文学鉴赏力，最终决定于文学判断力。所谓文学判断力，即文学批评能力。批评能力是作家的重要素质。没有良好的批评能力，作家的文学意识就不可能发展和成熟。批评激活思想，思想创造意义。几乎所有伟大的作家都是杰出的思想家，而第一流的作家则大都是不俗的批评家。

别尔嘉耶夫称赞陀思妥耶夫斯基是“思想的艺术家”：“在伟大的艺术世界中，就智慧的力量而言，在某种程度上可以和他相提并论的也许只有莎士比亚……。莎士比亚的创作充满了穿透一切的、尖锐的智慧的力量——这是文艺复兴的智慧。”① 事实上，几乎所有真正伟大的作家，都是思想的艺术家，都拥有智慧的力量。如果没有这“智慧的力量”，他们不可能深刻地理解生活和人性，因而，也不可能创造出真正伟大的作品。

然而，个别著名的中国当代作家，却否认思想对于文学的意义。在他看来，因为“形象大于思想”，所以，思想不仅是无用的，而且还是有害的。他最终的结论是：作家只须培养自己的想象力，而不必在意所谓“思想”。这无疑是浅陋的谬见。

在艺术创造的心智活动中，思想与想象常常相伴而行，也就是说，几乎不存在完全脱离思考和判断的想象。想象与思想之间，不是互不相容的对立关系，而是相得益彰的共存关系。一切想象都指向一个价值结构和意

---

① 尼古拉·别尔嘉耶夫：《陀思妥耶夫斯基的世界观》，耿海英译，广西师范大学出版社，2020 年，第 323 页。

义世界。只有思想才能赋予想象以逻辑和意义感。缺乏思想和理性的想象，往往是混乱而无意义的。在文学写作过程中，完全排斥理性和思想的想象是不可思议的。

法国文学既是感性和激情的文学，也是思想和批判的文学；法国作家大多有良好的批评家素质，是批评家化的作家，就像美国学者克拉克在分析法国文学时所说的那样："对文学的理性看法背后是几何精神的支撑，而这种理性看法也鼓励了法国人的所谓批判精神，鼓励了批判实践。法国文学文化能随意结合批评与文学，因为两者精神是相通的。……两个世纪后，波德莱尔仍然坚持认为诗人必须同时是批评家，而圣勃夫这位职业批评家，也特别指出法国具有真正的批评能力。法国'天才'与批评的结合发展成了一种亲和力；对许多人来说批判精神就是法国精神。"① 显然，没有思想和批评能力，就没有将激情与理想融为一体的法国文学，也不会有深刻而伟大的法国文学。

雨果就是思想家型的作家，而路遥则是很有判断力的作家。雨果的文学思想和批评能力，见之于《〈克伦威尔〉序》和《威廉·莎士比亚》；路遥的思想能力和批评能力，则充分地表现在《早晨从中午开始》和一系列文学批评和艺术批评的文章中。

雨果属于那种"能随意结合文学与批评"的作家。他的父母都是文化修养很高的人。他从小就接受了良好的家庭教育。从少年时代起，他就表现出极高的文学天赋和非凡的创作能力。系统和完善的学校教育，进一步提高了他的文化修养，培养了他的鉴赏力和批评能力。1827 年 10 月，二十五岁那年，他就以犁庭扫穴之气概，写出了《〈克伦威尔〉序》这样的文学批评杰作。他要改变法国文学死气沉沉的局面，重建新的文学秩序。他要用浪漫主义的文学之火，烧掉古典主义的藩篱和枷锁。他给法国文学带来

① 普利西拉·帕克赫斯特·克拉克：《文学法兰西：一种文化的诞生》，施清婧译，译林出版社，2019 年，第 94 页。

了革命性的影响。他改变了人们的文学意识，甚至改变了法国文学发展的路向。

比较起来，路遥文学意识的自觉，就来得稍晚一些。由于特殊的时代原因和文化环境，路遥所接受的文化教育和文学教育并不完善。在该读书的时候，他无书可读，家里几乎找不到一本有价值的文学著作；成年前的学校教育，也未能给他提供像样的读物和知识。他最初阶段的文学启蒙，是在进入社会以后，在周围的业余诗人和业余作家的影响下完成的。他的文学意识的彻底改变，他的文学自觉的实现，经历了一个极为艰难的过程。通过艰苦的自我努力，他逐渐摆脱了僵硬的主宰性文学观念和创作模式，并将自己的创作能力，提高到了很高的水平。

每一个作家都要挣脱那些束缚自己的绳索。他们都要解决那些最紧迫的问题，进而为自己寻求新的文学方向，为自己探索新的写作方法。雨果和路遥也都有自己要解决的紧迫问题，也都有自己要摆脱的严重束缚。

雨果在《〈克伦威尔〉序》中说，两个世纪以来，“三一律”给天才造成了“可怜的麻烦”：“正是这样限制我们最伟大诗人的创造。他们用三一律的剪刀剪去了这些诗人的翅膀。作为交换，从高乃依，从拉辛身上摘下雄鹰的羽毛之后，他们又给了我们什么呢？康皮斯特龙。”① 对 20 世纪 70 年代的中国文学来讲，所谓“三突出”也是这样的“剪刀”。它也限制了诗人的创造，剪去了他们的翅膀。

雨果面临的挑战，是突破“三一律”，探索新的写作方法，开辟新的文学道路，建构新的文学谱系。

路遥面临的挑战，是突破“三突出”，接续 19 世纪文学伟大的现实主义传统，重回真正的现实主义文学谱系。

雨果主要是“开来”型的作家，倾向于自己建构新的文学观念和写作

① 雨果：《雨果文集》，第十一卷，程曾厚译，人民文学出版社，2002 年，第 31 页；“康皮斯特龙”是平庸的代名词。

方法，因而，他的文学立场和批评原则，就是拒绝古典主义传统的激进主义。

路遥主要是“继往”型的作家，倾向于从固有的伟大的文学经验里寻求启示和支持，因而，他的文学立场和批评原则，就是继承现实主义传统的守成主义。

雨果是天赋很高、创造力惊人的诗人、戏剧家、小说家和批评家。自由是他的天性，也是他在生活和艺术上信奉的绝对原则。生活上，他反对一切横暴的束缚；美学上，他反对一切僵硬的教条。这样的人生来就拒绝循规蹈矩，就厌恶那些束缚人的清规戒律和条条框框。

路遥是端严峻整的现实主义小说家。他个性鲜明而强大。不服输和不服从是他的性格中最为重要的特点。一旦进入写作状态，他的内心就有一股不可羁縻的气概。他要做自己心灵的主人，要做自己书斋里的拿破仑：“我就是一个世界。在某种程度上，你就是这个房子的拿破仑，尽管你不是社会的主宰，但你最起码是这个房子的主宰。我能主宰了我的命运，我不需要别人来给我说你应该怎样做或你不应该怎样做，我自己就是我自己。你没有这样一种坚定的创作信念，你就不可能走完以后的道路。”① 在中国当代作家中，如此个性卓异、浩气沛然的作家，似乎并不多见。

像托尔斯泰等俄罗斯作家一样，雨果也是一个具有宗教热情的作家。他的文学之树植根于宗教精神的土壤。他虽然不像俄罗斯作家那样坚卓和绝对，但却像他们一样虔诚和热情。他的浪漫主义的文学意识和文学批评，都是在宗教精神和宗教观念的影响下形成的。

在基督教的意识形态里，一切都被纳入神与魔、善与恶、生与死、光明与黑暗、地狱与天堂等对立性结构之中。没有对立和冲突，就没有宗教。最终的救赎，不过是尖锐对立和冲突的解决。就像雨果在《〈克伦威尔〉

① 路遥：《路遥全集·早晨从中午开始》，北京十月文艺出版社，2013年，第225页。

序》中所说的那样："基督教带领诗歌走向真理。现代的缪斯和基督教一样，以更高远、更宽广的目光看待事物。诗歌会感到万物间的一切不都是'尽善尽美'的，丑和美并存，畸形和优雅相邻，滑稽在崇高的反面，恶和善并列，影和光同行。"① 因为，"宗教的出发点总是诗歌的出发点"②，所以，在基督教的影响下，诗歌将向前跨出决定性的一步，而"智性世界的面目"也将发生根本性的改变。

雨果根据基督教的对立性结构，确立了自己的浪漫主义文学思想和文学谱系，又根据自己的复杂的、冲突的文学观念，挑战和超越了古典主义的单一而静态的文学意识和美学秩序。形象地说，古典主义是一潭静静的湖水，雨果要用宗教的力量，将这法国文学的静水，导入河流，使它成为喧嚣奔腾的活水。

根据基督教的对立原则，文学要在古典与现代、崇高与滑稽、悲剧与喜剧、神与人、灵与肉等构成的两大原则之间，建立新的平衡。这种平衡，在雨果看来，就是"诞生于基督教的诗，我们现代的诗，是正剧；正剧的特点是真实；真实源自崇高与滑稽两大类型十分自然的组合，在正剧里相交，如同在生命里，在万物里一样。因为，真正的诗，完整的诗，存在于对立面的和谐之中。"③ 对立因素相互交融所构成的复杂和真实，就是新的平衡，就是新的美学原则。这是雨果所确立的新的美学原则和文学写作方法，也是路遥试图恢复和实践的原则和方法。路遥也喜欢用对比的方法来塑造人物，也将表现人物性格和情感的复杂性当作一个重要的叙事原则。

在雨果的新的美学原则下面，古典主义的片面的伟大和单一的崇高，就显得简单而虚假。因而，有必要将复杂性和批判性引入进来。复杂性意味着真实性，而批判性则意味着深刻性。批判的原则，即嘲笑和讽刺的原

① 雨果：《雨果文集》，第十一卷，程曾厚译，人民文学出版社，2002 年，第 12 页。
② 雨果：《雨果文集》，第十一卷，程曾厚译，人民文学出版社，2002 年，第 13 页。
③ 雨果：《雨果文集》，第十一卷，程曾厚译，人民文学出版社，2002 年，第 25 页。

则。雨果用“滑稽”来概括这一原则：“滑稽是正剧最高的美。”这一原则与人性的真实情形是一致的；因为，“天才的人物，即使再伟大，身上总有嘲弄其智力的愚蠢的一面。正因为这样，他们才接近人性，因为只有这样，他们身上才有戏。”① 当然，诗人并不是被动描写人和自然，而是用个性化和创造性的方式表现一切。诗人不要变成庸人，而要成为巨人，要把一切都变成自己的：“把一点微光变成一束阳光，把一束阳光变成一把火焰。只有这样，正剧才算是艺术。”② 这样的诗人，在创造作品的同时，也创造了自己。所以，“真正的诗人和上帝一样，是同时又处处在自己的作品之中。”③ 显然，对于诗的创造来讲，一切都决定于诗人的意识，决定于他的个性和力量。

这样，自由，心灵的自由，创造的自由，就成了新的浪漫主义文学原则。1837 年 6 月 24 日，雨果在《〈心声集〉序》中说：“诗人的力量在于独立。”④ 独立意味着思想的自由和精神的解放。如果你是真正的诗人，你就应该追求独立，就应该热爱自由，就要勇敢地追求思想的自由和表达思想的自由：“敢于毫无顾忌地什么都说，敢于毫不做作地表达一切；自自然然从喜剧到悲剧，从崇高到滑稽；……”⑤ 雨果称自己的批评为“新批评”，而且自信这种批评将获得最终的胜利。因为，它有“宽厚、牢固、深刻的基础”，因为，它体现了“艺术中永持久不变的原则”⑥。雨果用自己的创作，证明了这新理论的合理性与有效性。

一切伟大的批评，都有自己的理想和标准，或者说，都有自己的文学典范和经验资源。雨果心目中的完美典范，就是威廉·莎士比亚。如果说，

① 雨果：《雨果文集》，第十一卷，程曾厚译，人民文学出版社，2002 年，第 27 页。
② 雨果：《雨果文集》，第十一卷，程曾厚译，人民文学出版社，2002 年，第 40 页。
③ 雨果：《雨果文集》，第十一卷，程曾厚译，人民文学出版社，2002 年，第 41 页。
④ 雨果：《雨果论文学》，柳鸣九译，上海译文出版社，1980 年，第 116 页。
⑤ 雨果：《雨果文集》，第十一卷，程曾厚译，人民文学出版社，2002 年，第 45 页。
⑥ 雨果：《雨果文集》，第十一卷，程曾厚译，人民文学出版社，2002 年，第 59 页。

高乃依追求伟大，莫里哀追求真实，那么，莎士比亚就达到了“天才所能攀登的最高峰”——“同时达到伟大和真实”：“真实之中有伟大，伟大之中有真实”①。根据这样的标准，雨果虽然也在《论司各特》中，高度赞扬司各特的文学成就，但犹觉欠然，于是便对未来的小说，提出了更高的期待和要求：“在司各特的这种散文体的描绘小说之后，将来还有另一种小说有待创造，依我们设想，这种小说要更加美好，更加完整。这便是同时具有戏剧性和史诗性的小说，它真实而又伟大、生动逼真但又富于诗意、切合实际而又具有理想，它将把司各特镶嵌在荷马的身上。”② 显然，这是高度自觉的文学意识。在这里，人们看见了高度成熟的小说观念，看见了新的小说理想。它既是真实和生动的，又是伟大而充满诗意；它既是现实主义的，又是浪漫主义的。它将吸收其他艺术的优点，包含着戏剧和史诗的魅力和力量。显然，雨果的文学自觉，其来有自——它来自莎士比亚等伟大作家的经验资源。

事实上，就其本质而言，雨果所说的浪漫主义，不过是浪漫主义气质的现实主义而已。正像美国学者迈克尔·费伯在《浪漫主义》中所揭示的那样，浪漫主义作家关心社会公正和进步，关心人类的福祉和命运，是一些充满道德热情和斗争激情的现实主义者：“欧洲几乎所有主要的浪漫主义作家起初都是社会改革者或是政治改革者；事实上，他们均受到法国大革命初始阶段的启发；用柯勒律治的话来说，他们通过对政府、宗教和教育的革新寻求有效的仁善之道。他们深知情感的共鸣只不过是一个人致力于社会改革路上的一个瞬间。”③ 美国学者克拉克也看到了法国文学的政治品格，并这样概括法国文学的“文学伦理”：“作家拥有特权，这种特权往往来自作家与政治生活的联系，来自文学的道德权威；还因为作家是公共人

① 雨果：《雨果论文学》，柳鸣九译，上海译文出版社，1980 年，第 110 页。
② 雨果：《雨果论文学》，柳鸣九译，上海译文出版社，1980 年，第 6 页。
③ 迈克尔·费伯：《浪漫主义》，翟红梅译，译林出版社，2019 年，第 35—36 页。

物，而法国文学触及了过去的政治生活。法国文学诉说着一个国家的理想和壮志。”① 虽然浪漫主义强调并追求个性和情感的解放，但是，他们并不是自我中心主义者或唯美主义者，就像迈克尔·费伯所指出的那样：“一些人认为浪漫主义者只关心自身、自然或爱，但至少一个事实会令他们感到诧异：大多自然主义者都热情投身于政治事业。”②虽然在对政治问题的认识上，雨果没有夏多布里昂那样深刻，也不像夏多布里昂那样是一个毫不妥协的共和主义者，更缺乏夏多布里昂批评拿破仑时所表现出来的勇气和锋芒，但是，雨果有激情，也懂得宽容，他试图教会人们包容和理解一切相互冲突的东西。然而，有的时候，雨果并没有为自己的宽容设定清晰的界限和严格的标准。任何时候，都应该强调这样一点：面对可怕的罪恶和巨大的苦难，无原则的包容意味着纵容，无限制的理解则意味着助桀。

例如，关于拿破仑，雨果的态度和评价，就很成问题。童年时代，他在保皇党母亲的影响下，写了一首题为《国王万岁！法兰西万岁!》的诗，赞美“百合花”国王路易，诋斥“科西嘉人”拿破仑。然而，成年以后，他却对拿破仑一往情深。1844 年，他写了一篇《拿破仑到巴黎》，试图恢复人们在历史和回忆录中删去的细节；他一句一个“皇帝”，钦仰之情，猗欤之叹，沛沛然溢于言表。1840 年 12 月 15 日，他曾写过一篇题为《皇帝的葬礼现场实录》的长文，表达了自己对拿破仑的近乎五体投地的崇拜，几乎要与葬礼现场的几个乌合之众一起唱：“我的大拿破仑万岁！我的老拿破仑万岁!”③ 在《悲惨世界》中，雨果则这样评价拿破仑：“失败反把失败者变得更崇高了。倒了的波拿巴仿佛比立着的拿破仑还要更高大些。”④ 他还从马吕斯的角度，通过他的意识，赞美这位共和国的背叛者，这位帝制

---

① 普利西拉·帕克赫斯特·克拉克：《文学法兰西：一种文化的诞生》，施清婧译，译林出版社，2019 年，第 34 页。

② 迈克尔·费伯：《浪漫主义》，翟红梅译，译林出版社，2019 年，第 108 页。

③ 雨果：《雨果文集》，第十一卷，程曾厚译，人民文学出版社，2002 年，第 120 页。

④ 雨果：《悲惨世界》（二），李丹、方于译，人民文学出版社，1992 年，第 351 页。

的复辟者："他是命中注定来为继罗马人而起的法兰西人在统御宇宙的事业中充当工程师的。他是重建废墟的宗师巨匠，是查理大帝、路易十一、亨利四世、黎塞留、路易十四、公安委员会的继承者，他当然有污点，有疏失，甚至有罪恶，就是说，他是一个人；但他在疏失中仍是庄严的，在污点中仍是卓越的，在罪恶中也还是有雄才大略的。他是承天之命来迫使其他国家臣服大国的。他还不只是那样，他是法兰西的化身，他以手中的剑征服欧洲，以他所放射的光征服世界。马吕斯觉得拿破仑是个光芒四射的鬼物，他将永远立在国境线上保卫将来。……拿破仑在他心中竟成了民意的体现者，正如耶稣是神意的体现者一样。"① 马吕斯对拿破仑的近乎荒谬的崇拜和赞美，稍微打点折扣，就可以归到雨果的名下。拿破仑·波拿巴是路易·波拿巴的政治先驱和精神导师，而后者则是前者的亦步亦趋的模仿者和极为忠诚的精神继承者。然而，令人费解的是，伟大的人道主义作家雨果，虽然能正确而坚决地反对路易·波拿巴，却错误而多情地崇拜拿破仑·波拿巴。他似乎压根不知道，拿破仑这个矮小的科西嘉炮兵上尉，这个所谓的伟大的解放者，竟然是一个冷酷的种族主义者，竟然是希特勒的种族灭绝事业的先驱②。偶像崇拜瓦解了雨果的理性意识和批判精神，所以，他从未像托尔斯泰那样厌恶和否定拿破仑，从未像他那样训诲这个傲慢而好战的暴君。

然而，雨果对拿破仑低首下心的态度，对拿破仑充满歆慕的评价，都是夏多布里昂不能接受的。夏多布里昂与雨果政见不同，立场殊科。所以，夏多布里昂在拿破仑身上所看到的，主要是"毁灭"和"背叛"。他通过对照的修辞，热情地赞美了华盛顿，尖锐地批评了拿破仑："华盛顿的共和国留下来了，波拿巴的帝国却被毁灭了。华盛顿和波拿巴都出自民主的怀抱：

① 雨果：《悲惨世界》（三），李丹、方于译，人民文学出版社，1992年，第632页。

② 李建军：《重估俄苏文学》，上卷，二十一世纪出版社集团，2018年，第308—309页。

他们两人都生于自由，前者忠于它，后者背叛了它。华盛顿是他那个时代的需要、观念、光明和舆论的代表；他不是阻挡而是支持精神的运动；他求他之所应求，完成他被召唤去完成的事情，所以他的事业是前后一致的，永生永存的。这个人很少使人震惊，因为他掌握着正确的尺度，他把个人的生命和国家的生命融为一体：他的光荣乃文明的胜利；他的名字有如一处公共的圣地，流淌着丰沛的、永不枯竭的泉水。”① 夏多布里昂在“华盛顿与拿破仑异同论”中所显示出来的猛锐和深刻，在雨果笔下，是很难看到的。

雨果对拿破仑的虚誉，有时会高调到完全不顾事实的程度。1841 年 6 月 21 日，在《入选法兰西学士院院士的演说》中，他把法国多灾多难的五十年历史，分为两个成就巨大、辉煌灿烂的前后“二十五年”：“（前）二十五年间，她把自己的军队强加给了欧洲；（后）二十五年间，她对欧洲强加了自己的思想。”② 他似乎忘记了，这“强加”的过程，就是流血的过程，就是无数人死亡的过程——仅仅在拿破仑疯狂的侵略战争中，欧洲人就付出了四百多万人的生命代价；他似乎没有意识到，在法国的“思想”里，除了自由、平等和博爱等伟大的观念，还有可怕的暴力主义和乌托邦主义的毒素。由于意识不到法国的局限和悲剧，雨果竟然向法国人发出这样的沙文主义呼吁：“法国建议的事情立即由全人类加以讨论；她的精神慢慢注入各国政府，使他们净化。……请原谅我的缺点，我赞赏我的国家，我热爱我的时代。”③ 可见，浪漫主义者一旦把自己捆绑到国家主义的战车上，就会在瞬间变得幼稚和浅薄，就会成为丧失理性的鼓动者和丧失尊严的赞美者。

---

① 夏多布里昂：《墓中回忆录》，郭宏安译，中央编译出版社，2015 年，第 85 页。

② 雨果：《雨果文集》，第十一卷，程曾厚译，人民文学出版社，2002 年，第 170 页；括弧中的字，为引者所加。

③ 雨果：《雨果文集》，第十一卷，程曾厚译，人民文学出版社，2002 年，第 170—171 页。

绕远了。回到文学话题上来。

新的文学精神和文学原则，激活了雨果的创造精神。瓦莱里称赞雨果非凡的文学才华："他随心所欲地将一切转化为诗。他在运用诗歌形式的时候找到了将一种奇异的生活向任何事物传达的方法。对他而言，没有无生命的事物。没有什么抽象概念他不能让它说话、歌唱、抱怨或威胁，然而他笔下没有一行诗不是诗。"① 他忘了强调，雨果的所有这些才能和创造力，是在实现了思想和文学意识上的彻底解放之后，才被最大限度地释放了出来。这是新的文学之树绽放出来的美丽花朵，是更有力量的水流推动磨坊水车时唱出的欢歌。

是的，力量，巨大的艺术力量，巨大的政治力量，巨大的人道主义力量，这就是雨果的浪漫主义气质的现实主义文学最根本的特点。帕乌斯托夫斯基发现了这一特点。他用充满诗意的语言，来描述雨果的性格特点，来评价他的浪漫主义写作风格："雨果是一个像烈火一般狂热、激烈的人。凡生活中所看到的一切，他无不加以夸张，并据此把它们写下。他的视觉就是这样构成的。对他来说，生活是由激昂地、庄严地表现出来的一系列巨大的激情汇集而成的。……他像飓风、龙卷风，挟着滂沱大雨、树叶、乌云、花瓣、硝烟和由帽子上落下的帽徽，势不可当地闯入古典主义的枯索的世纪。……他一扫欧洲呆滞的空气，把不可遏止的幻想的气息注满了这个大陆。"② 他被雨果的充满感染力的文学征服了。他陶醉其中，欲罢不能。他热爱《悲惨世界》，热爱这部小说中的人物：

> 我还是小孩的时候，就晕头转向地倾倒于这位狂热的作家。我一口气读了五遍《悲惨世界》。刚刚读完全书，当天又从头读起。

① 瓦莱里：《文艺杂谈》，段映虹译，百花文艺出版社，2002 年，第 155 页。

② 康·帕乌斯托夫斯基：《金蔷薇》，戴骢译，上海译文出版社，2010 年，第 284—285 页。

> 我弄到一张巴黎地图，把小说中提到的地方一一在地图上标示出来。我仿佛亲身经历了《悲惨世界》中的情节，直到今天，在我内心深处仍把冉阿让、珂赛特、伽弗洛什视作我童年时代的朋友。①

在文学批评上，路遥没有雨果那样的改变未来文学方向的抱负和创造力。对当代文学的现状，尤其对现实主义文学的遭受鄙弃、萎靡不振，他多有不满，但是，无力改变。

雨果要重建新的文学秩序和文学谱系，要解决一个时代文学发展的整体性问题；而路遥则要回到19世纪文学伟大的现实主义文学谱系，要解决他个人在写作实践上遇到的具体问题。

路遥感觉到了特殊时期的文学环境带给自己的压力和困扰。他要同时应对两个方面的问题：一个是旧的问题，即如何克服旧的模式和习惯对自己的束缚；一个是新的问题，即如何摸索出新的出路和方法。就前者说，他必须“自觉地清理自己的血液”②，摆脱旧的教条主义，即“三突出”旧八股对自己的桎梏；就后者说，他必须克服新潮文学造成的压力，摆脱“现代主义”新八股，建构自己的写作原则和文学谱系。旧八股已成强弩之末，不难对付，然而，现代主义“新八股”却甚嚣尘上，成了主导性的文学潮流。谁若不入现代主义之彀中，谁就会被视为文学上的落伍者，谁就会受到新潮批评家的轻蔑和否定，谁就有可能陷入被时代抛弃的孤独和焦虑。

所谓现代主义“新八股”，是一种文学上的极端形态的“拜新教”意识。在它看来，现实主义文学已经过时了，而现代主义才是中国当代文学的唯一出路。在这种“新八股”的影响下，人们用一种简单而绝对的尺度，

---

① 康·帕乌斯托夫斯基：《金蔷薇》，戴骢译，上海译文出版社，2010年，第285页。

② 路遥：《路遥全集·早晨从中午开始》，北京十月文艺出版社，2013年，第107页；着重号为原文所加。

将文学分成了两个彼此对立、互不兼容的部分：一部分是卓异的，反传统的，因而，就是符合时代潮流的，就是好的；另一部分则是庸常的，守成性的，依赖于传统的，因而，就是过时的，就是不好的。然而，这种时髦的现代主义，无疑是一种“文学幼稚病”，因为，在理论上是错误的，在实践上是失败的。

这种现代主义崇拜，就像路遥所指出的那样，是一种极不正常的“病态现象”：“就我个人的感觉，当时我国出现的为数并不是很多的新潮流作品，大都处于直接借鉴甚至刻意模仿西方现代派作品的水平，显然谈不到成熟，更谈不到标新立异。……问题在于文艺理论界批评界过分夸大了当时中国此类作品的实际成绩，进而走向极端，开始贬低甚至排斥其他文学表现样式。”① 路遥认识到了现代主义“新八股”流行观念的狭隘和庸陋，但是，他无法像雨果那样，通过猛烈而深刻的批评，彻底解决这些问题。他有敏锐的意识和良好的判断力，但是，缺乏开阔的理论视野和系统的理论知识。

路遥成熟的文学意识，体现在他对现代主义冷静的质疑态度上，也体现在他对现实主义文学坚信不疑的肯定态度上。他凭着常识和经验，强调现实主义不仅并未过时，而且依然有效。根据19世纪文学所提供的伟大经验，他清楚地认识到了这样一个简单的事实：我们的所谓“现实主义”根本就不是真正的现实主义；我们的现实主义文学远远没有达到成熟的状态；要想走出困境，达到理想的境界，中国当代文学依然很多问题要解决，依然有漫长的路要走。

路遥坚信巴尔扎克、雨果和托尔斯泰的经验可以为自己的写作提供有价值的经验。所以，在创作《平凡的世界》的时候，他顶住了流行的文学风潮所带来的压力，坚持用19世纪文学的现实主义方法进行创作：“在当

---

① 路遥：《路遥文集》，第五卷，人民文学出版社，2005年，第255页。

前各种文学思潮文学流派日新月异风起云涌的背景下，是否还能用类似《人生》式的已被宣布为过时的创作手法完成这部作品呢？而想想看，这部作品将费时多年，那时说不定我国文学形式已进入‘火箭时代’，你却还用一辆本世纪以前的旧车运行，那大概是十分滑稽的。……但理智却清醒地提出警告：不能轻易地被一种文学风潮席卷而去。……我承认，眼下，也许列夫·托尔斯泰、巴尔扎克、司汤达、曹雪芹等现实主义大师对我的影响要更深一些。……我要表明的是，我当时并非不可以用不同于《人生》式的现实主义手法结构这部作品，而是我对这些问题和许多人有完全不同的看法。”① 所谓“完全不同的看法”，就是与流行的文学观念完全不同的文学意识和文学价值观，就是与现代主义完全不同的现实主义文学思想。

像 19 世纪伟大的现实主义作家那样，路遥相信现实的生活经验对于写作的重要意义。文学不是一种外在于人和生活的东西，而是一种从人的生活中生发出来的精神现象。歌德说：“没有什么比毫无体验的想象力更可怕的了。”② 一旦脱离切身的个人经验，一旦脱离由时代性和民族性构成的具体背景，文学就会成为一种缺乏空洞而无足轻重的东西，就会显得虚假而无力。

文学的个性、价值和力量，说到底，来源于作家自己的人格和思想。就此而言，任何积极意义上的写作，都不过是作家精神本质的外在显现。所以，作家必须用严格的眼光来审视自己的内心世界。他应该意识到，自觉意义上的写作过程，就是作家完成精神成长的过程，就是塑造自己的人格的过程。这就要求作家在塑造人物形象的时候，也要认真地塑造自己的形象，也就是说，要让自己成为一个值得人们尊敬的作家。作家要按照很高的标准来自我塑造，这是路遥文学思想中特别有价值的一个观点。

更重要的是，文学写作不是作家自娱自乐的游戏，而是要对读者的内

① 路遥：《路遥文集》，第五卷，人民文学出版社，2005 年，第 254—255 页。

② 歌德：《歌德的格言和感想集》，程代熙、张惠民译，中国社会科学出版社，1982 年，第 91 页。

心生活产生巨大影响的严肃工作，所以，作家必须时刻意识到自己所承担的责任。作家要善于理解人，要帮助读者理解人生，并以热情的态度积极地生活。

雨果与路遥，虽然生活在不同的时代和国度，但是，却走过了一条精神轨迹大体相近的文学之路。他们都凭借着思想家或批评家的自觉意识和过人勇气，破除禁锢，摆脱束缚，实现了伦理精神和艺术精神上的自我解放，进而以充满激情的诗性方式，通过现实主义的危困叙事，塑造出一群崇高的力量型人物。

四、人道主义与向上原则，或冉阿让与孙少平

作家神圣工作的一个具有核心意义的内容，是进入人物的内心世界，处理人类的精神事务。他们的叙述和描写，都围绕人这个轴心展开。为此，他们要掌握这样的能力，即学会怀着爱和同情来观察人和理解人。伟大的作家都懂得尊重人，都是伟大的人道主义者。

任何一部有力量的作品，通常都内蕴着巨大的道德力量和伦理精神，总是能从整体上对读者的意识产生微妙的刺激和积极的影响。正因为这样，作家就要有严肃的文学意识，就要赋予自己的作品以高尚的道德情调和优秀文化的品质。利哈乔夫说："艺术可以培养人们的审美意识，提高人们的伦理道德。……真理、善良和美丽（真善美）是统一的，人类永远赋予这三者一致的属性。除此之外，文学和绘画艺术还可直接向人们宣传道德规范。"① 他反复强调："……要让善良在我们周围不断增长"；"善与美应当永远相伴相随。"② 俄罗斯人认为，"'爱'中藏着宇宙的信息"，而"意志"

---

① 德米特里·利哈乔夫：《俄罗斯千年文化：从古罗斯至今》，焦东建、董茉莉译，东方出版社，2020 年，第 96 页。

② 瓦列里·波波夫：《从囚徒到文化大师：利哈乔夫传》，谷羽译，新星出版社，2016 年，第 214 页。

则是一种“敌对而有害的力量”①。俄罗斯文学完美地阐释了真善美在艺术中的不可分离的统一性。在俄罗斯文学大师的意识里，纯粹的唯美主义是一种片面而幼稚的主张，因为，它在理论上是错误的，在实践上是有害的。

文学的力量和生命，固然来自于美和艺术品质，但也决定于善和人道主义。木心说：“‘同情心’在中国人心中分量很重，其实就是人道主义，是仁慈、慈悲，分量很重的。世界上最重要的就是同情心。人要靠人爱，此外没有希望。”② 这是一段很深刻的话。杜甫、莎士比亚和托尔斯泰之所以伟大，一个重要的原因，是他们用诗性的方式，表达了对人和世界的爱和慈悲。

雨果信仰善和人道主义。爱，是他生活的第一原则，也是他写作的核心主题。他呼唤人们和平相处，彼此相爱：“我们相爱！在这件缔造和平的伟大事业中，这是帮助上帝的最好的方法。”③ 对善的信念，对人和生活不竭的爱，赋予雨果的创作以浪漫主义的诗意，也使他的所有作品都充满人情味和现实感。

对雨果来讲，爱使人乐观，也给人信心和力量；而那些仇恨和敌视一切的人，则必然是悲观而缺乏力量的怀疑主义者。研究雨果的法国学者说：“雨果从不怀疑人可以变得更好，他知道未来不过是一个承诺。”④ 他们说得不错。雨果像所有那些信仰坚定的人一样，相信爱的力量，相信人可以通过爱被救赎。在生命的之火即将熄灭的时候，雨果给了孙子乔治“最后的

① 萨默塞特·毛姆：《作家笔记》，陈德志、陈星译，南京大学出版社，2011 年，第 175 页。

② 木心讲述、陈丹青笔录：《文学回忆录》，下册，广西师范大学出版社，2013 年，第 684 页。

③ 雨果：《雨果文集》，第十一卷，程曾厚译，人民文学出版社，2002 年，第 275 页。

④ 劳拉·埃尔·马基、纪尧姆·加利埃纳：《只闻其名：维克多·雨果》，姚丽晴译，上海文化出版社，2021 年，第 97 页。

建议”：“爱！……追求爱！爱让一个人变得更好！”① 爱是人道主义的灵魂，而人道主义则是雨果文学创作的绝对原则。他在《九三年》中说：“在绝对正确的革命之上，还有一个绝对正确的人道主义。”② 事实上，绝对重要的原则，只有一个，那就是人道主义；因为，人的一切活动，都是为了人。革命的正当性，决定于它的目的性；它的全部目的，不是别的，而是为了人的自由、尊严和幸福，也就是说，它把人道主义当作自己的绝对原则。正因为这样，雨果才在《给我的女儿》中这样写道：

> 我们走一步，总有上帝在指引，
> 指明我们的无能，上帝的威力；
> 尘世有万物，人间有众生，可信
> 同一条真理。
>
> 要遵照执行，这条真理很神圣，
> 请记住，可以进入每个人的心：
> 心里只有爱，孩子，心中没有恨，
> 对一切怜悯！③

爱，是雨果精神生活和文学创作的第一法则。他怜悯一切。他身体力行。他就是《悲惨世界》中的米里哀主教，因为他也会对穷人打开自己的门。在《乞丐》一诗中，雨果记录了自己对一位流离失所的老人的善行。他给他端来一大碗牛奶，还让他在热乎乎的火炉上，烘干他那滴着雨水和泥浆

① 劳拉·埃尔·马基、纪尧姆·加利埃纳：《只闻其名：维克多·雨果》，姚丽晴译，上海文化出版社，2021 年，第 145 页。

② 雨果：《九三年》，郑永慧译，人民文学出版社，1957 年，第 397 页。

③ 雨果：《雨果文集》，第九卷，程曾厚译，人民文学出版社，2002 年，第 415 页。

的大衣。他从这粗呢大衣上，看见了“点点的灿烂星光”①。他关注“悲惨世界”里最悲惨的人们，关注那些失去自由和尊严的苦役犯。在《参观苦役犯监狱有感》中，他表达了对这些“罪犯”的怜悯和同情。他认为，愚昧是罪恶的诱因和盟友，所以，要通过教育来帮助人们：“一切著作，第一个作者永远是上帝。/他在凡人皆沉醉不醒的这个世界上，/在每一页书本里放下思想的翅膀。/人人一打开书本，便能把翅膀找到，/并在自由的灵魂翱翔的空中逍遥。”② 显然，雨果的写作，以人为目的，以信仰为基础，以爱为动力。

像雨果和所有伟大作家一样，路遥也接受爱和人道主义的原则。

路遥的人道主义来自于具体的人生经验，而不是来自外在的抽象观念。

他从日常生活里感受到了人性和人道主义的存在，也认识到了它们对人的价值和意义。

对路遥来讲，人道主义是一种客观的存在，是文学的基本品质。1984年6月7日，在回答读者提问的时候，他极为坦率地表达了自己的观点：“人性、人道主义是存在的，这否定不了。作品必须弥漫人性、人道主义，否则作品就是抽象的不是写人的了。这是没有什么可回避的，我的看法是这样的。”③ 因为具备这样的人性观念和人道主义意识，路遥就宽容地理解自己笔下的人物，尊重自己作品的每一个人，倾向于同情所有人的痛苦和不幸。

人道主义意味着对人的同情和理解，也意味着肯定和赞美：前者是伦理上的原则，后者是美学上的原则。雨果和路遥都用同情的态度理解人，也都选择向上原则和放大原则，通过肯定的方式来塑造人。他们不是按照自然主义或存在主义的向下原则和缩小原则，将人写成完全可憎和平庸的

---

① 雨果：《雨果文集》，第九卷，程曾厚译，人民文学出版社，2002年，第511页。
② 雨果：《雨果文集》，第九卷，程曾厚译，人民文学出版社，2002年，第890—891页。
③ 路遥：《路遥全集·早晨从中午开始》，北京十月文艺出版社，2013年，第168页。

样子，而是按照理想主义的向上原则和放大原则，写出人身上的高于平均数的善与美。

所谓向上原则和放大原则，就是发现人身上真正人性化的东西，即能体现人的教养和优秀品质的东西，并用诗性和理想主义的方式，将它们强调、放大和表现出来。当然，这并不是要作家无节制地夸大和虚饰，而是要求他留意和发现人类内心固有的善与美，至少，不要将野蛮和黑暗当作人性的全部内容。如果说，对黑暗和丑恶的发现，显示着作家的冷静和深刻，那么，对与之相反的东西的发现和赞美，则显示着作家的热情和伟大。雨果就从古希腊文学发现了向上原则和放大原则，发现了这种写作方法的伟大典范："荷马是解决了艺术中最美的问题的一位天才：通过把人写得伟大，来真实地描写人类；换句话说，寓现实于理想。童话加历史、虚拟加传统、幻想加科学，这就等于荷马。他是无底洞，他总是面带笑容。在这位天才广阔的蓝天里，古老世纪的所有含义深刻的东西都在运动，并且被映照得光华四射。"① 荷马的方法，就是雨果的方法；雨果的方法，启发了路遥的写作。

没有伟大的价值观，就没有伟大的文学。伟大的作家都在自己的作品中表现真正崇高和伟大的东西。路遥的写作最了不起的地方，就是当同时代许多作家都倾向于用"向下的原则"，将人塑造成可笑和可鄙的生物的时候，他却反其道而行之，努力发现人内心的善良、坚韧和真诚等美德，最终将自己笔下的人物塑造成值得赞赏的样子。当人们不惮以恶意揣测人的心理和行为的时候（所谓"恶意返乡"，就是一个典型的话语个案），当一个社会面临沦为"恶意型社会"危险的时候，路遥的充满人性光辉的"善意型心态"和"善意型叙事"，就具有弥足珍贵的价值。路遥的文学作品之所以那样吸引人，之所以显得伟大，最根本的原因，就在于他像那些伟大

① 维克多·雨果：《威廉·莎士比亚》，丁世忠译，团结出版社，2001年，第32页。

的作家一样，将人当作一种伟大的生命现象和精神现象来尊敬和表现，就在于他的《人生》和《平凡的世界》等优秀作品，都是“光华四射”的“善意型叙事”，或者说，都建构了一个充满爱意、亲情和友谊的“善意型社会”。

雨果和路遥的创作经验和文学成就，集中地体现在他们最伟大的作品中，即体现在《悲惨世界》和《平凡的世界》中。就情感的强度来看，雨果的《悲惨世界》像果戈理的作品一样外向和热烈，而路遥的《平凡的世界》则像柯尔卓夫的诗歌一样深沉而温情。路遥简直就是中国的柯尔卓夫，因为，他的性格和心性，他所创造的世界，就像赫尔岑在评价柯尔卓夫时所说的那样，这是“另外一种世界”：“在其天真而自然的单纯上，在其温和的痛苦上，毋宁说是一种无可描摹地感动人的世界。”①

一般来讲，人们谈论一部小说，几乎就是谈论其中的人物，谈论人物的性格、思想以及他所象征的一切。如此说来，评价小说的一个重要尺度，就是看它是否塑造出了让人难忘的人物形象。作者自己的人格、思想和价值观，最终都通过自己的人物体现出来。

雨果的《悲惨世界》和路遥的《平凡的世界》的伟大成就，就在于它们塑造了两个著名的主人公——冉阿让和孙少平。

冉阿让是一个传奇而伟大的人，孙少平是一个平凡而优秀的人。

雨果照着神的样子来塑造人。这样，冉阿让就被塑造成世界文学史上像基督一样行善的伟大形象。

中国当代文学也用神化的方式来写人，但那是一种夸张而虚假的方法，一种按照庸俗的观念来拔高人物的方法。路遥摆脱了这种把人写成神的文学八股，并按照充分人性化的理想主义方法，把人塑造成平凡而又非凡的优秀人物。

---

① 赫尔岑：《赫尔岑论文学》，辛未艾译，上海文艺出版社，1962年，第83页。

孙少平就是按照理想主义原则生活的人。他是中国当代小说中并不多见的朴实而崇高的人物形象。他的绝对化的劳动观念和苦行僧般的生活态度，也许不应该全然认同和过度赞美，但也不是不可以理解。

就外部条件来看，冉阿让与孙少平所处的环境，都不利于人的精神成长。他们都承受着来自社会的压力和伤害，都曾体验过屈辱和焦虑。但是，他们最终都在苦难和屈辱中完成了自己的人格发展和精神成长。

冉阿让的成长，经历了一个传奇的过程，是一个充满宗教色彩和苦难救赎的精神事件。

孙少平的成长，经历了一个坎坷的过程，是一个充满精神痛苦和理想主义激情的人生历程。

绝对性是冉阿让和孙少平在行为上的基本特点。只不过，对冉阿让来讲，这种绝对是宗教和信仰意义上的——对爱的原则的绝对信仰，对行善精神的绝对坚持；对孙少平来讲，这种绝对则是世俗意义上的——绝对性质的生活意志，绝对性质的劳动态度。

冉阿让的灵魂觉醒，主要是通过他者的影响来完成的，因而是一个近乎神奇的被动过程。所以，对冉阿让来说，要获得人类的幸福，要靠上帝和他的使者的救赎。

孙少平的人生觉悟，有来自于环境的影响，但主要是通过自我教育完成的，因而，是一个主动的过程。所以，对孙少平来说，要改变自己的命运，全靠自己流血流汗，奋斗拼搏，就像《国际歌》里所唱的那样："要创造人类的幸福，全靠我们自己。"

实现了灵魂觉醒的冉阿让，几乎就是一个牺牲者；他为了他者而生存。

完成了人生觉悟的孙少平，首先为解决自己的生存问题而艰苦奋斗，同时也承担家庭责任和社会责任。

行善，或者做一个好人，是冉阿让与孙少平共同的人生理念和道德原则。

对冉阿让来讲，行善就是生活的第一要务。自从认识米里哀主教以后，他就凭着信仰，彻底地解决了自己所有的生存问题——既解决了精神上的生存问题，也解决了物质上的生存问题。“信仰，为人所必须。什么也不信的人不会有幸福。”[①] 于是，冉阿让断然地对自己说：“决定了，听其自然！接受慈悲上帝的安排！”[②] 因为接受了上帝，因为有了信仰，他便像从《圣经》中走出来的非凡人物，就像拿因城的耶稣一样，拥有无尽的精神力量和创造能力。他需要许多的钱，他便办了一个“烧料细工厂”，就会“从一个办法得出三种结果”：不到三年工夫，发明这方法的人成了大富翁，他周围的人也发了财[③]；他需要地位和尊严，他就会从冉阿让变成马德兰，就会顺利地当上蒙特勒伊的市长。沙威的穷追不舍的威胁，除了映衬他的善良、正直和伟大，碍不着他什么事。于是，怀着基督般的善，爱人，爱一切，便成了他崇高而伟大的事业。

对孙少平来讲，生存是他要解决的首要问题，或者说，他面对的艰巨任务，是离开农村，到城市里去，过别样的生活。他必须深入矿井的深处，必须流血流汗，甚至必须与死神相周旋，才能实现自己的生活目标。面对严峻的生活，他不能存任何侥幸心理。他可以有自己卑微的理想，但是，不能有任何不切实际的浪漫。所以，他只能在解决自己的生存问题的过程中，在有限的意义上行善。

雨果要通过冉阿让，彰显一种普遍而永恒性的伟大，一种被信仰升华了的人性的伟大，从而为被暴力和仇恨破坏的世界，提供情感上的安慰、价值观上的支持和思想上的启示。如果说，在浪漫派文学中，怜悯、痛苦和爱情等情感生活占据了特别重要的位置，那么，“雨果在行动中和作品中

---

① 雨果：《悲惨世界》（二），李丹、方于译，人民文学出版社，1992 年，第 512 页。
② 雨果：《悲惨世界》（一），李丹、方于译，人民文学出版社，1992 年，第 230 页。
③ 雨果：《悲惨世界》（一），李丹、方于译，人民文学出版社，1992 年，第 165 页。

表现得很仁慈，他比任何人都更好地阐明了浪漫派的仁慈心”[①]。所谓“浪漫派的仁慈心”，不是一种特别的东西，而是文明人类内心深处朴素而又伟大的情感。

路遥则要通过孙少平，纠正人们对“伟大”的错误认知，改变人们的虚妄的观念，即对“伟大”和“超凡”的不切实际的想象和崇拜，进而重新发现“平凡”的伟大价值，最终将他们拉回到“平凡的世界”。他要培养人们对平凡的人们的尊敬，对平凡的生活的热爱：“我们承认伟人在历史进程中的贡献。可人类生活的大厦从本质上说，是由无数普通人的血汗乃至生命所建造的。伟人们常常企图用纪念碑或者纪念堂来使自己永世流芳。真正万古长青的却是普通人的无名纪念碑——生生不息的人类生活自身。是的，生命之树常青。”[②] 也就是说，真正意义上的伟大，是平凡性质的伟大，是那种具有普遍性的伟大。这种质朴的伟大，是乔治·华盛顿的伟大，而不是拿破仑的伟大；是马克·奥勒留的伟大，而不是秦始皇的伟大。一切失去了平凡性的伟大，都是浅薄而虚假的伟大，都是虚张声势的闹剧式的伟大。丧失朴素感和平凡性的伟大，本质上是一种与伟大相反的东西，是一种渺小而可怜的东西。路遥要借孙少平来体现和赞美的，就是那种从“平凡的世界”成长起来的伟大，就是那种充满人性的高贵和美好的伟大。

伟大的作家塑造伟大的人物形象，伟大的人物形象成就伟大的作品。没有米里哀和冉阿让，《悲惨世界》将黯淡无光；没有孙少平和田晓霞，《平凡的世界》也将黯淡无光。法国学者约瑟夫·祁雅理在评价西蒙·韦伊（亦译“西蒙娜·薇依”）说：“我们需要像西蒙·韦伊那样的人用他们的榜样、他们的耐心、他们把灾难痛苦转化为逆来顺受和永不止息之爱的能力，

---

① 皮埃尔·布吕奈尔：《19 世纪法国文学史》，郑克鲁等译，上海人民出版社，1997 年，第 88 页。

② 路遥：《平凡的世界》，第三部，人民文学出版社，2004 年，第 130 页。

向我们指明使我们的世界获得和平与幸福究竟需要些什么。”① 西蒙·韦伊简直就是20世纪的女性冉阿让。她认为，“重要的是注意并服从上帝。谁热爱上帝并能通过上帝爱上自己，那末，上帝必然会到来并隐居于他的内心。”② 她的思想和信念，就是冉阿让的思想和信念，也是雨果的思想和信念。

像托尔斯泰一样，雨果本质上是一个依靠宗教精神写作的作家。波德莱尔说：“《悲惨世界》是一部写仁爱的书，这是向这个社会秩序发出的一声发聋振聩的呼吁：这个社会过于偏爱自己，过于把博爱的永恒法则不放在心上；这是从当代最雄辩的口号中为‘悲惨世界’（在‘贫困’中受苦，并被贫困‘败坏的人们’）喊出的辩护词。……维克多·雨果站在人的一边，然而他并不反对上帝。他对上帝有信心，不过他并不反对人。”③ 也就是说，他用上帝的尺度来衡量人，来批判社会；同时，他又从人的角度，来理解人和同情人。他对人的态度，是同情和宽容的。

路遥是一个具有理想主义气质的现实主义作家。但是，他的理想主义并不狭隘和虚浮，绝无尼采式的狂妄自大，也没有马丁·伊登式的自命不凡。就《平凡的世界》所表现的伦理精神和道德气质来看，路遥似乎更接近英国作家。他赞扬那种充满激情的昂扬的生活态度，但是，也从不贬低和否定普通人的平平淡淡的生活方式。在阿兰·布鲁姆看来，简·奥斯丁“笔下的世界”和司汤达的大相径庭：“在这里，我们能够呼吸到一种截然不同的空气。它的语言理性而不感性，宣扬德性而非纯真，推崇节制而非鲁莽。……每个人都被要求遵守责任与道德的标准，而个人义务更是她小说中永恒的主题。在她的世界里，责任与道德并不是‘复杂的或深奥的诠

① 约瑟夫·祁雅理：《20世纪法国思潮》，吴永泉等译，商务印书馆，1987年，第143页。

② 约瑟夫·祁雅理：《20世纪法国思潮》，吴永泉等译，商务印书馆，1987年，第145页。

③ 程曾厚编选：《雨果评论汇编》，安徽文艺出版社，1994年，第146页。

释’的对象，它们是每个受过良好教育的十龄童都知道的原则——守法、诚实、尊敬父母、忠于伙伴、知恩图报——所导致的结果。”① 从理想主义一面看，路遥的“平凡的世界”接近雨果的“悲惨世界”；从现实主义一面看，路遥的“平凡的世界”，与奥斯丁和狄更斯“笔下的世界”相去，亦不甚远。

《雨果传》的作者让-贝特朗·巴雷尔盛赞《悲惨世界》，认为它大大地超越了一般的社会小说，因为，这部“十分杰出的浪漫主义小说”，“既有传奇性，又有使命感。现实主义和理想主义兼而有之。……他已经有俄国小说的这种双重性——既有天真的情意，让人间充满博爱的温馨，也有让读者激动到极点的狠心（雨果在序言里清醒地提到：‘有时会怜悯得凶狠和无情。’），还有这种双重性，既有奇妙的狡黠，……也有说教，正如雨果所主张的，大量的评论在这样一本书里大有用武之地。”② 如果将这段文字的修辞强度往下降一降，那么，大可以用它来阐释和评价《平凡的世界》。路遥的这部杰作“既有传奇性，又有使命感”；“现实主义和理想主义兼而有之”；既有“天真的情意”，又有“让读者激动到极点的狠心”；既有耐心的叙事，也有诚心的“说教”。

更重要的是，雨果和路遥所创造的“世界”，是一个装得下几乎所有人的博大“世界”，一个充满了不幸和痛苦，也充满了爱和仁慈的“世界”。

在这个“世界”里，他们不仅听见了哭泣，看见了眼泪，甚至看见了罪恶和黑暗，但是，他们却没有被这一切淹没和压垮，而是用精神之光照亮了这个世界，用仁慈的爱温暖了这个世界。

他们将自己对生活的理解，对人类和世界的爱，都寄寓在两个闪光的人物身上。

---

① 阿兰·布鲁姆：《爱的设计——卢梭与浪漫派》，胡辛凯译，华夏出版社，2017年，第212页。

② 让-贝特朗·巴雷尔：《雨果传》，程曾厚译，上海人民出版社，2007年，第265页。

他们将因为塑造了冉阿让和孙少平这样的人物而不朽。

五、危困叙事与突转模式：《九三年》与“一幕”

人类渴望秩序和幸福，却常常事与愿违，总是陷入纷乱和困扰之中。纷乱和困扰发展到严重的程度，就是危困情境。所谓危困情境，即事关生死存亡的危急时刻和紧迫关头；而关于紧急时刻和危机情势的叙事，则是危困叙事。危困情境激发作家的叙事热情。危困的形势越紧张，冲突越激烈，叙事的推动力和冲击力就越大。危困叙事是小说叙事中的常见样态。

我所说的危困叙事，近似于路遥的“断层理论”。1983 年，路遥在《东拉西扯谈创作（一）》中说：“许多伟大作家都产生在社会的断层上，处于地壳剧烈的变动中：旧的正在消失，新的正在建立。消失的还没有消失，建立的也还没有建立起来。咱们现在所处的时代，我认为在某种程度上也是处在社会的断层上……问题是作家必须寻找生活中矛盾冲突比较尖锐的部位。即使你生活中没有，你也要去寻找它。”① 危困往往发生在矛盾冲突非常尖锐的“部位”，通常是由发生在社会断层上的剧烈变动所造成的。

一切伟大的史诗性和现实主义的叙事，都是面对苦难和困境的叙事，都是含着痛苦体验和悲剧意味的叙事，或者说，都是危困性质的叙事。雨果的长篇小说《巴黎圣母院》、《悲惨世界》和《九三年》属于危困叙事，路遥的中篇小说《惊心动魄的一幕》、《在困难的日子里》、《人生》和长篇小说《平凡的世界》也属于危困叙事。

不同的是，有的危困叙事，像一条宽阔的长河巨流，大部河段水面宽阔，水流平静，波澜不兴；有时，也会在流经峡谷的时候，惊湍直下，涛声如雷。《悲惨世界》和《平凡的世界》就属于这种复杂形态的危困叙事。

还有一种小说，强烈形态的危困叙事。它所描写的是瀑布飞流直下的

---

① 路遥：《路遥全集·早晨从中午开始》，北京十月文艺出版社，2013 年，第 114 页。

情景，是火山喷发的骇人过程，是海啸来袭的可怕画面。它的情节冲突集中而剧烈，几乎所有情节都被恐惧和死亡的黑影笼罩着，人物也都面临着生死攸关的严峻考验。这种危困叙事中的冲突，一般是由战争、政治、宗教和情感等因素引起的。雨果的《九三年》和路遥的《惊心动魄的一幕》就属于强烈形态的危困叙事。它们所叙述的情节内容，都是特殊性质的革命引发的冲突和考验。

《九三年》是路遥特别喜欢和熟悉的作品。路遥在一次演讲中说："我喜欢雨果《九三年》那样结构的作品：像交响曲似的，最初有许多乐器在演奏，最后由一个雄壮的浑然一体的乐句，把这一支交响曲的感情发展到了顶点。"① 事实上，《九三年》之所以令路遥歆动，原因恐怕不只在"结构"一面。雨果作品中的崇高的道德激情和伟大的伦理精神，无疑更令人震撼。

在《九三年》的危困叙事里，充满了暴力和恐怖、毁灭和死亡。激情澎湃的国民公会喜欢用死刑来解决问题。他们判别人死刑，也被别人判死刑。死神的双手像巨大的铁钳一样，紧紧地攫住了那些手握生杀大权的人："他们判决路易十六死刑的时候，罗伯斯比尔还有十八个月可活，丹东十五个月，魏尼奥九个月，马拉五个月和三星期，勒佩勒蒂叶-圣法若只有一天。人类嘴里的气息多么短促和可怕啊！"② 死神带来恐怖，雨果带来安慰。当仇恨和报复成为绝对原则的时候，当人们面对可怕的暴力不知所措的时候，当人们面对无量的鲜血陷入绝望的时候，雨果用充满仁慈和诗意的叙事，重申了人们曾经坚信的价值原则，即爱和怜悯的原则，准确地说，就是"爱仇敌"的原则。雨果让敌意转化为宽恕，让屠戮者转化为拯救者。他让人道主义的光芒，照亮了旺岱和巴黎，照亮了整个法国和全世界！

1874 年，法国诗人和作家邦维尔读了刚刚出版的《九三年》，激动不

---

① 路遥：《路遥全集·早晨从中午开始》，北京十月文艺出版社，2013 年，第 131 页。

② 雨果：《九三年》，郑永慧译，人民文学出版社，1957 年，第 193 页。

已。他在《读〈九三年〉》中表达了对雨果的赞赏，对这部伟大作品的喜爱："全欧洲都已读到了维克多·雨果的《九三年》。这部杰作引起的反响是巨大的。和提香及米开朗琪罗一样，雨果在迈进暮年之际仍保留了他旺盛的创造力。流逝的岁月不断使这位能干的工匠的双手变得更灵巧、更有力。……未来的年代事先就属于'善的'，'残忍'被宣判为断子绝孙，'爱'的力量是强大的，这就是全书总的思想精神。"① 邦维尔准确地概括了《九三年》的基本主题和伦理精神。他的评价里还隐含着这样一些认知：一部作品是否伟大，决定于它是否表现了善和爱；同样，人类的未来，也决定于它是否属于善和爱。

1881 年，凡高②从海牙写信给弟弟提奥，谈到了自己阅读《九三年》的感受："我终于读了维克多·雨果的小说《九三年》。它好像是由德康普或朱理·杜普列画出来的画。这本书所写的情趣已经愈来愈少见，在新的作品中间，我的确找不到一点高尚的东西。"③ 也就是说，不同于那些"新的作品"，《九三年》是一部伟大的作品，其中充满了人道主义的精神和"高尚的东西"。

1913 年，一个七岁的女孩，在夜的黑暗中，听妈妈给外婆朗读《九三年》。虽然只听到了一些片段，但是，她已经感觉到了其中惊心动魄的力量。十三岁那一年，她终于自己阅读了这部伟大的小说。许多年后，那个名叫安·兰德的女孩，仍然记得那个夜晚的情景。1962 年 9 月 16 日，她在《洛杉矶时报》的专栏里，发表了一篇评介《九三年》的文章，表达了自己对这部伟大作品的喜爱。在小说快结束的部分，朗德纳克侯爵为了救助即

① 程曾厚编选：《雨果评论汇编》，安徽文艺出版社，1994 年，第 156 页。

② 根据引用文献的不同，本书在各处论述中采用了不同的译名，如凡高、凡·高、梵高等。——编辑注。

③ 珍妮·斯东、欧文·斯东编：《亲爱的提奥——凡高书信体自传》，平野译，四川人民出版社，1983 年，第 221 页。

将被火舌吞没的城堡上的孩子，放弃了逃跑的机会，最终被共和军逮捕①。那个令安·兰德记忆深刻的，就是这个场景和情节："在我的心目中它简直无与伦比。这是最惊心动魄的高潮，这是最深刻痛苦的道德冲突。读过这本书，我们才能知道什么是伟大的文学作品，从此之后，任何人生价值，不论是生活中的还是书本上的，同这本书里描写的一切相比都显得黯然失色。"② 兰德的阅读感受，与凡高一样强烈；也像凡高一样，她给了这部小说极高的赞誉。在给罗威尔·拜尔的英译本《九三年》所写的序文中，她表达了雨果对自己的"恩情"："没有他就没有我的今天，没有他我就不会成为一个作家。"③ 对她来讲，《九三年》充满了伟大的伦理精神和道德情感，是一部能对读者带来深刻启示和巨大影响的杰作。

想来，《九三年》带给路遥的印象，一定像凡高所感受到的一样美好；带给他的精神震撼，也一定像安·兰德所体验到的一样强烈。那是一种他也许从未有过的"惊心动魄"的阅读体验。由这部叙述危困情境的小说，他联想到了自己的时代和自己的经历。在这时代里，也有同样尖锐的冲突，也有同样严峻的危困情境，也有同样可怕的生死考验。既然雨果的小说与自己时代的现实生活之间，有这么多的相似和相同之处，那么，自己也可以根据亲眼看见的危困情境，写一部像《九三年》一样惊心动魄的小说。路遥的《惊心动魄的一幕》是在《九三年》的启发下写出来的。这两部作品之间，存在着明显而直接的影响关系。

1978 年 9 月，二十九岁的路遥完成了自己的中篇小说处女作《惊心动魄的一幕》；1874 年 2 月，七十二岁的雨果完成了自己的最后一部长篇小说《九三年》。一个产生于青年作者危困叙事的起点，一个产生于老年作者危

---

① 雨果关于城堡大火危情的叙事，似乎是从司各特的小说里获得的灵感；参见《艾凡赫》第三十一章，刘尊棋、章益译，人民文学出版社，1978 年，第 341—356 页。

② 安·兰德：《通往明天的唯一道路——安·兰德专栏集萃》，章艳译，广西师范大学出版社，2004 年，第 62 页。

③ 安·兰德：《浪漫主义宣言》，郑齐译，重庆出版社，2016 年，第 187 页。

困叙事的终点；这决定了两部作品的品质和价值，必然是天壤悬绝的。

我们先来看看法国大革命第四个年头的危困情势，看看雨果如何处理关于1793年的危困叙事，然后，再来考察《九三年》对路遥的小说写作的影响，进而分析路遥的危困叙事未能获得理想效果的原因。

1793年，整个法国都陷入了剧烈的冲突和可怕的混乱之中。“1793年6月中旬，法国83个省中有60个省名义上反对巴黎政权，至此，所谓‘内战’臻于顶峰。”① 其中，旺岱地区的冲突，最为剧烈和持久，这个地区“发生的战争多达五次，持续时间长达八年，直到18世纪末才结束”②；共和军“屠戮的人数达到旺岱总人口的一半，暴力行径堪称种族灭绝。”③ 革命的共和党的口号是“绝不宽大”，反对革命的亲王们的口号是“决不饶恕”。他们都想通过暴力手段将对方彻底消灭。

托克维尔分析了1793年的冲突和混乱发生的原因，揭示了这场巨大的社会悲剧发生的必然性：“当穷人和富人几乎不再有共同利益、共同哀怨、共同事务时，那遮蔽双方精神的黑暗就变得深不可测，穷人富人之间会鸡犬之声相闻，老死不相往来。大革命开始之际，一切身居社会大厦高层和中层的人们生活在何等奇怪的安全感之中，当1793年已在眼前，他们还在巧言谈论什么人民的美德、温顺、忠诚、快乐无邪，看到这些，听到这些，怎能不觉得奇怪：这是多么可笑，多么可怖的景象啊！”④ 巨大的贫富差距和情感距离，使不同阶层的人们之间，产生了严重的隔阂和深深的敌意。1793年的灾难，就像巨大的海啸那样，就像会移动的大山那样，压了过来。法国在劫难逃地陷入了可怕的危困之中。

1793年，在法国西部旺岱地区发生的保皇党叛乱，显示着法国大革命

① 伊恩·戴维森：《法国大革命》，鄢宏福、王瑶译，天地出版社，2019年，第186页。

② 伊恩·戴维森：《法国大革命》，鄢宏福、王瑶译，天地出版社，2019年，第179页；旺岱，亦译“旺代”和“汪德”等。

③ 伊恩·戴维森：《法国大革命》，鄢宏福、王瑶译，天地出版社，2019年，第190页。

④ 托克维尔：《旧制度与大革命》，冯棠译，商务印书馆，1992年，第170页。

的复杂性。作为被压迫者，这个地区的农民，本该是理所当然的革命者，然而，他们却并不欢迎“大革命”，反而支持国王，维护“旧秩序”。因为，他们与旧的统治者之间，有共同的利益、哀愁和事务，或者说，他们并没有被推到穷人苦苦挣扎的泥潭里：“旺代80万居民是比较富裕的，比起法国东部民众来说，他们受堕落的封建制度的剥削比较轻。他们与地主的关系也比较融洽，因而对革命就没有那么大的热情，因而也就倾向于拒绝宣誓效忠的教士。他们打心眼里是保王党人，拥护贵族制度和教士，除此之外，他们也具有其他地方人所不具有的反革命的动机。”① 影响旺岱农民的态度和行为的，既有经济利益上的原因，也有信仰和观念上的原因。可见，只要满足人们物质和精神上的基本要求，一个原本并不值得人们拥护的政权，也会受到人们的同情和支持。

马迪厄详细地还原了旺岱冲突的残酷和可怕。以保守主义的农民为主体的叛乱者，用极为恐怖的方式杀戮革命者和自己所厌恶的人：“汪德郡农民欢欣鼓舞地去杀害的人，是那些他们在集市中所常遇见的革命的资产者、觉得平常瞧不起他们的绅士、参加魔鬼俱乐部的无信仰者及背叛正教的异端。”② 边地的叛乱造成了首都的恐惧和震荡，使那些极端主义者变得更加极端，就像马迪厄所概括的那样：“汪德郡之乱及相关的王党暴动，对于以后的革命进展有最重大的影响。受惊吓的共和派从此大批地离弃那不愿采取强硬措施的吉伦特党，而倾向日益成为革命拥护派的山岳党。山岳党本身亦逐渐左倾。”③ 仇恨激起仇恨，暴力引发暴力，恐怖点燃恐怖。“汪德郡之乱促成了恐怖政策”④。巴黎的雅各宾派革命党人（即山岳党人），决定以暴力对抗暴力。

---

① 阿克顿：《法国大革命讲稿》，J. N. 菲吉斯、R. V. 劳伦斯编，姚中秋译，商务印书馆，2012年，第346页。

② 马迪厄：《法国革命史》，杨人楩译，商务印书馆，2011年，第352页。

③ 马迪厄：《法国革命史》，杨人楩译，商务印书馆，2011年，第352页。

④ 马迪厄：《法国革命史》，杨人楩译，商务印书馆，2011年，第358页。

为了镇压旺岱地区的叛乱，1793 年 3 月 19 日，以罗伯斯比尔为首的山岳党人迅速通过法律，规定设立“五人军事法团”，以便用最简单的方式判处“有军械在手”的“叛徒”死刑：“大批杀戮开始了。原由库通所创设的民众法团因过于宽大而被取消，代之以由巴冷为主席的革命法团。断头机嫌太慢了，辅之以炮轰及集体枪毙。新 3（霜）月 14 日（12 月 4 日），有十六名被判处死刑的青年在布罗多平原被炮轰。把他们两个绑在一起，置于两条平行而预先挖好以接受尸首的壕沟之间。被炮弹打死的只有三分之一。其余的仍需补行枪毙。次日，有二百零八名在这同一地点枪毙，新 3 月 18 日又有六十七名，23 日有三十二名。直到新 5（雨）月 22 日（2 月 10 日）才停止集体枪毙。巴冷执法团判处死刑者共一千六百六十七名。”① 他们甚至大规模地屠杀儿童：“1793 年，南特革命委员会将三百名旺代（Vendean）小孩淹毙后庄严宣称：‘毒蛇产毒蛇，恶人养恶子，这些小孩死有余辜。’”② 如此极端的暴力手段，如此严重的人道主义灾难，不仅是法国大革命的可怕奇观，在欧洲的历史上亦极为少见。

为了大规模处死监狱中的“汪德党”，由卡里厄领导的镇压组织采取了更加极端的手段“沉溺制”：“木船上预先凿些窟窿，由马队把犯人——先为教士，继为汪德党——装上船去，把这一船的‘人货’开到洛瓦河中间，打开窟窿任其沉溺而死。新 3 月 27 日及 29 日，卡里厄亲笔签署一个公文，不须审判也不须经过任何形式就处死了两批人：第一批处死的‘匪徒’二十四名，其中有两名年仅十三岁，两名年仅十四岁；第二批为二十七名，男女两性都有。……沉溺制下的牺牲者最少有两千人。毕仰主持的那一个军事法团枪毙了四千不曾死于勒曼及萨维内两役的汪德党。他们被埋在米则里的石坑中，上边仅盖一层薄土，坟中臭味传入城市，使人害怕。这时，

① 马迪厄：《法国革命史》，杨人楩译，商务印书馆，2011 年，第 462 页。
② 路易斯·博洛尔：《政治的罪恶》，蒋庆等译，改革出版社，1999 年，第 31 页。

起于恻隐之心的反响才开始表现出来。”① 人们一旦习惯暴力，就有可能迷信暴力，甚至会从中获得病态的快乐和虚幻的安全感。

于是，罗伯斯比尔便将暴力的酷虐和任性，发展到了更加可怕的程度。审判的程序被简化到了形同虚设的程度。迅速而无情的死刑，像飓风一样折断生命的树枝，席卷生命的绿叶：“罗伯斯比尔认为应当处决的任何人，都不得借口进行答辩而拖延判决；他可以任意逮捕并立即判决，不得有任何例外和豁免，以前关于审判程序的政令全部作废。这一条是关键所在，因为它剥夺了国民公会保护其他成员的权力。罗伯斯比尔只需要把某位议员的名字交给公诉人，第二天，他就会进坟墓。”② 事实上，这样的极端行为，体现着明确的政治目的：“雅各宾派的目标是建立独裁统治，这是君主政体的一个全新替代品。”③ 罗伯斯比尔试图赋予这个“全新替代品”以全新的道德精神和政治品质。他将自己的“独裁统治”定义为“人民管理”的工具。他赋予这个“全新”的工具以“全新”的特点——它既意味着“美德”，也意味着“恐怖”：“没有美德，恐怖就是有害的；没有恐怖，美德就显得无力。恐怖是迅速的、严厉的、坚决的正义，从而它是美德的表现；与其说它是特殊原则，毋宁说它是从祖国在极端困难时期所采用的民主一般原则得出的结论。”④ 罗伯斯比尔不知道，美德与恐怖几乎是两种完全对立的东西。恐怖意味着放纵、毁灭与冲突，本质上是恨与残暴的体现，而美德则意味着克制、牺牲与和谐，本质上是爱与仁慈的体现；美德不会支持恐怖，就像恐怖不能包容美德一样。在任何一个恐怖泛滥的地方，美

① 马迪厄：《法国革命史》，杨人楩译，商务印书馆，2011 年，第 463 页；标点符号有改动。

② 阿克顿：《法国大革命讲稿》，J. N. 菲吉斯、R. V. 劳伦斯编，姚中秋译，商务印书馆，2012 年，第 327 页。

③ 阿克顿：《法国大革命讲稿》，J. N. 菲吉斯、R. V. 劳伦斯编，姚中秋译，商务印书馆，2012 年，第 292 页。

④ 罗伯斯比尔：《革命法制和审判》，赵涵舆译，商务印书馆，1965 年，第 176 页。

德都会受到极大的威胁和伤害。

雨果的父亲参加了旺岱的平叛战争。由于天性的善良，他在战争中的表现极为仁慈，不仅保护和释放了女犯，还救了一个孩子：“有一次，军队枪决了两个旺代人，是叔侄两个，罪名是两人被捉住的时候手中都拿着火器。叔父已经被枪毙了，就要轮到侄儿，一个九岁或十岁的孩子。雨果挺身拦住枪口，把小孩夺了下来，抚养了他七年，最后还为他安排好将来，这小孩名叫让·伯兰。”[①] 父亲救护未成年儿童的故事，给雨果的《九三年》提供了具有核心意义的叙事内容。

无论从哪个角度看，法国大革命本身就是一个极端形态的危困叙事。在那个时代以及后来的欧洲作家中，几乎没有人不被这个危困叙事的传奇性和极端性所吸引。狄更斯的《双城记》是关于这场革命的传奇叙事，而司汤达的《红与黑》则反映了这场革命对法国青年的意识世界的巨大影响。发生在旺岱地区的剧烈冲突，更是大国大革命叙事中极具吸引力的情节内容。大仲马的《双雄记》和巴尔扎克的《舒昂党人》，都属于法国大革命背景下的“旺岱叙事”。雨果很早就注意到了法国大革命的历史意义和文学价值。他对1793年的旺岱冲突，尤感兴趣。直到晚年，他才有机会从容地完成关于1793年旺岱冲突的写作计划。

1862年秋，雨果流亡到了盖纳西岛。他开始为《九三年》的写作做准备。他在写给朋友默里斯的信中说：“上帝会给我生命和力量，完成我的敌人称之为大得出奇的巨大计划吗？我年迈了一点，不能移动这些大山，而且是多么高耸的大山啊！《九三年》就是这样一座大山。”[②] 为了写作《九三年》，雨果的酝酿和准备期，长达十年之久。他搜集和阅读了大量的回忆录、通信、《旧通报》汇编，以及米歇莱、路易·布朗、梯也尔、博南、拉马丁、阿梅尔、克拉尔蒂和梅尔西埃的著作。当然，“雨果并没有让这一大

① 阿黛儿·富歇：《雨果夫人回忆录》，鲍文蔚译，上海译文出版社，1985年，第4页。
② 郑克鲁：《雨果》，远流出版公司，1990年，第126页。

堆材料所左右，而是驾驭这些材料，为整个情节服务。”① 1872 年冬天动笔，1874 年 2 月出版，雨果用了一年多的时间完成了《九三年》。正像有人指出的那样：“《九三年》在某种意义上是雨果创作生涯的总结，也是他一生思想的概括和总结。”② 事实上，从艺术的角度看，《九三年》炉火纯青，臻于完美；在雨果小说作品中，它避免了《巴黎圣母院》掉书袋式的逞才和炫博，摆脱了《悲惨世界》横无际涯的庞杂和芜累，实可谓独标一格，冠冕群英。

那么，《九三年》的灵魂性的思想，到底是什么呢？

人道主义是人类生活的最高原则和绝对原则。因为，只有人道主义，才能将人类从仇恨和混乱中解救出来，最终将人类的生活提高到真正人性的高度。

人道主义，这就是《九三年》所宣达的具有核心意义的思想和具有根本意义的价值观。

人道主义意味着对所有人的尊重和包容。如果没有人道主义的精神，如果没有爱的智慧和能力，那么，人类将无法最终解决任何矛盾和冲突，也无法将人类从危困中解救出来。革命为了人的自由和解放，所以，革命也以人道主义作为自己的伦理原则和行动纲领。在严重的对抗和冲突中，只有基于爱和同情的人道主义原则，才能最终将人们引向和解与和平。

1878 年 6 月 17 日，雨果在《国际文学代表大会开幕词》中说：“人类的全部智慧在于这四个字：调和，和解；对思想调和，对人和解。……我们这些人，我们和基督在一起。作家和使徒在一起；沉思的人和有爱心的人在一起。”③ 雨果呼唤“更有人性的文学”，呼吁人们用宽恕的办法消灭仇恨：“各位先生，有个罗马人，因为有执著的念头而闻名，他说：我要消

① 郑克鲁：《雨果》，远流出版公司，1990 年，第 127 页。

② 艾珉：《法国文学的理性批判精神》，人民文学出版社，2016 年，第 330 页。

③ 雨果：《雨果文集》，第十一卷，程曾厚译，人民文学出版社，2002 年，第 517 页。

灭迦太基！我，我也有一个魂牵梦绕的想法，这就是：我们要消灭仇恨。如果人类的文学有一个目的，就是这个目的。‘更有人性的文学。’先生们，消灭仇恨最好的办法是宽恕。”① 整个《九三年》所要表现和肯定的，就是雨果在这里宣扬的人道主义主张和爱的思想。

在《九三年》里，革命因为自由和平等而起，所以，革命是绝对正确的。但是，如果丧失了人道主义的原则，那么，革命就会被错误地理解为暴力和恐怖，进而一切毁灭性的行为，都会被当作天经地义的事情。所以，雨果才在这部小说中发出了那个振聋发聩的声音：

> 郭文是一个共和党，他相信自己是绝对正确的，而且也的确是如此。可是一个更高级的绝对正确性出现了。
>
> 在绝对正确的革命之上，还有一个绝对正确的人道主义。
>
> ……一切人都有一个基础；这个基础一动摇，就产生深沉的烦恼；郭文正在感受着这种烦恼。②

朗德纳克拯救孩子的善举，是一种人道主义的爱的行为。为了实现拯救儿童的人道主义目的，他宁愿以放弃自己的自由为代价，甚至以牺牲自己的生命为代价。在朗德纳克拯救孩子的那一瞬间，郭文看见了一个人精神转弯的奇迹：“转过一个意想不到的弯子以后一片新天地出现了，一个变化发生了。一个意想不到的朗德纳克登台了。一个英雄从这个恶魔的身上跳了出来；不光是一个英雄，还是一个人。不光是一个灵魂，还是一颗心。在郭文面前的不再是一个杀人者，而是一个救人者。郭文被一股神圣光辉的洪流冲倒了。朗德纳克用善良的雷电击倒了他。”③ 一个按照人道主义原则

---

① 雨果：《雨果文集》，第十一卷，程曾厚译，人民文学出版社，2002年，第518页。

② 雨果：《九三年》，郑永慧译，人民文学出版社，1957年，第397页。

③ 雨果：《九三年》，郑永慧译，人民文学出版社，1957年，第403页。

行善的人，也应该受到人道主义的宽容和善待。任何人都没有理由审判和处决一个行善的人。于是，郭文将朗德纳克从囚室释放了，并将自己关进了监狱。郭文为此受到了军事法庭的惩罚，丢掉了性命，而主张并监督郭文死刑的西穆尔登，因为失去了儿子般的郭文，而开枪自杀。

在郭文的内心，有两个冲突性的原则：一个是自由和革命的原则，一个是爱和人道主义的原则。这两个原则是他的家庭教师西穆尔登教给他的。西穆尔登“把他的品行中的可怕毒素注射到他身上；把他的信仰，他的意识，他的理想输送到他的血管里来；他把人民的灵魂放进这个贵族的脑子里。”① 在生命的最后一个夜晚，在与西穆尔登谈话的时候，郭文总结了他对自己的巨大影响，感谢他的再造之恩：

> 我只是一个贵族，你把我造成一个公民；我只是一个公民，你把我造成一个有才智的人；你使我作为一个人，能够适应人间的生活，作为一个灵魂，能够适应上天的生活。你给了我真理的钥匙，使我可以走进人间的现实世界，你也给了我光明的钥匙，使我可以走进天上的世界。啊，我的老师，我感谢你。是你创造了我。②

西穆尔登虽然培养了郭文开放的心灵和包容的价值观，但是，他自己的心灵和价值观却趋向封闭和绝对；郭文更爱的是“理想的共和国”，而西穆尔登更爱的是“绝对的共和国”，所以，郭文批评自己的老师说：“使一切保持平衡，这是好的；使一切和谐相处，这就更好。比天秤更高一级的还有七弦琴。你的共和国把人拿来称一称，量一量，而且加以调整；我的共和国把人带到蔚蓝的天空里。这就是一条定理和一只苍鹰的区别。”他说，自己所要的是“荷马造成的人”，而西穆尔登要的是“欧几里德造成的人”；

---

① 雨果：《九三年》，郑永慧译，人民文学出版社，1957 年，第 135 页。

② 雨果：《九三年》，郑永慧译，人民文学出版社，1957 年，第 435 页。

西穆尔登说：“你迷失在云层里了。”郭文说：“你呢，迷失在算计了。”① 在兵役制、税制、利用肥料和海洋、男女关系、梦想与现实的关系等问题上，他们的观点，也是决然对立的。

显然，郭文是一个特殊而伟大的革命者，一个跨出了法国大革命的精神边界的革命者。他不像罗伯斯比尔那样冷酷，也不像西穆尔登那样教条。西穆尔登“是一个自认为不会犯错误的无可指摘的人。从来没有人看见他流过眼泪。他是道德的化身，是不能近的，冷冰冰的。他是一个可怕的正直的人。”② 他的心，已经冷了，硬了。然而，郭文的心，却始终是热情的，温柔的。他试图将天上的原则带进人间，把爱和“恕”的精神带进革命：“做好事不能用坏的手段。我们推翻帝制不是要用断头台来代替它。……革命是和谐，不是恐怖。仁慈观念被残暴的人们使用错了。‘恕’字在我看来是人类语言中最美的一个字。……如果一个人不能够宽恕，那么胜利也就不值得争取了。在打仗的时候，我们必须做我们敌人的敌人，胜利以后，我们就要做他们的兄弟。”③ 然而，当“绝对正确的革命”成为绝对性的主宰原则，他的愿望和理想，便很难实现，而他的命运和结局，则注定是毁灭性和悲剧性的。

在郭文生命的最后时刻，雨果用充满浪漫主义诗意的调性和修辞，把他塑造成了像天使一样完美的英雄：

> 他的雪白的颈项使人想起女人的颈项，他的具有英雄气概和无限威力的眼睛使人想起了上等天使。他站在断头台上，沉溺在沉思中。这里也是人生的一种高峰。郭文在这高峰上面站着，又威严又安静。

---

① 雨果：《九三年》，郑永慧译，人民文学出版社，1957 年，第 436 页。
② 雨果：《九三年》，郑永慧译，人民文学出版社，1957 年，第 133 页。
③ 雨果：《九三年》，郑永慧译，人民文学出版社，1957 年，第 274 页。

阳光包围着他，好像使他站在一团圆光里面一样。①

这样的描写，包含着巨大的道德力量和美学力量。道德力量强化了诗性的美感，美学力量强化了道德的崇高。没有人看到郭文的形象会无动于衷。人们会被他的人道主义精神所震撼，也会被他的理想主义激情所感召。一个人一旦读了《九三年》，一旦认识了郭文，一旦理解了他的人道主义原则，那么，他的意识就不可能是原来的样子。他会从雨果这部伟大作品里，获得这一个深刻的启示：假如不能在自己的内心培养爱的情感和能力，假如不能把人道主义原则当作绝对的原则，那么，一个人就很难成为真正意义上的文明人，而人类的生活也很难达到高度文明的和谐境界。

雨果深刻的洞察力和非凡的笔力，还表现在他对巴黎共和政府内部的权力斗争的描写上。《九三年》第二卷“在黑暗中大声疾呼”一节，是全书特别令人印象深刻的部分。雨果谛视革命者“最深处的神经的颤动”，并用真正史诗的方式将它呈现出来。他对罗伯斯比尔、马拉和丹东三巨头之间的钩心斗角的描写，简直可以与莎士比亚《裘里斯·恺撒》和《麦克白》中的经典场面相媲美。铁石一样坚硬的意志，蔑视一切人和存在的傲慢，气势凌厉、辩才无碍的修辞，控制和吞噬整个法国的野心，在在显示着这些精英人物的极端意识和极端人格。丹东说自己的思想“是一只狮子”，主张使用一切手段复仇，并向罗伯斯比尔和马拉呼吁：“复仇和正义的女神并不是一个矫饰的女子。让我们变成可怕的，同时也是有用的吧。难道一只象用脚踏下去的时候还要看看它踏的是什么吗?”② 西穆尔登接受他们的思想，试图用大象的脚踏平旺岱。

然而，并不是所有人都愿意成为大象。

无论共和主义者郭文，还是保守主义者朗德纳克，都拒绝像大象那样

---

① 雨果：《九三年》，郑永慧译，人民文学出版社，1957 年，第 449 页。

② 雨果：《九三年》，郑永慧译，人民文学出版社，1957 年，第 143 页。

踩踏一切。

他们下脚前，会细看自己的脚下。

他们心中的信仰和善念，不允许他们傲慢自大，冷酷无情，成为无所不为的人。

那么，从令人荡气回肠的《九三年》中，路遥获得了什么样的灵感和启示呢？

他从这部小说中看到了伟大的牺牲者，看到了他们身上的伟大的人道主义情感。

一个人要想成为优秀的作家，就要像雨果那样，把爱和善当作自己的灵魂。这就意味着，要赞美真正伟大的人道主义精神和人道主义情感，要塑造为了善和爱而甘愿放弃生命的牺牲者。

路遥也经历过令人惊心动魄的危困时刻。他要以自己所耳闻目睹的可怕的冲突为题材，塑造一个像郭文那样伟大的牺牲者形象，要写出这牺牲者身上伟大的道德力量和精神光芒。

1980 年 5 月 1 日，在写给刘茵的信中，路遥谈到了自己写作《惊心动魄的一幕》的“着眼点”和基本主题：“我在这篇小说中主要的着眼点是想塑造一个非正常时期具有崇高献身精神的人。我觉得，不管写什么样的生活，人的高尚的道德、美好的情操以及为各种事业献身的精神，永远应该是作家关注的主要问题。即使是完全写阴暗的东西，也应该看得见作家美好心灵之光的投射（比如鲁迅）。不管各个历史阶段的社会现象多么曲折和复杂，以上人类所具有的精神和品质总是站（当为“占”——引者注）主导地位的。”① 要在小说中表现绝对的善，要塑造一个伟大的英雄和牺牲者，这是路遥从雨果那里领悟到的最重要的东西。

然而，路遥的危困叙事所面对的，是一场历时十年的“革命”，是一场

① 路遥：《路遥全集·早晨从中午开始》，北京十月文艺出版社，2013 年，第 572 页。

巨大的动乱；它涉及社会上上下下的所有阶层；它无远弗届，无所不至，所造成的影响和后果波及社会生活的所有方面，也波及人们内心世界的所有方面。就像《中国共产党中央委员会关于建国以来党的若干历史问题的决议》所说的那样："'文化大革命'名义上是直接依靠群众，实际上既脱离了党的组织，又脱离了广大群众。运动开始后，党的各级组织普遍受到冲击并陷于瘫痪、半瘫痪状态，党的各级领导干部普遍受到批判和斗争，广大党员被迫停止了组织生活，党长期依靠的许多积极分子和基本群众受到排斥。"① 显然，路遥所要处理的，是空前复杂的叙事内容，是司马迁和普鲁塔克都不曾面对过的叙事难题。

在写作《九三年》的时候，法国大革命已经过去了七十七年，是真正意义上的历史事件。一切已成陈迹，材料任我驱遣，故而，雨果几乎掌握了所有与"法国大革命"相关的重要资料和信息。然而，在路遥写作《惊心动魄的一幕》的时候，"文化大革命"才结束两三年，一切皆半明半昧，若隐若现。现实还来不及沉淀为历史，因而，也就没有阿克顿、马迪厄和托克维尔这样的学者为他提供史实和观念上的支持。这样，路遥在展开叙事的时候，既无法盱衡时代之全局，也无力触及问题之本质；既无法全面而完整地了解和把握"史无前例"的运动的起源和发展过程，也没有能力深刻而彻底地思考和分析这历时十年的危困所包含的问题和教训。

更为重要的是，在《九三年》里，法国大革命虽然引发了巨大的社会冲突，但并没有动摇人们的价值体系，也没有使全社会陷入持久而可怕的精神状态。但是，在《惊心动魄的一幕》里，史无前例的政治运动，风雷激荡，摧枯拉朽，对全社会的生活产生了巨大而深远的影响，面对如此复杂的矛盾，面对如此沉重的问题，路遥的危困叙事的难度，可想而知。也就是说，雨果有展开叙事的稳定的价值观，路遥却没有这样的价值观。所

---

① 《十一届三中全会以来重要文献选读》，上册，人民出版社，1987 年，第 316 页。

以，雨果可以用普遍性的伦理精神来支撑自己的叙事，而路遥则只能靠极端化的唯意志论来支撑自己的叙事。

在《九三年》里，危困冲突中的各种人物的思想和愿望都是真实的，因为，它们基于完全不同的信仰和政治立场，最终，就像安·兰德所概括的那样："故事中的任何一部分都在讲述人在暴力的、痛苦的情况下以多么伟岸的灵魂坚守自己的价值观。"① 但是，在《惊心动魄的一幕》里，危困冲突是外在而混乱的社会冲突，而不是内在而深刻的精神冲突。在《九三年》里，至少有三种声音在对话，有三种价值观在发生冲突：一种是郭文的，一种是西穆尔登的，一种是朗德纳克的。然而，在《惊心动魄的一幕》里，却只有一种声音，只有一种价值观。这种单一的声音和价值观，会造成严重的外在冲突和身体对抗，但不会带来真正的思想冲突和精神对话，因为，冲突双方的信仰和立场，是完全一样的；所用的话语和修辞，也是完全一样的。

这样，在雨果那里，冲突是崇高和悲剧性的。无论是温和的革命者郭文和绝对的革命者西穆尔登，还是保守的贵族朗德纳克侯爵，都不是简单地因为个人恩怨而行动，而是为了自己的信仰和价值观而战斗。所以，安·兰德才说：《九三年》"想要表现的主题正是当今文化中最缺乏的东西：人们对价值观的忠诚。"② 克拉克也在评价《九三年》的时候说，雨果的这部作品"将无解变为和解，将典型的戏剧冲突融入典型的戏剧综合。戈万（即《九三年》里的'郭文'——引者注）认为，诗人的'竖琴'应该'使一切达到和谐'。为了维持这种和谐，在《九三年》书里书外，雨果一边许下诺言一边又抽身离开，以便参与政治和社会事务，一边又从中退出。……在这里爱统治一切，而所有的路都通向上帝。雨果并不宣扬政策，

---

① 安·兰德：《浪漫主义宣言》，郑齐译，重庆出版社，2016 年，第 183 页。

② 安·兰德：《通往明天的唯一道路——安·兰德专栏集萃》，章艳译，广西师范大学出版社，2004 年，第 62 页。

他宣扬的是仁慈、宽慰和爱的福音。他最后的留言‘爱即行动’很好地总结了雨果对宇宙的想象，和他自己作为预言家在其中所扮演的角色。”① 也就是说，在雨果的危困叙事里，一切冲突都被升华为真正意义上的精神冲突，都被提高到了伟大与崇高的境界。

然而，在路遥的危困叙事中，那些看似剧烈的冲突，却是荒诞的，缺乏意义感的。在这里，没有思想和价值观意义上的严肃冲突。那些仇恨和折磨马延雄的人，并不关心超乎个人之上的重要问题，更没有思想的痛苦和价值观意义上的焦虑。他们的愤怒和敌意，全都来自个人的鸡毛蒜皮一样无足轻重的恩怨，因而，是为了发泄可鄙的个人情绪而报仇——在他们愚昧的意识里，他们不是因为犯了罪而受到惩罚，而是因为县委书记马延雄的缘故，才被送进了监狱。而那些同情和支持马延雄的人，同样没有思想的痛苦和价值观意义上的焦虑，也不过是因为个人恩怨。马延雄帮他们解决了具体的困难和问题，所以，他们保护他，就是为了报恩。可见，无论恨马延雄的人，还是爱马延雄的人，都停留在近乎琐碎的区区恩怨之中；既然没有真正属于自己的价值观，当然也就谈不到对价值观的忠诚，也不会有因价值观而起的崇高而严肃的冲突。

在雨果那里，冲突双方虽然各有其主张和立场，但是，所有人物在人格上都是平等的，也都是值得尊敬的，就像安·兰德所说的那样：“尽管雨果个人很明显站在了共和派一边，他对双方的描写却都不失公正，甚至可以说，他对冲突双方都怀着一种敬意。”② 这样，雨果就赋予自己危困叙事以客观而真实的效果，就从整体上将自己的叙事提高到了人性和人道主义的高度。

然而，在路遥这里，虽然冲突双方的根本立场是完全一致的，但是，人却被简单地分成了可爱的好人和可恨的坏人。好人和坏人在人格上并不

---

① 普利西拉·帕克赫斯特·克拉克：《文学法兰西：一种文化的诞生》，施清婧译，译林出版社，2019 年，第 145 页。

② 安·兰德：《浪漫主义宣言》，郑齐译，重庆出版社，2016 年，第 182 页。

平等；坏人是为了证明好人的高尚而存在的，而好人则是为了证明抽象的观念而存在。他们全都是承载某种片面观念的符号。人并未获得人的个性和尊严。

在雨果那里，朗德纳克的意识是高度理性的，而行动则是充分自由的；他明确地知道自己冒险要达到什么样的目的，也知道自己应该选择什么样的方法来实现自己的目的，所以，他最后为了救人而自投罗网，就是自然而真实的。

然而，路遥照着朗德纳克塑造出来的马延雄，却给人一种并不真实的感觉。

这是为什么呢？

为什么路遥在塑造马延雄的时候，用尽力气，反复修改，最终却事与愿违，未能获得理想的叙事效果，仍然给人一种不真实的感觉呢？

因为，这个人物的行动不是基于深刻的思想和可靠的理性意识。他的意识与行为之间，缺乏逻辑性和说服力。他似乎完全不知道，自己所面对的造反派，是一群什么样的人；他似乎完全不知道，这群陷入癫狂状态的人，只信奉“你死我活”的斗争哲学，既缺乏正常的情感，也缺乏最起码的理性，因而，既不可以动之以情，又不可以晓之以理。面对这样的危困情势，面对这样一群歇斯底里的人，任何一个普通干部都会显得无能为力。他根本无法控制局面，也无法使他们回心转意。当然，对这危困局面的严重性，马延雄自己也是知道的：

> 眼下，两派就像两扇疯狂转着的石磨，他像这两扇石磨中间的一颗豆子。如果能使这两扇磨不咬在一起磨擦，他这个“豆子”就是粉身碎骨，磨成面，他也心甘情愿，乐而为之。可是，他这颗小小的豆子能隔开这两扇磨吗？能使他们不贴在一起互相磨擦吗？
>
> 答案是肯定的：这是一个社会性的动乱潮流，他个人改变不了这

个局面。

那么，这样看来，他是不是不应该做这一颗“豆子”呢？是不是应该从这两扇磨中间蹦出去呢？

答案也是肯定的：他不能“蹦”出去！他可以蹦出去，但不能蹦出去！他是共产党员，是党的县委书记，他不能离开这暴风骤雨，去为自己寻找避风的港湾。……他已经到了这样的时候：没有上级，也没有下级，他是一个单兵在作战！

这处境，这状况，眼前也不是他马延雄一个人，千千万万的人都处在这样的境地中：一切要靠自己来领导自己，指挥自己。这是一场肉体的考验，更是一场灵魂的考验。①

马延雄清楚地知道，自己简直就是磨盘中间的一粒豆子，完全处于“没有上级，也没有下级”的孤独状态和无力状态。如此一来，他这颗自投罗网的“豆子”，除了被两扇石磨碾磨得“粉身碎骨”，不可能有别的结果。正因为这样，柳秉奎听到他要直接找造反派组织“红总”的时候，才吃惊得说不出话来：“半天，他才惊恐地发出一连串的问话：‘为什么？老马，你疯了？你寻着往虎口里走吗？你这是为的什么？你思想怎突然变成了这？你原来不是要跟我到柳滩去吗？’”② 在这种危困形势下，唯一合乎理性而又不违背道义原则的选择，就是等待大形势的变化，就是等到合适的时候，借助决定性的力量来解决问题，平息事态。如果缺乏这样的理性认知和理性判断，那么，作者的危困叙事就会沦入极端化的浪漫主义模式和主观主义模式，就会给人留下概念化的、不真实的印象。

在雨果的充满浪漫主义精神的叙事里，人物的心理和行为常常发生突然的转换。这是一种肯定性质的转换模式——仇恨突然转化成了同情，罪

① 路遥：《路遥文集》，第五卷，人民文学出版社，2005 年，第 202 页。
② 路遥：《路遥文集》，第五卷，人民文学出版社，2005 年，第 208 页。

人突然转化成了义人，魔鬼突然转化成了天使。在《悲惨世界》里，冉阿让从仇恨一切的人，转化成爱一切的人；沙威则从法律的冷酷工具，转化成了良心觉醒的人。在《九三年》里，在无辜的孩子们面临死亡威胁的危困时刻，朗德纳克从血腥的杀戮者，转化成了仁慈的拯救者；郭文从无情的惩罚者，转化成了温和的宽恕者；西穆尔登则为了捍卫无情的原则处死了郭文，又因为对郭文的父亲般的爱而处死了自己。一切都显得违情悖理，匪夷所思，一切都又都合乎情感逻辑和真理逻辑。他们的信仰和价值观都要求他们完成这种“突转”。在雨果的叙事世界里，这些传奇人物的行为与意识之间，存在着严密而合理的逻辑关系。

值得注意的是，在雨果的浪漫主义“突转”叙事里，活跃的想象，强烈的情感，尖锐的冲突，鲜明的对照，总是通过冷静的现实主义描写表现出来。也就是说，虽然雨果在《九三年》中所处理的，是近乎极端的危困叙事，但是，他的许多细节描写和情节叙述，却有着几何般精确的效果和逻辑般严密的说服力。就像美国学者克拉克所说的那样：“对精确性的培养以及对理智的推崇形成了法国文学文化中的基本理性基础。法语、法国文学所呈现的‘理性’面貌是其他语言、其他国家的作家和文学所缺乏的。”① 他将这种精神概括为“几何精神”②。这种追求精确的几何精神与介入现实的批判精神一起，对法国文学产生了深远的影响。雨果在《巴黎圣母院》中对石头建筑的精细描写，《悲惨世界》中巴黎巷战的生动描写，《九三年》对“巨人与巨人的斗争”的史诗性描写，都体现着令人赞叹的“几何精神”。

路遥虽然接受了雨果描写人物精神升华的“突转”模式，但却忽略了雨果小说描写的“几何精神”和小说叙事的逻辑感。由于丧失了事实感和

---

① 普利西拉·帕克赫斯特·克拉克：《文学法兰西：一种文化的诞生》，施清婧译，译林出版社，2019 年，第 93 页。

② 普利西拉·帕克赫斯特·克拉克：《文学法兰西：一种文化的诞生》，施清婧译，译林出版社，2019 年，第 95 页。

逻辑感，《惊心动魄的一幕》中的“突转”叙事，就很难获得理想的修辞效果。例如，造反派周小全看到马延雄为了制止武斗而自蹈死地，内心受到强烈的震动，“一刹那间，反映在他脑子里的观念是：这是一个伟大的敌人。”甚至觉得自己是“小丑手下的小丑”，于是，“一种羞耻感使他低下了头”①。最后，他虽然被自己阵营的人视为“叛徒”，但却未受到任何惩罚，而是带着“骄傲的微笑”，离开野蛮的造反组织，当此时也，“一缕淡柔的光线衬出了他年轻健美的身影”②。这样的叙述和描写虽然不乏浪漫主义色彩，但是，缺乏现实主义力量，给人一种随意而虚假的感觉。

同样缺乏说服力的，还有路遥对马延雄之死的夸张性叙事。在路遥的叙述里，马延雄用自己的生命，制止了大规模的群众武斗，“全县没有因武斗而造成任何群众的死亡。”③ 事实上，完全失控的混乱局面，根本不会因为一个自身难保的人的死，而一瞬间实现“转换”，而实现息事宁人的目的。根据《延川县志》记载，1966 年 10 月，全县成立了 20 多个“造反组织”④；自 1967 年 11 月至 1968 年，发生多起武斗流血事件和抢劫武器、银行、粮食等“打砸抢”事件：“其中重大事件 10 起，共打死干部群众 46 人（其中外〈县〉籍 13 人），抢劫粮食、粮票 11.5 万余公斤，布匹（包括成衣）11500 余米，非法提取现金 18.24 万余元，使国家和人民的生命、财产遭受严重损失。”⑤ 可见，路遥在处理危困叙事的时候，不是服从客观的事实和缜密的逻辑，而是依从作者自己主观的想象和缥缈的愿望。这样，作者在作品中所表现出来的，也就不是数学般的精确，而是一个又一个的逻辑断裂和细节失实。

安·兰德说，在《九三年》中，雨果“表现的是人性的本质，而不是

① 路遥：《路遥文集》，第五卷，人民文学出版社，2005 年，第 229 页。
② 路遥：《路遥文集》，第五卷，人民文学出版社，2005 年，第 237 页。
③ 路遥：《路遥文集》，第五卷，人民文学出版社，2005 年，第 239 页。
④ 延川县志编辑委员会：《延川县志》，陕西人民出版社，1999 年，第 824 页。
⑤ 延川县志编辑委员会：《延川县志》，陕西人民出版社，1999 年，第 825 页。

某种转瞬即逝的东西。他无意记录鸡毛蒜皮的琐事，而是努力把他心目中理想的生活刻画出来。他崇尚人的伟大，并竭力表现这种伟大。”① 事实上，路遥也试图表现“人的伟大”，但是，由于他对特殊时代环境里人的心理和行为的理解是主观主义的，由于他处理危困叙事的方法是违背事实的，不合逻辑的，所以，他最终也就不可能实现自己的叙事目的。

尽管如此，在关于那一特殊历史时期的寥寥无几的危困叙事中，中篇小说《惊心动魄的一幕》仍然具有特殊而重要的意义。王天乐在回忆文章中说：“路遥在考上初中后完全走出了这个家庭。到延川县中学后，主要经济来源是靠他的同学撑扶的。不久，发生了‘文化大革命’，平心说，路遥对这场‘革命’是热衷的。不为别的，就是为有口饭吃。路遥对我讲起这段历史时，曾是泪流满面。后来他开始写文章，并把自己的名字由王卫国改成了路遥。当他写完《惊心动魄的一幕》和《在困难的日子里》这两个中篇小说后，他说他终于写出了自己埋得很深的一段心灵历程。”②《惊心动魄的一幕》是一部致敬之作，是一部安慰之作，也是一部告别之作。他用这部小说向伟大的雨果和他的《九三年》致敬，用这部小说安慰自己和同时代青年受伤的心灵；同时，也通过它，与自己的充满动荡和恐惧的青春时代告别，与中华民族的一段曲折而坎坷的历史告别。

路遥的这部危困叙事小说，以青春的热情和巨大的勇气，表现了特殊时代令人惊心动魄的一幕。他想为人们提供一面镜子，点燃一团火焰。他想帮助人们看见可怕的恶和阴暗，也想点燃了人内心的善和光明。这部小说使人看见历史事变造成的混乱和恐怖，也使人看见巨大冲突所带来的人性复活和精神安慰。

路遥在《惊心动魄的一幕》中的探索，是失败的。他在这部小说中他

① 安·兰德：《通往明天的唯一道路——安·兰德专栏集萃》，章艳译，广西师范大学出版社，2004 年，第 63 页。

② 李建军编：《路遥十五年祭》，新世界出版社，2007 年，第 191 页。

所追求的叙事目标，也未能全部实现。但是，他对“人的伟大”的信仰，将对他后来的写作产生巨大的影响，将引导他写出《在困难的日子里》、《人生》、《平凡的世界》和《早晨从中午开始》这样的包含着理想主义激情的现实主义杰作。

2022 年 1 月 6 日，北京平西府

第二节　路遥与米勒

米勒？哪个米勒？亨利·米勒，还是希利斯·米勒？

都不是。另一个米勒，让-弗朗索瓦·米勒。

他不是19世纪的法国画家吗？

是的，就是他，法国近代绘画史上很受世界各国观众喜爱的画家，也是很受中国艺术家推崇的画家。

法国伟大的雕塑艺术家罗丹经常谈到米勒和他的作品。他将米勒画中的人物，视为“全人类的象征”①；认为米勒从大自然中发现了“痛苦与忍耐”②，甚至认为《拾穗者》的整个画面上缭绕着神秘的生存哲学的问题③。荷兰画家梵·高（亦译“梵高”或“凡高”）将灵魂当作艺术中最至高无上的东西，而米勒的绘画，就是最伟大的典范：“米勒的播种者就比田野中的普通播种者更有灵魂。”④ 他特别喜欢米勒的《晚钟》，称赞它“真是美景与诗意同在”⑤。俄国学者伊·多尔果波洛夫称赞米勒是

① 奥古斯特·罗丹述、保罗·葛塞尔记：《罗丹论艺术》，傅雷译，上海译文出版社，2019年，第21页。

② 奥古斯特·罗丹述、保罗·葛塞尔记：《罗丹论艺术》，傅雷译，上海译文出版社，2019年，第134页。

③ 奥古斯特·罗丹述、保罗·葛塞尔记：《罗丹论艺术》，傅雷译，上海译文出版社，2019年，第136页。

④ 英格·沃尔特编、瑞纳·梅茨格著：《梵·高》，赵宏伟、姚姗姗译，北京美术摄影出版社，2018年，第201页。

⑤ 文森特·凡高：《凡高自传》，赵习群、赵越译，中国书籍出版社，2020年，第5页。

“一位真诚、正直、纯朴的艺术家”①；“画家怀着一颗赤子之心去热爱大自然，热爱大地。世界上的美术家中很少有人终身如此强烈地感知这种人与土地的无形联系。”② 英国艺术史家威廉姆·奥本错误地将米勒归入浪漫主义，却正确地评价了他的艺术成就，赞扬他的杰作《拾穗者》“为近世各国所珍视”③。无论在宗教信仰上，还是在美学趣味上，米勒与托尔斯泰颇相仿佛。所以，在影响巨大的《什么是艺术?》中，在谈到“把人们引向团结和兄弟情谊”的“当代优秀艺术作品”的时候，托尔斯泰提到的第一个画家，就是让-弗朗索瓦·米勒④。

米勒在中国的影响和声名，即便不是比世界别国更大，至少也是一样大。在1931年出版的《西洋名画巡礼》一书中，丰子恺对米勒高度评价，大加推扬：“从古以来，世界上大画家很多。只有米勒可以永远做我们的先生。他的志气，他的见识，他的耐苦，和他的画法，他的粉色画笔，他的木炭画，我们都可以学习。所以我们鉴赏西洋的名画，从米勒开始。”⑤ 其实，早在1927年，丰子恺就曾在《中国画的特色——画中有诗》一文中，通过与塞尚的比较，肯定了米勒的伟大：“试拿一幅赛尚痕（即塞尚——引者注）的静物画布片与苹果，和米勒的《晚钟》并揭起来，除了几位研究线，研究 touch（日本人译为笔触）的油画专家注意赛尚痕以外，别的人——尤其是文学者——恐怕都是喜欢《晚钟》的吧!”⑥

---

① 伊·多尔果波洛夫:《名画的诞生》，蔡汀等译，金城出版社，2010年，第274页。

② 伊·多尔果波洛夫:《名画的诞生》，蔡汀等译，金城出版社，2010年，第290页。

③ 威廉姆·奥本:《西洋美术大纲》，梁得所编译，浙江人民美术出版社，2019年，第295页。

④ 托尔斯泰:《列夫·托尔斯泰文集》，第十四卷，陈燊、丰陈宝等译，人民文学出版社，1992年，第305页。

⑤ 丰子恺:《丰子恺文集》，艺术卷二，浙江文艺出版社、浙江教育出版社，1990年，第293页。

⑥ 丰子恺:《丰子恺文集》，艺术卷一，浙江文艺出版社、浙江教育出版社，1990年，第38页。

路遥与米勒，一个是作家，一个是画家，一个生活在20世纪的中国，一个生活在清朝的道光至同治年间的法国，所业不同，文化迥异，加之相距万里，相去百年，将他们放在一起相比较，是不是有点生拉硬扯、鲁莽灭裂呢？

不错，路遥与米勒的确生活在两个国家、两个时代，而且，他们的创作也的确分属不同的艺术领域。然而，君见其异而未见其同也。在这位中国作家和那位法国画家的人生经验和精神气质里，在他们的用不同艺术语言创造的作品里，在他们的道德情感、美学趣味和艺术风格里，共同性和相似性颇为不少，很有必要进行比较研究和分析。

事实上，不同种类的艺术之间，同条共贯，神理相契，原本就是一种相互渗透和相互影响的关系。没有歌德的戏剧《艾格蒙特》，就不会有贝多芬的《艾格蒙特序曲》；没有席勒的《欢乐颂》抒情诗，就不会有贝多芬的《欢乐颂》交响乐。凡高在写给弟弟的信中说："你可以在莎士比亚的作品中看见伦勃朗的影子，在米什莱中看到柯勒乔的痕迹，在雨果作品中看到德拉克洛瓦，甚至你可以在福音书中看到伦勃朗，或者说在伦勃朗的作品里看出福音书的味道，这完全要靠你自己的发掘。在班扬的作品中，我看到了米勒，在斯托夫人的书中，我竟然读到了阿里·谢佛尔的韵味。"① 康定斯基也常常将文学、音乐和绘画相提并论，相互比较。在他看来，梅特林克作品的语词所创造的气氛，与瓦格纳的音乐所创造的气氛是相似的。他也认同那种把德彪西归入印象画派的观点，因为，"不管这个对比得出什么真理，它都集中突出了这样一个事实：今天的各种艺术都相互吸收，因而也彼此相像。"② 1934年，开明书店出版了丰子恺的《绘画与文学》；在此书的序言里，作者破题儿第一句话就开宗明义，强调了绘画与文学的相

① 文森特·凡高：《凡高自传》，赵习群、赵越译，中国书籍出版社，2020年，第41页。

② 瓦西里·康定斯基：《论艺术里的精神》，吕澎译，上海人民美术出版社，2020年，第24页。

似性："各种艺术都有通似性。而绘画与文学的通似状态尤为微妙，探究时颇多兴味。"① 这就说明，不同类型的艺术之间，既存在着很强的类同性，也存在着极大的可比性。

那么，路遥与米勒之间到底有没有直接的影响关系呢？

就现在所掌握的信息来看，结论只有一个，那就是：没有。但是，路遥很有可能看过米勒的作品。因为，在路遥的精神成长期，在一个文化排斥性极强的时代，米勒几乎是唯一被允许接受的西方艺术家。

米勒，这位生活在资本主义国家的伟大画家，不仅出身农民阶级，且毕生所作画，皆以本色的农民形象和真实的农村生活为题材。他热爱劳动者，崇敬他们，怀着赞美的心情来表现他们的生活。这完全符合中国自20世纪40年代末期以来所实行的文艺评价标准："在那个时代的画家中，还有谁能像米勒那样深切体会稼穑人生活之艰辛。还有谁能像他那样对农民一往情深！但是谁要是以为米勒企图唤起人们对农民的怜悯那就错了。他从来就没有这种念头，他的画只是提醒人们注意到农民，尊重农民平凡而伟大的劳动，重视农民中蕴藏的巨大力量。"② 因而，虽然在很长的时间里，东西文化的沟通和交流，多有厉禁，但对米勒作品的出版和宣传，却很受鼓励，畅行无阻："中文领域介绍米勒及其作品的文章数量之多，涵盖媒体类型之广，是许多西方艺术大师所无法享受的'待遇'。从《美术研究》、《美术》、《世界美术》、《新美术》、《文艺研究》这样的小众的专业期刊，到《孩子天地》、《家庭与家教》、《外国文学》、《科学启蒙》、《农村·农业·农民》这些五花八门的大众读物中，都能发现米勒的影子。"③ 这样，几乎每一个爱读书的中国读者，都有可能知道米勒的名字，也很有可能看

① 丰子恺：《丰子恺文集》，艺术卷二，浙江文艺出版社、浙江教育出版社，1990年，第455页。

② 《世界美术家画库·米勒》，上海人民美术出版社，1986年，第74页。

③ 盛葳：《历史的错位：让-弗朗索瓦·米勒研究》，天津人民美术出版社，2013年，第1页。

到过他的《拾穗者》、《晚钟》、《播种者》、《倚锄的人》和《嫁接树木的农夫》等著名的画。

路遥是一个兴趣范围很广的人。他喜欢音乐和绘画，也有很高的艺术鉴赏力。他从绘画艺术中寻求对文学写作有启示的经验。他在一次讲座中说，作家所描写的对象，最终“应该是像油画似的呈现在你眼前”①。他曾写过至少两篇绘画评论。他评价著名画家萧焕的画：“工笔、写意兼长，作品笔墨潇洒，静中有动；……更为重要的是，他在绘画中，绝不局限于展示自己的功力和技巧，而力求体现他对生活的哲学思考”②。他评价乔维新的“中国画”：“讲究一种隐忍不发，更多地使人感到而不是直观大江东去的磅礴之势”③；使人“感受到了西洋画和中国画两种技巧糅合一起所造成的一种新的中国画的魅力”④。如此说来，他应该知道米勒，也应该看过米勒的绘画作品。

退一步讲，即便路遥确乎不知道米勒，也确乎不曾欣赏过他的伟大画作，那也丝毫不影响对他们进行平行比较和研究的合理性与有效性。他们属于同一精神谱系的作家和艺术家。以米勒为镜像，我们可以更清晰地看见路遥，看见他的个性和气质，看见他的现实主义写作的个性特点，看见他在艺术上的非凡之处，看见他在道德精神上的热情和伟大。

一、气质、境遇与超越

路遥与米勒都属于忧郁气质的人。几乎所有伟大的作家，精神上都是寂寞和孤独的，甚至，多多少少，都有一点忧郁的倾向。如果说，欢乐是动态的，甜蜜的，飞扬的，那么，忧郁则是静态的，酸涩的，沉滞的。对

① 路遥：《路遥全集·早晨从中午开始》，北京十月文艺出版社，2013 年，第 123 页。
② 路遥：《路遥全集·早晨从中午开始》，北京十月文艺出版社，2013 年，第 276 页。
③ 路遥：《路遥全集·早晨从中午开始》，北京十月文艺出版社，2013 年，第 277 页。
④ 路遥：《路遥全集·早晨从中午开始》，北京十月文艺出版社，2013 年，第 278 页。

于艺术家来讲，精神上的忧郁，固然含着一些苦涩的滋味，但也未始无益。因为，它能使人沉静下来，沉入自己的内心，沉入生活的内里，从而使他的思想趋于深邃，感觉趋于敏锐，从而看得见生活的真面目，体尝得到人生的真滋味。

翻看路遥的照片，你会发现，跟孩子和朋友在一起，他是开心的，脸上绽放着笑容，但更多的时候，心情是沉重的，甚至是痛苦和忧郁的。浓云叆叇的忧郁，几乎就是凝固在他脸上的表情。邢小利在《路遥侧记》中说："路遥是那种内向、深沉、严肃的作家。他具有一个真正的作家应该具备的气质和素质。他不像有些文人那样，有很多的逸闻趣事和荒唐事。大音希声，大美无言，他常常是沉默的，有一种雨中白桦林般的忧郁。"① 邢小利是路遥的同事，是他过从甚多的朋友。他对路遥的印象和判断，应该是切实而靠得住的。

路遥的忧郁，属于外倾型的忧郁。他虽然容易感伤，但也容易舒散开来。他的心理世界并不封闭，而是有一种倾诉的冲动和发泄的倾向："我这种人爱动感情，激动了就想流泪。"② 在繁华的街道上，他会因为想起了故乡流汗的老头，而猛然停住脚步，热泪盈眶；春天里，他也会因为在冻土里刨出了蕈芽子，激动得不知该怎么办。泪水是稀释和冲刷忧郁的巨大力量。一个喜欢流泪的人，比那些完全不流泪的人，更容易缓释忧郁带来的压抑和痛苦。

忧郁的人喜欢独处。但是，路遥喜欢孤独，又惧怕孤独。这正是外倾型忧郁气质的人常有的复杂心态。他对孤独有着深刻的体验和理解："孤独常常叫人感到无以名状的忧伤。而这忧伤有时又是很美丽的。"③ 他像诗人一样敏感，情绪很容易受到环境和氛围的影响："现在，身处异乡这孤独的

---

① 邢小利：《陕西作家与陕西文学》，陕西人民出版社，2017 年，第 189 页。

② 路遥：《路遥全集·早晨从中午开始》，北京十月文艺出版社，2013 年，第 236 页。

③ 路遥：《路遥文集》，第五卷，人民文学出版社，2005 年，第 292 页。

地方，又见雨雪纷纷，两眼便忍不住热辣辣的。无限伤感。岁月流逝，物是人非，无数美好的过去是再也不能唤回了。”但是，很快，他就能找到让自己摆脱感伤的力量：“只有拼命工作，只有永不休止地奋斗，只有创造新的成果，才能补偿人生的无数缺憾，才能使青春之花即便凋谢也是壮丽的凋谢。”① 坚强的意志和艰辛的创作，也帮助他化解了孤独和忧郁，恢复了内心的宁静和平衡。

人们从米勒的自画像所看到的，从 G. Sirot 和 J. P. Ziolo 给他拍摄的照片上所看到的，也是一副沉重而忧郁的样子。他的目光，炯炯有神，隐含着哀愁的影子，但又显得刚毅而平静。这使他显得更像是性格内敛的英国人，而不是性格外向的法国人。米勒说：“我是在忧郁的底子上长大的。”② 与路遥不同，米勒的忧郁属于内倾型的忧郁，一种更加含蓄和克制的忧郁。他从宗教信仰获得了洞察自我和克服忧郁的启示。信仰启发他认识到了自己的渺小，并帮助他去掉了自己观念里的“负面含义”，最终获得了心理健康上的“益处”③。就像阿兰·德波顿所说的那样，借着宗教的启示，“我们将会非常难得地认识到自己的微不足道，从而获得心情的宁静”④。这样，米勒就升华了自己的忧郁，将它引向信仰的高度和明旷的境界，从而克服了它对自己的内心生活和艺术创作的消极影响：“他又惧怕浪漫主义的那种多愁善感，并在创作中回避它。他就像米开朗基罗对荷兰人弗朗西斯说过的那样，‘好的画是从来不会描写一滴眼泪的’。……米勒胸中是开阔、明

① 路遥：《路遥文集》，第五卷，人民文学出版社，2005 年，第 286 页。

② 罗曼·罗兰：《大地之子的落日挽歌：米勒传》，冷杉、杨立新译，金城出版社，2012 年，第 7 页。

③ 阿兰·德波顿：《身份的焦虑》，陈广兴、南治国译，广西师范大学出版社，2009 年，第 249 页。

④ 阿兰·德波顿：《身份的焦虑》，陈广兴、南治国译，广西师范大学出版社，2009 年，第 236 页。

亮而柔和的。”① 开阔、明亮和柔和，就是米勒升华了忧郁之后的精神状态。他用庄严而神圣的情感之光，照亮了自己孤独而悲苦的内心世界，也照亮了充满苦难和不幸的外部世界。

与路遥比起来，米勒内心的忧郁，似乎来得更早，显得更加严重，故而也特别引人注意。很小的时候，他的忧郁性情就引起了人们的哀矜。米勒村上的神父就对他说：“唉，我可怜的孩子，你有一副将给你带来很多麻烦的悲愁心肠；你将蒙受很大的痛苦，你却对此一无所知。”② 忧郁像一把刻刀，会在人的外貌上留下雕塑般的刻痕。罗曼·罗兰曾这样描写米勒的状貌和神情：

> 米勒比中等身材略高些，体格强壮，长着公牛般的脖颈和肩膀，还有一双“庄稼人的大手”。他的黑发自然卷曲，被他梳向脑后，漂亮的眉毛引人注意。他的眉头很容易就蹙起来。他的眼睛是淡蓝色的，不大，但目光“直入人的灵魂深处”。他双目的神情总是那么严厉而忧郁，有时带点嘲讽的意味。他的鼻子端正，没什么特点。他的面颊几乎长满了浓黑的连鬓胡子。他的颧骨结实，略微凸起。从他的画像来判断，他的面部表情并非全是思想或感情的反映，而更多是意志的表象。③

这段文字，只需要改动几处地方，改换一些修饰语，就可以用来描写路遥。这个中国北方的汉子，中等身材，体格像米勒一样强壮；走起路来，身体

① 罗曼·罗兰：《大地之子的落日挽歌：米勒传》，冷杉、杨立新译，金城出版社，2012年，第117页。

② 罗曼·罗兰：《大地之子的落日挽歌：米勒传》，冷杉、杨立新译，金城出版社，2012年，第8页。

③ 罗曼·罗兰：《大地之子的落日挽歌：米勒传》，冷杉、杨立新译，金城出版社，2012年，第51页。

前倾，步伐有力，像拉犁的牛一样。他的眼神和表情，显得沉重而忧郁，但人们所看到的，却不是“嘲讽的意味”，而是冷峻和威严，是一种不愿意被搅扰的孤独。从影像资料来看，路遥也喜欢蹙眉，走路时喜欢低头思考，凝坐时喜欢以手支颐。他好像总是在痛苦地沉思，思考一个很难一下子找到答案的问题。沉重的思考与严峻的问题，在他的头脑里交战——“思考”在顽强地进攻，步步进逼；“问题”在顽强地防守，毫不退缩。有趣的是，像米勒一样，路遥的脸上也长满了浓黑的连鬓胡子，一种匈奴式的硬而密的“窜脸胡”。

伟大的音乐家威尔第也是忧郁气质的人。只是他的忧郁里有太多消极和阴暗的东西。意大利传记作家朱塞佩·塔罗奇这样写道：“只要看一看他这个时期的照片就够了：面孔严肃，冷酷，有一种暴躁、忧郁的神情，目光坚定，眉头紧皱，双颌紧咬。一个乡村贵族打扮的农民。一个看起来不善于爱的过早衰老的老人。或者他只能专横地、自私地爱，只关心自己的幸福，而他的女人则应该容忍：威尔第的幸福就是所有人的幸福，所以什么也别抱怨。”① 无论路遥，还是米勒，都不是这样的人。他们控制住了忧郁的情绪。他们将自己的忧郁向上升华，使之成为一种积极的创造力量，而不是放纵它，任它成为一种伤害性和破坏性的力量。这样，我们才在米勒的作品中，感受到了深沉的爱和温柔的怜悯，才在路遥的作品中，感受到了对底层人的由衷的体恤和同情。

路遥与米勒的忧郁气质的形成，一方面，是因为天性敏感和多情，另一方面，则是因为他们体验了太多的苦难，经历了太多的坎坷，经常处于情绪低沉的压抑状态。他们都出身于农民家庭，但两人的家境，成年以后的境遇，却很不相同。

---

① 朱塞佩·塔罗奇：《命运的力量：威尔第传》，贾明等译，生活·读书·新知三联书店，1990年，第173页。

中国人在介绍米勒的时候，喜欢用“贫寒”来形容他的家境[①]。其实，米勒的家境，并不很差，意大利学者加布里埃·克列帕迪甚至说他“出生于一个富足的农民家庭”[②]。如此说来，米勒小时候的生活，即便说不上幸福，但也决不悲惨。至少，在父母身边，他并不曾受过冻馁的折磨。他的受穷和挨饿，是离开家乡以后才有的事。自1837年到巴黎学习绘画，至1875年在巴比松去世，米勒几乎全是在穷困潦倒中熬过来的。因为拿不出钱，面包师停供了他的面包；因为无力筹集川资，他无法回乡探视病中的母亲。

然而，路遥小时候的家境，却实实在在是贫寒的。父母拼尽全力劳动，却依然家徒四壁，衣食不继。其实，在当时的陕北农村，极度的贫穷几乎是一种普遍的情形。陕北农民生活的困苦状态，让北京知青史铁生大感意外。他在《插队的故事》中这样写道：“在清平湾的头一年我们吃的是国库粮，每人每月四十五斤，玉米、麦子、谷，还有几两清油。老乡们就说我们也都是‘公家儿的’。老乡们常要吃麸子，吃糠，还吃一种叫‘叶子’的东西（我至今不知道是哪两个字，查了《辞海》也无结果，总之比糠还难下咽）；若吃一顿净玉米干粮便如过节般喜庆。”[③] 路遥也曾多次在文字和讲座中，谈到了自己的贫困状态和饥饿记忆：“中学时期一月只能吃十几斤粗粮，整个童年吃过的好饭几乎能一顿不拉记起来。”[④] 他的家像乞丐一样贫穷。路遥至少三次用“叫化子”来形容他的家境。他在《东拉西扯谈创作（一）》中说：

我父亲是个老农民，一字都不识。家里十来口人，没有吃的，没

---

① 《世界美术家画库·米勒》，上海人民美术出版社，1986年，第66页。

② 加布里埃·克列帕迪：《图解欧洲艺术史：19世纪》，李思佳译，北京联合出版社，2019年，第268页。

③ 史铁生：《史铁生全集·命若琴弦》，北京出版社，2015年，第177页。

④ 路遥：《路遥文集》，第五卷，人民文学出版社，2005年，第280页。

有穿的，只有一床被子，完全是叫化子状态。我七岁时候，家里没有办法养活我，父亲带我一路讨饭，讨到伯父家里，把我给了伯父。那时候贫困生活的经历，给我留下了十分强烈的印象，尽管那时我只有七八岁，但那种印象是永生难忘的。①

在《答中央广播电视大学问》中，他几乎原样不动地重复了这段文字②。1991 年 6 月 10 日，在西安矿业学院的题为《文学 · 人生 · 精神》的演讲中，他再次讲到了童年时代的贫穷，讲到了贫穷对他的自尊心的伤害③。他说自己读初中的时候，班上都是干部子弟，就他一个农民子弟，“我受尽了歧视、冷遇”④。

米勒很早就帮助父亲干农活，直到二十三岁，才有机会到巴黎学习绘画。这一点，跟路遥极为相似。路遥也是到了二十四岁那年，才有机会进家乡的大学读书。不同的是，路遥干农活的时间并不长。从很早的时候开始，他就立志要换一种活法，改变自己的农民身份，摆脱单调而艰苦的农业劳动。他通过当民办教师和当通讯员，通过在县城做“各式各样的临时性的工作”⑤，躲开了苦役般的体力劳动；1973 年，又通过上大学，成了“公家人”，成了“国家干部”，彻底改变自己的了农民身份。自此后，路遥不仅有了体面的身份，还远离了可怕的饥饿和极端的贫困。

然而，路遥与米勒的人生境遇，本质上是迥然不同的；面对困厄和痛苦，他们的态度和反应，也很不一样。在很长的时间里，路遥和他笔下人物的生存境遇，是一种绝对性质的被动境遇。他们按照给定的方式，被动

① 路遥：《路遥全集 · 早晨从中午开始》，北京十月文艺出版社，2013 年，第 124—125 页。

② 路遥：《路遥全集 · 早晨从中午开始》，北京十月文艺出版社，2013 年，第 199 页。

③ 路遥：《路遥全集 · 早晨从中午开始》，北京十月文艺出版社，2013 年，第 233 页。

④ 路遥：《路遥全集 · 早晨从中午开始》，北京十月文艺出版社，2013 年，第 126 页。

⑤ 路遥：《路遥全集 · 早晨从中午开始》，北京十月文艺出版社，2013 年，第 183 页。

地劳动，被动地交往，被动地生活。他们的劳动方式和生活方式，令北京来的知青目瞪口呆——他们在山上劳动的时候，“等中午饭送来了，刚刚抓了粪的手往黄土里一插，在裤子上拍两下，拿起干粮就吃。”① 农村青年则通过与北京知青的对照，发现了自己生活的落后和悲惨。一个为了哥哥而与人“换婚”的陕北女子，很是感慨地说：“看了北京知青，我们就是瞎活着呢。”② 北方农民的粮食和日用品严重匮乏，生活用水则极不卫生：“石头围了一圈的水井，脏得像个烂池塘。井底上是泥糊子，蛤蟆衣；水面上漂着一些碎柴烂草。蚊子和孑孓充斥着这个全村人吃水的地方。”农村的这种近乎原始的生存状况，使高加林们“感到沉重和痛苦：现代文明的风啊，你什么时候才能吹到这落后闭塞的地方？”③ 这种极端落后的生存环境和极端被动的生存境遇，使那些有文化的农村青年对自己的生活现状深感不满和焦虑。这种焦虑既是一种自卑的身份焦虑，也是强烈的生存焦虑。

于是，路遥在小说中所塑造的那些农村知识青年，就产生了彻底改变被动境遇的强烈愿望。他们不再愿意像父辈们那样生活：“他们有了文化，觉得父辈的那种生活他们再也不能接受了，但现实生活又迫使他们必须回农村。因为农村当时既不招工也不招干，甚至不能上大学。这样这些青年回去以后就特别苦闷。……他们觉得这样一种生活对人来说是屈辱的，所以他们在社会上苦苦挣扎和奋斗。”④ 在走出农村走向都市的过程中，他们承受了沉重的压力，经受了巨大的磨难。他们虽然拼尽全力，最终却未必能如愿以偿，而是，或像高加林那样，嗒然而归，回到自己的故乡，或像孙少平那样，中道而止，停留在远离城市的边缘地带。

比较起来，米勒的生存境遇，就是一种相对性质的主动境遇。他生活

---

① 邢仪主编：《延川插队往事》，中译出版社，2015 年，第 71 页。
② 邢仪主编：《延川插队往事》，中译出版社，2015 年，第 72 页
③ 路遥：《人生》，人民文学出版社，2006 年，第 71 页。
④ 路遥：《路遥全集·早晨从中午开始》，北京十月文艺出版社，2013 年，第 221 页。

在美国著名学者费舍尔所说的“自愿社会”①。对他来讲，他的农民身份，只不过是一种自然意义上的社会身份；而他的艰难处境，也不过是一种寻常意义上的人生状态。他完全可以按照自己的意愿，自由地迁徙，不受干扰地劳动，充分地享受自己的劳动成果；也可以完全按照自己的意愿，来选择生活方式，来选择可与交往的人。也就是说，对米勒来讲，农民身份并不构成严重的精神压力，也不会给他的人格自尊带来伤害。

这样，面对自己艰难的处境，米勒就可以心平气和，安之若素。他可以像自己的父辈一样，努力地工作，庄严地生活，平静地接受命运的安排和馈赠，而不会像路遥和他笔下的人物那样，内心充满强烈的精神焦虑，充满改变自己境遇的急切愿望。就像罗曼·罗兰所说的那样：“米勒自己就很熟悉贫困，他丝毫不惊讶地承受它，不加丝毫反抗。”② 为什么不惊讶？因为，这种贫困并没有严重到让人无法理解和接受的程度。为什么丝毫不反抗？因为，这种贫困几乎就是一种自然意义上的状态，而应对它的有效方式，就是坚韧地生活和辛勤地劳动。

米勒面对苦难的隐忍态度和平静心情，也与他的精神信仰和生活哲学有关。在他的精神生活中，来自宗教的情感抚慰和精神力量，起了极大的作用——帮助他从痛苦中摆脱出来，使他进入一种平静而和谐的精神状态：“精神焕发，行为绝对纯净，宗教信仰坚定，思想严肃”③。对一个有信仰的人来讲，苦难是人应负的轭，安慰则是人必得的酬报：“你们所有辛苦劳碌、担子沉重的人啊，到我这里来吧，我要叫你们安舒。你们要负起我的轭，向我学习，因为我性情温和，心里谦卑。这样，你们的生命就会得享

① 大卫·哈克特·费舍尔：《阿尔比恩的种子：美国文化的源与流》（上），王剑鹰译，广西师范大学出版社，2018 年，第 8—9 页。

② 罗曼·罗兰：《大地之子的落日挽歌：米勒传》，冷杉、杨立新译，金城出版社，2012 年，第 8 页。

③ 罗曼·罗兰：《大地之子的落日挽歌：米勒传》，冷杉、杨立新译，金城出版社，2012 年，第 23 页。

安舒。”（《马太福音》11：29，新世界本）马丁·路德甚至认为，人应该受苦，应该热爱苦难：“必须从心里羡慕十字架，……因为我必须受苦。我必须对于十字架和死亡有乐意忍受的心。”① 米勒或许尚未到此境界，然亦庶几矣乎。米勒的道德精神和生活方式，像托尔斯泰一样，纯然是宗教性质的。丰子恺发现，米勒所感受的人生苦难和悲哀，既是沉重和“严肃”的，又是轻松和“欢喜”的。就像他在《画圣米勒的人格及其艺术》中所说的那样：米勒的精神，“充满着圣典。他屡屡引用圣典。到了晚年，他常常为了他家族而通夜读圣典。”② 因为有着这样的内在意识，米勒便从容地负起了自己的命运之轭。虽然他自己，他的家庭，他的朋友，几乎全都生活在贫困、饥饿和疾病的折磨中，但是，米勒的心情却始终是平和而宁静的。他选择了对命运的顺从和对苦难的忍受，用他自己的话说，就是“要能忍气吞声、不怨不艾地肩负起人类命运的法则”③。在米勒的内心，没有愤怒的波澜，也没有仇恨的火焰，只有像大地一样的深沉，像夜晚一样的宁静：“对任何人我都不抱怨恨，我绝不认为我自己的牺牲比别人的更大些。”最终，就像罗曼·罗兰所概括的那样：“他与别人的不同之处，在于他在承受厄运时伴之而来的是一种内心的宁静，这是一种超然而仁慈的内心平静。人类的愚蠢、怨恨和自私自利都干扰不了他那令人羡慕的内心宁静。”④ 这种力量固然来自于他的伟大的人格，坚强的意志，但更大的那一部分，却来自于他小时候就从祖母和周围环境所接受的充满宗教精神的善的教育。祖母曾经反复告诫他，要像圣者那样生活，而父亲则身体力行，告诉他应

① 马丁·路德：《马丁·路德文选》，马丁·路德著作翻译小组译，中国社会科学出版社，2003 年，第 243 页。

② 丰子恺：《丰子恺文集》，艺术卷三，浙江文艺出版社、浙江教育出版社，1990 年，第 103 页。

③ 何政广主编：《世界名画家全集·爱与田园的画家——米勒》，河北教育出版社，1998 年，第 232 页。

④ 罗曼·罗兰：《大地之子的落日挽歌：米勒传》，冷杉、杨立新译，金城出版社，2012 年，第 9 页。

该如何坚强而宽忍地生活。

由于受到了这样的深刻影响，米勒就对自己的生活，对世界上的一切，都抱一种包容和同情的态度。就像德国哲学家施莱尔马赫所说的那样：“宗教让虔诚的心灵感到一切都是神圣的，有价值的，甚至连不神圣的和粗鄙的东西也是如此。”① 在米勒的心目中，那些过去从未被艺术家留意和描绘过的近乎粗鄙的人和生活，都是神圣的、有价值的。人们从他的《晚钟》、《拾穗者》、《播种者》、《倚锄的人》、《杀猪的人》、《牧羊女》、《牧羊女及其羊群》、《坐着休息的牧羊女》、《诺曼底的挤牛奶女工》、《倒牛奶入瓮的女人》、《背柴的女人》、《喂小鸡的女人》、《剪羊毛的女人》、《晒衣服的女人》、《休息时对着日光打火吸烟》、《第一步》、《归途》等作品所描绘的普普通通的农民身上，从这些画作所呈现的近乎无意义的日常生活场景和细节中，就看到了一种神圣而庄严的美，甚至感受到了“若受电然”的震撼。

那么，这些无意义的画面，是如何获得令人心灵震撼的意义的呢？一切艺术都是情感的表现。艺术的力量来自人的内心，来自于善和爱的心灵。米勒内心的虔诚和善良，改变了一切，带来了意义和力量。他的真诚而慈悲的态度，赋予了画作中的人物和场景以充满诗意的温暖色调。在他的看似平淡无奇的画面里，人们分明感受到了画家对普通人的生命和生活的关爱和崇仰。

与米勒不同，路遥是一个绝对的无神论者。在中篇小说《你怎么也想不到》中，郑小芳问吴有雄“信不信神”，得到的回答是：“我不信。但我从来不敢说不信。因为这里的许多老百姓都信……你要说是不信，大家就把你看成野蛮人了。”郑小芳惊讶地叫道：“啊？不信神反倒成了野蛮？”② 郑小芳们的态度和回答，就是路遥的态度和回答。他没有米勒那样的信仰，也没有像史铁生一样，替自己的心灵生活，建构起一个超越性的意义世界。

① 施莱尔马赫：《论宗教》，邓安庆译，人民出版社，2011 年，第 39 页。
② 路遥：《路遥全集·人生》，北京十月文艺出版社，2013 年，第 377 页。

他相信自己的理性和意志。这样，在承受外部压力和内在焦虑的时候，路遥就只能靠着意志的力量，来缓释自己的精神压力和精神痛苦。巨大的孤独感和强烈的无意义感，最终会像永不停止的钟摆一样，使他的心灵陷入一种周期性的焦虑和痛苦之中。即便获得了文学创作上的巨大成功，也不能使他长时间地摆脱忧郁的折磨和无意义感的困扰。《人生》获得了全国中篇小说奖，这无疑是文学创作上很大的成功和荣誉。但没多久，路遥就向朋友说“没意思”，甚至流着泪说自己“想自杀”①。

比较起来，在米勒的内心，忧郁像深水一样，静静地流着，没有波澜，没有涛声；在路遥的内心，忧郁则像火焰一样，熊熊地燃烧着，发出毕毕剥剥的声音。米勒将自己的忧郁，转化为对大地和人的安静的审视，最终将它升华为温暖、平静而有力量的绘画；路遥则将自己的忧郁，转化成了生活的意志和创造的动力，最终将它升华为献给平凡人物的充满青春激情的英雄主义史诗。

二、故乡、平衡与敌都市

故乡，两个温暖而充满诗性的字眼，一个甜蜜而略带感伤的意象。谁到了老年，还能常常记起故乡，还能回忆起故乡的有趣的人和事，谁就是一个幸福的人。没有对故乡的童年记忆，没有对故乡的美好回忆，一个人的内心该是多么苍白和寂寞啊。

故乡是一所特殊的学校。在这所学校里，你认识了勤劳的蜜蜂和忙碌的蚂蚁，认识了草丛里的蚂蚱和花瓣上的蝴蝶，认识了檐下的麻雀和梁上的燕子，认识了笨拙的獾与凶恶的狼，认识了威武的骏马和倔强的山羊。故乡影响了你的心性，塑造了你的性格，甚至培养了你的生活能力。从此后，故乡就是你认识世界和判断善恶的一个重要坐标。

---

① 马一夫、厚夫、宋学成主编：《路遥纪念集》，人民文学出版社，2007 年，第 101—102 页。

如果没有故乡和对故乡的记忆，有的人就很难成为作家和艺术家。假如没有故乡，库尔贝的艺术创作，也许就是另外一个样子。因为，“故乡的生活体验在日后的绘画生涯中，成了他创造力的源泉，故乡景物也常出现在他的画作中。”① 此实常见之普遍现象也，岂独库尔贝一人为然哉？假如没有故乡，普希金的很多诗篇，可能压根就不会写出来；假如没有故乡，托尔斯泰和阿克萨柯夫的小说中的风景描写，就不会那样令人陶醉。故乡也同样是路遥和米勒创作的灵感之源与力量之源。

路遥与米勒都是乡下人。他们出生在乡村，并在那里度过了自己的童年、少年和青年时代。在他们眼里，故乡虽然贫穷，但那里的风物，却是美丽的，值得爱的。他们都深深地眷恋自己的故乡，热爱那里的土地和土地上的美丽景色。如果说，中国陕北的苍凉、雄浑而又奇异的自然环境培养了路遥坚韧的毅力，培养了他对生活的乐观而深沉的生活态度，培养了他的现实主义与理想主义兼具的文化精神，那么，法国西北部的诺曼底海滨城市瑟堡附近美丽的田野景色，浩瀚而神秘的大海，则既培养了米勒对大自然的热爱，也培养了他对大自然的敬畏。无论在路遥的小说里，还是在米勒的绘画里，关于乡村风景的描写，都占据着极为重要的位置。

路遥爱自己的陕北故乡，爱那里的山山水水，一草一木。他在《早晨从中午开始》中说，他对陕北的沙漠，有一种特殊的情感：“那是一块进行人生禅悟的净土。每当面临命运的重大抉择，尤其是面临生活和精神的严重危机时，我都会不由自主地走向毛乌素大沙漠。”② 对他来讲，在特殊的时候走进大漠，就是身体和心灵的双重还乡：“赤脚行走在空寂逶迤的沙漠之中，或者四肢大展仰卧于沙丘之上眼望高深莫测的天穹，对这神圣的大自然充满虔诚的感恩之情。尽管我多少次来过这里接受精神的沐浴，但此

---

① 何政广主编：《世界画家全集·写实主义大师——库尔贝》，河北教育出版社，2000 年，第 3 页。

② 路遥：《路遥文集》，第五卷，人民文学出版社，2005 年，第 251 页。

行意义非同往常。"① 这种对自然的爱，已经不是普通意义上的爱，而是一种近乎神圣的爱，是一种能给自己的心灵带来深刻的启示和巨大力量的爱。

米勒也同样爱他的诺曼底故乡，爱远离都市的乡野风景。米勒在《有关艺术的备忘录》中说："艺术是大自然的产物，但是自从人类相信艺术本身是最高目的时，就开始趋向颓废。"② 又说："天才对那些无法理解大自然的人，负有翻译与解释的任务。"③ 他所说的大自然，就是乡村的大自然，是故乡的大自然。罗曼·罗兰说："米勒的一生，从孩提到去世，都是在农民劳动者中间度过的。他分享他们的热情和偏见，分享他们对巴黎及其风尚的仇视以及对田园的热爱。米勒不仅知道如何描绘大地，而且知道怎样耕耘它。他曾经是一名很好的庄稼汉，并且以此自豪。"④ 无论走到哪里，无论离开多久，他都珍藏着对故乡的记忆，保持着对故乡的怀念："他从没有忘怀过自己的故乡。当他于1871年8月12日再度看到故乡时，他深情地写道：'啊，我是属于故乡的！'这是在他逝世几年前发生的事情。"⑤ 米勒对诺曼底故乡的眷恋，极热烈，极深沉，确乎是令人感动的。

然而，无论是什么样的作家和艺术家，如果他想成为具有高度文化修养的人，他就不能不进入都市。同样，如果他想感受和体验现代文明，他也不能不进入都市。只有正确地处理两者之间的关系，他们才能成为文化意识健全的人和文化视野开阔的人，才有可能真正成为具有现代意识的人。

都市与乡村有着不同的文化气质和外在景观。都市的文化气质是现代

① 路遥：《路遥文集》，第五卷，人民文学出版社，2005年，第252页。

② 何政广主编：《世界名画家全集·爱与田园的画家——米勒》，河北教育出版社，1998年，第237页。

③ 何政广主编：《世界名画家全集·爱与田园的画家——米勒》，河北教育出版社，1998年，第236页。

④ 罗曼·罗兰：《大地之子的落日挽歌：米勒传》，冷杉、杨立新译，金城出版社，2012年，第18页。

⑤ 罗曼·罗兰：《大地之子的落日挽歌：米勒传》，冷杉、杨立新译，金城出版社，2012年，第30页。

性的，景观则多是人文景观；乡村的文化气质是自然主义的，景观则多是自然景观。城市的环境和氛围是动态的和喧嚷的，乡村的环境和氛围则是静态和安谧的；动态的文化刺激人的欲望和好奇心，静态的文化则使人趋向平静和恬淡。也就是说，都市和乡村意味着两种不同的文化习惯和生活方式。城里人适应乡村的生活，农村人适应都市生活，都不是一件轻松容易的事情。

从乡村进入都市的作家和艺术家，通常会有两种文化反应：一种是通过对比，看见了农村的落后，从而产生强烈的文化认同感；一种是在对比中，产生了巨大的心理落差和心理失衡，进而产生了强烈的自卑感和排斥意识。所以，从乡村进入都市的作家和艺术家，都要解决一个文化认同和心理平衡的问题：是怀着严重的自卑和恨意，敌视都市文化，嘲笑都市文明，还是以一种开放而理性的健康心态，接受两种不同的文化，在他们之间维持一种和谐而平衡的关系？

中国是一个农业文明历史悠久而都市文明历史短暂的国度。城里人鄙视乡下人，乡下人敌视城里人，似乎是一种并不鲜见的文化现象。对那些在农村度过青春时代的作家和艺术家来讲，如何处理乡村与城市的关系，或者说，如何克服农民的杂糅着自卑心理和狭隘偏见的种种问题，就意味着极大的考验。

西方有“敌基督”和“反基督”的概念。尼采就写了一本《敌基督者》。梅列日科夫斯基也写过《基督与反基督者》三部曲。套用这个概念来表述，可以说，中国乡土文学叙事的一个致命问题，就是常常表现出敌视都市、鄙视市民的意识。在那些相对落后的内陆省份，这种敌都市的意识，往往会显得更加强烈。农民出身的作家通过对都市的充满敌意的嘲笑，来克服自己内心的自卑焦虑，来重建自己的文化优越感。具有强大影响力的民粹主义思想，又整体性地强化了农村出身的作家的某种优越感，也给了他们敌都市的意识形态合法性。在当代中国的小说和写实作品中，就可以看见那种可以称之为“乡村原教旨主义”的敌都市意识。在这些敌都市的作家笔下，乡村来的一头牛，一头驴，一只狗，都比都市人有生命力，甚至活得更智慧，更有意思。

然而，路遥不会接受这种封闭的“乡村原教旨主义”意识，也不会接受那种对乡村和农民的极端傲慢的态度和无情批判的叙事。他要用一种更为复杂的充满人情味的态度来展开自己的乡村叙事。这是一种充满同情的态度，是一种爱的态度，同时也是一种温和而包容的批评态度。他既要写出农村和农民生活的落后，写出他们的狭隘和愚昧，同时也要写出他们的内心的善良和美好，写出他们的不幸和无辜，用他自己的话说，就是“要给文学界、批评界，给习惯于看好人与坏人或大团圆故事的读者提供一个新的形象，一个急忙分不清是‘好人坏人’的人”①。有好有坏，有丑有美，有真有假，生活本来就是这样，人性本来就是这样。路遥深刻地意识到，在处理复杂的叙事内容的时候，就要按照生活和人性的真实情形，建构一种真实而客观的平衡状态。

从乡土文学本身来看，20 世纪的中国文学叙事，常常陷入两种误区，局限于两种僵硬的模式。一种是站在民粹主义的立场，按照外在的意识形态标准和需要，以一种虚浮的浪漫主义方式，对农民的生活进行非现实主义的赞美诗性质的叙事：这是 20 世纪 40 年代以来中国当代作家的主流化的叙事模式。一种是怀着对乡村社会的不满和偏见，用反讽的修辞和嘲笑的调性，对农民的道德意识和生活方式大加讽刺和否定：这是 20 世纪初叶以来许多现代作家在农村题材写作上的基本态度和基本主题，也是一百多年来中国文学叙事中最应该引起注意的问题。

对这两种态度和方法，路遥都是反对和拒绝的。其中，让路遥最为不满的，就是简单地用“麻木”和“愚昧”这样的概念来评价农民，用“保

① 路遥：《路遥文集》，第五卷，人民文学出版社，2005 年，第 259—260 页。

守”和“落后”这样的理念来描写农村生活。这种以启蒙为号召的简单化认知和模式化叙事，严重地忽略了普遍的人性内容，严重忽略了多样化的个性差异，同时又不切实际地夸大了某一社会阶层的道德缺陷和人格病态。路遥拒绝这样的文化理念和叙事模式。他怀着充满同情心的理解和包容，根据自己的经验和认知，替农村和农民进行辩护：

> 我国不幸的农村问题是历史形成的；是古老历史和现当代历史形成的。政治家、哲学家和经济家都可以理性地直接面对“问题”，而作家艺术家面对的却是其间活生生的人和人的感情世界。
>
> 毫无疑问，广大的落后农村是中国迈向未来的沉重负担。
>
> 但是，这个责任应由历史承担，而不能归罪于生活在其间的人们。简单地说，难道他们不愿意像城里人一样生活得更好一些吗？命运如果把他们降生在城市而把现在的城里人安排到农村，事实又将会怎样？城里人无权指责农村人拖了他们的后腿。就我国而言，某种意义上，如果没有广大的农村，也不会有眼下城市的这点有限的繁荣。
>
> 放大一点说，整个第三世界（包括中国在内）不就是全球的“农村”吗？
>
> 因此，必须达成全社会的共识：农村的问题也就是城市的问题，是我们共有的问题。
>
> 这样，从感情上说，广大的“农村人”就是我们的兄弟姐妹，我们也就能出自真心理解他们的处境和痛苦，而不是优越而痛快地只顾指责甚至嘲弄丑化他们——就像某些发达国家对待不发达国家一样。①

他反对在农民身上“寻垢痂”，以丑化的方式来描写他们。他理解他们的无

① 路遥：《路遥文集》，第五卷，人民文学出版社，2005年，第304—305页。

辜而不幸的处境，同情他们的无告而沉重的痛苦。所以，他宁愿用更为复杂的眼光来观察他们的生活，用更为真实的方式来表现他们的生活，以诗性的方式将他们身上的美和善表现出来。

路遥爱故乡，同情农民，但是，也能客观地写出他们的局限和问题；他接受都市文明，也热爱现代文明，但是，拒绝接受对农村和农民的简单化的讽刺和批评。他在乡村与都市之间，在肯定与批判之间，建构了一种积极而平衡的关系。

事实上，如何处理乡村经验与都市经验之间的关系，不仅是一个中国问题，也是一个世界性问题。也就是说，对那些西方国家的来自乡村的作家和艺术家来讲，也同样存在一个如何融入城市文化的问题。他们也会像那些来自乡村的中国作家一样，承受着巨大的心理压力和精神痛苦。米勒进入巴黎的都市之旅，就是一个极为痛苦的艰难过程。

在雨果看来，巴黎是世界上美丽而伟大的城市。早在 15 世纪，“当时它不仅是一座美丽的城市，而且是一座结构匀称的城市，一个世纪建筑学与历史学的产物，一部石头的编年史。”① 在此后四百多年的时间里，巴黎一直保持着它全面的、高级形态的美。它是“人类的天幕”；“别出所有的一切巴黎全找得到。”② 它是人类精神生活的手册和指南，“它把雄伟的气概辐射到全世界……它在每个人的精神上建立起进步的思想，它所铸造的解放信条是后代的枕边剑。……她瓦顶上的烟是世界的思想。……它不仅只是伟大，它并且还是无边的。”③ 然而，在米勒的眼里，巴黎喧闹而丑陋，与自己安静而美丽的家乡比起来，是两种迥殊的景观。两者的巨大差异和鲜明对照，在米勒的心里引起了尖锐的冲突和严重的不适，使得他对巴黎产生了强烈的排斥和抵触，使他成了一个极为少见的“敌都市者”。

---

① 雨果：《巴黎圣母院》，陈敬容译，人民文学出版社，1982 年，第 120 页。

② 雨果：《悲惨世界》（三），李丹、方于译，人民文学出版社，1992 年，第 584 页。

③ 雨果：《悲惨世界》（三），李丹、方于译，人民文学出版社，1992 年，第 589 页。

在《巴黎鸿爪》中，米勒以难以克制的厌恶语气，叙述了自己对冬季巴黎的恶劣印象："巴黎被雾笼罩着的暗淡街灯，在狭窄路上挤得水泄不通的马车与那股令人难忍的臭味与气氛，使人感到头昏脑胀，甚至窒息。我一时失去自制，呜咽不已，虽然极力压制内心的冲动，但是实在无法控制那股强烈的情感冲击，只有掬取喷泉的冷水洗脸，让寒冷的空气拂拭，才勉强制止了那夺眶欲出的泪水，并恢复了镇定。我嚼着家里带来的最后一个苹果，眺望着喷水池畔一家版画店的画。"① 对巴黎的极度失望，使他更加眷恋故乡，更加思念亲人："对于我，巴黎是座阴森而又乏味的城市。在旅馆的头一夜，整晚噩梦，梦见故乡与幽暗屋里祖母、母亲与妹妹正纺着纱车，他们噙着泪水，挂虑着我并祈祷我能早日脱离巴黎的灭亡。"② 他对巴黎的消极感受，客观上讲，固然因为这座城市当时确实并不完美，但是，也与米勒自己的甫入都市的不自在感和紧张心理大有关系。这种消极的感受强化了他的孤独感和对新环境的排斥心理，也使他产生了社交上的畏惧感和交流障碍："因我绝少与人见面并攀谈，讨厌被人讥笑，也很少请教别人，当然也不会有人理睬或等我。我生来鲁莽又不谙规矩，因此碰到不得不与生人接触，或者为了一些鸡毛蒜皮小事不得不向人请教时，对我来说

---

① 何政广主编：《世界名画家全集·爱与田园的画家——米勒》，河北教育出版社，1998 年，第 224—225 页；米勒对巴黎的描写，倒也不是情绪化的夸张反应，因为，比米勒年长四岁的肖邦 1831 年看到的巴黎，也同样"喧哗和泥泞"，"比所能想象的还要糟"（贝尔纳·加沃蒂：《肖邦传》，张雪译，上海人民出版社，2021 年，第 107 页）。事实上，当时的波兰首都华沙，也一样糟糕："街道上污浊不堪，雨后想过街就得蹚泥。"（贝尔纳·加沃蒂：《肖邦传》，张雪译，上海人民出版社，2021 年，第 25 页）直到 1911 年，T. S. 艾略特所看到的巴黎，依然是令人失望的："漫步巴黎的街头，他看见的是一个灰暗的城市，成排发黑的树木，石板瓦屋檐上的雨滴落进肮脏的泥潭。"（林德尔·戈登：《T. S. 艾略特传：不完美的一生》，许小凡译，上海文艺出版社，2019 年，第 60 页）

② 何政广主编：《世界名画家全集·爱与田园的画家——米勒》，河北教育出版社，1998 年，第 225 页。

确实是件棘手的事。”① 显然，米勒依然停留在过去的生活习惯里，没有从缓慢而自在的乡村生活节奏转换过来。在巴黎，他无法克服自己内心的紧张感和隔膜感，无法克服内心对都市生活的喧闹和扰攘的抵触情绪。这样，对他来讲，巴黎的都市生活，就是一种巨大的心理压力，甚至是一种痛苦的精神折磨。

然而，米勒不能掉头不顾，拂袖而去，离开巴黎，离开这个让他厌恶的地方。因为，艺术创造要求艺术家必须生活在靠近都市的地方，生活在良好的艺术氛围里，必须跟自己的同行相往还，这样，才能从他们那里获得教益和灵感。于是，米勒便于1849年选择了巴黎近郊的巴比松，与几个画家朋友一起住进了这个美丽的小村庄。

来到巴比松之后，米勒颇有如归故里之感。他完全摆脱了身处巴黎的不自在。他不再为穿着等外在的形式和讲究所束缚："他穿得更加土气，仍旧套着一件发旧的红色紧身上衣或毛衣，短得连裤子也盖不住，腰部露出衬衣；经过日晒雨淋的旧草帽软塌塌的，变形的宽边像一口钟似的耷拉下来套在头上，脚上穿着一双沉重的木鞋。”② 他经常在花园中劳动，自己挖土、种植、浇水，甚至像泥瓦匠一样盖房子。感觉疲惫的时候，他就走到附近的树林，盘桓上一阵子。森林的美让他陶醉和震撼："森林的静谧和宏大令我震惊，我发现我真的感到恐惧了。我听不懂那些树林在互相说些什么，不过它们确实在细语，只是我们听不懂罢了。”③ 他写信给画家卢梭，细致地叙述了自己对乡村生活的迷恋：

① 何政广主编：《世界名画家全集·爱与田园的画家——米勒》，河北教育出版社，1998年，第229页。

② 罗曼·罗兰：《大地之子的落日挽歌：米勒传》，冷杉、杨立新译，金城出版社，2012年，第52页。

③ 罗曼·罗兰：《大地之子的落日挽歌：米勒传》，冷杉、杨立新译，金城出版社，2012年，第53页。

> 不知你在巴黎圣母院和都市饭店都有什么精彩的庆祝活动，我可是更喜欢朴实的活动：到处走走瞧瞧，沿着森林的边缘或林中的崖石，看着黑压压的乌鸦群落在原野上。我甚至愿意走过快要坍塌的茅屋，看着它的烟囱正富有诗意地向空中扩散着炊烟，告诉我主妇正为筋疲力尽地从田间归来的丈夫准备晚饭。我也乐意仰望在云层间眨眼的小星星，就像我在黄昏壮丽的落日后看到的那样，或者遥望在山坡上孤独行走的人的剪影，还有其他世界上最美丽的景象——它们对于那些不喜欢都市马车轮子的吵闹声或沿街叫卖的小贩的人来说弥足珍贵。①

米勒用一种象征的形式实现了精神上的还乡，来维系自己与乡土和大自然的亲密关系，来激活自己的乡村记忆和艺术创造力。他在巴比松创作了《拾穗者》和《晚祷》等画作。在《拾穗者》里，人物的动作“仿佛随着祈祷的缓慢节奏一般，节制而耐心”；他的表现农民生活的画作“往往表现了朴实平静的乡村生活与喧嚣狂乱的巴黎生活间的对立”②。不过，米勒对都市的厌恶和排斥，他的“敌都市”情绪，主要发生在生活经验层面，而不是文化理念层面。就具体的生活感受来看，难闻的气味，喧闹的声音，狭窄的空间，确实是令人不快的。他真实地表达了自己在都市里的消极感受和消极印象。也就是说，他主要是不习惯都市的生活环境和生活方式，而不是像某些中国当代作家那样，用乡村文化来嘲笑和否定都市文化，并从根本上否定都市文化的意义和价值。他不是那种傲慢而浅薄的“乡村原教旨主义者”。

比较起来，路遥对城市的态度，就显得更加包容和开放。在他的理解

---

① 罗曼·罗兰：《大地之子的落日挽歌：米勒传》，冷杉、杨立新译，金城出版社，2012 年，第 54 页。

② 加布里埃·克列帕迪：《图解欧洲艺术史：19 世纪》，李思佳译，北京联合出版社，2019 年，第 271 页。

中，城市与农村是一种相互影响的关系，两者之间，“相互渗透的现象非常广泛，所以现在你写农村，不了解城市你写不好，相反的你写城市，不了解农村你也写不好。”① 所以，他并不敌视都市。相反，他向往那里。他知道，城市不仅意味着物质生活的保障和安适，还意味着文化的先进和文明的发达。就像路遥所说的那样：“无论如何，城市是人类进步的伟大标志。久住于其间，也许让人心烦，可一旦离开它太久，又很渴望回到它的怀抱。当你从荒原上长时间流浪后重返大城市，在很远的地方望见它的轮廓，内心就会有许多温暖升起。”② 正因为有着这样的认知，所以，进入城市一直就是路遥奋斗的目标。虽然在《你怎么也想不到》等小说作品中，他偶尔也会用过于抒情化的方式表现对乡村的怀恋③；同时，又用过于尖锐的方式批评城里人的庸俗和空虚，甚至将它描写成充满空虚、背叛和疯狂的地方，一个令人“晕眩”的地方④，但是，他不会让这种批评转化为消极的情绪，转换为严重的偏见和诋毁。在情感上，他依恋乡村，眷恋故乡，因为，只有在那里，他才觉得平宁和自信；但是，他也能理智地认识到城市的魅力和价值，所以，在爱情上，他宁愿付出巨大的痛苦追求来自首善之区的女知青，也不会追求他从小就一起玩耍的巧珍们。也正是他所表现出来的上进和热情，使他身上焕发出“非同寻常的本事和魅力”，使得“两个优秀的北京女知青都对他一见倾心”⑤。路遥克服了自己内心的自卑情结和认知偏见，较好地解决了对故乡的情感依赖和对都市的理性接受之间的矛盾。

---

① 路遥：《路遥全集·早晨从中午开始》，北京十月文艺出版社，2013 年，第 168 页。

② 路遥：《路遥文集》，第五卷，人民文学出版社，2005 年，第 294 页。

③ 在《你怎么也想不到》中，他这样写主人公郑小芳对家乡的思念：“有时候，城市某个地方偶尔传来一声鸡啼，我就忍不住哭了。这可是乡下的声音啊！”（路遥：《路遥全集·人生》，北京十月文艺出版社，2013 年，第 288 页）她的男友薛峰则不再用诗人的耳朵倾听故乡小河的流水声，而是陶醉于交响乐和小夜曲；他“对自己的这种变化感到无比羞愧”（《路遥全集·人生》，第 302 页）。

④ 路遥：《路遥全集·人生》，北京十月文艺出版社，2013 年，第 363—370 页。

⑤ 邢仪主编：《延川插队往事》，中译出版社，2015 年，第 292 页。

当然，从根本上讲，路遥是站在农民的立场来展开叙事的。他为农民这个中国人数最多的群体代言。这是一个沉默的群体，也是实质上被关注最少的群体。他们的心理和生活，很少被真实地叙述和描写过。在数十年的时间里，所谓农村题材的文学作品，基本上是由外来者完成的外视角叙事。他们根据外在的观念展开叙事。他们回避了真正的矛盾和冲突，忽略了农民们内心真实的愿望和痛苦。所以，他们的作品虽然在细节上或许不乏生活气息，但是，从本质上看，却是既缺乏真实性，也缺乏人情味的。路遥在《面对着新的生活》中说："我们不应回避生活中的矛盾和冲突，因为只有反映出了生活中真实的（不是虚假的！）的矛盾冲突，艺术作品的生命才会有不死的根。"① 直到路遥的小说出现以后，充满切实人生感受和经验内容的农村叙事，才算是真正诞生了。在路遥的作品里，人们才第一次看见了农民阶层真实的生活状况，看见了他们额头上的汗水和眼睛里的泪水。

路遥关心农村的发展和农民的未来。他通过小说来表达他们的愿望和诉求。他在《生活的大树万古长青》一文中说："作为一个农民的儿子，我对中国农村的状况和农民命运的关注尤为深切。不用说，这是一种带着强烈感情色彩的关注。……生活在大地上这亿万平凡而伟大的人们，创造了我们的历史，在很大程度上也决定着我们的现实生活和未来走向。那种在他们身上专意寻找垢痂的眼光是一种浅薄的眼光。"② 但是，他的目的，并不是要将城市与乡村对立起来，而是试图在两者的冲突中寻求一种可靠的方向和出路。在他看来，作家写作的目的，不是强化冲突，制造混乱，而是将生活向前推进和向上提升："毋庸置疑，作家的全部工作都应该使人和事物变得更加美好；让生活的车轮轰隆隆地前进。"③ 这显然是一种充满善

① 路遥：《路遥全集·早晨从中午开始》，北京十月文艺出版社，2013 年，第 103 页。
② 路遥：《路遥文集》，第五卷，人民文学出版社，2005 年，第 337 页。
③ 路遥：《路遥全集·早晨从中午开始》，北京十月文艺出版社，2013 年，第 103 页。

意和同情的态度，是一种肯定性质的文学意识和积极性质的叙事方式。

总之，路遥与米勒，两个气质相同的创作者，两个境遇相似的底层人，两个眷恋乡土的精神上的游子，没有被自己的忧郁压倒，也没有变成心理扭曲的恨世者。他们超越了自己所承受的苦难和不幸，最终将自己的忧郁，转化成了对故乡和底层人的热爱，对大自然的崇敬，对美好事物的赞美。他们创造了像大地一样朴素而深沉的作品。他们将因自己的伟大作品，而受到人们的热爱，而被人们长久地记住。

三、善良、趣味与力量

作家和艺术家固然要有艺术上的天赋和创造力，但是，仅有这些，还不足以成就其伟大。因为，艺术创造者的伟大，本质上是精神上的伟大，情感上的伟大，或者，更准确地说，是伦理精神和道德情感上的伟大。1937年，爱因斯坦在一篇题为《道德衰败》的短文中说："一切宗教、艺术和科学都是同一株树的各个分枝。所有这些志向都是为着使人类的生活趋于高尚，把它从单纯的生理上的生存的境界提高，并且把个人导向自由。"① 所谓高尚，首先就是道德情感的高尚，也就是要善良，要有同情心和爱的能力。对作家和艺术家来讲，善和爱具有特别重要的意义。热情而温柔的情感，既是推动作家精神创造的动力，也是形成作品精神价值的决定性因素。

不存在恶的美，只存在善的美。美的灵魂就是善。文学和艺术则必须将对人和生活的善与爱，当作自己的绝对原则。文学和艺术的一个重要的使命，就是让善的意识深入人心，就是培养人们的爱的能力。伟大的作家和艺术家，最懂得善良和怜悯的意义。他们深刻地理解了善和爱的本质，也理解了善与美的关系。在他们内心，也会有不满，也会讽刺和批判，但是，他们不会将这不满和否定，降低为狰狞的恶，降低为阴暗的仇恨。不

① 爱因斯坦：《爱因斯坦文集》，第三卷，许良英等编译，商务印书馆，2012年，第176页。

是不惮以最坏的恶意，来揣测人和厌恶人，而是不吝以最大的善意，来理解人和怜恤人。对他们来讲，爱是一种积极的、创造性的力量，是一种真正人性化的美好情感；而仇恨则是消极的、毁灭性的力量，是一种应该被压制和克服的低级冲动。

从伦理精神来看，路遥和米勒属于同一精神谱系的艺术创造者。他们将善置于美之上，至少，让善与美处于同一位格。他们不可能接受为艺术而艺术的纯艺术观念和纯文学观念。他们一定会接受爱因斯坦 1951 年 8 月 13 日在写给画家西·列温的信中所提出的艺术应该为“实际目的服务”的主张，接受他的这样一个美学观点——艺术家的强烈的感情倾向，有助于产生出“真正伟大的艺术作品”①；他们也肯定会认同爱因斯坦在《伦理教育的需要》一文中卒章显志时所得出的结论：“要是没有‘伦理教育’，人类就不会得救。”② 对他们来讲，发现并表现人们身上的美好的伦理情感和伟大的伦理精神，是文学和艺术最为重要的任务和使命。

罗曼·罗兰洞察到了米勒作品中的善。他发现，善是米勒作品的基础和灵魂。《拾穗者》和《倚锄的人》描绘了劳动者的痛苦，但是，也表现了他们的善良：“他们善良是因为他们很有道德，也正是因为他们厚德从善（而不是因为别的什么），他们才显得那么美丽，值得艺术家用心去描绘。”③ 事实上，这种善的精神，是米勒在绘画创作上的自觉追求。在阐释创作于 1860 年的《喂食》、《提桶的妇女》、《期盼》和《剪羊毛》等作品的时候，米勒说自己试图在这些画中“描绘出一片欢快的净土，在那里生活虽然简陋，但人们却很善良、友好。我还描绘了那里纯净的空气和八月

① 爱因斯坦：《爱因斯坦文集》，第三卷，许良英等编译，商务印书馆，2012 年，第 346 页。

② 爱因斯坦：《爱因斯坦文集》，第三卷，许良英等编译，商务印书馆，2012 年，第 340 页。

③ 罗曼·罗兰：《大地之子的落日挽歌：米勒传》，冷杉、杨立新译，金城出版社，2012 年，第 5 页。

美好的一天”①。是的，欢乐的心情和善良的态度，这，就是米勒绘画创作的精神基调。不同的是，他是通过对沉重的苦难生活的描写，来表现这种积极的情感和态度的。这就赋予了他的作品一种复杂而又和谐的主题与力量。你从画面中看到了沉重的东西；但是，在这沉重之下，你又分明感受到了来自人物内心深处的平静和欢乐，甚至感受到了一种感恩的心情。

事实上，这样的创作实践，决定于米勒自己的人生理念和艺术观念。在他看来，“美术的使命就是爱的使命，不是憎恨的使命。美术在描写穷人的痛苦时，绝不以刺激对富裕阶层的嫉妒为目的。”所以，“他对富人不但丝毫不怀敌意，反而寄予无限怜悯。”② 这是一种超越了狭隘性的善良，是对一切人和一切事物都怀有善念的态度。无论生活多么艰难，无论劳动多么艰苦，他们从来不将这艰难和困苦，转化为仇恨和愤怒。他们平静而虔诚地接受一切，甚至怀着感恩的心情面对苦难。

在《晚钟》里，黄昏时分，辽阔的大地上，铺满了金色的夕阳。疲倦是劳动者此时最强烈的体验。然而，一天的劳累，并没有使他们怨气冲天，愤愤不平。当晚祷的钟声响起，田野就成了他们的教堂。他们放下了手中的工具，双手合十，开始恭恭敬敬地祈祷：“啊，这两人多么辛苦，多么善良，这样子使人人看了都要感动。”③ 这些人物的形象，既是客观性的，也是主观性的。所谓主观性，就是说它表现着艺术家自己的心情和态度。雪莱说：“道德的最大秘密在于爱，或者是一种出于我们的本性的、我们自己对存在于思想、行动或人物之中的美好事物的认同，而不是我们自身。”④

---

① 罗曼·罗兰：《大地之子的落日挽歌：米勒传》，冷杉、杨立新译，金城出版社，2012 年，第 74 页。

② 何政广主编：《世界名画家全集·爱与田园的画家——米勒》，河北教育出版社，1998 年，第 114—116 页。

③ 丰子恺：《丰子恺文集》，艺术卷二，浙江文艺出版社、浙江教育出版社，1990 年，第 283 页。

④ 约翰·杜威：《艺术即经验》，高建平译，商务印书馆，2010 年，第 403 页。

事实上，文学和艺术的最大秘密也在于爱，在于对他人和世界的爱。我们在米勒的画中所看到的，就是这种认同并赞美“美好事物”的伟大的爱。

善、爱和同情，也是路遥的小说，尤其是《平凡的世界》的稳定态度和基本主题。在路遥的叙述中，所有不幸的人，不论是老人还是儿童，不论是男人还是女人，不论是穷人还是富人，不论是好人还是德行有亏的人，他都予以包容、理解和同情。他对人的善良态度，像陕北的大地一样深厚，像高原的太阳一样温暖。在《平凡的世界》里，路遥就表达了对所有人的平等的爱和同情。他说：“如果我们是善良的，我们就会普遍同情所有人的不幸和苦难。”① 这句看似平淡无奇的话，简直可以被视为路遥文学叙事的精神纲领。路遥用整整一部《平凡的世界》体现了自己的这个精神纲领，即绝对的善和普遍的爱的纲领。从这句话里，在《平凡的世界》里，我们看见了路遥的小说叙事在伦理精神上的热情和伟大。

路遥的伦理精神不仅超越了当代文学在伦理精神上的狭隘，超越了那种有区别的爱和有缘故的爱，超越了那种对人的无端的疑忌和苛暴的敌意，而且，也超越了中国现代文学中的尼采式的否定冲动，超越了它的高尔基式的将几乎所有人都诋斥为“小市民”的傲慢态度。虽然路遥的“普遍爱”的情感和精神，还没有来得及更充分地表现出来，虽然他的伦理精神还没有达到雨果、狄更斯和托尔斯泰的伟大境界，但是，对于中国当代文学来说，他的这种无差别的爱的意识和精神，依然是一种很了不起的道德成就和伦理境界。要知道，我们时代的很多作家写了一辈子，却压根不知道爱、善良、慈悲和怜悯为何物。除了表现对人物的冷漠和羞辱，除了发泄自己内心近乎无聊的情绪，他们实在没有写出几行温暖而美好的文字。

路遥和米勒都赞美劳动。但是，他们对劳动的理解，是很不一样的。路遥将劳动当作一件伟大的事情，并且赋予了它诗性和伦理性的东西。他

---

① 路遥：《平凡的世界》，第二部，人民文学出版社，2004 年，第 280 页。

的劳动观念里，充满了唯意志论的激情，有一种浪漫主义的意味。对他来讲，劳动是一种改造性的力量——它能够改变世界，也可以改变人们的生活。浪漫主义和唯意志论使他忽略了劳动的消极性质，忽略了劳动的痛苦性质，忽视了极端化的劳动给人的身体带来的伤害。他几乎完全没有意识到，劳动同时也意味着束缚和压力；而摆脱沉重劳动的休闲状态，则意味着人的精神自由，意味着对人的身体解放。

比较而言，米勒的劳动观，既是现实主义的，又是宗教主义的。在他看来，劳动是人类无法逃避的重负，也是一种应该积极承受的苦难。1854年，他这样写道："我的创作思路就是表现劳动。每个人命中注定要受到皮肉之苦的惩罚。'额头上有汗水流淌才有面包吃'是千百年来的真理！命运一经注定就改变不了。"① 这显然是一种宗教性质的劳动观，是从《圣经》里接受的意识。对米勒来讲，劳动是一种自然而又神圣的人类活动。面对沉重的劳动，人类不必怨怒，也不必拒绝，而应该以平静的心情面对之，并从中体验到一种庄严而神圣的快乐。米勒的绘画作品所表现的主要内容，就是劳动。这是一种寻常而又庄严的劳动，是一种包含着深沉的悲剧意味的劳动。这种劳动的悲剧性，主要是自然主义性质的，即主要是人与大自然之间的永恒冲突。生命的过程就是人与大自然搏斗的过程。人通过艰苦的努力，通过与自然的对抗，来获得生存之所需。

伦理精神影响着人们的美学趣味。一个人有什么样的伦理精神，就会形成与之同构的艺术理念。一个自我中心主义者，很有可能成为唯美主义者和形式主义者；一个热情的利他主义者，很有可能成为热情的理想主义者；一个慈悲而富有同情心的人，很有可能成为勇敢而诚实的现实主义者。几乎没有一个伟大的人道主义作家，会仅仅满足于"为艺术而艺术"。他们会看见不幸者的痛苦，会听见他们的呻吟。他们致力于通过创作来安慰人

---

① 罗曼·罗兰：《大地之子的落日挽歌：米勒传》，冷杉、杨立新译，金城出版社，2012年，第7页。

们的心灵，来改善人们的生存境遇。他们倾向于把对人和生活的爱贯注到自己的温暖的人道主义叙事里。

在康定斯基看来，艺术应该是时代和未来的母亲，而不能是它们的孩子；艺术要有助于改变一个时代的氛围，要致力于推进生活向未来发展。仅仅满足于鉴赏“技巧”，仅仅满足于享受“绘画质地”的乐趣，必然导致饥饿心灵的持续饥饿①。他反对形式主义的“技巧拜物教”，他的观点，与米勒高度一致：“艺术家必须有话可说，因为对形式的掌握并不是他的目的，而将形式服务于内在意蕴才是他的任务。”② 康定斯基将艺术交流上的失败状况——言者沉默不语而听者一无所得——称为“为艺术而艺术”：“这种对内在意蕴——这是色彩的生命——的疏忽，这种艺术能力的巨大浪费，被称为‘为艺术而艺术’”；所以，对那些在其艺术里“看不到他的生活意义的艺术家，旁观者是感到厌恶的”，而他们的艺术不过是“贫瘠的艺术”③。丰子恺也在讨论西洋画的时候说：“艺术不是技巧的事业，而是心灵的事业”④。伟大的艺术家和作家，都超越了唯美主义的狭隘意识，不允许自己仅仅为了“艺术”本身而创作。他们通过艺术来探索“生活意义”。路遥和米勒就属于这样的伟大艺术家。他们都把自己的创作的注意力，投注到那些平凡的人们身上。他们的笔下都充满了爱的热情和抚慰人心的力量。

米勒明确主张技巧是为内容服务的，因而反对一切形式的“唯技巧论”，甚至“痛恨单纯的技巧”。他说：“只显示技巧而言之无物的艺术家是

---

① 瓦西里·康定斯基：《论艺术里的精神》，吕澎译，上海人民美术出版社，2020年，第5页。

② 瓦西里·康定斯基：《论艺术里的精神》，吕澎译，上海人民美术出版社，2020年，第91页。

③ 瓦西里·康定斯基：《论艺术里的精神》，吕澎译，上海人民美术出版社，2020年，第6页。

④ 丰子恺：《丰子恺文集》，艺术卷一，浙江文艺出版社、浙江教育出版社，1990年，第84页。

不幸的！如果手腕将居于首要的地位的话，那一定是十分可笑的”①。美，根本上讲，决定于艺术家的情感和思想，而不是技巧和形式。他在谈到自己的《倚锄的人》的时候说，艺术创造的力量来自于表现情感的需要。罗曼·罗兰深刻地阐释了他的这句话：“在艺术中重要的是驱使艺术家创作出他的作品的那种冲动和激情，而且正是这种创作激情给艺术家的作品带来了表现力，并由此产生了美”②。对米勒来讲，充满力量的情感和思想，具有至关重要的意义。所以，他才很明确地说：“我宁愿什么也不说，也不愿无力地表达什么。”罗曼·罗兰完全接受米勒的观点，并进一步引申道：“他的这一想法同那些伟大的作家、演说家、实干家、艺术家的想法不谋而合——他想更多地依靠思想和意志来打动人，而不是靠作品本身的技法或形式来取悦人。”③

从美学趣味上看，米勒热爱并追求高尚、纯洁、有力量的艺术，拒绝接受那种低俗、龌龊、颓废无力的艺术。米勒说：“我总是喜欢强有力的东西。”④ 他所崇拜的文艺复兴时期的大师，他所仰慕的儒维内、勒许厄尔和普桑，都属于具有伟大灵魂的强大有力的艺术家。他说：“我依然保留着我初看文艺复兴以前大师们的作品时感到的仰慕。我喜爱他们的像童年期那样纯真无邪的题材，喜爱他们的个人旨趣——它们什么也不表达，只说明自己对生活负重的感受；或者既不呐喊也不抱怨，只是默默地忍受着痛苦，经受着人类清规戒律的束缚和折磨，甚至连向别人乞求满足的欲念都没有。

① 罗曼·罗兰：《大地之子的落日挽歌：米勒传》，冷杉、杨立新译，金城出版社，2012 年，第 130 页。

② 罗曼·罗兰：《大地之子的落日挽歌：米勒传》，冷杉、杨立新译，金城出版社，2012 年，第 133 页。

③ 罗曼·罗兰：《大地之子的落日挽歌：米勒传》，冷杉、杨立新译，金城出版社，2012 年，第 134 页。

④ 罗曼·罗兰：《大地之子的落日挽歌：米勒传》，冷杉、杨立新译，金城出版社，2012 年，第 122 页。

这些古人不像今天的画家们那样，并没有创作出什么反抗的艺术品来。”① 对米勒来讲，伟大的艺术就是纯真而坚韧的艺术，就是鼓励人们庄严而克制地生活的艺术。

像米勒一样，路遥也喜欢高尚、纯洁、有力量的文学和艺术，而对庸俗、病态和虚假的文学现象和艺术现象，则深恶痛绝。1983 年，他在《东拉西扯谈创作（一）》中说：“我喜欢雨果《九三年》那样结构的作品：像交响曲似的，最初有许多乐器在演奏，最后由一个雄壮的浑然一体的乐句，把这一支交响曲的感情发展到了顶点。”② 1984 年，他又在《答〈延河〉编辑部问》中说：“我喜欢生活和艺术中一切宏大的东西，如史诗性著作、交响乐、主题深邃的油画、大型雕塑、粗犷的大自然景象、未加修葺的古代建筑和观看场面狂热的足球比赛等。”③ 路遥自己的作品，尤其是《平凡的世界》和《早晨从中午开始》，就体现着他的美学趣味和文学精神。《平凡的世界》里充满了朴实、深沉而有崇高的精神力量，《早晨从中午开始》则像一首用文字写出来的英雄交响曲，充满了激情和活力。

比较起来，米勒所肯定的艺术力量，主要是一种信念的热情和信仰的力量，一种向内的精神完善的力量；而路遥的作品所表现的精神力量，主要是一种生活的激情和道德的力量，一种向外的行动的力量。米勒的力量，是一种克制和隐忍的力量，充满了自我反省的宗教意识，表现出面对巨大痛苦和可怕磨难的平静态度，显示着接受并承受苦难命运的勇敢精神；而路遥的力量，则是一种向外释放和发展的力量，表现出对生存现状的焦虑和不满，充满了改变自己命运的现实诉求，显示着一种平凡而强大的生存勇气和奋斗精神。

---

① 罗曼·罗兰：《大地之子的落日挽歌：米勒传》，冷杉、杨立新译，金城出版社，2012 年，第 123—124 页。

② 路遥：《路遥全集·早晨从中午开始》，北京十月文艺出版社，2013 年，第 131 页。

③ 路遥：《路遥文集》，第五卷，人民文学出版社，2005 年，第 377 页。

路遥和米勒都尊重伟大的文学传统和艺术传统，尊重那些伟大的文学经验和艺术经验。某种程度上讲，他们都属于古典主义文学和艺术的热爱者，都属于对现代主义文学和艺术保持警惕态度的人。如果说有什么不同，那就是路遥是一个成长中的古典主义者，他的古典主义美学观念尚未最终形成；而米勒则是一个充分自觉和成熟的古典主义者——他深刻地理解了古典主义的理念和精神，并将它完美地体现在自己的艺术创造之中。

古典主义意味着精神上的健康和道德上的力量，意味着明晰的思想和庄严的心情，意味着高贵的气质和良好的教养。米勒的艺术精神与古典主义是高度契合的。所以，罗曼·罗兰说："米勒所希望的，是恢复到古典主义时代的《圣经》、荷马和维吉尔的世界那种清新的空气和灿烂的阳光之中去，而不是沉迷在病态、灰暗的心绪中不能自拔。"① 米勒终生保持着阅读伟大文学作品的习惯，而他所阅读的，也都是具有古典气质的作家。他最热爱的诗人和作家是荷马、但丁、弥尔顿、莎士比亚、拜伦、司各特、雨果和罗伯特·彭斯等。"他从古典文学中获取了稳健的头脑、清晰的思想、宁静的心绪、沉着的男子气概，以及对多愁善感、无病呻吟、夸大其辞、装腔作势的东西的无比厌恶。古典文学的熏陶使他后来说起话来简洁、庄重而有力。"② 对缪塞那样的浪漫主义的狂热劲头，米勒始终怀着一种厌恶的情绪；对布歇的"蛊惑人心、哗众取宠"，对大画家华托的"病态和悲伤气质"③，米勒都保持不屑或清醒的态度。

路遥和米勒都与自己时代的颓废的现代主义文学和现代主义艺术格格不入。路遥拒绝随顺一浪接一浪的时髦的文学风潮。他要做这些文学风潮

① 罗曼·罗兰：《大地之子的落日挽歌：米勒传》，冷杉、杨立新译，金城出版社，2012 年，第 25 页。

② 罗曼·罗兰：《大地之子的落日挽歌：米勒传》，冷杉、杨立新译，金城出版社，2012 年，第 25—26 页。

③ 罗曼·罗兰：《大地之子的落日挽歌：米勒传》，冷杉、杨立新译，金城出版社，2012 年，第 121 页。

的反叛者，要发出自己的“抗争和辩论的声音”：“直言不讳地说，这种或左或右的文学风潮所产生的某些‘著名理论’或‘著名作品’其实名不副实，很难令人信服。”① 他认为，那种刻意模仿西方现代派的“新潮流作品”，“显然谈不到成熟，更谈不到标新立异”，而那些夸大这类作品成绩的文学批评，则简直就是一种“病态现象”②。同样，米勒也对自己时代的所谓现代艺术，持尖锐的质疑和批评的态度。就像罗曼·罗兰所说的那样：米勒“对现代艺术的厌恶不仅针对个别作品，而且还针对这种艺术的实质。关于这一点，米勒自己曾经清楚地解释过：‘对于我们这些现代人来说，艺术再也不仅仅是教会、贵族的附属品和画廊里的陈列品了；而在从前，乃至在中世纪，艺术则是古代社会的精神支柱，是它的道德和宗教情感的反映和表现。’米勒认为，对现代艺术走向颓废的现象进行谴责不仅仅是艺术家的事，也得依靠整个社会，特别是依靠那些引领社会或自称能指导社会的精英人士，也就是所谓知识贵族。”③ 显然，米勒主要是从伦理精神，即从信仰的角度，来怀疑和批判现代艺术。爱因斯坦在《论古典文学》中说：“没有什么还会比克服现代派的势利俗气更紧要的了。”④ 这个严厉的批评和严肃的判断，想来是路遥和米勒都会认同和接受的吧。

对路遥来讲，只有现实主义的文学，才能有效地叙述沉重的生活，才能对生活产生积极的影响，也才能最终成为伟大的文学；对米勒来讲，没有伟大的信仰，艺术就不可能成为“社会的精神支柱”，而不能成为社会的精神支柱的艺术，就不可能是真正的艺术，更不可能是伟大的艺术。比较起来，米勒更加深刻地认识到了道德精神对于艺术的意义，也更加深刻地

---

① 路遥：《路遥文集》，第五卷，人民文学出版社，2005 年，第 254 页。

② 路遥：《路遥文集》，第五卷，人民文学出版社，2005 年，第 255 页。

③ 罗曼·罗兰：《大地之子的落日挽歌：米勒传》，冷杉、杨立新译，金城出版社，2012 年，第 125 页。

④ 爱因斯坦：《爱因斯坦文集》，第三卷，许良英等编译，商务印书馆，2012 年，第 351 页。

揭示了现代艺术的根本残缺和根本问题。

路遥和米勒的文学和艺术，属于典型的大众文学和大众艺术。他们的表现内容，是大众性的，将关注的焦点，集中在那些平凡的普通人身上。他们的表现方式，也是大众化的，以能被最普通的读者和鉴赏者理解，作为自己的创作原则和追求目标。

路遥不再用那种流行的虚假方式，把平凡的劳动者，把那些内心充满焦虑和痛苦的普通人，塑造为干巴巴的、毫无人情味的“时代英雄”，而是将他们还原到真实的生活场景和生活氛围里，写出了他们内心的痛苦和无奈，他们的愿望和理想，他们的悲欢和离合，从而将他们塑造成真实而亲切的、平凡而又不平凡的人。

米勒则勇敢地对抗巴黎的“贵族艺术”，努力使自己与大众更加接近，最终成了“伟大的法国农民画家，法国大众现实主义艺术的忠实代表”①。在布吕格尔的《农家婚宴图》中，农民受到嘲笑；在米勒的画作中，农民受到真诚的赞美和尊敬——他们就像《拾穗者》中的三个农妇一样，“被塑造得坚实沉稳，轮廓简单。……具有一种比学院派的英雄更自然、更真实的气派。”② 这是世界艺术史上革命性的变化。米勒像英国画家约翰·康斯特布尔一样，忠实于自己的观察和感受，追求一种自然的境界，但是，就艺术上的革命性的创造精神来看，他显然比自己的前辈更有勇气，成就也更大，因为，他把艺术表现的领域，从风景画拓展到了人物画，将审美关注的焦点，集中到了出现在田野和院落的劳动者身上。他赋予寻常的劳动场面以令人震撼的艺术效果。在很长的时间里，这些平凡而伟大的场面，总是被那些优雅的艺术家蔑弃不顾。米勒第一次将人们的目光带回大地和田野，带到了那些劳动着的男男女女的身上。

---

① 罗曼·罗兰：《大地之子的落日挽歌：米勒传》，冷杉、杨立新译，金城出版社，2012 年，第 18—19 页。

② E.H. 贡布里希：《艺术的故事》，范景中译，广西美术出版社，2008 年，第 508 页。

路遥的小说和米勒的绘画中的人物，都像创造他们的作者一样有力量。荷兰艺术史家曲培醇说："米勒的人物充满力量和尊严，他动作豪迈，仿佛能使土地臣服，焕发生机。"① 他评价米勒在《拾穗者》中"将农民的悲惨生活崇高化"，而三位女性"俯临大地的坚实体态，赋予她们一种尊严感和史诗般的庄严"②。路遥的小说，尤其是《平凡的世界》，也像米勒的画作一样，将中国农民的艰难的生活崇高化，将他们的生活意志崇高化，并赋予那些平凡的人物以人格上的尊严感和史诗般的庄严感。

从风格上看，路遥与米勒的作品朴拙而庄严，常常给人留下亲切而深刻的印象，带给人强烈的情感冲击。然而，由于表现形式的差异，米勒的绘画给人的视觉冲击是直接的，而路遥给人的内心冲击则是间接的。由于画面呈现的直接性，面对米勒的作品，人们的阐释也会各有不同，甚至也存在过度诠释甚至严重误读的情况，但是，无论如何，谁也不会很唐突地否定其价值。由于文字表达的非直接性，面对路遥的作品，缺乏耐心的人、充满偏见的人，则很难看见它独特的风格、魅力和价值，故而常常鄙夷不屑，非笑之，贬抑之，排斥之。

伟大的作家和艺术家的创作，难免会受到极大的误解和严重的贬低。他们在创作上所表现出来的质朴而低调的伟大，像大地一样朴素，表面上看来，寻常无奇，并没有多少卓异和瑰伟之处，所以，很容易被那些喜欢新奇和怪崛的人们贬得一钱不值。路遥和米勒都受到过自己时代的批评家的冷待和否定。无论是路遥的农村题材的现实主义叙事，还是米勒的乡村题材现实主义绘画，都曾受到过严重的误读和贬抑，甚至引来抗议和嘲讽。

米勒的现实主义画作，就被自己时代的一些批评家视为劣作。他的质

---

① 曲培醇（Petra ten - Doesschate Chu）：《19 世纪欧洲艺术史》，丁宁等译，北京大学出版社，2014 年，第 254—255 页。

② 曲培醇（Petra ten - Doesschate Chu）：《19 世纪欧洲艺术史》，丁宁等译，北京大学出版社，2014 年，第 281 页。

朴而深沉的乡村生活描绘，让巴黎的艺术评论家和公众，颇感错愕，很难接受。米勒所呈现的生活情景，与他们过去在舞台等场景中看到的，完全不一样："他们完全沉醉于他们自己的市井生活之中，而且绝对信奉它。"① 米勒的《拾穗者》和《晚钟》等作品所表现出来的"集中、严肃、简朴而厚重的风格"，被他的反对者贬为"贫穷不堪的风格"②。虽然米勒在巴比松所画的作品，具有"强而有力"的特征，但是，他的艺术成就，却被他同时代的批评家严重低估："高地（即戈蒂埃——引者注）在 1848 年就指责米勒《掏糠的农夫》（即《簸谷者》——引者注）有过度的'隆起'，至于巴比松初期的作品，都被批评为'沙鱼皮一般的粗糙'。"③ 日本学者板垣鹰穗也持同样的论调。他并不认可米勒画作的艺术价值，只是从"时代思潮"的角度肯定其意义："从画家的技能说来，不过是二流三流作家的米莱（即米勒——引者注），而有这地（原文如此——引者注）历史样的位置的，就有为因时代思潮的关系。"④ 他认为表现农民生活的艺术，"从十六世纪已经开始，也不能说是特别新鲜的题材"，而米勒则不过是能"站在农民的立场而描写农民生活的作家"⑤。米勒绘画的价值和意义，似乎仅此而已，实在无足称道。

米勒曾经在写于 1863 年的一封信中，这样为自己辩护："批评我的人，也许都有教养而又风趣，然而我却不同意他们的看法，因为我这一生，除

---

① 罗曼·罗兰：《大地之子的落日挽歌：米勒传》，冷杉、杨立新译，金城出版社，2012 年，第 91 页。

② 罗曼·罗兰：《大地之子的落日挽歌：米勒传》，冷杉、杨立新译，金城出版社，2012 年，第 114 页。

③ 何政广主编：《世界名画家全集·爱与田园的画家——米勒》，河北教育出版社，1998 年，第 175—176 页。

④ 板垣鹰穗：《法兰西近代画史》，许达译，文华美术图书印刷公司，1931 年，第 121 页。

⑤ 板垣鹰穗：《法兰西近代画史》，许达译，文华美术图书印刷公司，1931 年，第 123 页。

了田野，没看见过别的，所以我只能尽量说出我在田野工作时所见到的经验。”① 这是一些很诚实的话。是的，所有严肃的作家和艺术家，只会用朴实而富有诗意的方式，只会用克制而充满力量感的方式，来表现自己观察过和体验过的生活。米勒是这样做的，路遥也是这样做的。

四、不带形容词的现实主义

现实主义原本是一个纯粹的艺术概念。它是科学和实证论影响的结果。有人甚至将它形成的时间，确定为1850年左右。从19世纪50年代开始，法国作家才从艺术家那里受到启发，提出要把文学“引上直接观察和忠实地表现现实的道路”②。

对现实主义者来讲，回到现实，直面现实，是一个具有首要意义的原则。外部现实是主观想象的基础，因而，眼中之所见比心中之所想，也更为重要：“现实主义意味着一种最为首要的意愿，一种相信外部世界以及眼睛在日常生活中所看到的东西的意愿。”③ 这样，描写大自然和表现人们生活，必须成为艺术家的要务：“要通过在现实中寻找灵感的主要源泉去求真”④。为此，就要克服不切实际的浪漫主义倾向，要克服充满贵族气息的古典主义倾向。现实主义的本质，就是追求真实，“竭力与自然建立真实的联系”⑤。这里的“自然”固然包括自然风景，但也包括一切与人相关的精神性和社会性的东西。另外，现实主义不仅意味着向外真实地揭示生活，还意味着向内真实地表现自己的感情和态度，尤其要表现那种充满勇气和

① 何政广主编：《世界名画家全集·爱与田园的画家——米勒》，河北教育出版社，1998年，第241页。

② 雅克·德比奇等：《西方艺术史》，徐庆平译，海南出版社，2000年，第268页。

③ 英格·沃尔特编、瑞纳·梅茨格著：《梵·高》，赵宏伟、姚姗姗译，北京美术摄影出版社，2018年，第241页。

④ 雅克·德比奇等：《西方艺术史》，徐庆平译，海南出版社，2000年，第266页。

⑤ 加布里埃·克列帕迪：《图解欧洲艺术史：19世纪》，李思佳译，北京联合出版社，2019年，第36页。

力量的正义情感和批判态度。

现实主义是一个很容易被误解的概念。它常常被赋予功利主义的内涵，被降低为一种实现庸俗目的的实用主义手段。它甚至被人为地扭曲成僵硬的教条，最终成为束缚人的个性的绳索，成为窒抑人的激情和创造力的压迫性力量。它被加上了瓦解它自己的形容词。这些看似宏大的形容词，与被修饰的现实主义并不相侔。

表面上看，现实主义似乎纯粹是一套方法体系。事实上，更重要的，它还意味着自觉的个性意识，意味着精神上的活力与自由，意味着突破一切外在成规和束缚的勇气。所以，左拉才说，现实主义要真实，“但首先要有个性和充满生气”。正像意大利学者文杜里说左拉关于人格和个性的观点，不是一种审美判断，“而是代表着更热情的艺术主观主义［subjectivism］去反对艺术的社会惯例、反对写实主义本身的‘起诉词’（the brief in a lawsuit）”①。显然，左拉所反对的，正是那种缺乏个性色彩和人格力量的僵硬的现实主义，即带上了虚假的形容词的现实主义。虽然左拉自己的现实主义，尚未臻至真正成熟的现实主义高度，但是，他冲破固有的文学桎梏的勇气，他所表现出来的个性力量，为后来的试图摆脱“带形容词的现实主义”的人们提供了观念上的启示和精神上的支持。

路遥与米勒都是健康而朴实的现实主义作家和现实主义艺术家。他们创作的内容和力量，来自于大地和生活，来自于自己的切实观察和深刻体验。从题材内容和基本主题来看，他们都是乡村现实主义作家。这倒符合早期现实主义的基本精神。那些最早提倡现实主义的艺术家，大都是将乡土风景和农民的生活当作他们的表现内容：“现实主义正是通过抒写当代的农村风景、农民生活，突出着民主价值。农民成为现实中的关键形象”②。他们绝对地忠实于自己的观察和经验，绝不靠单一的想象和被动的模仿进

① 廖内洛·文杜里：《艺术批评史》，邵宏译，商务印书馆，2020年，第247页。

② 雅克·德比奇等：《西方艺术史》，徐庆平译，海南出版社，2000年，第268页。

行创作，就像贡布里希评价库尔贝时所说的那样："有意抛弃容易取得的效果，决意把世界画成他眼睛看见的样子，这鼓励着许多人蔑视程式，只凭他们的艺术良心办事。"① 所以，无论从表现的题材内容来看，还是从创作态度来看，他们都表现出一种积极的态度和强大的力量感。他们的现实主义摆脱了外在而僵硬的规范和教条，以充满个性的方式，将自己对生活的态度和理解融入作品里，从而形成了自己的成熟而鲜明的个人风格和个性特点。

从表现技巧和风格来看，路遥和米勒的现实主义都自觉追求自然而真实的效果。真诚，庄严，朴素，是他们的现实主义精神的共同品质。路遥和米勒都反对卖弄而不诚实的风格。米勒对自己时代的夸张的、充满戏剧性的美术，也非常厌恶。伊·多尔果波洛夫说："米勒在艺术上，从最初开始，就不接受虚假装腔作势和矫揉造作的沙龙画风。"② 路遥也同样不接受那种虚假做作的文艺腔和故作高深、晦涩难懂的现代主义风格，对自己时代的虚假而做作的文学风气，深恶痛绝。米勒要反其道而行之，创造"纯粹而又自然的艺术"③；路遥也要反其道而行之，创造朴素而又自然的文学。路遥的小说写作，始终追求一种能被读者轻松接受的文学风格。

路遥的现实主义文学意识是充分自觉的。他拒绝承认所谓的"现实主义过时论"。他清楚地知道，自己时代的现实主义文学并不成熟，甚至还处于非常幼稚的阶段："现实主义文学在反映我国当代生活乃至我们不间断的五千年文明史方面，都还没有令人十分信服的表现。虽然现实主义一直号称是我们当代文学的主流，但和新近兴起的现代主义一样处于发展阶段，根本没有成熟到可以不再需要的地步。"④ 他拒绝接受那种虚假的、公式化

① E. H. 贡布里希：《艺术的故事》，范景中译，广西美术出版社，2008 年，第 511 页。

② 伊·多尔果波洛夫：《名画的诞生》，蔡汀等译，金城出版社，2010 年，第 276 页。

③ 何政广主编：《世界名画家全集·爱与田园的画家——米勒》，河北教育出版社，1998 年，第 114 页。

④ 路遥：《路遥文集》，第五卷，人民文学出版社，2005 年，第 256 页。

的“现实主义”，因为，这种消极模式的文学，即路遥命名的“假冒现实主义”，不仅不能真实地叙写生活，而且，“实际上对现实生活做了根本性的歪曲”，“一直侵害着我们的文学，其根系至今仍未断绝”①。他要向这种虚假有害的文学发起挑战：这“是个人向群体挑战。而这种挑战的意识实际上一直贯穿于我的整个创作活动中”②。他阅读了 1949 年之后的几乎所有重要作品。这些作品几乎全都简单地将人分为好人和坏人。他通过《人生》的写作实践，从根本上否定了这种简单化的写作模式：“我们会发现十恶不赦的坏蛋不是很多，但‘完人’几乎没有。这就是实际生活中的人。他们不可能超越历史、社会现实和个人的种种局限。”③ 这样的“发现”无疑是很有意义的，因为，它提醒人们既不要神化那些“非凡的人”，也不要鄙夷那些“平凡的人”。

这样，路遥就有了自己关于现实主义文学的“基本想法”。他建构起了自己的现实主义观念体系和方法体系。这是一种根据真实的经验展开的切实的叙事，“不能有半点似是而非的东西”④；这是一种完全独立的写作，是一种充满创造激情的写作，“把一切伟人和他们的写作方法、写作技巧都统统赶出房子。完全用自己的心灵写作。没有样板，所谓的样板都诞生于无样板中”⑤；这是一种充分人性化的、具有很强的可读性和大众化品质的写作模式；它所叙述的是复杂的生活图景和充满悲剧意味的生活冲突；它朴素而亲切，但又不乏丰富的诗意和巨大的吸引力。

路遥与米勒的创作有着一样的精神基调。在这基调里，包含着深沉而凝重的人生经验，表现着坚韧的生活意志和平静地承受生活压力的勇气。从色彩的角度看，他们的作品所表现出来的基调，则像大地一样，是一种

---

① 路遥：《路遥文集》，第五卷，人民文学出版社，2005 年，第 257 页。
② 路遥：《路遥文集》，第五卷，人民文学出版社，2005 年，第 259 页。
③ 路遥：《路遥文集》，第五卷，人民文学出版社，2005 年，第 305 页。
④ 路遥：《路遥文集》，第五卷，人民文学出版社，2005 年，第 263 页。
⑤ 路遥：《路遥文集》，第五卷，人民文学出版社，2005 年，第 280 页。

朴实的“土色基调”。不过，细加分析，还是可以看出他们之间的明显差异：米勒的现实主义，主要表现人与自然之间的关系，一种紧张而又和谐的关系，一种痛苦而又欢乐的关系，因而，可以命名为“生存现实主义”或“自然现实主义”；路遥的现实主义，主要叙述农民阶层的青年一代艰难地实现自我价值、获得新的社会身份的过程，主要表现人与时代、人与社会的关系，一种充满焦虑感和紧张感的关系，因而，可以称之为“人生现实主义”或“社会现实主义”。米勒的现实主义绘画体现着具有普遍意义的人性内容和永恒意义的生活经验，而路遥的现实主义叙事则体现着具有特殊意义的生活内容和时代意义的人生经验。

路遥与米勒都有自己的美学观念和创作原则。他们的美学是生活美学和生存美学。他们的创作原则跟精神生活的原则密切相关。米勒在创作的时候，紧紧贴近大地，贴近在大地上生活和劳作的人们，就像罗曼·罗兰指出的那样，“他牢牢地把创作局限在自己所看到的事物上，并不作任何浪漫的想象”①。在这一点上，他比库尔贝表现得更加成熟。库尔贝在1844年的作品《朱丽叶·库尔贝画像》中，通过违背真实性原则的“理想化”方法，把自己的妹妹画成了上层社会的女人，并因此受到了批评②。然而，米勒绝不会不切实际地美化那些在田间和院落劳作的妇女。他真实而自然地表现他们的形象和心情。丰子恺在《西洋画派十二讲》中评价米勒的时候，就准确地概括了以米勒为代表的现代“写实派”的“主旨”和特点：“在画家的头脑中，一扫从前的古典主义的壮丽的范型与浪漫主义的甘美的殉情，而用冷静的态度来观察眼前的现实。技巧上务求形状、色彩的逼真。题材上不似从前的专于选择贵的、美的东西，而近取之日常的人生自然。……

① 罗曼·罗兰：《大地之子的落日挽歌：米勒传》，冷杉、杨立新译，金城出版社，2012年，第15页。

② 何政广主编：《世界画家全集·写实主义大师——库尔贝》，河北教育出版社，2000年，第98页。

差不多完全是劳动生活、农民生活的写实。”① 路遥的小说写作，也具有与米勒的“写实派”相同的倾向和特点。他小说的叙事内容，都来自他体验过或观察过的生活，都有切实的现实依据。他拒绝任何形式的主观化方法和虚浮的浪漫主义倾向。

路遥的现实主义文学与米勒的现实主义艺术，还有一个明显的共性，即它们都是“平凡的现实主义”。路遥说：“真正有功力的长篇小说不依赖情节取胜。惊心动魄的情节未必能写成惊心动魄的小说。作家最大的才智应是能够在日常细碎的生活中演绎出让人心灵震颤的巨大内容。”② 这是一种成熟的现实主义写作意识。它反映着路遥对小说写作与平凡生活关系的深刻理解。令人惊讶的是，米勒也说过几乎完全一样的话，也有着几乎完全一致的观点：“人应该懂得如何利用琐碎的事物去表现崇高的思想，在那里蕴藏着真正的力量。”③ 正像有人所指出的那样：“把一些平凡的景物，描绘得深刻而突出，使我们觉得很不平凡。米勒在艺术上的诚实表现，形成他的独特性，使他的作品，永远能够打动人们的心怀”④。他们所描写的细节和场景，大都是普通人的劳动场景或日常生活情景。他们所表现的人物，大都是那些普普通通的底层劳动者，是那些在大地上胼手胝足、春种秋收的农民。

罗曼·罗兰称米勒的现实主义为“谦卑的现实主义”。所谓“谦卑”，体现在两个方面：一是面对生活的态度，一是艺术表现方式。前者显示着艺术家的虔诚和低调，后者显示着艺术家的朴素和平实。因为谦卑，艺术

① 丰子恺：《丰子恺文集》，艺术卷一，浙江文艺出版社、浙江教育出版社，1990年，第322页。

② 路遥：《路遥文集》，第五卷，人民文学出版社，2005年，第267页。

③ 罗曼·罗兰：《大地之子的落日挽歌：米勒传》，冷杉、杨立新译，金城出版社，2012年，第149页。

④ 何政广主编：《世界名画家全集·爱与田园的画家——米勒》，河北教育出版社，1998年，第73页。

家绝不会傲慢地忽视那些卑微的人和事物，而是设身处地地感受和表现那些很容易被忽略的卑微者的处境和心情。在罗曼·罗兰看来，米勒绘画的“真正的力量”，就体现于他的“谦卑的现实主义景象”，是人们从这景象中所感受到的“内在的崇高之美”、“庄严的思想光芒”和“壮丽的古典精神”①。路遥的小说写作也可以归入“谦卑现实主义”的谱系。他也懂得从普通人的日常生活中发掘“崇高的思想”和“真正的力量”。他懂得如何克制自己内心的傲慢倾向，懂得如何限制自己在写作上的权力：“你生活的现实世界变为虚幻，而那个虚幻的世界却成了真实的。一大群人从思维的地平线渐渐走近了你，成为活生生的存在。从此以后，你将生活在你所组建的这个世界里，和他们一起哭，一起笑。你是他们的主宰，也将是他们的奴隶。”②

米勒的现实主义绘画创作，有着稳定的精神基础和信仰支撑。他的艺术精神，本质上是一种道德精神和伦理精神，或者准确地说，是一种具有宗教激情的道德精神和伦理精神。1847 年，米勒曾在一段文字中，这样阐释自己的艺术理念：“艺术不是一种消遣。艺术是一种斗争，是一种结构复杂、能把人压得粉碎的机轮。我不是哲学家，我并不希冀摆脱掉痛苦，也不期望找到一种能让我超凡脱俗和看淡世事的公式。痛苦也许正是能给予艺术家以最大表现力的那种东西。”③ 罗曼·罗兰说：“米勒的思想与创作的终极目的，就是要表现劳动的痛苦与艰辛，同时在这种凝重严肃的痛苦中，表现生活的全部诗意与壮美。”④ 罗曼·罗兰还提醒人们，在研究米勒的时

---

① 罗曼·罗兰：《大地之子的落日挽歌：米勒传》，冷杉、杨立新译，金城出版社，2012 年，第 149 页。

② 路遥：《路遥文集》，第五卷，人民文学出版社，2005 年，第 269 页。

③ 罗曼·罗兰：《大地之子的落日挽歌：米勒传》，冷杉、杨立新译，金城出版社，2012 年，第 11 页。

④ 罗曼·罗兰：《大地之子的落日挽歌：米勒传》，冷杉、杨立新译，金城出版社，2012 年，第 7 页。

候，从一开始，“就该把注意力放在他创作中的一种特殊的宗教和道德的意味上。这一点甚至远比他作为画家的天才来得重要，也更能确定米勒在19世纪法国艺术中的特殊地位，或者可以说是在法国艺术之外的特殊地位。”罗曼·罗兰揭示了这样一个基本的事实，即米勒所表现的情感和精神，全都是来自《圣经》的宗教精神。从描写生活的具体原则来看，米勒属于纯粹的现实主义艺术家——“他牢牢地把创作局限在他所看到的事物上，并不作任何浪漫想象的发挥”，然而，他并不满足于描写生活的表象本身，而是赋予现象以精神和灵魂，这样，他在自己所见到的事物里面，便感悟到了《圣经》的精神——“他头脑里充满了它，他时常引用它”；这样，他所赋予生活表象的意义，“既不是政治的，也不是社会的，而是宗教的，是被米勒经常引用的《圣经·创世纪》的诗篇所表现过的”①。

这样，米勒就将精神、思想和情感放在决定性的位置上。也就是说，对现实主义艺术来讲，具有首要意义的，不是技巧和形式，而是内容和意义。正是基于这样的认知，米勒始终强调怜悯和同情心，强调人的慈善行为。他说：“我主张，在艺术中应该有一个主导思想，艺术家应该富于感情地把它表现出来，他应该把它铭记在心，并且把它强烈地传达给观者，就如同徽章的印模那样。”② 所谓“富有感情地”，就是要以人性的、善的方式来表现；所谓“强烈地”，就是要追求艺术表现的明晰与力量，正像一位学者在评价米勒时所指出的那样：“他的思想像个作家与实干家一般，不以自己的作品来讨人喜欢，而是以思想与意志来感动人，并且以此作为自己终身抱负的一种伟大睿智的艺术家思想。”③

① 罗曼·罗兰：《大地之子的落日挽歌：米勒传》，冷杉、杨立新译，金城出版社，2012年，第15页。

② 罗曼·罗兰：《大地之子的落日挽歌：米勒传》，冷杉、杨立新译，金城出版社，2012年，第130页。

③ 何政广主编：《世界名画家全集·爱与田园的画家——米勒》，河北教育出版社，1998年，第196页。

正因为强调思想、情感和善的意义，所以，在米勒的作品中，真正的人性内容和美好的情感体验，就成了具有核心意义的主题。他的作品是严肃的，甚至是沉重和悲剧性的，但是，在这严肃与沉重的表象下，却是一种平静的态度和欢乐的心情，是底层农民朴素生活本身就有的温暖和美好。米勒笔下的人物在艰辛地劳动，也在爱的氛围中生活。他主要通过对女性人物的塑造来表现生活的温馨，就像罗曼·罗兰所说的那样：“他很少画年轻的男人。他画的女人也都在劳动，他们在缝纫、翻晒干草、拾麦穗、修剪羊毛、汲水或者履行母亲的职责，在喂养孩子或者教育后代。他的作品里最浓烈的诗意及仅有的欢乐存在于家庭成员的温馨和慈爱中。在他的画里，那种不适宜的、虚设的美是没有立足之地的。”① 沉重而又快乐，艰苦而又温馨，米勒的作品带给人们的就是这种复杂而美好的感受。

米勒虽然也暗示了法律和宗教等社会性因素带给人的压力，但是，在他的作品中，最具核心意义的压力和悲剧处境，却是来自于自然法则。就像罗曼·罗兰所深刻地揭示的那样，“到处都可以看见人和大地的矛盾。这是一场幅员辽阔的搏斗，年年都能目睹史诗般的事件——播种时间，收获季节，火红的落日，灰白的黎明，暴风骤雨，落叶扬沙，候鸟的迁徙，岁月的轮回，四季的更替……没有一件不是息息相关的。在人与自然的冲突中，每个事物似乎都在起着作用。甚至在没有人物出现的风景画中，我们似乎也能听见冲突的低语，好像随时要重新爆发出来似的。”② 米勒作品所表现的悲剧性，具有永恒而普遍的性质，内蕴着丰富的宗教意味。米勒的作品，是和谐的、欢乐的，同时，也是冲突性和悲剧性的。只是，他的悲剧性，像路遥小说叙事中的悲剧性一样，是一种融合性质的悲剧，即正剧

① 罗曼·罗兰：《大地之子的落日挽歌：米勒传》，冷杉、杨立新译，金城出版社，2012 年，第 149—150 页。

② 罗曼·罗兰：《大地之子的落日挽歌：米勒传》，冷杉、杨立新译，金城出版社，2012 年，第 151—152 页；引文中的破折号，是引者加上去的。

性质的悲剧，充满乐观精神和积极态度的悲剧。

比较起来，路遥小说中虽然也会叙述洪水和干旱等自然灾害，给人们造成的巨大损失，但是，这些自然灾害并没有形成一种具有普遍性质的情状和后果。也就是说，小说中人物的精神痛苦，他们之间的悲剧性冲突，主要是一种社会性的冲突导致的结果。路遥小说中的悲剧主要是一种具有时代性色彩的社会悲剧。

无论是路遥的现实主义小说，还是米勒的现实主义绘画，都体现着升华性的理想主义精神。他们的现实主义，并不是冷漠的，而是热情的。他们都赋予了自己的现实主义描写以超越于现实之上的伦理精神和美学力量。梵高说："在米勒的画中，一切都同时是真实的和象征的。"① 丰子恺则从他的现实主义中看见了抒情性和理想主义："米叶（即米勒——引者注）的作品的特色，以宗教的虔诚的情感为基调。其宗教的情绪的对象，在于田园生活，农业的神圣，与农民的信仰心。……他把自己融入风景中，自然中，而又为之赞美、表现的抒情画家。这样说来，他不是纯粹的现实主义的画家，是在现实中发现理想的画家"②。在路遥的小说世界里，象征主义的东西似乎并不多，但是，其中的理想主义精神，却像米勒的绘画一样有力量，一样充满照亮人心的光芒。

有一次，沃尔科夫向布罗茨基提了一个关于女性诗歌特点的问题。布罗茨基认为诗歌就是诗歌，不存在什么被限定在某一范围的特殊的诗歌。伟大的诗歌表达的只是深刻的人类经验，而不是某种狭隘的特殊经验。女性诗歌里的哀号，不过是"悲剧的声音。……一种巨大不幸的声音。约伯是男性还是女性？茨维塔耶娃就是一位穿裙子的约伯。"③ 所以，他反对一

① 《世界美术家画库·米勒》，上海人民美术出版社，1986年，第72页。

② 丰子恺：《丰子恺文集》，艺术卷一，浙江文艺出版社、浙江教育出版社，1990年，第340页。

③ 约瑟夫·布罗茨基、所罗门·沃尔科夫：《布罗茨基谈话录》，马海甸等译，作家出版社，2019年，第29页。

切对文学的狭隘的理解和定义："不能在'诗歌'这个词前面加上形容词。顺便说说，就像不能在'现实主义'前面加形容词一样。很多年以前（我记得是1956年），我在什么地方谈到，说在一次波兰作家会议上，大家在讨论社会主义现实主义的问题，有一个人站起来宣布说：'我拥护不带形容词的现实主义。'"① 嘿！"不带形容词的现实主义"，一个多么深刻的认知！一个多么新颖的概念！路遥和米勒的现实主义，就属于不带形容词的现实主义，或者，准确地说，属于不被他者强加的形容词所限定的现实主义。

真正优秀的作家和艺术家，都是个性明显和风格卓特的创造者。他们不带他者的形容词，但却带着自己的形容词。所以，说路遥和米勒的现实主义是不带形容词的现实主义，并不是说他们的现实主义是不可定义的，或者说是无法描述和形容的，而是为了强调他们的现实主义的个性特点。要理解那些属于他们自己的形容词，就必须从考察他们的气质、境遇和内心世界入手，就必须研究他们的伦理精神和艺术理念，就有必要细致解读他们的作品。一切有价值的文学批评和艺术研究，从根本上讲，都致力于寻绎并确定作家和艺术家自己独有的形容词。

2021年1月17日，平西府

① 约瑟夫·布罗茨基、所罗门·沃尔科夫：《布罗茨基谈话录》，马海甸等译，作家出版社，2019年，第28页。

第三节　路遥与托尔斯泰

路遥热爱俄罗斯文学。他的文学意识的成熟，他的文学精神的成长，他在小说写作上的进步，得俄罗斯文学之助者，正复不少。肖洛霍夫、纳吉宾、奥斯特洛夫斯基、阿·托尔斯泰、恰科夫斯基、柯切托夫、拉斯普京和艾特玛托夫等作家，在悲剧意识、理想主义热情、现实主义精神、吸纳民间文学经验和抒情性叙事方法等方面影响了路遥的写作。普希金也是他喜欢提到的作家。他也知道作为编辑家的涅克拉索夫有多么伟大。他也注意到了契诃夫的写作经验的特点和价值，即“善于把作品的意图和人物关系隐蔽起来，不要一下就把气冒了，要到该揭示的时候才揭示它”①。可以肯定地说，没有俄罗斯文学的影响，路遥的现实主义文学意识就不会如此自觉，他的现实主义文学精神就不会如此成熟，他的文学气质和文学格调就有可能是另外一种样子。

路遥在《致苏联青年近卫军出版社》的寄语中说：“你们优秀的文学传统对我的生活和写作产生过重大影响，由此，我始终对你们的国家怀有一种特殊的情感。”② 又在《答〈延河〉编辑部问》中，说自己“对俄罗斯古典作品和苏联文学有一种特

① 路遥：《使作品更深刻更宽阔些——就〈人生〉等作品的创作答读者问》，《文学报》1983年8月25日。

② 路遥：《路遥文集》，第五卷，人民文学出版社，2005年，第371页。

殊的爱好”①。这种“特殊的情感”和“特殊的爱好”，不仅体现在他的创作上——路遥心悦诚服地将俄罗斯的伟大作家当作自己的导师，从俄罗斯大师那里寻求价值建构和意义建构的精神资源，也从他们的文学经验里学习写作的技巧和方法，而且，在路遥的日常生活的某些行为上，亦隐约可见：他躺在沙漠上，“眼望高深莫测的天穹，对神圣的大自然充满虔诚的感激之情”②。这种充满深刻情感和特殊况味的文字，是不是会让人联想到《战争与和平》，联想到托尔斯泰对安德烈公爵的心理活动的描写呢？在奥斯特里茨战役中，安德烈公爵负了重伤，仰天倒下来，望着高渺的天空，感受到了无边的宁静和安详，也感受到了人生的庄严和幸福。

列夫·托尔斯泰是路遥热爱的作家，也是对他影响最大的作家，还是他最喜欢谈论的作家，曾在文章和讲座中至少17次提到他的文学观点和写作经验③。在深入矿区创作《平凡的世界》的艰苦而寂寞的日子里，他将湖南人民出版社1884年出版的厚达1010页、多达73.5万字的《托尔斯泰文学书简》带在身边。他在《早晨从中午开始》中说：“躺在床上，有一种生命即将终止的感觉，似乎从此倒下就再也爬不起来。想想前面那个遥远得看不见头的目标，不由心情沮丧。这时最大的安慰是列夫·托尔斯泰的通信录，五十多万字，厚厚一大卷，每晚读几页，等于和这位最敬仰的老人进行一次对话。不断在他的伟大思想中印证和理解自己的许多迷惑和体验，在他那里寻找回答精神问题的答案，寻找鼓舞勇气的力量。想想伟大的前辈们所遇到的更加巨大的困难和精神危机，那么，就不必畏惧，就心平气静地入睡。”④ 如果说，他前期所接受的托尔斯泰影响是间接的，经由肖洛霍夫和柳青这个经验链获得的，那么，他后期所接受的托尔斯泰影响则是

---

① 路遥：《路遥文集》，第五卷，人民文学出版社，2005年，第382页。

② 路遥：《路遥文集》，第五卷，人民文学出版社，2005年，第252页。

③ 见《路遥全集·早晨从中午开始》（北京十月文艺出版社，2013年）第20、34、42、58、117、119、120、121、146、152、159、160、177、194、197、198、242页。

④ 路遥：《路遥文集》，第五卷，人民文学出版社，2005年，第284页。

直接的，经由他自己通过阅读托尔斯泰的各类作品获得的。

路遥的文学态度、文学观念和写作技巧，很大程度上，是在托尔斯泰的影响下形成和获得的。他塑造人物的方法，处理作者与作品关系的策略，甚至处理情节结构和人物关系的具体技巧，都来自于托尔斯泰。他在作品的最后部分显示艺术力量的意识和技巧，就来自于托尔斯泰的启示："记着列夫·托尔斯泰的话，艺术的打击力量应该放在后面。"① 他的疾徐有度的结构方式和叙事方式，也是从托尔斯泰那儿学来的："按老托尔斯泰的原则，第一部我是有节制的。"② 他在强调文学的普遍意义和世界意义的时候，所举的例子，就是托尔斯泰③。可以肯定地说，如果没有托尔斯泰的影响，那么，路遥对现实主义文学信心未必会如此坚定，他的现实主义写作也未必会达到自己时代的最高水平。

考察路遥与托尔斯泰的文学关系，有助于我们认识那些重要的规律性问题，即一个作家如何通过植根于伟大的文学的土壤，如何通过对伟大作家的经验的吸纳，来提高自己的内在修养和写作能力，来调整自己对生活、人物、读者和作者自己的态度，从而最终使自己的创作臻于伟大的境界，使自己成为真正优秀的作家。

一、作者的态度与自我的塑造

文学是一个表现态度、情致和思想的艺术样式。不存在没有态度的写作，只存在用不同方式表达不同态度的写作。作品里的修辞选择和事象体系，都体现着作者的个性、态度和趣味。只不过，在有的作品里，这种显示是直接和显性的，读者一眼就可以看出来，而在有的作品里，则是间接和隐性的，甚至是若有若无的。前者常常通过抒情和议论等修辞方式表达

---

① 路遥：《路遥文集》，第五卷，人民文学出版社，2005 年，第 277 页。
② 路遥：《路遥文集》，第五卷，人民文学出版社，2005 年，第 301 页。
③ 路遥：《路遥文集》，第五卷，人民文学出版社，2005 年，第 389 页。

出来，后者则往往通过隐喻和象征等修辞方式表达出来。

无论采用哪种方式，作品最终都会显示出作者的存在，显示出他的态度的重要性，正像美国学者利昂·塞米利安所说的那样：“作者的态度奠定了作品的基调，为小说提供了微妙的内在统一的因素。不管作家的态度是如何超然物外，不管是他自己作为叙述者，还是通过一个人物来说话，或者从一个人物的角度去叙述，归根结底，是作者对小说中的事件作出解释和评价。”① 从根本上讲，小说就是作者用来表达自己的人生态度和人生经验的特殊的手段和载体。作者的态度、思想和声音是作品中最具主宰性和影响力的因素。如果作者完全没有表现自己的冲动和需要，那就没有一部真正意义上的小说会被写出来。

路遥坚信那些更古老但也更可靠的文学观念，更相信那些异代伟大作家的经验。在他看来，无论什么样的作品，都是作家写出来的，都与作家自己的生活、思想和态度，存在着无法切断的密切关系。尤其是在叙事性作品里，作者的经验和态度起着极为关键的作用。没有作者的内在而深刻的经验之源，任何文学写作都将成为无本之木；如果作者没有真诚的态度，那么，他的作品不可能产生积极的叙事效果，就不可能吸引和感染读者。路遥在《出自内心的真诚》中说：“最重要的是作家对生活、艺术、对读者要抱有真诚的态度。否则，任何花言巧语和花样翻新都是枉费心机。请相信，作品中任何虚假的声音，读者的耳朵都能听得见。”② 路遥认识到了态度对于小说写作的意义，所以经常性地强调真诚态度的重要性。

路遥对作者态度的认识，显然是来自于托尔斯泰文学思想的启发。在《早晨从中午开始》中，他拒绝接受那种作者没有态度、立场“中立”、不动感情的文学观念，认为作者必须向读者表明自己的态度和价值观。他引用托尔斯泰关于作者态度的深刻论述来支持自己的观点：

---

① 利昂·塞米利安：《现代小说美学》，宋协立译，陕西人民出版社，1987年，第70页。

② 路遥：《路遥文集》，第五卷，人民文学出版社，2005年，第341页。

> 作家对生活的态度绝对不可能"中立"，他必须做出哲学判断（即使不准确），并要充满激情地、真诚地向读者表明自己的人生观和个性。正如伟大的列夫·托尔斯泰所说："在任何艺术作品中，作者对于生活所持的态度以及在作品中反映作者生活态度的种种描写，对于读者来说是至为重要、极有价值、最有说服力的……艺术作品的完整性不在于构思的统一，不在于对人物的雕琢，以及其他等等，而在于作者本人的明确和坚定的生活态度，这种态度渗透整个作品。有时，作家甚至基本可以对形式不做加工润色，如果他的生活态度在作品中得到明确、鲜明、一贯的反映，那么作品的目的就达到了。'"（契尔特科夫笔录，一八九四年）①

在托尔斯泰的文学意识里，文学作为一种创造性的精神活动，必然以整体性的方式显示着作家自己的态度。这种态度影响着作家的写作，甚至决定着作品的感染力和价值。作家如果想感动读者，想说服读者，那么，他就要明确而坚定地表现自己的态度。任何含混、虚假和游移不定的态度，都会从根本上窒碍作家的写作，从而影响作者与读者的精神交流。事实上，强调态度的重要性，是整个俄罗斯文学的一个特点。正像利哈乔夫所指出的那样："在俄罗斯文化作品中抒情原则、作者本身对创作对象和客体的态

---

① 路遥：《路遥文集》，第五卷，人民文学出版社，2005 年，第 262—263 页；此处的翻译（魏理辑译：《托尔斯泰论文学》，《苏联文艺》，1980 年第 3 期），似有可商，其中，"有时，作家甚至基本可以对形式不做加工润色"一语，另处译作"在一定的时候，作家甚至可以在某种程度上牺牲对形式的最后加工"（《同时代人回忆托尔斯泰》，下册，周敏显等译，上海译文出版社，1984 年，第 186 页）。显然，托尔斯泰的意思，并不是不要加工，而是强调态度的重要性，强调作品的可理解性，提醒人们不要以辞害意。他在给门登的信中说："如果文字让人看不懂，便会显得虚伪。……如果没有一个字让读文章的人因看不懂而停下来，那就是一篇好文章。如果读完了谁也说不出读的是什么，那么文章就毫无用处"（托尔斯泰：《列夫·托尔斯泰文集》，第 16 卷，周圣、单继达等译，人民文学出版社，1992 年，第 144 页）。显然，对托尔斯泰来讲，不过度润色和加工，就是为了求得真诚质朴和通俗易懂的效果。

度的份额非常巨大。”①

托尔斯泰的文学精神，包含着强烈的宗教热情，充满了高尚的道德精神，内蕴着与读者积极交流并影响读者心灵生活的自觉意识。情感、态度和交流是他的艺术理论和文学思想的核心问题。在他看来，作者不仅要有情感和态度，而且，还要将它们提高到很高的水平，也就是要赋予它们以真诚的性质和感人的力量。真诚决定了写作和交流的有效性，决定了作品对读者的吸引力。没有真诚的态度，就不会有积极意义上的写作。为此，作者在写作的时候，就要将自己投入进去，要将自己的真实感情表达出来，否则，他的写作就会失去可靠性和说服力。就像他 1878 年 5 月在写给费特的信中所说的那样：“只要人们讲自己的思想和感情的时候，那就是清楚和可靠的。一切乱七八糟的东西都是由那些没有自己的思想和情感的人产生的”②。1890 年 6 月 30 日，在写给诗人日尔克维奇的信中，托尔斯泰劝他放弃文学创作，因为他的态度出了问题；真诚的态度甚至比“天才”更重要：“我认为，作家需要的只是对所写的东西态度认真严肃，情真意切。”③ 在托尔斯泰的意识中，态度是一个内涵丰富的概念，既包含一般意义上的态度，也包含着心灵、性格和人格等重要的精神内容。1892 年 9 月 3 日，他在给斯特拉霍夫的信中说，无论在文学作品中，还是在哲学作品中，都显示着作者自己的“心灵”：“无论他们多么想做到客观，我们，包括我，所看到的只是作者的心灵、智慧和性格。”④ 在 1896 年 10 月 20 日的日记里，托尔斯泰说：“艺术作品里主要的是作者的心灵。”⑤ 事实上，早在 1853 年，即

① 德·谢·利哈乔夫：《解读俄罗斯》，吴晓都等译，北京大学出版社，2003 年，第 11 页。

② 《托尔斯泰文学书简》，章其译，湖南人民出版社，1984 年，第 569 页。

③ 托尔斯泰：《列夫·托尔斯泰文集》，第 16 卷，周圣、单继达等译，人民文学出版社，1992 年，第 238 页。

④ 托尔斯泰：《列夫·托尔斯泰文集》，第 16 卷，周圣、单继达等译，人民文学出版社，1992 年，第 259 页。

⑤ 托尔斯泰：《列夫·托尔斯泰文集》，第 17 卷，陈馥、郑揆译，人民文学出版社，1992 年，第 206 页。

托尔斯泰二十五岁那年，他就在日记里表达过同样的观点："读作品，尤其是纯文学作品，使人感兴趣的主要是作品里反映出来的作者的性格。"① 显然，此处的心灵、性格等核心概念，都可以用"态度"来隐括和指代。托尔斯泰关于态度的观点，看似寻常无奇，并不显得新颖和卓异，但却包含着有效的经验内容和朴素的文学真理。

作家的态度，首先体现在对自我的态度上。托尔斯泰从来就是对自己态度极为严格的人。在伦理道德上，他对自己毫不宽假；在艺术形式上，他从不允许自己随便和马虎。作为作家，他勇于自责和忏悔，甚至有很强的耻感意识。在1854年9月的日记中，他记录了对自己的不满和要求："在《童年》中我发现许多写得差的地方。在目前条件下我的暂时生活目标是改造性格……"② 他1859年5月的日记中说自己的《家庭幸福》是篇"丢人的龌龊的东西"③。1878年10月27日，他在写给屠格涅夫的信中说："说真的，只要哪怕浏览一下和提到我的创作，就会在我身上引起一种非常不愉快的复杂的情感，其中主要是羞愧和恐惧，怕别人嘲笑我。"④ 在创作上，他对自己的要求非常严格："一旦要从事文学工作，那对它是不能开玩笑的，要为它献出一生，所以，我希望，今后要写出更好的东西，而不要把坏的东西拿去发表。"⑤ 如果没有强烈的写作冲动，没有值得写的内容，那么，他宁愿什么也不写："生命是短暂的，而到中年还花费时间去写我曾经写过的那些东西，那就问心有愧。……要有这样的内容：它使你苦恼，叫你非披露出来不可，它给你勇气、自豪和力量——那就好了，可是，人到

① 托尔斯泰：《列夫·托尔斯泰文集》，第17卷，陈馥、郑揆译，人民文学出版社，1992年，第47页。

② 托尔斯泰：《列夫·托尔斯泰文集》，第17卷，陈馥、郑揆译，人民文学出版社，1992年，第60页。

③ 托尔斯泰：《列夫·托尔斯泰文集》，第17卷，陈馥、郑揆译，人民文学出版社，1992年，第90页。

④ 《托尔斯泰文学书简》，章其译，湖南人民出版社，1984年，第192页。

⑤ 《托尔斯泰文学书简》，章其译，湖南人民出版社，1984年，第286页。

三十一岁还去写那些读起来可爱而又惬意的小说，那真的提不起笔来。”①像托尔斯泰一样，路遥对自己的要求也是严格的。他不允许自己躺在已有的文学成绩上享受生活，更不允许自己在写作上连篇累牍地粗制滥造。与我们时代的那些进行同质性重复写作的作家比起来，托尔斯泰和路遥的写作态度既严肃又高尚，体现出极高的人格境界和文化修养。

路遥也许并没有全面而完整地研究过托尔斯泰的文学思想，也未必非常深刻地理解了托尔斯泰的充满宗教色彩的伦理思想，但是，他通过契尔特科夫笔录的托尔斯泰的几句话，就把握到了托尔斯泰文学思想的精髓——态度影响着一切；写作首先从自我开始，要将作家自己和自己的经验融入进去；作家对自我的要求要严格，对写作的态度要严肃，对生活的态度要真诚而庄严；他要对所有的人物都抱以理解和爱的态度，要尊重他们的人格，同情他们的境遇。

路遥的小说几乎全都属于明确显示自己的存在和态度的写作。他对小说中人物的理解、同情甚至爱护态度，读者都可以感受到。只不过，他会根据具体情况，选择各种不同的方式，来显示自己的态度。在《人生》和《在困难的日子里》等作品里，他的态度是隐含在情节背后的；在《平凡的世界》里，他既通过隐含的方式来显示，也通过直接的充满激情的议论来宣达，甚至选择了以“笔者”这样的显性的言说身份，来表达自己对生活和人物的认知和态度。

在路遥的几乎所有成熟的小说中，他自己的人生经历、他对生活的理解，全都以一种自然的方式，融入了小说的事象体系里。路遥在《答中央广播电视大学问》中说：“我自己写的几个作品，都是我自己精神上的长期的体验的结果，作品中的故事甚至在我动笔写前都还不完整，它是可以虚构的。但是你的感情、体验决不可能虚构。它必须是你亲身体验、感觉过

① 《托尔斯泰文学书简》，章其译，湖南人民出版社，1984 年，第 314 页。

的，写起来才能真切，才能使你虚构的故事变成事实的故事。如果没有心理、感情上的真切体验，如果你和你所描写的对象很‘隔’，那么起初的故事也写成了假的。……实际上作家所表现的生活，从某种程度上来说，就是你自己体验过的生活。”接下来，他就举了托尔斯泰的例子：“从《一个地主的早晨》的主人公，到《复活》中的聂赫留朵夫，到列文，都有托尔斯泰自己的影子。”① 有了托尔斯泰的伟大经验的支持，路遥就有了将自己放入作品中的自信和勇气。这种“有我的叙事”，不仅赋予他的小说以亲切感和真实感，强化了作品的抒情性和感染力，而且，还给整个作品提供了一个稳定的情感基础，一条明晰的思想线索，一种解读作品的可靠的方向感。

读路遥的作品，你总是会感觉到一种巨大的吸引力，总是会感觉到一股暖流在字里行间涌动。他的几乎每一行字都带着作者自己心灵的温热。眼泪是情感最浓烈的凝结。它象征着最凝重的哀痛和最激动的喜乐。托尔斯泰爱流泪，路遥也爱流泪。无论在日常生活中，还是在写作中，路遥常常激动得泪水盈盈。他说自己“含着泪水写完了”《在困难的日子里》②。他在《早晨从中午开始》中多次写到自己流泪的情景：“我看见自己泪流满面。……索性用脚把卫生间的门踢住，出声地哭起来。我向另一个我表达无限的伤心、委屈和儿童一样的软弱。而那个像父亲一样的我制止了哭泣的我并引导我走出卫生间。”③ 对一个作家来讲，这样的软弱和伤心，就像坚强和欢乐一样，都属于正常感情的自然流露。某种程度上，正是因为有了这种对自己内心情绪的精微感受，一个作家才能理解所有人的痛苦和不幸，才能感受到所有人的悲哀和忧伤，才能在有情文字里表现出丰富的人性内容和情感内容。

法国作家勒莫瓦纳区别了两种不同的哭泣和眼泪：一种是消极和病态的，一种则是积极和健康的；积极而健康的哭泣和眼泪，“反映出人的思

① 路遥：《路遥文集》，第五卷，人民文学出版社，2005 年，第 387 页。

② 路遥：《路遥文集》，第五卷，人民文学出版社，2005 年，第 334 页。

③ 路遥：《路遥文集》，第五卷，人民文学出版社，2005 年，第 331 页。

想，表示沉思、祈祷，是内心崇高的反应”①。在荷马笔下，阿基琉斯因为阿伽门农抢走了自己的女俘而流泪，“遥望那酒色的海水。/他伸手向母亲祈祷”②；阿伽门农则因为战事不利，而心里苦恼，“眼里流出了两行泪，/有如黑色的泉水从高原上面泄下来，/阿伽门农就这样沉痛哭泣”③。在路遥和托尔斯泰的哭泣和眼泪中，在荷马史诗中人物的哭泣和眼泪中，人们所看见的，就是“内心崇高的反应”——人们看见了勇士般的无畏，也看见了孩子般的单纯；看见了巨石般的坚强，也看见了羽毛般的柔弱。这样的哭泣和眼泪，具有自然而真实的性质，所以，它尽管令人震惊，但却不仅不像“消极写作”中的绝对自我中心主义叙事那样让人厌恶，反而使人特别同情和感动。

在对自我的态度上，路遥像托尔斯泰一样，是一个自我批判意识非常自觉的作家。他在《文学·人生·精神——在西安矿业学院的演讲》中说：“作家、艺术家应当具备的能力就是自省的能力、自我批判的能力、自我审视的能力，这对艺术家来说是至关重要的……对自己要严厉一些。……有的人对别人很残酷，对自己有时候太温柔，这样，我认为要有大的进取就比较困难。”④ 他用严肃的眼光审视自己，用很高的标准要求自己。他希望自己无论是作为普通人，还是作为一个作家，都要摆脱可怕的平庸状态，追求一种高尚而理想的生活。他认识到了作家在作品中的对象化存在的问题，即在作品中被表现和被塑造的问题，所以，他不允许自己像平庸的作家那样令人失望。在《早晨从中午开始》中，他在谈到自己在写作过程中的矛盾心情和复杂体验的时候，说了这样一段话：“这样的时候，你是作家，也是艺术形象；你塑造人物，你也陶铸自己；你有莎士比亚的特性，你也有他笔下的哈姆雷特的特性。”⑤ 这是一段极为深刻的文学哲语，显示

---

① 帕特里克·勒莫瓦纳：《眼泪的性别》，白睿译，深圳报业集团出版社，2005年，第139页。

② 《荷马史诗·伊利亚特》，罗念生、王焕生译，人民文学出版社，1994年，第15页。

③ 《荷马史诗·伊利亚特》，罗念生、王焕生译，人民文学出版社，1994年，第196页。

④ 路遥：《路遥全集·早晨从中午开始》，北京十月文艺出版社，2013年，第224页。

⑤ 路遥：《路遥文集》，第五卷，人民文学出版社，2005年，第281页。

着路遥敏捷的悟性和过人的概括能力。他揭示了小说写作的一个真理和规律，一个常常被人们忽略的文学真理和小说写作规律：小说是作家的不具名的精神传记，是作家的态度和人格的镜像，是作家塑造自我形象的一种特殊的文体样式。因此，阅读一部小说作品，我们不仅看见了丰富生动的细节，看见了引人入胜的情节，看见了个性各异的人物，也看见了那个隐含在小说的事象体系背后的作家。作家不仅是一种修辞性的存在，也是一种人格和道德的存在。他作为一个精神现象学意义上的人而存在于自己创造出来的小说世界。显然，路遥关于作家塑造自我的深刻认知，既是对自己写作经验的总结，也是受托尔斯泰文学思想启示的结果。

有了这样的认知和自觉，路遥就努力摆脱精神上平庸的低级状态，让自己成为一个高尚的作家。一切最终都落实到对待写作的态度上。路遥对待自己的作家工作，“不仅严肃，而且苛求”：“能充满责任感与使命感，从事一种与千百万人有关系的工作，这是多么值得庆幸。因此，必须紧张地抓住生命黄金段落中的一分一秒，而不管要付出什么样的代价。”① 他把自己当作一个普通劳动者，克服了很多作家身上惯见的傲慢而浅薄、自私而轻浮的坏毛病。在《作家的劳动》中，他这样说道：“艺术创作这种劳动的崇高决不是因为它比其他人所从事的劳动高贵。它和其他任何劳动一样，需要一种实实在在的精神。我们应该具备普通劳动人民的品质，永远也不丧失一个普通劳动者的感觉，像牛一样地劳动，像土地一样地贡献。”② 他尖锐地批评那些“平庸的作家”，不屑于像他们那样，“反复制造出一堆又

---

① 路遥：《路遥文集》，第五卷，人民文学出版社，2005 年，第 312 页。

② 路遥：《路遥文集》，第五卷，人民文学出版社，2005 年，第 340 页；“像牛一样地劳动，像土地一样地奉献。”这是刻在路遥墓碑上的一句话。然而，在路遥的全集和文集里，这句出自《作家的劳动》（最初的题目为《关于作家的劳动》）的名言，却并不完整。在最早由陕西人民出版社出版的《路遥文集》（1993 年出版）里，这句话脱漏“劳动”二字，两个助词为“的”；广州出版社和太白文艺出版社出版的《路遥全集》（2000 年出版）和人民文学出版社出版的《路遥文集》（2005 年出版）也存在同样的问题。在北京十月文艺出版社出版的《路遥全集》（2013 年出版）里，也脱漏“劳动”二字，只是两个助词被改为“地”。现据路遥散文《关于作家的劳动》（《延河》1982 年第 1 期）补足。

一堆被同样平庸的评论家所表扬的文学废品”①。他认识到了作家的创造性劳动的艰巨性，为此，他努力培养自己坚韧的毅力和坚强的性格。就像托尔斯泰在自己的作品中完成了对自我形象的塑造一样，路遥也在自己的作品中完成了对自我形象的塑造。路遥作品中的作家自我形象，是一个深沉而热情、沉重而快乐、严肃而亲切的人。

托尔斯泰曾经说过一句很深刻的话：“伟大的文学产生于崇高的道义感出现的时代。”② 其实，应该将核心词“时代”置换为“作家”，即“伟大的文学的产生依赖于具有崇高道义感的作家的出现”，因为，文学根本上讲是一种“反求诸己”的精神创作活动。托尔斯泰和路遥都是具有这种“崇高道义感”的伟大作家。古谢夫说，托尔斯泰的所有作品“都渗透了作者高尚的道德观”③。像托尔斯泰一样，路遥的作品也同样显示着热情而庄严的态度，也同样“渗透了作者高尚的道德观”。

路遥以圣徒般的牺牲精神从事写作。在道德精神上，他的态度是高尚的，把利他主义的牺牲和奉献当作自己的生活原则，致力于提高读者的精神境界；在生活上，他的态度是严肃的，从不允许自己选择人生的“下行线”，过那种唯利是图、浑浑噩噩的庸俗生活；在情感上，他的态度热诚而善良，爱生活，爱人们，同情自己笔下所有人物的痛苦和不幸；在写作上，他的态度是认真的，竭尽心力，一丝不苟，以真正的现实主义精神和方法，来推敲每一个细节，打磨每一个句子；在趣味格调上，他涓洁而雅正，没有写过哪怕一行粗鄙和秽亵的文字，体现出很高的文化教养和精神境界。

路遥为文学付出了生命的代价，但也为读者留下了宝贵的文学遗产。他以热诚而严肃的态度，以风标崇伟的写作，完成了对自己的作家形象的

---

① 路遥：《路遥文集》，第五卷，人民文学出版社，2005 年，第 339 页。

② 《同时代人回忆托尔斯泰》，下册，周敏显等译，上海译文出版社，1984 年，第 249 页。

③ 尼·尼·古谢夫：《托尔斯泰艺术才华的顶峰》，秦得儒译，湖北人民出版社，2000 年，第 318 页。

塑造，最终成为一个广受读者尊敬和热爱的伟大而高尚的作家。

二、对生活的态度：责任意识与理想主义

人的生活是文学叙写的根本主题与核心内容。因而，谈论文学就是谈论人和生活，亦即谈论生活的意义和目的。路遥深刻地理解了这一点。他在《早晨从中午开始》中说："特定历史和社会环境中不同人的生活到底怎样，这正是文学应该探求的。"① 就此而言，谁深刻地理解了人和生活，谁才能写出有价值的作品。很多时候，我们的作家之所以写不出能够强烈吸引读者的有生命力的作品，最重要的原因，也许并不在于他们缺乏艺术才能，而在于他们缺乏对人和生活的正确态度和深刻理解。要知道，解决生活哲学和生活态度上的问题，远比解决艺术上的问题要艰难。

一个热爱生活的作家，才能真正理解生活；一个真正热爱人的作家，才能真正理解人。路遥曾在《作家的劳动》中说："对生活应该永远抱有热情。对生活无动于衷的人是搞不成艺术创作的。艺术作品都是激情的产物。如果你自己对生活没有热情，怎么能指望你的作品去感染别人？当然，这种热情决不是那种简单的感情冲动。它必须接受成熟的思想和理智的指导。尤其是在进入艺术创造的具体过程中，应该用冷静的方式来处理热烈的感情，就像铁匠的锻造工作一样，得把烧红的铁器在水里蘸那么几下。不管怎样，作家没有热情是不行的，尤其是在个人遭到不幸的时候，更需要对生活抱有热情。"② 路遥对作者态度的认识是辩证的：一方面，态度本身就是作品内容的构成部分，也是感染读者的力量之源；另一方面，它必须被艺术化，应该与思想和理智构成一种平衡关系，否则，就有可能丧失分寸感和深刻性。在《答中央广播电视大学问》中，路遥再次谈到了作家对生活的态度问题："对生活冷漠、漠不关心对作家来说是致命伤，一个作家他

① 路遥：《路遥文集》，第五卷，人民文学出版社，2005 年，第 305 页。

② 路遥：《路遥文集》，第五卷，人民文学出版社，2005 年，第 339 页。

可以外表是多么的冷静、冷峻，但他内心更有巨大的激情，就像一块火石，遇到什么，就能碰出火花来，不要把自己的心锁得很深，它应该是开放的、敏感的，别人不以为然的事情，你应该多想一想。”① 说到底，写作是靠对生活的热情和激情推动的，所以，作家要打开心扉，拥抱人们，拥抱生活。某些中国当代作家之所以写不出真正有价值的作品，他们的作品之所以不能吸引和感动读者，最根本的原因，是他们对人和生活的态度出了问题。

怀着美好的愿望和理想来改变生活，这是那些优秀作家共同的特点。优秀的作家内心充满强烈的社会责任意识，要用理想的生活图景来召唤读者，激励他们追求一种更高尚的生活。他们不会满足于仅仅写出自然和本能意义上的人，而是要写出人性的光辉，写出生活理想的样子。他们的生活哲学是严肃的和现实主义的，也是乐观的和理想主义的。正是这样的生活哲学，赋予了他们的作品以明朗、刚健和崇高的特征，充满了鼓舞人心的道德力量和照亮人心的精神光芒。路遥就是这样的充满责任意识和理想主义激情的优秀作家。他在《答陕西人民广播电台记者问》中，说过这样一段话：

一个人在生活中肯定应该有理想。理想就是明天。如果一个人没有明天，他的生活在我看来已经没有了意义。就是一个社会也应该有它的理想，那就是这个社会明天应该是一个什么社会。无论一个人，还是一个社会，他们所有的实践和努力都是为了向更美好的方向发展。所以我觉得，有理想，那么在奋斗的过程中才可能有目标。一个人糊里糊涂混一辈子，这样一种生活是没有意义的。……人在生活中应该有责任感，也应该有使命感。我们来到这个世界上不仅仅是为了吃点饭、穿几件衣服就准备离开。在人的生命过程中，应该尽可能地寻求一种比较充实的生活。这样他就会为他的某种理想，为他设计的某种

① 路遥：《路遥文集》，第五卷，人民文学出版社，2005 年，第 392 页。

生活目标竭尽全力。对一个青年来说，应该有一个觉悟期——人生的觉悟期。这个觉悟期越早越好。这就是说应该意识到我们要做什么样的人，准备怎样去生活。只有对这些问题有深度的理解以后，他就会确立自己的一个比较远大的生活目标，也就会调动自己的所有力量，为达到此目标而奋斗。①

这段话宣示着路遥的人生原则，也包含着他的文学纲领。进入“人生的觉悟期”之后，他就以成熟的态度面对生活，并为自己的文学事业确定了一个具有理想高度的目标。他此后所创作的几乎全部作品，都在表现这种积极的人生态度和高尚的人生理想。由于人生经历的坎坷和生活经验的丰富，由于内心始终充满了理想主义的激情，由于受到伟大的现实主义文学经验的深刻影响，路遥在很早的时候就进入了自己的“人生觉悟期”。在很多作家还在迷乱中摸索的时候，他就为自己的写作确定了正确的态度，找到了可靠的方向。现实作为源泉和根本，是他写作的推力，理想作为方向和目标，是他写作的引力。路遥根据自己的理解界定了“理想”：

我认为所谓理想首先包含一种崇高的性质。不仅包含着达到个人的某种目的，更重要的是意味着要做出某种牺牲和奉献，理想不能纯粹局限于个人琐碎的欲望中。不要把理想和琐碎欲望混为一谈，因为这是有本质区别的。一个真正有理想的人，他所从事的一切劳动、工作和努力不仅仅是满足个人的一些欲望，而是要为他身处的大环境，为整个社会做出贡献。这样，他才可能会感到更幸福一些。②

在路遥看来，理想主义显然包含着利他主义的高尚动机，而人们的幸福，

---

① 路遥：《路遥文集》，第五卷，人民文学出版社，2005年，第398页。
② 路遥：《路遥文集》，第五卷，人民文学出版社，2005年，第399页。

就决定于对待社会和他者的态度和行为。一个人真正的幸福，就来自于这种高尚的利他主义，而是否一个真正优秀的作家的标志，就是看他有没有达到能为社会“牺牲和奉献”的境界。路遥就是一个崇高的奉献者和牺牲者。他以自己的人生和写作，践行了自己的主张，实现了自己的理想。

像所有那些优秀的作家一样，路遥将文学看作改变生活的巨大力量，而不是把它看作一件好玩的事情；将它当作与大众的生活密切相关的事业，而不是把它仅仅看作自己一个人的事情。他说：“归根结底，我们需要一种积极的人生态度，而不是一种消极的人生态度和一种过分的自我主义。也就是说，我们不仅使自己生活得很好，也应该想办法去帮助别人”① 在路遥看来，作家的创作应该是积极性质的，本质上是一种超越自我的自觉行为；作家的写作虽然要从自我出发，但是，他最终必须摆脱自我，走向他人和生活，为此，就必须在自己内心培养自觉的利他主义精神。

文学上的利他主义意味着正确的方向感，意味着作家要将人性和生活向着美好的境界提升。所以，看到当代现实生活中出现的财富增加而道德水平下降的现象，看到人与人之间表现出来的冷漠现象，路遥便深感焦虑。在《这束淡淡的折光——关于〈在苦难的日子里〉》中，他忧心忡忡地说：“如果我们不能在全社会范围内克服这种不幸的现象，那么我们就很难完成一切具有崇高意义的使命。”② 在《早晨从中午开始》中，路遥则深刻地表达了自己对生活的责任意识和理想主义愿景：“是的，我们最终要彻底改变我国广大农村落后的生产方式和生活方式，改变落后的生活观念和陈旧习俗，填平城乡之间的沟壑。我们今天为之奋斗的正是这样一个伟大的目标。这也是全人类的目标。”③ 这种美好的生活愿景，既是路遥文学创作的内在动力，也是他通过文学追求的理想目标。

---

① 路遥：《路遥文集》，第五卷，人民文学出版社，2005 年，第 401 页。
② 路遥：《路遥文集》，第五卷，人民文学出版社，2005 年，第 334 页。
③ 路遥：《路遥文集》，第五卷，人民文学出版社，2005 年，第 303 页。

路遥将他的严肃的生活态度、成熟的生活原则和崇高的理想主义精神，灌注到自己的小说写作中。他的小说中的人物，无论是《黄叶在秋风中飘落》中的卢若琴，还是《在困难的日子里》中的马建强，无论是《人生》的巧珍和德顺老汉，还是《平凡的世界》中的孙少平、孙少安和田晓霞，都属于那种具有高尚的生活态度的人。在《平凡的世界》中的主要人物身上，理想主义的热情和光芒，显得特别绚丽夺目。孙少平对生活的态度和理解，显示着一个优秀的文学人物应该具有的道德精神。他克服了流行价值观的影响，身上没有丝毫的拜金主义的庸俗气味；他知道，财富是生活的必要条件，但绝不是充分条件。所以，他劝发了财的哥哥孙少安拿出自己的一部分钱来“无偿地奉献给社会”：

> 是啊，我们过去太穷了，我们需要钱，越多越好。可是我们又不能让钱把人拿住，否则我们仍然可能活得痛苦。我们既要活得富裕，又应该活得有意义。赚钱既是目的，也是充实我们生活的一种途径。如果这样看待金钱，就不会成为金钱的奴仆。归根结底，最值钱的是我们活得要有意义……①

孙少平的生活哲学，朴素而又深刻，具有很强的现实意义，体现着一个青年奋斗者最可宝贵的人生态度和价值理念。难能可贵的是，孙少平不只是说说而已，而是切切实实地按照自己的道德主张和人生理想来生活。他正像田晓霞所理解和评价的那样，“带着一种悲壮的激情，在一条最为艰难的人生道路上进行人生的搏斗”，同时，还得坚持“不放弃最主要的精神追求”，“竭力使自己对生活的认识达到更深的层次”②。正因为在如此沉重的人生重负之下，他依然保持着对生活的爱和责任，依然充满对未来的热情

① 路遥：《平凡的世界》，第三部，人民文学出版社，2004年，第378页。

② 路遥：《平凡的世界》，第二部，人民文学出版社，2004年，第173页。

和向往，依然不曾丧失人的尊严，他才成为中国当代小说作品中最令读者喜爱的人物形象之一。

接下来，我们看看路遥对人和生活的态度，看看他的生活哲学，与托尔斯泰的人生态度和生活哲学之间，有着什么样的内在关联，有着什么样的共同点和相似性，从而进一步认识托尔斯泰对路遥的影响。

路遥在《关于〈人生〉的对话》中说：“像托尔斯泰的作品，处处都会引起读者的深思。《安娜·卡列尼娜》开头的第一句话就引起人们的思索。优秀的作品，每一部分都反映了作家对生活认识的深度，应该这样去理解作品的主题思想。”① 显然，托尔斯泰对生活的态度，他在作品中思考和叙写生活的经验，引起了路遥的共鸣，也给了他深刻的启示和极大的影响。这种文学上的内在影响，虽然无法用数学方法进行一一对应的量化分析，但是，可以从整体上进行精神现象学意义上的相似性比较。很多时候，文学上的影响，类似于阳光和空气对一切生命的影响，其影响的力量和结果，最终体现在受影响者的精神生活中，体现在他的创作和作品中。

托尔斯泰的生活态度和生活哲学有两个基本点：一个是利他主义，一个是博爱主义。“人类之爱”是托尔斯泰最基本的伦理原则。他在写给妻子的信中说，生活中需要这样一些“新东西”，即“尊敬一切人，爱一切人，关心他人，尽可能克制自己以及个人的利己的快乐”；他对善的胜利充满信心，“人类之恶定将被人类消灭，人类的使命和生命的意义正在于此。人们将要为此工作，也正在为此工作，我们又有什么理由不为此工作呢？”② 他在《我不能沉默》中说，仅仅爱自己的家人是不够的。真正的爱，应该是“人类之爱”：“你们爱谁？谁爱你们？是你们的妻子吗？你们的孩子吗？但这并不是爱。妻子和孩子的爱不是人类之爱。动物也会这样爱，而且爱得

---

① 路遥：《路遥文集》，第五卷，人民文学出版社，2005 年，第 406 页。

② 托尔斯泰：《列夫·托尔斯泰文集》，第 16 卷，周圣、单继达等译，人民文学出版社，1992 年，第 208 页。

更强烈。人类之爱是人人相爱，是爱一切人，像爱神的儿子因而也爱弟兄一样。”① 他认为爱是一种巨大的力量，也是一股被人们忽略的力量。他在给谢苗诺夫的信中说：“爱是一股极大的力量，只是我们往往没有看到它的作用的力量而已。”② 只有在人们的内心唤醒这个力量，人类的生活才会得到改变。这样的伦理思想，虽然具有明显的绝对和抽象的性质，但也包含着足以激发人们的善念的热情和力量。到了晚年，托尔斯泰仍然坚信自己所发现的真理，即“要爱所有的人，全部生活的安排，都要从能够爱所有的人出发”③。路遥虽然没有像托尔斯泰那样，用理论的语言系统地表达过自己的伦理思想，表达过自己对爱的情感和精神的理解，但是，在《平凡的世界》里，他说过这样一句话：“如果我们是善良的，我们就会普遍同情所有人的不幸和苦难。”④ 在这句话里，包含着路遥的伦理思想和爱的哲学。对路遥来讲，同情就意味着爱。强调对所有人的普遍的同情，就意味着强调对所有人的普遍的爱。这显然是一种伟大的态度和情怀。就对人的爱的态度来看，路遥与托尔斯泰有着显而易见的一致性。他们的这种一致性，说明了这样一个真理：一切伟大的文学，都是深刻地理解了爱并赞美爱的文学。

生活是托尔斯泰所有作品的总的主题。他的全部作品都是关于生活的思考和叙事。他要建构一种理想的生活，一种以善和爱为基础的生活。他要找到那个传说中的“小绿棒”，上面写着可以让所有人获得幸福的秘密。他终其一生，都在探寻这个可以让全人类获得幸福生活的秘密。所以，对托尔斯泰来讲，文学从来就不是纯粹的个人主义现象，也不是纯粹的唯美主义现象。它意味着严肃的责任和沉重的使命。1857 年，托尔斯泰在写给

---

① 托尔斯泰：《列夫·托尔斯泰文集》，第 15 卷，冯增义、宋大图等译，人民文学出版社，1992 年，第 606 页。

② 《托尔斯泰文学书简》，章其译，湖南人民出版社，1984 年，第 933 页。

③ 托尔斯泰：《列夫·托尔斯泰文集》，第 17 卷，陈馥、郑揆译，人民文学出版社，1992 年，第 308 页。

④ 路遥：《平凡的世界》，第二部，人民文学出版社，2004 年，第 280 页。

鲍特金的信中说，屠格涅夫想说服他接受这样的观点，那就是，“文学家应当只做文学家”。他的回答是：“这不是我的本性。”他拒绝那种脱离甚至逃离生活的文学。所以，他对当时的俄国文学并不满意：“我国的文学，就是说诗歌作品，如果不是不合理，那也是不正常的现象（这一点我仿佛同您争论过），所以要在其中建设全部生活”①。在托尔斯泰看来，伟大的文学就是善的文学，就像他在1889年5月20日的日记中所说的那样：“善是真正的艺术的标志。”② 这种善的文学观和艺术理念，具有天然的理想主义色彩，就像托尔斯泰自己所界定的那样：“艺术是一种塑造应有的事物、塑造一切人都应该追求的、给人以最大幸福的东西的本领。”③ 这种善的理想主义的生活原则和生活态度，托尔斯泰终其一生都信奉不渝。他的文学写作的使命，就在于引导人们弃恶从善，培养人们对生活的善的态度和爱的能力，从而完成“建设全部生活”的使命。

托尔斯泰的小说，一方面以完美而客观的方式塑造人物，一方面又以热情而深刻的方式思考生活和讨论生活。他的小说里，总有一个生活的思考者。他们与作者的情感和思想高度契合，几乎可以被视为特殊形态的作者形象。完成于1863年1月的中篇小说《哥萨克》，是托尔斯泰探索人生的具有奠基性质的初始文本。此后的《战争与和平》、《安娜·卡列尼娜》和《复活》不过是这部小说的生活探讨内容的丰富和深化，而其中的安德烈、彼埃尔、列文和聂赫留多夫，不过是《哥萨克》中的奥列宁的变体和发展。奥列宁浪迹高加索，痛苦地探索着生活的目的，思考着幸福的真谛：

他开始追忆昔日的生活，他讨厌自己了。他觉得自己是个要求过

① 《托尔斯泰文学书简》，章其译，湖南人民出版社，1984年，第241页。

② 托尔斯泰：《列夫·托尔斯泰文集》，第17卷，陈馥、郑揆译，人民文学出版社，1992年，第145页。

③ 托尔斯泰：《列夫·托尔斯泰文集》，第17卷，陈馥、郑揆译，人民文学出版社，1992年，第179页。

> 多的自私自利的人，事实上他并不需要什么。……他心里豁然开朗了。“幸福，哦，对了，”他自言自语，“幸福就在于为别人而生活。这是明明白白的。人天生要求幸福，所以这是合理的。想通过自私自利的办法去满足这种要求，也就是说为自己追求财富、荣誉、享受或者爱情，客观条件倒可能不允许你去满足这些欲望。由此可见，不合理的是这些欲望，而不是要求幸福这件事本身。有哪些欲望可以不问外界条件而能得到满足的呢？有哪些？只有爱，只有自我牺牲！”他觉得这是新的真理，如今发现了，感到十分快乐兴奋。他跳起来，迫不及待地找寻着，他可以为谁牺牲自己，可以为谁做些好事，可以把谁作为爱的对象。①

从奥列宁的话语里，我们分明听到了孙少平的一部分心声。从托尔斯泰的作品里，我们读到了路遥作品所表达的一部分生活理念。路遥所赞美的利他主义精神和自我牺牲精神，他对拜金主义和自私自利行为的批判，与托尔斯泰作品中所表现的人生态度和人生哲学多么相似。虽然路遥主要通过描写人物在日常细碎生活中的生活态度和行为，来表现自己的充满现实感和理想主义热情的生活哲学，而托尔斯泰则主要是通过描写人物在心灵内部的思索和忏悔，来表现自己的充满宗教意味的生活哲学，但是，从生活的基本态度来看，他们的小说是属于一类的：都可归入利他主义的精神谱系，也都可以归入“生活探索叙事”的小说谱系。

1865 年，托尔斯泰在写给波波雷金的信中说，艺术的目的就在于使人们热爱生活：“如果有人对我说，我写出东西，现在的孩子过二十年之后还会读，并且在阅读的时候会哭泣、发笑和热爱生活，那么，我会为这部书贡献出自己毕生的精力。”② 他有自觉的人民意识和大众意识。在一次谈话

---

① 托尔斯泰：《托尔斯泰中短篇小说选》，草婴译，上海译文出版社，1986 年，第 308—309 页。

② 《托尔斯泰文学书简》，章其译，湖南人民出版社，1984 年，第 718 页。

中，他再次强调了艺术对于生活的任务：“艺术的主要任务应当是把真理之光带到生活中，照亮生活的黑暗，指出生活真正的意义。”[①] 在托尔斯泰看来，增进人们之间的感情，也是艺术的任务：“艺术的任务就在于使人们互相亲近。”[②] 1906 年 6 月，他在与日本作家德富芦花的谈话中，也提到了艺术在培养人们感情方面的责任：“真正的艺术应该唤醒人们的美好的感情……”[③] 1908 年 9 月 2 日，他写信给安德烈耶夫，批评“当今的作家”总是“想用奇特的、标新立异的作品来使读者大吃一惊”，但也赞扬了安德烈耶夫的作品的“目的是善良的”：“希望有助于人们谋得幸福。”[④] 托尔斯泰的这些文学主张，全都与人的感情和生活的意义密切相关，既表达着一个作家的美好愿望，也是他对文学真理的深刻认识，是任何一个具有起码的责任意识的作家都会认同和接受的。

路遥不仅在关于文学创作的文字里，表达过与托尔斯泰的这些文学思想和伦理思想几乎相同的主张，而且，在他的进入自觉期以后的几乎所有作品里，也都在实践着这样的思想和主张。美国作家索尔·贝娄很喜欢托尔斯泰。他对罗马尼亚作家诺曼·马内阿说：“我之所以欣赏他，是因为他如此健康，但在那样一个时代保持健康可真够呛！”[⑤] 在他看来，即便充满荒诞感和绝望情绪的中篇小说《伊凡·伊里奇之死》，也是健康的，因为，“它的本意是号召人们在过自己的生活时要严肃认真，而不要没头没脑，不要沉迷于运动、纸牌游戏或其他布尔乔亚的文娱活动。”[⑥] 事实上，像托尔斯泰一样，路遥也是一个健康的作家。在同样“真够呛”的道德氛围和文学环境里，他始终保持着伦理精神和美学趣味上的健康状态。他的作品是

① 《同时代人回忆托尔斯泰》，上册，冯连驸等译，上海译文出版社，1984 年，第 366 页。
② 《同时代人回忆托尔斯泰》，下册，周敏显等译，上海译文出版社，1984 年，第 380 页。
③ 《同时代人回忆托尔斯泰》，下册，周敏显等译，上海译文出版社，1984 年，第 503 页。
④ 《托尔斯泰文学书简》，章其译，湖南人民出版社，1984 年，第 998—999 页。
⑤ 诺曼·马内阿：《索尔·贝娄访谈录》，邵文实译，中信出版社，2015 年，第 88 页。
⑥ 诺曼·马内阿：《索尔·贝娄访谈录》，邵文实译，中信出版社，2015 年，第 89 页。

发着光和热的。他的几乎每一行文字都表达着对人们和生活的美好情感，都在激发人们热爱生活，都在鼓励人们勇敢而正直地生活，都在提醒人们善待别人，都在帮助人们在既为自己也为别人谋求幸福。就此而言，我们完全可以说，路遥是托尔斯泰文学精神的继承者。

三、对人物的态度：同情、肯定性与复杂性

人物是小说内部世界真正的主人。一部小说的感染力和说服力，固然决定于作者对自己和人生的态度，决定于作者对自我形象的塑造是否诚实和深刻，但是，这还不够。一部小说作品是否成功，最终决定于作者对人物的态度，决定于他是否能塑造出有个性、有生命的人物形象。

那么，托尔斯泰在对待人物的态度上，有些什么样的宝贵经验呢？这些经验又如何影响了路遥对人物的态度和塑造人物的方法？

托尔斯泰塑造人物的态度和方法，体现在两个主要原则上：一个是肯定性的原则，一个是复杂性的原则。

所谓肯定性原则和方法，就是同情和理解人物的原则和方法，即尊重人物的人格，进入他们的内心世界，通过设身处地的移情体验，来写出人物真实的心理和性格，竭力写出人物内心的善良而美好的一面，而不是以冷漠的态度和无情的讽刺，来丑化人物，把他们写成一群怪物。

塑造人物的肯定性原则，实质上是一种用爱和同情的态度对待人物的原则，是发现人物身上的美质和闪光点，进而创造可爱人物和优秀人物的积极的原则。对托尔斯泰来讲，文学的生命和力量最终来自于善和爱。没有善的态度和爱的情感，就不可能有真正意义上的写作和文学。他甚至希望文学能像音乐那样显得温暖："要是文学作品中能遵循音乐表现的手法就好了。没有讽刺、没有恶感，只有好心肠与忧伤。"① 他对狄更斯评价很高，

---

① 《同时代人回忆托尔斯泰》，下册，周敏显等译，上海译文出版社，1984 年，第 191 页。

特别赞同“贯穿在狄更斯作品中的那种精神上的积极因素”①。同时，他尖锐地批评那种态度超然、追求纯粹客观性的文学，认为“纯客观的漠不关心的态度也是很可恶的”②。至于对人物的凶狠态度，更是一种病态的情感和消极的倾向。1856年7月2日，他在写给涅克拉索夫的信中说：“只有在正常状态中才能做出好事，才能把事物看清楚。所以我很喜欢您最近的诗作，它们充满忧郁，也就是爱，而不是凶恶，即仇恨。明智的人身上是永远不会有凶恶的，您身上则比其他人身上更少些。……而我们这里非常喜欢凶恶。”③ 年轻的时候，托尔斯泰就形成了这样的观点，即不应该过度渲染普通人身上的缺点和劣根性。在写于二十五岁那年的日记里，他说过这样一段话：“普通人生活中充满劳动和困苦，因此比我们这样的人高尚得多，我们再到他们身上去寻找恶劣的东西来加以描写就不大好了。他们身上有恶劣的东西，但是谈到他们的时候，最好（像谈到死者那样）只说好话。”④ 1891年1月13日，托尔斯泰写信给查索吉姆斯基，批评他的小说虽然写得很美，但是，也有一个缺点，即过分地强调了人物的“坏处”⑤。他反对那种对小人物的无节制的讽刺，因为，这样的讽刺缺乏对人物的同情和尊重。在他看来，屠格涅夫的小说，就缺乏对人物的积极态度和正常情感。1860年2月23日，托尔斯泰在写给费特的信中，批评屠格涅夫的《前夜》和《贵族之家》用了太多的“反面手法”：“对人物缺乏人道主义同情，而对那些丑陋的人物，作者只是谩骂，没有怜悯。”⑥ 1886年2月，他在给季先科的信中，尖锐地批评了他的短篇小说《罪人》，认为其中的片面

---

① 《同时代人回忆托尔斯泰》，上册，冯连驸等译，上海译文出版社，1984年，第558页。

② 《同时代人回忆托尔斯泰》，下册，周敏显等译，上海译文出版社，1984年，第124页

③ 托尔斯泰：《列夫·托尔斯泰文集》，第16卷，周圣、单继达等译，人民文学出版社，1992年，第30页。

④ 托尔斯泰：《列夫·托尔斯泰文集》，第17卷，陈馥、郑揆译，人民文学出版社，1992年，第48页。

⑤ 《托尔斯泰文学书简》，章其译，湖南人民出版社，1984年，第985页。

⑥ 《托尔斯泰文学书简》，章其译，湖南人民出版社，1984年，第357页。

化描写，会让读者“只能够看出罪恶并非罪恶，或者感到绝望”，并指出他之所以这样写，是因为受了“否定生活的老爷文学和拜伦派文学的影响”①。1908 年 2 月 11 日，在写给多克希茨基的信中，托尔斯泰近乎谴责地批评了阿尔志跋绥夫和他的小说《萨宁》：由于阿尔志跋绥夫“危害到许多人”，所以，他“无论如何也抑制不住对他的仇恨”；阿尔志跋绥夫的根本问题，就在于他的情感、态度和思想出了问题：“他不描写任何一种真实的人的感情，而只描写最卑下的动物的动机。他也没有任何自己的新思想，只有屠格涅夫称之为‘相反的老生常谈’的东西。”② 显然，在托尔斯泰看来，塑造人物的肯定性原则，具有关乎写作成败的意义。它体现着一种文化教养，意味着对人的爱和尊重。只有按照肯定原则来塑造人物，才能在读者内心引起积极的反应，才能最终实现所有那些善的目的，即帮助人们认识到生活的意义，使人们看见那些真正美好的人和德性，从而产生强烈的认同感和向善的冲动。

因为用肯定性的态度和原则塑造人物，所以，在托尔斯泰的小说里，总有很多令读者喜爱的人物。托尔斯泰也会写出人物的缺点——娜塔莎在恋爱时的轻信和冲动，安娜·卡列尼娜的过于强烈的自我意识和多疑心理，彼埃尔的迟钝和随顺，以及安德烈的敏感和固执。但是，他着力刻画的却是他们身上美好的、闪光的东西。娜塔莎的纯洁和可爱，安娜·卡列尼娜的高贵气质和对自己内心的忠诚，列文的高尚和善良，彼埃尔的单纯和宽忍，安德烈侯爵的勇敢和执着，聂赫留多夫的忏悔意识和自我救赎，都给读者留下了深刻而美好的印象。托尔斯泰写出了人物精神的发展和人格的成熟，甚至写出了他们优秀的品质和伟大的精神。例如，彼埃尔到最后就成了一个让人尊敬和喜爱的人：他变得“更聪明，更有眼光”，更重要的，

① 托尔斯泰：《列夫·托尔斯泰文集》，第 16 卷，周圣、单继达等译，人民文学出版社，1992 年，第 203 页。

② 托尔斯泰：《列夫·托尔斯泰文集》，第 16 卷，周圣、单继达等译，人民文学出版社，1992 年，第 333 页。

更懂得爱了："他不像过去那样要在人们身上找到个人优点才爱他们，现在他的内心充满爱，他无缘无故地爱人们，并且总能找到值得爱的理由。"①以积极的"无缘无故"的态度爱自己笔下的人物，塑造小说中的人物，这就是托尔斯泰在文学上之所以伟大的一个重要原因。

所谓复杂性原则，就是不以简单的善恶标准来衡量人，而是写出人物复杂的人性图谱和心理活动。这个原则既体现着伦理上的求善态度，也体现着现实主义的求真态度。复杂性原则意味着要充分尊重和理解人物精神的矛盾性和变化性。任何一个人都是一个矛盾体，而不是一个单纯而静止的人格和心理状况。托尔斯泰在《论生命》中指出，在人的身上存在两种冲突的意识："动物人"意识与"理性意识"。前者是低级的，甚至是恶的，而后者则是高级的和善的，是真正属于人的意识。所谓生命就是动物人服从理性和爱的原则，并"确立对世界的新态度"②。在托尔斯泰看来，一个人物的"生命中可能包含恶，但生命本身不可能是恶"③。在人的内心发生的善与恶、本能与理性的冲突中，最后都是善和道德理性占了上风。相信善在复杂人性中的绝对主导作用，这是托尔斯泰特别伟大的地方。托尔斯泰的几乎所有作品，都表现了善对恶、爱对恨、道德理性对本能冲动的胜利。

因为用以善为主导的复杂性态度和原则塑造人物，托尔斯泰很少在作品中塑造绝对的恶人。即便在那些被他尖锐批评的人物身上，他也会写出他们内心那些人性尚未泯灭的善念。《魔鬼》中的叶夫根尼·伊尔捷涅夫强烈地感受到了道德焦虑和良心的痛苦，最终选择了自杀，显示了善对恶的含着悲剧意味的胜利。《复活》中的聂赫留多夫会良心发现，会努力完成良心上的自我救赎。《黑暗的势力》中的尼基塔最后也会觉悟，知道自己的罪

① 列夫·托尔斯泰：《战争与和平》(四)，草婴译，上海文艺出版社，2007年，第1145页。

② 托尔斯泰：《列夫·托尔斯泰文集》，第15卷，冯增义、宋大图等译，人民文学出版社，1992年，第303页。

③ 托尔斯泰：《列夫·托尔斯泰文集》，第17卷，陈馥、郑揆译，人民文学出版社，1992年，第260页。

孽，请求父亲的饶恕①。就连《战争与和平》中的傲慢而冷酷的拿破仑，也会被战场上的可怕景象压倒："人类感情刹那间胜过了他长期追求的生活幻象。他亲身体验到他在战场上看到的苦难和死亡。他头脑沉重，精神压抑，想到他也可能遭到这样的痛苦和死亡。在这一刹那，他既不要莫斯科，也不再要胜利和荣誉。他还需要什么荣誉呢？他现在唯一的希望就是休息、安静和自由。"② 这样的描写，不仅具有强大的艺术说服力，而且，还体现出一种公正的写作态度和成熟的现实主义文学精神。

在人物塑造上，托尔斯泰对路遥的影响非常大。路遥对小说写作要"从人物之间关系出发"的认识，就来自于托尔斯泰长篇小说构思"草图"的启示："托尔斯泰的每个草图，开始往往都比较简单：一两个人物，关系也比较单纯，后来经过不断交织，使作品中的人物都有机会有条件'见面'并形成冲突。《安娜·卡列尼娜》上百个人物，《战争与和平》人物更多，但这里所有人物都能形成关系，这种关系就是作家描写的空间，实际上作家的主要功力也就在于此。"③ 路遥自己就用这种"草图"的方法来组织人物关系。当然，在人物塑造上，或者说，在对待人物的态度上，路遥与托尔斯泰的共同点，鲜明而集中地体现在肯定性和复杂性这两个主要的原则上。

像托尔斯泰一样，路遥对人物抱着同情、理解甚至爱的态度，所以，他始终用肯定性的原则和方法来塑造人物。托尔斯泰不允许自己以一种高高在上的姿态来写作，尤其反对那种试图"教训人民"④ 的傲慢态度。路遥也用一种低姿态的诚恳态度来塑造人物，同样不允许自己态度傲慢，在人

---

① 托尔斯泰：《列夫·托尔斯泰文集》，第 13 卷，芳信、白嗣宏译，人民文学出版社，1992 年，第 140 页。

② 列夫·托尔斯泰：《战争与和平》（三），草婴译，上海文艺出版社，2007 年，第 842—843 页。

③ 路遥：《路遥全集·早晨从中午开始》，北京十月文艺出版社，2013 年，第 159—160 页。

④ 《同时代人回忆托尔斯泰》，下册，周敏显等译，上海译文出版社，1984 年，第 187 页。

物面前指手画脚，更不允许自己以一种简单化的态度来批判和讽刺他们，而是要怀着充分的敬意来塑造他们。

在《生活的大树万古长青》一文中，路遥表达了自己作为普通劳动者对劳动大众的理解和态度："生活在大地上这亿万平凡而伟大的人们，创造了我们的历史，在很大的程度上也决定着我们的现实生活和未来走向。那种在他们身上专意寻找垢痂的眼光是一种浅薄的眼光。无论政治家还是艺术家，只有不丧失普通劳动者的感觉，才有可能把握住社会生活历史过程的主流，才能使我们所从事的工作具有真正的价值。在我的作品中，可能有批判，有暴露，有痛惜，但绝对不能没有致敬。我们只能在无数胼手胝足创造伟大生活伟大历史的劳动人民身上而不是在某几个新的和古老的哲学家那里领悟人生的大境界，艺术的大境界。"① 这种态度影响下的写作，就是体现肯定性原则的写作。路遥在塑造孙少平的时候，一方面，真实地写出了生活的严峻和苦难，细致地叙述了他奋斗的坎坷和艰辛，但是，另一方面，也写出了这个人物身上的人性光辉和人格力量，写出了他的坚韧而乐观的生活态度。在自己的恋人田晓霞牺牲之后，孙少平深刻地领悟到了生命的意义和人生的真谛：

> 生活总是美好的，生命在其间又是如此短促；既然活着，就应该好好地活。思念早逝的亲人，应该更珍惜自己生命的每个时刻。精神上的消沉无异于自杀。像往日一样，正常地投入生活吧！即便是痛苦，也应该看做是人的正常情感；甚至它是组成我们人生幸福的一个不可欠缺的部分呢！②

通过这样的肯定性描写和叙述，孙少平被塑造成了像托尔斯泰小说中的安

① 路遥：《路遥文集》，第五卷，人民文学出版社，2005 年，第 337 页。
② 路遥：《平凡的世界》，第三部，人民文学出版社，2004 年，第 277 页。

德烈、彼埃尔、娜塔莎、列文和聂赫留多夫一样的人物形象。他完成了自己精神上的成长，成了一个让读者喜欢的“肯定性形象”，甚至使读者对他产生了朋友和亲人一般的感觉。

像托尔斯泰一样，路遥也注意到了人物性格和心里的复杂性问题，并用复杂的态度和原则来塑造人物。他在《早晨从中午开始》中说：“我们会发现十恶不赦的坏蛋不是很多，但‘完人’几乎没有。这就是实际生活中的人。他们不可能超越历史、社会现实和个人的种种局限。”① 他又在《东拉西扯谈创作（二）》中，这样说道：“要在作品中很好完成写人的任务，有一个重要的前提就是怎么看待实际生活中的人。过去的作品对人物处理比较简单：好人、坏人，最多增加一个层次，来个中间人物。我觉得人类生活不这么简单。人是复杂的，在实际生活中没有那么多完美的人，甚至可以说每个人都有他的局限性。这个认识对文学创作来说是很重要的。……作家看待人的层次绝不能简单化，在这个世界上如果人不复杂还有什么复杂呢!”② 即便生活方式和情感方式都比较简单的农民阶层，也都是复杂的，然而，我们的文学对人物的表现，“在很大程度上还处于一种简单状态”③。他通过大量的阅读，“检阅了一九四九年以后中国文学的基本面貌、主要成就及其代表性作品”，也找到了问题的症结所在。他在《早晨从中午开始》中说：

> 我印象最强烈的是，这些作品中的人很少例外地被分成好坏两种。而将这种印象交叉地和我同时阅读的中外名著做一比较，我便对我国当代文学这一现象感到非常的不满足，当然也就对自己当时的那些儿童涂鸦式的作品不满足了。……因此，我想对整个这一文学现象作一

---

① 路遥：《路遥文集》，第五卷，人民文学出版社，2005 年，第 305 页。
② 路遥：《路遥全集·早晨从中午开始》，北京十月文艺出版社，2013 年，第 158 页。
③ 路遥：《路遥全集·早晨从中午开始》，北京十月文艺出版社，2013 年，第 161 页。

> 次挑战性尝试，于是便有了写《人生》这一作品的动机。我要给文学界、批评界，给习惯于看好人与坏人或大团圆故事的读者提供一个新的形象，一个急忙分不清是“好人坏人”的人。①

显然，路遥的“挑战性尝试”，并不是一个单纯的技巧问题，而是一个伦理问题，即对人的态度和原则问题。他要用一种复杂的眼光来观察人物，要用一种爱的态度来对待人物，要用一种同情的态度来理解和塑造人物。

按照复杂性原则，作者就不应该把人塑造成毫无杂质的好人，或者一无是处的坏人，而是把他们塑造成人本来的样子，塑造成一个多面性和复杂性和谐统一的人。这样一来，即便是对那些有着明显的性格缺陷和道德缺点的人物，例如高加林、田福堂、孙玉亭和王满银，路遥都抱着理解和同情的态度，甚至不忘记展示他们身上可爱和亲切的一面，决不对他们进行简单化的嘲笑和否定。在《〈人生〉法文版序》中，他一方面告诉法国读者，高加林的悲剧“有着明显的社会和时代特征”，另一方面，又联系自己的人生经历，感同身受地表达了自己对人物的博大而温柔的同情态度：“我自己就是从一条坎坷的生活道路上走过来的。因此我完全理解那些遭受痛苦与挫折而仍然顽强地追求生活的青年。我永远怀着巨大的同情心关注他们的命运；即使我为他们的某种过失而痛心的时候，也常常抱有一种兄长的宽容态度。”② 路遥所说的“兄长的宽容态度”，既是符合人性原则的态度，也是符合小说叙事伦理的态度。这是很多伟大的小说家对待人物的态度。

总之，在对人物的态度上，在塑造人物的两个重要原则上，我们看见了路遥与托尔斯泰的相似性，也看到了托尔斯泰对路遥的巨大影响。正是由于接受了这种影响，路遥才在对生活和人物的态度上表现出高度自觉的意识，才在人物塑造上表现出极为成熟的能力，才在小说写作上达到了很

---

① 路遥：《路遥文集》，第五卷，人民文学出版社，2005 年，第 259—260 页。

② 路遥：《路遥文集》，第五卷，人民文学出版社，2005 年，第 358 页。

高的境界。

当然，无论就精神的开阔性和思想的深刻性来看，还是就叙事内容的丰富性和艺术表达的完美度来看，四十二岁便去世的路遥，并没有达到托尔斯泰的高度和境界。他的生命终止于他的文学事业即将获得更高提升和更大成就的时刻。尽管如此，他也是一个堪称伟大的作家，是一个无论在伦理精神上，还是在文学成就上，都达到很高境界和很高水平的作家。

四、结语

作家的态度是小说写作中的一个至关重要的问题。对自我的态度，对人和生活的态度，对自己笔下的人物的态度，显示着一个作家精神境界的高下，也决定着他的创作的成败。

优秀的作家对自己有着很高的道德要求和文学要求，所以，常常冷静地审视自己，甚至尖锐地否定自己。他们热爱人和生活，也同情和理解自己笔下的人物。他们用肯定性原则和复杂性原则来塑造人物，显示出一种真实的美学效果和积极的伦理效果。托尔斯泰和路遥都是这样的优秀作家。

在一个道德价值观和文学价值观混乱的语境里，当许多当代作家依然停留在不成熟的写作状态的时候，托尔斯泰和路遥的生活态度和文学经验，就显得特别重要，就特别值得我们珍惜。以托尔斯泰和路遥的经验为镜像，可以更加清晰地看见某些中国当代作家在小说写作上存在的问题，也有助于我们分析这些问题的成因，寻求解决问题的办法。

首先，是作者与作品的关系问题，或者说，是作者对待自我的态度和塑造自我形象的原则问题。这是一个古老而又新鲜的命题。承认作者与作品内在一致性的人们，强调人与文的关系，因而，就要求作家意识到自己所承担的责任，提高自己的人格修养和伦理自觉，从而写出人与文之间和谐统一的作品。然而，现代主义文学兴起以来，一种分离主义的文学主张渐渐占了上风。在它看来，作品一旦完成，就脱离了作者的控制，与他就无甚关联了，因此，我们既不必根据作者的意图阐释作品，也不必在其中寻找作者的存在。作品诞生后，作者死掉了，读者为王矣。这种取消主义的阐释学理论，不仅助长了读者在阅读上的无政府主义倾向，也助长了作者在写作上的放纵意识和狂欢倾向。在那些将小说写作游戏化的作家那里，在那些“零度写作”模式的作品里，嬉皮士式的任性和胡闹，内容上的苍白和无意义感，可谓所在多有，屡见不鲜。

托尔斯泰和路遥都属于那种承认并强调作品与作者内在一致性的作家。他们诚实而坦率地在作品中显示自己的存在，把自己的情感、思想和人格整个地投入到自己的作品中。读者在他们的作品中，不仅看见了人物和故事，也看见了作者自己的存在，了解了他的性格和心灵，真切地感受到了他对人和生活的态度。托尔斯泰在自己的小说中，塑造了一个伟大的作家形象。他懂得战争与和平的关系，懂得和平的意义——“和平是人类社会最高的物质幸福”①，懂得爱情的秘密，懂得幸福的真谛，懂得几乎一切生命——包括一棵树、一匹马——内心的愿望和理想、恐惧和哀愁、欢乐和希望。

路遥则在自己的小说中，塑造了一个优秀作家的形象。他虽然体验过很多的人生挫折和精神痛苦，但却以英雄般的韧性和毅力超越了苦难。他不仅战胜了命运，也战胜了自己的成功。他了解底层大众的生活，理解农村青年内心的梦想和痛苦，并与他们息息相通，痛痒相关，像对待亲人一样善待他们。他在沉重的“人生”和“在困难的日子里”，看见了生活的严峻的面孔，也看见了那些像大地一样宽厚的爱，像阳光一样温暖的真情；他在“平凡的世界”里，叙述着底层青年奋斗的艰辛，描写了被生活的巨石碾磨出来的血痕，但是，他也以充满爱意和诗意的文字，赞美了爱情、亲情和友情，赞美了大地、阳光、河流，赞美了生活的美好。他所塑造出来的自我形象，是一个让读者热爱和信赖的优秀作家形象。

---

① 托尔斯泰：《列夫·托尔斯泰文集》，第 17 卷，陈馥、郑揆译，人民文学出版社，1992 年，第 297 页。

然而，很多时候，我们时代的那些经验并不成熟的著名作家，却忽略了自己在作品中的存在，认识不到在作品中塑造自我形象的意义。他们所描写的生活与他们自己的人生经验是隔绝和脱节的。他们既不在作品中真实而深刻地呈现自己，也很少用严肃的态度来对待写作。他们作品中的自我形象是苍白的、虚假的，甚至是丑陋和缺乏教养的。那些只将小说当作“安妥自己灵魂”的手段的作家，陶醉在自己虚构出来的颓废而混乱的叙事世界里，常常通过歪曲性地塑造人物，通过对情节的任性编造，通过表现低级的趣味，通过粗鄙而泛滥的性描写，来凸显自己的存在，来获得惊听回视的效果，来达到释放自己的压抑情绪的目的。他们的写作，既唐突了生活和文学，也侮辱了人物和自己。我们在《废都》、《怀念狼》和《猎人》等小说里，就可以看见这样的文学病相。

其次，是对生活的态度问题。托尔斯泰和路遥把文学看作叙述和探索生活的艺术。他们严肃地探讨生活的意义和目的。对他们来讲，文学是人生观的形象化展示，而成熟的人生观则是文学的价值基础。一个优秀的作家，必须有积极的人生态度。文学的意义和力量，很大程度上，就来自于它所表现的人生观和人生态度。假如没有这样的人生观和人生态度，任何作家都不可能深刻地理解生活，也不可能完美地表现生活。路遥之所以在精神境界和影响力上高出许多当代作家，就在于他对生活的态度是积极和热情的，就在于他的人生观是高尚而伟大的。

然而，我们时代的那些意识和经验都不成熟的“著名作家”，则缺乏这样的积极的生活态度和成熟的人生观。他们只看见生活中的丑恶、污秽和荒诞，却看不见生活中那些纯洁、健康和美好的东西。一位著名作家说：“不是我太荒诞了，而是我们的生活特别荒诞。可能每个作家观察生活的眼光是不一样的，鲁迅看到家乡的都是痛和恨，沈从文看到的都是湘西无限的美，我恰恰觉得，生活中的美几乎少到不在，而荒诞的东西无处不在，它不是走进你眼睛里来，而是一下子、一下子打进你的眼睛里来，打进你的心灵里去。”[①] 事情并不像他说的那样简单。优秀的作家绝不会只看见生活的一个面向。鲁迅也看到了故乡的美和诗意，沈从文也看见了湘西的野蛮和丑陋。他又在一次演讲中说：“就小说而言，总括起来，一定逃离不开这样一句话：要伟大和崇高，必然用世俗和庸常。”[②] 他对复杂而多样的生活，进行了简化的理解和片面化的概括，赋予它一种抽象而单一的性质。他不知道，生活从来就是多样和多面的，其中不只有荒诞，不只有丑恶，不只有痛苦，也有美丽和诗意，有爱和幸福，有庄严和神圣。他似乎也没有领悟并解释清楚这样一个道理：“伟大和崇高”与“世俗和庸常”的关系，并不是一种静态的同一关系，而是一种动态的对立关系；只有具有强大的超越能力的作家，才能最终超越“庸俗”，写出真正崇高和伟大的作品，否则，就只能做出一锅杂七杂八、稀里糊涂的乱炖。只看取生活的一个侧面，并以这一侧面为生活的全部，或者，将两个完全不同的方面混为一谈，都是站不住脚的，也是非常有害的——既对文学有害，也对读者有害。如果只看见人性和生活的背面，而忽略了它们的正面，那么，这样的文学，在认知上是错谬的，在精神上是残缺的，最终很难成为有说服力和生命力的文学。像《檀香刑》、《酒国》、《蛙》和《狼图腾》这样的小说，就过多地渲染了人性的恶，甚至将恶的原则奉为生活的“图腾”，就属于在对人和生活的态度和理解上存在严重问题的作品。

再次，是对人物的态度问题。这是考察一个作家是否成熟的重要标准，也是影响他创作成败的重要因素。托尔斯泰和路遥同情自己笔下的每一个人物，尊重自己笔下的每一个人物，理解自己笔下的每一个人物，总是努力写出他们身上的美质和闪光点。他们塑造人物的成功经验，完美地体现在“肯定性原则”和“复杂性原则”上。就像托尔斯泰和路遥的经验所昭示的那样：作家不应该将自己笔下的人物看作“物”，而应该将他们看作

① 阎连科：《我的现实，我的主义》，中国人民大学出版社，2011 年，第 23 页。
② 阎连科：《一派胡言：阎连科海外演讲集》，中信出版社，2012 年，第 27 页。

“人”；小说家要尊重和理解出现在小说中的男男女女，要同情甚至爱着那些幸福或不幸的人，而不能对他们进行恣睢而任性的话语施暴；在塑造人物的时候，作家并不是绝对的主宰者，想怎么写就怎么写，而要充分尊重人物，在彼此之间确立一种平等的关系，一种人与人之间的自然而正常关系。

然而，我们时代的某些著名作家，却不懂得尊重人物，而是把他们看作可以随意摆布的物件。他们对人物的态度是冷漠的。一个冷漠的人无法正确地理解生活，也无法深入地理解他人。在写作的时候，他们倾向于选择一种置身事外的姿态，倾向于把自己当作一个超然的主宰。一位著名作家曾在一次演讲中说，他是自己所创造的“文学共和国”的“国王”，每当他拿起笔，他就“饱尝了大权在握的幸福”：“在这片面国土上，我可以移山填海，呼风唤雨，我让谁死谁就死，让谁活谁就活”①。这不是对待人物的正常态度。它反映着作家的严重的自我中心主义倾向。一个极端主观和任性的作家有可能成为“著名作家”，但却很难成为一个真正优秀的作家。比较起来，托尔斯泰和路遥面对生活和人物的态度，无疑是一种更加人性化的健康态度。

总之，文学是对生活的态度性反应。只有抱着积极的文学态度，才能写出有价值的文学作品。我们要想成为一个优秀的作家，要想写出无愧于生活和读者的作品，那么，我们就应该像托尔斯泰和路遥那样严格地对待自己，认真而庄严地对待生活，并以爱和同情的态度对待人物。我们应该给读者塑造一个值得尊敬的作者形象，展示一幅充满现实主义内容和理想主义激情的生活图景，贡献出一群真实、鲜活而充满魅力的人物形象。

2020年2月19日，平西府

① 莫言：《用耳朵阅读》，云南人民出版社，2012年，第31页。

路遥的哈姆雷特与莎士比亚

LUYAO DE
HAMULEITE YU SHASHIBIYA

〔下卷〕

李建军 著

广东高等教育出版社
Guangdong Higher Education Press
·广州·

图书在版编目（CIP）数据

路遥的哈姆雷特与莎士比亚/李建军著. —广州：广东高等教育出版社，2022. 11

ISBN 978 - 7 - 5361 - 7306 - 4

Ⅰ. ①路… Ⅱ. ①李… Ⅲ. ①路遥（1949—1992）- 小说研究 Ⅳ. ①I207. 42

中国版本图书馆 CIP 数据核字（2022）第 160640 号

路遥的哈姆雷特与莎士比亚（上卷、下卷）

李建军 著

出版发行	广东高等教育出版社
	地址：广州市天河区林和西横路
	邮政编码：510500 电话：（020）87554153 87551163
	http://www. gdgjs. com. cn
印 刷	广东信源文化科技有限公司
开 本	787 毫米 ×1 092 毫米 1/16
印 张	61. 25
字 数	860 千
版 次	2022 年 11 月第 1 版
印 次	2022 年 11 月第 1 次印刷
定 价	139. 00 元
	（印张、字数、定价均为上下卷合计）

第五章

比较视野与文学谱系（下）

无论什么人，只要他不是神仙，不是超人，就必须真实地生活在具体的时空里。这就决定了任何一位作家，都必然是时代性的人；也决定了一切形式的写作，都是必然是时代性的写作。即便那些试图超越时代规约的写作，也是复杂意义上的时代性写作。时代情绪影响着个人情感，个人情感折射着时代情绪。文学是个人情感的表现，也是时代情绪的表现。

像人一样，不同的时代有着不同的个性和气质、精神和思想。所谓时代气质和时代精神，就是就是因为经济、政治和文化等复杂因素的影响而形成的特殊形态和基本风貌。从基本模式来看，有发展时代和停滞时代之分；从精神状态来看，有开放时代和封闭时代之分；从认知范式来看，有客观时代与主观时代之分；从情绪类型来看，有乐观时代与悲观时代之分。发展时代的文学，精神是昂扬的；开放时代的文学，胸襟是开阔的；客观时代的文学，态度是求真的；乐观时代的文学，心理是健康的。一个停滞而封闭的时代，通常是主观而又悲观的，是沉闷而又僵硬的，是任性而又恣纵的。

在很长的时间里，路遥都生活在时代性绝对地影响着个性的时代，或者说，生活在时代意识绝对地影响着个人意识的时代。这个时代的文学意识是在苏维埃俄罗斯文学的影响下形成的。这样，在学习写作的最初阶段，路遥的文学观念和写作能力，也主要是在自己时代的两种文学的影响下形成的，也就是说，是由苏俄文学和柳青等中国当代作家的文学经验培养起来的。

在苏联时期的文化宣传里，文学写作像其他形式的劳动一样，被视为一件寻常的事情。“人人都能写作”，是一种极为流行的观念。不仅如此，在某些权威性的话语里，用新观念武装起来的新作者，将比莎士比亚更有才能，也将比普希金更加高明。一无所有的无产阶级作者完全可以创造出前无古人的文学奇迹。于是，许多人患上了“书写狂”（graphomania）强迫症："受此鼓动，书写狂开始泛滥，一直到苏联政权结束方才停歇。"① 苏俄文学就是通过强大的社会动员，按照特殊性质的"社会订货"方式，大批量地生产出来的文学。这是特殊性大于普遍性的文学，是工具性大于超越性的文学，是程式性大于创造性的文学。然而，即便在这极为特殊的文学环境里，依然产生了许多杰出的诗人和优秀的作家。他们继承 19 世纪俄罗斯文学的伟大传统，把爱、信仰和真理当作伟大的原则。他们用充满诗意和道德力量的文字，真实而深刻地叙写了人们在特殊境遇里的心路历程，从而成为俄罗斯甚至全人类宝贵的文学财富。

路遥向慕 19 世纪的现实主义文学。在他的身上，19 世纪文学的精神气质，灼然可见。但是，他也热爱优秀的苏俄文学，体现出"转益多师"的自觉意识。如果说，路遥对人和生活的人道主义态度，主要是在托尔斯泰等伟大的 19 世纪俄罗斯作家的影响下形成的，那么，他的浪漫主义激情和理想主义精神，则主要是在优秀的苏俄文学的影响下形成的。

柳青是中国十七年期间（1949—1966）长篇小说创作成就最高的作家，也是对路遥影响最大的中国当代作家。路遥接受柳青关于作家文学修养和人格修养的观点。他反复阅读《创业史》，虔心学习和吸纳柳青的创作经验，如描写细节的技巧和抒情化的叙事方式。但是，他也清醒地意识到了柳青所存在的问题。"无榜样意识"帮助他超越了柳青的局限性。有的时候，他甚至把柳青的惨痛"教训"，当作自己绕过暗礁的航标灯。

从平行比较的角度看，路遥与一些中国当代作家构成了有趣的对照关系。通过比较，可以更清晰地看见他们精神气质上的差异和文学风格上的不同。

与陈忠实比起来，路遥的文学意识更早熟，文学视野也更开阔。《人生》的艺术力量，使陈忠实深感震撼，钦服无已。路遥创作上的巨大成功，

① 卡特里奥娜·凯利：《俄罗斯文学》，马睿译，译林出版社，2019 年，第 101 页。

给陈忠实造成了极大的压力，也给了他自我超越的动力。路遥的坚定的文学信念和坚确的文学态度，也帮助陈忠实摆脱了面对新潮文学的彷徨状态，增强了他坚持现实主义文学的信心。

陈忠实与路遥同属现实主义作家，但是，他们的人格和意识，却不大相同。路遥龙性难驯，基本上属于动态的批判型人格，陈忠实性格驯顺，基本上属于静态的认同型人格①。路遥内心燃烧着青春激情，习惯在自己建构起来的认知框架里来观察社会和文学；陈忠实则恂恂如也，易受流行观念的影响，习惯按照固有的民粹主义认知框架来观察人和生活："陈忠实的价值立场是依赖性的，是由他者建构的。……就主体来看，他的文化意识和价值图景，并不十分清晰"②。创作《白鹿原》的时候，陈忠实志存高远，雄心勃勃，将自己的人格切换到了动态人格模式，也突破了原来的认知框架和文化意识，但是，功成事遂，他又回到了静态的认同型人格和依赖性的价值立场，再也没能写出黄钟大吕式的厚重之作。

路遥与汪曾祺之间，虽雅不相类，但也适成有趣之对照。汪曾祺生于江南，虽非世家子弟，但衣食无虞，有机会接受良好的家庭教育和学校教育；路遥生于塞北，系贫家子弟，求一饭之饱、一身之安尚不可得，遑论悠游自在地读书。路遥热爱19世纪的现实主义文学，汪曾祺却囿于严重的趣味主义，对它提不起兴趣；路遥喜欢雨果、巴尔扎克、托尔斯泰和陀思妥耶夫斯基等伟大作家，汪曾祺却不买他们的账，批评他们欺负读者，甚至认为他们不会写小说。路遥的语言，朴素，自然，有泥土气息；汪曾祺的语言，清雅，老成，有书卷气息。路遥喜欢崇高而壮美的文学，汪曾祺喜欢轻松而好玩的文学。路遥承受和超越苦难，笔下有大爱，汪曾祺享受和玩味生活，"人间送小温"③。在汪曾祺的身上，在他的作品里，你能体验

---

① 李建军：《陈忠实的蝶变》，二十一世纪出版社集团，2017年，第386—398页。
② 李建军：《陈忠实的蝶变》，二十一世纪出版社集团，2017年，第417页。
③ 汪曾祺：《汪曾祺全集》，第11卷，人民文学出版社，2019年，第188页。

到温情和美好，但是，很难看到路遥的恢廓与庄严。如果说路遥是陕北高原上波涛汹涌的黄河，那么，汪曾祺就是江淮平原上波澜不兴的运河。

路遥与王小波都属于思想家型的作家，但他们的文化心态和文学气质，却大不相同，迥不相侔。王小波是俯视生活的作家，路遥是平视生活的作家。王小波站在自由主义的精英立场，俯视大众，谴责“沉默的大多数”；路遥站在人道主义的大众立场，自视为他们中间的一分子，乐意为沉默的大众发声，并通过自己的叙事，来宣达他们的焦虑和自卑、不满和愿望。从文化立场来看，路遥的尊重传统的守成主义文化立场，与王小波的反传统的激进主义文化立场之间，也存在着明显的紧张关系。王小波常常将真与善对立起来，路遥则倾向于将它们统一起来，所以，他可能会认同王小波对智慧的赞美，但不会赞同他对善和道德的鄙弃。路遥也许会欣赏王小波的杂文，但未必会喜欢他的小说。

无论从伦理精神看，还是从文学气质看，路遥与贾平凹都处于两个相对的极端。路遥的阅读范围极广，从莎士比亚到曹雪芹，从托尔斯泰到柳青，他都兴趣盎然，多有共鸣；贾平凹阅读范围较窄，对外国文学兴趣不大，与莎士比亚和托尔斯泰等伟大作家，皆极隔膜，对那些趣味化和欲望化的叙事，却很着迷，心摹手追，乐此不疲。路遥的小说叙事，从自我出发，通向他者和远方，展示了一个辽阔而开放的世界；贾平凹的几乎所有形式的写作，都是从自我开始，到自我结束，显示出一个狭隘而封闭的叙事世界。路遥的风格，是朴实而自然的，贾平凹的风格，则是浮靡而矫饰的。路遥的文学精神充满热情和活力，是向着精神世界的高处飞扬的，贾平凹的文学精神则显得颓堕而无力，是向着欲望之谷的低处沉坠的。在趣味上，路遥像19世纪的俄罗斯古典作家一样优雅，像维多利亚时代的英国作家一样克制，而贾平凹则反乎是——他像19世纪的自然主义作家一样，倾向于把人当作动物来描写；像《尤利西斯》和法国“新小说”一样，常常散漫地堆砌芜杂的细节；像《何典》的作者张南庄一样，有严重的“恋污癖”倾向，喜欢描写那些无聊而秽亵的事象。路遥是“积极写作”的典范，贾平凹是“消极写作”的样板。

把路遥与史铁生放在一起比较，无疑是一件很有意义的事情。他们都是伟大的当代作家。他们的写作都属于我们时代的“大文学”。他们像思想家一样，严肃地探索和思考生活。他们都有很深刻的苦难体验，也都能推己及人，显示出博大的人道主义情怀。然而，从文学观念和写作模式来看，他们却彼此颉颃，大不相同：一个属于19世纪的现实主义文学谱系，是典型意义上的现实主义作家；一个属于20世纪的现代主义文学谱系，是探索命运和救赎问题的现代主义作家。对他们的文化意识、文学观念和写作方式进行比较，不仅有助于我们认识伟大文学的共同品质，也有助于我们观察现实主义文学与现代主义文学的差异和高下。

第四节　路遥与苏俄文学

20世纪80年代，随着社会生活逐渐正常和文化环境逐渐宽松，中国当代文学开始拓展自己的文学视野和精神空间。由于复杂的原因，一些中国作家对苏维埃俄罗斯文学失去了兴趣，甚至对现实主义文学也很是厌烦和排斥。他们将目光转向西方，转向欧美的现代主义文学。文学上的“脱俄入欧”和“脱现实主义入现代主义”，遂成为热闹一时的现象。

对中国文学来讲，打破吸纳外国文学经验的单一模式，纠正数十年来唯苏俄文学马首是瞻的偏颇，转益多师，趋向多元，无疑有着毋庸置疑的必要性和积极意义①。但是，谁若因为对某一类型的文学厌倦和失望，而怨及整个苏俄文学，而轻忽伟大的俄罗斯古典文学，那么，除了使人看见他在文学上的浅衷薄识，似乎并无别的意义。事实上，有的作家确实倾向于将西方

---

① 事实上，从70年代末期开始，《世界文学》杂志就不再以苏俄等同类国家的文学，作为引介的绝对中心和主体对象，而是用真正“世界的视野”来观察和介绍“世界的文学”。根据我的不完全统计，在1979—1985年的一段时间里，除了发表瓦·贝科夫的《方尖碑》、叶夫图申科的一组《苏修诗选》、别林斯基的《学究先生——一种文学典型》、列宁喜欢的阿季莫费耶夫等人的五首诗歌、马雅可夫斯基的《诗三首》、亚·盖利曼的电影剧本《反馈》、穆·卡里穆《漫长漫长的童年》、康·巴乌斯托夫斯基的《论短篇小说》、德·富尔曼诺夫的《从无政府主义者到布尔什维克》以及列夫·托尔斯泰的《霍斯托密尔》《我不能沉默》和托尔斯泰次子伊·列·托尔斯泰的《我的回忆》等俄苏文学作品之外，《世界文学》还大量介绍了包括“西德”、“南朝鲜”以及英、美、日、拉美、非洲、欧洲、澳洲等国家和地区的文学作品，其中包括卡夫卡等西方现代主义作家的作品。

现代主义文学与俄罗斯文学对立起来。对他们来讲，俄罗斯古典文学和苏俄文学皆已过时；而西方的现代派文学，则新鲜而充满活力，昭示着中国当代文学的方向和未来。个别“著名作家”甚至公然声称，自己更心仪《尤利西斯》，而不喜欢俄罗斯文学。

“现代主义”崇拜所造成的后果是，趋之若鹜地阅读现代主义作家的小说作品，生吞活剥地模仿现代主义作家的写作技巧，靡然而成风气。“零度写作”、“元小说”、“可写性文本”与“叙事圈套”成了文学上的“新观念”和“新方法”。对那些迷恋西方现代主义文学的人来讲，谁若不把小说写得怪模怪样，晦涩难懂，沉闷无趣，谁简直就算不得好作家，就不配戴“纯文学”的桂冠；谁若依然热爱俄罗斯文学，谁若继续崇奉现实主义文学，谁就是落后于文学潮流的保守分子，就是文学新秩序的“局外人”，就会受到新派编辑和批评家的嘲笑和否定。看看《平凡的世界》在发表和出版过程中，被编辑蔑弃和退稿的遭遇，看看《平凡的世界》出版后，批评界对它的贬低和质疑，“当代文学史”对它的漠视和排斥，你就会明白，那个时候的现代主义文学拜物教倾向有多么严重；你就会知道，借鉴俄罗斯文学经验的现实主义作家的处境有多么艰难。

值得庆幸的是，路遥并没有跟风趋时，盲目从众。他选择远离“先锋文学”的现代主义狂欢。他不相信现代主义文学会一统天下，也不相信现实主义文学会就此寿终正寝。他的创作成就证明，他的选择和坚持是对的。吴宓说：“盖古今伟大之诗人，皆能以其经验中最重要最高贵之部分写入诗中，质美而量亦富，故不可及云云。”① 现代主义文学虽蔚然成风，从者如云，但真正伟大的现代主义作家仍不数数觏者，究其原因，盖在于那些消极性质的现代主义文学普遍缺乏“重要”和“高贵”的美质，缺乏19世纪现实主义文学的现实感和庄严感，缺乏俄罗斯古典文学的宗教精神和人道

① 吴宓：《吴宓诗话》，商务印书馆，2017年，第141页。

情怀，缺乏苏俄文学的内在热情和理想主义信念。就此而言，汉姆生、乔伊斯、塞利纳、萨特和罗伯-格里耶的作品，都应该引起人们严肃的反思和尖锐的质疑。

路遥认真阅读莎士比亚、雨果、司汤达、巴尔扎克、夏洛蒂·勃朗特和杰克·伦敦等欧美现实主义作家的全部作品或主要作品，同时，也更加认真地阅读备受冷落的俄罗斯文学。进入80年代，他依然认真阅读刚刚创刊的《苏联文艺》：纳吉宾的小说，叶赛宁的诗《不惋惜，不呼唤，我也不啼哭》①，以及他所崇拜的列夫·托尔斯泰关于作家的“明确而坚定的生活态度”的文学观点②，都是从这份杂志上读到的。他一如既往地热爱那些伟大的俄罗斯古典作家，虔诚地接受托尔斯泰等人的文学思想和写作方法；一如既往地崇敬那些优秀的苏维埃俄罗斯作家，虚心地吸纳肖洛霍夫和艾特玛托夫等苏维埃俄罗斯文学的经验。苏俄作家的作品，不仅影响了他对文学的认识，影响了他的文学气质和写作风格，而且，还极大地影响了他的价值理念和生活态度，影响了他在写作中对意义世界的建构。

所以，路遥与苏俄文学的关系，就是一个很值得研究的问题。通过对这一问题的研究，我们可以寻绎影响路遥苏俄文学接受的时代因素，考察路遥阅读和接受苏俄文学的基本态度和方法，分析他在苏俄文学阅读和认知上存在的盲区和问题，梳理苏俄文学在伦理精神和写作方法上对路遥的深刻影响。

顺便对“苏俄文学”和“苏联文学”这两个概念做一些解释。在我看来，“苏联文学”几乎就是一个政治概念，意识形态色彩很浓，更适合用来概括和命名体制内的主流文学；“苏俄文学”（即“苏维埃俄罗斯文学”之简称）则是一个文化概念，具有很强的包容性，很适合用来描述和阐释多种样态的苏俄时期的文学现象。所以，我选择用了“苏俄文学”这个概念。

---

① 《叶赛宁诗选》，丁鲁等译，《苏联文艺》1980年第3期。

② 魏理辑译：《托尔斯泰论文学》，《苏联文艺》，1980年第3期。

一、苏俄文学：主导地位的形成及其影响力

任何时候，文学都是一种时代性的精神现象。时代的规约性和影响力越是强大和有效，它留在文学上的印痕和特殊性状，就越是深刻和明显。一个作家写什么，一个读者读什么，似乎纯粹是个人选择的问题。但这是错觉。事实上，在特殊形态的社会里，个人与时代属于同心圆；普通人的半径总是小于时代，个人的选择也总是受限于时代的选择。时代为作家规定了写作的基本主题和方法，也为读者确定了阅读的基本范围和选项。

特殊而密切的中苏关系，决定性地影响了几代中国人的文学生活，极大地影响了当代作家的写作和当代读者的阅读。从1949年开始，中国与苏联缔结了兄弟般亲密的同盟关系。这既是政治和军事同盟，也是文化和文学同盟。中国对苏关系的一个显著特点，就是“一边倒”，即切断与美欧世界的关系，毫无保留地倒向苏联一边①。在中苏关系的“蜜月期”，中国几乎在一切方面，皆依赖苏联和学习苏联：“苏联共产党是胜利了，在列宁和斯大林领导之下，他们不但会革命，也会建设。他们已经建设起来了一个伟大的光辉灿烂的社会主义国家。苏联共产党就是我们的最好的先生，我们必须向他们学习。”② 苏联的所有经验，都有着无可替代的重要意义。它既意味着可靠的方向，也意味着美好的明天。

1957年，毛泽东在纪念十月革命四十周年的讲话中说：“我们同苏联和整个社会主义阵营共命运，同呼吸。我们认为，增强以苏联为首的社会主义各国的团结，是一切社会主义国家的神圣的国际义务。”③ 像在其他方面一样，在文学上，中国也是“以苏联为首”的。苏联文学几乎成了中国翻译和出版的主要对象甚至唯一对象。对苏联文学的阅读和学习，经由国家

---

① 《毛泽东选集》，第四卷，人民出版社，1991年，第1472—1473页。
② 《毛泽东选集》，第四卷，人民出版社，1991年，第1481页。
③ 《毛泽东文集》，第七卷，人民出版社，1999年，第318页。

的动员和组织，成了一种影响广泛的群众运动。苏俄文学便很自然地成为引领和推动中国当代文学发展的主导性力量。

1957 年，为了纪念“十月革命”四十周年，为了落实“增强以苏联为首的社会主义各国的团结”的政治动员，《文艺报》编辑部组织了一次全国规模的“感谢苏联文学对我的帮助”的征文活动。在 8 月 18 日出版的第 20 期《文艺报》的第一页上，印着大大的通栏标题《文艺界正在进行一场大辩论》，题目下面的括弧里，是“周扬、邵荃麟、刘白羽、林默涵在中国作家协会党组扩大会议上的发言纪要”一行字；在第 9 页的右上角，则发表了一则启事，即《为纪念十月社会主义革命本报举办“感谢苏联文学对我的帮助”征文启事》，其中“感谢苏联文学对我的帮助”是黑体印刷的。启事全文如下：

亲爱的读者们：

今年 11 月 7 日，是伟大的苏联社会主义革命四十周年的纪念日。十月革命不但在共产主义运动历史上开辟了一个新时代，而且在整个人类历史上开辟了一个新时代。

毛泽东同志说：“十月革命一声炮响，给我们送来了马克思列宁主义”。中国革命的胜利和苏联社会主义革命的胜利是不可分的。社会主义现实主义的苏联文学，正是高举着人类先进的旗帜的文学。由于它的高度的思想性和艺术性，深刻地记载了苏联人民在各个时期为崇高的理想，所进行的英勇斗争，因而它教育了全世界人民、也教育了中国人民。

我们不能忘记在中国革命最艰苦的时期，苏联文学是怎样激励了我们战斗的意志；我们也不会忘记在解放后和平建设的时期，苏联文学又是怎样鼓舞了我们社会主义建设的热情！亲爱的读者，或许你是革命军人，是战斗英雄，是劳动模范，是革命干部，是青年学生……，来吧，请你来谈一谈苏联文学。就以你切身的经历和体会，谈谈你所喜欢的苏联文学作品，无论是对一本书，一篇小说，一首诗或一个剧本都行。请你告诉我们，它是怎样引导了你认识革命的道路，怎样启发了你献身革命，怎样鼓舞了你的战斗和劳动的热情，怎样帮助培养了你共产主义的战斗精神。

这就是本报为纪念伟大的十月革命节，而举办的“感谢苏联文学对我的帮助”的征文的目的和内容。

你可以选择你最喜欢的体裁，来表达你的心意。但字数最好控制在四千字以内，来稿请封皮外面注明“征文”字样，以免延误。现在我们就开始收稿，截稿日期是10月15日。经本报选登者当致以稿酬，对优秀的稿件本报将给予奖金。

亲爱的读者们，我们热烈地欢迎你们赐给稿件。

《文艺报》编辑部 8月15日

一年后，1958年8月，作家出版社出版了文艺报编辑部编辑的《感谢苏联文学对我的帮助》。据该书的《写在前面》所提供的信息，人们可以得知：“从发出启事到截稿止仅仅两个多月的时间，来稿将近六百件。工人、农民、工程师、军官、战士、大学教授、中小学教员、学生、机关干部、医务工作者、售货员、家庭妇女、街道工作者、残废军人、重病患者、作家、文化艺术工作者……其中还有不少是战斗英雄、劳动模范、先进工作者，他们从北大荒，从海南边防，从乌鲁木齐，从舟山前沿，从各个省市，他们选用各种体裁叙述了许多生动的事例，倾谈苏联文学所给予自己的鼓励、教育与感受。”① 其中，被读者多次谈及的作品，有《母亲》、《铁流》、《毁灭》、《幸福》、《钢与渣》、《远离莫斯科的地方》、《金星英雄》、《卓娅

① 文艺报编辑部编辑：《感谢苏联文学对我的帮助》，作家出版社，1958年，第1—2页。

和舒拉的故事》、《普通一兵》、《真正的人》、《一个战士的成长》、《恐惧与无畏》、《夏伯阳》、《青年近卫军》。“教育”、“榜样”、“启示”、“指引”、“力量”、“教科书”、“武器”、“良药”、“良师益友”、“影响”、“信心”、“光辉”、“鼓舞”、“鞭策”、“帮助”、“感谢”、“感激”、“流泪”、“立刻”、“突然”、“马上”、“忽地”、“非常”、“极大”、“最好”等则是征文作者们笔下的高频词。由于保尔·柯察金身上具有单纯的英雄品质，可以成为被学习的榜样，所以，《钢铁是怎样炼成的》“取代了自由散漫的‘浪子’故事，成为培养‘社会主义新人’的‘手册’”①，就成了读者谈论最多的作品；由于格利高里·麦列霍夫属于性格和经历都很复杂的人物，缺乏正面的示范作用和激励作用，所以，《静静的顿河》只是偶尔被读者提及。

解放军某部的陈济在《阿历克赛·密烈西耶夫和我们战斗在一起》中说：“苏联文学是世界上最先进的文学，是为人类的和平正义而斗争的文学，是社会主义现实主义的文学，它阐述的一切都是和我们息息相关的，都是我们所追求的，这就是苏联文学为什么受我们欢迎而在我们精神世界起巨大的作用的根本原因。”② 这段话反映了当时中国社会对苏联文学的基本认知和评价。彝族作家李乔在《苏联文学引导我走向革命》中说，当他对“旧社会正感到茫然、惶惑、恐惧、愤慨时”，忽然从一个朋友手里，借到高尔基的《我的童年》和《我的大学》。读完以后，“我好像在黑暗无边的茫茫大海中，找到了一盏明灯，我痛苦的心得到了安慰和鼓励”③。后来，他还读到了高尔基的《母亲》，以及《毁灭》、《铁流》、《不走正路的安德伦》、《夏伯阳》等作品。苏联文学最终帮助他走上了革命的道路和文学的道路。他最后激动地写道：“亲爱的伟大友邦——苏联万岁！”“崇高的苏联

① 白思鼎、李华钰编：《中国学习苏联（1949年至今）》，香港中文大学出版社，2019年，第454页。

② 文艺报编辑部编辑：《感谢苏联文学对我的帮助》，作家出版社，1958年，第116页。

③ 文艺报编辑部编辑：《感谢苏联文学对我的帮助》，作家出版社，1958年，第246—247页。

艺术大师们万岁！”①

在特殊的文化语境里，语文教科书往往具有很强的意识形态色彩，体现着一个时代的政治导向和文化意图。中苏的亲密关系，也反映在中国的语文教材的编写上。苏俄的政治文本和文学作品，被大量编入中国的语文教材。斯大林的《在克里姆林宫招待高级学校工作人员时的演说》，雅可福列夫的《伟大而质朴的人物》，高尔基的《列宁的性格》、《母亲》、《时钟》、《海燕》和《童年》，巴甫洛夫的《给青年们的一封信》，左琴科的《列宁与卫兵》，《钢铁是怎样炼成的》中的《筑路》和《生命的意义》，冈察尔的《永不掉队》，苏霍姆林斯基的《致女儿的信》，西蒙诺夫的《蜡烛》，叶赛宁的《夜》等作家的作品，都曾是过去或今天的中国学生语文课本上的必读篇目。包括这些作品在内的苏联文学，就像曹靖华在《苏联文学——我们的鼓舞者，感谢你！》中所说的那样，已经远远地超出了“文学的意义”，极大地影响了几代中国学生的意识和人格，全方面地影响了他们的生活：“成了我们各部门工作人员的‘工作手册’，成了‘生活的教科书’，成了‘共产主义的教科书’，中国广大读者广泛地从其中吸取苏联人民用重大代价所取得的极宝贵的先进经验，来改进和推动我们的各项工作，不仅把它当作世界上最优秀的文学作品而已。”②

可以肯定的是，如果没有强大的社会动员，如果没有政治力量的推动，那么，苏俄文学也不会对中国文学产生如此巨大的影响。我曾在《重估俄苏文学》中说：“完全可以说，20世纪的中国当代文学，就是苏维埃俄罗斯文学投下的影子，就是它漾出的涟漪。没有俄罗斯古典文学的影响，鲁迅等人的文学观念，很有可能就是另外一种样子。同样，没有苏维埃俄罗斯

① 文艺报编辑部编辑：《感谢苏联文学对我的帮助》，作家出版社，1958年，第251页。

② 《译文》（苏联文学专号）1957年第11、12期，人民文学出版社，1957年，第11页。

文学的影响，中国当代文学的精神气质和基本模式，也不会是现在的这个风貌。”[①] 就像《文艺报》连续推出四期“感谢苏联文学对我的帮助”专号之后，在《编者的话》中所总结的那样：“伟大的苏联文学，不仅影响和推动了我国革命文学的发展，而且在精神上帮助哺育我国一代和几代的劳动人民、知识青年和革命者。我们永远不能忘记对我国革命、我国革命文学的帮助，我们要坚持不渝地向苏联文学学习，并且决不允许修正主义者攻击和污蔑苏联文学。”[②] 苏俄文学确实“哺育”了几代中国读者和中国作家。它点燃了中国读者的理想主义激情，培养了他们的英雄主义精神；它强化了中国作家的政治意识，给他们提供了一种新的文学理念：作家是时代的灵魂工程师，文学则是教育人的“人生教科书”和服务于政治的特殊工具。

全民性的苏俄文学阅读运动，无疑也给路遥提供了接触苏俄文学作品的机会，使他有机会在图书馆借到来自苏联的文学作品，甚至使他像《平凡的世界》中的孙少平那样，有机会在农民的炕头，与苏俄作家的作品不期而遇。路遥喜爱这些作品。他几乎认真地阅读了所有他能找到的苏俄文学作品。他会从这些作品中，看见自己的影子。

高尔基的《童年》里所叙写的苦难和屈辱，一定会引发他的强烈共鸣，因为，他也有着一样不幸的、甚至更为悲惨的童年遭遇；高尔基的《在人间》，也一定会拨动他的心弦，因为，路遥也在小小年纪就走向“人间”，备尝酸甜苦辣，看尽世态炎凉，经历了很多的坎坷和挫折。

路遥一定会喜欢阿·托尔斯泰的《苦难的历程》的书名，因为，他的短短的一生，就是泡在泪水和汗水里的一生，实在就是一次“苦难的历程”。

路遥之所以那么喜欢艾特玛托夫的《白轮船》，是因为他也在童年时代失去了父亲的保护，被送到了远离家乡的伯父家，是因为，在他八岁时的

---

① 李建军：《重估俄苏文学》，上卷，二十一世纪出版社集团，2018 年，第 9—10 页。

② 《编者的话》，《文艺报》1957 年第 35 期，第 7 页。

孤独而忧伤的内心，有着与七岁的巴尔捷克一样的愿望——巴尔捷克拿着望远镜瞭望大海，盼望白轮船能把远方的父亲，带到自己的身边；路遥则面对着高原重重叠叠的山川，盼望着父亲自故乡款款而来，然后带着自己回家，回到亲爱的母亲和熟悉的玩伴身边。

路遥对文学的理解，他的一些重要的文学观念，都来自于他在成长和学习阶段所阅读的苏俄文学作品。文学应该是善良和慈悲的。谁若想成为一个优秀的作家，谁就要懂得善良的意义，谁就要有爱的能力。是的，作家要学会爱，要爱那些值得爱的东西——爱人，爱生命，爱大地，爱阳光，爱劳动，爱一切闪光和温暖的东西。写作的人要把同情和怜悯，变成一种稳定的心情态度，真诚地怜悯陷入困境的人，就像他在《平凡的世界》中所说的那样，要“普遍同情所有人的不幸和苦难”①。

同样可以肯定的是，如果没有这种规模巨大的文学活动，如果没有通过这种活动将苏联作家的作品，传播到了中国的边鄙之地，那么，双水村的孙少平也就不可读到《钢铁是怎样炼成的》和《卓娅和舒拉的故事》，就没有机会认识保尔·柯察金和美丽的冬妮娅。

在《平凡的世界》中，路遥一开始，就充满诗意地叙述了《钢铁是怎样炼成的》对孙少平的内心生活的巨大影响：

他一下子就被这书迷住了。记得第二天是星期天，本来往常他都要出山给家里砍一捆柴；可是这天他哪里也没去，一个人躲在村子打麦场的麦秸垛后面，贪婪地赶天黑前看完了这书。保尔·柯察金，这个普通外国人的故事，强烈地震撼了他幼小的心灵。

天黑严以后，他还没有回家。他一个人呆呆地坐在禾场边上，望着满天的星星，听着小河水朗朗的流水声，陷入了一种说不清楚的思

① 路遥：《平凡的世界》，第二部，人民文学出版社，2004年5月，第280页。

> 绪之中。这思绪是散乱而飘浮的，又是幽深而莫测的。他突然感觉到，在他们这群山包围的双水村外面，有一个辽阔的大世界。而更重要的是，他现在朦胧地意识到，不管什么样的人，或者说不管人在什么样的境况下，都可以活得多么好啊！在那一瞬间，生活的诗情充满了他十六岁的胸膛。他的眼前不时浮现出保尔瘦削的脸颊和他生机勃勃的身姿。他那双眼睛并没有失明，永远蓝莹莹地在遥远的地方兄弟般地望着他。当然，他也永远不能忘记可爱的富人的女儿冬妮娅。她真好。她曾经那样地热爱穷人的儿子保尔。少平直到最后也并不恨冬妮娅。他为冬妮娅和保尔的最后分手而热泪盈眶。他想：如果他也遇到一个冬妮娅该多么好啊！
>
> 这一天，他忘了吃饭，也没有听见家人呼叫他的声音。他忘记了周围的一切。一直等到回到家里，听见父亲的抱怨声和看见哥哥责备的目光，在锅台上端起一碗冰凉的高粱米稀饭的时候，他才回到了他生活的冷酷现实中……①

孙少平的这次阅读经验，实在就是一次别样形式的精神洗礼。它彻底改变了一个乡村少年的内心世界。这本“苏联书”使他知道了，生活可以是美好而充满诗意的；这本“苏联书”也给他提供了另外一幅理想的人生图景：那里有美好的爱情故事，有令人歆慕的英雄传奇，有创造新生活的理想和激情。自此后，孙少平就“迷恋上了小说，尤其爱读苏联书”②。而国家对“苏联书”的大量出版，则满足了他的阅读兴趣和阅读热情。

这种全民性的阅读苏俄文学运动，极大地改变了中国读者的文学趣味，甚至极大地改变了他们的精神气质和人格结构。20 世纪的俄罗斯民族“深刻而持久地影响了中国的国家生活和民族性格，影响了几乎所有中国人的

---

① 路遥：《平凡的世界》，第一部，人民文学出版社，2004 年，第 11—12 页。
② 路遥：《平凡的世界》，第一部，人民文学出版社，2004 年，第 12 页。

个人生活。这些影响极为巨大和深广，至今犹且未沫，仍然体现在我们时代生活的许多方面”①。这种深刻而普遍的影响，很大程度上，就是通过文学的传播和阅读来完成的。路遥自己的文学阅读和他的小说叙事，就为我们提供了一个积极意义上的典型个案。

可以说，自从阅读了《钢铁是怎样炼成的》之后，我们的亲爱的少平，就不再是那个双水村的懵懂少年了。他的心飞离故乡，自此远矣！他知道，在远方，还有别样的人们，还有别样的生活。他有了自己的梦想和憧憬，也有了自己的焦虑和忧伤：

> 谁让你读了那么些书，又知道了双水村以外还有一个大世界……如果从小你就在这个天地里日出而作，日落而息，那你现在就会和众乡亲抱同一理想：经过几年的辛劳，像大哥一样娶个满意的媳妇，生个胖儿子，加上你的体魄，会成为一名相当出色的庄稼人。不幸的是，你知道得太多了，思考得太多了，因此才有了这种不能为周围人所理解的苦恼……②

> 他一个人独处这地老天荒的山野，一种强烈的愿望就不断从内心升起：他不能甘心在双水村静悄悄地生活一辈子！他老是感觉远方有一种东西在向他召唤。他在不间断地做着远行的梦。③

他所阅读的“苏联书”彻底改变了他对生活的态度和想象。他不再满足于现在的生活。他产生了强烈的走向“大世界”的愿望。他产生了告别故乡和旧生活的念头，萌生了到远方去追求新生活的冲动。他要跟有意思的人

① 李建军：《重估俄苏文学》，上卷，二十一世纪出版社集团，2018年，第9页。
② 路遥：《平凡的世界》，第二部，人民文学出版社，2004年，第90页。
③ 路遥：《平凡的世界》，第二部，人民文学出版社，2004年，第92页。

们一起过有意思的生活。

可以说，路遥对文学的热爱，他的写作经验的形成，以及他笔下人物的心理变化和精神成长，都与苏俄文学有着密切的因果关系。离开苏俄文学，路遥的文学意识和文学精神，就不可能被完整而深刻地阐释清楚；他的创作方法和文学风格，也不可能清晰而充分地揭示出来。这是路遥研究应该关注的一个基本事实和重要问题。

二、苏俄文学的四大类型与路遥的接受原则

苏俄文学是一个多样化的复杂构成。它是由主流文学与非主流文学构成的，是由应答的文学与询唤的文学构成的，是由棉絮般柔软的文学与铁砧般坚硬的文学构成的，是由顺时针运动的文学与逆时针运动的文学构成的。就像19世纪的俄国文学存在“西方派”和“斯拉夫派”一样，苏俄文学也存在“国际主义者”（如阿克肖诺夫和布罗茨基）与“真正俄国派”（如弗·索洛乌欣等人）两派作家，甚至存在着与此两派约略对应的《新世界》和《十月》（它主要是后面将要谈到的第一类型中的第一亚类作家的阵地）两个杂志①。然而，由于种种复杂的原因，人们却很容易忽视苏俄文学的复杂性，倾向于对它简单地定性和笼统地评价。

在许多人的眼里，苏俄文学只有一种简单而僵硬的模式，只有一种热烈而单调的色彩，只有一副呆滞而可憎的面孔。它的模式就是“社会主义现实主义”的文学，即为读者“创造出先进典型”② 的文学。它的伦理则

---

① 布罗茨基说：“在1968年苏联军队入侵捷克斯洛伐克的时候。我记得，我当时很想逃走，随便逃到什么地方去。首先是出于羞耻。因为我属于那个干出了这种事情的国家。至少因为，这个国家的公民总是要承担部分责任的。”（约瑟夫·布罗茨基、所罗门·沃尔科夫：《布罗茨基谈话录》，马海甸等译，作家出版社，2019年，第158页）在俄罗斯作家中，民族沙文主义者和国家霸权主义者很多，具备像布罗茨基这样的世界意识的人，则寥寥无几。

② 切斯瓦夫·米沃什：《被禁锢的头脑》，乌兰、易丽君译，广西师范大学出版社，2013年，第245页。

是反伦理的伦理，是被米沃什命名为“伦理凯特曼”的“新信仰的伦理”；面对文学，它只有一个非此即彼的取舍原则和评价尺度，那就是看它对革命是否有好处①。米沃什对苏俄工具化文学和非个性化文学的批评是深刻的，但是，由于极度的厌恶和不满，他忽略了那些自由和个性化的苏俄文学，忽略了那些从普希金、托尔斯泰、陀思妥耶夫斯基和契诃夫的精神大地上成长起来的伟大的苏俄作家。扎米亚京、曼德施塔姆、阿赫玛托娃、帕斯捷尔纳克、肖洛霍夫、格罗斯曼、索尔仁尼琴和艾特玛托夫等人不仅代表着苏俄文学的最高成就和荣耀，也给20世纪的世界文学贡献了巨大的精神财富。

是的，苏俄文学和苏俄作家，并不像柯切托夫的长篇小说《你到底要什么?》——马克·斯洛宁称之为“一本拙劣的政治小册子和第三流的惊险小说”② ——中的斯巴达和列拉夫妻二人争论时所说的那样，只有落后作家和进步作家两种：落后作家是曼德施塔姆、茨维塔耶娃、帕斯捷尔纳克和巴别尔，进步作家则是富尔曼诺夫、奥斯特洛夫斯基和法捷耶夫。丈夫斯巴达认为妻子赞美的进步文学都是坏文学，而妻子列拉则用气得发抖的声音说，丈夫所欣赏的“真正的文学”，“都不是革命的产物，也不是苏维埃政权的产物”③。

事实上，苏俄文学的构成，是多样而复杂的。在我看来，它至少可以被分为这样四大类型：体制内的文学，其中包括体制内的认同型文学和体制内的反思型文学；体制外的批判型和反讽型文学；中间状态的“走第三条道路”的文学；很难归入这三类的其他类文学。

---

① 切斯瓦夫·米沃什：《被禁锢的头脑》，乌兰、易丽君译，广西师范大学出版社，2013年，第86页。

② 马克·斯洛宁：《苏维埃俄罗斯文学（1917—1977）》，浦立民、刘峰译，上海译文出版社，1983年，第407页。

③ 柯切托夫：《你到底要什么?》，上海新闻出版系统“五·七”干校翻译组译，上海人民出版社，1972年，第148页。

第一大类是体制内文学。这种文学有两个亚类。第一个亚类是体制内认同型文学。这种文学是苏俄文学的主流，人数多，产出量也大，在很长时间里，影响力也最大。这类文学中的代表性作家有格拉特珂夫、绥拉菲摩维支、阿·托尔斯泰、费定、潘菲洛夫、马雅可夫斯基、法捷耶夫、奥斯特洛夫斯基、富尔曼诺夫、列昂诺夫、冈察尔、西蒙诺夫、柯切托夫、阿札耶夫、邦达列夫、纳沃洛奇金等。作为认同现实的主旋律作家，他们积极地接受时代的号召和要求，大都认同这样的观点："国家的观点同时也是诗的观点"①。按照以赛亚·伯林的说法，这些作家大都属于"稳妥可靠、彻头彻尾的二流小说家"；他们的作品"冗长、符合要求、政治方向正确，诚恳，有时颇为可读，但总体上水平一般"②。肖斯塔科维奇说："权力是马雅可夫斯基的最高道德标准。"③ 这句话可以用来批评那些体制内的认同型作家。这是一种激烈而高调的文学。它鄙视一切温和而柔软的东西，鄙弃那种克制而内敛的态度，就像卢那察尔斯基在论及契诃夫时所说的那样："在我们这里，他的微笑变成了讽刺的纵声大笑，他的悲伤变成了勃然大怒。"④ 这种文学讨厌柔和而宁静的色调，只喜欢那种坚硬而强烈的色调，就像《钢铁是怎样炼成的》中的丽达对保尔所说的那样："看那天空，它是碧蓝的，你的眼睛也跟天空一样碧蓝。这样不好。你的眼睛应该是灰色的，像钢铁一般的颜色。碧蓝的颜色——未免太温柔了。"⑤ 高度的热情，高亢的赞美，高声的诋诃，形成了这种文学猛烈而强劲的调性，也赋予它以巨大的吸引力和感染力。

---

① 阿札耶夫：《远离莫斯科的地方》，第三部，谢素台译，人民文学出版社，1953年，第280页。

② 以赛亚·伯林：《苏联的心灵》，潘永强译，译林出版社，2010年，第15页。

③ 所罗门·伏尔科夫记录并整理：《肖斯塔科维奇回忆录》，叶琼芳译，外文出版局《编译参考》编辑部，1981年，第328页。

④ 卢那察尔斯基：《论文学》，蒋路译，人民文学出版社，1978年，第239页。

⑤ 尼·奥斯特洛夫斯基：《钢铁是怎样炼成的》，梅益译，人民文学出版社，1995年，第166页。

体制内文学的第二个亚类，是体制内的求善的人道主义文学和求真的反思型文学。也就是说，即便在体制内，也有一些具有人道主义精神和反思精神的作家。这些人并不是异端和反抗者。他们与现实的关系大体上是和谐的，甚至会像肖洛霍夫那样，时常会按照“外在原则”和“外在要求”，打一打官腔，说一说官话。但是，一旦面对文学，他们的人格和良知就会复活，就会按照“内在原则”和“内心的要求”来写作，表现出非凡的人道主义精神和反思现实的激情。属于体制内的人道主义型作家和反思型作家有肖洛霍夫、巴别尔、普拉东诺夫、皮里尼亚克、爱伦堡、格罗斯曼、特瓦尔多夫斯基、阿克肖诺夫、特里丰诺夫、沙米亚金、尼古拉耶娃、杜金采夫、田德里亚科夫、雷巴科夫、拉斯普京和阿列克谢耶维奇等。他们以“写真实”为原则，敢于触碰生活的阴暗面和人们内心的伤痕，具有“积极干预生活”的自觉意识。在这类文学里，产生了像《静静的顿河》、《生存与命运》、《切尔诺贝利的悲鸣》、《锌皮娃娃兵》等伟大的人道主义作品和《解冻》、《不是单靠面包》、《多雪的冬天》、《蜉蝣短命》、《阿尔巴特街的儿女们》等有影响的反思性作品。

第二大类是体制外的批判型文学和反讽型文学。这类作家人数较少，但影响力大，获得了全世界读者持久的关注和普遍的好评。这类文学的代表性作家有扎米亚京、梅列日科夫斯基、蒲宁、索尔仁尼琴、曼德斯塔姆、左琴科、阿赫玛托娃、茨维塔耶娃、什梅廖夫、帕斯捷尔纳克、布罗茨基、阿古尔斯基、西尼亚夫斯基、布罗茨基、沙拉莫夫、娜杰日达·曼德施塔姆、丘可夫斯卡娅等。他们几乎全都是俄罗斯古典文学传统的继承者，有强烈的社会正义感、博大的人道主义精神和尖锐的批判勇气，而且，也都像索尔仁尼琴那样，“善于提出人类生活的根本问题”①。左琴科属于继承契诃夫传统的幽默气质的讽刺型作家。他具有自觉的文学意识和稳定的文学

① 马克·斯洛宁：《苏维埃俄罗斯文学（1917—1977）》，浦立民、刘峰译，上海译文出版社，1983年，第392页。

立场，所以，他“明确拒绝红色列夫·托尔斯泰或者红色泰戈尔的提法，也反对一定要用华丽的散文描写日落和黎明”①。左琴科的态度，可以看作所有这些作家共同的态度。无论从哪个方面看，这类作家的整体成就——无论人格成就，还是美学成就——都是最大的，就像南斯拉夫作家米哈耶罗·米哈耶罗夫所说的那样：“在我们这个时代，只有俄罗斯思想，只有俄罗斯的萨米亚特文学，才是我们这个世界上真正有意义的东西。”② 因为，按照米哈耶罗夫的观点，他们为人们提供了“一种新意识，一种新的、全面的、深刻的意识形态”③。从文学价值和影响力来看，这类作家也是特别值得重视的；著名俄裔俄国文学专家司徒卢威甚至认为，扎米亚京“对苏联文学界的影响和作用，胜过了高尔基”④。事实证明，苏维埃俄罗斯文学的荣耀与成就，主要是由这一部分作家支撑起来的。

第三大类是中间状态的“走第三条道路”的文学。属于这类文学的作家人数更少，影响力却不小，也很受读者的欢迎。这类文学的代表性作家，有帕乌斯托夫斯基、普里什文、亚历山大·格林、阿斯塔菲耶夫、弗拉基米尔·索洛乌欣、尤里·卡扎科夫、艾特玛托夫、特罗耶波尔斯基和鲍里斯·日特科夫等。这些作家大都属于自觉或不自觉“走第三条文学道路”⑤的作家。普里什文一生“生活在否定与肯定两者之间，有意识地想在文化中选择一条创造的道路。1914 年普里什文曾这样写道：‘我的天性，据我的

---

① 所罗门·伏尔科夫记录并整理：《肖斯塔科维奇回忆录》，叶琼芳译，外文出版局《编译参考》编辑部，1981 年，第 151 页。

② 伊凡克·里玛等著：《地下：东欧萨米亚特随笔》，景凯旋编译，花城出版社，2010 年，第 85 页。

③ 伊凡克·里玛等著：《地下：东欧萨米亚特随笔》，景凯旋编译，花城出版社，2010 年，第 74 页。

④ 北京大学俄语系俄罗斯苏联文学研究室编译：《西方论苏联当代文学》，北京大学出版社，1982 年，第 179 页；“扎米亚京”又译“扎米亚金”等。

⑤ 阿格诺索夫主编：《20 世纪俄罗斯文学》，凌建侯等译，中国人民大学出版社，2001 年，第 325 页。

认识，不是要否定，而是要肯定。'"[1] 几乎所有选择这条道路的作家，都具有一种肯定的天性。他们身上没有那种好勇斗狠的习惯，没有强烈的否定冲动。他们的态度温和而低调，通过对大自然和生命等伟大事物的赞美，通过对宗教意识和宗教情感的探索，来表达对"神秘大自然"的热爱和敬畏，表达对一切生命的仁慈态度，甚至表达一种新的生命理念和生活哲学。

第四大类是"其他类"文学。之所以特别开列这样一个类别，是因为有些作家面相太复杂，归入哪一类，似乎都不妥当。例如，高尔基固然属于第一大类第一亚类的作家，但是，他身上还有很多并不属于这一大类和亚类的重要的精神特点和文学风格。极端的复杂性，是高尔基人格和创作上的一个突出特点：他既写《不合时宜的思想》，也写《绦虫》和《苏联游记》；既在《论俄国农民》中说"残酷性——这是我一生都为之吃惊，感到难受的东西"[2]，又在《如果敌人不投降——那就要消灭他》中表达了他所反对的情绪和理念；他是人道主义者和崇尚自由精神的人，同时又令人费解地忽略甚至取消个人的地位，在《个人的毁灭》和《答知识分子》等文章中，错误地否定个性的意义和价值。在梅列日科夫斯基看来，作为"目无上帝的人"，高尔基"做着上帝的事业"，甚至让人觉得他"比托尔斯泰和陀思妥耶夫斯基更亲切"[3]。梅列日科夫斯基的惊人之论，未必妥洽，但也说明，高尔基不是一个可以简单归类的作家。恰科夫斯基和舒克申等作家似乎也属于这种"其他类"的作家。

还有些作家，也极为特殊，很难归类。例如，安德烈·别雷的现代主义探索，融合了反讽、感伤、寓言等复杂的因素，既不像第二类那样批判，

---

① 阿格诺索夫主编：《20 世纪俄罗斯文学》，凌建侯等译，中国人民大学出版社，2001 年，第 330 页。

② 马·高尔基：《高尔基读本》，汪介之选编，人民文学出版社，2011 年，第 298 页。

③ 阿·米·列米佐夫、德·弗·菲洛索福夫、德·谢·梅列日科夫斯基等：《尼采和高尔基：俄国知识界关于高尔基批评文集》，林精华等译，东方出版社，2010 年，第 298 页。

也不像第三类那样超然，与第一大类中的第一亚类和第二亚类，也很不一样。同样复杂的作家，还有布尔加科夫。他不满现实，但是，他的文学表现，却既不同于反思型作家和批判型作家，也不同于第三类的“走第三条道路”的作家，而是属于一种深刻而特殊的寓言型和隐喻型作家，就像他的传记作者英国的莱斯莉·米尔恩所说的那样，他的作品“占据的是常识、调和与幽默的中间领域，并非道德义务、不妥协与讽刺的较高领域”①。他的反讽和批判，指向人类生活的某些普遍性状态，而不是针对某一社会的具体的社会现象和政治现象。这样，他也应该被归入“其他类”。

在路遥的成长期和学习阶段，文学阅读和文学接受的基本环境已经形成，文学接受的基本原则和文学评价的基本尺度也已经确定。时代替路遥和他的同时代人，划定了文学阅读的范围和重点，允许和鼓励他们阅读这类作品，同时又限制和禁止他们阅读那类作品。正统的主流苏俄文学，即第一大类中的第一亚类的文学，属于时代鼓励人们阅读的公开读物，而那些非主流的“黄皮书”（例如1962年出版的索尔仁尼琴的《伊凡·杰尼索维奇的一天》、1965年出版的《艾伊特玛托夫小说集》、1972年出版的沙米亚金的《多雪的冬天》和1981年出版的伏尔科夫整理的《肖斯塔科维奇回忆录》），则属于“内部发行”的限制阅读的读物。前一类人人皆可得而读之，后一类则很难获致，唯一小部分人才有资格阅读。农民之子孙少平也只有通过干部子弟田晓霞，才能读到艾特玛托夫的《白轮船》。所以，从1940年代末期到1970年代末期的三十多年的时间里，几代中国读者主要的外国文学读物，几乎全都是苏俄的主流文学作品。中国新型文学的经验，也主要来自于苏俄的主流文学，或者说，全都来自苏联的“社会主义现实主义”文学。

那么，面对如此复杂的苏俄文学，路遥的阅读态度和接受原则，又是

---

① 莱斯莉·米尔恩：《布尔加科夫评传》，杜文娟、李越峰译，华夏出版社，2001年，第71页。

怎样的呢？

路遥的态度和原则很简单，那就是：广泛地阅读，充分地吸纳。孔子“有教无类”，路遥则“有取无类”。在对苏俄文学的阅读上，路遥没有偏见，也不排斥，表现出极大的包容性。进入20世纪80年代，而不对苏俄的正统文学抱一概否定的排斥态度，则显得尤其难得。

路遥阅读苏俄文学作品的范围，比一般读者要宽得多。他不仅阅读那些明面上可见的作品，也阅读那些暗地里流传的作品，即所谓的“黄皮书”和“内部读物”。从《平凡的世界》所引的“爱耐塞”歌谣可知，路遥所阅读的《白轮船》，就是由雷延中翻译、上海人民出版社1973年出版的“内部发行”版本。1882年1月6日，路遥在写给中国青年出版社的编辑王维玲的信中，谈到了给《人生》起书名的事情：“我突然想起一个题目，看看能不能安在那部作品上，《你得到了什么?》或者不要问号。有点像柯切托夫的《你到底要什么?》。格式有点相似，但内涵大不一样。”① 长篇小说《你到底要什么?》，1972年由上海人民出版社出版，也属于“内部发行”的畅销文学读物（第一次印刷的印数是41 601册，1973年第二次印刷的印数是52 600册）。这部小说的名字，像托尔斯泰的《人靠什么活着?》、赫尔岑的《谁之罪?》和车尔尼雪夫斯基的《怎么办?》一样，显示着独特的俄罗斯文学气质，很能刺激读者的好奇心，也很容易给读者留下深刻印象。难怪路遥会仿照它来给自己的小说命名。

路遥总是能从自己所阅读的作品里，找到可以吸纳和借鉴的东西。即便在那些几乎完全无足称道的“二流小说”甚至“三流小说”里，他也能从中发现优点，得到写作经验上的启示。例如，柯切托夫的长篇小说人性视野狭窄，伦理态度僵硬，叙事方式简单，表现出对人和生活的教条主义的理解，属于艺术价值并不高的“三流小说”。然而，路遥却从这些小说里

① 王维玲：《岁月传真——我和当代作家》，首都师范大学出版社，2009年，第313页。

看见了闪光的亮点，发现了对自己有启发的经验。

路遥认为，人在世界上不是孤立的，“而是和整个世界密切相关的，互相折射的”①，所以，作家就要在丰富的社会联系中来塑造人物。他从柯切托夫的小说中，就看见了“好的工业题材的作品”的优点：“它是写工厂的，但是它的活动范围在全城，如《茹尔宾一家》和《叶尔绍夫兄弟》，这类反映工业题材的作品，它在很大程度上把人物放在整个社会生活中间，放在这个城市生活中间去表现，而社会生活也进入到工厂这个范围里去了。”② 对一部时过境迁便无人问津的作品，他不仅读了，而且还能从中看见它的可取之处，这种人弃我取的接受态度，实在是难能可贵的。在 20 世纪 80 年代的青年作家中，几乎很难找到谁像路遥这样虔诚而认真地阅读和接受苏俄主流文学作品的。

阿·托尔斯泰是一个很有才华但缺乏理智的作家。就像米尔斯基所批评的那样，因为“缺乏头脑”，“他的所有短篇小说均给人留下一种奇怪的逻辑混乱感”③。像他的短篇小说一样，他的《苦难的历程》三部曲，也是一部思想浅薄、意义贫乏的二流作品，而非第一流的经典。它讲述的是知识分子如何进行灵魂改造的故事，但是，它缺乏真正的知识分子气质，无论对人性还是对生活的理解，都是简单而幼稚的，就像一个极度自信的画家，立志画一只气势威猛的老虎，怎奈人们从他的画上看到的，却是一只胆怯而发呆的家猫。阿·托尔斯泰说，《苦难的历程》的主题，是“失去了的和又重新得到的祖国”④；又说自己写作的“主要任务之一”，是“创造

---

① 路遥：《路遥文集》，第五卷，人民文学出版社，2005 年，第 411 页。

② 路遥：《路遥文集》，第五卷，人民文学出版社，2005 年，第 386 页。

③ 德·斯·米尔斯基：《俄国文学史》，下卷，刘文飞译，人民出版社，2013 年，第 301 页。

④ 阿·托尔斯泰：《论文学》，程代熙译，人民文学出版社，1980 年，第 276 页。

布尔什维克的性格”①。他给自己的肩上放了至少 200 斤的重物，但他在文学上的负重能力，却只有 90 斤。所以，他无法让自己笔下的人物，说出有思想的话，只能任由他们发一通不着边际的空论。小说中的人物马斯洛夫断断续续、语无伦次地对卡嘉说：“我们过去的生活，净是罪恶和虚伪！俄罗斯诞生了一个新人。……这个人要求人都应当有人的权利。这不是一个梦，这是一种理想，这是搁在我们刺刀上的，这是完全可以实现的。……一道叫人眼花的光芒，照亮了过去一千年那一半已经坍塌的拱门。……一切都很合理，一切都很自然。……目标已经找到了。……”②而作者自己则在叙述语言中说，那些被“理想”武装起来的俄罗斯人，“把全俄罗斯的统治者俘虏而且枪毙了”；“他们相信自己比世界上任何人都强大，相信在他们那贫困的国家的废墟上可以在最短期间建成一个正义的共产主义社会。”③ 这是一些关于生活和未来的令人骇然和茫然的呓语。从阿·托尔斯泰的这些话语里，你很难看到深刻的认知，很难看到有价值的思想，倒是可以看见一种虚妄而幼稚的激进主义情绪和乌托邦想象。早在 20 世纪 20 年代，扎米亚京就曾在《论当今的与当代的》一文中批评道：“虚情假意实属遗传病，这种病遗传到了当今的十月革命后的文学，文学界中有四分之三的作家染上这一怪病。我们的纯洁是如此完美，在舞台前赤裸的真实刚一露出膝盖或是肚皮，我们立刻匆忙将戏服给它盖上。”④ 在虚情假意这一问题上，阿·托尔斯泰的《苦难的历程》亦未能免俗，就像俄罗斯学者所批评的那样：“小说的情节线索是十分做作的，到处露出马脚，

① 阿·托尔斯泰：《苦难的历程》，第三部，朱雯译，人民文学出版社，1979 年，第 506 页。

② 阿·托尔斯泰：《苦难的历程》，第三部，朱雯译，人民文学出版社，1979 年，第 483—484 页。

③ 阿·托尔斯泰：《苦难的历程》，第三部，朱雯译，人民文学出版社，1979 年，第 475 页。

④ 叶·伊·扎米亚京：《明天》，闫洪波译，东方出版社，2000 年，第 88 页。

但大家就是不说，继续玩‘经典作家’的把戏。”①

“在清水里泡三次，在血水里浴三次，在碱水里煮三次。我们就会纯净得不能再纯净了。”② 阿·托尔斯泰《一九一八年》中的这几句题词，貌似弘深，实则浅薄，既缺乏深刻的真理性内容，也缺乏伟大的伦理精神。它所表现的，是一种人性乌托邦想象，也是一种非人性的人性改造理念：只有经历过极端形式的磨难和考验，精神才能被升华到超凡入圣的最高境界。然而，它注定是要失败的，因为，“纯净得不能再纯净”，是一幅虚幻的道德图景，是几乎无人能达到的精神境界。作为一种极端性质的理念，阿·托尔斯泰的清水里泡、血水里浴、碱水里煮，显然属于典型的拉赫美托夫“钉毯”式的精神病态和极端行为。

然而，这样的极端理念，却给路遥留下了极为深刻的印象和很大的想象空间。他从这部并不高明的作品里，独具只眼地发现了自己想看见的东西，即人的自我改造和自我完善的艰难性。既然没有人可以轻轻松松地实现自我人格的发展，也没有人可以简简单单地成为一个“英雄人物”，那么，在路遥看来，“文学作品中应该揭示的正应该是先进人物的这一过程。……‘四人帮’时的英雄人物不知道他们是从哪里降落的，完美到已不是人了。”③ 他从《苦难的历程》里，主要是从这几句题词里，获得了可以用来反思和否定“高大全”和“三突出”的启示：应该以严肃而切实的态度来看待人，来叙述英雄人物的精神成长，应该彻底攘斥那种塑造“英雄人物”的幼稚观念和荒谬教条。事实上，路遥忽略了这样一个事实：彼处的“纯净得不能再纯净”的人性理念，与此间的“三突出”和“高大全”的文学理念，实在是同条共贯、一脉相承的。

---

① 李辉凡：《苏联文学史：问题、争论》，《苏联文艺》1990年第2期。

② 阿·托尔斯泰：《苦难的历程》，第二部，朱雯译，人民文学出版社，1979年，第1页。

③ 路遥：《路遥全集·早晨从中午开始》，北京十月文艺出版社，2013年，第161页。

路遥能从二流和三流的苏俄作品里，获得有价值的启示，也能从第一流的苏俄作品里，发现值得警惕的教训。《静静的顿河》无疑是一部伟大的小说，一部可与《战争与和平》相颉颃的杰作。对这部气势恢宏、苍凉悲慨的史诗，路遥无疑是喜爱的。但是，他也发现，“天才作家”肖洛霍夫的这部小说，也存在不容忽视的问题：它“有特别辉煌的开卷和壮丽的结束，但中间部分却没有达到同样的成绩”①。这说明，路遥有极高的悟性和求实的精神，在对苏俄文学的阅读和评价上，是认真而严格的，而不是随便和草率的。

但是，就现有资料来看，路遥对苏俄文学的阅读，似乎也存在不少盲区。他对苏俄文学经验的了解和吸纳，也很难说是全面的。他的注意力主要集中在处于将聚光灯下的“正统文学”上，对那些常常被遮蔽的“异质文学”却关注不够。他对第二大类的文学作品，即体制外的批判型文学或反讽型文学，对那些给20世纪的俄罗斯带来巨大光荣的作家，例如扎米亚京、索尔仁尼琴、帕斯捷尔纳克、格罗斯曼、曼德施塔姆、阿赫玛托娃和蒲宁，都不曾齿及，更谈不到在自己的写作中，将他们的精神和思想体现出来。

显然，路遥对苏俄文学的阅读，主要是感性和实用性质的，而不是理性和批判性质的。他只留意那些对自己的写作有直接帮助的作品和经验，而没有兴趣从学理上整体上分析苏俄文学的成败得失，也没有兴趣通过个案来分析具体作家的成败得失。他的阅读围绕作品展开，而很少涉及作家以及与他相关的外围问题。路遥的苏俄文学阅读，循着这样一个目的明确的实用性路向展开——吸纳苏俄文学作品中所包含的经验，用之于自己的写作实践。

① 路遥：《路遥文集》，第五卷，人民文学出版社，2005年，第308页。

三、好文学与大文学：路遥所接受的苏俄文学影响

学有好坏之分。就像雨果在《〈短曲与民谣集〉序》中所说的那样："归根到底，在精神作品中，唯一真正的区别就是'好的'和'坏的'之间的区别。"① 好文学就是形式优美、趣味雅正、情感健康的文学，就是具有良好教养、充满热情和力量感的文学。坏文学就是形式粗糙、格调低下和精神畸形的文学，就是充满内在残缺和严重危机的文学。

抹平好文学与坏文学之间的界线，这是文学认知上的懒惰的奥勃洛摩夫习气，是文学选择上无可无不可的平庸的犬儒主义习气。这些消极的文学习气，将会严重地降低人们的文学鉴赏力和文学判断力，甚至会使人们在文学上良莠不分、美丑倒错、真假莫辨。

就世界范围来看，20 世纪产生了大量的坏文学。许多坏文学体现着两种危机：一种是虚假化的危机，一种是平庸化的危机；前者的根本问题是缺乏个性和真诚，后者的根本问题是缺乏热情和活力；前者是现实主义向度的危机，后者是理想主义向度的危机。如果说，苏俄正统文学的危机，主要是因为丧失独立精神和自由精神所造成的危机，那么，西方现代主义文学的危机，主要是一种因为丧失生活理想与生活目标所造成的危机。

然而，两相比较，颓废的现代主义文学的问题，尤其值得反思和警惕。因为，即便在苏俄的过度高亢的"正统文学"中，我们还可以看见人的精神向上飞扬的努力，但是，在西方的现代主义文学中，我们所看到的，则不仅有盲目，还有对一切都丧失信心和希望的颓废状态，以及由此导致的虚无、荒谬、破碎甚至令人恶心的精神图景。

在一篇批评挪威作家克努特·汉姆生（亦译"克纳特·哈姆生"）的文章中，美国犹太人作家伊萨克·辛格将这些平庸化的作家，很客气地命名

---

① 雨果：《雨果论文学》，柳鸣九译，上海译文出版社，1980 年，第 88 页。

为“怀疑主义艺术家”。汉姆生“不是拥护社会公正的作家，人们把他看作一个永久的悲观主义者，一个渎神者、异教徒”①。他是一个自我中心主义的作家，而不是具有利他主义精神的作家。他宁愿用自己的诺贝尔奖奖金“修缮他的花园”，而不是用它来帮助那些需要帮助的人，所以，辛格颇含讽意地说道：“《饥饿》的作者不曾特别关怀那些由于战后的欧洲状况而挨着饿的人们。”② 汉姆生笔下的人物，也像他自己一样，不仅对将来毫无目的，而且还是冷漠的反社会的利己主义者：“他的主人公都是些孩子——孩子般天真烂漫、缺乏理性，常常是蛮横的。”③ 辛格甚至认为，西方20世纪的现代小说流派就发端于汉姆生。作为一大批现代作家的精神导师，“他对整个的写作流派负有责任”④。

事实上，从伦理精神和美学精神的角度看，无论苏俄的虚假型的高调文学，还是西方平庸的现代主义文学，都属于畸形的文学，亦即属于典型的“坏文学”。

文学亦有大文学与小文学之分。

文学之大小，不是从形式上来区分的，而是以精神境界的大小来判断的。

大文学是有大情怀和大格调的文学，是目标远大、精神崇高、趣味雅正的文学，是具有深刻性和力量感的文学。小文学则是与它相反的文学。

扎米亚京就将文学分为“大文学”和“小文学”，将艺术分为“大艺术”和“小艺术”。他认为，大文学和大艺术应该有自己的目标，应该谈“谈千米，谈百万米”的目标，而“一厘米的讽刺是可怜的”：“为了唤醒民众，艺术家应该寻求的不是方法，而是目的——人类奋斗的伟大目标。”⑤

① 克纳特·哈姆生：《饥饿》，唐克蛮、翁慧华译，北方文艺出版社，1987年，第6页。
② 克纳特·哈姆生：《饥饿》，唐克蛮、翁慧华译，北方文艺出版社，1987年，第7页。
③ 克纳特·哈姆生：《饥饿》，唐克蛮、翁慧华译，北方文艺出版社，1987年，第5页。
④ 克纳特·哈姆生：《饥饿》，唐克蛮、翁慧华译，北方文艺出版社，1987年，第8页。
⑤ 叶·伊·扎米亚京：《明天》，闫洪波译，东方出版社，2000年，第57页。

伟大的俄罗斯古典文学，就属于典型的大文学。它关心那些大问题，关心战争与和平，关心灵魂的救赎，同情弱者和不幸者，关心底层人的命运，关心社会正义和人的自由。

拉斯普京在一次访谈中说：“整个19世纪的俄罗斯文学都充满着对穷人的同情。其之所以伟大，正是由于两大品质——艺术性和同情心，前者是职业层面，后者是道德层面，前者因后者而丰满。……甚至连他们的作品名称都明确无误地指向对于不幸的人们的同情：《苦命的丽莎》《穷人》《被侮辱与被损害的》《穷非罪》《苦命人安东》《在底层》……”① 那些优秀的苏俄作家，也继承了俄罗斯文学的这一传统。在艰难的写作条件下，他们将自己的写作提高到了“大文学”的境界，即人道主义的境界和真正的艺术境界。《日瓦格医生》的宗教意识和情感，《静静的顿河》的人道主义精神，《我们》的反讽精神，《古拉格群岛》的正义感，都体现着托尔斯泰、果戈理和陀思妥耶夫斯基的文学精神，都在伦理和美学两方面达到了很高的水平。

由于受俄罗斯文学和优秀的苏俄文学的影响，路遥很早就形成了自己的文学价值理念。他知道好文学与坏文学的分际在哪里，也知道大文学与小文学的区别在哪里。他崇尚严肃、热情而伟大的文学。在路遥谈论文学的各种形态的文本里，“伟大”是一个高频词，单在《早晨从中午开始》里，就出现了十八次。在实践上，他也自觉地追求“好文学”与“大文学”的境界。

路遥从那些优秀的苏俄文学作品里，发掘出了被自己的同时代作家忽略的伦理价值和美学富矿。他发掘出了利他主义精神和理想主义激情，也发掘出了崇高的美学精神和诗性的表现方式。同时，他还自觉地克服了意识形态化的文学的狭隘和僵硬，不再用歧视的态度对待任何人物，不再用

---

① 瓦连京·拉斯普京：《拉斯普京访谈录：这灾难绵绵的20年》，王立业、李春雨译，社会科学文献出版社，2013年，第141页。

傲慢而轻薄的语调展开叙述。他的写作有高尚的情怀，有对底层人命运的关注，有对所有不幸者的同情。他强调作家对读者和社会的责任，强调劳动、诚实、理想主义对于人和生活的意义。他有很强的现实感，也有很强的未来意识。在一个小文学泛滥的时代，路遥对伟大文学的崇尚和追求，就显得特别难能可贵。

诚实是优秀的苏俄优秀作家写作的重要原则，坦率则是他们写作的基本态度。受这些苏俄作家影响，路遥的写作态度真诚而坦率，不能容忍哪怕一丝一毫的虚假和做作。在写实性的文字和言论里，他真实而坦率地讲述自己的童年，讲述自己的孤独、无助和软弱，讲自己的自杀冲动，讲自己哭泣和流泪的情景。在小说作品里，他写生活的残缺和艰辛，写人生的困境和尴尬，写人物内心的屈辱和疼痛，也都显示出一种坦率的文学品格。有必要指出的是，路遥的坦率是一种有教养的表现，与中国当代的“消极写作”的病态的恣纵和任性，迥乎不同。路遥也不能容忍哪怕一丝一毫的轻佻和粗鄙。

米尔斯基曾经用“整数”和“微分”来讨论契诃夫。他说，契诃夫艺术表现上，关注人物意识之“微分”，懂得如何对素材进行“更为复杂、更为精细的处置”，但是在“世界观”和“哲学”这个“整数”上，他却是消极的，是“对灵魂的‘微生物’及其毁灭病菌的投降”①。他的观点和判断是否站得住，大可以讨论。我想说的是，无论是伟大的俄罗斯文学，还是优秀的苏俄文学，都是通过艺术上的“微分”性表现，来积极地表达世界观和人生哲学意义上的“整数”。没有自觉而成熟的“整数”意识的人，根本就不可能成为优秀作家。

路遥也属于这种在价值观和人生哲学上具有“整数”意识的作家。路

---

① 德·斯·米尔斯基：《俄国文学史》，下卷，刘文飞译，人民出版社，2013 年，第 91 页。

遥说："我喜欢生活和艺术中一切宏大的东西"①。崇高和庄严是路遥文学气质上的突出特点。他关注的不是无关紧要的"细枝末节"，不是无聊琐碎的个人经验，而是一个时期最重要的问题，是与几乎所有人的精神生活相关的重要主题，例如人的自由和尊严的问题，个人奋斗与责任伦理的问题，现实需要与理想追求的问题，等等。就此而言，他已极大地超越了同时代的很多著名作家。那些"消极写作者"只对近乎无意义的东西感兴趣，只对文学表现方式和表现内容上的"微分"感兴趣。

具体地说，对路遥影响最大的俄罗斯古典作家，是列夫·托尔斯泰；对他影响很大的苏俄作家，则至少有四个：肖洛霍夫、艾特玛托夫、拉斯普京和尤里·纳吉宾。除了尤里·纳吉宾是1920年出生于莫斯科的都市作家，其他三个，都是以农村生活为题材的乡土作家。

肖洛霍夫对路遥的影响，是内在的和隐性的，是精神性和气质性的。

这种影响，从他阅读柳青的《创业史》的时候，就开始接受了。因为，柳青的精神导师，就是托尔斯泰和肖洛霍夫。托尔斯泰对路遥的影响主要在情感态度方面，对柳青的影响主要在技巧形式方面。柳青主要在有限的意义上接受了《被开垦的处女地》的影响，路遥则在全面的意义上接受了《静静的顿河》的影响。"肖洛霍夫的创作在艺术上给了柳青很大启示，但在精神气质上却没有给他带来深刻影响"②；肖洛霍夫不仅在艺术上启发了路遥，也在伦理精神上影响了路遥。

在现实生活中，肖洛霍夫是一个复杂的人。他有时会顺从和妥协，有时又会充满常人所不具备的勇气，敢于冒着巨大的危险，反复给斯大林写信，替陷入可怕困境的农民辩护。一旦进入自己的小说世界，他就像换了一个人，成了一个眼里只有文学和人物的人，成了一个为了真实的人性化

① 路遥：《路遥文集》，第五卷，人民文学出版社，2005年，第377页。

② 王鹏程：《〈创业史〉的文学谱系考论》，《马尔克斯的忧伤：小说精神与中国气象》，生活·读书·新知三联书店，2018年，第225页。

的写作，而无视一切压力和危险的人。他像托尔斯泰那样，真诚地表达自己的内心感受，真实地揭示生活本身的复杂性和悲剧性。他的文学经验来自于托尔斯泰。他缺乏托尔斯泰的坚定信仰和成熟的思想体系，但是，他的叙事比托尔斯泰更贴近底层社会，更有辽阔而深厚的大地精神。

那么，肖洛霍夫在文学上的伟大经验体现在哪里呢？

体现在他的人道主义精神和“复杂性和中间性”[①] 意识上，也体现在他的悲怆的、充满抒情性和诗意的叙述方式上。

柳青没有办法在写作中体现肖洛霍夫的博大的人道主义精神，没有办法在描写主人公和“敌人”生活的时候，表现作者自己的公正的“中间性”意识，但是，他的确努力地表现人物性格和生活本身的“复杂性”。只是，他的这种“复杂性”意识，全都体现在对一个次要人物梁三老汉的塑造上。可以肯定地说，假如没有肖洛霍夫塑造达维多夫形象的经验支持，柳青就不可能塑造出梁三老汉这样的人物形象，他的叙述方式也不可能像现在这样充满激情和诗意。

路遥先是经由柳青这个中介，后来是经过自己的直接阅读，而汲取了肖洛霍夫的伟大经验。这种经验内在地体现于《人生》和《平凡的世界》的写作上。人们只看见了《人生》与《红与黑》的关系，却很少有人看见它与《静静的顿河》的关系。格利高里是一个不顺从的人，高加林也有这样的性格。格利高里抛弃了娜塔莉亚，高加林抛弃了刘巧珍。格利高里在军事的战场上输掉了，失魂落魄地回到了家乡，不知道怎样的命运在等着自己；高加林则在人生的战场上输掉了，同样失魂落魄地回到了家乡，不知道自己的未来命运是什么。就此而言，高加林既不是于连·索黑尔，也不是保尔·柯察金，而是黄土高原上的格利高里·麦列霍夫。高加林和格利高里都属于那种善良、多情、不安分而又缺乏坚定性的人，属于那种不

---

① 李建军：《重估俄苏文学》，下卷，二十一世纪出版社集团，2018 年，第 934—940 页。

甘屈服而又最终陷入困境的悲剧人物。无论他们做过什么样的错事，他们终究是让人同情甚至喜爱的人物。

如果说，《人生》与《静静的顿河》人物性格上的这些相似，还只是外在的，那么，作者对人物的包容和同情的态度，对生活的复杂性的充分理解和展示，则是肖洛霍夫与路遥更为内在的共同点。他们都是通过对人物和生活的复杂性的描写，来表现自己对人和生命的同情心和慈悲态度。

很大程度上，《平凡的世界》的叙事方式，那种苦难而又崇伟、苍凉而又温暖的叙事调性，也是来自于肖洛霍夫的《静静的顿河》和《一个人的遭遇》的影响。

那么，艾特玛托夫又在哪些方面影响了路遥呢？

善是艾特玛托夫面对生活的稳定态度。在《善战胜一切》一文中，他反复强调善良和人道主义对于文学的意义。没有善的态度和人道主义的思想，任何一个作家都不可能创作出真正有价值的作品，因为，“当作家满怀这种思想之前，他很难找到对待自己的主人公的态度，也很难把自己的真理、自己的信念传达给读者”①。文学的本质和力量，很大程度上，也决定于善，因为，“如果一部作品，不能从精神上使读者动情，不能丰富他的审美意识，激励他对善和恶的态度，那么，不管书里讲什么，也不管它描写多么有益、多么正确的东西，那都不是真正的艺术。”② 艾特玛托夫他赞美大地，赞美母爱。他赞美善良而美好的人和事物，赞美人在困境和压力下表现出来的坚韧和勇气。他对孩子和动物，对不幸的人，尤其同情和怜悯。他的态度细腻而温柔，对自己笔下不幸的人物，抱着一种宽容、理解和同情的态度，所以，他赞成查密莉雅跟丹尼亚尔为了爱情，一起私奔。

---

① 现代文艺理论译丛编辑部编：《苏联文学与人道主义》，作家出版社，1963 年，第 231 页。

② 艾特玛托夫：《文学与艺术》，阿地里・居玛吐尔地等译，华文出版社，2018 年，第 166 页。

艾特玛托夫小说的基本主题，是人在种种不幸遭遇和考验情景中的艰难处境和精神反应。但是，他不是一个笔锋特别尖锐的批判型作家。他没有正面叙述个人与权力之间的冲突，着力写具体的人与人之间的冲突，写人与自然的冲突。但是，在他的克制的叙事里，也可以感受到他批判现实的锋芒。例如，写于1966年的《永别了，古利萨雷》，就是一部以象征的方式批判现实的杰作。小说中的名叫古利萨雷的马，既是一个写实的形象，也是一个象征的形象。它自己是不幸的，被戴上了脚镣，腿被磨得鲜血淋漓，简直像囚徒一样不自由；同时，它也象征着塔纳巴伊·卡索夫和许多人的痛苦和不幸——粮食全都上交了，农庄“样样亏损”，生活极其艰难：“战争过去了多少年了，可农庄的家业像座破毡包，成天得修修补补。”① 古利萨雷死了，而人们未来的命运，似乎也在未定之天。

艾特玛托夫对待善的伦理态度，极大地影响了路遥。文学要着力发掘和表现善的东西，要让善的光芒照亮苦难的生活。这种积极的道德态度，帮助路遥克服了自己时代的僵硬的道德法则和狭隘的道德意识。路遥对所有人物的善良态度，对那些性格复杂的人物的宽缓不苛的同情态度甚至兄弟般的关爱，也都与艾特玛托夫的影响有些关系。

第一人称是艾特玛托夫喜欢选择的叙事角度，而景物描写则是他经常用到的技巧。他通过景物描写，将大地上的美丽物象，大海中的奇异景观，引入自己的小说世界，并赋予它们以感情和生命。像艾特玛托夫一样，路遥在叙事方式上，也常常选择从第一人称的角度展开；景物描写也是路遥小说很重要的修辞手段，他借此来强化小说的抒情化和诗意化的表现力。陕北高原上的山川万物，都在他的笔下获得了诗意和生命。

艾特玛托夫将古老的民间歌谣，引入自己的小说，赋予自己的叙事以朴实的民间气息，也强化了作品的感染力。受艾特玛托夫启发，路遥意识

---

① 艾特玛托夫：《艾特玛托夫小说集》（下），冯加等译，外国文学出版社，1981年，第119页。

到了民间艺术对于文学创作的意义，并在自己的小说作品中，大量引入了陕北民歌，从而有效地强化了小说的表现力和感染力。

艾特玛托夫的叙事调性，是温暖的，也是感伤的，字里行间，流荡着略显凄婉的旋律，有时，甚至充满了浓浓的悲剧色彩。路遥的小说的调性，也是温暖的，也有一些感伤的意味，甚至也有着悲剧色彩，但是，他的感伤色彩，没有艾特玛托夫那样浓重，悲剧性也没有艾特玛托夫那样强烈。

如果说，艾特玛托夫的文学气质更接近契诃夫，那么，拉斯普京的写作风格就更接近列夫·托尔斯泰。与艾特玛托夫比起来，拉斯普京是一个更有具体的现实感和尖锐的问题意识的作家，也是一个道德意识和宗教意识更加强烈的作家。

作为一个保守主义的作家，拉斯普京关注生活的意义，认同并捍卫传统的伦理和价值观，致力于通过对人在考验情景下的反应，来探讨那些根本性的伦理问题。他提出问题，也回答问题；他通过文学叙事，为这些问题提供了明确无误的答案。在《告别马焦拉》中，他提出了很多至关重要的问题：人应该怎样生活？怎样的人才算得上真正的人？家园和土地对人有着什么样的意义？在《最后的期限》里，他提出了这样的家庭伦理问题：人应该如何善待即将死亡的亲人？对临终母亲的冷漠，到底反映着什么样的人性危机？在《活着，可要记住》里，他不仅控诉了战争，还提出了这样的问题：人应该如何在战争中承担责任？一旦放弃责任会受到什么样的良心审判？“活着是愉快的；活着是可怕的；活着是可耻的。”① 娜斯焦娜这样想着。她因为自己的逃兵丈夫，而感到强烈的精神痛苦和道德焦虑。她最后选择了自杀。她的悲剧故事里，包含着拉斯普京自己的道德情感和道德主张。

中篇小说《告别马焦拉》中的达丽娅老人，像《战争与和平》中的安

---

① 瓦·拉斯普京：《活着，可要记住》，李廉恕、任达萼译，中国社会科学出版社，1978 年，第 277 页。

德烈·保尔康斯基和《安娜·卡列尼娜》中的列文一样，是作者的生活哲学的代言人。达丽娅对自己的孙子安德烈说：人应该有灵魂，应该心地善良，应该信上帝，“谁要是糟蹋了灵魂，谁就不是人了，不是人！这种人什么事情都敢去干，连头也不回。你们有多少人不顾一切地丢掉灵魂——没灵魂多轻松呀。”① 达丽娅老人对当下的人性状况，极为失望；那些冷酷无情、忘恩负义的人，简直就是“野蛮人”，是连野兽都不如的野蛮人：“要是母狼死了，公狼就绝不活下去……”② 对她来讲，人不应该骄傲地生活，而应该谦卑地生活。她像从19世纪复活的人物，对上帝和末日审判充满敬畏，对旧的生活和脚下的土地充满眷恋和热爱。在生命最后的时刻，她体验到了强烈的道德痛苦，感受到了良心所承受的折磨，因为“全部真理”这样的问题备受煎熬：“有谁能解人生的真谛：人为什么活着?”③ 她甚至向那些死去的人，提出了自己的问题。

那么，路遥从拉斯普京的作品中，领悟到了什么样的东西呢?

路遥从《告别马焦拉》中提领出了这样一个问题：我们应该如何处理“新生活”与“老土地”的关系？他说：“这是俄罗斯作家拉斯普京的命题，也是我的命题。……拉斯普京曾写了《告别马拉礁》（应为《告别马焦拉》——引者注），揭示的正是这一痛苦而富于激情的命题。……我迄今为止的全部小说，也许都可以包含在这一大主题中。”④

这是一个很有现实感的问题，也是一个很重要的问题。因为，在很长的时间里，在很多方面，我们都没有学会如何处理“新与旧”的关系。受“拜新教”意识的影响，我们看不到新旧之间的亲缘性和继承关系，总是将新与旧对立起来，常常为了“新”而毁灭“旧”。而农村生活就被当作“旧

① 拉斯普京：《拉斯普京小说选》，王乃倬等译，外国文学出版社，1982年，第155页。
② 拉斯普京：《拉斯普京小说选》，王乃倬等译，外国文学出版社，1982年，第173页。
③ 拉斯普京：《拉斯普京小说选》，王乃倬等译，外国文学出版社，1982年，第214页。
④ 路遥：《路遥文集》，第五卷，人民文学出版社，2005年，第304页。

生活”和“落后生活”的典型，而受到尖锐的质疑和批判。

拉斯普京的保守主义价值立场，给路遥提供了深刻的思想启迪和巨大的精神支持，使他有勇气用一种温情脉脉的态度来面对旧的生活，来认识和处理所谓的“广大的落后农村”问题，最终使他形成了这样的基本认知：城市不应该鄙视和敌视农村；我们不应该通过嘲弄和丑化农村，来显示某种文明观念和进步观念：“城里人无权指责农村人拖了他们的后腿。就我国而言，如果没有广大的农村，也不会有眼下城市的这点有限的繁荣。”① 值得注意的是，路遥不是通过想象将农村美化和诗意化，或者无原则地为它辩护，而是提醒人们应该公正和公平地对待农村，甚至要怀着感恩的心情对待农村。路遥是农村社会和农民阶层最真诚的代言人和辩护人。假如没有拉斯普京，他依然会对农村和农村青年表示深深的同情，但是，他的态度恐怕就不会像现在这样坚定，认知恐怕也不会像现在这样深刻。

由于宗教等因素的影响，俄罗斯文学有着强大的道德理想主义传统。人的道德的升华和完善，是俄罗斯作家特别关注的问题。他们倾向于发现和塑造那些具有严格的自律意识和高尚的利他主义精神的人物。如果说，在俄罗斯古典作家的叙事中，主要通过严肃的自我责备和良心忏悔，来实现对理想人格的建构，那么，苏俄作家的叙事中，则主要通过参与具有挑战性和牺牲性的社会活动，来完成对人格理想的塑造和对生活理想的追求。前者的理想主义是宗教和个人内省性质的，始终充满强烈的罪孽感和内疚感，后者的理想主义主要是政治和社会实践性质的，始终洋溢着骄傲的成就感和荣耀感。

几乎所有第一类型的第一亚类的苏俄主流作家，即体制内的认同型作家，都是精神昂扬的理想主义者，甚至是充满英雄主义气概的浪漫主义作家。尼·奥斯特洛夫斯基和尤里·纳吉宾，都属于充满英雄气概的理想主

① 路遥：《路遥全集·早晨从中午开始》，北京十月文艺出版社，2013年，第62页。

义作家。他们的生活态度，永远是积极的，利他主义的，就像纳吉宾短篇小说《我们四个人》中的波利斯在写给朋友的信中所说的那样："我们要努力，要正确地、好好地去生活，为了自己，也为了他们……"① 路遥的理想主义精神，与这两位作家的影响是分不开的。只不过，尼·奥斯特洛夫斯基对路遥的影响，是抽象的和隐性的，而尤里·纳吉宾对他的影响，则是具体的和显性的，彰彰可见地体现在路遥小说的情节事象里。

有必要指出的是，在路遥的叙事中，理想主义与现实主义之间，不是谁压迫谁或谁服从谁的关系，而是一种积极而和谐的关系。也就是说，路遥的理想主义，是具有现实主义深度的理想主义，而他的现实主义，则是具有理想主义光芒的现实主义。路遥的理想主义叙事的力量和特点，充分体现在对田晓霞形象的塑造上。

讲故事是一个小说家的基本功。路遥就是一个讲故事的高手。他笔下的田晓霞也很会讲故事。她以自然而从容的方式，向孙少平讲述了发表在《苏联文艺》创刊号头条位置的短篇小说《热妮亚·鲁勉采娃》中的故事，一个女飞行员的美好而感人的英雄故事②。纳吉宾所讲述的这个爱情故事，就像美国学者莫·弗里德伯格所评价的那样："没有装腔作势的爱情描写，但却扣人心弦。"③

热妮亚是一个像春天一样可爱和美好的姑娘。她热情，乐观，勇敢，临危而不惧，有着良好的意志品质。她有明确的人生目标，也懂得克制自己的冲动。她竟然给自己和所爱的人设计了一个浪漫的约会："十年以后，五月二十九日晚上八点在大剧院正中间的通道里。"④ 她想用十年的时间，

① 纳吉宾：《纳吉宾短篇小说选》，李未青等译，作家出版社，1955 年，第 99 页。

② 路遥：《平凡的世界》，第二部，人民文学出版社，2004 年 5 月，第 404—406 页。

③ 北京大学俄语系俄罗斯苏联文学研究室编译：《西方论苏联当代文学》，北京大学出版社，1982 年，第 153 页。

④ 纳吉宾：《热妮亚·鲁勉采娃》，查意楞译，《苏联文艺》1980 年第 1 期；另见季米娜选编：《苏维埃俄罗斯小说选》，贺哈定等译，陕西人民出版社，1986 年，第 362 页。

让自己和所爱的人都成为非凡的人物。她从大学参加了空军，在与纳粹的空战中牺牲了。最后，小说中的“我”独自来赴约。田晓霞的讲述平静而自然，但却获得了使人惊心动魄的效果，使孙少平激动得“浑身微微地抖着”。

田晓霞是热妮亚精神上的同时代人，所以，很容易与她产生同振和共鸣，也很容易才产生同样的愿望和想法：

> 她把头埋在他胸前，深情地说：“两年以后，就在今天，这同一个时刻，不管我们那时在何地，也不管我们各自干什么，我们一定要赶到这地方来再一次相见……”
>
> “一定。”他说。①

田晓霞与孙少平在古塔山上重聚的约定，是《平凡的世界》最闪光、最美好、最感人的一个情节。她对热妮亚的模仿，并不是随随便便的游戏，而是出于真实的情感和思想。这是一种庄严的理想主义仪式。它具有特殊的时代色彩，但也反映着那一代人特有的理想主义激情。因而，它既是真实的，也是美好的。有必要指出的是，田晓霞的两年之约，比热妮亚的十年之约，更有现实感，体现着一个充满理想主义热情的中国姑娘的务实性格。

像热妮亚·鲁勉采娃一样，田晓霞也牺牲了。在可怕的水灾中，她为了救人而舍掉了自己的生命。她是一个平凡而伟大的英雄，也是20世纪中国文学中极为少见的真实而美好、平凡而崇高的人物形象。

在一个缺乏英雄和理想的时代，在一个平庸获得了全面胜利的时代，路遥的理想主义叙事，就具有特别重要的意义和价值。

人是一个自然现象，也是一个社会现象。他像动物一样，要满足自己的本能需要，但是，他还有高于本能需求的需求，即对意义化生活的需求。

---

① 路遥：《平凡的世界》，第二部，人民文学出版社，2004年，第406页。

这就是说，人不仅要满足自己的肉体需求，而且还要满足自己的精神需求。

这样，人的生活由两个方面构成：一方面是利己的、本我意义上的生活；一方面是利他的、超我意义上的生活。前者意味着局限于自然形态的自我中心主义的生活，后者意味着摆脱了自我中心的高度精神化和意义化的生活。

健全意义上的人类生活，就是在这两个方面维持一种积极的平衡状态：既不要否定人的自然本性和本能需要，也不能仅仅停留在这个层面，而要将生活向上升华，使自己成为一个具有利他主义精神和理想主义热情的文明人。这就意味着他不再是一个仅仅只懂得吃喝玩乐的野蛮人，而是一个具有文明意识、追求诗性生活的文明人。

苏俄文学的一个巨大优点，就表现在对意义化生活的追求上。它继承了俄罗斯古典文学反对平庸的传统，以一种强烈的道德热情，赞美战胜怯懦和苟且的进取精神，赞美利他主义的牺牲精神，赞美无所畏惧的英雄主义精神。对于那种严重平庸化的文学来讲，苏俄文学在伦理精神上所表现出来的崇高精神，无疑具有解毒剂的作用。

路遥积极地、创造性地吸纳了苏俄文学的经验。像那些优秀的苏俄作家一样，他既以现实主义的文学精神严肃地反映现实，也用理想主义之火热情地照亮现实。这样，他就将自己的文学，提高到了庄严而美好的“大文学”境界。因为具有成熟的“整数”意识，因为创造了非凡的文学成就，路遥和他笔下的人物，将长久地赢得读者的信任和热爱。

2020 年 5 月 4 日，北京平西府

第五节　路遥与柳青

在世界上很多地方，“教父”都是一个庄严神圣的称呼，但在中国，它却是个低频词，远不如导师那样常见。同样，在中国，也很少见到哪个作家称另一个作家——即便他是著名的前辈作家——为自己的文学教父。路遥是这极为少见的作家中的一个。他至少将两位文学前辈尊为自己的文学教父：一位是文学编辑家和文学批评家秦兆阳，一位是陕西著名作家柳青。路遥用“文学教父”一语，来表达对这两位文学前辈的崇敬和感恩之情。用他的话说，他所表达的，不是“面子上的尊敬”，而是“心灵的尊敬”①。

然而，文学既需要崇拜，又必须超越崇拜。因为，只有以崇拜的态度吸纳伟大的文学经验，作家才能进步和成长；同时，也只有超越崇拜，作家的主体意识才能发展和成熟起来。假如路遥只知道崇拜和感恩，假如他始终让柳青的身影笼罩着自己，那么，他就不可能写出《人生》和《平凡的世界》，也不可能最终形成自己的风格。

路遥有远大的文学理想和巨大的创作热情。他不会满足于重复自己的文学导师的写作模式。他用“无榜样意识”超越了“文学教父”崇拜，实现了从他律的文学到自律的文学的超越，

① 路遥：《路遥文集》，第五卷，人民文学出版社，2005 年，第 289 页。

实现了从功能化的被动写作到人性化的主动写作的超越，实现了从斗争的文学到同情的文学的超越，实现了从封闭的阶级性到开放的人性的超越，实现了从塑造“非凡人物”到塑造“平凡人物”的超越，最终，使自己升华为一个高度成熟的优秀作家。所谓“无榜样意识”，就是要摆脱一切固有观念的束缚，走自己的路，说自己的话，写出真正属于自己的作品。

如何避免重蹈“柳青的覆辙”，是路遥经常谈到的话题。“覆辙”二字，含义丰富，包含着多方面的教训。《创业史》中道而止，未成完璧，就是一个前车之鉴。对路遥来讲，如果在有生之年不能完成《平凡的世界》，那就是重演了柳青的悲剧，而这悲剧的性质，极其严重，是“真正的悲剧，永远的悲剧”①。他凭着非凡的毅力，付出了巨大的代价和牺牲，终于完成了自己的长篇小说。

关于路遥与柳青的文学关系研究，即关于两位作家性格的考察、关于自律写作与他律写作模式的分析、关于文学经验的继承与超越的梳理，既是对两个作家的具体文学经验的研究，也是对一个时代的文学整体状况的研究。就前者说，有助于我们认识优秀作家成功的规律，就后者说，有助于我们认识一个时代文学的问题和局限。

一、听话的人与发话的人

了解一个作家的创作和风格，先得知其人，了解他的性格，了解他的性格形成的大体过程和决定性因素。刘勰在《文心雕龙》“体性篇”中说：“各师成心，其异如面。”性格就是这“成心”的主要方面。它会极大地影响一个作家的生活态度、行事方式和写作风格。

柳青与路遥虽然都属于陕北人，但两个人的性格截然不同。如果用树木来作比，那么，柳青的性格就像春天的垂柳，婀娜披拂，给人一种柔和

① 路遥：《路遥文集》，第五卷，人民文学出版社，2005 年，第 321 页。

而温顺的感觉；而路遥的性格则像秋天的国槐，坚刚挺拔，望之森然，显示出一种严正而凛然的气象。

童年和少年时代的人生境遇里，埋藏着一个人的精神密码；未成年时期的人生经验和苦难记忆，则微妙地影响着他写作的内在深度。路遥与柳青成长期的生活境况，完全两样，譬若霄壤。

柳青虽然生于1916年，但家境却颇为殷实。二哥和三哥在父亲的带领下，“修水田、种鸦片，使他家的经济条件已经上升到富民（原文如此——引者注），雇长工二至三人，实行富农式剥削”①。柳青受父兄翼护，衣食无虞，几乎就是在蜜罐里泡大的，几不知人间疾苦为何物。一个人小时候没有挨过饿，没有受过罪，此固幸事，但对一个作家来讲，也有可能成为一个经验上的短板——有可能使他对人间悲苦，缺乏深刻的体验和认知。毕竟，看别人吃苦头，与自已身受之，是全然不同的两回事。

路遥虽然生于1949年，但家境却一贫如洗，几乎到了盎无宿粮、家鲜藏盖的地步，养母甚至不得不通过乞讨，供他上中学：“大妈是个要脸面的人，附近熟人多，撕不开面皮，便和一位姓梁的妇女结伴，鸡不叫起身，急行50里，赶往延长县，那里人生，谁打发上点，就吃，不打发也没关系，人家又没欠自己什么。……遇有好心人，给掰点蒸馍，大妈就像摆地摊似的，晾干，装入布袋，快满时便往回运动。远离当地要饭，即不给卫儿丢人现眼，还能给他带回干粮。”② 路遥几乎就是在苦水里泡大的，几不知人间幸福为何物：“中学时期一月只能吃十几斤粗粮，整个童年吃过的好饭几乎能一顿不拉记起来。”③

所以，照片中的柳青，总是在微笑，一副不曾受过穷、吃过苦的样子；照片中的路遥，总是表情凝重，使人隐约看见他童年哀苦生活留下的影子。

---

① 蒙万夫等：《柳青传略》，陕西人民出版社，1988年，第7页。

② 李建军编：《路遥十五年祭》，新世界出版社，2007年，第43页。

③ 路遥：《路遥文集》，第五卷，人民文学出版社，2005年，第280页。

唉！一个心性那么高的人，从幼小时开始，便尝尽了世间的辛酸，性格上怎么可能不留下烙印呢？又怎么可能把微笑经常挂在脸上呢？

某种程度上，正是由于早年的生活境遇大相悬异，路遥和柳青对生活之态度与想象，才大为不同：柳青常常将生活看得容易，故在叙写底层人生活的时候，便略显率易和虚浮，多有浪漫主义之色彩；路遥常常将生活看得艰难，他的底层生活叙事，便显得真实和沉重，具有本色的现实主义品质。

影响柳青与路遥人格成长的家庭环境，也很不一样。柳青的父亲和兄长非常严厉，管教起他来，疾言厉色，毫不宽假，于是便塑造了柳青随顺而隐忍的性格。路遥的养父母善良而宽厚，对自己的养子非常呵护，也很是宽容，不仅不曾打骂过他，说重话的时候都很少，这就给他的成长提供了一个宽松而自由的空间，最终养成了路遥独立而豪强的性格。

从排行看，柳青是家里十个孩子（八个儿子，两个女儿）中排行比较靠后的儿子，但父亲刘仲喜对他并不溺爱，生气时会照他屁股上就是一脚，踢得他“超前滚了个跟头”①。大哥刘绍华对他管教也很严，曾经因为他参加社会活动，耽误了学业，狠狠地扇过他一耳光②。有一次，因为他学习成绩不好，一向温和的长兄顿时暴怒，“把成绩册照着蕴华（柳青原名）摔过去，即刻雷鸣电闪训斥他。他不顶嘴，也不觉得委屈，只是站在脚地一个劲哭。”③ 还有一次，他因为“当众侮谩教师”，又被大哥狠狠抽了一个耳光；他虽然非常不满和愤怒，但是，“想起了大哥慈父般的抚育之恩，强压自己，一句话没说”④。在父亲和兄长的严厉管教下，柳青的性格逐渐定型，成了一个非常听话的人。

---

① 刘可风：《柳青传》，人民文学出版社，2016 年，第 9 页。
② 邢小利、邢之美：《柳青年谱》，人民文学出版社，2016 年，第 14 页。
③ 刘可风：《柳青传》，人民文学出版社，2016 年，第 19 页。
④ 刘可风：《柳青传》，人民文学出版社，2016 年，第 35 页。

进入青年时代，来自外部的革面悛心的思想改造运动，和地动山摇的政治斗争运动，也对柳青性格的固结，起了极大的强化作用，使他在公共生活领域，也常常表现出随顺而隐忍的性格倾向。

1942 年 9 月，柳青从绥德回到延安，准备写一部关于农民减租保佃斗争的长篇小说。这时，组织指定他参加文艺界的整风。这次整风使柳青深受触动，使他知道"这是一次思想上的大革命"。他在《我的生活和思想回顾》中说："整风对我原来是一种痛苦的事情，因为要割尾巴。但痛苦之后，会愉快起来。因为在党的抚育下，可以建立起新的自己。"他甚至从宗教的角度，来肯定思想改造运动的必要性："《佛经》曰：'不受磨，不成佛。'我们是不受锻炼，不经自我否定与肯定，不成布尔什维克。"①

1943 年冬，担任乡文书的柳青，被调到米脂县的"整风班"接受为期四个月的审查。柳青在《自传》中说："开始的半个月，我觉得出对我怀疑，感到很委屈。半个月以后，我看得出来，整个的做法起了变化。整风班讨论过我的历史，认为我没有问题。"②

1949 年，在《转弯路上》中，柳青如此进行自我反省："远离家乡以后，爱好了文艺，就是脱离基本群众的，土地革命也没有回来，变成城市知识分子群里的一个。现在毛主席在文艺座谈会上指出过去的错误，我回到正路上来了，我还能不安心吗？"③

1957 年柳青在"参加整风反右斗争的个人总结"中写道："过去有人怀疑我住在一个村里的作（做）法，现在许多人都走这条路子了。这是一条结实的路子，我抱住了毛主席的腿（听毛主席的话），毛主席过了长江，我也过了长江。"④

---

① 蒙万夫等：《柳青传略》，陕西人民出版社，1988 年，第 31—32 页。
② 蒙万夫等编：《柳青写作生涯》，百花文艺出版社，1985 年，第 6 页。
③ 蒙万夫等编：《柳青写作生涯》，百花文艺出版社，1985 年，第 21 页。
④ 蒙万夫等：《柳青传略》，陕西人民出版社，1988 年，第 95 页。

1958年，在《一个总结》中，柳青也对自己进行了严格的自我审视：“一个作家在政治上（忠实执行党所规定的路线）、生活上（同人民群众的关系）和艺术上（工作能力的提高和改进）这三方面不断地检查自己，才能使自己对人民有用。我在这三个方面，大体上还是要求进步的。但是由于自己知识分子的出身，并不是彻底的进步。”①

1964年，“文艺整风”开始，“柳青预感到这场政治风暴来头不善，他写信向我了解京城动向。我当时把一些复杂情况看得比较简单，想得单纯，表现出一种不以为然的心理。柳青立即来信批评我：‘你总是偏重把事情看得比较简单。其实不简单。十号有篇文章，正在放冷箭哩。’”②

从这些关于“整风”、“转弯”和“总结”的文字中，可以看出，早期频繁的思想改造运动，在柳青内心引起了强烈的紧张和不安。他虔诚地接受来自外部权威的声音和指令，以负罪和忏悔的心态，进行自我反省和自我否定。后期屡屡不绝的洗垢索瘢、苛察缴绕的“批斗”和折磨，则使柳青陷入严重的压抑和焦虑，甚至到了濒临崩溃的程度，曾经三次产生自杀的冲动。经此摧折，他的思想渐渐转变了，自我渐渐消失了，性格变得更加收敛、曲抑和驯顺。

在社会生活中，柳青基本上属于被动型和服从型的性格。在分析梁生宝的时候，柳青总结出了这个人物的四个性格特征，其中第一条，就是“听话”：“生宝随着母亲来到异乡，和继父生活在一起，过着贫困艰难的生活，使生宝从小就养成听话的特点。首先是听父母的话。……长大了听共产党的话。这是生宝在经历了新旧社会不同的切身感受之后，从内心里得出的结论——党无比伟大，无比正确。‘党指到东，咱向东，党指到西，咱向西’”③。在梁生宝的听话、用心、有耐性和务实这四个性格特征中，“是

① 蒙万夫等编：《柳青写作生涯》，百花文艺出版社，1985年，第40页。

② 王维玲：《岁月传真——我和当代作家》，首都师范大学出版社，2009年，第27页。

③ 王维玲：《岁月传真——我和当代作家》，首都师范大学出版社，2009年，第10页。

以听党话为核心的"①。按照柳青自己的阐释，梁生宝的性格特点，就是没有"锋芒"和"毫不任性"：他是一个"服服帖帖想听党的话，努力捉摸党的教导，处处想按党的指示办事的朴实农民出身的年轻党员。……他的这种社会意识特征和他由于受出身影响和受艰难生活的影响而形成的毫不任性的个性特征相结合，就是我现在所描写的精神面貌。我根本没有一点意思把梁生宝描写为锋芒毕露的英雄。他不是英雄父亲生出来的儿子，也不是尼采的'超人'。"②

事实上，梁生宝的性格，就是柳青自己的性格。柳青对梁生宝性格的概括，也是对他自己性格的概括。柳青在《创业史》里，塑造了两个同类性格的形象：一个是听话的人物形象，一个是听话的作家形象。就像他对《创业史》的责任编辑王维玲所说的那样："《创业史》也是我自身的经历，我把自己体验的一部分和我经历过的一部分，都写进去了。生宝的性格，以及他对党、对周围事物、对待各种各样人的态度，就有我自身的写照。"③柳青不是"锋芒毕露"的作家，而他的写作则属于"毫不任性"的写作。他自觉地按照时代指示的方向，所提供的立场和方法来进行写作。柳青的文学写作，几乎从一开始，就是近距离的写作，就是一种时效性很强的写作。即便是在他早年的小说作品中，人们也可以看见他在写作上的近距离和时效性的特点。

早在20世纪40年代，柳青就按照外在的指令，以近距离的方式观察和描写生活。在《地雷》、《在故乡》、《喜事》和《土地的儿子》等小说里，他就根据当时的形势需要，以简单化和理想化的叙事，以乐观而明快的笔致，叙写了土地改革和"生产运动"给陕北农村带来的巨大变化。在他的叙事中，陕北的地主阶级，就像《在故乡》中的地主"七老汉"一样，都

---

① 王维玲：《岁月传真——我和当代作家》，首都师范大学出版社，2009年，第11页。

② 蒙万夫等编：《柳青写作生涯》，百花文艺出版社，1985年，第95页。

③ 王维玲：《岁月传真——我和当代作家》，首都师范大学出版社，2009年，第6页。

不可避免地走向没落，而陕北农民则欢天喜地地实现了自己的致富梦。《喜事》里的原本极度贫穷的农民“招财儿”，一下子就过上了幸福的生活：“衣服崭新：深蓝的棉裤棉袄，束着一条月蓝色的腰带，洋袜子新鞋，戴着油亮的黑缎瓜壳帽子，顶上突起一颗殷红的疙瘩。”[①] 边区的女性，也获得了解放，她们再也不用“像旧社会的女人一样去寻短见，说明显些，便是投井或者跳河，那是绝没有可能得了；因为现在连小脚婆姨也会找到说理的地方——政府办公的所在。”[②] 总之，家家丰衣足食，处处笑语盈盈，“无论在哪里，耳边总听见这类话语：世事变了，都有了办法。”[③] 在此后数十年的时间里，柳青都以这种近距离的、重时效的方式来写作，以一种理想主义的精神和乐观主义的态度来赞美生活的变化。《创业史》的写作，与他40年代的写作之间，显然有一种内在的联系性和高度的一致性。他的小说写作，从始至终，都充满了理想主义的道德精神，充满了改造人和改造生活的热情，充满了赞美生活的冲动，因而，本质上属于浪漫主义模式的写作。值得注意的是，柳青并不排斥浪漫主义。他的主张是，“为了美化生活，提高人民的审美观念”，就必须将现实主义与浪漫主义“化合”起来[④]。

柳青的写作是一种顺应性和依赖性的写作，是接受时代的“社会订货”的写作。他的作品的价值和意义，常常依赖于特殊的语境，与所表现的时代和生活密切关联。倘若那个时代过去了，那种生活结束了，那么，作品的意义空间和内在价值，就随之缩小和消减。世易时移，若非出于特殊的需要，几乎没有人会产生阅读这类作品的冲动。

比较起来，路遥的性格和写作，就是另外一种完全不同的样子：他不

① 柳青：《柳青文集》，第4卷，人民文学出版社，2004年，第78页。
② 柳青：《柳青文集》，第4卷，人民文学出版社，2004年，第90页。
③ 柳青：《柳青文集》，第4卷，人民文学出版社，2004年，第73页。
④ 刘可风：《柳青传》，人民文学出版社，2016年，第419页。

是一个听话的人，而是一个发话的人。

只有个性独立的人、有自己的思想和主张的人，才会发话——向自我，向他者，向生活，发出自己的声音，表达自己的态度、愿望和主张。

也就是说，路遥不是一个被动的服从者，而是一个积极的主宰者。

从少年时代开始，他就不得不学会自己管理自己的生活，自己主宰自己的命运。

他被迫养成了独立的性格和独立的生活能力。很小的时候，他就显得特立独行，不仅不听大人的话，而且还要对大人发话。就像他在《答〈家庭教育〉记者问》中所说的那样："那时连饭也吃不饱，一切都要靠自己。我似乎有一种感觉：我生下来就是大人。……在农村里生活到十多岁，直到读中学才出来，我从小就不太听大人的话……。我从十几岁就开始教育我父母，因为我有文化，我看待人生、看待社会、看待世界就是要比他们深刻。"①

作为家里的长子，路遥天生就是一个具有领袖气质的人。他个性很强。童年的时候，他就有一股子不服输的劲头，"常常与一些比他大好几岁的男孩子打架，总不认输。"② 刚过继给伯父，来到延川的时候，他的清涧口音，常被小伙伴们的嘲笑。他被当作另类，受到小孩子们的排斥。"他从小就是'娃娃头'，哪里受过这种气，自然要反抗"③。最后的结果是，"过了不久，他就成了这个村里的'娃娃头'，年龄比他大的孩子都成了朋友，和他差不多的孩子都成了他的'部下'，比他小的孩子都成了他的崇拜者或者追随者。……而村里的成年人，特别是那些有远大眼光的'精英们'，立即意识到面前这个孩子会成为将来村里的'强人'"④。他还通过自己努力，艰难

① 路遥：《路遥全集·早晨从中午开始》，北京十月文艺出版社，2013 年，第 285 页。

② 李建军编：《路遥十五年祭》，新世界出版社，2007 年，第 184 页。

③ 海波：《人生路遥》，广东人民出版社，2019 年，第 12 页。

④ 海波：《人生路遥》，广东人民出版社，2019 年，第 12—13 页。

地踏进了中学的校门。这件事使他成为一个“独立的人”：“当同龄孩子都把身子紧紧依偎在父母怀里时，路遥已经开始主宰自己的人生。”①

在史无前例、轰轰烈烈的“文化大革命”运动中，当时还叫王卫国的路遥，竟然成了一个地方造反组织的领袖人物和延川县“革委会”的领导人。他是“延川中学‘红四野’造反派的司令，也是全县一个大派的头头”②。其实，路遥的“官职”，不是“司令”，而是“军长”，即“红色造反派第四野战军”的“军长”：“在一片‘造反有理’的口号声里，这个只有十七八岁的中学生，以他的学识，以他的博闻强记，以他在延川县无与伦比的口才，再加上文学造诣做基础，用极具煽动性和鼓动性的文章和演讲，王卫国一呼百应，八面威风，成为延川县城极有权力的大人物，可谓少年得志。”③ 可以想见，即便风云际会，柳青也很难成为政治运动中的弄潮儿，更不可能成为路遥那样的“极有权力的大人物”。因为，他的性格中缺乏那种风风火火的闯劲。他需要父兄的引领。他只能成为一个服从指挥的跟随者。

这样的独立意识和主宰能力，也体现在他后来的写作上。从 80 年代初期开始，路遥就表现出很强的发话者姿态。他改变了以往那种外倾化的倾听姿态和写作方式。他此后的写作，将不再以外在的他者经验为基础和核心，而是以自己的人生经验为基础和核心。他要摆脱一切束缚，自己走自己的路，就像他自己所说的那样：“你自己要走一条独立的道路，不看两面，不看前后，只看脚底下，这样来走路就特别艰难。但是，为了完成你自己一个不同凡响的东西，有必要这样做。”一旦进入自己的世界，他就把所有的权威、所有的思潮、所有的喧嚣，都统统赶出了自己的房间：

---

① 海波：《人生路遥》，广东人民出版社，2019 年，第 20 页。

② 李建军编：《路遥十五年祭》，新世界出版社，2007 年，第 3 页。

③ 张艳茜：《平凡世界里的路遥》，陕西人民出版社，2013 年，第 77 页。

> 我就是一个世界。在某种程度上，你就是这个房子的拿破仑，尽管你不是社会的主宰，但你最起码是这个房子的主宰。我能主宰了我的命运，我不需要别人来给我说你应该怎样做或你不应该怎样做，我自己就是我自己。你没有这样一种坚定的创作信念，你就不可能走完以后的道路。有人把我的意识总结为‘无榜样意识’，我认为这种说法我还能接受。就是在艺术上我尽管吸收各种各样的东西，但是在精神上我是无榜样，没有榜样，我认为真正有创新的东西是没有榜样的。①

这是一通非同寻常的文学言论，是一个自信的发话者的文学言论。

这是一个作家彻底摆脱了外在羁绊之后的文学宣言。

它显示着路遥的卓尔不群的个性和充分成熟的文学意识。

它表达着这样的文学认知：一个人，只有当他成为人格独立的人、精神自由的人，他才能成为一个真正意义上的作家。在文学的精神王国里，作家就是自己心灵的主人，就是自己的精神创造活动的绝对主宰。

路遥拒绝服从任何形式的外部干扰和控制，既拒绝过去的旧的“意理形态”（这个概念随后解释）文学教条的束缚，也拒绝现在的新的“现代主义”拜物教的束缚。就像他自己在《早晨从中午开始》中所说的那样：“应该认识到，任何独立的创造性工作就是一种挑战，不仅对今人，也对古人；那么，在这一豪迈的进程中，就应该敢于建立起一种‘无榜样’的意识——这和妄自尊大毫不相干。”②

在谈到知识分子的时候，索尔仁尼琴说过这样一段话：“良好的教育和良好的家庭也不一定能培养出知识分子。知识分子是这样的人：他对精神生活的兴趣和志向是锲而不舍的，是固定不变的，并不是外界环境所强加，

① 路遥：《路遥全集·早晨从中午开始》，北京十月文艺出版社，2013年，第225页。

② 路遥：《路遥文集》，第五卷，人民文学出版社，2005年，第260页。

甚而是与外界环境相对立的。知识分子是这样的人：他的思想不是模仿的。”① 路遥的“无榜样意识”，他的“你就是这个房子的拿破仑”，与索尔仁尼琴的知识分子理念，即便不是完全相同，但在对人的意志品质、人格独立和思想独立等方面的理解，却颇相仿佛。进入精神成熟期的路遥，就是一个“锲而不舍”的作家，一个拒绝在艺术和思想上“模仿”别人的作家。

老实说，不是任何一个作家都有路遥这样的强大性格，都敢像他那样，敢于以“独立”的姿态，对压迫性的外部力量提出挑战，敢于以自信的态度，与一个时代流行的文学风气相抗衡。1983 年 1 月 25 日，路遥在写给李炳银的信中说：虽然，读者喜欢《在困难的日子里》和《人生》，给予了热情的肯定和高度的评价，但是，“官方与批评界的态度有一定保留，因为这两篇作品我是想追求一些东西，冲击一些东西的，似乎显示了一些非主流的倾向，因此怕有些领导同志不太习惯。关键问题是我没有直接迎合一种需要。我们多年来的文学说明我们对文学的理解并不宽阔，需要一些勇气去冲击，而不管自己和自己作品在眼前的命运如何。几年来，我一直寂寞而痛苦地在追求一些东西。”② 如果说，柳青在外在力量的束缚和压抑下，丧失了活泼泼的个性和内在的激情，那么，路遥就挣脱了这种束缚和压抑，显示出一种强大的个性力量和创作能量。

路遥的非同凡响的文学宣言和独立不倚的文学精神，使人联想到普希金的那个振聋发聩的文学宣言。

路遥将自己比作那间房子里的拿破仑，普希金则将诗人，包括普希金自己，比作自由而高贵的帝王。

---

① 亚历山大·索尔仁尼琴：《古拉格群岛》（中册），田大畏、陈汉章译，群众出版社，1996 年，第 267 页。

② 路遥：《路遥全集·早晨从中午开始》，北京十月文艺出版社，2013 年，第 585 页；着重号为原文所固有。

普希金在《致诗人》里说：

你是帝王：你要独自生活下去。
你要随着自由的心灵的引导，沿着自由之路奔向前方，
致力于结成那可爱的思想的果实，
不要为你高贵的功绩索取任何褒赏。

它们都存在你的心中。你自己就是最高的法官；
你善于比谁都严格地评价你的劳作。
严厉的艺术家啊，你对它们满意吗？①

在普希金看来，诗人自己就是艺术世界的最高主宰，而独立的人格和自由的精神，则意味着一切。也就是说，文学是一种高度自律的精神活动，是心灵翅羽最自由、最自在的飞翔。没有这种最高意义上的自由和尊严，任何诗人都不会创作出伟大的诗歌。桑塔格认为布罗茨基是一个“世界主义者”，并称他为“世界诗人”：“世界主义第一个、最终也许还是唯一一个经得起考验的形式，是成为某个帝国的公民。布罗茨基的性情，在很多方面都可以说是帝王式的。”② 在这篇追怀性质的文章中，她怀着悲伤的心情，以赞许的笔调，肯定了布罗茨基——肯定了“他的榜样”和“他的标准”，也肯定了他的帝王式的性情。没有这样的性情，他就不可能成为布罗茨基，也不可能写出“精神加速”而又“难以磨灭”③ 的诗。

---

① 沈念驹、吴笛主编：《普希金全集》（第2卷·抒情诗），乌兰汗、丘琴等译，浙江文艺出版社，2012年，第350页。

② 苏珊·桑塔格：《重点所在》，陶洁、黄灿然等译，上海译文出版社，2004年，第393页。

③ 苏珊·桑塔格：《重点所在》，陶洁、黄灿然等译，上海译文出版社，2004年，第392页。

然而，这样的独立而自由的文学意识，柳青终其一生，至少在他写作生涯的绝大部分时间里，殆未尝有一念及之。柳青的主要文学观点，几乎全是从“本本”里来的。他通过流行的引语方式来说话。离开他者的话语，他就有些“惶惶如也”，规规焉不能出一语。如此情形，亦彼时之常态，久惯牢成，聊复尔耳，实在无足奇也。

路遥既是设计师，也是施工者。然而，柳青只是一个施工者，一个按照已有的方案和图纸，进行文学劳动的施工者。虽然柳青也可以在微观的艺术处理上，表现自己的文学才华，例如，他可以写梁三老汉身上的两面性和复杂性，但是，他不能写梁生宝的缺点，也不能写姚士杰的优点，不能把李翠娥写成田小娥，也不能把白占魁写成鹿黑娃，更不能像路遥那样，用温柔与同情的态度，来写地主的孙女郝红梅的自卑和痛苦，来写金光亮兄弟几家摘掉“地主帽子”之后的惊疑和惊喜。

路遥是写作战场上的拿破仑，而柳青却只是一个士兵，一个像拿破仑身后的名叫阿尔芒和巴蒂斯特的法国士兵一样的士兵。

听话者的写作，是服从他者的意志的写作，是作家的主体精神沉睡的写作；发话者的写作是服从自我意志的写作，是有我的写作，是我的情感、思想和生活经验渗透到整个作品的写作。

很多时候，在对应性很强的叙事作品里，人物就是作者的精神之子，就是他的人格镜像和精神投影。梁生宝体现着柳青自己的态度和性格，路遥笔下的人物，也都体现着他的性格，即一种发话者的性格，一种不服从的性格。高加林、孙少安和孙少平的性格里，甚至黄亚萍、卢若琴、田润叶和田晓霞的性格里，都不同程度地表现着路遥自己的态度和性格。

听话者的写作，是整体性①大于个性的写作，是时代特殊性大于人类普

① 所谓“整体性”或许应该叫作“中间性”或“夹层性”，即处于个性和普遍性之间的多种因素和性状，包括时代性、民族性、阶级性、地域性、意理形态等因素和性状；在本文的语境中，它主要是指时代性、阶级性和意理形态。

遍性的写作；而发话者的写作，是充分个性化的写作，是开放的、包容的、多样化的写作，也是指向普遍性的写作，因而是个性大于整体化的写作，是个性与普遍性相融合的写作。

在听话者的作品中，作者的形象是小于时代的，精神视野是低于时代的视野的，但在发话者的作品中，作者的形象是大于至少是等于时代的，而精神视野则是高于时代的。在《创业史》中，柳青的视野和思想，从来没有超出时代的精神边界，但是，在《人生》和《平凡的世界》等作品里，路遥的视野和思想，则是明显高于时代的平均值的，甚至显示出一定的超越性和超前性①。

在听话者止步的地方，发话者继续向前迈进。他将文学的边界，拓展到了普遍人性的领域，又将自己的写作，切切实实地提高到了现实主义和人道主义的高度。

发话者赋予自己的作品以巨大的感染力和吸引力。任何一个读者，只要他有正常的文化感受力，只要他渴望了解真实的人和真实的生活，他就会对发话者产生强烈的兴趣，就对他们的作品产生强烈的阅读冲动。

就此而言，发话者路遥的作品，将在很长的时间里，吸引无数的读者，并赢得他们的信任、认同和赞赏。

---

① 例如，关于当代的历史和现实，路遥有这样的议论：“是的，我们经历了一个大时代。我们穿越各种历史的暴风骤雨。上至领袖人物，下至普通百姓，身上和心上都不同程度地留下了伤痕。甚至在我们生命结束之前，也许还不会看到这个社会的完全成熟，而大概只能看出一个大的趋势来。但我们仍然有理由为自己生活过的土地和岁月而感到自豪！我们这代人所能做的仅仅是，用我们的经验、教训、泪水、汗水和鲜血掺合的混凝土，为中国光辉的未来打下一个基础。毫无疑问，在这一历史进程中，社会和我们自身的局限以及种种缺陷弊端是不可避免的。但这决不能成为倒退的口实。”（路遥：《平凡的世界》，第二部，人民文学出版社，2004年，第391页）在这些沉重而又深刻的议论性话语里，不再有蔑视一切的虚骄和浅薄，不再有对生活的不切实际的幻想，不再有过度高亢的浪漫激情；人们从中看到了作家思想上的成熟，看到了他评判生活甚至月旦人物的勇气，看到了他对社会变革之艰难的理性认知和理性判断。

二、修养与技巧：路遥所接受的柳青影响

每一个作家都有几个自己最喜爱的作家。这些最受喜爱的作家，通常就是对他们的创作影响最大的人。

路遥最喜欢的外国作家，是俄国作家托尔斯泰；最喜欢的中国当代作家，是著名小说家柳青。他们也是对路遥影响最大的作家。

柳青也是与路遥距离最近的作家。就地域性空间距离讲，他们都是陕北人，都讲着陕北口音的语言；就文学的精神距离讲，他们都信奉现实主义文学，都热爱托尔斯泰和俄罗斯文学，都具有崇高的文学精神和严肃的写作态度；就生活距离讲，他们都来自农村社会，都很熟悉农民；在现实生活中，他们的距离也是近的，有过直接的交往和交流。

陕北的土地是贫瘠的①，文化土壤也是贫瘠的。在这块土地上，有影响力的诗人、作家和学者，实在太少了。柳青是陕北有史以来成就最高、影响最大的作家。

所以，第一次得知柳青是陕北人时，路遥的心情，是不难想见的。

那是一种既意外又喜悦的心情，是一种既骄傲又振奋的心情：哎呀，天神爷爷！咱们这号价地方，竟然也能出这么有名的大作家！

柳青帮助陕北人克服了文学上的神秘感、距离感和自卑感。对陕北人来讲，柳青意味光荣和骄傲，也意味着信心和力量：咱们已经有了一个柳青，难道就不能有第二个柳青吗？

路遥唯一感到困惑和遗憾的是，柳青后来为何要写关中而不写陕北？

① 这样的陈述，其实并不准确。从农业耕种的角度看，陕北的土地无疑是贫瘠的，但是，从果树种植的角度看，它不仅并不贫瘠，而且特别肥沃。就煤炭、石油和天然气等地下资源来看，陕北简直就是中国的“海湾地区”，简直就是中国的沙特和科威特。陕北之所以在漫长的时间里陷入可怕的贫穷状态，寻根究底，主要是因为人谋不臧，局限于单一而僵硬的农业经营模式，而不知道开发资源，也没有像柳青在《建议改变陕北的土地经营方针》中所规划的那样发展种植业。

他专门就此问过柳青。

王天乐在纪念路遥的文章里说："他对柳青说，你一个陕北人，为什么把创作放在了关中平原？柳青说，这个原因非常复杂，这辈子也许写不成陕北了，这个担子你应挑起来。对陕北要写几部大书，是前人没有写过的书。柳青说，从黄帝陵到延安，再到李自成故里和成吉思汗墓，需要一天的时间就够了，这么大的一块土地没有陕北人自己写出两三部陕北题材的伟大作品，是不好给历史交代的。路遥在信里说，他一直为这段论述而感动。"① 事实上，原因并不"复杂"：在柳青生活和写作的数十年时间里，作家完全属于自己的时代，而不是属于个人和自己的故乡。健全而自然的个性化写作，要等到"新时期"才能获得自己的生长契机和生存空间。

一个作家崇拜和热爱一个作家，就会接受他的影响。柳青对路遥的影响，简直重要到了如何强调都不过分的程度。路遥在《早晨从中午开始》中说："柳青生前我接触过多次。《创业史》第二部在《延河》发表时，我还做过他的责任编辑。每次见他，他都海阔天空给我讲许多独到的见解。我细心地研究过他的著作、他的言论和他本人的一举一动。他帮助我提升了一个作家所必备的精神素质。"② 此皆实话，绝非虚语。

柳青对路遥的"精神素质"的影响，主要体现在两个方面：一个是作家的人格修养和自我塑造，一个是文学修养和写作技巧。

对文学写作来讲，作家的人格有着根本性和决定性的意义。人格境界

---

① 李建军编：《路遥十五年祭》，新世界出版社，2007年，第193页。事实上，柳青选择关中蹲点和写作，至少是由于这样两个原因：一是便于和外界联络和沟通，离省会西安不远，去北京和外地，也比较方便；二是时代性大于地域性，所以，有助于体现时代性的选择，才是正确的选择。关中生产条件好，容易成为社会主义改造的典型，而陕北土地贫瘠，山高路远，极度贫穷，客观上很难搞出成绩，也很难产生符合时代需要的典型人物。至于柳青对路遥的建议，显然是基于正统的英雄史观；路遥如果照此思路，再写一部《李自成》，或者创作一部歌颂成吉思汗的小说，那么，他的作品有多大价值，有多少读者，他自己是否会有现在的声誉和影响力，盖难言之矣。

② 路遥：《路遥全集·早晨从中午开始》，北京十月文艺出版社，2013年，第45页。

的高下，决定了写作境界的高下。因为，人格意味着可靠的方向感，意味着健全的伦理精神，意味着良好的善恶感，甚至意味着雅正的美学趣味。自古及今，没有一首伟大的抒情诗篇，没有一部伟大的叙事作品，是人格卑劣的作家写出来的。

就人格修养和精神境界来看，柳青实实在在是一个伟大的作家。关于《创业史》的稿费全部捐献一事，他在写给王维玲的信中说，热衷于公益事业，“这是人类进步文学人士的优良传统，并不是哪个作家特别，开始有的一种优秀品质。”① 柳青所说的“进步人士”，唯俄罗斯作家中多有之。托尔斯泰时时想着贫窭者的艰窘。他为穷人的孩子办学校，编教材，亲自授课，指导他们学习写作。他以自己物质上的富有为耻，恒存散私财以利他者的愿望。契诃夫则用自己的稿费建学校，办医院，搞慈善，也是一个很有利他精神的伟大作家。

比较起来，柳青放弃高官厚禄，放弃舒适的都市生活，将自己的巨额稿费全部捐献，显得更加难能可贵。这是一种高尚的利他主义精神。就世界范围来看，这样的高尚之举，亦极罕觏。与柳青、托尔斯泰和契诃夫形成鲜明对照的是，我们时代的某些“消极写作者”，唯利是图，贪得无厌，“汲汲然如有追而弗及也”。他们拿着自己粗制滥造的小说作品，拿着自己的不成样子的字画，大把大把地换钱。噫！如此做派，无乃太下劣乎！

文学是一种跟荣誉关系密切的事业。追求荣誉是写作的动力之一。完全没有荣誉感的人不可能持久地热爱写作。但是，追求真正的荣誉与追求虚名浮利，是完全不同的两回事。柳青用“成功”与“成名”说明了它们之间的差异和关系，并鼓励人们追求前者，而不是后者。

柳青对中文系的大学生说，作家要有耐性和恒心，要有长期工作的心理准备：“三十以前是准备阶段，就是四十以前仍是准备阶段，成名早了不

① 王维玲：《岁月传真——我和当代作家》，首都师范大学出版社，2009年，第28页。

是好事。作家的主要工作还在四十以后。把自己估计得偏低一点最好，但不要丧失信心。成名和成功不完全是一回事。成名不一定成功，成功一定成名。……然而，对艺术来说，名并没有多大好处。下功夫，这是艺术的规律。老老实实，这是艺术的规律。”①

柳青对“名”的理解，显然不及孔子和司马迁的认识那样深刻和全面：名不仅是外在的名声，还是一种内在的道德激励；它意味着人对道德价值和精神价值的追求，意味着人以严肃而认真的态度塑造自己在后代心中的人格形象。所以，孔子才说“君子疾没世而名不称焉”；司马迁才在《报任安书》中说：“立名者，行之极也”，“唯倜傥非常之人称焉”。不过，柳青对成名与成功的关系的理解是深刻的，对成名不宜早的看法也是很有道理的。他的“成名早了不是好事”，可以看作对张爱玲“成名要早”的浮薄之论的批驳和纠正。

总之，任何一个踏实的作家，尤其是小说家，都不能心浮气躁，急于求成，而应该将自己的写作，视为一个漫长而艰辛的劳动过程。虽然柳青的“六十年一个单元”，似乎有点过长，但是，将创作丰收期设定在四十五岁到五十岁当之间，应该是符合爱伦堡等作家提出的小说家成熟和成功的规律的。

在人格修养和伦理精神上，路遥受到了柳青的巨大影响。接受影响的程度，决定于对影响者认知的深度。路遥对柳青的人格和德性有着深刻的理解。在《柳青的遗产》中，路遥这样评价自己的这位文学前辈和“文学教父”：

柳青是这样的一种人：他时刻把公民性和艺术家巨大的诗情溶解在一起。作为一个艺术家，他始终像燃烧的火焰和激荡的水流。他竭

① 蒙万夫等编：《柳青写作生涯》，百花文艺出版社，1985年，第49页。

力想让人们在大合唱中清楚地听见他自己的歌喉；他处心积虑地企图使自己突出于一般人。但在日常生活中，他又严格地把自己看作是一个普通公民，尽力要求自己不丧失一个普通人的感觉。他多年像农民一样生活在农村，像一个普通基层干部那样做了许多具体工作。正因为如此，他才能在《创业史》中那么逼真地再现如此复杂多端的生活——在这部作品中，我们看见的每条细小的波纹都好像是生活本身的皱褶。

真实的生活和刻意演出的生活毕竟是会被人区分开来的。一个艺术家如果超然于广大而深厚的生活之外，即使才能卓著，也只能生产一些打扮精致的工艺品；而带着香气和露水的艺术花朵，只能在生活的土地上培植。这就是艺术家柳青的毕生信仰。对于今天的作家来说，我们大家不一定都能采取柳青当年一模一样的方式，但已故作家这种顽强而非凡的追求，却是我们每一个人都应该尊敬和学习的。①

在这两段文字里，当然有不切实际的评价。例如，在柳青的时代，“公民性”这个具有现代性意味的概念，属于并不常用的低频词甚至敏感词，因而，既很难进入柳青的观念体系，也很难成为他“时刻”用来“溶解”的一种东西。彼时的作家，只不过是“文艺工作者”，而他所萦念的核心问题，是“人民”和“人民性”，而非“公民”和“公民性”。但是，路遥对柳青的“普通人的感觉”和贴近生活的写作态度的揭示和评价是深刻的。为了写作，为了熟悉所描写的环境和所塑造的人物，十四年间，柳青甘于寂寞，偏居乡村，像农民一样过着寻常的生活，这绝不是一般人能做到的。盱衡九州，唯此一人耳。

柳青的写作是一种面向外部世界的写作。他将关注的焦点集中到他者

① 路遥：《路遥文集》，第五卷，人民文学出版社，2005年，第351—352页。

身上。就像路遥所说的那样："柳青的创作活动告诉我们，仅仅满足于自己所认识的那个生活小圈子，或者干脆躲进自己的内心世界去搞创作，是不会有什么出息的。我们无法和他相比，但我们应该向他学习，尽量使自己的目光不仅仅停留在生活和认识的那个小天地里。"① 尽管柳青的生活意识和文学理念，并没有达到那种真正开放和包容的境界，但是，在他身上确确实实没有半点自私自利、自怨自艾的坏毛病。对于那些缺乏他者意识的"私有形态"的"消极写作"来讲，柳青的文学经验确实具有指示正路之意义和补偏救弊之作用。

任何文学作品，都是作者情感、思想和人格的镜像。即便在那些诗性化的小说里，也有一个作者的形象存乎其间尔。柳青清楚地认识到了这一点。1960 年 1 月 7 日，他在《永远听党话》中说："作家在展示各种人物灵魂时，同时展示了自己的灵魂。"② 尽管这句话是在自我改造的语境中说出来的，但是，从文学写作的角度看，它仍然是深刻的。它揭示了这样一个朴素的文学真理：作品是作者的精神之树结出的果实；一切形式的写作，都以不同的方式反映着作者灵魂。

路遥接受柳青关于作家展示"自己的灵魂"的文学观点。他特别强调作家对自己形象的塑造问题。他在自己内心培养起了这样的自觉意识：写作上的一切都决定于作家，因此，离开作家很多事情根本没法说清楚。1980 年 4 月 12—13 日，路遥写了一篇悼念柳青的文章。在这篇题为《病危中的柳青》的文章中，路遥这样说道："他雕刻《创业史》的人物，同时也在雕刻着他自己不屈的形象——这个形象对我们来说，比他所创造的任何艺术典型都更具有意义：因为在祖国将面临的需要大量有进取心人物的时代里，他是一个具体的、活生生的楷模！"③ 在《作家的劳动》等文章中，他又三

---

① 路遥：《路遥文集》，第五卷，人民文学出版社，2005 年，第 353 页。
② 蒙万夫等编：《柳青写作生涯》，百花文艺出版社，1985 年，第 173 页。
③ 路遥：《路遥文集》，第五卷，人民文学出版社，2005 年，第 349 页。

复其言："文学艺术创作这种劳动，要求作家具备多方面的优秀品质。在塑造艺术形象的过程中，同时也塑造自己。"①他在一次讲座中回答读者提问的时候说："作家、艺术家应当具备的能力就是自省的能力、自我批判的能力、自我审视的能力，这对艺术家来说是至关重要的"②。

路遥的这些观点，包含着符合文学规律的真理性内容。因为，一个作家如果没有健全的人格和高尚的精神，他就不可能塑造出美好的人物；如果他没有自我批判的能力，他就不能深刻地审视自己，也不能深刻地审视人物。在写小说的时候，作家如果意识不到自我的存在，将作品看作一个与自己无关的他者的世界，那么，他就有可能丧失写作的责任感，就有可能随随便便地写作，就有可能对人物进行话语施暴。遇到读者的不满和质疑，他就会辩解说：这是小说呀，是人物要那样说，要那样做，与我无关嘛。

然而，在路遥看来，在小说写作中，作者的态度和意识起着至关重要的作用。所以，他反对那种完全排斥主观态度的"零度写作"。在写作的时候，一个热爱生活的人，绝不会是个没有态度的人，也不能满足于把自己的态度隐藏起来。所以，他认为，作家"要充满激情地、真诚地向读者表明自己的人生观和个性"③。在路遥的作品里，我们可以感受到作者的存在，可以了了分明地看见他的个性和价值观。他所创造的自我形象，是一个高尚的作家形象。他严肃地生活，严肃地思考，严肃地写作。用他的《作家的劳动》中的话说，就是"像牛一样地劳动，像土地一样地奉献"④。他像柳青一样，赋予写作和文学以神圣而庄严的性质。

柳青对路遥的影响，不仅体现在人格精神方面，也见之于写作经验和

① 路遥：《路遥文集》，第五卷，人民文学出版社，2005年，第340页。
② 路遥：《路遥全集·早晨从中午开始》，北京十月文艺出版社，2013年，第224页。
③ 路遥：《路遥文集》，第五卷，人民文学出版社，2005年，第262页。
④ 路遥：《路遥文集》，第五卷，人民文学出版社，2005年，第340页。

文学技巧方面。柳青通过身教的方式——用自己的作品向路遥进行具体示范，同时，也通过言教的方式告诉他应该如何写作。

柳青对待写作，就像农民耕地一样，踏踏实实，一丝不苟，体现出一种精益求精的认真态度。他像托尔斯泰一样，反反复复修改自己的作品，直到把稿子交给出版社编辑，他还要求编辑把小说中“不恰当的词汇”、“难解的句子和太长的句子”、“不好的描写和不充分的描写”，以及“还可以改善的地方”，都一一标出来，供他修改时参考：“此后，柳青将《创业史》第一部的定稿本寄给我们。这个本子已经很完美了，我们立即发到工厂，就在排字的时候，柳青又给我来信，信中说：‘我还要在清样上改一改，主要增添两三处关于改霞的情节，使这个人物更加清楚一点。’”① 文字是有灵性的。你只有用心对待它，只有真心地爱它，它才会向你呈现自己。它像玉一样，需要经过反复打磨和雕琢，才能现出晶莹的光泽和美丽的真容。所有真正优秀的作家，都是对文字充满爱心和耐心的作家。他们爱自己笔下的每一个字，每一个词，每一个句子；他们反复摩挲，用心推敲，直到每一个字、词和句子，都闪烁出柔和而明亮的光彩。

路遥在写作的时候像柳青一样认真，一样一丝不苟。他说自己在进行《平凡的世界》第一部的最后一道工序，即修改誊抄稿子的时候，“每一段落，每一句话，每一个词，每一个字，都要反复推敲，以便找到最恰当最出色最具创造性的表现。每一个字落在新的稿纸上，就应该像钉子钉在铁板上。一笔一画地写好每一个字，慢慢写，不慌不忙地写，一边写一边闪电似的再一次论证这个词句是否就是唯一应该用的词句。个别字句如果要勾掉，那么涂抹的地方就涂抹成统一的几何图形，让自己看起来顺眼。一切方面对自己斤斤计较，吹毛求疵，典型的形式主义。但这里面包含着一种精神要求。一座建筑物的成功，不仅在总体上在大的方面应有创造性和

---

① 王维玲：《岁月传真——我和当代作家》，首都师范大学出版社，2009 年，第 15 页。

想象力，其间的一砖一瓦都应一丝不苟，在任何一个微小的地方都力尽所能，而绝不能自欺欺人。偷过懒的地方，任你怎么掩饰，相信读者最终都会识别出来。”① 到了《平凡的世界》第三部，他依然保持着极为认真的态度：“这次的抄写更加认真，竭尽全力以使自己在一切方面感到满意。感觉不是在稿纸上写字，而是用刀子在木块上搞雕刻。”② 这样，我们从路遥的作品中读到的，虽然不是典雅意义上的精致和优美，但却是朴素意义上的妥帖和准确、平实和可爱。他的作品，他的文字，就像陕北窑洞窑脸上的石雕一样拙朴，一样可爱。

柳青是一个艺术感觉敏锐、艺术意识自觉的作家。他对小说的写作技巧，有着真正的行家里手才有的认识和理解。

柳青注意到了从人物角度展开描写的重要意义，反复强调要紧紧贴着人物的感觉来叙述和描写。

为了避免给读者造成单一的感觉，为了获得更加丰富而强烈的叙事效果，柳青强调多种技巧和手法的配合使用，就像他在写给日本翻译家多田正子的信中所说的那样：对话、场景描写和心理分析要结合起来，同时，作者的文学语言与人物的口语结合起来：“人物的内心独白不加引号，与文学语言的叙述和描写连接在一起，构成整段文字，给读者的感觉好像不是通过作者的文学发出来的思想和感情，而是从人物直接发出来的思想和感情。先生们把这叫做‘直接语法’或‘直接表达感情的语法’，我想是可以的。”③ 这是一些非常内行的经验之谈，是对自己的文学探索和写作经验的深刻总结。

事实上，他所说的不加引号的方法，不是“直接语法”，而是“间接引

---

① 路遥：《路遥文集》，第五卷，人民文学出版社，2005 年，第 295—296 页。

② 路遥：《路遥文集》，第五卷，人民文学出版社，2005 年，第 326 页。

③ 王维玲：《岁月传真——我和当代作家》，首都师范大学出版社，2009 年，第 79—80 页。

语法”。虽然以灵活的间接引语的方式，可以带来近似于直接引语的积极效果，虽然这种间接引语法，已经成了现在许多小说家的拿手好戏，但是，我们还是要指出它可能造成的消极后果——容易造成作者话语与人物话语边界的模糊，甚至会给读者的阅读，造成一些不必要的困扰和混乱。

柳青把语言当作文学的首要技巧。他有着良好的语感和自觉的语言意识。他反对过多使用形容词，用一两个即可，“用三个就坏了，往往模糊了被形容的事物，给人静物罗列的感觉。现代作品越来越趋向于使用短语，一般句子成分主、谓、宾就差不多了”；他高度评价托尔斯泰的语言技巧，“他的每一个句子结构完整，句中成分概念清晰、准确，一句和一句不粘”①。他还用托尔斯泰做例子，来说明自己对文学语言用词和修辞的看法；“托尔斯泰不罗列静止的形容词，是用有动感的，生动形象的比喻，使读者拿起书，思想很快跟上所读的内容思考和想象。读者没有平面的、呆板枯燥的感觉。这样的文字技巧，必须在广泛的、极端熟悉生活的基础之上才有可能。”② 事实上，柳青自己就是一个文学语言意识高度自觉的作家。他的语言朴素，干净，亲切，自然，有动感，有调性，有画面感，有泥土味，形成了成熟而独特的个人风格。柳青的语言意识和语言技巧，完美地体现在他的长篇小说《创业史》里：

> 日头用温暖的光芒，照拂着稻地里复种的一片翠绿的青稞。在官渠岸南首，桃园里，赤条条的桃树枝，由于含苞待放的蓓蕾而变了色——由浅而深。人们为了护墓，压在坟堆上的迎春花，现在已经开得一片黄灿灿了。
>
> 春天呀，春天！你给植物界和动物界都带来了繁荣、希望和快乐。你给咱梁三老汉带来了什么呢？

① 刘可风：《柳青传》，人民文学出版社，2016 年，第 439 页。
② 刘可风：《柳青传》，人民文学出版社，2016 年，第 439—440 页。

……他躺在松软的黄土和柔嫩的麦苗上，手里不停地把土块捏面。他仰望着无边蓝天上，几朵白云由东向西浮行。一只老鹰在他躺的地方上空盘旋，越旋越低。开头，老汉并不知觉，后来老鹰增加成四只、五只，他才发觉它们把他当作可以充饥的东西了。

“鬼子孙们！我还没死哩！”他坐起来，愤怒地骂道。①

从这几段叙述和描写里，我们可以发现柳青在语言修养上所达到的境界，可以发现他在叙述和描写等文学技巧运用上的特点。

首先，他的语言都很短；他把本来很长的句子，都截短了，用逗号隔开来，而不是用“的”等助词粘合起来。例如，“在官渠岸南首，桃园里，赤条条的桃树枝，由于含苞待放的蓓蕾而变了色——由浅而深”，在别的作家那里，完全有可能被写成这个样子：“在官渠岸南首的桃园里，赤条条的桃树枝由于含苞待放的蓓蕾而由浅而深地变了色”。这样一改，语法上并无问题，但是，语气和调性，就全然不同了：显得僵硬而笨重，缺乏疾徐有致、抑扬顿挫的节奏感。

其次，他将有地域色彩的方言土语，与规范清通的书面语言，杂而用之，融为一体，显示出一种亦雅亦俗的语言风格。雅的书面语，读者一望可知，诸如“照拂”、“含苞待放”、“柔嫩”、“仰望”、“无边”，皆是也。而关中的方言和俗语，例如“日头”，例如“南首”，例如“给咱”，例如“捏面”里的“面”，例如“鬼子孙”和“黄灿灿”，则增强了作品的乡土气息，使人读来如归故里，如聆乡音，倍觉亲切。

最后，柳青将工笔画式的描写与抒情性的叙事，完美地结合了起来。第一段的描写，就是一幅风俗画；第二段的抒情话语里，含着时间转换和心理描写的内容；第三段的描写，则将风物描写与人物心理描写融为一体，

① 柳青：《创业史》，中国青年出版社，1960 年，第 34 页。

彼此映发，很有效果。

路遥将《创业史》完整地读过七遍。片断式的阅读，就无法计数了。

柳青的文学经验和写作技巧，对路遥的写作产生了极大的影响。

在《平凡的世界》里，路遥常常像柳青那样议论和抒情，也像他那样写景。

在第一部的第十八章，在写到孙少平因为郝红梅“移情别恋”，而痛苦和绝望的时候，路遥发了这样一段议论：

> 原谅他吧！想想我们在十七八岁的时候，也许都有过类似他这样的经历。这是人生的一个火山活跃期，熔岩奔突，炽流横溢，在每一个感情的缝隙中，随时都可能嗞嗞地冒烟和喷火！①

从这样的“反零度叙事”的小说修辞中，可以看出，像柳青一样，路遥也选择了一种介入性的、“有我”的叙事方式。这是一种亲切的、充满感染力的叙事方法。作者坦率而热情地表达了他对人物的态度，对生活的看法，迅速地拉近了与读者的心理距离。读者不仅看见了人物，看见了细节，也看见了作者，看见了他对所有人的体贴和好心。

在《平凡的世界》第一部第三十四章，路遥跟着孙少安去往石圪节的脚步，顺着他的视线，这样描写了冬天的景色：

> 这季节，寒冬的山野显得荒凉而又寂寞。山上的沟道，赤裸裸地再也没什么遮掩。黄土地冻得像石板一样坚硬。远处的山坡上，偶尔有一垄高粱杆，被风吹得零零乱乱铺在地上——这大概是那些没有劳力的干部家属的。山野和河边上的树木全部掉光了叶子，在寒风中孤

---

① 路遥：《平凡的世界》，第一部，人民文学出版社，2004年，第132页。

零零地站立着。植物的种子深埋在土地下，做着悠长的冬日的梦。地面上，一群群乌鸦飞来飞去，寻觅遗漏的颗粒，“呱呱”的叫声充满了凄凉……

东拉河已经被坚冰封盖得严严实实，冰面蒙了一层灰蒙蒙的尘土。河两岸的草坡上，到处都留下顽皮孩子们烧荒的痕迹——一片斑黄，一片枯黑。天气虽然晴晴朗朗，但并不暖和。太阳似乎离地球越来越远，再也不能给人间一丝的温暖了。①

这是一幅极为逼真的陕北山野风物图。远近高低的物象，都被作家简洁而准确地描绘了出来。但这不是可有可无的闲笔，而是根据柳青的经验，紧紧贴着人物写出来的。也就是说，景物是人物眼中的，不，是他心中的景物，是反映人物心理活动的镜像。生活沉重的担子，压在孙少安的身上，压得他几乎喘不过气来。马上要结婚了，他却站在小桥上，触景生情，想起了在此收到润叶给他的“恋爱信”，令他两眼泪蒙蒙的情景。此刻，他只想跑到一个没人的地方，痛痛快快哭一场。所以，路遥所描写的景物，就像孙少安的心情一样，是灰暗而委顿的。

同样，路遥的抒情化的叙事方法，将书面化的语言跟方言土语相结合的语言技巧，从人物角度展开描写的技巧，都是学习柳青的结果。

然而，路遥并没有简单地模仿和重复柳青。他对柳青经验的吸纳，是一种体现着独立性和超越性的继承。他在写作态度上，在抒情化的叙事方式上，体现出与柳青的相似性，但也在多个方面形成了自己的个性和风格。

就基本风格来看，柳青的语言，具有更强的内敛性，凝练而浑朴，显得很有劲道；路遥小说的语言，则具有更强的外向性，朴素而流畅，呈现出一种坦率而热情的直接性，没有任何不自然的雕琢，也没有故意设置的

① 路遥：《平凡的世界》，第一部，人民文学出版社，2004 年，第 262—263 页。

修辞障碍——从《平凡的世界》一开始的两段文字里，我们就可以清晰地看见路遥在语言节奏和在叙事方式等方面的基本特点。

柳青的《创业史》叙事节奏从容甚至滞缓——他对人物的对话和动作的描写，有时简直到了琐碎和拖沓的程度，例如《创业史》第二部第九章对杨国华与陶书记对话的描写，第二十二章对三级干部会议的叙述，第二十四章对白占魁和李翠娥对话的描写，都显得不干净，不利落；相提而论，《平凡的世界》的叙事节奏，则显得明快而简劲，很少存在这种沉闷而僵滞的问题。

在《创业史》里，抒情化的叙事与工笔画的描写之间的比例，大体是平衡的；但是，在《平凡的世界》里，叙述性明显大于描写性，抒情性明显大于展示性，显示出一种热情而充满力量感的修辞态度和叙事心情。

柳青的叙事调性是自信而昂扬的，洋溢着一种乐观甚至浪漫的情绪；路遥叙事的整体调性，则是凝重而低沉的，显示出个体面对生活重压的艰难而痛苦的挣扎。

柳青和路遥的小说都属于"告别"模式的叙事，但是，柳青的告别具有狂欢的性质，是决然指向未来的告别，是显示着对历史的近乎无情的否定态度的告别；而路遥的告别，则是深情的惜别，是对过去充满感恩和留恋的告别，是没有切断归路的告别，是为了重逢的告别，就像金波在与自己的爱情告别时，作者所说的那样："他失去的，正是他收获的。在他那深情而富有的心灵土地上，怎么会没有绚烂的花朵重新开放呢？"①

总之，由于柳青的经验支持，路遥的文学意识和文学写作，才顺利地提升到了一个很高的水平。

可以肯定地说，没有柳青，路遥的文学之路，不可能走得如此平顺。

就此而言，路遥称他为"文学教父"，实在是事所宜然、理所当然的。

---

① 路遥：《平凡的世界》，第三部，人民文学出版社，2004 年，第 364 页。

三、他律的文学与自律的文学

文学是一种精神动力学现象。

文学写作离不开精神动力的推动和牵引。

这种精神动力即来自于信仰、思想、情感等因素的力量。

正是这种动力决定了写作的目的、方向、力量和成败。

如果这种精神动力来自于作家自己的内心世界，那么，它就可以被称为内驱力；如果来自于外部世界，那么它就可以被称作外驱力。

受内驱力牵引和推动的写作，就属于自律的写作（autonomous writing）；受外驱力牵引和推动的写作，就属于他律的写作（heteronomous writing）。自律的写作是一种积极而自由的写作，而他律的写作则属于消极而被动的写作。

写作是一种非常个人化的创造活动。它的灵感和动力只能来自于创造者自身，来自于他自己的人格、思想、热情和能力。所以，一切积极意义上的写作，都是自律性质的写作。

文学的自律程度与作家的精神素质成正比，文学的他律程度与作家的精神素质成反比。所以，一个作家倘若没有独立的人格，没有自己的思想和对生活的理解，没有自己的成熟的文学意识和写作经验，那么，他就不可能成为一个主动的自律写作者，而只能是被动的他律写作者。一个作家能否按照自律的方式写作，固然决定于作家自己的修养，但也决定于外部的环境。文学的自律程度与外部环境的良窳成正比，而文学的他律程度则与外部环境的良窳成反比。如果外部环境越是正常，那么，作家写作的自律性程度就可能越高。

从写作历程来看，一个作家的文学意识和写作水平也是逐渐走向成熟的，通常都要经历一个从他律向自律转换和升华的过程。对天分高、能力强的作家来讲，这个转换相对比较容易，转换的过程也比较短。由于种种原因，也有作家终其一生，都未曾摆脱文学上的他律困境。

按照米塞斯的界定，所谓“意理”，“对于人是一种支配的权力。它指挥人的行为”①。柳青的写作动力，主要来自于外部的文学意理形态②。作家对生活的宏观远景的理解，对人与人之间的关系的理解，都是按照这个意理形态展开的。在善与恶、好与坏、美与丑之间，有一条截然分明的界线。几乎一切形式的宁静与和谐，都被当作落后的意识和消极的态度；而激烈的对抗和尖锐的冲突，才是符合生活哲学和美学原则的。任何形式的含混和复杂都是被排斥的。

正剧是他律性文学的唯一美学模式。传统意义上的悲剧和喜剧，几乎没有存在空间；表现毁灭感和感伤情绪，则是一条严格的美学禁忌。矛盾必须解决，困难必须克服，正面人物注定胜利，反面人物注定失败。成功和胜利是情节发展的最终趋向。就像柳青所说的那样，他的小说要叙写的，就是“要胜利的人物和要失败的人物的关系的变化过程。写失败人物由有影响的变成没有影响的人，退出这个位置，让成功的人物占据这个位置。……旧的让位了，新的占领了历史舞台。”③ 最终，当代作家所创作的作品，为数亦夥，但大多千篇一律，缺乏个性，缺乏作家自己对生活的理解和判断。南方作家和北方作家的写作，除了极微小的地域文化差异和个人风格差异，基本上都可以归入这种高度整体化和一致化的文学模式。

他律的文学模式，是一种注重当下效果的功利主义的文学。它要求文

---

① 路德维希·冯·米塞斯：《人的行为》，夏道平译，上海社会科学院出版社，2015 年，第 184 页。

② “意理形态”这个概念，一半来自于夏道平先生的译文，一半来自在此间通行的翻译。夏道平先生在翻译米塞斯著作的时候，别出心裁，将“意识形态”（ideology）译作“意理”，即“关于个人行为和社会关系的那些原则的总称。”（路德维希·冯·米塞斯：《人的行为》，夏道平译，上海社会科学院出版社，2015 年，第 175 页）。此译固妙，显得更加具体，更加准确，但字面结构和意义结构，皆稍嫌单一，且容易被忽略，所以，我就将它做了合成处理，形成一个新的语词。

③ 蒙万夫等编：《柳青写作生涯》，百花文艺出版社，1985 年，第 107 页。

学为当下的具体的政策宣传服务。柳青也接受这样的他律性要求。他在《美学笔记》中，将“政治”等同于“路线、方针和政策”，认为“写革命历史的小说，不顾各个历史阶段具体的政策和方针而写阶级斗争，这是一种我所不能理解的艺术方法”①。他的《创业史》就是一部体现自己的这种政治认知和文学观念的作品。

这种狭隘的他律性文学观，也影响了柳青对很多伟大作家的认识和评价。例如，他将狭义的“冲突”和“斗争”，当作决定文学写作成败的决定因素，当作任何作家都必须服从的绝对规律：“离开了阶级斗争的典型冲突和两条道路的典型冲突，人们连一个典型环境的典型性格也创造不出来，充其量写出一堆细节真实的作品，也就是只能写出一些生动的文学形象。”②他还将这些绝对原则当作衡量一切文学的绝对标准。于是，在他眼里，所有那些已经被广泛认可的伟大经典，一下子都成了不过尔尔的平庸之作。1961 年 8 月 23 日，在《同西北大学中文系学生访问者的谈话》中，柳青批评果戈理的《死魂灵》，说它“并不是最好的作品，他把矛盾写的（得）太简单了。几个形象是很生动，但思想性不高，因此不能算最好。别林斯基对他评价过高了。”③ 又在《美学笔记》中，这样评价了两部俄国古典文学所塑造的两个人物形象：“果戈理的乞乞科夫和冈察洛夫的奥布洛莫夫（亦译‘奥勃洛摩夫’）都是细节真实的典型性格，远远没有达到典型环境的典型性格。”④ 这样的评价，显然是站不住的。他用抽象而狭隘的他律性原则，简单地误读了作品，荒率地肢解了作品。这种对经典作品的误读和肢解，反映着一个时代文学认知能力的低下和文学观念体系的混乱。

洎乎晚年，柳青才逐渐意识到了自己所信奉的文艺理论所存在的问题。

① 柳青：《柳青文集》，第 4 卷，人民文学出版社，2004 年，第 290 页。
② 柳青：《柳青文集》，第 4 卷，人民文学出版社，2004 年，第 284 页。
③ 蒙万夫等编：《柳青写作生涯》，百花文艺出版社，1985 年，第 48 页。
④ 柳青：《柳青文集》，第 4 卷，人民文学出版社，2004 年，第 283 页。

他对自己的女儿说："咱们的文艺理论是从苏联搬过来的，然后用作品去套。在文艺理论上这两者的关系是混乱的，并没有解决。实际上，先有作品，而后才有理论，不是先有文艺理论，才有的作品。"① 事实上，有的时候，理论也可以影响到一个时代的文学风气，进而影响到作家的写作和作品的价值。但是，问题的关键，并不在理论与创作的孰先孰后，而在于创作所依循的理论本身，在于这种理论包含了多少具有普遍意义的真理性内容。就此而言，"咱们的理论"似乎并不是一种成熟形态的理论，而是存在着严重的缺陷：无论在知识视野上，还是在人性视野上，它都显得极端狭窄；排斥性和封闭性，僵硬的教条主义倾向，简单的公式化倾向，都是它所存在的问题。

在刚刚踏上文学路途的早期阶段，路遥处处以柳青为榜样：柳青的观念，就是他的观念；柳青的方法，就是他的方法。因而，他的这个阶段的写作，也就属于纯粹意义上的他律性写作，属于那种没有自己的个性特点的写作，而他在这个阶段所创作的作品，诸如《基石》（1973）、《优胜红旗》（1973）和《父子俩》（1976）等短篇小说，都属于体现他律写作模式的作品。

进入80年代以后，路遥逐渐意识到了文学与自我的关系，认识到了他律性写作的局限和自律性写作的意义。然而，无论突破固有的他律性文学模式，还是按自己的"想法"进行自律性写作，都不是一件容易的事情。路遥的写作面临着艰难的抉择。他必须在几种写作模式中进行抉择。

自由的写作是有意义的，但却是沉重的甚至危险的；服从"要求"的写作是轻松而容易的，但却是无意义的。路遥强烈地感受到了写作模式选择的艰难，强烈地体验到了有压力的写作所带来的"痛苦"。1985年5月18日，在写给王维玲的信中，路遥这样表达了自己的痛苦心情：

---

① 刘可风：《柳青传》，人民文学出版社，2016年，第419页。

> 我痛苦的是：我按我的想法写呢？还是按一种“要求”写呢？或者二者兼之呢？后两种状态不可能使我具备创作所需要的激情，前一种状况显然还要遭受无穷的麻烦，对一个作家来说，真正的文学追求极其艰难。当然，一切还取决于我自己，我一直在寻找勇气。年龄稍大一点，顾虑就会多一些，我想我还是可能战胜自己的。①

显然，路遥已经形成了自觉的文学意识和自我意识。他现在需要的是勇气，按他自己的话说，就是要“战胜自己”。“战胜自己”意味着克服顾虑，不怕“麻烦”。只有这样，才能按照“我的想法”来写作。听从自己意愿的写作，本质上就是自律的写作，即自由性质的写作。它既意味着幸福和欢乐，也意味着焦虑和痛苦；既意味着自由和力量，也意味着冒犯和负担。就积极一面说，它会点燃作家的激情，给他提供想象的活力和写作的动力；就消极一面说，会给作家带来很大的压力和很多的苦恼，甚至会带来严重的威胁和伤害。

米沃什说，创作一部伟大的作品，需要有良好的客观条件，需要有“相应的氛围”，尤其重要的是，不能受到“内心不由自主的监督”②。事实上，很多时候，伟大的作品都是在极其恶劣的客观条件下创造出来的。几乎所有第一流的艺术创作，都是在克服外在的客观障碍和内在的主观障碍的过程中完成的。对那些艺术天才来讲，创作“是一种极度的苦恼，是一种无休止的对内在和外在障碍的艰苦搏斗，折磨他、消耗他”③。然而，有的时候，克服外在的障碍比克服内在的障碍，更为艰难，甚至更加危险。文学之外的意理形态的“独格玛”（dogma），像巨大的绳索捆绑着作家的精

---

① 王维玲：《岁月传真——我和当代作家》，首都师范大学出版社，2009 年，第 312 页。

② 切斯瓦夫·米沃什：《被禁锢的头脑》，乌兰、易丽君译，广西师范大学出版社，2013 年，第 20—21 页。

③ 路德维希·冯·米塞斯：《人的行为》，夏道平译，上海社会科学院出版社，2015 年，第 133 页。

神之羽，束缚着他们的个性，使他们战战兢兢，如履薄冰，不敢坦率而真实地表达自己的经验和思想。最终，作家和艺术家便很难创造出真正有价值和生命力的作品，“没有创造新的风格，也没有建立新的审美价值”①。

然而，路遥要与那种他律的文学彻底告别。他把这比作清理血液。1983年3月16日，他在题为《漫谈小说创作》的发言中说：“要认真清理‘四人帮’的错误艺术观念，清理十七年的错误、混乱的艺术观念，即要自觉地清理自己的血液！”② 还说：“我始终认为作者应注重自己对生活的提炼和积累。”③ 甚至说了“要担‘风险’”④ 的话。路遥显然是要跟过去近三十年的那种虚假的、非人的文学彻底告别，要跟过去的那些错误的文学意理一刀两断。他要寻找一条真正属于文学的道路，一条通向伟大的文学的道路。

当然，路遥只是想真实地叙述自己的人生经验，诚实地表达自己对生活的观察过和思考。他的思想尚未达到彻底自觉的程度。那种彻底的自觉，既意味着具有一种彻底的内心自由，也意味着形成属于自己的深刻思想和稳定的价值体系，就像米沃什所说的那样：“除了相信某种内心的召唤之外，别无他法；甚至为了表达他觉得是真理的东西，可以付出一切代价。这种内心的召唤如果没有以一种形而上的信念作为依据，便是荒谬。这种形而上的信念就是相信存在一些超越人为因素的永恒不变的价值。”⑤ 显然，路遥的精神祈向，是指向这一高度的，因为，在《平凡的世界》里，我们已经看到了他对某些永恒不变的情感和价值的认同和赞美。

关于体验生活，路遥也有着完全不同于柳青的理解和主张。在他看来，

---

① 路德维希·冯·米塞斯：《人的行为》，夏道平译，上海社会科学院出版社，2015年，第85页。

② 路遥：《路遥全集·早晨从中午开始》，北京十月文艺出版社，2013年，第107页；着重号为原文所加。

③ 路遥：《路遥全集·早晨从中午开始》，北京十月文艺出版社，2013年，第108页。

④ 路遥：《路遥全集·早晨从中午开始》，北京十月文艺出版社，2013年，第110页。

⑤ 切斯瓦夫·米沃什：《被禁锢的头脑》，乌兰、易丽君译，广西师范大学出版社，2013年，第245—246页。

作家体验生活的方式是多种多样的，所以，必须摆脱那种刻板而教条的体验方式。柳青式的长时段的蹲点式体验，固然有助于作家近距离地、细致地观察生活，但它本质上是静态的和外在的，甚至是封闭性的和表象化的。在路遥看来，“每个作家都有自己感受生活的方式；而且随着社会生活的变化，同一作家体验生活的方式也会改变”，所以，在“占有生活”的方式上，“整齐一律”是没有必要的；面对开放而多元的生活，柳青式的“完全蹲在皇甫村一个地方”的方式，也“远远不够了”①。最重要的是，深入生活不能再停留在“外形态的体验”，而要深入了解人的内心世界。最可行的办法，就是把观察的焦点和重心，从他者那里转换到自己身上。一切都要围绕作家自己来展开。就像他在《东拉西扯谈创作（一）》中所说的那样：“实际上作家所表现的生活，从某种程度上来说，就是你自己体验过的生活。好多伟大作家的作品的主人公，从某种程度上来说，就是作家本人或他对生活的认识和体验，也就是这个道理。他们把自己的体验，灌输在自己所描写的主人公身上，这样就更深切，也更真切”②。

就此而言，路遥极大地超越了柳青。对柳青来讲，所谓“深入生活”，主要是站在外部，按照一定观念和角度，来认识和观察他者的生活；对路遥来讲，这样的外在化的“深入”，并不能进入生活的内部，也很难进入人物心灵的内部，因而，要把焦点转移过来，转移到作家自己的生活经验上，并通过作家这个活跃的中介，接通更为广阔的人生图景和社会生活图景。

路遥从俄罗斯文学的伟大经验里找到了自己的方向和动力。“路遥深刻地领会了俄罗斯文学的伟大的人道主义精神，并用这样的精神来引导自己的写作。他接受托尔斯泰的教诲，自觉地在作品中显示自己的存在和态度，诚实而严肃地塑造作家自己的形象。他像肖洛霍夫一样，站在同情的立场上，用大地一样宽阔的包容态度来写每一个人物。他像艾特玛托夫一样，

① 路遥：《路遥文集》，第五卷，人民文学出版社，2005年，第264页。

② 路遥：《路遥全集·早晨从中午开始》，北京十月文艺出版社，2013年，第117页。

用温暖而庄严的诗意笔调，来写人们的不幸、坚韧和爱的能力。”① 就这样，他以伟大的俄罗斯文学为方向，把自己的文学提高到了自律的高度，赋予自己的写作以人性的内容、优美的风貌和伟大的品质，从而完成了从他律文学到自律文学的转换。

如果说，他律的文学是离心力的文学，本质上是一种服从的、被动的写作，是一种围绕外部的轴心旋转的文学，那么，自律的文学就是向心力的文学，本质上是一种自由的、主动的文学，是一种围绕作家自己的精神轴心旋转的文学。

他律的文学是一种可以被命名为“公转的文学”，自律的文学是一种可以被命名为“自转的文学”。前者千部一腔，千人一面，毫无个性；后者独出机杼，千姿百态，色彩缤纷。

柳青的写作属于公转性质的他律性写作模式。虽然他凭着过人的才华，最大限度地突破了文学意理形态的束缚，塑造了一些成功的中间人物形象，描写了大地上和日常生活中的鲜活的情景和生动的细节，但是，从整体上看，他的写作仍然是一种意理形态化的写作，是一种悬浮于生活之上的写作，是一种让人觉得隔膜和遥远的写作。

路遥进入成自觉期的写作，就是一种自转性质的自律性的写作。他完成了从旧模式向新模式的转换，即从他者主宰的文学向自己主导的文学的转换，从虚假的文学向真实的文学的转换，从非人的文学向人的文学的转换，从僵冷的文学向温情的文学的转换。他将立足点转到具体的人，转移到自我。他按照自己的刻骨铭心的人生经验来写作。他的写作是同情所有人的写作，是向所有人敞开的写作。

从艺术自觉和写作技巧的角度看，路遥也是一个达到自律文学高度的作家。他有着第一流的艺术感受力。他对文学作品的解读是真正艺术性的体验。

① 李建军：《论路遥与史铁生》，《南方文坛》2020 年第 2 期。

他能从作品中感受到丰富的美感内容。例如，他对作品的结尾，有着自己的艺术理解。他特别重视作品的结尾，所以，在构思作品的时候，首先考虑的不是别的，而是作品的结局，甚至最后一句话："像许多溪流似的，最终如何流到这里。"而雨果的《九三年》的结构和结尾处理，就是近乎完美的："像交响乐似的，最初由许多乐器在演奏，最后由一个雄壮的浑然一体的乐句，把这一支交响乐的感情发展到了顶点。"① 这不是一个外行能讲出来的话。由这段话，我们看见路遥自觉的美学意识和高超的艺术鉴赏力。

在艺术问题和写作经验上，路遥常常与柳青对话，甚至敢于否定导师的某些艺术观点和文学经验。例如，柳青认为，在长篇小说里，"人物应该慢慢出场"，但是，路遥有着"完全不同的看法"："在我看来，在长卷作品中，所有的人物应该尽早地出场，以便有足够的长度完成他们。尤其是一些次要人物，如果早一点出现，你随时都可以东鳞西爪地表现他们，尽管在每个局部他们仅仅可能只闪现一下，到全书结束，他们就可能成为丰富而完整的形象。除过一些主要的角色，大部分人物都是靠点点滴滴的描写来完成的。"② 这就说明，路遥的文学上的自觉，他的自律文学意识的形成，是整体性的，而不是局限在某一个抽象的方面。他的自觉，不仅是在自我意识和一般的意识领域的自觉，也是在具体的艺术认知和写作技巧层面的自觉。

文学上的自觉，既是方向的自觉，也是方法的自觉。在这两个方面，路遥都达到了很高的水平。

四、物性的人与人性的人

人物是小说世界的灵魂和主人。

塑造人物是小说艺术的核心任务。

---

① 路遥：《路遥全集·早晨从中午开始》，北京十月文艺出版社，2013年，第131页。

② 路遥：《路遥文集》，第五卷，人民文学出版社，2005年，第271页。

判断一部小说作品是否成功，首先是看它是否塑造出了鲜活的、有生命力的人物形象。

作者如何塑造人物，受制于他的人性观，甚至受制于他的世界观和人文主义精神。作者在写作中所表现出来的对人物的态度，就是他在日常生活中对现实的人的态度的延伸和折射。但是，在特殊的环境中，每一个作家对人物的态度，又会不可避免地受到流行的意理形态的规约。例如，在20世纪30年代的德国，作家不可能用正常的人性态度来塑造犹太人，就像在19世纪前五十年的美国南方，一个信奉种族主义的作家很难平等地塑造黑人形象一样。

柳青小说中的人物形象塑造，也受制于特殊时代的人性视野和认知框架。他笔下的人物，大都属于简单的人际关系结构中的类型人物。首先，他的人物是按政治属性来分类的，大率不出好人、坏人和中间人物这三种类别。梁生宝是好人的代表，姚士杰是坏人的代表，梁三老汉是中间人物的代表。好人没有缺点，坏人没有优点，中间人物有缺点，但这缺点，不属于绝对的恶，经过好人的影响，可以最终被克服掉；最后的结局是，少数自取灭亡的坏人彻底失败，中间人物经过改造，站到了好人一边，而那些代表着正义和大多数人利益的好人，则获得了绝对性的胜利。

在柳青的小说中，人物的性格及心理结构，可以分为两个层面：一个是表层结构，一个是深层结构。他用日常生活的细节描写和氛围描写，来揭示人物的处于表层结构层面的心理和性格。这个层面的描写，具有生活的具体性和真实感，使读者清晰地看见人物的状貌、动作和心态。但是，一旦进入深层结构，即涉及人物的人格、生活态度、价值观和道德状况的时候，柳青便采取了“意理形态”的方式，所有人物都按照他所属的社会类别进行描写，或者，借用福柯和阿甘本的概念来说，就是进行“装置”①，

---

① 吉奥乔·阿甘本：《论友爱》，刘耀辉、魏光吉译，北京大学出版社，2019年，第17页。

即外在地、主观地控制和描写人的姿势、行为、意见或话语。这种装置性质的描写，本质上是一种按照外在的原则和需要，对人物进行简单化和公式化的处理和描写。

柳青说：“作家把他反对的事物概括到一部分人的形象里，又把他所赞美的事物概括到另一部分人的形象里，作家把自己认为最先进的世界观，最美好的愿望，以及最高尚的道德伦理观念，贯注到一个人的身上，这就是他心目中的理想人物。”① 这就是一种典型的装置化的小说理念，而不是一种真正符合文学规律的塑造人物的方法。作为一种典型的理念化的方法，它背离了自然和真实的创作原则。它放大了作者的权力，或者，准确地说，无节制地放大了作者背后的时代的隐性权力。人物失去了自己的独立性，成了抽象原则的牺牲品。他们没有自己的个性，没有自己的思想，没有自己的独立地位。他们是一些观念的容器和苍白的符号。

切斯特顿说：“我较喜爱从内里观照生命的人，接受他们的幻想与偏见；而不大喜爱从外面观察生命的人，尽管他们能极清楚地表明自己的想法。”② 柳青在塑造人物的时候，所选择的就是一种从外面观照的方法。无论对“正面人物”，还是对“反面人物”，他都很少做到真正从“内里”来写。即便对赵素芳这个不幸的女人，一个需要怜悯和同情的苦命人，柳青的笔触，也很难进入到她的内心世界。在公公王二直杠的葬礼上，她悲从中来，撕心裂肺地哭了起来。她哭自己短短的人生里的所有不幸，哭自己所受过的侮辱和伤害。然而，梁生宝鄙视她，认为她是个“没出息的女人”③，甚至，因为看见她“那个不争气的样子”，而不再急于跟别人介绍

---

① 王维玲：《岁月传真——我和当代作家》，首都师范大学出版社，2009年，第12页。

② 切斯特顿：《回到正统》，庄柔玉译，生活·读书·新知三联书店，2011年，第48页。

③ 柳青：《柳青文集》，第3卷，人民文学出版社，2004年，第46页。

的对象见面了①；积极分子冯有万则骂她是个“贱骨头”②。唉！他们的心是铁铸的吗？是石头雕成的吗？面对一个需要同情的弱小者，为什么要这样心硬和冷漠呢？《以西结书》（11：19，和合本）里说：“我必从他们的肉体里去除石心，赐给他们肉心”（I will remove the heart of stone from their flesh and give them a heart of flesh）。伟大的作家，也应该有这样的伦理自觉：他们的每一行文字，都要闪烁着人性的光辉，都要有爱的柔情和善的力量；他们也要去除冰冷的石心，而代之以温热的肉心。

很多时候，小说中的那些主要人物的意识和情感，就是作者自己的意识和情感，或者说，就是作者装置出来的意识和情感。在柳青的文学情感装置系统里，像素芳这样的女人，不属于光荣的被压迫者，也不属于卑鄙的压迫者，而是属于被有觉悟的人所“怒其不争”的窝窝囊囊的“多余人”，所以，她所受到的，既不会是阶级同情，也不会是阶级仇恨，而只能是这样的鄙视和辱骂。

柳青按照流行的观念，用单纯的阶级性覆盖了复杂的人性，甚至否定了复杂的人性。在他看来，人的七情六欲全都是“阶级性的具体体现”，甚至，“在他的感情变化时，还是大脑皮层的反映，是阶级社会影响的结果”③。他常常对一个社会阶层，进行整体化的道德定性。例如，他曾经这样从道德上贬低“富裕中农”：

> 富裕中农啊！富裕中农啊！原来是中国农村中最势利的一个阶层啊！……他们拼命地劳动，狠着心俭省节约，动物一般自私，比泥鳅还滑哩！④

---

① 柳青：《柳青文集》，第3卷，人民文学出版社，2004年，第47页。
② 柳青：《柳青文集》，第3卷，人民文学出版社，2004年，第48页。
③ 蒙万夫等编：《柳青写作生涯》，百花文艺出版社，1985年，第108页。
④ 柳青：《创业史》，中国青年出版社，1960年，第275页。

这样的整体性评价，显然是随意而令人费解的。“拼命地劳动”何罪之有？“俭省节约”不正是一种好的德行吗？他们怎么就像“动物一般自私”了呢？他们怎么就“比泥鳅还滑”了呢？为什么偏偏就是这个阶层“最势利”，而不是其他阶层呢？所以，这样的道德定性，缺乏最起码的事实感和说服力。显然，柳青关于人性认知的狭隘倾向，严重地影响了他的小说写作，使他在塑造那些“胜利者”和“失败者”的时候，显示出一种畸轻畸重的偏失，最终，使他笔下的处于两个极端点的正面人物和反面人物，都缺乏真实、自然、丰富的性格特点和情感内容，反倒是在梁三老汉、王二直杠和姚素芳这样的“中间人物”身上，多少还有一点人间的烟火气和真实感。

1958 年 7 月 1 日，在第三期的《红旗》杂志上，发表了陈伯达的署名文章《全新的社会，全新的人》。这是向全社会发出的经济建设“大跃进”的动员令，也是向艺术界和文学界发出的文化建设“大跃进”的动员令。它向作家传达出了明确的信息：要用全新的方法，塑造“全新的人”和“万能人”：这是一种“生龙活虎般的、具有冲天意志的英雄好汉。他们敢想，敢说，敢做”。文章所潜含的命意是：要彻底地改造人性，要创造出一些特殊的“全新的人”。

这显然是一种不切实际的人性改造理念。从人性本身看，人永远不可能摆脱自己的基本定性，成为一个所谓“全新的人”和“万能人”。人的自然本性，与人的生命融为一体；生命的奥秘和魅力，就在于它的不可抗拒的绝对公平性——每一个人都以不可抗拒的方式出生，又不得不按照不可抗拒的方式死去。就此而言，我们看到的永远是一个个作为生命现象的人，永远是一个个体现着有限性和共同性的人，永远是一个个从古到今毫无区别地渴望爱和友谊、惧怕孤独和死亡的人。来自外部的巨大力量，有可能一时地改变人们的意识，改变人们的态度，甚至改变人们的情感方式和行为方式，但是，永远不可能改变处于人的精神结构深层的永恒而普遍的人性。因而，人根本就不可能摆脱人的自然本性和情感共性，而成为所谓“全新的人”和“万能人”。

试图将人改造为“全新的人”和“万能人”，这是一种浪漫主义的愿望和乌托邦主义的想象，是对人性缺乏了解和尊重的表现。彻底地改造人，就意味着彻底地扭曲人，甚至意味着彻底地毁灭人。所以，所谓“全新的人”和“万能人”，在理论上是荒谬的，在实践上是疯狂的。按照这样的方案，只能弄出一些虚假而扭曲、似人而非人的怪物。“全新的人”和“万能人”的诞生，即意味着作为自然生命和独特个体的人的死亡，也就是说，意味着人的彻底性的物化。

另外，从现代的启蒙主义观点看，启蒙工作最根本的任务，并不是改变人性，而是改变社会结构和制度形态，就像斯蒂芬·平克所说的那样：“启蒙运动思想家并不试图去塑造人性，他们所希望的进步主要集中在人类的各项制度方面。像政府、法律、学校、市场和国际组织这样的人造系统才是理性的用武之地，并由此改变人类的状况。”① 人是环境的产物。人类状况的变化，是环境变化的结果。假如外部的条件和环境不改变，那么，人的状况也就不会改变。需要强调的是，即便是环境和氛围的改变，也要以切实的真正人性化的方式来实现。也就是说，唯一正确的方式，只能是顺应人性来改造环境，而不是为了外在目的而扭曲人性。

然而，作为一个以顺应的姿态面对生活的作家，柳青接受了关于“全新的人”的理论。在写作《创业史》的时候，他试图在理想化的叙事中，用明显的浪漫主义方法，塑造一个特殊的英雄人物。一般来讲，英雄人物要有自己的个性，甚至要有自己的生活理念。但是，梁生宝既缺乏成熟的个性，也缺乏自己的生活理念。他是个没有个性力量的人。他的性格特点就是服从。一个只知道服从的人，就是一个没有个性的人，而没有个性的

① 斯蒂芬·平克：《当下的启蒙》，侯新智等译，浙江人民出版社，2019年，第12页。

人，就很难成为真正的英雄人物。所以，梁生宝只是特殊意义上的“英雄人物”，而不是通常意义上的英雄人物。他是一个仅仅属于自己时代的“理想人物”。

不仅如此，有的时候，即便在日常生活中，柳青也无法克服这种狭隘的人性视野和认知局限。例如，1952 年 2 月 26 日的《人民日报》上，柳青发表了一篇题为《苏联人民——真正幸福的人们》的文章，在谈到托尔斯泰夫妇的时候，他竟然抑制不住充满阶级意识的认知冲动，生生地将托翁夫妇分隔到两个对立的阵营：“我参观雅斯纳雅·波利雅那的托尔斯泰故居，深深被这个老人的言行一致的生活态度所感动。他的太太在楼上过贵族生活，他在楼下他父亲的仓房里写《战争与和平》。……我参观过托翁冬天在莫斯科的故居，在楼上的正房里他的太太接待她的贵族访客。这正房旁边有一条狭窄的走廊通到一个拐角的小房间，在这里托尔斯泰接待来访的工人、农民和知识分子，正好像一幢房里住的两家人家。”①

柳青对托尔斯泰家庭生活的揣想和叙述，既有悖于情理，又不符合事实。真实的情况是，在很长的时间里，托翁夫妇的关系非常融洽，他们一起散步，一起会见各类客人，一起弹奏钢琴，一起完成写作——托尔斯泰一遍遍地写作和修改，托尔斯泰夫人则一遍遍地誊抄，甚至一起打牌和做游戏。即便到了晚年，因为财富观和财产问题起了冲突，他们仍然是一家人。而且，真实的托尔斯泰也有着自己的个性甚至缺点，例如，他有时就很软弱，甚至爱哭，厌倦生活，愿意死去，就连他的妻子都说：“我真没想到，这样一个世界闻名的人物在日常生活中竟是一个这么可怜、不幸的老头子。”② 事实上，早在俄国，就有人对托尔斯泰夫妇的关系妄加评判。对

① 柳青：《柳青文集》，第 4 卷，人民文学出版社，2004 年，第 169 页；在此文集里，该文的题目被改为《苏联人民是真正幸福的人》。

② 《托尔斯泰夫人日记》（1901—1910），下卷，蔡时济、晨曦译，中国社会科学出版社，1984 年，第 77—81 页。

此，托尔斯泰夫人索菲亚很生气，并在日记中写道："常言说得好，夫妻之间的事情，除了上帝外，谁也不能判断。"① 然而，柳青却凭着自己的想象，来轻率地下判断了。由此可见，一种"装置"性的认知习惯，一种他律性的文学规约模式，已经严重地影响了柳青观察生活和人的态度和方法。按照这样的态度和方法，一个作家很难看见人性和生活中具有真实感和普遍性的那一面。

就小说写作摆脱"装置"型模式的自由度和可能性来看，路遥显然要幸运得多。他赶上了"新时期"。"思想解放"是这个时期精神生活的基本主题。文学探索和表达获得了此前几十年间未曾有过的自由空间。柳青在写作上连想都不敢想的事情，路遥不仅可以想，而且可以做：他可以写个人的饥饿和痛苦，可以写人对现实境遇的不满，写个人的愿望和梦想，写人们为了改变自己的命运，为了获得劳动的自由和做人的尊严，所流的眼泪和汗水，所付出的努力和牺牲。总之，他可以不再用一种被强加的"装置"的方法来塑造人物了。

路遥摆脱了那种缺乏人道主义精神的僵硬的文学教条。1984 年 6 月 7 日，他在回答读者提问的时候说："人性、人道主义是存在的，这否定不了。作品必须弥漫人性、人道主义，否则作品就是抽象的不是写人的了。这是没有什么可回避的，我的看法是这样的。"② 在《写作是心灵的需要——对文朋诗友的讲话》一文中，他说自己发现了中国当代文学"最大的缺憾"，那就是"将人物分成两种：好人或坏人。……所以，我在写作时，对这种文学现象进行了挑战。"③ 路遥用自己所理解的人类性，超越了柳青所信奉的阶级性。在阶级观点看来，不同阶级的人的心，是不相通的，

① 《托尔斯泰夫人日记》（1901—1910），下卷，蔡时济、晨曦译，中国社会科学出版社，1984 年，第 115 页。

② 路遥：《路遥全集·早晨从中午开始》，北京十月文艺出版社，2013 年，第 168 页。

③ 路遥：《路遥全集·早晨从中午开始》，北京十月文艺出版社，2013 年，第 244 页。

煤油大王不会同情北京捡煤渣老婆子身受的酸辛，贾府上的焦大则不会喜爱大观园里的林妹妹。然而，在路遥看来，“人类的心都是相通的。文学艺术正是沟通人类心灵的桥梁。”① 他强调文学的世界性意义，认为伟大的文学是具有普遍性的文学：“好的作品应该是我们看来是好的，全世界看来也是好的，都能接受它，对全世界都有冲击力量。譬如，托尔斯泰的有些作品就是这样。”② 他用同情的眼光看生活，用同情的态度对待每一个人物。在他的小说世界里，没有阶级斗争意识影响下的歧视和敌意，也没有来自生活外部的过度喧哗的巨大声浪。作者不再是作为高高在上的裁判者和传声筒进行写作，只是作为一个具体的有血有肉的人，来感受，来写作。对所有人的爱和理解，是他写作时的基本态度；所有人的尊严和自由，则是他几乎小说写作的基本主题。

对一个小说家来讲，最难的事情，还不是如何进行描写，而是如何进行评判，即如何对不同地位、身份的人物进行评判。也就是说，是否能以真正平等的、理解的、富有同情心的态度来对待人物，是对一个小说家的巨大考验。路遥对海波说：“对于一个严肃的文学创作者而言，写东西不但是反映人生和社会，同时还是评判人生和社会；而要评判人生和社会，必须持一致超然的态度，即‘不以物喜，不以已悲’。但是，像咱们这样出身的人，‘不以物喜’容易做到，‘不以已悲’则很难做到。因为我们太了解下层人，因此会忽视他们的局限，甚至会把他们的缺陷认作美好；因为我们太不了解上层人了，对他们有很深的误解，甚至会把他们美好的东西当成垃圾。如果这两个问题不解决，我们就只能写些《半夜鸡叫》《铡美案》式的伪民间故事——完全站在下层人的角度把自己的困难悲情化，把自己的结局理想化，把别人的性格妖魔化，把别人的行为漫画化，根本谈不上

① 路遥：《路遥文集》，第五卷，人民文学出版社，2005 年，第 361 页。
② 路遥：《路遥文集》，第五卷，人民文学出版社，2005 年，第 389 页。

评判社会和人生。”①

这是何等宽容的态度！

这是何等博大的胸怀！

这是何等自觉的意识！

君不见，柳青的“装置化”叙事的根本问题，就是不能保持“超然的态度”，即“公正的态度”，因而，常常把这一边的人“悲情化”和“理想化”，同时把另一边的人“污名化”和“妖魔化”。他给富农姚士杰的父亲起了个“铁爪子”的绰号，给梁生禄的雇主起了个“杨大剥皮”的绰号。这样的装置性修辞，本质上是消极的，是“漫画化”的，很难获得积极的修辞效果。

多面性和复杂性是人性的一个特点。任何一个真实的人物，都是由光明面和幽暗面构成的人物。取消了人身上的这种丰富性和混沌性，就等于取消了人本身。就像路遥在《关于电影〈人生〉的改编》中所说的那样：“高加林、刘巧珍、黄亚萍都是好人，但性格中都不同程度潜含着悲剧性和庸俗性的因素。人物性格的复杂性，反映了生活的真实；而真实是一切艺术的基础。”② 1981年10月17日，路遥在写给王维玲的信中说，自己试图在《人生》里“展示一种较为复杂的社会生活图景，人物也都具有复杂性”：

> 我感到，在艺术作品里，生活既不应该虚假地美化；也不应该不负责任地丑化。生活的面貌是复杂的……。生活在任何地方都不是一个平面；它是一个多棱角的“立锥体”，有光面的，也有投影，更多的是一种复杂相互的折射。③

---

① 海波：《人生路遥》，广东人民出版社，2019年，第166—167页。

② 路遥：《路遥文集》，第五卷，人民文学出版社，2005年，第361页。

③ 王维玲：《岁月传真——我和当代作家》，首都师范大学出版社，2009年，第306页。

如果说，柳青小说中的人物，大都是单色调的，好坏善恶极为分明，那么，路遥小说中的人物，就是多色调的，是杂色的。这是两个完全不同的人物谱系：一个是按照简单的阶级性来塑造的烙着阶级徽章的人物谱系，一个是按照复杂的人性来塑造的反映着人性的丰富内容的人物谱系。对比起来，路遥小说中的人物，无疑会让读者觉得更加真实，更加真切，更具有普遍的人性内容。

与柳青比起来，路遥小说写作的根本改变和伟大之处，有一个非常重要的标志，那就是，不再将“非凡的人”，当作自己小说内部的主宰者和主人公，而是让真正“平凡的人”，成为自己小说中的罗密欧和哈姆雷特。就像他自己在《平凡的世界》中所说的那样：

> 我们承认伟人在历史进程中的贡献。可人类生活的大厦从本质上说，是由无数普通人的血汗乃至生命所建造的。伟人们常常企图用纪念碑或者纪念堂来使自己永世流芳。真正万古长青的却是普通人的无名纪念碑——生生不息的人类生活自身。是的，生命之树常青。①

这段话表达了一个重要的生活哲理：普通人才是生活的主人，才是生活的创造者，才是真正伟大和不朽的人。对路遥的实现了自律模式转换之后的全部写作来讲，这段话无疑可以被视为原则性的文学纲领。它意味着路遥彻底摆脱了那种根据偏见对人物进行等级划分的文学教条。他拒绝被简单地定性和归类。如果按照某种抽象的标准，对人进行分类，将人分为三六九等，那就意味着将人彻底地物化，即将人视为无生命的物件。从人格和生命价值的意义上讲，所有的人都是等值的。人就是人。每一个人都是有血有肉的，都有自己的忧伤和欢乐的，渴望被理解、认可和尊敬的。

① 路遥：《平凡的世界》，第三部，人民文学出版社，2004 年，第 130 页。

人不是物，不是工具，也不是一个简单而苍白的符号。同时，从一种伟大而神圣的观点来看，所有的人都是平凡的。因而，任何人，一旦被夸大地界定和塑造为“非凡的人”甚至“非凡的神”，那么，他就有可能失去正常人所具有的真实性和亲切感，就有可能沦为“物”和“非人”。

把所有人都当作人来观察和塑造，就意味着对人的理解和尊敬，也意味着对人的爱。这种爱的能力，决定了一个作家的精神境界，甚至决定了他的作品的影响力和生命力。柳青也有爱，但他的爱，是一种被限定了的爱，是一种“装置”格局下的爱。这种爱常常被一种狭隘的敌意和仇恨消解掉了。路遥的爱，则彻底地摆脱了外在的限定性和“装置性”。他爱生活，爱自己笔下的人物。无论对男人还是女人，老人还是孩子，生者还是逝者，穷人还是富人，路遥都抱着一种同情、理解和包容的态度。他同情他们的不幸，理解他们的痛苦，包容他们的缺点和过错。他甚至会爱小动物。他对徐国强老人与老黑猫的故事的叙写，简直催人泪下。

我们这个时代长期缺乏的，普遍缺乏的，就是爱的能力，就是温柔的怜悯心和同情心。我们追求外在的价值，例如金钱和权力，但是，我们看不见那更重要的内在价值，即人的价值、爱的价值、同情的价值。在很长的时间里，我们以傲慢的态度蔑视那些最高的价值。我们蔑视人，蔑视同情和怜悯。我们内心里充满了冷漠和敌意。我们把仇恨变成了一种稳定的心情态度和心理习惯。我们更容易在人群中发现敌人，而不是朋友。我们看不见人们内心的孤独和悲伤，感受不到他们对爱和怜悯的渴望。

然而，路遥看见了人。他看见了孤独的人，伤心的人，挨饿的人，无助的人。他看见了他们的眼泪，听见了他们的叹息和心语。谈到高加林的时候，他说自己是“抱着兄长般的情感来写这个人物”①；在一次访谈中，他回答说：“对生活冷漠、漠不关心对作家来说是致命伤”②。在中国当代作

① 路遥：《路遥文集》，第五卷，人民文学出版社，2005年，第407页。

② 路遥：《路遥文集》，第五卷，人民文学出版社，2005年，第392页。

家中，像路遥这样具有爱的能力和共情能力（empathy）的作家，并不多见。乌纳穆诺说："有爱才有怜悯。爱之愈深，怜悯亦愈深。"[①] 路遥同情和怜悯他笔下的几乎每一个人物。

路遥不仅深刻地理解了爱，而且能在写作中体现这种爱。

这是一种伟大的精神成就和文学成就。

就此而言，路遥已经彻底摆脱了自己时代的狭隘和冷漠倾向，并将自己的写作提高到伟大的人性境界和人道主义境界。

就爱人物的态度和能力来看，路遥不仅超越了柳青，也超越了与他同时代的很多作家。

正是在这一点上，路遥显示出了一个伟大作家的情感高度和精神境界。

2020 年 3 月 23 日，平西府

---

① 乌纳穆诺：《生命的悲剧意识》，段继承译，花城出版社，2007 年，第 170 页。

第六节　路遥与史铁生

他们，一个是大树，一棵从黄土高原上生长起来的大树；一个是凤凰，一只从轮椅上飞向云霄的凤凰。

他们都出身于社会底层，都是“受苦人”，都有很强的苦难意识。他们将苦难转化成了爱的能力。他们爱人们，爱生活，爱一切值得爱的事物。

他们都属于有教养的作家。他们高格调地写作。无论多么痛苦，无论多么绝望，他们都不会怨天尤人，更不会通过伤害人物和读者，来缓释自己的压力和焦虑。在他们的笔下，没有一行粗鄙秽亵的文字。

作为自己时代生活的观察者和思考者，他们通过写作，宣达了自己的生活哲学或精神信仰。在令人迷茫和恍惚的时分，他们的思想之光芒与精神之力量，显得弥足珍贵。

他们爱陕北，爱陕北大地上的山川与河流，爱那里的人们，爱柔情而高亢的信天游。

在陕北，最苦焦的，是人和牛。

对陕北人来讲，牛是世间最善良、最勤劳的动物，也是最值得感恩和尊敬的动物。

路遥最爱的动物是牛，史铁生最爱的动物也是牛。

他们的写作，都有一股牛的品性——坚韧，诚实，仁慈，充满深沉感和力量感。

然而，在基本的写作理念和写作方法上，他们的选择却迥乎不同。

路遥是现实主义作家，史铁生是现代主义作家。

路遥是感性风格的外倾型作家，史铁生是理性风格的内倾型的作家。

路遥是乐观而又具有悲剧意识的作家，史铁生是悲观而又具有乐观精神的作家。

路遥的写作属于黎明的写作，热情而充满活力；史铁生的写作属于夜晚的写作，深沉而充满智慧。

路遥的小说属于规范意义上的小说，可读性很强，拥有千百万的读者；史铁生的小说具有实验的性质，可读性稍弱，读者群也不大，甚至连算不算小说，也成了问题。

总之，无论从伦理精神，还是从文学成就看，路遥和史铁生都是我们时代的值得尊敬的伟大作家。对这样两位作家进行比较研究，不仅有助于彰显他们的不同个性，也有助于我们发现优秀作家和伟大文学的共同品质。

一、陕北后生与北京娃

他们是同时代人。路遥出生于 1949 年 12 月 3 日，史铁生出生于 1951 年 1 月 4 日。但是，他们却出生在两个完全不同的地方：一个出生在中国最贫穷的地方之一——陕北，一个出生在中国的首善之区——北京。

在一个特殊的时代，人皆蓬累而行，相隔千里之遥的路遥和史铁生，也被时代的猎猎大风，吹到了一起，在三年的时间里，生活在同一空间——陕北延川。在此期间，路遥没有见过这个在自己家乡放牛的北京娃，史铁生却知道那个勤奋写作的陕北后生。

在《悼路遥》中，史铁生回忆了他与路遥的三次见面。在关家庄生产队当放牛郎的时候，他读过这个当时已经很有名气的陕北后生的作品，对他充满仰慕之情：“我下乡，他回乡，都是知识青年。那时我在村里喂牛，难得到处去走，无缘见到他。我的一些同学见过他，惊讶且叹服地说那可真正是个才子，说他的诗、文都作得好，说他而且年轻，有思想有抱负，说他未来不可限量。后来我在《山花》上见他的作品，暗自赞叹。那时我既未做文学梦，也未及去想未来，浑浑噩噩。但我从小喜欢诗、文，便十分地羡慕他，十分的羡慕很可能就接近着嫉妒。”①

从史铁生的文字里，我们可以获得三个很重要的信息：一是路遥踏上文学之路的时间，远远早于史铁生；二是在当时的陕北，路遥已然是个“才子”，是个很有名气的作家；三是在文化遭到严重破坏的时代，在一个文化极端贫瘠的环境里，人们的文化生活显然是极端贫乏的，即使在油印小报上发表的幼稚而粗糙的作品，仍然能赢得人们的关注和喜爱。

路遥和史铁生都是身处社会底层的青年。路遥是最穷苦地方的底层人，史铁生是来自首善之区的底层人；路遥是户籍制度二元结构中的底层人，史铁生是阶级结构中的底层人。一个是乡下的农民，虽然是在政治上受尊重，但在物质上，却极其贫困；一个是城里的居民，虽然在物质上尚未陷入绝对的困窘状态，但是，却在政治上被打入“另册”，缺乏最起码的尊严感和生存安全感。

然而，路遥的来自身份上的屈辱感和焦虑感，似乎比史铁生更为强烈。因为，史铁生终究是一个城里人；他回到自己的城市，是迟早的事情；即便不能成为“公家人”，他未来的生活，也会比农民体面得多，优越得多。然而，路遥的命运和未来，从出生的那一刻，就是注定了的——没有迁徙的自由，没有择业的自由；像他的父辈们一样，终其一生，在贫瘠的土地上，进行最原始的劳作，过最苦焦的生活。路遥之所以用尽全身的热情和力气搞创作，就是要走出逼促的山陬，走向外面的大世界，要跟别样的人们一起过别样的生活。他要想尽一切办法，改变自己的农民身份，成为体面的“公家人”和优越的城里人。高加林也有着一样的梦想。为了成为城

① 史铁生：《我与地坛》，人民文学出版社，2008 年，第 205 页。

里人和“公家人”，他几乎什么都抛舍得下。所以，成为“公家人”不久，他就想着结束与农村姑娘刘巧珍的爱情，因为，这样的爱情，会成为他彻底摆脱“农村人”身份的羁绊，按他的话说，就是“不能为了巧珍的爱情，而贻误了自己生活道路上的这个重要转折。”① 而他之所以怒责黄亚萍，让她“住嘴”——“我那时黄尘满面，平顶子老百姓一个，你们哪个城里的小姐来爱我?”② ——也是因为她的话，戳到了他作为“农村人”最敏感的地方。

路遥在陕北生活了几十年，史铁生在这里只生活了三年。他们对陕北都很有感情。只是，路遥对陕北的感情，是一种乡情，内在而强烈，与生命融为一体——他爱这块土地，深刻地理解了她的苦难和美丽。而史铁生的陕北情，则更多的是一种青春记忆，是对一段艰难时光的追怀。他们都用自己的文字，记录了陕北人的屈辱和苦难，赞美了陕北的美好与陕北人的善良。真诚和深情，是他们面对陕北和叙写陕北时共同的态度。

就精神成长史来看，路遥显然更为不幸，用他自己的话说——“我是一个实实在在的苦命人。”③ 他感受到的爱，固然不少，但是，也受了很大的伤害。在少年时代，在人格成长最关键的时候，因为家里实在太穷了，就像他在一次讲座中对听众所说的那样：“家里十来口人，没有吃的，没有穿的，只有一床被子，完全是叫化子状态”④；于是，路遥被过继给迁居延川县的伯父——“我看见父亲一个人从伯父家坡里走下去，连头也不敢扭过来看我一眼。我知道这是没本事的父亲唯一的选择。当时那个悲痛场面，用撕心裂肺来形容一点儿也不过分。”⑤ 到了青年时代，又被初恋女友抛弃，这一打击，差点让他自杀；在风云激荡的峥嵘岁月，又被时代抛弃，从巅

① 路遥：《人生》，人民文学出版社，2006 年，第 135 页。
② 路遥：《人生》，人民文学出版社，2006 年，第 136 页。
③ 航宇：《路遥的时间：见证路遥最后的日子》，人民文学出版社，2019 年，第 364 页。
④ 路遥：《路遥全集·早晨从中午开始》，北京十月文艺出版社，2013 年，第 125 页。
⑤ 航宇：《路遥的时间：见证路遥最后的日子》，人民文学出版社，2019 年，第 315 页。

峰跌到谷底，他又一次被逼到了人生的绝境，几乎万念俱灰。在短短的四十二年生命历程里，路遥一直生活在一种紧张状态里。

在《早晨从中午开始》中，路遥回忆了自己童年被“抛弃”的经过，回忆了中学时代的饥饿——“童年。不堪回首。贫穷饥饿，且又有一颗敏感自尊的心。……中学时期一月只能吃十几斤粗粮，整个童年吃过的好饭几乎能一顿不拉记起来。”① 内心的卑微感，常常会悄然袭来，使他的心情突然沉重起来：“现在我已全然明白，像我这样出身卑微的人，在人生之旅中，如果走错一步或错过一次机会，就可能一钱不值地被黄土埋盖；要么，就可能在瞬息万变的社会浪潮中成为无足轻重的牺牲品。”② 他苦涩地回忆了自己的几次“死亡体验”，坦率地表达了自己作为作家的强烈的不安全感：“在一个没有成熟和稳定的社会环境中，无论是文学艺术家还是科学家，在最富创造力的黄金年华必须争分夺秒地完成自己一生中最重要的工作，因为随时都可能风云骤起，把你冲击得连自己也找不见自己。等这阵风云平息，你已经丧失了人生良机，只能抱恨终生或饮恨九泉了。此话难道是危言耸听？我们的历史可以无数次作证。老实说，我之所以如此急切而紧迫地投身于这个工作，心里正是担心某种突如其来的变异，常常有一种不可预测的惊恐，生怕重蹈先辈们的覆辙。因此，在奔向目标的途中不敢有任何怠懈，整个心态似乎是要赶在某种风暴到来之前将船驶向彼岸。”③ 在他看来，混乱、不幸和灾难随时会降临，所以，他要抓紧分分秒秒的时间写作。显然，在路遥的看似纯属个人习惯的写作方式后面，有着深隐的时代原因和社会原因。某种程度上，正是这种对社会和未来的惶惶不安的心态，使他选择了毁废身体的写作方式。

与路遥不同，史铁生的童年和少年时代就要幸福得多。从有记忆开始，

---

① 路遥：《路遥文集》，第五卷，人民文学出版社，2005 年，第 280 页。

② 路遥：《路遥文集》，第五卷，人民文学出版社，2005 年，第 312 页。

③ 路遥：《路遥文集》，第五卷，人民文学出版社，2005 年，第 317—318 页。

他就受到了奶奶和母亲的呵护与抚爱。他在《奶奶的星星》、《秋天的怀念》、《合欢树》和《我与地坛》等作品中，以充满深情和诗意的笔调，叙写了奶奶和母亲对他的温暖的爱。

但是，在时代巨大的冲击面前，这种温柔的母性之爱，却显得柔弱无力，并不能保护他不受伤害。奶奶被赶回了乡下老家，他被遣送到了路遥的故乡，抛弃在了遥远而荒凉的异乡。

好在，那一切，都发生在他的青春时代，而且还具有“运动”的浩大而光荣的仪式感，还被赋予了理想主义和浪漫主义的色彩，因而，他的痛苦，就有一种模糊的性质，并不足以彻底影响一个人一生的性格和心理。

然而，可怕的厄运，最终还是降临到了他的头上。

在陕北得上的一场病，带给他毁灭性的打击。

他的善于奔跑的双腿，他的曾经给他带来短跑冠军荣誉的双腿，失去了行动的能力。

含苞待放的青春蓓蕾，凋谢了。

史铁生的苦难的历程，开始了。

对路遥来讲，人世间的苦难，是一种现实境遇，是一种社会现象，很多时候，都是由环境和人造成的，甚至是由某些负有责任的他者造成的；苦难意味着考验，因而，无论面对什么样的困境和不幸，人都要充满热情和力量，承担起改变自己命运的使命。

然而，对史铁生来讲，人的苦难是一种宿命，是超验力量造成的，“是与生俱来的，并没有现实的敌人。……无法找到报复或声讨的对象。早年这让我感到荒唐透顶，后来慢慢明白，这正是上帝的启示：无缘无故地受苦，才是人的根本处境。”① 他也接受了存在主义的“人是被抛弃到世界上来的”的理念。在思考苦难问题的时候，他将宗教启示和存在主义思想，

① 史铁生：《信与问——史铁生书信序文集》，花城出版社，2008年，第52页。

兼收并取，融合在一起，形成了有着些许存在主义色彩的宗教意识和苦难意识。但是，理想主义的宗教精神最终帮助他克服了存在主义的消极面，并赋予他的写作以乐观的态度和积极的性质。

苦难使他们成熟和坚韧，也使他们低调和谦卑。在路遥和史铁生的文字里，从来没有自怨自艾的矫情，也没有那种趾高气扬的傲慢。他们的写作态度都是积极而热情的。

路遥把自己与那些身处底层的人物放在一起，既不“哀其不幸”，也不“怒其不争”，而是爱他们，同情他们，跟他们一起在生活的坎坷的路途中苦苦挣扎，艰难前行。他从不把自己架在高高在上的位置，拿腔作调，扮名士风流状，也很少把自己当作指天画地的“启蒙者”和“治疗者”。

史铁生则一边承受着厄运带来的痛苦与绝望，一边寻求着救赎的希望和路向；他也有匡正生活的激情，有很强的问题意识和怀疑精神，既向人们提供“好运设计”，也对自己时代的种种现象和问题，提出含蓄的质疑和深刻的批评。

二、此岸的善与彼岸的善

一个达到很高境界的作家，不会把追求形式上的艺术价值当作自己的目标，也不会把文学仅仅当作自己一个人的事情。他看重文学对于大众甚至人类的意义和价值。

一切伟大的文学，都是善的精神之树上绽放的花朵，结出的果实。

恶之花，丑之花，也许是炫目的，甚至足以惊听回视，但却很难说是伟大的。

莎士比亚之所以不朽，之所以伟大，固然因为他的作品是美的，蕴蓄着丰饶的诗意，但首先是因为他的戏剧里充满了善的伦理精神和道德力量。不善的美，是残缺和苍白的，很难获得人们普遍的认同和持久的喜爱。

美国文学史家威廉·约瑟夫·朗恩说：“莎士比亚的精妙之处在于他这

场化妆舞会里的各色人等的面具都揭去了，让我们看到了舞会中人的灵魂，看到了善的萌芽，即便是在邪恶的事物里，也有‘善的灵魂’。因为莎士比亚没有节外生枝，没有故设疑云以加重读者或观众的负担。最终善会胜恶，而挚爱、信念、劳作和责任是一切时代让社会运行的四个因素。要批评创造了有这些品质的男男女女的天才就是批评人类自己。”① 而莎士比亚之后的英国戏剧之所以衰落，其原因，正在于戏剧家总是迎合观众低下的趣味，未能保持在道德问题上的敏锐感和洞察力：“这时的戏剧家们不仅没有莎士比亚的天才，也没有他宽厚的仁慈，没有他从道德角度出发对生活的洞察力。除了本琼生，这些戏剧家忽略了一个简单的事实：人在他最深刻的意义上是一种道德的存在，只有一出表现道德法律胜利的、满足人的整体性渴望的戏才能够在整体上满足观众和其他人。”② 善和道德决定了文学的影响力和生命力。作家如果忽视了善的价值，如果丧失了对道德问题的敏感和关注，那么，他的写作就不可能达到理想的状态，就不可能深刻而持久地吸引读者。

卡夫卡将文学创作当作一种“唤醒人们”的、“倾向于祈祷”的力量：“艺术就像祈祷一样，是一种伸向黑暗的手，它要把握住慈爱的东西，从而变成一只馈赠的手。”③ 显然，对卡夫卡来讲，文学和艺术不仅不排斥道德情感和伦理精神，而且还要使自己成为一种有利于人的善，要热情地表现对人和世界的爱与仁慈。

苏俄时期的优秀作家艾特玛托夫也在《善，是不可战胜的》一文中说：“应该培植人们身上的善，这是所有的人，一代又一代的共同责任。……文

---

① 威廉·约瑟夫·朗恩：《英国文学：中古到伊丽莎白时期》，王小平译，社会科学文献出版社，2017 年，第 193 页。

② 威廉·约瑟夫·朗恩：《英国文学：中古到伊丽莎白时期》，王小平译，社会科学文献出版社，2017 年，第 197 页。

③ 叶廷芳主编：《卡夫卡全集》，第 4 卷，黎奇、赵登荣译，河北教育出版社，2001 年，第 343 页。

学与艺术在这方面有着重大的责任。”① 1978年，艾特玛托夫又在《真正的人民作家——纪念列夫·尼古拉耶维奇·托尔斯泰诞辰150周年》一文中，阐释了由普希金所奠定、由托尔斯泰等人所巩固的俄罗斯文学传统：“教化人们向善，俄罗斯文学的这一伟大的传统，托尔斯泰是从被他自己称为‘人’的普希金那里继承的。……这位真正的人民作家属于全世界，全人类，属于遥远的未来。”② 显然，在俄罗斯文学的伟大传统里，善是一个根本性和灵魂性的要素。

唉！为什么总是要喋喋不休地说什么“善良”呢？

唉！为什么总是要强聒不舍地讲什么“伦理”呢？

因为，我们时代有太多情感变态、精神畸形的文学。

野蛮、冷漠和凶暴的毒汁，已经浸入我们时代文学的骨髓。

读《狼图腾》，你不觉得它是一部“率兽食人”的小说吗？

读《大秦帝国》，你不觉得历史的真相被完全遮蔽、世间的善恶被完全颠倒了吗？

读《废都》和《檀香刑》，读《秦腔》和《蛙》，你不觉得它们在心性上扭曲得太厉害了吗？

这样，我们还能说，讨论文学中的善与伦理，是一件多余而自扰的事情吗？

那么，从那些伟大的文学经验里，从朗恩和艾特玛托夫的深刻的文学见解里，我们会得出什么样的结论呢？

我们只能得出这样一个结论：一切成熟的写作，都是一种伦理性的精神现象，准确地说，都是一种善的精神现象。因而，每一个优秀的作家，

---

① 艾特玛托夫：《文学与艺术》，阿地里·居玛吐尔地等译，华文出版社，2019年，第120页。

② 艾特玛托夫：《文学与艺术》，阿地里·居玛吐尔地等译，华文出版社，2019年，第233页。

都要将善当作自己展开写作的具有核心意义的价值原则。

路遥和史铁生，就是这样的作家。

善和爱，是他们共同的精神基础。

他们都属于精神健全的作家。他们都热爱人们和生活，懂得同情和怜悯的价值，因而，从不对人物和生活施暴。

他们都敢于面对生活和人生的困境与残缺。但是，他们并不满足于仅仅揭示出生活的和人性的阴暗面，而是，努力培养人们爱的情感，培养人们承担人生重压和命运碾压的能力，努力激活他们面对困境和绝望的智慧与勇气。就像娜杰日达·曼德施塔姆所感叹的那样，在发生了一连串巨大的暴力冲突和社会灾难之后，“善人”越来越少了，甚至几乎要销声匿迹了。这就要求作家意识到自己的道德责任，尤其是培养善的责任：“要知道，善良并非一种与生俱来的本性，它需要培养，而人们只有在需要善良的时候才会培养善良。对于我们而言，善良是一种已经消失的老派品质，善人则近乎猛犸象。”① 路遥和史铁生也有同样的焦虑。他们也意识到了培养善的重要性和迫切性。

不同的是，路遥是在社会学和伦理学的意义上，培养善和建构自己的文学世界，而史铁生则在信仰和宗教的基础上，培养善和建构自己的文学世界。

路遥的精神探索和建构，具有更强的现实感和历史感，包含着具体而丰富的人生内容和生活哲理；而史铁生的探索和建构，则具有超验色彩和普遍性质，包含着深刻而新颖的信仰内容和宗教思想。

路遥赞美责任，赞美爱，赞美友谊，赞美劳动，赞美奉献精神，赞美牺牲精神，赞美大地和阳光。在史铁生的文字里，则充满了对生活和人们的爱愿和忧悲；他从对命运的怀疑和质疑开始，承受着宿命和绝望的痛苦，

---

① 娜杰日达·曼德施塔姆：《曼德施塔姆夫人回忆录》，陈方译，广西师范大学出版社，2013 年，第 150 页。

沉思毁灭和死亡的问题，最终抵达了信仰的高度，完成了精神上的超越与救赎。

因而，路遥的伦理精神是此岸性质的，史铁生的伦理精神则是彼岸性质的。

在《平凡的世界》里，路遥说过这样一句话："如果我们是善良的，我们就会普遍同情所有人的不幸和苦难。"① 这不是一句无足轻重的话，而是一句像金子一样有价值的话。它可以被看作路遥小说写作的基本态度。

通过对善良的深刻理解，通过《平凡的世界》等作品的写作，路遥在观念上和实践上，实现了双重的超越——不仅超越了到他说这句话时为止的数十年时间里的当代文学，超越了这种文学的狭隘、自负和横强，也在某种程度上，超越了1919年以后三十年的现代文学，超越了这种文学的激愤而极端的文化情绪，超越了它的峻急而尖刻的文学态度。他的平易亲切而又热情温暖的叙事，极大地超越了那种傲慢而自负的写作模式。

路遥深刻地领会了俄罗斯文学的伟大的人道主义精神，并用这样的精神来引导自己的写作。他接受托尔斯泰的教诲，自觉地在作品中显示自己的存在和态度，诚实而严肃地塑造作家自己的形象。他像肖洛霍夫一样，站在同情的立场上，用大地一样宽阔的包容态度来写每一个人物。他像艾特玛托夫一样，用温暖而庄严的诗意笔调，来写人们的不幸、坚韧和爱的能力。

路遥爱他笔下的每一个人物，同情他们的不幸，理解他们的痛苦，原谅他们的过失，包容他们的低能和缺陷。对那些所谓的"反面人物"，他固然也讽刺，也批评，但这讽刺和批评，是温和而克制的。他决不让自己的笔锋严厉到伤害人物的人格和尊严的地步。

看看路遥是怎样塑造高加林的，再看看他是怎样塑造"逛鬼"王满银

① 路遥：《平凡的世界》，第二部，人民文学出版社，2004年，第280页。

的。在这两个人物身上，含藏着路遥小说写作的基本精神和原则：每一个人物都会受到尊重，都会受到作者的爱和同情；他们是用来展示人性和生活的丰富性和复杂性的，是用来揭示时代和社会的真实状况的，是用来表现作家对生活的理解和道德态度的，而不是用来无情“解剖”和尖锐“批判”的。

同样，史铁生也是一个懂得爱的真谛的作家。他在作品中所表达的爱，是一种别样形态的爱，是一种充满宗教精神和信仰温情的爱。

如果说，路遥主要通过小说的细节和情节，来表现自己对世界和人们的爱的态度，那么，史铁生则主要通过作者和人物的议论性的话语，来表达自己对爱愿、理想和信仰的理解。

关于文学和写作，史铁生有着极为独到的理解。他将写作当作探寻生活意义甚至建构精神信仰的手段。保罗·蒂利希说：“信仰是人的心灵之最为核心的行为。”① 对史铁生来说，作为一种表现人类心灵生活状况的艺术，文学也是关乎信仰的重要的精神现象；它是一座桥梁，一束光芒，一种力量，只有借助它，人们才能认识自己的心魂，认识真理，实现救赎，最终抵达信仰的彼岸。他在《宿命的写作》中说：

> 我自己呢，为什么写作？先是为谋生，其次为价值实现（倒不一定求表扬，但求不被忽略和删除，当然受表扬的味道总是诱人的），然后才有了更多的为什么。现在我想，一是为了不要僵死在现实里，因此二要维护和壮大人的梦想，尤其是梦想的能力。
>
> 至于写作是什么，我先以为那是一种职业，又以为它是一种光荣，再以为是一种信仰，现在则更相信写作是一种命运。②

---

① 保罗·蒂利希：《信仰的动力学》，成穷译，商务印书馆，2019 年，第 5 页。

② 史铁生：《灵魂的事》，天津教育出版社，2010 年，第 168 页。

显然，在史铁生看来，文学不仅具有摆脱现实束缚和解放人的力量，而且还是一种与梦想和信仰相关的精神创造活动，就像他在《务虚笔记》中所说的那样："写作，就是为了生命的重量不被轻轻地抹去。让过去和未来沉沉地存在，肩上和心里感到它们的重量，甚至压迫，甚至刺痛。现在才能存在。现在才能往来于过去和未来，成为梦想。"① 也就是说，只有负重的文学，只有感受着生活和生命的压迫和疼痛的文学，才有可能成为同时具有历史感、现实感和未来性的文学。

爱是文学的灵魂，也是文学的力量之源。

无爱的文学，是没有魅力的，也是没有力量的。

爱是史铁生信仰建构的核心问题，也是他文学写作的基本主题和稳定基础。

在保罗·蒂利希看来，信仰与爱不可分离，甚至可以说，信仰就是爱。他重新阐释了"自爱"和"他爱"——"'自爱'被描述为渴望通过其他存在者来实现自我（self-fulfillment），而'他爱'则被描述为愿意为了其他存在者而放弃自我（self-surrender）"，认为这种非此即彼的爱并不存在，因为，它们之间并不冲突："如果没有'自爱'与'他爱'的结合，那爱就不真实。无'自爱'的'他爱'只是对道德法则的服从，这种服从没有温情、没有渴求、没有重新结合。无'他爱'的'自爱'则只是混乱的欲求，否认他人有权要求被承认为一独立的自我，拥有爱和被爱的能力。作为'自爱'与'他爱'之统一的爱，就是信仰的内容。信仰所蕴含的爱愈多，它就愈能征服其所具有的邪恶与偶像崇拜的种种可能性。"②

关于爱，史铁生也有自己的理解和表达。他在《无答之问或无果之行》中说："爱，不是占有，也不是奉献。爱只是自己的心愿，是自己灵魂的拯救之路。因而爱不要求（名、利、情的）酬报；不要求酬报的爱，才可能

---

① 史铁生：《务虚笔记》，上海文艺出版社，1996年，第459页。

② 保罗·蒂利希：《信仰的动力学》，成穷译，商务印书馆，2019年，第94—95页。

不通向统治他人和捆绑自己的‘地狱’。地藏菩萨的大愿，大约就可以归结为这样的爱，至少是始于这样的爱吧。”① 史铁生将爱内化到个人的精神世界。这样的爱，是一种心愿，意味着解放和救赎，是一种超越了功利动机的精神活动。

比较起来，保罗·蒂利希关于“他爱”和“自爱”的思想，具有辩证的性质，更具现实主义色彩和功利主义色彩；而史铁生所理解的爱，则更具理想主义色彩和纯粹的宗教意味。

史铁生深刻地理解了爱的永恒性与永动性：“当然‘爱’也是一个动词，处于永动之中，永远都在理想的位置，不可能有彻底圆满的一天。爱，永远是一种召唤，是一个问题。爱，是立于此岸的精神彼岸，从来不是以完成的状态消解此岸，而是以问题的方式驾临此岸。爱的问题存在与否，对于一个人、一个族、一个类，都是生死攸关，尤其是精神之生死的攸关。”② 这样的关于爱的观点，具有深刻的哲学意义。它启发人们：爱，是引领生活的伟大力量；正因为有了爱，人类的生活才有了目标，才有了意义。

在《务虚笔记》中，史铁生借助人物 N 的话语，表达了自己对于爱情的思考。N 批评 O 不该对爱情失望，因为“爱情本身就是希望，永远是生命的一种希望。爱情是你自己的品质，是你自己的心魂，是你自己的处境，与别人无关。爱情不是一个名词，而是动词，永远的动词，无穷动。”③ 像普通的爱一样，爱情也意味着希望，意味着一个人对自我的内在要求和自我升华。

在《我的丁一之旅》中，史铁生更加深刻地阐释了爱的本质。恨意味着征服，而爱则意味着屈服；但这屈服，是有条件的，即“不是屈服于征

---

① 史铁生：《我与地坛》，人民文学出版社，2008 年，第 324 页。

② 史铁生：《我与地坛》，人民文学出版社，2008 年，第 325 页。

③ 史铁生：《务虚笔记》，上海文艺出版社，1996 年，第 558 页。

服”，而是，“屈服于黑夜的召唤，屈服于无限的远方与近前的残缺，因而是屈服于软弱，屈服于向爱并且能爱的心魂……”① 在这里，“黑夜”不是恐怖和消极力量的象征，而是平宁、自由和梦想的象征。对一个已经习惯了“斗争”和“仇恨”的社会来讲，史铁生关于爱的“屈服”理论，无疑具有特别重要的意义和价值。只有接受这种爱的理念，只有培养这种爱的情感和能力，我们的生活才可能真正具有美好的性质，我们的文学才有可能最终成为可以被人类共享的文学。

总之，就文学的基本性质和模式来看，路遥和史铁生的文学写作都属于积极的写作，即体现积极伦理精神的肯定性的写作。在他们的作品里，善和爱，同情和怜悯，尊重和祝福，是稳定的情感态度。这与那些冷漠和冷酷的写作，与那些私有形态的写作，与那些狂欢性的写作和黑暗性的写作，构成了极为鲜明的对照。

三、现实主义与现代主义

路遥忠实于现实主义的基本伦理原则和写作规范。他并不迷信天马行空的“想象力”，也不单靠所谓的“虚构”来解决问题，而是更相信“事实”本身的力量。他一丝不苟地用客观而准确的方法来写人，用一种朴素而清晰的风格，来创造一种充满可信度和感染力的叙事效果。

一个经验和知识贫乏的人，不可能成为成熟的现实主义作家。现实主义写作的成败和高下，很大程度上，决定于作者的生活阅历、社会经验与知识储备，决定于描写的准确和细节的真实。这些现实主义的基本常识，路遥心领神会。所以，他特别注意具体知识的积累，在这方面下了很大的功夫。他在《平凡的世界》创作随笔中说：“对于生活中现成的故事倒不十分感兴趣，因为故事我自己可以编——作家主要的才能之一就是编故事。

---

① 史铁生：《我的丁一之旅》，人民文学出版社，2006年，第344页。

而对一切常识性的、技术性的东西则不敢有丝毫马虎，一枝一叶都要考察清楚，脑子没有把握记住的，就详细笔记下来。比如详细记录作品涉及到的特定地域环境中的所有农作物和野生植物；从播种出土到结籽收获的全过程；当什么植物开花的时候，另外的植物又处于什么状态；这种作物播种的时候，另一种植物已经长成什么样子；全境内所有家养和野生的飞禽走兽；民风民情民俗；婚嫁丧事；等等。在占有具体生活方面，我是十分贪婪的。我知道占有的生活越充分，表现生活就越自信，自由度也就会越大。作为一幕大剧的导演，不仅要在舞台上调度众多的演员，而且要看清全局中每一个末端小节，甚至背景上的一棵草一朵小花也应力求完美准确地统一在整体之中。"① 为了写作《平凡的世界》，他读了很多书，几乎变成了博物学家②。

在进入具体的创作过程，路遥就"变为一个纯粹的兢兢业业的工匠"③。路遥的朋友作家海波说："路遥写东西准备时间很长，准备得很细，几乎每一个事件都要在生活中找到根据，每一个人物都有'小传'，其中包括他的家族成员、身体状况、交往半径、性格特征等等。这种准备是常态的：有了目标时围绕目标准备，没有目标时围绕有意思的人物准备，准备的形式就是和朋友聊人物和做即兴小品。"④ 对一个现实主义作家来讲，花费心力进行这样的准备工作，就像建造大楼的工程师描绘图纸和选择建筑材料一样，是绝对不可怠忽和偷懒的工作。

现实主义文学追求完美的真实效果。修改是获致这一效果的重要方式。如果说动笔前的反复的构思属于"内修改"，那么，完成最初写作阶段之后的修改，就属于可见的"外修改"。写作意识成熟的作家，不仅在构思作品

---

① 路遥：《路遥文集》，第 5 卷，人民文学出版社，2005 年，第 265 页。
② 路遥：《路遥文集》，第 5 卷，人民文学出版社，2005 年，第 260—261 页。
③ 路遥：《路遥文集》，第 5 卷，人民文学出版社，2005 年，第 280—281 页。
④ 海波：《人生路遥》，广东人民出版社，2019 年，第 168 页。

的时候会苦心焦虑，反复推敲，也会在修改作品的时候惨淡经营，花费心力。对一个现实主义作家来讲，修改作品像写初稿一样艰辛。1988 年的春节之前，《平凡的世界》第三部终于完成了，然而，接下来的修改和抄写，依然是一件需要全力以赴的工作："这次的抄改更加认真，竭尽全力以使自己在一切方面感到满意。感觉不是在稿纸上写字，而是用刀子在木块上搞雕刻。"① 如此细致而踏实的写作，就属于标准的现实主义写作。无论是具体的细节描写，还是概括性的叙述，都务求符合生活和人性的一般情状，符合特殊的生活逻辑和性格逻辑，从而最大程度地吸引读者，并赢得他们的信任和肯定性评价。

史铁生的写作，根本上讲，是一种现代主义性质的写作。这与他的身体状况、精神困境和个性气质有着内在的关联。他在很年轻的时候，就失去了行动的能力，这就限制了他的活动范围，也使他无法大量参与社会活动，无法获得现实主义写作所需要的经验内容；身体的残疾处境所带来的宿命感和绝望感，也使他倾向于接受那些现代主义作家，使他更倾向于关注和思考那些与人的荒诞境遇相关的现代性的经验和命题。对他来讲，卡夫卡比托尔斯泰更亲切，加缪比肖洛霍夫更亲切，罗伯-格里耶比艾特玛托夫亲切。在写给严亭亭的信中，他把"自己的心魂"当作写作的动力和源泉，甚至，把为自己——"自珍，自省，自我完善"——当作写作的目的，表示自己接受伍尔夫的"避开一切要向他人承担的职责"，守住自己的"心灵旋涡"的观点，接受杜拉斯的"写书人和他周围的人之间始终要有所分离"和"身体的孤独变成了作品不可侵犯的孤独"的观点②。当然，信仰最终升华了他的写作精神。宗教精神和宗教情感，拓宽了史铁生的文学写作的精神空间，也使他克服了现代主义作家的封闭性和狭隘性的局限，从而最终赋予他的作品以丰富的现实感和深刻的意义感。

---

① 路遥：《路遥文集》，第 5 卷，人民文学出版社，2005 年，第 226 页。

② 史铁生：《信与问——史铁生书信序文集》，花城出版社，2008 年，第 180—181 页。

史铁生的文学观念里，也有一种反规范的解构主义倾向。他将“文学”与“写作”对立起来。他怀疑“文学”这一概念的合理性，试图用“写作”取而代之：“我经常觉得，我与文学并不相干，我只是写作（有时不能写，只是想）。我不知道写作可以归到怎样的‘学’里去……写作是不能学来的（不像文学），并无任何学理可循。数学二字顺理成章，文学二字常让我莫名其妙”①。于是，他便倾向于选择一种摆脱“文学”束缚的“写作”。他在一次访谈中说：“其实最初的时候并没有文体之分，写作就是自由表达。……我看写作就是要破除清规戒律，真诚地面对自己的内在世界。”②他在写给日本学者山口守的信中，很低调地界定了自己的文学身份：“我对文学很少研究，写的东西也没规没矩的。我总认为我并不是一个严格意义上的作家，只能算是个写作者。”③ 显然，他写作的目的，只是为了表达出自己内心的“疑难”，为此，他允许自己破除文学的写作规范和文体边界。但是，一切自由都是限制中的自由；完全没有文体规范的写作，会给作者自己和读者带来极大的困扰——就作者来说，有可能写得四不像；就读者来说，有可能读得很辛苦。

与路遥不同，史铁生的写作，向内寻求力量和内容，主要是写“梦”和“理想”，用他自己的话说，文学所探问的，总是那“无边无际和混沌不清的灵魂的领域”④。他将现实和梦想分隔开来；现实属于伦理，梦想属于艺术，“它们各归其位，不仅利于艺术也利于伦理”⑤。他所理解的“生活”，不是外在的社会生活，而主要是内在的精神生活，甚至就是个人的精神生活；这个生活的最深处，不是对应着外部的社会生活，而在个人的内

---

① 史铁生：《灵魂的事》，天津教育出版社，2010 年，第 172 页。
② 史铁生等：《史铁生的日子》，凤凰出版社，2011 年，第 80 页。
③ 史铁生等：《史铁生的日子》，凤凰出版社，2011 年，第 210 页。
④ 史铁生：《信与问——史铁生书信序文集》，花城出版社，2008 年，第 22 页。
⑤ 史铁生：《信与问——史铁生书信序文集》，花城出版社，2008 年，第 27 页。

部的“心灵”①。这样，写作就主要是一种内在的特殊形态的精神活动，主要依靠荒诞感和想象力来推动：“对写作而言，有两个品质特别重要，一个是想象力，一个是荒诞感。想象力不用说，荒诞感实际上就是你在任何时候都能看到并不好的东西，看到并不能使我们的人性变好的东西，看到并不能使我们的梦想都能符合心愿的东西，也就是说我们对一个现实的世界永远存疑。对人而言，幸福总是有限的，而人的疑惑是无限的。”② 史铁生将艺术与伦理别为两事，不能说完全没有道理，但他显然忽略了文学尤其是小说的一个重要特点，即常常从几乎所有的角度来观察生活，并以整体性的方式，尤其以充满伦理意味的态度和方式，来叙写生活和人的内心世界。

就个性特点来看，史铁生思维活跃，具有哲学家的气质。因而，他的写作也就是一种思想化的写作，而他的作品，则是一种特殊形态的思想文本和哲学文本。史铁生甚至认为，文学写作所处理的不是经验，而是“问题”；文学不是一种历史现象，而是一种未来现象：“我总认为‘问题’才是文学产生的根本原因，因此我更感觉文学之根并不在于过去而在于未来”③。这样的观点，不能说它全然是错的，但是，它明显是简单化的，极大地忽视了文学的复杂性和多样性，也极大地缩小了文学世界的版图。显然，史铁生的文学理念，也许适合用来阐释某些现代主义作家的创作，但是，却很难用来解释包括现实主义文学在内的多种多样的文学现象。

文学，尤其是小说，是属于大众的，而哲学则是属于小众的。路遥是为大众写作的。能否为广大读者理解和接受，是他特别关心的问题。他相信，现实主义文学就是一种大众的、最受欢迎的文学，因为，“大多数读者群更容易接受这种文学样式”④。史铁生则是为小众写作的。史铁生说，自

---

① 史铁生等：《史铁生的日子》，凤凰出版社，2011 年，第 72 页。
② 史铁生等：《史铁生的日子》，凤凰出版社，2011 年，第 51—52 页。
③ 史铁生等：《史铁生的日子》，凤凰出版社，2011 年，第 8 页。
④ 路遥：《路遥文集》，第 5 卷，人民文学出版社，2005 年，第 258 页。

己写梦和理想的作品，“不是给多数人看的”①。

路遥虔信现实主义。在《早晨从中午开始》等文章中，他深刻地阐释了自己对现实主义的理解。他认为，现实主义文学不仅远未过时，而且仍然充满蓬勃的生命力：“生活和艺术已证明并将继续证明这一点，而不在于某种存在偏见的理论妄下断语。即使有一天现实主义真的‘过时’，更伟大的‘主义’君临我们的头顶，现实主义作为一定历史范畴的文学现象，它的辉煌也是永远的。”他反对将现实主义仅仅看作一套方法体系，而是认为，它“主要应该是一种精神”。②

但是，史铁生质疑现实主义。他认为，“写作是一种可能性的生活”；它生发于个人的梦想和想象；这种写作甚至可以不用纸和笔，而纯然在内心的思索和想象中完成：“一个人如果有想象力，对现实觉得有荒诞感，觉得有些想法，在这之外还有些有意思的可能性，那对于个人来说，就是写作行为了。”既然如此，他就对现实主义“经常有一个疑问。（笑）什么是现实主义？”③

史铁生将可能性的写作与现实主义文学对立起来，试图用前者否定后者。他对“纯文学”和“零度写作”的界定和阐释，基本上是站不住脚的。从理论上看，他的认知是偏颇的，他的判断是简单化的，充满了对现实主义文学的排斥态度；从实践上看，他的文学理念也只有一定程度的有效性，而不具有普遍的有效性。他的观点有助于人们认识一种特殊的文学，但却不利于人们从整体上认识文学的多样性，尤其不利于人们深入地认识现实主义文学。

具体地看，现实主义小说与现代主义小说最为根本的区别，就表现在作者与人物的关系上，或者说，表现在作者对人物的态度上。对此，路遥

① 史铁生等：《史铁生的日子》，凤凰出版社，2011年，第74页。

② 路遥：《路遥文集》，第5卷，人民文学出版社，2005年，第257页。

③ 史铁生等：《史铁生的日子》，凤凰出版社，2011年，第61页。

的认识极为深刻："小说创作中归根结底最重要的是人物，情节、主题都是围绕人物展开的，如果人物没有完成，那么它纵然有许多长处，也不能成为好作品。"① 如果说，现实主义小说是一种人物本位的叙事模式，那么，现代主义小说就是一种作者本位的叙事模式。人物本位的叙事，是一种强调客观性的叙事模式。这意味着，作者限制自己的话语霸权，而在所有主体关系中凸显出人物的存在和话语权。与此不同，作者本位的叙事，就是一种强调主观性的叙事模式。这意味着，作者在所有主体关系中凸显自己的存在，常常过度地扩张自己的话语霸权。

史铁生的小说，显然就属于那种作者本位的叙事模式。如果说，在早期的短篇小说中，例如在《我的遥远的清平湾》等短篇小说中，作者的充满怀恋的抒情态度，弥散在字里行间的浓浓的抒情性，还可以使小说产生吸引读者的魅力，那么，在长篇小说《我的丁一之旅》和《务虚笔记》中，复杂的非小说因素，就很难再起到积极的作用，或者说，很难吸引那些只是想读小说的读者。因为，在史铁生的长篇小说中，作者遮蔽了人物；人物成为一个个符号，一个承载着作者自己的意识和观念的载体。史铁生在答记者问的时候说："我放弃塑造人物。以往的小说有时空的完全打乱，这种打乱显然是根据作者的情绪逻辑（产生的）。如果按电影蒙太奇来说，它就不是时间的，而是心理的、情绪的。我想人物也是这样，试图塑造一个客观的、完满的人物，这愿望基本上是要落空的。"② 1997 年 3 月 14 日，史铁生在给柳青的信中，更加明确地表达了自己对小说中的作者与人物关系的理解："倘若这小说中真有一个完整的人物，那只能是我，其他角色都可以看做是我的思绪的一部分。"③ 这显然是一种现代主义的小说理念，准确地说，是一种解构主义的小说理念。它彻底否定了传统的现实主义小说的

① 路遥：《路遥全集·早晨从中午开始》，北京十月文艺出版社，2013 年，第 158 页。

② 史铁生等：《史铁生的日子》，凤凰出版社，2011 年，第 108 页。

③ 史铁生：《信与问——史铁生书信序文集》，花城出版社，2008 年，第 39 页。

叙事经验。某种程度上讲，这是对塑造现实主义意义上的人物形象缺乏信心的表现。事实上，在过去两三百年间，伟大的现实主义小说家已经塑造了大量不朽的人物形象；在最近的数十年内，那些现实主义小说家也成功地塑造了大量真实而饱满的人物形象。

现实主义文学与现代主义文学的殊异，甚至体现在对人物的命名上。给人物命名是小说家的一个重要的修辞技巧。人物的名字微妙地影响着小说的真实感。从人物名字可以看出作者对人物的态度和理解。每一个小说中的人物应该有一个属于自己的名字。这个名字应该与人物的地位、身份、性别、性格、气质、文化素养等等，高度契合。对俄罗斯作家来讲，给人物起名字，是一件特别重要的事情："普希金在给人物起名的时候，也从不轻忽随便，而是非常用心，一定要给他们起一个自然而美丽的名字。他说自己给'达吉雅娜'起的名字，就'使小说的篇章出神入化，/在我们这里还是头一次'……普希金培养了俄罗斯作家在人物命名上的良好习惯和修辞能力。正是因为普希金的积极影响，俄罗斯作家普遍将人物的命名当作一个庄严的事情。除了那些为了达到反讽目的命名，在正常情况下，他们一定要给人物起一个好听而又美丽的名字。"①

路遥在给人物起名字的时候，也是非常用心的。在路遥的小说中，几乎每一个人物都有一个恰恰适合自己的名字，是不可与他者的名字互换的。刘巧珍与黄亚萍的名字不可互换，高加林与高三星的名字不可互换，田润叶与田晓霞的名字不可互换，田福堂与田福军的名字不可互换，孙玉亭与王满银的名字不可互换，甚至孙少安与孙少平的名字，皆不可互换。那些随随便便将人物叫作"狗尿苔"的作家，那些随随便便用赵钱孙李和甲乙丙丁混搭起来给人物起名字的作家，那些随随便便用英文字母给人物起名字的作家，见此能不赧然有愧、憬然有悟乎？

---

① 李建军：《重估俄苏文学》，上卷，二十一世纪出版社集团，2018 年，第 205—206 页。

然而，某些现代主义小说家完全颠覆了现实主义小说的美学法则。他们笔下的人物，常常流为作者思想和观念的容器。因而，现代主义小说家也就常常通过编码的方式来给人物命名。史铁生也没有摆脱现代主义小说的消极模式。他在回答记者关于用字母代替人物姓名问题的时候，说了这样一通话：“你会发现我很久以来写小说不用姓名了，姓名让我感到别扭，好像一个姓名马上就把人物给限制起来了。姓名的几个字太有限制性了，比如说叫一个娇滴滴的名字会是什么样，叫一个古板的名字又是什么样，就是说这种束缚已经相当于文字本身的一种魔力了，或者叫‘霸权’。我试图打消这种‘霸权’。这是一个根本的考虑。我用字母代替人物姓名。”① 从现代主义的叙事逻辑看，史铁生的理论似乎也能成立。但是，从读者和人物的角度看，从小说修辞效果的角度看，这样的命名方式，显然是消极的。

为什么说它是消极的呢？因为，首先，字母化的名字，给人一种虚假而无意义的感觉；其次，由于过于苍白和抽象，读者需要花很大的力气，才能将此符号代表的人物与彼符号代表的人物区别开来；最后，用符号命名人物，意味着对人物的不尊重。这种在人物命名上表现出来的符号化修辞，才是小说写作上的“霸权主义”。

当然，如果这种命名采取了一种强化象征的方式，倒也不失为一种积极的修辞，例如，卡夫卡小说中的K，就具有了稳定而丰富的象征意义，几乎可以与现实主义小说中的典型人物相媲美。K与卡夫卡自己的异化体验密切相关。正像他在1911年12月8日的日记中所写的那样：“我现在有、而且下午已经有过一个大的愿望，写出完全出自我内心的全部恐惧不安的状态”②；在1914年5月27日的日记中，他说：“我觉得这‘K’难看，他们

① 史铁生等：《史铁生的日子》，凤凰出版社，2011年，第109页。

② 叶廷芳主编：《卡夫卡全集》，第5卷，孙龙生译，河北教育出版社，2001年，第150页。

几乎令我作呕，我却要写写他们，他们很能反映我的性格特征呢。”① 同时，K 还象征着犹太民族甚至整个人类的悲剧性的异化经验。在捷克语里，Kavka是寒鸦之意；从 17 世纪开始，按照“约瑟夫二世皇帝的圣谕”，犹太人的祖先必须取这个带有歧视性的姓氏：“选择‘Kafka’的姓只是朝着拿来骂人的动物——弗兰茨·卡夫卡在自己的作品里指昆虫，猴子，狗或者啮齿目动物——迈出的第一步。”② 卡夫卡说自己“是灰色的，像灰烬。一只渴望在石头之间藏身的寒鸦”③。他用 K 来命名人物，既有广泛的象征意义，又显示出尖锐而深刻的反讽力量。尽管如此，卡夫卡的这种命名策略，也属于出奇制胜的修辞，偶尔用用，倒也无妨，倘若流为俗套，就必然要弄巧成拙，适得其反。

是的，史铁生的小说观念，本质上是一种取消主义的小说观。这种观念取消了小说与其他文学样式的界限，从而最终取消了小说文体的独立性与合法性。所以，他对自己的小说，也就抱着无可无不可的随便态度。关于《务虚笔记》，史铁生这样说道：“如果有人说它既不是小说，也不是散文，也不是诗，也不是报告文学，我觉得也没有什么不对。因为实在不知道它是什么，才勉强叫它做小说。”④ 其实，如果将史铁生的长篇小说当作“思想录”和“印象记”性质的长篇散文作品来读，而不再费力追寻情节发展的逻辑线索，不再试图还原人物形象的生成脉络，那么，他的“非小说化”叙事所带来的复杂性和阅读难度，就不再是什么问题了。对他的长篇小说最合理的命名，也许就是依照曾经流行一时的“新××”的命名策略，称之为“新形态随想录”。

---

① 叶廷芳主编：《卡夫卡全集》，第 5 卷，孙龙生译，河北教育出版社，2001 年，第 312 页。

② 罗纳德·海曼：《卡夫卡传》，赵乾龙等译，作家出版社，1988 年，第 10 页。

③ 叶廷芳主编：《卡夫卡全集》，第 4 卷，黎奇、赵登荣译，河北教育出版社，2001 年，第 309 页。

④ 史铁生：《信与问——史铁生书信序文集》，花城出版社，2008 年，第 44 页。

总之，单就小说这一文学样式来比较，路遥的现实主义成就，远远高于史铁生的现代主义实验。路遥小说中的人物，几乎个个都是活着的；在吸引力和可读性方面，可与路遥小说相颉颃的中国现代主义小说，实在不多。就可读性和人物形象的饱满度来看，史铁生小说与路遥小说之间的距离，显然是很大的。

四、余论，或黎明的与夜晚的作家

路遥和史铁生都是诗人气质的作家，只是，路遥的诗情具有火的性质，热烈而外向，史铁生的诗情具有水的性质，宁静而内敛。

他们都很有思想能力，因而，也都属于思想家气质的作家，只是，路遥的思想来自于自己的人生经验，具有切实的现实感；史铁生的思想则来自于精神体验，具有深刻的思辨性。

路遥似乎并不相信“人性恶”，他甚至倾向于认为，人性深处埋藏着向善和利他的种子，但是，现实世界似乎充满了窒碍人性发展的阻滞力量。就此而言，路遥是一个乐观而有着悲剧意识的作家。

史铁生更倾向于相信“人性恶”，但他又相信，靠着“智慧的神性之光”的引导，人类可以踏上向善的“恒途”①。就此而言，史铁生是一个悲观而有着乐观精神的作家。

路遥是属于黎明的作家。他喜欢描写阳光和亮晶晶的河水。他向着生活和大地，怀着希望和向往，体验着底层人生的卑微、不安和焦虑，内心充满了青春的活力和奋斗的激情，最终，以庄严的史诗性叙事，揭示了人生坚硬而苦涩的真相，体现出一种朴实而真诚的现实主义精神。

史铁生是属于夜晚的作家。他仰望着精神的天空，面对宿命般的困境和绝望，强烈感受着生命的无力感和荒诞感，最终，却成为一个乐观的理想主义者，

---

① 史铁生：《信与问——史铁生书信序文集》，花城出版社，2008年，第156页。

以苦弱、忧悲和爱愿的心情与态度，探询获得救赎和抵达彼岸的可能。

舍斯托夫也是属于夜晚的作家。但是，他迷恋甚至迷信夜晚。他迷恋夜晚，是因为他对爱和光明没有信心："爱和光明是对付不了硫酸的"；却对夜晚一往情深，想入非非："黑夜、漆黑、无声无息、伸手不见五指、充满恐惧的黑夜，它是否一度曾令你感到无限美妙了呢？对你来说寂静而又神秘、如无底深渊一般美妙的黑夜，是否比有限而又好大喊大叫的白天更具有吸引力了呢?"以至于情不自禁呼喊道："让太阳熄灭吧，黑暗万岁！"①

然而，史铁生让自己陶醉于无边的黑暗，也没有让自己成为尼采和舍斯托夫那样的极端唯意志论者。他的夜晚是开始，而不是终结。他的夜晚是指向黎明和白天的，是孕育着光明和温暖的，而不是停留在虚无主义的狭隘天地里，不是沉溺在浪漫主义的幻觉世界里。

路遥的写作根本上是文学性质和伦理性质的，史铁生的写作根本上是哲学性质和宗教性质的。

路遥的文学写作，聚焦于特殊时代的历史和现实，聚焦于处于特殊历史时期社会变动中人的情感历程和艰难境遇；史铁生的写作，固然也是具有历史意识和现实感的写作，但是，他的焦点，集中在人的精神内部的信仰生活，致力于探索宿命、绝望、救赎、忧悲、爱愿等与信仰密切相关的重要问题。

从文学精神和文学气质来看，路遥是一个外倾的现实主义作家，史铁生则是一个内倾的现代主义作家。

这样说，也许并不十分准确，因为，史铁生是一个比较典型的内倾型作家，而路遥却并不是一个特别典型的外倾型作家。

因此，准确的说法，也许应该是：路遥是一个抒情型的客观倾向作家，史铁生是一个思辨型的主观倾向作家；路遥的叙事是情感化和经验性的，史铁生的叙事是思想化和思辨性的。

---

① 列夫·舍斯托夫：《旷野呼告 无根据颂》，方珊等译，上海人民出版社，2004年，第255页。

路遥的主观性倾向，主要表现在情感和态度上；史铁生的主观性深度，主要表现在思想和观念上。

就其本质而言，路遥的写作，似乎可以界定为伦理现实主义，其基本方法和风格，则属于典范的传统现实主义，更接近俄罗斯和法兰西19世纪的现实主义文学。他继承了传统现实主义文学的经验，成功地创作出了《人生》和《平凡的世界》这样的杰作。

史铁生的写作，则属于宗教现代主义，其基本方法和风格，虽然也有一定的现实主义色彩，但是，观其态度和气质，似乎更接近以卡夫卡、罗伯-格里耶和罗兰·巴特为代表的西方现代主义文学。他接受了现代主义的文学理念，致力于一种新的文学实验，写出了《我的丁一之旅》和《务虚笔记》这样的复杂形态的作品；虽然从小说艺术的角度看，他的文学探索，问题不少，但是，他将多种文体融为一炉的努力，依然很有启示性。

路遥是一个小说家，而史铁生则主要是一个散文作家。

路遥的文学成就主要在小说方面，史铁生的文学成就主要在散文方面。

作为一个杰出的现实主义小说家，路遥给读者贡献了厚重的现实主义小说，他的《人生》、《在苦难的日子里》和《平凡的世界》，将作为我们时代的经典进入当代文学史，将成为一代又一代读者热爱的小说读物。事实上，他的散文写作成就，也不容小觑。他的《早晨从中午开始》就是一部散文杰作。

作为一个杰出的思想家型的现代主义作家，史铁生贡献给读者的散文作品充满深刻的思想、丰沛的激情和强烈的美感，他的《我与地坛》、《病隙碎笔》，以及《务虚笔记》和《我的丁一之旅》等跨文体的实验性作品，也将作为珍宝被收藏进中国文学宝库，并成为一代又一代中国读者热爱的文学读物。

路遥和史铁生，这两个熠熠生辉的名字，将长久地彪炳于中国当代文学的史册。

2019年12月30日，北新桥

第六章

重要作品的细读与心解

路遥小说作品的总量并不大。自 1972 年至 1984 年，十二年的时间里，他总共发表了十七篇短篇小说；自 1978 年至 1984 年，六年的时间里，总共发表了五篇中篇小说；自 1982 年至 1988 年，他用六年的时间，创作了三卷本的《平凡的世界》。这些，就是他的全部小说作品了。对于路遥研究来讲，他的每一篇作品都是重要的。但是，从作家的文学意识变化和文学创作发展的角度看，那些显示着方向转变和模式转换的标志性作品，则显得尤其重要。

几乎每一个作家都有自己文学观念变化和转捩点，都有一部标志着自己文学写作模式转换的作品。中篇小说《在困难的日子里》就是这样一部具有标志性意义的作品。从这部小说开始，他开始彻底摆脱那种外在而虚假的写作模式，实现了写作范式的转换——将缺乏主体性的“他性的文学”，转换为具有主体性的“我性的文学”；将“假而恶的文学”，转换为“真而善的文学”；将非人性甚至反人性的文学，转换为具有健全人性的文学。他的新的写作体现出这样三个原则和特征：自我经验是写作的第一源泉；爱和友善是写作的基本态度；与个人命运和遭遇密切相关的重大的社会事件或社会问题，则是写作的重要内容。

中篇小说《人生》是路遥影响最大，也是艺术成就最高的作品。它的语言朴素而又充满诗性，显示出一种自然而优美的调性；它的结构严整而巧妙，情节冲突紧张而集中，很有莎士比亚剧作的风神；它第一次真实地叙写了农村青年差序格局下的人生困境，展现了巨大的压力下的复杂人性，塑造了让读者很难用好坏来评价的人物形象，表现了对人和生活的宽容而体恤的情感态度。通过与《红与黑》的比较，读者可以更清晰地看见路遥现实主义文学意识的自觉和成熟，也可以更清晰地看见个人在小说中的复活。当然，《人生》并不是一部彻底意义上的悲剧作品。通过“让步叙事”，路遥调和了观念与经验的冲突，也稀释了作品的意义和力量。

创作札记《早晨从中午开始》是一部充满激情和才华的杰作。它是一部天才的文学批评文本，是一部用文字创作出来的交响乐，也是一部以作者自己为主人公的特殊形态的小说作品。热烈的激情、深刻的思想和庄严的态度，完美地融为一体，显示出一种沉重而又昂扬的叙事调性。它坦率地宣达了路遥的文学观念和人生理念。它赞美劳动，深刻地揭示了劳动，尤其是文学劳动的本质与意义。但是，从路遥的真诚的文字里，我们也可以看见一种极端形态的唯意志论倾向，甚至可以看见他在“半夜时刻”表现出来的悲情与自我中心倾向。

路遥的短篇小说，有两个基本的主体内容：一个是外在的时代生活，一个是内在的个人生活。通过对路遥的短篇小说作品的解读，可以看见特殊时代的模糊面影和社会发展的艰难过程，也可以看见路遥自己失败的初恋和痛苦的心情。这些步履蹒跚的短篇小说，也显示着路遥突破旧的文学观念和写作模式的艰难过程。

第一节　路遥写作范式转换的标志性作品

——论《在困难的日子里》

从20世纪70年代末期开始，随着“文革”的结束和社会生活的正常化，中国当代文学也进入了自己的“新时期”。那些在此前三十多年时间里从事写作的作家，都面临着一个巨大的考验，那就是，如何摆脱虚假而僵硬的文学教条的束缚，实现写作范式的根本性转换。

写作范式意味着作者写作的基本态度、基本方法和稳定风格。它是一种情感态度，也是一种文学气质；是一套观念体系，也是一套方法体系。它一旦形成，就会表现出很强固的惰性，要想来一个根本性的转换，就必须具备内外两个方面的条件：自外部的客观条件言之，须有较为宽松的人文环境，给作家提供写作的自由和伸展的空间；自内部的主观条件言之，则要求作家具备足够成熟的文学意识和创造能力，甚至要有自我反思和自我否定的勇气。

然而，由于种种原因，许多作家终其一生，都困在旧的写作范式里。有些作家，例如柳青，时乖命蹇，还没来得及从旧的写作范式里摆脱出来，就带着身心上的伤痕，怀着深深的不甘和憾恨，奄然而逝。有些作家，例如浩然和杨沫等人，虽然有足够多的时间和机会，但却未尝与时俱进，与日俱新，仍然拘囿于昔日的文学故态，继续着旧范式的写作。有些作家，例如王蒙等人，在技巧形式上，亦云善变，但内在的认知结构、价值系统和文学精神，却一仍其旧，未尝稍变，既缺乏足够深刻之问题意识，亦缺乏足够猛锐之批判力量，故其作品虽夥，但可传世的杰作巨构，似乎很是寥寥。有些作家，如贾平凹等，臂不停摇，手不停挥，亦可谓勤奋也矣，但写来写去，总是一副老样子，或未脱狭邪小说之俗套，或未越平庸模式之藩篱——思想浮薄，格调庸陋，譬若鸡肋，令人不耐。

至于一变而成真我，再变而臻于大境界者，自不乏其人，如巴金、韦君宜、从维熙、邵燕祥、阿城、史铁生、王小波、杨显惠、高晓声、陈忠实、蒋子龙等，都是在写作范式转换上堪称成功的作家。另有一些作家，如汪曾祺，起点原本就很高，路子原本就很正，故其衰年之变，亦无外乎别“假我”而归“真我”，去异乡而返故乡，著我旧时裳，操我旧时腔，味似春初之早韭，态若秋末之晚菘，格调清雅，风神俊逸，蔚然而成大家气象矣。

路遥是一个具有思想家气质的作家，也属于较早完成写作范式转型的作家。进入“新时期”，他很快就意识到：文学的新时代到来了；旧的文学观念和写作模式，已成束缚和负担；只有摆脱这束缚，卸下这负担，才能进入积极的写作状态，才能写出真正有价值的作品。用他自己的话说，就是“要认真清理‘四人帮’的错误的艺术观念，清理十七年的错误、混乱的艺术观念，即要自觉地清理自己的血液！”① “自觉地清理自己的血液”云云，语气极沉痛，态度极决绝，颇有大彻大悟、脱胎换骨之概也。就路遥的写作经验来看，所谓写作范式的转换，意味着将缺乏主体性的“他性的文学”，转换为具有主体性的“我性的文学”；将“假而恶的文学”，转换为“真而善的文学”；将非人性甚至反人性的文学，转换为具有健全人性的文学。

中篇小说《在困难的日子里》，是路遥写作范式转换的标志性作品：它

① 路遥：《路遥全集·早晨从中午开始》，北京十月文艺出版社，2013 年，第 107 页；着重号为原文所有。

标志着对旧的写作范式的告别，标志着新的写作范式的开启。在这部小说里，我们可以清晰地看见路遥新写作范式的三个原则和特征：自我经验是写作的第一源泉；爱和友善是写作的基本态度；与个人命运和遭遇密切相关的重大的社会事件或社会问题，则是写作的重要内容。

当然，《在困难的日子里》并不完美，甚至存在一些明显的败笔（例如，关于郑大卫与吴亚玲爱情的叙事，就显得简单而多余；班主任老师的说教，则显得游离而苍白；讨饭妇女的"自报家门"，也有点不合情理），但它包含着新写作范式的基本要素。在后来的写作中，路遥克服了这部小说的缺陷，经由《人生》的进一步提高，终于在《平凡的世界》里，形成了一种充分成熟的写作范式。在后两部小说中，尤其是在《平凡的世界》中，路遥吸纳了俄苏文学的道德热情和理想主义精神，同时又克服了那种极端形态的浪漫主义狂热，达到了一种朴素而又庄严、热情而又深沉的现实主义境界。

《在困难的日子里》最早发表于《当代》杂志 1982 年第 5 期。早在 1983 年，在收入重庆出版社出版的中短篇小说集《当代纪事》的时候，作者很用心地修改了一番：重新分章；词句上，也有多处细微的修改；有增加——例如，在开端部分，增加了九个段落；有删汰——例如，第三章第三段的后半部分，第七章讨饭的妇女所说的"啊，看咱共产党多好哇！……娃娃的老子虽说死了，可他活着的时候是个党员哩！还当过大队长，支部委员"数语，都删掉了。人民文学出版社 2005 年出版的《路遥文集》所收录的，北京十月文艺出版社 2010 年出版的《路遥全集》所采用的，都是这个修改文本。

然而，陕西人民出版社 1993 年出版的《路遥文集》、广州出版社和太白文艺出版社 2000 年联合出版的《路遥全集》所采用的，却仍然是在杂志上发表的文本。值得注意的是，陕西人民出版社出版的《路遥文集》，是路遥亲自编选的。陈泽顺在《路遥逝世十八周年祭》中说："我非常小心地向路遥提出，为他编选和出版一套包括到目前为止全部作品的《路遥文集》。……这次，他不但爽快地答应了我的要求，并且表现得十分兴奋。他甚至对我说：编辑和出版这套文集，是我前半生的重大事件。我们一起在我的书房里商定了编选原则。他不让我沾手，他说这正好是一种休息，一定要亲手编选。”① 1992 年 4 月 6 日，路遥将夜以继日整理剪贴好的《路遥文集》书稿送到了陕西人民出版社。据陈泽顺回忆，“当我从他怀里把包接过来时，他几乎站不稳了，靠在墙上说：‘我累得不行。’当时，路遥脸色苍白，双手微微颤动着捧着茶杯喝水。路遥临走前说：‘出版这套文集是我前半生的一个重大事件。’”② 路遥还写了一篇很动情、很深刻的《〈路遥文集〉后记》。这说明，路遥自己也放弃了 1983 年对《在困难的日子里》的修改本，恢复了它在杂志发表时的样子。

虽然 1983 年路遥对《困难的日子里》的修改，也有出彩的地方③，但总体上看，并不成功，屡见败笔，故本文仍以《当代》杂志发表的原初文本作为解读的对象。

一、表现自己的生活经验：路遥新写作范式的重要原则

作品是作者的心灵档案和精神镜像。无论多么客观的作品，里边都包含着作者自己的经验和情感，都有一个作者的形象在焉。判断一个作家是否成熟，就看他是否在人格和思想上是独立的，是否把自己的生活经验当作写作的第一源泉，是否有能力将这自我经验与社会经验和人类经验深刻地关联起来。

所以，为了实现写作范式的转换，那些丧失个性和自我的作家，就必

---

① 王刚：《路遥年谱》，北京时代华文书局，2016 年，第 272 页。

② 王刚：《路遥年谱》，北京时代华文书局，2016 年，第 273 页。

③ 如在原发文本的第二章倒数第五段的第一句之后，路遥就增加了四个长长的段落，来叙述马建强对乡下童年生活的回忆（路遥：《当代纪事》，重庆出版社，1983 年，第 130—132 页）。这些段落扩大了作品的叙事空间，丰富了对人物内心世界的描写。

须唤醒在精神上沉睡的自我，养成独立思考的习惯。就像路遥自己所说的那样："作家不要附庸，要有自己完整的思考，这种思考要建立在真实的基础上。"① 这就要求他在写作上完成这样一个转化——从由外部力量主宰的被动写作，转化为由自己的意志主宰的主动写作，即以作家自己的独特方式，来表现自己的经验和思想。路遥曾经反复强调，文学要以自己的生活经验为核心展开叙述："我自己写的几个作品，都是我自己精神上的长期的体验的结果"；"实际上作家所表现的生活，从某种程度上来说，就是你自己体验过的生活"②。他说自己常常选择"自己体验最深的生活题材来表现，比如在《在困难的日子里》《人生》等作品"③。正是在这种文学意识的推引下，路遥摆脱了早期写作的虚假而僵硬的模式，完成了写作范式的转换，进入了写作上活跃而高产的时期。

在1970年代末期和1980年代初期，路遥写了三部中篇小说。1980年，《当代》杂志第3期发表了他于1979年完成的中篇小说《惊心动魄的一幕》；1982年，《收获》第3期发表了中篇小说《人生》；1982年，《当代》第5期发表了中篇小说《在困难的日子里》。

就发表时间来看，《惊心动魄的一幕》在前，《人生》居中，《在困难的日子里》殿后。然而，这三部作品的写作，却是按另外一个时间顺序完成的：《惊心动魄的一幕》居先，《在困难的日子里》居中，《人生》殿后。根据路遥自己的记载，《惊心动魄的一幕》的写作过程，经年累月——"1978年9月写于西安，1980年5月改于北京"④，发表过程则一波三折，曾被多家杂志退稿——"两年间接连投了当时几乎所有的大型刊物，都被一一客气地退回。……原因都是老原因：和当时流行的观点和潮流不合"⑤；

① 路遥：《路遥全集·早晨从中午开始》，北京十月文艺出版社，2013年，第250页。
② 路遥：《路遥文集》，第五卷，人民文学出版社，2005年，第387页。
③ 路遥：《路遥文集》，第五卷，人民文学出版社，2005年，第380页。
④ 路遥：《路遥文集》，第五卷，人民文学出版社，2005年，第241页。
⑤ 路遥：《路遥文集》，第五卷，人民文学出版社，2005年，第288页。

中篇小说《在困难的日子里》，“1980 年冬天到 1981 年春天写于西安”①，历时数月，但发表时间，也比较长，过了一年半才在《当代》杂志上发表出来；《人生》的写作过程较长，用时一年，辗转多地，数易其稿——“1981 年夏天初稿于陕北甘泉，同年秋天改于西安、咸阳，冬天再改于北京。”② 但发表速度较快，比《在困难的日子里》早了两期、四个月。在这三部作品中，路遥的写作，呈现出一种明显的跨越式进步和提升的节奏，而《在困难的日子里》的标志性，则更为明显：它标志着路遥的写作从旧范式向新范式的过渡，标志着路遥小说写作新原则的形成。

就路遥新写作范式的三个原则和特征来看，《惊心动魄的一幕》只符合其中的第三个原则，即所写的题材内容，是重大的事件和尖锐的问题，即“文革”高潮时期严重的派性斗争、暴力行为和无政府状况：

> 有些家庭分裂了；有的父子决裂了。同志可能变为仇敌，冤家说不定成了战友。过去的光荣很可能成为今天的耻辱；今天引以骄傲的，也许正是过去那些不光彩的事。看吧！许多过去有权力和有影响的人物，正戴着纸糊的高帽子，手里敲打着破铁桶或者烂马勺，嘴里嘟囔着自己的“罪行”，正一溜一串地游街哩；而另外一些普通的群众，正站在权力的讲坛上大声演说着，号召着，命令着……③

就题材内容来看，这部中篇小说属于较早叙写“文革”题材的小说。虽然在叙述和描写上，不乏令人惊心动魄的细节和场面，但它依然属于旧范式的写作。因为，它的叙事仍然是根据外在流行观念展开，而不是充分根据作者自己的经验和思想展开——无论作者还是人物，都缺乏对“文革”

① 路遥：《在困难的日子里》，《当代》1982 年第 5 期，第 175 页。
② 路遥：《人生》，人民文学出版社，2006 年，第 183 页。
③ 路遥：《路遥文集》，第五卷，人民文学出版社，2005 年，第 164 页。

进行反思的能力，并未向读者提供深刻的认知和有价值的判断；同时，在这部小说中，路遥对待人物的态度是简单化的，塑造人物的方法，则是脸谱化的。例如，在他笔下，金国龙状貌丑陋，“像团起来的刺猬”，“整个形象使人马上想到神庙里的恶煞”①；另一个造反派人物段国斌的外在形象，同样是丑恶的：“身材不高，但扎实得像一颗碾场的碌碡。黄头发，黄胡须，黄眼珠。同样很黄的脸上靠左鬓角的地方，有拇指大一小块鲜红的痣。”② 作者没有把他们当作有个性尊严的人来看待，当作有自己的痛苦和忧伤的真实的人来看待，只是把他们当作“坏人”来写，所以，就把他们写成了凶神恶煞般的怪样子。正面人物县委书记马延雄，不同于那种按照“三突出”公式塑造出来的“英雄人物”，因为，他本质上是一个朴实的好人，对人民心存愧疚：“这些年来，我给大家办的事太少了，许多乡亲们直到现在还少吃没穿的，我对不起乡亲们！”③ 尽管如此，他的形象依然显得苍白而无力，缺乏生动而丰富的个性内容。他本质上是一个无个性的人。

对《惊心动魄的一幕》，路遥自己并不满意。1983 年，他在《东拉西扯谈创作（一）》中说，“这部作品很粗糙”，“如果现在再叫我写，我可能就不会这样写了”④。他不仅对自己的这部小说不满意，还认为“表现‘文化大革命’的真正的像样的有深度的作品可以说没有”⑤。他在一次题为《写作是心灵的需要》的讲座中说：“文学是反映人物的。人物世界是复杂的，没有一个人是透明的。大多数的人是复杂的。好人也会犯错误。而某些艺术作品将人物写得高大完美而无缺陷，这种人物其实是不存在的。”⑥ 某种

---

① 路遥：《路遥文集》，第五卷，人民文学出版社，2005 年，第 170 页。

② 路遥：《路遥文集》，第五卷，人民文学出版社，2005 年，第 178 页。

③ 路遥：《路遥文集》，第五卷，人民文学出版社，2005 年，第 216 页。

④ 路遥：《路遥全集·早晨从中午开始》，北京十月文艺出版社，2013 年，第 129 页。

⑤ 路遥：《路遥全集·早晨从中午开始》，北京十月文艺出版社，2013 年，第 129—130 页。

⑥ 路遥：《路遥全集·早晨从中午开始》，北京十月文艺出版社，2013 年，第 244 页。

程度上，这段话可以看作对《惊心动魄的一幕》的反思和否定，对当代文学沉痛的经验教训的总结。

与《惊心动魄的一幕》不同，《在困难的日子里》是一个更为复杂和真实的叙事文本，体现着一种截然不同的情感态度和文学风貌。它从苦难的角度叙写了可怕的大饥饿，也从善的角度写了苦难境遇中的友谊和善良。它是严肃的，沉重的，显示着现实主义文学的认真态度，但也是热情的，肯定性质的，甚至表现着一些道德浪漫主义的道德精神。它用现实主义的真，显示了可怕的灾难和痛苦，又用浪漫主义的善的光芒和热情，照亮了现实主义的真，安慰和鼓励了那些备受灾难折磨的人物。

在路遥的所有小说中，《在困难的日子里》是第一部紧紧围绕自己的生活经历展开叙事的作品。这不是一种浮泛而乏味的外在经验，而是作者自己切实的甚至刻骨铭心的人生经验。他说：“如果我没有困难时期在学校的那段生活体验，我就不可能进行《在苦难的日子里》的创作。”① 在一次题为《东拉西扯论文学（一）》的讲座中，他讲得更具体：

> 如六一年困难时期，当时我上小学。我父亲是个老农民，一字都不识。家里十来口人，没有吃的，没有穿的，只有一床被子，完全是叫花子状态。我七岁时，家里没有办法养活我，父亲带我一路讨饭，讨到伯父家里，把我给了伯父。那时候贫困生活的经历，给我留下十分深刻的印象，尽管我那时才七八岁，但那种印象是永生难忘的。②

《在困难的日子里》的叙事，与他自己的生活状况，有着直接而密切的关系。在作者路遥与人物马建强之间，存在着明显的亲缘性和相似性。没

---

① 路遥：《路遥文集》，第五卷，人民文学出版社，2005 年，第 380 页。

② 路遥：《路遥全集 · 早晨从中午开始》，北京十月文艺出版社，2013 年，第 124—125 页。

有作者自己的人生经验所提供的素材，路遥就不可能把人物的饥饿体验写得如此细致，如此真实：

> 饥饿经常使我一阵又一阵的眩晕。走路时东倒西歪的，不时得用手托扶一下什么东西才不至于栽倒。课间，同学们都到教室外面活动去了，我不敢站起来，只趴在桌子上休息一下。我甚至觉得脑袋都成了一个沉重的负担——为了不使尊贵的它在这个世界面前耷拉下来，身上可怜的其他部位都在怎样拼命挣扎着支撑啊！
>
> 饥饿使得我到野外的力气都没有了。因为寻觅的东西已经补不上所要消耗的热量。除去上课，我整天就蜷曲在自己的破羊毛毡上，一口一口咽着口水。白天是吃不到什么的，可晚上只要一睡着，就梦见自己在大嚼大咽。我对吃的东西已经产生了一种病态的欲望，甚至都干扰得连课都听不下去。上数学时，我就不由得用新学的数学公式反复计算我那点口粮的最佳吃法；上语文时，一碰到有关食品的名词，思维就要固执地停留在这些字眼上；而一上化学课，便又开始幻想能不能用随手可拾的物质化合出什么吃的来……①

如此真实地描写饥饿，曾经是一种禁忌，是政治和美学上的双重禁忌，因而，这种充满着尖锐的疼痛感的精细描写，在旧的写作范式里，便难得一觌。即便在写作环境正常的情况下，单单想象如此可怕的肉体痛苦和精神煎熬，就是一件非常考验人的勇气和承受力的事情，更不要说将它细致入微地写出来。所以，路遥对这种包含着痛苦和耻辱的可怕经验的叙述和描写，就显示出了特别重要的意义和价值。

饥饿不仅给路遥和笔下的人物带来了肉体折磨，使他们的身体虚弱无

---

① 路遥：《在困难的日子里》，《当代》1982 年第 5 期，第 153—154 页。

力，也扭曲了他们对外部世界的感受和印象。在他们眼里，极目所见的一切物象，皆已变形，全都隐含着匮乏、痛苦、恐惧甚至绝望的影子：

> 每当寒风把大地上所有的绿色生命杀尽以后，我自己的心在整个冬天也就枯萎了。记得那时，我常常幼稚地担心那些绿色的草呀，树呀，大概要永远死去了。想到人要在一个没有绿色的世界上活下去，心里既难受又害怕。①

> 真正的冬天到了。
>
> 西伯利亚的寒流像往年一样，越过内蒙古的草原和沙漠，向长城以南袭来。
>
> 从中学地理书上看，我们这里没有任何山脉堵挡一下南下的风暴。这里就是第一道防风线。毫无遮掩的荒山秃岭像些赤身裸体的巨人，挺着黄铜似的胸脯，让寒冷的大风任意抽打。要是天阴还罢了，天气越晴朗，气温反而越低。凛冽的风把大地上的尘埃和枯枝败叶早不知卷到了什么地方。风是清的，几乎看不见迹象，只能听见它在大川道里和街巷屋角所发出的严厉的尖叫和呜咽声。太阳变得非常苍白，闪耀着像月亮那般清冷的光辉，已经不能给人一丝的暖意了。
>
> 冬天啊，你给这个饥饿的大地又平添了多少灾难和不幸!②

在这几段文字里，细腻的物象描写与强烈的主观抒情融为一体，显示出一种完全个人化的叙事调性，一种隐含着恐惧、无奈、不满甚至抗议的情绪和态度。这里有饥饿造成的强烈的痛苦经验，也有对生活的深沉而有力的情感反应。“寒风”、“冬天”和“太阳”显然都属于喻意极为复杂的隐喻

---

① 路遥：《当代纪事》，重庆出版社，1983 年，第 131 页。

② 路遥：《在困难的日子里》，《当代》1982 年第 5 期，第 165 页。

和象征，客观上赋予小说叙事以强烈的情感色彩和反讽性力量。没有作家自己的切身经验的融入，这样的叙事调性和内在力量，就不会形成和表现出来。

总之，将自我经验融入创作，甚至以自我经验作为写作的第一源泉和主体内容，这是路遥的新写作范式的一个突出特点。当然，这也是许多伟大作家重要的写作经验。

二、爱与友善：新范式写作的情感态度

善和爱是精神生活的一种积极状态，是一个人的心灵健康的标志。判断一个作家是否有灵魂，一个重要的标准，就是看他是否把善变成一种心理习惯，就是看他是否懂得爱。诗性地表达对人和世界的善念和爱意，是一切伟大作家的重要品质和共同特点。

没有爱的意识和能力，不善于表达对生活和人的善念，就不可能产生伟大的文学。没有“多爱不忍”的温柔和怜悯，就不会有司马迁的伟大；没有“叹息肠内热”的仁慈和“何以为烝黎”的同情，就不会有杜甫的伟大。《何典》、《肉蒲团》与《废都》之所以算不得上等的文学，不仅因为它们的趣味格调是低下的，还因为它们在情感上是冷漠和病态的。

狄更斯的《董贝父子》让少年时代的柯罗连科激动不已，终生难忘。因为，这是一部既幽默又善良的小说：“狄更斯的作品大都是用善行的胜利和和解来结束的。”他被这伟大作品所表现的善行感动了。他牢牢地记住了狄更斯的名字：“这个姓氏像银铃一般响亮可爱，立刻印入我的记忆之中。”①

然而，缺乏爱的热情，缺乏温柔而友善的态度，却是中国当代文学很长时间里最严重的问题。在很长的时间里，由于流行观念和社会习惯的影

① 柯罗连科：《我的同时代人的故事》，第一卷，丰子恺、丰一吟译，上海译文出版社，2020 年，第 410 页。

响，我们的文学丧失了爱和同情的能力。一种“否定性模式”主导着作家的写作。这是一种充满自负和偏见的写作。它对人的态度是冷漠的，甚至充满了敌意，习惯以恶意来揣测人，常常简单地将人分为“好人”和“坏人”，最终，将文学变成了由冷酷和仇恨主宰的非人的世界。

所以，无论从美学的角度讲，还是从伦理的角度讲，都必须将那种“否定性模式”转化为“肯定性模式”，即要以真正人性的态度来对待人，以理解和同情的态度来描写人，来表现美好的人性内容和情感内容。那些优秀的中国当代作家，是懂得爱的意义和价值的。他们通过艰难的努力，克服了斗争哲学和仇恨伦理对自己的影响，克服了自己时代文学的情感残缺和精神局限。

很多时候，关于美学与伦理，关于才华与人格，我们的认知也是颠倒的。我们迷信“才气”，常常将它当作评价作家的首要标准甚至唯一标准。我们喜欢将一个作家赞为“才子”，赞为“奇才”甚至“鬼才”。我们对这些“才子”充满歆羡之情。谁若成为所谓的才子，谁就获得了任性和胡闹的权力。我们完全忽略了这样一个近乎常识的真理：不善和无爱的才华，不仅使人厌恶，而且简直就是一种别样形态的恶。

路遥对“才气”有着清醒的认知，抱着警惕的态度。他鄙夷那种消极意义上的“才气”。他在《漫谈小说创作》中说：作家“要担‘风险’。各方面都要成熟，要做到某种平衡。有些人很有才气，仅仅以才气作战会毁灭自己，很可惜的，这是现实，要注意。还有些作家没有灵魂，步步高升，这样的作家写不出来品格高尚的作品，要正确地反映现实，千万不要有意地去搞什么。”① 在他看来，有没有“灵魂”，这才是最根本、最重要的问题。没有灵魂的作家，就不可能写出“品格高尚的作品”。而“才气”这东西，若无“灵魂”的引领，是要毁灭一个作家的。

---

① 路遥：《路遥全集·早晨从中午开始》，北京十月文艺出版社，2013年，第110页。

事实上，无论在现实生活中，还是在文学写作中，我们的灵魂都出了问题。我们的心变硬了，变冷了。我们的道德水平下降了。人与人的关系异化为赤裸裸的利益关系。我们变得极度贪婪，甚至到了无所不为的程度。路遥为这样的现实忧心忡忡。1982 年 12 月，路遥在《这束淡弱的折光——关于〈在苦难的日子里〉》中说：

在当代的现实生活中，我们常常看到这样一种现象：物质财富增加了，人们的精神境界和道德水平却下降了；拜金主义和人与人之间表现出来的冷漠态度，在我们生活中大量地存在着。造成这种现象的客观原因当然是很多的。如果我们不能在全社会范围内克服这种不幸的现象，那么我们就很难完成一切具有崇高意义的使命。

每当想到这些，我就由不得记起了三年困难时期的生活。

那时，人们虽然处于极其困难的境地，但在生活中却表现出了顽强地战胜困难的精神，表现出了崇高而光彩的道德力量。

因此，这写过去的这段生活，并不是纯粹讲述一个“历史故事”，而是想用一种折光来投射我们的现实生活。①

作家是一群对人的灵魂事务和道德情感最为关注的人。说他们是“人类灵魂的工程师”，固为玄虚高蹈之谈，但是，说他们是人类灵魂的诊断者和救治者，似乎并无不妥。路遥就是一个诊断者和救治者。他敏锐地感受到了自己时代在精神上存在的“病症”和“不幸的现象”。他要通过肯定性的叙事，彰显那些“崇高而光彩的道德力量”，用往日的“淡淡的折光”，来照亮今日的幽暗的生活。从《在困难的日子里》开始，他就赞美一切善的态度和行为。他赞美友谊，赞美同情心，赞美此岸的一切形式的爱，赞

---

① 路遥：《路遥全集·早晨从中午开始》，北京十月文艺出版社，2013 年，第 104 页。

美基于爱的利他主义精神。

与那些仅仅只是写出生活的秽亵和惨象的作家不同，路遥在倾诉与召唤之间，在批判与建构之间，建立了一种平衡而和谐的关系。德国学者汉斯·约阿斯说："单从痛苦中产生不了价值，还需要那种将痛苦的经验改造为定向价值（Orientierungswerte）的力量，为的是阻止痛苦在非正义、非自由、暴力等情况下通向绝望和怀疑，或者通向环状构成的，似乎不可能从中爬出来的暴力螺旋线（Gewaltspiralen）。"① 从《在困难的日子里》开始，路遥就通过对同情和友善的赞美，"将痛苦的经验改造为定向价值力量"，从而使自己的写作超越了那种迷恋于渲染丑和恶的冷酷的文学狂欢。如何在可怕的困境和屈辱中，摆脱精神上的庸俗状态，有尊严地生活，并表现出对人的友善态度，这是《在困难的日子里》的一个具有核心意义的主题。

西谚云："饥饿带来愤怒（a hungry man is an angry man）。"克努特·汉姆生（亦译"克纳特·哈姆生"）的小说《饥饿》中的"我"，因为饥饿而诅咒上帝，而变得"厚颜无耻"："我的灵魂开始出现腐化的破绽，邪恶在扩展延伸。老天爷端坐在上界，眼看着我失败的进程，按着正确的艺术规律，平稳地，和缓地，合乎韵律地一步一步堕落下去。"② 汉姆生的愤怒，是一种低级形态的愤怒。它只是一种发泄而已。然而，路遥却将痛苦转化成了一种更有力量的情感。中国农民之子马建强，虽然像挪威作家汉姆生笔下的人物一样，饱受饥饿的折磨，但在精神上，却是高贵和高尚的。马建强在饥饿的煎熬中，坚韧地生活着，小心翼翼地保护着自己的人格和尊严。他不拒绝友情，但是拒绝怜悯，对他来讲，"再没有比被别人怜悯更伤人的自尊心了"③。路遥通过大量真实的细节，叙写了马建强的不幸和苦难，

① 汉斯·约阿斯：《人之神圣性：一部新的人权谱系学》，高桦译，上海人民出版社，2017 年，第 101—102 页。

② 克纳特·哈姆生：《饥饿》，唐克蛮、翁慧华译，北方文艺出版社，1987 年，第 45 页。

③ 路遥：《路遥文集》，第五卷，人民文学出版社，2005 年，第 109 页。

显示出了现实主义文学的勇气和求真精神。仅凭这令人震惊的真实效果，他就可以获得读者的尊敬和赞赏。但是，路遥并不满足于这一点。他要在不背离真实性原则的前提下，写出人性的善良，写出无论什么样的苦难也不能遮蔽的道德光芒。

饥饿是一种很容易使人疯狂和堕落的巨大痛苦。可怕的贫穷和饥饿本身就意味着巨大的人格侮辱。在1947年出版的长篇小说《饥饿》中，印度作家巴达查理雅就描写了饥饿的破坏力：1942到1943年的孟加拉大饥荒，短时间内就饿死了几百万人。为了救助母亲，小说中的卡玖莉做了一个“可怕的决定”：“她决心卖掉她所有的最后一件东西——她自己”①。然而，无论饿得多么厉害，马建强都不允许自己干任何有损人格尊严的事情。他两次上交了吴亚玲故意丢给他的钱。在饥肠辘辘的时候，拾金不昧并不是一件很容易的事情。路遥细致而真实地描写了他内心的纠结和斗争：他“就像莎士比亚戏剧中的人物那样矛盾”；“欲望与理性像两个角斗士在我的精神上展开了一场搏斗”②。当他最终战胜了自己的欲望，便把脸埋在自己的胳膊弯里，无声地痛哭起来：“一种难言的羞愧像火一般烫着我的心，同时也为自己的灵魂还没有在现在彻底堕落而庆幸”③。不仅如此，他还把自己赖以活命的土豆，送给了带着孩子乞讨的外乡妇女，使她感动得失声痛哭。马建强不是思想家型的人物，而是一个天生善良的人物，一个对尊严和道德极为敏感的人物。关于正常的生活，关于对人的友善态度，他有着朴素而正确的理解：

> 我自己最愿意过的是一种正常人的生活：大家相互间宽容，坦诚，不歧视，不妒忌。就是谁做了天大的好事，也不要大惊小怪地张扬；

① 巴达查理雅：《饥饿》，冯金辛、郭开兰译，人民文学出版社，1959年，第235页。
② 路遥：《在困难的日子里》，《当代》1982年第5期，第161页。
③ 路遥：《在困难的日子里》，《当代》1982年第5期，第162页。

> 相反，要是谁遇到了什么不幸就给予真挚的友爱和支持。我在初中和来到这里以后，读过许多小说和著名历史人物的传记，那些优秀的人们，他们哪个不都是具有这样的精神和品质呢？我们就是当个平凡的老百姓，也应该这样要求自己才对……①

这是一种符合常情常理的生活哲学，也是高于时代的流行观念的人生哲学。因为，在现实生活中，宽容和友爱已经被仇恨和敌意所取代。在几十年的时间里，对不幸者的无差别的同情，完全是不可能的。丧失立场的同情和爱，被视为一种严重的错误和罪过。就此而言，马建强像他所向慕的“优秀的人们”一样，体现着一种新的生活态度和情感态度。

如果说，马建强的自尊和友善，是一种深刻理解了生活之后的态度和行为，那么，吴亚玲的善良和友善，就是一种近乎本能的反应，是美好情感的自然而然的流露和表达。如果说，马建强像陀思妥耶夫斯基的《穷人》中的杰武什金一样敏感和善良，那么，吴亚玲就像托尔斯泰的《穷人》中的桑娜一样仁慈和慷慨。她是一个富有同情心的姑娘。她心性细腻而善良，对别人的痛苦和不幸极为敏感，甚至感同身受。他对马建强的同情和帮助，体贴而周到，显示着少年同学之间纯粹的友善，显示着艰难时刻人性的光辉和美好。她像刘巧珍一样善良，像冬妮娅·图曼诺娃一样单纯，但却比他们更为高尚，因为，她对马建强的友善，不是出于爱情，而是出于不忍之心，出于纯粹的善念和同情。她简直就是善和友爱的化身。路遥在小说中借人物之口说：“人要是处在厄运中，哪怕是得到别人一点点的同情和友爱，那也是非常宝贵的。”② 吴亚玲对马建强的友爱和帮助，几乎到了倾其所有的程度，因而就显得更加美好和宝贵。

有人可能会对吴亚玲形象的真实性产生怀疑。某些刻薄的读者，甚至

---

① 路遥：《在困难的日子里》，《当代》1982 年第 5 期，第 163 页。

② 路遥：《在困难的日子里》，《当代》1982 年第 5 期，第 158 页。

会觉得路遥实在太自恋，试图通过虚假的编造，来获得心理上虚幻的满足。然而，从时代氛围和地域文化两个方面，完全可以解释路遥叙事的真实性与合理性。就前者说，1960 年代初期，中学生尚未被反反复复裹挟进大规模“斗争”的风浪，依然保持着心性的健康和单纯；就后者说，她是陕北高原的姑娘，与陕北民歌中的兰花花和四妹妹生活在同一块土地上，也与她们一样有着热情的性格和慈悲的心肠。当然，起决定作用的还是她的天性。她天生就是一个热情而善良的人。她具有奥尔特加·加赛特所肯定的那种文明素质：“希望每一个人都能够关心他人，替他人着想。文明的第一要义就在于共同生活的意愿。”① 这种朴素而美好的情感，其实并不是多么异常的东西，只不过是人性中几乎与生俱来的心情和意愿的自然流露和表现而已。

事实上，就路遥自己的生活经验来看，他也曾遇到过吴亚玲这样的好姑娘。路遥小学和初中时期的同学冯荷萍，就是路遥自己的吴亚玲。冯荷萍在回忆文章中写道：“后来我把零食放在桌面下的‘仓仓’里，想瞅机会放在他的干粮袋旁——两人的‘仓仓’是通的，中间没间隔，我熟悉他那破烂的干粮袋。可令我意外的是，这次我没看见那干粮袋，他那边只有课本和作业本。我几次想问，但正在上课，没敢。下课了，我问他你这么早就把饭吃完了？他低下头小声地告诉我：我家今天没什么可下锅了，我走时，大妈还在借东西还没回来，所以今天没带干粮，只有下午放学回家后吃饭了！我心里一酸，推了一下他胳膊，指了一下我拿来的干粮。他愣了一下，摇了摇头，表示不要。我急了，把干粮给他推过去。他不接受，又给我推过来。就这样推过来推过去，反复多次，搞得我很紧张，因为怕别人看见，本来好好的个事，整得像‘做贼’一样。最后他终于接受了，脸

① 奥尔特加·加赛特：《大众的反叛》，刘训练、佟德志译，山西人民出版社，2020 年，第 94 页。

上露出复杂的表情，像是感激又像是羞愧。”[①] 埋在心灵深处的善良的灯火，是岁月的狂风所不能吹灭的。可以说，正是这样的美好记忆，给路遥塑造吴亚玲的美好形象，提供了巨大的精神支持和丰富的想象空间。

当然，受苏俄文学影响，《在困难的日子里》偶尔也会表现出极端化的道德理想主义倾向。马建强的班主任李老师，就是一个从车尔尼雪夫斯基的《怎么办?》里走出来的人物。他像罗普霍夫一样放弃了自己的爱情。为了成全自己的朋友，他离开自己喜欢的女同学，来到了远离家乡的黄土高原。他认为自己这样做是高尚的。他对马建强说：“人在世界上，难道不应该活得更高尚一些吗?”[②] 这样的高尚之举，虽然显示着美好的德性，但是，就正常人性来看，却显得极端而不近人情。值得注意的是，到了《人生》和《平凡的世界》里，路遥就很少写这种极端形态的牺牲精神了。这两部小说的善，散发着更朴素、更亲切的人间气息。

放在路遥文学写作的整体结构中来看，《在困难的日子里》很明显地标志着新的写作范式的形成。它显示出一种新的情感态度，一种超越了狭隘和庸俗的境界。它为路遥此后的写作，确定了可靠的前行方向，奠定了稳定的精神基础。

三、重大性与迫切性：文学的关怀及人类免于饥饿的可能性

文学意味着对人的命运和生存状况的深切关怀和萦念。它是作家对人类的精神痛苦和社会病苦的一种深刻反应和诗性表达。具有重要意义的社会事件和历史事件，尤其是巨大的灾难和不幸，从来就是文学特别关注的叙事内容。

叙事内容的重要性和迫切性，是一切真正的现实主义文学的重要特点。文学表现的内容越是重要，所关注的问题越是尖锐，那么，它的影响力和

---

① 冯荷萍：《我的同学王维国》，《博览群书》2019 年第 12 期。

② 路遥：《在困难的日子里》，《当代》1982 年第 5 期，第 172 页。

价值，也就有可能越大。如此说来，文学固然要克服过去的那种跟风的写作习惯：一阵风刮过来，立即产生一大批激情澎湃的作品；一阵风刮过去，便留下一堆虚假的文字垃圾。但是，尤其要克服现在流行的一种平庸的写作习惯，即那种过于封闭和琐屑的“私有形态写作”的倾向。这两种文学，虽然不能说毫无意义，但确实算不得上乘的文学。

路遥深刻地认识到了文学表现内容的重要性。那些仅仅与作家自己相关的鸡毛蒜皮的琐事，并不足以支撑起真正意义上的文学写作。作家的个人经验要与巨大的社会经验，甚至要与普遍的人类经验关联起来，尤其要与那些充满疼痛和不幸的社会经验关联起来。所以，他说：“作为一个作家应把眼光投向整个社会生活，在某种情况下，应有意寻找、追求这种激荡的生活。我自己感觉生活如果很平静的话，我的心就乱了。……作家必须寻找社会生活中矛盾冲突比较尖锐的部位。”① 所谓“尖锐部位”，就是给人们带来巨大考验和强烈疼痛感的部位。

从 1970 年代末期开始，路遥就清醒地意识到了叙写重要题材内容的意义。他将自己的小说叙事，集中在这样几个对中国社会和中国农民阶层影响巨大的题材和主题上：一个是“文革”叙事，见之于《惊心动魄的一幕》；一个是饥饿叙事，见之于《在困难的日子里》；一个是户籍制度与农村青年的人生困境，见之于《人生》；一个是农民阶层的劳动自由和自我价值实现的问题，见之于《平凡的世界》。他也感觉到了一些政治事件的叙事价值，例如，1979 年 4 月至 5 月写于西安的短篇小说《夏》，就以 1976 年 4 月 5 日的“天安门事件”为背景，叙述了爱国青年苏晶的故事。但是，这篇小说写得并不成功：无论思想深度，还是艺术技巧，都缺乏新意和力量。

几千年来，饥饿是压迫着中国人民的最沉重的大山，简直比太行山还要重，比王屋山还要重。据统计，“世界上营养不良的人中每六个的人就约

① 路遥：《路遥全集·早晨从中午开始》，北京十月文艺出版社，2013 年，第 114 页。

有一个中国人。”① 而1960至1962年的三年大饥荒，更是一场多历年所、损失惨重的灾难。然而，关于这场大灾难的文学叙事却很少，在1960年代至1970年代末期的将近二十多年的时间里，简直就是一片空白。1980年第一期《收获》杂志刊载的张一弓的中篇小说《犯人李铜钟的故事》，大概是较早涉及这一题材的小说作品。但是，张一弓的这部小说，属于宏观性质的英雄传奇叙事，叙事的焦点集中在外部冲突，并未具体而充分地描写底层的普通民众的饥饿体验和不幸遭遇。只有到了路遥的小说里，小说叙事的镜头，才逼真地聚焦到了那些普普通通的底层人身上。正是在路遥的小说叙事中，饥饿的真实的面目和可怕情形，才第一次被丰富而精细地描写了出来；它带给普通人的痛苦和煎熬，才第一次被强烈而深刻地表现了出来。

对路遥来讲，饥饿从来就不是一个抽象而空洞的话题，而是切肤之痛的体验和刻骨铭心的记忆。贫穷和饥饿几乎伴随着他的整个成长期：“童年。不堪回首。贫穷饥饿，且又有一颗敏感自尊的心。……中学时期一月只能吃十几斤粗粮，整个童年吃过的好饭几乎能一顿不落地记起来。”② 这是极为悲惨的生活和极为沉重的记忆。在谈到《在苦难的日子里》的时候，路遥说：“我并没有回避那些日子里贫困生活的不幸情况。”③ 路遥想告诉人们的是，大饥饿固然是全社会的灾难和不幸，但首先是播种粮食的农民阶层的灾难和不幸：

> 这个班除过我是农民的儿子，全班所有的人都是干部子弟——包括县上许多领导干部的儿子和女儿。尽管目前社会普遍处于困难时期，但贫富的差别在我和这些人之间仍然是太悬殊了。他们有国库粮保证每天都有粮食供应；父母亲的工资也足以使他们穿戴得体体面面，叫

① 马丁·卡帕罗斯：《饥饿》，侯健、夏婷婷译，人民文学出版社，2017年，第493页。

② 路遥：《路遥文集》，第五卷，人民文学出版社，2005年，第280页。

③ 路遥：《路遥全集·早晨从中午开始》，北京十月文艺出版社，2013年，第105页。

人看起来像个高中生的样子。而我呢，饥肠辘辘不说，穿着那身寒酸的农民式的破烂衣服，跻身于他们之间，简直像一个叫花子！①

作为巨大而沉默的农民群体的代言人，路遥揭示了一个很容易被人们忽略的事实，那就是，大饥饿虽然是全社会的灾难，但是，因为缺乏最基本的社会保障，农民阶层所承受的压力和痛苦最为巨大，所付出的代价也最为惨重。路遥以令人震惊的叙事效果，写出了饥饿的可怕，写出了它给普通农民子弟带来的巨大痛苦。他们的生活几乎到了三餐不继、朝不保夕的程度：

饥饿迫使我凭着本能向山野里走去。

县城周围这一带是偏过一两场小雨的，因此大地上还不像我们家乡那般荒凉。远远近近都能看见些绿的颜色。

我在城郊的土地上疯狂地寻觅着：酸枣、野菜、草根，一切嚼起来不苦的东西统统往肚子里吞咽。要是能碰巧找到几个野雀蛋，那对我来说真像从地上挖出元宝一样高兴。我拿枯树枝烧一堆火，急躁地把这些宝贝蛋埋在火灰里，而往往又等不得熟就扒出来几口吞掉了。②

这样的叙述和描写，具体而微，紧紧贴近最底层的普通人，贴近他们的感受，因而，就有着更为重要的意义。

事实上，在20世纪，饥饿并不是发生在一个国家的局部现象，而是一个发生在许多国家的普遍现象。在苏维埃俄罗斯时期的文学作品里，也有大量关于贫困和饥饿的叙述。在阿勃拉莫夫的长篇小说《普里亚斯林一家》中，安娜的丈夫伊凡在前线牺牲了，她独自一人养家活口。她干起活来，不惜体力，流泪又流汗，可是到头来，仍然无法摆脱贫穷，甚至无法让自

① 路遥：《在困难的日子里》，《当代》1982年第5期，第151页。

② 路遥：《在困难的日子里》，《当代》1982年第5期，第152页。

己的孩子吃饱饭：

> 坐下吃饭的时候，看看这群孩子，她心就沉下去了。六张嘴巴呀！个个伸手要面包，个个腮帮子要动。一人一块，也要六块呀！可她有多少收入呢？即使拼死拼活，一年大不了挣上三百个劳动日，每个劳动日分一公斤面包……这已经不错了，算是个丰收的年景。可有几年每个劳动日只能拿到几百克啊。难道这点粮食能维持这一大家子吗？而且她现在已经是入不敷出，预支劳动报酬……又拿什么来给他们穿呢……①

那么，这些贫穷和饥饿，到底是什么原因造成的呢？路遥不仅写了大饥饿的可怕后果，也揭示了灾难的成因，从而显示出一个现实主义作家的严肃态度：

> 唉，说起饿肚子，那可的确是越来越严重了。父亲不久前托人捎来话，说他这半年是再无法给我送来一颗粮食了。这我早已预料到了。我知道，就是一月前送来的那十几斤高粱，也是他从自己的口里节省下来的。我虽然饥饿，但好歹总还没断五谷，谁知道可怜的父亲现在拿什么糊口呢？唉，眼下这饿肚子，除过天不下雨，硬是近几年把许多事弄坏了！先是大家都去炼钢铁，把好端端的树砍了，丢在火里；把吃饭锅砸了，烧成些铁疙瘩；大家整天闹哄哄的又去打麻雀除“四害”，根本没好好营务庄稼嘛！后来，农村里又办大食堂，全村人在一块吃大锅饭，说已经到了共产主义。没几个月就把粮食糟蹋完了。现在遇上这连续的灾年，可把多少人饿翻了呀！②

---

① 费·阿勃拉莫夫：《普里亚斯林一家》，第一卷，张继馨等译，上海译文出版社，1984年，第179页。

② 路遥：《在困难的日子里》，《当代》1982年第5期，第153页。

事实上，造成大饥饿的原因，不仅像路遥在小说中所揭示的那样，在于劳动组织的混乱和低效，“根本没好好营务庄稼”；同时，还是由其他多种原因导致的。第一，是粮食分配方式出了问题，即留给农民的口粮实在太低了。中国著名的经济学家高王凌说：“在规定口粮——北方三百六，南方四百斤——以外的粮食都要被拿走，被征购。”① 第二，僵硬的人口结构和户籍管理模式，也是不容忽视的原因：“二十世纪五十年代以来，中国社会逐渐被建成一个城乡二元结构，特别是全盘集体化以后。农民除了少数当兵、升学、进入工厂的以外，都被封闭在农村，专职农业。”② 第三，农民的迁徙权利受限制，甚至被完全剥夺，也是造成大量农业人口困守一地，被动挨饿的原因。在很多地方，甚至采用了很多极端的手段，来限制农民迁徙和外出劳动：“在湖南平江，1958 年初，就有许多农民背井离乡，逃到江西山区去打工，谋生。当时各种报告一直上报到中央，说平江那边没有饭吃，饿死了好几十人；群众经受不住那种不分昼夜的过度劳动。干部强迫命令，每人手里拿一根棍子，先打后说，也不分地主或贫中农，一有差错，就会受到斗争，打、跪、逼死人命。”③ 所以，这次历时三年的大饥饿，本质上是一种社会性灾难。低效的劳动组织方式，高比例的粮食征购政策，二元结构的户籍管理方式，限制农民自由迁徙的僵硬的管制办法，都是造成这次大饥饿的原因。

所有优秀的作品，都内蕴着暗示和生发意义的力量，都包含着复杂的意义结构和巨大的阐释空间。它提出一个问题，同时会暗示数个问题；它或许并不直接提供答案，但是它却暗示你如何找到答案。它们会将读者的

---

① 高王凌：《中国农民反行为研究（1950—1980）》，香港中文大学出版社，2013 年，第 173 页。

② 高王凌：《中国农民反行为研究（1950—1980）》，香港中文大学出版社，2013 年，第 187—188 页。

③ 高王凌：《中国农民反行为研究（1950—1980）》，香港中文大学出版社，2013 年，第 188 页。

思考和注意力，引向一个又一个值得思考和回答的重要问题。从这个角度看，路遥的按照新范式写出来的小说，几乎全都包含着生发意义的内在力量。它们总是引发人们来思考那些隐含在作品的情节背后的问题。例如，《人生》会引发人们思考这样的问题：为什么高加林必须回到高家村？仅仅因为户口问题而剥夺一个农村青年进入城市发展的权利，这是否合理？我们的二元对立的户籍是不是到了彻底改革的时候了？《平凡的世界》所包含的问题，就更多，也更重要：农民有没有自己选择劳动方式的自由？如何保护他们的身体和人格不受侵犯和侮辱？农村社会进步和农村青年发展的出路到底在哪里？社会应该为农村青年的个人的发展提供什么样的机会和保障？歌德说："不能否认，改革就是企图获得精神自由"①。是的，自由与尊严，这是改革的基本主题，也是《平凡的世界》灵魂性的主题。

那么，《在困难的日子里》生发出来的最有价值的问题是什么呢？是饥饿问题。准确地说，它向读者发出了这样一个不问之问：人类到底有没有可能彻底解决所有人的吃饭问题？或者说，客观上讲，它隐含着这样一个沉重而巨大的问题：人类有没有可能解决人口增长与生活资料生产之间的不平衡问题，从而使每一个降生到地球上的人，都安全而体面地生活，都享受着免于饥饿的自由和权利？

关于这些问题，人们普遍倾向于接受这样的结论：丰歉由天不由人，总有人要饿肚子的。在有的人看来，即便没有天灾，人类所生产的粮食，也无法满足所有人的需要。

英国经济学家和人口学家马尔萨斯就认为，由于人口增长与粮食增长的不匹配性，有人必须挨饿，甚至必须死亡。他甚至将大饥饿视为大自然恢复平衡状态的手段："饥馑似乎是自然的最后的、最可怕的手段。人口增加的能力远大于土地生产人类生活资料的能力，因而人类必然会在这种或

---

① 歌德：《维廉·麦斯特的漫游时代》，关惠文译，人民文学出版社，1988 年，第 472 页。

那种情况下过早地死亡。人类的各种罪恶积极而有力地起着减少人口的作用。它们是破坏大军的先锋，往往自行完成这种可怕的行为。如果它们在这消灭人口的战争中失败了，疾病流行季节、时疫、传染病和黑死病就会以吓人的队形进击，杀死无数的人。如果仍不能完全成功，严重而不可避免的饥馑就会从背后潜步走近，以强有力的一击，使世界的人口与食物得到平衡。”①这样的观点和判断，既是主观和冷酷的，也是缺乏科学根据的。

马尔萨斯的所依据的材料和信息，主要来自于他对英国的生产条件和生活状况的观察和研究：“英国的土地不施肥是不能生产出大量食物的，而要制造出最适合英国土地的肥料，家畜似乎是不可或缺的。据说，中国有些省份的土地十分肥沃，不施肥水稻仍可收获两次。英国则根本没有这样的土地。”② 他的材料与判断之间的关系是脆弱的。他根据有限的相对信息，得出了超出有效范围的绝对性判断。他严重地忽略了技术发展对粮食生产的巨大影响力。现代技术的发展完全超出了前现代社会人们的想象。微信里流传着这样一个故事：一个 70 年代的中国农业女劳模，到处传经送宝，后来，她终于有机会到一个发达国家去访问。看到两三个农民兄弟，用现代化和机械化的手段，轻轻松松地经营着几千亩土地，她一下子被惊呆了。据说她每谈及此事，辄摇头叹息，惭惶不已，甚至潸然泪下。不知马尔萨斯活着并且看到同样的情景，会不会也有同样的反应？会不会为自己的偏解和独断，而向那些创造了现代农业生产技术的人们致敬，向过去、现在和未来的读者道歉？

马尔萨斯的人口理念，他对粮食危机和大饥饿的认知，还来自他对人和人性的悲观主义态度：“虽说试图计算未来世界上善与恶的相对比例，是极端愚蠢、极端狂妄的，可却可以十分有把握地说，从整体上看来，人类

① 马尔萨斯：《人口原理》，朱泱等译，商务印书馆，2009 年，第 54 页。

② 马尔萨斯：《人口原理》，朱泱等译，商务印书馆，2009 年，第 72 页。

的罪恶和道德弱点是不可克服的。”① 他的言论暗示着这样的观点：由于人性是恶的，是无可救药的，他们也不配有好命运，因为饥饿而死，也实在是活该。他有英国人性格中惯见的缺点——自负而偏执己见。他说：“我充分相信自己的判断，认为人和社会是不可完善的……倘若我能活一千年，而自然规律又保持不变，则我敢肯定，绝不会发生与我的上述论断相矛盾的事情。”② 后来的大量事实证明，马尔萨斯的人口理论完全是错误的。人口增加有可能造成一定的负担，但是，并不必然带来灾难性的后果。问题的关键，其实并不在人口的数量，而在人口的质量，在人的组织方式、创造能力和生产能力。托马斯·索维尔就拒绝认同马尔萨斯的观点。在他看来，“人口密度无论是高还是低，都不会自动使一个国家变得富裕或贫穷。重要的似乎不是人口数量，而是人口的生产力，后者决定于诸多因素，包括人自身的习惯、技能和经验等。”③ 所以，人们应该更加留意的，就不是在作业本上计算人口，而是改变人们的意识和习惯，提高人口的素质，尤其要提高社会管理者的素质，从而最终提高全社会的组织能力和生产能力。

事实上，人类用现代化的技术所生产的粮食足以养活地球上所有的人。就像威尔·杜兰特和阿里尔·杜兰特所说的那样：“如果现今的农业技术能够在全世界范围内应用的话，那地球能够养活两倍于现今数量的人口。”④ 乔治·斯坦纳也持同样的观点。他在接受法国记者洛尔·阿德勒采访的时候说：“为这个星球上的所有儿童提供足够的食物——这已经在我们的技术能力范围之内，因而也让未实现的现实变得更加难以忍受。简而言之，不

---

① 马尔萨斯：《人口原理》，朱泱等译，商务印书馆，2009 年，第 104 页。

② 马尔萨斯：《人口原理》，朱泱等译，商务印书馆，2009 年，第 106 页。

③ 托马斯·索维尔：《经济学的思维方式》，吴建新译，四川人民出版社，2018 年，第 517 页。

④ 威尔·杜兰特、阿里尔·杜兰特：《历史的教训》，倪玉平、张闶译，中国方正出版社、四川人民出版社，2015 年，第 25 页。

存在绝对的不可能，我们缺乏的还是政治意愿。”① 也就是说，我们的问题，根本不在于是否能生产出足够的粮食，而在于我们没有找到粮食资源合理分配的制度和方式，没有找到可以共享文明的价值观和生活方式的完美而可行的方案。很多时候，正是价值观和文明理念的冲突，使我们丧失了相互合作和救助的前提和机会。

阿马蒂亚·森就不同意那些关于粮食短缺和大饥荒不可避免的观点。他认为，“这种悲观主义几乎没有事实根据，假定饥饿和贫困无法救治也是完全站不住脚的。恰当的政策和行动确实能够根除当代世界上严重的饥饿问题。”② 所以，即便确实遇到了大饥荒，也可以通过有效的办法来应对危机：“即使在一个国家或者地区的食品供应急剧下降时，只要更好地共同分享食品（例如为潜在的饥荒受害者创造额外的工作和收入），每一个人的生命都可以被拯救下来。”③ 所以，根本问题不在于有没有饥荒，而在于有没有找到应对饥荒的有效办法。亨利·乔治也拒绝接受马尔萨斯的人口学理论。在他看来，财富常常与人口同步增长，“在人口最稠密的地方财富最多；随着人口增长，一定量的劳动生产出来的财富也增加。”④ 因而，匮乏和贫困，并不是因为人口的过剩，而是“产生于人谋的不臧”⑤。

阿根廷作家和学者马丁·卡帕罗斯，也拒绝接受马尔萨斯的人口理论和饥饿理论。他断然否定了马尔萨斯的主要观点。因为，统计数据显示，情况恰好相反：“随着人口总数的增长，饥饿人口所占的比率却下降了。”⑥

---

① 乔治·斯坦纳、洛尔·阿德勒：《漫长的星期六：斯坦纳谈话录》，秦三澍、王子童译，广西师范大学出版社，2020 年，第 150 页。

② 阿马蒂亚·森：《以自由看待发展》，任赜、于真译，中国人民大学出版社，2002 年，第 161 页。

③ 阿马蒂亚·森：《以自由看待发展》，任赜、于真译，中国人民大学出版社，2002 年，第 162 页。

④ 亨利·乔治：《进步与贫困》，吴良健、王翼龙译，商务印书馆，2010 年，第 134 页。

⑤ 亨利·乔治：《进步与贫困》，吴良健、王翼龙译，商务印书馆，2010 年，第 140 页。

⑥ 马丁·卡帕罗斯：《饥饿》，侯健、夏婷婷译，人民文学出版社，2017 年，第 233 页。

在他看来，问题的关键并不在于粮食资源不足，而在于财富分配不公："少数人拥有了本该属于多数人的资源，包括食物。"① 还有巨大的食物浪费："我们知道，世界已经生产出了够给所有人吃的粮食，但三分之一人的消费习惯导致其他人粮食的短缺。"② 意大利每年丢进垃圾桶的食物，就足以养活四千四百万人；在美国共计扔掉40%的粮食："一些人丢弃另外一些人需要的东西，一些人缺乏另外一些人过剩的东西。"③ 马丁·卡帕罗斯认为，人类客观上完全能够实现饥饿人口零比率，现在的问题，仅在于我们如何通过可靠的手段和方式实现这样的目的。

虽然，关于如何避免粮食危机，关于如何救助全世界忍饥挨饿的人，路遥的小说并没有给读者提供任何直接的结论，但是，他的叙事使我们感受到了饥饿造成的痛苦，使我们体验到了善和仁慈的美好，也使我们产生了思考大饥饿灾难背后的种种问题的冲动。这就够了。

是的，一个优秀作家必须关注并叙写那些与人类的生存和命运密切相关的重要问题。他从自己的经验出发，但并不囿于自我的心狱，而是怀着高尚的利他主义情感，去接通丰富的社会经验和普遍的人类经验。同时，他还要坚守"肯定性的原则"，致力于培养读者的推己及人的同情心和怜悯心，培养他们无缘无故地爱他人、爱一切的能力。

路遥之所以伟大，就在于他意识到了一个优秀作家的文学使命，也努力地完成自己的使命。《在困难的日子里》就彰显着他的文学意识的自觉和文学境界的升华。在这部作品里，我们清楚地看见了他的努力，看见了他的新写作范式所具有的特点和力量。

2020年5月22日，平西府

---

① 马丁·卡帕罗斯：《饥饿》，侯健、夏婷婷译，人民文学出版社，2017年，第234页。
② 马丁·卡帕罗斯：《饥饿》，侯健、夏婷婷译，人民文学出版社，2017年，第511页。
③ 马丁·卡帕罗斯：《饥饿》，侯健、夏婷婷译，人民文学出版社，2017年，第327页。

第二节　“我不愿意再像你们一样”

——重读《人生》

时间是文学最权威的估价师。经得起时间之水磨洗的作品，才是真正的好作品。路遥的中篇小说《人生》出版，忽忽将近四十年。虽然未免留有“解冻”时代的痕迹，但现在来看，它仍然是一部让人读来欲罢不能、感叹唏嘘的杰作。遥想当年，它刚一出版，便风行一时，洛阳纸贵，让许多读者为人物的不幸悲不自胜，凄然下泪。在中国当代文学史上，如此充满真实感、悲剧感和震撼力的作品，并不多见。

为什么说《人生》是不多见的杰作呢？因为，它第一次把叙事的焦点集中在了长期被整体遮蔽的个人身上；第一次真实地写出了个人与社会的尖锐冲突；第一次写出了一个农村青年与时代的紧张关系——在卡夫卡看来，“主观的自我世界和客观的外部世界之间的紧张关系，人和时代之间的紧张关系是一切艺术的首要问题”①；第一次以含着悲剧意味的叙事调性，写出了农村青年在差序格局下的困境与焦虑、无奈与屈辱。

就艺术性来看，《人生》也多有可圈可点之处。语言朴素而清通，结构巧妙而圆整，人物刻画准确而生动，景物描写充满诗情画意，叙事的调性则凝重、深沉、温暖，像一首悲抑而又热情的命运交响曲。它的巨大的艺术魅力，不仅感染了无数读

---

① 叶廷芳主编：《卡夫卡全集》，第 4 卷，黎奇、赵登荣译，河北教育出版社，2001 年，第 492 页。

者，也给许多作家带来强烈的冲击和深刻的启示。在题为《摧毁与新生》的文章里，陈忠实细致地记录了自己读完《人生》之后的“高峰体验”：“……几乎是一口气读完了这部十多万字的中篇小说《人生》。读完时坐在椅子上是一种瘫软的感觉，显然不是高加林波折起伏的人生命运对我的影响，而是小说《人生》所创造的完美的艺术境界，对我正高涨的创作激情是一种几乎彻底的摧毁。”① 所谓“瘫软的感觉”，所谓“几乎彻底的摧毁”，描述的正是一部真正非凡的作品才有的巨大魔力和感染力。

然而，几十年来，对于《人生》的解读，却仍然不能令人满意。无论对它的经验的总结，还是对它的缺陷的分析，都远未达到“题无剩义”的程度。我们忽略了它在揭示城乡生活差异和冲突方面所表现出来的敏锐和深刻，看不到它在表现个人境遇和个性复活方面所具有的巨大意义，反而用“资产阶级”、“利己主义”和“个人主义”等大而无当的概念来为高加林定性。有学者说，“从思想和道德上说，高加林都还不是一个先进的青年，他受到资产阶级思想意识的侵蚀，身上有很多应该受到人们批评和谴责的东西。”② 这是一些令人极为费解的话。高加林在学校接受的是无产阶级教育，在农村交往的是无产阶级劳动者，所读的书籍，则是《红岩》和《钢铁是怎样炼成的》这样的无产阶级作品，他的“资产阶级思想意识”，到底是从哪里来的呢？他那些应该被批评和谴责的“很多”的“东西”，到底是什么东西呢？一个人对生活有自己的愿望和诉求，就是资产阶级意识的表现吗？那么，一只想飞翔的燕子是不是也有资产阶级思想呢？一只想奔跑的兔子是不是也有资产阶级意识呢？

王富仁在讨论《人生》的时候说，高加林进城后，在新的工作岗位上，“并没有表现出多少个人主义的东西”，但是，转眼之间，他又说是农村的落后环境发展了他的“个人主义倾向”，“以另外的一种方式培养着它的反

① 陈忠实：《陈忠实文集》，第9卷，人民文学出版社，2016年版，第56页。

② 马一夫、厚夫主编：《路遥研究资料汇编》，中国文史出版社，2006年，第319页。

抗者身上的资产阶级个人主义的倾向”①。这样的认知和判断，实可谓玄远而不及事情，好像“资产阶级个人主义”更热爱贫困落后的异乡农村，而不是自己的流光溢彩的故乡城市。他还批评路遥说，“作者主要把悬念建立在高加林是否离开农村这一点上，其实是极不充分的。”② 事实上，没有比这样的“悬念建立”更充分的了。要知道，为了“离开农村”，许多农村青年所承受的痛苦，所付出的代价，远非坐在书斋里的学者所能想象。

世间几乎不存在无可挑剔的叙事作品。《人生》也有自己的瑕疵。例如，由于特殊的语境限制，由于作者所选择的让步叙事，在《人生》中，经验与观念相互捍格和冲突的问题，就显得特别严重，而作者处理这一冲突的败笔，亦明显可见。分析这些“败笔”的表现及成因，无疑有助于我们更全面地评价路遥和他的这部杰作。

现在，我们有必要从那些最基本的事实出发来解读《人生》，来阐释它的情节发生的社会学背景，来揭示高加林形象所包含的个性意义和独特价值，来探讨作者的让步叙事所存在的问题。

一、　差序格局下的人生困境

每一个人都是社会海洋的一滴水，都是时代森林的一棵树。波涛汹涌，没有一滴海水不随之起伏；林间风来，没有一根枝叶不随之摇摆。人的生活和命运，也都要不可避免地受到特殊时代的社会组织方式和制度安排模式的影响。作为一种伟大的叙事文体，小说则是一种讲述社会人在特定时代的生活和命运的艺术。因而，要读懂一部小说，就要了解人物所处的具体时代和社会的基本状况，尤其要了解那些影响他们生活的社会结构模式和社会管理方式。

社会管理主要是对人的管理。高度的文明化和充分的人性化是现代性

---

① 马一夫、厚夫主编:《路遥研究资料汇编》，中国文史出版社，2006 年，第 333 页。

② 马一夫、厚夫主编:《路遥研究资料汇编》，中国文史出版社，2006 年，第 335 页。

社会管理的根本特点。管理人的根本目的，不是为了限制人的行动，更不是为了剥夺人的自由，而是为人服务，以最大限度地调动人们的生活热情和创造能力，使他们体验到做人的价值和尊严。户口登记和户籍管理就是这样一种中性的社会管理方式和社会服务方式。

然而，就现在社会学界和户籍学界达成的学术共识来看，中国1958年以来实行的户籍制度，显然缺乏科学性与合理性，并没有实现对人口资源的合理配置。它不仅极大地限制了人口的流动，限制了社会劳动资源的自我调节与充分利用，而且，还在城市人口与农村人口之间，人为制造了等级差序和社会壁垒，从而极大地伤害了农村人口的人格尊严，也使他们失去了迁徙的自由和择业的自由，失去了在社会财富分配上的平等机会，失去了获得自我发展的机遇和权利。因而，就很难说它是能够体现社会公平和社会正义的制度安排。

关于差序格局下的中国户籍管理问题，中国户籍问题专家、中国人民大学教授陆益龙曾在《超越户口——解读中国户籍制度》等著作中，做过系统而深入的研究。他的研究具有成熟的问题意识和充分的事实感。他以严肃的学术态度，深刻地分析了1958年公布和实施的《户口登记条例》。在他看来，新的户籍制度的"逻辑结构"，是"家庭出身—身份—秩序—控制—分配"①。这是一个存在着"逻辑悖论"的政策设计："一方面，国家极力希望更快地在城市发展工业，另一方面，户口政策又试图限制工业劳动力的增长，控制农民进城；国家只关注农业的增长，而限制了农民在农村外的发展机会"②；"1958—1976年的户籍制度基本遵循一种反城市化的逻辑，政府一味强调用行政的命令来控制城市和城市的发展。这实际上把

① 陆益龙：《超越户口——解读中国户籍制度》，中国社会科学出版社，2004年，第34页。

② 陆益龙：《超越户口——解读中国户籍制度》，中国社会科学出版社，2004年，第27页。

矛盾积压到农村，使整个社会系统的整合程度降低，社会发展不协调问题越显突出”①。事实上，它对城市人和农村人都带来了消极的影响和后果：“户籍身份的界定和转变的限制，使公民初始机会处于不平等，从而影响人的发展。一方面，它可能使某些城里人养成依赖性或惰性，另一方面，也可能使部分农村人失去发展的机遇”②。这些观点是尖锐的，也是客观的，深刻地揭示了新的户籍制度的结构和问题。

在陆益龙教授看来，这种户籍制度体现的不是一种无差别的平等对待的共同规则，而是一种充满差别和歧视的特殊规则：“中国的户口登记在户籍管理体制中，则发挥了建构不平等身份的功能，因而违背了制度正义原则中的平等原则。”③ 新的户籍制度是按照这样的规则制定出来的，即“按照地域规定权利和配置资源的原则”，即封闭的、排斥权利平等的“籍地规则”制定出来的。这种特殊的规则与正义原则最大的不同，就在于它维护地域特权，“从而导致了户口歧视”；而这种地域特权的本质，就在于“地方管理者、居民利用户口来行使排他性权利，从而导致本地人与外地人法律地位和权利的不平等，以至于籍地权利原则高于了公民权利原则”④。陆益龙教授进而从现代性的高度，从公共事务管理和公共秩序维护的角度，批评了新的户籍管理条例所存在的局限和差距：

> 现代国家作为公共事务的处理者和公共秩序的维护者，其主要任务是解决人们在相互交往、共同生活中形成的公共问题，因此，国家

---

① 陆益龙：《超越户口——解读中国户籍制度》，中国社会科学出版社，2004 年，第 28—29 页。

② 陆益龙：《超越户口——解读中国户籍制度》，中国社会科学出版社，2004 年，第 36 页。

③ 陆益龙：《超越户口——解读中国户籍制度》，中国社会科学出版社，2004 年，第 11 页。

④ 陆益龙：《超越户口——解读中国户籍制度》，中国社会科学出版社，2004 年，第 12 页。

> 需要以中间人的身份来解决公共领域的问题，即国家权力代表的是公正、正义的权威。所以，国家所制定的制度和规则，首先必须是公平的和正义的，否则就违背了合理性原则，其合法性也就会动摇。
>
> 中国现行户籍制度在限制公民一些行动权利的时候，并未以促进平等和正义以及公共福利改善作为交换条件，相反，户口身份的划分为身份不平等提供了条件，从这一方面来看，这一制度与现代国家的法制法则还存在一定的差距，同时也表明，这一制度所调节的国家与社会关系与法制国家的理想也存在一定距离。①

新华社记者田炳信也对中国户籍问题特别留意，很有研究。他通过田野调查和新闻采访的方式，揭示了当代户籍制度所存在的问题。他描绘了户口分类的“宝塔式等级结构”：“处于最底层的户口类别是农民户，循此逐渐上升，分别是非农户、城镇户、城市户、大城市户、直辖市户。越处于下层的户口类别，分布越广，户数越多；越处于上层的户口类别，分布越窄，户数越少。”② 他也揭示了二元户籍制度的弊端，即“在城与城之间、城与乡之间，挖出了一道难以逾越的鸿沟。出生在农村的，似乎就被一纸农村户口永远钉在贫瘠的土地上，年复一年地扮演着‘统购’的对象，去承受工农产品‘剪刀差’所带来的不平等交易。出生在城市的，一纸城市户口似乎就是一张世袭证书，代表着享受‘统销’各种平价农副产品、优厚财政补贴和国家统筹安排入学、就业等各项事业的权利，决定一个人、一家人以至几代人的命运。”③ 从劳动力资源合理配置的角度看，这种

---

① 陆益龙：《超越户口——解读中国户籍制度》，中国社会科学出版社，2004年，第230—231页。

② 田炳信：《中国第一证件——中国户籍制度调查手稿》，广东人民出版社，2003年，第31页。

③ 田炳信：《中国第一证件——中国户籍制度调查手稿》，广东人民出版社，2003年，第15页。

“‘铁篱笆’似的户籍制度不仅钳制了人才的自由流动，阻碍了市场对人力资源的有效配置，而且在客观上伤害了一大批民众尤其是广大农民的情感”①。农民处于户籍结构的最底端，也处于社会结构的最底端：“在整个社会中，除了关在监狱里的犯人外，身份最低的是农民。城市中就业和生活的居民有各种福利和养老保险，但农民生老病死除了靠自己，便只能靠子女和亲戚。……‘文革’前和‘文革’时期对人的最严重的惩罚，除了关进监狱或送去‘劳动改造’，便是‘革’去城市户口，流放农村。”② 所以，这种“既失公正又缺效率的传统户籍制度是一项负面效应甚多的壁垒型政策”③。在他看来，户籍制度改革的目标，就是“消除其二元特征，淡化城市户籍的高附加值，增加农村户口的含金量，使之不再成为人才流动的壁垒和资源配置的障碍”④。

陆益龙教授和田炳信记者对中国户籍问题的调查和研究，体现着求真的激情和探索的勇气。他们的学术观点，则显示出了成熟的问题意识、充分的事实感和深刻的真理性，所以，既有助于人们认识当时的户籍制度，解决现实生活中的具体问题，也有助于认识和分析与户籍问题相关的文学叙事。从生活矛盾和情节冲突的角度看，《人生》揭示的主要是城乡生活之间的差异所造成的矛盾和冲突，具体地说，是由户籍制度所造成的悲剧和不幸。高加林的人生困境，客观地讲，主要是由二元户籍制度造成的。路遥的小说叙事所揭示出来的问题，与研究户籍制度的专家学者所提供的学术判断，是高度契合的，也是可以相互映发的。

---

① 田炳信：《中国第一证件——中国户籍制度调查手稿》，广东人民出版社，2003年，第35页。

② 田炳信：《中国第一证件——中国户籍制度调查手稿》，广东人民出版社，2003年，第49页。

③ 田炳信：《中国第一证件——中国户籍制度调查手稿》，广东人民出版社，2003年，第36页。

④ 田炳信：《中国第一证件——中国户籍制度调查手稿》，广东人民出版社，2003年，第42页。

二元结构形态下的城乡户籍，不仅意味着两种完全不同的社会身份和生活方式，也意味着两种完全不同的生活水平和生活质量。城镇户籍意味着衣食无虞的生活——粮食供应有保障，无论丰歉，城里人都不至于陷入饿殍的绝境；未来出路有着落，无论智愚，城里人都能获得一份有稳定收入的工作。而农村户籍则意味着高强度的劳动和低比例的劳动报偿，意味着可怕的贫穷和饥饿，甚至意味着深深的屈辱感和自卑感。所以，一旦有机会，农民就会不顾一切地涌入城市，寻求自己的生存空间：他们“放弃了曾视为生命的土地，远离了曾经日夜厮守的村落和熟悉的农事，宁可忍受寂寞、屈辱与歧视，也要涌进各地城市，于是，数以百万计的中国农民掀起的‘民工潮’，便一次又一次成为上个世纪最后十多年的一道奇异的风景。”① 然而，关于农村社会和农民生活的困境，某些外国学者却因为隔膜，知之未详，便倾向于根据主观的想象来进行描述和判断。费正清就在《美国与中国》中不切实际地高估了“农业机械化”对农村生活的影响。在他看来，农村的小型工业解决了几乎所有问题，不仅“能够灵活地适应当地的需要”，而且，还“缩小了城乡之间的知识和社会差距，产生了一定程度的自给自足和自力更生，这一切同庞大的民兵组织结合起来，不仅有助于保卫国家，也增进了实现民主自治的机会”②。事实上，单靠机械化和工业化来缩小城乡之间的巨大差距，来增进实现某种理想的机会，在实践上是困难的，在理论上则是荒谬的。路遥的小说叙事，就给费正清的想象和判断，提供了切实的反例和有力的反证。

路遥的几乎所有重要作品，都在写农村青年在城乡之间的艰难挣扎，写他们的贫困境况和饥饿体验，写他们的屈辱感受和身份焦虑。《人生》中发生的悲剧，是道德悲剧和性格悲剧，但主要是一种社会悲剧，具体地说，是差序格局下的二元结构户籍制度模式造成的社会悲剧。在《人生》里，

---

① 陈桂棣、春桃：《中国农民调查》，人民文学出版社，2004 年，第 1 页。

② 费正清：《美国与中国》（第四版），张理京译，世界知识出版社，1999 年，第 429 页。

高中毕业后，城里和农村的学生立即就显示出了身份和生活上的巨大差别：

> 农村户口的同学都回了农村，城市户口的纷纷寻门路找工作。亚萍凭她一口高水平的普通话到了县广播站，当了播音员。克南在县副食公司当了保管。生活的变化使他们很快就隔开很远了，尽管他们相距只有十来里路，但在实际生活中，他们已经是在两个世界了。①

无论从哪个方面来看，高加林都是他们班上的优秀人物，而他的自尊心较一般人又更为敏感，所以，他所感受到的不平和屈辱，就比别人更加尖锐和强烈。他的同学张克南真心想帮助高加林，无意中说了一句："唉，现在乡下人买一点东西真难!"这句话让高加林极为不快，觉得"张克南这些话是夸耀自己的优越感"：

> 他的自尊心太强了，因此精神立刻处于一种藐视一切的状态，稍有点不客气地说："要买我想其他办法，不敢给老同学添麻烦!"
>
> 一句话把张克南刺了个大红脸。②

巴尔扎克长篇小说《高老头》中的拉斯蒂涅，在巴黎完成了自己的大学教育，也学会了欣赏爱丽舍大道上的风景。回乡过暑假的时候，他发现自己的意识变了，而故乡也变得陌生了起来："童年的幻象，外省人的观念，完全消灭了。见识改换，雄心奋发之下，他看清了老家的情形。"③ 高加林的心理和意识也有着相近的变化。他在县城里读了几年书，便清楚地知道了城乡之间的差距有多么大，也清醒地认识到了农村青年与城里青年

① 路遥：《人生》，人民文学出版社，2006 年，第 22 页。
② 路遥：《人生》，人民文学出版社，2006 年，第 20 页。
③ 巴尔扎克：《人间喜剧》，第五卷，多人译，人民文学出版社，1994 年，第 31 页。

的生活距离有多远。他的内心没有拉斯蒂涅对社会的敌意和仇恨，但是，他有强烈的自卑感和焦虑感。所以，他才对热烈地爱着他的黄亚萍“暴躁地喊着”说：“你父亲肯定不会接受我！他们要门当户对的！我一个老百姓的儿子，会辱没他们的尊严！”① 高加林接受过教育，经常读报，也阅读过很多课外书。他已经掌握了很多关于外部世界的知识。他对生活的理解，他对未来的想象，远远超越他的高家村父辈们。这一切不仅决定了他不可能再像父辈那样，平心静气地当一辈子农民。他对城里的生活充满向往。他的人生理想，就是能够像城里人一样，过一种体面的、有文化品位的生活。然而，他的悲剧在于，他完全无法摆脱自己的农民身份，因而也就不可能进入城市，成为市民、工人或国家干部。他注定要在城与乡之间，进行无望的精神流浪，承受被撕裂的痛苦和苦苦挣扎的煎熬：

> 当年他来到县城，基本上还是个乡下孩子，在城市的面前胆怯而且惶恐。几年活跃的学校生活，使他渐渐把自己的思想感情和生活习惯与城市紧密地融合在了一起；他很快把自己从里到外都变成了一个城里人。农村对他来说，变得淡漠了。有时候成了生活舞台上的一道布景，他只有在寒暑假才重新领略一下其中的情趣。
>
> 正当他和城市分不开的时候，城市却毫不留情地把他遣送了出来。②

他曾经获得当“民办教师”的资格。这意味着他有机会实现自己进入城市和成为市民的梦想，尽管这梦想依然非常渺茫，需要付出艰苦的努力，才有可能最终实现。然而，就连这个渺茫的人生梦想，也因为村支书之子的顶替，而化为泡影：

---

① 路遥：《人生》，人民文学出版社，2006 年，第 138 页。

② 路遥：《人生》，人民文学出版社，2006 年，第 103 页。

> 现在这一切都结束了，他将不得不像父亲一样开始自己的农民生涯。他虽然没有认真地在土地上劳动过，但他是农民的儿子，知道在这贫瘠的山区当个农民意味着什么。农民啊，他们那全部伟大的艰辛他都一清二楚！他虽然从来也没鄙视过任何一个农民，但他自己从来都没有当农民的精神准备！不必隐瞒，他十几年拼命读书，就是为了不像他父亲一样一辈子当土地的主人（或者按他的另一种说法是奴隶）。虽然这几年当民办教师，但这个职业对他来说还是充满希望的。几年以后，通过考试，他或许会转为正式的国家教师。到那时，他再努力，争取做他认为更好的工作。可是现在，他所抱有的幻想和希望彻底破灭了。此刻，他躺在这里，脸在被角下面痛苦地抽搐着，一只手狠狠地揪着自己的头发。①

所以，对他来讲，失去民办教师工作，就是一件天塌地陷的事情，无法不叫他极度慌乱和痛苦："他猛地转过身，一头扑在炕栏石上，伤心地痛哭起来。"② 在路遥身上，丝毫没有农裔作家身上那种惯见的狭隘性，即固守狭隘的"乡村原教旨主义"立场，内心充满对都市文明的偏见和敌意。他热爱城市，视之为"人类进步的伟大标志"③。像路遥一样，他笔下的人物，例如马建强、高加林和孙少平，也都认同和向往都市文明。对高加林来讲，失去进入城市的机会，就是失去享受进步生活的机会。他的痛苦和伤心，全都因此而起。路遥怀着深刻的理解和深切的同情，叙写了高加林们的"城市梦"，写出了他们内心的焦虑和痛苦。

这种强烈的身份焦虑，不仅路遥笔下的人物有，苏维埃俄罗斯作家笔

---

① 路遥：《人生》，人民文学出版社，2006 年，第 4—5 页。
② 路遥：《人生》，人民文学出版社，2006 年，第 7 页。
③ 路遥：《路遥全集·早晨从中午开始》，北京十月文艺出版社，2013 年，第 51 页。

下的人物也有。在苏联，印着镰刀和锤子的身份证，只发给城镇居民，不发给集体农庄的农民。所以，农村青年叶戈尔沙的梦想，就是拥有这样的身份证，自由地到想去的地方生活：

> 叶戈尔沙翻了个身，仰天躺着，把扫帚枕在头底下，后来他沉默片刻，解释说：
>
> “我目前的任务是这样的——先把镰刀和锤子弄到手，往后再走着瞧，看看该做些什么，怎么做。”
>
> “我从前倒没有看出来你想当铁匠。”
>
> “现在也不想。”
>
> “那又为啥呢？”
>
> “我想要一种长着翅膀的镰刀和锤子，”叶戈尔沙伸着懒腰说，“我可以凭着它们，想到哪儿就飞到哪儿。”
>
> “噢，原来这样，”米哈伊尔恍然大悟。“你是指身份证，我倒不知道。没有身份证，松树和杉树也一样认识我们。”
>
> “我要跟集体农庄的树林告别了。”叶戈尔沙说。
>
> “谁会放你走呢？”①

像高加林一样，叶戈尔沙最终也没有离开被森林包围的佩卡希诺村。事实上，城乡二元户籍结构，以及农民和城市居民在政治和经济上的不同地位和待遇，几乎从苏维埃政权一建立就确定下来了。1927 年 3 月 12 日，一个叫齐布特金的农民，给《农民报》写了一封题为《亲娘生的和后娘养的》

---

① 费·阿勃拉莫夫：《普里亚斯林一家》，第二卷，张继馨等译，上海译文出版社，1984 年，第 36—37 页；在中篇小说《绕来绕去》中，阿勃拉莫夫也写到了青年农民沃罗尼岑因为没有身份证而感到的委屈和不满。他说他“感觉不到自己是个人”；因为没有身份证，他“就像农庄里的一只羊，来去都光着身子”（阿勃拉莫夫：《阿勃拉莫夫中篇小说选》，石枕川、罗文轼译，上海译文出版社，1981 年，第 48 页）。

的信。《宪法》第九条规定，城市选民高出农民五倍的选举权；城市居民的生活水平，也远远高于农民，“没有一个工人愿意穿农民所穿的那种衣服”①。他对城乡之间的种种差别深感困惑和不满。他根据自己所了解的情况，根据自己当过十五年工人的经历，发现无论从对革命的贡献来讲，还是从政治素质来讲，工人和农民并没有多大差别。他呼吁在即将召开的全俄苏维埃代表大会上审议自己提出的问题，彻底改变对农民的歧视性政策。然而，直到“苏联”解体，城市与乡村之间的巨大差序，工人与农民之间的种种差别，仍然了无改变。

正像二元户籍制度捆住了苏联农村青年叶戈尔沙的手脚，它也限制了中国农村青年高加林的发展，甚至决定性地影响着农村姑娘刘巧珍的爱情和命运。刘巧珍虽然一字不识，却清楚地知道农村户口和城镇户口意味着什么。她知道，生为农民，就得一切靠自己，靠自己刨食，靠自己一分一厘地积攒买油盐酱醋的钱；而城里则是“商品粮世界”，城里人可以过拿着粮本买粮的体面的生活。她有没有机会得到高加林的爱情，也取决于高加林最后的户籍归属。当高加林还是民办教师的时候，就意味着他还有机会进入那个远离自己的“商品粮世界”，因而，她便深感自卑，“连走近他的勇气都没有”②。只有当高加林彻底成为农民的时候，她才有可能跟他生活在同一个世界，才有资格去爱他。

即便对黄亚萍来讲，“户籍”也是难以承受的重压，因而，无论多么浪漫和勇敢的爱情，也无法突破由“户籍”二字标示出来的冷冰冰的界线。只有当高加林摆脱农民身份，获得城镇户籍的时候，她才有可能不管不顾地爱他，否则，她也只有放弃自己的爱情。“农村户籍”，实在太可怕了；“农民”二字，实在太沉重了：“她真诚地爱高加林，但她也真诚地不情愿

---

① 沈志华总主编、郑异凡主编：《苏联历史档案选编》，第9卷，赵国顺等译，社会科学文献出版社，2002年，第539页。

② 路遥：《人生》，人民文学出版社，2006年，第30页。

高加林是个农民!”“她爱高加林而又怕他当农民啊!”然而，她最怕的事情，最终还是发生了。县委常委会决定“撤销高加林的工作和城市户口，送回所在大队”①。高加林失去了“城市户口”，他和黄亚萍的爱情，也就无可挽回地终结了。尽管黄亚萍很勇敢，说自己不能没有高加林，甚至说自己为了爱情，愿意放弃工作，放弃城市，跟高加林去当农民，但是，她完全清楚，嫁给一个农民意味着什么。

小说叙事需要一个“核”，需要一个决定性的因素和推动力。在《人生》里，这个“核”，这个决定性因素和推动力，就是特殊时代形成的二元户籍制度。正是这个户籍制度，决定性地影响了《人生》中几个青年的爱情和生活，根本性地影响了高加林的人生——影响了他对爱情的态度和选择，甚至影响了他最终的命运和结局。高加林的人生困境，本质上就是身份的困境，就是由户籍限制所造成的难以摆脱的生存困境和精神焦虑。

二、个性的毁灭与个人的复活

赫尔岑说:“个人是社会最真实、最现实的单子”②。无论是谁，一旦失去个性意识，一旦失去自我，就算不得真正意义上的人。所以，他为那种正常意义上的“利己主义”辩护:“消灭人身上的利己主义，人就会变成一只恭顺的狒狒。奴隶身上利己主义最少。”③ 在赫尔岑看来，个人性的利己与社会性的利他之间，完全可以自由而和谐地结合起来。

个性是健全人格的徽章。正是鲜明的个性，使一个人显示出与众不同的特点和价值。每一个人格健全、意识成熟的人，都应该有自己的独特个性。无个性的人，就是平均数意义上的人，就属于被群体特征覆盖的人。无个性意味着精神上的依附和意识上的盲从。这是精神上的沉睡状态，是

---

① 路遥:《人生》，人民文学出版社，2006 年，第 162 页。

② 赫尔岑:《彼岸书》，张冰译，四川人民出版社，2016 年，第 167 页。

③ 赫尔岑:《彼岸书》，张冰译，四川人民出版社，2016 年，第 172 页。

意识世界的无力状态甚至僵死状态。一个人如果缺乏个性，也就必然缺乏独立性，缺乏创造的活力和自己的思想。所有无个性的人都是相似的，就像土豆与土豆一样，只有大小的区别，而没有本质的区别。

没有个性成熟的个人，就没有精神成熟的社会。人们的个性越丰富、越健全，则社会的文明程度越高。就像泰戈尔访苏之后所提醒的那样："削弱个人，不可能加强集体。如果束缚个人，那么集体也不可能获得自由。"①然而，在20世纪的复杂语境中，个人与个性常常陷入一种尴尬而被动的境地。社会化的运动常常以追求自由和解放个性为号召，同时，却又要求个人服从规约和束缚，甚至放弃个人的自由：一方面，极力肯定个人的自由，另一方面又极力限制和否定个人的自由；一方面，提倡人的个性解放，另一方面，由通过各种舆论宣传和强力手段压抑人的个性。最终的结果，是整体性规约甚至瓦解了个性，造就了大量无个性、无热情、无思想的空心人；无论在现实生活中，还是在文学叙事中，人的无个性化，皆成普遍的现象和严重的问题。

高尔基是为20世纪革命文学奠定基础和确立方向的人之一。令人费解的是，他竟然忽视个体精神和个体人格的价值和意义，竟然对"个人"和"个性"抱着全然否定和绝对排斥的态度。在论及陀思妥耶夫斯基等人的时候，他说，"一切都在推翻个人的绝对性"；"在甚么地方个人才得救呢，在甚么地方个人才是绝对的呢，谁才会永远否定个人呢？唯有一种尘世以外的力量，唯有神，唯有在宗教上，个人才是绝对的"②。显然，对他来讲，在现实生活中，个人是相对的，无足轻重的，甚至不可能"获救"。1909年，在《个性的毁灭——现代生活与文学概要》一文中，高尔基更加彻底和尖锐地否定个人的地位和个性的价值："在精神创造的领域内个人是起着

---

① 泰戈尔：《俄罗斯书简》，董友忱译，东方出版社，2014年，第112页。

② 高尔基：《俄国文学史》，缪灵珠译，上海文艺出版社，1951年，第452页。

保守作用的"①。他将个人与集体对立起来，用集体来否定个人和个性："个人，如果单靠自己，如果置身于集体的关系之外，置身于任何团结民众的伟大思想的范围之外，就会变成怠惰的、保守的、与生活发展相敌对的人。"② 这显然是一种简单化的认知和判断。因为，他所陈述的条件，并不必然导致他所陈述的后果。比较起来，个性更为重要。如果人丧失了个性，人就会不可避免地变成丧失活力的、与生活发展相敌对的人。另外，高尔基还忽略了这样一个事实，即作家的写作是一种特殊的个体劳动。这种创造活动主要靠作家自己来完成。为此，他就必须有独立的人格和基本的自由。俄罗斯和其他国家的第一流的伟大作家，几乎全都是健全意义上的个人，全都依靠个体的力量来完成自己的工作。

高尔基否定几乎所有19世纪伟大的作家，批评他们的写作是毁灭于平庸的"个人主义"和疯狂的"个性"的写作："庸碌与疯狂——这就是现代作家的两种典型。"③ 他对果戈理充满偏见，所以，否定起他来，便有一股不管不顾的劲头："这个人体质虚弱，精神恍惚，爱好虚荣，在对人（的）态度上极其自私……这种特性适合于一切国家一切时代的个人主义浪漫主义者……在幻想中使自己超越于别人之前，凌驾于别人之上，一个人便落得孑然独立，于是便觉得天壤之间除了自己之外再没有任何人。"④ 他把《红与黑》的主角和巴尔扎克笔下的拉斯蒂涅，称为"粗鲁的小市民胜利者"，或者"意志薄弱的可怜虫"。他用"小市民"和"市侩习气"这样一些概念，否定了几乎所有欧洲19世纪文学所塑造的人物，包括俄国作家所塑造的"多余人"形象。他认为，这种人物"对于社会生活是极端危险的，因为这些意志消沉、没有希望、没有憧憬的人们，正是我们（的）敌人最

① 高尔基：《俄国文学史》，缪灵珠译，上海文艺出版社，1951年，第512页。
② 高尔基：《俄国文学史》，缪灵珠译，上海文艺出版社，1951年，第515页。
③ 高尔基：《俄国文学史》，缪灵珠译，上海文艺出版社，1951年，第560页。
④ 高尔基：《俄国文学史》，缪灵珠译，上海文艺出版社，1951年，第221页。

善于大量利用的人。……文学的任务就是去消灭这种人，或者使他们鼓起勇气来恢复盛旺的生活。”① 他最后要求作家承担的“历史使命”，就是“尽可能地去发展和组织各国人民的全部潜力，把它化为积极的力量，建立阶级的、集团的、党的集体”②。他动员作家消灭个人主义，通过文学实现对“个性的毁灭”。有必要指出的是，在很长的时间里，对个人和个性的否定，几乎是一种普遍的倾向和思潮性现象。我们在苏俄的意识形态领域的权威人物那里（例如托洛茨基、日丹诺夫和沃隆斯基），都可以看见这样的倾向和主张。

那么，高尔基所欲汲汲然追求和建构的，又是一种什么样的人格精神呢？他要建构的是个体消融于整体的人格精神，是一种充满激情和雄心但缺乏理性意识的人格精神，是一种过于迷信集体的意志和力量的人格精神。非理性的冲动和浪漫主义的激情，是这种人格精神的突出特点。所以，他才会在《海燕》里喊出“让暴风雨来得更猛烈些吧”这样的猛浪的浪漫主义口号，才会在“大清洗”中推波助澜，发表了《敌人不投降，就叫他灭亡》等缺乏理性精神的檄文。

为什么要在讨论路遥的《人生》之前，对高尔基的写于一百多年前的、几乎与路遥的小说完全不相干的著作，喋喋不休地大加议论呢？

因为，这种流行一时的极端化和整体化的观念，极大地影响了中国20世纪的文学实践。

因为，在很长的时间里，就是像高尔基所期待的那样，由丧失个性的作家塑造了大量缺乏个性的人物。

因为，正是通过与这种文学理念的对照，我们才能更清楚地看见路遥小说创作的新意和成就。

是的，在20世纪的文学作品中，充满了这种按照意识形态配方塑造出

① 高尔基：《俄国文学史》，缪灵珠译，上海文艺出版社，1951年，第570页。
② 高尔基：《俄国文学史》，缪灵珠译，上海文艺出版社，1951年，第572页。

来的平均数意义上的人物。他们的个性是苍白的，内心是空洞的。他们终其一生，心智和情感都停留在一种不成熟的状态，既没有爱的热情和能力，也没有自己的思想和生活理想。他们随时准备接受外部的指令，按照一种给定的方式行动和生活。

然而，路遥拒绝继续按照一种僵硬的意识形态公式来写作，来塑造人物。他要用自己的方式，即尊重人物个性的、复杂的方式，塑造一些让人一下子分不出好坏和善恶的人，亦即真实的、有自己的个性的人。

高加林很倔强，性子很硬。不认命，不服从，是他性格中极为突出的特点。他拒绝像自己的父辈一样，像千千万万农民一样，按照一种给定的方式生活。他要过自己向往的生活，一种摆脱了近乎原始的劳动方式的生活，一种更有尊严感的生活。就像他对父亲和德顺老汉所说的那样："你们有你们的活法，我有我的活法！我不愿意再像你们一样，就在咱高家村的土里刨挖一生……"①

高加林的这几句话，尤其是"我不愿意再像你们一样"一语，切不可等闲视之。这不是随便什么人都能讲出来的话，而是只有个性强大的人才能发出来的声音，是只有对生活有个人诉求的人才能表达出来的主张。

在数十年的时间里，经过切实而有效的思想改造和人格塑造，人们大都倾向于接受那种被安排好的"活法"，几乎无人敢说"我有我的活法"和"我不愿意再像你们一样"之类的近乎无法无天的话。就此而言，高加林的出现标志着个人和个性在20世纪七八十年代之交的复活。他关于"活法"的宣言，显示着强烈的自我意识和与众不同的个性。对于长期缺乏个性化人物的中国当代文学来讲，高加林的出现具有非同寻常的重要意义。他是一个有血有肉、有自己个性的人，一个敢于表达自己的生活愿望和人生理想的人，而不是一个虚假的符号，一个苍白而毫无个性的人。

---

① 路遥：《人生》，人民文学出版社，2006年，第148页。

然而，人们似乎忽略了高加林身上积极的个性力量，忽略了他——作为敢于表达自己生活意愿的个人——对于中国当代文学的重要意义。人们想当然地将他跟《红与黑》中的于连·索黑尔归为一类，视他们为性格上的同类和道德上的兄弟。这是一种似是而非的皮相之谈。因为，他们属于完全不同的道德谱系和人格谱系。

无论从哪个方面看，于连·索黑尔都是一个极平庸的人。他的情感是病态的，人格是扭曲的，思想是浅薄的。英国学者邓肯·希思说他是一个“冷酷”而“有预谋”的浪漫主义者，“在后革命时期的法国，他是一股危险的力量，是被谦恭和自我压抑伪装起来的‘罗伯斯庇尔’。”① 于连还是个不可救药的权力拜物教分子。他崇拜元首，崇拜拿破仑，崇拜这个法国大革命的背叛者，崇拜这个先是做第一执政后来又悍然做起了皇帝的庸人。这样，于连·索黑尔就成了复辟时代的郁郁不得志的小拿破仑。

一个小城的底层青年，一个出身卑微的木匠之子，怎么会奉拿破仑这样的人为自己的精神偶像呢？这也不难理解。通常情况下，那些跻身于国家元首地位的人物，都拥有巨大的道德影响力。权力给人们造成一种幻觉，那就是，它是道德的同盟军，甚至就是美德的代名词。所以，握有绝对权力的人物，常常被不切实际地视为道德权威和人格榜样。涉世未深的青年人，很容易将大权在握的首脑人物，当作自己的人生导师和精神教父。他们还没有学会把权力上的成功与道德上的成功区别开来。他们总是将政治权威等同于道德权威。他们常常因为这种错误的认知而成为极权人物精神病毒的受害者。只有等到年逾不惑，他们才会明白，自己歆慕和热爱过的大人物，既不伟大，也不高尚，根本不值得崇拜和效法。拿破仑和希特勒就属于那种容易使青年们上当和受害的独裁者。

作为独裁者，拿破仑的道德意识和道德行为里充满了不正派的东西，

---

① 邓肯·希思：《浪漫主义》，李晖、贾茜译，生活·读书·新在三联书店，2019年，第145页。

充满了反人性的精神毒素。被拿破仑迫害过的斯塔尔夫人，曾经这样批评这位野蛮的科西嘉人，批评这位虚伪无耻、倒行逆施的“革命者”和“解放者”：“他在一天时间里恣意妄为、专制武断的程度，是其他任何一位欧洲君主在一年时间里都不敢做到的。他唯一所做的，就是夺走了欧洲人民的平静、独立、语言、法律，财产、生命、孩子，换来的却是灾难和耻辱——作为民族惨被灭绝的耻辱、作为人遭到藐视的耻辱。他开始了自己称霸天下的宏图，这却给人类带来最深重的苦难，让世界烽烟四起、战祸连连。……任何追求和平的行为都不对波拿巴的胃口：只有在战争的腥风血雨中，他才能体会到乐趣。”① 就是这样一个给世界带来灾难和痛苦的暴君，却成了几代欧洲青年的精神偶像，并在消极的意义上影响了他们的道德意识和道德行为。就像普希金的《叶甫盖尼·奥涅金》里所写的那样：“我们把一切人全当作零看，/这话不包含一丝儿偏见。/我们全都在向拿破仑看齐；/成千上万个两只脚的东西，/对于我们不过是工具一件，/我们认为感情滑稽而且野蛮。”② 《罪与罚》中的拉斯科尼科夫就是拿破仑的崇拜者。正是在拿破仑的影响下，他才毫无恐惧向两位老妪举起了寒光闪闪的斧头。然而，正像一位法国历史学家所指出的那样：“在法国，没有一本书敢于说出这个简单的真相：波拿巴试图恢复奴隶制，然后整个民族起来反抗他，打败了他。”③ 其实，从人格精神和道德意识方面清算拿破仑这样的一时风光无两的独裁者，也同样是一件很有必要又很艰难的事情。

于连是一个在精神上中了“拿破仑病毒”的底层青年。这种病毒最明显的特征，就是傲慢和自负，就是疯狂和野心，就是冷酷和无情，就是对世界和他者的蔑视。对拿破仑来讲，生活的内容就是斗争和战争，而生活

---

① 斯塔尔夫人：《十年流亡记》，李筱希译，吉林出版集团股份有限公司，2016年，第88—89页。

② 普希金：《叶甫盖尼·奥涅金》，智量译，人民文学出版社，1985年，第58页。

③ 克洛德·利布：《拿破仑的罪行》，朱洁译，吉林出版集团责任有限公司，2010年，第86页。

的目的，就是征服和胜利，就是追求虚妄的荣誉和无上的权力。于连将拿破仑当作“上帝给法国青年派来的救星”①。他对拿破仑佩服得五体投地，将他当作自己的榜样，渴望像他一样在二十八岁就征服世界，功成名就②。他望着天空盘旋的鹰，也能因为羡慕它的力量，羡慕那种孤独，而怦然心动地联想到拿破仑：“这是拿破仑的命运。难道有一天，这也会是他的自己的命运吗?”③ 他甚至冒着风险，随身带着拿破仑的“肖像”和《圣赫勒拿岛回忆录》。他行走在迎接国王的仪仗队里，心里想的却是那个科西嘉冒险家：“他觉得自己的确是一个英雄，他是拿破仑手下的传令官，领导着一个炮队进攻。”④ 在于连的词典里，只有“敌人”、“战斗”、“征服”、“胜利”、“成功”和“英雄”这样的词汇。

于连不仅不懂得爱，不懂得爱情，而且心胸狭隘，对一切都充满仇恨。他报复心极强，几乎到了睚眦必报的程度。他并不爱德·瑞那夫人。他将她当作自己情感上的猎物，将猎获她的爱情的过程，视为承受和结束“折磨”的过程⑤。在这过程中，他所体验到的不是爱情，而是对令他愤怒的怯懦的克服。对他来讲，他追求到德·瑞那夫人，就是一场战斗的胜利；“不错，我打赢了一次，但必须乘胜追击，在这个贵族退却的时候彻底打掉他的傲气。这才是真正的拿破仑作风。”⑥ 他对德·瑞那夫人，既没有真诚的情感，也缺乏起码的尊重。有一次，她试图靠在他的胳膊上。这是一个很自然的亲昵动作。但是，于连却感到“恶心”，以至于“将她猛地一推，把胳膊抽了回来”⑦。这个粗野的动作，反映着他内心的冷酷和无情。他玩世

---

① 司汤达：《红与黑》，张冠尧译，人民文学出版社，1999年，第91页。
② 司汤达：《红与黑》，张冠尧译，人民文学出版社，1999年，第73页。
③ 司汤达：《红与黑》，罗玉君译，上海文艺出版社，1979年，第88页。
④ 司汤达：《红与黑》，罗玉君译，上海文艺出版社，1979年，第133页。
⑤ 司汤达：《红与黑》，张冠尧译，人民文学出版社，1999年，第55页。
⑥ 司汤达：《红与黑》，张冠尧译，人民文学出版社，1999年，第67页。
⑦ 司汤达：《红与黑》，张冠尧译，人民文学出版社，1999年，第57页。

不恭，将人生看作一场戏，在征服了德·瑞那夫人之后，他回忆了所有的细节，然后问自己："我该做的做全了吗？我的角色演得好吗？"① 他对自己的学生——德·瑞那夫人的几个孩子，也没有正常的情感，认为"这些孩子和我亲热不过像抚摸昨天买的那只小猎狗一样罢了！"②

于连仇恨一切，敌视整个世界。他对自己成长的地方毫无感情："他讨厌自己的家乡，这里他举目所见的一切都使他心灰意冷"③。他为自己的底层出身感到自卑和愤怒，为此，"他对上层社会只有仇恨和厌恶"④。到市长家里做家庭教师，也只是给他提供了仇恨别人的机会："他深恨和他一起生活的人，当然，这些人也恨他。"⑤ 作为一个典型的自我中心主义者，他自私而狭隘，几乎视一切人为自己前行道路上的羁绊，也无端地恨那些被他视为羁绊的人。德·瑞那夫人很美，"但正因为很美，于连反倒恨她，因为她是差一点使他前途尽毁的第一块礁石"⑥。他对德·拉·木尔侯爵小姐，更是冷酷无情。他将她当作必须征服的敌人。他从拿破仑的《圣赫勒拿岛回忆录》中获得了启示："要她害怕，只有越使敌人害怕，敌人才越听我的，那样对方就不敢小看我了。"⑦

于连最后似乎认识到了所崇拜的那位伟人，其实也不过是一个人格猥琐的庸人，因为，他也撒谎："宣布让位给罗马王，纯属骗局！"⑧ 于连偶尔也能意识到自己的不诚实——与自己说话，还要自欺欺人。但是，他没有能力改变自己。

于连的病态心理和消极行为，与他的家庭影响也有着直接的因果关系。

---

① 司汤达：《红与黑》，张冠尧译，人民文学出版社，1999 年，第 86 页。
② 司汤达：《红与黑》，张冠尧译，人民文学出版社，1999 年，第 60 页。
③ 司汤达：《红与黑》，张冠尧译，人民文学出版社，1999 年，第 26 页。
④ 司汤达：《红与黑》，张冠尧译，人民文学出版社，1999 年，第 38 页。
⑤ 司汤达：《红与黑》，张冠尧译，人民文学出版社，1999 年，第 44 页。
⑥ 司汤达：《红与黑》，张冠尧译，人民文学出版社，1999 年，第 39 页。
⑦ 司汤达：《红与黑》，张冠尧译，人民文学出版社，1999 年，第 399 页。
⑧ 司汤达：《红与黑》，张冠尧译，人民文学出版社，1999 年，第 467 页。

他从家庭里几乎没有感受到一丝的温暖和爱。他从家人那里得到的，只有冷漠和伤害，包括暴力伤害——他的父亲和两个哥哥经常无端地对他拳脚相加，甚至打得他昏了过去。“家里谁也看不起他。他恨他的父亲和哥哥。”① 在生命行将结束的时候，他还怀着深深的恨意，抱怨自己的父亲：“他从来没有爱过我。”② 最后，就像司汤达自己在一篇以格吕福·帕珀拉署名的论《红与黑》的文章中所说的那样：“由于他在家里经常受到拳打脚踢，被作为取笑的对象，这个心灵十分敏感的人在不断的屈辱中，变得多疑和暴戾”③。在法国19世纪著名批评家圣勃夫看来，于连并不是一个真实而自然的人物，而是司汤达的“两三个观念”的产物：“不是生龙活虎般的人物，而是些妙手造成的机器人；读者几乎时时刻刻可以看到机械师装进去的，并且从外面操纵着的那个弹簧。……于连带着作者给他的那两三个固定思想，不久就只显得是一个可怕的、不可能的小怪物，一个穷凶极恶的人……”④

总之，于连·索黑尔是一个对一切都充满仇恨的人，是一个极端自私和极端狭隘的人。他本质上是一个人格畸形的人。他是法国大革命消极意义上的精神之子，是拿破仑思想病毒和人格病毒的受害者。

比较起来，高加林就属于完全不同的另一类人。

在很多方面，他都与于连·索黑尔构成了尖锐的对照，也显示出与马丁·伊登极大的不同。

高加林有对个人生活的想象和主张，但也只是一个家常意义上的理想主义者。他既不是于连·索黑尔式的恨世主义者，也不是马丁·伊登式的

---

① 司汤达：《红与黑》，张冠尧译，人民文学出版社，1999年，第20页。

② 司汤达：《红与黑》，张冠尧译，人民文学出版社，1999年，第466页。

③ 古典文艺理论译丛编辑委员会编：《古典文艺理论译丛》（四），人民文学出版社，1962年，第173页。

④ 夏尔·奥古斯丁·圣勃夫：《圣勃夫文学批评文选》，范希衡译，南京大学出版社，2016年，第906—907页。

崇拜尼采的个人主义者；后者“只指望那个强者，那个马背上的人……世界的主人，是这种伟大的‘金发野兽’，是这些不肯妥协的人，是这些‘自己做主的人’。”① 高加林有抱负，相信自己有能力做很多事情，但是他没有征服世界的野心。他只是想像城里人一样，过一种文明而体面的生活。

高加林对生活有不满，但是对人没有仇恨。他的心理和人格都是健康的。

他从父母那里感受到了强烈的爱，也懂得如何去爱别人。他孝敬父母，心疼他们：“他每次从城里回来，总是给他们说长道短的，还给他们带一堆吃食：面包啦，蛋糕啦，硬给他们手里塞；说他们牙口不好，这些东西又有‘养料’，又绵软，吃到肚子里好消化。”② 他会为母亲阳光下显眼的白发，而难受和羞愧。他因为自尊心太敏感，本不想到集市上卖蒸馍，但是，一想到家里“连一点零花钱都没有了，这样回去，父母亲虽然不会说什么，但他们心里一定会很难受的”③，便强迫自己向市场走去。

他的心里，是有别人的。他知道体恤人。在炎炎烈日下干完重活之后，他抱住水罐，本想一口气喝完，但看到同样辛劳的德顺爷爷，“就又把水罐放到牛回头的地方”④。他甚至有带着巧珍一起离开农村到外面去当工人或干部的想法⑤。如果没有户籍问题所造成的难以克服的困难和阻遏，他也许根本就不会抛舍掉亲爱的巧珍。

高加林是一个良知未泯的人，甚至可以说是一个道德意识很敏感的人。他为了摆脱农村户籍和农村生活，而辜负了刘巧珍的爱情，而抛弃了她，但是，在这过程中，他的内心并不平静。巨大的精神痛苦，始终伴随着他：“他像一个疯子一样在自己的窑里转圈圈走；用拳头捣办公桌；把头往墙壁

---

① 杰克·伦敦：《马丁·伊登》，吴劳译，上海译文出版社，1981年，第364页。

② 路遥：《人生》，人民文学出版社，2006年，第2页。

③ 路遥：《人生》，人民文学出版社，2006年，第19页。

④ 路遥：《人生》，人民文学出版社，2006年，第46—47页。

⑤ 路遥：《人生》，人民文学出版社，2006年，第79页。

上碰……”他从道德上鄙视和谴责自己：“你是一个混蛋！你已经不要良心了，还想良心干什么……”①

黄亚萍离开张克南，转而爱上了高加林，这也让高加林于心不忍，叹息着说“克南是会很痛苦的……”② 在与黄亚萍恋爱的过程中，他始终都是被动的，克制的，甚至是自责的。这一切都说明，高加林本质上是一个善良的人，是一个心里有他人的人。

可见，高加林与于连·索黑尔有着完全不同的情感和心性，属于完全不同的道德谱系和人格谱系。

于连的心始终是冷的，高加林的心则一直都是热的。

于连把仇恨变成了一种心理习惯，几乎恨所有人；高加林则把善良变成一种稳定的心情态度，所以，他厌恶高明楼的霸道，厌恶马占胜的邪僻，厌恶刘立本的精明，但却从来没有无端地恨任何不该恨的人。

于连没有反省的意识，高加林则会愧疚和自责。

于连的心理是复杂的，多疑，冷漠，对任何人都没有感激之心；但高加林本质上是一个单纯的人，不仅很少用恶意揣度别人，而且对那些有恩于自己的人心存感激。

在于连的眼里，生活就是战争和征服，就是一场又一场无情的斗争，只有通过斗争，人们才能获得尊严和地位；在高加林的眼里，生活就是生活——它应该是体面的，具有文化意味和现代意味的，允许人们通过认真的工作而获得别人的认可和尊重。一位评论家在与路遥对话的时候说：“高加林的理想和追求，具有当代青年的共同特征。但也有历史的情性加给青年一代的负担，有十年浩劫加给青年一代的狂热、虚无的东西。”③ 这样的判断，与实际情形严重不符，因为，高加林从来就不是一个狂热而虚无的人。

① 路遥：《人生》，人民文学出版社，2006 年，第 136 页。
② 路遥：《人生》，人民文学出版社，2006 年，第 138 页。
③ 路遥：《路遥全集·早晨从中午开始》，北京十月文艺出版社，2013 年，第 145 页。

于连用否定的态度生活，而高加林则用肯定的态度生活。所以，于连常常用消极的意识来想象人和生活，而高加林则倾向于用积极的态度来想象生活："他觉得他既然已经成了国家干部，就要好好工作，搞出成绩来。这种心情也是真实的。他有时还把他的变化归到了党的关怀上，下决心努力为党工作——并且还庄严地想：干脆，明年就写入党申请书！"① 这说明，高加林并不是一个反社会的叛逆者，而是一个本质上单纯的人，一个对社会认同感很强的人。

当然，高加林也并不是一个思想家，更不是一个惊世骇俗的异端和反抗者。他的个人意识主要表现在对自己的未来生活的态度和选择上。他的诉求很具体，不过是改变自己的农民身份而已。他不仅清楚地看清了自己的境遇，而且内心还充满了改变境遇的强烈愿望和内在自觉。这样，他就成了一个勇敢的拒绝者和追求者。他敢于表达自己对落后的农村生活的不满，敢于拒绝被安排好的生活，敢于追求似乎遥不可及的城市生活。

事实上，在中国当代文学史上，这样的拒绝者和追求者，还是第一次出现。就此而言，高加林具有重要的象征意义。他象征着个性在一个农村青年身上的复活，象征着真正意义上的个人在当代农村题材小说中的诞生。尽管高加林还只是成长形态的个人，而不是完成形态的个人，但是，放在当时的语境来看，这种几乎处于初级形态的个性复活和个人意识，仍然具有弥足珍贵的意义和价值。

三、让步叙事：调和观念与经验冲突的修辞选择

路遥是一个现实感很强的作家。他的现实感来自于自己的切实的人生经验。城与乡之间的人生困境，是他的主要作品的核心主题。他自己的青春时代，就是在走出乡村与走进城市的坎坷路途中度过的。如何摆脱农民

---

① 路遥：《人生》，人民文学出版社，2006 年，第 104 页。

身份，如何获得市民身份，是让他和自己笔下的人物备受煎熬的沉重问题。他的小说写作，就是以这种沉重而痛苦的人生经验为叙事内容的。

路遥在《面对着新的生活——致〈中篇小说选刊〉》中说：“我只能在我自己生活和认识所达到的范围内努力。……我是一个农民的儿子，在大山田野里长大；又从那里走出来，先到小县城，然后又到大城市参加了工作。农村我是熟悉的；城市我正在努力熟悉着；而最熟悉的是农村和城市的‘交叉地带’。我曾长时间生活在这一地带，现在也经常‘往返’于其间。我自己感到，由于城乡交往逐渐频繁，相互渗透日趋广泛，加之农村有文化的人越来越多，这中间所发生的生活现象和矛盾冲突，越来越具有重要的社会意义。”① 城乡之间的差异和冲突，的确是当代中国极为重要的社会现象，也是具有重要意义的文学叙事内容。但是，在过去很长的时间里，当代作家却很少留意和表现城乡生活的差别，也很少表现农民阶层对这种差别的不满和焦虑。他们常常将农村当作一个封闭而自足的世界，倾向于用夸张而浪漫的诗性调性，来赞美农村的变化和农民生活的美好，就像赵树理的《三里湾》、孙犁的《村歌》、周立波的《山那边人家》以及《朝阳沟》和《我们村里的年轻人》等文学作品和艺术作品所表现的那样。

路遥是第一个深刻地思考和叙写城乡生活差异和冲突的作家。他根据自己在城乡之间的切实而沉重的人生经验展开叙事。这使得他所讲述的高加林们的人生故事，给人一种特别真实的感觉和极为深刻的印象。同时，他在《人生》中的介入性的叙事态度，也极大地强化了小说的叙事效果，对读者的阅读产生了积极的影响。但是，有的时候，他的经验和观念也会发生捍格和冲突。在这冲突中，我们可以看见特殊时代的意识形态和主流观念对写作的微妙影响，也可以看见作者的复杂心态和矛盾心理，可以看见他在某些重要问题上存在的认知局限。

① 路遥：《路遥全集·早晨从中午开始》，北京十月文艺出版社，2013 年，第 102 页。

就经验而言，路遥知道高加林的境遇有多么艰难，知道他的内心有多么压抑，所以，他理解他的不满和向往，同情他的痛苦和不幸，就像他在一次文学讲座中所说的那样："他们觉得这样一种生活对于人来说是屈辱的，他们想追求一种起码不能像父亲这样生活的生活，所以他们苦苦地在社会上挣扎和奋斗。"① 但是，某种长期形成的社会意识，又要求作者压抑自己对人物的同情心，并按照某种抽象而冰冷的原则，从观念上批评和谴责他。

早在1970年代中期，在短篇小说《父子俩》（发表于《陕西文艺》1976年第2期）中，路遥就以抒情的笔调，以坚确不疑的口气，赞美了"生活"的能够推进和改变一切的巨大力量："生活啊！生活啊！浪涛一般推进的生活，不断给人们提出了一次又一次严峻的考验！无疑问，经受一次考验，就能跨入一个新的境界。"② 到了1982年，在《人生》的结尾部分，面对尖锐的现实问题和沉重的人生悲剧，路遥仍然这样用这样的观念来理解生活。这样，他就选择了一种观念形态的让步修辞和让步叙事，即让"人物"向"生活"让步，让"经验"向"观念"让步，让"真实"向"正确"让步，让"同情"向"原则"让步，从而用流行的观念来阐释生活和批评人物。这种让步修辞和让步叙事的直接后果，就是对人物进行外在的描写和简单化的道德批评，最终弱化了小说的说服力和悲剧性效果。

在对高加林和黄亚萍进行人格分析和道德评价的时候，路遥根据关于"现实"和"生活"的抽象观念，确立了批判的原则和评价的标准。在这些观念里，抽象的原则高于有血有肉的人；"生活"作为"无所不在的上帝"，永远是正确的，而个人则是渺小的，必然会犯错误。路遥首先用坚硬而冰冷的"原则"，"无情"地教训和谴责了在感情上与他稍显疏远的黄亚萍：

① 路遥：《路遥全集·早晨从中午开始》，北京十月文艺出版社，2013年，第221页。
② 路遥：《路遥全集·一生中最高兴的一天》，北京十月文艺出版社，2013年，第29页。

> 生活对于她这样的人总是无情的。如果她不确立和坚定自己的生活原则，生活就会不断地给她提出这样严峻的问题，让她选择。不选择也不行！生活本身的矛盾就是无所不在的上帝，谁也别想摆脱它！①

不仅如此，他还让黄亚萍的军人父亲，用同样的“原则”，批评了自己的女儿：“不要抱怨生活！生活永远是公正的！你应该怨你自己！”② 抽象的“生活”怎么会“永远是公正”的呢？生活本身就是一个复杂的矛盾体。在契诃夫的理解中，“生活纯粹是由灾祸、纠纷、庸俗构成的，它们混在一起，互相更替……”③ 生活当然不“纯粹是”由这一面构成的。因为，从另一面来看，它也意味着和谐、教养、幸福、欢乐和爱。在契诃夫晚年所写的中篇小说《第六病室》中，患有“被虐狂”的伊凡·德米特利奇·格罗莫夫，也像契诃夫一样，将生活理解为不幸和痛苦：“蔑视痛苦无异于蔑视生活本身，因为人的全部实质就是由饥饿、寒冷、委屈、损失等感觉以及在死亡面前的哈姆雷特式的恐惧构成的。全部生活不外乎这些感觉：人可以因这种生活而苦恼，憎恨它，可是不能蔑视它。”④ 可见，生活本身就是一个需要分析和认识的对象。这样的“生活”，怎么能说它“永远公正”呢？显然，我们用笼统的“生活”，遮蔽了那些具体的问题，替代了那些至关重要的原则，那些包含着正义、真理和人道的原则。这样，与司马迁的见之于《伯夷叔齐列传》等作品中的正义观比起来，那些长期流行的貌似正确的生活观，就显得缺乏力量和深度。怀疑和批判是司马迁稳定的认知原则和叙事态度。即便对神秘而令人畏惧的“天道”，司马迁亦不惮在叙述了生活中的种种“不公正”之后，抗言正色而质疑之：“余甚惑焉，傥所谓

---

① 路遥：《人生》，人民文学出版社，2006 年，第 163 页。

② 路遥：《人生》，人民文学出版社，2006 年，第 164 页。

③ 契诃夫：《契诃夫文集》，第十四卷，汝龙译，上海译文出版社，1999 年，第 162 页。

④ 契诃夫：《契诃夫小说全集》，第 8 卷，汝龙译，上海译文出版社，2008 年，第 390 页。

天道，是邪？非邪？”① 面对“生活”，我们的作家应该保持理性的批判态度，应该像司马迁一样，具有问一句“是邪？非邪？”的怀疑精神和道德勇气。

其实，对这种“生活永远正确”的观念，以及根据这种观念加之于人物的批评和谴责，也不必讶异。因为，在20世纪80年代初期的语境下，由于“去古未远”，由于僵硬的意识形态教条仍然拘限着人们的思想，所以，无论是作者，还是读者，都没有意识到，如此简单地对人物进行道德谴责有什么不妥。

在那种由抽象观念主导一切的文化氛围里，站在人物的视角，进入人物的意识深处，以复杂、多声部的方式，写出他们的情感逻辑和行为逻辑，几乎是一件不可能的事情。所以，虽然路遥已经最大限度地表达了对人物的理解和同情，但是，有的时候，在处理人物与生活关系的时候，在处理尖锐的矛盾冲突的时候，他却习惯性表现出用“生活”来评量人物的冲动。

这其实不是路遥一个人的问题，而是很长时间里几乎所有当代作家的问题。作家们常常夸张而错误地理解“生活”，习惯用“生活”来笼统而含混地指代一切。他们没有意识到，貌似天经地义的所谓“生活”，只不过是客体，而不是主体；只不过是宾语，而不是主语；只不过是受动者，而不是施动者。所以，说“生活”是“无情的”，或者说它是“公正的”，都是缺乏事实感和逻辑性的。

决定着生活的，不是生活本身，而是它背后的东西。准确地说，是站在生活背后的人主宰着生活，正是人所设计和制定的生活方式和规训模式影响着人们和他们的生活。主体永远是人。人所“装置”出来的规约机制，人所设置和“创造”出来的“生活”，不过是人的主观意图和权力意志的体现而已。

---

① 司马迁：《史记》，第七册，中华书局，2014年，第2585页。

所以，路遥在作品内部对人物的观念化批评看似正确，实则严重颠倒了主体与客体的关系。客体的生活竟然获得了高于人的主体力量。人与人之间的关系，被置换成了人与客体之间的关系。这是一种严重的认知错位和本末倒置。

路遥显然也意识到了这一点，意识到了问题的复杂性，所以，他的心情常常是矛盾而复杂的。他对人物的批评里是含着同情的；他在批评人物的时候，也会委婉地批评了“社会”，批评了“生活中无数不合理的东西”：

> 他现在仍然面对的是自己的现实。
>
> 是的，现实是不能以个人的意志为转移的。谁如果要离开自己的现实，就等于要离开地球。一个人应该有理想，甚至应该有幻想，但他千万不能抛开现实生活，去盲目追求实际上还不能得到的东西。尤其是对于刚踏入生活道路的年轻人来说，这应该是一个最重要的认识。
>
> 可是，社会也不能回避自己的责任。我们应该真正廓清生活中无数不合理的东西，让阳光照亮生活的每一个角落；使那些正徘徊在生活十字路口的年轻人走向正轨，让他们的才能得到充分的发展，让他们的理想得以实现。祖国的未来属于年轻的一代，祖国的未来也得指靠他们！
>
> 当然，作为青年人自己来说，重要的是正确对待理想和现实生活。哪怕你的追求是正当的，也不能通过邪门歪道去实现啊！而且一旦摔了跤，反过来会给人造成一种多大的痛苦；甚至能毁掉人的一生！①

从这几段文字中，可以看出路遥在人物与“生活”之间摇摆的复杂心态。他试图在生活与人之间，寻找一个“正确”的判断标准，建构关于生活的

① 路遥：《人生》，人民文学出版社，2006年，第168—169页。

“正当”的认知方式，指出生活的“正轨”之所在。问题是，所谓的“现实是不能以个人的意志为转移的”这句话，本身就是对人和人的主体性的否定。虽然改变生活的结构和状况，是一件非常艰难的事情，但人的使命就在于积极地寻找改变生活的方式和途径，而不是通过否定人的主体性，来逃避以“人的意志”来“转移”现实生活的责任。

路遥在小说叙事中，一方面否定无情的“命运”对人的“摆布”，一方面又替环境和现实说转圜的话，进而说服无数的高加林们接受现实：

> 高中毕业了，大学又没考上，他只得回到自己已经有些陌生的土地上。当时的痛苦对这样一个向往很高的青年人来说，是可想而知的，也是可以理解的。但这并不是通常人们说的命运摆布人。国家目前正处于困难时期，不可能满足所有公民的愿望与要求。①

路遥忽略了这样一个常识，那就是，即便是一个全能的国家，也不可能神通广大到无所不能的程度，也不可能满足所有人的需求，所以，无论在何种情况下，国家的职能和责任，并不是直接地“满足所有公民的愿望与要求”，而是给人们自己满足自己的愿望与要求提供自由的空间和平等的机会，提供它应该天经地义地提供的帮助和支持。

在小说的最后部分，路遥描写了高加林离开县委大院和县城的痛苦心情——他步履踉跄，神态麻木，“一下子就好像老了许多岁”。他深感迷茫和绝望。然而，路遥却让高加林在回家的路上，进行一番了深刻的自我反省：

> 这一切怨谁呢？想来想去，他现在谁也不怨了，反而恨起了自己：他的悲剧是他自己造成的！他为了虚荣而抛弃了生活的原则，落

① 路遥：《人生》，人民文学出版社，2006 年，第 103 页。

> 了今天这个下场！他渐渐明白，如果他就这样下去，他躲过了生活的这一次惩罚，也躲不过去下一次惩罚——那时候，他也许就被彻底毁灭了……
>
> 严峻的现实生活最能教育人，它使高加林此刻减少了一些狂热，而增强了一些自我反省的力量。他进一步想：假如他跟黄亚萍去了南京，他这一辈子就会真的幸福吗？他能不能就和他幻想的那样在生活中平步青云？亚萍会不会永远爱地？南京比他出色的人谁知有多少，以后根本无法保证她不再去爱其他男人，而把他甩到一边，就像甩张克南一样。可是，如果他和巧珍结了婚，他就敢保证巧珍永远会爱他。他们一辈子在农村生活苦一点，但会活得很幸福的……现在，他把生活中最宝贵的东西轻易地丢弃了！他做了昧良心的事！爸爸和德顺爷的话应验了，他害了别人，也害了自己！他搅乱了许多人的生活，也把自己的生活搅了个一塌糊涂……①

就艺术性来看，这些话语显得既不够自然，也不真实，给人一种简单而虚假、游离而琐屑的印象，缺乏艺术上的说服力。高加林此时的心情，应该像《诗经·小雅·小弁》所描写的那样："我心忧伤，惄焉如捣。假寐永叹，维忧用老。心之忧矣，疢如疾首。"然而，在这严重的"拉奥孔时刻"，路遥却没有贴着人物的心情来写，而是按照某种"社会习惯"来写。所以，读者在这里听到的，就不是人物的话语和声音，而是作者的话语和声音，或者说是时代的话语和声音。作者把时代的流行话语转换成了自己的话语，又把这种转换过来的话语强加给了人物。这种外在的、他者化的叙述和描写，无疑是《人生》最严重的失误和败笔。

高加林对黄亚萍的质疑和对自己的否定，既不符合爱情心理学的一般

---

① 路遥：《人生》，人民文学出版社，2006 年，第 178 页。

规律，也不符合他此时此刻的特殊心境。高加林关于黄亚萍的爱情心理的想象，关于“幸福”的可能性的揣想，极不合情理。爱情，即便业已成为过去时态的爱情，也依然是值得感念和追怀的，就像马丁·伊登在想到罗斯的爱情时所理解的那样：“爱情是世间最美好的东西。”① 同时，他这个时候应该是心如死灰的状态。一个人心乱如麻、茫无头绪的时候，不大可能像组织做鉴定一样，对自己的过错和“悲剧”分析得那么清楚。摆脱农村、进入城市，是高加林极为坚定的生活理想，他怎么随便就将它等同于“虚荣”，进而贬得一钱不值呢？这等于把高加林摆脱农村、走向城市的强烈愿望和内在动力，全都消解掉了。

高加林的问题，也根本不是什么“虚荣”的问题。他的生活愿望和追求，完全是合理的。无论根据什么样的“生活原则”，人们都无法得出“虚荣”的结论，更不会将他的梦想的破灭，与“惩罚”关联起来。唉！“惩罚”二字，用得实在太重了，然而，路遥竟然用了两次，还饶上了一个更严重的“毁灭”。高加林的悲剧，主要是一种二元户籍制度下的社会悲剧。他自己固然要承担一定的责任，但是，主要的原因，仍然是外在的和社会性的，而不是内在的和个人性的。

贾雷德·戴蒙德在谈到“个人危机”的时候，罗列了多种形式的“危机”，也提供了多种应对“危机”的方法。他所讨论的“个人危机”，没有一种是与高加林的“危机”相似的。莎士比亚的《威尼斯商人》、《李尔王》和《麦克白》等作品中的人物，简·奥斯汀的《傲慢与偏见》和《爱玛》等小说中的人物，麦尔维尔的《白鲸》和海明威的《老人与海》中的人物，都必须替自己的命运负责，因为，他们是按照自己的意志自由地抉择和生活的。简·奥斯汀小说中的人物甚至从自己的所生活的并不完美的

① 杰克·伦敦：《马丁·伊登》，吴劳译，上海译文出版社，1981年，第215页。

环境里，“找到了一种个人解放的途径”①。这些外国作品经典中人物的“危机”，属于纯粹意义上的“个人危机”。

然而，高加林所面对的“个人危机”，其实并不是个人的原因造成的，即不是由“珍爱之人生病、去世，或个人健康、职业、财务安全状况的变动”② 造成的，而是主要由外部的社会原因造成的，因而，他所面对的“危机”，本质上属于“社会危机”。面对这样的危机，个人几乎是无能无力的。所以，对高加林来讲，戴蒙德所说的“选择的自由”，即“不受现实问题和责任的约束”③，根本就是不可能的。同样，像路遥那样，让人物通过内在的“反省”来克服“个人危机”，也同样是无效的。因为，作为一种包含着巨大痛苦的挫折和幻灭，高加林的个人危机和人生悲剧，注定很难轻轻松松地化解掉的。长期而痛苦的精神煎熬在等着他。他未来的生活注定是沉重而痛苦的。想当初，在被剥夺了民办教师资格的时候，他所承受的折磨和痛苦，几乎到了“不复堪命”的程度：在一个月的时间里，他辗转反侧，彻夜难眠，“在黑暗中大睁着眼睛”，直到黎明，才“眼里噙着泪水睡着了”④。这次被从县城赶回农村，他所遭受的打击和伤害只会更重，而不会更轻。所以，麻雀变成孔雀的可能性有多小，高加林完全从痛苦中轻轻松松摆脱出来的可能性就有多小。在《圣经·约伯记》里，约伯在“最后的申诉”中说：“现在我心极其悲伤，/困苦的日子将我抓住。/夜间我里面的骨头刺我，/疼痛不止，好像啃我。”（30：16～17，和合本）高加林也会体验到属于自己的悲伤，也会被困苦的日子抓住，也将承受巨大的痛苦和考

① 安德鲁·桑德斯：《牛津简明英国文学史》，谷启楠等译，人民文学出版社，2000年，第380页。

② 贾雷德·戴蒙德：《剧变：人类社会与国家危机的转折点》，曾楚媛译，中信出版社，2020年，第8页。

③ 贾雷德·戴蒙德：《剧变：人类社会与国家危机的转折点》，曾楚媛译，中信出版社，2020年，第20页。

④ 路遥：《人生》，人民文学出版社，2006年，第8页。

验。作者应该深入到高加林的内心深处，设身处地，写出他的痛苦心情和复杂经验。

事实上，从《人生》的那两段来自《创业史》的关于“人生的道路”的题词中，就可以看出来路遥在叙事观念上可能存在的问题。他的叙事，从一开始，就包含着按照外在的抽象“原则”来训诲人物和读者的潜在动机。在长期形成的叙事逻辑和叙事模式中，这个“绝对正确”的原则，是高于个人的，也是高于人生具体的经验的。在这个“原则”的审视下，个体的人永远是不完美的，永远是要犯错的，永远是有责任的，永远是需要改造的。谁若抛弃了这个“原则”，谁就应该受到“惩罚”，谁就必须接受“毁灭”的命运。正是这样的观念，极大地弱化了《人生》的悲剧冲突，也极大地弱化了它的悲剧力量，最终使这部小说成为一部不纯粹和不彻底的悲剧，一部中和形态的悲剧，即“正剧化的悲剧”。在完成于1879年的《进步与贫困》中，美国19世纪的经济学家亨利·乔治说过一句极为深刻的话：“人类的进步并不是人性的进步。体现文明的进步不靠人的素质获得，而靠社会素质获得。”① 这说明，深刻的小说叙事，固然要将焦点集中在个人身上，但也应该将解剖的锋芒指向社会，指向影响个人生活和命运的巨大的社会性主宰力量。

从路遥对黄亚萍形象的塑造上，也能看出来他的经验与观念的捍格与冲突。本来，黄亚萍是一个像高加林一样有自我意识的女性，一个个性意识非常成熟的人物。在当代文学作品中，这种像莎菲女士一样个性独立的女性，并不多见。在她的意识中，追求个人幸福是一个人最基本的权利和自由。但是，路遥的想象和笔触，完全没有进入她的内心。他关于黄亚萍的心理描写，都是外部视角的描写，甚至是含着鄙夷态度和否定意味的描写：“在这个县城里，黄亚萍可以算得上少数几个‘现代青年’之一。在她

① 亨利·乔治：《进步与贫困》，吴良健、王翼龙译，商务印书馆，2010年，第498页。

看来，追求个人幸福是一个人的权利和自由，‘我是我自己的’，谁也没权利干涉她的追求，包括至亲至爱的父亲；他们只是从岳父岳母的角度看女婿，而她应该是从爱情的角度看爱人。别说是她和克南现在还是恋爱关系；就是已经结婚了，她发现她实际上爱另外一个人，她也要和他离婚!”① 即便从正统的经典理论的角度看，黄亚萍的自我意识和爱情观念，都是正确的，完全符合马克思主义经典理论家的婚姻应该以爱情为前提和基础的著名论断。如果路遥能抱着理解的态度，用真正文学的方法，从内部来塑造这个人物，将她的情感和思想真实而深刻地展示出来，那么，她的性格将会显得更加丰满，思想和情感也将显得更加深沉，她的形象里甚至会包蕴着巨大的个性解放和思想启蒙的意义。

然而，在路遥的叙述中，“现代青年”四个字是加了引号的。他也许不并不认为黄亚萍的观念全然是错误的，但是，他也显然并不认为她的个性主义表现是绝对合理的。毕竟，在很长的时间里，压抑和取消人的个性是一种普遍的社会习惯，而“个人主义”则是一个被严重污名化的概念。这种无意识性质的流行观念，会潜在地影响路遥对人物的理解，影响他的叙事和描写，最终使他未能塑造出一个充满个性力量和启蒙精神的现代女性形象。

路遥在《答〈延河〉编辑部问》中说：“我常常选择我自己体验最深的生活题材来表现，比如《在困难的日子里》、《人生》等作品，如果我没有困难时期在学校的那段生活体验，我就不可能进行《在困难的日子里》的创作。如果我没有从农村到城市这样的生活经历和这个经历过程中的各种体验，我也就不可能写出《人生》。实际上，作为故事来说，我听过无数比这两个作品更为有趣的故事，但这些故事中的生活我没有深切的体验，因此这些故事再绝妙我也不可能写好。当然，不是自己所有的生活体验都可

① 路遥：《人生》，人民文学出版社，2006 年，第 126 页。

以作为写作题材的。”①

根据自己的经验来写作，是路遥在写作范式转换和经验成熟的一个标志。

但是，在《在困难的日子里》和《人生》等作品中，他并没有平衡地处理好观念与经验关系，遂使僵硬而抽象的观念，干扰了他对经验的真实叙写。

只有到了《平凡的世界》，他才较好地解决了经验与观念的冲突，才让客观化的真实经验主导着叙事，从而极大地摆脱了抽象观念对小说叙事的干扰。

2020 年 7 月 12 日，北新桥

① 路遥：《路遥全集·早晨从中午开始》，北京十月文艺出版社，2013 年，第174—175 页。

第三节　路遥的认知偏失与暗面意识

——《早晨从中午开始》别论

在文学写作上，有灵性和创造力的“能之者”，难得，有悟性和理解力的“知之者”，同样难得。那些文学经验高度成熟的作家，往往既是会写的“能之者”，又是深刻地理解了文学和写作的“知之者”。他们不会单凭着所谓“才气”和感性冲动盲目地写作，而是让理性引导感性，升华感性，赋予感性以方向感和意义感。他们知道如何将自己的写作提高到令人赞许的水平和境界。

文学上更高明的“知之者”，是那种能把自己的所能和所知表述出来的“言之者”，亦即作家身份的批评家和理论家。他们常常用凑手的方式，来表达自己的文学理念，来总结自己的写作经验。雨果的《莎士比亚论》、司汤达的《拉辛和莎士比亚》、托尔斯泰的《什么是艺术?》、戴维·洛奇的《小说的艺术》、纳博科夫的《文学讲稿》和钱锺书的《谈艺录》、《通感》、《诗可以怨》等，就属于理论色彩较强的文学论著和论文，而契诃夫的大量论及文学的书信、古斯塔夫·雅诺施记录的《卡夫卡谈话录》、帕乌斯托夫斯基的《金蔷薇》、爱伦堡的《捍卫人的价值》、弗吉尼亚·伍尔夫的《普通读者》、鲁迅的批评性文字、汪曾祺的《晚萃文谈》，则大体属于感性形态的经验之谈。对那些学习写作的文学青年来讲，未能身列文学大师之门墙，亲炙謦欬，固为憾事，但披读其书，私淑诸人，亦可登其堂，入其室，寻得文学之津梁。

路遥既是“能之者”，也是“知之者”和“言之者”。也就是说，他不仅是一个优秀的作家，还是一个颇为不俗的批评家。在当代中国作家中，像路遥一样具有广泛的阅读经验和很高的批评素质的作家，并不是很多。他的《早晨从中午开始》，就是一部充满激情、思想和诗意的批评性文本。如果说，《平凡的世界》等小说作品，显示着他在创作上的“硬功夫”，那么，这部关于《平凡的世界》的长篇创作随笔，则显示着他在批评上的素质和能力。对小说创作的初学者来讲，像《早晨从中午开始》这样的深入浅出而又平易亲切的著作，完全可以当作鸳鸯从教看、金针度与人的文学教科书来读。

坦率是作家的重要品质。没有坦率，就不会有真正意义上的写作。因为，坦率意味着真诚和真实，也意味着信任和力量。一个目光游移、闪烁其辞的作家，不可能写出真诚的充满感染力的作品。路遥在写作上极为鲜明的个性特征，就是坦率；他的这部创作随笔令人印象深刻的地方，也是坦率。路遥真诚地将自己的内心世界向读者打开。他从不遮蔽自己情感上的脆弱和易于感伤的性格倾向。他常常不遮不掩地描写自己流泪的情景。他推心置腹地向读者讲述自己的充满痛苦和屈辱的伤害性记忆，讲述自己在写作过程中所承受的压力和焦虑。

《早晨从中午开始》是一部双重调性的书。它是严肃、冷峻和沉重的，也是活泼、热情和幽默的。它的字里行间，回荡着音乐的旋律，简直就是用文字写出来的《英雄交响曲》——路遥喜欢贝多芬，住院期间，他对朋友说：“这一下把老贝（贝多芬）的1—9（指第一到第九交响曲）全听完了！”① 它是笔致舒展自如的散文，也是充满抒情色彩的诗篇；它是闪耀着知性光芒、充满真知灼见的批评性著作，也是一部充满丰富细节和叙事魅力的别样形态的小说作品，一部以作者自己为主人公的非虚构性质的小说

① 李建军、邢小利编选：《路遥评论集》，人民文学出版社，2007年，第177页。

作品。那些浸透了泪水的细节，那些充满了忧伤的细节，那些含藏着孤独的细节，那些燃烧着激情的细节，俱皆像刀刻斧凿一样，深深地印在了读者的记忆里。正是通过这些丰富的细节描写，它成功地塑造了一个真实而复杂的路遥形象。

这样，《早晨从中午开始》就可以被视为路遥的双重意义上的传记：既是他的文学传记，也是他的人生传记。就文学传记而言，路遥介绍了《平凡的世界》的小说写作经验，讲述了他的充满痛苦和欢乐的写作历程，阐释了自己的现实主义文学理念。路遥的文学鉴赏力和审美判断力，常常令人折服。即便对那些似乎很难回答的文学问题，他也总是能洞察幽微，一语中的。所以，这部杰作不仅有助于我们解读他的小说作品，也有助于我们理解那些重要的文学问题，例如现实主义文学的现状与未来的问题，作家应该如何自觉而庄严地写作的问题，以及如何通过向伟大的作家学习而掌握写作技巧的问题。

就人生传记而言，在《早晨从中午开始》中，路遥大略勾勒出了自己的人生轨迹，记录了他在不同人生阶段的遭遇、情感和思想。这部创作随笔像一面平整而清晰的镜子，反映着作者复杂的情感结构和精神风貌，反映着作者意识世界的两面性和复杂样态——既显示着作者英雄般的坚强和勇敢，也显示了他孩子般的柔软和脆弱；既使人看见作者对自己坦率而自觉的分析和解剖，也使人看见他对某些问题的认知偏失；既彰显着他在生活和写作上的“唯意志论倾向”，也彰显着他偶尔表现出来的“自我中心倾向”。这样，它就成了我们分析路遥意识结构的可靠文本。我们从中可以看见路遥内心世界的“明面意识”，看见他的道德热情、利他主义精神和对文学事业的虔诚态度，但也可以看见他不经意间流露出来的“暗面意识”。

事实上，几乎所有人的内心世界，都是由“明面意识”与“暗面意识”两个方面构成的。所谓“明面意识”是指人的积极的、肯定性的意识和情感，略似弗洛伊德之“超我”和“意识”；所谓“暗面意识”是指人的消极的、否定性的意识和情感，略似弗洛伊德之“本我”与“潜意识”。之所以用“暗面意识”而不用业已成为流行话语的“幽暗意识”，原因有二：一是它可与“明面意识”准确对应；二是“幽暗”二字着色似乎太重，否定意味似乎太浓。

意识之明面与暗面，自贤者以至于恒人，俱皆有之，差异只在贤者能使此长彼消，恒人却放任自流，甚至使此消彼长罢了。贤者自道“吾心光明”，祈向甚高，固然不俗，但说他的意识世界毫无暗影，则必是欺世之谈。所谓“纯粹的人”，殆有之也，但飘渺天际，若存若亡，遂使此尘世间人，未得眉扬目展一见之耳。

由于我曾在多处分析过《早晨从中午开始》所包含的经验，所表现出来的深刻思想和“明面意识”，所以，在这里，就将研究和批评的焦点，集中在它的问题和残缺上，集中在作者的认知局限和“暗面意识”上。解剖路遥认知和情感的另一面，无疑有助于我们更加全面地认识他和他的创作。

自审所论，率皆訾议，故谓之“别论”云尔。

一、自由与人性化：劳动的本质与意义

人们创造概念，也滥用概念。“劳动”就是一个常常被滥用的概念。有的时候，为了达到某种极端的目的，有人甚至歪曲而抽象地界定“劳动”，不切实际地赋予它以神圣的性质和巨大的能量，最终使它成为一种压迫性和强制性的力量。“劳动带来自由”这种充满压迫性和欺骗性的荒谬口号，就堂而皇之地写在纳粹达豪集中营铁门的上方。

自由是劳动的首要前提。强制性的劳动不仅不能使人感受到自由和快乐，而且，实实在在就是对人的奴役和惩罚。这种不自由的劳动，可能来自外部力量的强迫，也可能来自个体意志的自我强迫。长期生活在由外部力量造成的不自由境遇中，人就有可能下意识地将这种不自由当作自由，从而用这不自由的、绝对化的劳动来压迫和奴役自己。

健全性质和肯定性质的劳动，除了决定于“自由”这个首要前提，还决定于这样三个必要条件：它必须是人性化的；必须具有科学精神；必须符合自然规律。根据这样的理念，劳动就可以被区分为积极劳动和消极劳动——积极劳动意味着创造，消极劳动意味着毁废；积极劳动使人快乐，消极劳动使人痛苦；积极劳动使人体验到尊严，消极劳动使人感受到耻辱。一切强制性的劳动，一切反人性的劳动，一切缺乏科学精神的劳动，一切不符合自然规律的劳动，都是异化性质的消极劳动。

劳动是路遥特别关注的一个问题，也是他常常谈到的话题。单在《早晨从中午开始》里，“劳动”一词，就出现了二十六次。路遥的劳动理念和劳动价值观的形成，受到两个因素的影响：一个是陕北农民的劳动经验，一个是时代流行的劳动观念。

作为处于社会最底层的劳动者的儿子，路遥清楚地知道，在贫穷落后的陕北，劳动到底意味着什么。由于窳劣的劳动条件，陕北农民的劳动强度极大，简直类乎苦役。所以，他们很恰当地自称为“受苦人”。牛马般的劳动，使他们流尽血汗，使他们身躯变形，甚至使他们未老先衰。然而，也只有通过这样的劳动，他们才能收获到赖以活命的粮食，才有可能让家人免于冻馁甚至死亡的威胁。由于苦难的人生经历，囿于封闭的生活经验，路遥倾向于接受这种近乎原始的劳动观念。

在路遥看来，只有像农民一样艰苦地劳动，一个作家才能创造出有价值的作品，才能取得巨大的成就，所以，“要格外珍视自己的工作和劳动。你一无所有走到今天，为了生活慷慨的馈赠，即使在努力中随时倒下也义无反顾。你没有继承谁的坛坛罐罐，迄今为止的一切都是靠自己的劳动所获。应该为此而欣慰。”① 他的结论很明确：只有靠着艰苦的体力劳动，底

① 路遥：《路遥文集》，第二卷，陕西人民出版社，1993 年，第 75 页；1992 年由西北大学出版社出版的《早晨从中午开始》单行本，校对粗率，多有删节，未足采信，故本文选择陕西人民出版社 1993 年出版的《路遥文集》中的完整文本，作为解读对象。

层劳动者才能改变自己的境遇；只有靠着那种可能让人“随时倒下”的劳动，一个普通作家才能改变自己的命运。

这样，在路遥的认知里，劳动便具有了某种神圣的性质。他无条件地赞美劳动，有时甚至会赋予劳动以绝对的意义和价值。在《平凡的世界》里，路遥借孙少平之口说：“一个人精神是否充实，或者说活得有无意义，主要取决于他对劳动的态度。”① 田润叶也理解身体残疾的丈夫渴望劳动的心情：“他是个男人，不劳动而靠老婆养活，便失去了活人的尊严。是的，尊严。只有劳动才能使人尊严地活着啊！”② 有的时候，在路遥的明显绝对化的认知里，劳动已经不是手段，不是外在的条件，而是一种具有根本意义的目标，一种具有唯一性质的选择：“劳动自身就是人生的目标”；“劳动，这是作家无义反顾的唯一选择”③。路遥喜欢引用歌德的一句话——“对于一个从不断的追求中体验到欢乐的人，创造本身就是一种幸福，他所创造的财富却没有意义”——来支持自己的观点，但是，他忽略了歌德所谈的，是一种特殊的“创造”，而不是一般性质的劳动。

事实上，歌德的这句话，本身就存在简单化的问题。因为，对艺术创造来讲，创造过程固然能让人“体验到欢乐”，但创造的结果，即所谓“财富”，也仍然是有意义的。因为，如果创造的“结果”无意义，那么，创造自身的“欢乐”和价值，也要大打折扣的。奥地利学派的创建者弗·冯·维塞尔就反对用幻想性和激情化的方式来讨论劳动的价值问题，因为，“价值却属于最无热情的思想的东西。在这方面谁要是让幻想代替理智讲话，谁就是错误的，学者这样做是错误的，社会改革家和鼓动家要是这样做，那就更加错误了。”④ 显然，关于劳动的价值，路遥的态度和认识，包含了

---

① 路遥：《平凡的世界》，第二部，人民文学出版社，2004 年，第 72 页。
② 路遥：《平凡的世界》，第三部，人民文学出版社，2004 年，第 331 页。
③ 路遥：《路遥文集》，第二卷，陕西人民出版社，1993 年，第 5 页。
④ 弗·冯·维塞尔：《自然价值》，陈国庆译，商务印书馆，1982 年，第 71 页。

两个方面的内容：一方面是日常经验范畴的内容，另一方面是主观和幻想性质的内容。正是这包含着狭隘经验和主观性幻想的劳动观，使他夸大了劳动的价值。

路遥的劳动观念，烙着明显的时代印痕。例如，脑力劳动与体力劳动是形式和性质都完全不同的两种劳动，所以，既承认它们具有同等重要的价值，又承认它们之间的差异性，才是一种理性而可取的态度。然而，在那种贬低甚至否定脑力劳动的极端观念里，文学创作并不是劳动。在20世纪60年代的"苏联"，青年诗人布罗茨基，就被诬为"文学寄生虫"。他因为不参加劳动而被送上了法庭。俄裔美国传记作家谢洛夫在《布罗茨基传》里引用了对布罗茨基的庭审记录。法官质问他："您为什么不工作?"布罗茨基说："我工作了。我写了诗。"法官回答："我们对此不感兴趣……"①从20世纪20年代开始，一部分中国知识分子也接受了这种绝对性质的劳动观念，渐渐形成了一种基于"劳工神圣"观念的贬低甚至否定脑力劳动的无意识倾向。在20世纪40年代之后的二三十年的时间里，这种无意识倾向更是被逐渐强化到了匪夷所思的程度，大有"劳力者治人，劳心者治于人"之势。"知识即罪恶"和"知识分子非劳动者"，成了一种新的社会偏见。"劳动改造"的理念和原则，也体现着同样的偏见：不是将体力劳动向脑力劳动的高度提升，而是将脑力劳动向体力劳动的水平降低。

路遥在无意识中接受了自己时代流行的劳动理念。受时代的主宰性观念的影响，路遥也倾向于将作家的精神创造活动，降低到一般的体力劳动的水平，或者将它跟一般劳动等同起来。他将自己的文学劳动，与父亲的农业劳动，等同起来，视为一事。对他来讲，稿纸上的耕耘，与土地上的耕耘，本质上是一样的；文学写作也像其他体力劳动一样，是一种平凡的劳动，而不是什么特殊性质的劳动：

---

① 列夫·谢洛夫：《布罗茨基传》，刘文飞译，东方出版社，2009年，第102页。

> 再一次想起了父亲，想起了父亲和庄稼人的劳动。从早到晚，从春到冬，从生到死，第一次将种子播入土地，一直到把每一颗粮食收回，都是一丝不苟，无怨无悔，兢兢业业，全力以赴，直至完成——用充实的劳动完成自己的生命过程。
>
> 我在稿纸上的劳动和父亲在土地上的劳动本质上是一致的。
>
> 由此，这劳动就是平凡的劳动，而不应该有什么了不起的感觉；
>
> 由此，你写平凡的世界，你也就是这平凡的世界中的一员，而不是高人一等；
>
> 由此，一九八八年五月二十五日就是一个平平常常的日子，而不是一个特殊的日子；
>
> 由此，像往常的任何一天一样，开始你今天的工作吧！①

将两种不同性质的劳动等量齐观，混为一谈，无疑是强调平等的普罗意识的一种极端化表现。农业劳动固然重要而伟大，但是，就其性质和方式来看，人们亦不可无视这样一个简单的事实，那就是，在任何情况下，它都属于机械性劳动，都具有单调和重复的性质，都得按照无可抗逆的时序和节气来进行。文学性质的脑力劳动，则截然不同——它具有个性化和不可重复的性质，因而拒绝任何形式的强制性规约和教条化安排。

也就是说，无论从哪个角度看，作家的精神劳动，都是一种更加复杂、更有难度的劳动。因为，体力劳动几乎纯然是生产物质价值的劳动，而作家的脑力劳动则是创造精神价值的劳动；体力劳动较少体现道德内容和伦理意味，但“稿纸上的劳动”则不仅考验着作家的智慧和体力，还考验着作家的良心、勇气和正义感。米塞斯用“生产”和“创造”将这两种劳动

---

① 路遥：《路遥文集》，第二卷，陕西人民出版社，1993 年，第 94—95 页。

区别了开来："生产不是一个创造的行为；它不产生未曾有的东西。它是把某些既存的元素经过安排和组合的一个转变。生产者不是创造者。人，只在思想方面和想象方面会有创造性的。"① 显然，多种形式的体力劳动，尤其是传统的农业劳动，就属于典型的寻常性质的"生产"，而文学写作，作为一种特殊形态的复杂劳动，则属于建构意义世界和艺术形象体系的"创造"。天才的创造性和非常的艰巨性，是那些伟大的文学劳动的重要特点。1860 年，乔治·艾略特在意大利游历期间，完成了她最重要的小说《罗摩拉》（*Romola*）。这部作品几乎耗尽了她一生的精力："初写时我还是一个少妇，写完时已成为老太婆了。"② 文学劳动之费力劳神，它与普通劳动之不同，由此可见一斑。所以，客观地认识和评价包括文学写作在内的不同的劳动，首先意味着对劳动的差异性的承认和尊重。作家固然不能有"高人一等"的傲慢，但是，也不能自我贬抑，将自己的高难度的劳动，等同于寻常性质的劳动。

否认脑力劳动与体力劳动之间的天然的差异性，就意味着违反劳动估价的客观规律。弗·冯·维塞尔反对那种将一切劳动等量齐观的观点，因为，它"对于摆在劳动者面前的工作所存在的那些质量差别，却完全不予考虑。普通的手工劳动、较高级的技术劳动、最高级的脑力劳动，完全被看做是相等的。这种看法违反估价的自然定律，任何按这种方法来处理劳动分工的经济是不能持久的；难道还需要特别证明吗?"③如果错误地评价不同形式和不同性质的劳动，就会使脑力劳动者丧失创造的热情和活力，就会导致全社会知识水平的降低和文化创造力的衰退，甚至会造成这样一种严重的后果——使全社会的文化生活陷入可怕的混乱状态。

---

① 路德维希·冯·米塞斯：《人的行为》，夏道平译，上海社会科学院出版社，2015 年，第 134 页。

② 朱维之：《基督教与文学》，上海书店，1992 年，第 287 页；汉译本将书名译为《仇与情》（王央乐译，人民文学出版社，1988 年）。

③ 弗·冯·维塞尔：《自然价值》，陈国庆译，商务印书馆，1982 年，第 175—176 页。

一切积极意义上的劳动，无论体力劳动，还是脑力劳动，都应该是自由而科学的劳动。在这里，自由与科学是一而二、二而一的关系。科学而合理的劳动观念，就意味着尊重人对多样化劳动方式的自由选择，意味着努力摆脱强制性的组织力量对人的劳动自由的随意剥夺，意味着要尽可能地把人从机械性的、强制性的劳动方式中解放出来。路遥是懂得这个道理的。他反对那种不尊重人的、强迫性的劳动。在《平凡的世界》里，由于外部力量的强制，农业劳动者的自由和选择权，都没有受到应有的尊重，而可怕的高强度劳动，则使他们在精神和身体两方面，都受到严重的伤害和摧残。路遥从田福军这个见证者的角度，叙述了农民被强制劳动和暴力伤害的惨象：

> 老百姓七嘴八舌向这两个“青天”告状，说他们如何吃不饱饭；如何劳累——白天干一天，晚上还要夜战，睡觉时间只有四、五个钟头，还又饿得睡不着！那些被释放的“犯人”更是像谢救命恩人一样扑到田福军和张有智跟前来，五十多个人没有一个不哭的。有一位上了年纪的老汉，一边哭着，一边还挽起袖子让他俩看胳膊上绳子勒下的黑血印。这老汉说着哭着，一扑踏跪在了他俩的面前，慌得田福军和张有智赶紧扶起他，给老汉说了半天安慰话……田福军立即对公社几个领导指示：把农民带来的粗粮，在公社粮站换成好一点的粮食；再从集体储备粮里拿出一部分来补贴民工的伙食。另外，晚上夜战的时间要缩短；有病的民工也要及时给予治疗……
>
> 在返回公社的路上，几个领导人谁也没说话。大家的心情都很沉重。他们从群众的情绪里，再一次强烈地意识到，农民目前对我们的许多政策是多么地不满意啊——岂止是不满意……①

---

① 路遥：《平凡的世界》，第一部，人民文学出版社，2004 年，第 250—251 页。

路遥通过自己的小说叙事，描写了强制性的劳动组织方式的破坏性，也强调了劳动自由的必要性。“包产到户”以后，双水村的农民，终于摆脱了“生产队”的束缚，终于获得了劳动的自由：“最使大伙畅快的是，农活忙完，人就自由了，想干啥就能干啥；而不必像生产队那样，一年四季把手脚捆在土地上，一天一天磨洋工，混几个不值钱的工分。庄稼人也愿意活得自由啊！谁愿意一年到头牛马般劳动而一无所获呢？人们在土地上付出血汗和艰辛，那是应该收获欢乐和幸福，而不是收获忧愁和苦痛的……”① 自由不仅极大地激发出了劳动的热情，极大地提高了劳动的效率，而且，它本身就意味着“欢乐和幸福”。

然而，路遥注意到了外在的强制和束缚对人的劳动自由的剥夺，却忽略了来自个人意识的强制和束缚对人的劳动自由的剥夺。他自己的文学写作和文学劳动，就具有严重的自我强制的性质。他似乎没有意识到，任何形式的极端化强制，都会造成限制甚至剥夺人的自由的后果。自我的极端化强制，即对自我的严重奴役。这种奴役与他者的奴役，本质上是一样的。

路遥的极端化的劳动意识和劳动方式，来自自己时代流行的劳动观念。这是一种存在着严重的认知误区的观念。因为，它过度地强调了劳动对人的必要性，却忽略了人对非劳动状态，即休闲、娱乐等自由状态的需求，忽略了人对庄子在《骈拇篇》中所说的“自适其适”的生活的向往。这种自由自在的“非劳动状态”，是席勒的审美“游戏”的前提。席勒将“游戏”当作判断一个人是否“完整”的标准。他在《审美教育书简》中说：“只有当人是完全意义上的人，他才游戏；只有当人游戏时，他才完全是人。”② 审美化的游戏，意味着充分的自由和放松，是人摆脱了沉重的劳动之后的真正属于人的活动。奥登也在《诗人与城市》中提醒那些“掌管世

---

① 路遥：《平凡的世界》，第二部，人民文学出版社，2004年，第51—52页。

② 弗里得里希·席勒：《审美教育书简》，范大灿译，北京大学出版社，1985年版，第80页。

界的人”，要尊重个人选择“非劳动”生活状态的权利，要满足个人对“游戏”的需要，因为，“这些被掌管的人是拥有面容的人，而不是无名的数字，那些‘劳动的人’同时也是‘游戏的人’”①。对契诃夫来讲，一切异化性质的劳动，都会对人的内心造成巨大的伤害。1894 年 7 月 11 日，契诃夫则在写给苏沃陵的一封信里，根据自己的切身之痛，批评了那种仅仅为了生存而使人付出几乎全部热情、时间和精力的劳动：“再没有比这种平凡的生存竞争更无聊，也可以说是更少诗意的——它破坏了生活的欢乐，把人引到冷漠无情上面去。”在很长的时间里，契诃夫自己就被这沉重的“生存竞争”压迫得喘不过气来。他为此付出了巨大的代价——付出了童年和少年时代纯真的欢乐，付出了青春年代的自由和浪漫，甚至付出了身体健康的代价。这压根不是高尔基所概括的什么“纯粹俄罗斯人的心境”的问题，也不是他因为对契诃夫的误解所批评的“缺少对劳动的爱心”② 的问题，而是如何将人从奴役性的劳动中解救出来的问题，是如何让人在摆脱了沉重劳动的休闲状态里生活得更体面、更有诗意的问题。

休闲意味着生命力的恢复，而游戏则是生命力的审美性表现。阿兰·杜卡斯说：美食具有对抗“全球化体制”的力量，“因为它源自每个人的内心和生命。美食是生命的力量”③。自由自在的休闲和游戏，也具有同样的意义和力量。摆脱了沉重而紧张的劳动，摆脱了强制性的外在束缚和内在压迫，人才会真正地占有属于自己的时间，才有可能进入自由状态和放松状态，才能充分体验到旅游、锻炼和娱乐带给人的愉悦感受。就此而言，休闲和游戏既意味着生命的解放和自由，也意味着舒适和快乐，就像米塞斯所说的那样：“人们总是把闲暇看作比劳动更惬意的。……从较多的劳动

① W. H. 奥登：《染匠之手》，胡桑译，上海译文出版社，2018 年，第 119 页。

② 高尔基：《文学写照》，巴金译，人民文学出版社，1985 年，第 113 页。

③ 阿兰·杜卡斯：《吃，是一种公民行为》，王祎慈译，中国社会科学出版社，2019 年，第 133 页。

所得到的利益是人们所不大愿意的，换句话说，这时他们宁可牺牲这个利益来换取闲暇。从这个事实，我们就可以得到一个结论：闲暇被看作一个利益，而劳动被视为一个负担。”① 罗素甚至反对将劳动道德化，因为，“工作即美德这一信念导致了极大的危害”②。为了肯定非劳动状态的意义，他甚至写了一篇题为《悠闲颂》的长文。在他看来，“通向幸福与繁荣之路在于有计划地缩减工作”③；“一个人如没有充分的闲暇，就和许多美好的事物无缘”④；“在所有的道德品质中，善良的本性乃是世界上最需要的；但善良的本性乃是悠闲和安逸的结果，而不是来自艰苦奋斗的人生”⑤。罗素所讲的，并不是多么高深的道理，而是生活中的平淡无奇的常识。然而，就是这样的常识，却往往很难成为人们的共识。

闲暇和休息，不仅对世俗的生活来讲，不容等闲视之，对于超世俗的精神生活来讲，甚至更为重要。在犹太信仰里，安排在第七日的安息日，就是一个“不可工作的日子”。这是一个肯定劳动的日子，也是一个舒缓人的劳动疲劳的日子。事实上，安息日的意义，比人们通常理解的还要丰富和重要：

> 在第七日，我们不再为着生存进行残酷的斗争，而是止息个人与社会层次的一切冲突。这日子意味着人与人、人与自然之间的平安，

---

① 路德维希·冯·米塞斯：《人的行为》，夏道平译，上海社会科学院出版社，2015 年，第 64 页。

② 伯兰特·罗素：《幸福之路》（上），曹荣湘等译，文化艺术出版社，1998 年，第 164 页。

③ 伯兰特·罗素：《幸福之路》（上），曹荣湘等译，文化艺术出版社，1998 年，第 165 页。

④ 伯兰特·罗素：《幸福之路》（上），曹荣湘等译，文化艺术出版社，1998 年，第 170 页。

⑤ 伯兰特·罗素：《幸福之路》（上），曹荣湘等译，文化艺术出版社，1998 年，第 175 页。

> 意味着在人里面的平安。
>
> ……在时间与劳苦的怒海中，有一座宁静的岛屿，可供世人停泊休憩，重拾人性尊严。这岛就是第七日。安息日，我们远离物事、工具、日常俗务的日子，我们与灵联结的日子。①

可见，休息和休闲不只是一种寻常意义上的事情，而是与人的平安和尊严有关的事情。也就是说，只有在休闲的、完全放松的状态下，人才可能摆脱外在的冲突和压力，进入到自己的内心世界，体验到一种真正属于人的美好感受，一种涉及伟大价值和神圣事物的美好感受。

然而，影响了路遥的意识和行为的那种极端化的劳动观念，却讨厌和排斥一切形式的“非工作状态”。在这种极端观念看来，采菊东篱的休闲，分曹射覆的娱乐，简直就是腐朽的剥削阶级意识和酸臭的小资产阶级情调。最终的结果是，人们没有充分的时间享受艺术，没有充分的精力阅读和交流，没有体验诗性生活的恬适而自在的心境。疲劳和厌倦会使人变得心绪烦躁，对一切都失去耐心，会最终使人失去对一切表达欣赏和喜悦的良好的心情。在这种极度糟糕的心绪中，人们的善良本性，将必不可免地受到损害。

路遥所接受的那种紧张的、排斥休闲的劳动观念，与来自苏联的文化影响是分不开的。保尔·柯察金就是通过暴风雪中的极端化劳动，先是把自己变成“特殊的材料”，再把自己炼成了特殊性质的“钢铁”。在苏联的运动化的大规模集体化劳动中，劳动不再是科学和人性化的，而是反科学和非人性化的；不是按照自然而正常的节奏展开，而是以异常的“竞赛”方式进行。在以阿历克塞·斯达汉诺夫命名的运动中，极端化的高强度劳动，成为一种普遍的强制性模式。1935 年 8 月 31 日，斯达汉诺夫在一班工

① 赫舍尔：《安息日的真谛》，邓元尉译，上海三联书店，2013 年，第 43—44 页。

作时间内采煤一百零二吨，超过普通采煤定额十三倍。由于不符合劳动规律，这种畸形的劳动竞赛，最后以闹剧的方式收场。中国的流行于20世纪50年代至70年代的大轰大嗡、夜以继日、极端低效的“大会战”劳动模式，就是受苏联影响的结果。

劳动应该以符合劳动规律的方式来组织和进行。也就是说，要尊重人的基本权利，保护人的身体不受伤害，而不能将人降低为低级而粗糙的劳动工具。然而，高尔基不仅不此之念，不此之图，反而歪曲地理解了劳动，无限夸大“劳动”本身的力量，认为“人的创造性和组织性都是劳动所造成的”；他甚至抱着令人难以理解的极端态度，赞美那种纯属严酷惩罚性质的劳动：“我们不知道人们在科雷马、中亚细亚和北极群岛的某些地方——凡是有惊人的创造力量在活动的一切地方——正在做什么事情，这种创造力量在规模方面和它所产生的成果方面都是惊人的。有人恨我们。这些人还要更恨我们，因为我们所做的惊人事业，对他们来说就是灭亡。”① 科雷马，这是天才作家瓦尔拉姆·沙拉莫夫劳改的地方；“某些地方”，则是亚历山大·索尔仁尼琴劳改的地方。他们的《科雷马故事》和《古拉格群岛》，真实而详细地记录了那种惩罚性劳动所造成的灾难性后果。沙拉莫夫这样写道：

> 那时候，每天干十六小时苦活，定额也按十六小时安排。如果算上起床、吃饭、派工、步行到工地最少得花的一个半小时，午饭的一个小时，晚饭连带集合就寝的一个半小时，那么，他们在露天干完重体力劳动后，剩下的睡眠时间就只有四个小时。人只要停止活动，马上就能呼呼入睡。走路或站立时，也居然能够睡去。缺少睡眠，比饥饿更叫人乏力。没有完成定额，就面临扣发口粮的威胁——一天只给

---

① 高尔基：《论文学》（续集），冰夷等译，人民文学出版社，1979年，第504—505页。

> 三百克面包，而且不发稀粥。
>
> 第一个幻想很快就幻灭了。这是对于工作的幻想，对于这样一种劳动的幻想。关于这种劳动，在所有劳改营分营的大门上，都按劳改营的规定写着题词：“劳动是光荣、豪迈而英雄的事业。”不过，在劳改营里，能够养成而且正在养成的，只是仇视和厌恶劳动的习惯。①

然而，高尔基却没有看见这种惩罚性的劳动对人的伤害，没有看见它所造成的种种消极后果。因为没有看见，所以便赞之为“惊人的事业”。他对“惊人的事业”的赞美，既是对劳动本质的严重误解，也是对被劳改者的极端无情。在写到“索洛维茨劳动改造营”的时候，高尔基这样表达了自己的极端态度和极端观点：“这个海岛的严酷风貌，并不使人对岛上居民产生无谓的怜悯，倒是使人产生一种几乎达到苦痛程度的热烈愿望：要迅速地、顽强地为创造新现实而工作。”② 高尔基完全忽略了劳动自由的问题，完全忽略了劳动的人性化问题。他的劳动态度和劳动观念，体现的是一种不切实际的社会意识和浪漫主义的政治意志。后来，这种极端化的劳动观念，极大地影响了中国人的意识和行为。路遥的劳动意识，就与这种极端化的观念，有着深刻而直接的因果关系。

是的，健全意义上的劳动确实创造了财富，也推进了人类生活的进步和发展。尽管如此，劳动也只是人的重要需要，而不是唯一需要，更不是第一需要。虽然人可以从劳动中体验到快乐，但也要承受它所带来的压力和痛苦。劳动只是手段，是创造生活资料和生存条件的手段，而不能成为生活的目的。如果将劳动当作目的，就有可能将人降低为手段，就有可能

① 瓦尔拉姆·沙拉莫夫：《科雷马故事》，黄柱宇、唐伯讷译，广西师范大学出版社，2016 年，第 149 页。

② 高尔基：《高尔基选集·苏联游记》，秦水、林耘译，人民文学出版社，1961 年，第 132 页。

使人成为极端化劳动的受害者和牺牲品。

设若早些识得此理，路遥会不会改变自己的劳动习惯呢？会不会像陈忠实写《白鹿原》的时候那样，“有意调整改变了原先在晚上写作的积习为早晨写”①，从而善待自己的身体和保护自己的健康呢？

二、意志品质与唯意志论倾向

人是精神结构和心理活动最为复杂的高级动物。

人的行为受理性和感性两种因素的影响。作为理性人，人们听从道德和信念的指令；作为感性人，人们接受欲望和情绪的驱动。

路遥也不例外。他是一个充满复杂性和矛盾性的作家。他既理性，又感性；既坚强，又脆弱；既乐观，又悲情。

从意识结构来看，路遥既有自己的明面意识，也有自己的暗面意识。在《早晨从中午开始》等作品中，他展示了自己内心世界的明面意识，也在不经意间揭示了自己的暗面意识。近乎极端的唯意志论倾向，就是他的暗面意识之一面。

意志是人类活动的精神内驱力。它属于理性的范畴，体现着人在目的和行动上的自觉性，是人类特有的调节和支配自己行为的心理现象。体现意志的行为，包括决定和执行两个阶段。决定阶段意味着确定行动的目的和实现目的的方法，执行阶段则意味着承受考验、克服困难并最终实现目的的过程。没有良好的意志，就没有积极有效的行动；但是，极端化的唯意志论，则会起到相反的作用，会使人的行为脱离理性的节制，造成严重的后果。

路遥具有良好的意志品质。他既有高远的文学理想和明确的文学目标，

---

① 陈忠实说：“我担心长达几年的昼伏夜出造成的与日月和大自然气象处于一种阴阳颠倒的对抗状态，可能会造成身体的不适乃至灾变。”（王鹏程编：《陈忠实文学回忆录》，广东人民出版社，2020 年，第 261 页。）

又有坚韧的意志和强大的行动力。在关于《平凡的世界》的长篇创作随笔中，他给自己设定了文学追求的理想目标，自信自己的写作具有独特的价值和巨大的意义："……你在做一件对你来说是前所未有的工作。甚至是做一件前无古人的工作。不论实质上是否如此，你就得这样来认为。你要感觉到人在创造，你在不同凡响地创造，你的创造是独一无二的；你应该为你的工作自豪，就是认为它伟大无比也未尝不可。这是不狂妄。只有这种'目中无人'的状态下，才可能解放自己的精神，释放自己的能量。应该敢于把触角延伸到别人没有到过的地方，敢于进入'无人区'并树起自己的标志。"① 他接下来要做的，就是点燃自己的热情，调动自己的意志，从而最终实现自己的目的。

为了完成这宏伟的写作计划，路遥就像自己所形容的那样，体现出了非凡的毅力和"宗教般的意志"。在《早晨从中午开始》中，"宗教"一词出现了至少五次。他用这样的信念激励自己："只有初恋般的热情和宗教般的意志，人才有可能成就某种事业。"② 对路遥来讲，文学事业像宗教一样神圣。面对文学，一个作家就需要做好两个方面的准备：一个要对它抱着纯粹的爱，一个是要有坚强的意志和献身的精神。所谓"宗教般的意志"，就意味着执着和坚韧，甚至意味着吃苦和牺牲。事实上，按照英国学者罗纳德·M. 德沃金的"没有上帝的宗教"（religion without God）的观念，像很多无神论者一样，路遥也算得上是具有宗教信仰的人，因为，他承认这样"两个核心价值的客观性"，即"生活的内在意义和自然的内在之美"；正是这两点，"构成了一种彻底宗教人生观（a religious attitude to life）的基本范式。这两点都是不能从生活中分离的信念。它们影响整个人格

① 路遥：《路遥文集》，第二卷，陕西人民出版社，1993 年，第 39 页。
② 路遥：《路遥文集》，第二卷，陕西人民出版社，1993 年，第 10 页。

(personality)。它们渗透到人们的阅历中，产生自豪、悔恨和震撼等各种情绪。”① 无论路遥，还是他笔下的人物，都努力使自己过一种有意义的生活，“接受对自我的伦理（ethical）责任和对别人的道德（moral）责任”②；同时，他们也都承认大自然的价值，对辽阔的大地、浩瀚的沙漠和无垠的夜空充满崇敬和热爱的情感，并从它们那里，获得生命的激情和生活的启示，这一点，你只要看看路遥对孙少安面对黄河的震撼感受的描写，看看路遥对孙少平和田晓霞面对黄昏和星光的诗意感受的描写，看看路遥在《早晨从中午开始》和《你怎么也想不到》中对沙漠和天空的深刻体验和神圣情感的描写，就明白了。

进入具体的写作过程，路遥所表现出来的意志品质，同样显得行诣卓绝，异乎寻常。他决然地排除了任何形式的干扰：“今天完不成任务，将会影响以后的工作，我那演算的数字方程式将全部打乱变成为另一张图表，这要给我带来巨大的精神痛苦。每一个人进行类似工作的时候，的确像进行一种神圣的宗教仪式，不允许有任何的骚扰出现，无论是别人还是自己破坏这种情绪都不能原谅。”③这是近乎严酷的劳动纪律。它建立在冷冰冰的“数字方程式”之上。它还被赋予了“神圣的宗教仪式”。在如此严酷的劳动方式下，一个人要承受什么样的痛苦，会付出什么样的代价，也就可想而知了。

正像底层的苦难经验极大地影响了他的劳动观一样，路遥承受巨大压力的超乎常人的意志品质，也与他早年的底层苦难生活有着一定的因果关系。苦难使人麻木，使人适应苦难，甚至使人对那些严重伤害自己的痛苦和折磨，也有着极大的忍耐力和承受力。在病房里，关于自己的艰苦卓绝

① 罗纳德·M. 德沃金：《没有上帝的宗教》，於兴中译，中国民主法制出版社，2015 年，第 9—10 页。

② 罗纳德·M. 德沃金：《没有上帝的宗教》，於兴中译，中国民主法制出版社，2015 年，第 9 页。

③ 路遥：《路遥文集》，第二卷，陕西人民出版社，1993 年，第 44 页。

的写作，关于自己的多灾多难的童年，他跟陪护他的航宇，有过这样一段对话：

> 我说，一般作家没有你这样的毅力，也根本吃不了你那样的苦，说不定几天下去，就把人弄疯了。
>
> 路遥说，一般疯不了，你看我就没疯，像你这样的人可能就疯了。也许，我这样跟我从小经历的那些苦难有一定的关系。你不知道，我从小可把罪受日塌了，在我八岁那年，家里实在是穷得不行，基本上吃了上顿没有下顿，而我父亲又是一个没本事的农民，实在养活不了我们兄弟姊妹几个，轻而易举地把我给了人了。……那时我就明白了这样一个道理，你无法改变别人，但一定要改变自己。①

苦难给了路遥一种特殊的生活哲学，也培养了他的近乎超人的意志品质。在路遥看来，只有靠着自己在艰难岁月的锻炼出来的吃苦精神，只有靠着自己的坚忍不拔的生活意志，才能改变自己的命运，获得社会的认可和尊重。他的“改变自己”一语，远远超出了这四个字的寻常含义。对他来讲，所谓“改变”，就是吃别人吃不了的苦，受别人受不了的罪，就是靠着超常的意志品质和承受能力，改变自己的命运，并获得社会的认可和尊重。

更为严重的是，时代特殊的社会风气和生活哲学，进一步强化了路遥的异常性质的劳动意识，使他在文学劳动上表现出一种近乎极端的唯意志论倾向。他从小就接受了这样一种高调的生活哲学：人的精神的能量是无限的；人若不畏难，不怕苦，不惧死，便可无往不胜，便可达到一切目的，实现一切愿望。因为过度傲慢和极端自信，这种唯意志论的生活哲学拒绝一切形式的妥协——拒绝向大自然妥协，拒绝向他者妥协，拒绝向自己的

---

① 航宇：《路遥的时间：见证路遥最后的日子》，人民文学出版社，2019 年，第 349 页。

无能和无力妥协。它完全无视这样一个最基本的事实，那就是，人的生活是有边界的，人的能量是有限度的。

正像时代流行的观念影响了路遥的劳动观一样，这些主宰性的观念也培养了他的意志品质。在他成长的关键时期，非理性的意志统治着人的情感，支配着人的身体。强烈的对抗是唯一受到鼓励的生活态度。任何合乎分寸的考虑，一切合乎实际的做法，都会被当作缺乏斗志的“投降主义”，而受到无情的嘲笑和批评。正是在这种极端观念的影响下，路遥在文学劳动上的意识和行为，才逐渐地陷入了唯意志论的困境。

路遥接受那种主宰性的唯意志论生活哲学，并将它体现在自己的写作活动上。他没有意识到人的有限性和人的身体的脆弱性，因而，将文学写作当作一种极端酷烈的战斗，提倡一种舍生忘死、无所顾惜的精神。在他的理解中，文学写作的“关键的时候”，就像残酷战争中的决定胜负的战斗。他在《答〈延河〉编辑部问》中说：

> 这时候一般的坚强还不够，需要有一种特殊的坚强，那就是，只要腿还能迈动，就继续迈动；即使倒下来，也应该往前爬；即使爬不动了，失败了，意识和灵魂也应该继续攀登——这是为了下一次攀登而应保持的一种精神状态。①

这显然是一种极端唯意志论的观点。写作固然需要有良好的意志品质，但也要有蓄精养锐的理性意识，绝不能以毁废身体为代价。毕竟写作不是你死我活的战斗，而是一种可以控制节奏的复杂而艰难的创作活动。写作上的这种极端行为，近乎孔子所批评的“暴虎冯河”，会给作家的身体健康带来严重的伤害。

---

① 路遥：《路遥全集·早晨从中午开始》，北京十月文艺出版社，2013 年，第 173 页。

路遥忽视了身体对正常的作息规律的要求，对良好的食物和充分的营养的需要。他不仅不按时作息，而且，在饮食问题上也马马虎虎。在他看来，要想有所作为，就必须付出健康代价。他曾对作家劲挺说：“不要太注意身体。我们这个年龄，如果把身体看得太重，那将一事无成，我很欣赏这句话：‘作家是牛，吃的是青草，淌出来的却是牛奶。’”① 有了这样的观念，他就不会小心翼翼地护惜自己的身体，反而要“残酷”地对待它：“还是那句属于自己的话：有时要对自己残酷一点。应该认识到，如果不能重新投入严峻的牛马般的劳动，无论作为作家还是作为一个人，你真正的生命也就将终结。”② 这样的观点，显然是极端而不近情理的。这种“残酷”哲学，固然显示着意志品质的坚卓，但也必然会损害自己的身体和健康。要知道，作家的“真正的生命”，与他的劳动方式之间，并不存在直接的因果关系。一个作家的生命，是否会长久，是否要“终结”，不是决定于他的劳动方式，而是决定于他的劳动成果，即他所创造的作品是否具有意义和价值。对作家来讲，如何用合乎规律的劳动方式，取得最有价值的劳动成果，便意味着对作家的巨大考验——既是对他的意志品质的考验，也是对他的劳动智慧的考验。

然而，路遥却常常不自觉地把意志品质与劳动方式混为一谈。在路遥的理解中，人就应该像牛马一样劳动。所以，在《早晨从中午开始》一书中，“牛马般的劳动”，“像牛一样劳动”，“沉重的劳动”，“苦难的劳动”，“巨大繁复的劳动”，就成了反复出现的表述。他将高强度的压力感和不间断的持续性，当作劳动的基本特点，也要求自己以一种极端的方式，投入到这种极端化的劳动中。在他的认知里，劳动强度与精神上的积极体验成正比：“我渴望重新投入一种沉重。只有在无比沉重的劳动中，人才会活得

---

① 李建军编：《路遥十五年祭》，新世界出版社，2007 年，第 153 页。

② 路遥：《路遥文集》，第二卷，陕西人民出版社，1993 年，第 8 页。

更为充实。这是我的基本人生观点。"[1] 劳动就意味着受苦，写作也意味着受苦，所以，一切劳动者，包括作家，都必须做好吃苦的准备。如此一来，路遥自己的文学劳动，简直就是严酷的炼狱：

> 我没明没黑开始了这件枯燥而必需的工作，一页一页翻看，并随手在笔记本上记下某年某月某日的大事和一些认为"有用"的东西。工作量太巨大，中间几乎成了一种奴隶般的机械性劳动。眼角糊着眼屎，手指头被纸张磨得露出了毛细血管，搁在纸上，如同搁在刀刃上，只好改用手的后掌（那里肉厚一些）继续翻阅。用了几个月时间，才把这件恼人的工作做完。[2]

路遥以罕见的毅力和耐性，承受着常人难以承受的高强度的劳动。在数年的时间里，他毋怠毋忽，夜以继日，完成了卷帙浩繁的《平凡的世界》。他为此付出了巨大的代价。极端的意志，奴役着他的身体；沉重的劳动，毁坏着他的健康。血肉之躯不是冰冷的机器，怎禁得住这般熬炼。然而，直到身体出现严重不适的时候，路遥的写作激情，依然熊熊燃烧：

> 是的，我刚跨过四十岁，从人生的历程来看，生命还可以说处在"正午"时光，完全应该重新唤起青春的激情，再一次投入到这庄严的劳动之中。
>
> 那么，早晨依然从中午开始。[3]

唉！应该让早晨从早晨开始，让中午从中午开始，让夜晚从夜晚开始。在

---

① 路遥：《路遥文集》，第二卷，陕西人民出版社，1993 年，第 4 页。
② 路遥：《路遥文集》，第二卷，陕西人民出版社，1993 年，第 21 页。
③ 路遥：《路遥文集》，第二卷，陕西人民出版社，1993 年，第 98 页。

清爽的早晨，迎接新鲜的朝阳，多好！在倦怠的正午，远眺隐约的南山，多好！在宁静的夜晚，仰望浩瀚的星空，多好！为什么要晨昏颠倒，使自己与这些妩媚情景，与这些美妙时刻，彼此相违呢？

要知道，谦卑、低调和克制，才是成熟的生活哲学的基本特点。只有低调的态度和成熟的智慧，才能让强大的意志服从理性的规约，才能将巨大的野心转化为切实的愿望，从而最终让意志和雄心照顾到肉身，让身体有机会从疲劳中得到休息，恢复元气。人固然应该有坚强的意志，甚至要有吃苦的精神，但是，这并不等于把人变成劳动的机器，或者使人像牛马一样劳动。

托尔斯泰就很会合理地安排自己的文学劳动。他不仅能辛勤地写作，还懂得如何自然地、合乎规律地写作。他知道，一定要让写作的意志，服从身体的限制和要求，而不是相反。所以，他很少不分昼夜地写作，甚至只在白天写作，而很少在夜晚写作。不仅如此，他还懂得劳逸结合。在写作之余，他耕地，打猎，会友，打牌，旅游，跟妻子弹琴，甚至会跟孩子们做游戏。

鲁迅的作息时间，也是黑白颠倒的。但是，他懂得休息，懂得如何摄取营养，如何保护自己的身体健康。他说，“我只是把别人喝咖啡的工夫用在了工作上的”；“什么是休息，我是不懂的，什么是娱乐，我也全不会的”①。事实上，他也喝咖啡，也看电影，也约朋友聊天，也见英国来的萧伯纳，甚至跟日本浪人内山完造过从甚密，成了好友，常常到他的书店去消磨时光。他固然说过：“我好像一只牛，吃的是草，挤出的是牛奶，血。”② 然而，在吃饭一事上，鲁迅并不马虎和随便，“隔夜的菜是不大喜欢

---

① 许广平：《许广平文集》，第一卷，江苏文艺出版社，1998 年，第 446 页。

② 许广平：《许广平文集》，第二卷，江苏文艺出版社，1998 年，第 3 页；对许广平记录下来的这句话，萧军及胡风等人信之不疑，很喜欢引用（鲁迅博物馆等选编：《鲁迅回忆录·散篇》，中册，北京出版社，1999 年，第 537、541 页）。

吃的”①。他甚至坚持服用鱼肝油来增强身体的健康。最近，微信上流传着一篇“网易新闻”2020年8月24日发表的《鲁迅的伙食怎么样？许广平留下一份菜单，在场所有专家大呼不可能》的文章；该文介绍了许广平记录详备的《鲁迅家用菜谱》，也使读者得以了解鲁迅非常讲究的饮食安排。为何要“大呼不可能”呢？鲁迅懂得一个最基本的常识：只有吃最好的食物，你才可能有最好的健康。吃草云乎哉！

卡夫卡说：“艺术向来都是要投入整个身心的事情，因此，艺术归根结底是悲剧性的。”② 康定斯基也说：“艺术家生来不是为了过愉快的生活，他不能无所事事地活着，他有一项艰苦的工作要完成，这项工作往往是沉重的十字架。……艺术家在艺术里是自由的，在生活里却不然。”③ 这些观点，当作美学思想来看，无疑是深刻的，但当作艺术实践的指导原则来看，却分明是有害的。人的身体不是可以昼夜不息、连续运转的机器。作为脆弱的血肉之躯，它特别害怕意志之轮的无情碾轧。由于文学创作的容易使人忘我地陶醉其中的特殊性质，作家尤其要避免身体的过劳。所以，在《文心雕龙》的“养气篇”里，刘勰反复强调写作要“率志委和”，即顺乎自然，否则，就会造成“钻砺过分，则神疲而气衰”④ 的后果。他亹亹不倦地提醒有志于文的人们：“吐纳文艺，务在节宣，清和其心，调畅其气；烦而即舍，勿使壅滞。意得则舒怀以命笔，理伏则投笔以卷怀，逍遥以针劳，谈笑以药倦，常弄闲于才锋，贾馀于文勇”⑤。这无疑是关于文学劳动的真理性卓见。刘勰关于文学写作的科学性训诲，值得每一位“吐纳文艺”的人倾听和遵循。

---

① 许广平：《许广平文集》，第二卷，江苏文艺出版社，1998年，第93页。

② 叶廷芳主编：《卡夫卡全集》，第4卷，黎奇、赵登荣译，河北教育出版社，2001年，第341页。

③ 瓦西里·康定斯基：《论艺术里的精神》，吕澎译，上海人民美术出版社，2020年，第91页。

④ 刘勰：《文心雕龙》（下），范文澜注，人民文学出版社，1958年，第646页。

⑤ 刘勰：《文心雕龙》（下），范文澜注，人民文学出版社，1958年，第467页。

然而，路遥却没有“节宣”的意识。他让意志主宰了自己的精神，也主宰了自己的写作。他没有充分的休息时间，常常吃不到有营养的饭食：“有时一天只吃一顿饭，忙的时候一顿饭也吃不上，实在饿得不行了，就在单位门口的街上随便凑合吃一点”；“就在他开始着手装修房子的时候，身体频频出现问题，整天有气无力，两眼发黑，稍微一动弹，就气喘吁吁，可他仍然没把自己当一回事。”① 路遥也在《早晨从中午开始》中，叙述了自己苦行僧般的生活：“我的难言的凄苦在于基本放弃了常人的生活。没有星期天，没有节假日，不能陪孩子去公园，连听一段音乐的时间都被剥夺了，更不要说上剧院或电影院。……除过劳累，仍然存在一个饥饿问题。没想到在煤矿没啥可吃，回到城里工作还是没啥可吃。不是城里没有吃的——吃的到处都是。主要是没有时间正点吃饭。生活基本得靠自己料理。有时一天只吃一顿饭，而且常常拖在晚上十点钟左右（再迟一点夜市就关闭了）。”② 唉！为什么要这样呢？为何身居省城的闹市中心，却连按时吃饭这样一个问题都解决不好呢？为何要如此亏待和伤害自己的身体呢？别说是血肉之躯，即便是钢铁铸成的，也经不住这般熬炼和摧折。

事实上，文学写作是一种具有双重性质的劳动：既是复杂的脑力劳动，又是艰辛的体力劳动；既使人兴奋和愉悦，又令人痛苦和焦虑。它的甜蜜的“致幻性”，能使人在极度的陶醉和快乐中，不知不觉地陷入到一种“唯意志论”的幻觉中——忘记了自己并不是“钢铁炼成”的，忘记了自己的身体不过是脆弱的血肉之躯。蔼理斯说：“写作是一种费力的智力性的工作，是一种过程，需要最高度的肌肉紧张，以攀登到达天堂的天梯，而甚至最强壮、最勇敢和最机敏的人也不能奢望一步登天。”③ 这就要求作家要

---

① 航宇：《路遥的时间：见证路遥最后的日子》，人民文学出版社，2019年，第126页。

② 路遥：《路遥文集》，第二卷，陕西人民出版社，1993年，第75—76页。

③ 蔼理斯：《生命之舞》，徐钟钰、蒋明译，生活·读书·新知三联书店，1989年，第131页。

充分了解写作——一种极为特殊的劳动方式——的特点，按照科学的方式来展开自己的“智力性的工作”。只有控制节奏，劳逸结合，才能避免在写作中自我奴役和自我伤害的严重后果。

路遥的锻炼方式，也体现着极端的唯意志论倾向。在体力已经严重透支的情形下，他竟然接受拉赫美托夫式的非常人物的影响，在爬山的时候，不走正路，“专门寻找了一条羊肠小道。山路崎岖，攀登相当吃力”；正像他自己后来所意识到的那样，“这种锻炼方式在当时体力不支的情况下，是十分有害的，它实际上加速了体力的崩溃。”① 他的室内锻炼，也表现出极强的“机械性”和“日耳曼式的”极端性②。最终的后果，就像他在《早晨从中午开始》中所写的那样：

> 终于完全倒下了。
>
> 身体软弱得像一摊泥。最痛苦的是每吸进一口气都特别艰难，要动员身体全部残存的力量。在任何地方，只要一坐下，就睡着了。有时去门房取报或在院子晒太阳就鼾声如雷地睡了过去。坐在沙发上一边喝水一边打盹，脸被水杯碰开一道血口子。③

虽然唯意志论性质的生活方式和写作方式，有助于路遥集中时间和精力完成写作，但是，身体维持平衡和健康的节律，被打乱了，写作本身所需要的疾徐有度的节奏，也被打乱了。他所付出的代价，是巨大的：身体受到了严重的摧残和伤害。《庄子·天下》中说：“其道大觳；使人忧，使人悲，其行难为也。”唯意志论意识主导下的文学劳动，必然是一种“其道大觳”的沉重劳动，也很容易造成“使人忧，使人悲”的严重后果。

---

① 路遥：《路遥文集》，第二卷，陕西人民出版社，1993 年，第 72 页。
② 路遥：《路遥文集》，第二卷，陕西人民出版社，1993 年，第 86 页。
③ 路遥：《路遥文集》，第二卷，陕西人民出版社，1993 年，第 77 页。

由于特殊时代的生活哲学，由于童年时代起就承受的苦难，由于他自己的雄强的个性，在路遥的意识世界，便形成了一种唯意志论的生活态度和写作态度。这种唯意志论态度固然成全了他，但也严重地伤害了他。外在地看，这种极端形态的唯意志论，似乎纯然属于具体的个体现象，然而，深究细察，你会发现，它本质上是一种特殊的时代现象和普遍的社会性现象。

人的生命是由精神和肉身构成的。精神寓形于肉身。肉身不存，精神亦灭。所以，前者应该尊重和保护后者。然而，一种特殊的时代意识和社会理念，却拒绝接受这样的生命意识和生活态度。他们崇拜精神而鄙视肉身，或者，准确地说，他们让理想主义的精神蔑视现实主义的肉身。肉身成了精神实现自己的目的工具。会说话的精神恣睢地奴役着不会说话的肉身。无所畏惧的浪漫主义精神，最终给完全无辜的肉身带来了严重的伤害和巨大的痛苦。

路遥的沉痛经验提醒我们，应该将意志控制在安全的限度内，应该避免让意志异化为恣睢而任性的伤害性力量；它还告诉我们，科学的劳动应该体现着劳动者的理性精神和生活智慧，应该带给人自由、快乐和健康，而不是奴役、痛苦和伤害。法国作家勒南在他的被誉为“第五福音书”的《耶稣传》中说：“荣耀的棕榈枝属于那言论和行为皆强大有力、辨别出了善、并以血的代价使之胜利的人”①；“对于那些为未来工作的人来说，死亡是一种获得。设想一下，假如耶稣负载着他神圣的重担活到了六七十岁，他天火般的热情不断消失，在那无可比拟之使命的重压下渐趋磨灭，将会是怎样的情景！一切事物都偏爱有着特殊命运的人，他们在一种不可抗拒的冲动和命运的规定中走向光荣。”② 不能说他的话全然没有道理，但是，在他的充满浪漫激情和道德精神的话语里，显然流布着很浓的宿命论意识。

---

① 欧内斯特·勒南：《耶稣传》，梁工译，商务印书馆，2010 年，第 125 页。

② 欧内斯特·勒南：《耶稣传》，梁工译，商务印书馆，2010 年，第 313 页。

要知道，只有在悲剧的意义上，死亡才是一种“获得”，而在正常的情形下，它无论如何都是无比巨大的损失。

一个非凡的人，只要他负有重大的使命，只要他有完成自己使命的激情和意志，那么，他的天火般的激情，便能够抵抗包括时间在内的一切巨大力量的考验和磨损。虽然他们的生活的路途中，会布满荆棘，充满苦难，但是，他们的内心，也必然会充满喜悦和欢乐。因为始终能够保持对生活的爱和热情，即便活到六七十岁，甚至七八十岁，他们依然会像伟大的孔子一样，终其一生，朝气蓬勃，发愤忘食，乐以忘忧，不知老之将至。所以，每一个负有重大使命的人，都要学会克制自己的唯意志论倾向，努力让自己“天火般的热情”，在时间的隧道里，燃烧得热烈而长久。

三、“半夜时刻”的悲情与自我中心倾向

自我意识是人类的一种正常意识。一个人若完全没有利己的自我意识，那他不仅不可能具有健全的利他意识，而且很有可能就是一个不切实际甚至虚伪的人，因为，无论你如何努力成为无私的人，你都不可避免地会将自己的存在和自己的利益，放到至少跟别人的存在和利益一样重要的位置上。

但是，谁若只顾及自己的感受和利益，而忽略他人的感受和利益，那他就是一个绝对的自我中心主义者。“自我”一旦成为“中心”，一个人就会变得傲慢而自负，就会相信自己掌握了绝对真理，相信自己无所不能，从而要求别人无条件地服从自己的意志。在别尔嘉耶夫看来，“自我中心主义毁坏了人的‘我’与‘他者’、上帝、世界的关系，也毁坏了个体人格与共相的关系。”① 绝对的自我中心主义者，就是绝对自私的个人主义者。他的人格必然是渺小的，心理必然是病态的，正像别尔嘉耶夫所批评的那样：

① 别尔嘉耶夫：《人的奴役与自由》，徐黎明译，贵州人民出版社，1994年，第111页。

“凡持有伟大的创造之举的人都不是个人主义者。个人主义者自我隔绝，孤芳自赏，投机钻营，追逐实惠，并把个人主义的封闭合理化，没有什么能比这更虚伪的了。”① 正是基于这样的认识，别尔嘉耶夫将“自我中心主义”视为“人的原罪”。

事实上，个人主义并不是一种简单的道德现象，而是一种复杂的精神现象和人格现象。简单地讲，至少存在两种形式的个人主义：一种是积极的个人主义，一种是消极的个人主义；前者是开放的、健全的个人主义，后者是封闭的、病态的个人主义。积极的个人主义意味着个性的独立和精神上的活力，而消极的个人主义，正像别尔嘉耶夫所批评的那样，会造成人们之间的隔绝，会导致全社会的道德风气的败坏和堕落。积极的个人主义从来就不是一种消极的、破坏性的力量，而是一种积极的、解放性的力量。它肯定每一个人的价值，尊重个人的应该享有的地位，呼吁保障个人的各种正当权利。就像哈耶克所指出的那样：“由基督教与古典哲学提供基本原则的个人主义，在文艺复兴时代第一次得到充分发展，此后逐渐成长和发展为我们所了解的西方文明。这种个人主义的基本特征，就是把个人当作人来尊重；就是在他自己的范围内承认他的看法和趣味是至高无上的。”② 显然，积极的个人主义并不是一种古已有之的东西，而是人类文明进步和发展的成果，是一种现代性的精神现象和文化成就。

无论作为作家，还是作为普通人，路遥并不是一个狭隘的个人主义者，更不是性质严重的自我中心主义者，而是一个具有利他主义精神和牺牲精神的人。对亲人，对朋友，对同事，对社会，他都是一个慷慨而负责任的人。他甚至会慷慨地帮助那些陷入困境的人。1985 年，陕西作协职工食堂的叫王师曾的临时工，被辞退了。有人动员大家为经济困难的王师傅捐款。

---

① 别尔嘉耶夫：《人的奴役与自由》，徐黎明译，贵州人民出版社，1994 年，第 115 页。

② 弗里德里希·奥古斯特·哈耶克：《通往奴役之路》，王明毅等译，中国社会科学出版社，1997 年，第 21 页。

路遥并不在食堂吃饭，可以说，与王师傅水米无交，但是，还没等来联系他的吴祥锦把话说完，“路遥就掏出十元钱给我，这跟我在个别人家里遇到的意想不到的难堪，形成了强烈的反差。”① 要知道，在20世纪80年代，十元钱并不是一个小数目。此事虽小，但可以使人看见路遥利他主义的情怀。

像所有优秀作家一样，路遥对生活，对人物，对读者，都抱着同情、理解和尊重的态度。他不能容忍那种冷漠而自私的利己主义倾向。在《作家的劳动》中，他提醒作家不要高自标树，而要有一种“实实在在的精神”，要“像土地一样地贡献”②。这确乎是一种高尚而伟大的精神。朴实的底层意识，热情的利他主义精神，帮助路遥极大地摆脱了那种傲慢的、不可一世的自我中心主义，彻底克服了那种任性的、自私自利的“消极写作模式”。

然而，正像路遥会在写作行为上，表现出很强的唯意志论倾向一样，在某些特殊的悲情时刻，他也会在情感上，偶尔下意识地表现出几乎不易为人觉察的自我中心倾向。

这种偶尔表现出来的自我中心倾向，来自于他苦难的生活经历，来自于在艰难的成长过程中形成的个性，也来自于他那因为屡受伤害而过度敏感的自尊心。

童年和青年时代的种种不幸，例如贫穷和饥饿，例如被过继给伯父，例如失恋，例如政治上的挫折和打击，都给路遥带来深深的伤害。他并没有让这些伤害，随着时间的流逝，而没入到无何有之乡。他牢牢地记住了所有的细节，记住了包含在这些细节中的屈辱和自卑，直到自己成为著名的作家，甚至到了生命的最后阶段，他犹且时时提起。过分在乎自己所承受过的苦难和委屈，便有可能使一个人不自觉地表现出自我中心倾向。

---

① 马一夫、厚夫、宋学成主编：《路遥纪念集》，人民文学出版社，2007年，第39页。
② 路遥：《路遥文集》，第五卷，人民文学出版社，2005年，第340页。

奥勒留说："抛开你觉得受伤的想法，那么你就丢开了抱怨'我受到了伤害'。如果你抛开了这种抱怨，这所谓的伤害也就烟消云散了。"① 对大多数人来讲，这样的要求，近乎苛求，很难做到。对一个作家来讲，对待苦难和伤害最可取的态度，或许应该是双重性的——既要超然，又要计较。因为，完全超然地"抛开"，那他就没有写作激情了，也没有什么人生故事可写了；但是，过度地斤斤计较，他就会滑向自我中心主义，就有可能沦为软弱无力的感伤主义，而他的写作的意义，恐怕也是要大打折扣的。正是从路遥对苦难和伤害的认真而计较的诉说中，我们看见了他的坦率和深刻，看见了他的勇气和激情。然而，也正是在那些悲情时刻的极为计较的诉说中，我们偶尔会看见路遥的情感与意志的分裂，看见他的充满悲情色彩的自我中心倾向。他似乎缺了一点超然和不计较。

对于路遥来讲，文学写作既是一种社会化的理性的精神活动，也是一种个人化的感性的情绪发泄；既是对人生和社会的深刻的思考和反映，也是对个人的内心痛苦和伤害记忆的象征性补偿：

> 我永远记着那个遥远的大雪纷飞的夜晚，我有生第一次用颤抖的手握住我初恋时女朋友的手。那美好的感受至今如初。我曾和我的女友穿着厚厚的冬装在雨雪迷漫的山野手拉着手不停地走啊走，并仰起头让雨点雪花落入我们嘴中，沁入我们的肺腑。
>
> 现在，身处异乡这孤独的地方，又见雨雪纷纷，两眼便忍不住热辣辣的。无限伤感。岁月流逝，物是人非，无数美好的过去是再也不能唤回了。只有拼命工作，只有永不竭止的奋斗，只有创造新的成果，才能补偿人生的无数缺憾，才能使青春之花即便凋谢也是壮丽的凋谢。②

---

① 马克·奥勒留：《沉思录》，鲁地、秦人译，世界知识出版社，2009年，第46页。
② 路遥：《路遥文集》，第二卷，陕西人民出版社，1993年，第46页。

显然，路遥的写作既是外向的、指向社会的，也是内向的、指向自我的。就后者而言，他简直就是一个浪漫而感伤的诗人。在特定的情境里，他忘了一切，只专注于对美好记忆的回味，对初恋往事的追怀，对巨大心理痛苦的咂摸，对补偿人生缺憾的热切愿望。有节制的感伤，固然是真实而充满诗意的；但过度的感伤，却有可能导致对自我的放大，导致文学表达上的自我中心倾向。路遥此处的抒情化叙事，虽然也包含着力量，显示着他实践的热情和行动的意志，但也弥散着浓浓的感伤，显示出他的一种过于强调自我感受的计较态度。

正是这种过于计较的态度，使得路遥在心理上，常常停留在感伤的青春期。契诃夫吃过的苦，流过的泪，受过的伤害，一点儿也不比路遥少，而他所遭受的毒打和侮辱，则是路遥几乎从未体验过的。但是，契诃夫克制自己的悲伤，“隐藏自己的眼泪和痛苦”，“免得他的亲人难过，免得把不愉快的阴影投到周围人的生活中”，最终，他就像帕乌斯托夫斯基所说的那样，把自己从“一个庸庸碌碌的市民”，升华为一个“具有惊人的心灵美、高尚的性格和沉着英勇的气质的人”①。契诃夫只比路遥多活了两年。路遥猝然辞世的时候，仍然是一个充满青春朝气的青年，甚至是一个有点叶赛宁式的多愁善感的青年；而契诃夫告别人间之际，精神上已然是一个比自己的实际年龄成熟至少五十岁的老人。就心理年龄和心情态度来看，契诃夫像托尔斯泰一样健康和长寿，像屠格涅夫一样博雅和成熟，像阿克萨柯夫一样平静和煦愉。

从理性和意志的角度看，路遥凭着坚忍不拔的精神力量，完成了艰巨的创作任务，显示出一种英雄般的伟大品质。但是，从感性和情感的角度看，他又是一个极为柔弱的人，表现出极为少见的敏感和脆弱。有时，他会像孩子一样诉说自己的委屈和悲伤：

---

① 康·帕乌斯托夫斯基：《金蔷薇》，戴骢译，上海译文出版社，2007 年，第 207 页。

在接近通常吃晚饭的那个时分，终于为全书划上了最后一个句号。几乎不是思想的支配，而是不知出于一种什么原因，我从桌前站起来所做的第一件事，就是把手中的那支圆珠笔从窗户里扔了出去。

我来到卫生间用热水洗了洗脸。几年来，我第一次认真地在镜子里看了看自己。我看见了一张陌生的脸。两鬓竟然有了那么多的白发，整个脸苍老得像个老人，皱纹横七竖八，而且憔悴不堪。

我看见自己泪流满面。

索性用脚把卫生间的门踢住，出声地哭起来，我向另一个我表达无限的伤心、委屈和儿童一样的软弱。而那个父亲一样的我制止了哭泣的我并引导我走出卫生间。①

这样的倾诉性质的叙事，包含着让人震惊的细节描写和悲剧性的情感内容。情感挣脱了意志之手的强力控制，泪水冲破了理性的坚固堤防，不管不顾地宣泄了出来。人们完全能够理解他的哭泣：这是经历了巨大的身体劳苦和精神磨难之后，一次很自然的情绪释放，一次很率真的情感流露。像路遥一样，美国19世纪伟大的经济学家亨利·乔治也曾为自己完成《进步与贫困》的写作而哭泣："当最后一页在万籁无声的深夜完稿时，只有他独自一人，亨利·乔治突然跪倒在地，像孩子般哭泣起来，他业已履行了他的誓言。其余都得由上帝决定。"② 这样的哭泣，是自然的，是人性化的，因而，是美好的。它是用精神苦难的浓墨写出来的悲情诗句。米塞斯说："所有的人——任何民族、任何邦国、任何年龄的人——心灵的逻辑结构都是相同的。人种学或历史都找不出与这个断言相冲突的事实来。"③ 悲伤和哭

① 路遥：《路遥文集》，第二卷，陕西人民出版社，1993年，第96页。

② 亨利·乔治：《进步与贫困》，吴良健、王翼龙译，商务印书馆，2010年，第3页。

③ 路德维希·冯·米塞斯：《人的行为》，夏道平译，上海社会科学院出版社，2015年，第39页。

泣，就是属于符合全人类“心灵逻辑结构”的情感和表现。即便是英雄人物，也难免有悲伤和落泪的时候。所以，路遥的悲情和哭泣，就像《荷马史诗》中人物的悲情和哭泣一样，不仅是自然而真实的情感流露，而且别有一种打动人心的力量。

然而，在特别孤独和忧伤的悲情时刻，路遥便难免会显得极端脆弱。他特别渴望得到别人的同情和抚慰：“孤独常常叫人感到无以名状的忧伤”；“极其渴望一种温暖，渴望一种柔情。整个身体僵硬得如同一块冰。写不下去，痛不欲生；写得顺利，欣喜若狂。这两种时候，都需要一种安慰和体贴。”① 此时此刻，在路遥的内心，甚至会产生一种愤愤然的幽怨情绪，会在一瞬间表现出明显的自我中心倾向：

> 有一天半夜，当又一声火车的鸣叫传来的时候，我已经从椅子上起来，什么也没有想，就默默地、急切地跨出了房门。我在料峭的寒风中走向火车站。
>
> 火车站徒有其名。这里没有客车，只有运煤车。除过山一样的煤堆和一辆没有气息的火车，四周围静悄悄地没有一个人。我悲伤而惆怅地立在煤堆旁。我明白，我来这里是接某个臆想中的人。我也知道，这虽然有些荒唐，但肯定不能算是神经错乱。我对自己说：“我原谅你。”
>
> 悄悄地，用指头抹去眼角的冰凉，然后掉过头走回自己的工作间——那里等待我的，仍然是一只老鼠。②

这是一个伟大作家的悲情时刻，是一个令人心酸的悲剧性场面。一个文学上圣徒般的献身者，不仅没有得到原本应该得到的关爱和抚

① 路遥：《路遥文集》，第二卷，陕西人民出版社，1993 年，第 53 页。
② 路遥：《路遥文集》，第二卷，陕西人民出版社，1993 年，第 54 页。

慰，而且被人们遗忘和冷落了。这种被遗忘和冷落的感觉，无疑是令人懊恼和沮丧的。

有人也许会说，此处的“我原谅你”是指向作者自己，而不是指向他者。字面上看，似乎是这样，但是，谛视上下语境，作者对他者的失望和不满，分明溢于言表。

不过，我们也应该替路遥意识中的“某个臆想中的人”想一想。

彼人有没有同样的被漠视的委屈和悲伤？

彼人是不是也以一种被动的方式，付出了很容易被人们忽略的精神痛苦和沉重代价？

彼人是不是也像路遥一样，在孤独和寂寞中，度过了同样惆怅的黄昏和漫漫的长夜？

如果答案是肯定的，那么，路遥所说的那句“我原谅你”，是不是就透露出了他自己的一种“暗面意识”？是不是就显示出了路遥的忽略了他者存在的自我中心倾向？

比较起来，在中国作家中，路遥因为心性的健康，因为良好的教养，常常能自觉地写出人性的善良和美好。他塑造了很多让人喜爱的美好人物，叙写了很多表现美好情感的故事。他后期的几乎每一部小说作品，都氤氲着人性的光辉和道德的诗意。

但是，他对人性中的“魔性”一面，正视并不够；他对自己身上可能存在的“魔性”，也同样缺乏自觉的分析和解剖。所以，他没有意识到，“某个臆想中的人”其实有可能因为他自己，或者说，因为他的体现着“宗教般的意志”的写作，而付出了同样巨大的牺牲和代价。对这“臆想中的人”，他应该表达的，是深深的不安和歉疚，应该说一句“对不起”或“请原谅”，而不是那句含着谴责意味的“我原谅你”。

这里涉及了人对自我的认知问题。别尔嘉耶夫说：“人可以从上和从下认识自己。从上认识自己，即从人自身的光亮、人自身的神性源头去认识；

从下认识自己，即从人自身的幽冥、人自身潜意识中自发的魔性源头去认识。那么，人何以能认识自己呢？这是因为人是一种具有两重性的矛盾生存。具体说，人‘悬于’两极：既神又兽，既高贵又卑劣，既自由又受奴役，既向上超升又堕落沉沦，既弘扬至爱和牺牲，又彰显万般的残忍和无尽的自我中心主义。”① “从上认识自己”，意味着人要有自我肯定的倾向，要按照绝对善的尺度来衡量和要求自己；假如没有这种肯定意识，人就不会有向上的努力，人就不会成为高贵的、具有至爱精神的人。“从下认识自己”，意味着人应该有自我否定的意识——他应该把自己定义为不完满的人，定义为有精神残缺的人，定义为处于苦难境地的人，甚至定义为有罪错的人。

如果能“从下认识自己”，人就不会因为过度的“自我肯定”，而产生傲慢和自大的倾向，就不会认为自己完美无缺，也不会认为自己无所不能，从而就有可能克服内心的野蛮冲动，即不可一世地征服一切、占有一切和控制一切的冲动。《红楼梦》之所以伟大，就在于它的作者具有“从下认识自己”的意识，具有深刻的自我否定意识。从“诚不若彼裙钗”和“我之罪固不免”二语，就可以看出曹雪芹所达到的境界。他克服了文人身上惯见的轻佻儇薄和自大倾向，表现出自我批判的勇气和自觉。

然而，很多时候，中国人，包括中国作家，既缺乏从上，即从神性的源头认识自己的意识，也缺乏从下，即从魔性的源头认识自己的意识。他们倾向于从中间认识自己。从中间开始，用美化的眼光，用圣化的方式，将自己向高处抬升，却很少向下审视自己，用严肃的无情的方式，揭示自己内心的黑暗，审判自己的恶与罪。中国当代作家身上最缺乏的，就是自我否定意识。即便像路遥这样伟大的作家，也缺乏那种深刻而严格的自我认识能力和自我批判能力。

---

① 别尔嘉耶夫：《人的奴役与自由》，徐黎明译，贵州人民出版社，1994 年，第 3 页。

当然，从人文主义和人道主义的角度来看，路遥已经达到了很高的精神境界。他意识到了普遍的爱的意义，也认识到了苦难的意义。他努力思考和回答那些重要的人生问题，例如，生活的目的、无差别的同情和利他主义精神等问题。他甚至注意到了人的自由、尊严以及人道主义这些大问题。

不仅如此，作为中国当代作家中最具思想家气质的作家之一，路遥还注意到了生活的普遍意义上的苦难和荒诞问题，注意到了人类生活的可能维度和可能空间的问题："多少美好的东西消失和毁灭了，世界还像什么事也没有发生。是的，生活在继续着。可是，生活中的每一个人却在不断地失去自己最珍贵的东西。生活永远是美好的；人的痛苦却时时在发生……"① 他通过梦境中与外星人的"第三类接触"，产生了深刻的"宇宙意识"："他感到今天这场'经历'无形中打破了他思维已经达到的疆界，使他能够以更广阔的视野来看待生活和生命了。"② 尽管如此，路遥对生活的认识，仍然局限于此岸意识的范畴。他没有认识到，仅仅将宇宙看作"宽阔无比的化学实验室"的理性认知方式，并不能使他解决关乎信仰的"根本性认知"的问题。他没法解释"生活永远是美好的"与"人的痛苦却时时在发生"两者之间的悖论。显然，"美好"与"痛苦"之间，并不是一种真实而自洽的关系，而是一种虚假而矛盾的关系。用空洞的"美好"，无法解释深刻的"痛苦"。深刻的痛苦，必因"罪与罚"而来，必因"爱与拯救"而起。这样的痛苦，才是深刻而真实的，才是一种超越了此岸有限性的伟大的精神体验。

但是，从超越人文主义的角度看，路遥虽然能从意志的角度，接受宗教精神的启示和影响，能在写作的时候，用宗教的行动意志和献身精神来

---

① 路遥：《平凡的世界》，第三部，人民文学出版社，2004 年，第 253 页。

② 路遥：《平凡的世界》，第三部，人民文学出版社，2004 年，第 277 页。

激励自己①，但是，总体来看，他的思想意识和精神视野，他观察人和生活的焦点，仍然始终停留在人与人、人与现实的关系层面；他对自我的认知，也仍然常常局限于自我同情和自我肯定的意识层面。

因为缺乏站在信仰高度思考生活的意识，路遥就无法彻底超越个人经验层面的苦难，就很难对自我进行彻底的反思和深刻的否定。如此一来，他也就很难实现彻底意义上的精神超越，很难彻底克服个体身上的自我中心主义倾向。

是的，路遥有“宗教般的意志”，但没有“宗教般的情感”。没有这种情感，人就有可能像《马太福音》所说的那样，“看不到自己眼中有梁木”；没有这种情感，人就有可能在置身考验性情境的时候，只在乎自己的感受，而完全忽视了他人的痛苦和不幸。

让我们回到路遥的那个寒冷的“半夜时刻”，回到他的那句“我原谅你”的话。

那么，路遥的这句话里到底缺了点什么呢？

缺了点基于伟大信仰和“最高价值观”的慈悲与怜悯。

关于怜悯，罗洛·梅是这样界定和阐释的：“怜悯之心是指认识到我们所有人都在同一条船上，生死与共。怜悯之心来自于对共同体的认同。怜悯之心让我们认识到，所有人都是兄弟姐妹……我们为了让自己加入人类群体，共享人类的苦难与命运，而放弃了让自己变得神圣的需求。”② 在他看来，怜悯绝不是一种虚假而无力的情感，而是人类生活的精神基础和基本原则：“怜悯之心为我们提供了到达人性状态（其中包括权力，也包括爱）的基础。怜悯之心与暴力相对立；……它让我们以不加谴责的方式去

① 就像他在《答〈延河〉编辑部问》中所说的那样：“要求自己写作时的心理状态，就像圣徒去朝拜圣地一样，为了虔诚的信仰而刻意受苦受罪。”（路遥：《路遥全集·早晨从中午开始》，北京十月文艺出版社，2013年，第176页。）

② 罗洛·梅：《权力与无知：寻找暴力的根源》，郭本禹等译，中国人民大学出版社，2013年，第228页。

评判他人。虽然爱自己的敌人需要神的恩典，但对敌人怀有怜悯之心，却是可能实现的人性。”① 显然，这样的怜悯之心，就是一种基于信仰的爱和仁慈。它意味着与别人痛痒相关的共情能力，也意味着对冷漠的自我主义倾向的彻底克服。

然而，路遥从小所接受的情感教育，他所接受的生活哲学和价值理念，并不培养人的体现着普遍同情的“怜悯之心”。那是一种要让贾府里的焦大与林妹妹彼此隔膜和仇恨的生活哲学，是一种要让约翰·洛克菲勒的后代与马丁·路德·金的后代相互对立和敌视的价值理念。那种充满斗争激情的生活哲学，那种充满狭隘意识的价值理念，有两个极为突出的本质特征：一个是缺乏同情心，一个是自我中心主义。“缺乏同情心”，这个很好理解，因为，那种非理性的“斗争”，本质上就是冷漠的态度和冷酷的行为。那么，为什么又说“自我中心主义”是它的本质特征呢？因为，在这种无情的斗争中，几乎每一个人都有一种发挥突出作用、显示自我存在的强烈愿望，都有一种不择手段地获得安全、肯定和奖赏的利己主义动机；为了实现自己的这些个人目的，他们可以出卖和伤害任何人，包括自己的亲人和朋友。

虽然，路遥通过自觉的个人努力，极大地克服了“斗争哲学”对自己的消极影响，克服了自己内心的好斗冲动，克服了对世界和他人的冷漠和敌意，但是，那种在特殊时代培养起来的顽固的自我中心倾向，依然残存在他的内心深处。所以，他对完全无辜的人说出“我原谅你”，而不是“请原谅我”，也就不是什么难以理解的事情了。

可以肯定地说，“我原谅你”这种话，史铁生是不会讲的。因为，他内心的“最高价值观”，他的博大而温柔的怜悯之心，都不允许他讲这样的话。相反，他会同情别人的痛苦和不幸，会怀着深深的不安和自责说：“请原谅我”。

是的，在中国当代作家中，史铁生几乎是唯一将自己的精神和情感提

---

① 罗洛·梅：《权力与无知：寻找暴力的根源》，郭本禹等译，中国人民大学出版社，2013 年，第 229 页。

高到了“最高价值观”水平的作家，几乎是唯一解决了根本性问题的作家，即解决了爱与恨、善与恶、怜悯与宽恕、苦难与拯救等问题的作家。

正因为这样，史铁生的写作，才达到了充满“忧悲”情怀和“爱愿”精神的伟大境界：“面对他者和生活，他的内心充满深沉的忧悲情怀和博大的爱愿精神。他具有‘匡正’现实生活和建构理想生活的文化自觉，试图通过写作积极地影响人们的‘心魂’和内心生活，教会人们如何有尊严地面对苦难与死亡，如何积极地与世界和他人保持爱的关系。所以，他虽然多以自我的苦难体验为叙写内容，但却超越了个人经验的狭隘性，表达了对人类命运的深刻理解和深切关怀，——就像他评价一部作品时所说的那样，通过对‘不尽苦难的不尽发问’，‘使人的心魂趋向神圣，使人对生命取了崭新的态度，使人崇尚慈爱的理想’。”①

如果说，路遥的写作，标志着此岸意义上的现实主义写作的最高成就，如果说，史铁生的写作，标志着彼岸意义上的理想主义写作的最高成就，那么，如何将路遥的此岸现实主义与史铁生的彼岸理想主义结合起来，如何将我们时代的文学提高到真正伟大的境界，就是对那些怀有伟大抱负和崇高理想的中国当代作家的考验。

2020年10月2日，平西府

① 李建军：《大文学与中国格调》，作家出版社，2015年，第126页。

第四节　时代的辙迹与爱情的心迹

——路遥的短篇小说

练习写小说，须自短篇始。非谓短篇更易写，而是说它形制短小，便于初学者知其大要，掌握技巧。吴见思谓太史公十表序，无一不佳，而《六国年表》序更妙：“字字如堆花簇锦，绝无一懈笔，读之万过，口颊犹香。”也许，他怕人们对这些短小文字，不甚措意，等闲视之，遂特别提醒：“大文大法，小文小法。吾愿世之读《史记》者，大篇不能即通，先看其小篇入可也。”① 无论读书，还是写作，由小而渐至于大，由浅而渐至于深，都是很可靠的方法。当然，天分高者，无师自通，或者一开始便读“大篇”，或者一上手即写中篇或长篇，自可越次躐等，不囿常法。

路遥就属于很有天分的小说家。他眼界宽，气魄大，有思想，有激情，非有宽展的腾挪空间，不足以骋其志，尽其才，所以，更适合写中篇小说和长篇小说。对他来讲，短小而细巧的文体，无疑有些逼仄，难免使人束手束脚，无法大展宏图。他需要更大的文学视野和叙事空间。他要用恢宏而亢昂的史诗调性，要在时代和大地的开阔背景上，表达普通人内心的痛苦和希望，赞美平凡人物的人格精神和道德境界，揭示他们为了改变自己的命运所表现出来的勇气和力量。

① 吴见思评点：《史记论文》，上卷，台湾中华书局，1967 年，第 106 页。

尽管如此，路遥也像许多青年作家一样，选择从短篇小说蹒跚起步。他的短篇小说创作量并不大。自1972年发轫，至1984年改图①，准备写长篇小说，十二年间，总共发表了17篇。其中，“文革”期间4篇，包括《优胜红旗》（1972）、《代理队长》（1973）、《基石》（1973）和《父子俩》（1976）；“文革”后13篇，皆发表于1977至1984的七年间。2000年，由广州出版社和太白文艺出版社出版的《路遥全集》共收录短篇小说14篇；2010年，由北京十月文艺出版社出版的《路遥全集》共收录短篇小说16篇，增加了《不会做诗的人》和《在新生活面前》两篇。这两个版本的《路遥全集》都漏收了《代理队长》②。

就艺术性来看，路遥短篇小说的整体质量，并不很高。《卖猪》、《姐姐》、《痛苦》、《我和五叔的六次相遇》和《一生中最高兴的一天》诸篇允称佳作，余皆平平。你简直很难想象，一个短篇写作水平不过尔尔的作家，竟然能创作出《在困难的日子里》、《人生》和《平凡的世界》这样的中篇和长篇杰作，就像你很难想象，长期在文学的半山腰趑趄不前的陈忠实，竟尔歘然凌绝顶，创作出了《白鹿原》那样的巨著。文学之秘妙，盖难言之矣！

小说是时代生活的镜像。路遥的社会题材的短篇小说，记录了1970年代初期至1980年代初期十余年间中国农民的生产活动和生活状况，描写了他们面对巨大社会变化的复杂心态，表达了他们对现实的焦虑和对未来的希望。有必要指出，路遥的这类小说，大都与现实贴得太近，失却洞察人生本相所需要的距离感，故而显得热情大于理性，理念大于生活，想象大于事实；其中的部分作品简单，粗糙，虚假，高调得不近人情，夸张得不

① 短篇小说《我和五叔的六次相遇》发表于1984年（《钟山》第5期），但是，1982年路遥就开始为创作《平凡的世界》做准备了（路遥：《平凡的世界》，人民文学出版社，2004年，第422页）。

② 1973年7月24—25日，发表于延川县工农兵文艺创作组编的《山花》第15期。

近事理，显然是从众人共用的模子拓出来的。然而，能从这样的阴翳未开的文学幽谷，奋翅振羽，飞翔到《在困难的日子里》、《人生》和《平凡的世界》那样的文学高地，足见路遥之才气和勇力，洵非龌龊常流可比。他有着自觉的“自反批评”意识和极强的自我超越能力①。

小说也是作家特殊形态的精神传记。即便在纯然虚构的小说里，也曲折地表现着作者的个性、趣味和思想。在任何一部自传色彩很强的小说里，作者自己的生活轨迹和情感历程，皆隐然可见，甚至历然在目。在路遥的爱情题材的短篇小说里，读者分明可以看见作者的情感经验，看见他的被辜负的爱情，以及治愈情感伤痛的叙事动机。

一、“双浪主义”模式下的文学写作

尽管现代文学理论和文学写作不断给人们提供新鲜的观念和方法，但是，现实主义和浪漫主义仍然是阐释中国当代文学特殊现象时无可替代的概念。如果不弄清楚这两个概念，我们就无法分析和描述当代文学在特殊情形下的基本模式，就无法为分析路遥的短篇小说作品，找到可靠的观察角度与合适的阐释框架。

现实主义与浪漫主义是人类表达情感和展开叙事的两种截然不同的重要方法。就技巧形式来看，现实主义尊重对象世界，强调分寸感、客观性和精确性，更多地依赖理性、观察和经验，就像美国学者彼得·G. 罗所概括的那样：“现实主义主张用直接观察法对现实开展更加实证的调查，反对仅仅依赖关于一个场景或事件的二手知识。……真诚和自觉的客观性被结合起来，用于阐释当代生活的根本状况”②；而浪漫主义则以作者为中心，显示出主观、直接和夸张的美学倾向，更多地依赖激情、想象和观念。就目的来看，现实主义试图使人看见真的生活，看见包含在细节里的真理和

① 具体分析见李建军《论作家的自反批评》（《中国文学批评》2021 年第 1 期）。
② 彼得·G. 罗：《公民现实主义》，葛天任译，译林出版社，2021 年，第 56 页。

意义，而浪漫主义则致力于展现理想化的图景，使人感受到想象力带来的震撼，感受到激情带来的振奋。极端化的浪漫主义，则将人的主观性冲动推向极致，倾向于以极端夸张的方式来发泄情绪，或以极端理想主义的方式来表达愿望。

在很长的时间里，尤其是在十年“文革”期间，文学写作所追求的，不是对生活和个性的多样化表现，而是对抽象的“生活本质”的形象化反映。这种以认识论为基础的创作方法，被认为是唯一科学和正确的方法。一开始，它昂昂然以现实主义新文学的创造者自任，甚至自视为现实主义发展的最高阶段。到后来，它发现，单用现实主义这个概念和方法，很容易束缚住自己的手脚；于是，它试图用现实主义与浪漫主义相结合的方式，为自己开辟一条全新的文学道路。然而，在融合的过程中，唯意志论和主观主义使它逐渐偏向浪漫主义一边，越来越偏离现实主义的原则和精神。到最后，它便完全摆脱了现实主义的束缚，成了纯然单一性质的文学，即极端而片面的浪漫主义文学。尽管这种文学喜欢将自己归入现实主义谱系，但是，这无法改变这样一个简单的事实——那些靠着一腔激情和抽象观念写作的作家，实在就是十足的浪漫主义作家，或者，用美国著名文学批评家欧文·白璧德的话说，“多是具有浪漫主义想象的极端典型”①。

作为一种特殊形态的文学现象，这种极端而片面的浪漫主义，既不同于卢梭式自我中心主义的恣纵的浪漫主义，也不同于缪塞式感伤主义的病态的浪漫主义；既不是雨果式的充满爱的精神和人道主义激情的浪漫主义，也不是惠特曼式的像暴雨后的密西西比河一样泥沙俱下的浪漫主义。欧文·白璧德说：“……没有什么东西本身就是浪漫的东西，只有想象才能使它变得浪漫。浪漫主义就是纯粹为自己而在事物中追求幻觉因素。”② 这句

---

① 欧文·白璧德：《卢梭与浪漫主义》，孙宜学译，商务印书馆，2016年，第111—112页。

② 欧文·白璧德：《卢梭与浪漫主义》，孙宜学译，商务印书馆，2016年，第245页。

话，用来批评别的浪漫主义，或许大体不差，但是，用它来解释中国当代文学中特殊形态的浪漫主义，似乎并不恰切。因为，此浪漫主义并非“为自己”的浪漫主义，而是“为他者”的浪漫主义；不是个人化的浪漫主义，而是整体化的浪漫主义；不是创造性的浪漫主义，而是因循性的浪漫主义。它可以被命名为“功能浪漫主义”。它的全部动机和首要任务，就是按照外在的社会指令和美学模式，创作出用以满足直接需要或实现临时目的的作品。

这种特殊形态的功能浪漫主义，是从政治意识和社会理念中产生出来的浪漫主义，是一种体现着特殊的时代情绪的浪漫主义。它包括两个方面：“道德浪漫主义”与“美学浪漫主义”（简称“双浪主义”）。就道德精神来看，它自信而热情，用严格的道德标准要求自己，以期达到纯粹而高尚的道德境界；就美学精神来看，它夸张而极端，喜欢用强化的修辞和高亢的调性来写作，即便在那些貌似朴素而低调的现实主义作品里，你仍然可以看见夸张而高调的浪漫主义本质；就与自然和外部世界的关系来看，它否定和谐，强调斗争，蔑视外部世界，无视自然规律，无节制地夸大人的能力，喜欢以征服者的姿态面对一切，就像赫尔岑所说的那样：“对于它来讲，精神和物质不是处于和谐的发展中，而是处于斗争之中，处于不协调之中。自然是虚妄，不真实的，一切自然的事物都被否定了。”① 它不喜欢内敛的道德意识和含蓄的美学气质，尤其鄙视基于理性和常识的客观性和分寸感。对这种模式的浪漫主义文学来讲，事实和客观性本身并没有价值，而立场和倾向性则具有特别重要的意义。丧失客观性和事实感的文学，就是主观而片面的文学，就是理念化的文学和公式化的文学，当然，也就是缺乏真实感和生命力的文学。路遥早期的《优胜红旗》等四个短篇小说，就是用“双浪主义”方法创作出来的。在“文革”后的过渡阶段，这种方

① 赫尔岑：《科学中华而不实的作风》，李原译，商务印书馆，1959 年，第 32 页。

法仍然影响着他的修辞和叙事。

在这种简单化的生活理念和写作图式下，人的个性内容，生活的复杂意义，都被抽空了。人不再是有思想的人，不再是能感受到爱和哀伤的人，而是简单而苍白的符号。朴素的日常生活和寻常的个人生活，是没有意义的，因而很难成为文学叙事的主题内容。只有那种组织起来的特殊的社会化活动，才值得作家和艺术家赞美和表现。劳动就是社会生活的主要内容，也是文学叙事和艺术表现最重要的主题。路遥“文革”期间所写的四篇小说，也莫能例外，几乎全都以劳动为主题。

作为一种特殊形态的人类活动，任何积极意义上的劳动，都必须服从两个条件的制约：一个是外在的自然节奏的制约，一个是内在的身体条件的制约。就自然节奏说，人必须按照季节的更替，来调整自己的劳动节奏，在播种、耕耘和收获的季节，节奏可以紧张一些，在冬季农闲的时候，节奏就应该舒缓一些。就人的身体条件说，任何人的体力和耐力都是有极限的，不可能始终保持高强度和快节奏的劳动状态，因而要给劳动者以可以自由支配的休闲时光；同时，身体条件也会因性别和年龄而不同，这就意味着要对女性、老人和儿童采取保护态度，以免对他们的健康造成伤害。

然而，大规模、高强度和无差别，却是极端化的集体化劳动的基本特点。在高度组织化的集体劳动中，人们常常用男性的劳动考评标准来要求女性，而全年满勤的快速度和快节奏，被视为所有人积极劳动的表现。不仅如此，为了提高劳动强度，为了加快劳动节奏，组织者竟然将体育模式引入劳动的激励机制，掀起所谓的“劳动竞赛热潮”。路遥的短篇小说《优胜红旗》①，表现的就是这种高强度和快节奏的“劳动竞赛”。小说一开始，就叙述团支部书记二喜，在一夜雨秋天后的早晨，刚刚睡醒，就回忆起了“前些日子”的劳动情景：

① 1972年12月16日发表于《山花》第7期；后又发表于《陕西文艺》1973年第7期。

> 前一晌，在大队开展的社会主义劳动竞赛热潮中，农田基建队分了两个组：一组由大队支部书记委员石大伯领导，另一组由他这个团支部书记领导。两组龙腾虎跃地展开了一场热火朝天的竞赛。在那些日子里，大家都是“天不明起身半夜里回，两手老茧一身泥”。工地上，歌声笑语，人来车往，交织着一片镢头和铁锨的闪光；拍打梯田塄子的“乒乓”声，像六月里连枷上了场，震得崖畔直吼叫。
>
> 工地黑板报上，那两条表示进度的红粉笔线，在交替上升。
>
> 石大伯不愧是个吃钢咬铁的老汉。别看他身架瘦小，力气却大得惊人，周围几十里路上，谁不知道他的名声！
>
> 他使用的铁锨又大又重，别人拿上一天，累得腰困腿乏，可一到他手里，就像拿起他的烟袋锅那样得心应手。你看他那架势：一条腿撑着，一条腿蹬着，两只铁钳似的胳膊，把个沉甸甸的铁锨甩得圆舞舞的，汗水把那件老布褂子都湿透了。他打过的梯田塄子，硬得像铁壳壳。他一边打，一边还向大伙招呼着：“胳膊上用点劲！”“打结实！”……那股子劲头呀，真叫他这后生怯火。①

对任何人来讲，劳动都意味着肉体的疲劳和痛苦，甚至意味着精神上的压力和考验。为了保护人的身体和精神不受伤害，就必须将劳动的强度和时长，控制在合理的范围之内。因此，任何从黎明前开始，直到“半夜里”才结束的时长超过十四小时的劳动，都属于极端性质的劳动，都意味着对人的身体尊严的漠视和对人的身体健康的伤害。很多时候，这种大规模劳动的最终目标和效果设想，并不那么明确和科学，因而，人们付出巨大代价的劳动和投入，常常付诸东流，毫无成效。这是一种形式意义大于实质意义的劳动组织方式，也是一种强制性和低效率的劳动管理方式。人不再

---

① 路遥：《路遥全集·一生中最高兴的一天》，北京十月文艺出版社，2013年，第16—17页。

是劳动的积极的主体，而是被动的客体。在这种消极性质的劳动里，人们很少体验到劳动的快乐和价值。

极端化的劳动意识，必然是一种唯意志论的劳动理念。它倾向于无限制地夸大人的劳动能力，夸大人们承受疲劳和痛苦的韧性与耐力。《优胜红旗》中的这个姓石的老人，简直不知疲劳为何物。他是“吃钢咬铁的老汉”，他有“两只铁钳似的胳膊”，他力气“大得惊人”。纵然如此，他也定然是知道疲劳的血肉之躯。他的那把铁锨，别人拿上一天，就会累得“腰困腿乏”，他不可能总是“就像拿起他的烟袋锅那样得心应手”。如果说，极端化的劳动方式，本质上是不自然的，甚至是有害的，那么，赞美极端化劳动的公式化的写作模式，就是不真实的，甚至是违反小说的叙事伦理的。所以，无论《优胜红旗》的细节描写显得多么鲜活和生动，无论作者的辞情显得多么热情和激昂，都不能改变这种写作模式本质上的夸诞和矫作。

比较起来，短篇小说《基石》① 的问题，就更加严重。小说的主人公，也是一个五十开外的“老头”。《优胜红旗》中的老人姓“石”，像石头一样坚硬；这篇小说中的老头宁国钢，则不遑多让，竟然有个叫“硬过钢”的绰号。这是一个在战争年代受过重伤的残疾军人。他失去了一只眼睛，左手也只有三根指头。然而，就是这样一个需要特别体恤和照顾的残疾军人，却在工地上干着最苦最累的活：“稍微有点驼的背，被太阳晒卷起一层层皮鳞，黑黧黧的。花白的头发，让汗水浸拧成一些小绳捻。那握钎的胳膊肘上，亮晶晶的汗珠一滴接着一滴滚落下来，浸湿了一小摊石末末，随着锤钎的起落，他面前的石头上，冒起了一股股白烟……”② 这样的描写，当时读来，或许令人意气飞扬，而今读来，却使人心生恻悯。无论作为老

---

① 1973 年 5 月 23 日发表于《山花》第 15 期；1973 年 7 月 10 日发表于《陕西文艺》创刊号。

② 路遥：《路遥全集・一生中最高兴的一天》，北京十月文艺出版社，2013 年，第 2 页。

人，还是作为残疾军人，他都应该受到社会的体恤和优待，而不应该让他拖着残疾的身躯，干如此苦累的重活。

当然，我们无须责备作家。在那样的时代氛围和叙事语境里，路遥似乎也只能这样写作。特殊时代有自己的特殊观念和特殊标准。这是一种基于愿望而不是现实的观念和标准。一旦“道德浪漫主义”的火焰燃烧起来，人们就很少考虑人不能承受什么，而是要求人应该承受什么。意志将征服一切。当意志的力量不可羁縻的时候，任何对于人的体恤和同情，都显得很不入时，甚至显得落后和可鄙。于是，生活只能是那个坚硬的样子，文学也只能是那个坚硬的样子。

任何一个优秀作家的精神结构，他所创造的文学世界的意义结构，都有时代性和超时代性两个维度。就连莎士比亚那样的伟大作家，也有向时代的流行的观念和趣味妥协的时候，就像美国首位戏剧文学教授布兰德·马修斯所说的那样：“诗人有可能是先知，这是真的；但是戏剧诗人必须活在当下，他不能在戏剧中宣扬过于超出当时观众理解的理论和推测，他必须迎合他们的口味。”① 自时代性维度看，无论是路遥，还是莎士比亚，在意识、情感和表现方式方面，都不可避免地表现出特殊的时代气质和时代风格；区别只在程度上：优秀的作家只是有条件地妥协和“迎合”，而不成熟的作家则无条件地把自己交了出去，使自己的创作沦为随时代之风飘转的羽毛。

写于1973年的《代理队长》的主题，就稍微复杂一些。这是一篇表现完全忘我的劳动精神和完全无私的集体意识的小说。在这篇小说里，赵万山虽非石头品质或钢铁精神的人，然亦庶几矣乎，也表现得极为耐苦和耐劳。他几乎没有片刻安闲的时候，连安安静静地吃饭的工夫都没有。他总是能在自己端起饭碗的一瞬间，发现让他不得不放下饭碗的大事情。第一

① 布兰德·马修斯：《剧作家莎士比亚》，罗文敏、魏红华译，人民出版社，2021年，第228页。

次端起碗，他忽然看见不太正经的懒汉赵有贵，要把生产队的“干酸枣刺”偷回家，于是，便立即放下饭碗，跑出门劝告这个没有燃料做饭的人，把公家的柴火送了回去。第二次端起碗，他又发现水渠的“水口脱了”，于是，又放下饭碗，赶到田地里堵水。到终了，他也没能坐在自家炕头，从从容容地吃顿饭：“他走过去在小枣树杈上取下那个吃了一口的馍馍，用布衫子擦掉泥巴，走一步，咬一口，向村前的老柳树上那口古铜大钟走去……”① 一切都显得那么极端和不自然。为什么要这样呢？为什么不能家常一些呢？难道人们不应该产生这样的困惑和怀疑——这种不让人安安静静地吃顿饭的生活，是不是有点太违情悖理？难道人们不该多给那些孤苦无助的个人一些同情——为什么没有人关心一下那个可怜的无家无室的赵有贵，关心一下他的午饭是怎么吃的？清人陆陇其在其家训中说：“乡邻有旦夕不举火者，能救之否？若犹未也，五伦达道，玷缺且多”②。然而，放在《代理队长》的语境中来看，这些芥豆之微的事情，并不值得关念，而古人的不忍之念，也很不合时宜。对于小说中的人物赵万山来讲，时代性的意志和观念所包含的精神力量，显然比“泛爱众而亲仁”的古老思想所包含的情感力量，更加强大，也更有影响力。

《父子俩》（《陕西文艺》1976 年第 2 期）是一个关于两代人在公与私问题上展开冲突的故事。父亲高进发老汉思想落后，把公家的化肥给自己家背了一袋。儿子三星身为民兵队长，思想好，觉悟高，大公无私，说服父亲把偷来的化肥，送还给公家。他从父亲的行为里，看到了很多东西。他发现，父亲的自私，都是过去的“旧时代”造成的：“爸爸经历了一个多么可怕的前半世！地主的皮鞭和资本家的文明棍曾给他的身上留下了受屈辱的‘纪念’——伤疤；同时，也给他小生产者的心灵里留下了很难愈合

---

① 延川县工农兵文艺创作组编：《山花》，1973 年 7 月 16 日第 18 期，第 4 页。

② 陆陇其：《陆陇其家训译注》（上），张猛、张天杰选编、译注，上海古籍出版社，2019 年，第 113 页。

的旧意识的创伤。而头发苍苍的老人，只承认前者是被压迫者受损害的印记。对于后一点，他只是笑笑，用那句说顺了口的话说：‘实憨憨才不给自个儿打小九九哩……’”① 事实上，事情并不像儿子所说的那样复杂。父亲偷盗的根本原因，不在别处，而在现实的困境和可怕的贫穷。一旦人们无法获得满足最低需要的生活必需品，一旦他们在饥饿和贫困中煎熬和挣扎，那么，这种将公产据为己有的偷盗，就有可能普遍发生。所以，在个人财产极端匮缺的时代，身处冻馁交加困境的人们，从自己也有份的集体财产里“背”一些回家，就不是个别现象，而是极为常见的现象（《代理队长》中的赵有贵就背了公家的一捆酸枣刺回家）。米瑟斯（亦译“米塞斯”——引者注）说：“人类行为的善与恶、好与坏总是通过它要达到的目的以及它带来的后果来评判的。”② 这样，作家应该关注和思考的，就不是这种现象本身，而是导致这种现象发生的原因，以及由此原因造成的严重后果。

1932 年 10 月 29 日，肖洛霍夫写信给斯大林，忧心忡忡地反映了在农村普遍发生的偷盗现象：“播种期间，集体农庄庄员在大量偷盗籽种。……在一系列集体农庄和地区，这种盗窃行为便带有普遍性。有时还是有组织的：生产队长和播种员串通一气，合伙采取行动。”③ 1933 年 4 月 4 日，他又写信告诉斯大林，由于粮食收购定额太高，导致农村发生了“群众性的盗窃粮食现象”：“在收割时偷盗，在打谷场上偷盗，在一切地方偷盗！不光是偷盗，活儿也不好好干了。”④ 在 A. H. 雅科夫列夫院士主编的《20 世纪俄罗斯档案文件》之《苏联检察院对 5810 例反苏维埃鼓动宣传活动案

---

① 路遥：《路遥全集 · 一生中最高兴的一天》，北京十月文艺出版社，2013 年，第 27—28 页。

② 路德维希 · 冯 · 米瑟斯：《自由与繁荣的国度》，韩光明等译，中国社会科学出版社，1995 年，第 64 页。

③ 孙美玲编译：《作家与领袖：米 · 亚 · 肖洛霍夫致约 · 维 · 斯大林（1931—1950）》，北京大学出版社，2000 年，第 44 页。

④ 孙美玲编译：《作家与领袖：米 · 亚 · 肖洛霍夫致约 · 维 · 斯大林（1931—1950）》，北京大学出版社，2000 年，第 53 页。

件的司法复查（1953—1991）》中，关于公民盗窃的记录，可谓比比皆是①。所以，最根本的原因，不在那些不相干的事情和无辜的人身上，而在社会资源严重匮乏造成的贫穷本身。索尔仁尼琴笔下的玛特辽娜，是一个非常善良的女人，一个虔诚的信徒，但是，她也不得不去偷公家的煤。因为，公家挖出来的煤，“不卖给居民，只给领导们，归他们领导的工作人员都能有一车——教师，医生，厂里的工人。而他们居民无权领取煤炭——这件事问都不能问。”② 于是，人们只好去偷，“白天女人们出去，还不止一次。遇到好天气，玛特辽娜要弄回六口袋。”③ 在费·阿勃拉莫夫的长篇小说《普里亚斯林一家》中，老实得不能再老实的安娜也偷窃集体农庄打谷场上的麦子，还被自己的儿子撞见了。儿子跑到农庄干部安菲萨·彼得洛夫娜家里说：“这可怎么办？我们怎样生活呢？父亲在前线牺牲了，可是母亲这么没出息，竟会动手去拿农庄的麦子。他那时候真是年幼无知。他没想到，母亲正是为了他，为了饿得嗷嗷叫的弟妹们，才去拿那么一丁点儿麦子的。”④ 同样，在沙拉莫夫的《科雷马故事》中，偷窃是一个很重要的主

---

① A. H. 雅科夫列夫院士主编：《苏联检察院对5810例反苏维埃鼓动宣传活动案件的司法复查（1953—1991）》（上），方琼、唐福山译，人民出版社，2010年，第48、50、150、178、189、214、216、239、246、276、315、347、351、412、422页等；A. H. 雅科夫列夫院士主编：《苏联检察院对5810例反苏维埃鼓动宣传活动案件的司法复查（1953—1991）》（下），方琼、唐福山译，人民出版社，2010年，第779、787、797、798、801、802、807、814、817、826、834、845、855、857、863、895、903、1150、1219页等。盗窃案件之多，可谓更仆难数。在这些偷盗者中，甚至有受过高等教育的知识分子。事实上，早在1921年，萨拉托夫省省委马尔丁诺夫等人就向托洛茨基等人报告了农民组织起来大规模抢劫粮食的严峻问题（沈志华总主编、郑异凡主编：《苏联历史档案选编》，第5卷，任建华等译，社会科学文献出版社，2002年，第18—19页）。

② 索尔仁尼琴著、张建华选编：《索尔仁尼琴读本》，人民文学出版社，2012年，第158页。

③ 索尔仁尼琴著、张建华选编：《索尔仁尼琴读本》，人民文学出版社，2012年，第159页。

④ 费·阿勃拉莫夫：《普里亚斯林一家》，第二卷，张继馨等译，上海译文出版社，1984年，第364页。

题，而普遍发生的偷窃，则严重地败坏了科雷马的道德氛围，“人类灵魂的这种腐败，在很大程度上要归咎于窃贼世界和刑事犯，这些人的趣味和习惯，在科雷马的整个生活中无处不在。”① 可见，无论在什么地方，无论人们有多么善良，当个人的生活陷入绝境的时候，偷窃就会普遍发生。在可怕的饥饿和巨大的痛苦面前，严格的道德堤防，严厉的惩戒手段，未必总能奏效。

然而，在“双浪主义”的叙事模式里，无论何种被动性质的偷窃，都很难引起作家的怜悯和同情，也很难得到他们的理解和宽容。在这里，你可能会看到偷银器的冉阿让，但不可能看到宽恕他的米里哀主教。然而，纵使没有米里哀，也要改造冉阿让。这意味着，必须设计一个简单而有效的思想教育模式和道德完善模式。在《父子俩》接近尾声的部分，路遥先是发了这样一段议论：“生活啊！生活啊！浪涛一般推进的生活，不断给人们提出了一次又一次的严峻考验！无疑问，经受一次考验，就能跨入一个新的境界。除过那些被利欲完全熏黑了心灵的人，谁都会被革命的浪涛带入生活主流而前进的。尽管这前进的步伐有大小快慢的差别。”② 随后，通过乐观而高调的叙事，作者让偷化肥的父亲，跨入了“一个新的境界”。高进发老汉不仅把背回家的一袋化肥，送到了派出所，而且，还脱胎换骨，洗心革面，将自己的思想觉悟提高到了令人满意甚至惊叹的水平。他准备在社员大会上说说自己偷公家化肥这件事。他从公社的张书记听到了对儿子的夸赞。对着张书记，他通过沉思，用自己家门前的疙疙瘩瘩的老槐树作譬，暗示自己也要“长进”，也将像树一样“齐楚楚”地长得高大。

事实上，路遥实现写作模式转换——以《在困难的日子里》为标志——之后所创作的现实主义优秀作品，与他“文革”期间创作的“双浪

① 瓦尔拉姆·沙拉莫夫：《科雷马故事》，黄柱宇、唐伯讷译，广西师范大学出版社，2016 年，第 217 页。

② 路遥：《路遥全集·一生中最高兴的一天》，北京十月文艺出版社，2013 年，第 29 页。

主义”小说，构成了一种深刻的对话关系，甚至构成了一种尖锐的解构关系。正因为那种形式大于实质的劳动是低效的，所以，《在困难的日子里》中的马建强才会陷入大饥荒的可怕境地；正因为那种不自然的劳动方式，压抑着人的劳动积极性和创造力，给人们的身心造成了严重的伤害，所以，《平凡的世界》中的田福军和孙少安们，才冒着巨大的压力和风险，推进“包产到户”的农业生产责任制改革，为自己争得了劳动的自由和创造财富的机会；正因为那种消极性质的劳动不能给人带来有尊严和有意义的生活，所以，《人生》中的高加林和《平凡的世界》中的孙少平，才迫切地想离开农村，想摆脱这样的劳动。

就现实主义文学写作来讲，作家的想象空间、叙事风格和文化气质，以及他所能达到的高度，都与他所处时代的文化状态和生活状况，与他所要塑造的人物的人格境界和道德水准，构成一种深刻的因果关系和明显的同构关系。如果没有良好的文化环境和精神氛围，如果没有伟大的文化成果和思想资源，如果没有值得关注和描写的杰出人物或悲剧人物，就不可能产生真正伟大的文学。明代文学批评家王世贞说：“呜呼！子长不绝也，其书绝矣。千古而有子长也，亦不能成《史记》，何也？西京以还，封建、宫殿、官师、郡邑，其名不雅驯，不称书矣，一也；其诏令、辞命、奏书、赋颂，鲜古文，不称书矣，二也；其人有籍、信、荆、聂、原、尝、无忌之流足模写者乎？三也；其词有《尚书》、《毛诗》、《左氏》、《战国策》、韩非、吕不韦之书足荟蕞者乎？四也。呜呼！岂惟子长，即尼父亦然，《六经》无可着手矣。”① 王世贞的文学观点，让那些唯“创新”是务的人很不耐烦，也很受那些蔑弃传统的激进主义者的鄙薄，因而，常常被定性为“复古主义”。事实上，王世贞的这段话，非但不是保守主义的浅见薄识，而且，还揭示了一个重要的文学规律。

---

① 王世贞著：《艺苑卮言校注》（上），罗仲鼎校注，人民文学出版社，2021 年，第 132 页。

同样的情况，亦见之于世界别处。法国启蒙主义时代产生了许多天才式的人物，但是，却再也看不到意大利文艺复兴时代的机智与讽刺。原因何在？瑞士学者布克哈特的解释是："伏尔泰和他的同伴们，无疑地并不缺少这种否定精神；但在十八世纪，哪里去找大批适合于嘲讽的人物呢？那些无数的高度地和典型地发展了的人物，各种有名的人物，政治家、教士、发明家和发现者，文学家、诗人和艺术家；他们当时全都使他们的个性得到最充分和最自由的表现机会；这一群人是存在于十五世纪和十六世纪的。……艺术史可以注意这个事实。"① 像王世贞一样，布克哈特也是一个古典主义者；像王世贞一样，布克哈特也认为，如果时代没有产生出值得描写的人物，那么，文学也就不可能凭空创造出这样的人物。说到底，任何个人的创作，都不过是时代精神和时代气质的直接或曲折的反映。

是的，任何作家的写作，都受内外两方面因素的制约：内受作家主体精神和主观能力的制约，就此而言，他有什么样的人格、思想、价值观和创造力，就会创造出与此相对应的作品和人物；外受时代的文化结构和社会环境的制约，就此而言，有什么样的时代，就会有什么样的作家和什么样的文学。生活影响着创作，现实制约着想象。单凭作家内在的浪漫主义激情和天马行空的幻想，不可能塑造出真正有生命力的人物，也不可能创造出真正有价值的小说作品。

路遥早期阶段的写作，就属于被动而困竭的写作。自内观之，他的主体意识处于昏昏然的沉睡状态，所以，总是亦步亦趋地按照流行的价值观和文学模式进行写作；自外观之，"可称书"的文化事象与"足模写"的人物形象，似乎也并不丰富和多样。这样，他在"文革"期间创作的四个短篇小说，虽然也显示着一定的才华，但是，缺乏特殊的个性内容，缺乏对生活的独到观察和深刻理解。内容的空洞和虚假，情感的苍白和僵硬，美

---

① 雅各布·布克哈特：《意大利文艺复兴时期的文化》，何新译，商务印书馆，1979 年，第 175 页。

感和思想的贫乏，既是路遥这些小说的主要病症，也是那个时代文学写作上普遍存在的问题。

英国学者蒂莫西·加顿艾什说："奥威尔不是莎士比亚。他不是公认的天才。他也不是天生的英语大师。他早期的许多作品极其糟糕。"① 路遥也不是天生的汉语大师。他早期的四篇小说作品，也无足称道。但是，他是一个天分很高的作家。就像他清楚地知道《惊心动魄的一幕》写得不成功一样，他也清楚地知道自己早期的短篇小说写得不成样子。这样，进入精神解放的"新时期"，他就通过真正意义上的艰辛探索，通过积极的否定自我的"自反批评"，进入了真正自由的写作状态，最终根据自己的经验和思考，写出了让无数读者动情和共鸣的杰作。

二、过渡时期的复杂面影与混沌心象

人类的历史从来就是复杂而沉重的过程。一个时代结束了，另一个时代开始了。然而，时代与时代之间的过渡和转换，并不是短时间内可以完成的。新与旧缠绕在一起。旧的压抑着新的，新的抵拒着旧的。只有经过一个艰难而痛苦的过程，新时代才能从旧时代的束缚中脱身而出。即便这样，旧的力量仍然不会就此寂灭。它只是暂时处于蛰伏状态。它等待和寻找新的机会。所以，过渡并不是结束，而是转换。历史就是由一次又一次的转换构成的。

人们在文化修养和认知能力上的差别，以及在权力关系和利益分配关系中所处的位置，决定了他们转换和对改革的态度，决定了他们完成精神生活的某一过渡阶段的迟速，决定了他们在思想和人格发展上所能达到的高度。有的人，一旦进入新时代，就开始自觉地清理自己的旧意识，用路

① 蒂莫西·加顿艾什：《事实即颠覆：无以名之的十年的政治写作》，于金权译，广西师范大学出版社，2014 年，第 333 页。

遥的话说，就是“清理自己的血液”①。有的人，由于心理上的失衡和精神上的障碍，虽然脚步迈进了新时代，但意识却落在后面，无法迅速适应变革时代的生活，须得经过较长的时间，才能勉强完成观念和心理上的转换。当然，也有一些人，认知能力低下，意识结构锁闭，终其一生，都未曾摆脱人格和心理上的幼稚状态。

十年“文革”结束，文学开始复苏。它像冻土下深埋的种子，发芽，破土，并向上伸展。这是一个缓慢而艰难的转换过程。人的意识和行为的变化，有若蝉蜕蛇解，洵非易事，就像一位人类学家所说的那样：“个体的人格与社会的行为模式在相当一段时期内不会轻易改变。”② 只有经过艰辛的努力，经过痛苦的自我否定，那些充满文学理想和创造激情的作家，才能将文学上的旧意识和旧风调，汰浣尽净，才能最终完成人格和思想上的成长。

事实上，即便那些最伟大的天才作家，也难免要受时代的拘限，甚至会表现出一些与20世纪作家颇相仿佛的问题。布兰德·马修斯就认为，莎士比亚的创作并非“一贯完美无瑕”：“《罗密欧与朱丽叶》是在他年轻不成熟时创作的，还受到了时代的影响。有很多台词都是（用）夸张的豪言壮语来表达的，这在当时的舞台用语中很常见。即使是在罗密欧的某些话语中（尽管只是在早期的情节中），我们也会发现一些纯属异想天开的话语，牵强附会的比较，颇有伊丽莎白时代拙劣诗人自命不凡的习气。”③ 所不同者，伟大作家有很强的自我批评能力。他们知道自己的问题在哪里。随着

① 1983年3月16日，路遥在题为《漫谈小说创作》的发言中说：“要认真清理‘四人帮’的错误艺术观念，清理十七年的错误、混乱的艺术观念，即要自觉地清理自己的血液！”（《路遥全集·早晨从中午开始》，北京十月文艺出版社，2013年，第107页；着重号为原文所加。）

② 许烺光：《美国人与中国人》，沈彩艺译，浙江人民出版社，2017年，第120页。

③ 布兰德·马修斯：《剧作家莎士比亚》，罗文敏、魏红华译，人民出版社，2021年，第96页。

人生阅历的丰富和写作经验的成熟，他们会逐渐摆脱“时代的影响”，会逐渐克服“自命不凡的习气”，从而将自己的创作提高到成熟而伟大的境界。

路遥过渡时期的小说创作，也经历了一个艰难而曲折的复杂过程。在1970年代末期和1980年代最初的两年，他的作品仍然带有“文革”时期“双浪主义”文学的明显印迹。他试图摆脱旧的文学意识和写作模式，但是，直到写作《你怎样也想不到》和《黄叶在秋风中飘落》的时候，那种已经化为无意识的东西，仍然影响着他的思想和情感，甚至微妙地影响着他的语言风格和修辞方式。只有到了真实而坦率地叙写自己的人生经验和情感体验的时候，他才最终摆脱了僵硬的“双浪主义”文学观念和写作模式对自己的束缚和影响，逐渐走上了文学的正途。

《不会做诗的人》（《延河》1978年第1期）是路遥进入“新时期”以后发表的第一篇虚构作品。这是一篇带有反思色彩的小说。察其命意，盖在叙写“文革”期间务虚与务实的冲突，准确地说，在叙写政治浪漫主义与经济现实主义的冲突。小说的主人公刘忠汉，是一个把生产建设放在第一位的公社书记。他对当时极“左”派在全国推行的“赛诗会”和“评法批儒”活动，极为反感。他批评这种把生产一线的上千万人集合起来搞的“政治”，压根不是什么政治：“评古人，论死人，把个秦始皇吹得比马克思都伟大了。操蛋！法家那么革命，要共产党干啥哩？”[①] 因为拒不配合这些政治任务，他惹怒了地委副书记，被撤换到副食公司当主任。但是，这挡不住他工作的热情。他在新单位照样把工作干得有声有色，成绩斐然。

虽然这篇小说的主题在批判凌空蹈虚的极左事象，但是，从艺术上来看，它并没有摆脱“文革”文学的窠臼。作者仍然在正确与错误尖锐对立的简单模式里来组织情节。没有复杂性，也没有丰富性。人物的性格和情感，还是那么苍白；人物之间的关系和冲突，还是那么简单。主人公的名

① 路遥：《路遥全集·一生中最高兴的一天》，北京十月文艺出版社，2013年，第36页。

字“刘忠汉”三个字，就是一个简单化的符号，传递着直接而明显的修辞信息。作者对他的形象的描写，仍然显示着“文革”文学的伦理精神和美学趣味。英雄人物的身体，必须是“结实”的，脸庞必须是“黑而粗糙”的，胡子也必须是“硬”的，衣服必须是朴素的，甚至是破旧的：“他一身连季衣服，天热了单穿，天凉了套穿，早已被风雨和汗水洗得灰不灰，蓝不蓝，你眼睛凑上去看半天也确定不了究竟是啥颜色的。”① 显然，在这个人物身上，我们所看到的，是一副似曾相识的面影，是一团新旧杂糅的心象。一个人肯干实事，固然难得，但是，非得穿破旧的衣服，才配得上他的美德吗？在谈到“人的外貌的描写”的时候，布克哈特盛赞文艺复兴时代的意大利人对于审美眼光的普遍训练，“这种训练使得意大利人能够对于人体的美丑做出正确无误的判断。……阅读这个时代意大利作家的作品，我们不能不惊讶于他们抓住外部特征的敏锐性和准确性，以及描述个人一般外貌的全面。”② 然而，路遥和他的同时代作家，却没有受过这样的训练。他们不能用平等的态度对待人物，也不能用美学的方式观察人。在他们眼里，人只不过是显示特殊观念和身份的功能化符号。所以，他们通常不是按照美的法则精细而准确地描写人，而是按照抽象的原则夸张而歪曲地描写人。这样，无论是对人体的外在描写，还是对心理和话语的内在描写，都必然会显得虚粗糙而虚假。在小说的最后部分，刘忠汉对同事小王所说了这样一通话：“他谁反对我们这样想，反对我们这样做，他谁就是我们的敌人！我们，永远也不能背叛千千万万的革命先烈交待给我们的伟大事业！”这些话说得斩钉截铁，气冲斗牛，但也显得生硬、无趣和虚假。然而，小王听了这一通慷慨激昂的高调话语，却吹捧他说：“刘书记，谁说你

---

① 路遥：《路遥全集·一生中最高兴的一天》，北京十月文艺出版社，2013年，第32页。

② 雅各布·布克哈特：《意大利文艺复兴时期的文化》，何新译，商务印书馆，1979年，第376页。

不会做诗啊!”① 他不知道，这不是诗，而是文艺腔。在现实生活中，没有谁会这样讲话，没有谁像刚开始学写作文的中学生一样，把话说得如此别扭，如此做作。这分明是无滋无味的散文。诗云乎哉!

短篇小说《在新生活面前》(《甘肃文艺》1979年第1期)，也是一篇没有摆脱旧模式和老腔调的应景之作。曹得顺老汉是县机械厂的老铁匠。为了实现在1980年实现农业机械化的目标，上级决定将机械厂升级为成修造厂。这就意味着只会打铁的曹老汉将失去自己热爱的工作。因为没有文化，他不可能学会操作机器。这让他沮丧而又愤怒。他把自己没有文化的不幸，归罪于旧社会：“他咬牙切齿咒骂旧社会不能使他念一天书!”② 然而，像他一样在“旧社会”没念过一天书的机械厂书记冯国凡，却硬是凭着一股顽强的劲头，写得一笔好字，读了很多书，成为“全县公认的有水平领导”③。于是，曹得顺老汉欲以冯书记为榜样，开始从识字和简单的算术开始学习。最终，他成了“值得自豪的现代工人”，用机器制造出了合格的工件。他终于把梦变成了现实：“两颗晶莹的泪珠在这个老铁匠的烟灰色脸上滚落下来。啊，这一切多像是梦，可明明都是真实的呀!”④ 在他的感召下，他那总是挖苦他的老伴，也准备学文化，要像他一样“成神”呀。

显然，这是一篇未脱“双浪主义”气质的小说。作者对生活的理解是简单的，对人物心理的描写是肤浅的。小说中的人物，并没有摆脱那种封闭而狭隘的认知框架。他们的情感显得外向而天真，甚至显得有点孩子气。他们把生活中的一切不圆满和不如意，都诿过于不相干的他者，迁怒于一个近乎缥缈虚无的对象。对他们来讲，生活就像一道四则混合运算题那样简单，也只有一个简单的答案。他们都是唯意志论者。意志无往不胜。只

---

① 路遥：《路遥全集·一生中最高的一天》，北京十月文艺出版社，2013年，第49页。

② 路遥：《路遥全集·一生中最高兴的一天》，北京十月文艺出版社，2013年，第52页。

③ 路遥：《路遥全集·一生中最高兴的一天》，北京十月文艺出版社，2013年，第54页。

④ 路遥：《路遥全集·一生中最高兴的一天》，北京十月文艺出版社，2013年，第63页。

要你愿意，你就能如愿以偿；只要你努力，你就能径情直遂。他们看不见人的有限性——看不见人的意志的有限性，看不见人的道德的有限性，看不见人的智慧和能力的有限性。这样，从人物塑造的角度看，这篇小说就于真实感和深刻性两失之。没有真实感和深刻性，就没有真正的文学，也不会有文学的魅力和生命力。

短篇小说《夏》（《延河》1979 第 10 期）以 1976 年 4 月 5 日的“天安门事件”为背景，叙写了人们在时代转换前的不满、焦虑和期待。也许是为了丰富作品的内容，作者植入了一个略显扑朔的爱情故事。在比较长的篇幅里，两条线索，一隐一显，互相交织，但却没有达到理想的叙事效果。作者的颇显芜累的叙事，既缺乏深刻的思想内容，也缺乏引人入胜的故事性。这依然是一篇未脱“双浪主义”藩篱的失败之作。

写于 1979 年 8 月的《青松与小红花》（《雨花》1980 年第 7 期）也存在同样的问题。在这篇小说里，作者将两个隔得比较远的人物——一个是自卑而孤独的北京知青吴月琴，一个是公社书记“黑煞神”冯国斌——放在一起，讲述了一个误解与和解的故事，中间还夹杂着吴月琴与农村青年运生轻飘飘、不自然的爱情故事。

冯国斌对吴月琴有着深深的误解，曾经严厉地批评过她。然而，就在听人说吴月琴跟生产队长运生谈恋爱，越来越“不像话”的时候，他却开始责备自己对她关心不够。他到吴月琴教书的乡村学校来看她，竟然无意中听到了她对运生的坚定而热烈的爱情表白：“咱俩死死活活在一块生活吧！我不会给你做针线，但我能吃下苦！我情愿跟你受苦受罪一辈子……”① 运生拒绝了吴月琴，说她跟自己结婚，“就等于我把你害了”。接着，是吴月琴痛哭。她说，自己要像亲哥哥一样看待运生，要把运生的妈妈当作自己的亲妈妈。听了这些话，运生也哭了。

---

① 路遥：《路遥全集·一生中最高兴的一天》，北京十月文艺出版社，2013 年，第 116 页。

听了两个年轻人的对话，冯国斌的反应，异常强烈："冯国斌浑身的血直往头上涌来。他猛然感到一阵眩晕。他跌跌撞撞来到院当中的一棵老槐树下，把那黑苍苍的脸靠在冰凉粗糙的树干上。两颗如此年轻而纯真的心，感动得他鼻根一阵又一阵发酸。"① 他立即找有关领导，推荐吴月琴到地区师范学校上学。然而，吴月琴却拒绝了他的好意。她看见了老冯的"一颗纯正善良的心"，但是，她不愿意让陷入逆境的冯书记因为她而受牵累。两年以后，1977 年，吴月琴终于以优异成绩，考上了首都的一所著名的理工科大学。

这篇小说写人对人的善意与同情，赞美"纯真善良的心"；对一个缺乏温情的时代来讲，这，当然是难能而可贵的。但是，由于作者没有克服"双浪主义"模式的影响，遂使原本含着悲剧意味的叙事，偏离了客观而真实的现实主义叙事原则，导入了欧仁·苏式的浪漫主义叙事模式。一切都显得太过简单，简单得近乎草率和随便。生活矛盾的复杂性，人的情感的复杂性，都让作者凭着一片善意给过滤掉了。

这种简单化的浪漫主义叙事，也见之于短篇小说《匆匆过客》(《山花》1980 年第 4 期)。这篇轻飘飘的扬善之作，有点像鲁迅的《一件小事》。虽然它篇幅较短，结构也还紧凑，但是，却并没有将让车票给别人的好人好事，升华为丰富的叙事内容。它既缺乏深刻的意义，也缺乏丰富的诗意。小说所写的事情是好的，但因为开掘不深，写得又过于简单，最终显得有些缺乏意义和力量。

当然，在路遥新时期的短篇小说写作中，现实主义的意识也在逐渐觉醒，就像欧文·白璧德所说的那样："浪漫主义虚幻性的极端总是倾向于造成一种极端的倒退，因为想象只徜徉在自己幻想的王国，最终人们开始感到需要重新恢复自己对事实的感觉。"② 路遥开始回到真实的生活，开始恢

---

① 路遥：《路遥全集·一生中最高兴的一天》，北京十月文艺出版社，2013 年，第 117 页。
② 欧文·白璧德：《卢梭与浪漫主义》，孙宜学译，商务印书馆，2016 年，第 110 页。

复自己对事实的感觉。他开始站在同情农民的立场，来反思和叙述某些农村政策存在的问题，来揭示农民阶层所承受的压力，所感受到的委屈。早在写于1977年的《不会做诗的人》中，刘忠汉竟然在年底的一个多月的时间里，就完成了全县剩余的百分之三十多的生猪和鸡蛋收购任务①；对此，无论是作品中的人物，还是作品外的作者，都不曾心怀不忍，以问题视之——他们没有意识到，这样的“高征购”会给农民造成什么样的委屈和伤害。但是，到了1979年写的《青松与小红花》中，公社书记冯国斌就意识到了对农民“高征购”的严重性。他很严厉地对县委书记说：“最重要的是上地区给咱把‘高征购’顶住！上面那几位老爷头昏了，好像不是农民养的，把农民往死路上逼哩。”② 但是，这样的情感，只是表现在人物的零碎的话语里，而没有转化为丰富的细节和完整的叙事。到了《卖猪》（《鸭绿江》1980年第9期）和《一生中最高兴的一天》（《西安晚报》1984年3月31日）等作品中，路遥才将农民艰难的生活状况，将自己对农民的同情，细致而完整地表现了出来。

从时代背景来看，《卖猪》所讲述的，是发生在改革开放初期的故事。小说一开始，叙述者就告诉读者：“六婶子的命真苦。一辈子无儿无女不说，到老来，老头子偏得了心脏病，不能出山劳动挣工分了。”③ 为了补贴家用，她辛辛苦苦，很用心地养了一头小猪。她准备卖了小猪，再添点钱买个大点的猪，这样，到春节就能长成像样的肥猪。在卖猪的路上，她捡到了公家收购站丢失的一只大猪，但是，她毫无据为己有的心思，而是想赶到城里，交还给公家。赶巧，两个“公家人”寻来了，丢掉的猪，就物归原主了。然而，六婶自己的猪，却卖得很不顺利，很不顺心。几个戴红袖标的人拦住了她，要强行收购她的猪。她心想：“这几年不是没有红卫兵

① 路遥：《路遥全集·一生中最高兴的一天》，北京十月文艺出版社，2013年，第46页。
② 路遥：《路遥全集·一生中最高兴的一天》，北京十月文艺出版社，2013年，第120页。
③ 路遥：《路遥全集·一生中最高兴的一天》，北京十月文艺出版社，2013年，第127页。

了吗，莫不是又搞起了‘文化大革命’了？”她的猪娃娃，被这几个人以远远低于市场价的价格收购了：

那个黑胡巴茬的人就从钱袋里数出几张票来，递到六婶子面前：“给！”

六婶子现在才反应过来，原来这些“红卫兵”把她的猪给收购了。她急得赶忙说：

“哎呀，我这猪前村里张有贵一口掏下十五块钱我都没卖呀！我八块钱买的猪娃娃，喂了半年，倒还赔了两毛钱！我不卖给你们！我到猪市上去买呀！”

“哈哈哈……”那几个戴红袖标的人大笑了。那个黑胡巴茬的人手指了指墙上贴了一张纸，大声说：“县革命委员早发通告了，所有的仔猪都要统一收购，统一出售，自由交易猪是资本主义！你们老百姓不识字，难道连耳朵也不长吗？就没听说县革委会发了通告？”

老婆婆的眼睛顺那人的手指往墙上看去：那的确是一张告示，上面盖着朱红官印，比猪背上的那个还大。

她猛感到眼前一阵发黑。她还能再反抗吗？这可是“公家”的告示呀！她对“公家”的感情是无法用语言表达的。她过去为了“公家”，曾没明没黑地在麻油灯下做过公鞋；在辗磨上推碾过公粮；在农业社会里，只要是公家的，就是一粒麦穗穗，她也要拾起放在公场的庄稼垛上。而就在刚才，她还是“公家”的那口肥猪还给了“公家”呀……想不到“公家”现在把她的“小黑子”就这样“买”了，才给她七块八毛钱……她想到她害病的男人顶着火辣辣的日头挖药材；想到她为这个猪娃娃受的那些罪；又想到今年和明年连个量盐买油的钱都没指望了，忍不住鼻根一酸，泪花子在老眼里转开了……

她央求她面前的这些人说：“你们都是好公家人，我也是好老百姓，你们就行行好嘛！我是张家坪张六的老婆，我一辈子没生养过，无儿无女，吃的有咱农业社哩，就是零用的钱要自己打闹哩。我老两口都老了，做不成其他营生了，没来钱处，就靠一年养口猪卖点钱，量盐买油哩……”

这些人已经忙着收购其他人的猪了，对这个老婆子的一番可怜话听也不听。

那个黑胡巴茬的人把那七块八毛钱塞到六婶的手里，便和另外几个人推着一架子车收购来的猪，扬长而去了。①

这分明就是一篇别样形式的《卖炭翁》。在路遥的短篇小说中，如此具有现实感和冲突性的作品，不少概见，难得一觌。在健全的市场秩序尚未形成的过渡时期，这样的冲突和矛盾，绝不是偶然发生的个别事件。从《卖猪》的情节事象里，人们看见了底层农民生活的艰难，也看见了实现市场经济改革的必要性和迫切性。

《一生中最高兴的一天》也是一篇很有现实主义意味的作品。作者在对照性的叙事中，讲述了改革开放带来的巨变，也通过父亲的对着录音机的回忆，叙述了改革开放前农民的境遇：“冬天的时候，公社把各大队抽来的民工都集中到寺佛村，像兵一样分成班、排、连，白天大干，晚上夜战，连轴转到了年底，还不放假。到过年的前一天，公社书记来宣布说，要过革命化春节，过年不放假了。大家一听都炸了。大年三十早晨，所有的民工都跑了个精光。嘿嘿，我起先还不敢跑，后来见众人都跑开了，我也就跑回来了。”② 接下来的叙事，才是这篇小说的主体内容。父亲关于买猪肉

---

① 路遥：《路遥全集·一生中最高兴的一天》，北京十月文艺出版社，2013 年，第 131—132 页。

② 路遥：《路遥全集·一生中最高兴的一天》，北京十月文艺出版社，2013 年，第 397—398 页。

的叙述，与《卖猪》的情节，遥相呼应，构成了一种微妙的互文关系。农民没有随便养猪的自由，所以，也就无法解决自己的吃肉问题：“你大概记得，那年头私人不准养猪。集体养的猪又不能杀，要交给公家。那时候嘛，队里能有多少粮喂猪？养几头猪，卖给公家。公家再给发点肉票，到一家头上，也就那么几斤。咱家的几斤肉票早让你舅舅拿去给儿子办喜事去了。唉，再说，就是有肉票，你们母子手里也没一分钱呀！”① 要过年了，岂可无肉？父亲终于铤而走险。他假县委书记之威，敲开了县肉食门市部的后门，并冒称自己是书记的“亲戚”，要求他们卖给他几斤猪肉。他在肉库里看到了大量优质的猪肉。他如愿以偿。他用自己仅有的四块钱，以八毛钱一斤的价格，买了整整五斤猪肉，而且都是最好的“刀口肉”。在回家的路上，他又以每斤一块六毛钱的价格，卖了二斤半猪肉给高家庄的高五，这样他等于白得了二斤半猪肉。所以，这一天就成了特别令父亲高兴的一天。

显然，这并不是一个美好的故事。它也许会让故事中的父亲高兴，但是却让故事外的读者心酸。它使人看见了特殊时代农业生产管理方式的落后，看见了农民生活的艰辛和不易，甚至看见了城镇居民和农民在生活资料分配上的差别。作者的态度是隐蔽的，甚至是含混的。在平静而从容的叙事中，通过近乎超然的叙事调性，他向读者传递了隐含在字里行间的复杂情感，其中既有同情，也有反讽；既有喜悦，也有感伤。

在路遥的所有短篇小说中，《我与五叔的六次相遇》（《钟山》1984 年第 5 期）也许最能反映社会转型的复杂性和改革开放的艰难性，也最具社会内容和思想深度。任何改革都意味着权力关系和利益分配模式的变化。一切伟大改革的目的，都是将所有人从被动的处境中解放出来，并赋予他们以更多的权利、自由和尊严。这就必然会触及一些人的特权和利益。小说中的五叔张志高之所以反对改革，就是因为生产承包责任制剥夺了养尊

① 路遥：《路遥全集·一生中最高兴的一天》，北京十月文艺出版社，2013 年，第 398 页。

处优的权力和不劳而获的利益。

五叔张志高是张家堡大队的党支部书记。他对生产没有兴趣，却喜欢“胡成精”，乐此不疲地配合各种形式主义的运动。结果，“许多年一股劲这运动那运动，弄得村里人粮没粮，钱没钱，就是挣下一公窑奖状。”① 在“评法批儒”的运动中，他竟然弹着土三弦唱道：“我的三弦就是机关枪，对准孔老二的黑心肠……”县里和公社来的干部对他的表演大加赞赏，但是，“我”却对五叔的丧失尊严的表演深感痛心：“我为此真想哭一鼻子。五叔，你为什么活成了这个样子？是谁让你成为这样样子的？”② 然而，五叔自己并不觉得难过和痛苦。他喜欢这样的热闹生活。

改革开放的新政策，极大地改变了农村的“蚁群式的生活方式”：“土地和人，一切积极性似乎都调动起来了”；粮食获得了巨大的丰收，农民摆脱了“令人毛骨悚然的饥饿史”③。新政策彻底改变了农民的生活，“给父亲这样的人带来了一种希望：在土地上自由创造的希望；想用劳动换来巨大收获而满足自己劳动者尊严的希望！”④ 然而，五叔却对这巨大的变化视而不见。他的脑袋里装满了陈旧的观念和严重的偏见：他反对包产到户，说这“比刘少奇的三自一包还厉害”；他反对“给地富子弟平反”，抱怨“这些人现在翘尾巴，看不起咱贫下中农”；他担心自己的权力失效，没有人可以领导⑤。特殊身份和领导地位的丧失，使他深感委屈，很是不满。他说自己从“一辈子说人的人，活成个人下人了”⑥。他把自己的失败和不如意，都归咎于改革和新政策。他在土地上没有劳动的热情，反而跑到省城倒贩粮票，做一些歪门邪道的生意。然而，虽然他已经不适合做基层组织

① 路遥：《路遥全集·一生中最高兴的一天》，北京十月文艺出版社，2013年，第360页。
② 路遥：《路遥全集·一生中最高兴的一天》，北京十月文艺出版社，2013年，第361页。
③ 路遥：《路遥全集·一生中最高兴的一天》，北京十月文艺出版社，2013年，第336页。
④ 路遥：《路遥全集·一生中最高兴的一天》，北京十月文艺出版社，2013年，第348页。
⑤ 路遥：《路遥全集·一生中最高兴的一天》，北京十月文艺出版社，2013年，第343页。
⑥ 路遥：《路遥全集·一生中最高兴的一天》，北京十月文艺出版社，2013年，第340页。

的领导人，“可是他仍然一直是张家堡大队的党支书……”①不称职者仍然尸位素餐，这说明，农村社会的基层改革，将是一个艰难而复杂的过程。在“我”的五叔张志高的身上，《平凡的世界》中孙少平的二爸孙玉亭的影子，犁然可辨，甚至可以看见“逛鬼”王满银模模糊糊的面影。

如果说，路遥1978年以后发表的《不会做诗的人》等大部分小说，使读者看见了作者对混乱时代生活的反思，看见了人物在过渡时代的模糊面影和复杂心理，那么，《我和五叔的六次相遇》则将焦点集中在了农村基层干部对改革的抵触态度上。通过包含着讽刺和同情的复杂调性的叙事，通过对五叔这一形象的塑造，路遥表达了自己对农村改革的忧虑：只要这样的干部继续尸位素餐，那么，农村社会的改革，就不可能一帆风顺，复杂而艰难的“过渡时期”，也很有可能出现种种人们意想不到的反复和波折。这篇小说标志着路遥的现实主义意识的觉醒，也标志着他的短篇小说写作的转折和变化。在《我和五叔的六次相遇》里，人们甚至可以看见《平凡的世界》的萌芽。

三、爱情的痛苦与文学的治疗

小说是作者隐蔽形态的心灵传记。任何虚构作品，都不可避免地反映着作者自己的情感、观念和人生经验。路遥的小说作品也不例外。1980年代初期，路遥集中写作和发表了四篇爱情主题的短篇小说：《姐姐》（《鸭绿江》1981年第1期）、《月夜静悄悄》（《上海文学》1981年第6期）、《风雪腊梅》（《鸭绿江》1981年第9期）、《痛苦》（1981年12月写于北京，《青海湖》1982年第7期）。在这些短篇小说中，读者分明可以看见作者对爱情的态度和理解，甚至可以看见他在爱情上的痛苦经验和伤害记忆。他的以爱情为主题的短篇小说里，有一种混杂着委屈、不平和无奈的情绪，

① 路遥：《路遥全集·一生中最高兴的一天》，北京十月文艺出版社，2013年，第333页。

甚至包含着尖锐的疼痛和强烈的悲抑。

瑞士学者尼·德·鲁热蒙说："如果爱情中没有逆境挫折，故事就没法讲下去了。而我们喜欢爱情故事，就说明我们喜欢看到爱情中的逆境挫折，喜欢看到激情与理智的冲突，喜欢看到它渐入高潮最后走向悲剧的结局，而不喜欢看到爱情的双方顺利结合然后迅速将爱火燃尽。想一想我们的文学作品。只有经历了漫长的不幸等待之后，情人们获得的幸福才能令我们感动。"① 在路遥的短篇小说中，也充满了爱情带来的挫折和痛苦。他的这些作品中的爱情叙事，虽然也有夸张的情绪色彩，但就其大体而言，却不是观念的产物，而是经验的结晶。

自童年时期，到青年时代，路遥经历过至少三次比较大的人生变故和精神痛苦。这些人生经验皆极大地影响了他的小说写作。

第一次人生变故，发生在童年时代。1957 年 12 月，因为多子而家贫，父亲将他过继给了延川的伯父。这给路遥留下了极为严重的伤害记忆，以至于他在成年后常常说起，屡屡提及。童年的遭遇极大地影响了路遥的情感和人格。从积极一面看，它促进了路遥的早熟，培养了他的独立精神；从消极一面看，它将严重的不安全感，带到了路遥的内心，并影响了他的生活态度。

童年的贫穷而屈辱的人生经验，在路遥的中篇小说《在困难的日子里》和长篇小说《平凡的世界》里都有描写。路遥之所以喜欢《白轮船》，孙少平之所以为其中的缺乏爱和安全的七岁男孩巴尔捷克流泪，就是他们有着相近的童年生活。

路遥的第二次人生变故发生在"文革"期间。1966 年 11 月，他与几个同学一起到北京"串联"，接受"检阅"；回到延川，成为红卫兵组织"井冈山"的领导者，后又成为延川中学"红色造反派第四野战军"（简称"红

① 德尼·德·鲁热蒙：《爱情与西方世界》，张文敬译，商务印书馆，2019 年，第 48 页。

四野”）的“军长”。在“造反”期间，路遥过上了可以吃饱饭的日子：“‘红四野’的营地固定在延川县城，设立了统一的灶房，专供当时参与人员用餐。这个阶段，再也不用每天为吃喝费心了。以前连肚子也吃不饱的农村孩子，现在可以放开肚子吃猪肉，这就是最大的好处……”① 他不仅能吃饱饭，而且社会身份也发生了巨大的变化。1968 年 11 月，他进入了“三结合”的临时权力结构——“延川县革命委员会”。“年仅 19 岁的王卫国，作为群众组织的代表，被结合进了这个最高权力结构中，成为‘新生的红色政权’——延川县革委会副主任。……王卫国虽然担任了这个相当于现在副县长职务的革委会副主任，却是延川县最高临时机构中的摆设。军队代表和革干代表副主任，是当时延川县核心领导小组成员，这些人有职有权；而王卫国的副主任，只是群众代表，不算是国家正式干部，他依然还是农民、学生身份，没有工资。”② 然而，就连这样的有名无实的光荣身份，他也只享受了短短的两个月。1969 年 1 月，他就被清理出了“革委会”，回到郭家沟生产队参加劳动。

后来，路遥在《早晨从中午开始》中这样写道：“中学时期一月只能吃十几斤粗粮，整个童年吃过的好饭几乎能一顿不拉记起来。然后是卷入狂热的‘文化大革命’，碰得头破血流……而今，你坐在这里从事这样崇高的工作，如果没有一个大的收获，怎么对得起自己？”③ 他的“碰得头破血流”的经验和记忆，比较集中地表现在《惊心动魄的一幕》里。他还计划写一部题为《十年》的长篇小说，专门叙写“文革”故事。

比较起来，第三次人生变故，即失恋的痛苦，对路遥的打击似乎更大，伤害也更为严重。路遥在《平凡的世界》中说：“人生中还有什么打击比得

① 张艳茜：《平凡世界里的路遥》，陕西人民出版社，2013 年，第 85 页。
② 张艳茜：《平凡世界里的路遥》，陕西人民出版社，2013 年，第 88 页。
③ 路遥：《路遥文集》，第五卷，人民文学出版社，2005 年，第 280 页。

上年轻时候的失恋对人的打击呢？那时候，人常常感到整个世界都一片昏暗。”① 他因为失恋而痛苦不堪，甚至产生了轻生的念头，“准备在家乡的一个水潭中跳水自杀”②。许多年后，初恋留下的那道伤痕，犹然令他的心隐隐作痛。有一次，在北京王府井的茫茫人海中，路遥与初恋女友不期而遇。她穿着红色衣服，还是往日的模样：“一样的小巧，一样的单纯，一样的礼貌和热情”。两人说了一会儿话，就各奔东西了。但是，路遥的心情，却很难平复。他来到东八里庄的鲁迅文学院，对好友海波讲述两人邂逅的经过时，依然情绪激动，不能自抑：

> 他突然从沙发上坐了起来，冲着我说：“难道不应该激动吗？你知道她是在什么情况下抛弃我的吗？你知道这种抛弃意味着什么吗？你知道雪上加霜吗？你知道一个人在最困难的时候身边的‘反手一刀’吗？你知道我为了证明自己吃了多少苦、受了多少罪，咬了多少回牙吗？”③

失恋的绝望和痛苦，强化了路遥内心的自卑感，也使他深刻地认识达到了爱情的复杂性。鲁热蒙说：“在西方文学里，幸福的爱情根本没有立足之地。而单相思的爱情又被认为不是真正的爱情。欧洲诗人最大的独特之处，他们在世界文学中的首先要标志，是他们能深刻地阐释出欧洲人的这种执念：在痛苦中感悟。”④ 事实上，全世界许多伟大的作家都在爱情的“痛苦中感悟”。路遥就是这样的作家。他赞美爱情，但也用悲剧的眼光来看爱情。在他的爱情叙事里，毫无坎坷和痛苦的圆满结局，极为少见；而相爱

---

① 路遥：《平凡的世界》，第一部，人民文学出版社，2004 年，第 270 页。
② 路遥：《路遥文集》，第五卷，人民文学出版社，2005 年，第 316 页。
③ 海波：《人生路遥》，广东人民出版社，2019 年，第 173 页。
④ 德尼·德·鲁热蒙：《爱情与西方世界》，张文敬译，商务印书馆，2019 年，第 49 页。

者的分离和悲情，则所在多有。痛苦和考验是路遥爱情叙事的主要叙事调性和模式。

几乎所有关于爱情的悲剧性叙事，都具有安慰和补偿的意义和作用。奥登说："年轻作家的作品——《维特》（*Wether*）是经典例子——是一种治疗行为。"① 1980年代初期的四篇短篇小说中的爱情叙事，就是路遥对自己的"治疗行为"。他通过小说叙事，来化解失恋带来的痛苦的记忆，来安慰自己和人物受伤的心灵，来克服身份带来的自卑和焦虑。有必要指出的是，路遥的爱情叙事，虽然痛苦，但不绝望，更不会以主观选择的死亡和毁灭来结束。别尔嘉耶夫说："从更深刻的意义看，爱与死常在一起。可以这样预测：爱与死的深刻联系定是世界文学的重要主题之一。"② 但是，除了个别的例外，路遥并不喜欢给爱情一个死亡的结局。他宁愿让自己的人物在经历苦难的考验之后，获得他们应得的那份幸福。他是温和型与和谐型的悲剧作家。他乐意看到人们战胜痛苦和绝望之后那平静而幸福的样子。

意识影响人的行为，经验改变人的意识。悲剧性的爱情经验极大地改变了路遥对人性和生活的认识，也在一定程度上改变了他的文学意识和写作方式，帮助他克服了小说叙事中的浪漫主义倾向。他开始以现实主义的态度来审视人生，来叙述爱情故事。爱情的挫折使他认识到，很多时候，影响爱情生活的决定性因素，是情感以外的东西，而不是情感本身。在路遥的小说叙事中，影响爱情的悲欢离合的决定性因素，不是人的情感态度，而是人的身份，具体地说，是人的户籍身份。路遥短篇小说中的几乎所有悲剧，都是由户籍身份的变化造成的。

一般来讲，人都是带有某种身份符号的人。身份体现着一个人的政治地位和经济地位，也响着人际关系和人们之间的交往。人们常常根据身份

---

① W. H. 奥登：《染匠之手》，胡桑译，上海译文出版社，2018年，第26页。

② 尼古拉·别尔嘉耶夫：《人的奴役与自由》，徐黎明译，贵州人民出版社，1994年，第198页。

来判断一个人，来决定以什么样的态度与他交往，或者与他建构什么样的关系。在特殊的社会结构和户籍制度下，干部与群众的身份是不一样的，“正册”与“另册”的身份是不一样的，城里人与农村人的身份是不一样的。正因为这样，在创作爱情故事的时候，路遥总是将社会身份和社会地位等因素，放在重要的位置来考虑。

在短篇小说《姐姐》中，姐姐小杏是一个美丽而善良的农村姑娘，是“周围村庄数一数二的俊女子”。她爱上了省城来的插队青年高立民。他的高干父母都被关了禁闭。他的副省长父甚至被打成了“大特务集团的头头”。在人人都对他这个“特务儿子”避之唯恐不及的时候，善良的小杏不仅同情他，帮助他，还爱上了他，甚至发誓，即便他被关了禁闭，也会永远等他。她对他说：“不怕！立民，只要我们一辈子真心相爱，就是你以后讨饭要吃，我也会永远跟着你的！”① 她的真心话让落难公子感动得“像娃娃一样呜咽着”。然而，生活的剧情像变戏法一样发生了逆转。高立民考上了北京的一所大学，他的父母也官复原职。他一下子从人下人的身份恢复到了人上人的身份。他终于给小杏写了那封他必然会写的信：

> ……我不得不告诉你：我父母亲不同意咱们的婚事（你大概在省报上看见了，我父亲又当了副省长）。他们主要的理由是：你是个农民，我们将来无法在一起共同生活。我提出让他们设法给你安排个工作，但他们说他们不能违背《准则》，搞“走后门”这些不正之风，拒绝了我的请求。父母亲已经给我找了个对象，是个大学生，她父母和我父母是老战友，前几年又一同患过难。亲爱的小杏，从感情上说，我是爱你的。但我父母在前几年受尽了折磨，现在年纪又大了，我不能再因为我的事而伤他们的心。再说，从长远看，咱们若要结合，不

① 路遥：《路遥全集·一生中最高兴的一天》，北京十月文艺出版社，2013年，第219页。

> 光相隔两地，就是工作和职业、商品粮和农村粮之间存在的现实差别，也会给我们之间的生活带来巨大的困难。由于这些原因，亲爱的小杏，我经过一番死去活来的痛苦，现在已经屈服了父母——实际上也是屈服了另一个我自己。我是自私的，你恨我吧！啊，上帝！这一切太可怕了……①

显然，高立民并不是一个无情无义的负心汉。他对小杏是有感情的。但是，他无法跨越由他们的身份造成的巨大鸿沟。“农民”这两个字，就是跨身份的爱情最大的敌人。唉！农民与高干子弟之间的身份，天上地下，大相悬绝，实在太难通约了。然而，这还不是主要的障碍。不同的户籍和由此决定的不同的粮户关系，即高立民所说的“商品粮和农村粮之间存在的现实差别”，才是农村人与城里人的最大差别，才是影响他们的爱情关系的最根本的问题。城镇户籍意味着有资格获得工作机会和解决吃饭问题。在严格凭证供应的时代，没有城镇户口，既无法找到工作，也无法得到粮食供应。父亲安慰姐姐小杏说，“我知道人家终究会嫌弃咱们的”，但是，“这土地是不会嫌弃我们的”②。其实，这不是一个简单的谁“嫌弃”谁的问题，而是社会身份造成的巨大隔阂的问题。平心而论，高立民所嫌弃的，恐怕并不是小杏这个人，而是她的身份，是她的身份所带来的那种巨大的压力和无法解决的困难。

短篇小说《月夜静悄悄》和《痛苦》所叙述的，也是身份影响下的爱情故事。它们有一个共同点，就是写农民身份的女青年，对农村身份的男青年的疏离。之所以说“疏离”，而不说“背叛”，就在于他们爱情原本就处于朦胧状态或萌芽阶段。尽管如此，并不影响我们讨论爱情故事背后的身份问题。

---

① 路遥：《路遥全集·一生中最高兴的一天》，北京十月文艺出版社，2013年，第225页。

② 路遥：《路遥全集·一生中最高兴的一天》，北京十月文艺出版社，2013年，第228页。

从塑造人物形象方面来看，《月夜静悄悄》几乎就是一篇失败之作。作者把大牛写得太不正常，太不体面了。他勤劳，善良，但也蠢笨，肮脏。他家贫如洗，常常愁眉苦脸。几乎没有人尊重他。然而，他却爱上了支书高明楼的女儿高兰兰：“自不量力的大牛，竟然不知从什么时候起，就在心里偷偷爱上了书记的女儿兰兰。这真是一个悲剧。无论从哪一个角度来看，这都可以说痴人做梦。但不论是什么人，有时候往往有这样的情况：对自己明明是不可能的事，却要做些非分之想，而且固执得要命。”① 不可思议的是，高兰兰竟然喜欢跟他玩，支使他到崖畔上拔野花；她对他也很好，简直到了体贴的程度。大牛脚上扎了根刺：“她很快从身上掏出一根绣花针，跪在他面前，一只温暖的、少女的手，小心翼翼地捉住糊着泥巴和牛粪的脚，剔出了扎的脚心的那根刺。当时，受宠若惊的他忍不住鼻根一阵又一阵发酸，激动得差点哭出来！”② 最后，在一个明亮的月夜，兰兰终于要嫁给城里干部的儿子了。这让大牛痛苦得近乎发疯。他搬起石头砸了来娶亲的汽车。在兰兰的百般劝慰下，他才消停下来。不久，村里的人们发现，大牛突然变成了一个纯粹的哑巴，每到有月亮的夜晚，就到公路下的河湾里溜达，有时还搬起一块石头砸到了地上。

阅读路遥的《月夜静悄悄》，很容易使人联想到保加利亚 19 世纪的著名作家埃林·彼林的短篇小说《列波》。列波是一个漂亮的小伙子。他爱上了高尔契朗大叔的女儿伏依卡：“她是一头美丽的农村里的小野兽，是一个随随便便、不太怕羞的、顽皮的女孩子。她知道自己有很大的诱惑力，因此十分任性和轻浮。她还不满二十岁，但她已经能够用她的一言一笑使得不止一个小伙子为之神魂颠倒了。”③ 列波要去当兵，伏依卡发誓不忘他。

① 路遥：《路遥全集·一生中最高兴的一天》，北京十月文艺出版社，2013 年，第 231 页。

② 路遥：《路遥全集·一生中最高兴的一天》，北京十月文艺出版社，2013 年，第 232 页。

③ 埃林·彼林：《埃林·彼林选集》，陈文贺、魏振动译，外国文学出版社，1980 年，第 77 页。

然而，列波退伍归来，却发现她移情别恋，爱上了杂货商人伊万乔。于是，伏依卡在河里洗澡的时候，列波用枪射杀了她。

《列波》是一篇令人震撼的悲剧性作品。在这篇颇似普希金《茨冈》和梅里美《卡门》的小说里，情节发展的动力，不是来自外在的身份，而是来自内在的情感；不是来自复杂的利益冲突，而是来自赤裸裸的人性。人物的性格轮廓，是极分明的；他们的情感和行为，也完全合乎他们的性格逻辑。这样，小说的情节便很自然地发展到了唯一合理的结局。

比较起来，《月夜静悄悄》中的同类人物，就显得性格模糊，行为幼稚，围绕他们展开的情节，则缺乏清晰的逻辑线索和充分的说服力。路遥没有进入人物的内心世界，也不懂得分析人物的心理。所以，无论是人物的心理活动，还是他的外在动作，都给人一种粗枝大叶、不合情理的印象。吴见思在解读《刺客列传》的时候，高度评价司马迁在描写人物心理和行为方面所达到的境界："夫以性命赠人，绝非孟浪之事，故写豫让、聂政、荆轲，其感恩知己之际，再四踌躇，不得已而后应，否则，非愚则狂，一莽男子耳。史公于此，不知费几许心思。幸弗轻易读过。"① 虽然刺杀是一种慷慨而决然的行动，但是，在司马迁笔下，人物的心理和行为，却并不简单和直突，而是"再四踌躇"，表现得极为审慎、缜密和曲折。司马迁站在人物的角度，设身处地，用心揣摩，真实而细致地描写出了人物投身赴义之前的复杂心理。直到写作《人生》和《平凡的世界》等作品的时候，路遥才掌握了这种贴着人物内心活动来写的技巧。

在《月夜静悄悄》这篇小说里，路遥虽然注意到了身份对爱情关系的决定性影响，但是，不合逻辑的情节设置，浪漫主义的细节描写，却干扰了小说的修辞和叙事，不仅无助于深化小说的身份冲突的主题，不仅无助于强化小说的由于身份冲突造成的悲剧性，还给人留下虚假而滑稽的印象。

---

① 吴见思评点：《史记论文》，下卷，台湾中华书局，1967年，第469页。

同时，路遥还忽略了人物的美感和精神价值的重要性。悲剧意味着受到人们欢迎和赞许的人物的不幸和灾难。然而，大牛不仅不是一个受人欢迎和赞许的人物，还是一个智力低下、有点滑稽的人物。他的命运固然不幸，但却很难说是真正意义上的悲剧。这样，面对他，读者就有一种无所适从的感觉：不知道是该同情他，还是该非笑他。布兰德·马修斯在批评《李尔王》的时候说："我们倾向于相信疯狂是在戏剧艺术的适当极限之外，就其效用而言，它不适合一个悲剧主人公。"① 假如埃林·彼林将列波写成一个疯狂的人，写成一个丑陋的、肮脏的、不受人喜爱的小伙，那么，《列波》的悲剧性就要大打折扣，它的价值和魅力也要大打折扣。然而，大牛不仅是肮脏和丑陋的，还是幼稚和疯狂的；这不仅造成了人物形象的分裂，还消解了小说本来想表现的悲剧性。

短篇小说《痛苦》的故事情节发展的动力，也来自于身份变化带来的冲突。高家村的大年与小丽恋爱了。考上大学的小丽，对落榜的大年说："我们年龄都小，以前是闹着玩的哩。本来，我真盼望我们一起上大学，将来……我心里很为你难过。大年，你想开些，你的学习本来不错，可人的命运难说。当然，我们将永远是好朋友！……" 由于大年没有考上大学，他们从此就属于不同身份的人。两个被分隔到不同世界的人，自然也就没有了"将来"。对大年来说，这意味着毁灭性的打击，但也使他在瞬间完成了自己的成年礼："在这短暂的一刻里，就把高大年从童年保持到现在的所有天真都永远地扫除干净了。是的，他第一次知道：人生实际上是多么严峻啊！"② 大年从此陷入了巨大的痛苦中。他像个哑巴一样，完全沉默了。夜晚，他睁着眼睛睡不着觉。他开始振作起来，一边劳动，一边复习。他还不顾父亲和哥哥的反对，帮助小丽生病的母亲干活。每当他被内心的痛

---

① 布兰德·马修斯：《剧作家莎士比亚》，罗文敏、魏红华译，人民出版社，2021年，第232页。

② 路遥：《路遥全集·一生中最高兴的一天》，北京十月文艺出版社，2013年，第320页。

苦折磨得死去活来的时候，他就在心里默念一句话："当我再见到你的时候……"最后，他终于考上北京的一所著名的工业大学。在经过省城的时候，他甚至打消了去看望小丽的冲动；他为自己的"无言的报复"，感到羞耻。在小说的结尾，路遥这样写道：

> 他来到市中心邮局，匆忙写了一张字条："小丽，请你尝一尝咱家乡的南瓜子。大年。"
>
> 他把字条塞进口袋，在柜台上拿起缝包裹的针线，笨拙地缝好这袋南瓜子，写上地址，寄了。
>
> 傍晚，当美丽的夕阳在城市的一边沉落的时候，去北京的直快列车开动了。车轮的铿锵声越来越快，越来越响；大年淳朴的脸紧贴着车窗，望着广阔的平原和无边的蓝天，眼里涌出了两颗亮晶晶的泪珠……①

这无疑是一个美好的故事。它的骄傲而又感伤的结局，显示着陷入困境的人对痛苦和不幸的超越，也显示着一种人格上的胜利。这种超越和胜利，既是人物大年的，也是作者路遥的。正是通过这样的叙事，路遥表达了这样的情感和心理：人可以被抛弃，但是不可以自弃；有的人，一旦成功，就会在一瞬间显示出身份上的优越，甚至表现得极端冷酷和绝情，但是，也有人始终保持着人性的善良和高贵，绝不会因为身份的变化而蔑视他人的尊严，甚至无视他人的痛苦。然而，在路遥的感伤主义的叙事调性里，读者分明可以感受到一种压抑着的痛苦。"亮晶晶的泪珠"里，也许有改变身份和命运带来的喜悦，但更多的，却是埋在记忆深处的痛苦和委屈。

在这四篇爱情主题的小说中，《风雪腊梅》的现实感最弱，浪漫色彩最

---

① 路遥：《路遥全集·一生中最高兴的一天》，北京十月文艺出版社，2013年，第326页。

浓，所存在的问题，似乎也最严重。如果说，在前三篇爱情主题的小说中，身份具有绝对的主宰力量，所以，在它面前，人的情感显得虚弱无力，不堪一击。也就是说，人和爱情一起败给了身份这个怪物。但是，到了《风雪腊梅》，路遥改弦更张，打算让自己笔下的人物，向不可一世的身份挑战，给农村人提供一次决然地向它显示勇气和尊严的机会。

冯玉琴是一个农村姑娘。因为貌美，她被地委第一书记的夫人、县招待所吴所长看上了。她想让冯玉琴做自己的儿媳妇，于是，便把她调进县招待所当服务员。在冯玉琴心目中，爱情是什么力量也改变不了的。然而，吴所长却说，世界上还有比爱情“更强大的力量”。冯玉琴并不知道这“力量”是什么，但是，她知道什么是宝贵和美好的。农村的生活虽然极端贫困，但是，那里有她的爱情，有她爱着的康庄哥。她不信任城里的有地位的人。她清楚地知道，自己要是跟地委书记的儿子结婚，会有什么样的命运：“尽管物质上她一生可能会富有，但精神上她肯定将会是一个奴隶。”①于是，她要像陕北民歌里的兰花花一样凛然和决绝，要像温柔的四妹妹一样忠于自己的爱情。她要摆脱成为城里人和正式工的诱惑，要摆脱人格上受侮辱和受伤害的窘境：

一种羞耻和恼怒的情绪像烘红的铁一样烫着她的心。她决定很快和这种可怕的生活告别，她再不愿意忍受这种折磨了。她不会屈服的！别看他们有钱有权，她并不爱这种荣华富贵。俗话说，千块块金砖万两两银，买房买地买不了人……

窗外已经听见风的吼叫声了，雪粒像沙子似的敲打着玻璃窗。她仍然站在灯前，脸上挂着两颗亮晶晶的泪珠，出神地看着那一枝金黄色的、放着凛冽清香的腊梅花。花呀，它怎敢在这冰雪里开放得这么

① 路遥：《路遥全集·一生中最高兴的一天》，北京十月文艺出版社，2013年，第244页。

娇艳呢？她猛然想道：人，难道不可以和这花一样吗？不畏强暴，不怕艰险，就是在极度恶劣的环境中也能保持住自己高贵的品质。冯玉琴！你难道不应该这样吗？①

为了赢得冯玉琴的心，吴所长煞费苦心，甚至把冯玉琴的恋人康庄哥也叫到了城里，安排了工作。康庄终于“吃上公家一碗饭了”，所以，他打算向现实低头：“感情是感情，现实是现实。我把一切也都看破了……”② 他对冯玉琴说：“我思来想去，咱可再不能回咱那穷山沟啊！我再过一个月就要转正哩！说心里话，好不容易吃上公家这碗饭，我撂不下这工作！实说，我爱你着哩！但一想回去就要受一辈子苦，撑不下来啊！没来城里之前，还不知道咱穷山沟的苦味；现在来了，才知道咱那地方根本不是人住的地方……”③ 所以，他劝冯玉琴跟地委书记的儿子结婚。冯玉琴的三哥哥见利忘义，但她这个四妹妹不能这样没出息。冯玉琴严厉地谴责了他。她离开了可耻的康庄，也离开了招待所，准备等天晴之后，就回到农村去。

冯玉琴显然是作者虚构出来的理想人物。为了强化她精神上的伟大，路遥用风雪中的腊梅来象征她的人格。就客观情形来看，在冰天雪地的北方高原，压根儿没有腊梅在户外傲然绽放，就像王安石在五言绝句《红梅》中所调侃的那样：“春半花才发，多应不奈寒。北人初未识，浑作杏花看。”④ 但是，为了叙事和描写的修辞效果，路遥宁愿承担细节描写失实的风险，也要将王安石五言绝句《梅花》所描写的气格——“墙角数枝梅，

---

① 路遥：《路遥全集・一生中最高兴的一天》，北京十月文艺出版社，2013 年，第 244 页。

② 路遥：《路遥全集・一生中最高兴的一天》，北京十月文艺出版社，2013 年，第 247 页。

③ 路遥：《路遥全集・一生中最高兴的一天》，北京十月文艺出版社，2013 年，第 248 页。

④ 王安石：《王荆文公诗笺注》（下），李壁笺注，上海古籍出版社，2010 年，第 1024 页。

凌寒独自开。遥知不是雪，为有暗香来。”① ——放到自己的人物身上。他细致地描写了寒风里的腊梅，描写了它傲然的样子和独特的芬芳。作者赋予它以巨大的象征力量，并将这力量传递给了冯玉琴，使她有勇气蔑视城里有权势的人，有勇气蔑视那足以彻底改变她的身份和命运的一切：“她穿着一身洗得发白的蓝劳动布工作服，围着一条鲜红的粗毛线围巾，独个儿在齐膝深的厚雪里吃力地向长途汽车站走去。她冻得通红的手里捏着一枝金灿灿的腊梅花，走一会儿，便凑到鼻子上闻一闻，或者在脸蛋上亲昵地偎一偎。”② 夸张而虚假的描写里，充满了中学生式的文艺腔，弥散着浓浓的浪漫主义气息。人们固然从中可以感受到拒绝的勇气和胜利的快意，但是，从现实性的角度来看，这种极度主观的描写和叙事，与其说是一种再现生活的现实主义努力，不如说是一种宣泄情绪的浪漫主义修辞行为。作者也许想用这种浪漫而虚幻的方式，实现精神对现实的超越和胜利。然而，他失败了。他也许没有注意到，在他的文字幻象的背后，“身份”这尊大神，正向那个在雪地上踽踽独行的姑娘，哂然而笑。其实，就近取譬，菊花就是很好的意象。张养浩“咏四景”散曲云：“此花。甚佳。淡秋色东篱下。人间凡卉不似他。倒傲得风霜怕。玉蕊珑葱。琼枝低压。雪香春何足夸。羡煞。爱煞。端的是觑一觑千金价。”③ 将冯玉琴比作陕北常见的秋菊，无疑更妥帖，更有助于表现她的性格与风骨。

如果说，在文学创作上，每一个作家都要经历摸索、发展和成熟这样三个阶段，那么，路遥在1972至1984年期间创作的17篇短篇小说，就显示着他在整个摸索阶段和发展阶段初期的创作状况。在他的摸索阶段的短篇小说中，人们可以看见“文革”时期“双浪主义”模式的典型特征；在

---

① 王安石：《王荆文公诗笺注》（下），李壁笺注，上海古籍出版社，2010年，第1023页。

② 路遥：《路遥全集·一生中最高兴的一天》，北京十月文艺出版社，2013年，第250页。

③ 隋树森编：《金元散曲》（上），中华书局，2020年，第296页。

他的发展阶段的短篇小说中，人们可以看见“过渡时期”社会变革和文学探索的艰难性和复杂性，也可以看见爱情叙事与社会身份和作者的情感经验的隐蔽而直接的关系。

路遥的短篇小说，虽然并不完美，但却有助于我们认识中国当代文学的某些特殊模式存在的问题，有助于我们认识路遥摆脱这些模式的艰难过程，有助于我们观察他的小说写作与他的情感经验之间的微妙关系。以这些短篇小说为参照，人们还可以看见，在后来的中篇小说和长篇小说创作中，路遥实现了什么样的超越，获得了何等样的成就。

2021 年 9 月 22 日，北京平西府

第七章

路遥的哈姆雷特们

小说是讲故事的艺术，也是塑造人物的艺术。一个伟大的小说家，要有讲故事的天赋，要使读者读起他的小说来兴味盎然，亹亹不倦。但是，仅仅这样是不够的。因为，小说艺术的最重要的任务，还不在此，而在塑造人物。故事是人物的故事，人物是叙事的轴心。小说家的最终目的和最高成就，就是塑造出足以成为人性与时代之镜像的人物形象。

判断小说家是否优秀的重要标准，就是看他是否塑造了一群能让读者记住和谈论的人物形象。这些虚构人物有自己的名字，有自己的个性，有自己的成长史，有自己的欢乐和不幸。他们没有什么个人隐私，内心世界几乎是完全开放的。读者可以不受限制地观察他们，了解他们最隐秘的心事，陪着他们一起欢乐和悲伤。假如他们足够真实，足够可人，那么读者就会视他们为一生的朋友。

小说是一个开放而平等的精神共和国。在小说的世界里，生活是多样而复杂的，人是自由而独立的；没有人对人的歧视，也没有人对人的奴役；人与人之间是我与你的人性关系，而不是我与它的物性关系。这意味着小说是一个真正属于人的世界，一个人与人可以自由交流的世界。作者不是傲慢的统治者，人物和读者也不是卑贱的被统治者。在充满共和精神的小说文本里，我们有机会感受最真实的情感体验，有机会了解最丰富的人生经验，有机会认识一群特别真实的人物，一群让你愿意为他难过或高兴的人物。

小说固然给读者乐趣，但也要他承担责任。从阅读小说的第一行字开始，读者就自然地获得了精神共和国的公民身份；这种身份意味着权利，也意味着责任：它就要求读者参与人物的生活，跟他们一起体验人生的幸福或不幸，一起认真地思考和艰难地成长，一起回答那些至关重要的问题。通过小说人物所构成的镜像，读者清晰地看见了自己，甚至看见了自己应然的样子。所以，我们读完一本小说，无论其中充满痛苦的泪水，还是充满欢乐的笑声，都会觉得特别快乐和幸福。

就人物形象塑造来看，路遥无疑是当代屈指可数的优秀小说家之一。

他的每一部成功的小说作品，都会给读者贡献几个甚至几十个会呼吸的人物形象。他们的性格鲜明而真实，给人一种亲切而可信的感觉。虽然《在困难的日子里》的理想主义的色彩过于明亮，淡化了苦难的狰狞面影，但是，它的主人公马建强，依然是一个真实而有力量的人物形象。《人生》中的高加林，则脱尽伪饰，个性分明，是当代小说人物中鲜活而饱满的人物形象之一。在《平凡的世界》里，不仅孙少平、孙少安、田晓霞这样的主要人物，令读者过目难忘，而且，像王满银、孙玉亭和田润叶等次要人物，也令人印象深刻。

从描写人物性格的角度看，从处理人与时代之关系的角度看，路遥的《平凡的世界》所采用的方法，比同时代早些年出现的几部影响颇巨的小说，似乎更加自然，也更为真实。在《芙蓉镇》和《许茂和他的女儿们》等作品里，小说家仍然没有突破描写人物的简单化模式，常常将复杂的生活矛盾，归结到几个坏人身上——在古华的作品里，王秋赦和李国香这样的毫无人性的坏人，是制造麻烦和痛苦的破坏者；在周克芹的作品里，给无辜者制造痛苦和不幸的，则是郑百如和郑百香这样的彻头彻尾的坏人。《芙蓉镇》对王秋赦的描写，也有点夸张的脸谱化倾向，不仅将他比作“秋蛇”，而且还把他写成一个极端可笑的无赖：“连自己这百十斤身坯，都是公家的了呢，你们谁要？哈哈哈，嘻嘻嘻，谁要？老子都给，都给！”①《许茂和他的女儿们》则将许秀云们的不幸，都归罪于郑百如这个蛇蝎心肠的歹人；近乎污蔑地送了郑百香一个“人肉坊”的外号，进而将她写成一个“专门散布谣言、播弄是非”② 的坏人。这种过于简单的写作方法，与此前流行的受阶级斗争意识影响的极端化叙事，并无本质上的区别。

然而，路遥却极大地摆脱了这种消极的写作模式的束缚。在早期的小说里（例如《惊心动魄的一幕》等），他也未能免俗，难免会习惯性地照着

① 古华：《芙蓉镇》，人民文学出版社，1981 年，第 21 页。
② 周克芹：《许茂和他的女儿们》，人民文学出版社，2004 年，第 162 页。

那种简单的善恶模式来展开叙事和描写人物；但是，从《人生》开始，他就用复杂和深刻的眼光，来观察人和生活，用更加真实和更加人性的方式，来处理人与人之间的复杂情感和复杂关系。也就是说，在路遥成熟期的小说里，叙事的重点被放在了个人与社会和时代的深层化的整体性冲突上，而不再停留在人物与人物之间的表层化的局部冲突上。例如，在《平凡的世界》中，人物的生活状况，他们的困境和焦虑，并不是由身边的几个坏人造成的，而是由整体性的生活方式和根本性的生活结构所决定的。在影响着所有人和全部生活的整体性力量面前，人与人之间的基本关系模式，必然是那个样子，而不可能是别的样子；个人的生活状况必然是那个样子，而不可能是别的样子。所以，处理人物关系，塑造人物形象，就要从生活的整体结构着眼和切入，而不能简单地讽刺和嘲笑几个替罪羊式的坏人了事。路遥的这种叙事意识和叙事方式，显然比那种简单化的叙事模式，要更高明，更深刻。这样，在孙少平和郝红梅等许多人物身上，我们就看见了更现实和更普遍的东西，看见了特殊历史时期人们的共同境遇。

荷兰画家凡高（亦译“凡·高”、“梵高”或“梵·高”）在写给弟弟提奥的信中说，他喜欢英国画家和英国作家所描述的人物，因为，“他们总是能够带着冷峻的目光来观察。他们长于表达质朴的感情，长于分析和把握事实。他们所表达的一切都那么踏踏实实而充满力量，在我们感觉脆弱的时候给我们带来能量。”① 在观察生活和人物的时候，路遥的目光不是“冷峻”的，而是热情的；他并不长于冷静地“分析和把握事实”，而是善于充满激情地叙事。但是，在质朴这一点上，他倒是很像英国作家。他善于用朴素的方式，把质朴的感情传递给人物和读者，使读者在脆弱的时候，也能强烈地感受到他所带来的能量。质朴而自然的情感，通常就是最具普遍性的情感，即最具包容性和同情心的情感。路遥尊重自己笔下的每一个

① 文森特·凡高：《凡高自传》，赵习群、赵越译，中国书籍出版社，2020 年，第 150—151 页；标点符号有改动。

人物，也同情每一个人物的痛苦和不幸。

事实上，在小说中塑造人物形象，并非易事，毋宁说，是一件很有挑战性的工作。如果说，塑造人物是现实主义文学的强项，那么，对现代主义学说来讲，这很有可能就是它的弱项和软肋。现代主义小说是一种主观化的叙事模式。它的兴趣在叙事，在表达自己的“设置”和思想，而不在塑造人物。所以，英国学者詹姆斯·伍德批评现代主义的新小说“充满了非人的叙事”①。他将塑造人物的低能和失败视为现代小说的危机：“自现代主义以来，如何在书页上创造人物一直面临危机。自现代主义以来，最伟大的一些作家一直在批判和嘲笑人物的观念，但却缺乏令人信服的方式，回到对人物的纯洁再现。”② 路遥成功地克服了现代主义小说对自己的困扰和裹胁。他坚持现实主义的传统和方法。正是在现实主义伟大的启示和支持下，他创造了一系列有个性和生命的人物。他的成就和经验，很值得我们珍惜和开掘。

---

① 詹姆斯·伍德：《不负责任的自我：论笑与小说》，李小均译，河南大学出版社，2017 年，第 183 页。

② 詹姆斯·伍德：《不负责任的自我：论笑与小说》，李小均译，河南大学出版社，2017 年，第 185 页。

第一节　去吧，摩西；来吧，西西弗

——论孙少平

几十年前，戏台上的几个能人，经过一番苦心孤诣的探索，搞了个足为“天下式”的创作原则，即著名的像代数学一样不容置疑的“三突出”：“在所有人物中突出正面人物；在正面人物中突出英雄人物；在英雄人物中突出主要英雄人物。”① 那最后的两个“突出”，英雄上面叠英雄，气象很是崇伟。平心而论，如果能涤除狭隘的政治偏见和等级意识，那么，至少对长篇小说来讲，他们的这个叠罗汉式的伟大理论，也不是一无是处。

要知道，两百多年前，人们就将小说里的主要人物称作“英雄”（hero）。虽然此“英雄”非彼“英雄”，虽然这有可能是对一个庄严词语的误用，然而，正像英国学者塞巴斯蒂安·福克斯所说的那样：“差不多两百年来，这种误用甚至影响了最优秀的小说家对作品的思考方式，影响了他们放入作品的内容。”② 在 18 世纪的英国作家看来，长篇小说这种新型的文类，

① 人民文学出版社编辑部编：《革命样板戏论文集》，第一辑，人民文学出版社，1975 年，第 40 页；汪曾祺曾经谈到过“三突出”带给他的束缚和痛苦：“从我个人来说，我这十七年是在‘三突出’统治下过了很多时候，深受其苦，我的痛苦是别人所不能理解的，因为逼得我非得按那办、按那写不可。”（汪曾祺：《汪曾祺全集》，第 9 卷，人民文学出版社，2019 年，第 204 页。）

② 塞巴斯蒂安·福克斯：《英雄、情人、势利贵、恶人：28 个英国小说中的秘密生活》，李小均译，中信出版社，2021 年，第 2 页。

是具有严肃道德内容的伟大创造物；而长篇小说中的主人公，则是具有巨大精神力量的非凡人物。

早期的英国小说家严肃地看待小说，也在自己内心确立了一种“光荣的观念”：“通过至少暗示他们的作品会有一种道德的形态，这让他们值得尊敬。”正是基于这一观念，英国的第一部小说，出版于1719年4月25日的《鲁滨孙漂流记》，就塑造了一个“不寻常的、具有超自然天赋”的英雄。正像塞巴斯蒂安·福克斯在评价鲁滨孙时所说的那样：“他成功地将‘文明’价值和秩序带进一个原始社会。无论是在‘hero’的原始意义（指高于人的半人半神），还是在其衍生意义（指主要人物），他都是一个英雄”①。鲁滨孙困于孤岛，陷于绝境，却能靠着信仰的引领和支持，克服了内心的恐惧和死亡的威胁，最终创造了创世般的奇迹——将可怕的荒岛建成了人的家园。这是一首赞美人类生存意志和创造力量的颂歌和史诗。

然而，小说的主人公们在20世纪的命运却很不济。发生在这个世纪的两次世界大战、恐怖的政治迫害、严重的经济危机和可怕的大饥荒，给无数的人们造成了巨大的伤害，留下了痛苦的记忆。20世纪小说中的人物，则失去了过去两个世纪小说中的“英雄”探索生活的热情和信心。他们不再是鲁滨孙·克鲁索和大卫·科波菲尔，不再是列文和巴扎罗夫，也不再是简·爱和摩尔·弗兰德斯，而是《凯旋门》中的拉维克和《尤利西斯》中的布鲁姆，是加缪笔下的默尔索和菲茨杰拉德笔下的杰伊·盖茨比，是《变形记》和《静静的顿河》中的同名兄弟格里高利。他们活得无奈而又无助，仿佛命运巨轮之下的蚂蚁和草芥。

与现代西方小说中的主人公不同，《人生》和《平凡的世界》中的两个主人公，显得特殊而复杂。在他们身上，你可以看见典型的陕北性格：有情义，能吃苦，心性单纯而质朴，情感外向而热烈，有一股子敢作敢为的

① 塞巴斯蒂安·福克斯：《英雄、情人、势利贵、恶人：28个英国小说中的秘密生活》，李小均译，中信出版社，2021年，第4页。

劲头。他们内心充满对生活和未来的向往，充满行动的热情和勇气，却只能在有限的意义上改变自己的境遇和命运。他们的理想在阿拉斯加，他们的现实却在高家村和双水村。他们的所能到达的“远方”，不是黄原市的工地，便是山陬间深深的矿井。他们甚至会像高加林那样，兜了一圈，又回到了生活的原点。他们的命运，多多少少，都含着些悲剧的意味。但是，他们没有被自己的悲剧境遇所压倒和毁灭。他们用巨大的克制和忍耐，平静地面对内心的痛苦和背上的重负。即便陷入巨大的痛苦和不幸，他们依然能够镇定而坚韧地熬过来，活下去。

在路遥的《平凡的世界》里，主要人物不是单个出现，而是群体性地出现，但其中最重要的人物，却非孙少平莫属。他是这部长篇小说中的灵魂性人物，是它的名副其实的主人公和“英雄”（hero）。也许，有人会说：这个农民的儿子，这个来自底层的青年，既没有深邃而复杂的思想，又没有辉煌而曲折的经历，因此，剖析他的内心世界，揭示他的个性内容，岂不是数语便可蔵其事？然而，事情并不那么简单。因为，路遥笔下的这个著名人物，虽然算不上思想家，但却是一个严肃思考生活的人；他的人生也说不上复杂，但却承载着沉重的社会内容和丰富的时代内容。

孙少平向往那种真正属于人的生活，一种具有文化价值和文明内涵的生活。他不愿意过那种一眼看得到头的生活，也无法忍受那种没有文化意味的生活。他常常与田晓霞一起探讨“各种各样的问题”和“生活的意义”①。他始终在思考这样一些问题：在充满束缚和压力的现实情境下，如何寻找人生的出路，如何理解和对待劳动、人情与财富，如何最终过上有尊严和有意义的生活？通过与田晓霞的精神交流，通过深刻的文学阅读，他克服了现实生活对人的消极影响，摆脱了处处可见的庸俗习气，将自己的精神生活提高到了超乎平庸的水平。

---

① 路遥：《平凡的世界》，第二部，人民文学出版社，2004年，第178页。

他出身卑微，被命运之手拘执于苦难之中。恶劣的生活环境，苦役般的体力劳动，给他带来巨大的痛苦。但是，他的精神，始终是向上的，甚至可以说，是高贵的。一个人时时与苦难相周旋，却不仅没有毁灭于这苦难，反而靠着上进的激情和坚韧的毅力，使自己成为一个平凡而又非凡的人。这，实在算得上是一项了不起的精神成就。就此而言，孙少平可以被称为英雄，一个真正的“时代英雄”。在他的身上，折射着春天般的“80年代精神”。这是一种充满向往、热情和活力的精神。人们从中看到了一种积极的心理状态和昂扬的精神风貌：热爱知识，鼓励探索；意识开放，期待变革；积极对话，包容多元；面向大海，拥抱世界，渴望了解并融入更文明的现代生活。

从人物与时代的关系来看，在几十年的时间里，中国当代小说大都倾向于凸显抽象的时代性，倾向于用整体遮蔽或淹没个体。个体成了时代巨大躯体上微小的附着物。然而，在叙述孙少平的苦难经历的时候，路遥选择了尊重个人的叙事策略。他更重视个人的内心感受。也就是说，一旦要写孙少平的人生经验，路遥便不再被外部情势所吸引，而是将焦点集中在人物身上，集中在他的内心世界，全神贯注地描写人物受苦受难的细节和过程。

路遥用热情而深沉的叙事，用真实而丰富的细节，回答了这样的问题：一个身处社会最底层的青年，为了改变自己的命运，需要承受什么样的煎熬和痛苦？需要付出什么样的努力和代价？从反映特殊时代农村青年的人生困境和苦难历程的角度看，没有哪个中国当代作家比路遥更诚实，更深刻，也没有哪部中国当代小说比《平凡的世界》更真实，更伟大。

一、自己的摩西：从共同性的角度来解读

读《平凡的世界》，想到《出埃及记》。表面上看，这两部作品，一个平凡而寻常，譬若地上之尘壤，一个超凡而神圣，有如天际之虹霓，似乎

渺不相关，雅不相类。但是，从文学叙事的原型模式来观察，从人类经验共同性的角度来解读，你会发现，它们之间却暗自相契，有着微妙的可比性。

人们的意识、性格和气质，会因时代、民族、社会和地域等因素而各异，但是，他们的心理和行为，也会因为普遍人性而相同。在多种样态的差异性表象下，深蕴着人类的普遍情感和共同观念。陆九渊说："义理所在，人心同然，纵有蒙蔽移夺，岂能终泯？患人之不能反求深思耳。"① 事实上，所谓"人心同然"者，既见之于理性的观念层面，亦见之于感性的经验方面；既见之于一民族之心理，亦见之于全人类之心性。欧文·白璧德说："文明必须建立在对永恒之物的认识上。"② 真正永恒的事物，不是偶然而个别的事物，而是体现着共同性与普遍性的事物。如此说来，文学也必须以"永恒之物"作为自己的基础。文学批评既要揭示多姿多彩的个体差异性，也要通过对"永恒之物"的认识，发现那隐蔽的、很容易被忽略的人类全体共同性，因为，"人们准备欢迎的隐喻和象征不是表达某种多少个人化的东西，而是与他们的共同性有关。"③ 没有这种共同性，任何一部文学作品和艺术作品，都不可能获得普遍的影响力和长久的生命力。因而，任何一个有抱负的作家，都应该致力于表现具有共同性和普遍性的人类经验。

苦难与逃离是人类千百年来经常面对的问题。它是《平凡的世界》和《出埃及记》的主题，也是里昂·尤里斯的长篇小说《出埃及记》的主题。只不过，《平凡的世界》所讲述的，是孙少平一个人的苦难和逃离，而《圣经》和里昂·尤里斯所讲述的，则是以色列民族的共同苦难和集体逃离；孙少平的逃离，是离心式的，即离开故土，逃向他乡，而摩西所领导的以

① 陆九渊：《陆九渊集》，钟哲点校，中华书局，2020 年，第 292 页。
② 欧文·白璧德：《卢梭与浪漫主义》，孙宜学译，商务印书馆，2016 年，第 345 页。
③ 欧文·白璧德：《卢梭与浪漫主义》，孙宜学译，商务印书馆，2016 年，第 281 页。

色列民族的逃离，以及第二次世界大战后犹太人返回巴勒斯坦的复国主义行动，则是向心式的，即离开他乡，回归故土；孙少平的逃离，是因为自己无法适应环境，因而是主动的选择，而摩西和阿里·本-迦南们的逃离，是因为埃及和德国的环境容不下他们，因而是被动的选择。但是，有一些点是共同的，那就是，无论孙少平的离乡，还是以色列民族的回乡，都是充满挑战和考验的苦难历程。

《旧约》里出埃及的故事，讲的是以色列人在上帝的护佑下，在摩西的带领下，摆脱法老加给他们的不幸境遇，颠沛流离，历尽艰险，回到应许之地——“领他们出了那地，到美好宽阔流奶与蜜之地”（《出埃及记》3：7，和合本）。埃及是他们世代生活的地方：“住在埃及的以色列人，在异地共住了四百三十年。四百三十年结束的那一天，耶和华的大军都从埃及地出来了。”（《出埃及记》12：40，新世界本）这是一个浩浩荡荡的迁移大军，“以色列人从兰塞启程往疏割去，除了小孩，步行的男人有六十万。有一大群不同族裔的人和无数的牲畜，羊群牛群，也跟他们一起上去。”（《出埃及记》12：37～38，新世界本）里昂·尤里斯的长篇小说则以史诗般的规模和力量，叙述了世界各地的犹太人如何克服艰难险阻回到了以色列，如何赢得了分治和建国的机会，如何为了新的国家付出了巨大的努力和代价，最终，“如何在经历了世纪的蔑视、屈辱、虐待、杀戮之后，以鲜血和勇气在茫茫荒漠中嵌入了一片绿洲”①。

摩西的出埃及，意味着现实境遇已经无法令以色列人满意，甚至使他们无法忍受。埃及人看见以色列人数增加，分布甚广，便心生惶恐不安，于是，便用苛暴的手段奴役之：“要他们服苦役，和泥制砖，又要他们在田里服各样的劳役，生活苦不堪言。”（《出埃及记》1：14，新世界本）埃及人的苛暴，简直无所底止，令人发指。法老竟然向全体人民颁令，要杀死

---

① 里昂·尤里斯：《出埃及记》，“作者序”，高卫民译，中国青年出版社，2014年，第9页。

所有刚出生的以色列男婴，“凡初生的男孩，你们都要扔进尼罗河里；凡女孩，你们都要保全她们的性命。”（《出埃及记》1：22，新世界本）“逝将去汝，适彼乐土。乐土乐土，爰得我所。”（《诗经·魏风·硕鼠》）以色列人终于冲破重重阻遏，踏上了回故乡之路。

追求自由和幸福，是人的一种自然而强烈的愿望和激情。从象征的意义上来看，无论一个民族，还是个体的人，都有对未来的诗意想象，都有对美好生活的热烈向往，内心深处都有一个念念不忘的“流奶与蜜之地”。就此而言，一个民族的历史，一个人的一生，其实都是“出埃及”的历史，即摆脱旧的、不完满的生活的历史，创造新的、美好生活的历史。

在路遥的小说中，那些受过教育和见过世面的农村青年，很难再像自己的父辈那样，心甘情愿地接受那种一眼看得到头的生活。对他们来讲，这种沉闷而单调的生活，不仅意味着身体上的疲劳，还意味着精神上的煎熬。这是一种被安排好的被动生活，也是一种缺乏选择空间和文化内涵的生活。因为受过教育，有了文化，有了与别样的生活对照的意识和能力，那些受过教育的农村青年，往往很难适应和接受这样的生活。他们强烈地感受到了这种被动的生活带给人的焦虑和痛苦。他们就像孙少平那样，心灵早已飞向远方：“他渴望到一个陌生的世界去！他读过不少书，脑子保持着许多想象中的环境。”① 他之所以痛苦和不幸，就因为他有知识，有渴望，向往更有意义的生活。为了改变自己的命运，为了实现自己的理想，他决意摆脱这沉闷的环境，换一种活法。

1991 年 6 月 10 日，在一次文学讲座中，路遥这样解释高加林的悲剧的成因：“他们有了文化，觉得父辈的那种生活他们再不能接受了，但现实生活又迫使他们必须回农村，因为当时农村既不招干也不招工，甚至不能上大学。这样，这些青年回去以后就特别苦闷。……也有个别出类拔萃的，

① 路遥：《平凡的世界》，第一部，人民文学出版社，2004 年，第 317 页。

像高加林这样的青年，不甘心这样一种生活，他们觉得这样一种生活对于人来说是屈辱的，他们想追求一种起码不能像父亲这样生活的生活，所以他们苦苦地在社会上挣扎和奋斗。"① 路遥的这段话，真实而深刻地说明了高加林和孙少平的生存困境和精神痛苦。他们必须离开农村，必须到别处去寻找别的出路，过别样的生活。他们必须独自渡过人生路途中的"红海"，才能实现自己的人生理想——到达自己的"流奶与蜜之地"。

然而，在孙少平父亲的内心，却从未产生闯世界的念头。他并不认为远方属于自己，也不认为它属于自己的儿子。在孙玉厚看来，"外面的世界不是咱们的，你出去还不是要受苦?"② 他劝孙少平留在村里，慢慢习惯"出山"劳动的生活。他不知道，对儿子孙少平来讲，那种只是为了生存而生存的生活，比充满考验和压力的"外面的世界"，更让人更难忍受，更加痛苦。原始的劳动造成了身体的极度疲劳，而身体的极度疲劳又造成了精神上的疲惫和麻木，使他"惟一向往的就是倒在土炕上睡觉，连胡思乱想的工夫都没有"；"一个有文化有知识而爱思考的人，一旦失去了自己的精神生活，那痛苦是无法言语的。"③他想按照自己的意愿去安排自己的生活。对一个穷困的底层青年来讲，追求与农村社会完全不同的生活，试图彻底改变自己的命运，注定是一件艰难的事情，甚至就是一个要经历千辛万苦的过程。

事实上，即便他们愿意按照父辈的愿望在农村生活，这些有文化的新型农村青年，已经完全无法适应极为沉重的体力劳动。对高加林来讲，艰苦而单调的农业劳动，无疑是一种难以承受的痛苦和压力。他的热切愿望，就是摆脱农民身份和艰苦的农业劳动：

① 路遥：《路遥全集·早晨从中午开始》，北京十月文艺出版社，2013年，第221页。
② 路遥：《平凡的世界》，第二部，人民文学出版社，2004年，第94页。
③ 路遥：《平凡的世界》，第二部，人民文学出版社，2004年，第91页。

现在这一切都结束了，他将不得不像父亲一样开始自己的农民生涯。他虽然没有认真地在土地上劳动过，但他是农民的儿子，知道在这贫瘠的山区当个农民意味着什么。农民啊，他们那全部伟大的艰辛他都一清二楚！他虽然从来也没鄙视过任何一个农民，但他自己从来都没有当农民的精神准备！不必隐瞒，他十几年拼命读书，就是为了不像他父亲一样一辈子当土地的主人（或者按他的另一种说法是奴隶）。……可是现在，他所抱有的幻想和希望彻底破灭了。此刻，他躺在这里，脸在被角下面痛苦地抽搐着，一只手狠狠地揪着自己的头发。①

孙少平也体验着同样的痛苦，也有同样的愿望。阅读改变人的意识和观念，也会极大地改变一个人的生活理念。借着文学阅读，孙少平打开了自己的精神视野。他有了自己的人生理想，也因这理想而承受着巨大的精神痛苦：

谁让你读了那么些书，又知道了双水村以外还有一个大世界……如果从小你就在这个天地里日出而作，日落而息，那你现在就会和众乡亲抱同一理想：经过几年的辛劳，像大哥一样娶个满意的媳妇，生个胖儿子，加上你的体魄，会成为一名相当出色的庄稼人。不幸的是，你知道得太多了，思考得太多了，因此才有了这种不能为周围人所理解的苦恼……②

他一个人独处这地老天荒的山野，一种强烈的愿望就不断从内心升起：他不能甘心在双水村静悄悄地生活一辈子！他老是感觉远方有

① 路遥：《人生》，人民文学出版社，2006 年，第 4—5 页。
② 路遥：《平凡的世界》，第二部，人民文学出版社，2004 年，第 90 页。

一种东西在向他召唤。他在不间断地做着远行的梦。①

知识改变了孙少平对生活的理解和态度。由于阅读文学作品，他已经明白了这样一个道理：生活不是一件简单的事情；人不能一辈子老死在一个狭小的空间里，不能只满足自己的外在的、直接需要；除了吃饱穿暖和娶妻生子，人还应该追求和满足自己的文化需求，应该活得有点意义。这样的意识和认知，使他注定要比别人体验更多的痛苦，承受更多的磨难。

孙少平在写给妹妹的信中说："人的一生总应有个觉悟期（当然也有人终生不悟）。但这个觉悟期的早晚，对我们的一生将起决定性的作用。实际上就是说我们应该做什么人，选择什么样的人生道路。"他肯定了出身给自己带来的"好处"，但也提醒妹妹要"从我们出身的局限中解脱出来，从意识上彻底背叛农民的狭隘性，追求更高的生活意义"。他清楚地知道为此要付出什么样的代价——你需要解决无尽的困难，甚至需要承受沉重的苦难。所以，他提醒妹妹"不要怕苦难"："如果能深刻理解苦难，苦难就会给人带来崇高感。"② 孙少平关于生活的思考和哲学，超出了同时代许多农村青年的认知水平。他的人生"觉悟期"的观点，尤其有价值。在现实生活中，有太多的人，包括许多以探索意义世界为职志的知识分子，终其一生，都不曾严肃地思考过"更高的生活意义"的问题。

由于觉悟的程度更高，孙少平的痛苦，就比高加林更为强烈。高加林的痛苦，主要是由身份焦虑造成的；而孙少平的痛苦，则是更复杂的痛苦，主要是由更深刻的精神焦虑造成的。高加林也有梦，但他的梦是现实主义的，是实现看得见的愿望——成为城里人，有一份体面的工作；孙少平的梦，却要远大得多——他不仅要进入城市，而且要过一种有意义的生活，一种有文化的生活，一种切切实实由自己流血流汗创造出来的生活。对一

① 路遥：《平凡的世界》，第二部，人民文学出版社，2004年，第92页。
② 路遥：《平凡的世界》，第二部，人民文学出版社，2004年，第329页。

个农村青年来讲，这是一个渺远的梦，是即便付出巨大的努力，也未必能实现的梦。

与哥哥孙少安比起来，孙少平的内心世界更为丰富，对生活的想象和要求，也完全不同：一个属于远方，一个属于故乡；一个属于理想，一个属于现实。弟弟无法忍受面朝黄土背朝天的生活，但是，哥哥并不拒绝当一个农民。孙少安的焦虑主要是外在的和现实的焦虑。对他来讲，生活就是此处的生活，就是祖祖辈辈都在过的生活，所以，只要能自由地、不受干扰地劳动，只要能摆脱物质上的贫穷，只要有一个能得到女人抚慰的家，一切就都是可以接受的。

孙少安清楚地知道少平与自己的不同，知道"弟弟是一个和他想法不太一样的人"①。他们的生活理念迥然不同。对孙少平来讲，生活在远方，在别的地方；它应该是别的样子，而不是现在这种样子。他对哥哥少安说："钱当然重要，这我不是不知道；我何尝不为钱而受熬苦！可是，我又觉得，人活一辈子，还应该有另外的东西才对……"② 对他来讲，在农村，即便劳动自由的愿望和物质生活的需求，皆可得到满足，也依然不能让他心满意足。后来，他渐渐地明白，那种有意义的生活，很大程度上，就是城市的生活，就是有文化氛围的生活。因此，他来到了黄原市。他告诉自己，"必须在这个城市生活下去"；为此，就要忘掉一切："忘掉！忘掉温暖，忘掉温柔，忘掉一切享乐，而把饥饿、寒冷、受辱、受苦当作自己的正常生活……"③ 他对生活的不满和向往，不是物质和低级形态的，而是精神性和高级形态的。他的痛苦，是与生活的意义相关的痛苦。

从他与田晓霞的对话里，就可以看见他的这种精神痛苦是什么样子，有多么强烈。田晓霞对孙少平说："我生怕我过几年再见到你的时候，你已

---

① 路遥：《平凡的世界》，第二部，人民文学出版社，2004 年，第 95 页。
② 路遥：《平凡的世界》，第二部，人民文学出版社，2004 年，第 347 页。
③ 路遥：《平凡的世界》，第二部，人民文学出版社，2004 年，第 100 页。

经完全变成了另外一个人。满嘴说的都是吃；肩膀上搭着个褡裢，在石圪节街上瞅着买个便宜猪娃；为几根柴火或者一颗鸡蛋，和邻居打得头破血流。牙也不刷，书都扯着糊了粮食囤……”孙少平被她的话引得仰头大笑。然后，他这样回答她：

> “我不会变成你描绘的那种形象。”他立刻严肃了起来，“你不知道，我心里很痛苦。不知为什么，我现在特别想到一个更艰苦的地方去。越远越好，哪怕是在北极的冰天雪地里；或者像杰克·伦敦小说中描写的严酷的阿拉斯加……我不是为了扬名天下或挖金子发财。不知为什么，我心里和身上攒着一种劲，希望自己扛着很重的东西，在一个不为人所知的地方，不断头地走啊走……或者什么地方失火了，没人敢去救，让我冲进去，哪怕当下烧死都可以……晓霞，你说这些想法怪不怪？我也说不清楚这是为什么！但我心里就是这样想的。我回到家里，当然也为少吃没穿熬煎。但我想，就是有吃有穿了，我还会熬煎的。说实话，几年前，我没这么些怪想法。但现在我就是这样想的。我不知道这是为什么；也不知道这情绪对不对……”①

“就是有吃有穿了，我还会熬煎的”，这句话足以说明，孙少平所追求的生活，已经不是简单性质的生活，也不是现实形态的生活，而是理想形态的生活。他愿意为了精神性的目的而生活，愿意为了他者而牺牲自己。这样，他的痛苦，就是更内在的精神痛苦，是理想主义者的痛苦。理想主义者与现实的关系，必然是一种紧张的关系。孙少平的痛苦，就来源于愿望与现实之间的冲突，来源于理想的愿望与落后的现实之间的冲突。

为了过上有意义的生活，一个来自底层社会的几乎一无所有的青年，

① 路遥：《平凡的世界》，第一部，人民文学出版社，2004 年，第 321 页。

必然要承受无尽的痛苦。孙少平来到了城市。在这里，他干着最苦的体力活。他成了现实生活中的西西弗。他像西西弗一样，与石头打交道；所不同者，西西弗是推石头，而他则是背石头：

> 每当背着石块爬坡的时候，他的意识就处于半麻痹状态。沉重的石头几乎要把他挤压到土地里去。汗水像小溪一样在脸上纵横漫流，而他却腾不出手去揩一把；眼睛被汗水腌得火辣辣地疼，一路上只能半睁半闭。两条打颤的腿如同筛糠，随时都有倒下的危险。这时候，世界上什么东西都不存在了，思维只集中在一点上：向前走，把石头背到箍窑的地方——那里对他来说，每一次都几乎是一个不可企及的伟大目标！
>
> 三天下来，他的背脊就被压烂了。他无法目睹自己脊背上的惨状，只感到像带刺的葛针条刷过一般。两只手随即也肿胀起来，肉皮被石头磨得像一层透明的纸，连毛细血管都能看得见。这样的手放在新石碴儿上，就像放在刀刃上！①

每一个时代都有自己的叙事调性。这种叙事调性甚至可以从标点符号的使用上看出来。省略号和感叹号就是20世纪80年代作家最喜欢用的两个标点符号。他们用省略号来表达内心的感伤和疼痛，用感叹号来表达强烈的愿望和热情。路遥喜欢用省略号，也经常用感叹号。

上面所引的两段文字，皆以感叹号来收束，显示着作者和人物内心共有的深刻体验和强烈情感。这些与路遥自己的经验极为相似的细节描写，简直令人为之骇然以惊。

在很长的时间里，在现实生活中，个体是被忽视的，甚至是不存在的，

---

① 路遥：《平凡的世界》，第二部，人民文学出版社，2004年，第109—110页。

而关于个体的苦难叙事，则简直就是一种文学禁忌。在特殊时代的宏大的叙事体系里，所有纯粹性质的个人苦难，常常被整体性的社会经验叙事所稀释。

苦难一旦被蒙上宏大叙事的光荣的饰物，它便被消解掉了。由于卸下了虚假观念的附加物，这种由个体的人承受的苦难，就成了一种纯粹性质的苦难。

这种纯粹性质的个人苦难，是一种更具普遍性和悲剧性的苦难。它不是由哪个具体的人造成的，而是由巨大的生存境遇造成的。这种无主名和无告的苦难，别有一种令人沉重和悲苦的性质。

路遥用斧凿刀刻般的细节和画面，描写了来自社会底层的个人炼狱般受苦受难的情形，揭示了纯粹的苦难在他们的容貌和内心留下的痕迹。

路遥的深刻之处在于，他并没有将苦难叙事变成悲苦或悲愤的哀诉。正因为没有情绪化的宣泄，没有外在的夸张而多余的渲染，所以它反倒显得更有力量，也更令人震撼。

加缪称西西弗为蔑视诸神和热爱生命的“英雄”，认为他“超越了自己的命运”，“比他推的石头更坚强”①。孙少平虽然没有西西弗身上的神话色彩，也不是体现着现代主义精神的英雄，但是，他面对可怕的肉体痛苦时所表现出来的耐力和坚韧，同样显示着一种非凡的品质和精神，也包含着同样令人震撼的悲剧意味。

田晓霞清楚地看见了孙少平在干什么样的活，在吃什么样的苦。她看到了一幅苦难性质的劳动画面。她将孙少平背石头的苦活，与列宾的《伏尔加河上的纤夫》相并比：“……身子都被背上的石头压成一张弯弓，头几乎挨到了地上，嘴里发出类似重病人那般的呻吟……”② 然而，比起巨大的

---

① 阿尔贝·加缪：《加缪全集》（散文卷Ⅰ），丁世中、沈志明、吕永真译，上海译文出版社，2010年，第156页。

② 路遥：《平凡的世界》，第二部，人民文学出版社，2004年，第177页。

精神痛苦，这种肉体的痛苦，就算不得什么了。孙少平宁愿忍受肉体的疲劳所带来的疼痛，也不愿忍受精神上的贫困和屈辱所带来的痛苦。通过文学阅读，他对自己的艰难和困苦，有了“更高意义的理解”①。传记文学所叙述的那些伟大人物的经历，他们对生活的态度，也给孙少平提供了巨大的精神支持。

高尔基也是从“平凡的世界”走出来的底层人。他笔下的阿廖沙·彼什科夫，从小就遭遇了种种痛苦和不幸。苦难磨砺了他的意志，也刺激了他的激情和雄心：“我已经学会了幻想许多奇异的冒险和伟大的英雄事业。在生活困难的日子里，这些幻想对我很有帮助。可是苦难的日子真不少啊！所以我就变得更会幻想了。我并不期待别人的救助和偶然的幸运，我的意志逐渐磨炼得顽强起来；生活条件越是困难，我就觉得自己越发坚强，甚至越发聪明了。我很小的时候就已经懂得，人是在对周围环境的不断反抗中成长起来的。”② 然而，与高尔基的亢昂而高调的叙事比起来，路遥关于理想和痛苦的叙事，显得更加朴实和低调。孙少平的头脑里，并没有这种奇异的幻想，也没有创造“伟大的英雄事业”的抱负。他的生活空间，比高尔基的生活空间还要狭窄；他所面对的现实，比高尔基所面对的现实还严峻。一切都不允许他陶醉于不切实际的幻想。

显然，面对命运和现实，孙少平从来就不是一个激烈的反抗者，而是一个温和的承受者。他不像阿廖沙·彼什科夫那样，是“在对周围环境的不断反抗中成长起来的”，而是在默默的忍受中成长起来的。哥哥孙少安对农村人的种种“不自由”表达了强烈的不满，对自己所受的穷苦和饥饿，也深感委屈和悲愤。然而，就连这样的不满情绪，孙少平也很少表达和发泄。他与现实的冲突，不是以强烈对抗的形式表现出来，而是以克制而压抑的隐忍形式表现出来。人与命运冲突的尖锐性和悲剧性，深深地埋藏在

① 路遥：《平凡的世界》，第二部，人民文学出版社，2004 年，第 149 页。

② 高尔基：《我的大学》，陆风译，人民文学出版社，1988 年，第 8 页。

貌似平静的生活内里。

孙少平是一个踏踏实实的人。他只希望通过切实的努力，一点一点地改变自己的命运。他对田晓霞说，“贫困和屈辱给我内心留下的创伤太深重了”；但他不是用极端而消极的方式，来消释自己内心的痛苦，而是通过给父亲箍几孔新窑，“来实现一个梦想，创造一个历史，建立一座纪念碑”①。在这过程中，他从来都不拒绝那些“偶然的幸运”。因为，没有这种“幸运”，他就不会认识田晓霞，也不会得到落户黄原市郊的机会，更不会撞上到铜城当煤炭工人的大运。

孙少平对自己的朋友金波说：“最叫人痛苦的是，你出身于一个农民家庭，但又想挣脱这样的家庭；挣脱不了，又想挣脱……”② 从象征的角度看，孙少平既是陷入困境的以色列人，也是引领自己摆脱困境的摩西。

是的，他要做自己的摩西，要靠着自己来改变自己的命运。对他来讲，离开双水村，挣脱自己的家庭，就像以色列人离开埃及一样。

苦难的历程开始了。

只有踏过这苦难的荆棘路，他才有可能实现自己的生活理想，才有可能到达梦想中的远方——自己的迦南（Canaan），自己的“应许之地”（The Promised Land）。

二、优秀人物：永恒标准与道德价值

一部小说的成功，首先体现在人物形象上。小说人物的价值和魅力，固然体现在他的美学价值上，但也体现在他的情感、人格和道德精神上。美学价值能从形式上吸引读者，使他们觉得愉悦；伦理价值则从情感上和精神上吸引读者，使他们觉得美好。读者常常因为人物形象带来的愉悦而美好的感受而喜欢一部小说。

---

① 路遥：《平凡的世界》，第三部，人民文学出版社，2004 年，第 73 页。

② 路遥：《平凡的世界》，第二部，人民文学出版社，2004 年，第 136 页。

从人格的意义上来看，小说中的所有人物，都是平等和重要的。但是，从道德价值的角度来看，他们却是有等级和高下之分的。只有那些伦理精神上真正优秀的人物，才有可能成为美好的人物形象，因而，才算得上最高等级的人物。

这就涉及了小说与道德和伦理的关系问题。长期以来，为了捍卫文学的纯洁性和美学的纯粹性，人们倾向于否定这种关系。然而，就像人的意识和行为总是包含着道德倾向一样，任何一部伟大而深刻的小说，都包含着丰富的道德意味和严肃的伦理问题。

是的，对伦理和道德的排斥，是最近一百多年的世界性的文学现象。西蒙娜·薇依发现了这个问题。她尖锐地指出："20世纪上半叶的一个基本特点，包含价值这个概念的弱化和近于消失。"① 她担心法国文学上的种种失败和不幸，会扩散至全世界。她还发现，人们对善恶问题，越来越漠视："与善恶有关的词，尤其是那些与善有关的词，都惨遭降级"②。在所有领域，那些有才具的人，都"恬不知耻地炫耀美德缺席"③。她猛烈抨击达达主义和超现实主义，认为它们不仅表达了"对全面放纵的迷狂"，还"拒绝所有价值考虑"。在她看来，"善是一个磁极，必然地吸引人们的心灵，不只在行动中，而且在一切努力中，包括纯智力的努力。"④ 无疑的，文学应该是最关注价值问题的精神现象。它的价值和力量，体现在美感和艺术力量上，但也体现在道德精神上。没有对善的积极态度和深刻表达，一个作家不可能成为优秀的作家，一部作品也不可能成为有价值的作品。

---

① 切斯瓦夫·米沃什：《诗的见证》，黄灿然译，广西师范大学出版社，2011年版，第74页。

② 切斯瓦夫·米沃什：《诗的见证》，黄灿然译，广西师范大学出版社，2011年版，第77页。

③ 西蒙娜·薇依：《扎根：人类责任宣言绪论》，徐卫翔译，三联书店，2003年，第202页。

④ 切斯瓦夫·米沃什：《诗的见证》，黄灿然译，广西师范大学出版社，2011年版，第75页。

像西蒙娜·薇依一样，安·兰德也特别强调价值观对于文化和文学的意义。她喜欢雨果，称赞他的小说《九三年》所表现的主题，就是“人们对价值观的忠诚”①；“他表现的是人性的本质，而不是某些转瞬即逝的东西。他无意记录鸡毛蒜皮的琐事，而是努力把他心目中理想的生活刻画出来。他崇尚人的伟大，并竭力表现这种伟大”②。她对现代文学极度不满，因为它缺乏对价值观的热爱与忠诚，也就是对善和爱的热爱与忠诚。价值观上的虚无主义，必然要排斥和取消价值，而它在现代文学上的表现，就是充满“通过剥除文学所有基本属性而消灭整个文学的欲望”③。如此一来，你就别想从现代文学那里，获得真正有价值的东西：“如果你转向现代文学，想从中找到一些人性美好的东西，却往往发现那里面尽是些从三十岁到六十岁不等的罪犯。……如果你和我一样厌倦了人的堕落，如果你想感受一点人性的辉煌，读一读维克多·雨果的小说吧。”④ 她所批评的“现代文学”，其实就是“当代文学”；她所批评的现象，也并不是一个局部的现象，而是一个世界性的普遍现象。也就是说，缺乏对价值的忠诚，缺乏对善和伟大事物的热爱，也是中国当代作家身上惯见的问题。

1979 至 1980 年，在哈佛大学的诺顿讲座中，英国著名文学批评家海伦·加德纳尖锐地批评了“阐释学”的任性和“猖獗”，批评了“新批评”对作品中的“认知因素”的忽视，批评了现代主义文学的自负和傲慢。她提醒人们，要怀着敬意对待过去的文学，因为，这种文学“使我们能够形成个人的价值观念和美学标准；亲自发现永恒的准则，从而将我们从流俗

① 安·兰德：《通过明天的唯一道路》，章艳译，广西师范大学出版社，2004 年，第 62 页。

② 安·兰德：《通过明天的唯一道路》，章艳译，广西师范大学出版社，2004 年，第 63 页。

③ 安·兰德：《理性的声音——客观主义思想文集》，万里新译，新星出版社，2005 年，第 415 页。

④ 安·兰德：《通过明天的唯一道路》，章艳译，广西师范大学出版社，2004 年，第 63 页。

的主宰、从未加批评地接受民族的偶像和市场的偶像中拯救出来”①。伟大的文学不仅培养我们的审美能力，也培养我们的道德情感。所以，我们也要留意它所表现的伦理价值：“由于想象性文学给了我们人类生活的形象，记录了人类的经验，它不可避免地充满了道德观念和道德情感，强烈地吸引我们的道德同情，考验我们的道德忠诚。”② 如此说来，将叙事文学与伦理道德切割开来，就意味着对文学的无知和冒渎。

同样，在法国著名的文学史家和艺术理论家丹纳看来，文学的价值是有大小之别的，而文学也是有等级之分的。他所理解的文学等级，虽然也表现在艺术形式上，但主要表现在道德精神和“道德价值”上。文学的等级，就是作品中人物的等级，或者，准确地说，就是人物所体现的“道德价值”的等级。所以，丹纳说：“文学价值的等级每一级都相当于这个道德价值的等级。别的方面都相等的话，表现有益的特征的作品必然高于表现有害的特征的作品。倘使两部作品以同等的写作手腕介绍两种同样规模的自然力量，表现一个英雄的一部就比表现一个懦夫的一部价值更高。”③ 丹纳将人物分为两个等级：一个是最低的等级，一个是最高的等级；前者一般是“狭窄，平凡，愚蠢，自私，懦弱，庸俗的人物”④，而后者则是“完美的人物”和“真正的英雄”⑤。比较起来，后一类人物的精神价值，无疑要更大一些。毕竟，人类的精神生活更需要那种真正伟大的价值。丹纳的人物等级理论提醒我们，关于文学价值和人物等级的判断，的确存在永恒而普遍的标准。这些标准不是主观设定的抽象观念，而是从人类文学的伟大经验中归纳和总结出来的。

然而，有的人却倾向于接受文学评价上的游移不定的相对论，常常以

---

① 海伦·加德纳：《捍卫想象》，李小均译，广西师范大学出版社，2019年，第70页。
② 海伦·加德纳：《捍卫想象》，李小均译，广西师范大学出版社，2019年，第64页。
③ 丹纳：《艺术哲学》，傅雷译，生活·读书·新知三联书店，2016年，第410页。
④ 丹纳：《艺术哲学》，傅雷译，生活·读书·新知三联书店，2016年，第410页。
⑤ 丹纳：《艺术哲学》，傅雷译，生活·读书·新知三联书店，2016年，第413页。

轻慢的态度，否定稳定尺度和永恒标准的存在。在那种无可无不可的评价标准下，批评家是随意的，小说家则是任性的。一切皆无区别，一切皆可接受；思想没有深浅之差，境界没有高下之别，人物没有优劣之分。事实上，世间既有好的文学，也有坏的文学；既有高等的文学，也有下劣的文学。这两种文学天渊不侔，燕越异向，绝不可相混。由于文学认知上的混乱，那些文学领域的相对主义者就看不到塑造“完美的人物”和“真正的英雄”的重要性，也就很难塑造出体现伟大价值的人物形象。

路遥属于较为少见的拥有伟大价值观的中国当代作家。他热爱并忠诚于自己的价值观。他根据自己的价值观，塑造了同样拥有价值观的美好的人物形象。孙少平、田晓霞和田福军就属于优秀的小说人物。路遥的《平凡的世界》之所以不同凡响，一个很重要的原因，就在于它给读者贡献了一批优秀的人物形象。如果没有很高的“道德价值”，孙少平和田晓霞就不会那样令人喜爱。就天性来看，田晓霞生来就是一个具有美好心性的人。她健康，活泼，热情，充满对人和生活的热烈的爱，是一个积极意义上的理想主义者。孙少平则很早就进入人生观上的“觉悟期”，就找到并确定了自己的生活原则和生活目标；在经历过种种磨难之后，他深刻地理解了人生，勇敢地面对现实，依然对人和生活保持着深沉的爱。

人是物质的人，也是精神的人。人的生活本质上是精神生活，是一种与信仰和理想密切相关的心灵生活。人类生活与动物生活的不同，就体现在他不仅要在现实的意义上，满足自己的外在需求，还意味着他要在更高的理想的意义上，满足自己的内在需求。也就是说，人应该过一种诗意的、自由的、有尊严的生活。这种内在需求，本质上就是“价值需求”。就像安·兰德所说的那样：“价值是一个人行事以获取并保持之的东西。价值是人行为的驱动力，也是其生存所必需的，不管是心理上还是生理上皆是如此。"[①] 人必须依赖价值而生活。如果"价值丧失"，生活就会失去方向和意义，甚至会造成严重的混乱和后果。

孙少平始终保持着对价值观和意义世界的敏感。他以自己的方式来理解生活。在一个社会转型的时代，他试图为自己确定生活的方向和目标："生活包含着广阔的意义，而不在于我们实际得到了什么；关键在于我们的心灵是否充实。对于生活理想，应该像宗教徒对待宗教一样充满虔诚与热情！"[②] 孙少平不是思想家，所以，他不可能对生活和信仰提出系统的看法。但是，他的看似无甚高论的生活观和价值观，却包含着朴素而深刻的人生哲学。

孙少平认识到了一个朴素而重要的原则和真理：人应该过一种充实而有理想的生活。对人来讲，还有什么比空虚更可怕的呢？精神上的空虚，意味着生活失去了意义和方向。人不知道自己为什么活着，也不知道自己该向哪里去。这种无意义和无目标的空虚感，本质上一种半死不活的生活状态。

有必要指出的是，孙少平的理想，是亲切的、充满现实感的理想主义，而不是高蹈的、过于绝对的理想主义；是和谐的理想主义，而不是冲突的理想主义。梁生宝的理想主义，就属于绝对的、冲突性质的理想主义："年轻的庄稼人啊！一旦燃起了这种内心的热火，他们就成为不顾一切的入迷人物。除了他们的理想，他们觉得人类其他的生活简直没有趣味。为了理想，他们忘记吃饭，没有瞌睡，对女性的温存淡漠，失掉吃苦的感觉，和娘老子闹翻，甚至生命本身，也不是那么值得吝惜的了。"[③] 在柳青的充满抒情色彩的话语里，"理想"被赋予了绝对化的性质，是一种充满排斥性的

---

① 安·兰德：《理性的声音——客观主义思想文集》，万里新译，新星出版社，2005 年，第 126 页；在原文中，"必需的"三字用的是强调性的字体。

② 路遥：《平凡的世界》，第二部，人民文学出版社，2004 年，第 409 页。

③ 柳青：《创业史》，中国青年出版社，1960 年，第 90—91 页。

激情，一种排斥人的基本需求的激情，一种否定人与人之间的伦理关系、甚至否定家庭内部的伦理关系的激情。与此不同，孙少平的理想，是和谐而亲切的理想主义，是回归到个人和现实的理想主义。虽然孙少平在劳动观念和劳动方式上，偶尔也会表现出一定的极端性，但是，总体上看，他的理想主义不仅极大地克服了那种面对人和生活的高蹈倾向，还表现出对人的情感需要和价值需要的尊重态度。孙少平的理想并不排斥个人幸福，也不拒绝爱情，更不会到了与“娘老子闹翻”的程度。他的理想主义是个人主义性质的，也是利他主义性质的；是为了自己的幸福，也是为了父母和那些与他有着具体的现实关系的人们的幸福。

那么，人能单靠现实性的满足来克服这种无意义的空虚感吗？不能。因为，现实性满足是一种外在的满足；它能带给人短暂的满足感，但很难使人体验到持久的充实感。所以，孙少平说“实际得到了什么”，并不那么重要。人首先要满足精神上的内在需要。这种内在需要，就是价值和意义上的充实感。它是一种饱满的心灵体验和高级的精神感受。它指向一种更高的精神需求。这种更高的精神需求，就是对未来的希望和想象，就是对生活的理想图景的建构。正因为这样，孙少平才将理想提高到近乎宗教的高度；正因为这理想近乎信仰，人在面对它的时候，就要有一种庄严的态度，要有教徒式的虔诚和热情。孙少平的这几句简单的话，包含着并不简单的人生哲理。正是靠着它，他确定了自己的人生目标，也获得了生活的激情和动力。在一个价值混乱的时代，在一个人们普遍迷茫的时代，这实在是一件很了不起的事情。

从性格上来看，孙少平是一个刚柔兼济的人。他善良，温柔，富有同情心，甚至很容易动情，在极度悲伤或极度欣喜的时候，常常会情不自禁，潸然泪下。他有良好的意志品质，能够吃别人吃不了的苦，受别人受不了的罪。像有信仰的人一样，他把受苦当作应该承受的考验和磨练。他选择了一种依赖自我的生活方式。他的生存意识是内向的，而不是外向的。无论在什么样的痛苦境遇里，他从不怨天尤人，而是平静而坚强地忍耐。面对外部现实，他的态度不是对抗和对立，而是接受和顺应。这种内向的生活原则，使他更多地要求自己——在精神的维度上，向内和向上发展自我。通过艰辛的努力，他使自己成为中国当代文学人物谱系中最有情感力量和道德光芒的人物。

孙少平之所以显得非凡，就因为他内在地实现了自我的精神成长。他会反复思考这样的问题："我们活在人世间，最为珍视的应该是什么?"他替自己找到了答案："没有什么东西比得上温暖的人情更为珍贵——你感受到的生活的真正美好，莫过于这一点了。"① 他并不认为金钱和权力是坏东西，但是，依然将人情置于金钱、权力和荣誉之上。也许有人会大不以为然，觉得这样的认知和观念，过于笼统，也说不上深刻。不错，他不是思想家，也不是具有成熟的批判能力的人，因而，他不可能将自己对人生的寻常认知，升华为系统的思想，升华为关于善、爱和怜悯的深刻意识。但是，对一个经历了文化无政府主义状态的时代来讲，对一个经受过巨大的伦理和道德破坏的时代来讲，对一个许多人将金钱、权力和荣誉看得高于一切的时代来讲，"人情"二字，显然有着极为重要的意义和价值。斯蒂芬·格林布拉特说："在莎士比亚的作品里，任何具有明确道德远见的人物都没有权力欲，相反，任何具有强烈的统治他人愿望的人都没有合乎道德的标准。"② 在双水村的时候，孙少平没有像田福堂和孙玉亭那样，蓬心蒿目，迷恋和盲从权力；离开双水村，他也没有主动贴近那些拥有权力的人，并将权力当作自己的追求目标。他属于那种有自己的道德原则和道德标准的人。

事实上，孙少平最了不起的地方，还不在于他的生活意识和道德认知，

① 路遥：《平凡的世界》，第三部，人民文学出版社，2004年，第22页。

② 斯蒂芬·格林布拉特：《莎士比亚的自由》，唐建清译，社会科学文献出版社，2020年，第89页。

而在于他的道德行为；他的道德认知也许并不深刻，但他的道德情感和道德行为却是伟大的。爱和同情，始终是他面对人和生活的基本原则和稳定态度。他始终保持着对人和生活的善意，即便在舅舅家受了委屈，试图小小地报复一下的时候，他都能立即克制自己内心的愤怒，认识到自己的行为是野蛮的，甚至感受到了强烈的道德痛苦："一刹那间，对别人的不满意和对自己的不满意，使他忍不住两眼噙满了泪水。"① 孙少平在道德上的这种痛苦感受和善良行为，看似微不足道，实则具有特别感人的道德力量。在经历过巨大的人性扭曲和伦理破坏之后，还能清洗掉时代性的戾气，还能保持着如此善良的心性，这无论如何讲，都是一件伟大而美好的道德成就。

孙少平对郝红梅不计恩怨的善举，对小翠的倾其所有的救助，对家人和朋友的真情，对田晓霞的沉重、痛苦而又一往情深的爱，证明了他不仅有自己的生活原则，而且还能在日常生活里实践自己的原则。他的善良，还体现在他对所有人的无差别的同情上。他甚至主动给地主的孙子金三锤补习功课，讲解如何写作文。这在那个特殊的历史时期，并不是一件随便就可以做到的事情，所以，金光亮才且喜且疑，怀疑孙少平是不是"受大人的唆使来给他们设圈套"②。为了改变自己的命运，实现自己的人生理想，孙少平拼尽全力，未尝怠忽，但是，他从来没有将自己与别人对立起来，不仅如此，他总是竭力替周围的人尽自己的义务。他对师傅的未亡人和幼子的关爱和情义，更是显示着他善良的心性与美好的人格。爱情的痛苦和师傅的牺牲同时折磨着他的心灵。但是，最终，对不幸者的同情战胜了自己的痛苦：

> 几天来，孙少平和这不幸的母子俩同样悲伤。晓霞的来信和师傅的去世，使他精神上扛起了双重的十字架。他先顾不得再为自己的感

① 路遥：《平凡的世界》，第二部，人民文学出版社，2004 年，第 131 页。

② 路遥：《平凡的世界》，第一部，人民文学出版社，2004 年，第 405 页。

情而痛苦，却被师傅的死压得喘不过气来。眼前这个家庭的全部灾难，也就是他自己的灾难。没有任何考虑，他就自动地、自然地对这不幸的家庭负起一份责任。

少平知道，惠英嫂和明明眼下多么需要人来安慰。师傅死得太突然，他们很难在这个打击中恢复过来。如果是在疾病中慢慢被折磨而死，亲属也许不至于长时间陷入痛苦。而在毫无精神准备的情况下，突然失去了最亲近的人，那痛苦就格外深重。

他无法用言语来安慰嫂子和明明。言语起不了什么作用。他来到这个愁云笼罩的家庭，只能干一些具体的活。

他干活，并且尽量弄出声响，使这死气沉沉的院落有一点活人的气息；使这痛苦不堪的孤儿寡母重新唤起生活的愿望。他干活，也使他自己冰冷的心恢复一点热力。①

这种有情有义的高尚精神，虽然未脱日常生活的平凡性，但却包含着美好的情感，显示着伟大的境界。

强大而坚韧的生存意志，也是孙少平身上闪光的地方。他承受着生活的压力和考验，承受着着失去恋人和工友的痛苦。在充满危险的矿井深处，死亡的阴影几乎天天都笼罩在他头上。他从死神的魔掌侥幸逃脱，容貌却被毁了，脸上留下了一道明显的疤痕。因此，他的内心也会产生深刻的悲剧意识，就像他在麻雀山的九级古塔下所思所想的那样：“多少美好的东西消失和毁灭了，世界还像什么事也没有发生。是的，生活在继续着。可是，生活中的每一个人却不断地失去自己最珍贵的东西。生活永远是美好的；人的痛苦却时时在发生……”② 但是，他没有被巨大的磨难和痛苦所压垮。他从命运的打击中恢复了过来。他更加深刻地理解了生命。他继续保持着

---

① 路遥：《平凡的世界》，第三部，人民文学出版社，2004 年，第 131 页。

② 路遥：《平凡的世界》，第三部，人民文学出版社，2004 年，第 253 页。

对生活的乐观主义态度：

> 这就是生命！没有什么力量能扼杀生命。生命是这样顽强，它对抗的是整整一个严寒的冬天。冬天退却了，生命之花却蓬勃地怒放。你，为了这瞬间的辉煌，忍耐了多少暗淡无光的日月？你会死亡，但你也会证明生命有多么强大。死亡的只是躯壳，生命将涅槃，生生不息，并会以另一种形式永存。只要春天不死，生命就不死，就会有迎春的花朵年年岁岁开放。哦，迎春花……他在那片黄花中依稀看见了一头白发满脸皱纹的母亲。为什么此刻想到了母亲？母亲……
>
> 他抬起头，一群白鸽掠过蔚蓝色的天空，羽翼发出了嗡嗡的震荡声……他听见远方传来海的呼啸；他看见，晓霞偏歪着脑袋，微笑着，赤脚踩踏光滑如缎的浪脊在遥远的地平线上跳跃着奔来，鬓角上插一朵金灿灿的迎春花闪射着耀眼的光芒……①

在这里，人们看见了他精神上的成长，看见了他充满力量的生存意志，看见了他内心丰富而细腻的情感。可怕的灾难和沉重的打击，不仅没有让他消沉，反而让他更深刻地理解了苦难和死亡，也让他的精神更坚韧。

孙少平精神上的成熟，还体现在他对自己的生存境遇的清醒认知和冷静态度上。如果说，一开始，孙少平的内心还有一种飘渺的浪漫主义冲动，那么，后来，随着生活阅历的丰富，就逐渐放弃了那些关于“北极”和“阿拉斯加”的不切实际的幻想。他有自己的生活理想，但是，他也有理性的现实感，绝不会让自己沦为盲目的理想主义者。他向往远方，但是，他也知道远方的尽头在哪里。他热烈地爱着田晓霞，但他对这爱情，“并没有寄托十分的期望”②。“洵有情兮，而无望兮。”（《诗经·陈风·宛丘》）他

---

① 路遥：《平凡的世界》，第三部，人民文学出版社，2004 年，第 405 页。

② 路遥：《平凡的世界》，第三部，人民文学出版社，2004 年，第 122 页。

清楚地知道他们之间的距离有多大。他接受命运的安排，但也不放弃自己的理想；在命运安排的困境里，他要尽力追求自己的梦想。他对田晓霞说，自己准备在矿井里干一辈子。田晓霞问他："这是'理想'，还是对'命运'的认同?"孙少平这样回答她："我没有考虑那么多。我面对的只是我的现实。无论你怎样想入非非，但你每天得要钻入地下去挖煤。这就是我的现实。一个人的命运不是自己想改变就能改变了的。至于所谓理想，我认为这不是职业好坏的代名词。一个人精神是否充实，或者说活得有无意义，主要取决于对劳动的态度。当然，这不是说我愿意牛马般受苦。我也感到井下的劳动太沉重。你一旦成为这个沉重世界里的一员，你的心绪就不可能只关注你自身……"① 孙少平的极端性质的劳动观，自然不无可商，但是，他所表现出来的社会意识，依然是伟大的。当整个社会都陷入分离的、原子化的状态，当许多人内心完全丧失了对他者的同情与爱，当一种自我中心主义的世界观主宰了许多人的意识的时候，孙少平的这种态度和认知，就显示出特别重要的意义和价值。任何人都不可能生活在只有自己的世界。一个"只关注自身"的人，注定是一个冷漠的人，也注定是孤独和不幸的人。

一个人的价值观集中地体现在对权力和金钱的态度上。孙少平从来没有攫取权力或者利用权力的想法。田晓霞的父亲，从县级干部一直升迁到省级干部，但是，孙少平却没有夤缘攀附，靠着他来改变自己的命运。

孙少平对财富和金钱的观念，体现着现代的社会意识和成熟的个人意识。孙少安挣了大钱之后，心里有些发慌，不知道该如何处置自己的财富。他准备接受暴发户胡永州的撺掇，准备白扔点钱，投资影视，"买个虚名"。孙少平则建议他要有"西方的大富翁"那样的认识，"有必要将一部分钱再给予社会，哪怕是无偿地奉献给社会"②。他对哥哥孙少安说："至于我，你

① 路遥：《平凡的世界》，第三部，人民文学出版社，2004 年，第 71—72 页。
② 路遥：《平凡的世界》，第三部，人民文学出版社，2004 年，第 378 页。

很了解，我现在不会用你的钱。我赚的钱我够用。不够用我也不愿使用你的钱。这不是我和你之间有了隔阂，不，我们永远是亲密的兄弟。我以前就说过，最好的兄弟首先应该是朋友，然后才是弟兄。不知你听说没有，在外国，有些百万富翁或亿万富翁的子女拒绝接受父母的遗产，而靠自己的劳动来度过一生。我理解这些人。如果我处在他们的位置上，我也会这样做。比如说吧，要是爸爸不是个农民，而是个什么大官，有许多钱，我也不会要他的。那是他赚的，他自己情愿怎花哩！花不了扔到河里也可以！反正我不会接受他的馈赠……”①

是的，孙少平的金钱观，体现着文明的现代价值观。它显示着经济上的独立意识和人格上的尊严感，完全摆脱了那种在家庭内部依赖他者甚至掠夺他者的习惯。中国家庭内部的个体利益界线模糊。这貌似天经地义，很有人情味，实则是一种消极的家庭经济关系。它培养了人们在经济上的惰性和依赖心理，也不利于个性的成长和独立意识的形成。难怪孙少安难以理解弟弟的这些“高论”。这与他熟悉的那种金钱意识和财富观，大相径庭，截然两样。

孙少平不仅摆脱了物欲的奴役，超越于平庸的价值观之上，而且，还始终保持对心灵生活的敏感和对诗性生活的追求。对他来讲，理想的生活与书籍密切相关。书籍的世界充满意义的光芒。没有书籍的生活，就是没有光的生活。所以，即便在生活极度穷困的时候，孙少平也不曾放弃对读书和知识的热爱。通过阅读和学习，他使自己摆脱了庸俗的生活状态，成为一个真正具有现代气质的人。

文学修养和艺术修养是评价一个人文明素质和生活质量的重要标准。孙少平不仅热爱文学和艺术，还有很高的理解力和鉴赏力。他能够理解伟大的文学作品所描写的经验，能够体验伟大的音乐所表现的情感：

---

① 路遥：《平凡的世界》，第三部，人民文学出版社，2004 年，第 379 页。

> 工余休息时，他也想办法改变自己的生活方式。他又重新开始复习数、理、化高中课程，以期今后能考取煤炭技术学校。另外，他还买了一台廉价的收录机和几盒磁带，有时候一个人闭住眼躺在蚊帐中静静地听一会。蚊帐一年四季不拆。因为是集体宿舍，蚊帐有一种房中之房的感觉；呆在里边，就是自己一个人的独立天地。
>
> 他最喜欢听的音乐是贝多芬的《命运交响曲》和《田园交响曲》，尤其是《田园交响曲》的第二乐章，他感觉自己常常能直接走进这音乐造成的境界之中。那旋律有一种美丽的忧伤情绪，仿佛就是他自己伫立和漫步在田园中久久沉思的心境。有时候，他就随着这音乐重新回到了黄原城麻雀山和古塔山的树林草丛中；回到了原西城外荒僻的郊野；回到了亲爱的双水村，漫步在静静的东拉河边……当夜莺用它伤感的歌喉和群鸟开始联唱的时候，他就忍不住两眼含满辛辣的泪水……①

这说明，孙少平已经超越了那种使人活得沉闷而乏味的现实。能在极其窳劣的生活条件下，将自己的精神生活提高到不俗的水平，这是一件了不起的事情。孙少平身上的一个脱俗和闪光的地方，就在于他总是能赋予自己的生活以丰富的诗意和文化内涵。正是这种脱俗的诗意，使他的近乎苦难的生活，也显示出一种异乎寻常的性质。

伟大文学包含着深刻的思想和伟大的价值观。它要用这思想和价值观来匡正生活。在《平凡的世界》里，路遥这样写道：“伟人们常常企图用纪念碑或纪念堂来使自己永世留芳。真正万古长青的却是普通人的无名纪念碑”②。通过对孙少平的塑造，路遥宣达了他的一个基本的思想，表达了一个灵魂性的主题：人的伟大的不是身份的伟大，不是靠着金钱和权力来彰

---

① 路遥：《平凡的世界》，第三部，人民文学出版社，2004 年，第 282—283 页。
② 路遥：《平凡的世界》，第三部，人民文学出版社，2004 年，第 130 页。

显的伟大，不是用雄伟的纪念碑来张扬的伟大，而是最寻常意义上的伟大，是爱和理想的伟大，是情感和德性的伟大。

因而，只有真正懂得爱且能同情不幸者的人，只有那些身处困境而又不丧失理想和目标的人，只有那些认真生活和踏实工作的人，只有那些几乎从来不曾给别人造成痛苦的人，才是真正伟大的人。这些人，往往就是生活在平凡的世界的普普通通的人。只有这样的普普通通的人，才是真正伟大的人。路遥用自己的包含着朴素真理的伟大叙事，纠正了我们对“伟大”的普遍而严重的误解，培养了我们尊重普通人的平等意识，培养了我们在普通人的身上发现伟大价值的能力。

事实上，在生命的最后阶段，路遥的情感和思想发生了巨大的变化。也许是因为身体的病变，也许是因为婚姻的破裂，在路遥的内心形成了一种别样的生命意识和人生哲学，一种我称之为“必要的虚无感”的东西。1991 年春，他在西北大学做了一场报告；快要结束的时候，他这样说道：“如果论结果的话，人都要死，而且地球也要崩溃，更广阔地看，没有什么伟大与渺小。”① 这是路遥的一个很值得注意的意识变化和思想发展。它体现着对世界和人生的深刻的理解和觉悟。这是一件比简单地对照和讨论“平凡”与“伟大”更重要的事情。因为，它已经将作者的情感和思想升华到了“普遍性”的高度和境界。在这普遍性的精神视野里，生与死、善与恶、平凡与伟大、成功与失败都将被赋予一种新的意义。

路遥的这种新的情感和思想，是一种极为重要的生命意识和价值观，是我们从许多伟大作家的作品中可以看到的东西。“必要的虚无感”就是汤显祖的戏剧作品中灵魂性的主题和主宰性的情绪：“面对无限而茫漠的宇宙，每一个人，都要活得低调一些，要有谦卑态度，甚至要有一点无力感和虚无感。不要那么贪婪和恣睢，崇尚贪多务得的功利主义……人们要充

① 焦海民记录整理：《路遥 1991 年在西北大学的演讲》，“我心中的大秦岭”公众号 2019 年 6 月 14 日；此文《路遥全集》未见收录，也未在报刊公开发表。

分认识到自己在知识和能力上的有限性，认识到人的生命的短暂性和需求的有限性……”① 从莎士比亚的作品里，从他的“低调的自然主义”人生哲学里，我们也可以看见这种“必要的虚无感”：“它没有那种野心勃勃战胜一切的妄念。相反，它承认人的能力和生命的有限性。”② 同样，这种深刻的生命意识和低调的人生哲学，也是《红楼梦》的主题，是人们在《圣经》和托尔斯泰作品中常常会发现的理念和思想。可惜的是，彼苍者天，歼我良人，没有给路遥留下足够多的时间，使他有机会通过文学叙事，来充分地表达自己的这种新的生命意识和人生哲学，从而最终赋予孙少平的性格和思想以更丰富的内涵。

三、适度原则：极端意识与极端行为

孙少平是优秀的人物，但不是完美的人物。残缺的成长环境，有限的人生经验，使他不可能在一切方面都成熟起来。由于时代原因和个人原因，他的一些生活观念，他的一些行为方式，难免会显得简单和幼稚。意识和行为上的极端性，就是孙少平身上应该引起注意的问题。

要知道，无论是社会生活的和谐，还是个人生活的美好，都决定于一种克制而理性的适度原则。只有按照这一原则来处理自己的精神事务，来规约自己的情感、思想和行为，人们才能避免那种因为傲慢和自负，因为极端的浪漫主义和极端的唯意志论，而导致的严重混乱和可怕灾难。然而，最近两个多世纪的人类历史，几乎就是一部被浪漫主义的极端原则控制的历史。人们似乎更愿意把自己让渡给激情，而不是托付给理性。人们没有耐心等待。他们更喜欢用猛烈而极端的方式来迅速解决问题，而不是用克

① 李建军：《并世双星：汤显祖与莎士比亚》，二十一世纪出版社集团，2016 年，第 426 页。

② 李建军：《并世双星：汤显祖与莎士比亚》，二十一世纪出版社集团，2016 年，第 436 页。

制而理性的适度原则来从容地改变现实。

卢梭无疑是近代浪漫主义之精神嚆矢。无论是他的思想，还是他的行为，都表现出极端的浪漫主义倾向和极端的乌托邦性质。他蔑视一切正确的习惯，蔑视服从规范和遵守习惯的人们。在他看来，一切伟大的事物，从来就在习惯与规范之外；只要你敢大胆幻想，你就有机会成功。他们的浪漫主义既见之于他的道德行为，也见之于他的文学作品。圣勃夫就从卢梭的《忏悔录》里，看到了作者道德上的"败坏和腐化"，看到了"卑劣的、可憎的、无耻的词语"①。欧文·白璧德则从卢梭那里，看见了浪漫主义者给人类造成的混乱和灾难。他因此而拒绝接受卢梭及其追随者的"伪宗教"，并尖锐地批评了他们的极端主义倾向："违反了适度法则就不再是人了。"② 欧文·白璧德称那些不能控制自己冲动的人为"夸大狂"③。在他看来，无论个体的"夸大狂"，还是群体的"夸大狂"，都将不可避免地给社会带来混乱和灾难。

适度，合乎分寸，是孔子哲学和伦理学的核心理念，也是亚里士多德哲学和伦理学的重要思想。孔子的适可而止、过犹不及的中庸思想，就是他的伦理精神的集中体现。亚里士多德也有与孔子相同的思想："节制与勇敢都是为过度与不及所破坏，而为适度所保存。"④ 莎士比亚也厌恶一切缺乏节制的极端行为："令人惊讶的是，他的作品虽然对人的每一个幻想和渴望都很敏感，却对他的世界中普遍存在的绝对主义倾向，从形而上到世俗层面的，都很讨厌。"⑤ 在《威尼斯商人》中，他借尼莉莎之口说："吃得

---

① 夏尔·奥古斯丁·圣勃夫：《圣勃夫文学批评文选》，范希衡译，南京大学出版社，2016 年，第 662 页。

② 欧文·白璧德：《卢梭与浪漫主义》，孙宜学译，商务印书馆，2016 年，第 356 页。

③ 欧文·白璧德：《卢梭与浪漫主义》，孙宜学译，商务印书馆，2016 年，第 343 页。

④ 亚里士多德：《尼各马可伦理学》，廖申白注译，商务印书馆，2003 年，第 39 页。

⑤ 斯蒂芬·格林布拉特：《莎士比亚的自由》，唐建清译，社会科学文献出版社，2020 年，第 3 页。

太饱的人，跟挨饿不吃东西的人，一样会害病的，所以中庸之道才是最大的幸福。”① 然而，在很长的时间里，我们否定并排斥道德认知和道德实践上的适度原则。我们喜欢将复杂问题简单化，喜欢将道德原则极端化。

例如，利他主义无疑是一种伟大的情怀和精神；无此情怀和精神，则人与人之间的关系，就不可能是真正属于人的关系。然而，我们却常常将利他主义推向极端，进而忽略了这样一些简单而重要的事实——每一个人首先是以个体的形式存在的，因而，他有对自我存在和自我利益的要求，有对属于自己的私人权利和私人空间的要求，有满足自己身心两方面的个人欲望的要求。虽然卢梭的极端浪漫主义思想，应该引起人们的警惕和反思，但是，他关于个人权利和个人利益的观点，却是深刻而正确的：“人性的首要法则，是要维护自身的生存，人性的首要关怀，是对于其自身所应有的关怀；而且，一个人一旦达到有理智的年龄，可以自行判断维护自己生存的适当方法时，他就从这时候起成为自己的主人。”② 然而，在很长的时间里，我们却狭隘地甚至错误地理解了利己和自私。我们将利己主义视为道德上最大的恶。在我们的词典里，无论“自私”还是“利己”，无论“利己主义”还是“自我主义”，都成了被严重污名化的概念。我们忽视了自私与利己等概念的复杂性，忽视了自私的正当性和利己主义的合理性。我们将“利己”与“损人”视为一事，就像纪昀在《阅微草堂笔记》中宣扬的那样：“夫利己之心，虽贤士大夫或不免。然利己者必损人，种种机械，因是而生，种种罪愆，因是而造；甚至遗臭万年，流毒四海，皆此一念为害也。”③ 我们抹除了他人利益与自我利益之间的界线，也抹除了个人利益与公共利益之间的界线。我们不知道，个人利益是公共利益的前提和

---

① 莎士比亚：《莎士比亚全集》，第 3 卷，朱生豪译，人民文学出版社，1978 年，第 11 页。

② 卢梭：《社会契约论》，何兆武译，商务印书馆，1980 年，第 9 页。

③ 纪昀：《阅微草堂笔记》，上海古籍出版社，2016 年，第 4 页。

基础，而不是相反；不能保障个人利益，也就无法最终保障公共利益。在经济生活领域，利己既是一种很自然的动机，也是一种巨大的力量，就像俄国著名的经济学家鲍·布鲁兹库斯所说的那样："必须谨记这一普遍原理：在任何经济建设工作中，人的经济生活是受利己动机驱使的。"① 所以，否定正常意义上的利己，否定和损害个人利益，不仅会造成生产热情和生产力的下降，而且，还会导致这样一个严重后果，那就是，最终否定和损害所有人的利益，包括公共的利益。

事实上，在美德伦理学中，自私与利己乃是人的正常天性，并不必然属于坏的德性。只有当人通过损害他人来利己的时候，自私和利己主义才是理论上的消极概念，才是行为上的坏德性。人们完全可以用适当的方式，来实现正当的利己目的，甚至可以在利他的同时，合理地实现利己的目的。所以，"美德伦理学的一个长处恰恰在于这个事实，即它倾向于消除那种在自私与善（做正确之事、具备美德等）之间的所谓对立。"② 也许，正是因为这个原因，安·兰德的理性的个人主义伦理学，才始终强调这一宗旨：每一个人都必须以行动来提高他的个人利益。也正像英国学者塔拉·斯密斯所概括的那样："一个人最基本的道德义务是实现自己的幸福并且不因为别人的幸福牺牲自己的利益，这正是兰德所信奉的道德基础。"③ 所以，每一个个体的人，都应该具有这样的理性的利己主义意识，而社会则应该为每个人以符合道德原则的方式实现利己的目标提供保护和方便，这样，全社会就会创造出有利于每一个人的道德环境和生活环境。

然而，在很长的时间里，中外古典哲学的适度原则，现代的美德伦理学和客观主义伦理学的合理利己主张，并不被流行的世界观认可和接受。

---

① 鲍·布鲁兹库斯：《苏维埃俄国的计划经济》，李宏、王建民译，山东人民出版社，2018年，第72页。

② 罗伯特·C. 所罗门：《与尼采一起生活：伟大的"非道德主义者"对我们的教诲》，郝苑译，生活·读书·新知三联书店，2018年，第336页。

③ 塔拉·斯密斯：《有道德的利己》，王旋、毛鑫译，华夏出版社，2010年，第23页。

一种极端化的道德精神和伦理原则主宰着人们的意识和行为。在柯切托夫的长篇小说《你到底要什么?》中，表达正确价值立场的伊娅反驳费利克斯说：“只有极端才是正道。一切中庸之道都是可耻的胆怯。”① 她不懂得尊重人。她将跟自己文学观念不一样的人比作“畜生”，甚至将波契雅·布朗小姐等人视为“特别令人讨厌”的“狗”②。无论是路遥，还是他笔下的人物，都是在这种极端化价值观的影响下成长起来的。他们所接受的学校教育和社会教育，他们所阅读的许多文学作品，他们所接触的许多艺术作品，都在推崇和宣扬这样的道德精神。这样，在路遥的小说叙事中，作者的道德意识严重地偏向利他主义一面。

路遥对利他与利己的关系，缺乏深刻的理解。关于政治与人性的复杂关系，他的态度和认知，也同样显得有点狭隘和极端。例如，对所谓“亲戚”的势利和自私，路遥曾在小说和写实性文字中，多次谈及。他对他们的批评，非常尖锐，也非常极端：“小时候，我们常常把‘亲戚’这两字看得多么美好和重要。一旦长大成人，开始独立生活，我们便很快知道，亲戚关系常常是庸俗的；互相设法沾光，沾不上光就翻白眼；甚至你生活中最大的困难也常常是亲戚们造成的；生活同样会告诉你，亲戚往往不如朋友对你真诚。见鬼去吧，亲戚!”③ 事实上，亲戚们的俗气和缺点，属于人情之常，并不是多么严重的道德问题，也用不着用一种极端的态度来夸大之，诋斥之，诅咒之。如果再往深思考一步，我们就会得出一个更合情理的结论：亲戚的自私是人性的本然状态和客观情形。对他们的“自私的权利”和“利己的愿望”，我们不仅不应该反应过于极端，而且，还应该抱着一种同情和理解的态度。清人张履祥说：“宗族亲戚之人，或贤或否，此由

---

① 弗·阿·柯切托夫：《你到底要什么?》，上海新闻出版系统“五·七”干校翻译组译，上海人民出版社，1972 年，第 365 页。

② 弗·阿·柯切托夫：《你到底要什么?》，上海新闻出版系统“五·七”干校翻译组译，上海人民出版社，1972 年，第 507 页。

③ 路遥：《平凡的世界》，第二部，人民文学出版社，2004 年，第 131—132 页。

天定，无可取舍。贤者自当爱而敬之，否者无失其亲而已。”① 所以，即便路遥对亲戚的“自私”的极端态度和尖锐批评，有着不得不尔的个人原因，但它仍然不符合理性而宽容的适度原则。

从政治的角度来看，路遥对权力和政治人物的认知，维度也显得太过单一，缺乏复杂的眼光。他曾在孙少平曾经与外星人的对话中，坦率地表达了一个尖锐的观点：世界上的许多政府都是被少数贪婪的人占有和控制着；这少数的政客，并不值得信任。就像他借外星人的话所批评的那样：“如果他们获得我们的技术，就会情不自禁想支配整个地球。我们不相信这些少数人能维持地球的秩序。他们连自己国家的和平都维持不了，怎么可能维持全球的和平呢?”② 人皆有贪欲，政客不例外。没有强烈的利己心，他们就不会有如此巨大的参政热情，就不会有拼死追求权力的动力和勇气。就像司马迁在《货殖列传》中所说的那样：“贤人深谋于廊庙，论议朝廷，守信死节隐居岩穴之士设为名高者安归乎？归于富厚也。是以廉吏久，久更富，廉贾归富。富者，人之情性，所不学而俱欲者也。”③ 如此说来，人类应该面对和处理的要务，就不是简单地谴责政客们的自私和贪婪，而是如何在适度地满足他们的权力欲望的同时，有效地控制他们对权力的过度贪欲，最终制止他们滥用权力，危害人类。所以，如果能从已有的认识再往前推进一步，路遥就有可能对政治范畴的利己和利他关系，获得更加全面的认识，从而得出一个妥切的判断。然而，这些在路遥的头脑中偶然产生的深刻意识，却停留在简单而片面的状态，并没有最终形成一种适度而有效的道德原则。

路遥既然没有理解和包容自己的“亲戚”，既然未能在复杂而适度的语

① 张履祥：《训子语译注》，张天杰、余荣军增编、译注，上海古籍出版社，2020年，第66页。

② 路遥：《平凡的世界》，第三部，人民文学出版社，2004年，第275页。

③ 司马迁：《史记》，第10册，中华书局，2014年，第3969页。

境里，来理解人性在政治领域的自然倾向，那么，他也就不可能为合理的利己主义辩护。这样，在小说叙事中，他就很自然地滑向了另一面，即以一种近乎极端的浪漫化叙事，片面地强调和赞美牺牲自我的利他主义。现在，让我们进入《平凡的世界》，从孙少平形象塑造的角度，看看路遥的极端化的认知偏差带来了哪些问题，造成了怎样的后果。

孙少平来自一个极度贫困的家庭。到外地打工的时候，他常常处于一文不名、衣食不继的困境。然而，这丝毫不影响他以极端的方式表现自己的慷慨。在办理完户口转移手续，返回黄原市的时候，他只给自己留了五毛钱，“把所有的钱都分给了爸爸、姐姐和妹妹”；这就“等于赤手空拳返回到这个严厉的城市”①。同样，为了救助被包工头欺侮的小翠，孙少平送她到车站，替她买了回原西县的票，“然后毫不犹豫地把自己的一百块钱给了她”②。然而，他的慷慨救助，不仅再次陷自己于经济的困境，而且，也没有达到自己的目的：小翠拿了他的钱，最终却兜了一圈，又回到了原来的生活状态。奥登认为，幸福是自为的事情，只能通过自己来内在地实现：“面对上帝，我的责任是过得幸福。面对邻人，我的责任是尽我所能给他带去愉悦，从而缓解他的痛苦。没有人能‘让’（make）另一个人变得幸福。”③ 也就是说，没有人有能力成为别人幸福的绝对主宰者和绝对创造者。所以，即便在帮助别人的时候，也要认识到自己的责任和能力的有限性。

在金钱上帮助别人，无论多么慷慨，都不应该让自己陷入经济上的困境，更不应该到了让自己失去尊严的地步。德谟克里特说：“共同的贫穷比每个人孤立地受穷更难堪，因为这样就什么救助的希望都没有了。”④ 倾其所有地救助别人，就有可能使自己陷入绝对的困窘状态，从而，最终使自

① 路遥：《平凡的世界》，第二部，人民文学出版社，2004 年，第 162 页。

② 路遥：《平凡的世界》，第二部，人民文学出版社，2004 年，第 261 页。

③ W. H. 奥登：《染匠之手》，胡桑译，上海译文出版社，2018 年，第 592 页。

④ 北京大学哲学系外国哲学史教研室编译：《古希腊罗马哲学》，生活·读书·新知三联书店，1957 年，第 124 页。

己失去救助别人的能力。马基雅维里也知道极端的慷慨所带来的弊害。他奉劝那些将要做君主或正在做君主的人说："世界上再没有一样东西比慷慨消耗得更厉害的了，因为当你慷慨而为的时候，你就失去了使用慷慨的能力，不是使自己贫穷以致被人轻视，就是因为要避免贫穷而贪得无厌惹人厌恨。"① 虽然此人是一个商鞅和韩非式的精于计较的政治功利主义者，但是，他关于慷慨的观点，却颇有几分道理；有权的人，固当奉之为圭臬，那些无权的人，也应该将它谨记在心。公元前1300年前后面世的苏美尔语《吉尔伽美什史诗》说："细心稳健的人相互照看，/先行者既保自己无虞，也保同伴平安。"② 如果适度地、合理地利他，就不仅会让自己"无虞"，让别人"平安"，而且，还可使自己的利人利己的善行具有可持续性。雅典的泰门从一个乐善好施的人，一变而成为诅咒一切的恨世主义者。失去自己的全部财富之后，泰门看见了人性中真实的一面。他无法接受自己的贫穷和别人的势利。几乎是在一瞬间，他看到了一个让他愤怒和仇恨的世界。他将愤怒的火焰倾泻到金钱上，视之为万恶之源。他忽略了这样一个简单的事实：问题其实并不在金钱，而在人对金钱的态度和使用金钱的方式。他敌视人类，攻击人性："在我们万恶的天性中，一切都是歪曲偏斜的，一切都是奸邪淫恶。所以，让我永远厌弃人类社会吧！"③ 他认识不到，人的利他应该遵循适度的原则；一切极端化的善行必然导致不善的后果，必然引致他对人类和生活的巨大失望和怨毒心理。

孙少平的问题，虽然没有雅典的泰门那么严重，也没有导致那么严重的后果，但是，那种极端性质的利他行为，还是给他带来了不小的麻烦。他再次陷入了流离失所、三餐不继的困境之中。是的，仅有面包，人未必

---

① 尼科洛·马基雅维里：《君主论》，潘汉典译，商务印书馆，2017年，第78页。

② 拱玉书注译：《吉尔伽美什史诗》，商务印书馆，2021年，第90页。

③ 莎士比亚：《莎士比亚全集》，第8卷，朱生豪译，人民文学出版社，1978年，第175—176页。

能幸福，但是，没有面包，人一定不幸福。不名一文，流落街头，无疑是一种不幸的境遇，也会给人一种痛苦、不安甚至耻辱的感觉。所以，从利他的角度看，孙少平的行为是高尚的，但是，从利己的角度看，它却是消极的。由于它没有遵循平衡利他与利己两者关系的适度原则，所以，它所导致的后果，就是对自己和他人利益的双重伤害。这种损己利人的道德，本质上是一种消极的善，甚至，就是一种特殊性质的不善。据《吕氏春秋》记载，子贡从别的诸侯国赎回了鲁国人，却拒绝政府提供的赎金补贴；子路救了一个落水的人，也接受了被救者给他的“拜之以牛”的谢礼。孔子批评了无私的子贡，表扬了接受酬报的子路。在他看来，“取其金则无损于行，不取其金则不复赎人矣”，所以，子贡的做法，就会导致这样的后果，即“自今以往，鲁人不赎人矣”。子路之所以做得对，是因为他所接受的，不只是一头牛，而是对善行的奖赏；接受被帮助者的谢仪，在客观上起到了这样的作用——激励其他人像他一样拯救落水者。所以，吕不韦才说：“孔子见之以细，观化远也。”① 孔子的观点之所以正确和重要，是因为他看到了行善的行为与行善者的利益之间的关系。如果行善者完全不在乎自己的利益，放弃自己应得的奖赏，甚至在经济上置自己于有付出而无回报的被动境地，那么，最后受到伤害的不仅是行善者自己，还有那些需要救助的人，——没有奖励机制的驱动，善行就很难成为一种普遍的社会习惯。

在毛姆笔下的斯特里克兰心里，只有一个目标，那就艺术。他以绝对的方式追求自己的艺术。为了实现创造的理想，他对一切都漠不关心，过着极为穷苦的生活：“为了实现它，他不但甘愿牺牲自己——很多人都能做到这一点——而且不惜牺牲他人。”② 孙少平身上当然没有这种“可憎”而又“伟大”的极端。他的极端性表现是给予，而不是索取；是伤害自己，而不是伤害别人；是出于善的目的，而不是为了美的目的。如果说，斯特

① 国学整理社编：《诸子集成》，第六册，中华书局，1986 年，第 191—192 页。

② 威廉·萨默塞特·毛姆：《月亮和六便士》，冯涛译，译林出版社，2018 年，第 221 页。

里克兰的极端性，是利己主义性质的，那么，孙少平的极端性，就是利他主义性质的。他与田晓霞的那段关于自己的内心愿望和内心冲动的著名对话，就反映着他渴望牺牲的极端利他主义意识：“……什么地方失火了，没人敢去救，让我冲进去，哪怕当下烧死都可以……”① 孙少平通过浪漫的想象，将牺牲本身道德化和诗意化了。如果说，极端性质的利己主义既给别人造成痛苦，也给自己带来痛苦，那么，极端的利他主义行为，则主要是将自己置于严重的困境之中。这两种极端而有害的行为，都应该在适度原则的规约下加以避免。

是的，利他主义是一种高尚的道德，但是，如果推向极端，就会成为一种片面的伦理原则。只有遵循理性的适度原则，即在利他与利己之间，维持一种适度的平衡，利他主义才是一种积极的道德。利他，不以伤害自己为代价；利己，不以伤害他人为代价，这，就是伦理实践上的适度原则。伤害自己与伤害别人一样，都是一种消极的现象，都属于应该避免的恶。人们应该警惕极端的利己主义，但也要警惕极端的利他主义。任何丧失适度原则的利己主义和利他主义，都有可能既伤害了别人，又害了自己。至于那种将个人利益与社会利益简单地对立起来的观念，尤显极端，严重违背了伦理上的适度原则。奥捷罗夫说：“苏联文学的真正主人公是苏联的公民，他把社会利益置于个人利益之上，他能够为了国家和集体利益而牺牲个人利益。”② 除了极为少见的特殊情况，这样的极端化主张，并没有多少合理性和可行性。它本质上是一种消极的道德观念。它忽略了这样一个最基本的道德真理：靠伤害一方来维护另一方的利益，是不会长久的；只有维持平衡而合理的对等关系，才是维护彼此利益的重要前提。平等的互利是永恒而有效的道德原则。

---

① 路遥：《平凡的世界》，第一部，人民文学出版社，2004 年，第 321 页。

② 奥捷罗夫：《苏联文学中的共产党人形象》，胡平、汲自信等译，作家出版社，1958 年，第 198 页。

《圣经》将“爱人如己”当作两条“最大的诫命”之一，并视之为“一切道理的总纲”中的一部分（《马太福音》22：39—40，和合本）。爱人，并不排除爱己；就像苏俄作家叶·叶甫图申科在阐释这一诫命时所说的那样：“要爱亲友，必须首先学会爱自己。”① 中国古人也将爱己当作“爱之本”：“‘立爱自亲始’，爱身爱之本也；‘立敬自长始’，敬身敬之本也。”② 显然，爱己和利己，是爱人和利他的前提；一个不爱己和不利己的人，是不可能实实在在地爱人和利他的。安·兰德敏锐地发现了利己与利他之间的深刻关系，并坚确不疑地说：“不珍视自己的人也不可能珍视其他任何事物或任何人。”③ 她的客观主义伦理学提倡和支持“理性的自私”，认为“人类之善”的获得，“不需要人类牺牲，也不能通过任何人为他人牺牲”④。在亚里士多德看来，“适当”是行善和利他的重要的原则；按照这个原则，一个慷慨的人，“不会不珍惜自己的财产，因为他希望用这些财产去帮助他人。他不会不问对象地给予，以便他能够保有些东西，在适当的时间或高尚［高贵］的场合，给予适当的人。”⑤ 为了最大程度地获得人己两利的平衡，人们必须克服那种极端化的利他主义冲动，必须将缺乏理性的慷慨和倾其所有的奉献，视为对伦理原则和共同利益的严重伤害。然而，无论路遥自己，还是他笔下的人物，都不曾思考过这些问题。他们没有爱自己的意识。孙少平虽然善良而又慷慨，但是，他没有掌握那种能够最大程度地体现善的适度原则，没有学会用最恰当的方式来积极地利己和利他。

---

① 叶·叶甫图申科：《浆果处处》，张草纫、白嗣宏、戴骢译，百花文艺出版社，1998 年，第 27 页。

② 张履祥：《训子语译注》，张天杰、余荣军增编、译注，上海古籍出版社，2020 年，第 42 页。

③ 安·兰德：《自私的德性》，焦晓菊译，华夏出版社，2007 年，第 22 页。

④ 安·兰德：《自私的德性》，焦晓菊译，华夏出版社，2007 年，第 21 页。

⑤ 亚里士多德：《尼各马可伦理学》，廖申白注译，商务印书馆，2003 年，第 98 页。

孙少平的极端性意识，不仅表现在对金钱和自我的态度上，还表现在对劳动和苦难的理解上。他夸大劳动的作用，用一种绝对性质的表述来肯定劳动对于人的意义。他说："只有劳动才可能使人在生活中强大。不论什么人，最终还是要崇尚那些用双手创造生活的劳动者。……要想获得解放，惟一的出路就在于舍身投入劳动。"① 他甚至将劳动当作治愈精神创伤的良药②。他的劳动意识和劳动价值观，就是路遥自己的劳动意识和劳动价值观。这显然属于对劳动的浪漫主义想象，属于对劳动的片面而极端化的理解。劳动固然会转移人们的注意力，甚至会使一个人因为体力上的疲劳，而缓释精神上的痛苦。然而，沉重而危险的劳动，首先意味着身体和精神上的双重痛苦，意味着对人的折磨和伤害。毛姆就反对夸大苦难的道德价值，因为，"我知道苦难并不能使人高贵；它会败坏一个人。它会使人变得自私、卑鄙、小气而又多疑。它使他们只专注于小事。苦难不会使人们更加超拔；只会使他们更加渺小"③。毛姆的观点当然也是绝对而片面的，因为，苦难并不必然使一切人都败坏，也不必然使所有陷入苦难境地的人都道德堕落。苦难也有可能让一些人高尚和超拔。但是，无论如何，苦难都是一种伤害性的力量。只有那些具有强大的意志力和自觉的道德意识的人，才有可能抵抗和超越苦难对自己的折磨和败坏。所以，人应该有面对苦难的勇气，应该有承受苦难的意志品质，但是，不能以诗意而夸张的方式赞美苦难，更不能将苦难当作一种价值来追求。

孙少平所理解的劳动，路遥所赞美的劳动，主要是依靠双手的体力劳动，而不是依靠智慧的脑力劳动。不错，体力劳动的确是一种伟大的劳动形式，因为，它可以创造出人们维持生活所需要的东西，可以使人免于冻

---

① 路遥：《平凡的世界》，第三部，人民文学出版社，2004 年，第 51 页。

② 路遥：《平凡的世界》，第三部，人民文学出版社，2004 年，第 62、132 页。

③ 毛姆：《总结：毛姆创作生涯回忆录》，冯涛译，上海译文出版社，2021 年，第 61—62 页。

馁之虞。但是，体力劳动只能满足人的外在需要，而无法满足人的内在需要，也就是说，它并不必然会使人变得“强大”，也不必然使人获得“解放”。没有对劳动自由的保障，没有现代技术的支持，体力劳动不可能摆脱它的被动性，也不可能给人带来力量和解放。被动性质的劳动不仅不会给人带来力量和自由，而且，它本身就意味着对人的伤害和奴役。孙少平在矿井深处的挖煤工作，不仅非常艰苦，而且充满危险。长时间与超强度的劳动常常使人精疲力竭，痛苦不堪：

离开掌子面的时候，少平突然感到一阵天旋地转般眩晕。他知道自己病了。其实，昨夜刚开始干活的时候，他就感到两条腿发软，身子轻飘飘的没有一点力量，脊背上时不时掠过一阵似冷似热的激流。这个班他是勉强支撑下来的。既然到了井下，就应该把这一天的工资完整地拿到手！

现在，干活的人都自顾自走了，他浑身像着了火似的，一个人手哆嗦着扶着巷道凹凸不平的岩壁，慢慢从绞车坡走下来。

下了几道坡以后，他好不容易来到风门后边——出了风门，就是大巷里了。

但他再也没力气拉开那扇沉重的门。

他颓然地坐在潮湿的地上，嘴里发出轻轻的呻吟。黑暗。无声无息。此刻，他就像身处另外一个无生命的世界，永远再不能返回到人间。

他勉强挣扎着立起来，两条腿打着颤，试图再一次拉开那扇风门。

又失败了。

他简直不知道该怎么办。即使拉开这道风门，还得拉开另外的相同的一道，他才能走到大巷里。

看来，他只能等待下一班工人的到来，但这得等很长时间，说不定这期间他会昏迷过去。

他绝望地再一次靠岩壁坐在地上。①

这已经不是劳动，而是受虐；这样的劳动带给人的不可能是快乐，而只能是伤害。由此可见，劳动本身并不是一种价值，更不应该是热爱和追求的对象。人因劳动而生存，但人活着的目的，却不是为了劳动；就像人因为呼吸而活着，但是，人活着却不是为了呼吸。积极意义上的劳动是有前提的。真正意义上的劳动以获得自由为前提，而真正意义上的自由则以摆脱被动的劳动为前提。从最低的要求来看，任何劳动的强度都不应该超过人的身体所能承受的极限。保护劳动者的身体安全和心理安全，应当被视为劳动伦理的底线原则。

事实上，在有的国家，在某些智者那里，体力劳动并不是被赞美的，而是被否定的："古希腊人蔑视所有体力劳动，……犹太人和基督徒将劳动看做对罪孽的惩罚。……帕斯卡尔强化了这样的观点：劳动不仅仅是负担，而且使人偏离他真正的任务"②。西蒙娜·薇依也发现了体力劳动的消极的、异化的性质。她说："劳动强暴了人的本性。有时候空有充沛的青春活力，想要花费却无用武之地；有时候精疲力竭，不断以极痛苦的张力为代价，靠意志去弥补体能的不足"；为此，她提倡一种"有灵性意义的体力劳动"③。虽然，她的"灵性核心"理论，有一种宗教的神秘主义色彩，但是，显然，她想用这一理论来表达自己对劳动者的深切同情，来表达自己对异化劳动的批判态度。虽然她的否定性质的劳动观，也是片面而极端的，但是，它无疑有助于我们认识这样一个事实，即劳动从来都是一体两面的

---

① 路遥：《平凡的世界》，第三部，人民文学出版社，2004年，第57—58页。

② 卡尔·雅斯贝斯：《历史的起源与目标》，李夏菲译，漓江出版社，2019年，第151页。

③ 西蒙娜·薇依：《扎根：人类责任宣言绪论》，徐卫翔译，生活·读书·新知三联书店，2003年，第267—268页。

事情——它既有可能带给人快乐，也有可能带给人痛苦；既有可能证明人的力量和价值，也有可能伤害人的健康和尊严。

然而，极端化的劳动意识和极端化的劳动评价体系，却贪大求多，常常将人当作劳动的机器。一个名叫弗兰克·哈代的澳大利亚作家写了一本美化苏联的书。在这部作品中，他记录了这样一个“奇迹”：1951 年，一个叫彼得·萨姆索诺夫的苏联工人，竟然提前完成了未来十一年的工作；从劳动定量的角度看，他已经提前生活在了 1962 年①。没人知道，为了完成这巨量的工作，他到底承受了什么样的痛苦，付出了什么样的代价。

对于彼得·萨姆索诺夫式的劳动方式，路遥并不陌生。他不仅不会怀疑和拒绝它，而且会认同和接受它。所以，他才说，“有时要对自己残酷一点”②。孙少平也这样对待自己。他们慨然接受了这种极端化的劳动意识和劳动方式。他们没有意识到，极端的劳动必然会将人降低为手段和工具。因此，人们应该怀着迫切的愿望，将自己从这种劳动中解放出来，而不是欣然地接受它，更不能无节制地赞美它。奥登说：“一个有气节的人如果必须为争取六七样东西随时准备好去死，游戏的权利、虚度光阴的权利在其中并不是排名最后的。”③ 这说明，符合适度原则的生活理念，不是对自己“更残酷一些”，而是要对自己更温柔一些。所谓“更温柔一些”，就是要认识到，人的生命是脆弱的，是需要体恤和保护的；就是要认识到，生活不仅意味着紧张的高强度的劳动，也意味着节奏舒缓、心情舒适的休闲。就后者来说，真正属于个人的快乐生活，来自于自由支配自己的时间的权利，或者说，决定于他是否有参与体育、狩猎和演奏音乐等高级游戏的自由，甚至决定于他是否有端着一杯咖啡或清茶坐在街边

---

① 弗兰克·哈代：《幸福的明天——苏联纪行》，于树生译，上海文艺联合出版社，1954 年，第 234 页。

② 路遥：《路遥文集》，第二卷，陕西人民出版社，1993 年，第 8 页。

③ W. H. 奥登：《染匠之手》，胡桑译，上海译文出版社，2018 年，第 120 页。

卖呆的自由。

然而，在背石头的工地上，在挖煤的矿井深处，孙少平却承受着炼狱般的压力和考验。对任何人来讲，这种缺乏安全性和超强度的劳动，本质上是一种巨大的痛苦和严重的伤害。然而，路遥一方面在细致地描写孙少平和其他煤矿工人的痛苦和悲惨处境，描写他们的死亡和牺牲，但是，另一方面，他却并没有像左拉那样，在描写矿工生活的长篇小说《萌芽》中，表现出尖锐的问题意识和强烈的现实主义批判精神①，而是，将叙事的焦点转向人物的意识世界，进而赞美他的超人的意志和承受力。在路遥的叙事中，之所以发生这种畸轻畸重的事情，就在于，关于劳动和苦难，他有一套自己的哲学。他不仅将吃苦和受难看作理所当然的事情，而且，还赋予了自己的劳动叙事和苦难叙事以浪漫主义的性质。人们甚至可以从他的劳动和苦难叙事里，感受到一种极端性的宗教意味，感受到了圣徒般的无畏

① 虽然，在《萌芽》里，人们可以看见左拉非凡的文学才能，可以看见他对煤矿工人命运的关注和同情，可以看见劳资双方剧烈的冲突性场面，但是，这部小说不是来自于切实的经验，而是根据流行的社会主义和无政府主义概念结撰出来的。其中的情节和人物，几乎全是表现作者的环境和遗传决定论的符号。无论是男性人物艾蒂安、苏瓦林、马赫和沙瓦尔，还是女性人物卡特琳和她的母亲，都缺乏自然而健康的情感，也缺乏鲜明而丰富的个性内容，所以，他们既不像冉阿让、芳汀、郭文和朗德纳克那样充满伟大的道德精神，也不像孙少平、孙少安和郝红梅那样性格饱满，真实鲜活。左拉对人物身上的自然本能和动物性，太过措意，以至于他对穆凯特和焦脸婆等人羞辱商店老板梅格拉身体的描写（扒掉裤子，揪掉生殖器），就给人一种疯狂和变态的消极印象（左拉：《萌芽》，黎柯译，人民文学出版社，1982 年，第 354—355 页）。他对艾蒂安和卡特琳地下矿难历险的叙述，对社会发展的“萌芽”状态和未来前景的想象，则纯然是浪漫主义的：“现在，四月的太阳已经高高悬在空中，普照着养育万物的大地。生命迸出母胎，嫩芽抽出绿叶，萌发的青草把原野顶得直颤动。种子在到处胀大、发芽，为寻找光和热而拱开辽阔的大地。……人们一天一天壮大，黑色的复仇大军正在田野里慢慢生长，要使未来的世纪获得丰收。这支队伍的萌芽就要冲破大地活跃于世界之上了。”（左拉：《萌芽》，黎柯译，人民文学出版社，1982 年，第 507 页）左拉的自然主义写作，从观念上看，是科学主义的；从情感上看，是浪漫主义的；从方法上看，是教条主义的。他是自然主义化的浪漫主义作家，或者，准确地说，是集两种矛盾因素于一身的作家：既是教条的自然主义作家，又是僵硬的浪漫主义作家。

和勇敢。

与世俗的现实主义生活原则不同，宗教的超验精神不仅不排斥极端性，而且还依赖极端性。几乎所有宗教的基本信念，都是按照极端性的价值原则建构起来的，都是建立在极端性的思想基础之上的。耶稣基督教导人们说："不要与恶人作对。有人打你的右脸，连左脸也转过来由他打；有人想要告你，要拿你的里衣，连外衣也由他拿去；有人强逼你走一里路，你就同他走二里；有求你的，就给他；有向你借贷的，不可推辞。"（《马太福音》5：39～42，和合本）无条件地放弃自己，无条件地忍受痛苦，这就是成为基督徒的重要条件。在《教诲录》中，埃克哈特严格而准确地阐释了基督的"绝对命令"："一颗纯洁的心灵，不受任何东西的迷惑，也不受任何东西的牵连，从不追求自身的利益，遇事从不想到满足自己，反之，完完全全沉浸在上帝的旨意之中，彻底抛弃属于自己的一切。"① 基督的使徒彼得则写信给本都等地的蒙拣选的人，告诉他们如何敬畏上帝，如何才能最终得救："人为了叫良心对得住上帝，甘愿受苦受屈，这是可喜的。……你们如果因行善而忍受苦难，这在上帝看来却是可喜的。"（《彼得前书》2：19～20，新世界本）施蒂弗特说："疼痛是圣洁的使者，只有以这种方式才能让人类认识那些几乎被永远遗忘的珍宝；这比世上一切喜乐更能让人类变得伟大。"② 在宗教的认知里，自我意识是一种有害的意识，因而，人只有放弃自我，才能得到救赎，才能跨进天堂的门；同时，人也要将吃苦和受辱，当作自己应该承受的磨难，因为，苦难既是生活的本质，也是净化的力量。

这样的宗教信念和苦难意识，固然能激励人们在更高的意义上完善自我，用黑格尔《耶稣传》中的话来说，就是能引导我们的"自然冲动"，

① 埃克哈特：《埃克哈特大师文集》，荣震华译，商务印书馆，2010 年，第 5 页。
② 埃里克·梅塔萨斯：《朋霍费尔》，顾华德译，上海三联书店，2015 年，第 510 页。

"使它们高尚化"①。但是，这些极端化的信念和原则，可以被当作深刻的启示和伟大的感召，而不可一板一眼地用它来指导和规约人的具体行为。一切极端性的东西，都意味着伤害和毁灭。无论对耶稣，还是对普通的人，我们都不应该让他们背负有形或无形的十字架，让他们将沉重的劳动和可怕的苦难，当作神圣的使命和光荣的事业。作为一个理性的批判者，德国学者斯特劳斯就反对将耶稣神化，而宁愿在真实的历史背景上，将他还原为一个伟大而纯朴的人。他深信，当批判者"扫除一切附在耶稣身上使其成为超自然人的东西的时候，他正在做一件善良而必要的事情，这些加在耶稣身上的东西虽然用意可能是好的，乍看起来还可能是有益的，但归根结底则是有害的，现在看起来更是绝对毁灭性的。他试图尽可能恢复历史的耶稣的淳朴人性面目……"② 这种理性的、人性化的态度，显然比另一部《耶稣传》的作者、法国学者欧内斯特·勒南的态度，更为可取，因为，后者试图用浪漫主义的修辞，来强化耶稣身上的神话色彩。尽管耶稣基督的确是非凡的，但他终究也是人。他需要人们用人性的态度来认识他，来热爱他，来崇仰他。

那么，面对路遥的极端化的劳动叙事和苦难叙事，面对人与我、利他与利己这些复杂问题，我们应该采取什么样的态度呢？应该用什么样的尺度来评价呢？

答案很明确。我们应该像施特劳斯那样，用一种理性和人性的态度来看问题，应该用适度原则来分析和进行评价，从而矫正那种充满浪漫主义激情的极端意识和极端行为。我们应该有这样的基本认知，那就是，对人类的血肉之躯来讲，疲劳就是疲劳，痛苦就是痛苦，灾难就是灾难，无论用什么样的伦理修辞和诗性表达，都无法改变这些简单的事实。

---

① 黑格尔：《黑格尔早期神学著作》，贺麟译，商务印书馆，2016 年，第 92 页。

② 大卫·弗里德里希·施特劳斯：《耶稣传》，第二卷，吴永泉译，商务印书馆，2010 年，第 913 页。

唉！在“躺平”和“躺平主义”成为时髦话语的当下，讨论路遥和孙少平的劳动观和苦难意识，分析极端化的劳动带给他们的痛苦和伤害，令人无法不心生怆恻，感慨系之。

四、文学阅读：刚性的文学与超然的话语

一个人的人格和价值观的形成，会受到很多因素的影响。家庭、学校、社会和时代性因素都会极大地影响一个人的意识和人格。时代的主流意识形态对人们的精神生活和人格成长的影响，尤其巨大；对许多人来讲，这种影响通常是决定性的。

人是时代的产物。时代常常以强有力的方式，影响着个人的意识和行为。巨大的运动性和强大的主宰力，是孙少平所生活的时代在精神上的基本特点，而极端性和彻底性，则是这时代的社会意识的根本性质。一切关乎人与我、敌与友、善与恶、爱与恨的认知，几乎全都是极端化的。任何温和的态度和适度的原则，都会受到尖锐的否定和决然的排斥。几乎没有人能避免这种包含着巨大冲击力和影响力的时代精神和社会意识的影响。

在孙少平的意识和价值观形成的关键时期，无所畏惧的唯意志论倾向，毫不利己的利他主义精神，热爱劳动的民粹主义要求，普遍而严格影响着全社会的道德和行为。任何利己的意识都是错误的甚至有罪的，任何对艰苦劳动的畏惧和辟易，都是令人惭耻的。社会通过有效的方式，使青年一代普遍接受了绝对性的道德要求和极端化的道德原则。

然而，个人也有摆脱家庭影响和社会影响，并进行自我塑造的机会和途径。文学阅读就是青年人改变意识和塑造人格的一种重要方式。对那些喜欢文学阅读且领悟很强的人来讲，从自己热爱的文学书籍里，既可以获得精神上的慰藉，也可以寻得生活的方向和坐标。对路遥来讲，最早阅读文学作品的首要目的，并不是为了学习写作技巧，而是为了满足自己的精

神需求："我第一阶段读书完全不是为了学习什么写作技巧。我少年时候读《牛虻》《钢铁是怎样炼成的》《青年近卫军》《毁灭》《铁流》等，首先想的就是怎样把自己锻炼成一个性格坚强的人，当时，并不是要学习文学。读一本书，引起你情绪上的震动，这是最大的收获，而不是说，看别人是怎么写的。"① 任何一个读者，一旦怀着简单而直接的目的，将文学作品当作自己的人生教科书，那么，他就会打开自己的心扉，不加批判地接受作品对自己的人格和价值观的影响。

如果说，时代流行的极端化劳动观念和绝对化利他主义观念，直接影响了孙少平的意识和行为，那么，文学阅读则间接影响了他的情感、意志和行为。时代的影响使他成为平均值意义上的人，而文学阅读则使他具有特殊的文化气质和特殊文化意识的人。没有文学阅读和文学影响，孙少平的精神面貌，就有可能是另外一种样子。

一切伟大的文学，都致力于探索生活的方向，揭示人生的意义。普希金、陀思妥耶夫斯基和托尔斯泰都关注着同样的问题，即人生哲学或生活原则的问题："怎样过上体面的生活，怎样度过你的人生，怎么做个好人?"② 优秀的文学无不严肃地对待人生，也都试图积极地影响读者的人生态度。读者虽然也会为有趣的故事所吸引，但是，他们如果足够成熟，就会更加留意人物，留意他们有着什么样的生活哲学，思考他们痛苦和不幸的原因。孙少平就属于那种很容易被作品的情感内容和人生哲学所吸引的读者。就文学阅读影响下的精神成长来看，他们是车尔尼雪夫斯基、杰克·伦敦和艾·丽·伏尼契等 19 世纪作家的精神之子，也是尼·奥斯特洛夫斯基、纳吉宾和艾特玛托夫等苏俄作家的精神之子。

从主题内容和精神风貌来看，孙少平所阅读的文学作品，可以笼统地

---

① 路遥：《路遥全集·早晨从中午开始》，北京十月文艺出版社，2013 年，第 134 页。

② 维芙·格罗斯柯普：《俄罗斯文学人生课》，李慧敏译，人民日报出版社，2021 年，第 97 页。

分为两类：一类是柔性模式的作品，即诗性化的抒情作品和人性化的表现个性成长的作品，如艾特玛托夫的《白轮船》等——这类作品激活了他内心温柔的情感，引发了他的强烈共鸣，“这一切都使少平的心剧烈地颤动着”①；一类是刚性模式的作品，即充满内在激情和奋斗精神的英雄主义作品——正是这类作品极大地影响了孙少平的意志和行为。从文学阅读的角度看，他对劳动和苦难等问题的认识和观念，主要是由这些刚性类的作品培养起来的。

显然，那些刚性模式的叙事作品，大都属于以强烈而极端的方式表现唯意志论精神的小说。无论是杰克·伦敦的《马丁·伊登》和《热爱生命》，还是车尔尼雪夫斯基的《怎么办?》、艾·丽·伏尼契的《牛虻》和奥斯特洛夫斯基的《钢铁是怎样炼成的》，都属于同一精神谱系的作品，即高调的刚性文学谱系。只不过，《马丁·伊登》和《热爱生命》的精神，是个人主义和自由主义的，而《怎么办?》、《牛虻》和《钢铁是怎样炼成的》的精神，则是乌托邦主义、理想主义和英雄主义的。

在《怎么办?》、《牛虻》和《钢铁是怎样炼成的》这三部作品之间，存在着完整的经验链和代际影响关系：《怎么办?》影响了《牛虻》，《牛虻》影响了《钢铁是怎样炼成的》。《牛虻》的作者最喜欢的作品是《怎么办?》，最崇拜的作家是车尔尼雪夫斯基；为此，她刻苦学俄语，还不远万里到俄罗斯朝圣。尼·奥斯特洛夫斯基最喜欢的作品，则是艾·丽·伏尼契的《牛虻》；他的精神成长和小说写作，就是在它的影响下完成的。所以，当青年医生尼娜问保尔在伤口疼痛的时候为什么不呻吟，他的回答是：“你读读《牛虻》，就明白了。”② 无论从文学趣味，还是从伦理精神来看，这些作品都显示出一种浪漫主义性质的极端性。在一个理想主义和浪漫主

---

① 路遥：《平凡的世界》，第二部，人民文学出版社，2004 年，第 252 页。

② 尼·奥斯特洛夫斯基：《钢铁是怎样炼成的》，梅益译，人民文学出版社，1995 年，第 199 页。

义占上风的时代，只有这样的刚性文学，才有可能获得生存空间，也才有机会成为青年读者的文学读物。

刚性的文学固然是力量的文学，能够点燃读者的激情，给他带来行动的力量和胜利的信心，但是，它也是极端的文学。它赞美一切形式的对抗，鄙视任何形式的妥协；它喜欢尖锐的冲突和激烈的斗争，排斥温和的态度与和谐的精神。车尔尼雪夫斯基的《怎么办?》就属于极端化刚性文学的典型文本："它是真诚和高尚的，但也是极端和任性的，甚至，还有点幼稚和浅薄。它热情而又冷酷，执著而又疯狂，善良而又粗鲁。"① 极端文学中的英雄人物，既不会温情地对待别人，更不会温柔地对待自己。他们不允许自己向苦难和压力屈服。他们对一切让人惧怕和痛苦的东西，都有一种近乎欣快的迷恋。他们能从异常的痛苦中感受到巨大的快乐。

长篇小说《牛虻》的主人公亚瑟，就属于典型的极端性人物。他是一个追求自由的解放者和反抗者。他立志帮助意大利人赶走外来的奥地利统治者。作为解放者，他倾向于视一切有权威的人为压迫者；作为试图通过武力解决问题的反抗者，他的内心充满仇恨和豪情。最后，他终于完成了从浪漫而温柔的亚瑟向极端而刚猛的牛虻的转化。

牛虻的性格和心态，彰明较著地呈显在他的表情和身体上。作者伏尼契通过琼玛的观察和打量，这样描写了《牛虻》主人公的形象："他的皮肤是微黑的，像一个黑白种的混血儿，而且他虽然是个瘸子，举动却矫捷得像只猫一样。他的全部性格非常容易使人联想到一只黑色的美洲虎。他的前额和左颊上面带着长长一条弯曲的刀伤的疤痕，使那一张脸显得非常可怕。"② 牛虻的确是可怕的。他恨一切自己厌恶和反对的人。在南美的流浪经历，在那里所遭受的非人虐待，彻底改变了他的心理，就像他自己在冷

① 李建军：《重估俄苏文学》，上卷，二十一世纪出版社集团，2018 年，第 380 页。
② 艾·丽·伏尼契：《牛虻》，李俍民译，中国青年出版社，2015 年，第 114 页。

静的时候对琼玛所说的那样："恶魔已经钻进了我的身体"①。可怕的心魔使他无法用爱和宽容的态度对待人。就像作者在小说的叙述语言中所说的那样：牛虻不仅是一个"神经质的富于幻想的人"②，还是"一个擅长于为自己树敌的人"③。

仇恨是一种非理性的冲动。它带给人消极的快乐。牛虻内心充满仇恨。他喜欢斗争，不能过没有敌人的生活。在他的眼里，敌人是一种肮脏而无价值的动物，是应该被无情消灭的"老鼠"。蒙泰尼里反问他："这一种话可怕啊。难道只要你的同胞思想上不跟你一致，你就把他们当老鼠看待吗?"④ 牛虻还将教会的人看作"害虫"，试图用"行刺"这种"最好的手段"，"把教会的威信连根铲尽"；他的冷酷的话，让琼玛"颤抖起来，走了开去"⑤。一个人一旦将自己的同类，看作"老鼠"和"害虫"，那么，他就不再会以真正人性的态度和方式来对待人。阴暗的仇恨将主宰他的心灵。他不仅会因这仇恨伤害别人，而且，也将因这仇恨伤害自己。因为，尊重人就是尊重自己，爱别人就是爱自己，而对别人的仇恨，本质上就是对自己的仇恨。仇恨是一种情感上的怪兽饕餮。它不会满足于只伤害一个人。它先是为了恨人者而扑向被恨者，回头又扑向恨人者，将同样的仇恨和伤害带给他。这就是古人所讲的"天道好还"。

牛虻不相信上帝。他像约拿一样恨上帝。他认为自己"是有可以愤恨的理由的"⑥。他蔑视和诅咒上帝。他骂上帝"是一个骗子"⑦。他相信自己比上帝更伟大，也更有力量。于是，他对神父——也是他的生父——蒙泰

---

① 艾·丽·伏尼契：《牛虻》，李俍民译，中国青年出版社，2015 年，第 238 页。
② 艾·丽·伏尼契：《牛虻》，李俍民译，中国青年出版社，2015 年，第 264 页。
③ 艾·丽·伏尼契：《牛虻》，李俍民译，中国青年出版社，2015 年，第 142 页。
④ 艾·丽·伏尼契：《牛虻》，李俍民译，中国青年出版社，2015 年，第 275 页。
⑤ 艾·丽·伏尼契：《牛虻》，李俍民译，中国青年出版社，2015 年，第 203 页。
⑥ 艾·丽·伏尼契：《牛虻》，李俍民译，中国青年出版社，2015 年，第 233 页。
⑦ 艾·丽·伏尼契：《牛虻》，李俍民译，中国青年出版社，2015 年，第 317 页。

尼里说："神父，跟我们一起走吧！你为什么还要留恋这个充满了教士和偶像的死气沉沉的世界呢？这些东西充满着就时代的灰尘；它们是腐朽的，它们是有毒的、污秽的！跳出这个遭瘟的教会吧——跟我们一起走向光明去吧！神父，只有我们才是生命和青春，只有我们才是永恒的春天，只有我们才是未来！神父，曙光近在我们眼前——难道你不愿意看到日出吗？醒来，让我们忘记那可怕的梦魇吧——醒来，我们来重新开始我们的生活吧！神父，我们是一直爱着你的——即使在你当初杀死我的时候，也一样爱你的——你现在还要再杀我一次吗？"① 牛虻的话语不是"你"的话语，也不是"他"和"我"的话语，而是"我们"的话语。这是一种借群体之名表现出来的傲慢的、情绪性的话语。自大心理和情绪性倾向属于典型的青春期反应。但是，真正的批判应该是理性的。一切批判的力量和有效性，最终都决定于理性。谁若自负地放纵自己的情绪，谁若不能克制自己内心的非理性冲动，谁就不可能成为真正的批判者。

然而，无论从哪个方面看，牛虻对人和生活的态度，都不是理性的，而是"神经质"的。他陶醉于充满激情的想象，甚至陶醉于自己的愤怒。他倾向于按照自己的尺度来衡量一切。凡是跟他一样的，就是好的；凡是跟他不一样的，就是坏的。一切符合他愿望的，就是好的；一切不符合他愿望的，就是坏的。他蔑视他者，蔑视一切神圣的事物。

对刚性叙事中的极端人物来讲，精神的伟大和意志的力量，不是靠积极的方式来证明，而是用消极的方式来衡量。也就是说，不是用爱和同情来证明，而是用承受痛苦和重压的能力来衡量。《吉尔伽美什史诗》里说："人类就像芦苇丛中的芦苇，其后裔常常被折断，/不论是英俊男儿，还是美丽少女，/都难免夭折于华年。/谁也没有经历过死亡，/谁也没有见过死神的面。/谁也没有听到过死亡的声音，/然而人却可能猝然命丧九泉。"②

① 艾·丽·伏尼契：《牛虻》，李俍民译，中国青年出版社，2015年，第320页。

② 拱玉书注译：《吉尔伽美什史诗》，商务印书馆，2021年，第216页。

在死亡和不可知的力量面前，人是极度脆弱的，也是非常无助的。然而，那些刚性小说中的人物，却完全看不见人的脆弱性。他们夸大人的意志和耐力，不允许人在巨大的痛苦和煎熬面前有哪怕一点畏缩和退让。对他们来讲，人就是为了磨难和牺牲，才来到这个世界上的。

从深层的心理倾向来看，无论路遥，还是孙少平，都在不知不觉间，受到了极端的刚性叙事的影响，受到了牛虻和保尔·柯察金的影响。《牛虻》影响了路遥对人物的微观描写。牛虻的脸上有一道可怕的伤疤，路遥也让孙少平也因为工伤，脸上留下“一道永远不能消失的疤痕”①。《钢铁是怎样炼成的》则将革命者对生死的不确定感，带进了路遥的意识里。保尔·柯察金说：“人应当赶紧地、充分地生活，因为意外的疾病或悲惨的事故随时都可以突然结束他的生命。”② 路遥内心的深深的不安全感，他的紧张而急切的生活态度，固然与时代性的干扰和压力分不开，但是，显然也是受苏维埃文学的“钢铁战士”的紧迫意识影响的结果。

《牛虻》和《钢铁是怎样炼成的》也极大地影响了孙少平。他的情感和意志品质，几乎就是由这两部小说塑造起来的。《钢铁是怎样炼成的》对孙少平的影响表现在两个层面：在情感的层面，冬尼娅的美好形象，激活了他对爱情的想象和向往；在生活视野的层面，它将孙少平的目光引向远方，开始幻想别样的生活：“他突然感觉到，在他们这群山包围的双水村外面，有一个辽阔的大世界。而更重要的是，他现在朦胧地意识到，不管什么样的人，或者说不管人在什么样的境况下，都可以活得多么好啊！在那一瞬间，生活的诗情充满了他十六岁的胸膛。”③ 路遥几乎是在小说一开始，就让孙少平读到了这部小说。对孙少平来讲，阅读《钢铁是怎样炼成的》，简

---

① 路遥：《平凡的世界》，第三部，人民文学出版社，2004 年，第 405 页。

② 尼·奥斯特洛夫斯基：《钢铁是怎样炼成的》，梅益译，人民文学出版社，1995 年，第 278 页。

③ 路遥：《平凡的世界》，第一部，人民文学出版社，2004 年，第 11—12 页。

直就是一次人生的奠基礼。正是这部小说，完全改变了孙少平的意识，使他知道，在遥远的地方，还有别样的人们，还有别样的生活。他之所以像摩西一样的逃离双水村，之所以像西西弗一样忍受苦难，都与《钢铁是怎样炼成的》的理想主义召唤分不开。

比较起来，《牛虻》对孙少平的影响，主要表现在极端化的意志品质上。从开始阅读这部小说的那一刻起，孙少平的“内心立刻感到一种颤栗般的激动”①。这种非常性质的激动，就意味着绝对性质的认同，也意味着孙少平会接受这个人物的巨大影响。如果说，面对巨大的苦难，牛虻始终表现出一种极端的骄傲态度的话，那么，孙少平也有几乎相同的表现。牛虻以夸张的方式来放大自己的苦难，试图以此来惩罚那些爱他的人，并以此来显示对人对己的近乎冷酷的严厉，来显示对命运的近乎傲慢的蔑视。孙少平的心理虽然没有那么极端，但是，他面对苦役般的劳动所表现出来的极端性的意志和承受力，仍然具有异乎寻常的性质，甚至有一种强烈的悲剧意味。身体呼唤意志的同情，情感呼唤理性的怜悯。然而，孙少平却将苦难神圣化，将劳动诗意化。他忽略了生命的脆弱性和有限性。他不会像别的青年那样知难而退，甚至不给自己喘气和休息的机会：“他几乎不误一天工，月月都上满班”②；为了给父亲箍两三孔新窑洞，为了向故乡的人证明自己，他在“沉重的牛马般的劳动中一直保持着巨大的热情”③。最终的后果就是，只得任由强大而无情的意志之轮，将自己的血肉之躯碾轧得遍体鳞伤。不过，比较起来，牛虻与孙少平的极端行为带给人的心理反应，还是迥然不同：牛虻的极端冷峻和严厉的表现，仅仅使人产生骇然和震惊的感觉，而孙少平所表现出来的痛苦和坚韧，却有一种让人心酸的、几欲下泪的感觉。究其原因，盖在于牛虻的极端化带有主观上的夸张的故意性，

① 路遥：《平凡的世界》，第二部，人民文学出版社，2004 年，第 113 页。
② 路遥：《平凡的世界》，第三部，人民文学出版社，2004 年，第 47 页。
③ 路遥：《平凡的世界》，第三部，人民文学出版社，2004 年，第 48 页。

而孙少平的极端性背后，并不纯然是主观意志的导致的后果，而是有着深刻的现实原因和复杂的社会原因。

但是，从情感角度来看，《怎么办?》和《钢铁是怎样炼成的》的极端化的刚性叙事，并没有移夺孙少平的心性，也没有改变对人和生活的情感态度。他始终保持着陕北人性格和情感上的地域性特点，始终是很有人情味的人。他温柔而富有同情心，也不缺乏爱的能力。他爱身边所有值得爱的人，同情那些应该同情的人。他甚至丝毫不掩饰自己在情感上的脆弱，常常像正常人一样流泪和哭泣。他会为自己所受的委屈哭泣，会为黄昏的乡愁哭泣，会为恋人的牺牲而哭泣，会因为汇款给父亲时的复杂感受而哭泣，甚至会为《白轮船》中的小男孩和莫蒙爷爷的不幸而泪眼模糊——“用哽咽的音调喃喃地念完了作者在最后所说那些沉痛而感人肺腑的话……”① 这样的春水般的柔情，在那些刚性英雄的身上，几乎很难看到。

当然，用更严格的尺度来衡量，孙少平的文学阅读视野，显然是不够宽阔的，因而，他的精神成长和思想伸展的空间，也就必然是有限的。由于时代和社会的原因，孙少平所接受的一般教育和文学教育，都是严重残缺的。他生活在一个无书可读的时代。在求知欲最强、阅读热情最高的年纪，他接触不到那些真正伟大的文学作品。那些真正伟大的文学，是将柔性情感与刚性情感完美融合起来的文学，是将爱的激情与道德理性完美融合起来的文学；那些真正伟大的文学，是亲切而神圣的文学，是能在信仰的意义上安顿人的文学。没有这样的文学，一个人很难在深刻和完整的意义上认识自己和世界，也不可能确立一种克服了极端性的伟大的价值体系。饶宗颐说：“最好的文学是《圣经》。英国文学都是从《圣经》里出来的，《圣经》是文学之母。……中国没有神，但中国人看宇宙，却很强调神

① 路遥：《平凡的世界》，第一部，人民文学出版社，2004 年，第 252 页。

明。……讲文学，必须讲神明。”[1] 他批评王国维“未能真正超脱”，“不知道宗教的伟大”，所以，“不知道如何安顿自己”，“只能局限于人间。即专论人间，困在人间，永远未能打开心中之死结”；“朝代更替，在历史长河中，不过是小小波澜，算得了什么。但是，王氏就是想不通，不知道如何于宇宙人生中去寻找自我”[2]。理查德·林茨也有相同的观点：“没有超然的话语，对人之行为的唯一判断只能是人的言辞，而这种言辞无论是在个体还是集体那里，都总是易于堕落的。”[3] 阅读资源的匮乏和阅读视野的狭窄，限制了孙少平精神的成长。正是由于这种限制，他更多的是一个特殊意义上的文学人物，一个属于特定社会和特定时代的人物。他的意义和价值，主要表现在有助于人们认识特定时代的特殊的人生经验。

路遥是一个领悟力极强的人。通过阅读托尔斯泰和雨果等 19 世纪伟大作家的作品，他似乎意识到了伟大的信念对于人和文学的意义。因为，他是那么喜欢“宗教般的热情”，喜欢这个“超然的话语”。尽管他只是用它来表达自己对文学劳动的态度，但是，能赋予“热情”以庄严而神圣的性质，就说明，对他来讲，那些“超然的话语”，至少已经是一种积极的修辞，是一种包含着巨大力量的话语。

然而，路遥对“超然的话语”以及它所包含的精神价值的理解，也就止于此了。也就是说，他对那些伟大的充满信仰激情和信念力量的文学的理解，仍然仅仅停留在意志和一般情感的层面，而没有进入伟大信念和庄严情感的层面。因此，无论是路遥，还是他所创造的人物，都“未能打开心中之死结”，“不知道如何于宇宙人生中去寻找自我”。如果一个人不了解

① 施议对、施志咏编撰：《文学与神明：饶宗颐访谈录》，北京联合出版公司，2019 年，第 130—131 页。

② 施议对、施志咏编撰：《文学与神明：饶宗颐访谈录》，北京联合出版公司，2019 年，第 232 页。

③ 安德鲁·霍菲克编：《世界观的革命》，余亮译，中国社会科学出版社，2010 年，第 312—313 页。

那些最重要的真理，没有确立普遍而永恒的价值观，那么，他关于生活的认知，就难免是封闭和极端化的，也很难克服意识和行为上的世俗意义上的极端性。

法国学者克里斯托夫·安德烈在《幸福生活的秘密》一书中说：“赋予生命意义，并不是获得幸福，但也不会阻拦幸福。古希腊人更注重‘正确地活着’，而不是幸福地活着。”① 事实上，人们既要正确地生活，也要幸福地生活。正确地生活是幸福生活的前提，幸福生活是正确地生活的目的；不能将生活导向幸福的所谓“正确”，并不是真正的正确；丧失正确性的生活，也不可能是真正幸福的生活。路遥的小说虽然也表达了许多关于生活的正确观念和伟大思想，但是，在某些方面，例如，关于劳动、苦难和利己等问题，他和自己笔下人物的认识，却是狭隘和极端化的，甚至可以说，是并不十分正确的。

幸福而美好的生活，不仅应该是正确的，还应该是庄严的，即有信仰的生活。作家要安顿自己和人物的心灵，就必须超越狭隘的时代意识和个人经验，必须探索那些与信仰相关的普遍真理，必须解决那些至关重要的核心问题。只有解决了核心层面的情感和观念问题，只有借助神明的文学和超然的话语，人们才会超越认知上的极端化倾向，最终使自己在更高的意义上正确地生活。

为了寻自己的梦，孙少平踏着苦难的荆棘路，走向远方，漂泊异乡。

他随着自己的摩西，离开了双水村，来到黄原市当苦工，流血流汗；因为偶然的机会，他又随着自己的摩西，离开了黄原市，到铜城的矿井深处当挖煤工，时时与死神相伴。

他走到哪里，西西弗的命运就跟到哪里，沉重的巨石就压到了他的肩上。

---

① 克里斯托夫·安德烈：《幸福生活的秘密》，蔡宏宇译，生活·读书·新知三联书店，2017 年，第 153 页。

他注定要历经苦难的历程，才能抵达人生和命运的坎坷旅程的终点。

在这艰难挣扎的过程中，他最终需要的，将不再是浪漫主义和唯意志论的刚性文学，而是柔性而有力量的文学，一种用超然的话语写出来的文学——低调、虔诚而有敬畏心的文学，懂得爱人和怜悯人的文学，能够安慰人和安顿人的文学。

2021 年 5 月 22 日，北京平西府

第二节　被命运之石覆压的蒲公英

——论郝红梅

在《平凡的世界》里，郝红梅算不上作者着力刻画的主要人物，而是一个着墨并不很多的次要人物。然而，就是这样一个人物，却给读者留下了极为深刻的印象。

郝红梅是美丽的，但也是不幸的。从懂事的时候起，就她体验着地主成分、农民身份和农村户籍三重身份带来的焦虑。她所承受的内心痛苦和精神压力，比孙少平还要大，因为，她的家庭成分属于“另册”，而孙少平的家庭成分属于“正册”。在一个“轰轰烈烈”的特殊时代，一旦被编入“另册”，就等于被绑上耻辱柱，就等于身陷很难摆脱的困境。

郝红梅试图通过爱情和婚姻，改变自己的身份和命运，但是，她的不切实际的幻想和努力，终于难逃失败的结局。她的三重身份，就像三堵高高的壁垒，就像三条深深的沟壑，把她与她所梦想的生活，隔绝了开来。她的爱情之梦的破灭，她离开学校以后的种种不幸，都与她的家庭成分和社会身份有着直接的因果关系。

郝红梅的悲剧是个人性的，也是社会性的；是个别性的，也是普遍性的；是寻常性质的悲剧，也是非常性质的悲剧。在她的人生故事里，蕴含着值得细细解读的丰富内容。她的看似寻常的人生遭遇，别有一种令人感叹唏嘘的悲剧意味。

一、郝红梅：一个有意味的名字

在《平凡的世界》里，郝红梅是一个让人印象深刻的人物。读者之所以会记住她，并不是因为她是一个塑造得十分成功的人物，而是因为她的命运和遭际特别令人同情。从人物性格形成和心理变化的角度看，作者对她的描写和叙述，是粗线条和外在视角的，显得既不够细致，也不够深入。巴尔扎克能在《夏倍上校》中细致而深入地写出坏女人罗西那的恶毒心理，也能在《欧也妮·葛朗台》中冷静而曲折地写出女主人公单纯而善良的心地。在长篇小说《诸神渴了》里，法朗士的笔触，向内探入，触及到了人物的内心世界。当爱洛底向甘墨兰倾诉自己人生的不幸和爱情的挫折的时候，读者可以看见一个恋爱中的女性的“一颗敏感的心”和“一颗多情的心”，看见她的“一个慷慨的灵魂”①。然而，就像柳青在《创业史》中没有真正进入赵素芳和李翠娥的内心一样，就像陈忠实没有真正进入白灵和田小娥的内心一样，路遥也没有真正进入郝红梅们的内心世界。在中国当代的男性作家中，像莎士比亚、曹雪芹、托尔斯泰、阿克萨柯夫和茨威格那样懂得女性情感的人，实在太少了。

但是，由于外在的时代环境和内在的思想意识的变化，路遥显然比柳青更加同情自己笔下卑微而不幸的女性人物。如果说，柳青对赵素芳的同情，是自发而微弱的，多多少少含着些鄙夷的成分，那么，路遥对郝红梅的同情，就是自觉而强烈的，体现着泯除偏见和歧视的人道主义精神。路遥对郝红梅的同情态度，明显地体现在对她的出场安排和命名修辞上。

在小说叙事中，人物的出场顺序和出场时机，总是体现着作家的叙事动机和修辞意图。小说中的主要人物，通常会被安排在重要的时刻出现。小说的开端部分，就属于特别重要的时刻。在中篇小说《人生》中，高加

① 法朗士：《诸神渴了》，萧甘、郝运译，上海译文出版社，1982年，第45页。

林一开篇就被推到了读者面前。从出场顺序来看，郝红梅也是一个很受路遥同情和重视的人物。

在《平凡的世界》里，为了引起读者的注意，为了显示不同身份的底层青年在处境和命运上的共同性，小说一开始，路遥就让最重要的人物和最值得同情的人物，一起出现在读者面前。在雨雪交加的午饭时分，孙少平与郝红梅同时从路遥的文字里走了出来，一前一后，出现在充满泥泞的露天“饭场”。他们一起忐忑地取回自己最差的伙食，一起体验着自尊心受到伤害的痛苦。

无论在小说的开头部分，还是在小说情节的展开部分，郝红梅都不是一个简单意义上的“陪衬人”，不是一个无足轻重的功能性人物。而是一个具有特殊意义的人物形象。从揭示人生困境和表现小说主题的角度来看，她有着与孙少平同样重要的叙事意义和修辞作用。

很多时候，一个人的名字，不仅具有形式上的听觉效果和美学效果，还反映着时代性的变化，甚至包含着一定的价值色彩和道德意味。法国大革命之后，名字的等级秩序也被颠覆了：“‘高雅’的名字移到贫民身上，村野的名字移到贵人身上，那样的交流只能说是平等思想震荡的后果。新思潮深入一切，无可阻挡，孩子命名的情形，便是一例。在这种混乱现象的后面存在一种伟大深刻的东西，那就是法兰西革命。”① 而包含着价值色彩和道德意味的名字，则会对人们的心理和行为产生微妙的影响。行为放荡的法国青年普瓦蒂埃，就因为接触了一个与耶稣基督的母亲同名的妓女，便洗心革面，去恶就善：玛利亚这个名字，使他“肃然起敬，立即感到强烈的宗教情感。他不但立即放她回去，还终生行善。”② 在文学修辞上，给人物起名，从来是一种很重要的手段。所有对人物用心的命名，都体现着

① 雨果：《悲惨世界》（一），李丹、方于译，人民文学出版社，1992 年，第 160 页。

② 米歇尔·德·蒙田：《蒙田随笔全集》（上），马振骋译，人民文学出版社，2021 年，第 300 页。

作家的修辞目的。一个文学人物的恰切的名字，不仅显示着人物自己性格和德性的本质，也显示着作者对人物的态度和评价。路遥对郝红梅的同情态度，郝红梅形象的特殊意义，既体现在小说的叙事过程和细节描写上，也体现在作者对她的命名上。

在小说里，人物的名字，总是有些暗示和象征的意味。它是人物性格和命运的象征，也是读者认识和了解人物的重要符号。巴尔扎克小说中放高利贷的高布赛克的名字，就有“一口吞下去”① 的意思；作者用这个名字，来讽刺他的贪婪和无情，来暗示他“已经成为金钱的化身”②。歌德在《浮士德》中说：“一般从名称就读得出本质来”③。在现实生活中，粗心的父母也许会随意给孩子取名，因而，并不是每个人的名字都反映着本质；但是，在精心结撰的小说作品中，那些别具手眼的作家，却不会随便给自己的人物命名。

是的，人物命名是一件庄严的至关重要的事情。那些经验成熟的伟大作家，都知道起名对于塑造人物形象的意义，也都会在人物的名字上，花很多的心思和精力：“多少个世纪以来，作家们都为命名头疼不已。巴尔扎克认为编造的名字不能‘为人物赋予生命’，只有现实中真正属于某个人的名字才富有表现力。他曾拖着一个朋友跑遍半个巴黎，为故事的主人公找名字，最后在一家裁缝店找到了”；“查尔斯·狄更斯翻遍英国枢密院议事录来找寻与众不同的名字，她的‘科波菲儿’源于伦敦贫民窟一家商店的标牌”④。不仅古典作家在人物命名上如此严肃认真，现代小说家也很在乎命名，“艾伦·古尔加努斯（Allan Gurganus）甚至在墓地徘徊找名字（此处能提供‘很棒的虚构人物名’）”；“美国作家希尔玛沃利特（Hilma

① 巴尔扎克：《人间喜剧》，第三卷，多人译，人民文学出版社，1994 年，第 592 页。
② 巴尔扎克：《人间喜剧》，第三卷，多人译，人民文学出版社，1994 年，第 594 页。
③ 歌德：《歌德文集》，第 1 卷，绿原译，人民文学出版社，1999 年，第 41 页。
④ 理查德·科恩：《像托尔斯泰一样写故事》，徐阳译，大象出版社，2019 年，第 56 页。

Wolitzer）承认，想不出满意的名字，她就不确定小说能写下去"①。圣勃夫对巴尔扎克在人物命名上获得的修辞效果称赞不已："他不以善写人物为已足，他还赋予他的人物以绝妙的、奇特的命名，使他们永远印在人们的脑海里。他非常重视这种给人物命名的方式；他按照斯脱纳（Sterne）的意见，认为名字有某种神秘的力量，对人物的性格形成和谐或讥讽。"② 巴尔扎克的人物命名不仅显示着人格的性格和气质，而且，还有一种听觉和美学上的完美效果。即便翻译成中文，读者依然能感受到这种效果的力量。

一名之立，关乎人物塑造之真假，关乎小说叙事之成败，岂可漫不经心，等闲视之。一次失败的命名，一个做作、别扭和无聊的名字，足以使作家的写作因名不正而言不顺，而塑造出一堆单看其名，便觉得别扭和虚假的人物。那些文绉绉的名字，如庄之蝶、唐宛儿和羿光等，看似雅致，实则俗气而矫情；那些粗粗拉拉的名字，如蝴蝶迷、狗尿苔等，则近乎污蔑，显得粗鄙而无聊，缺乏对人物的尊重。这种失败的修辞和命名，就属于席勒所批评的那种情况——"艺术家过于看重自己，急于表现自己"，"把自己的观念强加给材料"③。也就是说，在给人物命名的时候，应该克服那种任性的主观主义冲动，要根据人物自己具体的客观规定性来解决问题。

路遥也属于那种特别重视人物命名的作家。进入写作上的成熟期以后，在人物的命名上，他的态度，严肃而认真，显示出极为自觉的修辞意识。他会根据人物的个性气质和家庭背景客观的因素，来推敲和确定人物的名字。史蒂芬·平克说："由于命名追随时尚并具有周期性，就像领带的宽度和裙子的长度那样，所以人们的名字很有可能会出卖他们的代群属性。"④ 然而，很多时候，路遥对小说人物的命名，却并不"追随时尚"，而是贴近

① 理查德·科恩：《像托尔斯泰一样写故事》，徐阳译，大象出版社，2019 年，第 57 页。

② 圣勃夫：《圣勃夫文学批评文选》，范希衡译，南京大学出版社，2016 年，第 961 页。

③ 吕迪格尔·萨弗兰斯基：《席勒传》，卫茂平译，人民文学出版社，2010 年，第 325 页。

④ 史蒂芬·平克：《思想本质：语言是洞察人类天性之窗》，张旭红、梅德明译，浙江人民出版社，2015 年，第 15 页。

人物和生活，以便获得有效而具体的修辞效果。

在路遥笔下，城里孩子的名字，就要稍稍洋气一些或文雅一些，例如，黄亚萍和田晓霞的名字，就是城里干部子女的名字，而顾养民这三个字，放在老中医顾健翎孙子的头上，就显得雅驯而贴切。医者，恒存仁心，既思养己，亦谋济人，故“养民”二字，既显示着对后世子孙的厚望，也包含着悬壶济世的热肠。

路遥会根据农村的文化习惯，来给农村孩子取名字，例如，刘巧珍、贺秀莲和田润叶的名字，就体现着陕北农村特殊的文化心理和文化习俗。有时，路遥也会让人物自己给自己改名字。例如，高加林就因为崇拜加加林，而给自己更名高加林。从这名字，可以窥见他面对城乡而取此去彼的心理线索。

按说，郝红梅也是农村孩子，也该起个像巧珍或润叶一样的名字才对。然而，她的名字却显得很有些特别，很耐人寻味。循名责实，我们会知道，陕北属于冬季很冷的边地，在天寒地冻之时，在冰封雪盖之野，绝无寒梅傲然展放。所以，郝红梅的名字，并非来自生活中的实景，而是来自话语中的虚像。

郝红梅对孙少平很有好感。她“用这样亲切而善意的目光关注他”；“他们用眼睛这样‘交谈’了一些日子后”，终于有一天，围绕长篇小说《红岩》，他们进行了这样的对话：

“你也看过这书？”他现在才敢抬起眼皮看了她一眼。

“我没看过。以前听我爸说过里面的故事。”

“你爸？你爸看过？”

“嗯。”

“你爸在？……”少平显然有点惊讶这位穿戴破烂的女生，她父亲竟然看过《红岩》，因此弄不明白她父亲是干什么的了。

“我爸是农民，成分不好，是地主，不，我爷爷是地主，所以……”

“那你爸上过学？”

“我爸没上过。我爷上过。我爸的字是我爷教的。我爷早死了……我没看过《红岩》小说，但我会唱《红岩》歌剧里的歌。我的名字就是我爸从这歌词里面取的。那歌剧里有一句歌词是：红岩上，红梅开……”

她这样轻声慢语地说着，他呆呆地听着。①

郝红梅与孙少平的这段对话里，含藏着丰富的信息。第一，根据这段对话所潜含的信息，我们可以想见动荡的时局对正常生活秩序的巨大影响。按年龄推算，郝红梅的父亲应是20世纪30年代初期生人，跟孙少平的二叔孙玉亭年相若，正好在少年时代赶上陕北社会变构最为剧烈的时期，并因此失去了上学的机会：“一九四七年，玉亭十三岁。当时这一带正处于战争状态。玉厚参加了村里给解放军送粮的运输队，同时还得种地，东跑西奔，忙忙乱乱。但他仍然惦记着玉亭上学的事。可当时这里战火连天，学校都停办了。”② 孙玉亭失去了上学的机会，郝红梅的父亲也不可能不受影响。第二，从这段对话里，我们可以看出陕北富有人家对文化教育的重视。王梵志诗云：“世间何物贵？无价是诗书。”③ 诗书无价，读书有用，这是中国士大夫们的文化信仰，也是其他社会阶层都认同的文化理念。身居乡野的农民，信奉耕读传家的古老家训，以知书达理为修身的理想境界，就像清人张履祥所说的那样：“除耕读二事，无一可为者。……读而废耕，饥寒交至；耕而废读，礼义遂亡。”④ 所以，即便失去接受学校教育的机会，他们

① 路遥：《平凡的世界》，第一部，人民文学出版社，2004年，第14—15页。

② 路遥：《平凡的世界》，第一部，人民文学出版社，2004年，第52页。

③ 王梵志：《王梵志诗校注》，项楚校注，上海古籍出版社，1991年，第745页。

④ 张履祥：《训子语译注》，张天杰、余荣军增编、译注，上海古籍出版社，2020年，第26页。

也要利用世代耕读的家庭经验资源，帮助自己的后代识文断字，获得最基本的文化能力——郝红梅的父亲能阅读《红岩》，说明其祖在豁蒙其父方面，下了很大的功夫。第三，可以根据孙少平与郝红梅的这段对话等相关信息，寻绎她的名字的由来，阐释它所包含的意味。

根据小说的叙述，郝红梅的名字来自于歌剧《江姐》中的唱段《红梅赞》。但是，歌剧《江姐》的问世，大大晚于郝红梅出生的时间。1964 年 11 月，阎肃、羊鸣、姜春阳、金砂等人才将小说《红岩》中有关江姐的故事，搬上了歌剧舞台。“文革”开始后，它又被定性为“毒草”，停演了十三年，直至 1978 年，才得再见天日。

根据小说所提供的信息，郝红梅读高中的时间，当在 1975 年。这一年孙少平是“十七八岁的后生”，“正是能吃能喝的年龄”①。据此可以推知，郝红梅应该出生于 1958 年前后。所以，至少在六岁之前，郝红梅不大可能叫她现在的名字。一种可能的情形是，在她该上学的那一年，即 1965 年，高亢热烈的《红梅赞》正好响遏行云，流行华土，其父为之歆动，便给她起了个很时新的学名。

然而，一个地主之子，敢给自己的下一代取这样一个红彤彤的名字，简直就是一件越轨的事情。要知道，用严肃的政治眼光来看，这显然属于文化上的僭越行为和冒渎行为，显示着政治态度上的不安分和不老实。一个属于剥削阶级的罪恶家庭，有什么资格借用庄严而光辉的革命符号，来给自己的后代取名字呢？郝红梅的父辈应该很小心地规避时忌，给孩子取一个符合自己的政治名分的名字，一个平淡而家常的名字，如金叶、巧云、玉珍、蕙芬、兰芳等。亲爱的读者，吾人谈取名而发斯论，绝不是小题大做，过甚其辞。如果置身于那个时代的特殊语境，你就会知道，即便在给孩子起名这样的小事情上，也是随便不得的。

---

① 路遥：《平凡的世界》，第一部，人民文学出版社，2004 年，第 7 页。

那么，路遥为何要给郝红梅这个政治上暗淡无光的人物，起一个红彤彤的名字呢？为何要给自己笔下的这个美丽而不幸的人物，取一个美丽而不俗的名字呢？

显然，这个很有讲究的命名，不是随随便便的率易之举，而是认认真真的修辞行为。它显示着路遥对人物的同情态度。路遥同情《平凡的世界》中几乎每一个人。他对郝红梅的不幸，尤其同情。郝红梅三个字就包含着赞许和祝福的态度，甚至包含着些微的反讽意味。就前者说，郝红梅的名字传达着这样的意思：你是卑微的，穷困的，看尽了别人的白眼，受尽了别人的欺侮，但是，你应该有生活的勇气，应该有承受痛苦的坚韧，这样，你就会像雪中的梅花一样，傲然绽放。就后者说，一个灰塌塌的“黑五类”子女，竟然有一个红彤彤的“正能量”名字，这种表里色调上的强烈反差和对照，就构成了一种微妙的反讽。

是的，在路遥对郝红梅的命名中，我们看见了路遥对人和生活的一种稳定的心情态度。金波安慰孙少平说：“虽然咱们出身底层人家，但不能小看自己。我们这样生活，精神上并不见得就比那些上大学和当干部的人差！你看的书比我多，你更能明白这些道理……”① 金波的话语传达着路遥的观念：人在精神和人格上是平等的；这种平等并不因财富、阶层和身份的差异而有什么不同。金波说给孙少平的话，也是路遥想对地主成分的郝红梅和金光亮一家人说的话。

在叙述田润叶与李向前和解的时候，路遥怀着激动的心情，以介入性和抒情性的调性写道：“生活啊，生活！你有多少苦难，又有多少甘甜！天空不会永远阴暗，当乌云褪尽的时候，蓝天上灿烂的阳光就会照亮大地。青草照样会鲜绿无比，花朵仍然会蓬勃开放。我们祝福普天下所有在感情上经历千辛万苦的人们，最后终于能获得幸福！”② 这显然是一种对人的无

① 路遥：《平凡的世界》，第二部，人民文学出版社，2004 年，第 136 页。
② 路遥：《平凡的世界》，第二部，人民文学出版社，2004 年，第 389 页。

差别的共情态度。我们可以将这些充满热情和善意的话语，看作对所有经历过痛苦的人们的祝福，也可以看作对郝红梅这样的不幸者的祝福。

在路遥的叙事中，郝红梅的人生是艰难而沉重的。“到此际，兀谁可怜见我这里。”① 她实在就是一株生长在黄土高原的蒲公英，一株生长在道旁、随时会被踩踏的蒲公英。她的嫩黄色的小花，朴素而内敛，甚至显得有点虚怯，既没有野百合热烈似火的红色调，也没有山桃花灿烂如云的大阵仗。她卑微而又柔弱，时代之风吹落的一粒灰，就足以将她压弯。更何况，覆压在她身上的，不是一粒灰，而是一块巨大的命运之石。因为承受着命运之石的重压，所以，她的生活之路，就显得特别坎坷，而她的爱情和婚姻，则注定充满挫折和痛苦。

二、“另册”、农籍与穷人：三重的身份焦虑

在20世纪中期几十年的时间里，在几乎每一个略成规模的中国农村，你都可以看到几户像普通农民一样贫穷，但却比他们更加自卑和虚怯的农民。无论走到什么地方，无论站到谁的面前，他们都低眉顺眼，低声下气，惶惶然，憖憖然，惴惴然，行止规规矩矩，不敢乱说乱动。这些寝关曝纩、蒿然不怿的人，就是那些地主成分或富农成分的农民。

郝红梅就是这样的生活在恐惧中的地主后代。像所有的地主子女一样，她很少感受到别人的尊敬，也很少体验到生活的幸福：“从小在担惊受怕中长大。她小的时候，爷爷还活着，戴个地主帽子，一家人在村里抬不起头。她刚上小学的第二年，‘文化大革命’开始了，村里的贫下中农造反队，打着红旗，扛着镢头，一夜之间，就把她家的房屋院落刨成了一堆废墟。……他们已经没家了，只能在旁边一个原来喂牲口的草棚里栖身。她爷爷当年就死了。但她爷爷的地主帽子并没有埋进他的坟墓，而作为主要

① 《董解元西厢记》，凌景埏校注，人民文学出版社，1962年，第105页。

的遗产留给了父亲和她。她父亲是地主的儿子，她是地主的孙子。在现在的概念中，这和地主本人并没有多大的差别。”① 在经济上，她从出生的那一刻起，就像所有的农民子弟一样，已经陷入穷困境地；在社会身份上，她属于反动的“黑五类”，既不被人尊重，也没有发展空间。在她的身上，反映着一个特殊社会阶层的普遍处境和命运，包含着值得解读的复杂而丰富的叙事内容。

一般的地主子女，面对社会的歧视和外在的压制，皆束手束足，无力解免，很多人都失去了上大学甚至上中学的机会。然而，郝红梅却做到了别的地主后代做不到的事情。她长相出众，很会说话，很是乖巧。凭着自己的机灵和周旋，她竟然一路读到了高中。然而，她还有更大的梦想。像那些雄心勃勃的农村青年一样，她也想彻底改变自己的命运——想走出农村，改变自己的农民身份，摆脱经济上的贫穷，最终成为跻身城镇户籍的城里人，过上衣食无虞的体面生活。克里丝蒂安·蒙吉导演的《四月三周两天》所讲述的，是两位罗马尼亚女大学生的故事，是她们的发生在“黄金岁月”的故事，也是与郝红梅的青春时代几乎并世同时的故事。来自乡镇的欧蒂莉亚考上了首都布加勒斯特的一所工科大学。在大城市户籍的男友面前，她也会表现出小地方人的敏感和自卑。在出租车上，在男友母亲的生日聚会上，她至少两次听到人们为她庆幸，说工科专业的毕业生不会被分配到农村。可见，逃离农村，逃向城市，是特殊社会形态下的普遍性甚至世界性现象。

然而，对郝红梅来讲，最大的困扰和焦虑，也许还不是来自她的农民身份和穷人身份，而是来自她的阶级成分，即地主身份。也就是说，从人格尊严和精神生活的角度看，如何摆脱不体面的阶级成分和政治身份，获得受人尊敬的社会身份，应该是郝红梅们“心心不停，念念不住”的事情。

---

① 路遥：《平凡的世界》，第一部，人民文学出版社，2004 年，第 128 页。

英国学者詹姆士·里德说："焦虑是恐惧的一种形式，它考虑的是将来，是明天才会发生的事情或下星期要处理的事情。"① 他似乎没有注意到另外一种性质的焦虑，即现实性质的焦虑。这是一种与人的当下境遇密切相关的焦虑，也是一种更复杂的情感经验和更沉重的精神痛苦。要想克服这种焦虑，就要解决当下正在困扰着人的问题，而不是考虑"明天才会发生的问题"。改变自己的社会身份和生存境遇，就是郝红梅们为之焦虑的切切实实的现实问题。

一般来讲，每个人都有与生俱来的生物特征身份，也就是说，他必然是谁谁谁之子，或谁谁谁之女。而这种自然身份的获得，完全是偶然性的随机事件：或幸运，拂帘幌而坠于茵席之上，或不幸，关篱墙而落于粪溷之中。同样，在成年以后，每一个进入社会的人，也都会获得自己的社会身份，而这种身份的获得，主要决定于他的社会行为，而不是决定于他的生物特征身份。

如果一个人的生物身份与社会身份之间，被规定为简单的同一关系和直接的因果关系，即他的社会身份决定于他与父母的血缘关系，而不是决定于他自己的社会行为，那么，出生在什么样的家庭，对任何人来讲，都是一件至关重要的事情。这样的社会身份确定逻辑和确定规则，显然是一种庸俗的血缘决定论，也必然导致严重的社会后果。

郝红梅很不幸。她的社会身份是她的血缘关系的延伸，是她的生物身份的直接反映；而她的道德品质，则是她的社会身份的直接反映，就像伊凡·克里玛所说的那样："一个人的道德品质来源于他的出身"②。自呱呱坠地始，她就被打入"另册"。她像孙少平一样，汲汲于改变自己的命运。然而，比较起来，孙少平的命运和境遇，比郝红梅还是要好一些，因为，他

① 詹姆士·里德：《基督的人生观》，蒋庆译，生活·读书·新知三联书店，1998年，第87页。

② 伊凡·克里玛：《布拉格精神》，崔卫平译，广西师范大学出版社，2016年，第211页。

没有家庭的阶级成分所造成的精神压力，也不用背负沉重的政治包袱。这样，孙少平的精神焦虑和奋斗目标是双重的——摆脱自己的农民身份，摆脱可怕的贫穷；而郝红梅的精神焦虑和奋斗目标，则是三重的——既要摆脱自己的农民身份，又要摆脱可怕的贫穷状况，还要摆脱自己的地主成分和政治包袱。

从现实的经济状况来看，郝红梅与孙少平之间，构成了一种反讽性的对照关系。孙少平是贫农的后代，但是，世易时移，他依然没有摆脱贫穷，依然深陷于衣食不继的困境；郝红梅是地主的后代，但是，她的家庭在失去了往日的财富和光耀之后，也像孙少平的家庭一样，沦为一无所有的无产者。事实上，无论在郝红梅的身上，还是在孙少平的身上，都反映着阿马蒂亚·森所说的社会身份上的“单一性幻象”（the illusion of singularity）。制造这种幻象的方法，就是对人的身份进行“绝对的单维度划分”，并将人仅仅视为“一个特殊群体的成员”①。这种狭隘的“单一性幻象”，忽略了这样一个事实——人可以归属于不同的团体，也可以拥有多种不同的身份；也忽略了人的这样一种需求——通过自由选择而成为一系列不同群体的成员，从而满足自己多种多样的现实需求和精神需求。

然而，郝红梅却只有单一性的社会身份和单一的经济身份。在这种双重的单一身份下，她过着一种单一而困窘的生活。她家徒四壁，“已经穷到骨头里”②。她像孙少平一样“穿破衣裳”，一样吃“黑面馍”③。他们体验着同样的自卑感受：“正是因为贫穷，因为吃不起好饭，因为年轻而敏感的自尊心，才使他们躲避公众的目光来悄然地取走自己那两个不体面的黑家伙，以免遭受许多无言的耻笑!”④ 等到空无人迹的时候，他们才去饭场上

---

① 阿马蒂亚·森：《身份与暴力——命运的幻象》，李凤华、陈昌升、袁德良译，中国人民大学出版社，2009 年，第 39 页。

② 路遥：《平凡的世界》，第一部，人民文学出版社，2004 年，第 8 页。

③ 路遥：《平凡的世界》，第一部，人民文学出版社，2004 年，第 6—7 页。

④ 路遥：《平凡的世界》，第一部，人民文学出版社，2004 年，第 7 页。

拿自己的极不体面的饭食。在这过程中，孙少平与郝红梅之间，也会用目光相互打量：

> 孙少平发现，郝红梅实际上是班里最漂亮的女生。只是因为她穿戴破烂，再加上一脸菜色，才使得所有的人都没有发现这一点。这种年龄的男青年，又刚刚有了一点文化，往往爱给一些“洋女生”献殷勤。尤其是刚从农村来的男生，在他们的眼里，城里干部的女儿都好像是下凡的仙女。①

境遇相同的人，容易同病相怜，也很容易成为朋友。郝红梅对孙少平也很有好感。他们之间的关系，也要更亲近一些：“孙少平和郝红梅在过去的半年里已经相当熟悉，两个人交交往往，也不拘束了。他们不光互相借着看书，也瞅空子拉拉话。”② 她知道孙少平是班上出类拔萃的人物，但是，她也清楚地知道，他自己本来就活得艰难，完全无力帮助她出离苦海。只有根正苗红、家境优渥的城里人，才能帮她跳出“农门”，改变农籍，才能帮她从政治上的“另册”里迁移出来。所以，她迅速切断了与孙少平的情感联系。她相中了干部子弟班长顾养民；他不仅个人条件好，而且家庭条件也很好。为了彻底改变自己的命运，郝红梅只能这样选择。因为，无论在哪个方面，她这个“黑五类”子女都没有多少选择权利和发展空间。

是的，她的人生是被动形态的，而且还是绝对性质的被动形态。面对自己的人生境遇，郝红梅注定是被动和无能为力的。辛克莱·路易斯《大街》中的女主人公卡萝尔有行动的热情和能力，但郝红梅没有。卡萝尔厌恶死气沉沉而又丑陋无比的戈镇。她试图改变它。她建图书馆，组织妇女读书会。她打算先从自己的丈夫肯尼科特身上着手做起，“打算在等下教他

---

① 路遥：《平凡的世界》，第一部，人民文学出版社，2004 年，第 13—14 页。

② 路遥：《平凡的世界》，第一部，人民文学出版社，2004 年，第 122 页。

如何欣赏诗歌的美"①。虽然改造生活并不那么容易，但是，她总有很大的选择空间，总有"绝处逢生的大好时机"②。然而，郝红梅既没有改造生活的激情和雄心，也没有改造生活的资格和能力。她像自己的同时代的青年人一样，接受那些被给予的生活理念，接受被安排好的生活秩序。对他们来讲，生活意味着接受，而不是创造；意味着认同，而不是思考。

她也不是夏洛蒂·勃朗特笔下的简·爱。从个人遭遇的某些方面看，简·爱似乎比郝红梅还要不幸。她出生在一个穷牧师家庭；很小的时候，父母就相继去世，被寄养在舅父里德先生家里。舅父去世后的十年里，她受尽了舅母的歧视和虐待，最后被送进了罗沃德孤儿院。在孤儿院里，她过着同样悲惨的生活，无论精神上，还是肉体上，都备受摧残。后来，她有幸在学校里接受了六年的教育，并在这所学校任教两年。后来，她就靠当家庭教师来维持自己的生活。

简·爱在心理上是健康的，在精神上是健全的。她的情感和人格，并未受到生活的伤害和扭曲。无论在什么人面前，简·爱丝毫没有自卑感和身份焦虑。她能充分地体验到人格尊严和精神自由。面对自己的情敌英格拉姆，面对这位高贵而骄横的富家小姐，她并不觉得自惭形秽；甚至，面对地位高贵的罗切斯特，她也没有低人一等的感觉，而是觉得自己与他在人格上是平等的。她的个性始终是饱满而健全的。她对罗切斯特说："我没有遭践踏。我没有被吓呆。没有硬把我限制在头脑较低下的人中间，排斥在与聪明、能干、高尚的心灵交往的一切机会之外。我能跟我敬重的人面对面地交谈，跟我所喜爱的，——一个独特、活跃、宽广的心灵交谈。"③当她发现所爱的人已经结婚，自己不得不离开，就坦率而明确地告诉他：他们"彼此平等"。当罗切斯特将她比作鸟儿的时候，她纠正道："我不是

① 辛克莱·路易斯：《大街》，潘庆舲译，福建人民出版社，1983年，第184页。
② 辛克莱·路易斯：《大街》，潘庆舲译，福建人民出版社，1983年，第646页。
③ 夏洛蒂·勃朗特：《简·爱》，吴钧燮译，人民文学出版社，1990年，第273页。

只鸟儿，也没有落进落网。我是个自由自在的人，我有我的独立意志，我现在就运用它决心要离开你。”① 她不必背负自己绝对无力摆脱的沉重的政治包袱和身份限制。她的人格一直是独立而自由的。她的人格并未受到严重的侮辱和可怕的伤害。

显然，简·爱的社会身份并没有受到自然身份的限制。她有机会改变自己，使自己成为具有独立人格的人，成为受人尊敬的人。她不仅有机会从一个地方转换到另一个地方，有机会摆脱一个又一个困境，有机会接受教育，而且，最终，还有机会通过所学到的知识来改变自己的命运，来维持自己的生活。由于思想和人格的成熟，她拥有把握生活的方向的智慧，也具有获得爱情的能力。

比较起来，郝红梅就没有那么幸运了。就精神生活一面来讲，郝红梅接受教育的场所和方式，都是被限定好了的，并没有太多的选项；就外在的生活空间来看，除非通过直系亲属之间的过继方式，她几乎很难正常地转换自己的生活空间和成长空间。所以，郝红梅就不可能像简·爱那样成长为知识修养较高的女性，成长为思想足够成熟、人格足够独立的女性。最终，她只能靠着外在的社会变化，来摆脱自己的“另册”身份；只能靠着田润生的仁慈和爱，改变自己的“穷人”身份。至于她的“农裔”身份，就她自身的情形来看，有可能终生莫能改变之。

通过对郝红梅的三重身份焦虑的叙事，路遥揭示了农村社会的整体性困境。在中国农村进行的雄心勃勃的宏大实验，不仅不曾达到预设的目的，而且，还带来了极为严重的灾难性后果。《平凡的世界》的一个深刻而重要的主题，就是困境呼唤关乎人的平等和尊严的改革，呼唤一种无差别地惠及所有人的改革，一种将所有人从物质和精神的双重困境中解放出来的改革。这就要求全社会克服那种充满社会歧视的狭隘观念，放弃那种简单而

① 夏洛蒂·勃朗特：《简·爱》，吴钧燮译，人民文学出版社，1990年，第274页。

粗暴的极端化的行为模式，给所有以人平等的权利和机会，从而最终整体性地改变人们的命运和境遇。

三、现实的焦虑与负重的爱情

爱情是一种自然而美好的人类情感。真正的爱情不仅天然地具有超功利的性质，而且，还将自然主义和浪漫主义两种矛盾的因素融合了起来。伟大的爱情起源于利己的本能冲动，最终却达到了真正人性的高尚境界。

乔治·桑坚信，人类的大事情就是爱情。法朗士认为她只说对了一半，因为，她忽略了饥饿："饥饿和爱情是世界的两轴，人类全都以爱情和饥饿为中心的。巴尔扎克在人身上看到的最主要的东西就是饥饿"①。事实上，法朗士也只说对了三分之二。他忽略了身份和体面对于人类生活的意义，忽略了社会认同和他者的尊敬对于每一个人的意义。对于连·索黑尔来讲，最大的事情，不是饥饿，甚至不是爱情，而是尊严和荣誉，所以，他要改变低下的社会身份，跻身于上流社会，获得很高的地位和很大的荣誉。对高加林、孙少平和郝红梅们来讲，世界上最大的事情，固然是饥饿和爱情，但也是体面的生活和有尊严的身份。

路遥善于描写饥饿，也善于描写爱情。但是，他不是抽象地描写这些主题。他笔下的饥饿和爱情，总是围绕身份焦虑这个轴心展开。也就是说，在他的爱情叙事和饥饿叙事的背后，还有一个更沉重的问题，那就是人物的社会身份问题。农村青年的饥饿，反映着农民阶层在物质上的贫困；农村青年的爱情，则反映着他们在社会身份上的尴尬和焦虑。由于特殊的社会身份，他们的爱情注定是沉重艰难的，而不是轻松容易的，注定是现实主义性质的，而很少是浪漫主义性质的。

在黑格尔的理解中，美好的爱情就应该是浪漫主义的；浪漫主义的爱

① 阿纳托尔·法朗士：《我们为什么忧伤：法朗士论文学》，吴岳添译，广西师范大学出版社，2020年，第71页。

情，是一种最纯粹的情感，一种摆脱了现实性目的的超越性情感。它意味着相互爱着的双方，都“全部渗透到另一个人的意识里去”①。只有这种“忘我的精神”才能形成“爱情的无限性”：“爱情在女子身上特别显得最美，因为女子把全部精神生活和现实生活都集中在爱情里和推广成为爱情，她只有在爱情里才找到生命的支持力；如果她在爱情方面遭遇不幸，她就会像一道光焰被一阵狂风吹熄掉。”② 在高尚热烈的心灵里，爱情甚至会压倒宗教或不顾宗教，“因为它使自己成为生活中唯一重要的或至高无上的事，不仅要抛弃一切其他，和心爱的人逃到一个沙漠里去，使自己和世界隔绝，而且还走到做爱情的奴隶，为它而牺牲一切人类尊严的极端”③。这是一种理想主义的爱情理念，但也包含着爱情的重要真理。

然而，郝红梅的另类身份和特殊境遇，不允许她成为爱情上的浪漫主义者。她内心最迫切的愿望和最沉重的焦虑，使她只能成为爱情上的现实主义者。在几千年前的《诗经》里，爱情是自然而美好的，甚至是自由而浪漫的：“心乎爱矣，遐不谓矣？中心藏之，何日忘之？”（《诗经・小雅・隰桑》）实可谓情辞殷渥，一往而深。有的时候，在那些古老的诗歌里，人们看见了百折千回的执着，体验到了迷离而丰饶的美感，甚至体悟到了精妙而深永的哲理意味：“蒹葭苍苍，白露为霜。所谓伊人，在水一方。溯洄从之，道阻且长。溯游从之，宛在水中央。”（《诗经・秦风・蒹葭》）然而，在郝红梅身处其中的特殊的道德氛围里，爱情却是一种被窒抑的情感；正常意义上的爱情，常常被视为任性的个人主义表现，或者被视为小资产阶级的享乐主义。人们必须压抑自己的感性冲动和爱的激情。最终的结果，是人们普遍缺乏爱的健全意识，普遍丧失了爱的能力。郝红梅也同样不理解爱情的真谛。对她来讲，爱情与其说是一种内在而自由的激情，不如说

---

① 黑格尔：《美学》，第二卷，朱光潜译，人民文学出版社，1979 年，第 326 页。
② 黑格尔：《美学》，第二卷，朱光潜译，人民文学出版社，1979 年，第 327 页。
③ 黑格尔：《美学》，第二卷，朱光潜译，人民文学出版社，1979 年，第 330 页。

是一种外在而实际的手段。她倾向于把利益放在爱情之上。理想必须为现实让步，爱情必须为生存让步。她不得不向黑格尔所说的与爱情相对立的“外在的情况和障碍”① 妥协。她要让自己的爱情服从最迫切的现实需要，要通过爱情和婚姻来改变自己的身份和境遇。

英国长篇小说《南方与北方》中的玛格丽特·黑尔，美丽，谦卑，坚韧，理性，有信仰，有责任感。她有明确的生活目标，要像自己读过的小说中的女主人公一样，“过她们的那种高尚勇敢的生活，那种正直无畏的生活”②。她知道“自己本来肩负着多么重大的责任”③。她是父亲和哥哥的“安慰天使”，“一直得充当一个罗马人的女儿”④，即父亲的意志坚强的女儿，也是自己命运的主人。她始终自己主宰着自己的生活。她最终克服了自己的偏见，看见了工厂主约翰·桑顿先生的善良和优点。她用自己的大笔资金支持他继续经营工厂，同时，也接受了他的爱情。但是，郝红梅既没有玛格丽特的成熟意识和无畏精神，也没有她实现自己的理想和愿望的自由空间，更没有她的财富和经济能力。她要面对的障碍和困难是很难克服的。必须借助他者的力量，她才有可能改变自己的命运。

是的，被动性和无选择性是郝红梅最大的困境。她的爱情和人生，都有一种不得不如此的被动性。长篇小说《玛丽·巴顿》的女主人公，虽然同样出身卑微，但是，在爱情上却是主动的，可以按照自己的判断来自由选择。玛丽·巴顿也动过攀附富人的心思。工厂主之子卡逊“又有钱，又有前途，又知情识趣，她相信他会给她个豪华舒适的环境，使她永远脱离贫困”⑤。于是，她断然拒绝了工人杰姆·威尔逊的求婚。但是，很快，她

---

① 黑格尔：《美学》，第二卷，朱光潜译，人民文学出版社，1979 年，第 331 页。

② 盖斯凯尔夫人：《北方与南方》，主万译，人民文学出版社，1987 年，第 469 页。

③ 盖斯凯尔夫人：《北方与南方》，主万译，人民文学出版社，1987 年，第 285 页。

④ 盖斯凯尔夫人：《北方与南方》，主万译，人民文学出版社，1987 年，第 280 页。

⑤ 盖斯凯尔夫人：《玛丽·巴顿》，荀枚、佘贵棠译，上海译文出版社，1978 年，第 170 页。

就“又沉静又勇敢”地对卡逊说：“我自从上星期一晚上见过你以后，我就抱定了决心不再和你交往。我知道我不应当让你以为我喜欢你；我当时简直是神志不清；如果因此叫你对我太有好感，那么，先生，我在这里低下头来向你道歉。”① 玛丽·巴顿最终选择与杰姆·威尔逊结婚，并一同移民加拿大。然而，郝红梅所面对的现实，却不允许她像玛丽·巴顿那样自由选择。在当时的现实情境下，外部条件决定性地影响着一个人的生活；个人只能顺应环境，而无法抗逆环境。为了改变自己的命运，她几乎别无选择。

其实，郝红梅对孙少平很有好感。在她眼里，这个农民之子身上有一种别人所没有的品质。她向他讲述自己的家世，讲述了自己名字的来历。她还向他借阅文学作品。在一个严格的禁欲主义时代，男女之间以书籍为媒介的交流，多多少少都有一些非同寻常的意味，很多时候，它简直就是一种表达爱情的含蓄方式。就像莫洛亚所说的那样：“一本两人共同读过的小说，既向你们提供了谈话的题目，又树立了行动的楷模。从优秀的文学作品中，我们受到了爱情的教育，同时也明白了：只有真正的人才有权享受爱情的欢乐。”② 在一个严苛的禁欲主义时代，小说就是青年读者的爱情隐秘生长的玫瑰园。他们通过对小说作品的阅读和交流，紧张而兴奋地传递着深隐的心思和美好的情感。

孙少平也暗暗地爱上了郝红梅。他是班上的“劳动干事”。他不放弃任何一个对郝红梅表达情感的机会：“他给大家布置任务，给每个人分工，并且从学校领来劳动工具，给大家分发。他每次都把最好的一件工具留给郝红梅。”③ 他的注意力全都在她身上，能看见她与众不同的地方，甚至会发

---

① 盖斯凯尔夫人：《玛丽·巴顿》，荀枚、佘贵棠译，上海译文出版社，1978 年，第 176 页。

② 安德烈·莫洛亚：《生活的艺术》，王辉等译，生活·读书·新知三联书店，1986 年，第 55 页。

③ 路遥：《平凡的世界》，第一部，人民文学出版社，2004 年，第 123 页。

现她的穿着和身体的微妙变化：

> 他看见红梅换了一件半旧的红格子布衫，好像变了另外一个人似的。大概由于一个假期在家里，这个季节吃的东西又比较多一些，她原来很瘦削的脸颊现在看起来丰满了许多。已经度过了半年的城市生活，她也懂得把自己农村式的“家娃”头，像城市姑娘一样扎起了两个短辫；加上自做的、手工精细的方口鞋和一条看起来是新买的天蓝色裤子，简直让人都认不出来这就是郝红梅了。其实她无非就是把原来的一身补钉衣服换成了没有补钉的衣服。这个小小的变化，就使一个本来不显眼的人，一下子很引人注目了。同时也应该承认，郝红梅本来就具备那种漂亮姑娘的脸型和身段。如果有一身比现在更漂亮的衣服，就很难看出这姑娘是来自农村了。
>
> 孙少平看见她，心中就会荡起一股热辣辣的激流，有时甚至感到呼吸都有了困难。①

读者完全有理由相信，在孙少平的怯生生的初恋关系中，郝红梅是主动的，或者说，是她给了孙少平向自己示好的勇气。要知道，一开始，孙少平甚至都不敢直视她，直到谈及小说《红岩》的时候，“才敢抬起眼皮看了她一眼”。可以肯定，如果没有郝红梅的暗示和默许，孙少平压根就不会产生如此强烈的“非分之想”，更不敢将自己的隐秘情感表现得如此外露。但是，随着孙少平对她的情感渐渐明显地表露出来，郝红梅就矛盾了起来，甚至有些后悔自己一开始的冲动：这个像她一样贫穷的小伙子，自顾犹且不暇，哪可能帮助她脱离苦海呢？

在路遥小说作品中的几乎所有女性人物里，郝红梅的境遇，算得上是

---

① 路遥：《平凡的世界》，第一部，人民文学出版社，2004 年，第 126 页。

最困蹶的：不仅在经济上陷入严重的窘境，而且，还处于社会结构的最底端，属于“地富反坏右”这“黑五类”中最黑的那一类。像她这种出身的女孩子，无论爱别人，还是被别人爱，皆非易事。她的家庭成分和经济状况，决定了她在爱情上不会像刘巧珍那样纯粹，也不会像田晓霞那样浪漫。她得比田润叶更勇敢，更有行动的勇气，才有可能实现自己卑微的愿望。“严酷的生活使她过早地成熟起来。她表面上很平板，但很有心计。”她清楚地知道，要想改变自己的命运，就必须选择城里的干部子弟，而不是选择一贫如洗的农民之子：“她自己早有盘算：她家成分不好，光景不好，她自己要寻个好人家，找个有钱男人，将来好改变自己家庭的命运。父母亲把全家未来的希望都寄托在她身上，但她自己明白，一个女孩子，成分又不好，上学只能到高中就到头了，毕了业还得回乡劳动——至于将来推荐上大学，她家的成分是绝对不可能的。因此，她只有寻个好婆家、好对象，才有可能改变她和全家人的状况——这也许是唯一可行的道路。如此说来，她自己现在穷成这个样子，怎么可能把命运交给一个和她同样穷的男人呢?”① 于是，过了一个假期，她就开始疏远孙少平了：

> 可是眼看半个多月过去了，少平还是没能和红梅拉几句话。这倒不是说连一点机会也没。其实他们单独碰见过好多次，但不知她为什么又像上学期那样躲开了——而且常常看来是有意回避他！
>
> 少平对此摸不着头脑。想来想去，他连一点原因也找不出来。
>
> 不过，他现在还没忙着像上学期一样陷入苦恼之中。他猜想：也许红梅家里有什么事，她心里烦乱，才不愿意和他说话。
>
> 但看来她又没什么烦乱！相反，她却比上学期活跃多了。现在甚至每天下午吃完饭，在男女混杂的篮球场上，都能看见她说说笑笑和

---

① 路遥：《平凡的世界》，第一部，人民文学出版社，2004 年，第 129 页。

同学们一块玩呢！

于是，有一天下午，少平看见红梅又在篮球场上的时候，他自己也就趔摸着进了场。这并不是比赛，两边篮板下都有许多男女同学，站成一个半圆，谁捉住球，谁投篮。不管谁，投了一次篮紧接着又拿到球的时候，就传给另外一个人——他们都是高中生了，已经懂得规矩和礼貌。

少平看见红梅投了一次篮后，球又一次回到她手里。看她准备给别人传时，少平就在她后边说："给我一个！"

红梅不会没有听见他说话，但她没有理他，甚至连头也没有回，把球传给了另外一边的班长顾养民。

本来少平已经伸出了手，但却又不得不尴尬地把手缩回来。刹那间，他感到浑身的血都向脸上涌来，眼睛也好像蒙上了一层灰雾，远远近近什么也看不清楚了。①

情窦初开之际，也是人最敏感和脆弱的时候。郝红梅态度的突然转变，她的近乎羞辱的"不理"，对孙少平的自尊心造成了极大的伤害，甚至在一定程度上影响了他后来的人生选择：一定要走出农村，要活出个人样，要像城市人那样体面地生活。孙少平知道郝红梅为什么冷落他。唉！无非是因为自己的农民身份，无非是因为自己家里实在太穷了。但是，郝红梅的势利和无情，也不难理解。她只能将一切希望寄托于未来的婚姻，寄托于小概率的幸运事件的发生：正好碰上一个特别喜欢她的城里人，而且还是一个不在乎她的阶级成分的干部子弟。

在路遥的叙事中，郝红梅对自己与顾养民的爱情想象，很有些不切实际的浪漫色彩。在那个户籍制度极为严格的时代，农村姑娘嫁给城里人，

① 路遥：《平凡的世界》，第一部，人民文学出版社，2004 年，第 127 页。

一般都是按照“下行模式”来进行的：美貌的农村姑娘，常常通过嫁给条件较差（年龄老大或身体残疾）的城里男性，来实现做城里人的梦。然而，郝红梅却幻想着通过“上行模式”来实现自己的梦想，即嫁给在重要的方面——例如户籍和阶级成分等——都比自己条件要好的男人。

事实上，她与顾养民的社会地位严重不对等，是社会身份完全不同的两种人：一个是不享受粮油供给的农村人，一个是享受各种供给的城里人；一个“根歪苗黑”的反动家庭子女，一个“根正苗红”的革命家庭子女；一个属于社会之树的枝梢，一个属于社会之树的“干部”。结果，就像郝红梅的两个老人所意识到的那样：“如果在旧社会，红梅她爷发达的时候，这亲事也可以说门当户对。可如今他们是什么光景！和顾家比较，人家在天上，自家在地下，差别太大了！”① 这种“人家在天上，自家在地下”的婚姻，就是日语所说的“格差婚（status - gap marriage）”，一种男女双方在社会地位、经济状况等方面相去悬殊的婚姻。然而，郝红梅却意识不到彼此之间的巨大“格差”。她完全忽视了超越社会阶层障碍的艰难，不切实际地陶醉在对未来的幻想里：

> 她终于熬到了头。另外，更让她心花怒放的是，她和养民的关系也眼看快要成功了。虽然他们还没有具体谈论婚姻的事，但她相信顾养民确实爱上了她。尽管毕业后，她要回农村去劳动，但未来的生活已在她面前展示了灿烂的前景。她知道，她不会在农村呆很长时间的。养民的父母亲都是黄原地区像样的人物，他们怎么能让他们的儿媳妇在农村劳动呢？他们一定会想办法在黄原给她找工作！她将在那个梦想中的城市和养民一块幸福而荣耀地生活。这并不是梦想，养民实际上已经给她暗示过这一切。因此，当毕业来临，农村来的同学都心神

① 路遥：《平凡的世界》，第二部，人民文学出版社，2004 年，第 294 页。

> 不安、忧郁惆怅的时候，红梅心里却像五月的阳光照耀着一般，亮堂堂，暖洋洋。太阳就是顾养民。这位高贵人家的子弟给她的生活带来了无限美好的希望。最使她感动的是，养民不嫌她的地主成份；说他们家“文化大革命”中父亲也被打成了“反动学术权威”，挨过整，受过批判；他说成分不能决定一个人是好是坏。多有水平的见识啊！亲爱的养民是世界上最好的男人！①

一个生活意识充分成熟的人，既知道自己现在过着什么样的生活，也能预知到自己将来可能过什么样的生活。郝红梅在爱情上最大的问题，就是缺乏可靠的现实感和准确的预知能力。她几乎完全没有意识到，在她与所爱的男子之间，存在着多大的距离和障碍。在席勒的《阴谋与爱情》里，作为身份卑贱的乐师的女儿，路易丝一开就意识到了自己与贵族子弟斐迪南之间存在着什么样的巨大鸿沟，就意识到了他们的爱情面临着什么样的严峻考验，会有什么样的可怕结局。她对斐迪南说：“我看到了结局——名誉的呼声——你的设想——你的爸爸——我的卑微。（吃了一惊，突然把他那只手放开）斐迪南！在你和我的头上悬着一把短剑！——人们要拆散我们。”② 斐迪南心怀侥幸，盲目乐观，但是，路易丝却始终是清醒的，并不相信仅凭爱的信心和热情，就能对抗强大的阻力，就能最终赢得幸福：“我请你不要再说下去。我再也不相信什么幸福的日子。我所有的希望都已经很小了。”③ 最终的结果，就像路易丝所预感和预言的那样，他们的爱情之梦，包括他们的生命，最终都被无法抗拒的力量毁灭了。

然而，郝红梅缺乏路易丝那样的敏感和认知能力。简单化的学校教育

① 路遥：《平凡的世界》，第一部，人民文学出版社，2004 年，第 323—324 页。

② 席勒：《席勒文集》，第二卷（戏剧卷），张玉书译，人民文学出版社，2005 年，第 421 页。

③ 席勒：《席勒文集》，第二卷（戏剧卷），张玉书译，人民文学出版社，2005 年，第 484 页。

和社会影响，培养了她的认同化的思维方式。她不会用怀疑的眼光看世界，也不会用复杂的意识想问题。她把对人的信任，把对生活的认同，变成了一种心理习惯。同时，极端的生存困境和强烈的内心焦虑，又强化了她在认知上的简单化倾向，使她倾向于按照内中心的愿望，来幻想自己的未来生活。她相信“幸福的日子”，相信爱情之梦，相信这一切都会到来，都会圆满实现。路遥多次用“她相信”和“一定会”等悬拟性和揣想性的话语，来描写郝红梅的心理活动；多次用“灿烂的前景”、“幸福而荣耀地生活”、“像五月的阳光照耀着一般”和“世界上最好的男人”，来描写她对自己和顾养民未来生活的浪漫想象。她把自己的一切希望都寄托在这个城里青年身上。她竟然按照时代流行的浪漫习惯和修辞模式，将他想象成了给自己带来温暖和光明的“太阳”。她幻想自己“终于熬到了头”，却忘了他们“还没有具体谈论婚姻的事”。

然而，路遥毕竟是一个清醒的现实主义作家。他并没有用过多的细节来描写郝红梅的爱情的发展过程。事实上，她与顾养民之间不可能有深刻的精神交流，而他们的爱情也不可能有太多的浪漫色彩。路遥知道农村人与城里人之间的距离有多大，也知道这种跨越阶层的爱情有多么不现实；他知道郝红梅改变自己的命运有多么艰难，也知道她的爱情之梦有多么虚幻和渺茫。孙少平的好友金波，当过兵，很英俊，但没有城镇户口，也没有正式工作；没有一个城市女孩会“采取无所谓的态度”，爱上他这个英俊的农村户籍的临时工。路遥在叙述了他的情感遭遇之后，说了这样一段话：“在中国目前社会里，很多情况下，感情往往并不是男女结合的主要因素，而常常要受其他因素的制约和支配。也许世界上所有的不发达国家，这种现象尤为普遍——如果有例外，那就足以构成本地报纸的新闻。”① 所以，社会阶层和社会身份造成的形格势禁，必然使郝红梅的美好幻想归于破灭。

---

① 路遥：《平凡的世界》，第二部，人民文学出版社，2004 年，第 264 页。

即便没有发生她偷手帕被抓的事情，她的爱情之梦最终实现的可能性，也必然是微乎其微的。许多年后，回顾往事，郝红梅也认识到了自己初恋时的盲目和幼稚：“说实话，当初她和顾养民的爱情是不成熟的。”[①] 她的爱情的春天，是在与田润生邂逅以后才降临的。正是从身体单薄而心性善良的田润生那里，从他的体贴周到的关怀里，她才真正感受到了爱情的纯粹与美好。这个男人经历了巨大的磨难和痛苦，在分别一年之后，在漫天飞霞的傍晚，翻山越岭，再次来到了她的身边。她嘴唇颤动、声音哽咽地回答孩子：“这是……你的爸爸！”[②] 这是一个美好而感人的瞬间，是郝红梅的爱情之花绽放的最绚烂的一刻。

事实上，在路遥的关于社会阶层不对等的爱情叙事中，例如，在短篇小说《姐姐》、《风雪腊梅》、《痛苦》中，在中篇小说《人生》和《黄叶在秋风中飘落》中，在《平凡的世界》中（孙少平与田晓霞的爱情，孙少安与田润叶的爱情），几乎全都以悲剧结束。路遥的小说之所以使读者有沉重而悲郁的深刻感受，就在于他让自己的叙事逻辑服从无情的生活逻辑。从生活逻辑的角度看，郝红梅的社会阶层不对等的爱情，她的承载着沉重而复杂的社会问题的爱情，只能有一个结局，一个跟她自己的愿望和想象完全相反的结局。

四、卑微者的苦难与低调的命运哲学

无论从人生理念来看，还是从文学意识来看，路遥都是一个深沉而庄严的作家。在他的认知里，人生从来就是庄严和沉重的，甚至就是一场严峻的考验，一次苦难的历程，而文学也同样是庄严而沉重的，是对这苦难人生的体验、思考和叙述。

所以，进入文学上的成熟期以后，路遥便很少用那种流行一时的简单

---

① 路遥：《平凡的世界》，第三部，人民文学出版社，2004 年，第 118 页。

② 路遥：《平凡的世界》，第三部，人民文学出版社，2004 年，第 122 页。

化的乐观主义态度来理解生活和叙写生活。在他的复杂而曲折的叙事里，几乎所有人物的生活，都是苦涩和辛酸的，都充满了坎坷和挫折、痛苦和煎熬。在巴尔扎克的小说里，人物可以通过征服社会，赢得胜利，实现野心；在狄更斯的小说中，人物可以通过切实的努力，跻身更高的阶层，过上体面的生活。但是，在路遥的叙述个人奋斗的小说中，几乎所有的主要人物全都没有实现自己最初的目标。郝红梅也不例外。她不仅未偿所愿，而且生活还格外坎壈和不幸。

郝红梅的不幸，不同于刘巧珍的不幸。后者的不幸，既来自于她的农民身份，也来自于她的目不识丁。由于父亲的短视和无知，她没有读过一天书，成了一个美丽而没有文化的人。郝红梅接受了完整的高中教育。在一个文化落后的僻远之地，她算得上是一个美丽而有文化的人了。然而，这些优势不仅没有帮助她改变自己的命运，而且还使她比刘巧珍更强烈地体验着自己的痛苦。

郝红梅的不幸，也不同于田润叶的不幸。后者的不幸，主要见之于无爱的婚姻。田润叶家境不错，也有文化，但是，她于所爱不能坚守，于所不爱又不能坚拒，最后，竟然糊里糊涂地与自己不爱的人结了婚。显然，她的爱情和婚姻上的不幸，主要是由她与孙少安的社会身份的差距造成的，但也是她由性格上的软弱造成的。比较起来，郝红梅有明确的目标感，也有行动的意志，但是，她无法克服外在因素对自己的限制。农村户籍是她改变自己的命运的巨大障碍，而被划入“另册”的阶级成分，也是她人生道路上同样巨大的障碍。正是由于这一障碍，或者说，正是由于试图通过爱情来克服这一障碍，她的爱情便被赋予了非爱情的性质。法国作家和批评家皮埃尔·勒帕普认为，《安娜·卡列尼娜》是爱情小说，但《包法利夫人》不是。他给出的理由是：“在爱情小说中，爱情比其他一切都重要，至少对其中一个主角来说是这样。它比祖国、比道德、比权力和比灵魂得救更加重要，同样比知识更加重要。”① 在《包法利夫人》中，没有一个人物的爱是庄严而高尚的，或者说，在几乎每一个人物的内心，爱情总是低于欲望和虚荣心的。而且，福楼拜的叙事兴趣和叙事重心，也不在爱情，而在讽刺，“只不过揭露了坏书对温柔的心灵和轻率的头脑有害的影响”②。用这样的观念标准来衡量，郝红梅的爱情，似乎也算不上爱情。因为，首先，很明显的，她对顾养民的热情和追求，也有功利的目的和“轻率”的性质；其次，他们之间并没有爱情意义上的深刻交流。他们的所谓爱情，显得那样飘忽，那样不真实，简直就是春天里的一场纷乱而短暂的梦。

但是，郝红梅在爱情上的轻率和不切实际，是可以理解的，甚至是应该同情的。她本质上是善良的，这一点，从她夹在《创业史》里送给孙少平的那块白面饼——这是母亲用红梅出山捡的麦穗烙的饼——就可以看出来；就因为这块饼子，她减轻了孙少平内心的痛苦，并让他“又重新找回了他那已经失去了好些日子的友谊和温暖……”③ 但是，善良无法解决她的现实问题。她内心的自卑和焦虑实在太强烈了。地主出身的阶级成分使她自卑和焦虑，农民的身份使她自卑和焦虑，贫穷的家境也使她自卑和焦虑。她像高加林和孙少平一样，不愿意再像自己的祖辈们那样活一辈子。她试图让自己像别人一样活得有尊严。这种赢得他人尊重的愿望，在中学毕业之际，表现得尤为强烈。即将跨出校门的时刻，是骊歌声起、依依惜别的时刻，也是显示友谊和赢得尊重的时刻。然而，郝红梅实在太穷了。她没有钱给即将分别的同学买礼物；她已经觉察到，就因为这个，“有几个女同学已经用鄙夷的目光看她了”④。于是，为了给同学送礼物，为了让别人瞧得起自己，她在买手帕的时候，竟鬼使神差般，在一刹那间，起了不告而

① 皮埃尔·勒帕普：《爱情小说史》，郑克鲁译，商务印书馆，2015 年，第 4—5 页。
② 皮埃尔·勒帕普：《爱情小说史》，郑克鲁译，商务印书馆，2015 年，第 212 页。
③ 路遥：《平凡的世界》，第一部，人民文学出版社，2004 年，第 125 页。
④ 路遥：《平凡的世界》，第一部，人民文学出版社，2004 年，第 325 页。

取的冲动。她被门市部的售货员当场抓住了。她被当作人赃俱获的“小偷”，关进了一孔窑洞里。

郝红梅的这个临时起意的小过失，本应该被人们理解和原谅的。由于某些特殊的原因，在某种特殊的情况下，几乎每个人都会干一些在正常情况下根本不会干的事情。恋爱中的人，可能不会偷朋友书架上的《荷马史诗》，但有可能偷别人花园里的玫瑰花；热爱书籍和阅读的人，可能不会去偷面包和火腿，但却很有可能逾墙钻隙去偷莎士比亚的《哈姆雷特》。苏珊·桑塔格很小的时候，就表现出对书籍的强烈占有欲。她的小屋里几乎全都是书：“她收藏文学作品的激情甚至让她犯罪，她偶尔也窃书，因为凭她那一点儿可怜的零花钱她根本买不起这些书。她在匹克威克书店偷一本托马斯·曼的《浮士德博士》时被当场抓住。”① 郝红梅的偷手帕，就属于一瞬间的下意识冲动和偶发性行为。“你们要以仁慈相待，存慈怜的心，彼此甘心宽恕。”（《以弗所书》5：32，新世界译本）对于这样的过失，与其羞辱和苛责，不如宽恕和仁慈相待。因为，这样做，就有可能使一个人幡然悔悟，重新做人，否则，就有可能严重伤害一个人，甚至有可能彻底毁掉一个人。米里哀主教对冉阿让的保护和宽恕，不仅拯救了一个不幸的人，还造就了一个伟大的人。孙少平也像米里哀主教一样，有一副懂得同情人和怜悯人的好心肠。他知道郝红梅面临着什么样的危险。他不计前嫌，及时伸出援手，救助郝红梅逃出“关押”她的窑洞，竭尽全力保护她免遭流言蜚语的攻击和伤害。

然而，在郝红梅所生活的社会环境和道德氛围里，普遍缺乏充满人情味的哀矜和善意。狭隘的善恶观念和极端化的斗争意识，使人们丧失了温柔的同情心和慈悲的怜悯心。于是，郝红梅便因为自己的这个小过失，付出了巨大的代价，实可谓罚不当罪。她像苔丝一样承认了自己的过失。苔

---

① 卡尔·罗利森、莉萨·帕多克：《苏珊·桑塔格全传》，姚君伟译，上海译文出版社，2018 年，第 22 页。

丝向安玑·克莱坦白了自己情感上的屈辱经历，郝红梅也向顾养民承认了自己的偷手帕的事情。安玑·克莱没有原谅苔丝。他对苔丝说："你从前是一个人，现在又是另一个人了。"① 同样，在顾养民看来，郝红梅也是另外一个人了。他不仅没有原谅她，还转身离开了她。

后来，郝红梅在村里的民办教师职位，也被村干部的毕业回村的子女挤掉了。为了摆脱耻辱的记忆和生存的困境，她远走他乡，嫁给了一个小学教员。但是，结婚不久，善良而体贴的丈夫就在打土窑洞的时候，被倒塌的土堆活活压死了，留下她独自一人带着襁褓中的孩子。为了抚养孩子，她吃尽了苦头。一天，她在异乡的人声嘈杂的市场上，与中学同学田润生突然邂逅：

> 润生看见，郝红梅脸色比他姐姐还要憔悴，头发散乱地披在额前，不合身的衣衫上沾着柴草和灰土，完全是一副农村妇女的样子。润生毕业时就知道红梅和养民已经确定了关系——他无法想象顾养民的未婚妻现在是这么一副破败相！不过，他在这一刹那间也似乎明白了在她身上发生了些什么……
>
> "你……"润生不知该说什么。
>
> "我……就住在对面沟里，离这儿十里路……"郝红梅脸上涌起了一种难言的羞愧。
>
> "你怎到这儿来了？"她问润生。
>
> "我是路过这里……你？"他仍然不知该问她什么。
>
> "唉……我的情况一言难尽。我前年结婚到这里，去年刚生下孩子，男人打土窑被压死了……"②

---

① 哈代：《德伯家的苔丝》，张谷若，译，人民文学出版社，1984 年，第 271 页。

② 路遥：《平凡的世界》，第二部，人民文学出版社，2004 年，第 290 页。

然而，郝红梅没有被苦难摧毁。她不再对生活心存幻想，而是平静地接受了残酷的现实："她完全变成了另外一个人。她不再奢望人世间的温暖和幸福。世界上的其他事对她来说不仅是遥远的，甚至是不存在的。她相信她生来就要吃一辈子苦，受一辈子罪。"① 这种向生活妥协甚至接受命运的生活态度，是中国底层人的古老的生活哲学。孙少平也有着与她相近的生活感悟和人生哲学："他慢慢懂得，人活着，就得随时准备经受磨难。他已经看过一些书，知道不论普通人还是了不起的人，都要在自己的一生中经受许多的磨难……"② 在陕北人看来，人来到世界上就是受苦的，因此，他们称自己为"受苦人"。

这种认命的受苦哲学，看上去似乎很消极，实则最坚韧。斯多葛哲学就教人低调地生活，教人向命运妥协；这种低调和妥协，并不是低能和意志薄弱，而是一种朴素而深刻的生存智慧，一种镇定而高贵的生活态度。奥勒留说："你是在大地上，多么渺小的一块土地上爬！想着这一切，什么事都是不重要的，除了按照你的本性做事，接受宇宙自然带给你的一切。"③ 所以，无论发生了什么样的事情，你都要处之泰然，平静地接受甚至忍受："一切发生的事，你天生地适于忍受，或不适于忍受。如前者，不必抱怨，按照以你能适应的能力去忍受好了。如属后者，以不必抱怨，它把你毁掉之后它自身亦将消灭。"④ 当一个人把自己当成了泥土，当成了大地上随处可见的砾石，命运的巨轮就无法随便伤害他了。与之相比，那种不可一世生活态度和傲慢恣睢的生活哲学，就无限地放大自己的意志和能力，意欲战天斗地，征服一切，但那最终的结果，不过是给自己和别人造成无尽的痛苦和巨大的灾难罢了。

---

① 路遥：《平凡的世界》，第二部，人民文学出版社，2004 年，第 298 页。
② 路遥：《平凡的世界》，第一部，人民文学出版社，2004 年，第 41 页。
③ 玛克斯·奥勒留：《沉思录》，梁实秋译，天津教育出版社，2008 年，第 155 页。
④ 玛克斯·奥勒留：《沉思录》，梁实秋译，天津教育出版社，2008 年，第 126 页。

事实上，路遥自己就在潜意识中接受了这种低调性质的人生哲学，并通过小说叙事将它表达了出来。他在小说中固然常常以理想主义的热情，叙述人物的进取精神和努力改变自己命运的奋斗历程，但是，也屡次写到了人在现实和命运面前的无能为力，叙写了他们通过认命或接受现实的方式来镇定而坚韧地对抗命运。他笔下的那些令人印象深刻的人物，几乎很少有谁完全实现了自己的梦想。他们或停在了半路上（如高加林和孙少平），或历尽坎坷仍然行走在半路上（如孙少安），或不幸地死在了半路上（如田晓霞、贺秀莲和孙少平的师傅王世才）。那些因为无法克服的原因而不得不止步于中途的人物，最终都接受了命运的安排，都向命运妥协，向生活让步，并理性而现实地选择了一种真正属于自己的生活。刘巧珍接受了马栓，田润叶接受了李向前，孙少平接受了惠英嫂和明明，孙少安接受了贺秀莲，郝红梅接受了田润生，田福堂接受了郝红梅和她的儿子……

对于一个历经挫折、备受摧残的人来讲，最难得的，就是可以接受命运的安排，但绝不颓唐和绝望；看清了生活的真面目，但绝不世故和冷漠。德莱塞笔下的嘉莉妹妹，虽然也出身普通家庭，虽然也经历了生活的种种坎坷——“十二月的寒风一直在威胁她。她孤零零一个人；她渴望着太多的东西，她害怕呼啸的寒风。穷困的呼声替她做出了回答。”① 她最终摆脱了一切她恐惧的东西，得到了一切她渴望的东西。但是，她的人格却没有发展。尽管艾姆斯告诉她，“断断乎不能变得自私自利，奢华无度，别让这些同情和渴念通通消失了。……要胸怀宽大，而且富有人情味。那您就必定会成为了不起的人物。”② 虽然在事业上获得了巨大的成功，但嘉莉的心，却始终是冷的。她依然是那个冷酷而又自私的旧我。然而，郝红梅的心，却始终是热的。即便经历过巨大的伤害，遭遇了巨大的不幸，她依然保持对儿子和生活的责任心，依然保持着对生活的坚韧的意志和承受力。

---

① 德莱塞：《嘉莉妹妹》，潘庆舲译，人民文学出版社，2003 年，第 94 页。

② 德莱塞：《嘉莉妹妹》，潘庆舲译，人民文学出版社，2003 年，第 536 页。

在生命的最后阶段，路遥自己也像自己笔下的人物一样，像自己的陕北父老们一样，感受到了命运的不可抗逆，甚至认识到了低调的“命运哲学”。在生命的夜幕即将降临的时刻，他听到了命运跫音的步步逼近。作为一个自信的无神论者，路遥像他的许多同时代人一样，更相信自己的意志力量，而很少在意那些近乎神秘的超验力量。然而，在《早晨从中午开始》中，他却数次无奈而坦率地谈到了命运：“我对命运的无情只有悲伤和感叹。……是的，这是命运。……产生了一种宿命的感觉——我说过，我不是圣人。”① 他甚至说：“人是无法抗拒命运裁决的——也可以解释为无法抗拒自然规律的制约。”② 这已经非常接近奥勒留的斯多葛生活哲学了。不同的是，奥勒留的哲学是丰富的经验与深刻的思想相结合的产物；而路遥的“命运哲学”，则主要是陷入绝境时刻的一种“宿命的感觉”，或者说，主要是一种经验形态和感性形态的人生感悟。

伟大的文学是希望的文学，是爱的文学，是力量的文学。路遥的苦难叙事，虽然以不幸和痛苦为内容和主题，但是，他绝不让恶的身影遮蔽善的光芒，也不让绝望和毁灭的力量压倒陷入困境的人们。罗斯金说：“艺术的最高的作用就是在你面前创造出关于高尚的人的真实形象。它不会起到更大的作用，但也不应比这作用更小。”③ 在茨威格看来，狄更斯就有着与罗斯金一样的艺术理念，而他的小说则具有罗斯金所肯定的力量和作用：“与那些为自己要求同情和赞许的作家相反，狄更斯是为他的时代增加了欢乐和喜悦，促进了他那个时代的血液循环。”④ 路遥也是一个文化意识极为自觉的作家。他不愿意将仅仅为自己赢得赞许当作写作的最高目标。他要让自己的作品促进人们精神上的血液循环，因而，他清醒地知道自己应该

---

① 路遥：《路遥全集·早晨从中午开始》，北京十月文艺出版社，2013 年，第 74 页。

② 路遥：《路遥全集·早晨从中午开始》，北京十月文艺出版社，2013 年，第 75 页。

③ 罗斯金：《艺术与道德》，张凤译，金城出版社，2012 年，第 18 页。

④ 高中甫主编：《茨威格文集》（传记卷·上），第 4 卷，陕西人民出版社，1998 年，第 63 页。

创造什么样的人物形象，应该表达什么样的心情态度，应该宣达什么样的人生哲学。他要塑造朴实而善良的人物，要塑造坚韧而有力量的人物，要用善的力量和爱的温暖，来鼓励人们超越人生的不幸，来帮助人们化解苦难的寒冰。

于是，郝红梅的春天就要来到了。她的生活也要被爱和善的阳光照亮了。“要看顾到患难的孤儿寡妇”（《雅各书》1：26，新世界译本）。那个名叫田润生的“身体瘦弱、不善言语的青年”，那个“从善良和对别人的同情心来说，简直不像田福堂的儿子”① 的小伙子，要来慷慨地帮助可怜的郝红梅了，要来温柔地爱郝红梅和她的孩子了。

田润生回忆起了中学时代的往事，整理着关于郝红梅的记忆。他知道郝红梅“她家成份是地主，但光景很穷，本人常面黄饥瘦，穿身破衣服，连个丙菜也吃不起。”② 在一来一往的过程中，他深深地爱上了这个苦命的女人。他的爱情遭到了父亲田福堂的反对。他的这位农民父亲，竟也歧视农民，拒绝把自己的女儿嫁给孙少安，认为“他再飞黄腾达，也是个泥腿子。他的有文化的女儿应该找个吃官饭的丈夫……”③ 他并不要求儿子也找个“吃官饭”的妻子，但是，他很难接受一个带着孩子的儿媳，更何况，她还是“地主成分”。他愤怒地责备儿子：“咱里亲外戚中连个中农成分也没，你却要把地主的后代引到家里来。田家的门风叫你糟塌完了！”④ 然而，在爱的伟大力量面前，这样的即将过时的政治歧视和社会偏见，譬若强弩之末，为力甚薄，势不能穿鲁缟。经过一段痛苦的内心煎熬，田福堂终于想通了：“既然豆蔓子缠到了玉米秆上，他最终不得不承认这个他不愿承认的事实……”⑤ 他认可了田润生的爱情，也接纳了郝红梅和她的儿子。

---

① 路遥：《平凡的世界》，第二部，人民文学出版社，2004 年，第 360 页。
② 路遥：《平凡的世界》，第二部，人民文学出版社，2004 年，第 361 页。
③ 路遥：《平凡的世界》，第三部，人民文学出版社，2004 年，第 112 页。
④ 路遥：《平凡的世界》，第二部，人民文学出版社，2004 年，第 365 页。
⑤ 路遥：《平凡的世界》，第三部，人民文学出版社，2004 年，第 318 页。

压在蒲公英身上的命运之石，终于被一个瘦弱的男人移开了。

在五月的阳光下，渐渐地，被压弯的蒲公英，伸直了自己的腰身，开始向上伸展。

她要在母亲般的大地上，绽放自己朴素而美丽的花朵。

她将结出白色冠毛团成的绒球，而这绒球所包蕴的种子，也将随风飘到新的地方，并孕育出新的生命。

2021 年 2 月 15 日，平西府

第三节　哀矜的仁者与务实的改革者

——论田福军

在各类人物形象中，干部形象也许是最难刻画的。这是因为，他们是一群拥有权力和资源的人，但也是靠着信念和原则生活的人。按照崇高的信念和严格的原则，他们不仅必须严以律己，最大限度地放弃自我，束缚自己的个性，克服欲望对自己的奴役和权力对自己的腐化，而且，还要有一切服从组织需要和安排的意识，甚至要有随时牺牲自己的一切包括生命的准备。为了伟大的理想，他们必须始终谦虚谨慎，自视欿然，不断改造自己，让自己本着“专门利人”的无私精神，按照“毫不利己”的无我原则，始终如一地、正确而高尚地生活。就此而言，每一个干部所代表的，首先不是他个人，而是远比个人重要的东西。如此一来，在塑造干部形象的时候，作家就要格外谨慎和认真。他必须把正确性当作第一原则，把政治效果和社会效果，放在真实效果和美学效果之上。在这样的要求下，戏谑和讽刺就成了一种美学禁忌。任何针对干部的含着讽意的修辞和描写，都可能引发文学之外的反应和压力，从而被定性为严重的冒渎行为。

然而，小说艺术的第一原则，不是别的，而是体现着复杂性和说服力的真实原则。一切过于简单和苍白的东西，都不适合进入小说的世界；一切性格和心理结构过于单一的人，也不适合成为小说中的人物。将一个人当作小说人物来塑造，就等于首先把他从某种抽象的身份中剥离出来，进而将他还原为有个性、有血肉的真实而复杂的人。这就意味着，在塑造干部形象的时候，首先要把他当作一个具有人的全部自然属性和社会属性的人来看待。他有自己的个性，有属于人的爱和恨、幸福和痛苦，以及对于生的渴望和对于死的恐惧。他应该是果戈里笔下的阿卡基·巴什马奇金和托尔斯泰笔下的伊凡·伊里奇。他应该有《暴风雨》中普洛士帕罗的理性和宽容，以及米兰达的纯洁和善良，但也可能有《麦克白》中麦克白夫人疯狂的野心，以及麦克白的精神痛苦和可怕的噩梦。

在路遥的小说中，干部形象已经不再那么僵硬和单一。有的不太那么正派，如《人生》中的马占胜；有的则表现出对权力的恋栈和热爱，如《平凡的世界》中的张有智和田福堂等人；有的则是简单意义上的好干部，如《惊心动魄的一幕》中的马延雄、《人生》中高加林的叔叔高玉智和《平凡的世界》中的乔伯年等。路遥也写权力斗争，但总是流于表面化，很少触及人性与权力的本质。他喜欢用和谐与肯定的方式来塑造干部形象。所以，无论是在《人生》里，还是在《平凡的世界》里，你都很少看到被尖锐讽刺和彻底否定的干部形象。即便那些因为时代原因而干过坏事的官员，路遥最终也要把他写成好人。就连那个几乎可以被称为酷吏的周文龙，最后都改邪归正，成长为合格的好干部。为了提拔曾经搞过极左的周文龙，田福军这样说服张有智："……'文革'中他还是个中学生，才十几岁。这几年来，小伙子对自己进行了严厉的反省，照我看那是真诚的。对待青年，我们不能总是揪住过去的一些事不放。只要认真改了，我们该用还是要用的。"① 从这段话里，我们可以看见路遥为自己那一代人误入歧途辩护的潜

① 路遥：《平凡的世界》，第二部，人民文学出版社，2004 年，第 396 页。

在目的，看见他对“文革”后严苛处理“三种人”的含着微意的“别论”①，但也可以看见他在干部形象塑造上和谐的美学意识和肯定性的叙事原则。

在塑造干部形象的时候，如何以热情而积极的方式，塑造出真实而优秀的理想人物，是路遥特别关心的问题。田福军就是他心目中的理想人物。在众多的干部形象中，他嶒崒高耸，踔厉风发，别是一样人物。毛姆说：“小说家由自己私人的世界营造出一个公共的世界，并赋予他想象出来的人物以他本人所特有的敏感性以及思考和情感的力量。”② 一个能在“公共的世界”代表作者的思想和情感的人物，不会是龊龊无足数的平庸人物，而是一个在德性和能力方面都达到较高境界的优秀人物。在田福军身上，人们就可以看见很可宝贵的品质：正直，善良，务实，有人情味。他的内心有朴素的“民为重”或“民生为重”的观念，所以，他能走进大地的褶皱里，看见底层人可怕的困境和哀苦的表情。对家乡的土地，对那些在大地上劳作的下苦人，他都怀着很深的情感。

就人物形象塑造的艺术效果来看，田福军的心理层次和人性结构有点单一，他的深层意识也没有得到深入的挖掘和充分的描写，总体上给人一种平面化的印象。复杂性和深刻性是评价塑造人物是否成功的重要尺度。只有深刻地描写复杂人性的文学，才能帮助人们认识人性的本质。美国政治理论家朱迪丝·N. 施克莱认为，“作为一类历史作品的传记往往缺乏心理上的说服力”③，因而，为了在某个时刻或某个人物身上发现恶的本质，

① 路遥自己就因为这一清理运动，而一度陷入困境。为了摆脱外部的摧挠和内心的焦虑，他有过调离陕西的打算。1985 年前后，他曾与中国社会科学院文学所和辽宁省作家协会联系，试图调到北京或辽宁工作（马靖云：《路遥：我想到文学所工作》，《文人相重》，北京出版社，2020 年，第 138—140 页；宁志珍：《假如路遥调到辽宁》，《鸭绿江》2021 年第 4 期）。

② 毛姆：《总结：毛姆创作生涯回忆录》，冯涛译，上海译文出版社，2021 年，第 258 页。

③ 朱迪丝·N. 施克莱：《平常的恶》，钱一栋译，上海人民出版社，2018 年，第 348 页。

“我们必须仰赖文学”①。司马迁就属于极为少见的具有卓异的小说家天赋的历史学家。他的历史人物传记不仅具有小说的吸引力，还包含着“心理上的说服力”。清人吴见思高度评价了司马迁在描写人物心理上的伟大才能：“写公孙曲学阿世，狙诈隐恶，如秦廷之镜，直见其肺肝，恐公孙自为，亦不能透尽如此。”② 事实上，在《史记》里，这种可以使读者“直见其肺肝”的人物，不只公孙弘一个，实可谓比比皆是。司马迁的历两千年而栩栩如生的人物画廊，可与任何一部伟大的长篇小说相媲美。司马迁不仅是人类历史上第一流的历史学家，也是世界文学史上善于塑造人物形象的大师。

那么，作为一个小说人物，田福军为什么又值得注意和分析呢？他的价值不在艺术性，而在伦理性。他之所以吸引人，之所以显得优秀，并不因为他有复杂的性格特点和丰富的心理内容，而是因为他是善良和仁慈的，是因为他极大地克服了善良与权力之间的相逆性，有一腔推己及人的同情心和民胞物与的怜悯心。在他身上，你几乎看不到权力的无情、任性和傲慢。所以，与那些平庸小说中的干部形象比起来，田福军就显得亲切而有烟火气。当然，正直和勇敢也是他身上很可保贵的品质。田福军尊重事实，有勇气说真话和坚持自己的意见。他有忧虑意识，有改革的热情，甚至还有点现代意识。他全部工作的出发点和聚焦点，始终是一个个具体的人和一个个需要解决的具体问题，而不是抽象的政策和虚幻的目标。正是通过对田福军形象的塑造，路遥表达了自己对好干部的理解，对 20 世纪 80 年代改革开放精神的肯定和赞扬。

一、人情味与尊重人：一个有教养的官员

权力从来就是一种复杂的社会现象。它意味着责任和牺牲，也意味着

① 朱迪丝·N. 施克莱：《平常的恶》，钱一栋译，上海人民出版社，2018 年，第 349 页。

② 吴见思评点：《史记论文》，下卷，台湾中华书局，1967 年，第 608 页。

荣誉和利益。在异常的政治生态中，权力必然导致人性的扭曲和异化。就像罗素所指出的那样："有了统治，必然就有权力不平等的现象；权力最大的人就要不顾普通公民的欲望，而利用手中的权力来发展他们自身的欲望。"① 权力一旦挣脱了控驭它的辔头，那么，它的第一原就不再是人性原则和道德原则，而是为了满足自己愿望的赤裸裸的现实原则和功利原则，甚至就是血腥的暴力原则。在这样的情形下，一个人情味十足的人，往往很难成为权力角斗场上的胜利者。

当然，如果一个行政官员天性善良，恰好又受过良好的家庭影响和人文教育，那么，他就有可能始终保持自己的心性不受扭曲。如果他足够幸运，他也有可能让自己避免仕途蹭蹬的命运。田福军就属于这种天性善良而又比较幸运的官员。他的仕途虽然也有挫折，但到了关键的时候，总能逢凶化吉，遇难呈祥，到最后，竟然顺利地当上了省级领导。这在 20 世纪 80 年代，也不是十分难解的事情。毕竟，那是一个需要正直、能干的改革型领导的时代。

在路遥的《平凡的世界》里，作者没有介绍田福军童年和少年时代生活的详情，没有叙述他的父母如何影响了他的人格和情感，但是，却在草蛇灰线般的叙述里，隐约地交代了田福军的成长史，甚至暗示了教育和阅读对他的深刻影响。

田福军生于 1930 年。小时候，他从地主和乡绅金先生那里，接受了传统的私塾教育。这位深孚众望的金先生，"精通孔孟学说，用他的道德文章为村里村外的人做过许多好事。东拉河一带像他父亲那个年龄的人，如果有识字知书者，都是受惠于这位老先生：连赫赫有名的田福军，也是在金先生膝下完成的启蒙教育……"② 据小说提供的信息，1943 年，田福军十三岁的时候，就上了边区的黄原师范。这就意味着他此前的豁蒙教育，都

① 伯特兰·罗素：《权力论》，吴友三译，商务印书馆，1991 年，第 144 页。
② 路遥：《平凡的世界》，第三部，人民文学出版社，2004 年，第 386 页。

是在金先生那里完成的，而他所读的书，应该都是儒家的文化经典和启蒙读物。

也许，路遥只是朦胧地意识到，像田福军这样的仁者，应该是在中国传统文化和道德精神的影响下成长起来的。在儒家的圣人看来，人的善意和爱心，是从内心深处生发出来的，会自然地见之于他的表情和行为，即“君子所性，仁义礼智根于心，其生色也睟然，见于面，盎于背，施于四体，四体不言而喻”（《孟子·尽心上》）。而人的感情，则会因为同情和不忍之心而由己及人，由人及物，所谓“仁者以其所爱及其所不爱，不仁者以其所不爱及其所爱”（《孟子·尽心下》），所谓“老吾老，以及人之老；幼吾幼，以及人之幼”（《孟子·梁惠王上》），所谓“亲亲而仁民，仁民而爱物”（《孟子·尽心上》），表达的就是这个意思。只有接受了这样的影响，田福军才可能有民胞物与、哀矜不忍的情怀，才可能成为一个具有同情心的仁者，就像路遥在《平凡的世界》的叙述语言中所说的那样：“如果我们是善良的，我们就会普遍同情所有人的不幸和苦难。”① 如果路遥能用学童诵读诗文和儒家经典的丰富细节，表现乡塾教育所弘扬的传统文化与儒家伦理精神的力量和价值，那么，田福军的形象无疑会更加饱满，而小说的文化内涵也会更加丰富。宋人吕本中在影响甚巨的《童蒙训》一书中，记录了乃祖荥阳公吕希哲对于“乡先生”的看法：“所在有乡先生处，则一方人自别，盖渐染使之然也。人岂可以不择乡就士哉！”② 所谓“乡先生”者，即德高望重的乡绅。他们的学识和德望，会极大地影响一方人的民风。然而，在塑造田福军形象的时候，路遥对金老先生这样的人物，未及深念，一笔带过，遂使此先生未能像《白鹿原》中的朱先生那样，成为儒家伦理精神和道德情感的象征。路遥也没有像陈忠实那样，对乡村社会耕读传家的儒家传统抱有足够多的敬意，并相信它会对底层社会的道德秩序产生巨

① 路遥：《平凡的世界》，第二部，人民文学出版社，2004 年，第 280 页。

② 吕本中撰：《童蒙训译注》，韩酉山译注，中华书局，2021 年，第 87 页。

大的影响，甚至可以培养乡民子弟的善良心性，可以造就他们的君子人格。

然而，从田福军的阅读选择上，人们依然可以看见传统的私塾教育对他的深刻影响。正是接受了这种教育，他所喜欢阅读的书，才是奇崛卓特、千古不磨的经典作品《史记》，而不是别的时髦读物。小说里这样写道："进窑后，他在书架里摸出一本《史记》，从折页的地方打开……"① 通过这极为简略的叙述，作者也向读者暗示了这一点：一个把《史记》放在案头经常阅读的人，多多少少，总会受到这部伟大著作的道德精神的影响。有了这个影响，他就另是一种样子；有了这个影响，他有可能与那些压根没有古代典籍阅读能力和习惯的官员境界不同，就有可能与那些"武健严酷"、"务在深文"的恶官和酷吏判然有别。如果路遥能具体地描写田福军阅读《循吏列传》、《酷吏列传》、《游侠列传》、《平准书》、《货殖列传》《屈原贾生列传》、《魏其武安侯列传》和《淮南衡山列传》等篇章的强烈感受，那么，就有助于更深刻地揭示影响这个人物政治意识和政治人格形成的重要因素。

是的，在路遥的文化观念和叙事意识里，尽管影响一个人精神成长的因素是复杂的，但是，书籍和阅读无疑起着无可替代的作用。很大程度上，读书人的观念和人格，就是在书籍的影响下形成的。一个人读什么样的书，就有可能成为什么样的人。所以，在《平凡的世界》里，路遥就同时详细地介绍了田福军的书架和他的经历：

> 这家里的陈设是知识分子型的。三个大书架，两个是他的——大部分是历史、政治经济学书籍，也有一些中外文学名著。另一架是爱云的医学书籍。田福军一九四三年十三岁的时候，就上了边区的黄原师范，以后又在黄原高中部毕业，才参加了工作——当时到西北党校

① 路遥：《平凡的世界》，第一部，人民文学出版社，2004 年，第 95 页。

> 秘书科当了秘书。一九五〇年转到黄原行署财经委员会当干事，不久又提拔为专署统计科科长。一九五五年进入中国人民大学学农业统计专业。大学学完后，本来当时的中央农业部要他，但他还是要求回到了黄原地区。在地区，他先后任专署办公室主任、地委农工部长、地委秘书长兼农村政策研究室主任等职。从一九六六年到一九七〇年之间，他基本上是挨批斗，关牛棚。
>
> 由于他的经历，使他养成了看书和爱思考问题的习惯。就是在下乡的时候，他也要背一挂包书。他常想，读书多，想的事多，苦恼自然也就多。还不如像他岳父一样，不读书，不看报，心里不搁多少事；退休以后，再养一只猫，种几棵庄稼……他忍不住笑了：他真正要是那样，恐怕又一天也活不下去了……①

从这段介绍性的文字中，读者可以比较完整地了解田福军的行状、性格与人品。他受过良好的教育，好学深思，阅读视野十分开阔。因为爱思考，他就更容易发现问题，也会有更多的苦恼。由于他的知识分子身份，由于他的正直，他必然会受到排挤和打击，所以，在五六年的时间里，他像许多正直的干部一样，挨批斗，关“牛棚”。然而，虽然吃尽苦头，他仍然不放弃读书和思考，不放弃做人做事的原则。

在路遥的意识里，一个人的精神成长，离不开别人的影响。几乎每一个自觉追求知识和成长的人，都有自己的“精神教父”。田福军热爱读书、关注现实的文化习惯，直接影响了自己的女儿田晓霞，也间接地影响了孙少平的精神成长：

> 每当下午课外活动的时候，他正和同学们打篮球或者玩别的什么，

① 路遥：《平凡的世界》，第一部，人民文学出版社，2004年，第95—96页。

> 总能看见田晓霞披着件衫子，两只手揣在裤口袋里，像个男孩子似的踱到操场上的报栏前，脸凑上去专心地看报纸。她几乎每天下午都要在那个报栏前呆半天，看了前面再看后面，直到看完才离开。
>
> 这时候，孙少平也往往找借口离开运动场，趸摸着来到报栏前，和她一块看报、拉话。晓霞告诉他，她父亲说过，一个中学生就要开始养成每天看报的习惯，这样才能开阔眼界；一个有文化的人不知道国家和世界目前发生了些什么事，这是很可悲的……
>
> 这些话给少平留下了极深刻的印象。从此以后，每天下午，不管晓霞来不来，他也常主动来这报栏前看报纸了。而这个良好的习惯，以后不论在什么样的环境里，他都一直坚持了下来。①

所以，从象征的意义上说，田福军就是田晓霞和孙少平的精神教父，而他们则是他的精神之子。在他的直接或间接的影响下，他们克服了时代流行的反文化倾向，克服了那种傲慢而浮躁的心理，养成了读书和思考的良好习惯，并最终形成了自己的人生观念，完成了自己的人格成长。

当然，田福军也并不是一个思想家，甚至也不是用批判的眼光观察现实的人。他的思想的触须不会伸向历史的深处，也不会伸向比较遥远的未来。他只是一个投入巨大的热情解决当下的现实问题的现实主义者。堆积如山的现实问题压在他身上，也压在他心上。经历了长达十年的严重动乱和巨大的混乱之后，国民经济已经到了崩溃的边缘。到处都要人兴废起敝，到处都要人补苴罅漏。他将自己的注意力全部投向农村和农民。他同情那些哀哀无告的底层人。农民的近乎一无所有的贫穷状态，他们被饥饿折磨的悲惨情形，使他体验到了巨大的道德痛苦。对他来讲，解决“农民的吃饭问题”，是亟须解决的头等大事。他希望通过政策的调整和变化，彻底解

---

① 路遥：《平凡的世界》，第一部，人民文学出版社，2004 年，第 183 页。

决农民的温饱问题，使他们从冻馁的威胁中摆脱出来：

> 记得“文化大革命”开始时，他刚三十出头，正是风华茂盛之时——结果这好年华白白地浪费掉了。前几年虽然恢复了工作，但也等于仍然在油锅里受煎熬。直到不久前“四人帮”被打倒后，他才好像一下子又变年轻了。只要国家有希望，工作就是把人累死也畅快！他多年来一直处在实际工作中，因此非常清楚十年“文化大革命”所带来的灾难性破坏是多方面的，不可能在朝夕间就消除。他常想，作为一个基层领导干部，必须在他的工作范围内既要埋头苦干，又要动脑筋想新办法。当然，眼下最重要的仍然是农民的吃饭问题。现在看来，没有大的政策变化，这问题照样解决不了。那么，能解决多少就解决多少，最起码先不要把人饿死……①

人的衣食和生死，亦即所谓“民生”问题，实乃关天的大事。因而，不陷民于困境和死地，就是从政者应该坚守的最基本的人道主义原则。表面上看，田福军的这句“不要把人饿死”，似乎就是随便一说，卑之无甚高论。然而，这却实在是一句极沉痛的话，包含着极为仁慈的善心。要知道，千百年来，民有菜色，野有饿殍，是屡见不鲜的人道主义灾难。

路遥笔下的人物，通常都有很强的家庭观念。他们爱自己的家人。家常而有亲情，也是田福军情感和性格上很突出的特点。一般来讲，优秀的官员常常以把为大家而舍小家当作自己的生活原则。他们的时间和精力大都投放在工作上，而较少顾及自己的家人。田福军也属于那种以工作为重的人，但也是一个家庭观念很重的人。他爱自己的家人，是一个很家常的丈夫和父亲。儿子童年多病，动不动就烧到了四十度，还伴着抽风。他和妻子轮流照顾孩子，度过了很多不眠之夜。他是一个很有人情味的人。孩

---

① 路遥：《平凡的世界》，第一部，人民文学出版社，2004年，第349—350页。

子长大成人，想起那些情景，“田福军就会一个人坐在床铺上眼圈红半天”①。他爱自己的儿子和女儿，也允许他们充分地表现自己的个性。正因为有他这样慈爱而宽容的父亲，田晓霞的心理才那样健康，心灵才那样纯洁，情感才像一团火那样热烈。

田福军的人情味，不仅体现在家庭生活上，不仅表现在对孩子的爱心上，而且，还能推己及人，表现在公共生活领域，表现在对他人的态度上。对一个官场上的人来讲，要做到这一点，并不容易。一些手握权力的人，回到家里态度温和，言语喁喁，譬若春风；然而，一旦进入公共领域，一旦面对陌生人，他们就变成了另外一个样子——态度粗暴，言语冰冷，仿佛隆冬时一股凛冽的寒风。在制定政策和执行政策的时候，他们唯求严苛，绝无宽贷，缺乏最起码的人情味和同情心。周文龙们就将“工地”当战场，驱使人们劳动，就像指挥军人冲锋陷阵。以军事化方式组织的劳动，要求战斗化的作风，故虽在寒冬腊月，节庆假日，也不为之中辍，即便面对妇女和老人，亦不稍加体恤。

为了建设“精神文明”，为了清除生活中的不文明现象，那些缺乏人情味的官员随意扩大执法边界，严重干涉私人生活，甚至把人家穿什么样的裤子，留什么样的头发，都面面俱到、巨细靡遗地管了起来。这种貌似文明的管理，不仅极不文明，而且，还缺乏最起码的现代意识，缺乏对个体人格和个人自由的最起码的尊重。黄原地区公安处的副处长阎生华，就是这样一个意识僵化的行政机器：

> 阎生华见书记不耐烦，就赶忙谈起了他自己有关精神文明的“想法”。他说：“近来，外面的坏风气传到黄原不少。比如，现在街上留长头发的青年越来越多，流里流气的，许多老同志都看不惯。我在处

① 路遥：《平凡的世界》，第二部，人民文学出版社，2004年，第19页。

> 里是分管治安的，因此，我想派些人到街上去，劝说这些青年把头发剪短一些。咱们也不强迫！只是作说服工作……"
>
> 田福军惊讶地张开嘴巴，将这位副处长看了大半天，才说："你再没个干上的了？管这些事干啥嘛！头发长短和你公安处有何关系？精神文明不文明，其标志就是头发长短吗？老弟呀，现在都是我们这些短头发的人掌权；要是有一天留长头发的人掌了权，说我们这些留短头发的人不文明，不留长发不准许我们上街，我们该怎么办？人家留长头发，我们好办，拿剪子一剪就行了；可到时我们的短头发要往长留，那可是得一些日子啰！"
>
> 田福军揶揄生华的话，倒先把自己逗得仰头笑起来。
>
> 阎生华大概也意识到他已把精神文明搞得有点庸俗了，便红着脸尴尬地起身告退。
>
> 阎生华走后，田福军想笑，又笑不出来，反而陷入了长久的深思之中。是呀，这个地区经济文化的落后，造成了人的意识的落后。瞧，我们的生华同志竟然把"精神文明"搞到了何种程度！黄原，需要现代文明的大冲击——但这只能在经济大发展的基础上发生。唉，如果铁路能通到这里就好了。铁路的到来，必然会使这里的经济极大地发展起来，随之也会把外面各种新鲜的思想、观念和生活方式带进来，虽然可能要付出丧失某些优良传统的代价，但黄原历史前进的步伐将无疑会大大地加快……铁路！铁路！①

阎生华认知和行为上的错误，就在于他完全没有尊重公民个人权利的现代意识。他不知道，年青人的发型也许很新异，着装也许很另类，让人看上去甚至有点不习惯，不舒服，但是，选择奇装异服和另类发型，也是公民

---

① 路遥：《平凡的世界》，第三部，人民文学出版社，2004 年，第 221—222 页。

的个人权利，甚至可以说，是不容任何人干涉和冒犯的权利。任何人都不能因为“老同志”看不惯，就剥夺青年一代“留长发”的自由和权利。然而，田福军是懂得这个道理的。他知道行政权力的边界在哪里，它应该管什么样的事情，不应该干涉什么样的事情。在他看来，社会的“精神文明”，并不体现在公民个人头发的长短上；个人的在日常生活中的自由，只要不实际性地伤害到别人的利益，都应该受到尊重和保护。就此来看，田福军已经克服了权力的任性和傲慢，甚至能从他者的角度来看问题。他看到了那种蔑视个人自由的“精神文明”的狭隘性和庸俗性。他之所以有这样的眼界和认识，是因为他对落后的意识和“现代文明”都有认识和了解。当然，在20世纪80年代的认知视野里，田福军的意识和观念，也就只能停留在这些一般的层面。他不可能涉及那些根本的问题，也无法回答那些至关重要的核心问题。

那么，一个社会的“精神文明”主要体现在哪些方面呢？现代意识到底是一种什么样的意识呢？“某些优良传统”不是“现代意识”吗？关于这些问题，田福军没有谈及，也有可能压根就不曾想过。他将“经济大发展”看作“现代文明大冲击”发生的前提条件。这种单一的经济决定论，虽然也有道理，但却忽略了一个更关键的因素和更实质的问题。他似乎没有意识到，对一个地区和一个时代的文明进步来讲，经济的发展和现代文明的冲击，也只是外部力量和必要条件，而不是内部力量和充分条件。一切的器物层面的进步，都属于外在的进步。也就是说，一个社会的现代意识的形成和现代文明秩序的建立，需要更内在的、根本性的进步和变革，一种涉及思想、观念和结构模式的根本性转换。如果没有实现这种重要的变革和根本性转换，那么，那些外在的变化和进步，经济上的创造和成就，就有可能朝得之而夕失之，而历史也将按照自己的惯性和惰性，进入到一种“马孔多式”的循环模式。

不用说，田福军是他的时代之子。他身上有着那个时代人们共同的局限。他们的意识还没有突破狭隘的精神空间。关于人和生活的自然主义属性，关于人性和人的欲望的复杂性和真实性，他们不可能有深刻的认识和充分的了解。例如，张有智因为自己没有文凭，不能再被提拔，而情绪低沉，啧有烦言。这样的情绪反应，固然说不上高尚，但也是人情之常，然而，田福军却为张有智的“心病”感到“震惊”，甚至将这归咎于“过去的理想和信仰一次次被现实所粉碎”①。在面对张有智的时候，他对自己不满，觉得自己“非常无能”，竟然“连批评朋友的勇气都鼓不起来”②。然而，无论是田福军的“震惊”，还是他对自己的不满，都属于简单化的过度反应，缺乏对同僚的感同身受的同情。一个官员心心念念想高升，为自己的仕途中折而心殊怏怏，符合人情之常，实在无足惊怪。因为，正像罗素所说的那样：“在人的各种无限欲望中，主要的是权力欲与荣誉欲。”③ 所以，“只有认识到爱好权力是社会事务中重要活动的起因，才能正确地解释历史——无论是古代的还是近代的历史。”④ 华盛顿所领导军队，为了国家独立而战，为了人民自由而战，然而，人们也没有改变自己“爱好权力”的天性：“许多军官所以要报名服役，是希望得到提升。有一些军官站在一旁观望，看看自己可以捞到什么好处。”⑤ 既然如此，对张有智的“心病”，我们就不应该觉得“震惊”，而应该表示理解才对。我们应该感到“震惊”的，不是他对权力的欲望，而是除了权力，他竟然没有别的爱好和追求，甚至没有真正意义上的信仰。他不知道，除了权力，可以使一个人活得充实而快乐的美好事物，实在是太多了。

当然，对田福军这样的殚精竭虑的改革者，我们无须苛责。每一代人都活在自己时代的阳光下和阴影里。我们自己的清醒的认知和些微的觉悟，

---

① 路遥：《平凡的世界》，第二部，人民文学出版社，2004 年，第 182 页。
② 路遥：《平凡的世界》，第二部，人民文学出版社，2004 年，第 397 页。
③ 伯特兰·罗素：《权力论》，吴友三译，商务印书馆，1991 年，第 3 页。
④ 伯特兰·罗素：《权力论》，吴友三译，商务印书馆，1991 年，第 3—4 页。
⑤ 华盛顿·欧文：《华盛顿》，张今等译，国际文化出版社公司，2005 年，第 153 页。

也是在时间老人的教鞭下获得的。这不是多大的光荣，也不值得骄傲。事实上，比起我们的颓唐和无力、迷茫和焦虑，田福军们心性的单纯和善良，他们对未来的自信和激情，也许更值得人们赞赏和羡慕。如果说，“躺平”是一个显示着内心的焦虑和无力的身体符号，“躺平主义”是一种失去热情和活力的悲观的生活哲学，那么，比较起来，田福军、孙少平和田晓霞们的“行动主义”，则是一种充满朝气和希望的积极的生活哲学。无论对个人来讲，还是对社会来讲，让自己始终保持向上和向前的变革热情和行动状态，都是一件至关重要的事情。

二、仁者的忧虑：在大地的褶皱里倾听与见证

据《左传·襄公二十四年》记载，范宣子问鲁国大夫叔孙豹：何谓“死而不朽”？得到的回答是：“太上有立德，其次有立功，其次有立言，虽久不废，此之谓不朽。”有人将这“三立”翻译成英语的三个“W”：“worth”、“work”、“words”。

据说，诗人的生活，也由三个“W”组成：酒（wine），女人（women）和文字（word）。洪业先生认为，杜甫的境界完全不同，因为，他的三个“W”是：忧虑（worry），酒（wine）和文字（word）：“尽管他对美有着深切的欣赏，也包括美丽的女子，但从来没有证据表明他和女性的关系超过了社会所规定的界限。……他为人一贯诚实可敬，无论个人生活还是公共生活都是如此。”① 杜甫之所以被尊为“诗圣”，是因为他内心有崇高的忧虑（worry），而这忧虑，是通向最高境界“立德”（worth）的。

在我看来，路遥也有自己的三个“W”：忧虑（worry），温暖（warm）和文字（word）。温暖（warm）主要是指人情味，是在日常生活中表现出来的对人的态度和情感，其中包括个人之间的爱情或友谊，家庭成员之间的

① 洪业：《杜甫：中国最伟大的诗人》，曾祥波译，上海古籍出版社，2014 年，第 196 页。

亲情，或者是对任何一个人的怜悯和同情；文字（word）是指作家要热爱文字，要在文学语言诗意和美感的追求上，苦心孤诣，力求达到最理想的境界。在这三个“W”中，忧虑（worry）是一个比较复杂的概念和问题，很有必要多说几句。忧虑亦大矣，否则，英国学者弗朗西斯·奥戈尔曼也不会费心劳力，写了一本小册子来研究它。

弗朗西斯·奥戈尔曼主要从心理学和社会学的角度来观察和分析忧虑现象，并对它进行了细致的梳理和精确的界定。他倾向于从个人的角度来观察和分析忧虑：“忧虑有其内在的精神模式，不能轻易套用到整个国家或全球层面。……忧虑的主要特征就是对于未知的未来，或者说，对于存在某些不确定因素的未来的担忧。”① 在他看来，忧虑也是“文学表现的主题和问题”②，但却只是把它当作一个精神疾病现象。他据此得出这样一个消极的结论：“忧虑者很难成为世界未来的最佳预言者”③。从文学角度来看，奥戈尔曼的忧虑理论，固然不乏新意，但是，缺乏开阔的视野和充分的有效性。事实上，诗人和作家的忧虑，是一种极为复杂的情感和心理。它既是内在的焦虑和痛苦，也是外在的复杂而浩茫的心绪；既反映着个人的情感和思想，也关涉着时代、社会、国家甚至人类的境遇和命运。对于伟大的作家来讲，他们内心的忧虑，通常是对人和一切生命的不安而温柔的怜悯，是对全社会的现实处境和未来前景的关念，甚至是一种形而上意义上的忧思和焦虑。杨伦说，《秦州杂诗二十首》首章“为二十首总冒”④；事实上，这首章中的“满目悲生事”一句，实为杜甫充满忧虑的现实主义诗

---

① 弗朗西斯·奥戈尔曼：《忧虑：一段文学与文化史》，张雪莹译，广西师范大学出版社，2021 年，第 27 页。

② 弗朗西斯·奥戈尔曼：《忧虑：一段文学与文化史》，张雪莹译，广西师范大学出版社，2021 年，第 72 页。

③ 弗朗西斯·奥戈尔曼：《忧虑：一段文学与文化史》，张雪莹译，广西师范大学出版社，2021 年，第 206 页。

④ 杜甫：《杜诗镜铨》，杨伦笺注，中华书局，1962 年，第 239 页。

歌的“总冒”。杜甫《喜雨》中的“何由见宁岁，解我忧思结。安得鞭雷公，滂沱洗吴越”，他的《宿江边阁》中的“不眠忧战伐，无力正乾坤”，他的《自京赴奉先县咏怀五百字》中的“穷年忧黎元，叹息肠内热”和“朱门酒肉臭，路有冻死骨”，就是一种伟大的社会性忧虑；而《登高》中的“无边落木萧萧下，不尽长江滚滚来”所表现的，《登楼》“锦江春色来天地，玉垒浮云变古今”所抒发的，则是在具体的情景里体验到的窅深的精神忧虑，是在辽阔的空间里和茫远的时间里表现出来的具有哲学意味的忧虑。杜甫的忧虑，由个人而及于时代和社会，再及于天下和古今，情感丰富，思致辽远，臻于极伟大之境界，正像明人王嗣奭在评论《述怀》时所说的那样：“字字俱堪堕泪。”① 路遥笔下的忧虑，不像杜甫诗歌中的忧虑那样多样和丰富，而且，性质也大为不同。田福军们的忧虑，主要是非常具体的社会性忧虑和现实性忧虑。它更倾向于思虑和担心，而不是忧愁和痛苦。尽管如此，它也摆脱了个人经验和个人情感的狭隘性，显示出一种温暖的人情味和难得的仁爱情怀。

是的，田福军的忧虑，像杜甫的忧虑一样，是仁爱情感的一种体现。仁爱是高级形态的善，也是诗人和作家身上最重要的品质。一个懂得仁爱的价值的人，并且努力在自己的行为中体现善的原则的人，才是一个真正意义上的人，才有可能成为真正伟大的诗人和作家。就像毛姆所说的那样：“仁爱是‘善’中更好的那一部分。它为善所包含的那些较为严厉的特质加上了一层慈悲的光彩，使得我们践行自我控制和自我节制、耐心、纪律和宽容这些较小的美德变得稍微不那么困难了一些，而这些美德都是‘善’当中消极而又不那么令人兴奋的元素。”② 事实上，真正伟大的仁爱，不仅使个人的行为更加符合道德规范，而且，它还使人将自己的同情心积极地向外投射，从而使他产生一种对人的现实境遇和未来命运的含着爱和关心

① 王嗣奭：《杜臆》，中华书局，1963 年，第 51 页。

② 毛姆：《总结：毛姆创作生涯回忆录》，冯涛译，上海译文出版社，2021 年，第 278 页。

的忧虑。

一般来讲，权力往往会使人骄傲和自负。不仅如此，它还会使人产生一种严重的错觉，那就是，权力的全部职责，就是怀着高度的戒心来控制人和驱使人。它本能地将严厉和无情，当作一种正当的态度和行为。它更倾向于怀疑人和敌视人，而不是信任人和亲近人。冷漠是它的第一天性，因而，它总是对他者的痛苦和不幸视若无睹，置若罔闻。在异常的情况下，那些“阿旨顺情，唯唯苟过”的官员，只是小心翼翼地对上负责，而不是尽心尽力地对下负责。他们就像司马迁在《万石张叔列传》中所讽刺的“笃行君子”石奋父子、卫绾和张欧一样，或“醇谨而已”，或“忠实无他肠”，只知道亦步亦趋，照章办事，不敢越雷池半步。他们与底层社会是隔绝的，与底层的民众是隔膜的。

在《平凡的世界》里，路遥尖锐地批评了那些没心没肝、尸位素餐的干部。他们从来不曾光顾过自己治下的“死角”：“据《黄原报》的一则消息报道，某县一个偏僻村庄的几十户人家，竟然没有一个人见过钟表！此种落后状况，恐怕让加西亚·马尔克斯笔下的‘马孔多’的居民们都会大为惊讶的。不用说，这样的村庄，别说县里的干部，就是公社干部，通常也从不去踏个脚踪……”① 一方面，是农村社会的可怕的落后，是底层农民的可怕的贫穷，另一方面，却是干部们的漠视和渎职。这些冷漠而不作为的官员，甚至比不上古代之良吏。清代延长知县舒畅，就是一个亲民的仁者。在长诗《题延长豁虚丁》中，他叙述了自己“挨门检点”的所见所感：“……余后出宰广安甸（即延长县——引者注），揽辔入疆骇闻见。大浸稽天城复隍，残黎鸠形带鹄面。挨门检点见在丁，一千三百犹依恋。苍天生我亦何为，腐烂边疆须旋转。蘸血绘图为啮指，南渡泾河北圁水（陕北窟野河——引者注）。披肝沥胆诉民瘼，不救残黎不如死。……”② 一切善行

① 路遥：《平凡的世界》，第一部，人民文学出版社，2004年，第348页。

② 郝延寿、武文义选注：《陕北历代诗选》，陕西人民教育出版社，1993年，第152页。

都发自善心。有此不忍之仁心，便有此体贴之行为。

田福军也属于怀着哀矜之心的仁者，也有一颗救助“残黎”的热心肠。他打算走遍所有那些隐藏在“褶皱”里的村子，亲眼看看那些几乎被完全遗忘的人们，到底过着什么样的生活：“一个星期以来，田福军已经走过三个这样的‘死角’村子了。他不是专门来这些地方解决问题的，而是自己临时决定进行这次不在原工作计划内的造访。”① 他不仅有头脑，有冷静的理性意识，而且，还有仁爱的情怀，有一副扶危济困的热心肠。他的内心充满对他人的不忍和对生活的忧虑。他对石圪节公社的领导白明川说：“尽管我们都是些普通人，无法改变我们国家的局面，但我们应该有一双分辨黑白的眼睛，有一颗能严肃思考我们国家命运的头脑……你感觉到的问题，任何一个有头脑，有良心的中国人都会感觉到的。这不是我们几个人的忧虑，而是全中国人民的忧虑……”② 要解决问题，就得先了解问题。他把了解底层民众的生存现状，当作一件重要的事情。因为，只有真确地掌握了实际情况，了解了民众的需要和愿望，所制定的政策才有针对性，才不会瞎指挥和乱作为。

田福军所看到的农民的生活状况，简直到了令人难以置信的程度。路遥借贺秀莲的眼睛，看见了孙少安家的贫穷，一种“已经穷到了骨头上”的贫穷：“顿顿饭都是黑豆高粱稀汤。过一两天，才蒸一锅高粱面馍——这就算改善生活。能在喝稀饭的时候吃两个黑面膜，简直就是奢侈。”③ 然而，田福军在原西县的褶皱间所看到的惨状，实有过于此：

> 已经看过的三个村子，情况十分令人震惊。缺吃少穿是普遍现象。有些十七八岁的大姑娘，衣服都不能遮住羞丑。一些很容易治愈

① 路遥：《平凡的世界》，第一部，人民文学出版社，2004 年，第 348 页。
② 路遥：《平凡的世界》，第一部，人民文学出版社，2004 年，第 255 页。
③ 路遥：《平凡的世界》，第一部，人民文学出版社，2004 年，第 310 页。

> 的常见病长期折磨着人；严重一些的病人就睡在不铺席片的光土炕上等死。晚上很少有点起灯的家户；天一黑，人们就封门闭户睡了觉。野狼如入无人之境，跳进羊圈任意啃咬，也没人敢出来打撵——据说这里的狼早不把人放在眼里了。没有什么人洗脸，更不要说其他方面的卫生条件了。大部分人家除过一点维持活命的东西外，几乎都一贫如洗。有的家户穷得连盐都吃不起，就在厕所的墙根下扫些观音土调进饭里……①

在这令人伤心惨目的生活图景里，人们看到的是一种近乎原始的生活状态。这些生活在大山的褶皱里的人们所体验到的痛苦，是人的基本的物质需要和安全需要得不到满足的痛苦。在很长的时间里，没有几个中国当代作家下过这样的田野调查的功夫，也没有几个作家注意到这样一群人的存在；同样，在中国当代小说的叙事中，你也就很难看见这些真实的生活图景。如果没有路遥，我们就不可能知道，到了20世纪七八十年代，竟然有人穷到了食不果腹、衣不蔽体的程度，竟然穷到了用观音土来代替食盐的程度。梁启超在《情圣杜甫》中高度评价杜甫充满忧虑的现实主义诗歌，认为他的诗集里占四分之一比例的“对于时事痛哭流涕的作品”，“不惟在文学上有价值，而且史料上有绝大价值。……内中价值最大者，在能确实描写出社会状况，及能确实讴吟出时代心理。”② 路遥的小说中的那些近乎“实录”性的章节，也有同样的“绝大价值”，而那些描写真实情景的细节和画面，则有助于人们看见真实的“社会状况”和“时代心理”。事实上，在《平凡的世界》里，这种悲惨而真实的生活图景，可谓所在多有，简直令人怵目惊心。在接下来的章节里，路遥不是用笼统的叙述，而是用具体而细

---

① 路遥：《平凡的世界》，第一部，人民文学出版社，2004年，第348—349页。

② 汤志钧、汤仁泽编：《梁启超全集》，第十五集，演说一，中国人民大学出版社，1998年，第373页。

致的描写，揭示了农民贫穷至极的生活状况：

田福军被现任队长引到家里吃午饭。队长的一孔土窑像个山水洞一般黑暗，大白天进去急忙看不清家里有几个人。他坐在烂席片炕上向生产队长询问村里的情况。队长的老婆在锅灶上做饭。不久他才发现，这家人六个孩子一个比一个大点，都挤在门圪崂里惊恐地看他。孩子们几乎不穿什么衣服，也分不清男女，一律剃着光头——大概是怕生虱子。

午饭端上来后，田福军拿起一个玉米面馍。他刚准备吃，发现这黄馍上沾些黑东西。他一下从炕上站起来，走到后炕头上揭开锅盖。他看见，锅里只有两个玉米面馍，其他都是糠团子。他的喉咙顿时被堵塞了。

田福军把自己碗里的玉米面馍放进锅里，用手去拿糠团子。他手刚一抓，这团子就被他捏成了一把碎渣子。他顺手拿起锅台上的铁铲子，把这堆渣子铲在自己碗里，然后浇了两勺熬锅水，回到炕上埋下头吃起来。队长一家人吓得连一句话也不敢说。两个大人和六个孩子都眼睁睁地看着他吞咽那碗糠水饭。

他还没有把饭碗放下，门里突然闯进来一个老汉。田福军还没有反应过来，这老汉就双膝跪在队长的脚地上，一边向炕上的他磕头，一边嘴里连哭带喊：“青天大老爷！快救救我一家人的性命……”

田福军慌得一把掼下碗，跳下炕来扶起老汉，问他：“什么事？什么事?”

老汉连哭带说：“我一家三口人四天都没吃一颗五谷了！快饿死了……”

“一颗粮也没了?”田福军问。

“就是的……”

“口粮哩?”

“扣了!”

“为什么扣了?”

这时，队长开口说：“他家的小子出门盲流了，公社和大队命令要扣口粮。我们也不敢给……”

“我娃也是饿得不行了，才出门的……”老汉哭着说。

“走，我到你们家去看看!”

田福军立刻扶着老汉出了队长家的门；队长本人也紧撵在后面来了。

田福军进了这老汉家，看见炕上睡着一个老婆婆，已经饿得奄奄一息了。他弯下腰问话，这老婆婆连眼皮都抬不起来，更没力气给他回答。在窑墙根下，还有一个十四五岁的女孩子，合住眼靠墙坐着，脸上已经成了青黄色。她见来了生人，勉强用手托着墙站起来，绝望地望着他。

田福军目睹这惨状，泪水汹涌般从眼睛里淌出来了。他哽咽着，狠狠揪着队长的肩膀，说：“快去盘粮食!”

队长愚蠢地嗫嚅说：“公社和大队领导不放给他们分粮，我……”

“混蛋!”有教养的田福军忍不住破口大骂。他一把扯住队长的衣服，拉着他即刻就去盘粮食。

当田福军和队长一人扛一口袋粮食回来时，这一家三口人都爬蜒着跪在门口，哭成了一堆……

三天以后，遵照田福军的指示，后子头公社把二十几个大队书记都召集在了公社来开会。

会议一开始，田福军劈头就问：“你们哪个队有断了粮的家户？有多少户？缺多少粮?”

他的问话刚完，许多支部书记都哭开了。他们纷纷叙说各自队里

> 的不幸状况。看来除过个别村，大部分村子都有许多缺粮户；有的只能维持一两个月，有的当下就揭不开锅了。
>
> 问题相当严重。如果不能及时解决，后子头公社今年可能要饿死不少人。不是说这些队没一颗粮食。所有的大队都有“战备粮”。但这些粮食是准备未来打仗吃的；上面规定，任何情况下都不准动用——动用这粮食就等于犯法！
>
> 此刻，田福军无法顾及个人的后果——他不能看着把人饿死。他当即决定，立即打开各队的粮库，尽快把粮食分发给缺粮户。战备粮空缺下的数目，以后逐渐再补上——这样就可以看作是借粮，而不是分粮。反正不管怎样，他已经严重违犯了禁令。他想，为此就是把他押到法庭上，他也可以为自己的行为辩护……①

显然，在路遥笔下，中国农民奄奄待毙的悲惨情形，已经不能用一般意义上的贫穷来形容了。因为，它已经不是寻常的贫穷状态，而是被死神紧紧攫住的无助而绝望的可怕状态。令人悲哀的是，这不是客观情势下的自然灾难，而是人谋不臧造成的社会灾难。印度学者阿比吉特·班纳吉和法国学者埃斯特·迪弗洛在他们合著的《贫穷的本质——我们为什么摆脱不了贫穷》一书中说：“至少就食品储量来说，我们今天生活的这个世界有能力让每一个人都吃饱饭。……饥饿的确存在于当今世界，但只是人类食物分配方式的一种结果。绝对的食物匮乏并不存在。”② 可见，问题的症结，在此不在彼。一边是用浪漫主义话语营造出来的幸福图景，一边是衣不蔽体、分不清男女的孩子们；一边是快要饿死的人们，一边是近在身边的“备战粮”。面对这样的情景，田福军泪水夺眶而出的痛苦感受，就不是诗人式的

---

① 路遥：《平凡的世界》，第一部，人民文学出版社，2004年，第350—352页。

② 阿比吉特·班纳吉、埃斯特·迪弗洛：《贫穷的本质——我们为什么摆脱不了贫穷》（修订版），景芳译，中信出版集团，2018年，第31页。

脆弱和矫情，而是一个仁者面对巨大苦难和不幸的正常反应。最为难得的，是他迅速采取了承受着巨大压力的救助措施——打开“备战”粮仓赈灾。要知道，在随时准备打仗的战争动员模式下，任何动用“备战粮”的行为，都意味着可怕的政治后果，甚至意味着严厉的法律惩罚。

然而，在很长的时间里，中国当代文学叙事作品却热衷于将贫穷伦理化和诗意化。贫穷不仅是道德上的光荣，还被夸张地理解为一种积极的精神力量。它能对人进行精神改造和道德塑造，能使人获得新的气质和性格。在《创业史》里，一群底层的庄稼人，就因为共同的贫穷境遇，而成为人格和精神上完全趋同的人：“尽管父母的血液和童年的环境，给了他们不同的气质和性格，但贫穷给了他们同一个思想、感情和气度。这使得二十几个人坐在那里，如同一个人一样，淳朴的头脑里，进行同一种思索，心情上活动着同一种感受。”① 显然，这是试图在生存的意义上摆脱贫穷的意识，同时，又是在道德的意义上赞美贫穷的意识。然而，在《平凡的世界》里，就不再有这种矛盾的情形。因为，无论对作者路遥来讲，还是对孙少安和孙少平来讲，贫穷就是贫穷，就是一种只会让人觉得屈辱、自卑和痛苦的消极现象。也就是说，贫穷实实在在就是人们的痛苦之源，就是农民生存意义上的敌人。正因为这样，孙少平、孙少安和田福军们的奋斗目标，就是通过自由的劳动，摆脱可怕的贫穷和饥饿，摆脱贫穷带给人们的自卑和屈辱，带给人们的精神折磨和心理痛苦。

极端的贫穷不是由一种原因造成的，而是由多种原因造成的。违反劳动规律的劳动方式，就是造成农民赤贫状态的原因之一。与农民的贫穷状态构成直接因果关系的，是他们的完全被动的、近乎苦役的劳动方式。这是一种用极端非理性的方式组织起来的高强度的劳动。它像是为了劳动而让人劳动。它的最终目的，似乎不是为了生产粮食，而是为了让人们承受

① 柳青：《创业史》，中国青年出版社，1960年，第135页。

劳动本身的压力和考验。近乎荒谬的盲目性甚至无目的性，成了极端化劳动的基本性质。这样的劳动理念和劳动组织方式，必然导致严重的混乱和后果。直到1976年的年初，黄原地区农村的农业劳动，仍然深陷严重违反自然规律和生产规律的混乱状态。

黄土高原的元月，是一年中最寒冷的月份，气温通常都在零下二十摄氏度，最低可达零下三十一甚至三十二摄氏度。千百年来，人们都懂得"使民以时"的道理，所以，在秋收冬藏之后，农民就进入了恢复体力的休息阶段，顶多在室内干一些杂活。然而，那些完全不顾农业生产规律的唯意志论者，却在极度寒冷的气候条件下，生生地把农民当作"愚公"，生生地把他们驱赶到天寒地冻的工地上，强令他们像"大寨人"那样"战天斗地"。路遥用含着反讽与不满的调性写道："他们有时一个人一天吃不到一斤粮食，更不要说肉了；拿着和古代老祖先们差不多的原始工具，单衣薄裳，靠自己的体温和汗水来抵御寒冷……就这样，一锨锨一镢镢地倒腾着山河！"① 元月二日，田福军和另一位县革委会副主任张有智一起坐着吉普车，到原西县的两个基建先进公社检查工作。然而，他所看到的"新生事物"，却令他目瞪口呆，怒不可遏。

由于非人的劳动太过艰苦，很多农民忍受不了，便开始抵抗，从工地上逃走了。公社主任周文龙便像杜甫笔下的石壕吏一样，带着"民兵小分队"去"捉人"了。《石壕吏》所述之事，发生于天下多故、四郊多垒的战争情势下，因而，多多少少有一种不得已的性质；而周文龙们却是在"草木亦欣然"的和平时期，将原本宁静的田间地头，搞得鸡犬不宁。石壕吏仅仅用"一何怒"的声音来恐吓老妇，周文龙们却不仅吼声如雷，还辅之以雷霆手段。那些被抓回来的农民，被当作"阶级斗争"的对象，受到了极为酷虐的惩罚："让一个人干几个人的活，民兵小分队拿枪照看着，也不

① 路遥：《平凡的世界》，第一部，人民文学出版社，2004年，第244页。

给劳动报酬”；“动不动就把人捆起来，还给人上刑法”。看到来视察工作的田福军，农民们像看到大救星，纷纷哀诉自己的不幸：

> 民工们马上从四面八方向这个帆布篷前涌来。
>
> 老百姓七嘴八舌向这两个“青天”告状，说他们如何吃不饱饭；如何劳累——白天干一天，晚上还要夜战，睡觉时间只有四、五个钟头，还又饿得睡不着！那些被释放的“犯人”更是像谢救命恩人一样扑到田福军和张有智跟前来，五十多个人没有一个不哭的。有一位上了年纪的老汉，一边哭着，一边还挽起袖子让他俩看胳膊上绳子勒下的黑血印。这老汉说着哭着，一扑踏跪在了他俩的面前，慌得田福军和张有智赶紧扶起他，给老汉说了半天安慰话……田福军立即对公社几个领导指示：把农民带来的粗粮，在公社粮站换成好一点的粮食；再从集体储备粮里拿出一部分来补贴民工的伙食。另外，晚上夜战的时间要缩短；有病的民工也要及时给予治疗……①

在这里，劳动者被当作纯粹的工具。他们的人格得不到最起码的尊重，他们的健康得不到最起码的保障。为了争“先进”，为了获得上级的赞赏和表扬，那些官员已经丧失了人对人应有的不忍之心和怜悯之情。在田福军的朴素的人道主义意识里，人就是人，而不是工具。即便是农民，也是能感受到疼痛的血肉之躯，也是需要被别人尊重的有着人格尊严的人。所以，他听了孙少安说他姐夫王满银被劳教的事情，半天没说话，最后自言自语地说：“上上下下都胡闹开了……”② 作为一个务实的人，他本能地反感那些形式主义的东西，明确反对“用棍棒和枪杆子来维持先进”③。瑞士学者

---

① 路遥：《平凡的世界》，第一部，人民文学出版社，2004 年，第 250—251 页。

② 路遥：《平凡的世界》，第一部，人民文学出版社，2004 年，第 107 页。

③ 路遥：《平凡的世界》，第一部，人民文学出版社，2004 年，第 257 页。

布克哈特在谈到皮科·米朗多拉的一次演讲时，引申了他的观点："上帝不把人限制在固定的地方，不规定劳动形式，不用铁的必然法则来加以束缚，而给他以意志和行动的自由。"① 这样的观点，田福军一定会认同和接受。因为，他反对一切折磨人和不尊重人的做法，尤其反对在劳动组织和管理上束缚人和伤害人的做法。

在20世纪80年代，"现实主义过时论"是很多人喜欢唱的"时调"。一些作家更喜欢沉浸于玩弄技巧和表现抽象观念的现代主义狂欢。然而，路遥却大不以为然。在他看来，中国的现实主义文学远远没有成熟，中国的现实主义文学时代也远远没有开始。他所理解的现实主义，就是那种充满仁爱与忧虑的现实主义，就是那种能深入到大地的褶皱里，去倾听底层人哀诉的现实主义，去见证他们的痛苦和不幸的现实主义。他通过对田福军形象的塑造，实践了他的现实主义文学理念，体现了文学倾听和见证的责任和使命。路遥的朴素而不乏诗意的小说，他的充满爱的热情和善的情怀的《平凡的世界》，就是那种真正的倾听和见证的现实主义文学。

三、务实精神和数字的力量

田福军是一个务实的人。在他身上，很少看到华而不实的东西，也很少看到那种诗人式的激情和狂热。他对摆在自己面前的具体事务更感兴趣，也只为那些百废待举的事情而焦虑。他所有的注意力，都放在了如何解决那些与民生相关的迫切的现实问题上。就此而言，他无疑是一个合格的干部和政治家。

那么，什么才是政治家身上最重要的品质和修养呢？尊重事实的客观性倾向，踏踏实实的务实精神，一丝不苟的认真态度，警惕主观性冲动的内在自觉，这些，就是政治家身上最可宝贵的品质和修养。奥登说："所有

① 雅各布·布克哈特：《意大利文艺复兴时期的文化》，何新译，商务印书馆，1979年，第390页。

诗人都喜欢爆炸、雷暴、飓风、火灾、废墟以及令人震撼的屠杀场景。对于一名政治家而言，诗性想象绝不是一种可取的品质。”① 隋朝的李谔也反对政治家沉溺于诗道和文词。他在《上隋文帝革文华书》中说：“魏之三祖，更尚文词，忽君人之大道，好雕虫之小艺。下之从上，有同影响，竞骋文华，遂成风俗。江左齐、梁，其弊弥甚，贵贱贤愚，唯务吟咏。遂复遗理存异，寻虚逐微，竞一韵之奇，争一字之巧。连篇累牍，不出月露之形；积案盈箱，唯是风云之状。世俗以此相高，朝廷据兹擢士。禄利之路既开，爱尚之情愈笃。……以傲诞为清虚，以缘情为勋绩，指儒素为古拙，用词赋为君子。故文笔日繁，其政日乱。良由弃大圣之轨模，构无用以为用也。损本逐末，流遍华壤，递相师祖，久而愈扇。”② 其中，“文笔日繁，其政日乱”二语，一针见血，尤显沉痛，说明“大道”与“小艺”之间，存在着微妙的冲突关系，而写诗与理政，则是两种完全不同的事业，很难并行不悖。

那么，为何诗性想象不能成为政治家的可取品质呢？因为，政治不是政治家的私人事务，而是与大众的福祉密切相关的公共事务；不是一个人的虚幻的想象和浪漫的抒情，而是与所有人的福祉密切相关的极为严肃的工作，是要切切实实地解决一个又一个棘手的现实问题。诗是个体性格和特殊情感的感性化表现，而政治则是社会性格和普遍情感的理性化体现；诗是个人兴趣、情绪和愿望的表现，而政治则是所有公民的利益、愿望和理想的体现，因而，健全的政治必然强烈地反对那种极度浪漫的自我中心主义倾向，排斥一切任性而夸张的非理性抒情冲动。任何个人的充满诗意而又不切实际的主观想象和乌托邦意图，都可能给全社会和全体公民造成巨大的灾难和痛苦。

也就是说，诗人是一群很容易被情绪性和主观性主宰的人。一旦让他

① W. H. 奥登：《染匠之手》，胡桑译，上海译文出版社，2018 年，第 114 页。

② 魏徵撰：《隋书》，卷六六，中华书局，1999 年，第 1038 页。

们成为处理实际事务的人，人们的生活就有可能被推入浪漫主义迷雾笼罩的深渊，那些盲从的青年就有可能被引入“铺满鲜花的歧路”。所以，奥登最终得出了这样的结论：“在战争或革命时期，诗人可以出色地担任游击队战士或间谍，但不太可能成为优秀的士兵或和平时期议会委员会中尽职的委员。”① 事实上，一般来讲，诗人和艺术家确实很难成为称职的政治家。马可·奥勒留是哲学家，而不是诗人；乔治·华盛顿是庄园主，而不是诗人——据说，“他从来没有中断管理农庄的工作。他在外边作战的整个时期，都始终没有中断了解弗农山庄的情况”②；温斯顿·丘吉尔是历史学家，而不是诗人。他们都算得上是合格的政治家。学者的理性精神和农人的务实态度成全了他们的事业。李璟和李煜父子是第一流的诗人；宋徽宗赵佶是第一流的艺术家；希特勒是三流水平的艺术家；戈培尔熟读莎士比亚和陀思妥耶夫斯基的作品，研究过托尔斯泰和阿尔布雷希特·丢勒的作品；蔑视科学和“敌都市”的卡扎菲，则是一位傲慢而又拙劣的小说家。他们都算不得合格的政治家。他们身上的诗人性格和艺术家气质严重地妨碍了他们的事业。

戈培尔就是一个艺术气质很浓的人。他是呼吸着文学和艺术的空气长大的。他接受《群魔》中沙托夫关于“一直不明和无法解释”的、“命令性和强制性的力量”的观点③；他缺乏最起码的现实感，始终沉浸在自己用想象制造出来的幻觉里，以至于在希特勒、自己的妻子玛格达·戈培尔和六个孩子都自杀之后，在苏军的坦克汹汹然抵近柏林市中心的时候，“他仍旧没有放弃对奇迹的希望，一再询问着战局。”④ 希特勒也热爱艺术，曾经将

① W. H. 奥登：《染匠之手》，胡桑译，上海译文出版社，2018 年，第 115 页。

② 华盛顿·欧文：《华盛顿》，张今等译，国际文化出版社公司，2005 年，第 444 页。

③ 拉尔夫·格奥尔格·罗伊特：《戈培尔传》，周建新等译，人民文学出版社，2016 年，第 36 页。

④ 拉尔夫·格奥尔格·罗伊特：《戈培尔传》，周建新等译，人民文学出版社，2016 年，第 492 页。

成为艺术家当作自己的梦想。他一生最崇拜的人，就是音乐家瓦格纳。他将瓦格纳当作自己心中的“伟大模范”：“希特勒最爱读的就是瓦格纳的政治著作，而毫无疑问，其浮夸的风格也影响到了希特勒自己的遣词造句。”① 希特勒说，要了解我，就得先了解瓦格纳。在奥登眼里，瓦格纳属于“头号恶魔”：“瓦格纳除了是史上最伟大的歌剧天才，还是一个名副其实的坏蛋。……在经济方面，从少年时代直到死前，他一直是个骗术不怎么高明却能左右逢源的骗子。”② 作为另外一个“头号恶魔”，希特勒简直就是瓦格纳的精神之子：“他们两人的情绪都暴躁不稳：时而抑郁时而亢奋。……他们是上演华丽欺诈的大师。……两人都有克制不住的欲望，想要在所有的事情上都插一脚；两个人一生都在不停地证明自己，想让世界为他们的多才多艺叹服。旧日的荣耀如明日黄花，他们必须不断地超越自己。这两人既小气又拥有远大志向，这一奇怪的结合也造就了他们与众不同的心态。”③ 最终，戈培尔和希特勒都实现了自己的愿望——前者成了带点艺术气质的沙托夫，后者则成了政治领域的瓦格纳。然而，无论戈培尔还是希特勒，都不是第一流的艺术家，更不是真正伟大的政治家。他们是喜欢高唱浪漫主义狂想曲的精神怪胎。他们似乎什么都懂，其实什么都不懂。他们极其傲慢地蔑视事实和真理，连那些最基本的生活常识和政治常识都没有搞明白。他们缺乏优秀的政治家身上的谦卑态度、包容气度、理性意识和朴实作风。

是的，政治家与诗人需要具备完全不同的素质和修养。前者的现实主义的实干家的求实精神，与后者的浪漫的艺术气质和诗人做派，是两种完全不同的东西。如果说，尊重客观事实，办事务求实效，是政治家身上最

---

① 约阿希姆·费斯特：《希特勒传》，黄婷、马昕译，长江文艺出版社，2017 年，第 25 页。

② W. H. 奥登：《序跋集》，黄星烨译，上海译文出版社，2015 年，第 314—315 页。

③ 约阿希姆·费斯特：《希特勒传》，黄婷、马昕译，长江文艺出版社，2017 年，第 23—24 页。

可贵的品质，那么，不羁的主观任意性，华而不实的作风，贪大求多的虚蹈，就是那些握有巨大权力的人身上最要不得的性格和品质。然而，一个浪漫主义的诗人政治家，通常就是任性的主观主义者。他的政治意识总是被诗性的浪漫主义激情所干扰。由于无力排除这种干扰，在面对政治代数学试题的时候，那些艺术家气质的政治家便很难得出正确的答案。

田福军虽然是知识分子出身的干部，但他不是诗人，也没有多少艺术家气质。在他身上，几乎看不到那种浪漫的激情和狂热的冲动。他偶尔也会跟黑白这样的作家谈谈文学，但是，他的着眼点，不在文学和诗，而在具体的现实问题。他对作家“不能超越时代的局限”抱着理解的态度，甚至认为将来的读者仍然要读黑白的《太阳正当头》这样的作品。他不知道，真正伟大的作家从来就不是精神视野低于自己时代的人，而是有着过人的勇气、思想和超越能力的人；他不知道，黑白这样的作家之所以没有写出超越时代局限的作品，就在于他们被狂热的主观倾向和浪漫激情所主宰，而不是按照生活真实的样子和真正的现实主义原则来写作。当然，田福军是一个有自知之明的人。他知道自己是文学上的外行，“根本吃不了那碗饭”①。他明智地保持了与诗的距离。他没有被诗人的火焰灼伤。事实无情地证明，当诗人傲慢地宣布“我是全宇宙的 Energy 的总量”的时候，当他们狂热地宣布“时间开始了”的时候，通常就是诗的火焰灼伤自己和别人的时候，就是巨大的苦难开始的时候。叶赛宁用低沉的调性抒情，然而，1925 年 12 月 28 日，他自杀了；马雅可夫斯基在《致谢尔盖·叶赛宁》中批评死去的诗人：“你该用/阶级/代替名士生活，/阶级影响了你，/就不至于动肝火。”② 然而，他那高耸入云的诗的阶梯，也没有帮助他躲过叶赛宁的命运——仅仅过了四年多，1930 年 4 月 14 日，用高昂的调性抒情的马雅

① 路遥：《平凡的世界》，第二部，人民文学出版社，2004 年，第 195 页。

② 马雅可夫斯基：《马雅可夫斯基诗选》，中卷，飞白译，上海译文出版社，1982 年，第 183 页。

可夫斯基，也自杀了。

农民式的务实精神，是田福军身上最突出的品质和特点。储安平对中国农民的“务实重行的性格”极口称赞，对中国知识分子的“醉心于抽象的理论而好表面的虚文”，则大加排击：“中国知识分子之重言不重行，好虚文而不好实质，是中国社会的可怕的慢性肺结核症。幸而中国的农民务劳务实，克勤克俭，又幸而克勤克俭的农民占全国人口百分之八十以上。假如没有他们的勤劳血汗，我们真不知我们的国家，更要贫穷虚弱到如何程度。”① 田福军继承了农民的务实重行的性格。一切夸大而虚文的形式主义做派，他都本能地反感和抵触。他“不是理论家，他的认识是大半生实际工作的经验所得”；他这样表达了自己对一个至关重要的问题的理解：“社会主义不是一个空洞而美丽的口号，也不是意味着在贫穷面前人人平等，要穷大家一起穷；社会主义首先应该极大地发展生产力，以此证明自己比别的制度优越；否则，就无力对历史做出回答。”② 他对社会主义的理解，虽然是时代流行观念的反映，但也反映着他自己务实的性格。对他来讲，那种用“空洞而美丽的口号”包装出来的社会主义，就是大家都一起贫穷的社会主义，就是生产力低下的社会主义，因而，本质上是一种虚假的社会主义。

然而，田福军同时代的许多干部，却缺乏这样的务实精神和朴实态度。他们属于“跟跟派”，喜欢“空洞而美丽的口号”，喜欢做华而不实的表面文章。原西县革委会的主任冯世宽就顺应形势，紧跟潮流。他甚至会为了颜色而选择播种的庄稼。本来，在黄原地区，本地的谷子就是农民长期种植的高产作物，然而，在“农业学大寨”运动中，冯世宽看见大寨漫山遍野种高粱，于是，便有样学样，亦步亦趋，坚持让川道地区也种这种红色的庄稼。事实上，高粱处于粮食等级的低端，不仅口感不好，而且，营养

① 储安平：《英人·法人·中国人》，辽宁教育出版社，2005 年，第 12 页。
② 路遥：《平凡的世界》，第二部，人民文学出版社，2004 年，第 179 页。

价值也没有谷子高，通常是被给牲口做饲料的。在人们营养严重不良的情势下，无论如何，都不应该大面积播种高粱这种低品质的粗粮。

冯世宽是一个不是诗人的诗人，或者说，是一个反诗的诗人。他用时代的火焰点燃自己的激情。他试图把人们的正常生活扭曲成他荒唐而乏味的诗句。1975 年，冯世宽在全县大搞赛诗、赛歌、赛唱革命样板戏的运动："要全县每个大队除过自己队搞这'三赛'外，还要抽十个男青年，十个女青年，十个老头和十个老婆集中到公社赛。公社赛完，每个公社再选拔四十个男青年，四十个女青年，四十个老头和四十个老婆到县上来赛。"① 田福军觉得这种搞法太过分，并不赞成。面对这种荒唐的事情，他简直束手无策："他没有办法制止这种荒唐的做法。岂止是这种事哩！目前多少事使他在内心里充满了痛苦！但他是共产党员，而且是一个县的领导人，他也不得不做他反感的许多事！什么叫痛苦啊？这就叫痛苦……"② 田福军的狂热的同僚指责他得了"政治幼稚病"。他想有所作为，但却无能为力。在一个政治浪漫主义时代，诗情比现实更迷人，狂热比理性更美丽。所以，田福军这个务实的现实主义者，不仅很难被赏识，而且，必然要被冷待。

中央领导高老，准备回到故乡黄原地区来视察，想跟原西县的老红军和老赤卫队员开一个座谈会。这让黄原地区的领导很是紧张。因为，老区的普通民众日子难乎为继，那些老红军和老赤卫队员的生活状况也"并不美气，有的甚至非常贫困。弄不好，这个座谈会要开成诉苦会"③。于是，黄原地区革委会主任苗凯和原西县革委会的主任冯世宽商量了一个对策，准备把这些老革命集中起来，给他们换身新衣服。总之，他们的任务和目标就是让高老"高兴而来，满意而去"。但是，这种弄虚作假的事情，让田福军非常不满，很难接受："田福军胳膊肘放在桌子上，两只手使劲地交叉

① 路遥：《平凡的世界》，第一部，人民文学出版社，2004 年，第 94 页。
② 路遥：《平凡的世界》，第一部，人民文学出版社，2004 年，第 95 页。
③ 路遥：《平凡的世界》，第一部，人民文学出版社，2004 年，第 357 页。

握在一起，眉头子中间挽结着一颗疙瘩。”他无法煞有介事地配合他们演戏。于是，他终于发出了抗议的声音：

> “我说点看法，”田福军打破沉默，眼睛扫视了一下苗凯和冯世宽，“高老这次回故乡来，我们当然要在各方面做好接待工作。至于高老要召集的这个老战士座谈会，我理解他是搞调查研究，是搞工作；他要知道的正是实际情况，而我们这样公然地弄虚作假，欺下瞒上，就不仅是犯错误，而且是犯罪！”
>
> 田福军的话如同给会议室扔了一颗炸弹。坐在后排“接高办”的成员们，深表同意地抬起头，敬佩地盯着他们的田主任。……①

从为官之道来看，田福军显然属于那种不识时务的人。他不知道，他这种较真的话，虽然符合真理和民意，但却会触犯“规矩”和引发“官怒”；他不知道，有的时候，虚假而浩大的场面，就意味着对权力的崇拜和尊重，而官僚主义的表面文章，则会让所有人皆大欢喜。

田福军管不了那么多。他的热情和注意力，全都集中在真相和事实上，集中在那些与农民的根本利益密切相关的事情上。他宁愿相信自己看到的，而不是听到的；宁愿相信现实中的，而不是书本上的。根据切实的观察，他发现农村的大轰大嗡的集体生产方式，是一种严重低效的劳动组织方式，而责任制的个体劳动则可以极大地激发劳动者的热情和责任心，至于那种强制性的集体劳动，不仅生产效果低下，而且，还严重地伤害了劳动者的尊严和自由。难怪他会对着省委书记乔伯年，冲口说出“奴隶社会也是集体生产”② 的话。然而，正是他的这种充满现实感的锐利和改革精神，赢得了厉行改革开放的上级领导的好感和信任，并被迅速调到黄原地区担任专员。

---

① 路遥：《平凡的世界》，第一部，人民文学出版社，2004 年，第 359 页。

② 路遥：《平凡的世界》，第二部，人民文学出版社，2004 年，第 26 页。

调到黄原地区之后，田福军便鼓励人们接受1978年5月11日《光明日报》评论员文章所提倡的“实践检验真理”的认识方法，接受新的生产方式，准备实行包产到户的“联产承包责任制”。在他看来，“从根本上说，像黄原这样的贫困山区，如果不砸烂大锅饭，实行生产责任制，就不可能找到另外的出路。”① 实行“大包干”之后，本地区的农业生产发生了立竿见影的巨大变化。由于利益目标的吸引，人们的劳动积极性空前高涨。农民用心地营务自己的庄稼。他们的汗水得到了上天慷慨的报偿。他们靠着自己的双手，第一次奇迹般地解决了自己的吃饭问题。

精确是现实主义文学的一个重要品质。现实主义作家喜欢用精确的方式甚至喜欢用数字来表达自己的观察、体验和判断。人们但知杜甫是热情的，却不知他是精细的；若无伟大的情感便无杜诗，若无精细的描写亦无杜诗。叶梦得是懂杜诗的，所以，他对《水槛遣心二首》中的“细雨鱼儿出，微风燕子斜”两句，叹赏不已，细加分析，称赞杜甫的描写“精微至此”②。精确的数字化表述，是杜诗中常见的修辞。《又呈吴郎》耐心而细致地向收信人嘱咐：“堂前扑枣任西邻，无食无儿一妇人。”居住在西，无食无儿，孤身一人——所有这些关于方位和生活状况的精确信息，在在显示着仁者的体贴和周到，字字包含着无量的同情和怜悯，自有其无可替代的修辞作用和不可低估的抒情力量。《题桃树》里说：“小径升堂旧不斜，五株桃树亦从遮。”这桃树的数字是明确的：不是模糊的三四株，也不是笼统的六七株，而是介于四与六之间的那个具体的数字。《述怀》中说：“自寄一封书，今已十月后。”寄书的次数和经历的时间，清清楚楚，毫不含混。《石壕吏》述三男戍邺城，幸存者一而战死者二；而室中存者，实有四焉：或在乳下，或无完裙，或年老而力衰，以吏之所求观之，实近“无人”。《无家别》里也有精确的数字化表达：“四邻何所有，一二老寡妻”；

① 路遥：《平凡的世界》，第二部，人民文学出版社，2004年，第31页。

② 杜甫：《杜诗镜铨》，杨伦笺注，中华书局，1962年，第347页。

“永痛长病母，五年委沟溪”。杜工部记人叙事，历历在目，皆可指数，使人读之而感动，信之而不疑，历久而不忘。

托尔斯泰也很喜欢数字化的精确表达。1893 年 3 月，他用百分比来说明那些伟大的俄罗斯作家的作用和贡献：“要知道，如果用百分比来表示俄国作家的作用，那么普希金应占 30%，果戈理——20%，屠格涅夫——10%，格里戈罗维奇及其余的作家约占 20%，剩下的都要归于赫尔岑了。他是一位了不起的作家。他深邃、卓越而敏锐。”① 他还用数字表达了自己对时间感受和时间测度的看法。他认为主观时间的长度，会因年龄的差异而不同：“就一个三岁小孩在一年中感受到的印象的数量和强度而言，他活过的一年实际就等于他全部生命的三分之一，而对于一个三十岁的人来说，一年只等于他全部生命的三十分之一了。对于小孩一切都是新鲜的、重要的，在他看来一年就像是一段很长的时间。这就说明了何以我们年纪愈大，时间就仿佛过得愈快。”② 托尔斯泰的数字化表达，既显得精确，又非常有趣。

在小说叙事中，托尔斯泰也会让自己的人物算账。他竟然用了将近两页的篇幅，让伏伦斯基一笔一笔地处理自己的财务③。他也细致地描写了列文在莫斯科如何计算“种种开支”：“这些毫无意义但又必不可省的制服，抵得上整个夏季雇两个工人的代价，也就是说从复活节到四旬斋之间的三百个劳动日，而且每天从早到晚都干重活。……但是兑开第二张一百卢布钞票——为了请亲戚吃饭，买了二十八卢布的酒菜——虽然也使列文想到，二十八卢布等于农民千辛万苦刈割、捆扎、脱粒、簸扬、包装好的九石燕麦的代价，但毕竟要容易些了。……长期以来他咬定价格的黑麦，每石也

① 弗·普罗科菲耶夫：《赫尔岑传》，张根成、张瑞璇译，第 379—380 页。

② 谢·托尔斯泰：《往事随笔》，吴钧燮译，人民文学出版社，1958 年，第 101 页。

③ 托尔斯泰：《安娜·卡列尼娜》，上册，草婴译，上海译文出版社，1982 年，第 377—378 页。

比一个月前少买了五十戈比。照这样下去，过不了一年就非负债不可，——这样的盘算也起不了什么作用。”① 正是通过这些精确的数字表述，托尔斯泰让读者看见了列文认真的生活态度，也让他们在借着数字呈现的尖锐对照中，清晰地看见了莫斯科的贵族生活的奢靡，看见了农民阶层生活的贫穷与困窘。

雨果在写小说的时候，则表现出法国文学的“几何学精神”，一种对法国文学“产生了深远影响”的精神②。雨果喜欢用数字准确记录自己的创作活动：“‘今天，1860 年 12 月 39 日，’他在日记里写道，‘我开始写《悲惨世界》。从 4 月 26 日到 5 月 12 日，我重读了手稿。从 5 月 12 日到 30 日，有 7 个月时间，我对自己头脑里的整个作品深思熟虑，融会贯通，以便使我在 12 年前写的东西和现在写的东西之间绝对吻合。’”③ 从《巴黎圣母院》的第三卷中，人们可以看见雨果对写作的认真态度，可以看见他描写“圣母院”和“巴黎”的精细入微的笔触。他的描写几乎是按照几何学和建筑图纸来展开的。几何学注重和谐，建筑图纸追求准确，而雨果小说中的描写，则既和谐又准确。同样，在雨果的小说中，那些未曾明言的年份数字，也经得住推究和还原。在《悲惨世界》里，“很容易算出人物的出生年份，相差不过一年，基诺曼先生（1740 年或 1741 年），马白夫先生（1752），冉阿让（1767 年到 1769 年之间），沙威（1780），马吕斯（1810），珂赛特（1815），伽弗洛什（1819）。小说情节有一张前后一致的大时间表。细节往往在意想不到的旧事重提的章节衔接处可以确定，证明作者从来不会忽略时间的进程。”④ 可见，即便在浪漫主义小说中，向读者提供或暗示关于人物年龄的准确信息，同样具有特别重要的价值和意义。

---

① 托尔斯泰：《安娜·卡列尼娜》，下册，草婴译，上海译文出版社，1982 年，第 832 页。

② 普利西拉·帕克赫斯特·克拉克：《文学法兰西：一种文化的诞生》，施清婧译，译林出版社，2019 年，第 95 页。

③ 让-贝特朗·巴雷尔：《雨果传》，程曾厚译，上海人民出版社，2007 年，第 249 页。

④ 让-贝特朗·巴雷尔：《雨果传》，程曾厚译，上海人民出版社，2007 年，第 258 页。

路遥也喜欢用精确的数字来表达自己的计划，来显示人物对自己工作的熟悉和认真。在创作《平凡的世界》的时候，路遥对自己的写作进度有严格的安排，对每天的写作量，甚至有数字化的精确要求。他把自己的这股认真劲儿，放到了笔下人物身上。孙少安就很喜欢算账。秀莲想箍新窑，少安就开始“思量花费”，很用心地算了一笔账：“就说箍三孔砖窑吧，除过自己的砖不算，每孔窑最少得六个大工；每个大工又得四个小工侍候。三六十八个大工，四六二十四个小工；每个大工五元工钱，每个小工二元工钱，光这项就得一百三十八元。每架门窗从买木料到手工得一百五十元；三架门窗四百五十元。白灰五千斤，每斤二分钱，得用一百元。人均一天三斤粮，总共得六袋面粉；每袋议价十六元，也得用一百来元。还有烟、酒和其他费用……我的天！这把他手头的钱花干也不够。”① 这种数字化的描写，既显示了人物的细心的性格，也强化了小说的真实性。一个如此细心的人，一定是能成事的人；一个会如此精确算账的人物，你还有什么理由不相信他是有血有肉的真实人物呢?

同样，田福军也对数字非常敏感。算账已经成了田福军的习惯。他喜欢用精确的数据来说话。他更相信客观的数字，而不是主观的想象。他的细致而客观的务实精神，鲜明地体现在对数字的敏感上，体现在对精确性的要求上。数字不仅使他的工作井井有条，目标明确可见，还使他的建议具有切实的可行性和强大的说服力。

却说，孙少安到石圪节赶集的时候，听说安徽农民已经搞了承包责任制。他就闻风而动，领着双水村大队第一生产队的社员，试着搞起了生产组承包责任制。他的大胆探索让大队的当家人田福堂震惊和愤怒，让公社的两位主任惊呆了，也让原西县革委会“炸了”。县革委会主任冯世宽对这一事件严肃地进行了“批判”，并立即发出指示，要各公社“立即制止，狠

---

① 路遥：《平凡的世界》，第二部，人民文学出版社，2004年，第117—118页。

狠批判，严厉打击”。副主任李登云和马国雄也支持冯世宽的意见。

然而，田福军却同情那些渴望劳动自由的农民，支持孙少安在自己的生产队搞探索和改革。他不同意匆忙处理，建议先由县、社、队组成一个联合调查组，把事情调查清楚，再做结论：“田福军由这个问题，转而很沉痛地论述了全县的农业生产情况。他大胆地指出，他们村子出现的这个情况，也许能反映了全县农民的一种情绪。孙少安的这种做法是否正确，可以讨论；但目前农村既然已经贫困至极，人们就得想办法维持自己的生存。”接下来，他就用确凿的事实和具体的数字，来说明农村经济的严重危机和农民生活的可怕困境，进而说服自己的同僚接受生产模式的改革和转换：

> 作为管农业的副主任，田福军立刻给常委们摆出了一摊数字：一九五三年全县人均生产粮九百斤，而去年下降到六百斤，少了近三分之一。从五八年到七七年的二十年间，有十六个年头社员平均口粮都不足三百五十斤；去年仅有三百一十五斤，而其中三百斤以下的就有二百四十一个大队、四万一千多人，占全县人口的三分之一。一九四九年人均生产油品九斤二两，去年下降为一斤九两……社员收入低微、负债累累，缺吃少穿。劳动日值只有二、三角钱，每户平均现金收入只有三、四十元。超支欠款的达二千三百户。去年国家贷款金额近一千万元，人均欠款五十多元。社员欠集体储备粮一千三百多万斤，相当于全县近一年的征购任务……
>
> 田福军罗列完这些数字后，痛心地说：“我们是解放四十多年的老革命根据地，建国已经快三十年了，人民公社化也已经二十年了，我们不仅没有使农民富起来，反而连吃饭都成了问题……”
>
> 田福军发完言后，常委们都沉默了。
>
> 大家知道，他说的是事实。但事实归事实，问题归问题。归根结

> 底，总不能让农民去走资本主义道路吧？①

客观而准确的数字，具有无可辩驳的神奇力量。它用冷静的语调说服人。它是真相的盟友，是谎言的敌人。一旦人们用客观的数字和精确的推算来说明问题，那么，那些体现着任性的主观意志和主观意图的政策，立即就会失去它的威信和力量，而那些仅仅靠漂亮而空洞的口号包装出来的西洋景，瞬间就会被拆穿。田福军用数字使那些砼守教条的“常委们”沉默了。沉默就意味着改变的可能。正是在这些由数字表述的无可辩驳的事实面前，人们将勇敢地选择解放生产力的农村生产方式改革。

面对现实，如果没有可以用数字描述的可靠认知，就不会有可靠的判断和科学的决策。田福军对黄原地区的产业结构了然于胸。他要着手扩大和发展工业基础。他用数字描绘了石油和煤矿等产业未来发展前景：

> 石油原产八万吨，不久前开始新建一座十五万吨的炼油厂。经过和中央化工部以及省上的有关部门周旋，三年内石油利润可以不上缴，自己花；一年几百万元，这对于全区几年后实现财政自给是一笔相当可观的款项。
>
> 另外，上个月他曾和专员呼正文坐飞机到北京路了一趟，与煤炭部进行了一番友好而艰难的谈判，最后终于签订了合同，在原南县建立一个年产二十一万吨的煤矿；由国家投资，黄原地区包建。
>
> 地区卷烟生产本来是个很有优势的项目，但中央有限制，无法大力扩展……在田福军的脑子里还萦绕着一个更大的梦想：那就是在他的任期内，争取使黄原通火车！②

---

① 路遥：《平凡的世界》，第一部，人民文学出版社，2004 年，第 414—415 页。

② 路遥：《平凡的世界》，第二部，人民文学出版社，2004 年，第 187 页。

从这些数字，人们可以看见了一个具有新的经济意识的地方干部。在他的充满现实感的认识里，单凭传统的经济模式和组织方式，不可能彻底改变本地区的经济状况。所以，在当时的情势下，地方政府也有必要打破境界结构的纵向关系的壁垒，有必要与中央和化工部和石油部等相关部委积极沟通，从那些完全由中央部委专营的地方资源里，获取自己应得的经济利益，从而拓宽自己经济发展的空间，增强地区经济发展的活力和动力。

总之，田福军是一个有人情味和同情心的知识分子干部。他的内心不仅有古代仁者的哀矜和不忍，也有尊重个人个性和生活方式的现代意识。他同情底层农民的痛苦和不幸，时刻萦怀的问题，就是如何帮助他们从被动的劳动模式和可怕的贫穷中摆脱出来。作为行政人员，他身上最可宝贵的品质和德性，就是脚踏实地的务实态度。他完全克服了普遍流行的高调而虚夸的浪漫主义习气。在 20 世纪 80 年代，他也许算不上意识特别超前的先觉者，或许算不上思想特别深刻的改革家，但是，能走进大地的“褶皱”，走近那些偏远而赤贫的村子，就说明他是一个难得而务实的优秀干部；能突破农村生产固有模式，竭力推进农村生产方式承包到户的责任制改革，就说明他身上有一股敢于担当的勇气，是一个名副其实的改革者。就此而言，田福军实实在在是真正的 80 年代的先锋人物，是《平凡的世界》中光彩熠熠的优秀人物。

2021 年 7 月 17 日，北京平西府

第四节　不成器的人与精神寄居蟹

——论孙玉亭

小说是人物的世界。人物是小说舞台上的哈姆雷特。创作一部小说，就等于发现人物和塑造人物。一个优秀的小说家，通常就是谙于知人心的专家，也是善于写人物的高手。他会用心分析和刻画笔下的每一个人物。他不仅有能力将主要人物写得顾盼生姿，呼之欲出，也有能力将次要人物写得栩栩如生，使人读之如睹。路遥就是这样一个很有天赋的小说家。

在《平凡的世界》里，即便那些着墨不多的人物，如郝红梅、田润叶、杜丽丽、田福军、王满银、周文龙、古风铃、金富、孙玉厚和徐国强老人等，也能给读者留下深刻的印象。梁上君子金富对村里人吹牛说："我常坐的是飞机！两月前，我坐飞机就从咱们双水村上空飞过。我当时把头探出来一看，我妈正在哭咽河里洗衣裳哩！田万江大叔吆一群牲灵在田家圪崂的土坡上往下走；还听见庙坪山玉米地里锄草的婆姨女子笑得咯呱呱的……"① 寥寥几笔，令人绝倒。改革开放前，无论在蛮荒的边鄙之地，还是在繁华的首善之区，都不乏这种孟豪森式的吹牛大王。至于那些作者着力塑造的人物，如孙少平、孙少安和田晓霞等，则翩翩然走出了薄薄的纸页，走进了无数读者的心里。这些人物形象，也许未臻至善至美之境界，但却像雨后

① 路遥：《平凡的世界》，第二部，人民文学出版社，2004 年，第 77 页。

的田野一样清新，像黄昏的叹息一样真实，是中国当代小说中别具个性风貌的人物。

自《平凡的世界》问世之日始，人们关注的焦点，大都集中在了孙少平、孙少安和田晓霞等人物身上。这也不难理解。在任何一部小说里，占据作品核心位置的主要人物，尤其是那些具有美善品质的主要人物，往往体现着作者的价值观和人生理想，因而，总是会受到普通读者的眷注，受到批评家和学者的青睐。人们在解读《安娜·卡列尼娜》的时候，自然会更关注安娜而不是卡列宁，会更关注列文而不是奥勃朗斯基；人们在阐释《红楼梦》的时候，也更喜欢谈论贾宝玉和林黛玉，而不是贾政和赵姨娘，更不是薛蟠和夏金桂。

但是，次要人物也不是可有可无的点缀。事实上，在许多长篇小说中，次要人物起着非常关键的作用。作为给作品提供价值力量和精神光芒的次要人物，《战争与和平》中的普拉东·卡拉塔耶夫，《卡拉马佐夫兄弟》中的佐西马长老，《悲惨世界》中的米里哀主教，《大卫·科波菲尔》中的米考伯，《红楼梦》中的那几个翩然而来、倏然而去的僧道人物，《白鹿原》中的朱先生，皆有其无可替代的作用和意义。路遥从叙事和结构的角度，强调了次要人物的作用：“在托尔斯泰笔下，像《安娜·卡列尼娜》中的奥勃朗斯基这样的人物，应该说是次要的，但他在作品反映的生活范围内起了关键性的作用，使得整个作品的结构显得那么熨帖和匀称。”① 所以，路遥认为，小说家在写作的时候，要照顾到包括次要人物在内的每一个部分。

孙玉亭也是一个极为重要的次要人物形象。他之所以重要，不是因为他象征着积极的价值和伟大的精神，而是因为在他身上，隐含着路遥深深的忧思——对改革开放的艰难性和曲折性的忧思，对抵触改革甚至反对改革的惰性力量的顽固性和破坏性的忧思。改革是路遥特别关心的问题。他

---

① 路遥：《路遥全集·早晨从中午开始》，北京十月文艺出版社，2013年，第151页。

观察和评价人物的一个尺度，就是看他是不是赞成改革。他甚至会关心特殊身份的逝者对改革可能有的态度：“作家路遥就问过作协的老人：‘如果柳青活着，不知他是“改革派”还是“凡是派”?’”① 柳青活着会怎样，盖难言之矣，且姑置勿论，但孙玉亭却实实在在是一个反对改革的“凡是派”。路遥之所以塑造孙玉亭这样一个人物，就是为了告诉人们，改革会遇到什么样的阻力，这种阻力会来自什么样的人，这些人又有着什么样的人格和意识。

孙玉亭是一个被轻忽的典型人物。无论从时代性的角度看，还是从一般人性的角度看，他都是颇具代表性和象征性的人物。他是被低级情志奴役的人。“堕”与“浮”是他人格和性格上的本质特点。所谓“堕”就是堕弱和慵惰，是一种向下和向后的精神状态和行为模式；所谓“浮”就是浮薄和虚荣，是一种缺乏方向感和意义感的精神状态和行为模式。就前者说，他患有严重的“精神恋旧癖”——他的精神和生活，不是向上升华和向前发展，而是向后退缩和向下沉落；一切新的变化和和改革，都会令他惶恐和抵拒。就后者说，他是“光荣的多数”中的一分子，特别迷恋那些虚幻的东西，喜欢那种喧嚣的大场面。他害怕告别停滞的旧生活，承受不了社会转型所带来的重负和压力。即便时代已经进入新阶段，他仍然渴望回到那种喧闹而又僵滞的生活状态里。正是围绕着“堕”和“浮”这两个字，路遥健笔抟捖，塑造了一个东跑西颠而百无一用的“多余人”形象。

在现实生活里，孙玉亭这样的人物，可谓其徒实繁，所在多有。这是一群没有健全的个性和成熟的理性意识的人。无知和盲从是他们性格上的根本特点。他们有眼睛，但却看不见通向尊严和幸福的道路；他们有耳朵，但却听不见真理和信仰的声音。他们的面孔是绯红的，但内心是苍白的；他们的身体是健壮的，但灵魂是孱弱的。在他们的头脑里，很少形成清晰

---

① 刘可风：《九年日夜》，未刊稿。

的观念和正确的思想。他们糊里糊涂，懵里懵懂，终其一生，都没有摆脱精神上的幼稚状态。他们缺乏最起码的现代文明意识和现代价值观念。他们是一群活在现代的前现代人。孙玉亭的人格，就是惧怕变革和排拒改革的惰性人格，也是路遥质疑和否定的人格。从孙玉亭身上，人们可以清晰地看见某一类人的共同心理和共同人格。研究孙玉亭这个特殊的个体，就是研究一个庞大的群体。

如果说，路遥通过对孙少平、孙少安、田晓霞和田福军形象的塑造，热情地呼唤和推激改革，并向那些艰难地推动个人生活发展和社会现代化转型的人们致敬，那么，他也通过对苗凯、冯世宽、田福堂和孙玉亭形象的塑造，来提醒人们注意，改变个人生活和推进社会改革的阻力有多么巨大，实现社会生活的现代化理想有多么艰难。就此而言，《平凡的世界》既是一部赞美改革的伟大史诗，也是一部关念改革的忧患之作。

一、不成器的人：通过比较，看孙玉亭

对比修辞无疑是叙事文学塑造人物形象的重要技法，也是路遥在小说写作上自觉使用的方法。他曾经多次谈到对比技巧在人物形象塑造上的重要性："我在构思时有这样的习惯：把对比强烈的放在一起，形成一种反差"①；"如果从总体色彩上来考虑，这边是亮的，那边可能是暗的或者一种投影。主题、人物、情节都要形成强烈的对比。"② 显然，对路遥来讲，对比已经不只是一般性质的微观写作技巧，而是一种深刻的美学认知，一种宏观的文学意识。

清人吴见思高度评价司马迁写人物时两相对照和多方对照的技巧。通过与卫青等人的对照叙述和描写，太史公将汲黯的无所避忌的戆直和敢批逆鳞的勇气表现得淋漓尽致，使人读之神旺，鄙吝之心顿消，正所谓"意

---

① 路遥：《路遥全集·早晨从中午开始》，北京十月文艺出版社，2013年，第126页。

② 路遥：《路遥全集·早晨从中午开始》，北京十月文艺出版社，2013年，第201页。

思性情，气概节谊，无不全现，反强于只写一汲黯”①。在《平凡的世界》里，对比之用亦大矣——正是通过对照性的叙述和描写，孙玉亭的性格和人格才得到深入而充分的表现。如此说来，在比较的视野里，通过与文本外和文本内的其他小说人物的对照，就应该是分析孙玉亭形象的有效方法和策略。

从中国小说人物的谱系来看，孙玉亭是现代乡村社会的应伯爵。他像应伯爵一样势利，也像他一样过着依人作计的生活。他是阿 Q 和华威先生的精神之子。他像那位住在土谷祠的前辈一样，有点愚昧，有点没心没肺，过着一种糊里糊涂的生活，又像装腔作势的华威先生一样，有点虚荣，有点浅薄，过着一种浮面上的生活。只是，他不像应伯爵那样无耻和邪恶，也没有阿 Q 身上的流民习气和华威先生身上的凛凛威势。阿 Q 是深刻的观念的产物，华威先生是反讽性想象的产物，而孙玉亭则是路遥对当代中国农村现实生活观察和思考的结果。

孙玉亭是《创业史》中孙水嘴（孙志明）和杨油嘴（杨加喜）的“同类项”，是与他们比较相似的人物。路遥曾经批评柳青让杨油嘴出场太迟，到了第二部才第一次露面，这样，就“没有足够的‘长度’来完成这个人物”②。事实上，柳青塑造这类人物上的根本问题，并不在艺术形式层面，而在思想观念层面。也就是说，由于观念上的局限和认知上的偏见，柳青笔下的这两个人物，从一开始，就被放到了很不利的位置上，就被单纯地当作“落后分子”来描写。“孙水嘴”和“杨油嘴”这两个几乎相同的“绰号”，就显示着柳青对人物的态度，也预示着他们将被简单化甚至污名化地处理；柳青笔下的这两个“嘴”，像苍白的符号和飘忽的影子，给人一种单薄而虚假的感觉，甚至有些让人恶心的感觉——在写于 1978 年 8 月的短篇小说《青松与小红花》中，路遥就以柳青笔下的这个人物为修辞奥援，

---

① 吴见思评点：《史记论文》，下卷，台湾中华书局，1967 年，第 647 页。

② 路遥：《路遥全集·早晨从中午开始》，北京十月文艺出版社，2013 年，第 28 页。

来描写吴月琴对公社文书杨立孝的反感："他像孙水嘴一样叫人恶心。"[①] 比较起来，路遥对孙玉亭的描写，包括对王满银等人的描写，则是自然而真实的，是按照生活的客观情形如实表现的结果。这样，路遥笔下的"落后人物"，就是有自己个性特征的活泼泼的人，而不再是从片面的观念里产生出来的僵死的怪物。

就文本内部的客观情形来看，孙玉亭与孙玉厚之间是对照关系，与孙少平之间也是对照关系；前者是近距离的柔性对比，而后者则是远距离的强烈对照。在所有的关系中，兄弟之间的关系是最亲近的，也是最适合进行对比描写的。他们出自同一家庭，有着相同的血缘关系，甚至有着相似的家族气质。但是，由于种种复杂的原因，兄弟之间也可能存在明显的个体差异性，甚至会表现出截然不同的气质和品性，正像俗话所说的那样："一娘生九子，九子各不同。"孙玉厚与孙玉亭二人，除了名字里的前两个字是一样的，在性格和德性等诸多方面，不仅没有什么相似之处，而且简直就是迥然不同的人：一个是那样坚韧、慷慨和仁慈，一个则恰恰相反，显得那样脆弱，那样自私，那样不顾亲人的死活。

孙玉厚是一个极为本分的农民。他清楚地知道，"外面的世界不是咱们的"[②]；所以，对于生活，他从来不存非分之想，而是年年岁岁，辛辛苦苦，一丝不苟地营务庄稼。他不仅毫无投机取巧和要奸溜滑的坏毛病，而且，还能凭着自己的庄稼人的处世原则，敏锐地觉察到了生活中的邪慝和不祥。孙少安在叔叔孙玉亭撺掇下，为了扩大"政治影响"，把个"点火仪式"搞得极为扬厉铺张。然而，玉厚老汉却惴惴不安，并不想参与儿子的"红火热闹"：

不知为什么，他一点也不为儿子的壮举而感到高兴和荣耀。相反，

① 路遥：《路遥全集·一生中最高兴的一天》，北京十月文艺出版社，2013 年，第 110 页。
② 路遥：《平凡的世界》，第二部，人民文学出版社，2004 年，第 94 页。

> 他心中一直有种莫名的惧怕和担忧。他说不清楚他惧怕和担忧的倒究是什么。总之，即使全中国的人都为他的儿子欢呼，孙玉厚老汉也永远心怀这种惧怕和担忧啊！
>
> 当然，他今天实际上也无心做活，只是到这里来躲避某种在他看来类似灾祸一般的事件。他不时把锄撂到地里，蹲在地畔上的玉米林中，忧心忡忡地看着对面那片乱得像马蜂窝似的人群和那块高悬在人头上的"耍电影"的白布帐。在这全村欢腾喜庆的日子里，蹲在这里的他简直就像个不吉祥的怪物。而老汉自己瞅着对面人群头上的那块白布，也奇怪地联想起丧事上的孝布。①

对于纷杂而多变的生活，孙玉厚有自己的经验主义的理解和看法。丰富的人生阅历和沉重的人生经验，凝定为踏实的生活态度和切实的生活原则。他的人生哲学，像泥土一样朴实，也像山峦一样稳实。所以，他才有不违情悖理的定力，才能做到一般人很难做到的事情——即便"全中国的人"都"欢呼"，他也不会为之歆动；相反，他会凭着自己的朴素的人生经验，敏锐地感受到生活表象下的淆乱和威胁，并为之深感不安和忧虑。唉！他一生经见的怪事情，实在太多了。"世道如弈棋，变化不容覆"。一切都没个定准儿。越是风光的人，越有可能倒霉；越是有本事的人，越有可能吃大亏。一夜之间，好的一变而成坏的，坏的一变而成好的；在峰巅的忽而跌入沟壑，在沟壑的忽而升上峰巅。悲与喜，荣与辱，不旋踵间，就有可能大翻转。他之所以惧怕和担忧，是怕自己的儿子头脑发热，不知斤两，跌大跟头啊。

宽厚和善良是孙玉厚主导性的性格特点。他为自己的弟弟付出了无量的爱和巨大的牺牲。1939 年，父亲暴亡，玉亭五岁。从那年开始，他像慈

① 路遥：《平凡的世界》，第三部，人民文学出版社，2004 年，第 106 页。

父一样，负起了养育弟弟玉亭的责任。他供养玉亭上学，想把他“造就成孙家的人物”①。后来，他不仅东借西挪，帮玉亭成了家，还把仅有的一口窑洞让给他住，自己则带着一家人，借住别处，辛苦度日。

事实上，孙玉厚的善良，表现在对几乎所有人的态度上。田福堂是他小时候的玩伴，年轻时一起揽工的好友。但是，当了村里的最高领导之后，田福堂却变得飞扬跋扈，不可一世。包产到户，人自为政，他成了孤家寡人。他身体虚弱，在田间劳动的时候，“咳嗽喘息长时间停歇不了。他几乎耗尽了身上的力气，伏在犁沟里怎么也爬不起来。连那头老黄牛在旁边看着他，眼睛里也充满了怜悯。”② 然而，孙玉厚没有看他的笑话，而是帮他把地种上。他的善举让失去势力、陷入困境的田福堂既感动，又酸楚。

在哥哥孙玉厚的比照下，孙玉亭的懒惰和自私，他的浮薄和任性，他的不良善和不成器，显得愈加彰明昭著。软弱和自我是孙玉亭性格中极严重的缺点。他像没有长大的孩子一样软弱，又像娇生惯养的孩子一样自我。这样的人，没有认认真真的生活态度，也没有踏踏实实的劳动态度。他总是避重就轻，好逸恶劳。清人张履祥说：“凡人小有成就，幼稚之日必见奋起之志。若举动无恒，苟且颓堕，即将来无一济矣。”③ 孙玉亭举动无恒，老大颓堕，可知其“幼稚之日”必无“奋起之志”。

无论对社会，还是对家庭和自己，孙玉亭都缺乏责任感。在双水村，大家都很穷，日子都很苦，但是，孙玉亭的贫穷却到了极不堪的程度。他的极端性质的贫穷，很大程度上，是由他自己缺乏责任感造成的，是由他的可怕的懒惰造成的。一个噙齿戴发、身高马大的男人，却长年穿着一身破烂不堪的衣服，穿着用绳子绑在脚上的破烂的鞋子，你能说他对自己是

---

① 路遥：《平凡的世界》，第一部，人民文学出版社，2004 年，第 52 页。

② 路遥：《平凡的世界》，第二部，人民文学出版社，2004 年，第 126 页。

③ 张履祥：《训子语译注》，张天杰、余荣军增编、译注，上海古籍出版社，2020 年，第 244 页。

负责任的吗？

哥哥孙玉厚对生活的那种惧怕和担忧，孙玉亭的心里是没有的。英国艺术史家肯尼斯·克拉克说乔托画中的犹大“像一只动物，对落在自己头上的可怕任务半无知觉”①。孙玉亭对自己的人生也糊里糊涂，“半无知觉”。他整天嘻嘻哈哈，没来由地兴奋，没来由地欢乐。在他眼里，生活就是无尽的热闹，就是喧嚣的大场面。他没有现实感，几乎感受不到生活的艰难和人生的痛苦。

本来，农民进城当工人是一件非常难的事情。然而，孙玉亭却交上了这小概率的好运。1950 年代初期，由于工业建设的需要，由于城乡之间的森严的户口壁垒还没有建构起来，所以，1954 年，初中毕业那一年，孙玉亭很幸运地当上了太原钢铁厂的工人。这让“玉厚一家人高兴得不知如何是好！虽说玉亭是个工人，但这是孙家多少代第一个在门外干事的人!”怎奈孙玉亭是一个不成器的人。他不知道珍惜这来之不易的机会和荣耀。他辜负了仁慈的哥哥的辛劳和厚望。

1960 年的困难时期，“玉亭突然跑回家来，说他一个月的工资不够买一口袋土豆，死活不再回太原去了；他说他要在家乡找个媳妇，参加农业生产呀。”② 他的选择和决定，显示着意志的薄弱和目光的短浅，而他所提出的要求，则显得自私而又任性。他总是选择利己的方式来生活。他对恩重如山的哥哥孙玉厚，缺乏最起码的体恤和同情。他没有种地的本事，也没有吃苦的毅力，所以，他回到农村，只会成为哥哥的负担。哥哥孙玉厚最了解他的性格，也知道农村的生活有多么不易。他苦口婆心，劝弟弟好好留在大城市当工人，但最终还是没法叫他回心转意：

玉厚没有办法，只好打问着给他找媳妇。那年头，他家穷得钱没

---

① 肯尼斯·克拉克：《何谓杰作》，刘健译，译林出版社，2021 年，第 24 页。
② 路遥：《平凡的世界》，第一部，人民文学出版社，2004 年，第 51 页。

钱，粮没粮，他身边已有了三个孩子，孩子年纪又都小，没什么帮手，尽是连累，一家人时不时都饿得浮肿了。可弟弟已经二十六岁，也的确该娶媳妇了。而玉亭为此还天天给他妈哭鼻子，说他年纪再大，娶不下媳妇，这一辈子就算瞎活了。他母亲也陪着玉亭哭哭啼啼。

玉厚看玉亭这样没出息，才知道他半辈子辛劳，企图给孙家造就一个光宗耀祖人物的指望落空了。但他心平气静，并不为此而过分地懊悔。是啊，这是命运。正如辛劳一年营务的庄稼，还没等收获，就被冰雹打光了，难道能懊悔自己曾经付出的力气吗?

好，那就给弟弟娶媳妇吧。他四处疯跑着给玉亭打问对象。但是，所有的人家财礼都要得太高了，他就是把一家人的骨头卖了也出不起。①

孙玉亭给哥哥一家造成了巨大的负担。他的所有努力，似乎就是为了满足自己的“天然的需要”：他关心自己的烟袋里有没有烟叶，关心自己有没有机会在公家大灶上吃上口好饭食，也不拒绝跟金俊斌的媳妇王彩娥发生婚外恋情……。莎士比亚借李尔王之口说：“人生除了天然的需要以外，要是没有其他的享受，那和畜生的生活有什么分别。”② 然而，除了那些关乎食色的“自然的需要”，除了对权力的崇拜，除了满足自己的虚荣心，孙玉亭便别无所求。他对那些真正属于人的高级形态的“享受”，并无渴念和追求。

从很多方面看，孙玉亭都是与自己的侄子孙少平完全相反的人物。孙玉亭的人格简直可以命名为“反孙少平人格”。孙少平的人生是上行的，孙玉亭的人生是下行的；孙少平的生活是积极而主动的，孙玉亭的人生是消

---

① 路遥：《平凡的世界》，第一部，人民文学出版社，2004年，第53页。

② 莎士比亚：《莎士比亚全集》，第9卷，朱生豪译，人民文学出版社，1978年，第204页。

极而被动的；孙少平不能容忍盲目而无意义的生活，孙玉亭却和光同尘，茫茫然陶醉于无意义的生活。显然，孙玉亭是一个毛病不少、优点不多的人。他总是做一些没有名堂的事情，几乎没干过几件漂亮的事情。没有出卖因为不愿参加斗争会而说了“反动话”的哥哥孙玉厚，说服田福堂尊重儿子田润生的情感，接受“二婚女人”郝红梅做儿媳妇，此二者，大概就是孙玉亭做过的不多的两件好事了。

人的成熟和进步，取决于他有没有思考和学习的能力。一个精神上懒惰的人，一个缺乏学习热情的人，一个拒绝接受他者影响的人，必然是一个自负而顽固的人，最终，必然是一个注定要失败的人。法国思想家帕斯卡尔说：“思想形成人的伟大。”① 又说：“真正的人性、人的真正美好和真正的德行以及真正的宗教，都是和知识分不开的。”② 叔本华也说：“对生活的反省可以说是对个人经验的一种生动的再现，而这种经验将有益于我们每一个人。”③ 孙少平有学习知识的强烈愿望，也养成了思考和反省的习惯。他为人生的理想和生活的意义而焦虑不安。他的思考虽然未必都达到了思想的高度，但却对自己的生活起到了积极的作用。他很早就进入了“人生觉悟期”。他有自己的生活目标，也知道应该按照什么样的原则生活。因为有此觉悟，孙少平就要努力摆脱种种束缚，克服重重困难，到陌生的地方去，过一种别样的生活，一种艰辛而有意思的生活。为了追求这样的生活，孙少平表现出了很强的超越能力。一般人往往“跳不出个人的阶级背景的限制”，而知识分子则坚持“思想上的信念”（intellectual convictions），所以能极大地超越家庭和阶级对自己的限制，最终使自己成为一个有情操的

① 帕斯卡尔：《思想录——论宗教和其他主题的思想》，何兆武译，商务印书馆，1985 年，第 157 页。

② 帕斯卡尔：《思想录——论宗教和其他主题的思想》，何兆武译，商务印书馆，1985 年，第 201 页。

③ 叔本华：《叔本华论说文集》，范进等译，商务印书馆，2000 年，第 123 页。

人①。孙少平就极大地摆脱了外在因素对自己的限制。在人格精神和生活态度上，他已经很有点读书人的样子了。

然而，孙玉亭却没有学习知识的热情，也没有思考和反省的习惯。托马斯·索维尔说："若是不能停下来透彻思考，那么人们是天才还是白痴就无关紧要了，因为他们的思维质量本身就是问题。"② 孙玉亭的"思维质量"始终停留在很低的水平。他没有能力认真地思考生活，也不曾深刻地理解生活。他整天为一些无聊的事情而栖栖惶惶，几乎没有一刻是安静的。这种无目的而又无事忙的生活，分明是一种无意义的生活。

孙少平的人格属于高度自觉的独立人格。他具有很强的自尊心和独立精神，不允许自己在人格上依附别人，更不允许自己在物质上依赖别人。虽然孤独和无助会使人痛苦，但是，为了享受追求新生活的自由感，为了享受阅读和思考带来的巨大快乐，他宁愿承受这样的痛苦。与孙少平不同，孙玉亭的人格属于典型的依附型人格。他缺乏自尊心和独立精神。他在双水村的权力结构中，找到了自己的栖身之地；在热闹而虚浮的生活里，他找到了低级的快乐和廉价的幸福。

孙少平具有坚韧的毅力，甚至将吃苦当作理所当然的事情。他试图通过流血流汗的艰苦劳动，来改善自己的处境，最终改变自己的命运。然而，孙玉亭却是一个缺乏良好的意志品质的人。他害怕吃苦，逃避劳动。他无力改变自己的处境，只能让自己的生活停留在极不体面的贫穷状态。

从现实的角度看，孙玉亭简直就是双水村的"多余人"。他从未进入自己的"人生觉悟期"。他自始至终都是路遥所批评的那种糊里糊涂混日子的人。路遥在《答陕西人民广播电台记者问》中说："无论一个人，还是一个社会，他们所有的实践和努力都是为了向更美好的方向发展。所以我觉得，

---

① 余英时：《士与中国文化》，上海人民出版社，1987 年，第 98—99 页。

② 托马斯·索维尔：《经济学的思维方式》，吴建新译，四川人民出版社，2018 年，第 586 页。

有理想，那么在奋斗的过程中才可能有目标。一个人糊里糊涂混一辈子，这样一种生活是没有意义的。”① 1991年6月10日，在西安矿业学院的一次演讲中，他再次谈到了“人生觉悟期”的问题：“人生觉悟期实际归根结底就是我们应该怎样生活，做个什么人。我可以不客气地说，有些人糊里糊涂地活了一辈子。作为一个中国青年，要超越一般的市民意识，超越一般的农民意识，应该对人生、对生活有宽阔的理解，但不要狂妄。”② 1981年11月8日，他写信给自己的“诚信相交”的朋友海波，勉励他“坚实地走一条有出息的生活道路。不断克服由于年轻而造成的许多荒唐。希望理性战胜你性格中不健康的情感，做一个优秀的现代人。”③ 他还为西方发达国家的青年辩诬，说他们并不像某些中国人所想象的那样颓废和自放：

> 我所见所闻不是这样，实际上西方好多青年是特别优秀的，对自己要求特别严格，对我说的那种不靠别人、具有献身精神、具有一丝不苟精神的人，人家十分佩服。像德国这样一些国家，公民意识就是：我必须把我所做的事，做成世界上最好的。……这就是德国这么一些国家为什么有活力的一个原因，为什么发达的原因，人家的公民意识就是这样。咱们是怎样投机取巧，怎样骗得能吃上，怎样轻松，怎样把事情搞砸了还能得到一些好处，你说咱们有出息吗？咱们会有希望吗？没有希望。对这些事，我自己有时候特别悲哀。这是我的结论之一，我觉得这是我的很重要的一种认识。④

这是一段非常重要的话。从这段尖锐对比的话语里，我们可以看见路遥极

---

① 路遥：《路遥全集·早晨从中午开始》，北京十月文艺出版社，2013年，第207页。
② 路遥：《路遥全集·早晨从中午开始》，北京十月文艺出版社，2013年，第241页。
③ 路遥：《路遥全集·早晨从中午开始》，北京十月文艺出版社，2013年，第566页。
④ 路遥：《路遥全集·早晨从中午开始》，北京十月文艺出版社，2013年，第231页。

为开放的认知视野，可以看见他的世界意识和现代意识，可以看见他对现代的“公民意识”和国民素质的深刻理解，可以看见“咱们”与“人家”的巨大差距。显然，孙玉亭就是路遥所批评的“咱们”中的一分子，就是那种让路遥觉得“悲哀”的人。这种人很容易成为“投机取巧”的人，很容易成为“怎样轻松”便怎样来的人。

路遥之所以用充满讽意的修辞，塑造了孙玉亭这样一个完全不成器的人物形象，就是为了给那些缺乏“公民意识”的人，给那些不思进取的人，给那些糊涂度日的人，给那些想着“怎样把事情搞砸了还能得到一些好处”的人，提供一面自我对照的镜子。

二、精神寄居蟹：一个被动生活的人

无论在古代，还是在现代，聪明的父母都不会宠溺自己的孩子，也不会允许他们养尊处优，无所事事。他们会让下一代从小就接受严格的人生训练，借此培养他们的生存能力和独立精神。英国都铎王朝的绅士们不允许哪怕最小的儿子在庄园里游手好闲，而是让他们参与工作，锻炼获得财富的能力：“他必须离开家族，通过贸易或法律赚钱。”① 然而，并不是所有的人都有这样的人生智慧。许多目光短浅的父母并不知道如何爱自己的孩子，如何为他们计深远。对他们来讲，满足孩子的一切愿望和索求，让他们享受毫无压力的快乐生活，就是父母之爱的极则。

孙玉亭就属于那种被宠坏的孩子。他幼年失怙，但并不缺少爱。长兄孙玉厚给他的爱，简直比父亲还要多。张载说：“世学不讲，男女从幼便骄堕坏了，到长益凶狠。只为未尝为弟子之事，则于其亲已有物我，不肯屈

① 托马斯·索维尔：《经济学的思维方式》，吴建新译，四川人民出版社，2018年，第505页。

下，病根常在。又随所居而长，至死只依旧。”① 孙玉亭之“骄堕坏了”和“至死只依旧”，原因不在“世学不讲”，而在兄长对他溺爱太过。正是这过多的爱，使他英气消损，意志薄弱，最终影响了他的人格发展和精神成长，使他成了一个堕弱的人。他不能吃苦，也不懂得生活的艰难。他虚荣，懒惰，缺乏自制力，甚至还有点无赖习气和享乐主义倾向。

塞缪尔·约翰逊的长篇小说《王子出游记》中的拉塞拉斯王子，博学而又仁慈，为了“拯救一切患难”②，他逃出了王宫，去游历各地，寻找通向幸福的道路。他坚信：“不管人们如何普遍地不幸，总有一种比较好的生活，而在选择生活方式的时候，智慧当然应该指导我们去选择那最能避免不幸的生活方式。”③ 如果说，人类的生活方式可以分为自觉的生活和盲目的生活，那么，自觉的生活显然就是那种“最能避免不幸的生活方式”。所谓自觉的生活，就是有稳定的价值基础和明确的追求目标的生活，而盲目的生活，则与之相反；前者属于积极的主动的生活方式，后者属于消极的被动的生活方式。盲目的生活必然是一种缺乏独立性的生活，也必然是一种依赖性的生活。

在《平凡的世界》里，几乎所有主要的人物，都像拉塞拉斯王子一样，有自己的人生目标，都在为了实现自己的人生目标而积极地生活。但是，也有如孙玉亭者，漫不经心地过着被动的、依赖性的生活——小时候，他依赖父亲般的兄长孙玉厚；进入社会，他又依赖田福堂这样的权势人物。依赖性太强的人，很难真正成熟起来。最终，孙玉亭就成了一个四不像的人：他读过书，却不像真正有知识的人；他在大城市当过工人，却没有融入都市生活，不像个城里人；他出生在农村，却既不能吃苦，又不会种地，

① 朱熹、吕祖谦编：《近思录》，叶采、茅星来等注，程水龙整理，上海古籍出版社，2016 年，第 225 页。

② 塞缪尔·约翰逊：《王子出游记》，水天同译，上海译文出版社，2020 年，第 44 页。

③ 塞缪尔·约翰逊：《王子出游记》，水天同译，上海译文出版社，2020 年，第 62 页。

不像个合格的庄稼人；他结婚生子，有了家庭，但是，却不像个尽职尽责的父亲和丈夫。“孙玉亭”三个字简直就是“低能”和“无用”的同义词。他既没有独立的生活意识，也没有独立的生活能力：

> 没有办法，孙玉亭只好蔫头耷脑地扛起镢头，出山去了，老婆尽管骂得难听，但骂得也有道理。……好不容易把自己的地刨挖开后，玉亭苦恼起来了。他过去一直领导着大队农田基建队，山里的农活相当生疏。旁的不说，连籽种都下不到地里。点种还可以，一撒种就把握不住——一个小土圪崂，他就几乎把一大升小麻籽种抛撒得一干二净！他只好厚着脸去找他哥，求他把一些技术性的农活帮助做一下。①

孙玉亭的问题甚至比王满银还要严重。虽然他俩都有些不务正业，都缺乏责任感，但是，比较起来，还是大有不同。孙玉亭的生活是被动和向心式的。他离不开双水村，依赖这里的一切，习惯按照外在的指令和僵硬的生活逻辑，过一种完全缺乏自我意识的被动的生活。他将自己的时间和精力，全都虚掷在那些看似热闹却极无聊的事情上。而王满银的“逛鬼”式生活，则是主动和离心式的。为了过一种更轻松自在的生活，他随时准备逃离双水村——他要摆脱沉重的近乎劳役的劳动，要到外面的世界看一看西洋景。在严密组织起来的农村社会，能够摆脱控制，满世界乱逛，这不仅需要一点勇气，还需要一点机智。就此而言，在王满银的身上，多少有一些《静静的顿河》里格利高里式的东西。

当然，王满银也断然不是英雄式的人物。因为，“英雄是那种想当自己的人。英雄主义的根源在于意志的实际行动。”② 王满银吊儿郎当地“逛”

---

① 路遥：《平凡的世界》，第二部，人民文学出版社，2004年，第121页。

② 何塞·奥尔特加·伊·加赛特：《堂吉诃德沉思录》，王军、蔡潇洁译，商务印书馆，2021年，第128页。

世界，不是基于强大的意志，而是基于低层次的欲望；不是为了“当自己”，而是为了满足自己。他是一个带有流民习气的逃避者，甚至是一个有点随便的享乐主义者。尽管如此，王满银也是一个比孙玉亭稍显可爱的人物。因为，他的“逛鬼”式的生活，多多少少含着些自由而散淡的意味，多多少少显示了对被强加的生活方式的拒绝。然而，孙玉亭却什么都不拒绝。他是一个无可无不可的人。他就像没有常形的水一样；现实生活的器皿是什么样子，他就把自己变成什么样子。

说起来，孙少平才属于“那种想当自己的人”，才算得上是具有英雄气质的人。读书彻底地改变了孙少平。知识给了他理解生活的意识和能力，也给了他方向和目标：要改变自己的生活条件，同时不放弃最主要的精神追求；既不鄙视普通人的世俗生活，又要竭力使自己对生活的认识达到更深的层次①。这无疑是一种高度成熟的生活意识，显示着孙少平在“人生觉悟”上所达到的高度。

与孙少平不同，孙玉亭并没有想“当自己”的意识。知识并没有给孙玉亭的内心带来积极的影响。他缺乏最起码的自我认知能力，所以，很难准确而深刻地分析和认识自我。盲目和麻木是他经常性的精神状态。他永远感受不到来自意义世界的痛苦。契诃夫小说中的人物，尤其是女性人物，对生活的平庸和无意义特别敏感。《薇罗琪卡》中的女主人公说：“我受不了这种永远不变的生活和没有目标的生活，受不了我们那些平庸无才的人，他们彼此十分相像，就跟水滴一样。”② 孙少平能理解薇罗琪卡的痛苦，但孙玉亭永远不会理解。对孙玉亭来讲，生活的目标和意义这样的问题，根本不会引起他哪怕一丝一毫的焦虑和不安。

孙少平很少傲慢或粗野地对待别人。他遵循乡村千百年来形成的彬彬有礼的乡村风习和尊老爱幼的家庭伦理。无论在家里，还是在村里，他都

① 路遥：《平凡的世界》，第二部，人民文学出版社，2004 年，第 173 页。

② 契诃夫：《契诃夫小说全集》，第 6 卷，汝龙译，上海译文出版社，2008 年，第 84 页。

很懂礼数："在家里，他敬老、尊大、爱小；在村中，他主要是按照世俗的观点来有分寸地表现自己的修养和才能；人情世故，滴水不漏。"① 但是，孙少平瞧不起、也不尊重他二爸孙玉亭。一次，孙玉亭来孙玉厚家，"他哥和少安两口子还给他打了个招呼，但少平和兰香就像没看见他一样。"② 孙少平对孙玉亭的态度，就是作者路遥对他的态度。路遥懂得尊重和体恤自己的人物，很少在小说中鄙视谁，但是，他对孙玉亭却极不喜欢，甚至有点鄙视。路遥常常用复杂的眼光观察人物，努力写出他们性格和情感上的复杂性，甚至会怀着善意来写他们的思想转化和人格发展。但是，在他笔下，孙玉亭却没有太多的复杂性，他的性格也几乎没有什么发展和变化，从始到终，都是那么一副令人鄙恶的样子。

少平之所以鄙视他二爸，就是因为看不惯他那种依赖性的生活方式。在孙少平看来，他二爸孙玉亭的生活，似乎很热闹，也很风光，实质上，却是没有意义的。无论在物质上，还是在精神上，他二爸都是匮乏和贫穷的："对于他二爸跑烂鞋地'闹革命'，他在心里更是抱有一种嘲笑的态度；常讥讽他那'心爱的空忙'。他自己身在村子，思想却插上翅膀，在一个更为广大的天地里恣意飞翔……"③ 孙少平对他二爸的"讽刺"，其实并不准确。因为，他二爸并没有"思想"，只有盲目的冲动和热情；也没有"在一个更为广大的天地里恣意飞翔"，而是在一个狭小的天地里胡乱折腾。"空忙"一语，才是对孙玉亭"闹革命"最准确的界定，才是对他的生活最深刻的评价。

事实上，孙少平也没有意识到，他二爸及其同类——那些按照被动方式生活的人们——身上所存在的问题，远比他所看到的要严重。按照被动方式生活的人，通常就是惧怕社会变革和生活变化的人。他们总是赋予不

① 路遥：《平凡的世界》，第一部，人民文学出版社，2004 年，第 400 页。
② 路遥：《平凡的世界》，第一部，人民文学出版社，2004 年，第 337 页。
③ 路遥：《平凡的世界》，第一部，人民文学出版社，2004 年，第 400 页。

合理的生活以绝对的合理性和正确性。他们是错误意识和荒谬观念的奴隶，把那些自己早先接受的陈旧观念视为绝对真理。他们把顽固当作坚定，把偏执当作信心。他们缺乏最起码的危机意识和责任意识，完全意识不到，拒绝变革和进步会给自己和别人带来怎样的不幸和灾难。内心世界的封闭和狭隘，认知能力的幼稚和低下，以及包含着自私动机的愚顽和固执，这些，就是他们心理和性格上的突出特点。孙玉亭就是这种被动型人格中的典型。

积极的主动人格，意味着创造的活力和变革的热情。相反，消极的被动人格，则意味着对变革的疑惧和排斥。孙少安冒着巨大的风险推进生产队的生产方式改革，孙玉亭则是按照僵硬的教条来阻挡他的改革。当田福堂把孙少安的改革“合同”拿给他看。他立即强烈地表达了自己的震惊和不满，并且给田福堂出谋划策：

孙玉亭一听这情况，立刻震惊得张大了嘴巴。他激愤地说：“毛主席老人家一去世，人的心胆越来越大了！竟敢明目张胆走资本主义道路！这还了得！没王法了！”

田福堂讥讽说：“你们家出了大人物，敢领着群众造社会主义的反！”

孙玉亭坚定地说：“谁反对社会主义，我就反对谁！别说是我的侄儿，就是我父亲现在活着，他反对社会主义，我也坚决不答应！”

田福堂说：“不论怎样，你侄子已经闹腾成了这个样子，你说怎么办？”

“把那小子捆起来！扭送到石圪节去！”孙玉亭气愤地说。

“也不必这样。咱是不是先开个支部会，看他们其他人怎说？”

“这还要开什么支部会哩？”孙玉亭说，“这明摆着是走资本主义道路嘛！他们其他领导人还敢支持吗？干脆，别再费这神了，你赶快到公社汇报去!"

孙玉亭一下子提醒了田福堂。对!这么严重的路线斗争，不是双水村能够解决了的，应该马上向上级汇报!田福堂说走就走，骑上自行车很快动身去石圪节公社，找白明川和徐治功汇报去了。

与此同时，孙玉亭连家也没回，火急火燎地找到他哥孙玉厚，让他赶紧说服孙少安不要再执迷不悟；否则，恐怕公安局的法绳就要套到他娃娃的脖子上了!①

从“把那小子捆起来!扭送到石圪节去!”这两句话里，固然可以看见孙玉亭的粗暴和操切，但是，从他的近乎失态的激烈反应中，人们更多看见的，却是他对改革的恐惧和敌意，是平庸而懒惰的生活态度。这种平庸而懒惰的生活，就像加赛特所说的那样：“以一种消极被动的方式倚赖自己，安于现状，害怕变动，除非有一种外在的压力迫使它走出封闭的自我。”② 事实上，孙玉亭的情况更加严重。因为，他所依赖的不是自己，而是别人；而且，面对“外在的压力”，他不是选择“走出自我”，而是一条道走到黑——固守旧的生活，拒绝新的变化。这也不奇怪，一个很少参加具体劳动的人，压根就认识不到自由的劳动有多么重要；一个完全依赖他者的人，也很难理解能让所有人获得更大空间和更多机会的改革有多么重要。

奥尔特加·加赛特对平庸而无个性的“大众人”持尖锐的批评态度。他鼓励人们发展自我，发现自己的特殊价值，努力成为一个“对自己提出更高要求的人”。为此，他主张将“少数精英”（select minorities）与“大众人”（a mass - man）区别开来：“无疑可以对人类做出最基本的划分，即把人分为两种类型：一种人对自己提出严格的要求，并赋予自己重大的责任

① 路遥：《平凡的世界》，第一部，人民文学出版社，2004年，第411—412页。

② 奥尔特加·加赛特：《大众的反叛》，刘训练、佟德志译，山西人民出版社，2020年，第80页。

和使命；另一类人则放任自流——尤其是对自己。在后一类人看来，生活总是处在既定的状态之中，没有必要做出任何改善的努力——他们就像水中漂动的浮标，游移不定，随遇而安。”① 这样的分类，也不是没有道理，但容易给人留下阶层歧视的傲慢印象。事实上，完全可以用一种更平实的方式来分类，即可以将人们分为“积极生活的人”和“消极生活的人”，或分为“主动生活的人”与“被动生活的人”。如果说，孙少平是“积极生活的人”和“主动生活的人”，总是通过艰辛的努力，将自己的生活向前推进和向上提高，那么，孙玉亭就是“消极生活的人”和“被动生活的人”，总是糊里糊涂，得过且过，缺乏最起码的进取热情和明确的生活目标。

生活意味着行动和创造。积极的行动，是生命力的象征，也是创造力的体现。如果说，“生活的真谛就是行动，就是劳动，就是创造。只有在行动中，人才能证明自己的生命活力；只有在创造性的劳动中，人才能体验到生活的意义和价值”②；那么，一切缺乏目标的生活，一切丧失创造热情和行动力量的生活，就是一种消极的生活，甚至就是一种缺乏意义和价值的生活。

孙玉亭的生活，就是一种缺乏热情和活力的生活，也是一种缺乏意义和价值的生活。他是另一种形态的奥勃洛摩夫。如果说，奥勃洛摩夫的被动生活，以缺乏热情的静态的方式表现出来，那么，孙玉亭的被动生活，则以缺乏目标的动态的形式表现出来。

一切性质严重的被动生活，都是精神寄居蟹式的生活。只不过，奥勃洛摩夫寄居在内心世界的壳里，而孙玉亭则寄居在外部生活的壳里。

奥勃洛摩夫是有气无力的孙玉亭，而孙玉亭则是跳来跳去的奥勃洛摩夫。

---

① 奥尔特加·加赛特：《大众的反叛》，刘训练、佟德志译，山西人民出版社，2020年，第9页。

② 李建军：《重估俄苏文学》，上卷，二十一世纪出版社集团，2018年，第239页。

奥勃洛莫夫像鸽子把翅膀藏在翅膀下一样，惧怕和逃避生活，完全没有力量超越自己的精神困境；而孙玉亭则像孩子扑向糖果盒一样，兴高采烈地拥抱生活，甚至倾向于无条件地顺应生活，而他所热爱和拥抱的，他所无条件顺应的，正是积极的主动人格的人所排斥和拒绝的生活。

奥勃洛摩夫们是被沉重的现实压垮了意志的一代人，是心如死灰、丧失了行动力的一代人；而孙玉亭们则是被淆乱的生活搞乱了意识的一代人，是心似风幡、患上了好动症的一代人。

是的，孙玉亭的生活不是真正意义上的生活，而是动态形式下的停滞，是喧嚣形式下的死寂，是风光形式下的无聊。他既没有对生活的现实焦虑，也没有对生活的未来想象。没头没脑的顽梗和无思无虑的混世，是他性格和行为上的一个特点。他是一个不知世事艰难的纨绔子弟，一个出身于贫困农家的纨绔子弟。

三、“光荣的多数”与虚幻的荣耀感

很少有人能长时间地独自生活。无论多么喜欢孤独的人，都有对集体生活和社会生活的最低限度的需求和依赖。就像别尔嘉耶夫所说的那样：“人生活中的一切个体人的行动同时也是社会行动，于其中不可避免地存有社会投射。人不是封闭于自身的单子。”① 在作为个体人生活的时候，人们也应该充分地意识到，自己还要以社会人的方式生活，必须对社会承担一份责任。

然而，在个性与其他因素的复杂关系中，个性无疑占据着首要的位置，发挥着主宰性的作用。个性使一个人成为他自己，成为具有不可替代的人格价值的人。无个性的人，等于无自我的人；这样的人，随时会迷失自己，会被淹没在群体的海洋里。一个人精神成熟的重要标志，就是形成自己的

---

① 尼古拉·别尔嘉耶夫：《人的奴役与自由》，徐黎明译，贵州人民出版社，1994年，第179页。

个性、人格和生活方式。他选择以个体的方式，自由而积极地介入社会生活，而不能倒过来，为了别的东西牺牲自己的个体自由和人格。

在别尔嘉耶夫看来，个体人格和个体意识具有特别重要的价值："人自身的个体人格意识朗照着人。它是人的最高本性和最高使命。一个人纵然横遭压抑，磨难不已；纵然沉疴在身，不久人世；纵然只存于一种可能性或者潜能中；但重要的是万万不能没有个体人格。人一旦没有个体人格，也就混同于世界的其他事物，也就失掉人自身的独特性。"① 然而，无论培养个体人格，还是守护个体人格，都皆非易事。无个性的人，缺乏独立人格的人，终其一生未能按照个体人格意识自觉生活的人，实在是太多了。至于仅仅为了一点现实的利益而放弃个体人格的人，仅仅为了一点廉价的光荣而辱没个体尊严的人，也并不少见。

孙玉亭就属于无个性的人。他没有自己的个体人格。在他身上，群体性格明显大于个体性格。在叔本华看来，个人与社会之间，存在着微妙的张力关系；个人依赖社会，但社会也限制个人自由；面对社会的制约和束缚，个体人格上的独立和精神上的孤独，就是他获得幸福的前提条件："一切社会必然包括——作为其生存的首要条件——成员之间的互相适应和社会对其成员的制约。这意味着，社会的规模越大，越令人乏味。一个人唯有当他独自一人时，他才是他自己；倘若他不喜欢独处，那么，他必不热爱自由；因为只有当他孤独无依时，他才是真正自由的。……一个人的独立性越强，越难成为与他人交往关系的牺牲品。"② 然而，孙玉亭缺乏成熟的个性意识和强大的个性力量。他要热闹，不要自由。他完全适应不了"独自一人"的生活。他害怕孤独。一旦孑然独处，他便浑身不自在，就丧失了生活的乐趣。他特别喜欢大轰大嗡的场面，渴望狂欢性的集体生活带

① 尼古拉·别尔嘉耶夫：《人的奴役与自由》，徐黎明译，贵州人民出版社，1994年，第4页。

② 叔本华：《叔本华论说文集》，范进等译，商务印书馆，2000年，第125页。

给他的满足和欢乐。只有在喧嚣的人群里，他才能感觉到自己存在的意义和价值。

在伟大的著作《人的行为》中，米塞斯提到了两个概念：一个是“逻辑的多数”（the pluralis logicus），一个是“光荣的多数”（the pluralis glorious）。他并没有对这两个概念进行界定，只是提醒人们要把它们分辨清楚。他试图用虚拟的语气和比譬的方式来说明问题：“如果有一位从未滑过冰的加拿大人夸口说‘我们是世界上最第一流的冰上曲棍球的打手’，或者有一位意大利人的文盲骄傲地说‘我们是世界上最杰出的画家’，决没有人会被愚弄。但是，关涉到政治经济问题的时候，‘光荣的多数’就发展到邦国主权，因而在国际经济政策的理论方面发生了重要作用。”① 在米塞斯的表述中，这两个概念似乎都含着否定的意味，包含着对自己与民族和国家关系的歪曲的认知。

我们可以尝试着对米塞斯的这两个概念进行界定。所谓“逻辑的多数”，就是甚至完全忽略自身的条件，按照一种简单化的逻辑，把自己当作可以分享他者光荣的一分子；而“光荣的多数”则将这种逻辑运用到更大的领域，例如国家荣誉和国家利益，从而赋予自己以巨大的正当性和荣誉感，使人很难从逻辑上反驳他。如果说，“逻辑的多数”主要见之于体育和艺术等具体的领域，那么，所谓“光荣的多数”则是一种涉及“邦国”的整体存在的优越感和荣耀感。那些属于“光荣的多数”的个人，错误地将自己等同于一种巨大的存在，并从那巨大的存在中感受到可以用“咱们的”或“我们的”来修饰和表述的光荣。这是一种反逻辑的心理和意识，也是一种普遍存在的精神状态和心理倾向。

具体地说，当一个德国人傲慢地说，雅利安人是最优秀的人种的时候，他可以被归入“光荣的多数”；当一个英国人自大地说，盎格鲁-撒克逊

---

① 路德维希·冯·米塞斯：《人的行为》，夏道平译，上海社会科学院出版社，2015 年，第 45 页。

（Anglo－Saxon）是唯一能创造“日不落帝国”的民族时，他可以被归入“光荣的多数”；当一个苏联人宣告，苏维埃是全世界受苦人的解放者和拯救者的时候，他可以被归入“光荣的多数”；当一个当代中国作家坚称，“大秦帝国”是“高端文明”的时候，他也可以被归入“光荣的多数”。“光荣的多数”比“逻辑的多数”更为常见，也更不可理喻。对那些借着国家和民族来满足虚荣心的人来讲，正常的逻辑和理性是不起作用的。

孙玉亭就属于“光荣的多数”。他从外在于自己的巨大对象里，感受着自己存在的价值，体验着精神上虚幻的荣耀感。借助外在的力量，他们将别人的目光吸引到自己身上，使自己体验到一种飘飘然的感觉；即便是可怕的贫穷和饥饿，也不能影响他们的这种强烈的幸福感和巨大的光荣感。这是一种严重的心理疾病，一种可以命名为“集体生活依赖症”的心理疾病：

> 他已经过惯了红火热闹的集体生活，一个人孤零零地在山里劳动，一整天把他寂寞得心慌意乱。四山里静悄悄的，几乎看不见人的踪影；只有很远的地方才偶尔传来一两声什么人的吆牛声。孙玉亭心灰意懒地做一阵活，就圪蹴在地里抽半天烟。他甚至羡慕地里觅食的乌鸦，瞧它们热热闹闹挤在一块，真好！①

路遥对孙玉亭落寞心理的描写，属于间接性质的描写，即叙述化的描写。这种写法看上去很简单，但却取得了简洁而传神的描写效果，让读者看见了孙玉亭微妙的内心活动：他不是一个本色的农民，也没有能力从劳动中感受到快乐，而孤零零一个人劳动，则愈加强化了他内心和孤独和痛苦。因为无法感受到属于人的真正的快乐，他竟然羡慕起了那些挤在一起

① 路遥：《平凡的世界》，第二部，人民文学出版社，2004年，第121页。

觅食的乌鸦。唉！真是一个令人“末如之何也已矣”的可怜人啊。

缺乏个性而又患有群体依赖症的人，叔本华称之为“无能的群氓”①，勒庞称之为“大众人”（a mass－man）②。然而，孙玉亭永远不会觉得自己是“无能的群氓”，也认识不到自己是勒庞所批评的“大众人”。他的意识始终停留在懵懵懂懂的混沌状态。物质上的巨大贫困，引不起他的焦虑和痛苦。他陶醉于那种虚幻的“无限的快活”：

……孙玉亭本人觉得，他现在穷是穷，倒也自有他活人的一番畅快。

玉亭是大队党支部委员、农田基建队队长、贫下中农管理学校委员会主任，一身三职，在村里也是一个人物。全村开个大会，尽管他衣服不太体面，但也常是坐主席台的人。他又有文化，上面来个什么文件或材料，书记田福堂和副书记金俊山都不识字，回回都是他给众人宣读。这时候，全村大人娃娃的目光，都集中在他身上，使他感到非常的满足，把饥肠饿肚早已忘得一干二净。

只是回到家里，三个孩子饿得嚎哇哭叫，她老婆又跑出去为骂仗的村妇去调解是非，上顿饭的碗筷都没洗撂在锅台上，这时他才感到对生活有点灰心。

他一个人坐在灶火圪崂拉风箱，饭还没熟，三个孩子像土匪一样扒在锅上，三下五除二就吃得差不多了。这时他也不由地想起了早年间太原钢厂的好吃好喝。顿顿白蒸馍大肉菜，喷鼻香！那时他一顿才吃三个白馍？真是不可思议！要是现在的话……

他在家里胡乱吃喝一点，就又投身到轰轰烈烈的革命运动中去了。

---

① 叔本华：《叔本华论说文集》，范进等译，商务印书馆，2000年，第96页。

② 奥尔特加·加赛特：《大众的反叛》，刘训练、佟德志译，山西人民出版社，2020年，第8页。

只有在这社会的大风大浪中，他才把饿肚子放在一边，精神上享受着一种无限的快活。①

任何时候，极端的贫穷都意味着尊严的丧失，都是一种可怕的痛苦和巨大的不幸。然而，面对可怕的贫穷和耻辱，孙玉亭竟尔恬然受之，不思改变。对他来讲，站在高台上，被别人注视，就是莫大的荣耀，而这种廉价的光荣，竟然比让孩子们吃饱饭还重要。他意识不到，一家人的生活穷困到如此程度，作为父母，他是失职的，作为社会人，他是应该受到责备的。

“新时期”的改革开放，解放了人们的精神，激活了人们的创造力，给人们提供了自由劳动的机会。所以，对绝大部分人来讲，这简直就是一场特殊性质的伟大革命，简直就是令人欢欣鼓舞的“第二次解放”。然而，对孙玉亭这样的少数人来讲，真正的自由是一种沉重的负担和巨大的威胁。这会让他们失去可以逃避劳动的安适生活，会使他们离开可以出风头的热闹场面。他们很难适应那种没有人欢呼和鼓掌的生活。对他们来讲，失去权力和光荣，就等于失去一切。通过对孙玉亭的内心痛苦的描写和叙述，路遥深刻地揭示了农村的生产责任制改革，在那些“光荣的多数”的内心，在那些过度依赖“大集体”的人的内心，所引致的巨大震荡和强烈痛苦：

对于孙玉亭来说，眼前的生活仍然像梦一般不可思议。

实行责任制尽管半年多了，他还没有从这个变化中反应过来——农村的改革如同一次大爆炸，把我们的玉亭同志震成了严重的脑震荡……

失去了亲爱的集体以后，孙玉亭感到就像没娘的孩子一样灰溜溜的。唉，他不得不像众人一样单家独户过日子了。

---

① 路遥：《平凡的世界》，第一部，人民文学出版社，2004年，第54—55页。

他当然也不再是双水村举足轻重的人物。人们现在在村巷里碰见他，甚至连个招呼也不打，就像他不存在似的。哼！想当初，双水村什么事上能离开他孙玉亭？想不到转眼间，他就活得这么不值钱？他眷恋往日的岁月，那时虽然他少吃缺穿，可心情儿畅快呀！而今，就像魂灵一下子被什么人勾销了……

起初，玉亭根本没心思一个人出山去种地。他要么闷头睡在烂席片土炕上，接二连三地叹气；要么就跑到村前的公路上，意想天开地希望听到外面传来“好消息”，说集体又要恢复呀！如果村里来了个下乡干部，他就拖拉着那双烂鞋，飞快地跑去，打听看政策是不是又要变回去了？

在人们几乎忘记一切而发疯似地谋光景的时候，双水村恐怕只有玉亭一个人仍然在关心着“国家大事”。每天，他都要跑到金家湾那面的学校把报纸拿回家里，一张一张往过看，指望在字里行间寻找到某些恢复到过去的迹象，但他一天比一天失望。社会看来不仅不可能恢复到原来的状态，而且离过去越来越远了。

……在山里孤单地劳动一天，回家吃完晚饭后，玉亭无法立刻躺到烂席片土炕上去睡觉；他总觉得晚上还应该有些什么事。

他把碗一丢，便拖拉起那双烂鞋，丧魂失魄地出了大门。

他也不知道自己怎么一下子就走到了大队部。

噢，他是开会来了！以前几乎每晚上他都要在这里开半晚上会，现在他竟然又不由自主地来到了这里！

可是，会议室门上那把冰冷的铁锁提醒他：这里不再开会了！

夜晚出奇的平静。疲劳的庄稼人饭碗一丢就进入了梦乡。唯有东拉河在沟道里发出寂寞的喧哗声。月亮在黑白相间的云彩里游移，大地上昏昏暗暗。孙玉亭一个人惆怅地立在黑糊糊的大队部院子里，心中油然生出无限悲凉。他索性蹲在会议室门台上，一边抽烟，一边在

黑暗中缅怀往日那些轰轰烈烈的日子……①

路遥的叙述和描写包含着重要的社会学内容和丰富的人格学内容。从路遥所提供的细节里，人们可以观察个人与社会的畸形关系可能带来的问题。别尔嘉耶夫说："人由于无助感和被弃感，会很自然地寻找集体的庇荫。"②但是，他也提醒人们：个体人格高于一切；不能为了任何别的需要牺牲自己的个体人格。是的，当一个人把自己的全部光荣都寄托在外部世界的时候，他就等于把自己全部让渡了出去，也就等于置自己于价值上的无根状态。一旦外部世界发生巨大的变构，那么，个体的精神世界就有可能因此而分裂和崩溃。孙玉亭没有能力处理好个人与社会的关系。他缺乏成熟而健全的个体人格。他的"无助感"和"被弃感"皆因此而起；他的"惆怅"和"无限悲凉"，皆因此而来。

农村经济模式和生产模式转换之后，孙玉亭便陷入了巨大的精神痛苦和精神危机之中。忽然，一切都安静下来了。没有人再可以被当作斗争对象来羞辱和折磨，也没有谁可以任性地决定哪个人是坏分子，哪个人应该受到批判和惩罚。孙玉亭完全无法适应这种不开会的生活，完全无法适应这种没有口号声和欢呼声的安静生活。严重的"集体生活依赖症"折磨着他的心灵。他对那种大场面的劳动情景如此迷恋，竟至于在身处侄儿孙少安的砖瓦厂的时候，心里恍惚间产生了"昨日重现"的幻觉：

热爱大集体场面似乎是玉亭的天性。尽管他也知道，这场面和当年的农田基建大会战屁不相干，但几年来他终归又看见了一群人凑到一块劳动的场面，不能不使他触景生情，唏嘘感叹。有时候，在这纷

① 路遥：《平凡的世界》，第二部，人民文学出版社，2004年，第120—122页。

② 尼古拉·别尔嘉耶夫：《人的奴役与自由》，徐黎明译，贵州人民出版社，1994年，第176页。

乱的人头上空，他恍惚看见一面面红旗在风中招展……别了，往日那火红的岁月！

孙玉亭蹲在侄儿的砖场边，吸着从他哥烟布袋里挖来的旱烟，心绪烦乱地思前想后，不时用手指头把流在嘴唇的清鼻涕抹在他的破鞋帮子上。世事变了，他还是一副穷酸相，一身破烂衣服，胸前的钮扣还是缺三掉四，旱烟照样由他哥供应。要不是大女儿卫红已长成个懂事姑娘，相帮这对“革命夫妻”种地，一家五口人恐怕连口也餬不住。这不，凤英现在也只好投在“资本主义”门下，赚几个“下眼”钱。

玉亭不仅光景没变，其他“爱好”也没变。他一直不间断地到小学教师金成那里取来报纸，抢着赶天黑看完（晚上他点不起灯），如此关心“政治”的人，至少在东拉河一带的农村实属罕见！①

孙玉亭不懂政治为何物。他所关心的，不是真正的政治，而是那些与他的记忆和需要相关的事情。与其说他关心的是“政治”，不如说他关心的是失去的光荣和热闹。他完全无法适应正常而安静的新生活。他只有通过对往日生活的回忆，来获得心理安慰和心理平衡。

无论对谁来讲，读报都是一种值得分析的文化行为。有的人读报，是为了观察和分析生活；有的人读报，却是为了寻找自己熟悉的东西，甚至为了寻求心理上的安慰。孙少平喜欢读报，孙玉亭也“一直不间断”地读报，甚至要“抢着赶天黑看完”。但是，他们读报的心理动机和精神需求，却大不一样。孙少平读报纸，是一种深度化的阅读，是为了开阔眼界，是为了保持跟外部世界的关系；孙玉亭读报却是一种浅表化的阅读，是为了掌握由话语造成的形势，为了满足把自己融入群体之中的需要。也就是说，孙少平读报是为了丰富自己的知识和经验，而孙玉亭读报却是为了寻找和

① 路遥：《平凡的世界》，第三部，人民文学出版社，2004 年，第 100—101 页。

确认自己熟悉的观念，甚至就为了满足自己的“集体生活依赖症”心理。

开会是一种具有事务性和娱乐性双重功能的集体活动。开会意味着认可和光荣。任何一种会议，都意味着对与会者的资格和地位的认可，也意味着赋予参会者以特殊的价值感和光荣感。孙玉亭特别喜欢开会，喜欢体验坐在主席台上的美妙感受。只要在声音嘈杂的会场里，孙玉亭就觉得开心和光荣，就有一种被人们尊重的飘飘然的感觉。孙玉亭简直就是马雅可夫斯基讽刺过的“开会迷”：“一天之内/起码要赶二十个会议。/不得不采用分身法——/上半身在这里，/下半身在那里。//我激动得一夜睡不安生。/到了早晨，/我抱着希望迎接新的黎明：/‘啊，但愿能/再召开一次会议，/专门讨论/把一切会议扫除干净！’”① 马雅可夫斯基只是从事务性的层面反对开会。他没有从社会心理学等方面深刻地分析“开会迷”的动机和情结。他没有看到，开会可以满足被动人格的人对群居生活的需要，可以满足他们对认同感和光荣感的需要。

“包产到户”之后，人们没有必要、也没有时间开会了。这让孙玉亭非常失落和寂寞。所以，当田福堂通知他准备开会，要对“前地主的大儿子”金光亮的“阶级报复”进行反击的时候，他欣喜若狂，“一路小跑着来了”，“直跑得人还未到，一只烂鞋就飞到了田福堂的目前”②。其实，根本不存在什么“阶级报复”。事情小得不能再小：金光亮栽了许多泡桐树；这些泡桐树的根都扎在了他的弟媳马来花的枣树下，使她家的枣树失掉了养料，今年树上的枣子结的稀稀拉拉，比别人家至少要少收三分之一。她强烈要求田福堂处理这事；如果他不处理，她天天到这个碾盘前来让他不得安生③。孙玉亭不在乎为谁开会和为何开会，他只在乎有没有会开。于是，他赶紧

---

① 马雅可夫斯基：《马雅可夫斯基诗选》，上卷，飞白译，上海译文出版社，1981年，第243—244页。

② 路遥：《平凡的世界》，第三部，人民文学出版社，2004年，第320页。

③ 路遥：《平凡的世界》，第三部，人民文学出版社，2004年，第319页。

去打扫原大队部的“多年封门闭户”的会议室：

玉亭情绪激动地打开公窑门，脸却一沉。他在公窑积满尘土的脚地上呆立了片刻，实在有点心酸。他看见，往年这个红火热闹的地方，现在一片凄凉冷清。地上炕上都蒙着一层灰土，墙上那些“农业学大寨”运动中上级奖励的锦旗，灰尘蒙的连字也看不清楚了。后窑掌间或还有老鼠结队而行。

孙玉亭发了一会愣怔，头上像妇女一样反包起毛巾，便开始打扫这间公窑。

忙了几乎一个下午，办公窑终于被玉亭重新收拾得一干二净。地上，炕上，还有那个小炕桌，都被他弄得清清爽爽；墙上的锦旗揩抹了灰尘，又满目光彩。说实话，玉亭在自己家里干活也没这么卖力。他是充满感情在做这无偿的营生；他在此间获得的是精神上的满足！

傍晚，当他给其他几位党支部成员通知了开会的消息后，又赶回公窑用破报纸团蘸着口水擦了煤油灯的玻璃罩子。灯罩擦净后，他才发现灯壶里连一滴煤油也没有了。公而忘私的玉亭决定拿回家把自家那点不多的煤油灌上一灯壶。

天一擦黑，玉亭就赶回家胡乱吃喝了一点，又给公家的灯壶里灌满了自家的煤油，就拖拉起烂鞋，兴致勃勃赶到公窑里。①

“他在此间获得的是精神上的满足”——路遥凭着作家特有的敏感，察觉到了无个性的人的巨大存在，觉察到了“光荣的多数”的巨大存在，察觉到了他们对虚幻的“光荣”的走火入魔般的迷恋。为了获得重新体验“光荣”的机会，他们将毫无心理障碍地回到那已经被翻过去的历史书页里，回到

① 路遥：《平凡的世界》，第三部，人民文学出版社，2004 年，第 321—322 页。

那种压制人的劳动自由和创造活力的僵滞状态。

就此而言，孙玉亭已然是一个具有丰富的社会内容和心理内容的典型形象。

他是时代之水上的精神漂浮物。他没有自己的精神之根，没有成熟的个性和自我意识。

他的意识世界是陈旧的，充满了与现代意识和现代价值观格格不入的东西。

他是一个活在过去的人。为了过去的旧梦，他不惜拒绝甚至破坏一切新生的合理的东西。

他对虚幻的“光荣”的想象和渴望，将使他成为一只严重依赖外部环境的精神寄居蟹，也将使他成为前现代社会的可悲的精神殉葬品。

四、低级的情志与没有未来的人

一个人格健全的人，也许不能时时处处抵抗低级情志对自己的干扰，但是，在最重要的问题上，在最关键的时候，他能把握自己的意识和行为，使自己服从高级情志的引导和制约。他把爱当作最伟大的情感和最重要的价值。德国思想家莱布尼茨说：“在那些值得爱的东西中，没有什么比去爱更可人的了。爱这种精神状态，让我们因所爱对象的完善而愉快……”① 在所有的高级情志中，爱无疑是最重要和最伟大的东西；它不仅能使被爱者觉得幸福，也能让爱人者觉得愉快。

一个人的爱越是普遍，那么，他的幸福感就越是强烈，人的情志也越是高级。美国荷裔学者和作家房龙认为：“耶稣与冷酷的罗马人、世故的希腊人、教条的犹太人不同，区别就在于他对‘爱’的理解。……他的心里充满了对人类的爱。不仅仅爱他的拿撒勒的朋友、加利利的邻人，也爱生

① 莱布尼茨：《神正论》，段德智译，商务印书馆，2018 年，第 59 页。

活在通往大马士革的道路消失不见的地方、生活在更广阔的世界里的人们。”① 对人类和一切生命的温情的态度和温柔的爱，才是真正属于人的高级的意识和情感。那种温暖所有人的、最普遍的爱，就是人的最高级和最伟大的情志。

然而，这种博大的爱的态度，这种温柔的爱的情感，孙玉亭那一类人是无法理解的。他们缺乏爱的教育，也没有爱的能力。低级的情志牢牢地控制着他们的精神生活。他们更熟悉的情志是狭隘的敌意和仇恨。他们常常无来由地恨不该恨的人，也常常无来由地爱不该爱的东西。张履祥说："人心不仁之机日长一日，世上不仁之事代多一代，富不如贫，贵不如贱，非激论也。"② 低级的情志，就是"不仁"的情志；有此"不仁"之情志，必然会做"不仁"之事。

在孙玉亭们眼里，人生来就带着不同的身份，就应该受到不同的对待。决定他们的爱一个人或恨一个人的，并不是真正人性化的态度和价值理念，而是一种低级的情志，是一种充满偏见的僵硬意识。对有权有势的人，他们的态度谦卑而恭顺；对待无权无势的人，他们的态度傲慢而冷漠。孙玉亭就属于这种被低级情志和极端意识奴役的人。

孙玉亭最崇拜的，是那些手中握有权力的人。一旦面对权力比自己大的人，他便惶惶如也，大有手足无措之感。在双水村，孙玉亭最敬畏的人，就是大队支书田福堂。他看他的眼色行事，唯他的马首是瞻。他像柔软的藤蔓一样攀附在田福堂的身上。为了获得田福堂的赏识，他低三下四地逢迎和巴结这个双水村的"一把手"和最高领导人。

孙玉亭懂得如何替田福堂服务。他费尽心机创造机会，让田福堂的儿子润生到村里的学校教书。他把田福堂的心思琢磨透了："他的一切喜怒哀

---

① 房龙：《圣经的故事》，黄悦译，生活·读书·新知三联书店，2011 年，第 339 页。

② 张履祥：《训子语译注》，张天杰、余荣军增编、译注，上海古籍出版社，2020 年，第 233 页。

乐，玉亭马上就能入微地体察到。……他打个喷嚏，玉亭就感冒了。”① 虽然田福堂从来就没有拿他当人看，但是，孙玉亭却若无其事，毫不措意。他完全意识到不到，这种依附他人的生活，其实是很不体面的，甚至是很可耻的。

本来，孙少安砖厂开始点火烧砖，是一件很平常的事情，但是，孙玉亭硬是说服孙少安，要搞一个有领导参加的“点火仪式”。当他得知周县长答应参加孙少安砖窑的开工仪式，竟然“惊得目瞪口呆。兴奋使他浑身冒起一层鸡皮疙瘩。他拖拉起破鞋就往回跑，一路上绊了好几个马趴……”② 这种做张做致的孩子式的反应，足以说明他对权力的态度有多么不正常。为了把孙少安砖厂的“点火仪式”搞得轰轰烈烈，他竟然不识时务，上门去请生着病且憋了一肚子气的田福堂来共襄盛举，结果，被双水村的这个“一把手”骂了个狗血淋头：

……玉亭溅着唾沫星子，不屈不挠地要他代表双水村党支部为他侄儿致“祝词”。他连眼皮也没往起抬，说：“我病成这个样子，怎去？你是不是眼睛瞎得看不见了？你叫金俊山去！”

“你终归是咱村里的一把手！”玉亭继续打劝他。

“一把手是个屁！我现在只剩一把干骨头了！”他厌恶地对他的前助手说。

“县上的周县长要亲自来出席哩！”孙玉亭又提醒他。

“我没见过个县长？我家里地委书记都有！你赶快拍县长的马屁去吧！看他能不能把你也提拔一下！”他恶毒地挖苦孙玉亭说。

孙玉亭不敢和他顶嘴，只好悻悻然走了。

田福堂知道，在这种时候，你把孙玉亭骂成个龟子孙，他也不在

① 路遥：《平凡的世界》，第一部，人民文学出版社，2004 年，第 334 页。
② 路遥：《平凡的世界》，第三部，人民文学出版社，2004 年，第 103 页。

乎。他现在什么也不顾，只顾跑烂鞋地张罗这宗“喜事”。他会拖拉着烂鞋，一时三刻就蹚过东拉河，兴奋地出现在金俊山的院子里……

“狗改不了吃屎！”田福堂在心里骂孙玉亭。①

田福堂最了解他的德性，也最瞧不起他，所以，才敢这样直突突地、不留情面地羞辱他，甚至在心里将他骂作“改不了吃屎”的狗。哈耶克重视人的“品质”问题。在他看来，1930年代的“典型的德国人”的品质，并不能令人满意：“他们似乎还缺少大多数很细小的、但很重要的品质，就是在一个自由社会里会促进人与人之间互相交往的那些品质：和蔼和幽默感，个人谦逊，尊重别人的隐私和对邻人的善意怀有信任。”② 假如孙玉亭有正常的自尊心，有正常的感受能力和认知能力，那么，他就会发现自己所崇仰的有权势的强者，其实并不值得尊敬和信赖。他们缺乏那些很重要的品质和人性化的情志——缺乏和蔼与幽默感，缺乏谦逊的态度，缺乏对别人隐私的尊重，缺乏对邻人的善意和爱。最近两年，流行着这样一句话：“当时代抛弃你的时候，连一声‘再见’都不会对你说。”这是一句莫名其妙的话，也是一句冷冰冰的话。从这句话里，你可以听到含着恐吓的声音，可以感受到攘肌及骨的寒意。只有缺乏良好“品质”的人，才说得出如此缺乏人性温暖的话。事实上，抛弃人的只能是生活在一定时代的人，而不是时代本身。因为，时代只不过是一种物性的东西；它既不会“抛弃你”，也不会对任何人说“再见”。说这句话的人，有着与孙玉亭和田福堂们一样低级的情志，也像他们一样表现着对人和生活的冷漠态度。

孙玉亭默然地承受着权力带给自己的屈辱，但也欣然地享受权力带给他的快感。一旦获得了权力，哪怕这权力只是临时性的，他也会志骄气亢，

---

① 路遥：《平凡的世界》，第三部，人民文学出版社，2004年，第110—111页。

② 弗里德里希·奥古斯特·哈耶克：《通往奴役之路》，王明毅等译，中国社会科学出版社，1997年，第142页。

立即进入角色，动不动就用高音喇叭发布命令，并以自己能享受物质上的特权和好处而沾沾自喜：

自从石圪节公社集中十几个队的民工在他们双水村搞农田基建大会战以来，孙玉亭更是兴奋得不得了。会战总指挥是公社副主任徐治功，副总指挥是公社武装专干杨高虎。后来公社又研究，要在各队的基建队长中间抽一个人担任副总指挥。因为会战在双水村，这差事当然就落在了孙玉亭的身上。立刻，他在工地上跑前跑后，动不动还在高音喇叭上发布各种通知和命令；他哥当年没把他造就成个人物，革命已经俨然使他成为一个人物了。连他老婆这一段也开始尊敬地称呼他“玉亭”，前面不再带那个“孙”字。而最使他满意的是，他现在还可以在民工大灶上吃饭，重温当年太原钢厂的享受——由于他是副总指挥，做饭的人都巴结他，碗里的肥肉明显比别人多。过个两三天，他还可以和治功和高虎钻在灶房后面的小土窑里，混着一块吃几盘炒菜，喝两口烧酒哩！

今晚上，指挥部又要在学校院子里开批判大会。不用说，这会议还得要他主持。治功是总指挥，他要在开头和结尾讲话；高虎虽说也是个副总指挥，但年轻，只管民兵小分队的事，开这种会一般只负责维持会场秩序，以防阶级敌人捣乱破坏。

玉亭本来吃完饭就准备和凤英一起过金家湾那边去。但他想起要给他哥打个“政治招呼”。因为满银被“劳教”了，他哥今晚上的批判会一定要去，好让公社领导看见他拥护对女婿实行无产阶级专政。①

路遥用略含讽意的语言，叙述和描写了权力带给孙玉亭的快乐，而“兴

① 路遥：《平凡的世界》，第一部，人民文学出版社，2004 年，第 54—55 页。

奋”和“满意”等心理动作的描写，则暗示了权力腐败的人性根源和心理学根源。孙玉亭之所以“兴奋得不得了”，就是因为他担任了“副总指挥”。手里有了权力，一切焕然一新，使人心花怒放。他老婆对他称呼的变化，让他满意和开心；能在民工大灶上吃饭，让他满意和开心；“做饭的人都巴结他，碗里的肥肉明显比别人多”，让他满意和开心；“开批判会”要他主持，更让他满意和开心。总之，他很享受权力带给他的满足和快乐。他不知道，这样的快乐，本质上是一种低级的快乐，而这样的威势和风光，除了能满足自己的廉价的虚荣心，并不能带来更多的有价值的东西。

崇拜权力的人，往往就是势利之徒，而势利之徒大都是傲慢而冷漠的人。孙玉亭总是傲慢地歧视那些无权和无辜的人。他代表“贫下中农”管理教育，但是，他却不懂得师道尊严的道理，不懂得尊重那些授业解惑的人。他看不惯公办老师姚淑芳，说人家穿戴得像个“资产阶级小姐”，曾跑到公社请求上级把她调离双水村；又对另一个叫金成的老师恨恨不已，只因为人家不把他这个“贫管会主任”放在眼里。他终于想出了办法：让田福堂的儿子润生和自己的侄子少平把这两个人挤走。他甚至认为：“双水村资产阶级把持教育阵地的历史就要结束了。……他这个贫管会主任就再不会像晁盖一样被架空了！”① 在这样的陈词滥调里，人们所看到的，不是正义，而是邪僻；不是健康的情感，而是对人的冷漠甚至敌意。

从人格的角度看，人与人之间是一种平等的关系；从人性的角度看，人与人之间是一种同情和爱的关系。爱是路遥小说的重要内容和主题。他在自己的作品中宣达的，就是对人的同情和爱，就是这些真正属于人的高级的情志。王梵志诗云：“我肉众生肉，名殊体不殊。原同一性命，只是别形躯。苦痛教他死，将来作己须。莫教阎老断，自想意如何？”② 路遥和他

---

① 路遥：《平凡的世界》，第一部，人民文学出版社，2004 年，第 336 页。

② 王梵志：《王梵志诗校注》，项楚校注，上海古籍出版社，1991 年，第 732 页。

笔下的人物，虽无王梵志式的理性自觉和彼岸意识，但却不仅懂得爱的意义和价值，还懂得如何将爱体现在具体的行为上。中篇小说《在困难的日子里》的马建强说："钱对我来说固然是很重要的，而最重要的还是精神上的收获。人活在世上，最可贵的难道不是人与人之间的友爱吗？尤其当你身处逆境的时候，这种友爱不是更难得吗？"① 小说人物马建强的观点，就是小说作者路遥的观点。在《平凡的世界》中，路遥这样写道："如果我们是善良的，我们就会普遍同情所有人的不幸和苦难。"② 孙少平的内心原本就有这些高级的情志，所以，他不仅认同和接受这些积极的态度和伟大的观念，而且还将它体现在自己的行为上。他没有歧视过任何人。他同情身边所有人的痛苦和不幸。他同情陷入困境的郝红梅，同情受欺侮的小翠，同情失去亲人的惠英嫂。在阶级成分依然当值之时，他慨然同情那些阶级成分不好的人，勇敢地上门给地主的孙子金三锤补课。这在引起双水村引起了轩然大波，也引起了孙玉亭的恼怒和不满：

> 当这件事在村子里传开以后，人们在惊讶之余，很是议论了一阵子。当然，对此最为恼火的是孙玉亭。他几次找到侄儿，埋怨他竟然丧失阶级立场，跑到金光亮家帮助地主的孙子学文化去了！
>
> 孙少平对二爸说："我的事你不要管！"
>
> 玉亭对侄儿的态度大吃一惊。他这才发现，侄儿已经再不是个毛头小子了！他同时还隐约地意识到，他不论是作为长辈或者领导人的权威，已经受到了下一代的严重挑战。他觉得，他还是他，但世事似乎已经发生了某些令他不解的变化……③

---

① 路遥：《路遥文集》，第五卷，人民文学出版社，2005 年，第 145 页。
② 路遥：《平凡的世界》，第二部，人民文学出版社，2004 年，第 280 页。
③ 路遥：《平凡的世界》，第一部，人民文学出版社，2004 年，第 405 页。

显然，在孙玉亭的意识里，压根就没有人格平等的观念，也没有对人的普遍尊重的意识和普遍同情的态度。他不知道，只有爱才是真正属于人的伟大情感，而仇恨则是一种否定人性的情感，是使人沦为野蛮人的消极力量。所以，他就不可能推己及人，感同身受地体验到别人的痛苦和不幸。不仅如此，对他来讲，将人分为好人和坏人，分为可以爱的人和必须恨的人，是一件理所当然的事情。哈耶克说："人们赞同一个消极的纲领，即对敌人的憎恨、对富人的嫉妒，比赞同一个积极的纲领要容易些，这看来几乎是人性的一个法则。"① 孙玉亭显然属于那种喜欢和赞同这种"消极纲领"的人。孙玉亭之所以对孙少平给地主之孙补课这件事"最为恼火"，就是因为，自己的这个不懂规矩的侄子极大地冒犯了大家都赞同和接受的"消极纲领"，也极大地冒犯了那些负责主宰和监管生活的权力人物。

高级的情志意味着人格的健康和心理的成熟。一个具有高级情志的人，必然是一个内心世界开放而包容的人，必然是懂得吸纳全人类的新思想的人。路遥在 1991 年 6 月 10 日的一次文学讲座中说："我认为总体上来说，我们这个国家有必要接受世界上的新思想，因为我们是封闭了好长时间的国家，如果不接受外来的东西，我们的思路就打不开，而且我们这个国家要走向未来，就会存在好多问题。"② 然而，孙玉亭们不是这样的人。他们害怕并拒绝别人的影响，所以，他们的心灵生活是贫乏的，他们的意识是封闭和僵化的。就像纪德 1900 年在《文学上的影响》中所说的那样，"在他们身上发现不了任何新东西，因为他们拒绝接受对发现的指引。"③ 这样，内心世界的封闭和狭小，意识的僵化和停滞，就成了孙玉亭们精神生活上的根本特点。从外在的时间刻度上看，他已经生活在 1980 年代，但是，从

---

① 弗里德里希·奥古斯特·哈耶克：《通往奴役之路》，王明毅等译，中国社会科学出版社，1997 年，第 133 页。

② 路遥：《路遥全集·早晨从中午开始》，北京十月文艺出版社，2013 年，第 218 页。

③ 安德烈·纪德：《纪德文集》（文论卷），桂裕芳、王文融、李玉民译，花城出版社，2001 年，第 350—351 页。

思想意识和认知能力看，他却仍然停留在进退跋踬的1970年代初期，甚至远远地停留在动荡不宁的1960年代。呜呼！肉身在今世而灵魂在昔世，生涯在此处而清梦在彼处，实亦常见之情形也。托身于全球化的21世纪，而意识却酱在锁闭化的1960年代者，岂少也哉！岂少也哉！

在路遥的小说里，几乎每个人物的性格和情感都是发展和变化的。有的人改恶迁善，成了好人，就连那个几乎可以称作酷吏的周文龙，也通过深刻的反省，成了一个合格的好干部。然而，直到小说的结束的时候，孙玉亭却依然故我，仍旧是一副顽梗的样子，仍旧是一副不堪的样子——他不理解变化了的生活，心心念念地盼望着失去的热闹生活能够重现；仍然穿着破烂的衣服，仍然用绳子将一双烂鞋绑在脚上，走起路来仍然是随时要摔跤的样子。他像路遥的短篇小说《我与五叔的六次相遇》中的张志高一样，始终不明白自己是一个悲剧人物，也无力结束自己的悲剧生活："是的，这不仅是他的悲剧，也是一个时代的悲剧。正是一个悲剧的时代造成了这样一个悲剧的人物。实际上，在我们的生活中，有多少个五叔一样的人物啊！历史往往就是这样：一个悲剧的时代结束了，但那些悲剧性的人物并没有结束自己的悲剧。"① 小说中的"我"的观点，就是路遥自己的观点。在这些议论性的话语里，包含着极为深刻的认识和判断：孙玉亭们的悲剧，不是个别现象，而是普遍现象，本质上是一种社会性和时代性的现象；要彻底改变这些人物，要彻底结束他们的"悲剧"，并不是一件容易的事情。"悲剧时代"的彻底结束，是以这些"悲剧人物"彻底结束自己的悲剧为前提；只要这样的"悲剧人物"仍在，那样的"悲剧时代"，就很难真正结束。彼人与彼时代，互为因果，互相造就。

然而，就是这样一个完全不成器的"悲剧的人物"，却吉星高照，官运亨通，按照路遥幽默的叙述语言来说，竟然如愿以偿地进入了双水村的

---

① 路遥：《路遥全集·一生中最高兴的一天》，北京十月文艺出版社，2013年，第369页。

“政治局”：“玉亭同志不仅没有退到‘二线’，反而由支部委员升成了副支书。”① 双水村按照自己的文化惯性和僵硬模式，选择了一个压根没有领导才能和改革精神的人。这无疑是一件不正常甚至很危险的事情。就像《我与五叔的六次相遇》中的“我”所说的那样：“不正常的时代造就了这样一种不正常的人，而且还是党的一个基层组织的领导干部。这样的人本应该早就被撤换下来了，可他仍然占据着领导地位。我们的改革首先正是针对这样一些人的，而不幸的是，眼下有些地方往往正是由这样一些人在领导着我们的改革。”② 显然，这篇小说中的“五叔”张志高，就是《平凡的世界》中孙少平的“二爸”孙玉亭。他们有着几乎完全一样的性格和认知。正是通过对这类人物的塑造，路遥揭示了乡村政治生态的滞后与复杂，也暗示了乡土中国改革的艰难和曲折。孙玉亭们的认知能力，决定了他们只可能成为改革的阻力，而不可能成为社会进步的推力；决定了他们只可能败事，而不可能成事。这种无能之辈执掌一村之权柄，则一村必受其害；执掌一乡之权柄，则一乡必受其害；执掌一县之权柄，则一县必受其害。

是的，并不是每个人都会成为让人刮目相看的吴下阿蒙。歌德说：“凡属一个人本性的东西，他无论怎样想法摆脱，也摆脱不掉。”③ 有些禀性难移的人，自三岁以至老死，气质和品性皆未尝稍变。好人，还像以前一样，仍然那么好；坏人，也像以前一样，还是那么坏；不好不坏的人，则依然如故，还是那样不好也不坏。所以，拿破仑·波拿巴再活一万年，也不可能成为马克·奥勒留；阿道夫·希特勒再活一万年，也不可能成为乔治·华盛顿；任何时候，伟大的杜甫都不可能堕落成李林甫那样的小人；任何时候，仁慈的维克多·雨果都不可能异化为马克西米连·罗伯斯庇尔那样

---

① 路遥：《平凡的世界》，第三部，人民文学出版社，2004 年，第 408 页。

② 路遥：《路遥全集·一生中最高兴的一天》，北京十月文艺出版社，2013 年，第 368 页。

③ 歌德：《维廉·麦斯特的漫游时代》，关惠文译，人民文学出版社，1988 年，第 468 页。

的阴狠之人——克洛茨在《普世共和国》（*République universelle*）中尖锐地批评了罗伯斯庇尔，“‘他就是两足生物中最邪恶、最腐败的一个：他的谬论会带领我们走向毁灭、无政府主义和奴役。’……事实上，罗伯斯庇尔完全不是一个革命者，而是一个狡猾而有野心的独裁者，一个欺世盗名的阴谋家。”① 孔子说：“唯上智与下愚不移。”（《论语·阳货》）朱熹在“集注”中引申说：“人之气质相近之中，又有美恶一定，而非习之所能移者。”② 孙玉亭之不上进和不成器，原因固然复杂，但也是由他的“美恶一定”的心性决定的。

1991年3月10日，在写给蔡葵的信中，路遥说了这样一句极深刻的话：“从全人类目前的发展来看，我们所处的社会有许多不确定的因素。”③ 在这“许多不确定的因素”中，首先是人的不确定，本质上是人的意识和行为的不确定，是人在历史转折和社会转型的关键时候的认知能力和抉择能力的不确定。所以，我们应该怀着深深的不安和忧虑，警惕地盯着永远长不大的、充满了不确定性的孙玉亭们。因为，一旦风云际会，因缘凑泊，蛰伏在他们内心深处的好斗成性的“旧鬼”，就会急不可耐地跳出来，胡天胡帝地闹起来；强烈的非理性冲动，会使他们进入激情燃烧的狂热状态；他们会在新的舞台上，上演出人们早已厌弃的旧戏。

一切有意义的生活，都是指向理想的。人的使命，就在于让自己的生活日趋文明和完美，就在于推进生活向上提高和向前进步。这样，理想主义就是人类生活的一个重要维度。没有理想的前景，人类的生活必然是黯淡而无趣的。正因为这样，路遥才反复强调理想主义的重要性：“一个人生活中肯定应该有理想。理想就是明天。如果一个人没有明天，他的生活在

---

① 乔纳森·伊斯雷尔：《法国大革命思想史：从〈人的权利〉到罗伯斯比尔的革命观念》，米兰译，民主与建设出版社，2020年，第288页。

② 朱熹撰：《四书章句集注》，中华书局，1983年，第176页。

③ 路遥：《路遥全集·早晨从中午开始》，北京十月文艺出版社，2013年，第603页。

我看来已经就没有了意义。就是一个社会也应该有它的理想，那就是这个社会明天应该是一个什么社会。”① 是的，无论对个人来讲，还是对社会来讲，都应该有真正意义上的理想，一个指向更文明和更美好的生活的理想。为此，就必须摆脱孙玉亭式的只对“自然的需要”感兴趣的低级情志，摆脱他的寄居蟹式的被动生活。

《平凡的世界》是一部充满理想主义激情的现实主义作品。它直面现实，试图回答农村社会如何改革的现实问题；他着眼未来，热情探索个人和国家应该走向怎样的明天。

《平凡的世界》是一部充满力量的史诗，也是一部深刻的忧患之作。就前者说，路遥所塑造的优秀人物，光彩熠熠，踔厉风发，是照亮生活的灿烂光芒，也是给人信心的鼓舞力量；就后者说，他所塑造的孙玉亭等人物，则包含着对现实生活的严肃的思考和忧患，甚至在客观上包含着对改革开放的深切萦念。

在路遥的这部伟大的长篇小说作品里，不只有对奋斗者和改革者的热情讴歌，亦有关于改革前景的深沉思虑存乎其间耳。

2021 年 8 月 11 日，北京平西府

---

① 路遥：《路遥全集·早晨从中午开始》，北京十月文艺出版社，2013 年，第 207 页。

附　录

论作家的自反批评

在一些人的印象里，批评总是一件让人不快的事情。它意味着冒犯和冲突，常常使人尴尬和蒙羞，因而纯然是一种消极的现象。这显然是一种肤阔的印象。虽然，批评有时确实会给人造成心理压力，甚至会使人产生短暂的沮丧感，但是，它提醒人们正视问题，激励人们反思缺陷，帮助人们摆脱困境。如此说来，批评不仅不是消极的破坏性力量，而且还是一种积极的建构性力量。

事实上，无论对个人来讲，还是对社会来讲，批评都是不可或缺的。只有借助批评的力量，个人才能获得进步；也只有借助批评的力量，社会才能得到发展。一个具有良好修养的人，就是一个具有成熟的批评意识的人；一个健全的现代社会，就是一个具有良好的批评习惯的社会。批评性既是衡量一个人的文化教养水平的重要标准，也是衡量一个社会文明程度的重要尺度。

对文学来讲，批评如果不是更加重要，至少也与其他形式的批评同样重要。批评意味着文学的自觉和写作经验的成熟。如果没有批评，任何一个作家都不可能成长为优秀作家。当然，这里所说的批评，是一种复杂的高级形态的批评模式。为了更完整地理解文学批评，我们有必要改变自己的观念，改变那种简单化的文学批评认知模式。我们应该将作家的批评意识和批判能力，当作一个至关重要的问题来研究。

就文学的内部关系看，批评至少可以分为两种类型：一种是批评家的批评，一种是作家自己的批评。批评家的批评可以称作“外在批评”，作家自己的批评可以称作“内在批评”。“外在批评”是批评家与作家之间的对话，而“内在批评”则是作家自己与自己的对话。如果没有批评家的独立而可靠的外在批评，作家就无法听到具有专业水准的批评声音；如果没有足够成熟的内在批评的意识和能力，作家就无法将自己的写作提高到自觉和成熟的水平。

优秀的作家就是自己的第一批评家。面对自己的创作，他有一种严肃的态度和反思的能力，甚至有自我否定的勇气。他与自己拉开距离，将自己他者化和对象化，对自己进行冷静的分析和深入的解剖。果戈理之所以烧掉《死魂灵》第二部，托尔斯泰之所以总是对自己的创作不满，之所以总是否定自己的作品，就是因为他们都有良好的自我批评能力，都是自己的毫不宽假的“第一批评家”。这就意味着严格的自我怀疑和自我否定的批评，已经不再是普通意义上的“内在批评”，而是高级形态的“自反批评”。

一、何谓“自反批评”?

要解释和界定“自反批评”，得先来考察“自反”这个概念。

表面看，“自反”似乎不过是一个很时髦的“洋话”，是一个抽象的数学概念和外来的社会学概念。在数学理论中，有这样一个定义：如果（x，x）属于D总成立，则称那个由D规定的关系具有自反性。自反性也称“反身性”。一个元素如果等价于自己，那它就具有反身性；这个元素是怎样的，就决定了它的等价元素是怎样的。这样的定义，也许确乎揭示了一个具有普遍性的规律，但显然无助于我们说明“自反”概念和分析“自反批评”问题。

在乌尔里希·贝克和安东尼·吉登斯等人的现代社会学理论中，reflexivity，即自反性，属于认识论（epistemology）的范畴，也是知识社会学（sociology of knowledge）中的概念，是指原因与结果的循环性关系，尤其是指认识或信仰的建构之中的循环性因果关系（reflexivity refers to circular relationships between cause and effect, especially as embedded in human belief structures）。“自反”显然是一个渗透性和扩张力很强的概念。它业已把自己柔软的青藤，缠绕到了很多学科的枝干上，于是，便有了congnitive reflexivity（认知的自反性），hermeneutic reflexivity（阐释的自反性），institutional relexivity（制度的自反性）和self-eflexivity（自我自反性）等多种延展出来的范畴 。这样的概念体系，对我们解决“自反”问题，似乎也派不上多大用场。

事实上，略加考索，我们就可以发现，所谓“自反”，实实在在是一个很古雅的中国话语，有着清晰的来路和可靠的出处。《礼记·学记》中说：“虽有嘉肴，弗食，不知其旨也；虽有至道，弗学，不知其善也。是故学然后知不足，教然后知困。知不足，然后能自反也；知困，然后能自强也。”《孟子·公孙丑上》中说：“自反而不缩，虽褐宽博，吾不惴焉；自反而缩，虽千万人，吾往矣。”《管子·戒》中则说：“多言而不当，不如其寡也。博学而不自反，必有邪。”“自反”一语，王文锦在解读《礼记》的时候译解为“自我反省”①；朱熹的《四书章句集注》失注，但焦循的《孟子正义》有解：“人加恶于己，己内自省，有不义不直之心，虽敌人被褐宽博一夫，不当轻惊惧之也。自省有义，虽敌家千万人，我直往突之。”② 唐人房玄龄注、明人刘绩补注《管子》的解释是：“博学而不反修于其身，心曼衍者，

① 王文锦：《礼记译解》（下），中华书局，2001年，第514页。

② 焦循撰：《孟子正义》，中华书局，2017年，第159—160页。

故必有邪行。”① 清人黎翔凤《管子校注》也袭用了这个解释②。将“自反”理解为“反修于其身”，虽然也讲得通，但显然不如“反省”更为准确。可见，在中国古代典籍中，“自反”有着几乎完全相同的意思，即“己自内省”，更准确地说，即“自我反省”和“自我反思”之义也。这样，以“自我反思和自我批评”为内涵的“自反批评”，就是一个有所依本的合成概念；它不仅堪称规范，而且语义明确。

那么，“自反批评”到底是一种什么样的批评呢？

托尔斯泰笔下的安娜·卡列尼娜，美丽，敏感，充满活力。她有一双锐利而深邃的眼睛，一双能看得见自己眼睛的眼睛：“她觉得自己简直可以在黑暗中看见自己眼睛的光芒。”③ 一双能在黑暗中看见自己的眼睛，就是一双非凡的眼睛。莎士比亚笔下的许多人物，则有一种“肺腑自语”的能力，即“另一个内在的自己，对这一个外在的自己的分析和评价”④。即便克劳狄斯那样的人，也能看到“自己灵魂的深处”，“看见我灵魂里那些洗拭不去的黑色的污点”⑤。所谓“自反批评”，就是有着安娜·卡列尼娜的眼睛的批评，就是能像克劳狄斯那样看到自己的灵魂深处的批评。

用规范的学术语言来表述，所谓自反批评，就是一种作家自我观照的批评，是作为批评者的作家以自己作为批评对象的反思性批评或反省性批评。它是作家与自己的对话活动，是作家反思自我和认识自我的有效方法。它体现着作家自觉的理性精神和自我超越的意向，具有自我审视、自我质疑和自我批判的性质。自觉的问题意识和尖锐的否定态度，是自反批评的

---

① 房玄龄注、刘绩补注：《管子》，刘晓艺校点，上海古籍出版社，2015 年，第 186 额。

② 黎翔凤撰：《管子校注》（中），梁运华整理，中华书局，2004 年，第 510 页。

③ 列夫·托尔斯泰：《安娜·卡列尼娜》，上册，草婴译，上海译文出版社，1982 年，第 189 页。

④ 李建军：《并世双星：汤显祖与莎士比亚》，二十一世纪出版社集团，2016 年，第 244 页。

⑤ 莎士比亚：《莎士比亚全集》，第 9 卷，朱生豪译，人民文学出版社，1978 年，第 89 页。

重要特点。就此而言，那些自我肯定和自我赞扬的批评，就不属于自反批评的范畴。

事实上，自反批评既是一种认知能力，也是一种实践能力；不仅是一种面对文学的态度，而且，还是文学写作上具有特殊意义的方法和技巧。所以，只有掌握了自反批评这一宏观性的方法和技巧，作家才有可能不断突破自己的写作困境，才有可能提高自己的写作水平，才有可能最终理解和掌握那些具体的写作技巧和方法。也就是说，如果没有自反批评的能力，一个作家不仅无法在文学的意义上深刻地认知自我，而且也无法获得完美的写作技巧。奥登说："为了使谬误减少到最低程度，一名诗人对正在写作中的作品进行内在审查时，应提交给一个审查团。"① 尽管奥登所说的"审查团"，是一个特殊的组织，是由敏感的独子、务实的家庭主妇、逻辑学家、一位僧侣、一个无礼的小丑和新训练的士兵组成的，但是，这也无济于事。因为，真正有效的审查，一定是内在的和自反的。

然而，自反批评并不是一件容易的事情。就天性来看，人在自我认知上，往往有一种自我认同和自我肯定的倾向。只有那些自我意识高度成熟的人，只有那些对精神成长的规律和真理有深刻理解的人，才有可能大度地、喜悦地接受别人的质疑和批评，也才有可能自己对自己进行严格的批评。范晔在"论曰"中批评马援说："夫利不在身，以之谋事则智；虑不私己，以之断义必厉。诚能回观物之智而为反身之察，若施之于人则能恕，自鉴其情亦明矣。"李贤注曰："见人谓之智，自见谓之明。以自见之明为见人之用，其于物理岂不通乎。"② 一个理性意识成熟的人，应该像察人那样察己。所谓"反身之察"，就是像"观物"一样，将自己外化为批评的客观对象；只有这样，才能"自鉴其情"，理性而深刻地认识自己。

一般来讲，一个作家的人文修养和文化素质越高，自我意识和文学意

① W. H. 奥登：《染匠之手》，胡桑译，上海译文出版社，2018 年，第 23 页。

② 范晔撰：《后汉书》（一），李贤等注，卷二十四，中华书局，1999 年，第 570 页。

识越是自觉，写作经验越是成熟，超越自我的愿望越是强烈，那么，他的自反批评的意识就越是自觉，自反批评的能力也就越强；反之，他的自反批评意识就越弱，自反批评能力也就越差。托马斯·曼称赞契诃夫的“谦逊的伟大”的时候，引用了他这样一句话：“对自己不满意就是任何真正天才的基本要素。”① 一个具有自反批评能力的作家，就是一个对自己总是不满意的作家，就是一个敢于直面自己的问题的作家，就是一个敢于自我否定的作家。事实上，即便在现实生活中，也只有那些真正的贤者，才能通过自反来认识自己的不足，才能处理好与家人父子的关系。宋人袁采在《袁氏世范》中说：“世之善为人子者，常善为人父；不能孝其亲者，常欲虐其子。此无他，贤者能自反，则无往而不善；不贤者不能自反，为人子则多怨，为人父则多暴。然则自反之说，唯贤者可以语此。”② 如果说，善是一个值得追求的目标，那么，只有凭借自反，一个人才能不断调整自己的意识和行为，最终成为一个“无往而不善”的“贤者”。

文学创作上的自反批评，作家对自我的怀疑和否定，是一个没有止境的过程。只有经由这种充满痛苦的自反批评，一个作家才能在某一阶段或某一部作品的写作中，将自己的写作提高到较为理想的高度。但是，接下来，新的不满、焦虑和痛苦，又开始折磨着他。他必须通过严格的自反批评，克服内心的消极状态，重新找到在写作上超越自我的可靠路向和策略。舍斯托夫甚至将痛苦和失败看作写作的经常状态。他在《无根据颂》中就认为：“创造是不间断地从失败走向失败的过程。创造者的一般状态，是不确定的、未知的、是对明天失去自信的精神的一种炼狱。”③ 对舍斯托夫来讲，不完美是创作的根本性质，而对一切的怀疑和不确定，以及由此而来

---

① 托马斯·曼：《试论契诃夫》，《俄苏文学》1980年第4期，第88页。

② 袁采著：《袁氏世范译注》，赖区平译注，上海古籍出版社，2020年，第7页。

③ 列夫·舍斯托夫：《旷野呼告 无根据颂》，方珊等译，上海人民出版社，2004年，第214页。

的烦闷，则是创作者的基本心理状态。这种怀疑和不确定的感觉，这种精神上的烦闷，就是自反批评的基本特征。如此说来，自反批评也就是创作者的基本状态，是一种与创作始终相伴的意识和行为。

二、自反批评的两个伟大典范

法国人文主义作家米歇尔·蒙田，就是一位具有自觉的自反批评意识的作家。他把“指摘自己的过错”变成了一种习惯，随时准备自己揭示“自己的劣质”。他认为，“我们应该随处把它们抖出来，剥掉它们一切遮隐物。所以我知道我自己是多么大胆地随时和自己的劣次论质还价。”① 他倾向于用严格的尺度和标准来评价自己，所以，他对自己的作品，从不自吹自擂，孤芳自赏：“我这本书只配放在书架的一角，博得邻人与亲友的喜欢。他们会高兴地借此和我相叙，与我再细细倾谈。别的作者都着意谈论自己，他们认为这一题材丰富而且有价值，可我却相反，我觉得自己非常贫乏浅薄，因此我不容许本人卖弄自己。”② 一个人，只有当他摆脱了狭小的自我意识，摆脱了可怜的虚荣心，他才有可能勇敢而自信地审视自己，才有可能对自己进行自反批评。不仅如此，一个优秀的作家，不仅要超越自我，还应该将世界和人类置于自我之上，这样，他就不会因为对自我的过度迷恋，而无原则地自我肯定，而排斥自反批评和自我否定。蒙田尖锐地批评那种狭隘的自我意识：“我们个个都被挤压和堆积在我们面前，我们的目光缩短到和我们鼻子一样长。有人问苏格拉底是哪里人，他并不回答‘雅典人’；却答道：‘世界人’。他，他的想象更丰富、更广阔，包揽着宇宙正如包揽着他本城；他的认识，他的社会，他的挚爱普及全人类，而不

---

① 米歇尔·蒙田：《蒙田随笔》，梁宗岱、黄建华译，湖南文艺出版社，1987 年，第 206—207 页。

② 米歇尔·蒙田：《蒙田随笔》，梁宗岱、黄建华译，湖南文艺出版社，1987 年，第 239 页。

是像我们只顾到我们的脚底。”① 蒙田自己就是这样一个具有世界意识和人类意识的作家。他的自反批评精神，就是他的良好的人文修养和伟大的人类意识的反映。

卡夫卡也是一位自反批评意识极为自觉的作家。他知道，作家的精神发展和写作进步，最终决定于作家自己的内在自觉，决定于他是否能从不自觉的无意识世界里突破而出。他在古斯塔夫·雅诺施记录的《谈话录》中说：“人不仅是大自然的杰作，而且也是他自己的杰作，是不断突破现有界线、使迄今为止仍蒙在黑暗中的东西变得明晰可见的魔鬼。”② 人的成长，本质上是精神成长，所以，他不是像植物一样，仅仅在形式上自下而上的变化，而是要在心灵上发生自内而外的变化。所以，卡夫卡说：“人不是从下往上生长，而是从里向外生长。这是一切生命自由的根本条件。”③ 一般人的“生长”规律是这样，那么，作为处理人类精神事务的作家，就更应该追求精神生活上的成长和成熟。

在他看来，作家不能让自己停留在一种黑暗的无意识里，而应该通过切实的努力，把自己提高到被理性之光照亮的意识世界：“沉浸于自身并不是沉落到无意识之中，而是把模糊地预感到的东西提升到明亮的意识表层。”④ 跟其他艺术比起来，文学更是一种理性的创造活动。卡夫卡把音乐跟文学进行比较，揭示了它们的巨大差异：“‘音乐产生新的、更加细腻、更加复杂、因而更加危险的刺激，’弗兰茨·卡夫卡有一次这样说，‘而文学则要澄清纷乱复杂的刺激，把它上升为意识，加以净化，从而赋予它人

---

① 米歇尔·蒙田：《蒙田随笔》，梁宗岱、黄建华译，湖南文艺出版社，1987 年，第 222 页。

② 叶廷芳主编：《卡夫卡全集》，第 4 卷，黎奇、赵登荣译，河北教育出版社，2001 年，第 376 页。

③ 叶廷芳主编：《卡夫卡全集》，第 4 卷，黎奇、赵登荣译，河北教育出版社，2001 年，第 330 页。

④ 叶廷芳主编：《卡夫卡全集》，第 4 卷，黎奇、赵登荣译，河北教育出版社，2001 年，第 416 页。

性。音乐是感官生活的成倍增加。而文学则压制感官生活，把它引到更高的层次。’”① 也就是说，作家比其他的艺术家，应该具有更加成熟的意识和思想。这就等于强调，无论在那一个方面，作家都要有更自觉的自反批评意识和更强的自反批评能力。

没有建构起可靠的价值观体系，没有对文学的根本问题的深刻认识，没有对世界的虔诚而谦卑的态度，就不会有真正意义上的自反批评。卡夫卡的自反批评意识和能力，就来自于他对文学的精神、使命的深刻理解，就来自于他对作家的任务的明确认识，也是来自于他的近乎虔诚的谦卑态度。他将文学创作当作一种“唤醒人们”的、“倾向于祈祷”的力量：“艺术就像祈祷一样，是一种伸向黑暗的手，它要把握住慈爱的东西，从而变成一只馈赠的手。”② 卡夫卡将文学当作一种应该积极发挥力量的精神现象。文学应该是从心灵视界投射出来的光，应该是照亮人和温暖人的精神之光：“作家的任务是把孤立的非永生的东西导入无限的生活，把偶然导入规律。他要完成的是预言性任务。”③ 只有爱和耐心，才能提供最有力量的帮助：“胆怯的自我的界线只有用爱才能突破。人们必须在我们周围沙沙作响的枯萎死亡的树叶背后看见幼嫩鲜亮的春绿，耐心等待。耐心是实现一切梦想的唯一的、真正的基础。”④ 狄更斯是他最喜欢的作家之一。他甚至将这位伟大作家当作自己效法的榜样。而狄更斯之所以让他热爱和着迷，就是因为他有能力解决那些复杂的问题，按照卡夫卡的回答，就是他“对事物的掌握，他在外界和内心之间保持的平衡，他对世界和自我之间相互关系的

---

① 叶廷芳主编：《卡夫卡全集》，第 4 卷，黎奇、赵登荣译，河北教育出版社，2001 年，第 444 页。

② 叶廷芳主编：《卡夫卡全集》，第 4 卷，黎奇、赵登荣译，河北教育出版社，2001 年，第 343 页。

③ 叶廷芳主编：《卡夫卡全集》，第 4 卷，黎奇、赵登荣译，河北教育出版社，2001 年，第 479 页。

④ 叶廷芳主编：《卡夫卡全集》，第 4 卷，黎奇、赵登荣译，河北教育出版社，2001 年，第 495 页。

出色而又简单的描写，他的非常自然的匀称。当今大部分画家和作家缺少这些东西。”① 卡夫卡本质上是一个像狄更斯一样温暖而仁慈的作家，一个像托尔斯泰一样具有宗教情怀的作家。所以，他心目中的伟大文学，就是在情感态度和伦理精神上达到很高境界的文学。

因为有自觉的自反批评意识和很强的自反批评能力，所以，卡夫卡总能清楚地看见自己的“劣处”和不足。他在1912年8月14日写给罗沃尔特的信中说：“作家最普遍的个性表现于每个人都以完全独特的方式掩盖自己的劣处。”② 但是，卡夫卡从不“掩盖”自己的“劣处”，更不对自己的作品自吹自擂。根据自己的文学理想，他对自己的创作并不满意。

作为一个自反批评意识极为自觉的作家，卡夫卡从不认为自己的创作达到了理想的高度。所以，他对特别喜欢自己作品的古斯塔夫·雅诺施说：“您对我的评价过高了。您的信任让我沉重。”雅诺施认为卡夫卡是“火、光、热”，但是，卡夫卡却不接受这样的赞美：

> “不！不！”他一边摇头，一边反驳说，“您错了。我这些随便涂写的东西不值得订成皮面精装书。这只是我个人的噩梦。根本不该印出来。这些东西该烧掉、毁掉。是些没有意义的东西。”③

冷静的自反批评态度，成熟的自反批评意识，严格的自反批评标准，都使卡夫卡更倾向于发现自己写作上的问题，甚至使他毫不讳掩地彻底否定自己的作品。他认为，自己的作品情感太冷，色调太暗，缺少那种能给人光

① 叶廷芳主编：《卡夫卡全集》，第4卷，黎奇、赵登荣译，河北教育出版社，2001年，第491页。

② 叶廷芳主编：《卡夫卡全集》，第6卷，叶廷芳、黎奇译，河北教育出版社，2001年，第129页。

③ 叶廷芳主编：《卡夫卡全集》，第4卷，黎奇、赵登荣译，河北教育出版社，2001年，第454—455页。

和热的东西。所以，他很真诚地对雅诺施说："如果我们帮不了什么忙，我们就只能沉默。谁也不允许用自己的绝望去恶化病人的状况。因此，我的全部拙笔都该毁掉。我不是光。我只是在自己的荆棘丛里迷了路。我是死胡同。"① 卡夫卡对自己的否定，简直近乎无情。他知道，自己的作品深刻地表现了人类的困境和内心的觖望，但是，缺乏足够多的热情和信心。他为此感到不安。毕竟，人们阅读作品固然要了解人性之恶和生活之残缺，但也要感受人心之善良与生活之美好。所以，单单以近乎绝望的调性叙述生活中的灰暗和异化，无论怎么讲，都是一种不完美的文学现象。也许，正是基于这样的认识，他才表达了这样的观点："只有一点是固定不变的，这就是自己的不足。人们必须以此为出发点。"② 他敢于说出"反对我自己"这样的话，也敢于坦率地"反对自己的狭隘和惰性"③。一个敢于"反对自己"的作家，就是一个思想和人格高度成熟的作家。一个不成熟的作家，因为缺乏自反批评意识，经常将自己的芥子之微的作品，夸成须弥山；一个成熟的作家，因为具有严格的自反批评意识，却常常将自己的须弥山一样伟大的作品，视为芥子之微的作品。卡夫卡就是那种具有成熟的自反批评意识的伟大作家。

由于具有成熟的文学意识和自反批评能力，所以，卡夫卡对文学写作本身也有极为深刻的理解。卡夫卡反对那种依靠"熟练的技巧"进行创作的作家。在他看来，写作像孕育生命一样，是一种充满痛苦的精神创造活动，所以，不可能单靠熟练的技巧来解决问题。他对那些仅仅靠着技巧写作的人深恶痛绝，称之为"骗子"："熟巧是给骗子保留的。没有艺术家的

---

① 叶廷芳主编：《卡夫卡全集》，第4卷，黎奇、赵登荣译，河北教育出版社，2001年，第455页。

② 叶廷芳主编：《卡夫卡全集》，第4卷，黎奇、赵登荣译，河北教育出版社，2001年，第461页。

③ 叶廷芳主编：《卡夫卡全集》，第4卷，黎奇、赵登荣译，河北教育出版社，2001年，第462页。

地方，这些骗子就出来活动。”① 作家应该像一团火，他应该将自己全部的爱，全部的热情，都投入到写作中。正是这样的文学理念和自反批评意识，使他彻底否定自己的作品，也使他彻底克服了“技巧拜物教”，彻底克服了唯美主义的谬误和偏见。

总之，伟大的作家通常都是具有成熟的自反批评意识和自反批评能力的作家。他们把自己当作冷静认知和解剖的对象，而不是当作自我欣赏和自我迷恋的对象。正是借着自反批评的巨大推力，具体地说，正是通过对自己的缺点和“劣处”的发现和分析，正是通过对文学上的不完美的自己的怀疑和否定，他们将自己的写作提高到了成熟而伟大的境界。

三、路遥与陈忠实：基于自反批评的超越

前面，我们界定了自反批评，并以蒙田和卡夫卡为例，分析了优秀作家的自反批评素质，论述了自反批评如何帮助一个作家深刻地认识自我。接下来，我们就通过对路遥和陈忠实等人的写作经验的考察，来看看自反批评如何帮助一个作家不断突破自我，不断提高自己的写作水平，最终写出足以传世的杰作巨构。

一个具有自反批评意识的作家，往往具有强烈的自我超越精神。他清醒地知道，写作的成败决定于作家人格的发展状况，决定于作家意识的成熟程度，决定于作家的修养所达到的境界，所以，作家必须自己帮助自己实现精神内部的成长，自己帮助自己克服感觉上的迟钝状态，自己帮助自己摆脱意识上的混沌状态和思想上的蒙昧状态，否则，就不可能成为一个合格的作家，更不可能成为一个优秀的作家。这样，他就必须是一个随时对自己进行观察、反思和批评的“自反批评家”。

理性而深刻的自我反思和自我否定，是作家提高自己的文学自觉和写

---

① 叶廷芳主编：《卡夫卡全集》，第 4 卷，黎奇、赵登荣译，河北教育出版社，2001 年，第 468 页。

作水平的重要前提。如果说，没有对自我的肯定，就没有行动的信心和力量，那么，没有对自我的否定，就不会有写作的提高和进步。自反批评本质上就是对自我的质疑和否定的批评。只有通过冷静而严格的自反批评，一个作家才能发现自己的缺陷和问题，才能最终解决存在的问题，克服自己的局限，最终使自己成熟起来，将自己的创作提高到新的水平和高度。

在当代作家中，路遥的自反批评意识无疑是极为成熟的。他从不满足于自己已经获得的文学成就。无论获得了多么巨大的成功和荣誉，他绝不会使自己飘飘然沉浸在成功的喜悦之中。对他来讲，文学上的自负和骄傲，是一种极为浅薄的表现，而按照一个固定的套路重复写作，则是懒惰和可耻的。他在《作家的劳动》中说："应该有自我反省的精神，如果说，一个人的进取精神是可贵的，那么，一个人的自我反省精神也许更为可贵。尤其是搞创作的人，这是一个最重要的品质。一个对自己经常抱欣赏态度的作家是不会有什么出息的，应该经常检讨自己，要有否定自己的勇气。有些人否定别人很勇敢，但没有自我否定的力量，而且对别人出自诚心的正确批评也接受不了，总爱让别人抬举自己。人应该自爱，但不要连自己身上的疮疤也爱。要想成就自己的事业，就要不断地进行自我检讨，真诚地听取各种人的批评意见；即使别人的批评意见说得不对，也要心平气静地对待。好作品原子弹也炸不倒，不好的作品即使是上帝的赞赏也拯不了它的命运。这个真理不要光拿来教育别人，主要教育自己为好。"① 路遥根据自己的写作经验，以充满哲理意味的深刻，揭示了自反批评的本质、意义和原则。在他看来，一个作家，如果总是"自我欣赏"，总是喜欢别人"抬举自己"，那么，他注定成不了优秀的作家，也注定"不会有什么出息"。相反，如果他能平心静气地接受别人的批评，能自己不断地批评自己，自己否定自己，那么，他就有可能写出"原子弹也炸不倒"的好作品。路遥

---

① 路遥：《路遥全集·早晨从中午开始》，北京十月文艺出版社，2013 年，第 98 页。

揭示了文学写作领域的一个动力学原理：在文学写作上，有的时候，肯定就意味着否定，否定则意味着肯定；过度的自我肯定，必然导致削弱创造力的否定性后果，而经常性的自我反思和自我否定，则会带来强化作家创造力的肯定性效果。

路遥的这种“自我反省”和“自我否定”，就属于典范的作家自反批评。正是靠着这种成熟的自反批评，路遥的写作才两年一小变，五年一大变。从《惊心动魄的一幕》开始，他的几乎每一部作品，都呈现出一种台阶式的提升和进步。与《惊心动魄的一幕》比起来，《在困难的日子里》摆脱了它的僵硬和公式化，显得更加真实和亲切；与《在困难的日子里》比起来，《人生》摆脱了它的过于单纯的理想化和略显简单的叙事方式，显示出更加深刻和更加复杂的成熟风貌；与《人生》比起来，《平凡的世界》则摆脱了观念与经验相捍格的局限，仿佛纳小溪而成大河，显得更加辽阔而深沉。与他的所有小说比起来，他的最后一部作品《早晨从中午开始》，简直就是一部以作者自己为主人公的特殊形态的小说——它将抒情、议论和叙事融合起来，像一首悱恻的咏叹调，又像一首雄浑的交响乐，包含着巨大的感染力和引人入胜的魅力。

对自己的写作，作家必须有严格甚至严厉的态度。他要用鹰的眼睛，要用猎犬的嗅觉，来发现自己写作上的问题和作品中的瑕疵。路遥在一次演讲中说：“你要真正干一件事的话，你就不要批判别人，首先批判自己，就是我什么地方做得不对，还应该怎么做，对自己要严厉一些。”① 对作家来讲，所谓“批判自己”，就是通过严肃的自反批评来发现自己的问题和不足，从而达到提高和完善自己的目的。可以肯定地说，假如没有成熟的自反批评能力，路遥就不可能在写作上不断超越自我，就不可能获得现实主义写作的巨大成就。

① 路遥：《路遥全集·早晨从中午开始》，北京十月文艺出版社，2013 年，第 224 页。

像路遥一样，陈忠实也是一个自反批评意识极为自觉的作家。他朴实，谦虚，低调，绝无在许多作家身上惯见的跌宕自喜的浅薄，更无不可一世的傲慢和自负。他知道自我反思和自我否定对于一个作家的意义。他在《五十开始》一文中说："一个人（尤其是进行创造性劳动的人）如果永远处于自信状态而从来不发生自卑的心理，这个人的创造智慧将不仅得不到最好的发挥，反而会受到损害。道理很简单，没有一定的自卑，就不会有刻骨铭心的自我批判，因而就很难找准自己的新的创造目标和新的创造的起点。自卑未必不好，只是不要一味地自卑；自信是所有创造理想的前提性心理准备，然而自信也必须是经由反省之后重新树立的新的蜕变之后的自信。"① 在很长的时间里，他总是为自己的不成熟的写作状态而焦虑，常常为如何超越自己的写作困境，而苦闷，而探索。他在《创作感受谈》中说："认真冷静地甚至痛苦地解剖以往既成的作品，考虑那些并不顺耳的批评意见（当时曾觉得是没有必要考虑的意见）。真有些道理呢！简直批评得太客气了，实际上要比那些意见严重得多，必须改变，必须克服，必须有更强的艺术表现来表现已经意识到的生活内容。"② 他接受了批评家的质疑和否定，进而看见了更多更严重的问题。他意识到了"改变"和"克服"的必要性和迫切性。他知道，如果不彻底否定自己"既成的作品"，不克服自己写作存在的问题，那么，自己未来的写作注定不可能成熟起来。

陈忠实知道创新对于文学写作的意义。创新就意味着摆脱和改变。只有摆脱旧的模式，只有改变自己的旧的意识和方法，才能获得一种新的意识和能力，自己的创作才能更上层楼，面目一新。所以，他要求自己："必须坚定信念，心肠冷酷，坚持不重复别人，也不重复自己。因为读者花时间去读任何作品时，最讨厌那种似曾相识的现象。"然而，这种否定旧我、建构新我的过程，注定不会轻松容易，注定是一个充满"苦闷"的艰难过

① 陈忠实：《陈忠实文集》，第6卷，人民文学出版社，1998年版，第58页。

② 陈忠实：《创作感受谈》，陕西人民出版社，1991年，第89页。

程："苦闷是不可避免的。苦闷是自我否定的过程。自我否定是一种内在的动力，是打破自己的思维定势的一种力量。"① 陈忠实以巨大的耐心，承受住了"苦闷"对自己的压迫和考验。他从"自我否定"中找到了突破自己的动力和方向。

事实上，陈忠实要面对的困扰，要解决的问题，很多，也严重。他的心上压着往昔失败性写作的巨石。他必须勇敢地直面和反思自己过去写作上的失误和教训。这无疑是一件令人痛苦的事情。然而，他没有逃避对自己的反思和否定。他很早就开始反思自己过去的写作。他在《陷入与沉浸——〈延河〉创刊50周年感怀》中说："在《陕西文艺》存在的三四年里，我写作发表过三篇短篇小说，也是我写作生涯里的前三篇小说，1973年发《接班以后》，1974年发《高家兄弟》，1975年发《公社书记》，一年一篇。这些作品的主题和思想，都在阐释阶级斗争这个当时社会的'纲'，我在新时期之初就开始反省，不仅在认识和理解社会发展的思想理论上进行反思，也对文学写作本身不断加深理解和反思。"② 他从"思想理论"和"文学写作本身"两个方面完成了对自己的失败性经验的反思。

十年后，陈忠实写了一篇题为《六十岁说》的文章，对自己的创作进行了更加全面的回顾和更加深入的反思。他叙述了自己在写作上经历的两次重要的自反批评。第一次发生在1978年秋天。通过四个月的反省和努力，他实现了这样一个目的，即"以真正的文学来摈弃思维和意识中的非文学观念"，从而"进入文学的本真"③；第二次发生在20世纪80年代中后期，即《白鹿原》写作的准备阶段，并通过接受"人物心理结构学说"，实现了"对以往创作的颠覆"。通过这两次否定自我的自反批评，陈忠实实现了对旧的写作困境的突破。正像他自己所说的那样：

① 陈忠实：《创作感受谈》，陕西人民出版社，1991年，第91页。
② 陈忠实：《陈忠实文集》，第8卷，人民文学出版社，1998年版，第130页。
③ 陈忠实：《陈忠实文集》，第7卷，人民文学出版社，1998年版，第199页。

> 在艺术追求的漫长历程中，在两个重要的创作阶段上，进行两次反省，对我不断进入文学本真是关键性的。如果说创作有两次重要突破，首先都是以反省获得的。可以说，我的创作进步的实现，都是从关键阶段的几近残酷的自我否定自我反省中获得了力量。我后来把这个过程称作心灵和艺术体验剥离。没有秘密，也没有神话，创造的理想和创造的力量，都是经过自我反省获取的、完成的。①

这是一段重要的经验之谈。从这些关于写作的真理性的话语里，我们认识到了自反批评对于作家的创造性活动的意义，也认识到了“自我否定”在文学写作上的精神动力学规律。

陈忠实1986年的自我反省，或者说自反批评，有着极为重要的意义。这是一次充满危机感和焦虑感的自反批评。正是在这一次自反批评中，他发现了自己过去的创作所存在的巨大问题。那是一种近乎失败的、几乎没有意义的写作。靠着这样的写作，自己不可能留下有价值的作品，而他也将“留下巨大的遗憾和愧疚”②。他必须来一次“指向自己的反省”。反省的结果是，他对文学创作有了“更进一步的理解”：写作“只能倚重作家自己”，“只指向自己”；“这样的反省，既完成了对文学创作的新层面的理解，也完成了一次心理奠基，进入一种前所未有的沉静状态的心境”③。陈忠实的这次严格的彻底否定自我的自反批评，给他的小说写作带来了巨大的推动和提高。他不仅完成了与过去的写作和经验的心理上的“剥离”，而且，脱胎换骨完成了文学精神和文学写作上的蝶变。

路遥的自反批评所带来的创作进步，是阶段性和阶梯感很明显的不断跃升——由《惊心动魄的一幕》的五级水平提高到《在困难的日子里》的

---

① 陈忠实：《陈忠实文集》，第7卷，人民文学出版社，1998年版，第199—200页。
② 陈忠实：《寻找属于自己的句子》，上海文艺出版社，2009年版，第22页。
③ 陈忠实：《寻找属于自己的句子》，上海文艺出版社，2009年版，第23页。

六级水平，再由《在困难的日子里》的六级水平提高到《人生》的七点五级水平，再由《人生》的七点五级水平提高到《平凡的世界》的八级水平。由于《人生》已经接近八级水平，所以，很多读者几乎感觉不到《平凡的世界》的跃升，某些不认真阅读的读者，甚至低估《平凡的世界》的价值，认为它的艺术成就没有《人生》高。

比较起来，陈忠实的自反批评所带来的写作进步，则是跨越式甚至飞跃式的——从《四妹子》和《蓝袍先生》的五级水平，一下子跳跃到《白鹿原》的八级水平。陈忠实的自反批评所带来的变化和成就，使人有一种几乎难以置信的感觉：哎呀！一个才具平平的作家，一个顶多算得上二流的作家，怎么会写出这样一部令人惊叹的第一流的杰作呢？

唉！怎么不可能呢？如果你知道陈忠实为了超越自己，体验了多少焦虑和苦闷，进行多么深刻的自我反省和多么痛苦的自我否定，你就会明白，严格而彻底的自反批评会给一个作家带来多大的变化，会帮他创造出什么样的文学奇迹，你就不再会觉得他写出《白鹿原》是一件不可思议的事情。你最终会接受这样一个事实，那就是，《白鹿原》的出现，不仅使陈忠实成为当代中国第一流的小说家，使他实现了自己可以在文学上声名不朽的愿望，而且，还是使中国当代文学史上又多了一部经得住时间考验的经典作品。他的成功和收获，很大程度上，都是深刻的自反批评带来的。

是的，《平凡的世界》仿佛一座山，一座远远望去似乎并不高大的山，然而，在黄土高原的雄浑而苍茫的背景上，它显得朴实而温情，庄严而深沉，别有一种令人爱之不舍的魅力。《白鹿原》则仿佛平原，辽阔，坦荡，以母亲般的怀抱，养育着生命，又以父亲般的坚韧，承受着苦难；它蕴含着沉重的生命意识，表现着伟大的伦理精神，显示出非凡的经典气质。

显然，无论是《平凡的世界》的大山般的崇伟，还是《白鹿原》平原般的深厚，都与两位伟大作家的自反批评是分不开的。若无自反批评之助力，就不会有他们在写作上的辉煌超越和巨大成就。

四、自反批评的匮乏与“消极写作”的泛滥

通常情况下，喜欢听人赞扬，害怕被人贬抑，是人们的一种很自然的心理倾向，也是很多作家的很普遍的心理习惯。在排斥批评方面，有些中国当代作家的过敏反应，似乎尤其严重。他们害怕被别人质疑和否定，也很少严格地自我质疑和自我否定。

区别优秀作家与平庸的作家的一个标准，就是看他有没有自反批评的意识和能力，就是看他是不是能不断地通过自反批评，来实现自我否定和自我超越。优秀的作家严格对待自己的写作，严格审视自己的作品。他们从来不允许自己重复自己。对他们来讲，自我重复不仅意味着文学写作上的低能，亦且是对读者的严重冒犯和羞辱。就像母亲从来不会生一群面目和个性毫无差别的孩子一样，优秀的作家也不会写一堆风格和主题完全雷同的作品。虽然鲁迅后期的杂文写作，模式略显单一，思致缺少变化，但是，他的散文和小说，却风格各异，几乎每一篇都有自己的样子，从不彼此相袭和重复。托尔斯泰的文学世界，就像大地一样辽阔和和丰富。就体现于他的主要作品中的写作风格和情感态度来看，他既是现实主义作家，也是表现主义作家；既是古典主义作家，也是现代主义作家；既是信仰坚定的宗教主义作家，也是质疑生活的荒诞性的存在主义作家；既是冷峻而尖锐的批判者，也是宽容而温情的安慰者。他的几乎每一部作品，都显示出一种全新的风貌，都给人一种全新的感受。

那些自反批评意识匮乏的当代作家，既缺乏接受他者批评的意识，也缺乏自反批评的能力。他们没有优秀作家因为超越自我而产生的那种深刻的焦虑和苦闷，也没有因为深刻的反思意识而产生的对自己的尖锐怀疑和强烈不满。他们的认知结构是封闭的，缺乏广阔的比较视野，缺乏用伟大作家的经验尺度来对照和反省自己的自觉意识，而是“竟拿自己的尺度衡量自己，拿自己跟自己比”（《哥林多后书》10：12，新世界译本）。这样，

他们就很难突破自己的认知局限，更没有能力摆脱自己的精神困境。

缺乏自反批评意识的作家习惯于在一种消极的状态下，不断地、连篇累牍地重复自己。他们写小说，就像种土豆，就像打砖坯，永远是一个样子：一样的主题，一样的趣味，一样的格调，一样的套版。他们的作品数量很大，但质量低劣，因而，这些巨大的数量，便只有统计学上的意义。他们把自己的写作，降低到了“消极写作”的水平。这种“消极写作”既缺乏艺术上的新意和美感，也缺乏良好的文化教养和美好的道德诗意。在美学上，它是粗俗的；在伦理上，它是粗野的；在认知上，它是浅薄的；在勇气上，它是怯懦的。它误解并误用了写作上的自由，将任性和恣意当作自由。这样的自由，就像黑格尔所批评的那样，“只是非理性的自由，任性的选择和自决都不是出于意志的理性，而是出于偶然的动机以及这种动机对感性外在世界的依赖”①。从很多方面来看，“消极写作”都是一种无足称道的、彻底失败的写作。

对于那些积累了一些写作经验而又缺乏成熟的自反批评能力的著名的“消极写作者”来讲，不断地写作是一件很容易的事情。长期的写作，使他们摸索到了一些消极写作的窍门。他们懂得如何用这样的窍门炮制文学赝品，正像托尔斯泰所说的那样：“要制造这样的赝品，在每一种艺术里各有它的一定的规法和诀窍，因此一个有才能的人掌握了这些规法和诀窍，就可以毫无感情地、冷漠地制造出这样的赝品来。”② 别林斯基也曾尖锐地批评制造赝品的“多产”小说家玛尔林斯基。在他看来，这位作家的“才能非常片面”，“他的作品中没有任何深度，任何哲学，任何戏剧性；结果，小说中所有一切的主人公们都从一个模子里刻出来，差别仅在姓名而已；他在每一个新作品里都重复着自己；词藻多于思想，大言壮语的叫嚣多于

① 黑格尔：《美学》，第一卷，朱光潜译，人民文学出版社，1979 年，第 126 页。

② 托尔斯泰：《列夫·托尔斯泰文集》，第十四卷，丰陈宝等译，人民文学出版社，1992 年，第 197 页。

感情的流露”，而他之所以多产，“不是由于才禀的卓越，不是由于创作活动的过剩，而是由于写作的熟练和习惯。只要你有一些才禀，读书养性，积聚了些概念，给这些概念加上性格的烙印，那么，你就提起笔来，从早写到夜好了。最后你就会学得这样一种本领：能在任何时候，任何心情下，写任何你所想写的东西；如果你想到了几段浮夸的独白，你就不难把长篇小说、戏剧、中篇小说凑合上去；不过，得留心一下形式和文体：它们必须是独创的”①。托尔斯泰对制造“赝品”的作家的批评，别林斯基对玛尔林斯基的批评，完全可以直接移过来批评我们时代的泛滥成灾的“消极写作”。

从很多方面来看，莫言与贾平凹的写作，都属于比较典型的“消极写作”。他们的知名度很高，但是，写作上存在的问题也比较严重。他们缺乏冷静而勇敢的自反批评意识，也缺乏成熟而深刻的自反批评能力。他们不仅看不见自己创作上存在的问题，而且，总是为自己的充满问题的写作辩护。所以，他们一直无法摆脱自己的写作困境，也无力彻底解决自己写作上长期存在的“路径依赖”的问题。这样，在他们最近出版的作品里，许多年前存在的老问题，依然如故地存在着。

从想象力的放恣和文学叙事的浪漫倾向来看，莫言确乎是有个性的作家。但是，他喜欢无限制地放大作家自己的声音和存在，喜欢巴洛克式的夸张风格，喜欢极端主观的叙述语调。他常常选择在一个封闭的结构里塑造人物，无节制地放大人物身上的某一性格或某种心理，从而使人物成为一种单薄而僵硬的话语符号。非理性的本能冲动和暴力激情，是莫言特别喜欢表现的主题和情节。他总是赋予血淋淋的施暴场面以欣快感和诗意性。然而，这种简单化的叙事虽然能极大地刺激读者的感受和想象力，却是以牺牲人物的全部真实性为代价，甚至以让读者付出巨大的精神疲劳为代价。

① 别林斯基：《别林斯基选集》，第一卷，满涛译，上海译文出版社，1979年，第96页。

就这样，人物和读者都被他的来势汹汹的话语洪流淹没了。

揆情度理，一个作家在某一阶段按照任何一种模式写作，都应该被视为合理的探索。但是，在他从事写作的几乎所有阶段，都按照一种并不成熟的固定模式来写作，则显然是一种严重的问题。在莫言最新出版的作品《晚熟的人》中，写作模式上的因循和僵化，就有极为典型的症候式表现。从这部新的小说集里，人们所看到的，依然是一个似曾相识的莫言——情绪模式是旧的，语言风格是旧的，经验内容是旧的，意义空间是旧的，叙事方式是旧的。莫言用自己熟悉的方法，写了一部读者并不陌生的作品。

几乎所有主观化的作家，都离不开“我”，都喜欢用第一人称叙事。第一人称固然可以增加叙事的亲切感，也有助于增强作品的真实效果，但是，有的时候，它也是一种偷巧甚至偷懒的叙事方式，因为，他给作者提供了弱化客观性的借口，提供了随意想象和编造的方便。在《晚熟的人》所收录的 12 篇小说中，除了《天下太平》之外，几乎全都是第一人称的叙事。在这些小说中承担叙述责任的“我”，是一个作家身份的人。他喜欢大不咧咧地踅进自己的小说，喜欢随随便便地干预小说的叙事。这种叙事策略，在莫言过去的许多小说中，可谓屡见不鲜。根据《晚熟的人》中的小说中所提供的信息——多篇小说中的叙述者都当过兵，也是个作家，写过《丰乳肥臀》、《透明的红萝卜》和《姑妈的宝刀》①，写过《檀香刑》②，曾于 2012 年 5 月在户县完成了一篇小说③，还与日本交上了朋友④——像他以前的小说一样，《晚熟的人》诸篇小说中的“我”，也喜欢拉着日本作家来自己的叙事世界里站台和助威。

根据这些信息，读者可以确定，《晚熟的人》中的这个“我”就是莫言

---

① 莫言：《晚熟的人》，作家出版社，2020 年，第 1 页。

② 莫言：《晚熟的人》，作家出版社，2020 年，第 145—146 页。

③ 莫言：《晚熟的人》，作家出版社，2020 年，第 121 页；根据附录在书后的《创作年表》，莫言当时确实在户县写了三篇小说（同前，第 377 页）。

④ 莫言：《晚熟的人》，作家出版社，2020 年，第 36 页。

自己。叙述者是作者自己，也不是不可以，问题是，莫言笔下的这个“我”，却不仅不是一个成功的叙述者，而且简直就是一个可有可无的多余人。“我”像影子一样飘忽，像木偶一样僵硬，只是在消极的意义上起着在场见证和贯串情节的作用。

从叙事的情感态度来看，像莫言此前的几乎所有作品一样，《晚熟的人》这部新作同样体现着“消极写作”的缺陷和问题。它的基本调性是阴暗的，油滑的，浮薄的，缺乏优秀作品应该具备的力量感、庄严感和深刻性。它很少甚至几乎看不见生活和人性中的美和善，因而很少表现那些充满诗意的东西。它常常以简单化的方式，写人物的近乎变态的暴力冲动和攻击行为，写人物（包括“我”）的病态心理、阴暗情绪和丑陋行为。《红唇绿嘴》中的“我”的奋斗激情，来自于母亲住院时的“歧视与侮辱”记忆，来自于对女护士的“冷酷的脸”的记忆，来自于对男工作队员的“吹牛话语和蔑视的眼神”的记忆①。这显然是一种缺乏深度和意义感的简单化叙述。

莫言对人物的态度，也是随意而简单的，缺乏充分的理解和同情。他喜欢按照一个单一的维度来塑造人物，即从丑和恶的角度来写人。短篇小说《晚熟的人》中的常林和单雄飞，像他的《红高粱》、《丰乳肥臀》和《檀香刑》中的人物一样粗暴，一样鲁莽，一样喜欢说粗话，一样喜欢暴力和打架。莫言津津有味地描写了人物的种种丑相和丑行。他让蒋二这个“上语文不认字，上数学不识数的笨蛋”自我作践，让他“竟然不时地引经据典，口出佳句”，所谓“土鳖人讲土鳖话，犹如臭鸡蛋拌上隔夜的蒜泥，气味独特，冲击灵魂”②。唉！小说不应该这样写。这不是在塑造人物，而是在羞辱人物，是让人物成为作者自己的任性叙事的工具和牺牲品。

《斗士》中的武功，也是一个烙着明显的莫言小说纹章的人物。他“命

① 莫言：《晚熟的人》，作家出版社，2020 年，第 260 页。

② 莫言：《晚熟的人》，作家出版社，2020 年，第 39 页。

贱”，“家庭出身不好”，“相貌也是招人恶”①，是一个杂暴虐与无赖于一身的恶鬼一般的人。莫言的整个叙述语调和修辞处理，显然是简单化的，给读者留下了极为消极的印象——他没有把人物当作人来尊重和观察，没有写出人物情感和心理的丰富性，而是将人物看作一个只懂得仇恨和攻击的动物。在小说的末尾，他用“一个睚眦必报的凶残的弱者”，来对武功进行道德定性。无论从伦理上看，还是从艺术上看，这都是作者对自己的叙事权力的滥用，都是失败的。这样的叙事缺乏那种朴素、真实而又令人信服的叙事效果。

总之，就像他过去的几乎所有小说留给读者的印象一样，莫言这部新作留给读者最深刻的印象，是丑陋和病态，简单和粗糙，乏味和无聊。

为什么会这样呢？为何写了几十年小说，依然是这个行当的“晚熟的人”呢？

因为缺乏自觉的自反批评意识和成熟的自反批评能力。

因为缺乏这样的意识和能力，所以，莫言便意识不到自己的问题和缺陷，也就不可能彻底地否定自己和超越自己。

像莫言一样，贾平凹也是一个缺乏自反批评意识的人，也是一个晚熟的作家。

他的几乎所有小说，都是按照一个固定而简单的模式写出来的。

这是一种极为主观化的写作模式。

它满足于表现狭小的个人经验，缺乏开阔的社会视野和深刻的人性视野。

它在趣味上是庸俗的，有严重的“恋污癖”倾向和“性景恋”倾向。

它喜欢不加选择地堆砌细节，缺乏深刻的思想性和丰富的意义感。

它的语言依然不够清通，修辞依然不够精妙。

---

① 莫言：《晚熟的人》，作家出版社，2020 年，第 68 页。

就像《秦腔》一样，贾平凹的新作《暂坐》也是一部缺乏自我突破和新意的作品。基于“乡村原教旨主义”的反都市倾向，依然是它的基本文化态度；渲染那种轻飘飘的哀伤，依然是它的基本情绪模式。在它开篇的叙述中，西京城里的情形，简直就是一幅末日图景，是连明亮的阳光也不配有的：“……能看到轮廓，没有光芒，成了猴子的屁股，成了腿伤裹着的纱布上一团渗血。”① 短短的几行字里，弥散着深深的恨意，充满了恣意的诋诬，显示着拙劣的修辞。然而，如此犹嫌不够，到小说快要结束的时候，它再次将西京城埋进了自己用文字造出来的黑暗之中。

它是《废都》与《秦腔》的合体。《废都》的自恋和粗鄙，加上《秦腔》的沉闷和琐屑，就构成了《暂坐》精神上的主要特点。

在细节描写上，《暂坐》所走的，是《秦腔》的老路子。它像《秦腔》一样琐碎和无聊，“完全排斥了分析性和评价性的话语，全然采取展示性和描写性的话语。而不加选择的直接呈现，势必使他的描写琐碎而芜杂，简直像流水账一样啰嗦和无趣”②。贾平凹关于夏磊“双腿叉开来尿尿”的叙述，多么琐屑③；关于一男一女因为送发烧的孩子去医院而当街相互诟詈的详细描写④，多么鄙俗；徐栖与向其语关于“眼睛大”和“胸大”的聊天，多么无聊⑤。

从创作心理和精神状态来看，《暂坐》则表现着《废都》的自恋与狭隘、颓废与浮靡。俄罗斯姑娘伊娃像《废都》中的工人阿灿一样，见到庄之蝶式的无聊男人，便“不觉脸耳绯红，双目迷离”⑥。作者对情节结局的处理，也

---

① 贾平凹：《暂坐》，作家出版社，2020 年，第 4 页。
② 李建军：《文学的态度》，作家出版社，2011 年，第 289 页。
③ 贾平凹：《暂坐》，作家出版社，2020 年，第 97 页。
④ 贾平凹：《暂坐》，作家出版社，2020 年，第 163 页。
⑤ 贾平凹：《暂坐》，作家出版社，2020 年，第 145 页。
⑥ 贾平凹：《暂坐》，作家出版社，2020 年，第 171 页。

仍然是《废都》式的——伊娃最后逃离西京的时候，“抱住了辛起，已经抽搐了”①。这样的反应，与庄之蝶在《废都》里的表现，何其相似乃尔。

贾平凹的这部新作虽然写了一堆女人，但并没有塑造出哪怕一个真实、美好而有个性的女性形象。俄罗斯姑娘伊娃就是唐宛儿的翻版。作者千里迢迢，从遥远的彼得堡，将她强拉了来，塞进自己的小说。但是，从她的身上，你读不出一丝一毫的俄罗斯气息，倒是看见了唐宛儿式的浅薄和庸俗。她竟然像唐宛儿跟庄之蝶瞎混一样，跟那个庄之蝶精神上的兄弟羿光沆瀣一气。她像唐宛儿一样，甘愿被无聊的中国男人当作玩物：“她感到目光有脚一样走过了她的头发、额头、鼻子、嘴巴，一直从胸部到了脚，她也就像打开的一本书，让他仔细读着，同时默默地体会着身体的变化。……伊娃竟一下子双手搂住了羿光的脖子，上半个身子就吊在空中。……他的口被伊娃的口严严地堵住了，两人同时唔唔地纠缠着一起……羿光只有在伊娃的身上亲吻，……最后像狗一样趴在那里舔起来，不再起身，不再抬头。”② 这显然是贾平凹一贯的基于男性意识的欲望化叙事，是他一贯的基于自恋性幻想的虚假性表达模式。这与俄罗斯伟大作家对俄罗斯女性的态度和塑造，形成了极为尖锐的对照。彼此相去，何止霄壤。

正如米尔斯基所说的那样，在普希金等俄罗斯作家的笔下，俄罗斯女性具有“纯洁刚强、热情高尚”的精神特点，而“更彻底的体现”，则见之于屠格涅夫的作品：“他的女主人公举世闻名，为俄国女性的良好名声贡献甚多。……诸如玛莎（《僻静的角落》）、纳塔莉娅（《罗亭》）、阿霞和丽莎（《贵族之家》）等形象，不仅是俄国小说的最高成就，亦属一切小说之最伟

① 贾平凹：《暂坐》，作家出版社，2020 年，第 272 页。
② 贾平凹：《暂坐》，作家出版社，2020 年，第 175 页。

大光荣。道德力量和勇敢，是屠格涅夫笔下女主人公们的主要基调”①。高尔基也曾在《俄国文学史》中说，俄罗斯文学是让人们引以自豪的奇珍，“全世界都惊叹俄国文学的美与力，承认它的重大意义。俄国文学向西方展示了一种西方人所不知道的惊人现象——俄国妇女，而且只有俄国文学才能以这种取之不竭的、温柔而热烈的母爱来谈论‘人’。”② 然而，贾平凹却将俄罗斯女性，写成了一种完全相反的样子——浅薄，无知，缺乏教养，缺乏个性和尊严，纯粹是一个没有内在深度的“空心人”，纯粹是一个毫无教养和自尊心的荡妇。唉！敢将普希金笔下纳塔莉娅的姐妹写成这个样子，敢将屠格涅夫笔下叶琳娜的姐妹写成这个样子，敢将托尔斯泰笔下娜塔莎的姐妹写成这个样子，贾平凹那股不管不顾的劲头，那种恣意妄为的勇气，实在是很可佩服的。

一部伟大的小说，必须表现伟大的道德精神，甚至，要努力塑造体现着伟大的道德精神的优秀人物。然而，无论贾平凹，还是莫言，似乎都不十分在乎人物的精神等级和伦理境界的问题。他们总是喜欢描写“道德价值”很低的人物形象。他们似乎没有意识到，他们的这种精神倾向和叙事习惯，他们所塑造的精神变态和人格畸形的人物，必然导致消极的叙事后果，必然使读者产生强烈的排斥心理。就像丹纳在批评那些喜欢表现“下等角色”的作家时所说的那样：“这些猥琐残缺的心灵终究会给读者一种疲倦，厌恶，甚至气恼与凄惨的感觉；倘若这种人物数量很多而占着主要地位，读者会感到恶心。……看到蛆虫总是不愉快的，哪怕在掐死它们的时候；我们要求看到一些发育健全，性格更高尚的人物。”③ 在贾平凹和莫言

① 德·斯·米尔斯基：《俄国文学史》，上卷，刘文飞译，人民出版社，2013年，第262页。

② 汪介之选编：《高尔基读本》，人民文学出版社，2011年，第331页；此书对缪灵珠译文多有改动（高尔基：《俄国文学史》，缪灵珠译，上海文艺出版社，1961年，第555页）。

③ 丹纳：《艺术哲学》，傅雷译，生活·读书·新知三联书店，2016年，第411页。

小说中，很少看到人格健全和精神高尚的人物。他们笔下的大部分人物心灵残缺，人格猥琐，行为扭曲，因而，在读者内心引发的，多是疲倦、厌恶甚至恶心的消极反应。事实上，人物的精神等级低下，并不在个别现象，而是在很多中国当代作家的小说中普遍存在的问题。在阎连科、余华和刘震云的小说中，你就很难看到“高尚的人物”。他们笔下的人物，与贾平凹和莫言小说中的人物属于同一精神谱系；他们是人格上的亲兄弟和道德上的同盟军。

贾平凹对人物的态度，尤其是对女性人物的态度，不遮不掩地显示着利哈乔夫所批评的那种“挑衅性”。这种“挑衅性”是精神匮乏的表征，是人在精神空虚时表现出来的混乱意识和自虐行为；而挑衅性的话语，“则是一种脏话，是以不同形式表现的秽语和暗语”。在文学和艺术中，当爱情被被赤裸裸地用性欲代替的时候，那么，关于男女之爱的描写和表现，就意味着无所顾忌的挑衅，甚至还是被赋予了“神圣性”的挑衅。然而，这种挑衅的后果，却是破坏性的。它会在消极的意义上影响人们的心情和态度。人们很有可能像挑衅性表现所暗示的那样，对一切都采取无所谓的态度，就像利哈乔夫所反问的那样：“难道那些前来观看性表演的男人们，还有必要接受怎样呵护心爱的姑娘的教育吗？难道他们在走出性表演场时，还急着为心爱的姑娘买一束鲜花并给她留下风度翩翩的印象吗？还能悉心照顾她、尊重她吗？他们还能有文明的举止吗？还会展示自己的知识和能力吗？他们还能倾心于心爱的姑娘和‘永恒的娴雅’吗?”贾平凹的《废都》和《暂坐》等许多作品，都属于精神匮乏的挑衅性作品。它们会惹怒那些热爱伟大文学的人，会冒犯那些捍卫文化价值的人。这是从别林斯基到利哈乔夫的俄罗斯文学批评家和人文学者，都绝难接受的“挑衅性”文学现象。假如他们看到有人用俄语写出了这样的作品，别林斯基一定会用怒不可遏，会像斥责马尔林斯基那样斥责他，而利哈乔夫则会像他自己所说的那样，通过“最佳的斗争方式”，即“通过精神和文化，平静地与之对抗”①。对利哈乔夫来讲，这种“斗争”不仅是无法避免的，而且，还是十分必要的。因为，只有通过斗争，才能捍卫伟大的文学，才能保护社会和人类的“均质层”。因为，他相信，“文学的作用是巨大的，一个用本民族语言书写的伟大文学的民族，才是一个幸福的民族。文学足以丰富‘均质层’。”② 所谓“均质层”，就是指“人们所处的周围环境”。任何破坏文化“均质层”的作家，都应该受到认真的批评和严肃的谴责。

从语言和描写看，从修辞和风格看，贾平凹也没有什么超越和进步。他还是那么乱用自己不懂的词汇——“兀自咕哝”③，完全不通；“兀自”不是独自，“咕哝”无须“兀自”。他还是那样随便地遣词造语：“雾霾消除，就有了白云”④ ——用“雾霾消散”或“雾霾散去”，不是更准确吗？从词性上看，“消除”分明是个及物动词嘛，显然不可以这样用嘛。贾平凹自己没有深刻的思想，所以，他喜欢援引典籍里头的话，来替自己壮胆和张目：“避免着中于机辟，死于罔罟”⑤ ——引用《南华经》里的话，也不是不可以，但是，加了个“避免着”，就显得生硬滞涩，半通不通，仿佛给咖啡里添了一勺醋，味道完全不对了；另外，难道不该替读者着想，把“罔罟”改成“网罟”吗？“海若痴眼看着，那酒瓶子也醉了，流淌出来的不是酒，是透明的血”⑥；“更粗更长的水顺着伞的折道往下流，海若觉得那水不是从天上落下来的，而是从自己的身上挤出来的，挤出来的都是

---

① 德米特里·利哈乔夫：《俄罗斯千年文化：从古罗斯至今》，焦东建、董茉莉译，东方出版社，2020 年，第 98 页。

② 德米特里·利哈乔夫：《俄罗斯千年文化：从古罗斯至今》，焦东建、董茉莉译，东方出版社，2020 年，第 161 页。

③ 贾平凹：《暂坐》，作家出版社，2020 年，第 3 页。

④ 贾平凹：《暂坐》，作家出版社，2020 年，第 66 页。

⑤ 贾平凹：《暂坐》，作家出版社，2020 年，第 173 页。

⑥ 贾平凹：《暂坐》，作家出版社，2020 年，第 132 页。

血”① ——随意的联想，夸张的形容，像初中生作文一样幼稚和肤浅。亲爱的作家先生，你敢保证这不是作者把自己的脆弱而自恋的想象强加给了人物吗？你不认为这种做张做致的文艺腔，实在有些太做作、太矫情了吗？

读贾平凹的作品，会使人联想到卡萨诺瓦。这位意大利作家的写作动力和内容，都来自于情欲，来自于肉体经验。就像茨威格尖锐地批评的那样，“别人不得不用思想形成的东西，他是用自己热情而淫荡的身体形成的。”② 茨威格批评他“缺少感觉器官——正是借助这种感觉器官我们才有了宇宙的联系——完全缺少灵魂。”③ 卡萨诺瓦有敏锐的感性意识，但是缺乏成熟的理性意识和思想能力，即茨威格所说的“感觉器官”。他沉醉于自己的本能经验和感性世界。他让肉体奴役灵魂，让感性奴役理性。他把写作降低为纯粹的欲望发泄和肉体狂欢。

某种程度上，贾平凹也像卡萨诺瓦一样，属于理性意识严重缺乏的作家，属于自反批评能力严重低下的作家。具有自反批评意识的作家不仅能有效地写作，而且，还有能力积极地影响生活，就像利哈乔夫所说的那样，“将秩序带入混乱之中”④。但是，那些沉溺于感性狂欢的作家，却只能停留于混乱——从混乱开始，到混乱结束。乔治·奥威尔曾经严苛地批评狄更斯小说中的人物“都没有精神生活。他们说不得不说的话，但你不能指望他们谈论些别的。他们从不学习，从不沉思。”⑤ 事实上，包括莫言和贾平凹在内的许多中国当代作家笔下的人物，都属于按照本能冲动生活的人。

---

① 贾平凹：《暂坐》，作家出版社，2020 年，第 260 页。

② 斯蒂芬·茨威格：《精神世界的缔造者：九作家比较列传》，申文林等译，江苏文艺出版社，2017 年，第 371 页。

③ 斯蒂芬·茨威格：《精神世界的缔造者：九作家比较列传》，申文林等译，江苏文艺出版社，2017，第 391 页。

④ 德·谢·利哈乔夫：《解读俄罗斯》，吴晓都等译，北京大学出版社，2003 年，第 64 页。

⑤ 乔治·奥威尔：《政治与文学》，李存捧译，译林出版社，2011 年，第 87 页。

他们完全没有精神生活。他们也许会装模作样地读书，但是，他们很少领会其中的思想，也没有能力与任何一部书的作者进行真正意义上的对话。缺乏思想和精神生活，是这些人物最致命的缺陷。他们本质上是一群没有思考能力和文化修养的非理性的人。

贾平凹试图做自己的“第一批评家”。他喜欢在自己的几乎所有小说的“后记”里阐释自己的作品。但是，他缺乏自反批评的勇气和能力。他就像使徒保罗在写给哥林多人的信中所说的那样，总是“拿自己的尺度衡量自己”。他总是为自己辩护。他自己欣赏自己，自己认同自己，自己肯定自己，也引导读者来欣赏自己、认同自己和肯定自己。

他在自己的2020年两部长篇小说新作之一的《暂坐》的《后记》中说：“《暂坐》中仍还是日子的泼烦琐碎，这是我一贯的小说作法”。他知道，自己的这种“平铺直叙”的写法，“确实是有些笨了”；他也知道，自己的小说可读性很差，读者“翻上几页便背过身去”，但是，他说“我偏要这样叙述的”①。

然而，过了一会儿，他似乎又忘记了自己“偏要”的话，说起了另一种话：“写过那么多的小说，总要一部和一部不同。风格不是重复，支撑的只有风骨。”② 这两句含混不清的话，似乎又要传递这样的意思：他也要追求变化，也要超越自己。但是，将“风格”与“风骨”纠缠在一起，语焉不详，逻辑混乱，使人不知所云，如堕五里云烟。

可见，贾平凹对自己的批评，根本就不是清醒而彻底的自反批评。

他仍旧没有找到让自己摆脱困境的有效方法和可靠方向。

他的写作仍然停留在不成熟的“消极写作”状态。

在这样的状态里，他可以一年或两年就杜撰一部的“长篇小说”，但是，不可能写出那种真正意义上的杰作和巨著。

---

① 贾平凹：《暂坐》，作家出版社，2020年，第275页。

② 贾平凹：《暂坐》，作家出版社，2020年，第276页。

显然，无论是莫言，还是贾平凹，都属于缺乏自觉的自反批评意识和成熟的自反批评能力的作家。自反批评上的低能和无力，严重地窒碍了他们的写作。他们看不见自己的问题，也无力摆脱精神和写作上的困境。这样，他们的写作就陷入一种被动的消极状态。他们凭着一种消极的习惯来写作，凭着泥瓦匠式的刻板手艺在写作。他们就像丹纳在批评高乃依的后期创作时所说的那样：不去找“活的模型”，不再“更新他创作的灵感”，而是“只凭诀窍写作”，“只记得以前热情奋发的时期所找到的方法”，于是，最终的结果就是，“他抄袭自己，夸大自己。……他不再是创作而是制造了。”① 这样，他们所制造的作品，就他们的作品只具有寻常器物的一般性状，而不具备精神创造物的生命和灵性。他们所制造的不是精致而充满生气的作品，而是粗糙而僵死的物品——从艺术上看，这些貌似作品的器物，缺乏令人着迷的美感和魅力；从思想上看，它们是苍白的，混乱的，缺乏深刻的思想和丰富的意义。是的，极端的无趣和极端的无意义，正是那些器物化的作品的根本特征。

如果作家缺乏自反批评的能力，那么，读者和批评家就要发挥自己的作用，对他进行严格的批评。因为，正像约翰逊博士所说的那样：“众所承认的优秀作家如果作品存有缺陷，往往危害较大，因为他们作为榜样的影响更为广泛；而学术的要务就在于先将优秀的作家挖掘出来，再从他们身上寻找‘污痕’，如此方能把他们确立为经典的作家、权威不容置疑的前辈。”② 批评家也许无法帮助那些“消极写作”作家摆脱困境，但是，他们可以给读者提供可靠的、有价值的分析和判断，使读者不至于将萧艾当作兰蕙，将瓦釜当作黄金，将劣作当作佳作。

1894 年 8 月 15 日，契诃夫在致苏沃林的信中说：“庸俗作家跟自己的读者一块儿犯罪，而小市民作家却跟他的读者一块儿假充正经，而且阿谀

① 丹纳：《艺术哲学》，傅雷译，三联书店，2016 年，第 22 页。

② 塞缪尔·约翰逊：《饥渴的想象：约翰逊散文作品选》，叶丽贤译，三联书店，2015 年，第 80 页。

他们狭隘的美德。”① 但愿我们的作家不要让自己跟读者“一块儿犯罪”；但愿我们的读者和批评家能成熟起来，懂得维护自己的尊严，至少，不要无原则地阿谀那些不值得赞美的作家和作品。

2020 年 10 月 8 日，平西府

① 契诃夫：《契诃夫文集》，第十五卷，汝龙译，上海译文出版社，1999 年，第 395 页。

后　记

我与路遥同在西安生活了四年，却缘悭一面，无一语交。这该怪我。彼此见面的机会，其实是有的，怎奈20世纪80年代的最后两年和90年代的最初两年，世事纷纭，心事摧颓，我沉湎于叔本华和王国维的著作，摩挲着《两当轩集》和《南唐二主词》，实在提不起与人往还的热情和兴趣。

好在，路遥的作品并未与人俱去，也不曾与时俱灭。作品是作者的心灵密码。阅读是可靠的读心术。刘勰说："世远莫见其面，觇文辄见其心。"作者的气质和个性，他的趣味和价值观，皆隐约或彰著地表现在作品的字里行间。没有什么比文学作品更能让读者看见作者的内心世界。

我反复细读了路遥的所有作品，也下了些"知人论世"的笨功夫，接触了大量关于他的背景信息和外围资料。我向陕西作协的一位长者，打听过某老批评家对《人生》的态度和评价，得到的信息与我的预料完全一致，不禁莞尔而笑；听到一位老作家回忆路遥在80年代末对猝然降临的压力和威胁的反应，我感受到了他内心的恐惧，不禁为之恻然；听一位评论家回忆路遥讲过的一句气贯长虹、石破天惊的话，一句关于他将来的文学抱负的话，一句只有亢直不挠的猛士才能讲出的话，我很是意外，深感震撼，感受到了路遥灵魂深处的奔放和不羁，感受到了拜伦式的决绝、普希金式的激情和赫尔岑式的勇气——我希望，这位批评家把路遥讲这句话的情景和细节，真实而详细地记录下来；我希望，他将来有机会把这句话告诉更多的读者。

我喜欢路遥这个充满个性魅力的人，喜欢他的蕴蓄着爱与泪的作品。我喜欢他阳光一样的热情，喜欢他泥土一样的质朴，喜欢他大地一样的宽厚，喜欢他星夜一样的深沉，甚至喜欢他艾草一样的苦涩和巨石一样的凝重。他的内心始终燃烧着一团火——一团爱的火，一团诗的火，一团理想主义的火，一团人道主义的火。

在我的认知里，路遥接受莎士比亚、雨果、司汤达和托尔斯泰的文学经验，具有明显的19世纪文学气质，属于19世纪现实主义文学谱系，是中国当代屈指可数的伟大作家之一。

我用了数十万字的篇幅，从多个角度和维度，来说明路遥为谁写作，为何写作，如何写作；来说明他为何如此伟大，为何值得人们尊敬和热爱。

喜爱一个作家，你就想为他做一些事情，就想说服更多的人了解他，接受他，并像你一样喜爱他。

1995年底，路遥去世三周年的时候，我在《陕西日报》的“秦岭”副刊上，发表了一篇题为《念想路遥》的短文。

2002年底，我在《南方文坛》上发表了《文学写作的诸问题——为纪念路遥逝世十周年而作》。

2007年11月，我编选的《路遥十五年祭》由新世界出版社出版；同年，还以编年的方式编辑出版了《路遥评论集》（人民文学出版社，2007年4月）。此后的几年间，我零零碎碎地写了一些关于路遥的评论文章。

从事编辑工作期间，经过一番周折，我将路遥全部作品的版权，拿到了人民文学出版社。2004年5月，《平凡的世界》在人民文学出版社出版，先后多次印刷，很受读者欢迎；这算是了却了路遥的一个心愿，也弥补了《当代》杂志草率退稿的失误和遗憾。2005年5月，《路遥文集》（五卷本）

出版；2006 年 1 月，《人生》单行本出版。然而，《在困难的日子里》和《早晨从中午开始》的单行本，却迟迟未见印行。令人尤为诧愕的是，我离开人民文学出版社以后，路遥所有作品的版权，都被转移到了北京十月文艺出版社。失而复得，很不容易；得而复失，非常可惜。

担任《文学评论》副主编期间，我策划了“路遥研究专辑”，组织了三篇由专家和作家撰写的论文；在《文学评论》2018 年第 3 期的《编后记》里，我用这样一段文字，说明了我们的编辑意图：“一个时代的文学成就，首先体现在现实主义文学创作方面。正是通过现实主义文学，我们可以了解作家在处理文学与生活及读者的关系方面，在把握时代情绪及表现道德诗意方面，所达到的高度和成熟度。如果一个时代的现实主义文学衰颓不振，它的文学成就，就存在整体性的缺陷，也不可能达到令人满意的高度。路遥的小说写作，朴素而又深沉，庄严而又热情，表现出一种充满诗意的崇高基调，属于我们时代现实主义文学成就的重要构成部分。路遥的文学经验有助于我们反思现代主义和后现代主义文学的问题，也有助于我们认识种种‘消极写作’之弊害。这就是我们组织和发表‘路遥研究专辑’的原因。”

2019 年 10 月，我参与策划和组织了由中国社科院文学研究所、陕西省作家协会、人民文学出版社主办的“卅年重聚说路遥——纪念路遥诞辰七十周年”研讨会。

2018 年 11 月，《重估俄苏文学》出版之后，我想一鼓作气，撰写《中俄文学之交》一书，然后，再写一部研究路遥的专著。但是，写了一篇四万多字的《一半是至论，一半是偏解——论鲁迅与俄苏文学之交》（《文艺争鸣》2019 年第八期），我便感到研究中俄文学关系的机缘未到，卦在未济——“濡其尾，无攸利”，遂知难而退，停寝其事。

这样，我就将路遥研究提上了日程。

现在，这部前前后后写了二十年、集中时间写了三四年的书稿，终于要告竣了。

我把自己阅读路遥作品所感受到的，所思考过的，都写在这里了。

苏轼晚年，体弱多病，疾有增无减，虚乏不能食，口殆不能言。儿子苏过诵米芾《宝月观赋》，他听之未半，分外惊喜，跃然而起，称赞此赋"当过古人，不论今世"。他在给米芾的信中说："恨二十年相从，知元章不尽。"他甚至以"愦愦"自责。

虽然向往读者与作者心照神交的默契境界，虽然也尽心竭力，欲臻此境，但我仍不敢自必，说自己完全理解了路遥，完全理解了这个伟大作家的作品。也许，若干年后，回头再看，我也会像苏东坡那样，虽"二十年相从"，终于还是该以"愦愦"自责的吧。

有人也许会问：你如此喜欢路遥，如此激赏路遥，是不是因为你们都是陕北人?

在自己祖祖辈辈生活的土地上，产生了一位如此伟大的作家，当然是一件让人骄傲的事情。但是，仅仅因为地缘的关系，而沾沾然地喜欢一个作家，而矜矜然地吹捧一个作家，无疑是件庸俗可笑的事情。

我曾经说过：我倒希望路遥出生在陕南，希望某些陕南作家出生在陕北；这样，对前者的褒赞，可获公正之美誉，对后者的弹击，可得无私之佳声。

话说回来，如果一个作家趣味格调低下，语言半通不通，叙事沉闷乏味，描写虚假夸张，所选择的语调轻佻儇薄，所塑造的人物破碎支离，那么，他祖籍何处，占籍何地，又有什么意义呢？吾又安所用其眷念哉!

最后，还有一些感谢的话要说。

此书的章节，陆陆续续发表在《中国社会科学》、《文艺研究》、《南方文坛》、《文艺争鸣》、《当代作家评论》、《扬子江文学评论》、《中国当代文学研究》、《粤港澳大湾区文学评论》和《东吴学术》上。感谢这些杂志的编辑朋友付出的辛劳。

感谢陕西文学界朋友的帮助，感谢多位陕北老乡的支持。

感谢广东高等教育出版社接纳和出版这部书稿。

当年，在谢望新先生的支持下，《平凡的世界》第一部在广州的《花城》杂志刊发；而今，我的这部研究路遥的书稿，也将在黄红丽女士的支持下，在广州的出版社面世。

司马迁在《六国年表》中说："夫作事者必于东南，收功实者常于西北。"在全球化时代（global era）和大数据时代（big data era），这前现代的规律，似乎已然失效。华东，尤其是华南，业已成为中国科技和经济发展的引擎。那蔚蓝的世界，那大海的故乡，是中国改革的最前沿，也是充满活力和希望的地方。路遥和我的书，先后在位于中国东南的广州出版，这看似偶然的巧合，实是必然的遇合。我们应该感谢全球化时代所提供的和平环境与发展机遇，感谢大数据时代人类生活的一体化进程和同步化信息分享方式；我们应该感谢伟大的改革开放，也应该铭记这"收实功于东南"的美好缘分。

有人说，一片风景就是一种心情。其实，时间和空间也包含着丰富的生活内容和情感内容。人的感受必然是处于具体空间的时代感受。知道一个人生活在什么地方，生活在什么时间，大体就可以推知他的命运、境遇和心情。完全超越具体时空而体验到普遍的世界感受，或体验到浩渺无边的宇宙感受，大概只有那些不食人间烟火的浪漫主义者才能办到吧。

古书里说，"意思萧散，不复与外事相关"。这样的境界，固然高妙，可惜我还达不到。在令人心烦意乱的时刻，我不仅未能做到泰然自若，脱然无累，还深感焦虑和惭耻。无赖刘三故乡的事，塔拉斯·布尔巴故乡的事，新冠病毒所带来的种种灾难和侵扰，都使我心绪不宁。从早到晚盯着手机，看"公告"如何出笼，看"战况"如何发展，看"毒株"如何变异，看 lock down 和 shut down 如何进行，然而，花费了很多时间，耗去了很多心力，却仍旧没有看出个究竟，于是，便怃然，忿然，惶然，大有无可如何之感。这部书稿写作的迟滞，与这时势和心情，颇有些关系。

Alas！在非理性语境下的极端冲突和纷乱事象中，你看见了前现代的混乱和无序，也看见了后现代的疯狂和荒诞，恰像读一部《尤利西斯》式的小说，又像看一部《等待戈多》式的戏剧。打开充满魔幻色彩的超级文本，你耐心地一页页地看过来，却完全找不到进入意义世界的线索，完全看不到价值世界的光芒，只觉得沉闷和空虚，只觉得无趣和无望。在这些前现代和后现代的反逻辑的叙事里，你所期待的，未见脱祸而归来，你所厌恶的，也未见沮败而受罚。白居易在《读史五首》里说："阴德既必报，阳祸岂虚施。人事虽可罔，天道终难欺。明则有刑辟，幽则有神祇。苟免勿私喜，鬼得而诛之。"人世间的冤情和祸事，一旦严重到无法言说的程度，人们就只好寄希望于天道和神祇。这希望也许很虚妄，但犹愈于毫无希望。

我喜欢在文章的末尾，注明写作的时间和地点。这种薄物细故，虽然很是区区，但却暗示着作者在特殊情境下的感受和心情。刘禹锡在《何卜赋》里说："或昔而成，或今而亏。君问曷由，主张其时。时乎！时乎！去不可邀，来不可逃。"所谓"主张其时"，就是说人间的"成"和"亏"，都是由"时"决定的。呜呼！时之义，亦大矣。可轻忽哉！可轻忽哉！

2022 年 4 月 23 日，北京平西府